歌川国芳：三天王弈棋图

碓井貞光
一勇斎國芳画

主馬佐酒田公時

こんじゃく
ものがたり

今昔物语 (上)

·浮世绘插图珍藏版·

北京编译社 ——— 译
周作人 ———— 校

新 星 出 版 社 NEW STAR PRESS

出版说明

《今昔物语》是日本古典文学名著，约成书于12世纪前半叶，共分天竺（卷一至卷五）、震旦（卷六至卷十）和本朝（卷十一至卷三十一）三部，其中卷十八和卷二十一全部缺失。本书所译为最具特色的本朝部分，上世纪五六十年代由北京编译社翻译，周作人于1960年2月20日起手校订，至1962年2月2日完成。

虽经多方查询，迄未得知当年具体何人参与此项译事。恳请译者或其家属与本社联系，亦望知情人提供线索。

新星出版社

2017年6月

目　录

上　册

卷十一　本朝及佛法

卷十二　本朝及佛法

卷十三　本朝及佛法

卷十四　本朝及佛法

卷十五　本朝及佛法

卷十六　本朝及佛法

卷十一

本朝及佛法

第一篇

圣德太子在日本传播佛教

古时，日本有位圣人叫作圣德太子。他原是用明天皇之子，母亲是穴太部真人[①]的女儿。太子出生以前，用明天皇还只是一位亲王。这一天，太子的母亲忽然得了一梦，看见一个金面和尚来对她说："我有救世誓愿，想暂借夫人腹中投胎！"太子的母亲问道："你是何人？"和尚回答说："我乃是救世菩萨，家住西方。"太子的母亲闻言便道："我腹中污秽不净，大师为何要来投胎？"这时，只听和尚说了句"我不嫌弃"，便跃身跳进她的口中。太子的母亲梦醒后，只觉有件东西噎住了她的喉咙，从此便身怀有孕。

后来，用明天皇的兄长敏达天皇即了位，这年正月初一，太子的母亲正在宫中散步闲游，刚刚走到马厩门口便生下了这位太子。当宫女把太子抱进寝殿时，忽然闪出一道金光，照得满殿通明，太子的身上同时也放出了一种异香。太子降生后，刚满四个月，就能像大人般地谈吐自如。转过年的二月十五日，一清早，就见他面向东方合掌朝拜，口里还念诵着南无阿弥陀佛。

---

① 是日本古代姓氏之一。日本天武天皇于685年制定八色姓，以区别氏族的尊卑，真人居第一位，是专门赐给皇族的，以下的顺序是朝臣、宿祢、忌寸、道师、臣、连、稻直等。

太子六岁时，有位僧人从百济国①携来了经论②，天皇见太子奏请准予阅览，不禁大惊，当即追问他为何要阅览经论。太子回奏道："我从前曾在中国南岳③修道多年，今世转生至此，所以还想阅览佛经。"天皇闻言点首应允。太子焚香已毕，打开经论，读罢奏道："每月的初八、十四、十五、廿三、廿九和三十这六天，叫作六斋日，是梵天④帝释⑤视察阎浮提⑥观政的日子，全国应该一律禁止杀生。"天皇听罢，立即准奏，于是传旨命全国每逢斋日一律要禁止杀生。

在太子八岁这年的冬天，从新罗国⑦传来了佛像。太子见佛像后奏道："这就是西方圣人释迦如来之像。"后来，从百济国又来了一位名叫日罗的僧人，这人的身体放射白光。太子穿上一件褴褛的衣裳，混在侍童们中间，同往难波的馆舍去看望日罗僧。太子见日罗僧指着自己，露出惊异神情，便匆匆忙忙想要脱身而去。正在这时，日罗僧却向太子屈膝跪倒，合掌念道："××××⑧顶礼救世观世音，传灯东方粟散王！"念到这里，日罗僧的身上突然放射白光，当时，从太子眉宇之间也放出来一道和太阳般的光芒。

又有一次，从百济国传来了弥勒石像，当时，大臣苏我马子宿祢迎接了这位护送石像的来使，并在自己府宅东修建了一座寺

---

① 古朝鲜南部的一国，建国于公元前 13 年，663 年为唐和新罗的联军所灭。当时百济与中国和日本的关系均极密切，佛教和中国文物大都是经由百济传入日本的。

② 佛教术语，集如来说法而成的称"经"，如法华经、涅槃经等。菩萨的祖述，即佛经的注释称"论"，如唯识论、俱舍论等。

③ 中国五岳之一，指衡山而言。

④ 佛教术语，是佛教中守护佛法和主宰人间世界的神。

⑤ 佛教术语，是佛教中守护佛法和守护东方的神。

⑥ 佛教术语，原指印度，这里泛指人间世界。

⑦ 古朝鲜的国名，建国于公元前 57 年，后来国势日盛，平灭百济、高句丽两国，统一朝鲜。公元 935 年为高丽的王建所灭。

⑧ 指原文遗缺之处，以下同。

院供奉石像。当苏我大臣正想修建佛塔时，太子说道："如果修建佛塔，一定要把佛舍利供奉塔内。"于是便把找到的一颗舍利盛在琉璃瓶中，供奉在塔内。从此，太子和苏我大臣便齐心推广三宝①。后来，国内疫疠猖獗，死亡甚众，大连②物部弓削守屋和中臣胜海二人奏道："我国原本信奉神道，迩来苏我大臣却偏偏推行佛教，所以国内才疫疠猖獗，十室九空，事到如今，唯有严禁佛教方可保全民命。"天皇听罢准了他二人的奏议，降旨说："所奏有理，应立即禁止佛教。"太子这时虽然也奏道："行善则福立至，作恶则祸必临。他二人如今还未领悟因果之道，难免要招来灾祸！"但是，天皇仍然命大连守屋往佛寺去拆毁殿塔，焚烧佛经，当时，他们还把烧残的佛像一起抛进难波运河③里去，将那三个比丘尼毒打一顿之后，也赶出寺外。

这天，原是万里无云，晴空一碧，突然间狂风骤起，大雨倾盆，这时只听太子说："如今果然大祸临头了！"接着，国内便发生了恶疮毒症，大连守屋等二人也染上毒疮，疼痛得不亚于刀割火燎。这时，二人又悲又悔地奏道："这疮病实在痛苦难忍，我等情愿皈依三宝了！"天皇闻奏，立即降旨召回那三个比丘尼，为他二人祈祷，然后又重修佛塔，崇信佛法之心依然如故。

不久，太子的父亲用明天皇即位，降旨说："我要皈依三宝。"苏我大臣奉旨召见僧人，太子见僧人初次进宫不禁紧握大臣的双手感激流涕地说："一般人还不理解三宝的奥妙，只有你与我志同道合，我真是说不出的高兴！"事过不久，有人在背地告诉大连守屋说："太子和苏我大臣商议要合力讨伐你。"于是，守屋就在自己家乡阿都集结兵力，准备防守，中臣胜海也集合了兵力，准备

---

① 佛教术语，指佛、法、僧三者而言。

② 是日本上古朝廷中的重要官职，负责统率"连"姓氏族，并和"大臣"共同参与国家大事，此职一向由大伴氏、物部氏担任。

③ 是日本仁德天皇于公元323年开凿的运河，相当于现在的大阪天满川。

给守屋助战。不久，他二人诅咒天皇的消息传遍全国，苏我大臣将此事奏禀太子，一同率领大军征讨守屋，守屋这时也调兵固守城垣，与来军交战。由于守军势力浩大，官兵有些怯敌，连攻三次都败下阵来。这时，太子年方十六，站在大军后边，指示军中判官秦川胜说："你赶快拿块木头来，刻成四天王的神像，用枪挑起，举过头顶，就这样许愿说：'这次如蒙保佑，一战成功，定为四天王塑画金身修建佛塔。'"这时，苏我大臣也许下了同样的誓愿，随后便厮杀起来。大连守屋爬在一棵大栎树上，向物部氏的大神祷告了一番，然后射出一箭，这支箭正中太子的马镫，落在地下。太子命舍人迹见赤梼向四天王祷告后，也一箭射去，这支箭遥遥飞去，正中守屋的胸膛，守屋从树上翻身摔下，守军顿时大乱，官兵乘势猛攻，终于将守屋的首级斩了下来。后来，守屋的家财也全部划归寺院，庄园田地一概充作庙产，并且，在玉造河畔立即建立起一座四天王寺。

太子的伯父崇峻天皇即位后，朝政由太子执掌。在当时，百济国的使臣阿佐皇子来到日本，拜见太子说："顶礼救世大悲观世音菩萨，来至东方日本国宣扬妙教法，讲经布道至四十九岁。"言还未尽，就见从太子的眉宇间忽然放出一道白光。

又有一次，甲斐国贡来一匹娇小的踏雪乌骓马，太子骑上马背，立即升上天空，直入云霄，朝着东方飞去。当时，有一人名唤调使丸，站在马的右边也随同升了天，大家仰望天空，欢呼不止。太子飞到信浓国上空，围绕着御舆①的边境，盘旋了三日，然后才回到京城。

太子的姑母推古天皇即位后，也将国家大事完全委托给太子掌管。有一次太子在天皇驾前，身穿袈裟，手执拂尘登上讲坛，讲解胜鬘经。当许多名僧提问经义时，太子都解答得非常奥妙，

① 指日本三越地方而言。

像这样一连讲经三日，到了第三天的夜里，忽然从半空中飞落起莲花，花朵大有三尺，积地三四寸厚，翌日清晨，有人将此事奏禀天皇，天皇瞧见这番情景，无限惊奇，深受感动，立刻在那里修盖了一座庙宇。这座庙就是现今的橘寺[①]，直到今天，寺里还保存着莲花。

又有一次，太子派遣小野妹子，去往他前生的大隋国，命他到衡山去取自己存放在山中的佛经，并吩咐道："赤景以南，有座衡山，山中有个般若寺，寺里有我从前的同参[②]，如今只剩有三人，其余全都死去，你见到他们时，就说是我派去的使臣，问明从前我在寺中持奉的那卷法华经，然后把它取回来。"妹子遵照太子的吩咐，便起身前往震旦。

小野妹子来到般若寺的门前时，遇见一个小僧，小僧问明妹子的来意，便进寺回禀说："思禅法师[③]的使者到来了。"三位老僧一闻此言，立即扶杖出迎，他们把藏经的地方高兴地告诉妹子，叫他将经书取走，妹子携经回国后，就呈献给太子。

后来，太子的哕宫[④]的寝殿旁盖起一所房屋，取名为"梦殿"。太子每月沐浴净身进殿三次，到了第二天清晨他不是出殿向大家讲说阎浮提的诸般善恶之事，便是在房里写作各种经书的注疏。

有一次，太子进入"梦殿"之后，一连七昼夜没有出殿，大家见殿门紧闭，毫无声息，不禁惊异。当时，有位从高丽国来的慈惠法师对大家说："太子想必是已入三昧境地了，千万不可惊动于他。"次日第八天的清晨，太子果然走出殿来。这时，只见他身

---

① 天台宗之寺院，位于大和国高市郡高市村。

② 佛家称一同学道的人为"同参"。

③ 此处指圣德太子"前生在中国的法号"。

④ "哕"是日本自造的汉字，又写作斑鸠（我国叫桑鹰）。哕宫建于公元600年，后焚于火，据说现在奈良法隆寺东院梦殿就是哕宫的遗址。

边的玉机上放着一卷经，太子指着经书对慈惠法师说："这才是我前生在衡山读诵的那卷经呢，早年妹子取来的经卷，是我弟子的。皆因那三位老僧不晓得我存放在何处，所以拿错了，交给妹子带回来的是另外一卷。这次，我的魂灵出窍才把原来那卷经取了回来。"说罢，将这两卷经书对照了一番，原来，二者既同是一卷经，也同是黄纸××××轴制成的，不过，太子的经卷里却少着一个字。

后来，又有道欣等十个僧人从百济国前来求见太子，他们说："太子可记得前世在衡山讲解法华经时，有庐山道士常去听讲之事，那就是我等十人。"

第二年，小野妹子又去往大唐国的衡山，他曾见过的那三位老僧，这时已有二人圆寂，还活在人世的那个老僧对妹子说："去年秋天，贵国太子曾乘坐青龙车，率领随从五百人①，自东方凌空而来，从他原来住过的那间房中，找出一卷经书，然后便腾空而去。"妹子闻听此话，才恍然大悟，暗自寻思道：难怪太子会七天七夜不出梦殿，原来如此啊！"

又有一天，太子和他的算妃子柏手氏坐在一起，太子说："你伴随我多年，一向是夫唱妇随，这也是值得庆幸的。有朝一日我死之时，你可与我同穴长眠了。"妃子闻言道："我但愿朝夕侍奉您到千秋万岁，您为何今天竟提起死后之事呢?"太子说："有始必有终，有生必有死，这是人世间的常理。我已经多少世托生为人，修行了佛道，如今转生为小国②的太子，也不外是为了宣扬佛教教义的奥妙，在这缺乏佛教的国度里，讲解那一乘③真理。我本来无意久留在这污浊恶世之中的。"妃子听罢，不禁潸然泪下，然

---

① "五百"之数为佛教用语之特征，来自释尊弟子五百人，形容多数，与"八百"意同。

② 指日本而言。

③ 佛教中使众生成佛之最高教法，一般指法华经之经义而言。

后便唯之遵旨。

又有一次，太子骑着乌骓小马，出离了难波宫，走在片冈山附近，遇见一人，饿倒在地。当时，太子见乌骓小马踟蹰不前，便甩镫离鞍向那饥寒交迫之人问话，随后又脱下紫袍给他盖在身上，并且吟诗道：

问君何故卧山前，
愁容菜色一息残，
解下紫袍赐温暖，
饥寒若此实堪怜。

这时，就见那饥饿之人抬起头来回敬了一首诗歌，歌曰：

源远流长小富川，
帝德皇恩大无边，
今蒙覆袍赐温暖，
来生图报当衔环。

太子回宫之后，那人便气绝身亡。太子见他一死心中十分难过，命人埋葬他的尸体，当时，有七位大臣对此事颇为不满，在背地里横加诽谤，太子将他们召来，告诉他们说："你等可去往片冈山前观看一番！"大家来到片冈山边时，棺材里已看不见尸体，只觉得一阵异香扑鼻，瞧见这般情景，大家都不胜惊奇。

一天，太子坐在哕宫里，对妃子说："我今夜要离开人世了。"说罢便洗头沐浴，换上一身洁净的衣服，然后与妃子同榻而眠。第二天清晨，大家见太子迟迟不起，觉得事出离奇，于是打开殿门进去观看，原来太子和妃子已经双双死去，二人的面色却如生前，他们的尸体上还散发着一股奇异的芳香。太子死的那年，是四十九岁。在他临终那天，乌骓小马既不吃草，也不饮水，竟自长嘶而亡。小马的尸体后来也被埋葬起来。在这同一天里，那卷由太子的魂灵从衡山取来的真经，也突然不知去向。不问可知，这也是被太子携带着而去的。如今，流传在日本的那卷经书，就是早年小野妹子取回来的，由新罗国传来的那尊平尺释迦佛像现在仍然供奉在内福寺的东金堂里。由百济国传来的弥勒石像，至今也还供奉在故都奈良元兴寺的东殿。太子亲笔写成的法华经疏以及其他遗物，现在也都保存在啰寺①之中，这些东西虽然年代已久，却依然完整无缺。

太子的名字本来有三个：第一个是厩户太子，这是因为他降生在马厩门旁。第二个是八耳太子，原因是他能同时一字不漏地倾听数人的谈话，而且立即裁夺。太子的第三个名字就是圣德太子，这是因为他能弘教度人。除此以外，还有一名叫作上宫太子，这是推古天皇在位时，曾叫太子住在王宫的南殿处理国事的缘故。

在日本，佛教能够得到传布，完全是由于太子的努力推广，否则，就连佛教的名称，恐怕我们也难以听到。所以说，凡是有心的人，必能报答太子的功德。

---

① 即今日之法隆寺。

第二篇

行基菩萨学习佛法劝化世人

古时，日本国里有一位圣僧，人称行基菩萨。原来在和泉国①大鸟郡郡长的家里有一女仆，这天，女仆生下一个婴儿，婴儿的胎身却被物缠裹，父亲见了立刻和他的妻子把外面的东西除掉，将婴儿抚养起来。婴儿渐渐长大，当他还身为孩提的时候，便和同村中左邻右舍的孩子们在一处高声赞颂佛法。起初，只有一些牧牛放马的孩童集聚到这里倾听。后来牛马的主人想要使用牲畜，便命人前去召唤牧童，奉命前去的人听到这种赞歌，立刻感到无比的尊贵，不由得就被感动落泪站下来倾听，也顾不得提说主人用牲畜之事了。这样一来，男女老少都纷纷前来倾听。当时，本乡的村长闻知此事，口里一边说着“像这种不能叫人安心耕种，只会干些无聊勾当的人，一定得把他赶走”，一边走来。但当他走近孩童的时候，听到这赞歌无比的高贵，也停住脚步感激涕零地倾听起来。不久，这桩事传到郡长的耳中，他马上雷霆大怒说道：“我去把他赶走!”但是当他走去一听，同样感到无比的高贵，不禁感动得落泪不忍离去。不仅如此，国司早已三番五次派人前去驱逐，结果，每次派去的人都被感动得留在那里落泪倾听，从未回来过一人。

① “国”是日本古代的行政区划，一国统辖数郡。

国司十分诧异，便亲自去听。他也的确感到了一种说不出的高贵可敬。这时甚至连邻国的人们，也都闻风前来。于是，国司将此事奏禀朝廷，天皇召见了这个孩童，并听他唱颂了赞歌。这时天皇也深深感到高贵难得。

后来，这孩童在药师寺①出家为僧，法号行基。行基钻研佛法，深得其中奥妙，哪怕些小的事也无不领悟，智慧之高远非其他僧人可比。后来行基的慈悲心逐渐深厚起来，对人怜悯之情宛如佛心一般。有一次，他到各地修行，归途中，路经一个池塘，池边围着一伙人正在捕鱼而食。行基从他们面前经过的时候，有一年轻人拿起一块鱼肉对行基嘲弄说："请你吃罢!"行基停下脚步毫不迟疑地将鱼肉吞食下去。为时不久，只见他把吃进腹内的东西又从口里吐了出来，不料鱼肉已然变成小活鱼，一条条地跳进池塘中去了。人们见到这般光景，都惊恐起来，又是懊悔又是畏惧，个个痛恨自己无知，竟藐视了一位世间罕见的圣僧。由于他这样道高德重，天皇对他也倍加崇敬，立即封他为大僧正②。

当时，元兴寺里有一个名叫智光的僧人，是一个道学高深的老僧，智光心想："我是一个得道的老僧，行基只不过是一个道行浮浅的小和尚，朝廷为什么不封我反而封了他呢?"从此他便怨恨朝廷，后来在河内国的椙田寺智光得病身亡，在停灵房中尚未埋葬，过了十天又苏醒过来对弟子说："我被阎王的鬼卒捕去，正在行走之间，看见路旁有座黄金造成的宫殿，金碧辉煌，灿烂夺目。我向带我的鬼卒打听：'这是什么地方?'他回答我说：'这是行基菩萨将要降生之地。'继续往前走时，又远远瞧见一处满天烟火、令人触目惊心的地方。我又问他：'那是什么所在?'鬼卒说：'那

① 日本南都七大寺之一，位于大和国生驹郡，为法相宗之本山。

② 僧官的最高一级。日本古代僧官分僧正、僧都、律师三级。僧正又分大僧正、僧正、代理僧正三等。

是你将要堕入的地狱。’鬼卒把我带到阎王殿时，阎王厉声斥责我说：‘你身在阎浮提的日本国，竟敢对行基菩萨嫉恨诽谤，现在叫你来尝尝你应得的罪过。’说罢便令我搂抱铜柱，受那炮烙之刑。当时把我烫得肉焦骨烂，疼痛难忍。我受完刑罚之后，便被释放回来。”智光说到这里，悲痛地哭泣起来。后来，智光为了赔罪，亲自去拜访行基菩萨。当时行基在摄津国建造难波的江桥，智光来时他正在疏浚河道修建码头。菩萨早知智光的来意，面带笑容接见了他，智光手扶法杖毕恭毕敬地顶礼参拜，流着眼泪向行基谢了罪。

行基菩萨的前身，是和泉国大鸟郡一个人家的姑娘，从小就为祖父母特别宠爱。当时姑娘家中雇着一个家童，名叫真福田丸，担任打扫庭院脏污的工作。但这家童心性灵慧，他心中思忖：“我虽然受生为难得的人身，只因出身下贱不能修行，来世怎么能有善报呢。我何不到大庙里去学习佛法，做一个法师呢?”想到这里，就向主人辞工，主人问他：“你为何辞工不干了?”家童说：“因为我早就有出家修道的心愿。”主人听罢说道：“如果真有诚心，那么我马上就准许你吧。”随即允许了他。当时主人又说：“这个家童侍奉我多年，现在要出家修道，应该给他做件上衣和长裤。”于是立刻叫家人给他缝制。这家小姑娘说：“为家童出家修行做衣服是件功德事!”便给他缝了一件长裤，家童穿上这条长裤来到元兴寺，便在那里出家做了和尚，取名智光。后来智光学习佛道，深得个中奥妙，终究成了高僧。

家童走后，这家的幼女不久便××××无效，只好作罢。后来她又在同国同郡的××××。

当行基菩萨还是幼僧的时候，河内国××郡举办了一次法会，智光在当时已经是个有名望的老僧，因而被聘为法会的讲师。智光从元兴寺来到会上，以讲师的身份登上宝台，给大家讲经说法，听道的人们都深受感动，对他表示了无限的尊敬。但当智光讲道已毕走下宝台时，忽然听见有人在大殿后面议论自己所讲的经文。仔细一看，原来是一个头顶发青的小僧。这时，讲师惊疑不置，心想：“像这样一座小庙，居然有人敢议论自己。”再回头看时，又听见小僧用议论似的口吻说：“出家修道真福田，藤紫长裤我裁缝。”

讲师一听勃然大怒，责骂小僧说：“我为公为私奉职多年，毫无差错，这样一个乡下小和尚竟敢出口议论，此事已属不妥，何况他还恶毒地辱骂我，我实在难以忍受！”说着怒气冲冲地走了出去。这时小僧哈哈一阵大笑，随即逃去。这小僧就是行基菩萨。智光如果真是一个有智的高僧，即使有人辱骂他，恐怕也应该好好反躬自省一下，不会马上就怪罪他人。看来他是有一定罪过的。

行基菩萨在日本国内建造了四十九座寺庙，同时他还修平了崎岖难行的道路，架起了河深无底的桥梁。人们都传说他是文殊菩萨的化身。

第三篇

役优婆塞[1]诵咒使鬼神

古时，文武天皇朝代，有一得道圣人，名叫役优婆塞。役优婆塞是大和国葛上郡茅原村人氏，俗名贺茂，役氏。他长年住在葛木山中，以藤树皮为衣，以松树叶为食，隐居山洞之中达四十余年。他用清洁的泉水浴泽灵魂上的藏垢，口里经常诵读孔雀明王的神咒。有时，他在白昼驾起五色祥云，往来于神仙洞府间；有时，他在黑夜召来各方鬼神，为他挑火捻柴，而且，没有一个神鬼不是服服帖帖地听从他的命令。

金峰山的藏王菩萨曾到过优婆塞的住处，从此他二人就时常往来于葛木和金峰二山之间。一天，优婆塞召来了各方鬼神，吩咐他们说："我从葛木山去金峰山需要造一座小桥，供我通行。"众鬼神听罢，不胜愁叹，但终因逃不脱优婆塞的责难，只好运来许多大块岩石，一切准备妥当只剩开工架桥，这时众鬼神对优婆塞说："我等形体丑陋，不堪露面，必须隐避在夜间修桥。"因此他们便夜夜赶修桥梁。但优婆塞却召来了葛木的一言主神，申斥他说："你有什么怕羞的，竟也隐起身来，这样还能修得成吗?"他发怒便念起咒语，将一言主神捆缚起来，扔到山谷底下去了。

① 即梵语的"Upasaka"，指没出家而成为佛弟子的男子，如为女子时，则称优婆夷。

后来，一言主神附在一个宫里人的身上说："役优婆塞蓄意谋反，打算推翻朝廷。"天皇听到这件事，大为震惊，便派遣差官前去捉拿优婆塞。不料优婆塞腾空飞起，无法捕捉，差官无奈便把优婆塞的母亲捉去，优婆塞看见母亲被捕，就自动前来就擒，替换了他的母亲。天皇勘问了他的罪行，将他放逐到伊豆国的海岛上去。优婆塞在那里，浮行海面如同遨游陆地，翻山越岭宛如飞鸟翔空。白天他小心翼翼地守法，夜间便飞到骏河地方的富士高峰上去修行，专心祈祷赦免此罪，三年后，朝廷查明优婆塞无罪，随即将他召了回去。（以下缺文）

第四篇

道照和尚赴唐传来法相宗

古时，天智天皇朝代，有一个名叫道照和尚的得道高僧。此人俗姓丹氏，是河内国的人氏。幼年在元兴寺出家为僧，悟性深，心地正直，而且道心很强。他的道行几乎可以与佛相比，因此举国上下，自朝廷开始，不论僧俗男女，都来俯首顶礼，崇敬万分。

一天，天皇召见道照僧人，对他说："近来听说震旦有一位玄奘法师，曾亲去天竺，将正教传回本国。其中有一种大乘唯识的法门，玄奘法师对此颇有造诣。他倡导诸法必不离唯识的教义，教给众生大彻大悟的道理，但是我国目前还没有这种教法。所以命你现在急速到震旦去，面见玄奘法师，跟他学习教法，然后再回国。"道照拜领旨意后，就前往震旦。他来到玄奘三藏的住所，站在门首，叫人进去通报说："我是奉国王的旨意从日本国渡海而来的僧人。"使者传报之后又回来询问他的来意。道照说："我遵照国王的吩咐，特来学习唯识之法门。"三藏听到这话，立刻请道照入内，并亲自离座相迎，将道照接到屋中。当时二人开怀畅谈，恰似故友重逢。

从这时起，道照开始学习唯识的法门。他白天在三藏那里学法，晚间返回自己的宿舍。如是过了一年的时光，唯识一法被道照学习得有如覆瓶之水，率尽无遗。当他行将回国之时，三藏的弟子们对师父说："在我国大师有许多弟子都是些不平凡的道高德重的人，而大师并不尊敬他们，但是一见从日本国来的这个僧人就恭敬地离座相迎，我们不懂其中的道理。纵然日本僧人才智出众，也不过是个小国之人，有什么了不起的，他怎么能比得上我国人呢！"三藏回答说："你们可以到那个日本僧人的宿舍去，在夜里悄悄地看一下他的形象，然后再加以诽谤或者赞扬。"

夜里，三藏的弟子二三人，一同来到道照的宿舍，悄悄一看，道照正在念经。再仔细一看，见他口中射出了长约五六尺的白光。弟子们一见惊奇，××××认为这真是罕见之事。心想，我们大师××××原本不认识这个从外国来的僧人，而竟能预知他的道行，可见是菩萨的化身了。弟子们回去禀报师父说："我们去偷看的时候，日本僧人的口里冒出了白光。"这时三藏说："你们太愚蠢了！也不想想我为什么要尊敬这个人，就随便加以诽谤，真是无知。"弟子们听罢都含羞而去。

道照在震旦逗留期间，曾应新罗国五百名道士的邀请，去到该国。一日正在山上讲解法华经，忽听院墙里有用日本语求乞的声音。这时道照在宝台上暂时停止了说法，问了声："谁？"那人回答说："我是日本国的役优婆塞。我因日本的神灵不明，人心险恶，所以离开了那里，但是现在我还时常回去。"道照见是本国人，很想和他会会面，便从宝台上走下来寻找，结果未能找到。于是便非常遗憾地返回震旦。

道照从震旦学来佛法之后，给众弟子讲说了唯识的要义。这门唯识之法传至今日仍然盛行不衰。后来给他修造了一座禅院，供他居住。道照临终之际，自己先行沐浴，然后换上洁净衣服，面向西方端坐。这时白光满室，道照睁开眼睛问弟子说："你们看见白光了吗？"弟子回答说："看见了。"道然又说："不要对外传说。"

到了深夜，白光从房中出来，照耀着满寺的树木，过了很久，这道白光才向西方飞去。弟子们见了，感到无限惊惶，就在这时，面西端坐的道照也圆寂了。人们知道道照一定是往生极乐世界去了。他的禅院建在元兴寺的东南。据说道照和尚是菩萨的化身。

第五篇

道慈赴唐传来三论和本国的神睿互相比法

古时，圣武天皇朝代，有两个僧人：一名道慈，一名神睿。道慈是大和国添下郡人氏，俗姓额田，心性十分聪慧，学习佛法也很通达。他为了更深地传习佛法，在大宝元年，跟随遣唐使粟田道麻吕去往震旦，拜××法师为师，竭力习学无相之法，在震旦××××，回国后，圣武天皇倍加崇敬，××××，当时，在日本国他可算是独一无二的高僧了。

这时，法相宗的僧人之中，有一人名叫神睿，是××国××郡人氏，俗姓××。神睿心性虽也十分灵悟，但他学识浅薄，简直不能与道慈相比。然而神睿却一心想求得智慧，于是就在大和国吉野郡现光寺宝塔的瓢形塔椽上，铸了一尊虚空藏菩萨像，并在佛像上拴了一根带子，神睿拉着带子祷告说："我祈求虚空藏菩萨赐给我××智慧。"过了些日子，神睿梦见一个贵人，走来点化他说："这个国的添下郡，有一座寺庙叫观世音寺，庙里有一座宝塔，塔中央的抱柱里面收藏着七卷大乘法苑林章经书，你可以拿出来学习。"神睿梦醒之后，立刻去到那座寺庙，打开塔中央的抱柱一看，里面果然藏有七卷经书，便将经书取回，努力研习，终于成了一个富有智慧的僧人。

这时，天皇听说此事，立刻召见神睿，命他和道慈在殿上当场比试。道慈原本就智慧深广，加上又到震旦拜过名僧为师，是个有十六年造诣的僧人。他从未听说有神睿这样一个悟道之人，尽管天皇说神睿已成为一个有智慧之人，他总认为神睿不会有多大本领。道慈向神睿盘道的时候，神睿对答如流，宛如昔日的迦旋延[①]。二人彼此一问一答，辩论的题目几乎够上一百项。神睿的智慧显然高出道慈一筹。天皇同时皈依了二僧，各赐封邑，命道慈居住大安寺里学习三论之法，使神睿住在元兴寺里修习法相。后来，道慈的影像加在诸罗汉像中，一起被画在大安寺的大殿车登厩的第二道门上；神睿发现的七卷经书，一直流传到今天，成为法相宗的经典。

由此事看来，虚空藏菩萨真是灵验无比。人们都说神睿借此得了智慧。

① 释迦牟尼的十大弟子之一。

第六篇

玄昉僧正赴唐传回法相

古时，圣武天皇朝代，有一个僧人名叫玄昉，俗姓阿刀，是大和国××的人氏，自幼跟随××出家，学习佛法聪明智慧。后来玄昉想广学佛法，于灵龟二年渡海来到震旦，拜智周法师为师，习学佛法中最著名的大乘法相，并将大批正教的典籍带回国来。玄昉逗留震旦期间，很受唐天子的尊敬，被特授三品官职，又赐给了紫色袈裟。玄昉在震旦居住达二十年之久，直到天平七年，才伴随遣唐使丹治比真人广成回国，随身带来五千余卷经典，并另有佛像等物。玄昉归国之后，被任为僧正，奉职朝廷。当时，天皇的皇后——光明皇后皈依了玄昉，曾亲自去参拜玄昉，并十分宠爱他。因此，国内传出了流言蜚语。当时有一人名叫藤原广嗣，是不比等大臣之孙，式部卿宇合之子。这人品德高尚，仪表非凡，为世人所敬重。广嗣生性勇猛，又富有智慧，事事都很通达。他曾拜吉备大臣为师，学习文章，才识愈加渊博。他在朝里当差，官拜右近少将之职，真不愧是个人中之杰。午时以前还身任右近少将在皇城供圣，午时以后便能到镇西①做太宰府的少卿治理府政，因此世人皆惊叹不置。广嗣的家就住在肥前国的松浦郡。

广嗣一向是耿直无讳，听说皇后宠爱玄昉之事，立即从太

① 日本“九州”的古称。

宰府上书奏禀天皇，说："皇后宠爱玄昉之事，已被世人讥讽，务请陛下从速制止。"天皇看罢奏折，认为这种说法荒谬绝伦。心想，像广嗣这种人有什么资格干预朝政，如果把他留在世上，必将为害国家，于是决定立即讨伐广嗣。当时有一斋郎①名叫东人，此人因性情勇猛，颇有智谋，并通晓用兵之道，所以才被差遣。天皇命令他说："赶快去讨伐广嗣！"东人便领旨来到镇西。当他开始率领九路大军进攻广嗣时，广嗣闻讯大怒，说道："我效忠朝廷，从无过失，如今朝廷反来讨伐我，这必是玄昉和尚谗言所致。"随即调集大批兵马，准备迎战。官兵声势浩大，广嗣这面兵力较弱。

广嗣原有××××，这匹龙马飞驰天空，宛如××××，广嗣有了这匹坐骑，能在顷刻之间往返于皇城与镇西两地。这时，广嗣虽然奋勇应战，终因天威浩荡，不能取胜，行将被擒之际，广嗣逃到海边，企图骑上龙马，越海逃往高丽国去，然而龙马竟不能飞翔如前了。这时，广嗣便知自己气数已尽，于是就和龙马一同溺海而死。因广嗣已经落海，所以在他家中遍寻不见，于是东人追来，正在这时，从海面上刮起一阵风，将广嗣的尸身吹到海边，于是，东人便将他的首级割下，带回皇城复旨。

广嗣死后变成冤魂厉鬼，不但对朝廷衔恨不忘，而且要报玄昉之仇。一天，他在玄昉面前显露：只见来了一个冠带巍峨的红衣人，一把抓起玄昉腾空而去。厉鬼把玄昉的身躯撕得粉碎，一块块地从空中扔了下来，玄昉的众弟子把它捡凑在一处，然后埋葬起来。从此厉鬼不断作祟，天皇十分恐惧，降旨说："吉备大臣是广嗣的老师，应该立即到他的坟前去祭祀。"吉备领旨西行，来到广嗣墓前祭奠祷告。这时，广嗣的冤魂全力向吉备扑来，几乎把他缠住，但是吉备是个通晓阴阳法术之人，用阴阳法术保护自

① 原名"御手代"，是日本古代天皇祭祀时，代天皇手捧供物之人。

身，毫不畏惧。由于他虔诚的祷告和祭奠，冤魂终于不再作祟了。

后来广嗣的魂灵成了神，在当地被称为镜明神，玄昉的坟墓就在今日的奈良。

第七篇

婆罗门僧正从天竺来访行基

古时，圣武天皇建造东大寺，准备举行开光供奉法会。当时有一人名叫行基，天皇意欲请他为法会讲师，行基奏道："我不足以当此重任，不久必有人从国外前来，他可以担任讲师。"同时又奏请，让自己去迎接那位讲师。天皇准许他率领百名僧人一同前往，行基站在一百名僧人的最后面，带领治部省[①]玄蕃寮[②]的官员，鼓乐喧天地来到了摄津的难波江边，但是并不见有人前来。

这时，行基备好一套阏伽[③]放进海中，阏伽虽在海中，但丝毫不受波浪之冲动，平平稳稳地向遥远的西方漂去，渐渐不见了。××××阏伽又顺船漂回来了，这个人就是南天××××从遥远的天竺，为了参加东大寺的法会而来的。行基早已算明此事，所以前来迎接。婆罗门下船登岸后，和行基握手言欢，无限愉快。这个来自遥远天竺的人，受到了日本人的热烈款待，他和行基交谈的那种亲昵情形叫人惊异，感到好像是故友重逢。行基作歌欢迎说：

灵山释迦前，

---

① 日本古代的官署，属太政大臣，职权与我国清代的礼部相仿。

② 属于治部省，是掌管佛寺僧尼及接待外国人等事务的机关。

③ 即梵语的 Argha，供佛盛水之器。

相与结盟缘，
真如诚不朽，
今朝喜相见！

婆罗门也作歌答谢说：

迦毗罗卫国，
相与结盟缘，
果然重相会，
共仰文殊颜！

听见歌词的人们，才知道行基就是文殊菩萨的化身。

自从行基迎接来了婆罗门，天皇欣喜异常，倍加崇敬。于是，便按照原来心愿，以此人为讲师，举行了东大寺的法会。当时大家都称他为婆罗门僧正，以后他成为大安寺的僧人。这人原是天竺迦毗罗卫国人氏，由于他虔心诚意祷告，求和文殊相会，有一次来了一个贵人告诉他说："文殊现在震旦的五台山。"于是婆罗门菩提便从天竺去震旦，前往五台山寻访文殊。正走在路上，遇见一个老人告诉菩提说："文殊为了普度日本众生，已经降生在该国。"菩提闻听之后，为了完成自己的心愿，才到日本来的。文殊降生到日本后，就是行基菩萨。

原来，行基早已预知菩提的来临，因此他才前去迎接。菩提也洞察此中缘由，故而交谈起来宛如故友重逢。凡夫俗子由于愚昧无知，不明真相，因而才感到惊异。

第八篇

鉴真和尚由震旦来日本传戒律

古时，圣武天皇朝代，有一位圣僧，人称鉴真和尚。鉴真原是震旦扬州江阳县人氏，俗姓淳于。在大周则天朝代的长安元年，他十六岁那年，跟随一个名叫知满禅师的僧人出家，身受菩萨戒后，便在龙兴寺修行。他一生严守戒律，从不懈怠，后来由于年岁日增，也渐渐走向老境。

这时，有一个名叫荣睿的僧人，为了传习佛法，由日本来到震旦。××××到达该国，××××传播戒律之法，又加上荣睿再三劝告，终于决定随他同去日本传播戒律之法。于是，在天宝十二年十月二十八日戌时，鉴真和尚离开龙兴寺，来到江边要登船的时候，龙兴寺的僧众，一见和尚离去，都非常惋惜悲痛，一齐流泪劝阻。但是和尚传播佛法之心甚切，并未听他人的劝阻。在江边上船后，直下苏州的黄泗浦。和尚率领的人员中，有十四名僧人，三名尼僧和二十四名俗人。携带的物品有：佛舍利子三千粒，佛像、经书、菩提子三斗，其他财物也颇丰富。

途经一月有余，十二月二十五日这天，鉴真一行抵达日本萨摩国的秋妻屋浦，在那里度过除夕。翌年，即天平胜宝六年的正月十六日，有一个从四位[①]上的官员大伴宿祢[②]胡满，将和尚从震旦来到日本的情由奏禀了天皇。同年二月一日，鉴真和尚来到摄津国的难波，天皇闻讯后，派遣大纳言[③]藤原朝臣[④]仲麻吕询问和尚的来意。和尚说："我是大唐扬州龙兴寺的僧人，法名鉴真，我所持奉的是戒律之法，今为传播此法，才不远千里而来。"

天皇闻听之后，命官拜正四位下的吉备朝臣真备传旨说："应该在大东寺修筑戒坛，传习戒律，这是我最欣慰之事。"遂迎接了鉴真和尚，并对他非常尊敬。不久，东大寺的大佛前面便修起一座戒坛。天皇首先以和尚为戒师，登坛受戒，随后，皇后和太子也受了沙弥之戒。此外，贤憬、灵福等八十余名僧人也随之受戒。后来，大佛殿的西头又修起一所戒坛院，许多人都来登坛受戒。

不久，皇后身染重病，经久不愈，鉴真和尚便进奉药品。药品很有灵效，皇后病体果真痊愈。天皇大喜，立刻要封他为大僧正，和尚固辞不受，于是便改赐"大和尚位"[⑤]。同时将新田部亲王的归邸赏给和尚居住，并在那里建造了一座寺庙，就是现在的招提寺。

天平宝字七年五月六日，和尚圆寂。当时他面西盘膝打坐。他的××当××××之后，安葬之时，满山香气芬芳，××××正如××××指示："如果有人死后三天顶上还发暖时，那就是第二地的菩萨。"因此，人们都知道鉴真和尚就是第二地的菩萨。他从大唐带来的三千粒佛舍利子，至今仍收藏在招提寺内。和尚的坟墓就在寺旁，日本的戒坛据说就是从这时开始的。

---

① 日本古代的官阶，一至三位各分"正"和"从"，四至八位除分"正""从"外，又各分"上""下"，外加大初位，少初位，各分"上""下"，共三十级。

② 日本天武天皇时代制定的八色姓的第三位。

③ 日本古代的官名，相当于副首相。

④ 日本天武天皇时代制定的八色姓的第二位。

⑤ 日本古代朝廷赏给僧纲的最高僧位，相当于从二位。

第九篇

弘法大师赴唐传来真言教

古时，有一圣僧名叫弘法大师，俗姓佐伯，是赞岐国多度郡屏风浦的人氏。起初，弘法的母亲阿刀氏梦见一个圣僧前来投胎，因而怀孕生产一子。此子长到五六岁时，便能用泥土捏成佛像，用草木搭成庙堂之形。一天，他梦见诸佛坐在八瓣莲花中间与他交谈，但是这件事他并未告诉自己的父母，当然也未对其他人讲。父母对这个孩子十分喜爱，还有人看见有四个不平常的孩子经常跟随他一起叩头礼拜。因此，附近的人们都称他是神童。

孩子有一个舅舅，官拜五位，自幼跟随伊豫亲王学习文学，他对孩子的母亲说："这孩子将来即使做和尚，也应该读习世俗的经书。"于是，孩子便开始学习了俗典，而且深有领悟。延历七年，这年他十五岁进入京城，跟随一个有学识的讲师味酒净成读习毛诗、左传、尚书等书。他对这些文意领会得非常深透，仿佛是自己已知之学。但是，这孩子喜好佛道，对世俗逐渐产生厌弃之感。最后他终于会见了大安寺的勤操僧正，向他学习虚空藏菩萨的求闻持之法，并且虔诚信奉。

当他长到十八岁时，心想：自己以前所学的俗典全无益处，死后一切成空，唯有学习佛道了。于是他云游各地苦修一番。有一次他走到阿波国大泷山岳修炼虚空藏法时，从空中飞来一口大宝剑；另一次他在土佐国室生门海角上，静悟本尊之道的时候，就有一颗明星进入他的口中；还有一次，他在伊豆国桂谷山的寺院里，自向虚空，将大般若经的魔事品[①]××××。延历十二年，勤操僧正命使者××××，在桢尾山寺削发为僧，身受十戒，法号教海。××××年二十岁。

以后，他又自行更名称作如空。延历十四年，他二十二岁那年，在东大寺的戒坛上受了“具足戒”[②]，从此取名为空海。后来他自己又想：“我虽然学习过外典[③]和内教，但心中仍有所怀疑。”于是，他便到佛前起誓说：“我希望知道迅速成佛之道，但愿三世十方我佛，指示给我不二法门。”不久，他梦见有人点化他说：“这里有经，叫作大毗卢遮那经，就是你所需要的。”空海梦醒之后，喜出望外，便开始寻求梦中所见的那本经书，终于在大和国高市郡久米寺东面的塔底下找到。当时他很高兴，但打开经卷观看时，却无法理解经文，而且全国各地也无一人能懂。这时他想，我何不赴唐去学习此经，于是便在延历二十三年的五月十二日，启程前往震旦，时年三十一岁。

当时，正值越前国守正三位藤原朝臣、葛野麻吕，以遣唐大使的身份赴唐，空海便随同前往。行经海路三千里之后，首先抵达震旦的苏州，同年八月到达福州，十二月下旬，奉唐天子之召，来到上都长安城。空海抵达京师之时，路人围观挤满街巷。空海奉旨在宣阳坊的官舍里居住。

翌年，他奉旨移居西明寺永忠和尚的旧院，终于遇见了青龙寺东塔院的和尚惠果阿阇梨[④]，惠果瞧见他，面带笑容高兴地说：“我早知你必定前来，已等候多时了，今天能得相见，真是可庆。我的弟子们没有一个能承袭我法，现在可以全部传授给你。”随即

① 佛经的篇章叫“品”。

② 是佛门比丘所受之全戒。——原注

③ 佛家称佛经以外的俗家书籍为外典，自称为内教。

④ 本梵语，佛教称可为众僧规范的高僧为阿阇梨。

准备香花，空海第一次进入了灌顶[1]坛。

举行入道灌顶的仪式后，空海走近两幅大曼荼罗[2]画前，手持香花向画上投掷，这时，全部击中佛像间的中尊[3]。和尚一见，喜悦得赞不绝口。不久，他承受传法阿阇梨灌顶之职，邀请五百僧人举行斋会，青龙、大兴两寺许多僧人，都亲临斋会向他称赞致贺。后来，惠果将密教毫无保留全部传授给这个日本僧人，并且邀来许多画师、经师和铸佛匠人，将曼荼罗××××，并叮咛空海说："我已经把佛法全部授给你了，现在××××你应该将它传布天下，给众生造福。"

惠果有一弟子，名叫顺晓，是内廷供奉的十禅师之一。玉堂寺有个名叫珍贺的僧人，来见顺晓说："日本僧人纵然是不平常的圣僧，但不是我师的门徒，按理只该教他学习一般教法，为何把秘密的教法都传授给他呢?"说罢三番两次进行阻挠。不久，珍贺梦见有人告诉他说："日本僧人就是第三地的菩萨，他的内在具有大乘之心，外貌生成小国僧人之相。"珍贺听罢，深恐受佛责，次日清晨便亲往谢罪。

皇宫里三间壁上写有字迹，但自脱落后尚无人修补，这时，天子下诏命日本僧人书写，空海执笔在五处同时写上五行字。他是口衔一笔，两手两脚各执一笔，同时使用五笔写成。天子看罢十分赞佩。空海在另一间房里，研好墨汁，然后往墙上随便一洒，很自然地形成了一个满墙大的"树"字。这时天子低首作礼，赐名五笔和尚，并赏赐一串菩提子的念珠。

一天，日本和尚在城里闲游，来到一处河边，从对面走来一个衣衫褴褛、蓬头垢面的孩童，他问和尚说："你是日本的五笔和

---

① 佛教密宗的一种仪式，在受戒时以香水洒在人的头顶，谓之灌顶。

② 曼荼罗（Mandala）：即描绘净土真相的图书。

③ 即释迦佛。

尚吗?”和尚回答：“是。”孩童又说：“那么你在这河水上面写写字吧。”和尚听了孩童的话，就在水面上写了一首赞美清水的诗词，字迹的笔画一丝不乱地顺水流去。孩童看罢，微笑地现出赞许的神色，又说：“我也能写，和尚，请你瞧着吧!”说罢就在水上写了一个“龙”字，只是缺少右边的一个小点，这个龙字漂浮在水面上，纹丝不动，当孩童最后往字上添上那一个小点的时候，只听一声巨响，白光四射，龙字竟化成一条真龙腾空飞去，这时，孩童也转眼不见了。这孩童实际就是文殊菩萨，他那一身破烂衣服，就是佛身上的璎珞珠宝。

和尚回国那天，站在高高的海岸上，祷告说：“我所传习的秘密的教法必将广传于世，但在弥勒出世之前，要有个保持之地，你就落到那里去吧!”说罢，将手中的三钴金刚杵[①]向日本方向抛去，金刚杵腾空飞起，直入云霄。

大同二年十月二十日，空海回到平安城，首先跟随镇西太宰府的大监高阶远成，将携带回国的佛经法典尽行××××。随后，天皇降旨，命将经典传布国内，并下诏说：“××××布施之事，无可伦比，应从速使其在皇城南面各城门上书写匾额。”于是他遵旨将外门的匾额全部书写完毕。当应天门上的匾额安钉之后，和尚抬头一看，最先在“应”字头上写的那一点已经脱落，他不禁一惊，随即将笔向上一扔，不偏不倚，正好把那一点补上。当场围观的人一齐拍手称赞。后来他本照佛法的教义，建立了真言宗，并广播于世。当时各宗的一些学者，对“即身成佛”的教义颇表怀疑，一时议论纷纷。大师为了解除他们的疑虑，便在清凉殿上结了大日如来入定的密印[②]，面南打坐入禅。当时，大师的脸色变

---

① 原为印度的兵器，两头有尖，分三股、五股、九股三种。佛教密宗用它来表示坚利之智，说智能断烦恼，伏恶魔，和金刚杵一样，无坚不摧。

② 僧人参禅打坐时，用两手十指结成种种形状，以表示诸佛菩萨的本誓，谓之密印。

成金黄，身上放射金光，看到这里，成千上万的人都俯首向大师叩拜。诸如此类的灵验多不胜数，真言教从此便盛传起来。后来大师做了嵯峨天皇的护持僧，并获得僧都职位。

真言教在日本从此时开始传播起来，空海僧都的流派遍布全国，直到今日，真言教仍然盛行不衰。

第十篇

传教大师赴唐传来天台宗

古时，桓武天皇朝代，有一位圣僧，人称传教大师，俗姓三津，是近江国志贺郡的人氏。大师自幼聪慧，七岁那年便显示悟性，能预知许多事情，因而使他的父母感到惊讶。十二岁时便削发出家，成为法师。最初他进入如今的比睿山，在山里盖了一间茅庵，在庵里修行佛法。一天，从香炉灰中出现了一粒佛舍利子，法师看见惊喜异常，当他正发愁不知将这粒舍利子装在何处供奉才好的时候，香灰中又出现一个金质的漂亮匣子。于是，大师便将舍利子装进匣里，不分昼夜向它顶礼参拜。

一天，大师独自寻思道："我应该在这里建立一座寺庙，来传播天台宗的教法。"于是他便在延历二十三年，前往大唐。抵达后首先来到天台山，会见了道邃和尚，向他学习天台宗的法典，同时又跟随顺晓和尚学习真言教，他将显密二教法完全学得，恰如瓶之泻水。

当时，佛陇寺里有一个名叫行满的住持，前来会见这位日本和尚，他说："我听说，从前智者大师说过这样话：'我死之后，经过二百多年，那时会有一个从东方国家来的僧人，学习我法，并传播于世。'如今我推想起来，你就是这个人了。"因此，便将××××法典毫无保留地传授了日本和尚，以备他回国之后传播。

法师准备起程赴唐之前，曾到宇佐神宫参拜，当时他祷告说：

“保佑我一帆风顺，平安渡过大海吧！”结果他如愿以偿，平安到达了震旦，而且学到了天台宗的法典。延历二十四年大师回国后，为了表示致贺之意，首先又去参拜了宇佐神宫，在神座前恭敬礼拜，在讲解法华经时说：“我这次赴唐归来，如愿以偿，学来了天台宗的法典，今后要在比睿山上建立一座寺庙，广收僧徒，树立起独一无二的一乘宗，使全国人领悟‘有情无情皆能成佛’的教旨。我还准备塑造尊药师佛像，来医治一切众生的苦病，但愿大菩萨保佑我完成这个心愿吧！”

正在这时，大殿里发出了奇妙的声音，有人用指示的口吻说：“圣僧的心愿非常可贵，应该迅速完成，我一定要加以保佑。但是在你塑造药师佛像时，必须穿上这件衣服。”说罢，从殿内抛出一件衣服来，大师拿过一看，乃是一件深紫色震旦丝绸的厚棉袄。大师接过衣服又叩头礼拜，然后离去。后来，当他返回比睿山建寺的时候，就穿着这件斋服，亲自塑造药师佛像。

还有一次，当大师拜谒春日神社，在神座前讲解法华经时，曾有紫色祥云从山峰升起，将讲经的庭院全面遮住。后来果真如其所愿，天台宗遍传国内，天台宗的支派到处可见，各地无不学习此教，直到今日天台宗仍然盛行不衰。

第十一篇

慈觉大师赴唐传来显密二法

古时，仁明天皇承和朝代，有一位圣僧，人称慈觉大师，俗姓壬生，是下野国都贺郡的人氏。在他落生之时，曾有紫色祥云，覆盖其家。

当时，国内有一位名叫广智菩萨的圣僧，从远处望见紫云，感到非常惊奇，便寻找到这家问道："你们家里出什么事了吗?"主人回答说："今天生了一个男孩。"广智菩萨就告诉孩子的父母说："你们生的这个男孩将来可成为一个不平凡的圣僧，虽然你们是他的父母，也应该对他敬重才是。"说罢便自走去了。后来，男孩渐渐长大成人，九岁的时候，他就对父母说："我有心出家，要到广智那里去学习经文。"在他购买经书的时候，买到了一部法华经中的普门品，于是他便拿着这本经书去向广智求教。

一天，孩子梦见一位圣僧走来抚摸他的头顶，旁边还有一个人问他说："你认识摸你头的人吗?"孩子回答说："不认识。"这人又说："他是比睿山的大师，因为他将成为你的师父，所以才来抚摸你的头顶。"孩子梦醒之后，心中思忖，如此说来，我一定是应该做比睿山的僧人了，于是他在十五岁那年，便登上了比睿山。当他初次和传教大师见面时，大师满面笑容，欣喜非常，仿佛是迎接故友，孩子一看大师，宛如梦中所见。不久，他便拜在大师门下，削发为僧，法号圆仁。圆仁学习显密二法时，没有丝毫不解之处。

不久，传教大师圆寂，圆仁心想，我应该去大唐进一步研求显密教法，于是就在承和二年动身渡唐。他来到震旦以后，除登天台山、拜五台山，还遍游各地巡礼圣迹。他在各处佛法流传之地随时学习之时，正值大唐会昌天子即位，由于这位天子下了消灭佛教的旨意，各地皆在捣毁寺庙佛塔，焚烧正教经书，捉拿僧人勒令还俗等等，官差四处缉捕××××。

一天，大师遇见了官差。众官差发现大师是单身一人，并无随从，便得意地追赶前来，大师逃进一座大殿，官差随后赶来，打开殿门四下寻找，大师无法可想，便混在佛像中间，心中诵念不动明王的佛号，官差遍寻不见僧人，只见多了一尊新的不动明王的佛像。官差们惊疑之余再仔细看时，大师又还了原形。官差问道："你是何人?"大师回答说："我是从日本国来习求佛法的僧人。"官差有些恐惧，便将迫使还俗之事暂放一旁，先将经过情形奏明天子。天子下诏说："既是外国僧人，从速驱逐出境!"

于是，官差人释放了大师。大师高高兴兴从那里出来，在要逃往外国的途中，逃向另外一地。远远望见山后有一人家，仔细看时，但见垣墙高筑，四围坚固，只有一面墙有门，门前站着一个人。大师一见有人，心中喜悦，便上前问道："这里是什么地方?"那人回答说："这是一个长者的家，圣僧有何事?"大师答道："我是为学习佛法，从日本国来的僧人，不巧正碰到这里毁灭佛法，所以想找一个隐身之所，暂时躲藏起来。"站在门前的那个人说："这个地方由于地处偏僻，从无人来，十分清静，你可以暂住此地，等外边风声平静，再出去学习佛法不迟。"大师听罢非常高兴，便跟在那人身后走进门去，进门之后，那人便将大门关上，一直向里面走去，大师也跟在身后，走了一程，仔细看时，见有各式各样的房屋，都是重叠建造的。在许多人住着的房屋中间，有一间空房，那人就把大师安置在这间房里。大师来到这个极其清静的所在，非常高兴，心里想，自己能在这里等待外边平静，倒也不错！像这种地方，也许能有佛经。想到这里，他便悄悄在四处寻找，结果一无所见。这时他发现后面有一个屋子，及至走近一听，就听见里面发出许多人的呻吟声，大师觉得很奇怪，便偷偷向里观看，原来有人被绑吊在梁上，下面还摆着一个罐子，人血正在往罐子里滴。看到这般光景，大师纳闷不解个中究竟，上前询问，也无人回答，只好惊疑地走开。

后来，大师又窥视了另外一处地方，同样也听得见呻吟之声，原来里面躺着许多面色发青骨瘦如柴的人。有一人看见大师召唤便爬行过来。大师问他："这里是什么地方？怎么会有这些令人难忍的事情呢？"于是这个人就拿起一根小木棍，伸出枯瘦得像根细柴似的胳膊，在地上写道："此处是'翀缬①城'，不知真相的人来了之后，他们先给吃哑药，后给吃肥药，然后把人高高吊起一处处地用刀刺破，使血滴在罐子里，再用它来绞染布匹。我们不明世故，来到××××，你可装作吃下去的样子，有人问话时，就呻吟装哑，千万不要说话。我们也是不明真相，误吃此药，方落到这般光景，你还是乘机逃跑了吧，只是这里四面关防严密，怕不是轻易逃得出去的地方。"大师看罢地上字迹，吓得魂飞天外，茫然不知所措，一时间无可奈何，只得回到原来的房中。这时，果然有人端来食物，一如方才那人所说，盛着芝麻似的东西。大师假装将食物吃进的模样，暗地揣在怀里，随后扔到外边。送过食物之后，又有人前来问话，这时大师一语不发，只是呻吟，那人看罢露出满意的神色，便自走去。

后来，又给大师吃了各式各样的肥药。这时大师趁人不在的工夫，面向东北方向，合掌礼拜，祷告说："祈求我山的三宝和药师佛保佑，请救我逃出此处回转故乡罢！"正在这时，出现一只巨

---

① 染布的一种方法，又叫绞染，将布扎紧或使成褶皱，染后形成白色花纹。

犬，用口衔着大师的衣袖向外就拉，大师便跟随而去，来到一个无法出入的水门前面，巨犬从这里将他拖出墙外，出到墙外之后，巨犬也不见了。大师悲喜交加，感激流涕，茫然地向前奔跑，一路上爬山越岭跑出很远，当他跑到一个村庄时，遇见一人，这人问大师说："你是从哪里来的圣僧，为何跑得这样慌张？"大师如此这般地把自己遇到的事情讲了一遍。那人听后说："那是'骈缬城'，专靠挤绞人血为生，凡是走进那里的人从无一人回来。的确，若不是神佛保佑，是万万逃不出来的。你真是一个不平凡的高贵圣僧。"说罢，便高兴地分手走去。

大师从那里好容易又逃到京城，他暗地向人打听，这才知道会昌天子已经驾崩，新天子就位已下诏制止灭绝佛法。于是大师如愿以偿，拜青龙寺的义真为师，习学密教。承和十四年大师回国，将显密二教法广传于日本国内。

第十二篇

智证大师赴唐传来显密之法

古时，文德天皇朝代，有一位圣僧，人称智证大师，俗姓和气，是赞岐国那珂郡金仓乡人氏，父亲是一个富豪，母亲佐伯氏是高野弘法大师的侄女。一天，他母亲梦见一轮旭日东升，光芒万丈，当时有一流星〔突然飞来进入口中〕，不久便怀孕生下大师。大师自幼便与众不同，长到八岁那年他对父亲说："内典[①]里面有因果经，我立志要读习此经。"父亲听罢甚为惊奇，立刻给他找来这部经书。

这孩子获得经书之后，朝夕读诵，记忆不忘，乡人听说，无不惊讶称赞。十岁时，读习毛诗、论语、汉书、文选等俗书，无一不是过目成诵，确实是一件奇迹。十四岁时，他离家进京，跟随叔文仁德僧人初次登上了比睿山。仁德对这孩子说："我看你不是平常人，我自己却是一介凡夫，不能收你为弟子。"随后就把他托付给第一住持义真，义真见此子容貌不凡，非常喜爱，竭尽心力，将法华、最胜以及本宗的经书传授给他。十九岁那年他正式出家受戒，法号圆珍。

以后圆珍就隐居山中，勤修佛法，从不懈怠。不久，天皇闻听此事，也对他倍加崇信，躬亲皈依，还赏赐了许多钱粮。一天，

① 指佛教书籍，是称一般丛书，为外典的对称。

圆珍正在石龛中“坐关”[①]修炼，面前忽然出现一位金人，点化他说：“你应该把我的像画下来，诚心信奉。”圆珍问道：“你是谁?”金人回答：“我是金色不动明王，为了保护佛法，常在你的身边，你应该从速研求三密之法，劝化众生。”和尚亲睹佛身，感到无限的钦敬和惶恐，便朝着金人恭敬下拜，然后叫画匠将佛像绘画下来，直到今天，这佛像仍然存在。

这期间，圆珍心想，我何不赴唐去参拜天台山圣迹，然后到五台山去会晤文殊呢。于是他便在仁寿元年四月十五日，从京城起程向镇西进发，三年八月九日，正值来镇西经商多年的唐国商人钦良晖回国，圆珍和尚便搭乘了他的船。他们启程之时，突然刮起东风，船行如飞。航行到十三日的申时，又变成北风，船只顺风漂去，次日辰时漂到琉球国。琉球位于大海中央，是一个吃人的国度。这时风却停息下来，但船只已迷失前进方向。远远望见有数十人在岛上徘徊走动，人人手持矛枪。商人钦良晖一见这般情景，便痛哭起来。和尚问他为何如此，他回答说：“这是一个吃人的国度，我们太可怜了，眼看性命就要断送在这里。”和尚听罢，马上虔诚地祈祷不动明王前来搭救。

这时，云中果然现出佛身，佛身的形象和几年前在日本国内出现的金色不动明王一模一样。这时，突然刮起东南风，船只便向西北飞驶而去。次日午时，船到大唐国岭南道的福州连江县附近。福州刺史听说他们的经历，怜恤和尚的遭遇，便使他暂住在本地的开元寺中。后来，消息从这里传到了京城，天子听到和尚的德行，认为非常尊贵，便躬亲皈依。

以后，和尚的夙愿终于得偿，他登上了天台山，不仅到禅林寺去参拜了定光禅师的菩提树，还拜谒了埋葬天台大师肉身的古

---

① 僧道的一种修行方法：把自己禁闭在只能容身的小屋里，在一定的、相当长的时间内与外界隔绝，叫作坐关。

墓。禅林寺是天台大师传道说法之地。在寺的东北方有一座安放着石象的殿堂，这是纪念天台大师修法时普贤菩萨骑着白象出现的一处地方，那匹白象后来变成了石象。石象的南面有一座石窟，石窟里放置着一把大师坐禅时的椅子，在那西边放着一块磐石，磐石的面颇像五鼓[①]。过去每当天台大师在此山讲经说法之时，便敲击这块磐石来召集众人。石音嘹亮，远近皆闻，众人听见石声一响，立即前来听经。但是，自从大师圆寂之后，有人再敲此石时，它便寂然无声了。因此，很久以来就没有人再来敲打这块磐石了，日本和尚听说此事之后，要亲手一试，拿起小石子向磐石击去，这时磐石发出洪声，响彻山谷，宛如从前大师在世时所敲的声音一般。这一下，满山僧人以为大师重生，全都痛哭流涕地向日本和尚叩拜。

和尚离开此地，回到青龙寺，跟随法诠阿阇梨学习密教。法诠是惠果和尚的弟子，也是天竺那烂陀寺的三藏善无畏阿阇梨的第五代衣钵弟子。法诠一见日本和尚，立刻露出笑容，对他十分宠爱，因而教授密法，如瓶之泻水，毫无保留。

和尚在兴善寺里还遇见惠轮，并向惠轮学习了显教，所学教义均能领悟，无不透彻。和尚学毕显密二教之后，于××年六月离开福州，搭乘商人李延孝出国的船只，在天安二年归国。抵达镇西后，将归国之事奏禀天皇。天皇听到这个消息，非常喜悦，立即差使××去迎接和尚。××××以后天皇躬亲皈依了他。和尚住在比睿山的××××千光院，一日，突然呼唤弟子说：“赶快去将持佛堂[②]里的香水拿来！”弟子将香水取到之后和尚便用散杖[③]浸沾香水，向西方天空连洒三次，弟子看见师父的举动，感到

---

① 即五更鼓（出自晋书）。

② 供奉自己信奉的佛像的佛堂。

③ 真言宗修法时洒净水的一种法具，用柏、梅、柳树枝制成。

惊奇，便问道："为什么要这样洒呢?"和尚回答说："唐国的青龙寺是我学法时居住的寺庙，现在庙里的大殿屋檐失火，我洒香水是为了救火。"弟子听后不解其意，都很是怀疑。

翌年秋天，一个唐国商人给和尚带来从青龙寺传出的消息说："去年四月×日，青龙寺大殿屋檐失火，正在火起之际，从东北方骤然降下大雨，将火淋灭，结果大殿没有浇着。"这时，那个取香水的僧徒才恍然大悟，明白师父当天洒香水的缘故。他惊异地把这个消息告诉了其他僧人，大家也都赞叹不止。和尚身在本国而能预知唐国之事，这的确可以说他是菩萨的化身，众人议论纷纷，××××，深受感动，因此对和尚就更加崇敬了。

除此而外，和尚的奇异事迹多得不可胜数，举国上下对他无不崇敬。后来，他招收门徒，广为传播显密二法。这两种教法在佛法中极为昌盛，直到今天仍然盛行不衰。不过，和慈觉的门徒之间，因教义不同，互有争论，据说当时在天竺、震旦亦是如此。

第十三篇

圣武天皇初建东大寺

古时，圣武天皇建造东大寺，用黄铜铸起×丈多高的大卢舍那佛的坐像，然后又盖起一座高大的殿堂把佛像罩起来，并且还修了讲堂、食堂和两座七层宝塔。此外还修建了各式各样的殿堂、僧房、戒坛别院以及一些院门等。在大殿的土坛动工的时候，天皇曾亲手拿起锄头铲土，皇后亲自用衣袖装运砂土。大家瞧见这种情况，上自大臣起没有一人不是竭尽心力地修建庙宇。

大殿和佛塔已经建成，大佛像也铸造完工，但是涂饰佛身却需要大量的黄金，日本国内原本没有黄金，只好到震旦去购买，于是天皇便命遣唐使携带许多财宝前往震旦。翌年春天，遣唐使回国，携来许多黄金，这时立即召集铸佛工匠，从速给佛像涂金。涂饰结果，金色淡薄仅够××××尚不够用，何况不少殿、塔上的铜件等应该涂饰的地方还有很多，天皇看到这般光景，忧虑万分。

因此，天皇召见当时的许多得道高僧，问道："怎么办好呢？"有人回奏说："大和国的吉野郡里，有一座大山，名叫金峰，顾名思义，山里定有黄金，这座山有护山的神灵，应该派人向他祈求。"天皇听罢，认为所言有理，便召见负责监修东大寺的良辨僧正，命他向山神祷告说："现在为了普度众生，修建庙宇，需要大量黄金，我国原本缺乏黄金，据人传说金峰山上有黄金，万望分赠一些。”良辨拜领旨意后，祷告了七天七夜，这时他梦见一个僧人来告诉他说：“此山的黄金是弥勒佛存放的，必须等到弥勒出世之时才能分散。在这以前断难分赠，我只负护守之责。近江国的志贺郡，有个地方叫田上，那里有一座孤零零的小山，小山以东的地方叫椿崎，那里有很多各式各样的怪石，其中就有古时垂钓老翁坐过的石头。你可以在这块石头上塑造一尊如意轮观音像，在像上再修盖一座殿堂，然后再祈祷求金之事，这样你所祈求的金子，自然会如你所愿地出现了。”良辨梦醒之后，将梦中所见奏禀了朝廷，随后便领旨到近江的势田，并向南去寻找椿崎这块地方。他按照别人的指点，走进山中一看，那里果然耸立着许多平日罕见的石块，梦中僧人指点的那块垂钓老翁坐过的石头也在里面。良辨发现这块石头后，回去奏禀天皇，天皇下诏说：“从速按照梦境塑造如意轮的佛像，然后祈求黄金。”良辨奉旨之后，就到椿崎去修盖庙堂，塑造佛像，从开光之日，便祈祷求金之事。为时不久，陆奥和下野两国都进贡了黄砂，于是找来炼冶工匠前去提炼，提炼过程非常顺利，得到的全是黄澄澄的金子。朝廷得讯之后，极为欣喜，就派人前往陆奥，令当地大量进贡金砂。后来使用这些黄金涂饰了那尊大佛之后，还余剩很多，于是又用它将××××全部涂成。

震旦的黄金，颜色淡黄，××××显而易别。这就是日本首次出产黄金的由来。后来天皇诚心信奉此庙，庙中的讲师就是兴福寺的隆尊法师，隆尊法师是菩萨的化身，据说椿崎地方的这尊如意轮观音还在现今的石山供奉着。

第十四篇

淡海公初建山阶寺

古时，在皇极女皇的朝代，大织冠[①]尚未升到内大臣之职，仍是一个常人的时候，东宫皇太子一心想讨伐苏我入鹿。当时，大织冠心中祈祷说："我今天已犯下重罪，希望能去消灭恶人，若是我能如愿获胜，我必须塑造一尊丈六高的释迦佛像和两尊侍奉在佛边的菩萨像，并且修建一座庙宇供奉起来，以赎我罪。"

后来，他果然如愿以偿地战胜了敌人。这时他为了偿还自己所许下的心愿，便塑造了一尊丈六高的释迦佛像和侍奉佛旁的两尊菩萨像，并在自己的家乡山阶的陶原修盖了一座庙堂，将佛像恭敬供奉起来。后来，大织冠升到内大臣的职位死去。他的长子淡海公承袭文职，继续在朝为臣，也升到左大臣之职。后来女皇元明天皇即位，和铜三年，他奏请天皇，拆毁原来在山阶陶原家乡的那座寺庙，把佛像迁移到今天的山阶寺里来。

和铜七年三月五日，举办了开光供奉的法会。由于天皇的宏愿，仪式举行得非常隆重。淡海公以本族长者的身份亲自参加礼拜。元兴寺的行信僧都担任了法会的讲师，并在当天被赏赐了大僧都之职。法会的司仪是该寺的善佑法师，当天也成了小僧都。

---

① 日本古时的最高冠位，授予朝廷中品级最高的官员，被授予此冠的，即被尊称为大织冠。这里指的是藤原镰足（614—669）。

另外有七个僧人，都被赏赐了僧纲之职。其他参加法会的僧人有五百名之多，会上并备有音乐，开光仪式的盛况，一时描述不尽。

此后，逐步地增建了许多殿堂和宝塔，又修起回厩、门楼和僧舍，招来大批僧徒住在寺里修习大乘之法，举办法会。当时佛法昌盛的情况为其他地方所不及。这座庙堂原来建在山阶，尽管庙址更变，仍然称作山阶寺，别名也叫兴福寺。

第十五篇

元明天皇初建元兴寺

古时，元明天皇在奈良都的飞鸟乡建造元兴寺，并修盖了大殿、佛塔，在大殿里供奉一尊×丈高的弥勒佛像。这尊佛像原非日本塑造，还有一段来历：

从前，东天竺有一个国度，名叫生天子国，国王叫作长元王。生天子国里，五谷丰登，国富民足，但是国内从未听说过佛法二字。这时，长元王初闻世上有佛法之说，心想："无论如何我国也必须知道佛法。"于是便诏示国内上下人等："速去寻找能懂佛法之人！"不久，海边上顺风漂来一只小船，当地人发现后惊异地奏禀了国王。这只船上仅仅载着一个僧人。国王召见僧人，问道："你是何人？从何处而来?"僧人回答说："我是北天竺的法师，以前修习过佛法，如今娶妻已生了几个孩子，家贫一无所有，孩子们想要吃鱼，又无钱买，因此我黑夜乘船到海中钓鱼，不料突起狂风，将我刮到这个海边来了。"

国王说道："那么你可以讲讲佛法。"僧人便朗诵起最胜王经，并解说了经中大意。国王听罢，高兴地对僧人说："我已经懂得佛法了，现在想要塑造佛像。"僧人说："我不是塑造佛像的人，国王如果想塑造佛像，可以至心祈求三宝，塑造佛像之人自然可以出现。"国王按照僧人的言语，开始祈祷起来了，并且还赏赐给僧人许多财物，从此僧人就不再感到匮乏了。但是僧人由于时常怀念家乡，总是郁郁不乐。国王知道后，问僧人说："你为何闷闷不乐呢?"僧人答道："我在此地虽然安然无忧，但是经常怀念家乡的妻子，所以闷闷不乐。"

国王听罢说："这是理所当然的事。"又吩咐说："你可以立刻回家。"随即命人将大批财物装到船上，送僧人回国。过了一些时候，海边上又同样漂来一只小船，船里只载着一个童子，当地人看见后，和上次一样禀报了国王。国王召见童子问道："你从何处来？可有什么技能吗?"童子道："我只会塑佛，别无他能。"国王听罢立即离座向童子施礼说："我的心愿已经完成，请你从速塑造佛像吧。"说着流下眼泪××××。童子说："此处不是塑造佛像的地方，需要清静××××。"国王听罢，便让童子到一处平日供自己游散的清静所在查看，童子便选定这里为塑佛的地方。国王按照童子所说，把应用物品和佛书等送来。童子将大门关闭，自己在里面开始雕塑佛像，并且不准别人近前。这时有人悄悄在门外窥听，虽然是童子一人在雕塑佛像，里面却响起了四五十人一齐动手的声音，大家觉得奇怪。到了第九天头上，童子打开大门，奏禀国王，说佛像业已雕成。

国王急忙驾临那里，向佛像顶礼参拜，然后问道："这尊佛如何称呼呢?"童子答道："虽然十方皆有我佛，这尊却是未来出世的弥勒佛，如今正住在第四兜率天的内院，对这尊佛参拜过一次的人，就能升到兜率天去见佛身。"说至此时，佛像眉宇之间射出白光，国王一见，感动得流下眼泪，朝着佛像欢喜礼拜。他吩咐童子说："为了供奉这尊佛像，应从速修建寺庙。"童子奉旨首先在寺庙的四周修起了外阁，然后在当中筑起一座两层的殿堂，把佛像供奉在里面，他发誓般地说："庙宇的外阁，东西二町①，表

① 日本的距离单位，一町约合 109 公尺。

明菩提[1]、涅槃[2]二果之相；南北四町，象征脱离生老病死四难之苦。在末劫恶世到来之前，如有人对此佛礼赞参拜，哪怕只是一次，也必能生在兜率天的内院，受到三会[3]的超度而永脱三途[4]之苦。”童子说罢，转眼就不见了。

看到这种情况的人，上自国王，下至百姓，都感动得落下泪来，当他们叩头礼拜之时，从佛像的眉宇之间射出白光。后来，有几百名僧徒住在这座寺里传播佛法。举国上下，从大臣文武百官起，直到庶民百姓，都无限地崇信此佛。长元王的心愿果然得偿，终于升到兜率天上去了。不仅国王如此，虔诚敬奉此佛的上下人等，也有很多升天。后来，国里出现暴君，这所寺庙的佛法逐渐衰微，僧徒也全都逝世，百姓也不断死亡。

这期间，白木国国王听人传说此佛有灵，一心想将此佛移到本国来日夜虔诚供奉。当时国里有一个宰相，心灵性慧，足智多谋，他就奏明国王，领旨坐船前往生天子国，用计将佛像窃取到手，偷放船中，同时把这座庙宇的××××。正在海上，突然狂风大作，一时巨浪翻滚，海面××××。虽然船中财物已完全被投入海中，但狂风却仍然猛刮不止。宰相为了保全性命，取下最富贵的财宝——佛像眉宇间的明珠投进海中。这时龙王伸出手掌将宝珠接走，顷刻间风平浪静。宰相说道：“宝珠给了龙王，虽然暂时保住性命，但是必将遭到国王的杀戮。”他认为回国无益，不如就在海上度过残年。于是他朝着海面流着眼泪说道：“你为了解脱三热[5]之苦，把这颗宝珠取走，如今国王必以失珠之罪将我等斩

---

① 印度佛教术语的音译，是觉察（察知恶事）、觉悟（开悟真理）的意思。

② 佛家称永离诸趣，入于不生不灭之门为涅槃。

③ 佛教传说弥勒菩萨为普度众生，曾举办三次大法会。

④ 佛家称地狱道、饿鬼道、畜生道为三恶道，说作恶之人必将堕入这三道之中，又称三恶趣。

⑤ 佛经里所说的龙、蛇所受的三种苦：热风、热砂灼烧皮肤；恶风卷起房舍衣饰；金翅雀来吃幼龙、幼蛇。

首，万望将宝珠赐还我们，以免此难。”

龙王给宰相托梦说：“龙子龙孙曾有九苦，自从得到这颗宝珠，九苦全除。你如能为龙族消除苦难，就将宝珠还你好了。”宰相梦醒后，欢喜地朝着海面说：“能还我宝珠可太庆幸了，我一定要解脱你们的苦难，以相报答，在许多经书之中，最好的是‘金刚般若’忏悔灭罪，我一定抄写此经供奉，来消除你们的九难。”说罢随即抄写供奉。这时龙王的宝珠从海中送进船舱来，但是，宝珠的光泽已被龙王取去了。

不久，龙王又托梦说：“得到宝珠之后，脱离了我们的蛇道之苦，金刚般若之力又使我们解脱了一切苦难，我们真是喜之不尽。”说罢宰相梦醒。他将宝珠镶入佛像的眉间，带回国去献给国王。国王一见大喜，并向佛像叩拜。随即按照正殿的图样修建寺庙，将佛像供奉庙中。后来，集居在这里的僧徒达数千之众，一时佛法极为昌盛，唯独佛像的眉宇之间再无白光出现了。从那时起，又过了几百年，庙中佛法逐渐衰灭，一天，殿前的海面上飞来一只怪鸟，浪潮翻滚飞溅到殿堂的前面，僧徒们畏惧海鸟，四散逃亡，从此寺里就不再有人居住。

这期间，我（日本）国的元明天皇，听人传说此佛慈悲灵验，就想把佛像迁到自己国里，修盖一座庙宇供奉起来。天皇有一外戚是个僧人，平素修行佛法，足智多谋，他奏禀天皇说：“我愿领旨前去彼地，虔诚祈求三宝，将这尊佛像取来。”天皇闻奏，欣然允诺。僧人到了白木国，趁深夜昏黑，将船划近殿堂前边，祈求三宝，然后偷偷取出佛像，将佛像装进船舱，拨船而返。由于从远道××××，将佛像运回国内，国王命××××建造今日的元兴寺，将佛像供奉在大殿之中。

后来，元兴寺集居了数千僧徒，佛法甚盛，并兼学法相与三轮二宗。以后经过许多年代，到了最末一代寺僧的时候，一天，大家讨论为了悼念东天竺长元王的忌日而规定每年举行追悼法会的时候，一个生性粗野的恶僧说："为什么我们国家的元兴寺要给天竺王的忌日举行法会呢？从今以后，再不许举办！"说着就无理取闹起来。但是全寺的僧人无论如何也不愿放弃举办忌日法会的心愿，于是双方议论纷纷，争执不下，恶僧门徒人多势众，遂将全寺主张举办忌日法会的僧人一概驱逐出寺。

这样一来，许多僧人迁居到东大寺。后来二寺遇事失和，双方发生了械斗，当时寺里的老僧虽然未作主张，但寺僧们终于为恶僧之势所迫，穿起铠甲，丢下满寺的经书圣法四处逃散。小和尚看见师父尽皆逃走，认为寺里不可久居，也流着泪七零八落地逃散了。这样五日之内，千余僧人尽皆逃净。元兴寺的佛法，只剩下一尊弥勒佛像传流至今。这尊佛像尤其可贵之处，是雕自非凡人之手，而且它经历了天竺、震旦和日本三个国家，不止一次地放射出正大的光芒。据说尊仰此佛的人，全升到兜率天上。所以说世人对奈良的元兴寺应更加崇信，其由来就是如此。

第十六篇

历代天皇在各地建造大安寺

古时，圣德太子在熊凝村建造佛寺，佛寺未及建成，太子就已逝世。后来由推古天皇继续建造，自推古天皇到圣武天皇，世代相传，大约有九代天皇修建这座佛寺。

舒明天皇即位后，在百济河边选择了一块宽广地方，仿照熊凝村的佛寺式样修造庙宇，取名百济大寺。施工期间，有一个负责修建的官员，将寺旁神社的大批树木砍来用作修寺的木料，因而触怒神人，放火将寺庙烧光。天皇闻讯大为惊恐，但仍命人把佛寺营造完成。

天智天皇即位之后，塑起一尊丈六的释迦佛像，在他许愿祷告的第二天拂晓，梦见两位××××用奇花异草在佛前供奉颂赞××××说："这尊佛与灵山的真佛一般无二，形状也毫无差别，全国人等皆应虔诚信奉。"说罢腾空而去，这时天皇也从梦中醒来。开光供奉之日，天空有紫色祥云缭绕，同时还从天上传来了美妙的乐声。

天武天皇即位之后，在高市郡选择一地，重新仿造此庙并取名大官大寺。这时，天皇又修建了佛塔。后来天皇发起仿塑那尊丈六的旧释迦佛像的誓愿，祷告说："请我佛赐我一名手艺高强的工匠罢！"拂晓时分，天皇梦见一个僧人走来对他说："从前塑造这尊佛的不是凡人，他难以再来。纵然是能工巧匠也难免有失手之处，最好的画家也必有调色之差，唯一的好办法就是在佛像前边悬挂一面大镜，来供奉佛像的移影，既不用塑造也不用涂画，自然可以具备三身，见形是应身，浮影是报身，虚无是法身。功德之胜莫过于此。”

天皇梦醒之后，惊喜交加，于是遵照梦中的点化，在佛像前悬起一面大镜，将五百名僧人请至殿内，举办了一个盛大的法会来供奉影佛。

元明天皇朝代，和铜三年，在奈良京城仿造这座庙宇，圣武天皇继位，准备继续修建，这时有一位僧人名叫道慈。道慈聪明智慧，为世人所敬重。以前，道慈为了传习佛法，曾在大宝元年前往震旦。养老二年，道慈回到日本奏禀天皇说：“我去唐国之时，就有心在回国后修盖一座大庙，所以这次我把西明寺的建筑图样带回来了。”天皇闻奏高兴地说：“我的愿望达到了。”天平元年，下诏命道慈改建此庙，同时加封了道慈。中天竺舍卫国的祇园精舍①系仿照兜率天的宫殿而造，震旦的西明寺又仿造了祇园精舍，我国的大安寺则是西明寺的写照。这座庙花费了十四年的工夫才修建完成。当时举办了盛大的法会。天平七年，改大官大寺为大安寺。

××××寺院最初失火，是因为用了高市郡的子部（明神的神木），这位神原本是雷神，心中发怒时便冒出了火光。后来，九个朝代的天皇在各地仿造寺院，耗费资财很多，因此为了取悦于神，将寺院××××。（以下缺文）

---

① 须达长者为释迦牟尼建造的寺院。

第十七篇

天智天皇建造药师寺

××××继当代天皇之后，是一位女皇——持统天皇继承了皇位。在高市郡××××建起一座寺庙，里面供奉着这尊药师佛像。及至后来建都奈良的时候，女皇元明天皇在西京的六条×坊，又仿造了今日的药师寺。当时天皇的师父是一个僧人。一天，僧人入定，去到龙宫观摩那里的宫殿建筑式样，回来后奏禀天皇××××当时佛法大盛。××××这座庙的药师佛××××，去庙中参拜祷告的人，无不有求必应，真是一尊应该虔诚供奉的佛像。这座庙即便是有名望的高僧，也不许随便出入，只有一个没出家的庙童，进去侍奉佛供和香火。

第十八篇

高野姬天皇建造西大寺

古时，有一位高野姬天皇，原本是圣武天皇的公主。公主虽然身为女子，但心性聪慧，工于文章，并能领悟佛法。当她身为公主，继位以前，就一心想修建道场，当时有一个寺院，名叫初龙寺××××（以下缺文）

第二十一篇

圣德太子建造天王寺

古时，圣德太子在我国内诞生之后，一心想传播佛法，为国人造福。于是太子向他的伯父敏达天皇奏请在国内推崇佛法，修建寺塔，信奉外国来的僧人。这时，有一大臣名叫守屋，表示反对，向天皇谏阻推崇佛法之事，因此太子和守屋便结下了仇隙。于是太子与苏我大臣商议讨伐守屋，以便在国内传播佛法。

正在此时，有人通报守屋说："太子和苏我大臣要同心合力讨伐你了。"守屋得讯后，就在自己家乡阿都集结兵力，准备防守。这时，有一个名叫中臣胜海的人也集合了兵力准备给守屋助战。不久，他二人诅咒天皇的消息传遍了全国，苏我大臣将此事奏禀太子，一同率领人马前往守屋家中问罪，这时守屋也调兵固守城垣的兵马与来军交战。由于守屋的兵将非常勇猛，官兵怯敌，连攻三次皆败下阵来。这时太子才十六岁，站在大军后边，指示军中判官秦川胜说："你赶紧取木头来，刻成四天王的神像，用枪挑起高举过顶，这样许愿说：'这次如蒙保佑，一战成功，定为四天王重塑金身，再修寺塔。'"苏我大臣也许下了同样的誓愿，随后便厮杀起来。这时守屋爬上了一棵大栎树，向物部氏的大神祷告一番，然后射出一箭。这支箭正中太子的马镫，落在地下，太子命舍人迹见赤梼向四天王祷告后，也射出一箭，这支箭遥遥飞去，正中守屋的胸膛，守屋从树上翻身摔下，顿时守军大乱。

这时，官兵乘势进攻，将守屋的首级割下，随即打进守屋的家中，将守屋的家财全部划归寺有，庄园田地一概充作寺产，并把宅院焚烧。后来就在玉造河畔修起一座寺庙，庙里供奉四天王的神像，这座庙便是今日的天王寺。太子绝不是愿意杀人，只是为了将佛法传流后世；如果没有那位苏我大臣，恐怕我国今天也不会再有佛法了。

太子在天王寺的西门上亲笔提书“释迦如来封法轮所为极乐土东门中心”一语，从此人们便在西门前面唱诵弥陀佛号。直到今天，去那里参拜的人仍然络绎不绝。由此看来，天王寺是一座人人应该参拜的寺院。它是圣德太子降生我国，为了正确传播佛法而专诚发愿修建的一座庙宇。凡有道心之人，必能明了此意。

第二十二篇

推古天皇创建元兴寺

古时，女皇推古天皇朝代，日本国内佛法昌盛，修庙建塔的人多不胜数，天皇命一个从百济国来的人，名叫××××的，用黄铜铸起一尊丈六高的释迦佛像，并准备在飞鸟乡修盖一座殿堂将这尊释迦佛像供奉起来。开始修建殿堂的时候，殿堂的基地上面有一棵不知多少年代的大榉树。天皇传旨说："从速砍掉，以便修建殿坛!"监修官立刻遵旨照办，这时，从树里发出叫骂声："××××滚出去!"众人一听，吓得四散奔逃。

事过不久，又传下圣旨，再度砍伐古树，这时另外找来一伙人，他们手执大小斧头，朝着古树砍去，有一人刚刚砍了两三下便死去。后来又有一人战战兢兢地走过去，当他刚要举起斧头砍下去的时候，仍然和上次一样，立即毙命。随众前来砍树的人们，瞧见这般光景，都扔下斧头，不顾一切地望影而逃。此后，不论再有什么样的责罚，也没有一个人再敢靠近树旁了，大家都恐惧万分，他们说："留着性命给朝廷效力吧!"

正在这时，有一个僧人暗自思忖："为什么一砍这棵树就会死人呢？我一定要设法探明其中的情由。"于是在一个大雨倾盆的黑夜里，僧人头戴斗笠，身披蓑衣装出行路人到树荫下避雨的模样，孤身一人蹑手蹑脚地走到树干跟前，悄悄坐在树洞旁边。半夜时分，就听见树洞上面有许多人声，仔细一听，仿佛有人说："我把这些三番五次来砍的人都踢死了，没叫他们砍成，这么一下，果真没有人敢来了。”又听见另一个声音说：“对，每次都要踢死他，世上没有不怕死的人，这便不会有人再来砍了。”又换了一个声音说：“如果他们用苎麻打成的‘注连绳’[1] 缠绕起来，念完中臣祓[2]再叫木匠打上墨线，然后再砍的话，我们可就法尽术穷了。”这时又另有一个搭话说：“的确是这样。”当许多不同的声音和一些感叹言词交杂在一起时，突然一阵鸟鸣，树上就寂然无声了。

僧人心想：这可听到了一条妙计，于是便蹑手蹑脚地离开大树。随后他将听到的经过奏禀朝廷，朝廷大悦，按照僧人学到的办法，用“注连绳”缠绕树干，在树根上撒米上供，念完中臣祓之后，便叫木匠挂起墨线，然后砍伐起来，结果没有再死一个人。当大树渐渐倾斜下来的时候，只见从树梢上飞走了五六只大如山鸡的鸟，随后大树就倒下了。把树砍下之后，建起大殿的祭坛，那几只飞鸟都迁移到南山旁边栖身去了。

天皇听到这事，深为不忍，立刻命人修盖一座祠堂，赏赐飞鸟，这座祠堂就是今天龙海寺南面的那座神社。后来，大殿落成，开光供奉，当那天早晨移来佛像的时候，佛像过大，而大殿的南门太窄，看光景不是拓宽一二寸就能把佛像抬进去的。佛像的高和宽超过殿门约莫有三尺左右，当时有人主持推倒山墙移入佛像，有人就吵嚷说这可如何是好××××，大家你一言我一语，乱成一团。正在这时，突然有一个年约八十××××走出来说：“出去，出去，众施主全闪开，听我老汉的办法好了。”说着，他用手扭了扭佛像的下颚，将佛头向前一扳，毫不费力平平稳稳地将佛像抬进殿里去了。

---

① 这是日本神道教所用的一种特别编成的绳，中间拴上纸穗，祭祀时挂在神殿或祭坛四周，过年时挂在门前，据说可以避邪。

② 一种祝祷之词。

事后有人打听老翁是谁，这时老翁已经无影无踪，谁也不知道他的去向了。于是大家都惊疑不定，议论纷纷，虽然当时传下令来叫务必找到这个老翁，但是东奔西跑，仍然无人知其下落。于是大家才明白老翁就是佛的化身。时间一到，开光供奉的法会便开始举行了，讲经的法师们看见从佛像的两眉间射出白光，这道白光一直冲出中殿门，像一面盖子似的笼罩在大殿上面，大家都说是件奇事，并互相表示尊崇之念。开光之后，庙里的事务全由圣德太子亲自掌管，从此不但佛法昌盛，而且事无巨细从无疏漏，这座庙就是元兴寺的起源。那尊佛像直到今日仍存，对有道心的人说来，它是一尊应该前去参拜的佛像。

第二十三篇

建造现光寺供奉灵佛

古时，敏达天皇朝代，河内国和泉郡前边的海面上，突然乐声大作，仿佛是筝、笛、琴、箜篌等乐器的合奏。有时还发出雷鸣般的震耳巨响，放出旭日初升般的光芒。白昼乐声齐鸣，夜晚光芒照耀，且向东方流去。

当时，有一人名叫大部屋栖野，将此事奏禀天皇，天皇不信，他便奏禀了皇后，皇后听罢吩咐栖野说："你应该到发光的地方去看看。"栖野领旨前去查看，果然像传说那样看见了白光。他将船划近白光处一望，原来在海面上漂浮着一根大樟木，白光就是从这根樟木上发出来的。栖野回到宫中，将自己所见奏明皇后，并且说："这根木头必定是根灵木，应该拿它来雕刻佛像。"皇后听罢吩咐说："从速依你所奏雕刻佛像！"栖野奉旨后高兴地告诉了苏我大臣，于是命池边直①水田用木雕成佛、菩萨三体之像，供奉在浦寺中。这时有很多人前去参拜供养，对佛像尊崇万分。后来，守屋大臣对皇后说："一切佛像不可放在国内，应该把它远远扔掉！"皇后闻奏，便对栖野说××××。

---

① 日本古时，除氏名外，朝廷还赐予另外的荣爵"姓"，以表示氏族的贵贱尊卑，这种姓划分臣、连、直、首、造等，直在第三位。这种"姓"和后来的爵大同小异，爵一般不附有官职，但"姓"却附有相应的官职。后来天武天皇制定了"八色姓"，从此"姓"就和爵相同，而不附有官职了。

栖野打发池边水田××××，这时，守屋大臣放火烧殿，准备将佛像扔到难渡的运河里叫它随水流去。但是佛像已被隐藏到水稻之中，守屋不曾知道，他责备栖野说："如今我国发生灾害，就是因为将邻国的客神放到国内来。你快将客神之像拿出来丢掉，叫它流到别国去。"但是栖野坚决推辞，始终没有取出佛像来。

后来，守屋起了谋反之心，想乘机篡夺皇位，犯下天神难容的大罪，用明天皇即位之后，守屋终于伏诛。守屋死后，那尊佛像又被取出来供奉，传留后世，如今供奉在吉野郡的现光寺里。当取出之时，佛像曾闪射白光。它是一尊阿弥陀佛像，因为它曾偷藏于水稻之中，所以现光寺也被称作窃寺。

第二十四篇

久米仙人初建久米寺

古时，大和国吉野郡有一寺庙，名叫龙门寺。寺里隐居着两个修炼仙术的人，一个叫阿津美，一个叫久米。阿津美得道在先，早已成仙飞升天上。后来，久米也修炼成仙，当他正飞升上天的时候，有个年轻女子站在吉野河边洗衣。这女子为了洗涤方便，将身上的衣服撩到小腿上面，久米看见这女子雪白的小腿，当时心生欲念，于是便从天上落到女子的面前。

后来，他终于和这个女子结为夫妇。久米仙人当时修行的相貌，如今还画在龙门寺的门上，北野[①]的文章里也有关于这件事的记述，直到今日仍然保存。久米仙人变成凡人以后，在他卖写的文书中仍旧写着“前仙人久米”的字样。久米仙人和那个女子结为夫妇以后，正值天皇在高市郡营造国都，征用当地百姓作为夫役，久米也被征为夫役，这时其他一些夫役称呼久米为“仙人、仙人”，负责监工的官员听见这种称呼便质问说：“你们根据什么管他叫仙人?”众夫役回禀道：“久米在许多年前，隐居在龙门寺里修炼仙术，已经成仙升天，当他在天空飞行的时候，有一个女子在吉野河上洗衣，他朝下看见女子露在外面的白腿，心生欲念，当时便落在女子的面前，娶

---

① 指菅原道真（845—903），擅专诗文、书法，是日本平安时代有名的学者，累充右大臣之职，死后祀于北野地方，所以后世人称北野。

她为妻，因为有这种关系，我们才称他仙人的。”监工官员听罢，便嘲弄地说：“原来这是一位了不起的人啊，既然以前修炼仙术，已经成仙，就绝不会忘掉仙术，这么多的木材与其由他自己搬运，还不如借仙力叫它从空中飞过来呢。”久米听了便说：“我将仙术忘记多年，现在成为凡人，已经丝毫不灵了。”但是他心里却想：“虽然我修得仙术，凡人的情欲仍未净，对女子生了邪念，才未能成仙，但是我修道多年，本尊难道就不能助我一臂之力吗！”因此他对监工官员说：“那么让我祷告一番试试看。”监工官员虽然心里说“这个胡说八道的家伙”，嘴里却回答说：“那太可贵了。”

随后，久米躲在一个清静的道坊里，斋戒沐浴，断绝食物，七天七夜恭恭敬敬不断地叩头礼拜，虔诚祷告搬运木材之事。七天过去，监工官员不见久米出来，既嘲笑又疑惑。待到第八天早晨，天空骤然阴沉起来，昏暗得如同黑夜，霎时间，雷鸣雨降，伸手不见掌，对面不见人。大家正在惊魂不定之时，雷声也止住了，天空也晴朗了。这时再看，无数的大小木材都已从南山边的森林上空飞到这个建都的地方来了。当时，许多监工的官员感到这件事的可贵，都朝着久米恭敬叩拜起来。

后来有人将此事奏闻天皇，天皇听罢也觉得高贵可敬，立刻赏赐久米免税田地三十町①。久米大喜，用这笔钱财在当地盖成一座寺庙，取名为久米寺。不久，高野大师②在寺里用黄铜铸起三尊药师、日光、月光佛像，各高一丈六尺。大师还在寺里发现了“大日经”③。他认为这部经是佛法之本，并且说：“若想迅速成佛，必须学习此经。”后来大师渡唐学习真言教。因而大家都说这是一座灵验无比的寺庙。

---

① 约合我国450亩。

② 即弘法大师。

③ 即大毗卢遮那佛神变迦持经。

第二十五篇

弘法大师初建高野山

古时，弘法大师曾在各地设置道坊传播真言教，后来他渐渐年老，将各地的寺庙全部让给众弟子看管，自己准备去寻找当年在唐国时掷出的那根三股金刚杵所落的地方。弘仁七年六月，大师离开皇城，四处寻访。走到大和国宇智郡时，他遇见一个猎人。

猎人面色赤红，骨大筋粗，身高约有八尺，穿着一件蓝色棉衣，身上佩戴着弓箭，还领着一大一小的两只黑狗。这人看见大师走过，便开口问道："何方圣僧，将欲何往？"大师答道："我在唐国抛掷一根金刚杵，当时曾发誓叫它'落到禅定的灵洞去'，如今我去寻找那块地方。"猎人说："我是在这个南山上调教猎狗的人，我知道那块地方，马上可以告诉你。"说罢他将狗撒开，两只狗跑着跑着便跑远不见了。大师从那里走到纪伊国的一个名叫堺的地方，睡在大河旁边，在这里他又遇见一个樵夫。于是大师又向他打听，他回答说："由此往南有一片平原沼泽，那里便是。"

翌日清晨，樵夫引导大师一同前去，走在中途，樵夫悄悄地对大师说："我是此山之主，可以马上把这块领地献给你。"说罢向山里走了二十多里。山里的形状恰如一只放倒的铁钵，四周耸立着八个山峰。樵夫和大师登上山峰。山峰上长着巨大无比的桧树，如同丛竹般的繁茂稠密。其中有一棵桧树中间分着大叉，那根三股金刚杵正竖立在树杈之上，大师一见，悲喜交加。他知道这就是禅定的灵窟，随即问道："请问樵夫究竟是何人？"那人回答说："我乃丹生明神，现住天野宫中，调教猎狗之人是高野明神。"说罢转身不见。大师返回原地后，辞去所有职务，把各个寺院都交给弟子掌管。东寺交给实惠僧都，神护寺交给真济僧正，真言院交给真雅僧正，大师自己则离开高雄迁入南山。他在南山修盖了许多堂、塔、房、舍，其中有一座高达十六丈的大塔，为了偿还夙愿在塔里供奉五尊一丈六尺高的佛，并定名为金刚峰寺。大师又修盖一处"入定"地方，承和二年三月二十一日寅时，大师盘膝打坐，手结大日如来的"密印"，然后在洞中"入定"，时年六十二岁，弟子们遵照大师遗嘱，朗诵弥勒佛法号。

过了许久，有人打开大师入定的禅洞洞门替大师剪发更衣，后来便一直无人再去。这时般若寺里有一僧正，名叫观贤，代理着般若寺的住持，是大师的曾孙弟子。他来到南山打开禅洞洞门，只见洞中雾气弥漫如同黑夜，一无所见，稍过片刻，雾气消散，这时看见大师身上已经腐蚀的衣服被风一吹变成灰尘飞扬起来。灰尘落下后才瞧见大师，大师的头发已经长到一尺来长。是时僧正沐浴更衣，然后手持新剃刀进洞去给大师剃头。大师所拿的水晶念珠上的丝带已经腐烂，念珠散落在大师面前，僧正将念珠拾集一处，立即结好丝带挂在大师手上，同时又给大师穿上原先准备的洁净衣服，事毕离开洞室。当僧正独自走出洞室，想到就要和大师永诀，不禁悲从中来，垂泪不止。从此，大家有些惶恐，再无人打开洞门了。但是，每逢有人前去参拜之时，向上开的堂门便微微自动张开，山中也时常发出响声，有时还发出敲磬的声音，诸如此类的奇事层出不穷。这座深山虽然连鸟鸣之声都很少听到，但毫不使人有恐惧之感。山坡下并列着丹生和高野二明神的牌楼，正如他们的誓愿在护守此山。世人都说这里是个灵异的所在，因而直到如今前来参拜的人仍然络绎不绝，但是从来没有妇女朝山参拜。人称高野的弘法大师即是此人。

第二十六篇

传教大师初建比睿山

古时，传教大师修建比睿山寺，在根本中堂里供奉一尊他亲手塑造的药师佛像，创立天台宗，按照自己的心愿来传播智者大师的遗教。

弘仁三年七月，修盖了法华三昧堂，大师让众弟子不分昼夜地读诵一乘教法，连续十二小时不停地吹着法螺，佛前挑起的长明灯一直燃烧不熄。弘仁十三年，奏准天皇赏赐官符，这时又开始建立大乘戒坛。早年，为了传播声闻戒曾在国内建立了东大寺。当时大师曾渡唐受菩萨戒，并将此戒传回国来。从此凡是天台宗派的僧人都必须接受此戒，南岳、天台二大师也同样受了菩萨戒。他们曾奏请天皇，要在山上另修一座戒坛，但未被批准。这时大师亲自动笔，笔到文成三卷显戒论一挥而就，当时呈递天皇展阅。天皇见论文广微指引，道理清晰，才立即批准了修建这座戒坛院。

此后，每年春秋两季都举行受法戒仪式。梵纲经中记述说："不受菩萨戒的人便无异于畜生，应该称他是外道。①"又说："如果僧人劝化一个人接受菩萨戒，他的功德就胜过修盖八万四千座宝塔。"然而，大师所传授的法戒，不止对一二人，而是对不可数计的人；即非一年，亦非二年，是经过了若干年，他的功德该有

① 佛家称其他宗教为外道。

多大呢！有道心的人，更应当受此菩萨法戒。

再者，大师在每年的十一月二十一日，还特为唐国天台大师的忌日，设立道坊，邀请众多的僧人讲解法华经，举行历时五日的法会。直到今日，这种法会依然成为全山的传统法会。大师所以修建比睿山寺，树立天台宗派，就是专为追念天台大师的遗教，而且为了报答师恩才在每年举行法会的。后来，大师于弘仁十三年六月四日圆寂，时年五十六年，人称传教大师，本名为最澄。大师的圆寂，事先便告诉他的众弟子了。是日，山峰上出现奇云，覆盖山峰，经久不散，远处的人们看见奇云，都感到惊疑，一致推测今天山中必定发生了变故。

大师圆寂之后，寺里又修建了堂塔，并在东西南北四方的山谷中盖起房舍，让许多僧人住在里面学习天台宗的经法，当时寺里的佛法昌盛，而且灵验昭著。女人从来不登此山。这座寺庙名为延历寺。天台宗从此时起，开始在日本传播。传教大师在宇佐宫被神赐给的那件窄袖棉袍，胁下已然开绽，这件衣服和雕刻药师佛所余剩的木屑，如今都保藏在根本藏经堂里，大师亲笔书成的法华经已被装入箱中收藏在禅唐院里。后代的僧人对它都净身顶礼，如果和妇女稍有沾染，便永远丧失参拜的资格。

第二十七篇

慈觉大师初建楞严院

古时，传教大师有个衣钵弟子，人称慈觉大师。他继传教大师之后，总管比睿山，一心想使佛法昌盛，志愿非常恳切。

首先，他另行修建了一所楞严院，并建造中堂。中堂里供奉观世音、不动明王和毗沙门三尊佛像。他从唐国带回许多佛舍利子来，贞观二年，总持院建成之后，举办了首次的舍利子会，从此，舍利子会便在山中流传下来。会上邀请许多僧人并备有音乐，并定为传统的法会，举办的日期不定，只以山花盛开为期。

贞观七年建成常行堂，七天七夜连续不停地念佛修法。自八月十一日至十七日夜晚，一直可以听到这些极乐圣重赞颂阿弥陀如来的声音。人们称这种声音是引声。引声是大师从唐国传来的，一直流传在山上。免除身、口、意三业之罪的功效，莫过于身常拜佛、口常念经、心常思道。

唐国有一尊神，名叫赤山，他起誓要护守大师，因此便跟随大师来到日本，后来他就永留比睿山中，如今楞严院的中堂旁边便有他的神像，赤山尊神发誓奉守此山的佛法，所以他永久留在山上。比睿山中有一棵大杉树，大师住在树洞中如法精进，书写法华经。经书写成之后，供奉在一间新盖的经堂里，从此，如法经便开始问世。当时国内有许多道高的尊神，都发誓来轮流护守此经，直到今日，如法经仍然藏在经堂中。

杉树的洞穴也仍然存在。有道心的人必当前往参拜。人称横川慈觉大师就是此人。

第二十八篇

智证大师为门徒初建三井寺

古时，智证大师在比睿山为僧，他以天台教主的身份住在千光院。当时，上自天皇，下至全国人民，对智证大师都十分信奉。后来，大师有心为自己的门徒另树一帜，准备寻找一地，使门徒传播自己的佛法，因此就到四处寻访。走到近江国忘贺郡，发现了早年大伴皇太子所建的一座寺院。

大师来到这座寺前，观看寺院的轮廓，觉得非常可贵。寺院的周围，东临近江的江水，西有深山，北有森林，南有峡谷，大殿是两层建筑，上面盖着瓦，前有廊，后有厦。大殿里供着一尊丈六高的弥勒佛像。寺院的一边有僧房，前面有石块砌成的水井。一个自称是住在此庙的僧人走出来告诉大师说："它虽然是一口井，但是名叫三井。"大师问其原因，僧人回答说："从前有三代天皇诞生时所用的水，都是从这口井里汲取的，因此管它叫三井。"

大师听罢，去到僧房观看，但见一所荒废已久的房屋，里面住有一个年迈的老僧。再仔细一看，吃剩的鱼骨、鱼鳞，狼藉满地，腥臭不堪。大师看罢，向旁边房里的僧人打听说："这老僧是个什么样的人?"僧人回答说："这老僧一年到头，专门打捞这条江里的鲫鱼吃，除此以外没有事情可做。"大师虽然听他这样说，但总觉得老僧的仪表越看越高贵，心想其中心定有因，于是他将老僧唤出，二人攀谈起来。

老僧对大师说："我住在这里，已经一百六十年，这座庙盖成后已有××年了，在弥勒出世之前，这座庙必须有人保护，但是过去一直没有能看守它的人，今天幸而大师前来，我可以将此庙永久让于大师。除大师而外，就再无人能保护它了，我年老力衰，正愁无人接替，现在将它交付于你，我实在高兴极了！"说罢，感动地哭着回房去了。

正在这时，出现一个贵人，坐着带蓬牛车，这人看见大师后，欣喜地说："我曾发誓护守此庙的佛法，但是今天此庙已经传于圣僧，广播佛法，从今往后一切都仰仗大师了。"说罢叮咛再三而去。此人虽然无人相识，然而在一起××××，大师问道："此人是谁?"有人回答说："这是三尾明神。"大师心想，难怪看着不像凡人。这时他想要再仔细看看老僧的模样，于是便返回那间僧房，原来满屋的腥臭，已经变成芬芳馥香。大师心想，果然不出我之所料，其中真有缘故，及至进屋内一看，原先看着像吃剩的鲫鱼鳞骨，却是在锅里煮完吃剩下的鲜莲花茎。大师惊奇地走到邻室去打听这件事，有一僧人告诉他说："这位老僧，人称教代和尚，有人梦里见他就是弥勒。"大师听罢，越发感到可敬，就殷勤叮咛一番，然后离去。

后来大师率领许多弟子，携带经论正教，来到此寺传播佛法，于是，佛法便昌盛起来。如今人称三井寺的智证大师就是此人。那顶从大唐取来的大日如来的宝冠，至今仍保存在这座庙里。

第二十九篇

天智天皇建造志贺寺

古时，天智天皇正当驻跸近江国志贺郡粟津宫之时，起了修庙的心愿，于是祷告神明，请求指点庙址。一天夜里，天皇梦见来了一位僧人，告诉他说："西北方有一胜地，可速去查看！"说罢，天皇立即梦醒，出外一看，西北方向果真闪闪发光。次日清晨，天皇便派人前去寻找，差官遵旨前去寻访发光的山地，来在志贺郡的篠波山下。他沿着山谷一直往里行走，这时看见一个耸立的悬崖，悬崖下有一深洞，差官靠近洞口向里面窥视，只见洞里有一个头戴帽子的老翁，不仅形象非常奇特，与世人不同，而且眼神聪慧，气度高雅。

差官走至跟前问道："您是谁，为什么住在这里，天皇看见这片山上发光，特命我前来寻访的。"老翁听罢，一言不答，差人无可奈何，心想这人定有来历，便自回去，将经过情形奏禀了天皇。天皇听罢，惊奇不止，并说："我亲自去问。"立即启驾前往山洞，圣驾来在山洞附近时，就把御辇停放一边，天皇下辇步行走到洞口，这时果然看见有一个老翁。老翁毫无畏惧，头戴着锦缎帽子，身穿着浅色的裤衫，相貌端重，神态高雅。天皇向前问道："这位是谁?"

这时，老翁稍稍将两袖合拢，略微离座欠身回答说："这原是古代神仙的洞府。篠波和长柄两山就在这里。"说罢一晃便不见了。当时天皇对近侍说："老翁说完话就不见了，由此可见，这里就是一处灵异无比的胜地，应该在这里修一座庙。"说罢启驾回宫。

翌年正月，一座巍峨的庙宇才行建成，里面供奉一尊丈六的弥勒佛像。开光的那一天，又建造了灯庐殿，天皇亲自用右手的无名指挑起长明灯，随后他把这个手指连根剁下，装入石盒，埋在灯楼下面的土里，这是为了表示手捧长明灯敬奉弥勒的诚愿。在这以前，正当建造这座寺庙之时，从地下曾挖出一个三尺来高的小宝塔。宝塔形状不像当代的东西。后来天皇知道它是古时阿育王所建八万四千座宝塔之一，因此，心愿愈加笃诚，终于割掉手指埋入地下。

供奉后，天平胜宝八年二月十五日，有一位官居参议正四位下兼兵部卿的橘朝臣奈良麻吕，在这座庙里首创传法会。所谓传法会，就是让众僧讲解华严经以及各种大小乘的经、律、论、章疏等等。他捐出水田二十町作为举办法会之用，并且希望永远举办下去。从那时起，直到今天，法会都是由橘氏的族人来主持的。

自从此庙供奉之后，据说天皇的手指有灵，行为稍有不检的人便被扔进山谷里去。因此，朝山参拜的人都裹足不前。又过了一些时候，有一个来历不明的僧人，做了这座庙的住持，掌管寺政。他说："这座庙没有人前来参拜，太冷落了，都是这个手指的缘故，从速把它挖出扔掉!"当他命人挖掘的时候，雷声大作，骤雨倾盆，同时暴风怒吼。但是，住持越发动怒，终于将手指挖出，手指放着白光，如同刚刚割下，毫未腐蚀。挖出后不久手指化成一摊清水，消失不见了。这个住持僧人不久便发狂死去。

从此以后，这座庙就不灵验了，做下这件怪事的住持，死后还被世人所痛恨。这座庙就是世称的崇福寺。

第三十篇

天智天皇的太子初建笠置寺

古时，天智天皇朝代，有一个太子名叫大友，大友心性聪慧，富有才智，特别爱好文学，日本吟诗作赋，就是始自这位太子。太子又好围猎，射猎逐鹿成为朝夕的常事。他经常佩弓带箭，率领兵丁入山××××，行围射猎。

一日，太子狩猎行至山城国相乐郡贺茂乡东面的山边，在山坡下遇见一只野鹿，太子骑着一匹骏马登山追赶，野鹿朝东方逃去，太子的马匹紧随着鹿尾奔驰，正当太子两脚踏住马镫，拉开弓箭的时候，鹿突然不见了。太子估计鹿可能倒地，但是看不见鹿影。正在这时，太子发觉自己快要从悬崖上跌落下去，于是急忙丢开手中的弓箭，去拉马的缰绳，但是奔驰如飞的骏马一时伫止不住，再看时，那只野鹿已经从悬崖上坠落到万丈深谷中去了。太子的马跑得飞快，眼看着就要像鹿一样坠下悬崖，但是，马的四蹄却踏在悬崖上一块突出的石头上站住了。想勒马往回走，又没有回转的余地，想从马上下来，下面就是万丈深谷，没有落脚之地，只要马稍一移动，便将坠入深谷之中，太子往山涧下面一望，十多丈底下竟是岩石，只觉两眼发花，深不见底，这时太子已经心慌意乱，不辨东西，失魂丧魄，眼看要和骏马死在一起。太子长叹一声，说道："如果此地的山神能救我一命，我必定在这块岩石旁雕刻一尊弥勒佛像。"太子许愿之后，立刻有了灵验，这匹马向后倒退几步，停在一个较宽的地方。

这时，太子下马，感激涕零地伏在地上叩拜。为了日后便于寻找这块地方，就把自己头戴的那顶用灯心草编成的笠帽留下来作为记号，然后回宫去了。过了一两天，太子前来寻找他以前放置笠帽为标志的那块地方。他从山顶向下走，绕过悬崖的腰部，来至山脚下面，太子抬头看时，但见悬崖高耸入云，一望元际。这时太子朝着山腰，心中烦躁，不知如何能在这里雕刻弥勒佛像。

正当此时，天神见怜太子，就帮助雕刻佛像：只见乌云突起，霎时间天昏地暗，如同黑夜一般。在黑暗之中就听见有许多小石块迸裂之声，过不多时，乌云消散，霞光出现，天空豁然晴朗。太子抬头向上一望，崖上已然雕成了一尊形态鲜明的弥勒佛像。太子看罢，感激涕零，朝着佛像虔诚叩拜，然后离开此地。从此以后，这块地方就叫作笠置寺，是因为曾在这里放置笠帽为记。笠置寺又有人简称为笠置。这确是一尊末世罕见的佛像，世人理应虔诚崇信。凡是走来向它朝拜的人就必能升入兜率天的内院，种下躬逢弥勒出世的福因。

据说这座庙，在弥勒佛像雕成之后不久，就被一个名叫良辨的僧正发现，从此庙里有了修行的僧人。此后，又建造了殿、堂、房、舍，使许多僧人住在里面修行佛法。

第三十一篇

德道圣僧初建长谷寺

古时，有一个时期，日本国内发了大水，近江国高岛郡的前面被水冲来了一根大木。当时乡里有一人，前去砍伐那根大木的一端，结果家里起火被烧。后来又从他家传出了瘟疫，一时蔓延整个乡村，死人不计其数。因此，家家户户占卦问卜，问是何物作祟，占卦的结果是："大木作祟。"于是后来再无人敢走近那根木头跟前去了。

不久，有一个家住大和国葛木下郡的人，因为办理自己的紧要事务，来到有大木的这个乡村。当他听说这根木头的缘由之后，内心发愿起誓，打算用这根木头刻成一尊十一面观音菩萨像。但是，单凭他一人之力，要把这根大木运回家乡，却不是一件轻而易举的事，无奈只好空手回到家里。后来，他得到神灵的指点，就备酒设食邀人同往，但是，他们走到那根大木头跟前一看，仍然感到人力不足，势将徒劳往返。这时，他想：何不用绳子捆在木头上试着拽一拽呢！想到这里便用绳去拽，不料轻轻一拽就拽动了，大家高兴地拽着木头走回家去。一路上，过往行人纷纷前来相助，一同拉拽，这样，便将这根木头拽到了大和国葛木下郡的当麻乡里。

大木虽然运回，但这个人的心愿并未能完成。他将大木存放多年，便自死去。因此，这根大木又白白地在那里放了八十余年。

后来，当麻乡里发生了病疫，人们痛苦得低不下头去，生病的人多不胜数。郡司乡长听说这又是由于大木作祟，就聚集一处议论说：“当初，某人将这根来历不明的木头从外地拖来，以致惹起病苦，现在应该把他的儿子宫丸叫出来斥责一番。”但是，宫丸一个人也难以将此木拖走扔掉。郡司无法，心中烦恼，只好征集全郡的百姓，把这根木头拖走，扔在城上郡的长谷川河边。大木头在河边又过了二十年，这时，有一个名叫德道的僧人听说此事，心想，从大木的来历看来，必然是根灵木，我一定要用此木雕成一尊十一面的观音菩萨像。于是将大木拖到了如今的长谷地方。但是德道资力缺乏，不能顺利地雕成佛像，七八年的时间一无所成，只是哭着朝大木叩拜，祈求完成自己的心愿。

这时，饭高（元正）天皇偶然听说这事，发下皇恩，另有房前大臣从中为力，终于在神龟四年雕刻成功。这是一尊高达二丈六尺的十一面的观音菩萨像。这时，德道梦见一位神人，指着北面的山峰说：“那边地下埋着一块大石，你从速将它挖来，把这尊观音像供在上面。”德道梦醒之后，立即前去挖掘，果然如梦中所说，挖出了一块巨石，这块石头长宽各有八尺，石面平滑宛如棋盘，德道按照梦中指点，将雕成的观音像安放在这块巨石之上。

供奉之后，灵验昭著，轰动全国。凡是举首前来朝拜的人，无不得到福泽。这尊观音像不止于日本，就连震旦也有它的灵迹可考。如今被人称做长谷寺的就是这座庙宇，这是一个应该虔诚信仰、前往朝拜的地方。

第三十二篇

田村将军初建清水寺

古时，大和国高市郡八多乡里，有一座寺庙，名叫小岛山寺，寺里有一僧人，名叫贤心。这人是报恩大师的弟子。

贤心专心寻求佛道，苦行修炼，从不懈怠。一天，梦见有人来点化他说："离开南方向北去！"贤心梦醒之后，便准备朝北而行，心想北方就是新京之地。当他快要走到长谷城时，看见淀河里有一股金色的水流。这时他想："别人都没有发觉，只有我一人看到了金色水流，肯定是我的吉兆。"于是便去寻找水源。贤心走进新京的东山，但见山形险峻，树木成荫，一望无际，山中间有瀑布。贤心踏着由枯树形成的山路，来到瀑布的下边。他扶杖独立，瞻望四周，不觉心旷神怡，杂念顿清。再仔细一瞧，瀑布的西岸上面有一茅庵。庵里有一个俗家模样的白发老翁，看来已有七十余岁。贤心走近老翁的身边问道："老翁是何方人氏？在这里住了多久？请问贵姓高名。"

老翁回答说："我已经隐姓埋名，就叫行睿吧，我住在这里已够二百年了，多少年来我一直在等你，但都不见你来，如今幸而来了，我真高兴！我心里信奉观音菩萨的法力，口里念诵千手的真言，在这里隐居已有多年。我素有去东方修行的志愿，打算立刻动身，我走之后，你可以替我住在这里。这间茅庵的所在，是最宜修盖佛堂的地方，前面的树木便有雕刻观音像的木料。如果我回来过晚，你就应该从速完成这个心愿！”话犹未毕，老翁转眼便不见了。

贤心非常惊异，知道这是一个灵地。当他打算沿着来时的足迹往回走时，原来的足迹却不见了。他分辨不出哪儿是路，抬头看看天空，仍然摸不清东西南北。欲待问明究竟，老翁已然不见。贤心越想越怕，便专心地诵起真言，心中祷告观音。这时，天色渐黑，就在大树下找到了一个栖身之处。贤心越发虔诚地祷告起观音来。天亮后仍然无法离去，只好留在树下，这里虽然没有食物，但是喝了山谷中的水，便自然地不觉饥饿。他一天天地盼望着老翁，而老翁却不见归来，他忍耐不住怀恋伤感的心情，就向山的东边寻找，在东山峰上发现了老翁遗落的鞋子，贤心看罢，引起怀念之情，不禁悲从中来，哭声响彻山谷。

贤心在山里这样过了三年。这时，有一人名叫坂上田村麻吕，后来官任大纳言之职。在田村还身任近卫府将监①的时候，奉旨监造国都，他和住在旧右京②的一些官员，都蒙天皇在左新都的西边赏赐了宅第。一天，田村在公余之暇，离开京城，去东山猎取野物作为妻子产后滋补之用。当他们猎获一只野鹿正要动手宰杀的时候，田村麻吕发现了从山上流下来的一股奇异水流。他亲自喝了一口，登时觉得神清气爽。因此他就想寻找水源，于是沿着水流找去，来到瀑布的下边。田村将监在瀑布下面徘徊片刻，隐约间听见一阵念经声音。田村听了顿时产生忏悔之心，就又朝着经声寻去，最后遇见了贤心。

将监开口问道：“我看你不像凡人，必定是一位神仙。不知你是哪位高僧的弟子？”贤心回答说：“我是小岛寺报恩和尚的弟

① 日本古代四品官的名称之一，与判官同。

② 日本古都平城京（遗址在今奈良市），以朱雀大路为界，划为东西两部，东部叫左京，西部叫右京。

子。”随后他将来到此山的经过，原原本本地讲了一遍：首先说自己如何做梦，如何在淀河看见金色的水流，然后又说老翁如何将此地让于自己，如何隐身不见，如何嘱咐修盖寺庙塑造观音像，最后把在东山峰发现老翁的鞋子的情形全部告诉了将监。将监听了贤心的叙述，竟然忘却回家。他和贤心结了生死的盟约，说：“我一定立志完成他的心愿，听到你这几年的情况，实在高贵得和佛一样。”贤心听罢十分喜悦，就起身返回茅庵，将监又反复地叮咛了一番，并向贤心叩拜，然后回到新都的家中。

将监的妻子是位命妇，名叫三善高子。将监回府后，把为妻子杀鹿之时，在山中遇见贤心的经过具实说出。妻子听了回答说：“我为了治病而杀害生灵，来世是难逃惩罚的，我愿意用自己的房屋来修盖庙堂，赎回杀鹿之罪，并忏悔生为女子无量的罪孽。”将监听罢非常高兴，就将贤心的情况奏禀了白壁（光仁）天皇。天皇闻奏，恩赐贤心为度者①，贤心得到朝廷的度牒，改名为延镇。

那年四月十三日，延镇在东大寺的戒坛院接受了具足戒。从这时起，延镇和将监二人就同心协力，在那块地上削下悬崖，填平峡谷，开始修起一座庙宇。命妇高子也派女官去劝化上下军民人等，共同出力铸起一尊八尺高十一面四十只手的镀金观音像。在佛像铸成之前，便显示了不少灵验，更不必说供奉之后举国上下如何虔诚崇信了。参拜这座寺庙的人，仿佛随风之草，齐向这方而来。虽然当时已是末世来临，但是只要向此观音虔诚祈祷，无不有求必应，灵验非常。因此，直到今日，城乡上下人等，全都仰望步行前来参拜。

今天被人称为清水寺的就是这座庙。它是由田村将军建成的一座寺庙。

---

① 日本古代，朝廷每年通过考试录取一定的人数为僧，使他们学习各宗派的教义，并由朝廷发给度牒，这种考试合格的僧侣称为度者。

第三十五篇

藤原伊势人初建鞍马寺

古时，圣武天皇朝代，有一个从四位的官员，名叫藤原伊势人，这人聪明智慧。

当时，天皇修建东大寺，伊势人奉旨监工。这时他心中暗暗祷告说："我虽然奉旨在修建道场，但是个人的寺庙还未修盖，佛像也未塑铸，尤其我多年就有塑造观音像的心愿，如果我的心愿不致落空，就请指点一处修庙的地方。"祷告已毕，随即入睡，当天晚上，他梦见皇城以北有一座深山，一看山的形势，原来是两山之间有一峡谷，峡谷中流着泉水，俨如图画中的蓬莱山。沿着山脚还有一道河流。这时有一个老翁出来对伊势人说："你可知这是什么地方？"伊势人回答说："不知。"

老翁便说："你听着！这地方灵验昭著，胜过他山，我是贵布弥明神，镇守此山多年，北面有一座山峰，叫作绢笠山；前面有一个陡峻的山岗，叫作松尾山；西面有一条河，叫作贺茂川。"经老翁这般指点之后，伊势人便梦醒了。

虽然梦中得了指点，但是要找到那个地方却不是一件易事。伊势人有一匹乘骑多年的白马，这时他将白马备妥鞍鞴，然后叮咛它说："我听说，当初佛法从天竺传到震旦去的时候，就有白马负经之说，如果我的心愿应该完成，你就必能到达我梦见的那块地方。"吩咐已毕，便将马撒开，白马离家后飞奔而去，转眼便不见了。伊势人心想：“如果我的心愿笃诚，白马必定能到达梦见的地方。”于是他只带了一个从人，顺着马蹄印找去，结果自然而然地来到了梦中所见之地。他沿着山谷往上走去，马蹄印逐渐多起来，伊势人高兴地登上山峰，这时再看，白马正朝北站在那里。伊势人首先合掌叩拜，口宣“南无大悲观音”的佛号。这时，芦苇丛中出现了一尊白檀木雕成的毗沙门天佛像，从佛像的形态来看，不像是本国雕制的，伊势人心想这一定是外国人雕刻的佛像。他看到这种情景，便高兴地返回家去。

后来，他在心里祷告说：“我多少年来，就诚心诚意地有塑造一尊观音像的心愿，而今却发现了毗沙门天像，请求今夜对我详加指点。”祈祷已毕，随即入睡，当天晚上，伊势人梦见一个容貌端正、年约十五六岁的童子来指点他说：“由于你还没有丢掉烦恼，不悟因果的道理，所以心中生疑。你听着：观音就是毗沙门。我是多闻天的侍者禅饱师童子。观音和毗沙门就好比般若经和法华经一样。”说罢，伊势人就从梦中醒来。

从此，伊势人一心无二，带领着许多匠人木工，进入深山砍伐木材，运到那个地方修盖庙堂，并把自己发现的那尊毗沙门天像供奉起来。如今这座庙叫作鞍马寺，因为当初是给马备好鞍韂，顺着蹄印才找到庙址的，所以称作鞍马寺。

果真和梦中的指点一样，这座山的毗沙门像灵验昭著，在末世到来以前，无不有求必应。贵布弥明神正如他的誓约，今天还在护守着这座山。

第三十六篇

修道僧明练初建信贵山

古时，有一个修行佛道的僧人，名叫明练，是常陆国的人氏。由于明练追求佛道心切，就离开本乡云游各地，到许多灵验的地方去修炼。一天，他来到大和国，登上××郡以东的一座高峻的山峰，看见靠着西山东边有一座小山。小山的上空笼罩着一片五色奇云，明练瞧见奇云，断定那里是个特殊有灵的地方，便朝着奇云方向找去，来到小山脚下，正要攀登上山的时候，却找不见人行之路。于是他分开野草，抓着树木，攀登上去，这时他望见奇云仍然在山顶上面缭绕，便朝着山顶继续向上爬去，爬到山顶一看，东西南北四方全是无底的深谷，山上有一座高峰，那片奇云正遮盖着这个山峰。明练心中疑惑，想这里定有什么奇物，走到跟前一看，一无所有，只是满山异香芬芳扑鼻而已。

明练越发感到奇异，便在地上寻找，但是落叶层层，不见地面，外露的只有耸立的大块岩石而已。这时明练拨开层层的落叶，在树叶遮盖着的岩石缝隙间发现一个石柜。石柜长约〔二尺〕，宽约〔三尺〕，高约〔三尺五寸〕，形体不似人间之物。拂去柜面的尘土，露出铭志，上面刻着“护世大悲多门天”字样。明练看罢，心中感动，崇敬之念油然而生。

他心想，这里所以有五色奇云笼罩，有奇香异馥喷放，完全是由于藏有石柜的缘故。想到这里，他感动得泪如雨下，一边哭泣，一边叩拜。然后又想：“我多年来修行佛道，走过许多地方，但从未看见这样有灵验的所在，如今在这里得见罕有的吉兆，完全是多门天所赐之福。今后，应该终生在这里修行佛道，不再到别处去了。”想罢，立刻动手砍柴修庵，自己便居住在庵内，并急速命人在石柜上修盖殿堂。这消息急速传到了大和国和河内国的人们的耳里，他们各尽其力，共襄盛举，因此，这座殿堂轻而易举地便盖成了。

明练住在草庵中修道期间，世人都慕名来访。当无人来访的时候，明练便飞钵取食，掷瓶汲水，饮食毫无匮乏之虞。这座山就是今天的信贵山，这座山灵验昭著，自供奉之日直到今天，有许多僧人搬来居住，因而增建房舍。从外地慕名徒步前来参拜的人也很多。

第三十八篇

义渊僧正初建龙盖寺

古时，天智天皇朝代，有一个义渊僧正，他俗姓阿刀，身为化生①。

最初，义渊的父母住在大和国高市郡的天津守乡里，多年无子，夫妻常为此事叹息，后来便祈求观音菩萨。过了一年多的光景，一天夜里，听见房后有婴儿啼哭的声音，二人觉得奇怪，便出房去看，在柴垣上发现一个白色土布的包裹，香气扑鼻，夫妻二人战战兢兢地将包裹取下，打开一看，白布里面是一个五官端正、相貌俊美的男孩，看光景还不满周岁。

夫妻二人，当时欢喜不尽，心想："这一定是观音菩萨见我们一年多来求子心诚，才赏赐我们的。"他们将婴儿抱进屋内，狭窄的房屋立刻充满了芬芳香气。婴儿在夫妻二人的抚养下，不久便长大成人。天皇听说这件事，将此子抬进宫去抚养，并收为太子。此子心性聪慧，能悟佛道，后来终于在兴福寺削发为僧，最初是法师，大宝三年，便当了僧正。他将自己的家宅修成庙宇，供奉如意轮观音之像，此庙今日被称为龙盖寺，颇有灵验。各方人士皆慕名前来朝拜。如有所求之事，只要祷告祈求，必见灵效。

---

① 佛教所说四生之一，无而化有叫化生，另外是卵生、胎生、混生。

卷十二

本朝及佛法

第一篇

越后国神融圣僧缚雷建塔

古时，越后国有一位圣僧，名叫神融，绰号“古志小大德”。神融自幼蒙人传授了一部法华经，多少年来，不分昼夜读诵此经以为日课，并且虔诚修行，从无懈怠之时，因此深得各方人士的无限尊敬。

且说越后国有一个山寺，名叫国上山寺。当时国里有一人发起宏愿要在山上突建一座宝塔，当宝塔落成，正待开光的时候，突然雷电交加，只听霹雳一声，雷将宝塔击倒后，升空而去。施主一见塔倒，悲伤不已，痛惜地哭泣起来。

尽管如此，施主还以为事出偶然，于是立刻着手重新修建起来。眼看又到了落成开光的时候，不料雷又从空中降下，和上次一样将塔击毁，施主因为不能完成心愿不胜伤感，又重新动起工来。这次他为了防止宝塔再被雷击，便流着眼泪虔诚祈祷。正在这时，神融圣僧走来，对施主说：“你不要伤心，我能借法华经的法力，使这座塔免遭雷击，助你完成心愿。”施主听罢，欣喜若狂，合起手掌感激流涕地向圣僧叩拜一番。圣僧来到塔下，一心不乱地念起法华经来。

过不多时，天空阴沉起来，降下蒙蒙细雨，跟着又是一阵霹雷闪电，施主一见恐惧万分，心想这又是劈塔的预兆，不禁悲叹起来。当时，圣僧发起誓愿，高声朗诵法华经文。这时只见一个年约十五六岁的童子，从空中堕落在圣僧的面前，童子的头发蓬乱得好像一团乱草，形状极其可怕。童子身上五花大绑，他流着眼泪痛苦难忍地在地上挣扎了一番，随后便向圣僧大声哀告说："圣僧，请你发发慈悲饶了我吧！从今以后，我再不毁坏这座塔了。"圣僧责问童子说："你为什么要心存这种恶念，三番五次地破坏这座塔呢?"童子答道："这座山的土地神和我有交情。他对我说：'在我的地上修塔，使我无处安身，必须将此塔击毁。'我因为听了土地神的话，才屡次破坏宝塔的，但是，法华经法力无边，现在我已然被缚了。我一定让土地神立刻搬到别处去住，永远不再起这种恶念了。"

圣僧说："从今以后，你要皈依佛法，不得再造罪孽！还有，我看这庙缺乏水源，要到很远的山谷里去汲水，麻烦很多。你一定要设法在这里弄出水来，便利庙里的僧人。如果你不能弄出水来，我就把你永远捆绑不放。同时，在这方圆四十里[①]以内的地方，不准你再打雷。"童子跪听圣僧把话讲完，回答说："我绝对遵照圣僧的吩咐，叫这地方出水，并且绝不在这座山的周围四十里以内打雷，至于和圣僧敌对抗拒，那我就更不敢了。"说到这里，圣僧赦免了雷公。

这时，雷公把瓶里的水向自己的手掌上滴了一滴，并用手指凿开岩石，只听雷声大作，震天动地，随后雷神便腾空飞去。这时再看，从岩石孔隙间喷出了湛清的泉水。施主见宝塔未被击坏，感激流涕，欣喜非常，就按照自己的心愿将宝塔供奉起来。住在这座山上的僧人，得到用水的便利，也都高兴地向圣僧致谢。

从那时起，虽然经过了数百年的时光，但宝塔却依然屹立无恙，而且不论各地是怎样的霹雷闪电，这座山周围四十里的境内从未听见过雷声。这股泉水，至今仍然源源不断地流着。雷公果

---

① 约合我国 320 里。

真没有违背自己的誓言，这完全是法华经的力量。由此也可看出圣僧的祈祷是多么真诚，施主的信心是多么深厚！世人对此无不崇敬万分。

第二篇

远江国丹生直弟上建塔

古时，圣武天皇朝代，远江国磐石郡××乡里，有一个人，名叫丹生直弟上。这人发下心愿，想要修盖一座宝塔。但是他整天忙于公私事务，无暇操办修塔之事，因而多年来始终未能了其心愿。弟上想到此事，便叹息不已。

弟上的妻子已经六十三岁，这时却出人意外地身怀有孕。弟上和家属人等都感到此事奇异，为之叹息。后来她怀胎月满，平安地生产了一个女孩，弟上见妻子平安生产，心中欣喜，再看生下来的婴儿，左手握拳不开。婴儿的父母感到奇怪就去掰婴儿的拳头，但是越掰越紧到底也未能掰开，父母一见此情，惊异万分。一天，女儿的父亲对她的母亲说："你到了不该生产的年龄竟然生了个孩子，所以她才生得六根不全，这真是家门的奇耻大辱，但是你总算有缘分，才生下了我这个孩子。"说罢，他并不嫌弃，只是难过地将她抚养起来。女孩渐渐长大，相貌端庄，美丽无与伦比。

女孩长到七岁，才张开左手，并且告诉了父母。父母听说欢喜非常，只见她张开的手掌里，托着两粒舍利子。父母看罢心想："这孩子手握舍利子出生，绝不是凡人。"从此更加意抚养，并且拿舍利子给众人观看，把握拳而生的事情告诉大家。听到此事的人，都交口称赞。后来这事越传越远，国司、郡司听了也深表崇敬。

后来，弟上准备动工修塔，但独力又难完成，便访求善友，募化布施，在本郡的磐田寺里，修建了一座五层的塔，将舍利子放入塔内，终于如愿以偿地供奉起来。宝塔开光后不久，这女孩便死去了。父母虽然悲痛难舍，但终因于事无补，只好作罢。后来一个有智慧的人告诉孩子的父母说："这是因为你们的心愿不能完成，佛才化身转世带舍利子，使你们完成心愿。宝塔既已修成，自然便隐遁而去了。"

其实，不应该生育的老妇竟然生下婴儿，而又手握舍利子，单从这点来看，就可以知道这番话是真实无虚的了。这座塔至今尚在，磐田寺内的宝塔就是此塔。

第三篇

山阶寺举行维摩会

古时，山阶寺举办维摩会，维摩会原本是为大织冠内大臣［藤原镰足］的忌辰而举行的。这位大织冠[①]的本姓是大中书，在天智天皇朝代，赐姓藤原，最后做到内大臣之职。因为他是在十月十六日这天逝世的，所以法会从初十开始，举办七天。在我国的许多法会中，此会是最盛大的一个，连震旦也有所闻。

维摩会的起源是这样的：从前，大织冠住在山城国宇治郡山阶乡未原村的宅茅里，身染疾病，经久不愈，不能尽忠朝廷。这时，有一个从百济国来的尼僧，名叫法明。法明来到大织冠的身边，大织冠便问这位尼僧说："你们国里也有过得这种病的人吗?"尼僧回答说："有过。"大织冠接着问："那是怎样医治的呢?"尼僧回答说："这种病非药力所及，良医也束手无策，只有画一张维摩居士的佛像，在像前读诵维摩经，这样病就可以痊愈了。"

大织冠听罢，立刻在宅里盖起一间佛堂，供奉维摩居士像，并找人讲述维摩经，讲师就由这位尼僧担任。第一天，在讲解问疾品的时候，大织冠的病便立即痊愈了。大织冠非常高兴，向尼僧深深拜谢，并且从第二年起，每年举办法会一次，一直继续了多年。后来大织冠去世，法会也由此中断。大织冠的儿子淡海公

---

① 见本书卷十一第十四篇译注。

虽然承继了父亲的家教，但因他幼年丧父，并不知道此事。后来淡海公逐步高升，官至大书，这时他患了手疾，不知是何物作祟，占卦问卜时，说是由于中断了先人在世时所举办的法事而起，于是他又重新发起了讲解维摩经的法会，延请当时的得道高僧担任讲师，在各地虔诚举办。最后，他将山阶未原宅茅里的佛堂迁建到奈良京城，仍然称作山阶寺。

维摩会在山阶寺举办后，自承和元年起，永久规定山阶寺为会址，成为例年官办的法会，朝廷每年都派藤原氏的“辨官”[①]为敕使，主持一切。另外，从各寺院各宗派中选出得道高僧，做法会的讲师，并且每年都赏以僧纲之职，此事已成定例。听众中间，也有从各寺各派中选拔出来的通经的僧人。藤原氏族，由上达部[②]直到五位的官员，都亲缝被褥施舍会上的众僧。这个法会从仪式的隆重、气氛的庄严，直到讲解经文议论法旨的微妙尽致，都和昔日维摩居士讲法时一般无二。会中的佛供和僧斋完全仿自大国的馔膳，不以他寺为例。这是延续本朝佛法寿命、尊崇王法礼仪的唯一法会，因此为朝廷百姓共同景仰，不敢轻视。

---

① 即日本古代太政官的判官，统掌八省及官中的庶务。

② 日本古代公卿的异称，指大、中纳言及三位以上的朝臣而言。

第四篇

大极殿内举办御斋会

古时，有一位高野姬（孝谦）天皇，原是圣武天皇的公主，她虽然身为女子，但富有才智，精通文学。

当高野姬天皇在位之时，曾在大极殿里创办一个御斋会。当时将大极殿装饰一新，从正月八日到十四日，在这七天七夜的时间里，白天讲解最胜王经，夜晚作吉祥忏礼①。讲解最胜王经的讲师，由前一年任山阶寺维摩会的讲师来担任。会上的听众和执事僧人，则是由各寺选出来的得道高僧组成。法会最末的一天，天皇将讲师和听众邀请入宫，亲赐布施供奉，并将讲师让到高高的座位之上，天皇躬亲礼拜。这一切都是根据最胜王经里我佛的指示。

此外，经里还说，凡作吉祥忏悔的人，就可以五谷丰登，诸愿成就。高野姬天皇听经之后，大有领悟，为了广泛地保护××国家，便创办御斋会，并定为常制，永远举行，至今不废，因此，大臣、公卿也无不竭尽心力，襄助法会。

天皇有时还亲临大极殿，参与此会，当然这也是按经中指示

① 向吉祥天女祈祷五谷丰登，诸愿成就的法会。

所作。在各地的国分寺[①]里，也同时举办此会。这个法会也可以说是日本国修持法事的唯一盛举。

高野姬天皇在神护景云二年的正月后七日首创此会，并命名为御斋会。

---

① 日本圣武天皇于天平十三年（公元741年）在日本各“国”敕建的寺院，分僧寺和尼庵两种，僧寺统称“金光明四天王护国之寺”，尼庵称“法华灭罪之寺”。僧寺以奈良东大寺为总国分寺，尼庵以法华寺为总国分寺。

第五篇

药师寺内举办最胜会

古时，天智天皇建成药师寺之后，佛法便随之昌盛起来。及至淳和天皇即位时，有一个人名叫直世王，官居中纳言从三位兼行中务卿之职。此人心性灵悟，并有才能，不仅通晓世道，对佛道也有领悟。天长七年，他向天皇奏道："请每年在药师寺举行为期七天的法会，讲解最胜王经，为国家昌隆、帝王安康祈福，并请定为常制，永存不废。"

天皇道："你所言有理，可以速按你所奏实行，并且由历代皇室后裔做法会的施主。"

因天皇有旨，便在当年三月七日举办了首次的最胜法会，会上聘请了维摩、御斋两会的讲师。听众则是从各寺各派里选出的得道高僧。讲解经文和议论法旨的方式，也和维摩会完全相同。法会举行时，朝廷极为重视，特派敕使主持一切，并对讲师听众赏赐布施，僧斋则由寺中准备。

由于天皇有旨，由历代帝王的后裔做此寺的施主，因此，便叫赐姓源氏的皇族子孙去做施主，并选派源氏氏族中禄位最高的人担任。同时，朝廷派往法会的敕使也由源氏的后裔充当。维摩会、御斋会和最胜会并称为三会。日本国内，最大的法会也莫过于这三个法会。三会的讲师皆由同一人担任，凡在三会上讲完经的人，就封为已讲官，并赏赐爵位，以酬其劳。最胜会的确是一个不平常的法会。

第六篇

山阶寺内举行涅槃会

古时，山阶寺中有一法会，名为涅槃会，会期是二月十五日释迦如来佛涅槃的日子。原来，山阶寺里的僧人，想起昔日娑罗林①的仪式，说："当时，连那些无心的草木都知佛雾入灭而现出留恋难舍的形状来，何况我们这些有心而悟道的人，更应该报答释迦大师的恩德了。"这样商议妥当之后，便在这座庙原供的释迦如来佛像前，在二月十五日这天，举办法会一日。当天，四大罗汉整饬威仪，三种伎乐管弦齐鸣。

涅槃会的仪式，最初有些不够隆重。当时，尾张国有一书生，见国司执政无方，便灰心向佛，当他正要剃去头发准备离开本地出家的时候，山阶寺有一个名叫善殊的僧正，应邀来到尾张。由于书生正有此心愿，便随同僧正离开本国，前往山阶寺。在那里削发更衣，做了善殊僧正的弟子，并取名寿广。寿广原本就心净神清，聪明而有智慧，终于习学了正教之道，并能通晓音乐。因此，这个寿广被世人所尊敬，并取得了"和尚"② 的称号。

不久，寿广重新订定了涅槃会的仪式，增设唱经和散花的节目，并且乐器伴奏，使法会的仪式倍加隆重起来。当举办法会的

---

① 公元了前486年，释迦牟尼在印度拘尸那城阿利罗跋提河边的娑罗林圆寂。

② 日本佛教中的真宗、律宗、法相宗、真言宗等派，把师僧称作"和尚"。

第二天，尾张国的热田明神，附在一个童子的身上指点寿广和尚说："你本来是我那个地方的人，如今听说你举办了高贵的法会，昨天我从远道赶来听经，一看法会完全成了佛祖的圣境，奈良坂口有梵王、帝释四大天王把守，使我无法走近听经，因此我不胜伤感叹息，不知如何能再来听经呢？"

寿广听说此事，对明神深表同情，说："昨天明神为佛法而来，我竟丝毫不知。现在我决心特为热田明神重新举办一次法会。"说罢立即按照头一天的仪式举行了一次法会，并在歌舞之余，读诵法华百遍。于是热田明神得以参加听经感到××××无可置疑，××××年，法华经书写完成，以后永远举办两天讲经的法会，这个法会称为法华会。从此以后，涅槃与法华两会成为山阶寺的传统法会，至今仍不断举行。

由此看来，有道心的人，的确应该参加涅槃会听经。世上所有的人，都不外是释迦的四种弟子①，如果能诚心思念佛陀入灭之日，来参加此会，无疑可以消除罪孽，转生净土。此外，人们普遍传说有这样的事情：当地的人死后到了阴间，这时，阎王和判官都向他询问说："你参加过山阶寺的涅槃会吗？"据说因为这种缘故，前来参加涅槃会的道俗男女都把法会中所供奉的纸花带回去，准备到阴曹时作为凭证。此事是否属实，虽无从考查，而人人如此传说。涅槃会的仪式、礼节以及助兴的舞乐无不出乎想象，引人入胜，和他处迥然不同。有人说，极乐世界恐怕就是这样。这个法会可以说是日本国内第一盛举。

---

① 指僧、尼、善男、善女而言。

第七篇

东大寺内举办华严会

古时，圣武天皇建造东大寺。竣工之后，准备举行开光供奉的时候，行基菩萨预先算出从天竺国来了一个婆罗门僧正，就劝他担任讲师，主持供奉法会，但是一时找不到读师①的适当人选，正在为难。这时，天皇梦见一个贵人指点他说："开光供奉的当天早晨，不论是僧是俗，不管是贵是贱，谁先到庙前来，就请谁来担任读师。"说罢，天皇便醒了。

天皇梦醒之后，深信此事，便在开光那天早晨派差官到庙前守候，这时，只见一个挑着大篓的老翁走来，篓里装的是青花鱼，差官就领老翁去见天皇，奏禀说："他就是最先来的人。"天皇猜测老翁就是梦中贵人相告之人，立刻叫人给老翁穿上法服，然后说道："请你担任法会的读师。"老翁回奏说："我实在没有那样的才具，多少年来我就是专靠〔卖〕青花鱼为生的。"但是天皇没有准许老翁的请求，等到法会开始举行之时，老翁便与讲师一同登上宝台，并且连装着青花鱼的篓子也放在宝台上面，那根挑鱼篓的棍子却插在了大殿前面的东头。后来，当法会举行完毕，讲师从宝台上走下来的时候，这位读师便在宝台上消失不见了。

这时天皇越发相信梦中的指点，断定老翁绝非凡人，于是查

---

① 举行法会时，宣布讲师所讲佛经题目的人。

看老翁的鱼篓，方才明明看见篓里装着青花鱼，现在却变成八十卷华严经了。这时天皇大受感动，流着眼泪礼拜说："因为我心诚，佛竟亲临此地了。"从此，信佛之心更加诚笃了。这一天，就是天平胜宝四年三月十四日。

后来，天皇在每年开光供奉这一天，举行为期一日的法会，讲解华严经，从不间断，此会直到今天，仍然每年举行，人称华严会。寺内的僧人把法会作为一年中的大事，在这天穿上法服，接待客僧。朝廷当天也派遣敕使主持，并奏音乐。凡有道心的人，必当前去朝拜此经，老翁挑青花鱼用的那根木棍，至今仍然立在寺内佛大殿东面的院中。据说这根木棍并未见高大或生长枝叶，经常是一副枯干之相。

第八篇

药师寺内举办万灯会

古时，药师寺有一个惠达僧人，在寺内创办一个万灯会。白天，举行法会一日，讲解本愿药师经，寺内僧人都穿起法服，大家一齐唱经、散花，并随着音乐的节奏，歌舞竟日。夜晚，挑起万盏佛灯，灯灯被装饰，这些完全皆由寺内僧人自己操办和施主们的布施而成。万灯会的会期规定为三月二十三日，至今年年举行，日本的万灯会就是从这里开始的。

惠达僧人后来做了僧都。在他生前，万灯会一直是由他亲自主持的，他临终之际，将会事托付了寺内众僧。惠达僧都死后，葬埋于药师寺的西山。每逢举办万灯会的夜晚，他的坟上就射出光来。仔细想来，此事的确令人无限伤感，倍加崇敬。万灯会对有道心的人说来是必当结缘之会。

第九篇

比睿山举办舍利会

古时，慈觉大师从震旦带回许多佛舍利子。在贞观二年，修建了总持院，初次举办舍利会，并将舍利会在比睿山上永远流传下去。这一天，邀请许多僧人，备好音乐，然后举行法会一日。全山僧人都来操持会事，至今依然如故。举办法会的日期不定，只以花盛开时为期。

有一次，比睿山的住持慈惠大僧正为使自己的母亲能参拜此会，就在×年×月×日，将舍利子移到吉田地方去举办舍利会，那一天同样邀请了许多僧人，备好音乐，举行了一天法会，成为轰动一时的盛举。后来，比睿山的住持××，认为京城里边的上中下各阶层妇女无缘参拜舍利会，是一件极其遗憾的事，于是首先把舍利子移到了法兴院。这一来，京城的上中下各阶层，不论僧俗男女，全来参拜，热闹无比。这是××年的事情。最后，于四月×日，在祇陀林寺举办了舍利会。

当舍利子从法兴院迁往祇陀林寺的时候，仪式隆重非比寻常：被邀请的二百多名僧人，身穿四色的法服，以两名定者[①]为先导，分列两行。在左右两边的队列里，还有震旦和朝鲜的舞人、乐人、

① 即法会行道之时，手捧香炉走在前面的沙弥。

“菩萨”[①] 和扮成蝴蝶飞鸟形象的童子，鼓乐分外嘹亮。当时把舍利子供在佛舆之中，抬舆人头戴钢盔，身穿锦袍，当队列走上朱雀大路[②]的时候，仪仗的隆重，更使人望而生敬。以“小一条院入道大人”[③] 的看台为首，大路的左右两旁搭满看台，几乎没有空地，其情况便可想而知了。沿路上栽满了名贵树木，天空中散落着各色鲜花，僧人手捧香炉，焚着各种各样的香，喷放出微妙的香气。舍利子供奉在祇陀林寺之后，便举行法会的仪式。音乐、舞蹈竟日不断，非常有趣。这一天祇陀林寺装饰得宛如极乐世界。

后来，舍利子又被送进大内，并在各宫轮流供奉，最后才送回比睿山去。

---

① 一种雅乐曲，可以由一人作舞蹈。

② 日本古代平安京最大的街道，由朱雀门直通罗城门，所以叫朱雀大路。

③ 指当时的左大臣藤原师尹。

第十篇

石清水宫举办放生会

古时，八幡大菩萨[①]的前世是我国的帝王，当他在位的时候，有夷敌××××，于是他便亲自率兵出征，杀人无数。××××八幡大菩萨最初在大隅国显圣，后来移祀于宇佐神宫，最后在石清水宫留下圣迹，使许多得道的僧人居士，买放大批的生灵，同时，朝廷也遵照八幡大菩萨的神论，命令各国摊捐放生费用，助他完成心愿。因此，一年到头，放生的数目不知要有多少。

且说，每年的八月十五日，照例举行盛大的法会，讲最胜王经。这天，把大菩萨佛像从宝座上请到斋殿，奉告放生的数目。讲这部经的原因，是这部经里有佛讲说流水长者[②]的放生功德的记述。因此，这个会才叫作放生会。恭请佛像的仪式，非常隆重，宛如八幡大菩萨重临人世一般。朝廷对举行法会很敬重，特许仿效天皇的銮仪，上自公卿、宰相，下至辨、史、外记[③]等大小官员，尽往参加，而且，六卫府[④]里的兵丁也都各持兵刃，在旁扈从，真是无异于天皇出巡，更不用说那些被邀请而来的整饬威仪的僧人和演奏的震旦与朝鲜的音乐了。法会举行之后，还有角力

① 即日本第十五代天皇应神天皇（270—310）。

② 据佛经说，流水长者即释迦牟尼的前身。

③ 辨、史、外记皆日本古代官名，是太政官的下属。

④ 左右近卫府、左右兵卫府、左右卫门府的总称。

表演，并在当天把佛像请回去。这个放生会的确是一个盛会。有心的人，知道这个日期以后，如能买放生灵对大菩萨的放生宏愿表示襄赞，那就必能使大菩萨喜悦。

再说，我国能有今日，端赖大菩萨的神威保佑，所以在举行放生会这天，应该特地前去顶礼参拜。这一天，根据大菩萨的心愿必定下雨，借以表示悲哀之意。从前，当大菩萨供在宇佐神宫的时候，大安寺有一个僧人，名叫行教，前去宇佐参拜，当时大菩萨曾点化他说："我想着亲去保护皇城，如今你可以同我前去。"行教听罢，恭敬下拜。就在这时，大菩萨显露法身，只见一位装束如同三尊[①]的金身的菩萨，附在了行教穿着的衣服上面。于是，行教把这件菩萨附体的衣服安放在大安寺的禅堂里，虔敬地供奉起来。后来，又把大菩萨奉迁到石清水神宫里。石清水的宫址也是遵照神谕选定的，行教在地上按照空中星光照射的方向选定一处，就在那里修起宝殿。从此，据人传说，行教经常××向大菩萨面禀一切事宜。

行教那件大菩萨附体的衣服，至今还保存在寺中，大安寺的禅堂就是南塔院。因为大菩萨曾经在那里供了一个时期，所以也修起了宝殿以为纪念，并且同样地举办放生会。不仅如此，宇佐宫也在同一天举办放生会。由此可见，放生的功德是无量的。在全国各地，凡是供奉过大菩萨的地方，都举办这个放生会。行教这人也不是一个凡人，一切事宜都由他向大菩萨当面禀告，所以神力也保佑了放生会的举办。

---

① 即弥陀、观音、势至三佛。

第十一篇

修道僧人广达用桥木刻成佛像

古时，圣武天皇朝代，有一个僧人，名叫广达，俗姓下毛野公。他是上总国武射郡××乡的人氏。

且说广达为了想要寻求佛道，成年累月地云游各地，勤苦修行，一次，他进入大和国吉野郡的金峰山中，在一棵树下，一心不二地修行佛法。当时，吉野郡的桃花乡里有一座桥。桥边有一根砍伐下来的梨木，这根梨木拖放在桥边经年已久。桃花乡有一道小河，名叫秋河。后来，这根梨木被人搭在小河上面。过往的行人和牲畜都踏着这根梨木渡过小河。

一天，广达因事前去桃花乡。当他走过梨木桥时，就听见桥下发出了喊叫的声音："啊呀！踩得我好疼呀！"广达听到了这种叫声，惊异地向桥下去寻找，但是不见人影。于是他就在附近徘徊，许久没有离去。广达顺着叫声寻找，发现这根桥木原来是准备雕刻佛像的材料，但是未等佛像雕成便丢弃不用，后来被人拖在这里搭成木桥了。广达看到这里，心中非常惶恐，痛悔自己不该用脚践踏这根木头。当时便亲手将梨木拖到一个清净地方，然后朝着它流着眼泪忏悔叩拜起来，并且还恭敬发誓说："因为我有佛缘，所以才在今天过桥时知道了这件事，我立志把它雕成佛像。"说罢，便将梨木运到一个和佛教有渊源的地方，并劝化世人，捐募财物，最后雕刻成阿弥陀佛、弥勒佛和观音菩萨三尊佛像，在本郡越部村的冈堂里供奉起来。树木原本无心，怎么能发出声音呢？自然不外乎我佛显灵了。由此看来，如果有人在意想不到的地方，偶然听见人声，就应该仔细地寻找一番才对。

第十二篇

修道僧人从沙底挖出佛像

古时，在骏河国和远江国交界地方，有一道河，名叫大井河。大井河的上游有一个鹈田乡。鹈田乡就在远江国的榛原郡里。

当时正值大炊（淳仁）天皇在位，天平宝字二年的三月里，有一个云游修行的僧人，行经此地，当他路过鹈田乡的河边时，听到砂土中间发出人声："把我拿出来！把我拿出来！"僧人听见这种声音，非常诧异，就在那里往返徘徊，这种声音也一直叫个不停。僧人找不到声音究竟在什么地方，附近又没有人可以打听。后来，偶尔听到声音是从泥沙中发出来的。僧人心想，莫不是埋葬的死人又复活了罢，想到这里，便动手挖掘起来，挖出一看，原来是一尊木刻的药师佛像，佛像有六尺五寸高，缺左右二手。

僧人看见佛像，想到方才就是这尊佛的声音，于是深受感动，流着眼泪向佛像礼拜，并且说："原来是我的大师呀！您有了什么罪过，竟在这里受此水难呢！今天遇见我，可以说是有缘，我必定把您修补完整，供奉起来。"说罢，立刻就去延聘名人，化缘募捐，并雇来雕塑佛像的工匠，把佛像修补整齐。然后，在鹈田乡建造道场，将这尊佛像供奉起来，如今称作鹈田寺。

从此以后，这尊药师佛显示了无比的灵验，并且放出白光。当地的人们如有所求，只要躬身前往药师佛前祈求，就能满足愿望。因此，国里的僧俗男女，无不慕名而来，对药师佛表示无限的敬奉。虽然我们不知道这尊佛原来为什么藏在泥沙里面，而它却是一尊能显灵说话的佛。对有道心的人说来，这是一尊务必前去参拜的佛。

第十三篇

和泉国尽惠寺里的铜佛为盗贼所毁

古时，圣武天皇朝代，在和泉国的日根郡里，出了一个盗贼。这人住在大路旁边，专以杀人越货为业。他不相信因果报应，经常到各地的寺庙去偷盗铜佛。他将铜佛偷到手后，便烧炼成长条铜板，然后出卖换钱度日。因此，从外表来看，他只是一个铜匠。

且说郡里有一座寺庙，名叫尽惠寺。尽惠寺里有一尊铜佛，一天，铜佛忽然遗失，大家都猜它是被贼人盗走了。当时，有一个人从那里路过，当他骑着马从庙北那条路上走过的时候，隐约地听见有人在喊叫："啊呀！我好疼呀！行路的人哪，你听见之后来劝说劝说，别叫他打我啦！"

这个行路人听到叫声，便放马飞奔过去，但是那个哀告的声音也随后赶来，又像方才一样喊叫起来。然而当行人拨马返回，不再往前走的时候，叫声又停息下来。再往前一走，就又喊叫如前，再一回来，便又寂然无声。行人这时感到诧异，便勒马仔细倾听，原来有打铁的声音。他疑惑可能有谋杀人命的勾当，于是在那里徘徊许久，犹豫不决，后来便差使从人进去偷看，从人走到墙边，由墙洞往里一看，屋里仰面倒着一尊铜佛，手脚都已被砍掉，一个人手拿钢凿，正在砍佛像的头。

从人回来把看到的情形禀报了主人，主人一听，断定这是偷盗佛像加以毁坏，方才的叫声就是佛像显灵说话。于是便破门而人，将损毁佛像之人一把捉住，详细盘查。这人回答说：“这是我从尽惠寺偷来的铜佛。”行人立即派从人到庙里去打探是否真有此事，果然不错，尽惠寺的佛像被人盗去了。从人回来把被盗的经过一五一十学说了一遍。

庙里的僧人和施主闻听此事，大为震惊，一齐拥往贼人家中，围着这尊被毁的佛像，个个痛哭失声，说：“多么可怜！多么可恨！我们的大师犯了什么罪，竟这样遭到盗难!”说罢，一同感伤叹息不已。后来，尽惠寺的僧人立刻制造了一乘轿子，并装饰一番，将这尊残缺不全的佛像供在轿里，抬回庙里。对于那个贼人，众寺僧却未加责罚，但是捉贼的那个行人，却和从人一道把他带到京城，送交官府去了。官员审问此事，贼人将以往之事据实招认。官员听了，既感念佛的灵验，又憎恨贼人罪重，当时便将他投入狱中。

仔细一想，我佛的圣体真会感到疼痛吗？不过是为了显示神灵才发出叫声而已。佛的灵验确是不可思议的。

第十四篇

纪伊国人落海借佛力得救

古时，白壁（光仁）天皇朝代，纪伊国的日高郡里，有一人名叫纪麻吕。纪麻吕不信因果，不敬三宝。他住在海边多年，总是携带渔网出海专以捕鱼为业。

且说，纪麻吕雇了两个人。一个名叫纪臣马养，是本国安谛郡吉备乡的人氏，另外一个名叫中吕连祖父麻吕，是本国海部郡滨中乡的人氏。这二人跟随纪麻吕多年，每天带着渔网出海，专事捕捞海鱼，昼夜勤劳，供主人驱使。有一次，在宝龟六年六月十六日，是日狂风大作，骤雨倾盆，于是海潮陡涨，从河里冲来许多大大小小的木材。

这时纪麻吕派马养和祖父麻吕两个从人，去打捞那些冲来的木材。二人遵照主人的吩咐来到河边，打捞了许多木材编成木筏，然后乘坐木筏顺流而下，当时河水汹涌，冲断了捆筏的绳索，木筏四散开来，因而两个人一起被冲到海里。他们各自抱住一根木头在海上漂浮起来，而且谁也不晓得谁的下落。他们见永无上岸的可能，势必死在海里，不禁悲伤万分，于是高声祷告："释迦牟尼佛，快来搭救我们吧！"但是并不见有人前来搭救。他们在海上这样过了五天，由于饮食断绝，全身无力，两眼发黑，已经失去知觉了。

在第五天的傍晚，祖父麻吕却意想不到地漂到了淡路国以南田野浦的一个烧盐的人家旁边。马养也在第六天的寅卯①时分，漂到了同一地方。烧盐人看见他们，便打听他们遭难的经过，当时二人已经和死人一样，说不出话来了，过了许久，才气息奄奄地说道："我们是纪伊国日高郡的人，奉了主人的差遣打捞木材，正坐着木筏顺流而下的时候，河水湍急，冲断木筏的绳索，我们被冲到海里，各自抱住一根木头在浪涛里漂浮了好几天。后来竟意想不到地漂到了这里，简直像做梦一般。"

海边的人们听了，非常可怜二人的遭遇，便留他们住下将养。过了几天，他们渐渐有了力气，不久便复原了。当时这个国的国司叫作××××。海边的人们将此事报告了国司，国司便召见二人深表关切，拨发粮食，收留他们。这时祖父麻吕感慨地说："多年来，我跟随杀生的主人，不知造下多少罪孽，如果今天再回原处，仍将被他驱使如前，干那杀生的勾当，所以我情愿留在此地，永远不回去了。"说罢，他就到当地的国分寺里，同寺里的僧人住在一起了。

过了两月，马养怀念妻子，便回到了家乡。妻子见他回来，大吃一惊，说道："听说你掉到海里淹死了，我们为你打醮超度，做了七七四十九天的法事，万万想不到你还能活着回来，这也许是梦，也许是鬼魂吧？"马养把事情的经过原原本本对妻子讲说了一遍，然后说："我因为想念你们才回来的。祖父麻吕为了不再杀生，已经留在那里，在国分寺里修道了，我也打算这样办。"妻子听说此话，悲喜交加。后来，马养厌弃俗世，终于发愿入山修行去了。

人们听了，无不说这是一件奇事。回想起来，落在海里，漂流多日，而最后得庆更生，这完全是因为信奉释迦如来才得到的广大恩德，同时也是他二人的至诚所使。所以说，在人遇到紧急灾难的时候，如能正心诚意，唱诵佛号，必能转危为安。

---

① 即现在的五点多钟。

第十五篇

贫家女求佛致富

古时，圣武天皇朝代，在京城奈良大安寺的西乡里，住着一个女子，她一贫如洗，无以为生。

但是，这女子略有心计。一天她想："我听说从前有位菩萨现身点化，说大安寺那尊丈六高的释迦佛像，和古时候灵山释迦的生身一模一样，所以众生如有所求，就能立刻赐福。"想到这里，她置办了香、花和灯油，拿着这些东西去参拜那尊释迦佛像。她把香、花和灯供在佛前，礼拜已毕，祷告道："我前世未种福因，今世得到贫穷的报应，求我佛大发慈悲，赏赐钱财，免得我再为贫穷发愁了。"她这样日日祷告，从不间断，并经常供奉花、香和佛灯，祈佛降福。

有一次，她参拜佛寺回来便睡下了，第二天早晨起来一看，家门口的桥前放着四贯钱，钱上附有一张纸条，上面写着："大安寺大修多罗供钱。"女子看罢纸条，非常惊恐，不知该如何安排，后来她拿起钱来，赶忙送到寺里，众寺僧看见纸条上写得清楚，于是便查看钱库，但是，钱库却原封未动，看看钱又确是库里收藏的钱，这时，众寺僧才感到非常奇怪。

不久，这女人又去参拜释迦佛像，在佛像前供上了花、香和佛灯。回家后便又睡了，第二天早晨起来一看，院子里放着四贯钱，也附有一张纸条，上面写着："大安寺大修多罗供钱。"她看了觉得非常惊恐，于是和上次一样给大安寺送去。众寺僧看了，又去查看钱库，钱库仍然是原封未动，这回好奇地打开钱库检查一下，库里收藏的钱果然少了四贯。

当时，六宗[①]的得道僧人，都认为此事奇怪，立刻将女子找来，问道："你修行什么道法了吗？"女子回答说："我没有修行任何道法，只因我家贫如洗，难以为生，又无依无靠，所以我几年来经常在庙里那尊丈六的释迦佛像前面，供奉花、香和佛灯，求佛祖赐福。"众僧人听说此事，便道："这些钱女子捡到不止一次，是佛对她的赏赐，不该收到库里去了。"于是把钱又还给女子。女子有了这四贯钱，便用它作为资本经商度日，后来成了一个非常富有的人。听说此事的人，都称赞这女子难能可贵。世人知道大安寺的释迦佛灵验无比，因而信心更加笃诚，纷纷前来烧香上供，礼拜佛像。由此可以相信，贫穷难以度日的人，只要诚心念佛，佛必能赐给福泽。

---

① 即三论、法相、华严、律、俱舍、成实六宗。

第十六篇

猎人藉佛力得免官司

古时，圣武天皇朝代，神龟四年的九月中旬，天皇率领文武百官一同出外行围射猎，在添上郡的山村山上发现一只野鹿，这只野鹿逃进了网见里的一个农人家中，农人不知个中缘由，便将野鹿宰杀，分食了鹿肉。

不久，天皇听说此事，派遣差官去捉拿吃鹿的一伙人。遭难的有男男女女十多个人，他们吓得心惊胆战，六神无主，觉得除了祈求三宝保佑之外，别无他人搭救脱此危难，于是一齐说道："我们听人传说大安寺丈六的释迦佛，有求必应，因而一定能来搭救我们脱难。"说罢，立即请人到庙里去替他们拜佛念经，并且还嘱咐说："当我们起解的时候，请把寺里的南门敞开，使我们得以朝拜；在我们受刑的时候，请撞击大钟，使我们听到钟声。"

大安寺的僧人怜悯他们的心愿，便为他们撞钟诵经。当僧人为了使他们得以朝拜而敞开南门的时候，正是这些人被官差解往官府即行收监入狱的时刻。就在这紧要关头，皇太子忽然降生了。朝廷为了表示庆贺，大赦天下。结果，对于这些人，不但没有治罪，反而赏赐了官禄。这样一来，十几个人无不欣喜无限。他们确实领悟到，这是大安寺释迦佛的保佑和念经的功德所致，因此，更加信奉这尊佛了。由此看来如果有人偶然遭了官司，就应该虔诚地念经求佛。

第十七篇

尼僧失佛自然复得

古时，河内国若江郡游宜村，有一个沙弥尼。她一心向佛，勤恳修行。有一次她延请住在平群山寺的一位高僧，替四位施主画了××佛像，还附有六道轮回①之图，画完后将此画供在庙里，经常前去参拜。

后来，尼僧偶尔有些俗事，好久没到山寺朝拜，就在这时，画像便被贼偷去了。尼僧见此画已失，悲叹不已，虽然竭尽心力，多方查访，但是一无所获。她心里非常难过，打算再度延请高僧，买放生灵。当她走到摄津国地面，正在难波河边徘徊的时候，路上有许多赶集回来的人。这时她发现树上放着一个无主的背箱。尼姑听见从箱子里发出了各种生灵的叫声，心想这里面装的必是生灵，自己一定要买来放生，于是便留在那里，等候箱子的主人到来。

一会儿，箱子主人来了，尼僧一见他便说："这个箱子里面有许多生灵的声音，我是专为放生而来的，因为想收买箱里的生灵，所以才在这里等你回来。"箱子主人回答说："这里面绝对没有装着生灵。"尼僧坚持要买，箱子主人则一口咬定箱里没有生灵，这

① 指天道、人道、阿修罗道、鬼道、畜生道、地狱等六道，佛家说，人死后根据生前的善恶，轮回于六道之中，以天道最乐，地狱最苦。

样二人便争执起来。当时便有一些市人围拢过来打听这件事，有人说："赶快打开箱子，就可以看出是真是假了。"这样一说，箱子主人丢下箱子匆忙溜掉了，有人找了半天也没有找到，这时大家才知道他已经逃跑了，于是打开箱子一看，箱子里却装着一幅被人偷去的佛像。

尼僧看见画像悲喜交加，感动得流下眼泪，她告诉市人们说："我以前丢了这张佛像，昼夜怀念，多方寻找，现在不期而遇，真令人高兴极了！"市人们听罢这番言语，对僧姑倍加称赞，同时想到箱主人逃跑，也有其中的缘由，于是纷纷责骂不已。尼僧喜出望外，便更多地买放了生灵，然后回转家乡。她把那张佛像照旧供奉在原来的庙里。

回想起来，佛像从箱子里发出叫声，故意使尼僧听见，这件事确实难能可贵，令人感动。附近一带的僧俗男女，听说此事，全都发起信心，慕名前去朝拜。

第十八篇

河内国八多寺佛像入火不焚

古时，河内国石川郡里，有一个八多寺，寺里有一幅阿弥陀佛的画像。据当地的一个老年人说："从前，在这座庙的旁边住着一个女人，这女人正打算要画阿弥陀佛的画像时，丈夫死去了。她因居孀，家中又贫困无力，这个心愿始终未能完成，后来到了一年的秋天，这个女人亲自到田里去拾禾穗，准备用这笔钱延请画师，绘画佛像供奉起来。当时画师也深为感动，便和这位女施主一同发起心愿，把这幅佛像画成并供奉起来。当她把佛像供在八多寺的大殿里，正想经常去虔诚礼拜的当儿，贼人放火烧毁了大殿。大殿虽然烧得片瓦无存，但是这幅画像却安然存在于火烬当中。大家惊奇非常，有人走近跟前拿起观看，佛像未伤分毫。在场的人看到这般光景，心中无限崇敬，大家知道这幅佛像是那个女人发了诚心画成的，所以佛才显示了灵验。女子虽然贫穷，却能在秋天亲自到田里去拾禾穗来完成誓愿，这件事实在难得。正因这个缘故，佛才哀怜她的至诚，施以这般的灵验。""功德虽不大，只因信心坚。"这个古老的传说，后来传闻于世。

第十九篇

药师佛体出药品施盲女

古时，在京城奈良有一个水池，叫作越田池。水池的南面有一个蓼原里，蓼原里有一座蓼原堂，堂里供着一尊药师佛的木雕像。阿倍（元明）天皇朝代，这个村里住着一个双目失明的盲女。

后来，盲女生了一个女孩。女孩一天天长大，在她七岁那年死去父亲，从此，盲母便做了寡妇。盲女家中一贫如洗，她因求食困难，认为自己必将饿死。但她既已双目失明不辨四方，焉能外出去寻求食物，因而盲女悲伤万分，自言自语地说："我受穷是前世造下的孽根，一定要活活饿死。不如趁现在有一口气，到佛前去叩拜叩拜。"想到这里，便拉着七岁的女孩，到那座蓼原堂参拜。

堂里的僧人见盲女可怜，便打开殿门让她进殿，向药师佛像叩头礼拜。她拜佛已毕，祷告说："我听人传说，药师佛有言：只要一听药师佛的法号，便可以百病皆除。药师佛的这个誓言总不该把我一个人漏在外边，即使我前世作了孽，也请我佛大发慈悲，赐给我一双眼睛！"她一边哭一边祷告，不肯从佛像前面离去。

这样过了两天，倚在她身旁的女孩，忽然间看见从佛像的胸前垂下来一个桃子似的油球。女孩把自己见到的告诉母亲，母亲听罢便说："我要吃它，你赶快从佛的胸前把垂下来的东西拿过来，给我放在嘴里。"孩子遵照母亲的吩咐，走到佛像前把它取下来，放进母亲的口中。母亲一吃，感到很甜。过不多时，盲女的两只眼睛突然睁开了，对外界的事物看得清清楚楚。她悲喜交加，感动得流着眼泪，趴在地上向药师佛像连连礼拜。听见这件事的人，交口称赞这是女子的诚心所感，对药师佛这样灵验昭著，深表崇敬。

由此事看来，这尊药师佛像为了救治病人，竟能显灵从佛身上流出药来。因此，身染疾病的人，应该虔诚地发下信愿，崇信药师佛为人医病的誓愿。

第二十篇

药师寺食堂失火大殿未焚

古时，××年×月×日的夜晚，药师寺的食堂里冒出火光，火苗直向南方烧去，讲堂、大殿的位置全在食堂的南面，眼看都要烧着了。这时，寺里的僧人悲痛万分，只是连哭带吵，无计可施。这座寺庙自天智天皇修盖以来，已经四百余年了，从未有过这样的大火，现在眼看古庙要被化为灰烬，众寺僧又怎能不痛哭流涕呢。

过了一会，当大家料食堂早已被烧光的当儿，烟色越来越白，把黑夜照得通亮，只见有三大缕黑烟从火烬中直冲天空。天亮后，众人好奇地围拢来看，哪里是什么烟，原来有无数只鸽子，成群结队地绕着食堂和两座佛塔，飞翔不停，使火苗无法接近，因而大殿和讲堂都从大火里保全下来。这件事可以说是奇中之奇了。众人都说这是寺里的药师佛重新显灵因而无不感念万分。

此外，这座庙的南门前，很早就请来了一尊八幡大菩萨像来镇守此寺。从无数只鸽子云集而来围绕飞翔，不让火苗挨近这事，也可以明显地看出，大殿没有被焚，也是八幡大菩萨在护守此庙的缘故。后来，过了三年的光景，食堂和四面的回廊，以及大门、中门、钟楼等处，又重新修建得一如往日了。

此后，××年×月×日，忽然刮起一阵旋风，风势异常凶猛，大殿的屋顶登时被旋风掀起，卷入天空，然后落到讲堂前面的院中。从风势推测，落下的屋顶不可能有一块完整的砖瓦或木料，但是，砖瓦却没有一块破碎，木料也没有一根折断。于是大殿的屋顶又按原样安架上去，这件事也是稀见少闻的。这座庙的药师佛不止一次地显示了灵验。

又有一次，寺里为了安装南大门的门楼顶格，派人到吉野地方的山林采伐了三百多根木材，当木料正待启运的时候，当时的国司藤原义忠朝臣却把这些木料拨作修建皇宫之用。有人向他请求："这是药师寺为了修建寺院，来山林里采伐的木料。"但是国司坚持不允，只说要供给朝廷。这时，药师寺的住持观恩特去求见国司，再三诚恳相求，但是，始终未获应允。

这时，众寺僧立刻在南大门前面八幡大菩萨的宝座前，举行一个为期一百天的讲解仁王经的法会，来祈祷木料的事情。他们讲经到七八十天的光景，这三百多根木料突然从流经寺院东大门前面的西运河运来，并有人拉上岸来，堆放在寺院的东大门前。这是因为国司打算从这里转运到泉河渡口，然后再从泉河运往京城去。当木料运到寺院门前的时候，国司正从金峰山朝山归来，掉在吉野河里淹死了。药师寺的众僧听见这个消息，真是喜出望外。木料堆放在东大门前面，本来是打算从那里运走的，但是国司一死，就如同给寺院运来一般，大家非常高兴，从寺院附近雇人把木料全部拖进庙里来。这件事也很稀奇。木料堆好以后，在上面飞来了无数只鸽子，众寺僧看见鸽子知道这必是讲解仁王经法会的灵验，都说："国司落水淹死，是八幡菩萨降罪于他了。"

药师寺大殿里的内殿，是从来不放人进去的。只有三个看殿的出家人，沐浴净身之后，按旬轮流入内值班十天。除此以外，就连一生不犯邪淫戒律的僧人也不许进去。据说，从前有一个净行僧人，认为自己没有触犯三业之外，没有什么不能进入内殿的，于是便向里边走去，这时殿门忽然关闭，使他欲进不得，只好转身出来，这尊药师佛像确是世上难得的一尊有灵验的佛像。

第二十一篇

山阶寺失火重建

古时，大织冠[①]为了子孙后代，曾修建了一座山阶寺。他首先铸起一尊丈六的释迦牟尼佛像和两尊随侍佛旁的菩萨像，然后在北山阶的宅第里修盖了佛堂，将佛像供奉起来。这座佛堂是在天智天皇建都粟津时修建的。后来，到大织冠的儿子淡海公的时代，便在今天的山阶寺的所在仿造了一座。虽然地址有了变迁，但仍然称它是山阶寺。

过了三百多年，永承元年的十二月二十四日夜晚，山阶寺被火焚烧了。这时，关白[②]左大臣以氏族族长的身份，又命人将山阶寺按照原样修盖起来。这座寺院的地势，比别处高，仿佛建筑在龟背上面，因此，打不出井水来。于是便把从春日野流出来的水，引入寺内，使它流进僧房斋舍，供寺僧使用。

修盖这座寺庙的时候，有大殿、回廊、中门、南大门、北讲堂、钟楼、藏经殿，以及西头的西大殿、南头的南圆殿，东面的东大殿、食堂、甬道，北房上阶的僧舍、西房、东房、中房等大小不同的房间，涂抹这样多的墙壁都需要水，因此从各地征集了

---

① 见本书卷十一第十四篇译注。

② 日本古代的官名，位在太政大臣之上，掌握朝廷的实权，一切章奏都先由关白批阅，然后呈奉天皇。这里指的是藤原赖通（990—1074）。

一些夫役，跑出七八十丈远去汲水，墙壁由于水源不足，很难迅速完成。当监造官员正在无计可施、焦急叹息的时候，这时正在夏天，突然下了一阵暴雨。

雨后，讲堂西面的院子里的一块洼地里，积存了些雨水，抹墙的夫役们，到水洼去舀水和泥，水却总是取之不尽。大家觉得奇怪，便试着挖了挖，果然水从底下涌了出来。这时，大家都认为是件奇事，于是立刻动手，只挖了三尺见方×尺多深就挖成一口水源充足的水井。从这口井里汲水，来和许许多多的墙泥，总是汲取不完。涂抹大量的墙壁用这口井里的水来和泥，比起以前走出很远去打水，真是易如反掌了。众寺僧都说：“这水必有来由。”于是用石块砌起井甬，盖上井盖，到今天井里仍然出水。这也是一件难得的奇事。

费了两年的工夫，殿堂俱已建成。于是便在永承三年三月二日，举行了开光仪式。藤原氏族族长率领公卿百官莅临，按佛法举行开光仪式。法会的讲师是三井寺的明尊大僧正。邀请的僧人有五百名之众，并有音乐伴奏。人人专心从事，虔诚无比。开光供奉这天，原定在寅时挪移佛像。但是，当时天色阴晦欲雨，不见星斗，因此看不出是什么时辰。当时虽有阴阳师安倍时亲在场，但天空阴暗无星，使他也失去测时的标志了。正在束手无策之际，天空并未起风，但是大殿上空一块四五丈宽的乌云突然晴开，七星历历在目。看见七星，知道正是寅时二刻，大家高兴起来，便将佛像挪移过来。天空显示七星之后，又照旧布满了乌云，这也可以作为奇事之一。

还有，迁移佛像之后，马上就要在佛像上面吊起宝盖，这时，铸佛工匠定朝说：“宝盖很大，为了钉上挂钩，必须在棚顶的格子上架上三根一尺九寸宽，二丈五尺长的横梁才行，我忘了这件事，没有预先说，如何是好呢？如果现在往上架，就得先搭脚手架，势必弄坏一处处的墙壁。这样不但难免损毁许多什物，而且可能耽误今天的开光仪式。这真是一个大问题。”一听此话，众人都七嘴八舌吵嚷议论开来，这时，在许多工匠里，有一个木匠，名叫××吉忠，他曾经负责修造大殿正中这间的房架子的，听说此事，便说道：“我盖这间房子的时候，有三根一尺九寸宽的木头忘在梁柁上了，当时我怕受申斥，没有对管事人说，那三根木头还在梁柁上，但不知道是否在吊挂宝盖的位置上？”定朝听罢非常高兴，叫他的徒弟爬上去看这三根木头放的位置如何，徒弟爬上棚顶看完后，下来说：“不错，那根木头正放在要吊宝盖的地方，一点也不用挪动。”

当时，众人爬上棚顶，将挂钩钉好，它的位置竟分毫不差。这也是奇事之一。

虽然已经是末世来临，而佛在许多事实上却显示了如此多的灵验，更何况人眼所看不到的功德，正不知有多少呢，因而世人对此佛无不崇敬万分。

第二十二篇

法成寺供奉大日如来画像

古时，关白太政大臣[①]在后一条天皇朝代的宽仁三年三月二十一日出家，出家后，×年×月×日，他为了在新建成的法成寺里给天皇祈福，叫人画了一百尊丈六的佛像，并排面南悬挂在大殿前面，供奉起来。

画像中有一幅高达三丈的大日如来佛像，是由饭室的××阿阇梨画成的，悬挂在百佛的中间作为主佛。在佛像前面搭起长长的天棚，天棚底下，以入道[②]大人为首，其次便是入道大人的公子关白内大臣大人[③]，后面是左大臣显光[④]、右大臣公季[⑤]，还有纳言、参议等公卿百官不计其数，俱皆就座。在后排就座的还有殿上人[⑥]。天棚的左右两旁，张着长长的帷幔，作为僧侣们的席位。南面竖立着两面大鼓和两口铜磬以为饰物。再往南是两面绸幔，这里是演奏唐国、朝鲜音乐的乐池，供奉法会的仪式非常珍贵少见，很能引人入胜。

---

① 指藤原道长（966—1024）。

② 日本古代称出家修行的三位（品）以上的官员为“入道”。

③ 指藤原道长的长子藤原赖通（990—1074）。

④ 指藤原显光（944—1021）。

⑤ 指藤原公季（956—1029）。

⑥ 古代日本凡四位、五位以上的官员，例准升殿者，称为殿上人，与“地下人”相对 。

仪式开始，许多僧人都齐集在南大门外左右两旁的帷幔里，吹奏着唐国、朝鲜音乐的乐人，从乐池里走到南大门外去迎接僧人。僧人们以乐人为前导进入寺内，登上南大门的佛坛，从这里看去，悬挂成排的百尊丈六的佛像，随风摆动，栩栩如生，崇敬之念油然而生。××××丝穗幡带并立在庭院之中，随风飘动，也颇使人赏心悦目。两面大鼓也仿佛放着××光芒。这些情景使人有身入佛界的感觉，真是可贵。

这时，僧人们又看见入道大人正坐在天棚底下。入道大人的上首，却有一位身披黑黄色袈裟的僧人，这人是谁呢，僧人们猜想这一定是仁和寺的济信大僧正，于是向他走去，眼看走到他的身边，这位僧正突然不见了。僧人们心想，僧正一定离席他去了，便各自就位。这件事大家都看得清清楚楚，他们把香炉匣放在座位上，便到从僧[①]的座位上去打听："刚才坐在天棚里，身穿黑黄色袈裟的和尚是谁?"从僧们回答说："没有这样一个人。"僧人们一听非常惊异，纷纷议论起来，有人说："这一定是佛的化身。"有人说："可能是古时的大师来了。"这件事如果只有一人看到，或许是一时眼花，但是既然人人都看到了，那就无可置疑了。大家交口称赞，临到末世，而竟能有此可贵之事。想来后来入道大人也必然听说此事了。

---

① 方丈、住持等僧官的随从僧人。

第二十三篇

法成寺药师堂定期做佛事呈现祥瑞

古时，入道大相国[1]修建法成寺之后，在寺内东面又修盖了一座坐东朝西的子午堂，堂里安放了七佛药师如来像[2]，于万寿元年六月二十六日开光供奉。

后来，×年×月×日，在子午堂开始举办了定期的唱经会，这天，以入道大人的公子关白大人为首，那些公卿、殿上人以及大夫百官，俱各聚集，无一缺席。这时僧人们已经到齐，法会即将开始，只见佛堂东面的从僧们，一边仰头看着天空，一边吵嚷不休。佛堂西边的人们听见他们吵嚷，心想一定有事，也都抬头向天空望去，原来有五六道长约十丈的五彩霞光，东西横挂在天际，色彩艳丽，宛如锦绣一般。看见它的人感到非常惊异，都定睛望着，但是过不多久，霞光便消失不见了。当时有许多人瞧见了霞光，当唱经会进行到一个段落的时候，有人把这件事禀告了入道大人，入道大人听了说："你们不告诉我看一看，真是遗憾万分！"

虽然没有人看到这道霞光在乍一出现时是什么形状，但后来有人看见的时候，说像彩霞一般若隐若现。当时人们全说是一件奇事。

---

① 见前篇译注。

② 七佛功德经说，药师以济度众生，分身化为七佛，即吉祥王如来、药师琉璃光如来等。

第二十四篇

迦叶佛化身为牛供关寺驱使

古时，有一位左卫门大夫，名叫平朝臣义清。义清的父亲中方，曾任越中国的国守。中方在任之时，从任地得了一头黑牛，多年来，中方一直把这头牛当作自己的坐骑，有一次，他骑牛去清水地方，在那里将黑牛赠给一个相识的僧人。后来，这位清水的僧人又将黑牛转赠给大津地方的周防丞正则。

这时，住在关寺的一位圣僧正在修筑关寺，正则见他只有装载杂物的空车没有牛，便将黑牛送给了这位圣僧。圣僧得了这头牛非常高兴，就用它套车来拉运修寺的木料。木料全部运完之后，三井寺的明尊大僧都便得了一梦。他梦见自己来关寺拜谒，看见一头黑牛系在殿前。僧都问道："这是什么牛?"黑牛回答说："我是迦叶佛，如今为了帮助关寺振兴佛法，才变成牛的。"话刚说完，僧都便醒了。

僧都觉得这件事奇怪，第二天清晨就派了一个徒弟到关寺去打听，并嘱咐说："你去打听打听那座寺里有没有拉木材的黑牛。"徒弟去后不久，便回来报告说："我看见圣僧屋旁站着一头犄角不太弯的大黑牛。我问了问：'这是做什么的牛?'那圣僧说：'这是拉运修寺木料的牛。'"

僧都听了，又是惊讶又是感动，于是率领了许多得道高僧，从三井寺步行来到关寺，一到寺中，首先寻找那头黑牛，这时黑牛不见了。僧都问道："牛在哪里？"圣僧回答说："放到山上吃草去了，马上叫他们牵回来。"说罢便打发一个童子前去。正在这时，牛从殿后的另一条道下山来了。僧都虽然吩咐说："拉过来！"但牛立而不动。僧都心生敬畏，尊敬地说："不必马上拉，就这样离开它朝拜好了。"说罢恭恭敬敬地朝拜起来，其他的僧人也一同礼拜。

这时，黑牛从右边起绕着大殿走了三匝，然后面向佛像，卧在院子当中。看见这种情况，僧都以及众僧都说："绕佛三匝，这事太少见了。"越发地尊崇起来。圣僧们也都感动得落下眼泪。事过之后，僧都返回原寺去了。

从此，黑牛的事迹广传世间。京城里的人们个个慕名前去朝拜。上自入道大相国，下至公卿殿上人无人不往。其中只有小野宫的实资①右大臣未去参拜。一天，太政大臣闲院公季②去关寺参拜，当时寺外有很多贱民，无处遣散，大臣心想，如果从车上下来，步入寺内，未免有失体统，于是他仍然坐在车厢中未动，当车子看着要赶到牛棚附近的时候，这头黑牛仿佛对乘车入庙这件事见怪了，突然间挣断缰绳向山边逃去。太政大臣见黑牛逃走，急忙下得车来，说道："牛一定是嫌我坐车进来粗俗无礼才逃跑的！"说完悔恨交加，痛哭不已。这时，牛仿佛宽恕他已经能如此忏悔，慢慢走下山来，躺在牛棚里，太政大臣把草放进牛的嘴里，但是牛却不吃草了，只躺在地下衔着不动。太政大臣一见此情，便用袍袖掩面痛哭，在场目睹的人们也都感动得流下泪来。鹰司③府和关白府里的女官，命妇也都来此寺参拜。

这样一来，四五天的工夫，上中下各阶层的人便都慕名聚集

---

① 指藤原实资（957—1046），死后人称小野宫。

② 闲院是藤原氏的嫡派分支，这里指藤原公季（950—1029），闲院是公季的号，后来成为整个家族的名称。

③ 藤原氏的嫡派分支之一，以藤原兼平为始祖。

而来了。这时，圣僧梦见黑牛告诉他说："我在这座庙的工作已经做完。后天傍晚就要回去了。"圣僧梦醒之后，悲哀地哭泣起来，于是亲自跑到三井寺的僧都那里，告以梦中所见。僧都说："我们寺里也有人梦见牛这样说了，真叫人太难过啦！"说罢感动得哭泣起来。这件事辗转传了出去，于是前来参拜的人们，络绎不绝，道路拥塞。到了那一天，三井寺的僧人聚集在山[①]上念阿弥陀经，经声响彻山谷，使人回忆起昔时释迦入灭时娑罗林的仪式，悲伤无限。天色眼看要到傍晚时分了，却看不出牛有丝毫痛苦的神色。前来参拜的人群中间，也有心怀恶意的，他们嘲笑说："看罢，牛准死不了。"

不久，天色渐黑，这时就见卧倒在地的黑牛，从地上爬起来，跑向殿堂绕行三匝，当它跑第二匝的时候，突然现出苦痛的神色，一会儿卧倒一会儿又爬起来，照这样折腾了两三次，当它绕完三匝之后，便又转回牛棚，头朝北卧下。只见它四足一伸，仿佛睡觉似的死去了。

这时，聚集而来的无数人们，不论上中下各阶层的道俗男女，全都放声痛哭。朗读阿弥陀经和唱诵佛号的声音经久不息。人们各自散去后，便把这头黑牛埋葬在牛棚上方的土岗上，并立起石碑，围起栏杆。虽然当时正是夏季，土葬多少也应有些气味，但却嗅不出一丝腐臭的气味。葬后每隔七日，供奉佛经一次，从七七一直到第二年的忌日，每天都有许多人来做各种佛事。

这座庙原来供奉着弥勒佛像，但是后来佛堂等尽皆破毁倒塌，佛像也朽烂不堪，终至不见了，人们都说这里是关寺的遗址，但只凭一块地基，有人能辨认出来，也有人辨认不出来。这时，横川院有一位源信僧都，他想："无论如何也应该把它照原样修建起来，如果使这样一尊高贵的佛像失踪，实在太可悲了。何况它还

---

① 指比睿山。——原注

是关的尽头①的一尊佛像，各地的人，都得前来朝拜。释迦牟尼佛曾说过：‘只要是能向佛俯首，也必有成佛之缘，何况双手合掌虔诚发愿的人，他必能生于未来弥勒之世。’相信佛法的人，是不会对此有所怀疑的，因此修建这座庙宇是件最重要的事情。”当时在横川院有一位素有道心的圣僧，名叫××，僧都托付这人募化布施，雕刻佛像，当佛像快要雕刻成形的时候，源信僧都却逝世了。这位圣僧说：“这件事是僧都生前所托，绝不能草率从事。”于是便对雕佛工匠叮咛再三，终于使他把佛像雕成。

遵照僧都的遗嘱，修盖了两层楼的佛堂，从楼上可以望见佛的尊容，许多过路人经常前来瞻仰。佛堂快要修成的时候，不但木料不敷应用，连佛像镀金也难以完成了。这时，许多前来朝拜这尊牛佛的人，都布施一些物品。用这些布施，不仅按照原定计划盖成了佛堂和寺院的大门，而且用剩余的财物，还修盖了僧房，僧房盖成之后，仍有剩余，便用它举办了一次规模宏大的开光供奉法会。此后，偶有毁坏之处，便募化布施加以修缮。

各地过往的人们，没有不来参拜这座庙的佛像的。不仅如此，只要一起参拜佛像心愿的人，就必能造下福因托生弥勒之世。为了叫世人修功积德，迦叶佛竟化为牛身来劝导世人，真是一件难能可贵的事。

---

① 关寺川在逢坂之关的东边得名，为有名的关津之一，行人至关必须留驻，故有瞻仰佛像的方便。

第二十五篇

伊贺国人的生母死后变牛来子家

古时，伊贺国的山田郡啖代里，住着一个名叫高桥东人的人，家中非常豪富，金银财宝不计其数。他为报答死去的生母的恩德，发起抄写法华经的心愿，并将举办供奉法会。东人说："我的心愿是要请一位有缘的大师来做讲师。"当他决定举办法会在第二天供奉法华经时，便差使从人去请讲师，吩咐说："你第一个遇见的僧人，就是和我有缘的人，必定把他请来，这是我本来的心愿。"

从人遵照主人的吩咐出门前去了，走到本郡的御谷乡，遇见了一个乞食僧。这僧人胳膊上挂着钵盂和口袋，醉倒在道旁。从人心想，这绝不是自己所要请的人，但是因为主人吩咐在先，这是第一个遇见的人，必定要请了回去。

这时，行路的人们都在嘲弄醉僧，把醉僧的长发剃掉，用根绳子给他当作袈裟，而醉僧仍然沉醉不醒，从人只好将他唤起，向他礼拜，然后告以所请。及至来到家中，施主一见，崇敬之念油然而生，礼拜之后，把他留在家里住了一天一夜，给他缝制了一件法衣。

当时，乞食僧问施主说："这是因为什么？"施主回答说："我请你来是为了讲解法华经。"乞食僧说："我毫无学识，多年来只靠念一些般若心经和陀罗尼咒①来乞食法命，怎么能担任讲师呢。”尽管僧人这样说，施主还是坚请再三。这时，乞食僧心想：叫我讲经，我一点也不知道该讲些什么，莫如我偷偷逃走了吧。施主却早已料到他蓄意逃跑，就叫人跟随在他的身边，看守不放。

当夜，乞食僧人梦见一头红色母牛来告诉他说：“我是这家男主人的母亲，这家养的牛里，有一头红色的母牛，那就是我。我前世在这家做他的母亲时，恣意偷用孩子的物品，因而如今变成了牛身，来偿还前债。明天男主人为我供奉法华经，因为你是讲师，我受到感动，所以特来诚恳相告。如果你要想知道事情的真假，可在说法的佛堂中为我设一席位，将我安置在席位上，那时我必定登上去。”说罢，乞食僧梦醒。

乞食僧心中非常惊异，第二天早晨，法会开始的时候，他被迫穿上法衣。但他登上高座之后，没有说法，首先开口说：“我一点学识也没有，不能讲经说法，只为施主不答应才登上高座，但是我有一梦相告。”僧人说罢，便将梦中情景详细讲说一遍。施主听说此事，立刻设一席位，然后呼唤那头母牛，母牛当时走来登上座位。施主一见放声痛哭，说：“这的确是我的母亲，多少年来随意驱使，一点也不知道，现在求你宽恕，求你宽恕我的罪过！”母牛听说此话，在法会举行完毕之后，立即死去。

参加法会的僧俗男女看见这般光景，都为悲泣，佛堂前的庭院中满是哭声。施主特为母牛，又重修功德。此确是施主为报答母恩而修的功德所感，也可以看出法华经所显示的灵验，同时也是乞食僧多年来念诵陀罗尼咒所积功德的效果。见到和听到此事的人，都交口称赞不已。

由此看来，到每个人家来的牛马犬等牲畜，都是有其前世之因的，切不可强行责打。

---

① 陀罗尼咒即真言咒。

第二十六篇

盛装法华经的经盒自然变长

古时，圣武天皇朝代，山城国相乐郡里住着一个人。这人为了要报答父母之恩，发下誓愿，书写了法华经。供奉完毕后，为了收藏法华经，他从远近各地找来了白檀木和紫檀木，准备用来制经盒。他找来小器作，量好了经卷的尺寸，制成经盒。

经盒制成之后，将经书往里一装，不料经长盒短容纳不下。施主一见无法把经书装入经盒，深为伤感。这时，他专诚地发起誓愿，邀请僧人做三七二十一天的佛事，一边忏悔这件过失，一边祈求再能找到檀木。过了二七之后，取出经书往盒里试装的时候，经盒自然地长了些，所差无几便可将经书纳入其中了。

当时，施主感到此事奇异，心想：这可能是祷告所致，于是越发地专心祷告起来，等到三七期满，拿经卷往经盒里装时，经盒已经变长，毫不费力地装进去了，而且恰好合适，不短一丝一毫。施主看到这般情景，非常惊异，心中疑惑不定：这到底是经书短了，还是盒子长了呢？于是用一本尺寸相等的经来衡量这本经，结果证明经书依然如故。这时，施主感动得流着眼泪向经书礼拜。

见到和听到此事的人，都称颂不已，说这完全是由于施主的心诚所感，无限可贵。由此看来，虽然说三宝的灵验是肉眼所不能得见的，但是，只要发起诚心，就会有如此的显示。

第二十七篇

鱼化法华经

古时，大和国的吉野山上，有一座山寺名叫海部峰。阿倍（元明）天皇朝代，有一个僧人。他多年来住在这座山寺里，一身清净修行佛道。

一天，这位圣僧患病，身体虚弱无力，不能随意起居行动，而且饮食乏味，命在旦夕。这时，圣僧心想："我今身染重病，难以修行佛道，我必须将病治好，安心修行。但是听人传说，治病的方法莫过于食肉，那么，我来吃鱼吧，这不会有大罪的。"想到这里悄悄地对弟子说："我因为患病，想吃些鱼保全生命，你买些鱼来给我吃罢。"

弟子听了他的话，立刻打发一个童子到纪伊国的海边去买鱼。童子去到海边，买了八条新鲜鲻鱼，装在小提盒里带了回来，小童在路上遇见了认识他的三个大汉，大汉问童子说："你拿的什么东西？"童子听他们一问，非常害怕，不敢说出是鱼，只顺口回答说："这是法华经。"

但是，这些大汉们正看见从小提盒里滴答着的腥水，已经知道里面是鱼了，因此便说道："哪里是经，分明是鱼。"童子仍然和他们争辩说："是经。"后来，他们结伴同行，来到一个市镇，汉子们休息下来，拦住童子斥责他说："你拿的本来不是经，而是鱼。"这时童子仍然一口咬定："不是鱼，是经。"汉子们不相信，便对童子说："打开提盒让我们看看。"童子不肯，这几个汉子便逼着他打开盒盖，童子当时羞得无地自容。但是，大家往盒里一看，却是八卷法华经。汉子们看罢，大吃一惊，都惶恐地走开了。童子觉得奇怪，他高高兴兴地走去。其中有一位汉子，觉得这事离奇，一定要看个水落石出，就悄悄跟在童子的身后。童子回到山寺，将经过情由原原本本地告诉了师父。师父听罢，又是惊异，又是欢喜。他知道这是苍天相助，保佑自己的。

后来，圣僧就将鱼吃下，这时，那个跟踪前来的汉子，正来到山寺，他看到这般光景，朝着圣僧跪伏在地，哀告说："虽然它确是鱼体，但由于是圣僧所食，所以幻化成经。我生性愚痴，心存不良，又不懂因果，竟怀疑此事，屡次责难童子。我现在请求圣僧饶恕我的过失，从今以后，我要拜圣僧为师，对您诚心敬奉。"说罢，哭着走回家去了。

从此，这个汉子成了圣僧的大施主，经常到山寺来许愿上供。这确是一件奇事。由此看起来，修行佛法的人，为了恢复身体健康，虽然吃下许多毒物，反而能变成治病的良药；就算吃各类肉食，也不会有罪过的。正因为如此鱼才化成了佛经。所以说，对于这一类的事情万万不可妄加嘲笑。

第二十八篇

肥后国书生免于罗刹之难

古时，肥后国有一位苦学的书生，多年来，他每日到一个官宦人家去当差。一天，他因为急事在身，一清早便离家奔向宅馆，当时他孤身一人骑马前去，未带仆从。书生的家距离宅馆约有二里多地，一向是走不多久便可到达的，但是今天却越走越远，始终到不了宅馆，后来终于迷失路途，来到了一处从未到过的旷野荒郊。

书生就这样奔波了整整一天，这时太阳西沉，天气将黑，但周围是一片荒郊，找不到投宿的地方，书生不禁暗暗叫起苦来。当他盼望能找到一个人家的时候，隐约地望见山坡上有一角修造得十分坚固的屋顶，心想这回离人家可近了，不禁喜出望外，急忙策马朝那人家跑去，及至跟前一看，却不像有人居住。书生绕了一阵，喊道："屋里有人吗？请出来。这叫什么村呀？"这时从房里传出了女人的答话声："是谁在说话呀？赶快请进来吧。"书生听见她极为阴森恐怖的声音，但他仍然回答说："我是失迷路途的人，因为有急事，不能进屋，只是请你把路指点给我吧。"女人说："那么，你先站一站，我出来告诉你。"说着往外走来，这时书生觉得非常可怕，立刻掉马逃去，就听见女人出来喊道："哎，哎，稍等一等！"

书生回头一看，这女子身高及檐，两眼放光，心想：果然不差，我跑到鬼窝来了。于是便举鞭策马，拼命逃跑。女子说："你能逃到哪里去呢，还不快快停下。"听见这种声音，书生吓得魂飞天外，肝胆俱碎。这时他心思恍惚，回头一看：只见一个身高一丈有余的怪物，从眼睛、嘴里冒着闪电般的火光，张着大嘴，拍着手掌向自己追来。书生见了魂飞魄散，几乎掉下马来。但是，他仍然拍马而逃，一边祷告说："求观音菩萨保佑，今天救救我这条命吧！"正跑之间，书生乘骑的马匹突然失足，把书生从马头前掀落下来。书生心想：这回一定要被那怪物抓着吃掉了。正在这时，发现有一个墓穴，便不顾一切地跑了进去。

巨鬼跟踪来到这里，说道："你这东西原来在这里！"书生听见恶鬼走来，但是恶鬼没来找他，却先把那匹马吃下肚里去了。书生心想：他将马吃完后，必定要来吃我，但是他未必知道我藏在这个穴里。想到这里，只把"观音菩萨救命"念个不停。不一会儿，鬼将马吃完来到穴旁，说道："这个人是我今天充饥的食物，为什么不给我吃呢？如果你这样经常不肯照顾我，那令我太忧愁太难过了。"听了这话，书生暗想：原来他已经知道我隐避在穴洞中了。正在这时，穴中发出回话声："这个人要充当我今天的食物，不能给你，你不是已经吃了一匹马吗？"书生一听这话，想道：我这条命算怎样也逃不出去了！这个鬼已经够可怕了，谁知这洞里还有更凶恶的鬼要来吃我。想到这里，万分难过。他想：我虽然祷告观音，但是如今就要丧命，这也是前世的宿孽。

这时，洞外的鬼三番五次地苦苦哀告，但是洞内的声音一直是坚持不允，后来外面的鬼叹息着走开了。书生听到这里，心想：这回该来抓我来了。这时，洞里的声音说道："你今天应该是被鬼吃掉的，只因你诚心祷告观音菩萨，才得以免遭此难的。从今以后，你应当诚心念佛，并要持诵法华经。你知道不知道说这些话的我是谁？"书生回答说不知道，这个声音又说道："我并不是鬼，说起这个地窟来，这里从前有一位圣僧，他在西峰上造了一座佛龛，里面装上法华经。后来天长日久，佛龛完全烂光了，只剩下最上面的一个“妙”字[①]，这个“妙”字就是我，我在这个地方，曾经搭救过九百九十九人，他们都是险些被这个鬼吃掉的人，现在加上你，整满一千人。你从速离开这里回家去吧。你努力念佛，持诵法华经。”说罢，派了一个容貌端正的童子护送书生回家。书生哭着礼拜一番，然后跟随童子回到家中。

童子将书生送至门前，吩咐说：“你务必诚心诚意地持诵法华经。”说完转眼不见。书生感动得流着眼泪礼拜。当他回到家里时，已是深更半夜了。他将自己的遭遇原原本本向父母和妻子讲说一遍。父母妻子听了，真不知是难过还是高兴。从此以后，书生一心一意地持诵法华经，对观音菩萨信奉得越发虔诚了。

从此事看来，法华经中余剩下的一个“妙”字，就能这样救人性命，何况按照佛法诚心书写法华经，其功德之大可想而知。法华经对现世就有如此的功德，无疑会脱去来世的痛苦。

---

① 即妙法莲华经的第一个字。

第二十九篇

沙弥所持法华经遇火不焚

古时，圣武天皇时代，有一个名叫牟娄的沙弥。沙弥俗姓榎本，原来没有名字，因为他是纪伊国牟娄郡人氏，大家便叫他牟娄沙弥。

且说沙弥住在纪伊国的安谛郡荒田村，虽然他剃去头发，穿上袈裟，但举止行动却仍如俗人一般。他朝夕经管家务，昼夜操劳，谋求赡养妻儿老小的生计。后来，沙弥发下誓愿，按照佛法斋戒沐浴，亲自抄写一部法华经。他为了抄经，特设一室，沐浴净身后，再入室抄经。每次大小便后也一定沐浴净身，然后才入室，就座抄经。

沙弥这样抄写了六个月，写成一部法华经。他按照佛法将这部经供奉完毕后，做了一个涂漆的匣子，将法华经装在匣内。他没有把经匣放在外面，在屋里找了个洁净地方供奉起来。以后，他时常取出来读诵。

神护景云三年五月二十三日午时光景，沙弥家中突然失火，房屋皆烧毁。沙弥心想，房中的什物既然全都化为灰烬，经匣没有拿出来，必定也烧掉了。然而，火焰熄灭之后，却见盛装法华经的经匣还在热火之中，并未烧毁。沙弥惊异之下，急忙上前拿起经盒观看，不料它丝毫没有损伤。沙弥感动得流下眼泪，及至打开一看，法华经也依然如故地装在经匣里面。从此以后，沙弥越发无限虔诚地信奉此经了。世上的人们听说此事，都争先恐后地前来参拜此经，信奉这部经的人也日益增多了。由此事确实可以看出，这是一部诚心抄写的经书，所以能有这样特殊的灵验。因此，凡是铸佛抄经的人，就应当专诚地发下心愿。

第三十篇

愿西尼所持的法华经遇火不焚

古时，有一位尼僧，名叫愿西，是横川院源信僧都的胞姐。

这位尼姑生性柔婉，从不动怒。她虽然身为女子，却心性灵慧，能知因果之道。出家之后，一心向善，从不触犯戒律，而且诵读法华经，深悟经中义理。一生之中，她把法华经读了数万遍之多，念佛所积的功德，更不可计数了。世上有许多人都说他们曾经梦见这位尼僧的高贵事迹。愿西尼僧穿的衣服仅能遮体，吃的食物只够充饥。世上对她无比尊敬，称她是安养尼君。她持有一部法华经，灵验昭著，凡为病魔缠身的人，把这部经书请去护身，没有一次不灵验的。

且说山阶寺里有一威仪师①，名叫寿莲。他的妻子被妖气缠绕了几个月，病情严重，苦痛不堪。为此也曾多方祈祷，但始终无效。这时寿莲听人传说，安养尼君多年读诵的法华经确是灵验无比，便将此经请来，装入匣中，放在病人的枕上。由于法华经的功德，寿莲妻子的病症果然痊愈，不再重犯。因此，对这部佛经尊崇得无以复加，暂时仍然放在枕边。

一天深夜时分，寿莲家中失了火。大家惊慌失措，首先忙着抢救财物，忘记了这部法华经。后来，房屋尽皆烧光。天亮后，

---

① 举行法会时指挥仪式的僧人。

想起法华经没有抢救出来，不胜惋惜感叹，但已无补于事了。第二天，为了拾集钉子等铜铁什物，很多人在火烬中寻找，找到寝室附近时，发现有一个鼓起来的东西。人们好奇地拨开灰土一看，原来是盛装法华经的匣子，匣子虽然已经烧毁了，但是八卷经文却没有丝毫烧焦之处，于是从灰烬中刨了出来。在场的人都感到惊异，心中崇敬万分。乡人听说此事，争来参拜。山阶寺也听到此事，有不少僧人聚集而来，恭敬礼拜。

后来，寿莲感到惶恐不安，赶忙把这部法华经送还尼君。这真是一件奇异而可贵的事，当时人人都说，这位尼君绝不是凡人，而是一位得道的圣尼。

第三十一篇

逝世僧肉舌不烂山中念法华

古时，阿倍（元明）天皇朝代，在纪伊国牟娄郡熊野村里，有一位永兴禅师。禅师俗姓卫屋君，是摄津国丰岛郡人氏，原来是兴福寺的和尚。

后来，他为了教化海边的人，才移居熊野村中，给人们造福。因此，附近一带人人尊敬这位禅师，并称他为菩萨。因为禅师所住的那个村子在京城南边，所以天皇称他为南菩萨。当菩萨住在熊野村的时候，有个僧人来找菩萨，这僧人不知道是从哪里来的，带的东西只有用蝇头小楷写成的法华经一部，白铜水瓶一个，绳床一张。

这个僧人经常跟随菩萨读诵法华经。过了××年，僧人有意离此他往，便对菩萨说："我想离开此地到那边的伊势国去。"说罢，将绳床赠予菩萨。菩萨听了心中难过，便舂了二斗糯米，筛好做成干饭，交给僧人，并派了两个在家人随同护送。在路上走了一天，僧人便将那部法华经连同随身携带的铁钵、碎米干粮等物交给前来相送的在家人，打发他们回去了。分手的时候，僧人仅仅携带一个水瓶和十丈麻绳。这两个在家人也摸不清他往何处走去，只好回去把经过禀报了菩萨。菩萨听罢，伤感不已。

过了二年，熊野村有人到熊野河上游的山上去伐木造船，隐隐约约地听见山中有念诵法华经的声音。这些造船人在山中待了很久，日子一天天一月月地过去了，但是这个经声却从来不曾间断，他们感到惊奇而可贵，准备寻找诵经的人，献上带来的干粮，但是找遍全山，也不见有什么人影。然而当大家返回原地的时候，又照样传来了诵经之声。造船的人们始终未能找到诵经的是谁，只好转回家去。

又过了半年，当他们二次入山拖船的时候，仍然听见有诵经的声音，拖船人不禁大惊，顾不得拖船就跑回来禀报了菩萨，菩萨听了这个消息，立刻到那座山上倾听，果然隐约地听见有念诵法华经的声音。菩萨听见经声高贵，觉得奇怪，便开始寻找读经的人，结果没有找到，经过再三地寻找，发现了一具尸骸。菩萨走过去仔细一看，这人是用麻绳捆缚了双脚，然后坠崖而死的。死尸已成了枯骨，麻绳也全腐烂了。再看尸骨旁边，却放着一个白铜水瓶。菩萨一见水瓶，恍然大悟，知道这是从前离开自己出走的僧人，走进山中，厌弃人世，因而坠岩身死。菩萨满怀伤感，哭着回到原地。他将造船的人们召集一处，一边流泪，一边告诉他们这个僧人坠崖的原因。造船的人们听说此事，也不胜感慨和尊敬。

后来，又过了三年，菩萨再到山里去听，读诵法华经的声音仍然和从前一般无二。菩萨收拾臭尸骨时，发现骷髅的舌头竟然没有腐烂，心中越发感到奇特和惊异。他知道这完全是由于读诵法华经积下功德，才显示出这样的灵验来。菩萨满怀悲痛，一面哭泣，一面恭敬礼拜，然后返回家去。从此以后，菩萨越发坚定诚心，广积善根，为那位僧人的来世修福，并且一心一意地念诵法华经，从不荒废。听说此事的人，皆称颂法华经灵验无比。

第三十二篇

横川院的源信僧都

古时，比睿山的横川院，有一位源信僧都。源信原本是大和国葛城下郡的人氏，父亲名叫卜部正亲，虽然没有道心，但人品正直。母亲是清原氏，道心非常坚定。虽然生有数女，但膝下无子。因此她去往当地的高尾寺祷告，盼望生个男孩。后来她梦见高尾寺的方丈赠给她一块白玉，醒后便怀孕在身，生下一个男孩。这个男孩就是源信僧都。

源信渐渐长大成人，有意出家，得到父母允许之后，便自出家去了。从此他隐居在高尾寺中修行佛道，每年斋戒三次。一天，他梦见大殿里有一个库，库里收藏着各式各样的镜子，或大或小，或明或暗。这时，就见有一个僧人从里面走出来，拿起一面昏暗的镜子给了源信。源信对僧人说："这面镜子又小又暗，叫我怎么办呢，请你把那面又大又亮的送给我源信吧！"僧人答道："那面又大又亮的镜子不是你分内所有，你应该得的就是这一面。你可以从速拿到比睿山的横川院去磨光。"说罢，将那镜子送给他。

源信从梦中醒来，不知横川院究竟何在，但他依照梦中的指点向前走去，也记不清走了多少路程，凭借天缘之助，终于登上了比睿山。当时，横川院的慈惠大僧正看到源信一见如故，立刻收为弟子，传授显密二教。源信天性聪慧，随学随悟，透彻无比。他学习自宗和他宗二派的显教，领悟真言的密教，都深有心得，并能洞察其中的奥妙。他因道心深厚，还经常读诵法华经。他在山里这样修行了多年，在修道僧人中间声望很高。前一条院天皇听说源信是个道行很深的高僧，便把他宣召入朝，赐封僧都。然而，源信向道心切，无意荣禄，毅然辞去官职，终于隐居在横川院。

从此，源信静静地念立法华经，唱诵佛号，一心祈求来世得成佛果。他写了一篇一乘要诀，来表示“一切众生皆成佛”的心愿，又著述往生要集，来说明祈求往生极乐之事。在他著作经书的时期，曾梦见观音菩萨含笑走来，赏给他一枝金色莲花，同时还看见毗沙门打着宝盖立在菩萨的身旁，诸如此类的动人事绩甚多。

后来，源信渐渐年老，他虽然身染重病，经久不愈，但仍坚持读诵法华经，唱念佛号，从不懈怠。这时，近处房中的老僧言讲曾得了一梦。梦见一个金身僧人自天而降，和僧都恳切交谈，僧都仍然是躺在那里回答这位僧人。

这时，还有人梦见僧都身边，长出了千万朵莲花，有人看见这些莲花问道：“这是什么莲花?”当时只听空中有人回答说：“这是妙音菩萨所化现的莲花，可以坐它去西方。”

源信临终之时，将寺内的杰出学生和高僧，找到身边，对他们说：“今生之缘只限于此了。如果你们对佛经中有什么不解之处，把它提出来罢。”说罢，就有许多人提出了问题，经僧都解答，疑惑顿释。当场也有人对僧都留恋难舍，流着眼泪，悲伤不已。

众人离去之后，僧都只把庆佑阿阇梨一个人留下，悄悄地对他说：“多少年来，我的愿望就是想凭自己修下的善根，回向极乐世界，得生上品下生①。方才忽然来了两名天童，告诉我说：‘我

① 佛教极乐净土托生共有三品九种，上品下生系第三等级。

们是兜率天弥勒佛的差使。因为圣僧专诚持诵法华经，深悟一乘教的法理，凭这些功德应该升到兜率天上，我们就是前来接引圣僧的。’我回答天童说：‘我能升往兜率天，参拜弥勒慈尊，真是无限的善缘了。只是我多年的心愿，是升到极乐世界去参拜阿弥陀佛。我希望慈尊助我一臂之力，送我到极乐世界，我在极乐世界必当参拜弥勒慈尊。’我说完之后，天童马上返回了天界去了，他们答应把我所讲的话禀报慈尊。”

庆佑阿阇梨听到此事，感到无比尊敬和感伤。僧都又说：“近来我时常看见观音现身。”庆佑阿阇梨流着眼泪回答说：“不用怀疑，你必能升到极乐世界。”不久，僧都便圆寂了，享年七十六岁，正是宽仁元年六月初十的丑寅时分。这时天空出现紫色祥云，响起奏乐的声音，室内也充满了芬芳香气。这确是一件稀有之事。

第三十三篇

多武峰的圣僧增贺

古时，多武峰上有一位圣僧，名叫增贺。增贺俗姓橘氏，原是京城人氏。他生后不久，父母因事要去坂东，便在马上安放了一个驮轿，让乳母抱着婴儿坐在上面行路。乳母怀抱婴儿坐在马上行走之间，蒙眬入睡，以致将婴儿坠下马去。及至走出二里多路，乳母一觉醒来，再看婴儿，已然不见了。她心想一定是从马上掉下去了，但却不知道掉在何处。她又伤心又惊慌，连忙告诉了婴儿的父母。

父母听说此事，放声痛哭，大声叫嚷说："我的儿子一定会被路上那些来往的行人、牛马踩死，绝活不成了！不论如何就是死了我也要看上一眼。"说罢，一面哭着，一面顺着来路往回寻找，他们走回二里多路，在一条狭窄的小路上，发现了婴儿。婴儿满面笑容地仰卧在地上，仔细一看，浑身上下没有一点泥土和水滴，更不见有半点伤痕。这时父母惊喜地将婴儿抱在怀里，觉得十分奇异，转身登程去了。当天夜里，梦见在泥土地上，有一张装饰美丽的床，床上铺着一件漂亮的衣服，上面躺着的是自己的婴儿。床的四角，站着四个容貌端正、头挽发髻的童子，嘴里念诵说："佛口所生子，是故我守护。"看到这里，父母二人便从梦中醒来。

从此，他们知道这孩子生来不凡，于是倍加用心抚养，婴儿长到四岁，对父母说："我想上比睿山去修法，习诵法华经。"说完就不发一语了。父母听罢惊疑地说："这么小怎么说出这样的话来，是不是神鬼附体叫他说的呢?"父母正为此事疑惧不解的时候，母亲得了一梦。梦见自己正抱着孩子哺乳，转瞬之间，孩子长成一个年约三十岁的僧人，手中还拿着经卷。这时旁边有一位高贵的圣僧，对他父母二人说："你们不必惊疑，这孩子有前世宿缘，必定要成为圣僧的。"听罢此话，便醒了。

从此以后，父母知道自己的孩子能成为圣僧，欣喜不已。孩子长到十岁的时候，终于登上比睿山，做了天台座主横川院慈惠大僧正的弟子，出家之后，取名增贺。增贺学习了法华经和显密二教的法文。由于他智慧渊深，不久便成为一个博学的高僧，连他的师父天台座主也觉得片刻离不开他。增贺在研究经文之余，每日必读一部法华经，并作昼夜三时的忏悔①，从不间断。

后来，增贺向道之心日益坚固，打算永弃现世的名利，专心祈求来世得成佛果。这时，增贺的声望日高，远近都知道他是个博学的高僧，因此，××××下诏赏赐官职，但他固辞不就，他心想："我不如离开此山，隐遁到多武峰安静修行，祈求来世。"想到这里，便向座主师父告辞。座主不允，同学的僧人也从旁强行拦阻，增贺无法，便佯装疯魔。

当时，山中有一个施放僧斋的地方，僧人们都派负责杂役的贱僧前去打斋。增贺却亲自提着一个肮脏的提盒去发放僧斋的地方领取。发放斋饭的执事人等看见增贺亲来打斋，便说："这是得道的高僧，怎么会自己来打斋，太奇怪了。"说着要打发人给他送去，这时增贺却说："请您给我罢。"跟着就去盛斋饭，执事人等见他这样，便说："你既然执意要自己领，就给你吧。"说罢让增贺将斋饭盛走。增贺领到斋饭之后，不回僧房，跑到有许多夫役过往的大道上，和夫役们并肩同坐，他折下树枝来当筷子，自己

① 即法华经忏法，昼夜三时是清晨、中午、黄昏和初夜、中夜、后夜。

一面吃着一面劝让身旁的夫役。大家看见他这种举动，都嘲笑说："这哪里是正常人，简直是个疯子！"人人都对他显出厌恶的神情。

由于他经常这样佯装疯狂，同道的僧人也都和他断绝交往，并将这些情由禀告了师父座主。座主说道："既然已经变成这种人了，那还有什么可说的！"增贺闻讯，正中下怀，便自离开这座比睿山，前往多武峰，从此隐居在那里，静诵法华经，唱念佛号。他听人传说山峰上魔障作祟，凶恶无比，便在山麓下的村庄里修盖一间房屋，四周筑起围墙，自己住在里面。他还虔诚地修了三七二十一天的三时忏法，在这期间，他梦见南岳[①]、天台[②]二位大师来指点他说："善哉，善哉，佛子修下了善根。"

后来，增贺越发努力修行，从不懈怠。从此他的名声大振，世间都知道他是一个得道的圣僧。冷泉天皇下诏聘他为护持僧[③]，他奉召入朝之后，说了许多狂言疯语，最后终于逃去了。诸如此类，每逢有事，他就疯三颠四。但是，他的道行却与日俱增。后来，他活到八十余岁，竟然无病，只是略微感到身体有些不适。他在十数日之前，便知道了自己的死期，于是将众弟子召集一处，告诉他们说："我多少年来的愿望，现在要实现了，我快要离开这个世界，往生极乐去了。这是我最高兴的一件事。"说罢，便给众弟子讲解经文，叫他们轮班辩论义理，还命众弟子作往生极乐的和歌[④]，圣僧自己也作了和歌。

歌曰：

年迈苍苍我老矣，
八十浪潮把身袭，

---

① 中国唐代的怀让禅师。

② 中国隋代的智者大师。

③ 古代给日本天皇祈祷健康的僧侣。

④ 又称短歌，是一种用五、七、五七、七共三十一个字母组成的歌。

海底珍奇独我遇，
欢庆今朝逢佛期。

龙门寺中，有一位圣僧，名叫春久，是增贺的外甥，多年以来，二人的感情就非常融洽，这次来到圣僧的身边，随侍左右，圣僧对他极其喜爱，一切事宜都对他讲说。

不久，增贺到了圆寂之日。这天，他告诉龙门圣僧和其他弟子说："今天就是我死的日子，你们把棋盘拿来！"说罢，有人将隔壁房中的棋盘取来，大家以为他是要在上面安放佛像，而他却吩咐说："把我扶起来！"众弟子将他扶起之后，他面向棋盘招呼龙门圣僧，有气无力地说："来，下盘棋！"龙门圣僧心中难过，暗想："这时竟然不念佛号，莫不是疯了吗！"他虽然感到很害怕，但这是得道高僧的吩咐，只好遵照增贺的言语，走到棋盘旁边来。两个人在棋盘上才摆了十来个棋子，增贺圣僧这时又说："好啦，不下了。"一手将棋盘推翻。

龙门圣僧战战兢兢地问道："您为什么要下棋呢？"增贺回答说："早年我还是小孩的时候，看见别人下棋，如今我口中虽然在念佛，心里却想起此事，我想，何不下一盘棋呢，所以就下了。"

过了一会，增贺又命人将他扶起来，吩咐说："拿一副马挡来！"说罢，有人立刻给他找来，连在一起之后，圣僧便说："套在我的脖子上！"有人又遵照圣僧的话，将马挡套在他的颈上。增贺圣僧忍受着苦痛，伸开左右两臂，嘴里说着："围起旧马挡来跳呀！"并且有节拍地把马挡敲了二三下，便命把这个拿开，随即拿开了。龙门僧又战战兢兢地问他说："您为什么要敲马挡呢？"他回答说："我幼年时间，隔壁屋里有许多小孩，他们一边笑一边吵，我那时悄悄偷看一下，只见一个小孩，脖子上挂着马挡，嘴里一面唱着'围起旧马挡来跳呀，人家说它是蝴蝶呀蝴蝶呀'一面跳起舞来，我看了非常喜爱。多年来，我把这事已经忘却，不料现在回忆起来，我心想一定要办到它，所以才敲的。现在我再没有一点心事了。”说罢，便命众人离去。这时，增贺圣僧走进内室，坐在绳床上，口里读诵法华经，双手合十结金刚“密印”，就这样面向西方盘坐圆寂了，后来，葬在多武峰的山下。

人在临终时所想起的事情，确实应该办到，圣僧领悟此理，因而才在临终前下棋和围套马挡。有人曾梦见圣僧告诉他说：“我已经得到极乐净土的上品上生了。”

第三十四篇

书写山的性空圣僧

古时，播磨国饰磨郡的书写山上，有一位性空圣僧。性空原本是京城人氏，是官居从四位下的橘朝臣善根之子。母亲源氏，生了许多儿子，但是每次临盆都是难产，很不平安。

源氏怀了圣僧以后，曾寻求堕胎之术，吞服毒物，但没有效验，最后竟平安地生下来了。胎儿生下时，左手握拳不开，父母惊异地掰开一看，原来握着一根针。这孩子还在襁褓时期，一天，乳母搂着他睡觉，等到乳母醒来，婴儿不见了。全家惊慌失措，结果却在房子的北墙根下找到了。父母对此事始终惊疑不解。他从小就不杀害生灵，也不到人群中去玩耍，只是独自一人待在僻静之处。他崇信佛道，有心出家。但是，他的父母不允。十岁那年，他跟随师父学会了八卷法华经。十七岁时举行了冠礼，跟随母亲来到日向国。由于他初衷不改，终于在二十六岁那年出家，隐居在雾岛，日夜不断地虔诚读诵法华经。

不久，他的食物忽然断绝了，他坐在寂静的茅庵里，偶然在门底下发现了三块烤年糕，他把三块年糕吃下之后，许多日子也不觉得饿。后来，他离开雾岛，迁往筑前国背振山居住。三十九岁那年，能将法华经背诵下来。最初背振山中寂静无人，他便独自平心静气地念起经来，这时，来了一群十多岁的孩童，和他同座共读经书。另外，又来了一个相貌不凡的老僧，拿着一张文书，送给圣僧，圣僧用左手去接，这时，老僧俯在他耳边说：“你被法华灵光所照，必可成为等觉①。”说罢，便转身不见了。

后来圣僧收了一些弟子，一天，不知从哪里突然来了一个年约十七八岁的童子，只见他满头红发，身矮体胖，强壮有力，说是要侍奉圣僧。圣僧将他留下支使，他砍伐树木，搬运大材，毫不费力，一个人可以抵上四五个人，跑起路来，二十里地远的路程，就仿佛半里似的，马上可以返回。圣僧的弟子们都把他看成至宝。圣僧却说：“这个童子的眼神非常可怕，我就是不喜欢他。”这样过了几个月，一天，有一个原来就侍奉圣僧、年岁较大的童子，因为一点小事，和红发童子争吵起来，骂了红发童子几句，红发童子一怒之下，用手去打，一拳就将那童子打死了。

当时，众弟子赶忙跑去拦阻，在昏死过去的童子面上泼水救治，过了一会，他才慢慢苏醒过来。圣僧看了这般光景，便说道：“我原说这童子生性粗暴，你们不信，还交口称赞，如果把他留下，将来还要为非作歹，让他赶快走开！”说罢便驱逐童子，童子哭着说：“我可不能走，如果一走，就犯了大罪。”说着不肯走。圣僧强行将他赶出门去。童子出去的时候，哭着说：“我被派来专门侍奉你的，现在硬把我赶走，我就一定会有罪的。”说着哭泣走出门去，刚一出门，转眼便不见了。

众弟子看见觉得奇怪，问圣僧说：“他是谁，怎么说这样的话呢?”圣僧告诉大家说：“我因为缺少一个称心的用人，请求毗沙门天赏赐我一个人，但是他没有赏给我世上的凡人，却把他的侍者赏了我。因为他经常招惹是非，我早就认为留他无益，想把他打发回去，不过，还没有想到他会闯如此巨祸。你们不懂此意，和他争吵，终被打伤，真是太愚蠢了。”

---

① 佛家语，据本业璎珞经解释，佛为“等觉”第五十二位，菩萨为“等觉”居第五十一位，仅次于佛，即菩萨之极位。

后来，圣僧离开背振山，迁往播磨国饰磨郡的书写山，修盖了三间茅庵，住在里面。他日夜读诵法华经，开始时用音读，后来便训读[①]起来，因为他娴熟经文，读得飞快，训读时也仔细用功，别人读四五页，他便能读完一部。山野里的飞禽走兽，俱各驯服不去，圣僧也把自己的食物分给它们。圣僧身上连虫子也不敢接近，并且他从来没有动怒的时候。本国和邻国的老少僧俗男女，无不慕名皈依，他的高贵事迹轰动了全国。圆融天皇退位以后，圣躬欠安，当时虽然有许多灵验高僧进宫祈祷，但毫无效验。这时，有许多人奏禀说："书写山的性空圣僧，修持法华经多年，灵验冠于全国，应该宣他入宫祈祷。"

于是，圆融太上皇选派了一个武士名叫××××的，到书写山去，并吩咐说："即使他不肯，也一定要把他召来。"然后派了一个宫中的近侍随同前往，他们备了一匹给性空圣僧乘骑的马匹，急下播磨而去。当天晚上，投宿在摄津国梶原寺的僧房之中，使者夜半醒来，独自思忖："书写圣僧是一位道心深厚的多年诵经僧。如果他执意不来，强行把他抱上马去，将成何体统呢？这太可怕了！"他正躺着思索的时候，就见横楣上面跑过一只老鼠，脚爪蹬下一个物体，落在枕上，一看是张破纸。他拿起来就着火光再看，原来是经卷的碎片。一念上面的字，发现别的地方都烂掉了，剩下的正是法华经的陀罗尼品中的偈语，上面写着："恼乱说法者，头破作七分。"使者看完经文心想：为什么单单落在这里呢？他越想越怕，不禁毛骨悚然，万念俱灰。

天亮之后，他想，既然是奉旨前来，就不能中途而返，于是不分昼夜地赶路，终于登上书写山。使者走到诵经僧的住处观看，只见三间茅阁修盖在溪水清澈的山谷中，一间是白天的居室，一

---

① 日本读汉字分音读与训读两种读法，音读系照中国读法一字一音，训读乃是用日本语译读。

间砌着地炉，后面一间是寝室。房子四周，悬挂着草席，除后面房间里悬挂着普贤菩萨像之外，没有供奉其他佛像。地板上有许多坑坑洼洼的地方，正是行道[①]的痕迹。使者看罢，感到无比的清高。

圣僧一见使者便问："你是干什么来的?"使者回答说："我是奉一院上皇[②]的旨意前来的。因为几个月来圣躬欠安，虽然作了种种的祈祷，但没有效验。现在只有仰仗圣僧了。上皇有旨，着我必定将您请到，如果请不到，就永远不许我回宫。纵然您不愿前往，为了帮助我也要去的。让人徒劳往返是有罪的。"说着，现出几乎要哭出来的样子。

圣僧说道："不必如此，我去去也无妨，只是我曾经在佛前说过不离此山的话，所以我得去向佛告辞。"说罢向佛前走去，这时使者恐其乘机逃跑，便吩咐众兵丁将房屋团团围住，然后说："圣上正在盼望你去救他呢!"圣僧来到佛前，敲着佛钟高声喊叫说："我今天遇到大魔难了，十罗刹[③]快来救我!"这时圣僧急得几乎将手中的菩提子念珠捻得粉碎，前额也几乎磕出血来，爬起跪倒磕了七八次头，最后竟在地上乱滚，号啕痛哭起来。使者一见这般光景，暗想："如果请不到圣僧去，纵令死罪可免，也难逃流放之罪；若是强使这位圣僧前去，我今生来世都不会有好报的，我不如从这里逃跑罢。"使者想到这里，便招来众兵丁，上马挥鞭逃去，当使者一行跑下山坡有二里多地的时候，迎面遇见一院的差官手捧公文前来。使者接过展开一看，上面写着："圣上有梦，得知不可延请圣僧，因此传旨无庸延请圣僧，着你速速回来。"

---

① 僧人礼拜佛像时一面读诵经文一面自右向左围绕佛像行走，叫"行道"。

② 日本古代，有两位以上退位的皇帝时，称第一人为一院，这里指圆融天皇。

③ 据法华经卷八陀罗尼品记载：释迦如来讲说法华经时，有十个罗刹女皈依释迦，发誓今后保佑信奉法华经的人，这十个人就是：蓝婆，毗蓝婆，曲齿，华齿，黑齿，多发，无厌足，持缨络，皋谛，夺一切众生精气等。

使者看罢，喜出望外。他怀着不安的心情，匆匆返回宫中，他从在梶原寺拾得佛经碎片之事谈起，把圣僧房中的一切情况，原原本本地奏禀了太上皇。太上皇一听和梦境相符，悚惧不已。

从此，上中下各阶层的道俗人等，俱从京都前来朝拜，向圣僧结缘。花山法皇①曾两度行幸至此。法皇第二次驾临时，领来一个叫作延源阿阇梨的有名画家，替圣僧画像，后来又命人在画像上记述了圣僧圆寂时的情景。正在画像的时候，发生了地震，法皇非常惶悚。圣僧说："你不必惊慌，这是因为给我画像的缘故，等将要画完的时候，还要发生的。"后来，画像告成，果然发生了更大的地震。这时，法皇从座位上下来，朝着圣僧叩头礼拜，然后驾转回去。

后来，又有一位源心座主，本是比睿山的僧人，他从身为内廷供奉②时起，就和书写圣僧情谊深厚。一天，源心供奉接到圣僧送来的书信，他拆开一看，上面写着："我有佛经存放多年，久望贵法师前来供奉，但因琐事缠身，至今未能如愿。此次务请拨冗命驾，以遂我愿。"源心见信，立刻动身前去书写山，按照圣僧的心愿供奉佛经，圣僧喜出望外，认为非常可贵。

本国的人们闻听此事，景仰不止，纷纷前来参拜。圣僧知道自己死期将至，便将各式各样的布施物品送给源心，其中，有一个纸包，里面裹着一根一寸来长的针。源心看见这根针，心中疑惑，不得其解。他想，针是本地的出产，所以才送给我的，只是为什么要给一根，实难理解。这时他又转念一想："也许有什么缘故，我应该去问一下，如果有什么该问的事情不问，将来必然要后悔的。"于是源心在辞行时问圣僧说："为什么要赏给我这根针

---

① 日本古代，太上皇出家后称法皇，花山法皇是圆融太上皇的皇侄。

② 日本古代，在宫内道场供奉的，有十位高僧，称为内廷供奉十禅师，源心即十禅师之一。

呢?”圣僧回答说：“我想你一定会奇怪的，这根针是我从母亲腹中生下时，握在左手里带出来的，母亲这样告诉我之后，就把它交给我了。多年来，我一直带在身边，我想若是白白丢掉也太可惜，所以才送给你的。”源心听说此话，暗想：“我幸而问过了，如果不问清楚，怎么能够了解圣僧的一生呢!”于是欢天喜地地辞别回去，当他行走到摄津国的时候，后面有人赶来，告诉他说：“圣僧已经圆寂了。”当时正是长保四年三月七日。

圣僧预知死期，所以才把布施送给了源心。他在临终之前，进入房中，安静地读着法华经，随后就圆寂了。

后来，源心供奉曾说：“世上能讲经说法的僧人虽然很多，圣僧却把我找去作最后的讲师，我的来世是有望的。而且我想，我的前世也一定是有什么盟誓的。”源心座主经常不断地这样说。

第三十五篇

神明山的诵经圣僧睿实

古时，京城以西有一座神明山寺，神明山寺里住着一位僧人，名叫睿实。据人传说，他出身并不微贱，是一位王孙公子，但究竟是谁家之子，却不得而知。睿实从小离开父母，一生向佛，日夜不断地读诵法华经。他心地慈悲，对痛苦之人倍加怜悯。

起初，睿实住在爱宕护山中，隆冬时节，看见有人身上无衣，便脱衣相赠，而自己却赤身露体。每到夜晚，就钻进一个盛满树叶的大木桶里去安歇，在食物断绝的时候，就取食炉灶之土，延续生命，他觉得灶土的味道极其甘美。一天，他专心诵经，读完一部的时候，有人恍忽看见一只白象走到了圣僧的面前。睿实读诵经文的声音非常高贵动人，听见他的经声，都不禁落泪。他这样修行了多年，后来迁居到神明山。

当时，有一位闲院太政大臣，名叫公季。这人是九条大人①的十二子，母亲是延喜天皇②的公主。他年方弱冠，便官拜三位中将③之职。一年夏天中将身患疟疾，病势沉重，虽曾躲到各地有灵验的寺庙里去，请得道高僧打醮祈祷，但是毫无效验。这时，听

① 即藤原师辅（908—960），尚醍醐天皇的康子公主，村上天皇时充右大臣之职。

② 即醍醐天皇（885—930），延喜是年号。

③ 即近卫府的三品中将，一般的中将是四品官。

人传说睿实是个读诵法华经的得道高僧，有意请他代为祈祷，于是动身前往神明，当他走到贺野河附近时，疟疾比往常提前发作了。他觉得既然快到神明，不应中途而返，于是带病到达神明山。中将驱车来在房檐前面，首先命人进去通报来意。只听诵经圣僧说道：“因为感冒病重，近来正在吃蒜。”

这时，〔只听从人〕说：“只因专诚前来拜见圣僧，现在不能回去。”“那么，请进来罢。”圣僧说罢，将挂窗摘下，拿出崭新的绣垫铺在席上，然后招呼中将入内。这时，三位中将大人由从人搀扶走进室内，卧倒席上。诵经圣僧沐浴后，停了一会才从内室走出来。中将一看，他身材修长，面貌清癯，气度极为轩昂。诵经圣僧走近中将身边，说道：“因为感冒病重，所以正听从医师吩咐吃蒜，既然你特意前来，我一定替你在佛前祈祷，况且持诵法华经又不一定需要斋戒，念一念算不了什么。”圣僧一面说着，一面手捻念珠，气度非常高贵，神态极为端庄。

这时，圣僧用手将正在躺着的中将大人的脖颈托起，枕到自己的膝盖上，然后取出寿量品①读诵起来。中将高枕卧听经声，心中感动万分，想不到世上竟有如此高贵的僧人。这时，圣僧的眼里流下泪来，他哭泣着念经，泪水滴到了病人发热的胸膛之上，泪水滴处使病人顿觉清凉，随即向四处扩展，最后全身战抖了好几次。当圣僧念了三遍寿量品时，中将已然神清气爽，霍然痊愈了。他一再向圣僧拜谢，并订了来世盟约，然后回转府云。从此中将的疟疾永未发作，因此，他非常感念这位诵经圣僧的恩德，而圣僧的声望也越来越高了。

后来，圆融天皇在堀川院身患重病，经多方祈祷，说是邪气作祟，因此把天下所有的灵验僧人，一概召来打醮祈祷，但是不

① 法华经的第十六品。

见效验。这时有一个上达部[①]奏道："神明山寺里住着一个名叫睿实的僧人，多年来专心读诵法华经，是否可以将他召来为陛下祈祷。"另外一个上达部也奏禀说："他是一个道心深厚的人，如果任性行动，也可能会有失仪之处。"又有一个人同时奏道："只要有灵验，怎样都可以。"奏罢，当时天皇降旨，命藏人[②]××前往召见。

藏人奉旨来到神明山，会见诵经圣僧，说明了圣上旨意。诵经圣僧说："我身份不同，怎敢前去面君，但是既然身居皇土，如何能抗旨不遵呢，一定得去。"说罢，起身便走，藏人原以为他必要坚决推辞，如今见他竟这样轻易动了身，心中欢悦，便和他同车前往，藏人坐在睿实的身后。

车辆经过东大宫大街向南而行，行至土御门[③]的围城时，看见一领席子，上面躺着一个病人，再一看，原来是个女子，蓬头垢面，腰间还挂着一个奇怪的东西，看样子是得了时疫。诵经圣僧看见这般光景，便对藏人说："宫里有许多高僧，即使我睿实不去，也无关紧要。这个病人却是无人相助的，我想留在这里给她吃些东西，傍晚再去，你且先去奏禀天皇，说我随后进宫。"藏人说道："这样多有不便，你奉旨前来，怎能因为看见这样一个病人就耽搁下来呢。"这时就见诵经圣僧一面喊着"天哪！天哪"一面从车前方跳了下去。

藏人心想：真是个狂僧！但是自己又不便上前捉拿，于是从车上下来，走进土御门，站在那里观察诵经圣僧的举动。这时，就见圣僧走近躺在污浊之处、形状可怕的病人身边，和蔼地抚摸着病人的胸膛，按着病人的头问长问短。病人告诉他说："这几天

① 见本卷第三篇译注。

② 日本古代侍奉天皇，执掌宫中钱财器物的官员，并掌管宣诏进奏等事。

③ 古时日本京都皇宫东北方的宫门，又叫上东门。

我得了时疫，被人丢弃在这里。”圣僧听了，非常难过，宛如自己父母得病一般，他悲伤叹息地说：“你不能吃东西吗？想吃什么？”病人说：“我想吃鱼就饭，再喝点汤，但是没人给我吃。”圣僧听罢，立刻脱下身穿的夏布衫，交给童子到市场去买鱼。同时自己到一个熟识人家去要一碗饭和一壶汤来。

过了一会，就见他拿来一个提盒，里面装着一碗饭、一壶汤，另外还带有筷子。这时，被打发买鱼去的童子，也将干海鲫鱼买到，圣僧亲手将鱼掰成小块，然后用筷子挟饭送进病人口中，还一面喂她喝汤。女子贪婪地吃着，吃的饭量，多得不像是个病人。圣僧把吃剩的饭菜装入提盒，把汤倒进汤碗放在病人的枕边，随后又差人将那只汤壶送了回去。后来，圣僧又为病人念诵了一章药王品①。

事后，圣僧来到藏人身边说：“现在可以走啦，走！”说罢，乘车进宫去了。圣僧来到驾前，天皇传旨说：“给我念念经。”于是他便从法华经的第一卷开始读诵，当时，邪气被法力逐出，天皇顿时觉得心情舒畅了许多。天皇立时降旨，封他为僧纲之职，但是诵经圣僧坚辞不受，仿佛逃跑似的拜辞出宫而去。

又有一次，持经圣僧因故到了镇西，他在肥后国命人耕种田地，并贮藏了许多绢、米，俨然成了一个富翁。当时，肥后国的国司诽谤圣僧说：“这是一个破戒的无耻法师，绝不许挨近别人。”说罢，将圣僧的财物全部抢走。后来，国司的妻子身染重病，不论是祈求神佛，还是服药医治，都毫无效验，因此，忧愁万分。这时，有一个目代②对国司说：“把那位睿实先生请来，叫他念一念法华经怎么样。”国司一听此话，勃然大怒道：“绝不能找那个法师！”后来目代一再诚恳劝说，国司方说：“权当我不知此事，

① 法华经的第二十三品，即药王菩萨本事品。

② 在国司到任之前代行职务的官员。

你自己做主好了。”于是，目代就去邀请睿实，睿实应邀前往，来到国司的府中，念起法华经来。第一品还未念完，法力已到病人身上，这时，只见从里面掷出一扇屏风，直逼圣僧，这样较量了一二百个回合以后，屏风又被圣僧掷回。从此病人霍然痊愈，清醒如常，一丝也不觉得痛苦了。

国司当时合掌向诵经圣僧拜谢，痛悔前非，并将先前夺取的财物，全部拿出交还圣僧，但圣僧拒不接受。诵经圣僧在临终之前预知死期，他隐避在一个清净所在，断绝饮食，口诵法华经，双手合十，溘然圆寂。

据说世上不看经卷而能背诵法华经的，以这位诵经圣僧为始。

第三十六篇

天王寺住持道命阿阇梨

古时，有一位道命阿阇梨，此人出身并不微贱，是太传大纳言道纲[①]的儿子，天台座主慈惠大僧正的弟子，自幼登山修行佛法，并持诵法华经。

起初，他一心不乱，专门读诵法华经，一年读法华经一卷，八年全部读完。尤其是他的声音，微妙动人，听见经声的人，无不俯首称赞。

后来，阿阇梨隐居法轮寺，在礼堂读诵法华经，这时，有一老僧也和他同居寺中。有一次，老僧在佛堂入睡，梦见佛前面的庭院中，挤满了人，一个个气宇轩昂，合掌面向佛堂而坐。老僧一见，十分吃惊，战战兢兢地走到一个侍者身边问道："这里面都有谁呢?"侍者回答说："这里面有金峰山的藏王，熊野的尊神，住吉和松尾的大明神等等诸位尊神，他们近来每晚都来这里听法华经。"说罢，老僧便醒来了。这时道命阿阇梨正在礼堂高声朗诵第六卷的法华经。老僧心想：怪不得有这么多的高贵神仙来听取法华经呀！他对阿阇梨感到无比尊敬，站起身来，感激流涕地向他礼拜，当他想起庭院里的情景时，便惶恐地离开了。

又有一次，一个女人跑到佛堂里来藏身。她被一个凶恶的妖

① 指藤原道纲。

魔所缠，几个月来束手无策，因此才到佛堂里来安身的。然而，病女听罢阿阇梨读诵的法华经之后，妖魔突然现身对她说道："我是你的丈夫，我本来不愿意折磨你，但是我自己实在痛苦难堪，所以才附在你身上作祟。我生前专好杀生，作恶多端，侵用佛物，没有积下一丝善缘，因此被打入地狱，受那无穷的苦刑。这次，听了这位道命阿阇梨读诵的法华经，我已免受地狱之苦，变为蛇身。如再得听他诵读，当得免蛇身，转生善处。你速把我带到阿阇梨那里去听经罢。"

女子听了这话，找到阿阇梨的住处，请求听经。阿阇梨听说此事，发起誓愿，特为蛇读诵了法华经。不久，蛇又现身对女子说："因为我又来听经，现在已蒙免去蛇身，升往天上去了。"从此以后，这女子就平安无事了。

又有一次，阿阇梨为了和书写山的性空圣僧结佛缘，去到书写山。他和圣僧相晤后，二人结下来世的盟缘，夜晚，阿阇梨到隔壁房中安歇。亥时左右，他念起法华经来，从开始到念完，总像有人在檐下呜咽，并且一阵阵传来手捻念珠的声音。阿阇梨心想：是谁在这里哭呢。于是在读完法华经之后，把拉门轻轻地推开一道缝隙，向外偷看，原来是性空圣僧听阿阇梨诵经之声高贵非凡，伏在檐下黑暗处，饮泣倾听。阿阇梨当时，茫然失措，从房中的地板上走下来惊慌万分。

阿阇梨的经××××高贵无比，不只是经，说起话来，也饶有风趣，使人发笑。有一次阿阇梨进入宫中，女官问他："引用经文时，有哪几段是可贵的?"阿阇梨回答说："引用琵琶，小钲铜钹等物最为可贵。"女官听了大笑不止。

又有一次，陆奥太守源赖清朝臣和左近大夫失和，阿阇梨由于父亲太传大纳言的渊源，和源赖清过从甚密，源赖清经常到阿阇梨的僧房去。一天，赖清在阿阇梨的房中喝粥，粥稀得成了米汤，这时赖清说："你们这里的粥，简直就是米汤!"阿阇梨便道：

"道命这里只有粗茶淡饭，不如尊府那里尽是美味珍馐。"说罢，在座的人全都哄堂大笑起来。〔赖清〕对这样轻慢而不成罪过的事，〔也只好置若罔闻了。〕

阿阇梨死后，有一个和他生前有莫逆之交的人，一心想知道阿阇梨究竟生在何处。这时，他梦见自己来到一个大水池旁边，只见水池里面莲花盛开。水池中间，传来了诵经的声音，这人仔细一听，原来是已故的道命阿阇梨的声音，他当时惊异地下了车，向池中张望，只见阿阇梨手握经卷，口诵经文，乘船而来，阿阇梨的声音，却比生前洪亮千倍。这时就听阿阇梨说道："我在世之时，不修三业①，不守五戒②，任意造下罪孽。特别是在天王寺作住持之时，随便侵用了寺物。因为这些罪过，我未能升入净土。但是，我曾念过法华经，由于法华经的法力，使我没有坠入三恶道，如今住在这个水池中，奉读法华经，别无所求，再过二三年，就可以升往兜率天了。我没有忘记昔日的盟誓，所以今天特来相告。"

阿阇梨的挚友一梦醒来，感到无限悲伤，把梦中所见告诉别人。

---

① 佛家语，即身业、口业、意业。

② 佛家语，佛为在家弟子所定的戒法，即不杀生、不偷盗、不邪淫、不妄语、不饮酒。

第三十七篇

信誓阿阇梨借佛经法力救活双亲

古时，有一个阿阇梨，名叫信誓，是安房国守高阶兼博朝臣之子，天台宗观命律师的弟子。信誓阿阇梨自幼蒙人传授法华经，昼夜读诵，而且还学会了真言，朝夕修行。

后来，信誓问道之心越发坚固，原意永久抛弃现世的名利，一心祈求来世的佛果。于是他离开原来修道的寺院，立即奔向丹波国船井郡的棚波多记北方隐居，他住在那里读诵法华经，念诵真言，一心祈求佛果。一天，阿阇梨面前出现了一个容貌端庄的童子，阿阇梨不知他从何处而来，感到十分惊异。这时，只见童子朝着阿阇梨，用优美的声音念了四句偈言："我来听法华，遂果四宏愿，当从其口出，梅檀微妙香。"念罢，听了一会儿阿阇梨诵读的法华经，然后转身不见。阿阇梨觉得奇怪，心想，他究竟到何处去了，便寻找了一番，结果踪影不见。他始终想不出这个童子是谁，后来才恍然大悟，知道这是天童下界来赞美自己，不禁感激流泪，认为无比的尊贵。

不久，阿阇梨的父亲兼博身任安房国的国守，启程赴任，阿阇梨经父母再三劝说，也一同前往安房。在任时期，他家的威势很大，当地的百姓都无限畏惧，对他们无不低头。这时，阿阇梨心中暗想："我多年来念了不少法华经，又修行了佛道，必然能积下无量的功德，但是我如果长久活在人世之上，就要造下罪孽，那时无疑要生死轮回，莫如赶快死去，免造罪孽。”想到这里，决心寻找致命的毒物吞食，第一次吃了名叫“附子”的毒草，结果未死。后来，听人传说有一种蘑菇叫“和多利”，是一种必能致死的毒物，阿阇梨便从山中采回，背地里吞食下去，然而事出离奇，仍旧不死。阿阇梨心想：自己服毒不死，端赖法华经的力量。不由想起经文中的“刀杖不如，毒不能害”的词句来，两相印证，使他无限感动。

后来，阿阇梨梦见有一人来点化他说：“圣僧的信心清净，要努力读诵法华经。”他仔细观看来人，正是普贤菩萨的形象。阿阇梨醒后，越发虔诚地读诵法华经了。

不久，全国各地瘟疫流行，阿阇梨得了病，他的父母也染上瘟疫，正当一家人缠绵床蓐的时候，阿阇梨梦见五色的鬼神，聚集奔走，押着一些人往冥土而去。这时就听鬼神们说：“阿阇梨可以赦免，他是供奉法华经的人。”说着就把自己放回来了。正在这时，阿阇梨从梦中醒来。阿阇梨醒来之后，觉得自己体健如初，看他的父母却双双死在那里。

阿阇梨见父母死去，泪如雨下，哭着念经，祈救父母的苏生。他在祷告之间，梦见空中落下第六卷法华经来，经卷里附着一纸公文，阿阇梨打开一看，公文上写着：“阎魔王有旨：念你读诵法华经祈求父母还阳，特将你父母阳寿延长，着人送回。”阿阇梨梦醒之后，看见父母也同时苏醒过来了，他将冥土之事，对父母学说一遍，双亲听了说不出的高兴和感动。看到和听到这件事的人，也都感动得落下泪来。阿阇梨一生之中读了一万遍法华经，此外每天的功课也毫不懈怠。他在现世已经得到了这样的福泽，毋庸置疑，来世必能得到菩提。

第三十八篇

葛木山天台宗僧人圆久听仙人念偈

古时，比睿山的西塔院，有一僧人名叫圆久。圆久僧人乃是圣久大僧都的弟子。九岁时，便独自离家，登上比睿山，出家为僧，跟随师父学习显密二教的法文，同时供奉了法华经，日夜读诵。他读诵经文的声音非常高贵，人世间找不出可以比拟的东西来。听见他的经声，人人都感动得落泪。于是，他就到京城去诵经，名声日显，为公为私修持佛事，成了一个杰出的高僧。

后来，圆久发起道心，弃绝现世的荣华富贵，进入爱宕护山，隐居在南星谷，修行无缘三昧，昼夜十二时吹宝螺，并举行六时忏悔，读诵法华经，不久，他为了广结佛缘，有意入葛木山中修练，于是在十月里入了山。这时，圆久往来于山峰之间，修行佛道，专心致志地读诵法华经。

当时，山峰上有一棵极其高大的杉树，圆久就住宿在大树下面，他在那里悬挂了一幅本尊佛像，在像前念诵法华经。一天晚上，月明如镜，夜半子时左右，隐约望见杉树梢上飞来了一人，由于杉树过高，看不出来者是谁。他想，这一定是前来搅扰诵经人的恶鬼，心中非常惧怕，但是一心仰仗佛经的法力，高声朗诵。天将破晓的时候，就见那坐在杉树梢上的人，用柔和而优美的声音念道："是人之功德，无边无有穷，如十方虚空，不可得边际。"念毕，起身飞去。诵经圣僧抬头向空中张望，想把来人的模样看个真切，结果没有看清，只见一个黑影倏尔飞去。

诵经圣僧事后回想：这一定是仙人听我念法华经觉得尊贵，才待在树梢上终夜听经，临飞去之前，又说了这四句话。想到这里，他感动不已，于是礼拜起来。他回去之后，对横川院的源信僧都学说此事，僧都听罢，感动得哭泣起来。圆久临终之时，正在南星峰，他口诵法华经而死去。

第三十九篇

爱宕护山的诵经圣僧好延

古时，爱宕护山有一位诵经圣僧，名叫好延，多少年来，一直住在山中，跟随师父学习法华经，每日诵读三十遍，前后在山中过了四十余年。

有一次，好延到金峰山朝山，归途中，在奈良坡上遇见了一伙强盗，众强盗逼近好延的身边，一把抓住诵经圣僧的衣领，按倒在地。这时，圣僧高声喊道："法华经，快来救我！"连呼了三次。当时众强盗不知是心里想着什么，仿佛怕人前来捉拿似的丢下圣僧，全都逃去。事后，好延圣僧才领悟了，这是法华经灵验无比，因而得到了金峰山藏主的保佑。当他返回爱宕护山之后，越发专心致志地读诵法华经，不出房门一步。

这时，德大寺里有一个阿阇梨，名叫××。一天，这阿阇梨梦见自己去到了爱宕护山，看见那里有一个大水池，水池东边，有一僧人面西而坐，僧人手捧香炉，口诵法华经。不一会，就在西方升起一片紫色祥云，上面托着大朵的金色莲花，落在水池之上。那僧人口诵法华经，手捧香炉，踏水而行，如履平地，随即乘坐莲花向西冉冉飞去。阿阇梨看见这般光景，便问道："这是何人升往极乐世界去了？"就听有人回答："这位僧人就是住在爱宕护山峰上的好延。"

阿阇梨醒来，感到惊异，马上派了一个从僧到爱宕护山去，临行时吩咐他说：“你到爱宕护的山峰上问一声，是否有一位名叫好延的圣僧，然后回来报告我。”过不多时，从僧回来禀报说：“那里有一位诵经圣僧名叫好延，前几天得了病，在今天拂晓时分已经圆寂，他的弟子们正在房中悲泣。”阿阇梨这时才晓得爱宕护山中有一位诵经圣僧名叫好延。按阿阇梨梦中所见，圣僧无疑是升往极乐世界去了。

第四十篇

金峰山薭岳的诵经圣僧良算

古时，在金峰山的薭岳地方，有一位诵经圣僧，名叫良算。良算原本是东国人氏，自出家以后，从来不食五谷，断绝盐味，以山中的野菜和树叶充饥。他蒙人传授法华经后，昼夜读诵，不作其他功课，隐居在深山之中，从不出来到村落里去。

一天，良算圣僧暗自思忖："自己的身体不过像水面上的泡沫，生命也就和朝露一般，我何不丢开今生，专修来世呢。"因此离开故乡，去到金峰山上。他在薭岳架起一间茅庵，隐居在里面，不分昼夜读诵法华经，这样过了十余年。

良算圣僧迁居金峰山之后，最初来了许多鬼神，企图打扰诵经，但是圣僧并不惧怕，一心地读诵法华经。后来，这些鬼神被法华经所感动，拿来许多瓜果，献给圣僧，不仅如此，那些熊、狐和毒蛇等生灵，也全来供奉。有时，圣僧在朦胧之间，恍惚看见一个容貌端庄、衣裳华丽的女子，不时地来围着他叩拜，然后起身离去。圣僧清醒之后，猜想她可能就是十罗刹中的皋谛①。有人到山中来给圣僧送食物，圣僧也不喜悦，有人和他谈话，或打听什么事情，也从不作答，只是一味地念经，甚至在安歇的时候，还在睡梦之中出现念经的声音。圣僧一生诵经，临终之时，容光

① 参看本书卷十二第三十四篇译注。

焕发，面带笑容。

当时有人来问：“圣僧临终，为何却会带笑容呢?”圣僧回答说：“我多年贫穷，如今才开始享荣华，受富贵，怎能不喜呢!”这人听了，心想这位圣僧也许是疯了罢，于是又问道：“为什么喜欢荣华富贵呢?”圣僧回答说：“我所喜欢的，就是我能够抛弃这个所谓烦恼不净的肉体，得到那个清净美妙的身形。”说罢，就圆寂了。山中的人们听说此事，都痛哭流涕，交口称颂。

卷十三

本朝及佛法

第一篇

修道僧义睿大峰山偶遇诵经者

古时，有一个修行佛道的僧人名叫义睿，他云游天下，遍历名山大川，朝拜各地的圣迹。

一天，义睿到了熊野。当他从那里前往金峰朝拜时，路经大峰山，他在山中迷失了路途，不辨方向，他无奈就只得吹起宝螺，渴望借螺音探索出路，但结果却大失所望。

义睿在山里徘徊了十多天，受尽折磨，最后，他满怀悲伤地向自己供奉的本尊祈祷，求佛保佑自己找到一个有人烟的地方。

后来，义睿不知不觉地走到一座森林里。森林里有一座僧舍，非常壮丽，房山、悬梁、格窗、拉门、吊窗、苇席、天花板等一应装修俱全。舍前是宽敞的铺着白沙的院子，院内满植花木，几无隙地，各种花草鲜艳夺目，枝头果实累累，景致十分幽雅。义睿一见喜出望外，走上前去观看，只见舍内坐着一个年约二十上下的僧人在读诵法华经，经声高贵无比，闻听令人陶醉。这位僧人每当读完一卷经书，便将它置于经几之上，就见那卷经书自动飞起，从经轴回卷到经面，并自动结好纽带，然后仍旧落到几上。僧人诵罢一卷经书就自卷一卷，全部经文诵完时，经卷也随之卷完。义睿看罢，又是感叹，又是惊异。正在这时，圣僧站了起来，一见义睿，马上显出吃惊的神色，非常诧异地问道："这里从古至今，一向无人来过，山深谷幽，连鸟声都很少听到，更不必说来人。你是什么人，竟能来到这里?”义睿答道：“我因拜佛朝圣，路过这座山，迷失了路途，走到这里来的。”圣僧听了便将他唤进舍内，这时就见一个眉清目秀的童子捧来世人稀有的食物让他吃，义睿将食物吃下，顿时消除了多日以来的饥饿，精神振作起来。

义睿问圣僧道：“师父在这里住了多久？为什么一切都能这样地得心应手呢?”圣僧答道：“我到这里来已经八十多年了。我原在比睿山出家为僧，是东塔院三昧座主的弟子，后来为了一点小事被他斥责一顿，我一时心胸窄狭离山出走，从此任意漂泊，年轻时行踪不定到处修行，后来年纪老了就留在这座山上，准备在这里老死了。”义睿听了越发感到惊奇，又问道：“师父既说这里从无人来，怎么会有三个容貌清秀的童子服侍呢？这岂不是师父说谎吗?”圣僧答道：“佛经有言‘诸天童子，以为给使’。这有什么值得惊异呢?”义睿道：“师父自言年已高迈，而容颜却如此年轻，这又当怎样解释?”圣僧答道：“佛经有言，‘得闻是经，病即消灭，不老不死’，这绝不是妄语。”后来，圣僧劝义睿赶快回去，义睿叹息地说：“我在山中迷失方向多天，体弱神衰，举步无力。但愿仰仗圣僧的法力，留在这里侍奉左右。”圣僧道：“我并非厌烦你，只是这里多年与世隔绝，全无人踪，这才竭力劝你回去，如果你今夜想留下来，就必须静坐舍内，千万不要行动，也不要作声。”当晚义睿便留在舍内，按照圣僧的吩咐，屏气凝息地躲在一边。

初夜时分，忽然一阵微风吹过，周围的情景骤然大变，义睿从门缝向外窥视，但见各式各样、奇形怪状的鬼神出现了，其中有牛头、有马头、有鸟头，也有鹿形。数不清的鬼神，各自手捧香花、果品齐集舍前，他们搭起一座高架，将捧来的物品供在架上，礼拜后合掌依次而坐，其中有一鬼说道：“今晚奇怪呀！怎么和往常不同，有生人的气味呢，是谁到这里来了?”义睿听了心惊胆战，坐立不安。当时，圣僧虔诚地诵着法华经，彻夜不停，一直到东方破晓，佛事修完后，那些妖魔鬼怪才尽行离去。

这时，义睿悄悄地走出舍外，向圣僧请教说：“今夜这些鬼怪，都是从哪方来的?”圣僧只答道：“佛经有言，‘若人在空间，我遣天龙夜叉鬼神等，为作听法众。’”后来，义睿表示愿意回家，只是不知归路。圣僧指点他说：“你可从速朝南走去。”说罢，取出一只水瓶，放在廊下竹台上面，这时但见水瓶从台上自行跳下，徐徐而飞，义睿随着水瓶走去，大约有两个时辰来到山顶。义睿站在山顶向下俯视，发现山麓下有一座大村庄。这时水瓶凌空飞去，不见踪影，想是飞回原处去了。不久义睿终于找到了村庄。他感激流涕地向人们叙说深山中的诵经仙人的情况。

听说此事的人们莫不俯首称颂。虔诚诵法华经的人，就能这样得道成仙。据说从此以后，再没有人到过那个地方了。

第二篇

葛川坐关僧比良山遇诵经仙人

古时，有一个在葛川地方“坐关”修行的僧人。僧人断食五谷，只以青菜充饥，数月以来，虔诚修行。一天，僧人梦见有一位气宇轩昂的高僧，指点他说：“比良山的山峰上，有一位仙人在诵法华经。你可从速前往，同这位仙人结缘。”僧人醒后，立刻进入比良山寻访，但不见仙人。

僧人再三寻找，过了几天，隐约听得远方有诵法华经的声音，经声高贵，无可比喻。僧人大喜，迎着经声找去，他东奔西走，四处寻找，只能听到经声，却始终不见诵经的人。僧人从早到晚尽力寻找，终于发现了一座石洞，洞旁有一棵大松树，树头状如伞盖，僧人朝洞内一看，只见洞里有一位骨瘦如柴，以青苔为衣的圣僧。圣僧看见有人窥视，便问：“你是什么人，能来到这里来？这山洞至今还没有人来过呢！”僧人回答说：“我在葛川‘坐关’修行，梦见神人指点，特来结缘。”仙人说：“你暂时远远离开，不要近我，因为人间烟火气扑到眼里，我便流泪不止，七天以后，你再靠近我。”僧人遵照仙人的嘱咐，在离山洞四五丈远的地方安歇下来。这时，仙人日夜不休地诵法华经，僧人听着高雅动人的经声，觉得以往无穷的冤孽，霎时间都烟消云散了。

不久，但见鹿、熊、猴等各种禽兽，一个个带着果品向仙人供奉。当时，仙人让一猿猴将果品送给僧人。过了七天，僧人到仙人的洞前参拜，仙人对他说："我原是兴福寺的僧人，名叫莲寂，是一个研究法相宗大乘教法的学者。有一次，我学习体会法相宗的法文，发现法华经上载有'汝若不取，后必忧悔'的词句，从此就发起了菩提心。后来又看到经文中的'寂寞无人声，读诵此经典，我尔时为现，清净光明身'。于是我就离开本寺出走，从此一直遨游于山林之间，修行佛道，后来功法圆满，便成了仙人。如今因前世有缘，来到此洞安身。离开人间后，有法华做自己的父母，有禁戒护佑全身，一乘为眼可观远景，慈善作耳可听诸音，世上诸事心中均可知识，既能升兜率天去参拜弥勒，又能到各地会晤得道圣僧，天魔、恶鬼不敢靠近我身，恐怖、灾难更从来不曾听说，见佛听法都可随心所欲。再说，洞前这棵松树宛如伞盖，下雨时，雨水淋不到洞前，酷暑可避骄阳，严冬可挡寒风，无一不是自然形成，如今你能找到这里，必有宿缘，我看，你不如就留在这里修道吧。"僧人听了，对仙人非常尊敬，虽然也喜欢这个地方，但生性不堪寂静，于是，朝着仙人恭敬礼拜之后，便要回去。这时，仙人施展仙术在当天送他回到了葛川。

僧人回去后将这桩事原原本本地对同道的僧人说了一遍，他们听了认为这真是高贵无比。诚心修道的人就能这样得道成仙。

第三篇

阳胜苦修成仙

古时，能登国有一人名叫阳胜，俗姓纪氏，他在十一岁那年，便登上比睿山，拜西塔寺莲花院的空日律师为师，学习天台宗的经典，受持法华经。阳胜心性聪慧，凡事只要听说一次，便永记在心。阳胜自幼就一心向道，从无他念，而且，经常是废寝忘食。他对一切人都怀着深厚的慈悲心，每逢看见有赤身露体之人，便脱衣相赠；发现有饥饿不饱的，便分食与人，甚至对蚊虫的刺咬也不生厌，只是独自抄写法华经，日夜读诵。阳胜后来道心越发坚固，决意离开本山。最后，终于出山，去到金峰山神仙住过的旧室居住。

阳胜还曾在南京奈良的牟田寺里“坐关”，学习仙术。起初不食五谷，只吃菜蔬，继而断绝菜蔬，只吃瓜果，后来一切食物全然不用，每日只吃一粒小米，身上穿的是用藤萝编制的粗衣，最后，终于不食，并永断衣食的欲望，发起了菩提心。阳胜一待身上烟火气消尽之后，便将身上的袈裟脱下，挂在松树枝上，然后遁去。他留下遗言，将袈裟赠予经原寺的延命禅师。禅师获得这件袈裟后无限伤感和怀念，他走遍各地的深山幽谷，寻找阳胜，结果杳无踪影。

后来，在吉野山苦修的恩真和其他僧人们说：“阳胜已经成仙，浑身没有血肉，只是奇骨和怪毛，并且还长了两只翅膀，飞在空中宛如麒麟和凤凰。我们在龙门寺的北峰上看见过他。另外，阳胜仙人还去吉野山的松本峰访晤同山的道友畅谈这些年来的行踪。”

此外，有一僧人在笙石洞[①]里“坐关”修行。食物断绝已经好几天了，于是僧人饿着肚子读诵法华经，这时，只见一个身穿青衣的童子走来，手里拿着一个白色食物送给僧人说：“你可以吃了它！”僧人接过来一吃，味道非常甘美，登时便不觉饥饿了。僧人问童子说：“你是什么人？”童子回答说：“我本是比睿山千光院延济长老的童子，后来离开本山，苦修多年，现在已然修炼成仙了。我最近拜的大师是阳胜仙人，这次送食物给你也是仙人的意思。”童子说罢转身而去。

后来，住在东大寺里的一个僧人，遇见了阳胜仙人，仙人对他说：“我在这座山上住了五十余年，今年八十多岁了，我学会了仙术，可以在天空中随意飞行，腾空，入地，都没有任何阻碍。”由此可见，依仗法华经的法力，见佛听道，皆可随心所欲，护佑人世，造福众生，无所不能。

有一次，阳胜仙人的父亲在家乡身染重病，呻吟床蓐，感慨地说：“我的儿子虽然不少，但是其中我最喜爱的孩子是阳胜，他如能知我心，一定会来看我的。”阳胜以神通力得知此情，便飞到父亲的房上来读诵法华经。有人出来向房上张望，虽闻其声，但不见其人。仙人禀告父亲说：“我已经跳出五浊[②]的三界，不到人世间来，如今为了尽孝，勉强前来，因此，只能念经不能交谈。每月的十八日这天，可以焚香散花等我，我可以顺着香烟，降落这里，讲经说法以报父母的恩德。”说完腾空飞去。

---

① 在金峰山的深处，是僧人修道的地方。

② 佛家语，五浊即命浊（说人寿不长）、众生浊（说世人不识义理）、烦恼浊（说人贪于爱欲）、见浊（说人不奉正道）、劫浊（说饥馑、疫病、刀兵相继而起）。

此外，阳胜仙人每月初八必回本山来，听那不断的念佛声，并参拜大师的遗迹，除了初八这天则从不再来。当时，西塔的千光院里，住着一位僧正名叫净观。净观经常的功课是在每夜通宵达旦地诵读尊胜陀罗尼经，多年受经文的感化，道行很深，听到他的经声，无不深受感动。这天，阳胜仙人来听那不断的念佛声，飞行空中，从净观僧正房上经过，正值僧正高声朗诵尊胜陀罗尼经，仙人听见深受感动，便停留在房前的一棵杉树上，他越听越觉得高贵动人，便从树上落到房前的栏杆上面。僧正当时感到外面有响动，惊异地问了声："外面是谁?"外面回答说："我是阳胜，刚才从天空飞过时，听见有念尊胜陀罗尼经的声音，因而前来。"僧正一听是阳胜到来，立刻推开拉门请他入室。阳胜仙人像飞鸟般地飞进了房中，坐在僧正面前互道年来之事，畅谈竟夜。拂晓时分，仙人意欲离去，不料因受人气，身体沉重，竟站不起来了。仙人说："请你把香烟挪到我身边来。"僧正按照他的吩咐挪近了香炉，于是，仙人便驾着香烟腾空而去。后来，这位僧正便经常在香炉里焚燃檀香，永世不断烟火。阳胜仙人先前居住西塔时，曾是这位僧正的弟子。因此，仙人离去后，僧正怀念难忘，十分伤感。

第四篇

下野国僧人住在神仙古洞

古时，下野国有一位僧人，名叫法空。法空住在法隆寺中，学习显密二教的法文，还受持了法华经，他每日白天读三部，晚上读三部，从不荒废。

一天，法空厌倦尘世，忽然发起求取成仙之道的心愿。因此便离开本寺，回到故乡，云游于京东诸国的群山之中，这时听人传说在人迹断绝的山中，有一个神仙古洞。法空找到那里一看，仙洞上长满鲜艳的青苔，自然地形成了洞门、隔扇、地板和坐垫。洞前的庭院，也是铺着青苔。法空发现这个地方，喜出望外地说："这才是我修行佛道的好地方！"从此便在这座山洞中"坐关"，专心读诵法华经。过了好几年，一天，忽然出现了一个端正美丽的女子，手捧鲜美的食品，来供奉这个诵经圣僧。法空虽然惊异，终于仗着胆子把食物吃下，食物的味道着实甘美异常。

法空向这个女子问道："请问女子贵姓高名？这里是一个与世隔绝的奇怪去处，你却从何而来？"女子回答说："我并不是人，是罗刹女。见你读诵法华经虔诚修行，所以才亲自前来供奉的。"法空听罢，感动不已。从此，罗刹女便常来供奉，因此法空一直不必为食物匮乏而有所虑。不久，鸟、熊、猴、鹿等各种禽兽也常到庭院前面听经。

当时，世上有一僧人名叫良贤。是×××人的僧人，遵奉陀罗尼宗，遍历各地的灵阶圣地，修行佛道，行踪漂泊不定。有一次，他迷失了道路，意想不到地来到了这座仙洞。法空看见良贤，非常惊奇，便问道：“你是何人，这里山深远离人世，是人轻易来不到的地方，你却从何而来?”良贤回答说：“我在山林之间修行佛道，迷失路途，不觉来到这里。但不知这里的圣僧是谁?”良贤问罢，法空将自己来此的经过详细告诉了他，于是，良贤便与法空同居洞中，过了数日，良贤见那个罗刹女常来供养法空圣僧，便问：“这地方远离尘世，怎么会有这样端正美丽的女子常来供奉呢？不知她是从何而来的?”圣僧回答说：“我也不知她是从哪里来的。恐怕她是听我读诵法华经来随喜的。”

后来，良贤见这个女子长得端正美丽，以为她不过是一个因尊敬诵经圣僧而从乡村来送食物的普通女子，突起爱欲之心。罗刹女当时测知良贤的心意，于是对圣僧说：“像这种破戒无耻之徒，竟跑到这个清静的净地里来，我一定给他个现世报，要他的命!”圣僧回答说：“可以给他个现世报，但不可伤他的性命，留条性命送他回人世去吧。”说罢，只见罗刹女舍去端正美丽的形象，登时现出本来的狰狞面貌，良贤一见，吓得魂飞魄散。这时，罗刹女一把抓起良贤，转瞬间来到需行数日才能到达的村庄，把良贤扔在那里，转身而去。

良贤昏厥在地，好久才苏醒过来，发现自己身在这里，为之大惊，这时，他痛悔自己未能摆脱凡夫的情欲，竟对护守法华经的罗刹女升起邪念，于是发下求道的誓愿。虽然他已身损神迷，仅仅保住了性命，但是终于回到了故乡。他把这事遍告众人，随即开始学习法华经，虔诚读诵。这事，完全是良贤的愚痴所引起的。岂知罗刹女乃是护守法华经的善神。

第五篇

摄津国菟原的僧人庆日

古时，摄津国有一僧人名叫庆日。他自幼登比睿山出家，学习显密二教的法典，娴熟经文，背诵如流，对于外典也颇有研究。有一天，庆日发起求道之心，突然离开本山，回到本国，隐居于一个叫作菟原地方，修了一间一丈见方的茅庵，日夜在庵里读诵法华经，昼夜“三时”修行佛法，一有空闲便研求天台宗的止观道法①。茅庵里面，除了佛经，别无杂物。庆日的衣服，也只有那三件袈裟。茅庵附近从来没有女子的行迹，当然更不用说和女人会面交谈了。有人送给庆日衣服食物，他却转赠贫苦之人，自己从不享用。

后来，在这位圣僧的住处，时常出现奇异的事情：一次，在漆黑的雨夜里，圣僧出庵入厕，这时，庵内明明无人，但只见圣僧的身前有人举着灯火，背后有人替他打着笠帽。等到走近跟前，想要看清究竟是谁，灯火就不见了，笠帽也无影了，只有圣僧独自一人在那里走路，并无从人服侍。有时，还见一位年迈苍苍像是三品以上的官员骑着彩马来到圣僧的茅庵。有人想知来者是谁，近前一看，连人带马却全然不见了。有人猜测这就是天神下凡，特为护守佛法而来的。圣僧临终时，并无疾病，只是独自在庵中

① 佛家语，即止心不乱，洞察万物的意思。

面西而坐，高声朗诵法华经，手结“密印”，像参禅入定似的圆寂了。

附近的人们，谁也不知圣僧死去，这时，忽听从茅庵里发出成百上千人的哭声，仿佛是众人舍不得圣僧死去而痛哭的声音。人们听了都大吃一惊，赶忙跑到茅庵去看，原来庵内并没有一个人。只见圣僧手结“密印”，一如参禅入定的姿态死去了，这时庵内充满了芬芳香气。在圣僧一反平常高声朗诵经文的同时，传来许多人在庵中痛哭的声音，人们猜测这必是护守佛法的神人惋惜圣僧的圆寂而痛哭失声。圣僧圆寂的一刹那，天空传来了乐声。由此可知，圣僧无疑是往生极乐去了。

第六篇

摄津国多多院的诵经圣僧

古时，摄津国丰岛郡，有一座寺院名叫多多院。院里住着一位僧人，这个僧人终日往来于山林之间修行佛道，成年累月地读诵法华经，昼夜不停。当时，在他的附近住着一个俗人，对这位诵经圣僧的虔诚修行深为崇敬，便发下志愿常来供养。后来，这人忽然生病，呻吟数日而死。家人将他的尸体用棺木盛殓起来，然后把棺木安放在一棵大树上。

五天以后，俗人苏醒过来，在棺木中敲打，有人听见棺中有声，吓得不敢走近，后来一听是活人的声音，心想必是死者复活了，于是将棺木从树上取下，打开一看，果然是死者死而复生，于是惊异地将他送回家去。他对妻子说："我死后，到了阎王殿，阎王打开簿子，逐一检阅，后来说：'你罪孽深重，本应送往地狱，姑念你多年来誓愿供养持诵法华经的僧人，积下无量功德，因而这次饶你一遭，立刻送你回去。你回家以后，如能更虔诚地供养那位诵经圣僧，将胜似供奉三世诸佛。'我听了这番训戒之后，便离开阎王殿，回到阳世来了。当我路过荒山时，看见一座七宝塔，宝塔庄严无比，我所供养的诵经圣僧正朝着那座宝塔，口喷火焰去烧宝塔。这时，空中有声音，告诉我说：'你听着：这座宝塔是那位诵经圣僧念到法华经的宝塔品时出现的。但是，圣僧发怒，责骂了他的弟子和道童，于是怒火立刻喷出去烧那座宝塔。如能息怒诵经，美丽的宝塔就可以充满世界。你回去以后，从速把此事告诉圣僧知道。’我听到这里，便苏醒过来了。”俗人说毕，妻子和眷属知道他已复活都欢喜不尽。

附近的人们，听到这位圣僧的事情，都为之奇异。后来，俗人去见圣僧，备述自己在阴曹所见，圣僧听罢，悔恨难当，从此离开弟子，遣散道童，独自一人专心读诵法华经。这个俗人，也越发敬奉圣僧。过了许多年，圣僧临终时身无疾病，念着法华经就逝世了。

由此看来，即使是身为圣僧，也不可动怒。

第七篇

比睿山西塔的僧人道荣

古时，在比睿山的西塔，住着一位名叫道荣的僧人。他原是近江国××郡的人氏，自幼登比睿山出家，受持法华经，日夜读诵，十二年之中不曾下山一次，经常摘花汲水供佛，谈诵经文更是孜孜不倦。过了十二年，道荣才回到故乡，他想：我虽住在本山，但学不到显密二教的法文，这岂不是枉活今生了！如对来世再不积修，我便成了两世无益，于是决心抄写法华经。抄完第一卷，便邀请五位有道的僧人，将法华经供奉起来，并请他们讲解经中深奥之义，解答疑难问题。如此，每个月里，有时抄写供奉一二次，有时多至五六次。

多少年来，道荣一直这样积修善根。最后，他在等待逝世时，一天，梦见在本山西塔的宝幢院的庭前，盖起了一座多宝塔，塔形庄严，无可形容。道荣一见此塔，便虔诚地礼拜起来，正在这时，有一位在家人，气度高雅，不类凡人，仿佛是梵天帝释的模样，告诉道荣说："你认识这座宝塔么?"道荣回答说："不认识。"那人又说："这是你的藏经塔，你可以从速打开塔门观看。"道荣按照吩咐，打开塔门一看，里面经卷堆积如山。这人又说："你认识这些经卷吗?"道荣答道："不认识。"这人又说："这些经都是你今生抄写的，已经把这座塔装满了，你赶快携带宝塔升到兜率天去吧！"说罢，道荣从梦中醒来。从此，他抄写和供奉法华经越发地勤谨了。

后来，道荣衰老，步履艰难，但因故移居于下野国。他在临终前，还在抄写和供奉法华经的普贤品，念着这品经文，便溘然长逝了。如果梦像属实，这人无疑是升往兜率天去了。

第八篇

法性寺尊胜院的僧人道乘

古时，法性寺的尊胜院里，有一个僧人名叫道乘，是个供奉本尊的僧人。道乘是比睿山西塔的正算僧都的弟子，起初住在比睿山上，移居到法性寺来也有好多年了。道乘从年轻到年老一直读诵法华经，从不懈怠，但他性情乖僻，时常打骂寺中的道童。

不久，道乘梦见自己从法性寺去比睿山，来在西山坡的柿子树下，举目向山上看去，只见从坂本①直到比睿山顶，修建了许多楼台殿阁，瓦垄整齐，金碧辉煌，里面收藏着无数的经书。经卷中有的是黄纸红轴，有的是青纸玉轴，完全是用金粉银末书写而成。道乘看见这些迥异寻常的经卷，心里纳闷，便向一个老僧打听："这里的经书太多了，简直数不完，不知是什么人存放的？"老僧回答说："这都是你多年来读诵的法华大乘经。从比睿山到水饮②这一带堆积的经书，是你住在西塔时所读诵的，从水饮到柿子树下所积放的，是你住在法性寺里念的经。由于你积下这些善根，可以往生极乐净土。"道乘听了正在惊异，忽然冒出火焰烧毁了一卷经书。道乘看罢，问老僧说："那卷经书为何会自焚了呢？"老僧回答说："这是你发怒责打道童时所念的经，所以被怒火烧毁

---

① 地名，在比睿山的东麓。

② 地名，在京都以北。

了。你如能永不动怒，善根将越积越厚，那时你一定可以往生极乐去了。”说罢，道乘从梦中醒来。从此，他痛悔前非，向佛发誓永不动怒，专心致力于读诵法华经，根绝杂念。

由此看来，怒气是无限的罪孽，在修积善根时，绝不可发怒。

第九篇

诵经圣僧理满的经卷显灵

古时，有一个读诵法华经的僧人名叫理满，是河内国的人氏。理满是吉野山日藏僧人的弟子，自从他发起向道之心以后，便随侍在日藏的身边，从无违拗。

后来，理满圣僧暗自思忖：“我虽已厌弃人世，修行佛道，但终归是凡人之体，未能断除烦恼，一旦起了情欲之心，如何是好，不如服用一些断绝情欲的药品。”于是便请师父找来药品吃下。果然，药力奏效，理满终于永绝情思。从此，理满不分日夜地读诵法华经，云游各地，朝圣拜佛，行迹漂泊不定。这时，他认为最大的功德莫过于在江边摆渡行人。于是备好船只，去到大江岸边，自做艄公，专门摆渡那些往来过江的行人。

有一次，理满从京城走到悲田院[①]去，看见那些为百病所苦的病人十分可怜，便把他们需求的东西找来送给他们。尽管他这样东奔西走，但读诵法华经却从来不曾荒废。后来，他在京城的一所小房里，读诵法华经，隐居约有二年之久。至于隐居的情由，外人不得而知。

这时，小房的主人想要看看圣僧的举动，便从缝隙间暗中窥探，只见圣僧正把经几放在面前，读诵法华经。细看时，每当读

---

① 收养孤儿和病人的地方。

完一卷，便将经卷放在经几上面，然后拿起下卷再读，这时就见读完的经卷跃起一尺多高，从经轴一直倒卷到经面，然后又自动地落在几上。主人看着深为惊异，便到圣僧面前请教：“我知道圣僧不是一个凡人。这些经卷会自动地跳起卷好，然后落回几上，真是见所未见的奇事。”圣僧听了大吃一惊，回答主人说：“这真是意想不到的事情，绝对不确切，你千万不能把这事告知别人，你如对别人说了，我要永久怀恨于你。”主人一听便害怕起来，当圣僧活着的时候，他对这事从未吐露过一字。

有一次，理满圣僧梦见自己死去，尸体扔在荒郊野外，被成千上万只的野狗聚集啖食，理满圣僧在旁看着野狗啖吃自己的尸体，心想：“为什么会有这么多的狗来吃我的尸体呢?”这时，从空中有人告诉他说：“理满听着：这些并不真是狗，都是化身。他们从前都在天竺祇园精舍听过佛祖说法，如今为了和你结缘，才转化为狗。”说到这里，理满从梦中醒来。从此，他越发虔诚地读诵起法华经，并且发誓说：“如果我能生到极乐世界就将在二月十五日释尊入灭这天离开人世。”

圣僧一生所读诵的法华经达二万余遍，施舍给悲田院里病人的药品有十六次之多。他临终时，虽略有不适，却非重病。他多年来的心愿终于得偿，果在二月十五日的夜间，念着宝塔品中“是名持戒行头陀者，速为疾得无上佛道”的经文而圆寂。

从圣僧圆寂的时间来看，他的来世如何是毋庸置疑的。至于经卷自动跃起一事，因为圣僧事先告诫，房主人在圣僧活着的时候，一直没敢告人，圣僧圆寂后，他才说出。

第十篇

诵经圣僧春朝的经卷显灵

古时，有一位诵经圣僧名叫春朝，不分日夜地读诵法华经。他到处云游，居处不定，专门读诵法华经。春朝心地慈悲，看到别人的痛苦，便视同自己的痛苦，看见别人的愉快，自己也随之高兴。

后来，春朝看见各地的监狱，心中悲伤，暗自思忖："这些犯人虽身犯国法，受到惩治，但是我应想些什么法子给他们种些佛根，以脱苦海呢。如果他们死在狱里，无疑来世还得堕入三恶道[①]中。看来，莫如我故意犯法，被捕入狱然后虔诚地读诵法华经，给狱里的犯人听。"春朝想罢，便潜入一个官宦人家，偷了一套金质的器皿，立赴赌场，掷骰赌博，并拿出金器炫耀一番。在场聚赌的人一见金器，心中起疑，说："这就是某某府宅最近丢失的东西。"当大家正吵个不休的时候，消息就自然地传了出去，于是春朝被捉到官衙勘问，春朝一一招认，便被投入狱中。春朝圣僧入狱后，心中暗喜，为了完成原来的心愿，便专心地念起法华经来，让那些犯人听。众犯人听到经声，都感动得落下泪来，对圣僧尊

① 佛家语，第一是地狱道，第二是饿鬼道，第三是畜生道，据说人生前作恶，按其大小分别轮人此三恶道之中。法华经方便品有"以诸欲因缘，坠堕三恶道"的词句。

崇不已。春朝见此情景心中欢悦，越发不分日夜地读诵起来。

这时，许多寺院都派人到检非远使厅长官[①]那里求情，说："春朝是多年读诵法华经的僧人，请不要使他在狱中受苦。"

与此同时，检非远使厅长官做了一梦。梦见普贤菩萨骑着一匹白象，放出佛光，手捧一只盛着饭食的钵盂，停在监狱的门前。有人问他："大师为什么站在这里？"普贤菩萨回答说："读诵法华经的僧人春朝现在狱中，所以我每天都来给他送饭。"说到这里，突然醒来。检非远使厅长官梦醒之后非常惊恐，立刻将春朝放出狱去。后来春朝仍然故意犯法，被捕入狱有五六次之多，但是每次都没有问罪，不久，春朝又犯了罪，再次被捕。

这次，众检非远使聚集在衙署里，讨论此事，说："春朝是一个犯了重罪的人，但是每次都没有问罪，所以他才敢任意地偷盗别人的财物。这次应给他以严厉的惩戒，先把他的双脚剁下来，然后勒令还俗。"商议妥当，便差使一行官人将春朝带往右近卫府马场附近，准备剁去双脚，这时春朝高声朗诵起法华经来，官人们听了深受感动，流下眼泪，因此又将春朝释放。

这时，检非远使厅长官又梦见一个气度高雅、面貌端正美丽的童子，头上挽着两个鬟髻，冠带整齐，走来告诉他说："春朝圣僧为了拯救狱里的罪人，才故意犯法，前后入狱七次，春朝所行正如我佛的方便。"童子说罢，他从梦中醒来，从此，这位检非远使厅长官越发惶悚不安了。

后来，春朝没有安身之处，便露宿街头，终于死在一条圈城的房下。后来骷髅丢在那里，无人移动。从此，附近的住户，每当夜间，就听见有念法华经的声音，大家听见经声感到无比的高贵，但是都不知念经者究竟是谁。当人们正在纳闷的时候，有一

① 日本中古时候的官名，掌管京城中的缉捕、诉讼等职务，类似中国清代的九门提督。

位圣僧将骷髅送往深山，从此就再也听不到诵经之声了。附近的人们，这才知道诵经者就是这具骷髅。

当时，人们都说春朝圣僧不是凡人，一定是神人下界。

第十一篇

诵经圣僧一睿听死尸诵经

古时，有一位诵经僧人名叫一睿。一睿自幼受持法华经，多年来，一直是不分日夜地读诵。

后来，一睿立志去朝拜熊野山，宿在肉背山①地方。到了夜晚，隐约听到有读诵法华经的声音，经声高贵无可比喻。一睿心想，原来这里还有人在露宿，便彻夜倾听，直到拂晓，念完一部。天亮后，一睿到附近寻找，结果并无人露宿，只发现一具尸体。近前细看时，骨节仍然接连一处，并未零散。尸身上面长满青苔，一望便知是弃置多年了。再看骷髅，嘴里的舌头仍然保持原状，而且颜色新鲜，与活人的舌头一般无二。一睿看罢，很觉奇异：原来夜间念经的就是这个尸身。这时，他想：这究竟是谁，怎么死去还能念经呢。想到这里，他感动得流下眼泪，朝着尸体礼拜一番。一睿为了再能听到经声，当日仍留宿在那里。果然，当夜又和前天同样听到了诵经声音。

天亮后，一睿来到尸体的跟前，礼拜已毕，祷告道："你虽然是具死尸，可是既然能念法华经，就不会没有灵，我想知道其中的缘由，请你务必指点给我。"祷告完毕以后，他为把这件事听个清楚，当晚又留宿在那里。入夜，一睿梦见一个僧人告诉他说：

---

① 肉背山在熊野山的中间。

“我是天台山东塔的住僧，法号圆善。我云游修行来到这个地方，不料想竟死在此地了。我生前曾发誓要读六万遍法华经，结果只读完一半，还有一半没读便死去了。为了念满六万之数，我才留在这里，如今行将读满，所剩无几，只需今年留在这里就够了。以后我就要升往兜率天的内院，参拜弥勒佛去了。”说罢，一睿便从梦中醒来。他向尸体礼拜之后，离开那里，前往熊野山朝拜。

第二年，一睿又到这里来找寻那具尸体，结果不见踪影。当夜留宿下来，也再听不到经声了。一睿仔细一想，知道僧人一定像梦中相告的那样，升往兜率天去了，便流着眼泪朝着原来放过尸体的地方礼拜了一番，然后离去。

这件事流传愈广，一直传到后世。

第十二篇

长乐寺僧人山中相逢入定尼

古时，在京城的东山上，有一座长乐寺，寺里有一位修行佛道的僧人。一天这个僧人为了采花供佛，去到深山，走过许多山峰和峡谷，不觉天色已晚，便露宿树下。

夜晚亥时左右，僧人听见在自己的身边，有读诵法华经的声音，声音婉转动人，僧人听了感到惊奇，于是彻夜未眠。他想，白天这里并无一人，莫非这是仙人不成。心中纳闷，一面怀着敬意倾听，天光渐渐发亮，僧人便朝着经声缓步寻去，走到跟前，发现有一个比地面稍高的物件。僧人正要仔细观看究属何物时，天光已然大亮，原来这里是长满青苔和荆棘的岩石，僧人心里纳闷：究竟是谁的念经声呢？又一转念，莫非是仙人在这块岩石上念的？他深受感动，便在那里伫立片刻。这时，岩石忽然晃了几晃，渐渐地高起来，僧人大吃一惊，再看岩石已经变成了人形，站起身来行走，注目再看却是一个年近六十的女法师。她一经站起来，那些荆条都一根根地折断了。僧人一看惊惧不已，问道："你是什么人？"女法师哭着回答说："我在这里已经很久了，从来没有动过爱欲之心，如今见你走来，我心想可能这是男人吧，仅此一念，竟变成了原形，真太惨了。没有比人身更无聊的了，如今恢复原状，还需要比过去修炼更长的岁月！"说罢，悲痛地向深山走去。僧人返回长乐寺后，讲述此事，被他的弟子听见，因而传留下来。

听说此事的人，一定会想，连入定的尼僧尚且如此，世上女子的罪孽更不知将有几多了。

第十三篇

出羽国龙华寺的妙达和尚

古时，出羽国有一座名叫龙华寺的寺院，寺院里有一位妙达和尚，是寺内众僧的师父。这人心地正直，一身清净，并常年读诵法华经。

天历九年，一天，妙达手握经卷突然无病而死。由于当天不宜安葬，众弟子决定将妙达的尸体停放七日，然后安葬。到了第七天，妙达和尚却复活了。他告诉弟子说："我死后，到了阎王殿，阎王见我下座施礼，对我说：'阳寿未尽的人，是不会到这里来的。因为你能专诚读诵法华经，在污浊的人世间，是一个护守佛法的人，所以你的阳寿虽然未尽，也把你请来了，我准备把日本国里的众生所行的善恶，讲给你听，你要牢牢记住，回去以后努力劝人行善，诲人戒恶，为众生造福！'阎王说毕，便差人将我送了回来。"这件事传出之后，许多人都放弃了恶念，出家入道的人也日益增多了，那些塑造佛像、供写经卷、修建浮屠、营造寺庙的人，更是不可胜数了。

妙达和尚一生读诵法华经，从不懈怠。临终前，手捧香炉，围绕佛像，叩拜了一百零八次。最后，合掌伏地溘然长逝。人们都说，妙达和尚升往极乐世界去了。

第十四篇

加贺国老和尚读诵法华经

古时，加贺国有一人，别号老和尚，为人正直，从不阿谀奉承。他摒除杂念，不分日夜、不论寤寐地读诵法华经，他虽然是俗家打扮，举止行动却无异于高僧，因此，本国的人们给他起了一个别号叫“老和尚”。老和尚衣食无着，专靠别人接济，贫困已极，但他一有食物，便立刻赴山寺，借以在寺内“坐关”读诵法华经。食物吃完，就又回到乡村里来，但诵经的日课却从不荒废。这样过了十多年。他一贫如洗，毫无积蓄，随身只带法华经一部，往来于山寺和乡村之间，居处不定。

有一次，老和尚一刻不停地读诵法华经，心中暗暗祷告：“我多年来持诵法华经，不为修今生的福寿，但愿能来世得佛果，如能遂我心愿，请佛给我显示一些灵验。”祷告完毕，又念起经来，这时，老和尚觉得自己嘴里掉下一枚牙齿，落在经卷上面。他惊异地拣起一看，并不是什么脱落的牙齿，原是一粒舍利子。老和尚看了悲喜交加，感激涕零，于是将舍利子供奉起来，顶礼参拜。不久，当老和尚诵经时，又和上次一样从嘴里掉出舍利子来，前后共有两三次。老和尚看见舍利子欣喜若狂，知道这是自己诚心读诵法华经将成菩提的吉兆，因此，越发努力念经了。后来，他在临终前，到了往生寺，独自坐在树下，身无疾苦，心无烦乱，安静地念着法华经。当他咽气的时候，正念到寿量品偈语的末一节：“每自作是念，以何令众生，得入无上道，速成就佛身。”念罢，神志清醒，溘然而逝。

听到和看到此事的人都说：“凭借多年专心读诵法华经的功法，此人必定会生往极乐净土中去。”他虽然并未出家，看来他必会如愿以偿。

第十五篇

东大寺僧人仁镜读诵法华经

古时，东大寺里有一位僧人名叫仁镜。仁镜的父母原住在这寺附近，因缺子嗣，曾到寺里向守护神求子，祝祷说：“如果我们能生个儿子，一定让他出家为僧，学习佛道。”过了不久，仁镜的母亲便身怀有孕，后来果生一男，就是仁镜。

当仁镜九岁时，父母按照当初的心愿，让他随寺僧学习佛法，开始时先学法华经里的观音品，凡所学习，全能领悟，法华经全卷学完后，又学了其他许多经典、法文，无不豁然贯通，而且他严守清规，从无违反。仁镜隐居深山，“坐夏”① 曾达十数次之多。当他年至八十岁时，心想，自己现已属残年，应寻一个清净地方以为最后的住所。他想起爱宕护山有地藏龙树，与中国的五台山不相上下，可以作为自己圆寂之地。于是，去到爱宕护山，在大鹫峰上居住下来，不分日夜地读诵法华经，昼夜六时都在修行忏法。后来，他对衣食一无所求，时而穿着破乱的纸衣，时而穿起粗劣的布服，有时身披蓑衣，有时腰缠鹿皮，被人瞧见也不以为耻。仁镜不仅能忍寒耐暑，还可终日不食，吃下一碗稀粥便

---

① 佛家语，又称“安居”，僧徒在“安居”期内，不外出云游，致力坐禅修学。据西域记记载，“安居”期分前三月和后三月，分别自阴历五月十六日至八月十五日，六月十六日至九月十五日。日本僧人则以阴历四月十六日至七月十五日为安居期。

可维持二三日之久。他有时梦见狮子走近身边，有时梦见白象追随左右，他领悟这是普贤、文殊二位菩萨的护佑。仁镜这样修行到一百二十七岁，才神志清醒地念着法华经溘然长逝。

后来，当地有一位老僧，梦见仁镜圣僧手捧法华经，在半空中对他说："我现已生在兜率天的内院，要参拜弥勒佛去了。"说毕，冉冉升空而去。世人听说他的故事，无不交口称颂。

第十六篇

比睿山僧人光日读诵法华经

古时，比睿山东塔的千手院里，住着一个名叫光日的僧人。光日自幼登山出家，跟随师父学习法华经，因天资愚钝，不能领会经义，曾一再向三宝祈祷，才学会一卷法华经。之后，他曾在梅谷隐居多年，不断虔诚地读诵法华经，修行佛道。

后来，光日的灵验昭著，层出不穷，因而声望日隆。中关白大人①的夫人，皈依了圣僧，经常布施斋饭和僧衣。后来，光日圣僧渐渐年老，迁居于爱宕护山中。他在山中，不分日夜地读诵法华经，勤恳修行佛法。

有一次，光日圣僧为还夙愿，到八幡宫的宝殿前参谒。当晚，他在宝殿前读起法华经时，身旁睡有一人。这人梦见从宝殿里走出八个天童，朝着在自己身边念经的僧人施礼，然后焚香散花，舞蹈游戏。宝殿里还传出“如是圣者，必定作佛，昼夜光明，冥途耀日”的语声来。这人从梦中醒来一看，有位僧人正在自己身边念着法华经，他就将梦中的情景告诉了僧人，并施礼参拜。光日听了深受感动，不觉老泪纵横，且哭且拜，然后返回爱宕护山去了。光日后来日益衰老，临终时，正将一卷法华经读完，随即逝去。由此看来光日圣僧必已往生净土。

---

① 即藤原道隆（957—999），日小一条天皇在位时任“关白”“摄政”。

第十七篇

诵经圣僧云净诵法华经得免蛇难

古时，有一位诵经圣僧名叫云净。云净从幼年便日夜读诵法华经，积有年岁。

后来，云净打定主意，要朝拜各国有灵的圣地。当他前往熊野参谒，路过志摩国时，天色已晚，无处投宿。当时，云净发现大海边上有座悬崖，崖上有一个大石洞，便走进洞中过夜。洞外的崖上，树木丛生，枝叶繁茂，是一个远离人间的境界。云净坐在洞中，虔诚地读诵起法华经，忽觉洞内腥臭非常，不禁恐惧起来。夜半时分，一阵微风吹过，周围的景象大变，腥臭之气越发浓烈起来。云净大为惊异，但又无处可逃，正值深夜，不辨方向，只有海涛呼啸之声可以听见。顷刻间，石洞里出现一个庞然大物。云净大吃一惊，仔细看时，原是一条巨大的毒蛇。毒蛇盘踞洞口，意欲吞食云净。云净一见自知必将葬身蛇腹，丧命于此，心想：我何不凭着法华经的法力，往生净土，免堕恶趣，于是，聚精会神地读诵起法华经来。这时，毒蛇突然不见了，接着雷鸣电闪，风雨交加，洞边积满水，为时不久，雨住天晴。

这时，有一个人从洞口走进来站在云净的面前。云净不识这人是谁，心想：这里既然不会有人来，这必是鬼怪了。因为洞里一片漆黑，看不清来人的面貌，就越发感到恐惧，这人朝着云净深施一礼，说："我住在这个洞里，残害生灵，凡有人到此即被我吃掉，这已经有好多年了。方才我本想吞食圣僧，但一听圣僧念诵佛经的声音，不觉恶念顿消，善心突起。今夜的雷雨并不是真雨，雨水乃是从我两眼中流出来的泪水，我要消除罪孽因而流出了忏悔的眼泪。从今以后，我绝不再起恶念了。”说完便一晃不见了。云净由于幸免蛇难，越发虔诚地读诵起法华经来，超度那条毒蛇。毒蛇听到经声，更加发起了善心。天亮后，云净离洞，去参谒熊野山，当他走出洞外一看，仿佛夜间并没有下过雷雨似的。

云净想到此事，就说：“像这样生疏的地方，千万不可留宿。”

第十八篇

信浓国盲僧诵法华经双目重明

古时，信浓国有一个双目失明的僧人名叫妙昭。他虽双目失明，却仍旧日夜不停地读诵法华经。

有一次，七月十五日，妙昭出外去敲锣念佛，迷失路途，误入深山，来到一座山寺。山寺的住持看见盲僧便怜悯地说：“你到这里来有什么事吗?”盲僧回答说：“我今天出来敲锣念佛，顺着脚步走错了路，因而才走到这里来。”住持说：“你暂时住在庙里，现在我因事要到村里去一趟，明天就回来，等我回来再送你回家。你如在我回来前独自走去，还会迷失道路。”说罢，给盲僧留下少许白米，然后离寺而去。

山寺里再没有别人，盲僧只好孤身一人留居寺中等候住持回来，到了第二天却不见住持回转，盲僧心想，住持一定是偶然出了事，暂时滞留在村里，但是过了五天，仍不见住持回来。这时，原来留给盲僧的少许白米已然吃完，再也没有食物了。盲僧天天等候住持回来，然而时经三月也没有回来。盲僧无法可想，只是读诵法华经，他在佛堂前面摸到一些果树叶子，从此便以树叶充饥过活。转眼到了十一月，天气严寒，雪积得很厚，连出外寻找树叶都难以办到了。他想到自己必将饿死，伤感不已，便在佛前诵经。这时，盲僧梦见有人来告诉他说：“你不必悲伤，我可以救你。”说罢递给他一些果子。盲僧从梦中惊醒过来。不久，突然狂风大作，盲僧听见大树被刮倒的声音，越发惊异，于是便虔诚地向佛祈祷起来。风息之后，盲僧走出庭院用手摸索，原来梨树和柿树已被风刮倒在地。盲僧摸到了许多硕大的梨子和柿子，及至拣起一吃，味道非常甘美，吃了一两个就不觉饥饿，也不想再多吃了。盲僧知道这全是法华经的灵验，于是收集了许多柿子和梨子，作为自己每日的食物，又将倒落的树枝折下，烧火取暖过冬。

过了年，约莫是春天二月的光景，村里的人们偶然来到这座山寺，盲僧听见人声，喜出望外，村人一见盲僧，惊讶地问道："你是谁？为什么待在这里！"盲僧听他们一问，便将自己来此的经过原原本本地说了出来，接着又向村人们打听住持的消息，村人回答说："那位住持已然在去年七月十六日，饿死在村里了。"盲僧一听就痛哭起来，并说："我不知此事，还记恨他这几个月不回来呢！"盲僧跟随村人，回到家乡。从此，他一心一意地念起法华经来。

有一次，一个病人请盲僧去念经，听完经文病人立刻痊愈。这事传出以后，各方皈依盲僧的人源源而来。后来，盲僧终于双目重见光明。他欣喜若狂，知道这全是法华经的灵验所赐。他还常去参谒那座山寺，恭敬地向佛像叩拜。

第十九篇

持经圣僧平愿诵法华经免死

古时，有一位持经僧人名叫平愿，是书写山性空圣僧的弟子。圣僧死后，平愿便在书写山中“坐关”修行，多年来一直读诵法华经。

有一次，突然狂风大作，平愿的房屋被风刮倒，将平愿压在下面，几乎砸死。这时，平愿专心读起法华经来，祷告说：“救救我吧！”这时就见一个素不相识的彪形大汉，将平愿从坍塌的房中拖了出来，并告诉他说：“你因前世的宿孽，本应这样砸死，但依法华经之力，才保住了性命。你不可心怀怨恨，还要读诵法华经，今世偿完宿孽，来世就可往生极乐世界。”说罢转身不见了。这人仪表高雅不凡，平愿始终不知是谁。之后，平愿的身上竟然丝毫不觉疼痛，他知道这全是因诵法华经而得到护法尊神的护佑，不禁喜出望外，感动非常。

平愿到了老年，暗自思忖，我真枉活一生，眼看就要离开人世，如再不修积善根，无疑会堕入恶趣。想到这里，心中伤感，不禁叹息一番，于是丢下自己的衣钵，去操持佛事。他先抄写法华经，绘画菩萨的佛像，随后在宽阔的河滩上，搭起帐篷，举办无遮法会[①]，法会开启后，举行“早参”“晚参”[②]，讲经说法。同时，他在清晨和傍晚还唱念佛号，修行忏法。平愿这样修积善根并独自起誓说：“我持诵法华经这么多年了，如能依仗法力往生极乐世界，就请佛祖对我目前所积修的善根赐示一些预兆。”平愿流泪祷告，向佛礼拜后离开那里。第二天，有人走到头天举行法会的河滩一看，那里长满了白色莲花，看见的人都感动得落下眼泪。这个消息传了出去，人们就从四面八方涌来朝拜，并交口称赞，都说这是圣僧将往生极乐世界的吉兆。

平愿听说此事，也赶来观看，不禁悲喜交加，感激流涕地朝着莲花顶礼参拜，拜罢而返。后来，平愿逐渐衰老，临终时，身上并不觉有什么苦痛，念着法华经，心神安定，面朝西方合掌而逝。人们都说，从白莲花所现的吉兆来看，平愿圣僧一定往生极乐世界去了。由此可见，法华经的力量该有多么大。

---

① 佛家语，无遮就是宽容无阻的意思，无遮法会是一种不分贤愚道俗贵贱尊卑，一切人都能参加的大众化的法会。

② 佛家语，僧人每天早晚两次聚集佛堂，坐禅说法，念诵经文，叫“早参”和“晚参”。

第二十篇

石山好尊圣僧诵法华经免难

古时，石山有一位圣僧名叫好尊。好尊自幼学会法华经，不分日夜地读诵，并努力学习真言，一贯地修行佛法。

有一次，好尊因事下山，去到丹波国，当他逗留在丹波的时候，染病在身，不能走路，就借了当地人的一匹马骑着返回石山，中途宿在祇园附近。这时，有一个汉子走来，看见这马就说："这是我前几年被人偷走的马匹，失盗之后，我四处寻找，迄无下落，谁知今天却在这里碰到了。"说罢将马抢去，并说好尊是"偷马和尚"，将好尊捆缚起来，毒打一顿，然后绑在柱子上直到深夜。尽管好尊将借马的经过原原本本地说了出来，而那个汉子总不相信。诵经圣僧遭此无妄之灾，虽用前世的宿孽来宽解自己，却不禁伤感地流下了眼泪。

当天晚上，祇园的住僧中有三个年老僧人，同时梦见捆缚诵经圣僧的那个汉子正把普贤菩萨捆在家里殴打，然后又绑在房柱上面。三人从梦中惊醒后，诧异不止，立即同往那个汉子家中。在汉子的家中，四下一看，原来房柱上绑着一个僧人。这些得梦的僧人，立刻上前给好尊松了绑绳，并追问他被绑的经过缘由，诵经圣僧将其中情由如实地说了一遍。老僧们听了非常感动，立即释放了诵经圣僧。圣僧被释后，骑马走去。第二天清早，从京城来了许多官差，追捕盗马人犯，那个汉子也从家中跑出追捕盗贼，官差要射盗马的贼人，误中那个汉子，汉子立即身死。当场，有许多人看见这个汉子中箭身死，都感慨不已，说："这人因为惨无人道，竟把读诵法华经的圣僧，捆绑起来殴打，才遭到了这样的现报，没过一天就为偷马人送掉了性命，这还有什么疑问。"好尊从此以后，信心更加坚定，越发勤谨地读诵起法华经来了。

由此看来，纵然发现有犯法的人，也应该仔细查明，再加责罚。何况对于一个僧人，更不该这样肆无忌惮。

第二十一篇

比睿山僧人长圆诵法华经应验

古时，比睿山上有一个僧人名叫长圆，他原是筑紫地方的人氏，自幼离开家乡，到比睿山出家。他学习法华经，日夜读诵，并且还供奉不动明王，修炼苦行。后来长圆进入葛木山峰，断绝食物，读诵二七一十四天的法华经。这时他梦见八个童子身佩三股金刚杵、五股金钢杵和带铃金刚杵等佛器，各自合十向他赞美道："奉仕修业者，犹如薄伽梵，得上三摩地，与诸菩萨俱。"赞罢就留下来听他诵法华经。长圆从梦中醒来，心里非常感动。又有一次，河水结冰，长圆分辨不出哪里水深，哪里水浅，无法渡过。当他正在岸上独自发愁的时候，突然从深山背后跑来一头大牛，这头大牛在河上往返奔驰几次，把河上的冰都踏开了。河冰开了，大牛也转眼不见了，这时长圆才得以安全渡过河去，他知道大牛就是护法尊神的化身。

还有一次，长圆从熊野到大峰修行，路过金峰，在深山中迷失路途，不辨方向。于是就虔诚地诵起法华经，祈求指示方向。这时他梦见一个童子走来，对他说："天诸童子，以为给仕。"说罢又指点了道路。长圆醒后，按照梦中的指点，认清了道路，走出金峰。

又有一次，长圆在藏王宝座前，念了一夜的法华经，拂晓时分，梦见一人走来，仪表不凡，是一个年高有法的老者，一身俗家打扮，气宇轩昂，看来不似本地人氏。长圆一看就断定他是一位神人。老者手捧名帖递给长圆说：“我是五台山文殊菩萨的侍者，名叫于阗王。因见大师念法华功法深厚，特来结缘，奉上我的名帖。今生和来世我都可以保佑你。”说罢，长圆从梦中醒来。长圆醒后感动得流下泪来，对法华经的灵验赞叹不止。

还有一次，长圆到清水，念了一天的法华经，之后梦见一个端庄美丽的女子。只见这女子神态娴雅，服饰华丽，走到他面前，合掌唱道：“三昧宝螺声，遍至三千界，一乘妙法音，听更无饱期。”唱罢，长圆就从梦中醒来。

诸如此类的奇迹，难以一一尽述。这确实都是法华经的法力和不动明王一再显示的灵验。长久①年间，长圆与世长辞。

---

① 日本后朱雀天皇的年号（1040—1043）。

第二十二篇

筑前国僧人莲照以身喂虫

古时，筑前国有一僧人名叫莲照。莲照自幼习得法华经，不分昼夜地诵读，更无他念。莲照道心深厚，对人也满怀慈悲心肠，看见赤身露体的人，便解衣相赠，自己甘愿受冻，发现挨饥受饿的人，自己宁肯不吃，也以食物相赠。莲照对各种虫豸也都怜悯，他搜罗了许多跳蚤、虱子，放在自己身上喂养。有蚊子、牛虻也不驱除，被蝎子、蚂蟥蜇咬了也不生厌，反而让他们吃食自己的血肉。

不仅如此，莲照圣僧还特意跑进一座生有大批牛虻和蝎子的山中，独自赤身静卧在那里，施舍自己的血肉。这时，牛虻和蝎子立刻聚集起来，爬满全身。莲照虽然被螫刺得疼痛难忍，心里却毫无烦恼之意。后来，牛虻在莲照的身上下了一窝仔。出山之后，下仔的地方肿得很高，非常疼痛。有人对他说："你应该赶快医治，或用艾条，或涂药杀死虻仔，这就会马上好的。"圣僧答道："绝不能医治，因为一治，这许多虻仔就会全被弄死。即使我因此病死，也不以为苦。况且死是难逃的定数，我何必伤害这些虻仔呢?"莲照忍着痛苦，坚持不治，只是专心读诵法华经。这时，莲照圣僧梦见一位气度高雅令人起敬的僧人走来，向他赞颂地说："多么高贵！圣僧，你有广大的慈悲心，怜悯一切生物，不肯伤害它们。"说罢用手抚摸莲照身上那块隆起的脓疱，这时，莲照就从梦中醒来。莲照醒后觉得身上的痛楚消失了，而隆起的脓疱突然裂开，从里面钻出无数的小牛虻，向四下飞去。从此，莲照圣僧的脓疱痊愈，丝毫不觉痛苦了。

后来莲照圣僧向道之心越发殷切，一直到死，读诵法华经从未间断。

第二十三篇

佛莲圣僧诵法华经，护法神前来服侍

古时，有一人名叫佛莲，原是安祥寺的僧人。佛莲自幼从师习得法华经，日夜读诵，修行佛道。佛莲到了壮年，移居越后国古志郡的国上山寺，仍然读诵法华经，一心一意祈求来世得到佛果。

且说，佛莲每天早、午、晚必须沐浴三次，习以为常。服侍他的众僧，嫌他沐浴频繁，因而尽皆离去。这时，忽然来了两个服饰华丽的童子，禀告圣僧说："我们二人愿意侍奉圣僧。"佛莲问道："你们是从哪里来的？为什么想要服侍我，都叫什么名字？"童子答道："我们为大师念法华经的诚心所感动，所以愿意前来服侍，我们二人一个叫黑齿，一个叫华齿。"圣僧听了，两个全是十罗刹的神名，心想，这也许是十罗刹的化身。圣僧虽然猜疑不定，仍然把他们收留下来。这两个童子做事力大性急，每日捡柴烧水，服侍圣僧沐浴三次，并且还经常拣拾果子献给圣僧。他俩这样日复一日地往返奔走于村庄和山寺之间，服侍圣僧，从不偷懒。因此，圣僧对世事不闻不问，一心无挂地读诵法华经，从不动怒。

后来，圣僧年纪渐老，临终以前，这两个童子更是日夜服侍，不离左右，最后，圣僧终于逝世，这两个童子大为悲痛，痛哭了一场。他们将圣僧安葬后，又修了七七四十九天的佛事，佛事修毕，这两个童子便突然不见了。

后来，曾有人打听童子的下落，终以无人知晓而罢。大家猜测童子乃是护法尊神化身前来服侍圣僧的。

第二十四篇

一宿圣僧行空诵法华经

古时，世上有一个僧人名叫行空，人称“一宿圣僧”。行空自幼跟师傅习学了法华经，便白天六卷夜晚六卷，无昼夜读诵十二遍经文，从无间断。行空出家后，居处不定，从来不曾在一个地方留宿两夜，当然更不修盖茅庵了。因此，世人称他为“一宿圣僧”。行空连那不可缺少的三件袈裟和一只钵盂都不具备，其他身外之物更不必说了。他随身携带的只是一卷法华经，他的足迹遍及五畿七道①，而六十余国也无所不至。当他云游修行时，每逢迷失路途，便自然出现一个陌生的童子为他指明方向；走到缺水的地方，便自然出现一个陌生的女子为他送水；有时觉得腹中饥饿，便有人及时为他送饭。行空依仗法华经的法力，还经常梦见气宇轩昂的高僧同自己交谈；有时还发现一个仪表不凡、俗家打扮的人跟在自己的身边。诸如此类的灵迹，多不胜举。

行空晚年住在镇西，年已九十。他一生读诵法华经达三十余万遍，圆寂时，他说：“普贤、文殊都到这里来了。”说罢溘然长逝。

---

① 五畿就是日本古代的山城、大和、河内、和泉、摄津五国；七道就是东海道、东山道、北陆道、山阴道、山阳道、南海道和西海道。

第二十五篇

周防国基灯圣僧读诵法华经

古时，在周防国的大岛郡，有一位圣僧名叫基灯。基灯自从幼年习得法华经以后，就一直奋不顾身地日夜读诵。他每日读诵经卷三十余遍，从不懈怠。基灯活到一百四十余岁，腰不弯曲，行动轻便，相貌非常年轻，宛如一个四十岁左右的人。基灯的眼不花，可以真切地看到远方之物；耳不聋，可以清晰地听到远方之音。因此，世人称赞他是“一位六根清净[①]的圣僧”。

基灯圣僧的慈悲心还非常深厚，智慧也极为渊博。他对一草一木都非常尊重，对于有生之物更是敬之如佛。基灯虽然年老，但体健无病，只是厌倦人世的生死无常，因而读诵法华经，祈求往生极乐净土。

基灯在现世得享高寿，身体健壮，这完全是读诵法华经的无边法力所致，来世也必能往生极乐净土无疑。

---

① 佛经称人的眼、耳、鼻、舌、身、意为六根，六根清净就是一切罪孽尽除的意思。

第二十六篇

筑前国盲女诵法华经双目重明

古时，筑前国有一名府吏，其妻双目失明，看不见一切物事，因此心中忧伤，经常垂泪叹息不止。后来盲女发起诚心，她想："我因前世的宿孽今生双目失明，成了这样一个残废之身，不如诚心念诵法华经，积修来世。"这样打定主意之后，便向一个多年奉读法华经的人求教，学习法华经，日夜地读诵起来，一直坚持了四五年之久。

后来，这个盲女梦见一个得道的高僧走来，告诉她说："你因前世的果报，今生双目失明。而今你虔诚读诵法华经，双目即可重见光明。"说罢，僧人用手抚摸她的两眼，这时盲女从梦中醒来，果然睁开了两眼，看东西又像原来那样清晰了。女子自知这是法华经的灵验，不禁流涕，虔诚拜谢。女子的丈夫、孩子和亲属见她盲目重明，莫不欢喜。本国的人，不论远近，听说此事，也都交口称赞。

后来，女子信心愈笃，不分昼夜，不论寤寐，无时不在读诵法华经，这也可以说是人之常情。她还抄写法华经，并且恭恭敬敬地供奉起来。

第二十七篇

比睿山僧人玄常诵法华四要品

古时，比睿山有一个僧人名叫玄常，原是京城人氏。玄常自幼登比睿山出家，跟随师父学习佛法，因他富有智慧，对佛经的义理体会颇深。后来他又从师学习法华经，领悟到法华经中的方便、安乐、寿量、普门等四品是经中的精华，于是将这四品经称为四要品，特别用心牢记，昼夜读诵，从不懈怠。

玄常的举止行动，迥异常人。穿的不是纸衣即是树皮，从来不肯穿绸布衣服；走路和过河的时候，一向不把衣襟撩起。另外，不论晴天或是下雨，从来不戴笠帽；不管走路的远近，也从不穿鞋袜。他一生严守清规，长年持斋，并一向不解身上的衣带。他碰到僧俗，不问贵贱，都是恭而敬之；看见畜类，不管是飞禽和走兽，从不躲避。××××，世人见他的举止乖张都猜疑他身有疯魔之症。

后来，玄常离开本山，迁到播磨国×××雪彦山居住，在那里安静地"坐关"修行。他用百粒栗子维持"坐夏"九十天的生活，用百个柚子充作一冬三个月的食物。这座山与世隔绝，人迹罕至，因此，野猪、山鹿、狗熊和野狼等山兽时常出没于其间。它们走到圣僧身边戏耍自在，毫不惧怕。圣僧还能预知别人的心事，说得丝毫不爽，而且他又能洞察世事，预见吉凶祸福，也是言必有中。因此，世人都说圣僧是神佛下凡。

玄常临终以前，曾走到村里，向他的僧俗旧交，一一诀别，他说："今生相见就只这次了。后天我就要升往净土去了，我希望将来能在极乐世界相会。"诀别后，仍回雪彦山的岩洞，在凝神读诵法华经中，溘然长逝。

第二十八篇

诵经圣僧莲长诵法华经得佑

古时，有一僧人名叫莲长，是早年樱井地方的长延圣僧的同参。他自幼习得法华经，昼夜读诵，从不懈怠。莲长曾到金峰、熊野、长谷寺等许多灵验昭著的圣地朝山进香，每到一处，必在各寺的佛像前面，读诵十卷法华经。这位诵经圣僧的口齿流利，一月之内能读经千遍，因此他从幼到老，所读的经卷，多得无法计算。

莲长旁边有一个人，不相信此事，心想，即使诵经圣僧口快，也未必能在二个月内诵完千卷佛经。这时，他得了一梦。梦中看见四个气宇轩昂、威严凛然的人，都身穿仙衣，顶盔贯甲，手中各执矛枪和宝剑，簇拥在诵经圣僧莲长的前后左右，寸步不离。这人梦醒之后，悔恨不已，不仅不再怀疑，还非常崇敬圣僧。诵经圣僧临终时，手里拿着鲜艳的白色莲花，有人看了感到惊奇，向圣僧说："眼下不是莲花开放的季节，不知您手里拿的莲花从何而来?"诵经圣僧回答说："这叫作妙法莲花。"说罢，溘然长逝。这时，圣僧手里的莲花，根本没人触动，却突然不见了。

听说和看到此事的人深受感动，都称赞这是一桩奇事，朝着圣僧躬身礼拜。

第二十九篇

比睿山僧人明秀的尸骸诵法华经

古时，比睿山的西塔有一个僧人，名叫明秀，是天台座主暹贺僧都的弟子。自幼登山出家，随师学习法华经，日夜读诵。他还学习真言密法，每日修行，从不懈怠。即或生病、遇事，每日也必读法华经一卷。

后来，明秀年及四十，求道之心越发恳切，西塔的北谷下面，有一别墅名叫黑谷。明秀便在黑谷“坐关”修行静诵法华经，一日三时修行佛法。这时，明秀身染疾病，虽然服药医治，但不见效，后来病势日益加剧，奄奄一息。明秀临终时手拿法华经，发誓说：“我身染无限的罪孽，今生又缺乏智慧和禅定的功夫，凭什么因缘能往生极乐呢。虽然读了几卷法华经，但也因心神不定，难合法行。不过，我愿以这些许善根作为善知识①，死后，我的尸骸魂魄依然要读诵法华经；不论能生与否，也要专心地读诵法华经。哪怕堕入恶趣或是生往善地，我都要经常念诵此经，即使得了佛果，我也要念。”明秀这样发誓后，随即死去。

葬埋之后，有人说，每到夜晚时常听见在明秀坟旁发出念诵法华经的声音。明秀生前的一个僧人听说此事，夜间去到坟前窃

---

① 佛家语，就是善友的意思。法华经妙庄严王品中有“善知识者，是大因缘”的词句。

听，虽然听不十分真切，但乱草丛中却隐隐约约地发出念诵法华经的声音，仔细倾听，宛如明秀生前诵经之声。这人听了，倍觉伤感，回去告知众人，这个消息立刻传遍了全寺，众寺僧相继前往倾听，果有诵经的声音。人们议论说：“明秀能遵守临终的誓言，太可贵了。”

第三十篇

比睿山僧人广清的骷髅诵法华经

古时，比睿山的东塔，有一座千手院，院里住着一个僧人，名叫广清。他自幼登山拜师出家，学习法华经，领悟经中要义后，经常读诵。广清颇有道心，时常顾虑来世。他虽然为俗事所缠，往还于尘世之间，但内心却只愿隐居一处。广清日夜读诵法华经，希望用这种善行来超度自己得到佛果。

有一次，广清到中堂[①]拜佛，彻夜诵法华经为自己的来世祈福，不觉蒙眬入睡。他梦见有八位菩萨，个个金身耀目，垂珠璎珞，说不出的庄严华丽。广清一见，为之愕然，连忙躬身礼拜。这时只见一位菩萨用微妙的声音指点他说："你持诵法华经，积修善根，祈求以此超脱生死，成为菩萨，无疑是能如愿以偿的。今后更应坚持不懈地诵念法华经，那时，我们八人一定前来接引，送你升往极乐世界。"说罢，突然不见。正在这时，广清从梦中醒来，感激流涕，欣喜不迭，恭敬礼拜了一番。从此，广清越发虔诚地读诵法华经，不肯懈怠。他念念不忘梦中的指点，积修来世。

后来，广清因事下山赴京，在一条北边的一座庙堂住下。过了数日，广清在庙中染病，日渐沉重，但坚信梦中指点，越发虔诚地读诵法华经，不久广清病重，终于不治而死。他的弟子就将

① 供奉本尊的大殿。这里指的是比睿山东塔的根本中堂。

芳：圣德太子诛伐图

一勇斎国芳画

聖徳太子物部守屋誅伐図
守屋大臣
一勇斎国芳画

月冈芳年：茂林寺之文福茶釜

月冈芳年：妖笼

月冈芳年：钟馗梦中捉鬼图

尾形光琳：风神

尾形光琳：雷神

鱼屋北溪：鬼若丸杀鲤

八岛岳亭：童虎二番

江户时期 佚名：十六应真之一

菊川英山：青楼十二时，夜亥刻

こんじゃく
ものがたり

今昔物语

㊦

·浮世绘插图珍藏版·

北京编译社 —— 译
周作人 —— 校

新 星 出 版 社 NEW STAR PRESS

目　录

下　册

卷二十六　本朝及宿报

卷二十七　本朝及宿报

卷二十八　本朝及宿报

卷二十九　本朝及宿报

卷三十　本朝及宿报

卷三十一　本朝及宿报

卷二十六

本朝及宿报

第一篇

但马国大雕攫婴儿

古时，但马国七美郡的川山乡里住有一人。这人家中有一婴儿，正在院里爬行，适有一只大雕掠空飞过，瞧见院中的婴儿，它便飞扑下来，用爪攫住婴儿腾空飞起奔向遥远的东方。婴儿的父母眼望孩子被大雕攫走，不禁失声痛哭，但是，大雕飞得又高又远，他们虽然有心追捕无奈力有不及，只好作罢。

十余年之后，被大雕攫去婴儿的这个父亲，去丹后国加佐郡办事，在一户人家借宿，看见这家有个小姑娘，年约十二三岁。

这个但马人，后来到大路旁井边洗脚，看见那一小姑娘也在井台汲水，正在这时，村子里的许多小姑娘都集聚到井边汲水，硬把那个小姑娘的吊桶抢去，小姑娘不拾吊桶，便和她们争吵起来。这时，那群小姑娘就同声骂道："你这个被大雕吃剩的东西！"并打了她一顿。小姑娘哭回家去，但马人也随着回来了。

这家主人问小姑娘为什么啼哭，小姑娘十分委屈，只是哭泣，也不回答。但马人便将所见的情形，告诉了这家主人，然后问道："她们到底为什么要责骂这姑娘是大雕吃剩的呢？"主人回答说："某年某月某日，我瞧见树上大雕巢中落下一物，接着就听见婴儿的哭声，于是我就上树看鸟巢，发现有个婴儿在那里啼哭，我就把她抱回家来抚养，这个小姑娘就是那个婴儿。村里的姑娘们知道这件事，所以这样骂她。"但马人听说此事，提起早年自己孩子被大雕攫走的事，而主人说的年月日，又和雕鸟攫去自己孩子的年月日恰好相符，于是心中暗想：难道这就是我的孩子不成！想到这里，便对这家主人说："你后来可弄清这是谁家的孩子？"主人说："始终没有找到。"但马人便道："原来如此，我倒想起一件事来。"便把大雕攫去自己孩子的事叙述一遍，然后说："这个姑娘就是我的孩子！"主人闻言，惊讶不置，仔细对看了这两个人的相貌，只见小姑娘长得和借宿人一模一样。

主人看罢，确信这人是姑娘的生父，心中感伤。借宿人说偶然借宿，父女相逢，必是前世的因缘，也是悲喜交集。主人被这种机缘巧合的事情所感动，慷慨地叫姑娘认了亲父。他只提出自己已抚养姑娘多年，无异亲生父母，今后应由两家共同抚养才是，这样约好之后，姑娘有时留在丹后，有时也住在但马，对他们二人都以亲父相待。

这确实是件世间罕见的奇事，难得的是大雕攫去婴儿，未即啄死，却养在鸟巢。由此看来，一切都是命中注定，不然父女怎能重逢。

第二篇

某人下关东与蔓菁交合生子

古时，有一个京中人前往关东，当他走到一个不知名的国度里，路过某郡一个村子时，突然想起了女人，淫欲勃发，不可遏止。这时，他见道旁有一篱笆围墙，墙里的青菜长得非常茂盛。

当时正是十月天气，蔓菁已经长得很粗，这个人跳下马来，走进篱笆墙中，拔了一个粗大的蔓菁，把它挖个窟窿，当作淫具，发泄淫欲，临行时扔进墙内。

后来，这块菜园的主人，领着许多女仆带着自己的幼女来到园中摘取青菜，那个年仅十四五岁从未接触过男人的幼女，随着人们采摘青菜的时候，漫步来到篱笆墙边，她瞧见被那人扔在园内的蔓菁便说："这棵蔓菁怎会刻着个窟窿呢？"说罢用手玩弄半晌，就把折皱的地方撕下来吃了。摘菜已毕，主人领着仆妇们一齐回家。

姑娘回家后，总觉得心里有些烦闷，从此不思茶饭，恹恹地倦怠不堪。父母看见这番光景，惊慌不安地说："这到底是怎么回事呢？"过了数月之后，才知道姑娘已经怀有身孕了。父母觉得事出离奇，便追问姑娘说："你究竟干下了什么丑事？"姑娘回答说："我绝没接近过男人。奇怪的是从那天吃了那根蔓菁之后，便觉得身体有些反常。"尽管姑娘这样说，他的父母还是疑信参半，盘问家人时，仆人们都说："我们的确没瞧见小姐接近过男人。”这样更使父母大惑不解。过了数月，姑娘怀孕期满，平安地生了一个可爱的婴儿。父母知道再追问必是无益，便将婴儿抚养起来。

且说那京中人，在关东住了几年之后，又想回转京城。当他和许多旅伴路过这座菜园时，恰巧又是十月，姑娘的父母也和往年一样，正等着一些仆人在菜园里摘菜。京中人从篱笆外经过时，和旅伴们谈起当年那件事，就听他大声说道：“哎呀！那年我从京城东下，行到这里时，忽然想要女人，便进墙内，拔了根蔓菁，挖成窟窿，发泄了性欲，后来我又把那根蔓菁扔进墙里去了！”由于他说的声音很高，姑娘的母亲已在墙里听得清楚，想起女儿的话，心中有些奇怪，赶忙走出墙来，问道：“怎么回事？怎么回事？”京中人心想这必是要责问偷菜的事，连忙说：“我说的是笑话。”说罢，就要跑开。姑娘的母亲追赶着说：“这里面有桩大事，我得问个清楚，你一定要告诉我！”说着几乎要哭出来的样子，京中人一见知道其中必有缘故，于是说道：“如此我也不隐瞒了。”接着就把那事重说一遍，又说：“我想这也不是什么大罪过，只不过是个俗人的常情吧，所以在闲谈之中，就和他们提起了这件事。”姑娘的母亲闻听此话，双目落泪，拉住京中人，要他到她家去，这个人虽然疑虑交加，也只得随她同去。

到家后，妇人把女儿怀孕产子的事说了一遍，接着她说：“既然实在有这样一桩事，叫那个孩子和你比比吧。”说罢，将幼儿领出，仔细观看，原来孩子的相貌长得和这人一模一样。这时，京中人深受感动地说：“看来，这必是前世因缘，这件事该当怎么办才好呢？”妇人道：“事到如今，只看你的心意如何了。”说罢，将女儿唤出：“叫他观看。”京中人看见这个二十左右的女人，虽说是农村姑娘，倒也长得十分俊秀，那个五六岁的孩子，也非常可爱。他不由得心中盘算说：“我在京城也没有爹娘可靠。既是前世有缘，倒不如娶她为妻，留在这里。”他想定主意之后，便娶了这个姑娘，留在那里了。这确是桩罕见的奇事，这个姑娘并未接触男人，但是精液进到身内，竟生下了一个儿子。

第三篇

美浓国因幡河泛滥冲走百姓

古时，美浓国里有条大河，名叫因幡河，每逢大雨，山洪暴发，河水必定泛滥成灾。因此，住在河边的人们，为了能在河水泛滥时登高避难，便把房顶修盖得十分牢固，平稳得如同地板。每遇河水成患，人们便登上屋顶，屋顶上可以烧火做饭。涨水时，因男人们会驾船、浮水，依旧可以到别处走动，至于那些妇孺们，便被安置在屋顶上。人们把这种屋顶称作“水屋”。

二十年来，因幡河不断泛滥，这年发了一次特大的洪水。那些人们借以避水的“水屋”，在通常的水位时，固然可以安身，但在这次洪流冲坍墙根，水位漫过屋顶的洪流下，这些屋顶就都被卷去，屋顶上的人们又全葬身鱼腹了。在这滚滚河流里，却漂浮着一个被水冲击与屋体脱节的屋顶，屋顶上还有两三个妇人同四五名男女孩子在避难。这个屋顶造得异常坚固，仿佛船只漂在水上，顺流而下。那些脱出洪水逃到山峰上的人们，望见这座屋顶都纷纷地说：“我们必须设法搭救这些漂浮着的人，但不知应该怎么办才好！”正在大家议论不一的时候，那座屋顶上面做饭的炉火，被暴风猛吹，落到木板之上，立时燃烧起来。屋顶上的人们，正在担心惨遭灭顶的时候，却又陷身烈焰之中，尽管他们大声呼救，也不见有人前去相助，转瞬之间便都化成灰烬。

正当那些妇孺陷身在滔滔洪流和炎炎烈火中间，［大家无法拯助的时候,〕只见有一个年约十四五岁的孩童，冲开烈火跳进洪水里去了。人们见他被波浪冲走，都说："那个孩子，虽然逃脱了火灾，终究保不住活命，想他命中注定是该死在水里的。"那个孩童当被洪流冲走时，伸手碰到水面上比青草还短的绿树叶，便趁势把它拉住，这时，河水再也冲不动他了。他觉得自己握的树叶十分得力，便顺着树叶摸索起来，才发觉自己握的原来是一枝树枝，这洪水涨得虽猛，落得也快，当孩童拼命抓住树枝以后，河水突然落了下来，随着河水的降落，孩童抓住的这棵树也渐渐地露出水面，这个孩童坐在露在水面的树杈上，心想，等河水落完，我必能解救。这时天色已晚，四下漆黑，一无所见。孩童心想待等天亮水落，我就可以下树了。孩童心中越是焦急，越觉得黎明迟迟不到，好容易盼到天亮，太阳升起，谁知低头向下一望，自己却仿佛高高坐在云端一般。孩童觉得奇怪，仔细观看，原来，这是一棵生长在高峰横向深谷足有十丈来高的一棵独干树，只在傍近树杪的地方长着茂密的枝叶，下面再也找不到枝杈。孩童坐在树枝上，只觉稍一移动，树枝便摇摇欲折，一旦枝断身坠，就必然摔得粉身碎骨。他无可奈何，就在幼小的心里暗暗祷念观音菩萨，然后又高声呼救说："快来救命呀!"但是，谁也没有立刻听见他的呼声。

孩童心想：刚刚逃脱了水灾，又遇上了火劫；好容易逃出火窟，又将从这高树上摔得粉身碎骨，我实在太命苦啦！这时，有人隐约间听到了呼救声音，心想：这是谁在呼救呢？于是寻声找来，他发现树上的孩童，便搭话说："树上的那个孩子，你一定是昨天在水上遇火从房顶上跳进水去的孩子吧，我一定设法救你。"但他举目望了望树干，找不见可以攀登的树枝，而且树高十丈有余，横长在悬崖之上，无法安放脚手架，他左思右想，也无计可施。这时，已有许多人相继闻讯赶来，虽然人多，但谁也说不出个妙策来。就听孩童喊叫说："如果再耽搁，我就要支持不住掉下去了。为了死里求生，就请你们多拿些渔网来，拉开渔网接着我吧，万一我不该死，也许会掉在网上。”众人闻听此话，都道：“说得有理。”连忙把附近一带的渔网，取来许多。他们先把结实的绳索高高拉起，然后又一层层地张上渔网。孩童这时心中祷告着观音菩萨，然后纵身朝着渔网跳落下来，按他落下的时间来看，更可以感到树枝离地面确实不低。也许就是神佛保佑，这孩童恰恰落在渔网之上。众人赶近网前一看，孩童已然憋过气去，一动不动，于是轻轻地把他从渔网上抬下来，过了半晌才苏醒过来。

这孩童的性命确实是得来不易，他遭到了各种各样难以逃脱的灾难，结果还能保住性命，这必是前世的因果功德。远近的人听说此事，无不感到惊奇。

人们都说：人生在世，祸福际遇都是命中注定的。

第四篇

藤原明衡朝臣年少时与某女子幽会

古时，大学寮[①]有位官长名唤藤原明衡博士。明衡在年少时，曾和王宫中的一个宫女私通。

一天，明衡因到宫女房中相会不方便，就和附近的一个贫户人家商议，要借地聚会。适值这家男主人不在，只有妻子看守门户。妇人听说借宿，便满口答应下来。这家房屋十分狭窄，除了主人睡觉的地方以外，再找不出一块可以安身的余地。于是，妇人就将自己安歇的地方腾让给他们。明衡命人取来宫女的锦席，铺在上面，他二人就双双在那里入寝了。

原来，这家主人，听见些流言，说是妻子私通外人。这天，有人告诉他说："你妻子的奸夫准备在今晚去幽会了。"这人听说此话，决心动手结果这个奸夫的性命。于是，他假意告诉妻子说要出远门，四五天不能回家。说罢，离家而去，然后，找个地方躲藏起来窥伺动静。

明衡不知道这些情由，他来到妇人家中，便放心大胆地睡去。深夜时分，这家男人悄悄回来站在门外偷听，听见房中果然有男女喁喁私语。汉子听罢暗道："果然不差！耳闻之事无疑是真的

① 日本古代掌管教育、典试的官署，隶属式部省，职掌与中国古代的国子监相同。

了！”放轻脚步进房到自己睡觉的地方窥视，发觉有一双男女睡在一处，房中黑暗，没法辨认面貌，他就偷偷地走到打鼾人的身边，拔出刀来反握在手中，准备朝着大约是肚子的地方刺去。当他正要抬手往下扎的一瞬间，借着那穿过板缝的月光，看见一条长长的礼服裤带挂在那里。汉子心想：像我妻子这样的女人，绝不会有个穿礼服的情人，万一弄错人，可不得了！正想之间，忽然传过来一阵芬芳的香气，汉子更知道所想的不差，便又伸手轻轻摸索他们的衣服，衣服触在手上十分绵软。这时，宫女突然惊醒，说道：“好像有人，是谁呢？”汉子一听这娇柔的声音，知道不是自己的妻子，赶忙退出室去。明衡这时也惊醒了，大声问：“什么人？”睡在下房的汉子的妻子听见明衡的问话，想起丈夫在白天出门时神情有些奇怪，暗道：莫非是他偷偷走来，弄错了人不成，想到这里大吃一惊，忙喊道：“那个人是谁？是贼么？”汉子一听是妻子吵嚷，知道睡在那里的不是自己妻子，乃是别人，便到妻子跟前，揪住她的头发拽到身边小声问：“这到底是怎么回事？”妻子忙告诉丈夫说：“那边睡的是位贵人，他们今晚在这借宿，我睡在这里，险些闯下乱子！”这时，明衡惊问道：“出了什么事儿？”汉子听是明衡的语音，便回禀说：“我是侍候甲斐大人的某丸。我不知老爷在这里，您和我家主人一样，我太冒失了，险些干错了大事。”接着又说：“我因为听到些风声才暗地里前来报复，当我听到床铺上有男女共寝的动静，更认为是事实无疑，便走到跟前，拔出刀来，在约莫是肚皮的地方就要扎去，这时从月光下，看见了一条珍贵的裤带，心机一动。想到像我这样的妻子，不会有穿这么贵重裙裤的人和她勾通，怕万一弄错了，这才抽回刀来。幸而看见了老爷的裤带，不然，一定会造成大错的。”明衡闻听此话，不禁倒吸了口凉气，感到十分惊恐。

这汉子所说的甲斐大人，就是明衡的妹夫，名叫藤原公业。这个汉子是他府中的奴仆，经常被差遣到明衡那里办事，和明衡非常熟悉。出人意外的是，一条裤带保全了一条性命。

这事传出以后，人们都说，可见到贫户人家借地私会，是件危险的事。然而，这件事也不出前世的果报，正因为明衡不该命丧刀下，所以连一个卑贱的奴仆也能临事反省。如果是明衡命数当绝，恐怕这汉子也不会心机一动，必定一刀刺下。由此可知，万般都离不开因果之道。

第五篇

陆奥国的府官大夫介的公子

古时，陆奥国里有一对财势双全的兄弟，哥哥比起弟弟来，不论在哪方面，都高出一等。由于他身任国介①，执掌政事，经常不离府衙，很少在家。

这人的别号叫大夫介，住家与府衙相隔约有二十余里。他在中年时候尚无子息，想到自己这份家财无人承继，盼子之心就更切了。后来，他见自己年纪已老，妻子也过了四十，自以为再没有得子的希望。不料就在这期间，妻子却怀了身孕。这一来夫妇二人真是喜出望外。怀孕期满，生下一个男孩，长得五官端正十分可爱，夫妇俩真是爱似珍宝，一时一刻也不让孩子离开眼前。为时不久，孩子的母亲忽然病死，大夫介悲痛欲绝，但是人已死去，徒然伤感也是无济于事了。

大夫介说："不到孩子长大成人，通晓事理，绝不给孩子娶继母。"因此，便没有续娶。大夫介的兄弟也缺乏子嗣，故而十分钟爱侄儿，他对哥哥说："我老年也要依靠这个孩子，以他为嗣。"大夫介闻听，也很同意说："这孩子的母亲死后，就剩我一人照看他了，我因为公事在身，不能经常照顾，正为此事担忧，如今你既有这份心意，真使我高兴!"说罢，便把孩子交给兄弟扶养，叔

① 即副国守。

父将侄子接到家中抚养，爱怜备至。

后来，公子长到十一二岁，不仅容貌端正，而且聪慧过人，学习文章，只要有人稍加讲解，便能完全领悟，因此，不仅受到父亲、叔父的疼爱，就连服侍他的那些从仆，也都十分喜爱他。

且说，陆奥国里有个宦门寡妇，听说大夫介丧偶独居，便一再托人说媒，表示情愿照看公子，但是，大夫介心中却想：妇人心最狠毒，同时自己又忙于公务，不常在家，没有娶妻的必要。于是，便拒绝了这件婚事。谁知那妇人竟强自搬进府来，说："我并不是急于嫁人，因为我虽有一女，但是缺乏子嗣，所以想把公子抚养成人，老年有靠。"妇人进府后，对公子说不尽的怜爱照看。大夫觉得妇人来得离奇，很久不接近她，但后来一想，一个寡居妇女来到自己身边，并能不顾一切地操持家务，怎好辜负她这片心意呢，于是便和她同室共居了。

婚后，那妇人对公子越发疼爱，大夫介瞧见这番光景，暗自懊悔当初不该那样固执。于是，把家中一切事务全交与妇人掌管。这妇人有个女儿，年约十四五岁，由于她母亲对公子尽心照顾，因此，大夫介也把她作亲生女儿看待。

公子到了十三岁那年，继母已经把男人的家财全部掌握在手，她便暗自盘算说："这人已经年过七十，说不定哪天死去，如果没有这个公子，那财产岂不都归了我！"想到这里，便起了谋害公子之心，但是一时还想不出如何下手。当她正在苦无计策的时候，府中就来了一个家将，她一看这人的面貌就知道必是一个心肠狠毒见利忘义的小人，便存心特别恩待他，不时赏些财物。家将很为感激，表示自己的心意说："纵然赴汤蹈火，我也愿唯命是从。"这妇人越加笼络，于是这个家将一天天地成了亲信。此间，大夫介奉命住在府衙办公，许久也未能回家。这天继母把那个家将叫到身边说："府里的从人虽然这么多，我却格外恩待你，不知你可知道？"家将说："即使是犬马，也知道对痛爱它的主人摇尾巴。

我应当怎么说呢，人们都知道我是个知恩报恩、懂得情义的人，如今夫人待我如山，我只有豁出这条性命来报答了。只要夫人吩咐，一切我都唯命是从！”继母闻此心中欢喜，便对他说：“你能了解我的心意，很使我高兴，我今后就以亲信相待，你一定要听我的话！”说罢，将女儿乳娘的一个姑娘许配给他，并且说今晚就是良辰吉日，叫他们合卺成礼。家将虽然早有妻室，但觉得自己能与权势人家结亲，日后能有照顾，便欢喜不迭地答应下来。

继母见这家将已被自己买动，便叫她妻对她说：“如今我已把终身托给你了，不能不把心里的话对你说。”家将闻听说：“那好极了，正合我的心愿。”于是，他妻子就讨好丈夫说：“夫人的小姐，是一位知情达理的人，将来必会享受荣华富贵，她虽然死去父亲，无依无靠，但是，自从国介老爷把她母亲接到府中，却十分疼爱她，说一定要在他活着的时候给她找个婆家。现在老爷已经是有今天没明天的人了，如果没有人继承这份家财，将来必都落到小姐手里，那不就是咱们的天下了吗？你打算怎么办呢？”这家将听后冷笑说：“这桩事并不难办，我心里也有主张，只要是夫人答应，我能不知不觉地把他干掉，那时，这份家财真不知该怎么处置呢。”妻子道：“你说得对，夫人就是这个意思。”家将说：“那么我们和夫人去好好商量一下。”妻子听罢说：“马上就去。”这原是夫人定下的圈套，如今见他们清晨到这里来仿佛有话要说，立刻明白了他们的来意，便把他们带到没人的地方谈话。这时，家将见问，卖弄聪明地说：“我服侍夫人身受厚恩，实在感激不尽。夫人又把这个姑娘许配给我，更使我不知如何报答了，我总想能替夫人作点什么有用的事，后来想到，如果没有公子，可能对于小姐有利。只要是夫人允许，趁今天府中无人，可以下手，不知尊意如何？”继母闻听便说：“我实在没想到你会这样替我出力，一切都依靠你了！”说罢，脱下外衣给家将披上，并问道：“既然如此，你就那么办吧。不过你打算如何下手呢！”家将说：

“我既然能答应您这件大事，怎能疏忽大意呢，就请夫人放心等着吧！”说罢便退出房去。

继母听后，喜欢得坐立不安。家将从夫人房中走出，正巧遇见公子手里提着小弓和箭筒一个人在玩，此外别无他人。公子看见家将之后，便跑到他面前打听平日陪伴自己玩耍的那些孩童为什么都不来。家将告诉公子说：“我听说他们跟着父母出远门去了。你一个人为什么这样无聊呢？”公子说：“我到处寻找，却找不到一个玩耍的同伴。”家将说：“那么，我带你到叔叔那里去。”公子不知道他的用心，点头应允，只是说：“我到母亲房中回禀一声。”家将忙说：“悄悄去吧，不要叫人知道。”公子闻听高高兴兴地跑进屋去，家将站在他的身后，看见他那活泼可爱的背影，也觉得不忍下手，但是为了向夫人表示忠诚，他就狠着心肠，备上鞍鞯，将马牵了过来。

家将心中盘算，如果用刀或是用箭杀死他，那难免过于残忍，不如带到野外，挖个土坑把他活埋了。他打定主意，拿起弓箭，也不带领从人，独自一人拉着一匹白马站在外面等候，这时，公子背着一个小箭筒，跑出房来说：“母亲叫我们快去呢！”说罢，上马就走。

公子叔父的住处和公子的家本来只隔一里多远，家将见途中无人，暗自欢喜，便把公子一直带出十里开外的旷野，公子见他朝着一片没有人行的旷野走去，便问道：“你怎么带我从这里走呢，怎么不走平时走的路呀！”家将却说：“这条路也是一样。”说着，又走出四五里，这回家将说：“我们先在这里停一停，这地方有山芋，我给你挖挖看。”公子因为心中害怕，便说道：“挖什么山芋，我们快走吧。”他这副招人喜爱的活泼神情，使家将不知如何是好了。心想自己纵然受了夫人的重托，要做这件大事，但是，这位公子也是主人的爱子啊！那时国介老爷一定会急得发疯。想到后果，心中暗自害怕。后来他还是把心一横，挖起土来，公子以为家将在拼命地挖山芋，站在旁边追问说：“山芋在哪儿呢?”家将这时有些心软，心想公子如果是自己的亲人，不知该有多么难过，也不由得两眼流泪。这时他把脸转向外面，扒下公子身上的衣服，把公子两眼蒙起，往坑里推去，公子吓得大声哭叫道：“啊，你这个黑心的东西，想要害死我呀!”家将为了不让公子叫嚷，一个劲地往坑里铲土，并且随铲随用两脚踩实，但是，由于他心慌意乱，未等把覆土踏实，就匆匆赶回家去。

家将到家装着十分安闲，若无其事的样子，但是继母想起公子偎依着自己的头，告诉说要到叔父那里去的模样，不禁暗想：自己为什么竟这般糊涂，打了这个主意呢，想他本是一个没有娘的孩子，我如果能怜爱他，他一定会好好孝顺我，况且我除了这个女儿以外，没有男孩。如果这件坏事一旦败露，那还有活路吗?我本来是为女儿着想，这一来给她带来什么结果呢?这个家将这样做多轻率，一旦我有什么错待他的地方，也许会张扬出去。想叫家将把公子带回来时，谁知家将已经把他谋害了，继母见无法挽回，只得关起门窗，一个人在内室啼哭。

且说，公子的叔父在家中突然怀念起侄儿来，恨不得马上就能见面，可是这时家中的仆从俱差遣出外，无人去接，于是他就立刻备好鞍鞯，背起箭筒，带领留在家中的一个马夫，上马飞驰而去。当公子叔父骑马正在飞跑的时候，忽然从路旁的草丛中窜出一只野兔，叔父一见，便挽弓搭箭准备射击，由于一心追逐野兔，便把思念侄儿的事，忘记干净。野兔看到有人，便慌忙钻入草丛，叔父连射数箭全没射中，本来他的箭法很高，一向箭不虚发，现在让这只野兔跑掉倒是少有的事，便催马四处寻找。这时候，耳边传来了呻吟声音，仿佛是狗叫，他想，这是从哪儿传来的呢?也许是病人在呻吟。于是他就四下寻找，但是却没找到什么。叔父觉得奇怪，又仔细一听，这声音不像是从地面上发出来的，好像是埋在地下的什么声音。

这时候，马夫已经把射出的箭拾了回来，于是就向马夫说："你听这是什么呻吟声音？"马夫听罢，有些惊疑，说道："这是什么声音呢，到底是怎么回事？"说完之后，跑着四处寻找，当即发现了一块刚刚填平的土坑，便报告主人说："这个地方有些奇怪，我听声音是从这里发出来的。"主人走近旁边一听，果然坑里有声。他想，必是被掩埋的死人复生，在那里呻吟。于是吩咐马夫道："这是人声，赶快把他掘出来！"马夫说："我害怕。"主人说道："不要胡说。如果真是人的话，救命的功德是无量的。"说着，下马来到这些覆土边，因为这些土是那家将刚刚慌慌张张掩盖上的，所以还很松软，主仆二人，一个用弓把刨，一个用双手挖，越往下刨声音就听得越真，知道坑里果然有人，便更加劲地刨了起来。这土坑填得本不太结实，越下挖，空隙越大，越听出呻吟之声就在坑底，继续刨下去，只见坑里塞着许多野菜、乱草和树枝，拽出这些乱草以后，那呻吟声就更加响亮起来，仔细一望，原来是个赤身露体的孩童，他说了句："哎呀，真可怜！"便将孩童抱出坑来，再一看，万没想到这孩子就是自己急于要去探望的侄儿！

叔父瞧见了侄儿，直急得两眼发黑，赶忙搂过来一看，发觉公子周身已经冰冷，只有胸口处略有余温。想要赶紧喂他点水喝，可是，在这荒野哪里来得清水。他忙吩咐马童说："快去找些水来！"然后便解开衣襟，把公子抱在怀内，叫他贴在自己的肌肤上，并且祷告说："请我佛保佑，给孩子留条活命！"一边流泪，一边擦拭。他看侄儿嘴唇已经没有血色，昏迷如睡，就抱得越紧，也许是祷告有了灵验，眼看着公子的嘴唇上渐渐有了血色。这时，马夫拿来一件蘸满水的单衣，喘吁吁地跑了回来。叔父接过水衣，就对着侄儿的嘴拧水。起初拧了半晌，公子也滴水不进，也许是诚心发愿的灵验，后来渐渐能喝进些水了。

叔父见侄儿能喝进水去，越发虔诚地祷告起来。后来看出他好像能自动往下咽水，知道他的喉咙已经湿润了些，于是，便又把他抱起。这时觉得他身上已有些温暖了，心想，这回算保住了性命，真有说不出的欢喜。等再定神细看时，看到公子的两眼微微睁开，心里更不知如何高兴了。虽然明知从衣服上拧下的水不干净，但是只要有水就好，连连地紧向公子口中拧水。公子越喝越多，两眼流出泪来。叔父见侄儿已经苏醒有望，反而更觉难过，越发发愿祝告，也许是神佛有灵，公子终于苏醒过来。这时，公子躺在叔父身上，气息奄奄，神情十分痛苦。叔父见月色近黄昏，只好把他抱上马去，自己骑在鞍后，直走到天黑之后才到家中。

公子的叔父来到家门，为了不使别人看见，悄悄从侧门走进院里，并嘱咐马夫不得声张。然后把公子带到卧室旁的一间小套房里去，公子的婶母瞧见这番光景便追问说："出了什么事儿?"接着赶进小屋，当她看见公子时，便说："这是怎么回事，生了病么?"公子叔父便说："你不知道，险些出了乱子，这孩子是这么一回事……"说着，就从自己为何突然想念侄儿到怎样发现的事，仔细讲述一番。婶母闻听大为震惊，便问侄儿说："到底是怎么回事呢?"公子这时只是抬了抬眼皮，有气无力地说不出话来。夫妻二人瞧见这般情景，便说："等他恢复过来再说不迟。"于是亲自在旁照看，决定暂且不对任何人言讲。

掌灯之后，见公子吃了些稀粥，夫妇两个这才放下心来，天过午夜，公子突然从梦中惊醒，可能是记起了过去的事情，只听他问道："这是怎么回事?"叔父说："这是在你叔父的家里，你究竟是被谁陷害的呢?"接着就把发现的经过告诉了他。公子接着问："我爹爹知道吗?"叔父说："你父亲还不知道这桩事，恐怕现在府衙里呢!"公子说："快些告诉爹爹吧!"叔父对他说："我就要告诉他去，不过，我急于知道这究竟是怎么回事，你可记得是谁干的!"公子见问便说："我不知道是谁干的事，只记得那个某丸家将对我说：'你过来，我带你到叔父家去，后来，我就回禀了母亲，跟着他来了。走在路上，那个家将说要挖山芋，便挖了个土坑，把我拽进坑里，后来的事我就记不得了。'”叔父心想这件事虽然是那个家将干的，但绝不是出于他的阴谋，在背地教唆的人，无疑是那个继母。

叔父焦急地熬了一夜，一见天亮，××××看着公子吃了些东西，反复嘱托了妻子之后，便召集从人一同奔往兄长的府宅。公子叔父来到兄长家中，只见这里冷冷清清，家人寥寥无几，便打听说：“国介大人可在府中？”家中回答说：“大人现在府衙。”公子的叔父又问：“我有事商谈，公子想必也在家吧？”继母闻听连忙说：“这真是怪事！这孩子我昨天没看见，我还以为是到叔父家去了，到底是怎么回事？还是叔父故意吓人作耍呢？”说着，便哭了起来。叔父对这个可恶的女人，心中虽然痛恨，但是为了暂不声张，就不动声色地说：“这可是件事！我怎能这样没有分寸，来开这个玩笑呢？我因为多日未见侄儿，才来看他的呀。”大家一听都吵嚷说：“这是怎么回事呢？”埋人的那个家将，听到主人吩咐“快去寻找”，他也像煞有介事似地出去到处寻找，显得比别人更加关心。

公子叔父这时命令从人说：“赶快先去给国介大人送信！”然后又说：“我来写封书信。”信中写道：

> 弟因有事，与兄相商，不想到府之后，知侄儿失踪，事有蹊跷，请兄即刻归来，一切容当面告。

差人捧书飞驰而去，不久，便到府衙，他一见国介大人便气吁吁地报告说：“小公子不知去向了。”一个上了年岁的老人，哪里经受得这样打击，听说这事，浑身打颤，几乎憋过气去，也来不及禀告国守，只对师爷说了声：“我家出了事。”动身便走，在路上已支持不住，几乎坠下马来，幸得从人们扶抱，才好容易回到家中。

介大夫到家后，忙打听“是怎么回事”。继母伏地禀告说：“主人已经年迈，不会同我相处过久，本想在主人百年之后，依靠这个孩子以了残年，如今不知怎的，他竟丢失了。我也想过，或许是仇人谋杀，但是我们没有这样的仇人。可能因为公子长得俊秀，说不定是哪个进京的人贩把他拐走，想卖给法师吧。哎呀，这真是叫人痛心啊！”她就放声痛哭起来。介大夫更是痛得哭不出声来，只是一个劲地喘气。

叔父明明知道公子平安无事，但是抑制不住心中憎恨的念头，也不明言，只是解劝说：“事到如今，也无可奈何了，想必是命该如此，兄长还是到我家去散散心吧！”大夫介闻言说：“我一定要把此事查问个清楚，然后出家为僧。我偌大年纪，不想遭此横祸！”说罢，放声痛哭。这也是人情之常，难怪他如此了。后来经兄弟劝慰大夫介才收拾行装，带领所有的家将，到兄弟府中去，那个活埋公子的家将也在其中。公子的叔父本来就打算带这个家将，如今见他自动跟来，心中暗喜，便不动声色地监视着他，一直把他带到家中。

大夫介来到兄弟家中，又痛哭起来。兄弟把他劝到内室里去。然后叫过一个心腹家将，命他不露声色地监视那个活埋公子的人，他吩咐说：“你们两三个人要全力监视他，等我一吩咐拿下，你们就不由分说把他绑起来！”说罢，便领着兄长走入公子安身的小屋，介大夫一看见孩子，以为是兄弟把孩子藏起故意捉弄自己，登时大发雷霆，怒道：“即便开玩笑，也要有个分寸，你怎么竟用这样的凶事来捉弄我呢！”兄弟闻听便道：“你先不要着急，是这么一回事……”于是就哭着把经过告诉了兄长。大夫介闻听后说不出半句话来，又去问孩子，公子也详细地禀告了一番。

大夫介听罢大为震怒，说道：“千万可别放走那个奴才。”兄弟说：“我已经派人监视着了。”说罢走出房来命人拿下。那家将一边说着“这是何意”，一边自言自语说：“啊！果然不出我的所料。”大夫介拔出刀来要砍那家将的脖子，兄弟连忙拦住说：“先问个水落石出，然后再处置不迟。”说罢命人把那个家将带过来松绑审问，他起初总是不肯招认，后经再三逼问，这才供述出事情的始末根由。

公子的父亲知道继母心狠意毒，立时派人回家加紧防守。这件事虽然还未公开宣布，可是大家也都知道了底蕴，就连那些一向尊敬夫人的仆从们，也无所顾忌地指责起来。这个继母还故作镇静地说：“这是怎么回事呢，真是意想不到啊！怎么找到了孩子还说是我干的呢！真是岂有此理。”她所以要这么说，是她觉得孩子已被谋害，绝不会还活着。

大夫介在兄弟家中住了四五天，叫孩子好好调养并祈禳一番，他在回家以前，心想：如果不把那个女人赶走，岂不还得和她纠缠！于是，先打发兄弟到家把继母和她带来的女儿赶出门去，把乳娘的女儿捉住捆起来，凡是与继母有关的人，都赶出门去，然后才领着孩子回家。

听说这件事的，无不痛恨这个继母，谁也不再接近她了，母女二人落得凄凄惨惨走投无路。

大夫介虽然想要杀掉那个谋害公子的家将，割裂家将妻子的嘴，但当听到兄弟说：“这样做会给孩子带来灾祸，不如饶了他们！”所以就打消了这个念头，只把他们赶出门去。

这也是公子命不该绝，所以当家将活埋他时，才慌慌张张，把一些杂草乱树枝都填了进去，使砂土不致全覆在公子身上，留有空隙通进空气，所以没被窒息丧命。看来这件事也离不开前世的因果。

后来，在公子举行冠礼以后，父亲与叔父俱已逝世，公子一人承继了两家的财产。这时也被人称做大夫介，成为一个分外有财有势的人了。这个故事，就是见过这位大夫介的人讲出来的。

看来，这个继母真是愚蠢已极，如果她能把公子当作亲生来抚养，公子必然会对她竭尽孝道。所以说，今生的福祸，来世的报应，完全在于人的心田。

第七篇

美作国猎人巧计制猿神永绝淫祀

古时，美作国有两位神灵，一个叫中参，一个叫高野，中参的本身是猿，高野的本身是蛇。美作国人每年祭祀这两位神灵时，要用活人上供，就是从国内挑选那未嫁的姑娘作为牺牲祭品。这种祭祀相沿已久，不敢怠慢。

且说，美作国里有一人家，虽然不是什么名门望族，但却有个十分俊秀的十六七岁的女儿。父母爱这个姑娘甚于生命，不料在这一年被指定为供神的牺牲祭品了。循例第二年的牺牲，是在当年祭祀那天指定，好在这一年当中把她养得肥胖，以便第二年上供。姑娘被指定为祭品后，父母是日夜悲伤，逃避不能，只有随着飞逝的光阴，计算着女儿迫近的死期；父女三人，痛感团聚的日子越来越少，除了相互对泣之外，别无良策。

这时有个关东地方的人来到美作。这人是个猎户，力大胆壮，生性勇猛，饲养了很多只猎犬，经常带着进山，追逐野猪和野鹿。他暂时来美作，自然而然地听到了用活人祭神的习俗。

一天，猎人来到那个姑娘家，进门之后，就坐在房檐底下，从板宽缝向里张望，看见一个姑娘，头发披散，面带愁容，躺在那里流泪。这个姑娘长得眉目清秀，肤色深白，头发很长，态度端庄，绝不像个村中小人家的女儿，见了觉得很是可怜。这人和姑娘父亲谈话之后，父亲说：“我们只有这一个女儿，竟被指派做了牺牲，所以整天整夜地愁思苦想。我们过一天，分别的时刻就近一天，真叫人太伤心啦，想不到世上竟有这样的国家，不知我前世造下什么罪孽，这辈子才生到这个地方来，遭受这种不幸!”这个人听后便说：“人生最宝贵的莫过于生命，最可爱的莫过于子女，眼睁睁看着独生的女儿，作为俎上肉，实在是叫人难以忍受。事到如今只有豁出生命了。不是有些人仅仅因为跟有仇的人在一起，而遭到连累白白送掉性命吗？人畏惧神佛只是为了保全生命，爱惜身体也不外是为了子女。如今，你家小姐已经是没命的人了，既然早晚总归是一死，就不如请您把小姐许配给我吧，我愿意替她一死，我想您不会拒绝我这个请求吧!”姑娘的父亲听说此话，问道：“那么，你打算怎么办呢?”这人说：“我自有道理，你可用注连绳围上这间房子，不要让人窥视，就说为了斋戒净身，也不要对外人说我在这里。”姑娘的父亲闻听此话，说：“只要女儿不死，哪怕牺牲了我这条命，也心甘情愿。”说罢，便将女儿暗暗地配给猎人。

猎人娶了姑娘之后，更觉得难舍难分。猎人从他每年饲养的猎犬中挑选了两只加意地喂养，并对它们说：“你们一定要替我完成大事!”他又悄悄从山中捉来一只活猴，在无人地方训练猎犬扑杀猿猴，犬和猴子本来就性情不合，如今再加上平日的训练，只要一见猴子，便拼命地扑上去咬死它。猎人见猎犬已训练成功，又把钢刀磨得锋利非常，带在身边，他对妻子说：“我为你准备一死相拼，这倒不足惜，只是舍不得离开你!”姑娘不知道他究将如何去做，只是心中觉得无限悲哀。

不觉之间，到了祭祀的日子，神官率领执事人等前来迎接，他们抬来一个崭新的长箱，吩咐说：“把人装在这里面!”说罢，就把长箱抬进寝室，猎人这时穿上猎衣猎裤，带起钢刀，钻进了长箱，那两只猎犬一边一个躺在他的身旁。姑娘的父母，故意做出女儿被抬走了的样子，把长箱抬了出去。

那些手捧长矛、神木、铜铃、铜镜[①]的执事人等，见箱子抬出，就浩浩荡荡地在前面开道，簇拥而去。

这时猎人的妻子，生怕会惹出祸来，又担心丈夫替她死，心中更是悲哀。姑娘的父母认为反正是一死，也顾不到许多了。

“牺牲”抬到神社，有人先祝告一番，然后打开篱笆墙门，割断长箱上的绳子，把它放进门内，再把篱笆门关闭起来，这时，神官等人就排坐在墙外等候。

猎人把长箱撬开一道缝，从里边向外窥看，只见正位上坐着一只身高七八尺的猿猴，露着雪白的牙齿，面部和臀部通红。在它左右两旁排坐着上百只的猴子，一个个都是满脸通红，倒竖双眉，吵嚷不休。面前的菜板上，放着一把大刀，上面还摆着醋、酒等物，就仿佛是人们吃鹿肉时的光景。

过了一会，正座上的大猴站起直向长箱走来，其他的猴子也都一齐离座，同来开箱，猎人就在它们开箱的这一瞬间，突然出来，喝令猎犬说：“快，快咬它们!”两只猎犬跑出箱来，一口咬住那只大猴，把它拖倒在地，猎人这时拔出他那寒光闪闪的钢刀，把大猴拖按在菜板之上，用刀对准它的脖子说：“你一向必是这样杀人吃肉的，今天我要砍下你的脑袋喂狗!”大猴满脸红涨，眨巴着双眼，露出了白牙，流泪搓手告饶，这人更不理它接着又问：“这些年来，你吃了多少人家的儿女，今天我要杀你为她们报仇。你如果真有灵，就杀了我吧。”说着，就把钢刀按在它的脖子上。这时，两只猎犬已经咬死了很多猿猴，那些侥幸逃生的几只猴子，蹿越树木，逃到山里，啸集同类，一起号叫，声震山谷，但是这又何济于事?

猿神在这时间附在一个神官的身上，说：“从今往后，我永远不要活人祭祀，也不再杀害生灵。对于为难我的这个人，和那个

---

① 长矛、神木、铜铃、铜镜等都是日本神道教的法器。

指定为牺牲的姑娘以及她的父母亲属，也绝不报复危害。只求你们饶我一命！”神官等听罢，一齐进入殿内，哀告猎人说：“仙人既然说出此话，就请你饶恕它吧！”猎人坚决不肯，并说：“我不怕死，情愿杀了它替大家报仇，不然我们就将一起死在它的手里！”

猿神附在神官身上，见猎人不肯放手，便苦苦哀求，再三发誓。最后猎人说了句：“好吧，从今往后，不准你再干此事！”就把那只猴子释放了，猿猴获得性命，逃往山中。

猎人回家，和姑娘夫妇团聚偕老。姑娘的父母对女婿更是说不尽的喜爱。以后，他们家中也没发生任何灾祸，恐怕这正是前世的因果。

从此，这地方再也不用活人祭祀了，百姓们都过着太平无事的生活。

第八篇

飞驒国僧人除猿神永绝淫祀

古时，有个到处云游的修道行脚僧，一天信步云游到飞驒国地面。

僧人后来走进一座深山，迷失路途，怎么也找不到出山的道路。这时，他发现积满落叶的地方仿佛有条路径，便拨开落叶向前行走，但是总走不到尽头。最后看见一片瀑布横挂在前面，宛如珠帘高悬，滚滚湍流，临空而落。

僧人这时进退维谷，往回走已经记不得来路，往前走，却是一座高达一二百丈陡空的悬崖，无法攀登上去，他只有虔诚祷告菩萨搭救了。这时候，忽从背后传来脚步声音，僧人回头一看，见一人头戴斗笠挑着行李步行而来。心中大喜道，这回可算来人了，当他正要上前打听道路的时候，那人一眼看见僧人，顿时现出惊异的神色。

僧人走到那人身边问道："不知您从哪方来的，请问这条道路通向何处？"谁知，那人一言不答，朝着瀑布径直走去，只见他跳进瀑布里不见了。僧人心想，这绝不是人，必定是妖魔鬼怪，越发害怕起来。转念一想，无论如何我也难逃一死，倒不如在被妖怪吞吃之前，也像他那样跳进瀑布，纵然淹死，也可免去鬼怪吞噬之苦。僧人来到瀑布跟前，祷告菩萨超度来生之后，便按照那人的跳法，一下跳进瀑布中去，这时，他只觉得脸上飞溅了些水花，身体像是穿过了这条瀑布。

僧人本想淹死在水里，但是镇定心神，转过头来一看，原来这瀑布仅仅是一道飞流，正像一条帘子高悬在那里。瀑布后面却有条道路直通山下，僧人就顺着这条路向前走去。

僧人走完这条小道，那边出现一个大村庄，看样子，村里有不少人家。

于是，僧人大喜，往前走去，这时，方才那个挑着行囊的人，已经放下东西，朝着僧人跑来。在他身后有个穿着一身淡黄色礼服的老者，抢先跑过来一把拉住僧人，僧人忙问："这是做什么?"老者见问便说："请你就到我家里来，快走吧!"说罢，拉着便走。走在路上，四处又围拢过来许多人，都来争拖僧人说："走吧！到我那里去。"僧人见此光景，不知这到底是为了何事，这时只听有人说："不要这样乱拉乱扯!""咱们到郡司那里去，请他决定好了，他说给谁就算谁的!"说罢，大家簇拥着僧人向前走去，僧人身不由己地跟随大家来到一座大宅院门前。

从宅院里走出一个道貌岸然的老翁，他说："这是为了何事?"那个肩挑行囊的人回话说，"这人是我从日本国带来交给他的。"说着用手指点那个身穿浅黄礼服的人，这个年长的老翁闻言便说："既然如此，没有什么可争论的了，应该归他所有。"说罢，命那人带走，其余的人们听了也都各自离去。

僧人被分给那身穿浅黄色礼服的人之后，就跟随他走去，行走之间僧人心想这些人必然都是鬼怪，我必被吞吃无疑，想到这里，不禁流下泪来。僧人这时问道："既然说是日本国，这地方是什么所在呢？为什么仿佛把日本认为是一个遥远地方呢?"穿浅黄色礼服的人瞧见僧人这副惊慌神色，便对他说："你不必惊怕，这里是极乐世界，可以叫你无忧无虑地过着富裕生活。"说话之间，来到了家中。

僧人见这家的房屋虽然比先前那家稍微小一些，但是修盖得十分精美，里面男男女女住着许多家眷。家里的人仿佛等候已久，看见他回来，非常欢喜，互相奔走相告。

穿浅黄衣服的长者对僧人说声："快请进吧。"僧人便走上了走廊，然后取下背上的经箱，放在身旁，脱掉蓑衣斗笠和草鞋，才走进室内，他被让在一个舒适的地方坐下。

"赶快先拿些吃的来！"长者吩咐了声，就见有人端来了食物，鸡鱼都烹调得十分鲜美，僧人看着这些东西，并不下箸，只是坐在那里，这时，穿浅黄衣服的长者出来问他说："你为什么不吃呢。"僧人回答说："我自幼出家，直到今天也不曾吃过这些东西，因此不曾下箸。"穿浅黄衣服的长者听罢便说："你说得固然有理，不过，既来我家，就不能不吃这些东西。我有个心爱的独生女儿，如今正在寡居，她的年岁也越来越大了，我把她许配给你，从今天起，你应该蓄起头发来，如今你也无处可去，只有按照我们的话来做！"

僧人听了暗想：他既然如此，我如果违拗了他，必遭杀害，这种地方虽然不可久居，但又无路可逃，只好说道："我不吃肉食，只是由于不惯，既然您这样说，我只有听从您的吩咐了。"

主人大喜，他把自己的饭食端出来和他对坐一起用饭。僧人一面想着菩萨不知将如何怪罪，却把那些鸡鸭鱼肉都吃完了。

夜晚，主人带出一个年约廿余岁的姑娘，姑娘生得很为秀丽，穿着也很华贵。主人对他说："把她许配给你，从今天起，你要像我一样爱护她，这是我的独生女儿。你要好好体会我的心意！"说罢，返回内室。僧人见多说无益，只得和这姑娘成亲。

僧人和姑娘成亲以后，生活得非常舒服，衣服穿用不尽，吃食更是什么都有，这是他一生所没享受过的。为时不久，只见他胖得如同变了个人，这时头发长得也能挽上发髻了，他便把发髻盘在头上，戴上一顶帽子，越发显得清秀。姑娘更加爱恋丈夫，真是顷刻难离，丈夫见妻子这样体贴，也觉得她着实可爱，夫妻朝夕相伴形影不离，过着恩爱生活，转瞬之间，来到了八月。

此间，僧人发觉妻子的神色有异，总像有些沉重忧思，而这家主人款待他比以前更加殷勤，还常叮咛说："男子汉一定得长得又粗又胖才行，你要养得胖胖的！"并且又增添无数样吃的东西，这一来，僧人的身子是越吃越胖，但他妻子却有时在背地里哭泣。他便觉得事出跷蹊，便问妻子说："究竟你有什么心思，真把我闷损了。"妻子见问只回答说："我只觉得心里有些不安。"说罢就越发哭得悲痛，丈夫更是百思莫解，但又无人可问。一天，家里来个客人，宾主谈起家常，僧人在他们谈话时，站在背地里偷听，只听客人说："恭喜你，得到意想不到的人，这一来，小姐就可以平安无事了。真是可喜！"又听主人说："确是这样，如果得不到这个人，今天我将不知道多么忧心呢！错过这个人，再不会遇上这样好机会，现今若不是家里现有这样一个人，赶到晚年这时候，心里该当怎样着急呀！"客人去后，主人又来到房中照旧吩咐说："拿吃的来呀，叫他多吃点！"说罢，有人送来食物。僧人见自己吃东西会惹得妻子伤心流泪，是大惑不解的事，联想起客人的话，知道其中必有缘故，登时不安起来，于是便用好言诱劝妻子，想从她口中探问出真相来。妻子虽然露出要说的神情，但是，始终没说出究竟来。

为时不久，只见村里的百姓都忙乱起来，家家准备酒宴闹个不休。妻子却一天比一天哭得伤心，僧人对妻子又是装作伤心的模样，又是赔着笑脸说："纵然有祸了，你对我也不应该隐瞒，你对我这样隐瞒，真是太无情义了！"说罢怨恨得哭起来，这时，妻子也悲泣地说："我怎么不想告诉你呢！但是，现在我们眼看就要分别，从此再难见面，我真悔恨当初不该和你这样恩爱。"说罢，痛哭不已。

僧人闻言便道："你是说我难免一死么？死是人生终归难免的一条道路，何必为它痛苦呢，除此以外，还有什么事，你一定要讲出来!”妻子见丈夫再三逼问，哭着说：“这个国里有桩大事，那就是当地有一位现身的神灵必须用活人祭祀。那天你到这里的时候，大家都焦急地吵嚷说‘我还要哪，我还要哪’，那就是因为要把你当作牺牲祭品，这里每年轮流有一个人供应牺牲，轮到的人如果找不到替身，那就得把他最心爱的子女交出来祭神，这次如果没有你，就得把我交出去，我知道你这完全是替我去送命的。”说罢，痛哭不止。

丈夫便说：“这有什么可伤心的?所说的牺牲，是不是先把人肉做好，然后来祭神呢?”妻子答道：“不是这样，据说是把牺牲的衣服剥光，整个地放在菜板上面，送进神社的篱笆墙内，然后大家一齐走开，由神灵自己烹调吃。如果牺牲不够肥胖，神灵就要降罪，那时，庄稼长不好，百姓也要生病，村子里就不得安宁，因此，我家才总这样不计顿数地叫你吃饭，好把你养得胖胖的。”丈夫这才明白这几个月所以要这样殷勤款待的原因，于是问道：“我且问你，这个吃活人的神灵，是什么形状呢?”妻子回答说：“听说是猿猴的形状。”丈夫对妻子说：“你可以给我找一把好钢刀么?”妻子说：“这有何难。”说罢找来一把钢刀交给僧人。丈夫有了钢刀，便把刀刃反复磨得飞快藏在身边。

主人见僧人比以往的牺牲都长得漂亮，而且吃得又肥又胖，心中暗自欢喜。看见的人们也都满心欢喜，纷纷说：“这是全乡的喜庆事啊!”

到了祭祀的前七天，这家把房屋用注连绳围拦起来，并把僧人关在房中斋戒净身，其余的人家也都拦起注连绳，彼此都谨慎等候。

僧人的妻子计算着日期，痛哭流涕，后来见丈夫婉言安慰自己，仿佛若无其事，也就略为宽心。

到了祭祀这天，主人先命僧人沐浴净身，然后又给他穿戴整齐，解开头发，梳理双髻，当他们正在收拾打扮的时候，差人已不知来催了多少次，连说："时间已晚，时间已晚。"于是，僧人和他的岳父一同骑马而去，妻子一句话也讲不出来，只是蒙头痛哭。

僧人来到山中一看，这里有座巍峨的神社，篱笆院墙十分宽敞，墙垣前摆着许多菜肴，无数的人群列坐两旁，把僧人让到高座上面敬献酒食，其余的人们，也都大吃大喝，歌舞助兴。

宴罢，把僧人叫起来，脱光衣服，解开绳扣，并吩咐说："你千万不要乱动，也不许作声！"然后，把僧人放倒在菜板之上，菜板的四角插着神木，上面悬挂着注连绳和币帛。

这时有人在前面开道，把僧人抬进神社的篱笆墙内，便关上篱笆门，各自回家。

原来，僧人早在他那双直挺的大脚中间藏好那把钢刀，悄悄地带来了。

为时不久，第一座神殿的门，忽然"吱"的一声推开了，僧人顿时觉得毛骨悚然。后来，每个殿门也都依次启开，这时，只见有只一人多高的猿猴，从神殿旁边走出，对着第一座神殿吼叫了几声，第一座神殿的门帘一撩，走出一物，僧人举目一望也是一只猿猴，只是满口银牙，身体略加魁梧，威风凛凛地走出殿来。

僧人瞧见它原来也是只猿猴，这才放下心去。照这样每个神殿中，都走出一只猴子，依次排坐起来，最先从神殿旁走出的那只猴子，坐在第一座神殿猴子的对面，它听第一座神殿的猿猴吼叫了几声，便朝牺牲这边走来，拿起铁箸钢刀对着僧人正要动手宰割的时候，僧人把两腿间夹藏的钢刀拿在手中，猛地跳起，向第一座神殿里的那个猿猴扑去，这猴子惊慌失措，仰面朝天倒在地上，被僧人乘势用脚踩住。僧人问询："你就是神么？"还没有等他举起钢刀猿猴就吓得搓着双手求饶。其余的猴子瞧见这般光景纷纷逃去，跳到树上，乱吵乱叫。

这时，僧人折断身边的葛藤，把这只猿猴捆在柱上，然后拿着钢刀对准猴子的腹部说："你不过只是个猴子，竟敢冒充神灵的名义，年年吃人，这还了得？赶快把你的那几个猴崽子叫过来，如若不然，我就一刀把你扎死。你既然是神，就该不怕刀扎，来让我在你肚子上扎扎看。"说罢，把刀尖刚刚往下一扎，猿猴便号叫起来，不住地搓手哀告。僧人说："那么，你就把你那几个猴崽子赶快叫出来！"猿猴听命，连忙号叫了几声，那两三个猴崽果然走了出来，这时，僧人又吩咐说："你把要杀我的那只猴子也叫过来！"于是猿猴又叫了一阵，那只猴子也走了过来。

僧人命这只猴子折来葛藤，把那两三个猴崽牢牢捆在一起，然后自己又把它绑了起来。这时他对那只猴王说："你虽然想要切我的肉，不过，如今既然能听我的吩咐，我就饶了你这条性命。从今以后，再不准你愚弄那些不知底细的人了，如果你再办出这种勾当，那时，我必定要你的命！"说罢，从篱笆墙里拉出所有上绑的猿猴，都捆在大树上。

僧人走出篱笆，拿过人们方才烧饭剩下的余火，顺着神殿一座座地燃点起来。这座神社离村镇很远，因此，这地方发生的事情，外边毫无察觉。后来，村里的人望见神社那方燃起了熊熊烈火，才惊慌地吵嚷起来。但是，这里原来有个规矩，在祭礼后的三天，家家要紧闭门户，不许一个人外出，因此，尽管大家惊慌失措，乱成一团，但没有一个人前来观看。交出牺牲的主人，担心僧人惹出什么事来，吓得心惊胆战。僧人的妻子，对丈夫向自己要刀并且藏在身边，本来就有些奇怪，如今见神社起火，暗想，必定是他干出来的事，不禁又是纳闷，又是害怕。

这时，那个去做牺牲的僧人，赤身露体，披头散发，腰系葛藤，手持钢刀，拄了木棍赶着四只上绑的猿猴来到了村庄。

僧人走着，挨门向里窥视，村子里的人家瞧见这番情景，都道："那个牺牲竟把猿神的子孙捆了起来赶着走呢，这究竟是怎么回事啊！我们怎么把一个比神还要伟大的人送去做祭品呢，连神他都能捆绑，何况我们，这回一定得把我们吃掉！”

这时，僧人来到岳父门前，呼唤道：“开门哪！”但是，不见回声。他又招呼说：“你们只管开门，我绝不害你们，如果真不开门，那可就要自找倒霉了。”说罢一边呼唤“快来开门”，一边用脚乱踢，这一来，僧人的岳父只好把女儿唤出来说：“这人的本领比大神还高，也许以后就看不上我儿了，不管如何你先把门开开好好安慰一番。”姑娘见丈夫回来虽然有些惧怕，但心中也很欢喜，刚把大门打开一道细缝，僧人便一把推开，见是妻子站在门旁，便闪身进了大门，吩咐她说：“快把我的衣服拿过来！”妻子闻言，立即进房给他取出一套衣裤和帽子来，僧人把猿猴牢牢地拴在门旁，自己在门口穿戴整齐，然后，又和妻子要来了箭，他把弓和箭筒背在身上，唤出岳父对他说：“把这些东西奉为神灵，每年用活人祭祀，真是岂有此理。这些东西叫作猴，不过是拴在人家饲养任人捉弄的，你们不知其中道理，竟然每年把活人送给它们吃，实在愚蠢已极，只要有我在这里一天，它们就休想逞强，只管把它们交给我好了！”说罢，用力拧猴子的耳朵，猴子忍痛的那副丑相，着实令人耻笑。岳父见猿猴果然听任他的摆布，胆也壮了起来，便说：“我等丝毫也不晓得其中情由，如今愿尊你为神，投靠于你，一切听你吩咐。”说罢，不住地搓手顶礼。僧人说了句：“走，我们到那天去过的郡司家去！”便随着岳父，赶着一群猴子，直奔郡司家去了。

僧人等来到郡司门前，岳父见叩门不开，便说：“你们只管开门，如果不开，那就要自找祸事。”郡司闻言，战战兢兢地走出房来打开大门，他瞧见这个僧人，便匍匐在地，僧人把猴子牵进房来，瞪着双眼怒斥它们道：“你们冒充神灵，这些年来，每年要吃一个活人，现在叫你们看看我的厉害！”说罢，便要搭弓射箭，猿猴一见吓得两手搓动，连连嚷叫求饶。郡司见此又惊又怕，凑到僧人岳父身旁说：“他一定会杀死我们的，请你搭救我们的性命吧!”岳父说:“你只管放心,有我在此,保你平安无事。”郡司闻言,这才放了心。

僧人对猴子们说:“算了,算了,我也不断送你们的性命,不过,从今往后,如果再发现你们在这附近为害百姓,那时我必定一箭射死你们!”僧人说完话,将猿猴挨个责打二十木棍,又把村中的百姓召集一处,命他们前往神社,把那些烧剩下的房舍什物一齐捣毁,然后堆在一起付之一炬。

那四只猿猴身受杖刑后,被逐出门去,一个个瘸瘸拐拐逃入深山,从此,再也不敢出头露面。

这个僧人,后来成了一乡之长,百姓俱都服从,他和妻子也同居偕老。后来僧人时常背地里来我们这里,才把这些事情传说出来。当初,那地方本来没有牛、马和狗,后来因为防备猿猴为害和供人役使,才带来一些小狗、马驹,这些牲畜便这样繁殖起来了。

人们虽然听说飞驒国旁边,有这样一块地方,但是不论信浓国还是美浓国的百姓,都没有去过那里。那个地方的人虽有到我们这里来的,但我们这里的人从来没有去过那里。

由此看来,那僧人因迷失道路走到那里,并废除了用活人祭祀的陋习,而且自己也得安家立业,怎能不说是前世的果报。

第九篇

加贺国人助蛇精战败蜈蚣迁居岛上

古时，加贺国××郡里住有七个渔民，他们以打鱼为业，经常结伙出海，多少年来全是如此。

有一次，他们七个人又同乘一只渔船，出海捕鱼。他们在出外捕鱼的时候，每人身上都佩带着兵刃和弓箭。

没想到这次渔船划到望不见岸边的遥远海面时，突然起了一阵狂风，直把渔船向海心刮去。他们见无法控制，索性竖起船橹，任凭它随风漂流。他们自知必死，正在惶恐悲伤的时候，发现前面海面有个孤零零的大岛，于是暗想到：但愿能把渔船靠近这个孤岛，也好暂时不死。正想之间，那只渔船就像有人牵引似的，驶近了孤岛。他们看到性命得救，都大喜过望地跳下船来，然后把渔船拖上了沙滩。

这些人来到岛上，见果树繁茂，泉水潺潺，心想这里绝不会缺少饮食等物。当他们观望的时候，走过来一个年约廿余岁，生得眉清目秀的男子。

渔夫们瞧见这个少年，知道孤岛上原有人住，心中大悦。这时，少年已经走到了身边，说："诸位可知是我把你们迎来的么？"渔夫们答道："我们实在不知。我们出海打鱼，不料被狂风刮到这里。后来发现这座孤岛真是喜出望外，所以就到岛上来了。"少年说："那阵狂风，是我叫它刮的。"渔夫们一听此话，心想，这绝不是凡人。这时，又听少年说道：“想各位一定是又饿又累了，来人哪，把那些吃的端过来!”说罢，少年朝着他来的方向，高声喊叫了两声，接着便传来许多人的脚步声，只见走来一些人，挑来两个长箱，另外还带来许多坛酒。打开长箱，只见里面满是珍馐美味，取出来请他们食用。这些渔夫已经饥困劳乏，于是大家饱餐痛饮，不一而足，又把吃剩下的饭菜，照样装进长箱，放在一旁，准备第二天食用。这时，挑东西的那些人各自离去。

饭后，那个做东的少年来到渔夫们的身边说：“我现在把迎接你们的原因说出来，在海面那边还有一岛，那个岛的岛主想要把我杀死，占领这岛，经常来攻，因我事先有准备，几年来都把他打退了。明天是他和我决一死战的日子，所以迎接你们来，助我一臂之力。”渔夫们听罢说：“虽然不知那人带有多少人马，乘坐多少船只，我们既然来到这里，纵然是众寡悬殊，也要竭尽全力以死相拼，有什么吩咐必当从命。”

少年闻听高兴地说：“那个仇敌，并不是人，就连我也是一样，等上半天你等就会明白。从前，我总是在他刚要接近这座岛时，就先跳下岛去迎战，不叫他靠近海岸，在海滩上击退他。不过，明天有你们协助，我准备诱他上岸，因为他在上岸之后更能施展本领，必然乐于上岸，那时，先由我一人对付他，你们不必动手，如果我支持不住，就给你们递个眼色，那时，你们要尽量放箭，把所有的箭支都射出去，千万不可疏忽！明天从巳时左右就要准备停当，午时前后开始大战，你们饱餐之后，要站在岩石上面等待，大概他从这里上来。”少年再三嘱咐之后，才向岛中间走去。

渔夫们在山上砍了些树枝，搭起一座棚子，然后磨快了箭头，整备了弓弦，点起了篝火，当夜就畅谈一宵。天光大亮以后，大家饱餐一顿，这时，已到了巳时光景。

正当渔夫们朝着敌人来路注视时，海面上突然狂风大作，波涛汹涌，十分可怕，少时海水现出一片墨绿颜色，闪闪发光，接着就从水中露出两团巨大的火团。渔夫们看着，不知它究属何物。他们又回头往岛上观看，只见岛上的景象也变得阴森可怖，野草披靡，树木撼动，杂声骚乱，其中出现两个火团。这时，水面上出现的那东西到岸边时，一看是一条长达十丈左右的大蜈蚣，脊背上发着闪闪绿光，身子两旁红光四射。再向岸上一望，只见一条长逾十丈腰粗一搂多的巨蛇，从岸上迎了下来。它吐着长舌直向蜈蚣奔了过去，两条巨怪的形状都极凶恶怕人。这时正为那少年所说，就见那条巨蛇特意闪开一条上岸的路径，抬头等候一动不动，蜈蚣一见，欢悦地爬上岸来，两下怒目相视，对峙了半晌。

渔夫们按照少年吩咐，登上高岩，把箭扣在弦上盯着巨蛇。这时，蜈蚣扑上来就和巨蛇咬在一起，两下都各腾身摆尾，狠命地撕咬，虽然都已咬得遍体鳞伤血肉模糊仍然互不后退。它们这样战斗将近两个时辰，多爪蜈蚣，一边扑打一边咬，看看已占上风，巨蛇有些支持不住，两眼连连向渔夫们注视。渔夫们看见，知道是叫他们立即开弓，于是，七人走上前来，一齐放箭，蜈蚣从头到尾，攒满箭支，每根箭都是连根扎进体内。然后他们又挥动钢刀把蜈蚣爪完全砍断，蜈蚣僵倒在地。这时巨蛇已经离开蜈蚣，他们便用刀将蜈蚣斩杀，蛇安然转回岛去。

工夫不大，只见先前那个少年，满脸血痕拖着疲惫不堪的步伐走了出来，另外还带来许多食物请他们吃。这时，宾主都是无限喜悦。他们到山中砍来树枝，升起火来把那蜈蚣的尸体焚化，然后把它的骨灰远远抛掉。

少年然后对渔夫们说："今蒙各位大力援助，我可以安心占领这个岛屿，真是说不尽的高兴。这个岛上有许多水田和无数耕地，果树成林，真是一个极易谋生的幸福地方，我想你等可以迁居到这里来，不知你们意下如何?"渔夫们闻言说道："这实在是我们求之不得的事情，但不知应该如何安置妻子孩儿们?"少年道：

“当然要把家眷接来同住。”渔夫们又问：“既然要接，不知怎样过海？”少年说道：“当你等要过海时，我可以呼风相送，加贺国有座神社名叫熊田宫，那是我的分社，只要你们在动身之前，到那座神社去祭祀一下，就可顺利地来到此地。”少年再三叮咛之后，又把他们途中吃用的干粮装入船舱，才叫他们乘船归去，这时，突然刮起风来，船只一刻不停地渡过海去。

七个渔夫回家后，各把愿意去孤岛的人们约集一起，准备重回孤岛。他们在出发以前，暗暗准备了七艘船只，带好一些谷物蔬菜种子，先到熊田宫神社祭祀神灵，然后，大家上船出发，这时，突然刮起风来，把七只船全都送到岛上。

后来，这七个渔夫便在岛上安家立业，他们耕种田地，扩建宅园，直到今天，岛上的居民已经不计其数了。据说这座孤岛，就是人们所称的猫岛。岛上居民，每年要渡海到加贺国祭祀熊田宫神社一次。加贺国的百姓，后来听说此事，便在暗中窥视，结果一无所见。原来他们是乘人不知不觉间，在夜里渡海，祭祀完毕就转回岛去。人们看见祭祀的痕迹时，才知道他们又来祭祀了。这种祭祀，每年照例举行一次，一直继续到今天。

这座岛屿，从能登国羽咋郡的大宫地方，可以看得清楚。如果在晴天望过去，可以看见岛上西方的高地一片青翠。在××时候，能登国有个船夫名叫××常光，有一次，被狂风吹到那座岛边，岛上的人走出来，叫他把船暂时系在岸上，并拿出食物给他吃，但不许他上岸。守了七八天的光景，岛上刮起一阵狂风，这人的船只飞快地驶回了能登国。

后来，据这个船夫对人说：“我远远望见岛上房屋很多，街巷四通八达，行人络绎不绝，俨然是一座京城。”至于岛上人所以不叫船夫上岸，恐怕是不愿叫他看见岛上的情景。

据说最近从远道而来的震旦国人，曾在那座岛上补充食物，采办了一些鲍鱼，然后离开该岛驶向敦贺。岛上人也再三嘱咐这些震旦国人，不许说出这个岛来。

由此看来，这七个渔夫得以住在该岛，可说是前生注定的机缘，他们的后代至今还幸福地在岛上生活，据说这座岛是个世外桃源。

第十篇

土佐国兄妹二人同居荒岛

古时，土佐国幡多郡里住着一个寻常百姓。这人住在海岸边，耕地离家很远，所以每年在海岸这边的家中播种，培育秧苗，等到插秧的时候，再用船装上稻秧，雇上几个用工，带着食物、耙子、犁杖、镰刀、镐头、小斧、大斧等工具渡海，前去插秧。有一次，他们夫妇为到岸上去雇插秧女工，就留下自己的一个十四五岁的男孩和一个十二三岁女孩，在船中看守。他们以为不多时就可回来，所以只把船只略略拖向岸边，没系缆绳就走开了。这时，两个孩童躺在船内，睡得很熟，不想遇上涨潮，一阵潮水把小船漂浮起来，接着又来了一阵风，把小船吹离海岸，随后潮水下退，又把船远远漂到南方海面。

小船入海面之后，遇到强风，吹得它就像张帆似的飞驶起来。

这时，两个孩子惊醒过来，见船离原地，已经漂流到大海中间，不由得痛哭起来，但是又无法可想，只得任风吹去。

孩子的父母未能雇到插秧女工，就返身走回，赶到岸边一看，船只已经不见，他们起初还以为开到什么地方躲风去了，于是便到处喊叫一番，但是，始终无人答话，他们慌急地找了半天，也不见踪影，只好自怨自艾罢了。

再说那只船，一直被风刮到了遥远的南面大海中的一个荒岛上。两个孩子战战兢兢地登上陆地。他们系好船只四下一望，岛上并无一人。二人虽然悲泣了一番，但是无济于事，这时，女孩子说道："事到如今，也没有其他办法了，我们总不能白白死去，就尽量少吃些食物来维持我们的活命吧。可是，这些东西吃完之后，又怎么生活呢。不如趁这些秧苗未干，赶紧先把它们插上。"男孩子闻听说："也只好按你的话办了，现在只能如此。"说罢，找到一块可以插秧的水田，船上带有锄镐，便把所有的秧苗都插在地里。他们还带着斧子，因此能砍伐树木建造房屋，当时，岛上的果树茂盛，按时结果，他们就靠着摘食野果度日，不知不觉到了秋天。

也许是命该如此，这二人种的田地，得到了丰收，他们把收割下来的大量粮食，贮藏起来。兄妹二人慢慢过了几年，觉得总不能这样下去，便结成了夫妇。

过了几年之后，他们相继生下许多子女，这些子女又互相配成夫妇。这一来，荒岛变成了一座大岛，耕地面积越来越广，这兄妹二人的后代，据说至今还有许多人住在岛上。人们传说，土佐国南面大海中的这座岛屿，就叫作兄妹岛。

由此看来，这完全是由于前世因果，他们才漂流到这座荒岛上来安家立业，致使兄妹二人结成了夫妇。

第十一篇

三河国出产狗头丝的来由

古时，三河国××郡的一位郡司，娶了两房妻室，让她们在家养蚕，每年生产许多生丝。

有一年，不知何故，郡司原配夫人养的蚕，全部死去，无法继续饲养，郡司为此极感不快，从此就对她冷淡起来，再也不同她接近了。仆从们见三人不理睬她，也都不理睬，因此，她的家境日趋冷落，这时只剩她和两名从人，心中感到无限凄凉。

且说夫人见所养的蚕一次全部死尽，以后就没有饲养。有一次，她发现桑叶上附着一条蚕正在吃桑叶，便将它拿下来饲养，这条蚕长得很快，喂给它的桑叶，马上吃光。夫人瞧见这番光景，心中欢喜，就小心翼翼地饲养起来。她明知道这条蚕就是养大了，也不顶用，只是多年养蚕成习，加上三四年来不曾养蚕，正感技痒，如今意外得到此蚕，就又饲养起来了。这天，家中的那条白狗在夫人面前摇起尾巴，当时夫人正在观看身边木盘那条蚕吃桑叶，白狗跑过来把蚕一口吞下，夫人虽然又惊又惜，但又不能因为吃掉一条蚕，就把狗打死。

且说，白狗把蚕吞进腹内以后，就蹲在夫人对面，夫人心想，我竟然这样命薄，连一条蚕也养不活，她越这样想越伤心，对着白狗流下了眼泪。夫人正在落泪之时，白狗打了个喷嚏，然后从它的两个鼻孔中吐出两根长约一寸长的白丝，夫人瞧见了白丝，不胜惊讶，便揪住丝头向外抽拉，这两道白丝连续不断越抽越长，夫人便向线桄上缠绕，缠满一个线桄，又另换一个，就这样缠满了这个，再换那个，一直缠了二三百桄，也缠不尽这两道白丝，于是又架上竹竿缠绕，还是缠不完，于是就往木桶等家具上缠了起来，大约缠到四五千两之后，才露出来丝头，这时，白狗便倒地身亡了。

夫人知道这狗必是神佛化身来帮助自己，就把狗埋葬在房后园里的一棵桑树底下。

当夫人正愁这么多生丝无法纺织的时候，她那郡司丈夫恰巧因事路过她的门前，郡司见她门庭如此冷落，不禁想起旧情，有些伤感，便翻身下马想进来看看情况究竟如何。他走进房中，别无他人，只有妻子一人在那里纺丝。郡司瞧见这些生丝，不禁大吃一惊，心中暗道，我家养的蚕吐出的都是黑丝，而且粗糙无光，这些丝为什么竟这样出奇，色白如雪，光彩夺目呢，这真是罕见的好丝。于是问道："这究竟是怎么回事？"夫人见问，便原原本本地讲述经过，郡司闻听深悔自己不该怠慢了神佛帮助的人，于是，立即留在夫人这里，再不去找他那后娶之妻了。

后来那棵葬埋白狗的桑树上，结满了蚕茧，他们把蚕茧取下缫丝，仍然是绮丽无比。郡司把家中出产美丝之事禀告了国守，国守转奏了朝廷，从此，便由三河国向朝廷进贡这种"狗头丝"，直到今天，郡司后代还是向朝廷献丝的丝户。

"狗头丝"由藏人所保管，用来纺织天皇的御衣。百姓们传说："狗头丝"的出现就是为了供天皇做衣服用的。也有人说：郡司原配夫人的蚕，是由那二夫人蓄意害死的。至于真情如何，则不得而知。

由此看来，他们夫妇由于"狗头丝"的出现才再得团圆，这都是前世的因果。

第十二篇

能登国的凤至孙获得宝带

古时，能登国的凤至郡[①]里住着一人，名唤凤至孙。这人起初家道贫寒，无以为生。有一次，家中发生了不祥预兆，他便向阴阳师问卜吉凶，阴阳师占卜以后说："此兆主人将有灾祸，应该特别谨慎，不然能有生命危险。"

凤至孙听后，大为惊恐，他遵照阴阳师的指示，打算出门避祸，离开这个不祥的地方。但是，他又找不出一个可以避祸的地方，留在家中，怕房倒被压，想到山边，又怕山崩或是树折，遭受灾祸，最后才决心去往海边。

到了避祸这天，鸡刚一报晓，凤至孙便带着个亲信家人，出门走向海滨。凤至郡地势平坦，连个可以隐藏身形的土丘都没有，至于大海的尽头是什么所在就更不得而知了。主仆二人徒步来到海边，走得疲倦了，于是躺在沙滩休息，准备在那里过这一天的时光。

天到午时光景，凤至孙看见北方海面上，突然变得险恶起来，有百余丈高的浪头，直朝着这边逼过来，十分害怕，对那个随身仆人说："你看，那样高大的浪，多么可怕啊！这将要怎样呢？巨浪过来，这个地方一定要被淹没，我们赶快逃走罢！"说罢，惊慌

---

① 位于能登半岛北端，临日本海。

失措。仆人闻言道："你如何说出这些话呢，海面上如今是风平浪静，哪里有什么巨浪，也许你是中了什么邪祟，避祸的日子真不该离家出门。"主人道："我并未中邪，眼看这么可怕的波浪翻滚过来，你还这么说法，看来你一定要葬身在海浪里，所以才看不见。那巨浪刚掀起的时候，足有百丈多高，靠近浪头就小起来，现已到了跟前，这可怎么办！"说着起身就要逃跑，仆人揪住他说："难道您真疯了不成，这一定是中了邪祟。"说罢，抓住主人不放。主人问道："我绝不是中邪，难道你的眼睛，当真看不见海浪么？"仆人答道："我确实没瞧见。"主人一见此情说道："必定是我命该死在浪中，所以家中发生恶兆，我本来是为了躲避灾祸，才离家来到这个海边，没想到竟逃不掉。既然是命该死在海里，莫若唱念佛号修积些功德吧。"说罢，双手合十坐在那里。

后来，他自言自语地说："这道巨浪，最初有一百丈多高，向前翻滚，现在只剩五十多丈高了。"说罢，闭合双目。

稍过片刻，他又睁开眼睛说："巨浪临近了，谁知又出现一桩怪事，浪里怎么会冒出偌大的火团来呢？真是稀奇！"接着又说："火团没有烧到的地方，只有三十多丈了，巨浪也变成二十多丈高了。"说罢，又闭起双目。仆人看此情况，急得流下泪来。

后来，他又睁开眼睛说："浪只有二三丈高，眼看就到此地，只离这里四五丈了。"说着，紧闭双目搓起手来祷告。就在这时，那仆人也隐约地听到哗哗水声，仿佛波浪冲打海岸一般，心中不禁惊疑起来，稍过片刻，凤至孙睁开眼来，说道："浪已然消失，这是什么缘故呢？"说着向四下张望，这时，却在这本来一无所有被浪涛冲击着的海边，出现一个又圆又黑的东西，他看见此物后忙道："海岸那边，究属何物？"仆人这时也看到了此物，说了声"待我去看"，便跑上前去，原来是一个带盖子的小漆桶。打开桶盖一看，里面是条通天犀角美妙绝伦的玉带。

凤至孙瞧见玉带，知道这是罕见之物，说道："这必是上天为了赐我玉带，才显示这个奇兆，如今我们赶快回去吧！”说罢，取了玉带返回家去。

从此，凤至孙的家道突然富起来，财宝满库，成了一个举世闻名的富翁。凤至孙直到老年，财势仍然不衰，死后便将玉带传给他那个独生子，儿子也是百万富翁。

当时的能登国国守善滋为政，听说这条玉带之后，就以看带为名带领许多家将兵丁，住在凤至孙家中，并吩咐每日要供应三餐。他所带的人，上下共有五六百之众，还对大家说：“你等要尽量挑拣食物，不必顾忌。”众人得此吩咐，稍不如意，便将食物退回，逼迫主人另做，凤至孙家本属富有，总是按照他们的吩咐，他以为国守数天后便可离去，不想竟住了四五个月也不见走，凤至孙的儿子无法应付，只好把玉带挂在脖子上，离家逃走。国守便将他家里的财物，全部查点清楚，带回府去。

从此，凤至孙的儿子到处流浪，也许是这条玉带的灵气，虽然他浪迹天涯，食宿无定，而旅途花用却毫不缺欠。

为政国守任满之后，继任的国守名唤源行任。源行任在任期间，凤至孙的儿子仍然漂流在外，到了藤原实房任国守时，凤至孙因在外漂流已久，且年岁已老，便去求见国守，陈述从前的经过，并请回家居住，国守闻听说道：“这很好。”随即叫他取回家具等物，并予照顾，凤至孙的儿子感念国守的恩谊，就将那条玉带送与国守。国守高兴地把玉带带进京城，献给了关白大人，关白大人将这条玉带藏入仓库，后来情况如何，便不知道了。

这个玉带是世上罕见的宝物，所以被看成是惊涛，看成是火团，凤至孙独能得此异宝，也是前世的宿因。

第十三篇

长缨兵卫佐于西八条发见白银

古时，有个兵卫佐名叫××，他的冠缨比别人都长，因此人们送给他个绰号叫长缨君。

当时，在西八条和京极之间的田地里，有座破陋的小房。一天，长缨君路过小房门前，忽然天降暴雨，于是他便下马走进小房避雨。他见房中只一老妪，索性将马也牵进房内。长缨君见房中有块状如棋盘的石板，就坐在石上休息。偶然他拿石块敲打身下这块石板，就把石板打了一个坑，一看下面都是白银，就赶紧用泥掩盖起来，问老妪道："这是什么石头？"老妪说道："也不知究属什么石头，从早年就放在这里。"长缨君问道："是原来就有的么？"老妪说："这里原来是家财主，这间房子本是他家的仓库，有很多大块基石，你身下坐的那块石头，是因为要在这里种田，翻地时从土里挖出来的，后来就放在屋里，我早想搬出去，但是我这老婆子又无气力，怎么也挪不开，只好照旧放在这里。"

长缨君闻听此话，暗想，这老妪原来不识货，将来这块东西，说不定落在谁手，倒不如我拿回家去。想到这里，便对老妪说："这块基石，你既然认为是无用，我拿回家去倒有用处。"老妪说道："你只管拿走！"长缨君闻言即到附近相识的百姓家中，借来一辆车子，把基石搬入车中，当要临走的时候，突然感到不安，于是连忙脱下衣服，送给老妪，老妪一时有些惊慌，不知他是什么意思。长缨君便对她说："我不好意思拿你这多年保存的石头，所以才脱下衣服作为酬报。"

老妪闻言，忙道："哎呀，真是太过分了，这一块无用石头，竟值得您送这样的宝贵衣服，真是梦想不到的事，实在有罪！实在有罪！"说罢，就把衣服搭在竹竿上连连施礼。

且说，长缨君叫人把装石头的车推回家去，零敲碎打地变卖，渐渐把应用的东西置备齐全，至于柴火绢绸更是多不胜数。

当时，在西四条以北，皇贺门以西，没有人家的地方，有一块空地，面积约有十五六亩，长缨君心想这块地不会值多大钱，便用贱价买下了它。

地主见有人买这块既无法耕种，又不宜修建房屋的无用空地，虽然出价不高，也认为是难得的机会，所以就卖给他了。

长缨君买妥这块空地之后，便带了四五艘船和平底舢板来到摄津国难波河边。他预备下许多水酒稀粥，另外还有不少镰刀。他对许多行人说："这些水酒和粥饭请你们吃喝，只是劳你们替我割些芦苇。"众人一听，有的四五捆，有的十来捆，有的割了二三捆，一齐交给主人。

他叫人们这样割了三四天之后，割下来的芦苇便堆积如山了。长缨君便将芦苇全装在这些船和舢板之上，载运进京，他对过路的百姓们说："你等与其空手而行，不如帮我拉拉纤吧。"说罢，给大家拿出许多水酒，过路人一边喝着酒，一边拉着纤绳，于是，很快地拉到了贺茂河的河口。

船靠河岸之后，长缨君雇车载运，又用酒招请过路的百姓给他搬运，把芦苇全部运到了那块空地。

长缨君命人把芦苇铺在空地上之后，又雇来许多百姓从附近挖土，覆盖在芦苇上面，最后在这块地上，盖起一所房屋。

在这块空地南面街上，就是大纳言源定的府宅，大纳言从长缨君手中买去这所房子，形成了南北二街，就是今天的西宫。

长缨君自从在老妪家中得到银块，就置了房产，家道立即富裕起来。看来，这也是前世的夙因。

第十四篇

陆奥国守的家臣发现黄金致富

古时，陆奥国守名某人，有个家臣名叫××，在年轻的时候，国守心中虽然格外嫉妒这个人，可是表面上却不显出来。这人不知就里，成年以后就跟随国守，他见国守厚待自己，所以心里觉得很高兴。

当时，京城中虽然没有明文规定，可是陆奥国一向总认为掌管马厩的人，是国守的第一号亲信家臣，由于国守一有新马就交给这个家臣看管，仿佛他已是马厩的主管，所以差役人等都认为他是最亲信的人，因而都投在他的手下。

有一次，国守率领众人由京回任，一路上只和他一人谈心，没理睬任何人，一般侍从见国守如此，所以也就逢迎他，这个家臣更是阔气得无人可与并肩了。

国守一行已到本国地界白河关前。按例国守在入关时，要先列出随行人等的名单，然后依次进关，进关之后，便把木门关闭。

这时，国守把随从人员的名单交给了师爷后，自己便先进关。这个家臣本以为这般大事必然交他办理，不料竟交与别人。把守关口的人员排列两厢，按照名单高声点呼“某人进关”“某人进关”，这些差役侍从人等应声先后入关。这个家臣又以为第一个就会呼唤自己，谁知叫到四五名时，也未听见呼唤他，心想，可能是排在最后一个了，只好带领着从人站在一旁等候，当一切人们俱已进关，在他心想这次总该叫自己了，不想木门突然关闭。

这个家臣见自己被拒关外，心中惊疑但也无可奈何，心想国守纵然不念旧情，存心赶我，也应在入关以后，现在有心回京，怎奈关山阻隔，正如古诗所咏："春意霭霭离京去，秋风萧瑟到白河。"跟随他的从人也口出怨言说，悔不该投错了主人，落到这般结局。吵骂之后，星散而去。

这时，只有四五个从人，不忍离去，他们说："事已经如此，我们一定得把你送到一个落脚的地方，然后再各奔前程。"说罢，各自感伤不已。这个家臣见此情形，不知如何是好，这时他正走在山下的一条小河河畔，看见河底的白砂，便站在那里信手用鞭杆拨弄砂土。

这时，他忽然发现砂土中露出一个黄物，便用鞭杆将黄物周围的泥土拨开，一见是个圆圆的小坛口，他想坛里装的许是死人尸骨，虽然觉得有些晦气，打开坛盖一看，只见满装着一坛金砂。

家臣看到金砂，满天愁云立刻消散，他想，即使是跟随国守入国供职，能得到像途中这样的幸运，熬到国守任期届满，也不会积攒这许多黄金。他躲过身边这些从人的眼目，将小坛暗暗挖出拿在手里。小坛非常沉重，他扯下一条衣袖，牢裹在腰上藏好，然后走到从人们的身边说："国守既然如此对待我等，我等也不能在此等死，越后国的国守是我多年的知己，如今正在国中，我们可以去投奔他。"

剩下的四五名从人，闻听此话，有人说："不知能否收留我们?"有人说："何妨去看一下。"他这时也不管从人的意见如何，便独自打马直奔越后。从人们一个个无精打采随在马后，他们赶了一程路，当晚便在附近投宿，这个家臣紧紧地把小坛藏在皮匣底下。

他们走了数日，这天来到越后的府衙。他命人传报说"有某某人求见"之后国守命人把他们传唤进去。国守看到他时，便说：

“我听说你在陆奥国奉职，如何来至此地呢？”

这个家臣说：“这事别有下情。按照常例，国守在离京以前即编好随从人员的名单，把不愿带到本国的家臣编在名单之外，设列名单的人便留在京城。我家国守在离京赴任途中，一路上和我很是融洽，我还感念他的厚情，不料此中另有圈套，一到白河关上竟把我拒绝，我走投无路，只得到这里来投靠您了。”

国守闻言说道：“这真是不幸之事，想必你们是前世的冤家。不过你的这个意外遭遇，也影响了我原来的计划。”家臣问道：“但不知是什么事？”国守说：“我有个夙愿，要塑一尊丈六高的弥陀佛像，闻听人说，陆奥国出产黄金，因此把塑佛像需用的金箔，全寄托在你的身上，你今被弃来此，我这个指望就落空了。”

家臣问道：“但不知需用多少黄金？”国守见他居然问到金数，暗道：这真是个不知深浅的东西，随即告诉他说：“听人说要七八十两黄金。”家臣说：“这些许黄金，即使不去陆奥，我也能替您筹划。”国守闻言吃惊，忙道：“人只要心诚，真是没有求不到的东西。”说罢，立即命人给他们安置住处，优予款待，上自人们的饭食，下至马吃的草料都准备得周周到到。这时，那些心怀犹豫勉强跟来的从人们，又对他殷勤服侍了。

家臣回到住处，打开皮匣，启开小坛，取出百两黄金，面交国守。国守见到黄金喜出望外，从此，对他更加宠遇，比在陆奥时，还得信任。

后来，越后国守比陆奥国守提前任满回京，这家臣也满载而归。到京之后，由于财多势大，交游广阔，不久，便在朝廷充任了内舍人[①]之职。

这位内舍人供职不久，适遇上天皇禅位，派他为不破关××

① 日本古代官名，隶属中务省，日常带刀卫护宫殿，并办理朝中庶务，天皇行幸时，随侍护驾，员额为九十人。

内舍人领命来到关上，严加防守[1]。恰巧陆奥国的那位国守，晋京述职，携带夫人小姐一同来到关上，他见关上戒备森严，就通报说："本官奉命述职，请予放行。"

内舍人一见是陆奥国守要请过关，怎能放他过去，国守想要折回，他也不准，直把国守困在关前进退维谷，国守虽然派人向朝廷申奏，始终没得到谕旨，在这期间，护送他的民夫，俱各暗自逃去，所带的马匹也都饿死关前，他在此地就受到奇耻大辱。

看来，为人切不可意气用事，过于挟嫌。这也许是神佛护佑，才使那个家臣意外地获得黄金，因而致富，想必也正是前世种下的福田，今生得报。

---

① 不破关在美浓国不破郡，和近江国的爱发关、伊势国的铃鹿关共称三关，奈良时代国家发生天皇传位等重大事变时，便派遣关使严加防守，以备不虞。

第十五篇

能登国采铁人往佐渡国挖金

古时，能登国的百姓必须向国司交纳采掘的生铁。

当一位名唤××的人任国守时期，有六名采铁人一天聚在一起闲谈，他们的头目顺便说道："佐渡国才真是个黄金遍地的地方！"

后来，这句话传到国守耳中，就把这个工头唤到身边，赏赐许多物件之后询问此事，工头答道："佐渡国可能是一个产金的地方，因为我曾看见有个地方像有黄金，所以才在闲谈时说出这件事，不料能被您听见。"国守闻言道："既然如此，你何不前往那地方，把黄金取来呢！"工头说道："如见差使，我情愿前去。"国守问道："不知你需用何物？"工头道："我不需要别人同去，只用一只小船，装上少许干粮，就可以过海，如果你肯答应，我愿前去探试。"国守按照他的请求，对外人一字不提，只交他一只小船和足够的食物。工头领到船只食物后，便渡海前往佐渡国。

过了大约将近一个月的光景，国守把这件事早已忘记，这个挖铁的工头突然到府求见，国守听说他来了，知道他所要谈的事，也不经人传唤，便亲到一个僻静所在接见他。这时，工头把一个黝黑布包放在国守的衣袖上，国守觉得非常沉重，用力才把它提进内室。

后来，工头突然失踪，也不知他去往何处，国守派人四处寻找，始终找不到下落，只得作罢。谁也不知这工头究竟为了何事会离开此地。大家猜想他必是探查那个产金的所在去了。人们传说他献给国守的那块黄金重有千两。

能登国的百姓都说，佐渡国可以挖到黄金，并推想那个工头也必定挖金去了。但是后来一直音信渺茫，也就无人问闻了。

第十六篇

镇西贞重的家人在淀镇买得珍珠

古时，镇西筑前国有位有钱有势的人名唤××贞重，别号称京大夫，是近来身任筥崎大夫则重的祖父。

贞重任××署次官，任职期满，进京复命，他为了向宇治公呈献礼物，和对故旧知交送些方物，便向一位震旦国商人借了六七千匹绢绸，他所用的抵押物品是十把宝刀。

贞重到京之后，按照原意把许多绢绸送给宇治公，并对故友们分别馈赠些方物，表示心意，当他要离京返乡在淀镇上船之时，朋友们设宴送别；正在畅饮之时，有一乘船的商贾叫卖道："谁买珍珠?"这时，贞重的家人也在船上，见无人搭话，便招呼说："划过船来，有人看货!"卖珠人便划船近前，从裙裤围腰中掏出一粒豆粒大小的珍珠递了过来。这时，家人脱下身上的衣服，问道："我打算用这件衣服换你的珍珠，不知如何?"卖珠人闻听，就仿佛得到很大便宜，接过衣服，匆忙划船离去，家人心想，这颗珍珠必然是不值这么多钱，但已悔之不及，只得换上衣服把这粒珍珠缠在裙裤围腰里，随同主人走上归途。

过了几天，贞重主仆行经数日回到家乡，下船后，立刻去访借给他绢绸的震旦人，他感谢这人能以少许的抵押物品，借给他大量绢绸。

贞重的家人就问这个震旦商人的伙计说："你可收买珍珠?"

伙计说："收买。"家人这时，从裤腰中取出那粒珍珠来，交给他看，伙计接过来之后，反复观看，现出惊奇神色，问道："你要卖多少钱？"家人见他十分爱慕，便索价道："十匹绢。"伙计一听，连忙说："十匹我愿买。"家人瞧见此情，知道这粒珍珠的价值必然很高，便赶忙追了回来，伙计不得已，只好把珍珠归还给他。

家人嘴里一边说着："我去打听明白，再来卖给你。"便把珍珠照旧揣入怀中，起身而去。这时，伙计来到正坐在贞重对过的船主①身边，漫不经心地小声说了几句，船主点了点头，然后对贞重说："您的家人中，有人带有珍珠，能否让我一看？"贞重闻言呼唤手下人说："你们谁有珍珠，你明白告诉我。"这时，伙计立即跑过来拉住那家人的衣袖，把他拖到前面告诉贞重说："就是他。"贞重问道："你当真有珍珠吗？"家人吞吞吐吐地答道："有。"贞重吩咐说："拿出来！"家人便从腰间取出，贞重命仆从把珍珠递给船主，船主接过来，反复观看，然后立刻跑进内室。贞重不知他为何走进内室，正在纳闷之时，见他抱着那些抵押的大刀走出房来。他把十把好刀都归还了贞重，对那粒珍珠的价值也没加评论高低，对于前借的绸绢，不再索要，一笔勾销。

贞重对此感到十分惊异，心想，一件衣服买来的珍珠能卖十匹绢已经够高，不料想竟能抵偿这么多的东西，于是也就答应下来。

这确是一桩罕见的奇事，看来这粒珍珠比那些绢绸还要值钱得多，至于它的出处，则不得而知，看来这也许是贞重的福报所致。

---

① 就是那个借绢的震旦商人。

第十七篇

利仁将军少时携五位大夫离京赴敦贺

古时，有一位将军，名唤利仁。他在少年时，曾在显赫一时的关白大臣基经府里充当家将。后来被越前国财势双全的××招赘为婿，所以他时常住在越前。

一年新春，关白大臣府里大摆酒宴，等到大餐完了之后，就把索食的人赶走，不准他们入内。那些剩下的食物分给府中的侍从人等。官居五位颇受信任的家臣，也坐在当中喝山芋粥。他咂着舌头说："真好喝，怎么才能把山芋粥喝个够呢！"利仁闻听搭话道："大夫[①]难道还没有喝够山芋粥么？"五位答道："还不曾饱。"利仁说："那么你跟我来，我可以请你喝饱。"五位闻言道："那真是感激不尽。"说罢，也未把此事放在心上。

过了四五天的光景，利仁来到府中，走进五位的房中，对他说："大夫，我请你一起到东山附近去洗澡。"五位闻言道："这真是件美事，我昨晚浑身刺痒几不成眠，但是没有坐骑啊。"利仁道："我这里有马。"五位说："这真是难得。"说罢，只穿上两件薄棉衣服，一件是破了底边的墨绿色的套裤，一件是脱了肩的同样颜色的便服，下身也没穿裙裤。这位五位长着个高鼻子，鼻尖发红，鼻孔湿淋淋，仿佛是两筒鼻涕永未擦干。便服后面的衣带

① 五位的通称。

七歪八扭，也不去整理。

利仁见他这副可笑神情，仍让他走在前面，二人一同上了坐骑，策马朝着贺茂川河滩而去。五位身边并未有一个贫贱小童跟随，利仁携带的也只是一个拿了弓箭的仆从和一个马夫。

利仁等走过河滩之后，来到粟田口，五位问："究竟在什么地方？"利仁回答说："就在眼前。"五位见已经走过山科，便说："既然说是附近，怎得过了山科？"利仁道："已经离此不远。"说着，他们又走过关山，一直来到三井寺的一个熟识的僧人那里。五位心想可能就在这里洗澡，真没想到会跑出这么远的路来，这时就听住持僧说："真没料到二位光临。"忙着准备饭食。尽管如此，却不见有人烧水。五位问道："澡水究竟在什么地方？"利仁这时告诉他说："老实说，我要领你去敦贺。"五位闻言道："你这人也太爱捉弄人了，如果你在京城先告诉我，我也可以带几个从人，如今身边找不到人，这么远的路，如何能走，真叫人害怕。"利仁嘲笑说："有我一人可以抵住千夫。"

五位心想，也许他言之有理，于是吃了些东西，就急忙启程，利仁在这时，取过箭筒背在身上。

且说，利仁等行走之间，来在三津湖畔，望见一只野狐，利仁瞧见便说："来了一个好差人。"说罢，放马追赶，野狐虽然拼命逃跑，利仁却在后面紧紧追逼，怎样也逃脱不开。利仁在马上一探身，在马腹之下，抓住狐狸的后腿，提了上来。五位以为自己乘骑的马并没有经过什么调教，不料想原来是一匹罕见的骏马，霎时就赶到利仁捉狐的地方，就听利仁提着狐狸说："狐狸你听着，我限你在今天晚上，去敦贺到我家里送个信，就说：'利仁突然带着客人离京回家，明天巳时，务要派家丁们备好两匹马，到高岛一带来迎接。'如果你敢不给送信，你就试试看！狐狸的神通本来广大，限你今天务必把信送到！"说罢，撒手放开狐狸。

五位一见说道："好个不可靠的差人！"利仁道："回头看罢，

它怎敢不去!”二人说话之间，狐狸一边跑着一边回头，一会儿就消逝不见了。

当天晚上，利仁等就在道边露宿一宵，天亮后，他们立刻动身赶路，走到巳时光景，远远望见五六里外的地方，有一伙人聚集前来。五位心中正在怀疑时，利仁说道：“昨天那只狐狸已经去报信了，前面来的一定是家丁们。”五位道：“那怎么一定呢!”

正在二人说话之间，来人越走越近，及至跟前，纷纷下马，这时只听有人说：“你们看，果真是大人到了。”利仁含笑问道：“什么事?”这时总管人等已经走到身边，利仁问：“马匹可牵到?”家将说：“已经备好两匹。”利仁见他们带来许多食物，便请五位下马打尖。

这时，那个总管回禀道：“昨晚有桩非常稀奇的事情!”利仁问：“什么事?”总管说：“昨晚戌时光景，夫人突然觉得胸中难过，生起病来，正在大家焦急不安之时，就听夫人自言自语说：‘我是一只野狐，此来不为别事，只因今天晌午在三津湖畔遇见你家大人从京城回来，我拼命逃跑也未能逃脱，结果被他捉住。他吩咐我说“务限你今天到我家报信，说我领着客人突然离京回家，告诉家丁们在明天巳时备好两匹马，到高岛附近接我。”而且还告诉我说：“如果不去送信，就一定叫你吃苦头。”请你们快派家丁们出迎，如果去迟了的话，我将受到惩罚。’说罢仿佛是非常害怕的模样，我听了这番话就说：‘这是小事一桩。’立刻吩咐家丁们照办，这时，夫人马上就清醒过来。后来，我等不到鸡叫便动身前来了。”

利仁听了这番话，微笑着望了望五位，五位心中感到十分惊异。

利仁等打尖已毕，又急忙赶路，走到黄昏时分，来到家门，只听家人们喧哗道：“快看，果真是回来了。”

五位下马后，见这家里很是繁盛。在路上，他在原来的两件衣服上虽又穿上了利仁的一件宿衣，但凉风一吹就透，还是感到寒冷，这时见里边长盆升着旺火，床上铺着厚席，并摆着各式上等的果品和肴馔。利仁说："一路之上把您冻坏了吧?"随即拿出三件淡黄色的厚棉衣，一件一件地给五位披在身上，这样真使得五位快乐极了。

用罢晚餐，诸事安置停当之后，利仁的岳父有仁走出房来说："你这次突然回来，派了个作祟的差人把你的妻子弄出一场病来，这未免太可怜了。"利仁笑道："这本想试试它，所以才要它送信，不成想它真会来了!"老丈听罢也笑着说："真是少见之事。"接着又问："你说要领来的客人，就是这位么?"利仁道："就是这位，我听他说喝不够山芋粥，才把他带了来，想叫他喝个饱。"老丈打趣说："怎么连这样便宜的东西也不给饱吃么!"五位也打诨说："他说到东山洗澡，竟把我骗了出来，如今还要拿我开心。"说笑之间，夜色渐深，老丈也转回房去。

五位也走进一间寝室似的房间，当他要就寝时，发现那里有件厚约四五寸的棉衣，五位嫌自己原来的衣服单薄同时还觉得周身发痒，仿佛有什么东西一般，于是把那衣服全都脱掉，就在三件淡黄色的衣服上，披上这件棉衣。由于他平素无此习惯睡觉，所以躺在那里，浑身冒汗，正在这时，就觉得有人走进房来，五位问声："是谁?"只听一个女子回答说："我是奉命来给您捏脚的。"五位见这女子尚可人意，就搂将过来，躺到一个通风的地方睡去。

这时，就听外面有人高声喊叫，五位侧耳倾听，听见一个男子大声说："附近的下人们听着，明晨卯时，每人要送来一根三寸粗五尺长的山芋!"五位听了不解其意，后来便睡着了。

天光还未大亮，五位听见院子里有铺席的声音，但他听不出究竟在做什么，等到天亮，他打开板窗向外一看，才知道院中放着四五张长席。五位心中正揣想铺席何用时，就见有个下人把一根木棍似的东西，放在席上便转身离去。随后，有人陆续拿来放在席上，五位仔细一看，他们拿来的东西果真是粗三四寸，长五六尺的山芋。到巳时光景，山芋已经堆得高与檐齐。原来，五位昨夜听到那人在土岗上对附近所有下人吩咐的话，就是此事。仅仅近处听到此话的下人，就拿来了这么多山芋，何况还有远处，其下人之多就可想而知了。

五位正惊视之时，有人抬来五六口可容五石粮食的大锅，然后立时钉上木桩，把铁锅支起来。五位心想，但不知这作何用，只见身穿白布袄，扎着腰带，年轻利落的丫鬟们，用崭新的白木桶抬来水倒进锅去，看样子仿佛是要烧洗澡水，但倒在锅里的却是甘汁[①]，这时，又来了十几个青年男仆，他们伸出双手，每人用一把又薄又长的刀子，削去山芋的皮切成薄片，这时知道是要煮山芋粥，他看了不但不想喝，反而对山芋粥厌恶起来了。

铁锅里的粥翻滚了一阵，就听有人回禀说："山芋粥已经煮得。"主人吩咐说："端给客人！"就见有人拿过斗大的银制提子，往一个大瓦盆里，灌了三四提，然后端了过来，五位连一碗也未能吃下，便说道："我已经饱了。"利仁见了大笑，当场的人们都嘲弄地说："托客人之福，大家喝山芋粥吧。"

正在这时，对过房檐上有只野狐狸偷看，利仁看见告诉五位说："你看，昨天那只狐狸又来谒见了。"接着吩咐家人给它食物，狐狸吃罢才起身离去。

如此，五位在利仁家里，住了接近一月，一切都使他感到无限舒适。当他要回转京城的时候，利仁把早已为他预备好的许多便衣和礼服送给五位，另外把一些绫罗绸缎以及棉布装在许多皮箱之中，送给五位，至于先前那件棉衣就更不必提了。并且，又备了一匹带鞍的骏马，加上缰绳，送与五位，五位一一收下，满

---

① 是日本古代没有砂糖以前用甘葛（千岁藁）的叶子制成的甜味料。

载而归。

仔细想来，在一起供职多年，并在同僚中夙有威信的人，自然会遇到这种意想不到的幸运。

第十八篇

观砚圣僧出家前遇盗

古时，有个观砚圣僧，专好男色，到处做些风流勾当。他在少年还不曾出家和父母住在一处时，一天入夜时分，有人禀报说："堆房里面进去贼了。"于是全家都赶忙起来，点起火把走进堆房搜索，观砚也随着走进观看，但是，并不见有贼人的踪迹。

大家都说："贼已经逃跑了。"便准备离开堆房。这时，观砚仔细一看，发现皮箱与皮箱的夹缝里，有个身穿越往底边色越深的裙裤的汉子躺在那里，观砚最初还疑惑自己看花了眼，便拿起火把上去观看，一见果然是个贼人。贼人吓得浑身打战，观砚看见这种可怜情况，顿时产生了慈悲之心，一屁股坐在贼人身上说："我这里没有，你们仔细找吧！"他提高嗓音为的是叫贼人听到放心，但是，这贼人却越发地颤抖不已。

不多时，搜查的人们都说："我这里没有。"便一齐走出房去，火把也都熄灭，房中变成一片漆黑，这时，观砚低声对贼人说："你起来，可以藏在我的胳肢窝底下出去，因为我可怜你，成心放你逃走的。"贼人听说，悄悄站起身来，随在观砚的腋下走出房去，他把贼人带到院墙的豁口处，告诉说："以后你再不要干这种事，因为看你非常可怜，才放你逃走。"说罢，将贼人推出墙去，于是贼人便逃走了。至于这人名姓，便无从知道了。

后来事隔多年，观砚跟随关东地方的国守同赴任地，其间因为有事进京，走到关山附近，遇见了强盗。强盗人多势众，乱箭齐发，观砚率领的从人都四下逃散，观砚为了避箭，连忙策马奔向繁茂的草丛中去躲藏。这时，就见草丛中，跳出三四个强盗，上前拉着观砚的马匹。有的牵马嚼，有的扶马蹬，簇拥着他直向山谷奔去。观砚心想，如果是强盗，按常情就该剥下我的衣服，夺走我的马匹，而今竟然这样连人带马一起带走，想必是有仇人要杀我报仇。观砚想到这里，不禁肝胆俱裂，他昏昏沉沉骑在马上随着他们赶路，不觉之间已走出十里地开外，眼前就要进入山口。观砚暗想：既然要杀，为何又走出这么远的路来，想到这里心中实在有些不解。当他扭过头来，战战兢兢向后面观望时，才发现身背后有许多雄赳赳的大汉，挽弓搭箭跟随而来。

不久，已到酉时光景，观砚望见山谷中有座茅舍，人们熙来攘往，热闹非常，舍前拴着两三匹好马，摆着许多口大锅，有人正在往锅中倒泉水，准备烧开。

观砚被带到舍前，只见一个威风凛凛，令人望而生畏，年约五十的汉子，这人身穿一套礼服，腰间佩带一柄金镶银嵌的大刀，身边有三十多喽啰。一看就可知道是这里的头目。

观砚听他高声吩咐道："把他带到这里来！"这时观砚不知他将如何处置自己，吓得浑身颤抖起来。众人闻声，不由自主把马牵到舍前，那汉子吩咐说："把他抱下马来！"这时，就来一个身强力壮的男子，如同抱小儿般地把观砚抱下马来。观砚这时，已经颤抖得不能走路，那主人连忙过来拉住他的手走进舍去。

进房后，那男子叫他宽解行装，当时正是初冬十月的天气，主人说声："您有些凉吧。"便拿过一件厚棉睡衣来给他披在身上。

这时，观砚已经看出他不是要杀害自己，但是却想不出这究竟是要做什么。

观砚向室外一望，只见舍前有许多喽啰围着，五六块菜板忙着调制鸡鱼食物。后来听到主人吩咐："把菜端上来吧。"便见每人端一盘，恭恭敬敬地举着走过来，主人一一接过，放在两张黑坛的小几上，真是珍馐满前，味香无比，观砚此时早已又饥又累，便饱餐了一顿。

饭后，在另外一间舍里，架起浴桶，烧好澡水，主人对观砚说："旅途中，一定多日未能洗澡，请您沐浴一番吧。"观砚谢罢，便去沐浴。

沐浴已毕，主人拿来一件崭新的麻布单衣叫他换上，又请他回到原来那间舍里安歇。

翌日清晨，就听主人匆忙地吩咐说："把稀粥端过去，然后赶快准备饭食！"大约在午未时分观砚吃罢午饭之后，主人对他说："本打算留你在这里住上两三天，又一想，你必定愿意早回京城，所以决定今天就送你回去，我想在你未明真相之前，心里是不会安静的。"观砚回答说："怎样都可以，我一定听您吩咐。"

且说，观砚被强盗追散的那些仆从们，后来又集在一处寻找主人，这时，随在观砚马后的那个家人说："主人已被七八名强盗牵着马搭着箭地押往山谷去了，想必遇害！"说罢，两目落泪，众仆从闻听，便都转回京城，他们来到家中说："我家主人在关山被强盗掳去，恐已遇难。"一心等待着丈夫回去的夫人，听说此事哭泣得难以形容。

再说那位头目请观砚骑上原来那匹马，又吩咐五六名喽啰下山护送，他们没有走进山那条路，而是从南山科经慈德寺南大门前，越过粟田山，来到了贺茂川河滩。观砚家住在五条附近，到家时已是夜阑人静。在观砚叩打大门的工夫，喽啰们早把马上驮来的两个皮箱搬了下来放在门旁说："这是我家主人送给你的。"说罢，这些喽啰带着马匹，立刻离去。观砚见此光景，更是大惑不解。

这时，有一家人走出问道："是谁打门？"观砚道："是我回来了，速速开门！"家人闻言叫道："是老爷回来了！"这时全家欢腾，争相传告，赶忙打开大门。观砚进屋后，妻子瞧见果然是丈夫回家，不胜欢喜。

门旁放着两只皮箱，搬进房中打开一看，一只箱中装的是花绫十匹，美浓绢八丈十匹和叠棉百两；另一只箱中装的是白细布六丈的十匹，蓝绸布十匹，箱子底下附有一封信笺，展开看时，这封信的字迹十分拙劣，信上用字母这样写道：

> 当年堆房中的事，想你还能记起，这使我至今难忘，因为图报之心，未尝去怀，所以趁您进京之时将您接至山中，以示不忘恩德，假若在那夜杀害了我，怎能又有今日，每当想起厚恩，真是感激不尽。

这时，观砚恍然大悟，才放下心去。他从关东国徒手回家，本就觉得有愧妻子，如今有了这些绢布，不胜欣喜，就权当作是从乡间带回来的土产。

这件事是由观砚口中说出来的。观砚万没料到会获得这些财物。看来，对人总要处处方便才是正理。

第十九篇

某人赴东国借宿遇人产子

古时，有一人前往关东，路过一村，也不知走到什么地方，天色已晚，就想在这里借宿过夜。当他来到一家门前，见这家房屋倒还高大，看样子是个富有人家，于是下马借宿说："这是赶路的，因天色已晚，今夜想在此地借宿。"这人说罢之后，就见走出一个主妇模样的老妇人，说："请你进来安歇吧。"这人闻言心中高兴，进门后，就被让在一间客室里，马已被人牵入马厩，从人等也被安置停当，心中有说不尽的喜悦。

过了一会儿，就到夜晚，这人吃过食篮里的食物，睡到三更时分，内室里突然一片喧哗，投宿人心中正猜测出了什么事情，这时，那位老妇人走出房来说："我的女儿怀孕，如今临盆期近，我原想还要过些时日，才敢留你过宿，不想就要生产，那如何是好！"

投宿人闻听，说道："这不必为难，我毫不忌讳此事。"老妇人说了声："那可太好了。"就又走进房去。

过了不大工夫就听全家都吵嚷起来，投宿人心想必是婴儿降生了，这时，从客室的旁门里走出一个身高八尺左右的人，看来十分可怕，这人从内室出门时，用一种阴森可怖的声音说："活到八岁，死于自残。"投宿人心中纳闷，想要追出看看这个讲话的人，但是夜黑更深，辨看不清，也就作罢。这件事他对谁也未讲，第二天拂晓，就登程赶路去了。

却说，这人在关东住了八年之久，在第九年头上，他又返回京城，路上，他想起当年投宿那家的深情厚谊，为了前去致谢，便又来到这家，就和上次一样投宿在那里。这时，先前那位妇人已经更加衰老，她走出房来说："您来问访，那可太好了！"接着，便谈起话来，投宿人顺便问道："上次我来的那天夜里，生下的那个孩子，如今想必已经长大。但不知是男是女，那天我走得过于仓促，也未曾问得。"

老妇人闻言，落下泪来，说："提起此话是这么回事，本来是个十分俊秀的男孩，可是在去年那一月那一天，因为拿镰刀上大树去砍树枝，从树上摔了下来，镰刀扎在头上，当时就死了，实在是叫人心疼！"老妇人说罢，投宿人想起当天夜里有一个人走出门去的情形，知道讲那句话的必是鬼神，于是他就把此事告诉了老妇人，他说："本来有这么一桩事，但是我当时并未能领会其意，只道是府上哪位所讲，所以也就未对你说明便匆匆离去，看来，这必定是神灵在预示令孙的命运。"老妇听后越发流泪不止。投宿人回京之后，便把此事告诉了大家。

由此可见，人生的寿夭都是前世的修积，在降生当时即已有了定数。只是由于人的愚昧无知，不能觉察，真到事后省悟才嗟叹不已。世人听到此事，可以相信一切都有前世的宿因。

第二十篇

关东幼女与白狗互咬而死

古时，××国××郡住有一人，家中使唤着一个年约十二三岁的女童。这人的邻居家里养着一条白狗，也不知是什么缘故，白狗瞧见这个女童便咬，如同见了仇人一般。

因此，这个女童一见这条白狗也总是要打。看到这般光景的人，都觉得非常奇怪。后来，这个女童染病在身，仿佛中了瘟疫，日见沉重，主人有意把她送出门去。女童说："如若把我送到远离人家的地方，我必定会被邻居的那条白狗咬死。连我没有病的时候，它还是当着人见我就咬，何况我身染重病躺在没有人的地方呢！这一定会被它咬死的，请把我送到这条狗找不到的地方去吧。"主人听罢，觉得这话说得有理，便准备好吃食悄悄把她送到远处去了。临行时，还哄骗她说："我一定每天派人去看望你一两次。"

到了第二天，主人见邻居的狗还在家中，以为这条狗不会知道了，便放下心来。可是又过了一天，这条狗却不知去向了。主人觉得奇怪，便派人到女童那里看望，原来白狗已经来到这里咬住了幼女，幼女也和白狗撕咬在一处，都已经死了。差人回来把这番情景说了一遍，女童的主人和白狗的主人一齐来到幼女死处，看罢以后非常惊奇，又觉得分外可怜。

据说，人们都觉得奇怪，认为这也许是宿世的冤仇。

第二十一篇

修行僧往某家为主妇祓除不祥而死

古时，××国××郡里住有一名猎户，家中养着许多条狗，他专门带狗到山中去咬死鹿和野猪。世人把这种行当叫作驯狗猎户。

一天，这人照例又领着很多条狗入山，他有时也带着干粮，在山中逗留多日，这次去后又有两三天的工夫不曾回家，只留下年轻的妻子，孤身一人看守门户。这天来了一个修行僧念经乞食，经声高贵动人，相貌清秀不俗，看来不像一般乞丐僧。这家主妇原本敬重经文，便把他唤进房内供养食物。和尚说："我为了修行佛道到处流浪，只因行至此地绝粮才来祈求施舍，并不是以乞讨为生的化子。"主妇听了越发起敬。和尚又说："我还懂得阴阳道术，会作有灵验的道场。"主妇问道："但不知作这种道场有什么好处？"和尚说："如能斋戒，虔诚祈禳，可以身免灾病，财宝自来，不受神鬼邪祟，夫妻和睦，诸事顺随。"主妇又问："那做道场需用哪些东西？"和尚道："并不格外需要什么，只要供佛的币帛、少许纸张、一些白米和时鲜果品、灯油等物。"主妇说："如此说来容易得很，就请做一次道场吧。"和尚说声："这事不难。"便留宿下来。

和尚立刻吩咐女子斋戒沐浴，虚心念佛三日，自己则忙着备办祭祀用具，并嘱咐说："这种祭祀，务必要独自到深山静处去做。”三日之后，和尚和主妇二人携带着祭祀用具进入深山。他树起旌幡，摆好淘净的供米和果品，然后诵读祭文，做完道场。

主妇想到自己在丈夫离家之际做了如此隆重的祈禳，心中得意，正要急速回转家门的时候，不料和尚见女子年轻娟秀，顿起爱欲之心，他不顾一切，一把捉住女子的手说道：“虽然我未尝经历，但一见到你就知道这是三宝安排好的良缘，所以你遵照佛意，遂我的素志吧。”女子不允，想要脱逃，和尚拔出刀来说：“你若不从，我就一刀把你刺死。”女子因山中无人，只身难拒，就被和尚拖入乱草丛中，搂在怀中，终于无法摆脱，遂了和尚的心愿。

就在这时，女子的丈夫领着猎狗下山回家，也许是该当有事，正打从这里经过，他听见乱草丛中窸窣作响，像是有什么东西颤动，心想这里莫非有鹿，便停下脚步把尖镞雕翎扣在弦上，对准颤动之处用力射去，这时就听有人“啊”地叫了一声。他惊异地走上前来拨开乱草仔细一看，原来是一个和尚跨在女子的身上，被他射了一个正着。女子的丈夫十分惊疑，抢上前去把和尚拖到旁边，一看箭中要害，和尚已经死去。再看下边的女子，却是自己的妻室。他惊疑万状，心想也许是自己眼花，便把女子扶起来细瞧，结果分毫不差，就是自己的妻子。丈夫问道：“你这是怎么回事？”妻子把经过缘由，详细地说了一遍。丈夫一看旁边，供佛的币帛等物的确俱在，便把和尚的尸身抛进深谷，带着妻子转回家去。

这定是三宝痛恨这个和尚如此无耻，故而降罪，并且应该知道这也是前世的宿孽。由此可见，世上女子无论贫富贵贱，千万不可盲目听信坏人的言语，独自行动。

第二十二篇

名僧入某家被杀

古时，京里有个和尚，专靠充冒名僧的样子为人祈禳读经，混度光景。

一天，这和尚接到一个大户人家的邀请，就欢天喜地准备前去，由于借不到车子只好徒步而行。他怕身穿法衣走远路难看，就决定穿身普通的衣装，戴上一顶斗笠，把法衣装在口袋里让别人拿着，等快到邀请的人家时，再找个小户人家，换上法衣进去，主意打定便动身前往。

邀请和尚的这家对门有个小户人家，和尚来到这里便去说明缘由，请求借地换衣，有一年轻的主妇说："就请到里边来吧。"和尚便走了进去。主妇把和尚引进仿佛是客房的所在，给他铺好席子，于是和尚便决定在这里换穿法衣。原来这家主人在某府充当杂役，听说自己年轻的妻子同一个和尚有染，就装作外出模样，藏在邻居家里窥视，这个和尚自然不知其中究竟，便走进房来了。车夫望见和尚走进自己家去，心想定是此人无疑，于是立即奔回家来。和尚看见从大路上跑进来一个怒气冲冲的年轻人，喝问女子道："你这无耻的东西，现在还有何话可讲！"女子说："他是对门老爷府上请来的和尚，说要在这里换换衣服，我才叫他进来的。"男子不等她说完，便拔出刀来，扑上前去抓住和尚照着胸膛一刀刺去。和尚万没料到他有此一着，还高举双手说："这是为什么?”但因为力不能敌，终被仰面刺倒，妻子喊了一声：“这还了得!”抢上去拉，为时已晚。

男子把僧人刺死之后，赶忙夺门逃跑。和尚带来的侍童这时才来到大路上喊道：“那个杀人的凶手向那边跑去了!”于是有人上前捉住了他。和尚被刺后虽不曾立即丧命，为时不久终于气绝身亡。他家里人闻讯赶来，把凶手扭送检非违使去办，凶手的妻子也被捕获送交检非违使去了。凶手经过审讯后被囚于狱中。

这真是一件无聊的小事，却断送了三条人命，也许是前世的宿报所致。但是，世人无论贫富贵贱，千万不可贸然进入小户人家，即使时间短暂，也断然不可。既然发生这种想象不到之事，就应该引以为戒。

第二十三篇

镇西人掷双六动杀机反被众仆妇打死

古时，镇西××国住有一人，和他的联襟同掷双六。这人是一个武士，生性凶猛，弓箭从不离身，他的联襟则是个不娴武术的常人。

双六本来就是赌胜负的游戏，最易使人发生口角。这两个人由于争论骰花，终于扭打在一起。这位武士揪住联襟的发髻，把他掀翻在地，就去拔别在腰前的匕首，但是刀鞘绳却结在穿过刀把系在腰里的皮带上。正当他一只手去解的时候，却被对手一把攥住了刀把，武士纵然有力，也拔不出来。他正在用手拉扯之际，突然看见旁边拉门处插着一把菜刀，便用力抓着对方的发髻向那边拖拉。被抓住发髻的联襟，一想我若被他拉到那里一定被他刺死，便拼命挣扎向后面退缩。这原来是在被抓住发髻的联襟家里，当时有很多仆妇正在吵吵嚷嚷地舂酿酒的米粉。这家主人被抓住发髻，虽然拼命挣扎，但因气力不支，仍不免被人向前拖动，于是他大声呼喊道："救命啊！"这时家中找不见一个男人，只有这些舂粉的仆妇，大家听见喊声，纷纷提了米杵赶来，只见有人捉住主人的发髻正要行凶，不禁惊叫道："我的天哪，原来是要杀我家主人！"说罢一齐动手举杵来打这个抓住主人发髻的敌人。这人头上先挨了沉重的一棒，被打得仰面朝天栽倒在地，接着乱棒齐下，死于非命。这时主人才挣脱站了起来。

可想而知，官府对这件事一定有所公断，但事后究竟如何无人得知。若论本领这两人相差悬殊，原本不能在一起较量，然而自恃武艺高强的武士竟死于一群仆妇的棒下，真是无谓。闻听此事的人都纷纷议论说：“这真是一桩奇事。”

第二十四篇

山城国人箭射其兄未中

古时，山城国××郡××乡里住有两个兄弟，后来不知为了何故，弟弟竟起了要谋杀兄长的念头，但是他表面上却装出若无其事的模样，一齐过活，他那兄长自然无法得知此事。

正当他寻机觅隙准备下手的当儿，这天，十二月二十日的一个黄昏，他的兄长上邻居家去，直到夜晚还留在那里闲话，吃饭饮酒。他见此光景认为正是下手的良机，于是趁着天色黑暗拿起弓箭，向着兄长去的那户人家的门缝站定，打算等兄长走出门来时一箭把他射死。这时夜已深沉，他焦急地等待兄长说完话出来。他那兄长梦想不到会有此事，谈话已毕，便叫小厮点起灯火向外走来。弟弟大喜，便把一支巨大的箭扣在弦上，用力拉满射了出去。二人相距不过三四丈远，即使是箭法不高明的人，也不会射偏，何况他是个射箭的能手，无疑会一箭射中。

他正等候传来射中的声响，不料"嗖"的一声箭从旁边擦了过去。他心中纳闷又去扣第二支箭。这时他的兄长正好开门走了出来，不意听到近处弓弦声响，接着迎面飞来一箭，以为这一箭必然射中自己，却听得"嗖"的一声向外滑了过去，他大吃一惊赶忙退回身来把门关上了。

兄长非常惊慌，仔细看时，正好碰在自己身前所佩腰刀把上镶着螺丝的钉帽上，才知道刚才飞来的那支箭是被弹了回去了。

家里的人看到这般光景，乱成了一团，乡邻们听到这事，也都手拿弓箭，燃起火把，闹哄哄寻找放箭的人。但是弟弟放完了箭早已逃走，又怎能找到呢。因此，大家原本不晓得这是弟弟所为，后来乡邻们找到了那支射出去的箭，仔细一看认出是弟弟日常所用之箭，这才真相大白。

可想而知，官府对此事一定有所公断，但究竟是如何了结的，却无人知晓。这件事可能是他兄长说出来的。听说此事的人都道："兄弟虽是至亲骨肉，但也不可粗心大意。"

卷二十七

本朝及宿报

第一篇

三条东洞院鬼殿恶鬼作祟

古时，在三条以北，东洞院以东的角上，有一个名叫鬼殿的地方，经常有恶鬼出现。

恶鬼的来历，据说是这样：三条东洞院鬼殿的旧址，在尚未迁都于此之前，有棵高大的松树。一天，有个背着箭筒的男子骑着马路过，突然霹雳闪电，大雨倾盆。男子无法赶路，只得下马奔赴松树下避雨，这时，一个雷落下来，把那个男子连人带马都打死了。男子死后，就成了厉鬼。

迁都之后，这块地方盖起房屋，住上人家，但是这个恶鬼仍然不去，传说至今还时常出现，因此不祥之事相继发生。

第二篇

宇多上皇在川原宫见融左大臣显灵

古时，有座川原宫，原是融左大臣修建的府宅，样式完全仿照陆奥国盐灶湾的海滨风光，庭中的水池可引潮水，一切构造都极美妙，融左大臣一直住在这里。及融左大臣死后，他的子孙把这所府邸献给了宇多上皇，当宇多上皇住在川原宫时，他的皇子醍醐天皇，时常驾幸该宫，颇极一时之盛。

一天夜半时分，宇多上皇望见西阁库门打开，一个人影走了过来。上皇再看一个身穿朝服，腰佩宝刀，手捧牙笏的官员跪伏在十多尺远的地方。上皇问道："你是何人？"那官员回奏说："老臣乃是此宅的主人。"上皇又问："是融左大臣吗？"那人回奏说："正是。"上皇问："你来这里做什么？"那人回奏说："此宅原为老臣所有，所以住在这里，后来皇上居此，我无处藏躲，终日惶恐难安。"上皇闻听此话高声说道："你这话说得也太离奇，难道我是霸占他人的宅第不成，只因你的后代献给朝廷我才移居这里，你虽属鬼魂，难道就不懂事理，说出这样的话来吗？"这时，鬼魂登时不见，此后，再也没有出现。

当时，闻听此事的人，都称颂宇多上皇的盛德果然不同于凡人，遇见融左大臣的魂灵，能从容不迫，据理驳斥，这岂是常人所能做到的。

第三篇

桃园府抱柱洞中儿手招人

古时，西宫左大臣的府第名叫桃园府，后来改建成今天的世尊寺。

那时，正厅东南抱柱立有个木节空洞，每到夜晚，便从木节洞中伸出来一只小手招人。大臣闻听后，感到十分惊异，命人在洞上悬挂经文镇压，但是那只小手仍然招人如故，后来，挂上佛像，依然招手不止，尽管千方百计加以禳压，终归无效。这只儿手，每隔两三夜必定在夜静更深人皆入睡之后伸出来召唤。

后来，有人又想了一个方法，把一支箭插入洞中，从此再不见小儿招手，因此，就把箭柄拔下，把整个箭头深深钉入洞里。以后，这只手就不再出现了。

想来实在令人不解，无疑这是鬼怪作祟。很难设想一支箭的灵验竟能胜过佛经，当时，闻知此事的人，都无限惊异。

第四篇

东洞院僧都殿出现鬼怪

古时，冷泉院以南，东洞院以东的东角上有所凶宅，叫僧都殿，住在这里的人，从来也难得安静。

当时，由左大辨晋升宰相的源扶义的府宅就在冷泉院的北面。宰相的岳父源是辅是赞岐国国守。从那家望过去，对面僧都殿西北角上有一棵高大的朴树。有人看见一个红衣人从正厅前飘然飞上那棵朴树梢头。众人瞧见无不惊惧，无人敢近前一步。这时，赞岐国守府中有名值宿兵丁，他望见红衣人飞过，便道："我可以把那个红衣人射下来！"众人都反激他说："你怎能射中他。"这个兵丁便不服气地说："我一定能射中。"他就在黄昏时分，去往僧都殿，轻轻登上正厅的竹廊等待。不久，只见那个红衣人从树梢上飞向东面一片稀疏的竹林，兵丁一见，连忙在弦上扣上双叉雕翎，猛力拉弓一射，雕翎正好贯穿红衣人的胸膛。不料那红衣人带着箭又飞回朴树树梢。这时，从那中箭的空中洒落下很多的鲜血。兵丁回到赞岐国守府后，便把此事告诉了和他争论的那些家卒。众家卒听了无不感到惊恐。不想这个兵丁竟在当夜睡眠中死过去了。

不仅和这个兵丁争论的那些家卒，就连听说此事的人也都嘲笑说："真是强自出头，白白送掉性命！"性命是人生最宝贵的东西，为了逞一时血气之勇，竟至送命，可谓无谓之至。

第五篇

冷泉宫中水精变幻人形被捉

古时，冷泉天皇禅位之后，就退居在二条以北，西洞院以西，大炊御门以南，由小路往东的第二条街上的宫院里。上皇驾崩后，这里才开辟了一条冷泉宫小巷。巷北盖起了民房，巷南还有没填平的池塘。

一年夏天，冷泉宫中有个人睡在西阁檐下，忽见一个身高三尺左右的老翁，走近前来摸索他的脸，这人无限惊恐，只好假作睡着，躺卧不动。老翁摸索之后，悄悄转身回去，那人借着星光看时，老翁走近塘边就转瞬不见了。

这座池塘，从来无人疏浚，浮萍菖蒲丛生，本来已经阴森可怖，如今发现老翁，更加肯定他是住在池塘里的鬼怪，因而越发觉得可怕。从此以后，那老翁每夜必来，弄得人心惶惶，恐惧难安。这事被一勇猛自负的武士闻知，便道："好，我一定要捉住这个摸脸的人。"说后，便带着麻绳独自一人躺在檐下，终宵守候。不想直到初夜时分，还不见老翁的影迹。后来大约已过夜半，武士等得心急，不觉蒙眬睡去。正在此时，他觉得脸上一阵冰凉，由于心中早有准备，虽在睡梦之间也立刻惊醒过来，猛然起身上前一把将老翁捉住，拿出那根麻绳紧紧把他绑好，然后捆在栏杆上面。

他马上把此事告诉大家，众人闻听，点起火把来看，只见那个老翁身高三尺上下，穿着一身浅蓝色衣裙，已经被麻绳捆得奄奄一息，不停地眨着眼睛。有人问话，他也默不作声，过了一会儿，才面带微笑向左右回顾了一下，然后低声说道："求你们给我端盆水来吧！"这时，有人端了一大盆水来放在他的面前，老翁伸头观看盆中自己的身影，说了句："我乃水精！"便"扑通"一声跳进水去，转瞬不见。水盆里的水都沿着盆边溢出地上，只有空绳套浸在水中。原来老翁已经化水遁去。

众人见此都很惊讶，便抬起盆来，把水全部倒在池中，此后摸脸的这个老翁，便绝迹不见了。

人们都说：这是水精变化了人形。

第六篇

东三条铜精变人形被掘出土

古时，当式部卿[①]殿下住在东三条宫里时，经常望见南山上有个身高三尺穿着五位袍服的矮胖官员走动，心中很是惊异。后来见这个身穿五位袍服的官员时常出现，便召来一位颇有灵验的阴阳师，问他是何物作祟，阴阳师占算后，回禀说："此乃物之精灵所化，但是绝不伤人。"殿下继问："不知此精住在何方，是何物所成?"阴阳师又占算道："此乃铜器之精，就埋藏在宫中东南角的土里。"于是，按照阴阳师所说，在东南角动起土来。破土之后，命法师再为占卜，在他算出的地点直挖下去，掘到二三尺深的光景，还不见一物。这时，阴阳师又占算说："应该继续挖掘，绝不会离开此地。"又接着挖了五六寸深，果然挖出一个能容五斗的大铜壶来。从此，就不再见那个身穿五位袍服的官员在山上走动了。

由此可知，变化人形出来走动的肯定是那个铜壶无疑，这次被挖出土来，真是可惜，人们这才知道，物之精灵竟能如此变化人形。

---

① 官名，位三品，此处指醍醐天皇皇子重明亲王而言。

第七篇

在原业平中将所携女子被鬼所啖

古时，右近卫府有位中将名唤在原业平，此人性喜女色，只要听到世上有美女，不问是女官还是民间闺秀，他都想下手。后来，中将听说有位姑娘，生得非常美好，便用尽心机，无奈双亲珍视女儿，说要给她择个地位显赫的佳婿，业平中将无计奈何。后来不知怎的竟将姑娘拐出家门，一时无处藏身，想起北山科附近有座荒废的古老山庄，便直奔那里。这座一向无人居住的山庄，院中有座很大的木造仓库，房门已经倒下半扇，业平见住人的房屋连块地板都没有，只得拿着一床草席，领着姑娘来到这座仓库。不想入睡以后，突然霹雳闪电，响成一片，业平忙把姑娘推在身后，拔出钢刀起身挥舞，后来，雷声渐止，天光也大亮了。

这时，中将见姑娘一声不响，心中惊疑，待他转过头来一看，只见只剩下姑娘一个人头和她身上的衣衫。中将看罢，无限惊恐，也顾不得拿衣衫便慌忙逃出。此后，人们才知道这是一座吃人的仓库，看来，夜间的响动不是霹雳，而是仓库中的恶鬼所为。

可见，对一个不明底细的地方切不可轻易走近，至于住宿过夜就更不待言了。

第八篇

宫中松林鬼变人形诱食少女

古时，在小松天皇[①]朝代，有三个年轻女子结伴同赴宫中，路经武德殿的松林。这夜正是八月十七，月明如镜。

其时，从松树下走出一个男子，拉住其中的一个少女，走到树荫之下握手谈心。剩下的两个少女以为他们叙谈就会完毕，便站在那里等候。过了很久，不见女伴回来，也听不到语声，心中奇怪，不知是何缘故，及至近前一看，原来女伴和男子俱都不见，二人猜不出他们究竟去往何处，仔细寻找，只见女伴的一双手脚分离地搁在那里。二人看罢，惊慌逃走，跑到卫门府的班房里，把此事告诉了那里的卫士，卫士们大惊，慌忙赶到松林观看，地上果然只剩下一双手脚，并没有其他零碎尸骨，这时，许多人都聚拢来观看，纷纷议论。有人说：这是恶鬼成人形吞食了少女。

由此看来，一个女子若在这种僻静之处遇到陌生男子召唤，切要多加思虑，不可轻易近前。此事着实使人恐怖。

---

① 即光孝天皇。

第九篇

某辨官早朝被恶鬼所食

古时，朝中有百官早朝的仪式。早期时天光不亮，百官俱都掌灯上朝。

有一书记名唤××××，一天早朝来迟，而他的上司辨官××××，却早已经归班就座。书记见自己势必迟到心中恐惧，急忙赶路，走到中御门门前时，看见辨官的车子停在那里，知道辨官已到，于是，他急忙赶奔朝房，走到朝房北门内的墙根，又遇见辨官的随从和家僮。这时，他更惊慌，暗想：辨官都已早到，我这小小的书记却落在后面，想到这里，赶忙来到东厅的东门旁，往厅内偷看，只见厅内灯火熄灭，不似有人的景象。

书记看罢，甚是惊异，便又返回北门内墙根，向辨官的随从问道："辨官大人现在何处?"随从们答道："早已在东厅就座了。"书记听后，立刻找来主殿寮的差役，点起火把走进厅中查看，只见辨官座上仅剩下一个头发杂乱、鲜血淋淋的人头，书记见了不觉惊叫："这是什么?"向旁边一看，瞧见手板和朝靴上也都洒满鲜血，此外，还有一把折扇。扇子上有辨官的笔迹，记载着每日处理公务的程序。座席上除了一片血泊之外，别无所见，真是可怕已极。不久，天光大亮，众人齐来观看，议论纷纷。辨官的人头则由随从人等取回。从此以后，早朝改用西厅，不再在东厅举行了。

看来，即使是朝廷举行政务仪式的时候，在这种人影稀少的僻静地方，也会发生这样恐怖的事情。这事就发生在水尾天皇[①]朝代。

① 即清和天皇。

第十篇

妖怪来偷仁寿殿前的灯油

古时，延喜①年间，每到夜半，便有妖怪来偷仁寿殿前的灯油，偷后便向南殿逸去。

天皇觉得此事奇怪，便传旨道："必须设法识破此妖的原形！"当时，有位能上殿承旨的辨官源公忠奏道："如果想捉拿这个偷油的妖怪，恐怕有些不易，但是可以稍施小计使它现露原形。"天皇闻奏大悦，当即说道："务要识破它的原形！"

这时正是三月阴雨连绵的季节，夜里，就连平时明亮的地方也显得有些昏暗，南殿夹道不消说更是一片漆黑。

公忠辨官独自一人，从中廊蹑手蹑脚登上南殿，来到南殿的北侧，靠在一扇敞着的旁门上一声不响地窥伺着动静，大约到了丑时光景，就听到传来一阵脚步声响，公忠心想，这可能就是了，正在他暗自思想的当儿，那妖怪已经把灯油窃到手中。公忠虽然听到十分沉重的脚步声，却看不见形体。只是一摊灯油悬在半空向南殿殿门那方飘去，公忠赶忙跑上前去，站在南殿的门旁，抬腿用力一踢，只觉脚猛地碰在一个东西上，灯油淋漓洒了一地，那个妖怪直奔南方逃去。

辨官回到殿上，掌灯看时，脚上大拇指指甲已经踢掉一块，

---

① 日本醍醐天皇的年号。

流出血来。

天亮后，来到原地一看，只见那里汪着一片黑紫色的血水，一直流向南殿内的衣库，打开衣库一看，除了地上一片血水之外，什么都没有发现。天皇闻奏对辨官公忠大加赞赏。

辨官源公忠，生性聪颖，富有智谋，虽然不是出自将门，但他颇有胆量，不惧妖怪，因此，才敢夜中守候那里脚踢那妖怪。如果换成别人，纵然有天皇旨意，也未必敢孤身一人站在那漆黑的南殿夹道里。

从此以后，殿上的灯油就不再丢失了。

第十一篇

某厨师见伴善雄大纳言显灵

古时，在冷泉天皇朝代，有一年咳嗽病流行天下，人人感染，不论尊卑贵贱，都得了病。

当时，某处的一个厨师，在一天夜里料理完家事，天交亥时，人都寂静以后，独自走出家门。他在门前，突然遇见一个身穿红袍、头戴帽子、身体魁梧、望而生畏的人。厨师见此人身材高大，虽然不知是谁，一望也知是位有来历的官员，便赶快跪伏下来。那人问道："你可认识我?"厨师答道："不相识。"那人又说："我就是本朝昔日的大纳言伴善雄。早年因罪发配在伊豆国，死在配所变成疫神。我触犯国法原本出于无心，虽然身受严惩，但当我奉职朝廷期间，深受国家宏恩。今年虽然法定天下疫病流行，全国的人都该病死，我因顾念前情，吩咐他们只施咳嗽轻病，所以才到处流行咳症，我今站在这里，就是为了告知此事。你不必惊恐。"说罢，转眼不见。

厨师听罢这番话，恐慌地转回家去，把此事转告别人。从此，人们知道伴大纳言已经成为疫神。但是，世人众多，神灵为何竟对一个厨师来谈，想来，其中也必另有道理。

第十二篇

朱雀宫中果盒被盗

古时，有位六条院左大臣，名唤重信。

一天夜里，重信大臣前往朱雀宫中忌避不祥。当时，石见国守藤原赖信正任宫中侍卫，随侍大臣身边。于是大臣命赖信先到朱雀宫等他。临行时，大臣把糕点水果装在大果盒中，并在两旁的端手上，穿上绯红的线绳，牢牢捆好交给赖信说："把它带去放在那里！"赖信接过果盒，命仆从提着，向朱雀宫而去。

赖信打开东配殿南厢后，点起烛火，等候大臣。后来夜渐深沉，大臣却迟迟未到，赖信等得困倦，便将弓和箭筒立在身边，手按果盒歇息片刻，不想当他靠在果盒上以后竟沉沉睡去。

当时赖信睡得毫无所知直到大臣走进房中后才把他唤醒。赖信被叫醒后，惊慌失措地带上宝剑，拿起弓和箭筒，退到外边。

赖信走后，府中的公子们围坐在大臣身边感到无聊，便端过果盒，打开观看，不料盒中已空无一物。于是，大臣唤来赖信追问，赖信回禀道："如果我有片刻疏忽，也许一眼没看到果盒被偷。可是在离府前领到果盒后就交给仆从提着，一路上两眼片刻不曾离开过它，提进房里以后，又立刻用手这样按着，如何能有丢失呢！也许是在赖信睡着时，被什么鬼怪盗去了。"赖信说罢，大家十分惊恐。

当时的人们都说这真是一件罕见的奇事。如果说是仆人盗窃，也只能偷取少许，绝不会一物不留，连点痕迹都没有。这件事出自赖信的口中。

第十三篇

近江国安义桥鬼怪吃人

古时，有位近江国守名唤××，当他在任期间，一天，府衙中许多好事的年轻人相聚闲谈、下棋、打双陆，然后共进酒饭。席间有人说起："此地的安义桥，从前是个通行道路，后来谣传没有人能过得去此桥，如今谁也不过了。"这人说罢，有一个性情轻浮以惯说大话出名的家将不相信此事，搭言道："我偏要从这座桥上通过，即使是个凶恶鬼神，只要我骑上府衙那匹上乘茶色骏马，也可以驰过桥去。"

这时，在座的人们存心激他，异口同声地说："这真是大快人心意的事。这原是一条直路，可是，自从谣言传出以后，过往行人都绕道而行。你此去既可查清是否真的有鬼，也可让我等看看你的胆量如何。"这人被嘲弄得无法下台，终于和众人吵嚷起来。

这人说要去时，口气非常坚决，如今想要反悔，众人当然不肯相让，所以争吵起来。国守听见吵嚷之声，便问："你们吵嚷什么？"众家将如此这般地回禀了一番。国守听后说："这奴才真好作无谓的争吵，不过，骏马可以马上让他骑去。"那人一听忙道："适才不过说句戏言，大人如此吩咐，真把我羞死了。"众人齐声说："如今再想反悔，成个什么样子，太胆小了！"那人说："我过桥并不难，惭愧的是好像有意要大人的好马。"众人还是催促着说："趁太阳还很高，赶快动吧，不要再耽搁了，快去吧！"说罢，给骏马另备好一副鞍鞯，拉出来等他上马。这时，那人虽然怕得要死，但因为话已出口，便在骏马的臀部上涂抹了许多膏油，勒紧肚带，牢握马鞭，轻装简服，乘马而去。当他驰近桥头的时候，只觉心惊肉跳，毛骨悚然，但已无法折回，只可向前趱行，这时日薄西山，景色更觉凄凉。

这个地方远离村庄，没有一个人影，只能看到远处人家的若隐若现的缕缕炊烟，家将慌张前行，及至走到桥中，看见眼前坐着一个人，在远处却没有望见。

那人一想到这莫非就是鬼怪，早已吓得惊慌失措，仔细一看，原来是个女子，她身穿藕荷色的绸衫，上套绛紫色单衣，下身系着一条鲜红长裙。这女子以袖掩口，两眼含着无限哀怨愁苦的神情，望着来人，楚楚可怜。看她的神情，仿佛不是孤身出外，而是被人遗弃在此。她靠着桥栏，见有人来，立时露出又羞又喜的神情。

家将瞧见女子如此美貌，登时忘却自己的处境，险些要从马背上弯下身来，把女子拉上马来带走，后来，转念一想，这地方绝不会有这样的女子，必是鬼怪无疑。于是闭着眼硬闯过去，那女子正等他上前搭话，如今见他竟不发一言地过去，便开口说："喂，那位老爷，你怎能这样忍心过去呢，我被人遗弃在这个可怕的陌生地方，请你把我带到村庄去吧！"

她的话还没有说完，这人就觉得浑身毛发倒竖，越发扬鞭打马，飞也似的向前奔跑。这时只听那女子喊了一句"好呀，这般无情！"声音之大几乎震得地动山摇，接着起身追赶上来。这人暗想果然不出所料，便一面暗暗祷告观音菩萨搭救，一面拼命地打马向前奔跑，这时恶鬼紧紧追来，用手直抓马臀，因为马臀上涂有膏油，一抓一滑，始终未能抓住。

这人在马上回头一看，只见这个恶鬼身高九尺开外，面如涂朱，宛如蒲团般大，长着一只眼睛，手上只有三个指头，指甲长约五寸，尖锐如刀，皮肤又黑又绿，眼睛仿佛是颗琥珀。头上毛发蓬松，犹如乱草。这人看罢，直吓得肝胆俱裂，一心念着观音菩萨，终于跑进了村庄。这时，只听恶鬼说了句：“你今天纵然跑掉，将来也难逃脱!”便转眼不见了。

这人气喘吁吁，精神失常，当他跑回府衙的时候，天已黄昏，府衙的人看见了他，立即骚动起来，纷纷上前来打听：“究竟怎么样？怎么样?”家将却奄奄一息答不上一句话来。大家齐聚在他的身边，让他躺下来定了定心神，国守也关切地询问经过，这人才原原本本地讲说一遍。国守听罢说：“为了无谓的争执，说不定会白白丢掉性命!”说罢将这匹骏马赏给了他。这人得马强自装出一副得意的神色转回家去。他对妻子家人又说了一番，大家都很惊恐。

后来，家将家里就闹起鬼来，只好求阴阳法师占算是何物作祟，法师对他说：某天某日务要慎重忌避。到了这天，这人紧闭门户，小心忌避起来。

却说这人有个胞弟，跟随陆奥国守在外当差，连母亲也带在任上，就在忌避这天，他转回家来叩门。这人传出话去说：“今天正在慎重忌避，过了明天方能相见，你可先找个人家借住一下。”他的胞弟听了却传进话来说：“实在是无法可想，天色已晚，如果只有我一个人，或许能到别处去暂时借宿，可是我带着许多从人，这怎么办呢？因为日子不好，所以特意今天来的，咱家母亲已经故去，这件事我也想当面告知。”

家将听说阔别已久的老母已死，心中悲痛，便说：“今天让我忌避，可能就是为了这个噩耗。”说罢悲泣起来，立刻吩咐“赶快开门”，让胞弟进来。

这人让弟弟先在厢房里用饭，然后走出房来和他相见，二人对坐，泣诉衷曲。弟弟身穿孝服，哭泣着讲说，哥哥也悲痛落泪，这人的妻子在帘内听得清清楚楚。后来兄弟二人不知为了何事突然扭在一处，你上我下拼命地跌打。妻子忙问："这是怎么回事?"这人已把兄弟压在身下，吩咐妻子说："赶快把我枕边的大刀拿来!"妻子一听忙说："这还了得！你要刀做什么？难道疯了不成!"家将见妻子不去取刀，又说："快去拿来，难道你叫我死在他手里不成!"言还未了，被压在身下的弟弟翻了上来，把他哥哥压在下面，照着脖颈一口将头咬下，然后跳下身来就走，临行时还扭过头来向家将的妻子看了一眼，露出一副似乎感激［她没有取刀］的神情。家将的妻子注目看时，正是丈夫所说在桥上遇见的那副鬼脸，转瞬之间，便消逝不见。这时，家将的妻子和全家大小都失声痛哭，乱成一团，但已无济于事了。

由此看来，一个女子如果有小聪明，反会招来祸害。恶鬼留下的一些行装、马匹，原来都是些生灵的骨骸。闻知此事的人都嘲笑这个家将为了无谓的争执，竟至丧失性命，真是愚蠢已极。

后来，据说经过种种祈禳，桥上恶鬼已不知去向，以后就不再出现了。

第十四篇

关东上京人路遇鬼怪

古时，有一旅人从关东进京，刚过了势田桥，天色就昏黑下来，旅人正盘算找一人家借宿，忽然发现附近有座无人居住的大房，院内一片荒凉，没有住人。旅人虽然不知这房为何无人居住，但因无处借宿，只好和从人一同下马宿在这里。

从人们把马匹拴好，在下房住了下来，主人在上房铺好皮褥，独自安歇，由于旅途宿在这样一个荒无人烟的地方，所以久久不能成眠。后来夜静更深，他借着昏暗的灯光一看，发现身旁那只仿佛装马鞍的箱子，突然“哗啦”一声，无人自开。旅人感到奇怪，心想今夜莫非不知就里宿在这所因为闹鬼才无人居住的空房？想到这里，不禁害怕起来暗暗打下逃走的主意。

这时旅人仍然不动声色地注视着那只箱子，只见箱盖先启开一道小缝，后来越开越大，知道这定是鬼怪无疑，暗想，如果慌忙逃跑，也许会被它追上来捉住，倒不如佯装不知，暗自逃走为妙。打定主意后，便自言自语说：“马匹为何有些响动，我须起身去看看。”说罢，起身而去。旅人出门后，悄悄备上鞍鞯，然后爬上马背，扬鞭打马而逃。正在这时，马鞍箱的箱盖“哗啦”一声敞开，里面出来一个东西，用极其可怕的声音说：“你打算跑到哪去，难道不知我在这里吗？”接着追赶上来，旅人一面策马逃跑，一面扭过头来观看，由于深夜黑暗，却瞧不出这鬼怪的形状，只觉得它是个庞然大物，非常可怕。

旅人望影奔逃，不一会来到了势田桥。他料到难以逃脱，便跃身跳下来把马丢在一边，自己连忙藏到桥下的柱旁。他正弯身蹲在那里，虔诚祷告观音保佑。这时，恶鬼已经赶到桥上，用一种极其可怕的声音喝道："你在什么地方！你在什么地方！"旅人见恶鬼找不到自己，三番五次地呼唤，暗自庆幸藏得不错，不料就在这时，忽然从他的脚底下有人搭话说："在这里。"接着走出一物，因为夜间黑暗，也看不清出来的究是何物。（以下缺文）

第十五篇

某女子赴南山科分娩遇鬼得逃

古时，某家府里有一年轻侍女，既无父母亲族，也缺少相识的人，连个可以走动的地方都没有，只得整天闷在下房里。女子见自己如此孤单，总担心一旦生病如何是好。后来，她在没出嫁之前，竟怀了身孕。女子暗自感伤，越发认为是前世冤孽。她想，不管怎样，总得先找个分娩之处。但是她自己毫无办法，既无人可以商量，又碍于脸面，不好对主人言讲。

这女子本来生性聪明，终于想出了一个主意。她决定在将要生产之时，独自一人带领丫鬟，随便到一座深山里，在一棵树底下把孩子生下来。她想，如果分娩时死去，也就免得让人知晓，如果侥幸活下来，就可若无其事地回到府中。

分娩期渐渐临近，女子心中苦痛自不待言，不过她仍然装作若无其事的样子，暗地里准备了些必要的食物，并对丫鬟说明此事，叮嘱一番。过了不久，终于到了生产期。

一天，拂晓时分，女子觉得自己快要生产，就趁着天未大亮，叫丫鬟准备好携带之物，匆匆忙忙走出府门。女子心想东面离山较近，于是离开京城朝东方走去，行至贺茂川河滩，天光已然大亮。女子心中发慌，不知自己到底去往何处才好，强自挣扎，边走边歇，向栗田山方向走去，一直进入了深处。女子寻找分娩的地方，终于到了北山科[①]，只见山坡上有所山庄似的宅院，房子破烂不堪，看光景是无人居住。女子心想倒不如在此处生养，然后把孩子丢下，一个人出来。主意打定，就跨过篱笆进入院中。女子走进套房，坐在腐烂残缺的地板上，歇息下来，忽然听见有人从房里走了出来。

女子知道这里原来有人居住，心想这可如何是好。等到拉门推开，只见走出一个白发苍苍的老妇人来。女子心想老妇人出来一定要赶自己走，却不料老妇人和颜悦色地笑着说："真没想到有人来到这里！"女子哭着将来意诉说了一番。老妇人听罢说道："实在可怜啊！你只管在这里生养啊。"说罢，将女子让进房中，女子万分喜悦，心想这一定是佛祖的保佑。

女子进房后，老妇人给她铺上一张粗席，不大工夫，便平平安安生了下来。这时，老妇人走过来说："真是一件喜事，我年纪已老，如今又住在这个偏僻的乡村，什么也不忌讳，你可以在这里住上七天，然后再回去。"说罢，命丫鬟去烧水，给婴儿洗澡，女子喜出望外，她本打算要弃子而去，如今见生下的是个五官端正的男孩，也不忍抛弃，于是躺下身去给婴儿哺乳。

这样过了两三天的光景，一天，老妇人在女子把婴儿放在身旁午睡时瞧着婴儿自言自语说："啊呀，真是个好吃食，只消我一口！"女子隐约间听到这句话，不禁一惊，再看那老妇人一脸凶气，着实可怕，心想，这必定是个鬼怪，自己迟早要被她吃掉，便打定主意，设法偷偷逃走。

一天，老妇人在沉沉午睡，女子悄悄地让丫鬟背起婴儿，自己收拾利落，一面祷告佛祖保佑，离开这所房屋，她沿着来路拼命奔逃，不大工夫，便跑出栗田山口。女子等从这里又跑到贺茂川河滩，走进一个小户人家，把身上的衣服重新整理一遍，等到

---

① 根据篇名应为南山科。

黄昏时分才回到主人那里。

这女子生性聪明，因而才能这样应付得当，她生下的婴儿则送给了别人抚养。后来，那老妇人的情况如何，则不得而知，女子也不曾把此事告诉人家，直到老年才讲说出来。

由此看来，像这种古老房屋，必定会有鬼怪居住，按照那个老妇人看着婴儿说“哎呀，真是个好吃食，只消我一口”这句话来看，可以断定是鬼怪无疑，所以说，像这种地方，千万不可孤身前往。

第十六篇

正亲司[①]大夫××××少时遇鬼

古时，有位正亲司大夫名唤××××。他在年轻时候，和某府里的一个侍女有了私情，二人时常来往。有一次，他因为许久未和那个侍女会面，便到当初给他们撮合的一个女子那里说："今晚我想和她相会。"女子闻言道："请她来原本是件易事，只是今晚有个多年的乡亲要到我这里来住宿，恐怕没有安歇的地方了，真不凑巧。"正亲司大夫当时以为是句谎言，就同到女子家里观看，只见这个小户人家的门首分明有许多马匹和从仆，这才信以为真。这时那女子思索了半晌，然后说："我想出了一个主意!"大夫问："什么主意?"女子道："西边有座无人的佛堂，今晚你们就在那里住一宿吧。"由于正亲司大夫相识的侍女离女子家中不远，女子说完便跑去找她。

相候不久，便见那女子带着自己的情人走来。说了声"请跟我来吧"便在前面领着他们向西走去。走了三十多丈远，果然有座古旧的佛堂，女子推开堂门，然后从自己家里取来一领席子铺在地下，对他二人说了声"等到天亮我再来接你们"，说罢，转身回去。

女子走后，正亲司大夫和侍女躺着闲话，他想到自己未带仆

① 日本古代官署名，属宫内省所辖，掌管皇亲名册事宜。

从，只身在一座无人的古老佛堂里，心中不禁有些惧怕。大约到了半夜时分，只见佛堂后面出现了灯光，大夫正想这里原来有人，就见一个丫鬟端出一盏灯来，放在了佛像面前。正亲司大夫心里一怔，正觉此事有些不妙，佛堂后面又走出一个妇人来。

正亲司大夫瞧见这番情景又惊又疑，不晓得是怎么一回事，待他坐起身来一望，那妇人在离自己约有五六尺远的地方斜目相视。过了半晌，只听她开口说："是谁来到这里，真正岂有此理。我是本堂的主人，难道进堂来就不和我打个招呼？这里自古以来就不曾有人前来借宿。"妇人说着现出一副狰狞可怕的神情，简直无法形容。正亲司大夫搭话道："我完全不知道这里有人居住，只是别人让我在这里借住一宵，所以才来的，实在太冒昧了。"妇人道："赶快给我离开这里，如果不出去，就要对你不利了。"

正亲司大夫闻听此话，拉着情人往外就走，那女子早已吓得满身冷汗，站不起来，只得勉强把她拖出门来。正亲司大夫虽然让她靠在自己的肩上，但仍然不能行走，费了许多力量才把她带到主人的门首。大夫叫开府门把侍女送进门去，然后返回家中。

大夫到家后，想起此事，还毛发倒竖，余悸犹存。第二天整整睡了一天，到了傍晚，他忆起昨夜那情人吓得不能动转的情况，放心不下，便到居中撮合的女子家里去打听消息，女子说："她自从回家之后，便人事不知，简直和死人一般，问她'到底遇到了什么'，她也说不出话来，主人瞧见这番光景也很惊慌，因为她无亲无故，只得在室外搭起一个小棚，把她抬在里边，为时不久，她便死去了。"正亲司大夫大惊说道："不错，那夜果然是有这般情景，你把人让到鬼怪居住的地方去，真是太无情了！"女子闻听连忙分辩说自己的确不知闹鬼之事，然而事已至此，只好作罢。

正亲司大夫晚年把此事告诉别人，因此，传闻出来。这座佛堂如今不知是否还有，据说就在七条大宫附近，详情如何，则不得而知。由此看来，切不可在无人居住的旧庙里留宿。

第十七篇

关东人借宿川原宫妻子被鬼怪吸血而亡

古时，有一关东人，打算进京谋个官爵。

他的妻子也想借此机会上京去看看，于是跟丈夫一同来到京城。到京后由于没有找到预定的宿头，一时无处可住，幸而川原宫当时正无人居住，便经人介绍请求守宫人允许暂住一时，也就立刻答应了。关东人在别院里一间凸出的套房里围起幔帐，歇息下来，他的从仆们则在下房烧饭喂马，这样住了几天，一天黄昏时分，关东人所住屋子的后门，猛地被人从里面推开。关东人正在纳闷，便见一个看不清是什么东西的怪物，突然伸出手来，一把将同住一室的妻子捉住，往门里拖去。关东人见此光景，大吃一惊，抢上前去拉扯，但转瞬之间已被那怪物拖进门去。关东人赶忙去开房门。房门早已紧闭，怎样也拉不开了。

关东人无法，又跑到旁边的格子窗和拉门那里，东拉一下，西拉一把，但是里面全部落锁，怎能打开。关东人又惊又急，东奔西跑，四面推拉，不论怎样，也推不开屋门。后来他跑到附近的人家说："如今发生了这种怪事，请大家搭救我一下。"众人闻讯走出房来，围着房屋四下寻找，始终没找到开启的地方。

为时不久，天光入夜，一片漆黑，关东人无法可想，便拿起斧头劈开屋门，点起火烛进去寻找，谁知妻子早已被人害死，尸体悬在杆上，身上却毫无伤痕。众人纷纷议论都说是被鬼怪吸血而死，但事已至此，也只好作罢。妻子死后，关东人吓得不敢再住，赶忙逃出宫去。

这确是罕见的奇事，所以，千万不可到不知底细的古老宫院里借宿。

第十八篇

恶鬼变木板至人家害人

古时，一个夏天，某人府里两名武勇有力的年轻家将在正厅的套房里值宿守夜。这二人虽然出身乡间，为人却极精细，他们在值宿时身边不离大刀，闲谈不睡。当时府里还有一个地位相当高的年长家将，在衙署里官居判官，可能已经晋叙五位。这天晚上他也在上房值宿，独自睡在凸出的套间里，他觉得太平无事，不需防范，所以大小佩刀都未携带。夜深以后，睡在那里的两名家将望见东望楼的房脊上忽然伸出一块木板，"那是什么呢，怎么会从那里伸出一块木板来，也许是有人要从那里上房点火。不过，如果真的上房，板子应该从下面往上搭才对，怎么会从上面往下伸呢，真是怪事!"二人悄悄地说，这时那块木板越伸越长，直伸出七八尺来。

正当二人惊疑注视之际，这块木板飘然而起，朝着他二人这方飞来。二人暗想，这定是鬼怪无疑，连忙拔出大刀准备在木板迫近时，一刀砍去，于是各自单腿跪地，手握刀柄，等在那里。这一来，木板不敢靠近，却从旁边一条狭窄的窗缝里鬼鬼祟祟钻了进去。

木板钻进去的就是上房的套间，只听睡在里边的那个五位的家将，仿佛梦魇似的，接连呻吟了两三声，以后便无声无息了。这两名家将惊慌失措，跑到各处去唤醒众人，告知所见之事。大家闻听立即起身，点着火烛近前观看，那个五位家将果然已被木板压死了。那块木板既不见飞出房外，也不见留在屋中，大家见此俱都恐怖不堪，随即把五位家将的尸身抬出房云。

由此可知，那块木板是看见这两名家将手持大刀准备砍杀，不敢靠近所以才奔向内室，害死了这个安然入睡手无寸铁的五位家将。从此以后，人们才知道这座府宅有鬼作祟，至于，是否原来就是凶宅，其详情则不得而知。

由此看来，一个男子必须经常佩带兵刀，大小两把佩刀是片刻也不能离身的，此事发生以后，当时人们都佩带起大小两把佩刀来了。

第十九篇

恶鬼变油瓶害人

古时，有位小野宫右大臣，名唤实资，他才华盖世，聪颖过人，世人称他为贤良的右大臣。

有一次，右大臣朝罢出宫，沿着大宫大道南行，望见车前有一小油瓶，跳跃而行。大臣心里觉得奇怪，不知究属何物，断定必是精怪作祟。行至大宫以西，××以×地方，有户人家紧闭门户，小油瓶跳到门旁，见宅门上锁，便上下跳跃，想从锁孔钻入。它跳了半晌，都不够高，过了许久，终于跳到孔上，钻进房去。

大臣看清这番情景，转身吩咐家人说："你到那家去，若无其事地打听一下，他家是否发生什么变故，回来报我！"家人领命去后，不久回来禀告说："那家有个年轻姑娘，患病多日，今天中午时分，已经病亡了。"大臣听罢，暗想，那只油瓶正是妖怪，它从锁孔中钻进房去，索了姑娘的性命。这位大臣能看见此事，想来也不是凡人。

由此看来，精怪可以变化成各种各样的形状。这件事必是冤冤相报。

第二十篇

近江国生魂至京城索命

古时，京城有一平民，离京前往美浓尾张一带。他本打算在清晨出发，可是半夜就动身了。当他走到××和××的十字路口时，见一女子身穿浅蓝衣衫，下围长裙，独自停立在大道之上。这男子暗想，她究属何人，深更半夜此地绝不会有这样的孤身女子，必有男人跟在身边，想着走了过去。那女子见他走近，便开口问道："请问行路客官要去什么地方?"男子答道："我是离京前往美浓尾张的。"女子闻言道："怪不得你走得这样匆忙，不过，我有件要紧事要和你说，请你稍停片刻。"男子问了句："但不知有何要事?"便停下脚步。女子说："民部大夫××的府宅在什么地方，我是去往他家的，不料迷失路途，没有找到，不知能否将我领去。"男子道："你去他家，为什么走到此地来了，他家离此地恐有二里来路，如果送你前去，恐怕误了我的急事。"女子说："我实在有极其重要的事，求你一定把我送去。"男子无奈，只得勉强答应带她前去，女子说了声"太感谢了"，便跟随而行。

男子看女子的面貌生得很可怕，虽然心中纳闷，但也未深加介意，一直将女子送到那位民部大夫的府门，说了声："这就是他家门首。"女子闻言道："你本有急事，蒙特意转回把我送到这里，此恩永不能忘。我娘家住在近江国××郡，某某人就是我的父亲。那里离官道不远，你如果驾临关东，务请到我家一访，以便奉告个中的事情。”说到此处，女子一晃眼不见了。

男子见此万分惊异，心中暗道：“如果宅门开着，那女子或许是走进院去，但如今大门紧闭，她到哪里去了呢！”想到这里登时吓得毛发倒竖，呆立不能动弹。这时，突然从宅内传出号哭之声，仔细倾听，仿佛是有人新丧。他觉得事出离奇，便在这家门前徘徊，准备天亮后打听明白。

不久天光大亮，男子找到这宅中一个曾有一面之交的仆人，探问究竟，那仆人说道：“因为住在近江国的夫人生魂前来缠绕，我家老爷已经病了许久，今天拂晓时分，老爷刚刚说了句‘那个生魂好像又来了’便突然死去，看来，生魂真能这样勾走人的魂灵啊！”男子听罢不禁也微微感到头痛，心想一定是那女子道谢时，阴气冲着了自己，于是决定当天暂不赶路，转回家去。

过了三天光景，男子又离京而去，当他路过那女子告诉的地方时，心想何不前去探听一下，看女子所说是否属实。到那里一打听，果然有这样一个人家。他来到这家门首，叫人进去传达，主人闻言传话出来说果有此事，将他请至房中，隔帘相见。只听帘里有人说：“那夜的恩情，我将永世难忘。”说罢设食款待，并送给他绸布等物。男子虽然万分害怕，还是收下财物，辞别出来东下赶路。

由此看来，生魂不仅可以附体，还能现形。民部大夫的妻子被遗弃后，怀恨在心，竟至生魂出窍，索了大夫的性命，可见，狠毒莫过妇人心。

第二十一篇

美浓国纪远助遇女鬼丧命

古时，长门有位卸任国守名唤藤原孝范。孝范原是关白大臣的家臣，当他身任下总国权守时，关白大臣曾将美浓国的生津庄园交付孝范掌管，这座庄园里，有一人名唤纪远助。

庄园里人很多，孝范特别重用远助，并提拔他到京城东三条关白大臣府里做长期值班。有一天，远助值班期满，孝范准假命他回家。当他走到美浓地方，路过势田桥时，桥上站着一个围着长裙的女子。远助心中奇怪，过桥时不免看了女子一眼，那女子说道："不知这位客官往哪里去?"远助下马答道："我是要去美浓的。"女子道："我想请您捎句话，不知能否答应?"远助答道："可以代为转告。"女子说了声"真是感激不尽"，便从怀中掏出一个用绸子包着的小盒，告诉远助说："我拜托你将此盒带到方县郡唐乡的××桥旁，那时就有一位妇人在桥西相候，请客官就将它交给那个妇人。"远助闻听，心中为难，欲待不管这无谓的琐事，又见女子的神情可怕，不便推却，只好接过小盒，然后问道："但不知在桥旁的妇人姓什名谁，家住哪里，如果不能在桥旁相遇，又当到何处去找，还有，不知应该说此物是何人交给她的?"女子闻言道："只要走到桥边，那妇人必定亲来接取，绝无半点差错，她一定会在桥边等候，只是千万不可打开此盒，这一点务请牢牢记住。"

当远助和女子谈话时，他携带的从仆们并未看见女子，只见主人无缘无故地下马站在那里，都十分纳闷。后来，远助接过小盒，女子便转身而去。

事后，远助上马继续赶路，不料行到美浓地界路过那座桥边时，忘却此事，未将小盒交给那个妇人，到家后才猛然想起这件事来，心中深感不安，就将小盒放在堆房架上，打算在日内特意给妇人送去。远助的妻子嫉妒成性，当远助把这个小盒放在架上时，被她冷眼瞧见，她想，这小盒必定是丈夫从京城特意买来赠送给情妇的，所以才瞒着自己藏在这里。于是，她便趁着远助出门时，暗自取下小盒来打开偷看，不料小盒里面却装着无数只剜下的人眼，另有许多割下的阳物，阳物上还带着不多的阴毛。

远助的妻子瞧见这些东西，吓得不知如何是好，丈夫回来后连忙唤丈夫前去观看。远助一见惊呼道："天哪！人家再三叮嘱不许观看，如今这样必然有祸！"说罢，连忙盖起盒盖，照样捆好，立即按照女子的言语送到桥边。远助站在那里等候不久，果然有一妇人走来，远助将小盒递给妇人，把女子的话学说一遍，那妇人接过小盒，便说道："这个盒子已经被人打开看过了。"远助闻言连忙分辩"绝无此事"，妇人仍然现出极不乐意的神色，说了句："真是可恶！"怒气冲冲地接过盒去，远助这才转回家去。

远助归家后，说声自己的精神恍惚，便自倒下。他对妻子说："人家百般叮嘱不叫打开这个盒子，而你竟擅自打开偷看……"说完过不多久，便自死去。

由此看来，妻子如果过于嫉妒，无故猜疑，就必将发生这种不利于自己丈夫的事。远助原本可以平安无事，由于妻子嫉妒，以致死于非命，嫉妒固然是女子的常情，但听说此事的人，莫不憎恨远助的妻子。

第二十二篇

猎人之母变成妖鬼起意啖子

古时，××国××郡有兄弟二人专以射猎野鹿和野猪为业。他们经常前往山中射猎野鹿，兄弟二人总是结伴同行，打鹿的方法是在大树杈上，绑一根横木，然后坐在上面，等野鹿跑过树下时用箭射死，这叫作“等鹿”。

一次，兄弟二人又上山“等鹿”，对坐在相距十余丈的树上，这天正是九月下旬的月黑夜，四下一片昏暗，只好用耳朵倾听野鹿跑过来的声音。他们一直等到深夜，始终没来一只野鹿。

正在此时，哥哥坐着的树上突然伸下来一只怪手，抓住他的发髻向上提拉。哥哥大吃一惊，连忙去摸，原来抓住自己发髻的是一只极其干瘪枯瘦的人手，心想这必然是妖怪打算吞吃自己才向上提拉的。哥哥便呼唤坐在对面的兄弟告知此事。听见弟弟答应一声就开口说：“我告诉你，现在有个怪物伸下手来抓住我的发髻，打算把我拖上去，这便如何是好？”兄弟闻听便说：“那我就约莫它的所在用箭射去！”哥哥道：“现在正抓住我的发髻向上提拉。”弟弟说：“那我就朝着声音传来的那方射箭了。”哥哥闻听说：“那你就射吧！”话将出口，兄弟就射出了一支双叉的雕翎，飞到哥哥头部上方，仿佛射中了一物，兄弟听见箭声，说了句“一定射中了”。哥哥忙用手去摸发髻时，一只从腕上射断的手掉了下来。兄长拿起这只手，告诉兄弟说：“抓我的那只手已被射断，拿在我的手里，今晚就此回去吧。”弟弟闻言说：“此话有理。”说罢，二人一起下树回家，当他们回到家里时，已经过了午夜。

且说，兄弟二人有个行动不便的老母，住在一间小堆房里，他们二人的住房，则在这间小房的两厢。兄弟二人从山里回到家时，就听母亲发出奇怪的呻吟声，儿子问了声“为什么这样呻吟”，不见答话，立刻点起火烛一看，那只被射断的手酷似老母亲的，惊疑之下再仔细观看，果然不差。兄弟二人连忙推开老母住房的拉门出去，只听老母起身骂道：“你这两个畜生!”就要扑上前来，儿子们问了声：“难道这是您的手?”说罢，将手扔进小屋，随即闭门而去。

后来那老母不久死去，儿子们近前一看，只见母亲的一只手正从手腕上被射断了，这才断定那只手原来就是母亲的。这是由于母亲的年岁过老，以致变成妖鬼，为了想食子肉，故而才尾随到山中去的。

由此可知，父母的年纪过于老耄以后，必将变成妖怪起意啖食其子。母亲的尸身后来由兄弟二人葬埋起来。仔细想来，这真是一件极其可怕的事情。

第二十三篇

播磨国妖鬼来人家被箭射中

古时，播磨国××郡一户人家遭了丧事，死者的家属请来一位阴阳师，住在家里祓除不祥。法师告诉家人说："最近的某一天，有妖鬼到你家来，务要多加防范！"

家人们闻听此事，极为恐慌，就问阴阳师说："但不知如何防范？"阴阳师道："当天务必小心忌避。"到了那天，全家严戒门户，小心忌避起来，并问阴阳师说："不知妖鬼从何处进来，长得怎生模样？"阴阳师说："妖鬼是人形，将从大门进来。这种鬼神不行横道，只知遵守正理。"于是家人根据厌胜之法，在大门前竖立了一块忌避的木牌，并砍下桃木堵塞了大门。

及至到了妖鬼要来的时刻，这家人紧闭门户，从缝隙中向外窥视，只见有一男子身穿蓝花猎衣裤裙，颈上挂着斗笠，正站在门外偷看，阴阳师告诉这家人说："这就是妖鬼！"家人闻听俱都惶恐万分，鬼站在门外偷看了半晌，不知从哪里走进了房中，便坐在灶前，家人们谁也不认识他。

家人们见妖鬼就在眼前，以为必将发生祸事，个个吓得神魂颠倒。当时这家的一位少年男子心想：事到如今难免要被鬼吃，既然同是一死，倒不如箭射妖鬼留名后世，便躲在暗处，将一支安着雕翎的锋利巨矢搭在弦上，对准妖鬼用力射去，正好射中胸膛。

妖鬼中箭后站起身来向外就跑，转眼却不见了。这支箭并没被带走竟自动蹦了回来。家人们瞧见都道："这一箭真正惊人!"男子说："我想既然同是一死，何不留个名声下来，所以才试了一下。"阴阳师这时也不禁失色。此后，这家并没发生任何变故。

乍一看这件事，可能认为是阴阳师弄的玄虚，但是从那汉子进门的情况，以及雕翎箭并未带走而又自动蹦回的情况来看，又不像人的行动。妖鬼变化人形这种事，实在罕见，着实令人可怕。

第二十四篇

妇人死后重现原身与夫相会

古时，京中有个低级武士，他没有可以仰赖资助的主人，饱受寒苦，正在这时，忽然听说××××外放了××国的国守。

武士和这位国守乃是故交，闻讯赶紧投奔那里，国守对他说："你在京中既然没有依靠，倒不如随我前往任地，多少也可照顾一二。许多年来，我虽然同情你的遭遇，无奈自己也身处逆境，无力相助。这次愿意携你同去赴任，不知你意下如何?"武士听后忙说："实在感激不尽。"于是就准备和国守一同启程。

武士的妻子却是个贤淑温柔、年轻貌美的女子，夫妻二人互相依靠，不以贫穷为苦。不想，这武士就在行将离家远行的当儿，突然抛弃了旧妻，而另娶了富家女子。那女子为他大肆准备行装，因此，武士就携她一同上任。

武士来到任地，深得国守重用，事事如意。而他在得志以后，又想起被遗弃在京城的妻子，朝夕梦想，恨不得立刻相见，但身不由己，真是触景伤情，度日如年。后来终于等到任期届满，这才跟随国守同回京城。

武士在回途之时，就想到被自己无故抛弃的妻子，决心到京之后，立刻回妻子那里过活。所以一到京城，匆匆将身边的妻子安置在娘家，未脱行装就奔回故妻那里，武士见家中大门敞开，便自走进院中，只见房屋破烂，景物全非，仿佛是早已无人居住。

他看罢这幅凄凉景象，心中倍加感伤。这天正是九月初十左右，一轮明月当空，夜寒袭人，使他愧悔难安。

武士走进房中一看，只有妻子孤零零地呆坐在原来的房里，此外别无他人。妻子瞧见丈夫归来，脸上不但没有怨恨之色，反而现出喜悦的神情说："是什么风把你吹来的呢！什么时候到京的？"武士把自己在外乡多年想念之情讲了一遍，然后说："从今以后，我就和你一同过活了，任上带来的东西，明天就去取来。带来的仆从也都叫到这里，今晚只是先来告诉一声。"妻子闻言喜笑颜开，诉说了多年的情景。后来夜渐渐深了，二人来在正厅安歇，双双拥抱而卧。武士问道："家里再没有人了吗？"妻子说："如今穷到这步田地，连个仆妇也用不住。"二人柔情密语，畅谈终夜，缱绻之情甚于往昔，直到拂晓时分，才同入梦乡。

武士睡得深沉，醒来已经日出天光大亮。昨晚因为家中别无他人，所以护窗板只竖起了下扇，上扇并未放下，朗朗的阳光一直射进房来。武士大吃一惊，再看怀中拥抱卧着的竟是一具只剩皮骨的枯干尸体。武士吓得不知所措，连忙抓起衣服就跑。他生怕自己看花了眼，又仔细看了一下，的确是死尸一具。这时，他赶紧穿好猎服裙裤，跑出院来。走进隔壁一个小户人家，装出初到的模样，打听说："请问隔壁那户人家现在哪里？莫非家里没有人吗？"那家闻言道："那位妇人自从她的丈夫去往远方以后，便朝思暮想，忧虑成疾，可是她身边又无人照看，终于在今年的夏天死去了。死后无人营葬，尸体至今仍然放在室内，所以人们惧怕谁也不敢近前，房子一直空着。"武士听罢，越发感到无限惊恐，觉得说也无益，便自离去。

想那武士遇到此事后，真不知该多么害怕了，这可能是妻子死后，鬼魂不散等候和丈夫相会，而武士多年苦思，急于和妻子会面，所以有此次幽媾的事。当时竟有这样罕见的奇事。既然如此，那武士就该重去寻访，冀图再会了。

第二十五篇

某女子得见亡夫

古时，大和国××郡有户人家，生有一女，长得秀貌美丽，生性柔顺，父母珍爱非常。当时，河内国××郡某人有一子，长得少年英俊，进京后奉职宫中，善于吹笛，性情风雅，深得双亲的钟爱。

那公子听说大和国的那个姑娘生得美丽，就投赠书简，倾诉思慕之情。姑娘的双亲，最初虽不应允，但最终经不起公子一再恳求，终于将姑娘嫁给了他。二人恩爱非常，过了三年左右，那公子突然身得暴病，不几天工夫，竟然死去了。

姑娘自丈夫死后，痛苦悲伤，念念难忘，当地多少人投书递简，表示倾慕之情，姑娘却是只怀念着死去的丈夫，一概加以拒绝。经过了三年的秋天，姑娘感念旧情与日俱增，哭泣卧床不起。一天深夜时分，突然远处传来一阵笛声，听去恰似往日的人所吹，更加悲上心头。后来笛声越来越近，来到姑娘房外的板窗底下。这时就听有人呼唤“把窗子打开”，分明是丈夫的语音。姑娘又是惊异又是伤感，她战战兢兢地悄悄站起身来，从板窗的隙缝中向外窥视，原来丈夫就站在眼前，只见他哭着吟道：

幽明隔两路，
恩阻万重山。

空怀叙旧意，

难于上青天！

姑娘见公子的面貌虽如往昔，但是神情可怖，周身烟雾缭绕，而裙带不解自开[①]，所以吓得说不出一句话来。这时，只听公子说："这也难怪！我因思念你的心情万分殷切，才再三恳求获得恩准来此。既然你这样惧怕，我只有空此一行，回去受那一日三次的燃烧之苦了！"说完便转眼不见。姑娘惊异万端，心想这莫非是梦，但又觉得不像，也只有奇怪罢了。

由此看来，人死之后，依旧可以现形相会。

---

① 日本古代民间迷信之一，认为男女有相会之心时，裙带不解自开。

第二十六篇

鬼借河内禅师的黄牛

古时，播磨国有位国守名唤佐伯公行，他有一子人称佐大夫××，曾经住在四条和高仓，就是近年在世的显宗的父亲。佐大夫曾任阿波国守藤原定成朝臣的随员，在前往阿波国赴任时，与国守同时落海溺死，佐大夫有个亲戚名叫河内禅师。

当时，河内禅师有一头黄色的牛。一天禅师的好友借了这头牛到淀镇去拉运东西，不料车行在樋集桥上时，赶车人一不小心，一只车轮脱轴掉在桥下，这样整个车子势将被拖坠入河里。也许黄牛感觉到车要坠桥，它就叉开四蹄在桥上用力踏稳，一动没动，结果轭绳折断，车身落在桥下，摔得破碎，黄牛却仍然留在桥上。幸而车中无人，故没有什么损伤。如果是一头普通弱牛，必然会被拖下桥去摔伤，因此，附近的人们都称赞这头黄牛的气力。

事后，河内禅师非常赏识这头黄牛，命人加意喂养，不料一天，这头黄牛突然失踪不见了，河内禅师心中纳闷，四下寻找，结果没有找到。禅师心想也许黄牛跑出了寺院，于是命人到近远各地打听，仍然不见踪影。河内禅师找不到黄牛，心中焦急，一天偶得一梦，梦见那位死去的佐大夫来访。禅师虽在梦里，可是想到早已听说佐大夫落海丧命，如何他会来到这里，心中有些惴惴不安。当他硬着头皮出来相会时，佐大夫说道："我死之后，就住在此地的东北角，每日要到樋集桥下受苦一次。我因罪孽深重，压得身负重荷，不论何等车马，都承担不住，只得徒步而行，痛苦难言。我见你那头黄牛力大，可以供我乘骑，因此暂时借去。既然你这样寻找，我也不好夺你所爱，再过五日，第六天的巳时左右，我即送回，请你再不必到处寻找了。”说到此处，禅师即从梦中醒来，醒后对人说：“我竟得此怪梦！”但也未加介意。

在禅师得梦的第六天巳时光景，那头黄牛果然不知从哪里走进寺来，只见它疲乏不堪，仿佛负载了什么重荷。

想必那天，当牛车掉在樋集桥下，而黄牛仍然健立桥上时，正好被佐大夫的魂灵看见。他见黄牛力大，故而借去乘骑，这是从河内禅师的口中传出来的，真是可怕的事情。

第二十七篇

白井君银壶坠井被妖鬼收去

古时，有位僧人法号白井君，不久以前方才下世。最初他居住在高迁街的东洞院，后来移居乌丸街以东，六角以北地方，房前是乌丸大街，屋后紧挨着六角堂。

一次，白井君在院里掘井，忽然听到从井底铲上来的土碰到石块上发出金属响声，觉得奇怪，便近前观看，原来是只银碗。他将银碗保存起来，后来又另添了一些银子，打成一只小水壶放在寺里。

白井君有一知友，官居备后国国守，名唤藤原良贞。一天，备后国守的小姐们来到白井君的僧房，洗发沐浴，国守的一名侍女拿起这只银壶前往挖出银碗的井边汲水。她把银壶放在井栏上，让打水的仆妇把水倒在壶里，不料一时失手将银壶掉在井内。这银壶落井的情形，白井君全都看在眼里，他立刻唤人吩咐道："把银壶捞上来!"说罢把人系下井去寻找，不想踪影全无，白井君心想必是沉入水底，便唤来很多人下井搜索，结果仍然不见。僧人大为惊疑，立即找来一伙人掏干井水，但是依然不见踪影。这只银壶便这样失踪了。

人们评论此事说："想必原来收藏银碗的鬼怪，这次又将它收了回去。"白井君发现来路不明的银碗，另添银子打成小壶，结果被原主收回，可谓因福得祸。由此看来，这只银壶必是被鬼怪取回，真是极可怕的事情。

第二十八篇

京极殿传出吟咏古歌之声

古时，上东门院皇后①居住京极殿时值三月下旬，百花盛开，正殿前的樱花怒放，绚丽异常，皇后在正殿突然听到殿前廊下传来庄严肃穆的吟咏古歌之声：

美哉樱之花，
馥郁葩春！

皇后闻听歌声，心想何人在此高歌，便隔着敞开的殿窗从帘内向外观望，谁知查无一人。皇后暗道："这是怎么回事，是何人吟咏呢？"便召来许多人，命她们四处寻找，宫人回来奏道："找遍远近各处，并无一人。"皇后闻奏大惊，说道："这可怪了，难道是鬼怪吟咏不成？"不禁恐惧起来。当时关白大臣在××府，皇后急速差使传谕此事，大臣回奏道："那座宫殿，经常有这种吟歌之声。"

皇后闻奏，倍加恐惧，说道："我只当有人在此赏花，一时诗兴大发，不禁吟咏起来，后见搜查太严，才逃走了，不料在这座宫殿却经常发生此事，好不怕人。"从此，皇后再不敢走近这座宫殿。

① 日本一条天皇彰子皇后的宫号，她是关白大臣藤原道长的长女。

人们猜想，吟歌者绝非狐妖等怪，必是什么灵鬼酷爱这首古歌，每当赏花时节便吟咏起来。按理鬼怪等物多在深夜出现，而今竟在白天高声吟咏，着实令人觉得可怕。至于它究竟是何人的鬼魂则不得而知了。

第二十九篇

源雅通中将府里出现两个相貌相同的乳娘

古时，有位中将名唤源雅通，人称他为丹波中将，他的府宅就在四条以南，室町小路以西。

中将在这座府里居住时，一天乳娘抱着两岁左右的小儿独自来到正厅一个僻静的角落里让他玩。不久小儿惊慌得大哭，接着乳娘也吵嚷起来。中将在后厅闻声不知发生何事，急忙手提大刀跑去查看，只见两个相貌相同的乳娘抓住公子的左右手脚，正在抢夺。

中将大惊，细看两名乳娘的相貌不差分毫，难以辨认谁是真的乳母，但是他知道二人中间必有一个是狐妖，于是，手挥大刀扑上前去，刹那之间，一个乳娘便消失不见了。

这时，小儿和乳娘都如同死人般地倒在地上，中将赶忙呼唤下人，请来一位道法高超的僧人设坛祈禳，为时不久，乳娘苏醒过来坐起身子，中将问道："到底是怎么回事?"乳娘回禀说："正在同小公子玩耍的时候，突然从后面走出一个陌生的妇人，她说了声'这孩子是我的'，一把抢着就走。我不让她抢走，正在拖拽之际，大人赶到，挥刀扑了过来，这时她才扔下小公子往后面去了。"中将听了极是惊恐。

闻听此事的人都说：看来不可叫幼儿在僻静的地方玩耍。至于那假乳娘究竟是狐狸变幻还是妖怪现形，则不得而知。

第三十篇

乳娘护幼儿撒米驱邪

古时，有一人为了忌避不祥，携带幼儿去往下京地方，不料却走到一处经常闹鬼的凶宅，他们不知底细，入夜以后，便都在那里睡下。

那天晚上，在幼儿枕边点着灯火，躺在幼儿身旁的两三人俱都入睡，只有乳娘醒着给幼儿哺乳。到了午夜时分，内室的屋门突然开了一道细缝，从里面出来十几个高约五寸、身穿五位朝服的官员骑着马陆续从枕边经过。乳娘虽然心里害怕，却抓起一把驱邪米打了过去，这些官员登时一哄而散，不见踪影。事后，乳娘越想越怕，到天亮时向枕边一看，只见撒下来的每颗驱邪米粒上，都沾着血污。主人本来要在这里停留几日，但一听说发生此事，吓得立刻转回家去。

闻听此事的人，都道小儿身边必须常备驱邪米，并交口称赞那位乳娘及时撒米驱邪的急智。

看来，切不可随便留宿在不知底细的地方，世上竟有这种凶宅。

第三十一篇

三善清行宰相迁居

古时，有位宰相名唤三善清行，世上所说的善宰相就是此人。他是净藏圣僧的父亲，世间万事无所不知，对于阴阳之道，造诣很深。

五条大道堀川附近，有所荒凉古宅，因为相传这是一座凶宅，所以多年来无人居住。当时，善宰相没有府宅，便将这所凶宅买下，准备在吉日迁往新居。亲族人等闻知都来劝阻说："明知是所凶宅，还要硬搬进去，未免太不值得了。"但是，善宰相毫不理睬，在十月二十日前后，择了个吉日搬了过去。这位宰相搬家和常人不同，他在那天酉牌时分，命人携带一领草席，自己乘车来到新居。

宰相来到古宅一看，只见有五间正厅，也不知是何年月修盖的。院里有大的松树、枫树、樱树以及其他常绿树木，这些树木都是年代久远的老树，一看就像有树神居住。树上爬满了常春藤，地面长着青苔，久已无人打扫。宰相走上正厅台阶，命人打开中间前廊的护窗板，只见窗格俱已破旧不堪。他命人擦净套房地板，把带来的席子铺在正厅中央，然后点起灯火。宰相面南坐在席上，命人把牛车拉进车房后，就打发随从车夫各自回府，吩咐他们"明天清晨再来"。

从人走后，宰相独自面南而卧，大约到了午夜时分，只听藻井上沙沙作响。他抬头一看，每格藻井中间都露出一张鬼脸，模样各不相同，宰相瞧见鬼脸，毫不惊慌，仍然静静地躺在那里，这些鬼脸就都不见了。过了片刻，又见有四五十个一尺多高的骑马小人从南廊的地板上自西向东走了过去，宰相看见仍然不动声色。

又过了一些时候，内室屋门突然推开三尺来宽，一个如花似玉的女子膝行而出。这女子坐着的身量约有三尺来高，穿着一件深褐色的衣衫，长发披肩，仪态庄重，衣衫经过香熏，芬芳四溢。女子手持红扇半掩面庞，露出粉白的额头，额前青丝微卷，一双秀眼频送秋波，真是仪态万千，想那被扇遮着的口鼻，真不知该有多么美丽了。宰相目不转睛地注视了不久，那女子又膝行走进内室，她转身时，突然将扇子撤下，露出一个鲜红的鼻子，从嘴角吐着四五寸长的仿佛是用银子打成的獠牙。宰相看着很是奇异，她走进内室便将门户紧闭。

宰相看罢，还是镇静如常，这时，一弯下弦月照得通明，只见在庭院的树荫深处，有个身穿淡蓝色衣裤的老翁，把一根夹着文书的白木拐杖高举过目，头也不敢抬地来到宰相面前，双膝跪倒。宰相一见开口问道："老翁来此有何事回禀?"老翁见问，用非常沙哑低微的声音禀告说："老朽在此已居住多年，如今大人搬到这里，实在叫老朽为难，特来向大人恳求。"宰相听罢，吩咐说："你的恳求于理不合，因为房屋只要征得原主同意，就可以依次转让。而你竟用恫吓手段，霸占别人应该承受的宅院，实在是无理已极。真正的鬼神必须明理，只有据理而行，才能使人畏服。像你这样横行，必遭天谴。我知道你不过是只老狐，故弄玄虚吓人罢了，只要有一只猎鹰、一只猎犬就能把你等全都咬死。你还有什么话说，可据实回禀!"

这时，老翁又回禀道："大人所说极是，我怎敢强辩。不过我在此地居住已久，故将经过禀告。吓人的事，乃是小儿所为，我虽加制止，他们却都不服管束，竟自做出这种恶作剧来。如今大人搬到这里，我的满门家小该迁到哪里是好？外面人稠地稀，迁徙维艰，实在无处可去。唯有大学南门的东边有块空地，如果大人允许，全家就移居那里，不知以为如何？”宰相听罢，吩咐说：“这才是明智的办法，赶快带领满门家小搬到那里去吧！”这时，只听老翁高声应诺，并有四五十人随着答应了一声。

天亮后，府中的家人前来迎接宰相，宰相回府后，这才命人翻修房屋，按常人那样搬了进去。居住期间，再未发生什么恐怖之事。

看来，鬼怪是不敢欺凌高明颖悟的人，只有那些无智的愚人，才常常中它们的奸计。

第三十二篇

民部大夫赖清的侍女遇鬼

古时，有位民部大夫名唤××赖清，原在斋院[1]充任副总管，后来因为开罪公主被逐出宫。他在木幡地方有座庄园，被黜后就退隐该地。

当时，赖清身边有一使用多年的侍女官，人称参川大妹。这个侍女原来家住京城，当主人赖清开罪公主退隐木幡时，她便请假回家，一直住在京城。一天，从赖清那里来了一名马夫，传话给侍女说："因为有紧要的事，叫你立刻动身。近来一直住在木幡的老爷，昨日已经因事离开那里，搬到山城地方租房居住，叫你速速前去。"侍女听后抱起五岁的幼儿立即登程。

侍女来到主人家中，赖清的夫人赶忙给她备饭，款待得格外殷勤，接着拿出许多并不需用的衣物，急着洗染，侍女也跟着忙碌了四五天的光景。

这天，夫人对侍女说："在木幡的府宅里留下了一个花匠看守门户，我有话要秘密叮嘱他，你能不能给我走一趟？"侍女答应了一声"我知道了"，便将幼儿交给府下人照看，立刻动身前往。

侍女本以为木幡府中必定非常寂寞冷落，不想来到这里一看，却是热闹非常，刚才还在一起的从人们也全在这里。她惊奇地走

---

① 日本古代奉祀贺茂神社的未婚公主所住的宫殿。

进内室，只见主人也坐在里面。侍女不由得惊呆了，以为自己是在做梦。众人见她就说："啊，真是难得，参川大妹来了。你怎么这么久没到府里来呢。我们老爷已蒙公主恩赦，前曾派人去告诉你这个消息，不料你家邻居说你在两三天前已到老爷府里去了，所以去人就回来了，你究竟去什么地方了呢?"侍女听了无限惊恐，便将自己所遇之事讲了出来，府中的人们瞧见她那慌张神色，连主人也感到惊异，可是也有人在一旁笑着。

侍女想起自己放在那里的幼儿必然遭杀害，不禁呆然不知所措，后来才说："那么，就请派人跟我去寻找一下吧!"主人闻听立刻派了很多人跟她一起前去。侍女来到自己所到之处一看，原来是一片荒郊，野草很高，不见人影。侍女看罢心中悲梗，赶忙四处寻找，后来发现幼儿正独自坐在荻草丛里啼哭。母亲瞧见孩儿，喜出望外，连忙抱在怀内，转回木幡府去，将经过的事说了一遍。这时不仅主人，连那些说她是说假话的人们也都暗暗称奇，因为如果真是说谎，她又怎肯把幼儿丢在旷野荒郊呢。

此事传出后，人们纷纷探问真相，都说此事无疑是狐妖所为，正因为是狐妖作祟，才未伤孩子的性命。古时竟有这种可怕的事情。

第三十三篇

西京人见应天门上发光

古时，有户人家住在西京附近。这家兄弟二人，早年丧父，堂上只有一位老母，长兄是位武士，在外当差，弟弟在比睿山出家为僧。

有一次，老母身染重病，多日不愈，兄弟二人俱都不离左右，侍奉汤药。后见母亲病体稍有起色，弟弟说要到三条京极附近看望师尊，就出门去了。

弟弟走后，母亲病又发作，便对守在身边的长子说："我的性命已然难保，只望在临死以前再见你那出家的弟弟一面。"长子回禀说："如今天色已晚，家中又无从人，三条京极离这里路程遥远，叫我如何是好？明日清晨，我必派人去找。"老母一听便说："我觉得实难过得今夜，不和他见一面就死去，真是恨事。"说罢难过得有气无力地悲泣起来。长子见母亲如此，便说："母亲既然如此想见，倒也容易，纵然深更夜半，我不顾性命也要把他唤回。"说罢，带上三支箭，独自离家而去。

哥哥走在大内旷地时，已经深夜，时值严冬，寒风怒吼，情景十分可怖，又赶上月黑之夜，什么也看不见。当他路经应天门与会昌门之间时，恐慌得不得了，只得忍耐着走了过去。

哥哥来到弟弟师父的僧房一问，原来弟弟已在当天早上转回比睿山去了，只得连忙折了回来。当他再路过应天门与会昌门之间时，越发感到害怕，于是匆匆跑过。正跑之间，望见应天门的门楼上有一团蓝光，由于天色昏黑看不出是什么物体，只听到鼠鸣般的嗞嗞笑声。哥哥听后吓得毛发倒竖，魂飞天外，他知道这必是狐妖作祟，就强自忍耐着向西跑去。到了斗乐院的北面旷地里又出现一个圆光。

哥哥对准圆光，用响箭[①]射去，圆光四散，就再看不见了。及至他赶回西京家里时，已经过了午夜，大概由于这场惊恐，回家后，他周身发热，一直病了好几天。

这武士当时吓得什么样子，是可想而知的。人们都说这是狐妖作祟。

① 一种用木或鹿角制成的箭头，形如芜菁，穿有小孔，射出时作响。

第三十四篇

野猪唤人名被射死

古时，××国××郡里住有兄弟二人，兄长久居故里，平日以打猎为生，其弟在京奉职为官，时常回家探望。

有一年九月下旬，兄长在月黑夜里上山点燃炬火，诱射野鹿，当他从一座大树林旁经过时，只听林中有一种嘶哑异常的声音呼唤点火人的名字，兄长觉得奇怪，立刻回马观看。可是当他把火炬插在桩上，左手靠近树林时，喊声就停止了。但他像原来那样，右手靠近树林，手持火炬通过那里，就必定唤他的姓名。兄长有心射它一箭，却因喊声从他的右方传来，无法拉弓。后来每夜都是如此，但他并未对任何人言说。

一天，兄弟从京城归来，他便将此事告诉了他。弟弟听罢说："这真是蹊跷，待我去试探一下。"说罢就去山中点燃火炬，当他走过树林附近时，仍然听到林里呼唤兄长的名字，却不呼唤自己。那天夜里弟弟只听了叫声，便走回家来。兄长问他说："怎么样，你听到叫声了吗?"弟弟说："果然如此，听到了叫声。不过我看它绝不是什么有灵的东西。如果真是鬼神，一定也能叫出我的名字来，而今却仍然唤你的名字。它既然连这个都不知道，明天晚上一定射得它显露原形。"这时天光已然大亮。

第二天夜晚，弟弟又和头天夜里一样上山点起炬火，他发现当他右手靠近树林通过时，怪声一定呼唤，而当他左手靠近树林通过时怪声就停下来。于是他从马上下来，反放鞍鞯，然后倒骑在马上，让呼唤之物认为他的右手靠近树林，其实却是左手。他就这样将炬火插在桩上，挽弓搭箭骑马走了过去。林中怪物还以为来人的右手靠近树林，便和先前一样呼唤兄长的名字，弟弟便瞄准喊声的方向一箭射去。果然感觉射中一物。事后，他又放正马鞍，右手靠近树林，骑着马走过那里时，再也没有听到喊声，于是，便回到家中。

兄长见弟弟回来便问道："结果怎样?"弟弟回答说："我顺着喊声射了一箭，听回声仿佛已然射中，至于射中没射中，明天去看吧。"第二天天一亮，兄弟二人就一同去看，只见树林中有只大野猪被箭贯穿死在树上。

这只野猪暗算他人，结果白白送掉了性命，人们都称赞弟弟足智多谋，一箭射出了野猪的原形。

第三十五篇

野猪在死人旁放光丧命

古时，××国××郡住有兄弟二人，俱都勇猛非常，足智多谋。

后来，兄弟二人父亲亡故，由于离下葬的日期尚远，就在盛殓后把棺木停放在另外一间房子里。停放数日以后，偶然有人隐约望见棺旁放光，便告诉他们兄弟，说："停放死人的房中，竟在午夜时分闪闪发光，真是怪事！"兄弟二人闻听此事就在一起商议说："发光的究竟是亡人的游魂呢，还是有其他怪物来到停灵的地方呢？我们要设法弄清楚。"弟弟对兄长说："你听到我的叫声，一定要马上掌灯赶来。"二人约定之后，到了夜晚，弟弟便悄悄来到棺旁，将棺盖掀起翻转过来，然后他赤身披发仰面躺在上面，身边暗藏了一把钢刀，约莫到了半夜时分，他微睁二目观看动静，只见天花板上仿佛有光。那光亮闪过两次之后，有一个东西打开天花板走了下来。这时他没有睁眼，所以看不清究竟是什么怪物，只觉一个庞然大物"咚"的一声落在地板上面，接着便闪出一道蓝光来。

这大物正打算来拿弟弟躺着的棺盖，弟弟就伸手把它紧紧抱住，高声喊道："快，抓住了！"接着对准那物腋下刺了一刀，几乎连刀柄都扎了进去，其时蓝光登时消失。这时，守候已久的兄长已经掌灯赶到，弟弟一看抱在怀中的原来是一只脱毛的大野猪，一把钢刀插在腋内，早已丧了性命，二人瞧见不禁大为惊异。

人人都说死人处有鬼，而弟弟竟敢躺在棺盖上，想他当初也必不免有些害怕，一定是在发现自己所抱的是头野猪时，才放下心去，在这以前，必定把蓝光当成鬼怪了。听到喊声掌灯赶来，别人也许能够办到，至于裸卧棺上倒不是一般人的胆量所能及的。这头野猪则是咎由自取，白白送掉了性命。

第三十六篇

播磨国印南原野中野猪被杀

古时，有一信差自关西进京，他独自一人在旅途中不分白夜地赶行。一天在走到播磨国印南原野时，已经日暮，就想找个宿头，环顾四周，都是人烟绝迹的旷野，没有可以住宿的地方。后来，发现有个看守梯田的小窝棚，便想今晚就在这窝棚中暂宿一夜，主意打定，俯身而入。

这个信差本来是个勇猛汉子，身上装束得非常轻便，只佩带了一口大刀。他见周围都是田地，远离人家，入夜以后只是悄悄地坐在棚中，也没有脱衣安睡，及至深更，隐约间听得从遥远的西方传来许多人敲钲念佛之声。这使他有些奇怪，就探头向来人那方观看。只见一群人打着炬火，其中有很多敲钲念佛的僧人，还有不少俗家打扮的人，都直向这边走来，后来这伙人渐渐走近，男子才看出是出殡的行列，他见这群人直奔窝棚旁边而来，不禁心里有些发慌。

这伙人把棺木抬到离窝棚十来丈远的地方就开始下葬。男子越发不敢作声，待在那里一动不动，他暗自盘算：如果被人发现盘问时，就照实说自己是从关西进京，路过这里，因天色已晚才在这窝棚借宿。他一边想一边诧异。如果预定在这里下葬，必然早有安排，可是自己白天来时，什么迹象也没有看到呢！真是奇怪。在他纳闷的时候，众人已然排成一列，将棺木安葬下去。接着来了许多手拿锄锹的老百姓，一齐动手筑坟修墓，然后拿来一块木牌，竖在坟上。顷刻之间便料理停当，都一同回去了。那男子当初也不觉得，送葬人去后反倒觉得毛骨悚然，无限恐怖，恨不得马上天亮。当他惊恐不安望着那座坟墓时，坟头突然颤动起来。男子先前还以为是自己看岔了眼，仔细再看，坟头果然在动，他正想坟头怎么会动呢，太奇怪了，只见从颤动的地方钻出一个东西，仔细看时从土中钻出的是一个裸体的人，两臂周身都带着火焰，一面向周围吹火，一面直向汉子藏身的窝棚扑来。由于天光黑暗，瞧不出来者是何形状，但知道它是个庞然大物。

男子心想，坟地一定有鬼，这必是恶鬼要来吞食自己，看来，不论如何也是难于脱身，既然同是一死，如果等它跑进这个狭窄的窝棚，岂不更加不妙，倒不如在它扑来以前，迎上前去给它一刀。想到此处，便拔出刀来，从窝棚里一跃而出，扑到恶鬼身边，出其不意地迎头就是一刀，恶鬼被砍便头朝下地倒在地上。

其时男子朝着村落的方向拼命逃去，跑了很久，走进一个村庄。这时，他悄悄来到一家大门旁边，弯下身子忐忑不安地等待天亮。天亮以后，男子遇见村人，便把自己逃到这里的经过告诉了他们，村人们听后都觉得事出离奇，大家都说："我们前去看看。"于是，许多胆大好事的小伙子，随同男子前去查看，及至来到昨晚下葬的地方，既不见坟墓又不见墓牌，也没有火烧的痕迹，只有一只被砍死的大野猪躺在地上，情景十分可怕。

想来，这必是野猪看见汉子走进窝棚，起意恫吓，才弄了这场玄虚。大家纷纷说道："这东西为了无聊的勾当反倒送掉性命！"

由此看来，如果没有同行伙伴，切不可在远离人烟的野地里留宿。男子到京后，把此事讲说出来，后来传闻在外。

第三十七篇

狐变大杉被射丧命

古时，××时代，春日神社有位主祀官名唤中臣××，他有个侄子，叙爵五位，人称中大夫××。

一天，中大夫的马出去吃草没有回来，他便身背箭筒带领一名随从出外寻找。当时中大夫就住在奈良京南的三桥地方。

中大夫离开三桥，奔向东山寻找，当他约走出五六里地之外时，已入昏夜，天空中只有朦胧的月亮。中大夫以为他的马一定是站在哪个角落吃草，就向前搜寻，在离自己三四丈的地方突然出现了一棵粗约两间房屋、高约二十丈左右的大杉树。他止步坐在地下，把从人唤到身边说："是我看岔了眼呢，还是被什么鬼怪所迷，身不由己地来到这个地方？你看得见这棵大杉树吗？"从人回答说："我也瞧见了。"中大夫说："这么说来，不是我的眼岔，而是迷路神引我们走到这个鬼地方来了。在我们国里，你可记得曾经在什么地方看到过这般大的杉树？"从人答道："完全不记得，某某地方虽然有棵杉树，可是小得很。"中大夫说："果然不错！我们是被鬼所迷了，这便如何是好。真是可怕，不如赶紧回去，但不知我们离家已走出多么远了，想来叫人毛骨悚然！"说罢，就要转身回去，这时从人回禀说："妖怪把我们迷到这步天地，就此回去怎能甘心！不如在这棵杉树上射上一箭，等天亮之后，再来看个究竟。"中大夫听罢说："此话甚是有理，我们两人可一起射来。”说罢，主仆二人一齐把箭扣在弦上，从人说了句：“既然射，就再走近些射吧。”说罢，二人走近大树，一齐挽弓射去，不想那棵大树应声突然不见了。中大夫便道：“果然不差，我们是遇见鬼怪了，实在可怕，赶紧回去吧！”说完飞也似的奔回府去。

第二天天一亮，中大夫便呼唤从人说：“走吧，我们到昨夜那个地方去看个究竟。”主仆二人到那里一看，原来是只脱毛的老狐，它口含一根杉树枝，腹中两根雕翎箭，已然倒地身死。中大夫瞧见这番光景，说了句：“果然不出所料，我等昨夜就是被这个东西所迷。”说罢，拔箭而归。

这件事就发生在二三年前，不料在末世之中，竟出现这般离奇的事。看来，如果迷失道路走到陌生的地方时，就应该引起警惕。

第三十八篇

狐变少女遇播磨安高

古时，近卫府有一舍人名唤播磨安高，他是右近卫府将监贞正之子。

安高年轻时，充当法兴院[①]的侍从，法兴院大人入朝，安高随侍在侧。当时，安高家住京西，他进宫以后，见仆从没有跟来，只好独自回转京西。这天正是九月中旬，色极明亮，夜深独行，来到宴松林的时候，忽见前面走着一个少女。她身穿绛紫色研光紧衣，外套一件紫面黑红里的夹袍，月影下显得非常美丽。安高拖着长靴跟在后面，当他和女子走成并排时，那女子以画扇掩面，看不见她的眉眼，但额上颊边垂下卷卷的青丝，已觉得秀丽绝伦了。

安高走近前去，触着女子的身体，只觉闻到一阵薰香。这时安高开口道："如此深夜，不知何方佳人往哪里去?"女子答道："京西有人召唤，故而前去。"安高闻言说："与其到别人那里，不如就到我安高家去!"女子带笑说："怎奈不知尊姓大名。"说罢，妖媚横生。二人一边谈笑一边走入近卫府门。

这时安高暗自思量，听人说丰乐院内，有妖狐迷人，这女子一路上始终不让看出她的面目，莫非就是狐精不成，待我吓她一

① 指关白大臣藤原兼家。

番，看她怕也不怕。安高想到这里一把拉住她的衣袖说：“你先坐在这里，我有话对你说。”女子赶忙以扇掩面，装出怕羞的模样。安高说：“我实说了吧，我是劫路的强盗，快快将你的衣服脱下来！”说着就褪出一只臂膀，拔出一柄寒光闪闪长约八寸的匕首，对着女子说：“我一刀就可割断你的咽喉，快把衣服给我！”说罢，抓住女子的头发把她捺在柱子上，用刀对准她的咽喉，这时，女子尿水横流，臊臭无比。安高一惊松下手来，那女子忽然变成一只狐狸飞奔逃出大门，“噢噢”号叫，沿着大宫大道一直向北逃去，安高见此又悔又恨，原本怕她是人，所以才迟疑未杀，如果早知她是狐妖，岂能放她逃生，但是既已逃脱，也只好罢了。

也许这次狐妖吓破了胆，日后，不论深夜还是白天，安高走过宫中大道时，再没有看到它了。那狐妖变化美女原要诱惑安高，不料险些丧了性命。

看来，如果孤身一人在人烟稀少的野地里遇见美女，切不可贸然接近，必须三思而行。由于安高有心计，又不为女色所惑，所以才未遭暗算。

第三十九篇

狐变幻别人的妻子

古时，京城有个仆人的妻子，在傍晚时候去大道上办事，许久没有回来，她丈夫正在纳闷为什么她迟迟不归的时候，妻子回来了。

时间不多，又有个相貌与妻子一般无二的妇人走进房来。丈夫看见，料到其中必有一个狐妖，却分辨不出哪个是真，哪个是假，因此不免有些心慌。他左思右想，断定后来的是狐精，拔出刀奔向那个妻子举刀要砍，只见妻子哭叫道："你这是怎么了，为什么要杀我！"他又跑过去砍那先进家门的妻子，她也急得搓手痛哭。

这一来，丈夫不知如何是好，家里就乱成一团，过一会，他觉出先进房来的那个妻子仍然有些蹊跷，便一把抓住她，这时，就见她尿水横流，臊臭难闻，丈夫忍受不住，就松开了手。忽然那个妻子就现出狐身，蹿出屋门奔向大道，"噢噢"号叫着逃走了。事后男子追悔万分，但也无济于事。

看来，这个汉子是个缺少智谋的人，如果他能再加深思，把两个妻子统统捆缚起来，那个假的必会显露原形，就不会让它跑掉了。众乡邻听说此事，都赶来观看，议论纷纷。狐妖作此无聊举动，险些送掉性命。想它是大道上看见仆人的妻子，才变成她的模样，前来作祟。

看来，遇到此类事情时，必须稳住心神，多加思考。人们还说："那个男子在惊疑不定的时候，还没误杀了妻子，也算是差强人意了。"

第四十篇

狐附人体索还宝珠不忘报恩

古时，一家有鬼怪作祟，家里人病了许久，后来，鬼怪附在一个巫婆身上说："我是一只狐狸，来此决非害人。只是想这里地上可能有些食物抛撒，偶然来窥探了一下，不料被镇压住，不能回去了。"说罢，从怀中取出一个状如柑子般的白珠，在手中一扔一接地玩弄着。在场的人都惊叹地说它是颗好珠子，怀疑巫婆事先揣在怀里在此故弄玄虚。这时，坐在巫婆身旁的一个年轻武士，趁巫婆又抛弄白珠时，突然一把抢了过来，揣进自己怀中。

这时，那个附在巫婆身上的狐精连连恳求说："这可不得了，请快把珠子还我!"可是武士毫不理睬。那狐精流泪哀告他说："你将珠子拿去，也不晓得它的用途，对你并无什么益处，可是我丢失了宝珠，就要遭浩劫。不还我的宝珠，我将与你永世为仇，如蒙将它赐还，我必像神灵般地守护在你的身边。"武士觉得对自己并没有什么好处，便说："这样说来，你是一定能守护我了?"狐精答道："那是自然，我一定守护你。我等知恩必报绝不食言。"武士闻言道："你能请镇压你的护法神作证么?"狐精立刻道："护法神听着，只要他还我的宝珠，我一定守护他。"说到此处，武士从怀里掏出珠子递给巫婆，只见她欢喜地接了过去。不久，这狐精被一个有灵验的行者驱走了。

狐精离去后，众人把巫婆按在原地，立加搜查，那颗珠子果然不在她的身上。于是，大家断定宝珠确是附体的狐精之物。

后来，那个抢珠的武士往太秦[①]进香，直到天黑，才离开佛堂回家。及至穿过大内旷地，过应天门时已是深夜，他突然觉得阴森可怕，正自惊异，捉摸其中的缘故，猛然想起有狐精相护之事，于是，独自一人站在黑暗处，连声呼唤道："狐精何在！狐精何在！"喊罢，果然听到"噢噢"鸣叫之声，一看正是一只狐狸。武士心想真是它，便对狐狸说："你这个狐狸果然不食前言，真叫人感念。我路过此处，觉得有些惊怕，请你送我一程吧。"狐狸听后露出领会的神情，跑在前面引路，并且不时地回顾，武士就跟在它的后面。狐狸没有走那惯常走的道路，却领着武士走向另一条道路。正走之间，它突然停下脚步，然后弓腰蹑足，继续前进，并回首示意。武士一见也学它放轻脚步，果然察觉出附近有人。武士暗中窥视，只见一伙身带弓箭的男子聚在那里密议。武士隔墙偷听，原来是伙贼人准备抢劫一户人家。武士这才恍然大悟，狐狸是知道大道上有贼人，才领他走了这条小道。及至走出这条小道以后，那狐狸就一晃不见了，武士安然回到家里。

不仅这一次，以后那只狐狸还经常跟随武士，多方守护，实践了诺言。武士感念之余，窃喜当初没强夺它的宝珠。如果贪恋宝珠而不还它，就难免遭到不幸了。

看来，狐狸也能知恩图报，而不食言。可见，在遇到自己有力援助别人的机会时，对于兽类也应予以帮助。但是也有一些人，他们虽然能明辨是非，知道因果之道，却要心存奸诈，不知报恩，远远不如禽兽。

---

① 指日本古时山城国葛野郡太秦村的广隆寺。

第四十一篇

高阳河畔狐变少女迷惑行人

古时，仁和寺以东有条高阳河。每到黄昏便有一个五官清秀的少女站在河边，见有骑马上京的人打此路过，就上前招呼说："我想骑在你的马后进京。"如果骑马的人说声："可以上来。"将她带在马上，那么走出一里多地以后，她就突然跳下马来飞奔而逃，这时，再要追赶，她就变成一只狐狸，"噢噢"嚎叫着逃奔而去。

由于传说不断发生这类事情，一天，许多禁中侍卫在班房闲谈时，就提起了高阳河畔少女骑在行人马后的事。有个智勇双全的年轻侍卫说："我一定要捉住那个少女，都怪那些人无能，所以让她逃掉了！"另外一些好事的侍卫听后说道："你绝捉不住！"声言要捉少女的侍卫说："既然你等不信，我一定明晚去把她捉来！"众侍卫不好改口，仍然一口咬定说："你绝难捉住它。"结果双方争执起来。这侍卫在第二天夜晚，独自一人骑上一匹骏马，向高阳河奔去。在他渡河时，并未看见什么少女，可是拨马回京时，却发现站着一个少女。这少女见侍卫从那里经过，便满脸带笑说："请你让我骑在马后！"说罢露出一副媚态。侍卫道："快快上马，但不知你往何方去?"少女答道："我要进京，因为天色已晚，所以打算骑在你的马后赶路。"侍卫听说立即叫她骑上马来。侍卫果有准备，等少女上马之后，立刻用缰绳把她拦腰捆在马鞍上，少女问道："这是何意?"侍卫说："我想把你带回家去晚间同床共枕，所以怕你逃走了。"说罢带着她继续赶路，这时，天已昏黑。

侍卫沿着一条大路向东奔驰，当他走过西大官大道拐角时，突然望见东面许多灯笼火把，无数车辆络绎而来，接着传来喝道的声音。侍卫暗想必是王公大人出行，就回马拐进西大宫大道向南驰去。他走到二条拐角又转向东方，然后从东大宫大道直奔土御门。侍卫事先已吩咐他的仆从，在土御门前等候，所以来到土御门就喊："从人们可在?"只听回答一声"我们在这里侍候"，接着便走出十几个人来。

侍卫解开绑在少女身上的缰绳，把她拉下马来，捉住一只膀臂，走进门去，这时有人在前面掌着火把，将少女一直带到班房。这时，众侍卫都并排坐在班房等候，闻听外面喧嚷齐声问道："怎么样了?"这侍卫回答说："已经抓到这里来了。"少女哭着说："现在求你放开我吧，当着这么多的人……"少女虽然苦苦哀告，侍卫仍然不肯放手，直拖进院去。众侍卫走出房来，围了一圈，然后点起通明的火把，说了声"把她放在中间!"这侍卫便道："我不能松手，她会逃走的。"众人闻听立刻把箭扣在弦上说："你尽管放手好了，真是有趣，现在她绝逃脱不了，一个人放箭或许有闪失，现在我们都瞄准了她的腰部，绝无闪失。"那个侍卫见有十几个人挽弓搭箭瞄准少女就说声"既然这样!"随手放开了少女。就在这刹那之间，那少女变成了一只狐狸，"噢噢"号叫着逃窜而去。排立着的侍卫们都转眼不见，火光也顿然消失，登时天昏地暗，一片漆黑。侍卫见此光景，惊慌失措，连忙呼唤仆从，但他身边并无一人。他回顾四周，才知道自己来到一个陌生的荒野中，真吓得他魂飞魄散，六神无主。他强自稳定心神，向四下端详了许久，才认出这块地方离山不远，原来是鸟部野。侍卫想自己是在土御门下马，在这里怎能找到坐骑！他原以为自己绕过西大宫大道，结果却来到了这里。这时他恍然大悟，在一条遇见的灯笼火把原来是妖狐的变幻。但事已至此，久留无益，只得一步步地往回走去，直过午夜才走回家去。

第二天，侍卫便觉精神恍惚，简直像死人一般，其他侍卫等候一夜不见他回来，纷纷嘲笑说："那位老爷说要到高阳河畔捉狐，也不知结果怎样了？"说罢，打发仆从前去呼唤。到了第三天黄昏时分，侍卫才像大病初愈一般独自来到班房，众侍卫齐声问道："那天晚上你去捉狐的结果怎样？"这侍卫回答说："那天晚上我因偶得重病，未能前去，今晚定去一试。"众人闻听讥讽说："这次你可要捉住两只！"这侍卫无话可说，默默而退。他独自盘算说："头一天夜晚，那只狐狸总算被我骗过，今夜可能不敢再出来了。如果它再出来，我一夜也不松手，看它如何逃走，假若它不再出来，我只好永远避居家中不再到班房去见他们。"侍卫打定主意，当晚带领许多身强力壮的仆从，骑马到高阳河畔去。他虽然也想到，自己为此无聊之事逞强，也许白白断送性命，但话已出口也只好勉强前去。

侍卫一行人渡过高阳河时，没有见少女的踪影，从对岸往回走时，却见一少女站在河边，但是她的面貌已经和上次见到的不一样了。她见侍卫骑马过来，仍然像前天晚上那样请求说："让我骑在你的马后吧。"侍卫也立刻叫她骑上马来，又像前次一样用缰绳将她牢牢捆起，然后转回京城，一行人回到一条大道时，天色已经昏黑，侍卫吩咐众仆从有的点起火把在前面开道，有的紧随在马旁，呐喊着缓缓前行，路上并没有碰到一个人。侍卫来到府门跳下马后，一把揪住少女的发髻，向班房拖去。少女虽然流泪哀告，结果还是被带到班房。

众侍卫一见忙问："怎么样？"这侍卫回答说："就在这里。"少女这次被侍卫牢牢捆绑，虽然暂时没有现露原形，可是经不起众人严刑拷打，终于现出狐身，这时，侍卫拿起一支火把，将狐狸身上的毛烧得精光，然后又用箭连连射去，还不住喝道："你仔细听着，从今往后不准你再来害人!”说罢将狐狸放走，并未加以杀害。当时狐狸已经行走不动，只是勉强挣扎着逃出了那里。狐狸走后，这侍卫才把前日在鸟部旷野中了狐狸的圈套的事，详细地讲说出来。

大约又过了十天光景，侍卫还打算再去查看个究竟，便骑马来到高阳河畔，只见先前那个少女面容憔悴，站在河边，侍卫又照先前那样说道：“女娃娃骑在我的马上来呀!”少女说了句：“我虽然想骑，可是经不起火烧。”便转眼不见了。

这只狐狸，原想暗算他人反而饱受折磨。据说这件事就发生在最近，由于是一件罕见的奇事，所以照录于此。

看来，狐狸变幻人形，本是从古到今常有的事。只不过这个狐狸竟敢明设圈套把侍卫骗到鸟部旷野去。奇怪的是，狐狸如果真有这种魔力，那侍卫在第二次为何不见车马，不走错路呢？人们怀疑，狐狸害人也要乘人不备。

第四十二篇

左京属官邦利延遇迷路神

古时，三条上皇禅位前，有一次，行幸石清水八幡宫，当时，左京属官邦利延奉命扈从。那天他本当留在九条大道，却糊里糊涂地来到了长岳寺户。

利延在路上遇见了许多人，他们一面赶路一面说："这附近可有迷路神啊！"利延也随声附和地说"我也听说了"，就走了过去。后来太阳渐渐落山，利延理当到达山崎，但奇怪的是，当他经过长岳附近，本想直奔乙训河边，而两脚却不由已地登上了寺户这边的河岸。他原以为已经过了寺户，眼前涉渡的是乙训河，不料两脚却又走到刚才经过的桂川。

这时天色已黑，他前顾后看，瞧不见一个人影，而先前那些络绎不绝的同路人也都不知去向了。后来天已入夜，利延只好在寺户西面的一座木顶佛堂的檐下挨到了天明。第二天早晨他想，自已是左京属官，理当留在九条，为何竟自来到这里，真是奔波徒劳。我所以在这一块地方绕来绕去，无疑是在九条那里遇到了迷路神，它附在我的身上，带着我东转西转，想后就回了京西家中。

看来，路遇迷路神，是件罕见的事，它竟能把人迷得神志不清，迷失道路，这也许是狐狸作祟。这件事是利延亲口讲的，由于是桩奇事，特照录如此。

第四十三篇

赖光家将平季武渡口遇鬼妇

古时，当源赖光朝臣官居美波国守时，有一次前往××郡。那天晚上，许多家将聚集在班房里，讲说种种故事，大家提起这地方一条河的渡口上有个因生产而死的女鬼，每到夜晚，只要有人经过，那鬼妇就把婴儿弄哭，然后叫喊说："快替我抱抱孩子吧！"说到这里，就有人插言说："有人敢在这时去那个渡口过河吗?"有个名叫平季武的家将应声说："我马上就去渡河！"众人闻听便说："你纵然一人敌过千军，却未必敢渡过此河！"季武说："渡河真是容易不过的事！"众人又都说："纵然你是个英勇无敌的武将，也绝不敢过这条河！"季武见众人说他不敢过河，就和大家争执起来。这时和季武争论的十来个家将便说："我们不能空口争论。"说罢就用锁甲、弓和箭筒以及备好鞍鞯的骏马，金银镶饰的大刀同他打赌，季武见此光景，也约定说："我若不能渡河，也拿出这些东西来。"然后又叮问一句："一言为定吗?"众人道："这个自然，你还是早些动身吧。"季武经众人激励立刻披上铠甲，背起弓箭，从人也……①……如何才能知道?"季武说："我背上的箭筒里除了普通的箭支以外，还另插了一支箭，过河到对岸以后，我就把这支箭插在地上，然后回来，明天早晨可以去看。"说罢走出门去。季武去后，和他打赌的

① 此处原文疑有脱漏。

家将里有三个勇敢好事的年轻人，为了要看看季武过河的真相，就暗地里离开行馆，紧紧跟在他的马后。这时，季武已然来到了渡口。

这天正是九月下旬的一个月黑夜，四周昏黑，只听季武扑通扑通渡过河去，为时不久，便到达对岸。这三个人躲在河这边的芒草丛里侧耳倾听，只听季武到了对岸以后连拍毛皮围腰[①]，仿佛正在拔箭向地上插。过了一会儿，他又拔下装回箭筒，折了回来。三人这回再一听，当季武走到河心，分明有个妇人对季武说：“你快替我抱抱孩子吧！”接着便是婴儿哇哇的啼哭声，就在这时，河里冒出一股血腥气味直扑到河岸上来，这时，三个家将虽然是结伴同来的，也吓得毛骨悚然，恐惧万分，一想到渡河的季武，更吓得魂飞魄散了。

这时，就听季武说：“好啊！我替你抱。”妇女说了声“那么给你”，就把婴儿递了过来，季武用衣袖接过婴儿以后，又听那妇女一边追赶，一边吵嚷说：“好啦，你把孩子还给我吧。”季武说“现在不能还你”，说着就渡过河走上岸来，然后转回行馆，三个家将也尾随在他的马后跑了回来。

季武下马走进行馆，向那些和他打赌的人们说：“据你等说来，过河极是烦难，可是我已经到××渡口，并从那里渡过河去，甚至连鬼妇的孩儿也给抱回来了。”说罢，掀开右边衣袖，不料衣袖里面原来是几片树叶。

后来，暗地跟随去的那三名家将，把渡口的情景说了出来，没有去的人们听了都惊得目瞪口呆，于是按着约定，交出全部打赌之物，季武拒不接受，并且说：“打赌不过是一时言语所激，恐怕谁都能渡过此河。”说罢，退回了那些物品。

闻听此事的人，莫不称赞季武，有人说这鬼妇必是狐妖变化的，也有人说她是临产死去的一个鬼魂。

---

① 此处原文疑有脱漏。

第四十四篇

三人路过铃鹿山同宿古庙

古时，有三个年轻人从伊势前往近江国去，这三个人虽然出身不高，但都性情勇猛，富有智谋。他们路过的铃鹿山中有座古庙，这座古庙，正位于大道当中，本来可供旅客们憩息，不知怎的，很早就传说那里闹鬼，所以无人敢于靠近。

这时，正是夏季，当三个年轻人从山上走过时，突然乌云密布，阵雨骤来，只好站在茂密的树荫下避雨。他们原以为马上会雨过天晴，可是大雨总是下个不住，天却眼看着黑了下来。这时有一人说："走，我们就宿在那座庙里去吧。"另外两个人说："这座庙早就闹鬼，一向无人敢住，怎么好住。"主张要去的年轻人接着说："如果真的有鬼，也好趁此机会看个清楚明白。即使被恶鬼吞吃，也不过是一死，何必计较是否值得。也许狐精野猪作怪，被人们传说成闹鬼。"那二人听后勉强答应道："既然如此，我们就去吧。"这时天色已昏黑下来，三个年轻人便走进古庙投宿。

三人到了这地方，谁也没有合眼，正在闲谈时，其中一个年轻人说道："白天赶路时，我看山里有一具尸体，谁敢现在把它拖来呢?"原来提议在庙里留宿的那个年轻人一听此话便说："这有什么不敢的呢!"另外两个人故意激他说："我们看你现在就不敢去拖。"这年轻人一听，说了声："那么我马上把它拖来。"立刻一件件地扒下身上的衣服，赤着身体跑出门去。

外边大雨仍旧下个不停，天色一片漆黑，这时，另一个年轻人也脱去身上的衣服，赤身露体紧跟着那个年轻人离开了古庙。他抄近道越过前边那个年轻人，先来到放着尸体的地方，把尸身丢进山谷，然后自己躺在尸首的位置上。

正在这时，走在前面的年轻人已经赶到，把躺在地上的同伴当作尸体一把拉起来就要背在身上。这时，被他背起来的年轻人趁势一口咬住他的肩头，那个背人的年轻人说了声："死人哪，不要咬得那样紧！"背起来便跑。他跑回庙里，便把尸体放在门旁，喊了一声："哥儿们，我已经把尸体扛来了。"说着便走进庙里，那个被人背回来的年轻人趁他进庙的工夫便自逃去，进庙的年轻人再出来看时，尸体竟然不知去向，他就站在庙里说了声："原来他逃跑了！"这时，被他扛回来的那个年轻人，从旁边走出来哈哈大笑不止，对他说了实话。他骂了声："你这个发疯的东西！"然后，二人一同走进庙去。

这二人胆量之大，可以说是不分轩轾的，但是，扛尸的年轻人却更高出一筹，冒充死人的事过去也许有过，敢于把死人背回来，就非常难得了。

另外，当那二个年轻人离开古庙以后，庙中天花板的每个藻井中间，都出现了奇形怪状的鬼脸，独自留在庙中的那个年轻人一见，立刻亮出钢刀，那些鬼脸一阵大笑便消失不见了。而那个年轻人却是镇静如常，毫不惊恐。看来，这个人的胆量也不亚于他们的伙伴。这三个年轻人都可算得胆量过人了。天亮之后，他们离开古庙赶奔近江。

看来，天花板上出现的鬼脸，必是狐精作祟。也许人们就把这传说成闹鬼。三个年轻人在庙里安然过了一宿，出庙后也无其他变故，如果真有鬼怪，岂能在庙内，或者离庙以后，都平安无事呢！

第四十五篇

近卫舍人在常陆国山中吟歌而死

古时，在××朝代，有个名唤××××的近卫舍人，或许因为他的职掌是管理宫中的神乐，所以特别善于歌唱。

有一年，他奉旨到关东各国催角力的力士进京比试，途中经过陆奥常陆两国之间的烧山关。这是一座很深的山，××舍人过山时，竟在马上打起盹来，待他惊醒，已经到了常陆地面。他见走出这般遥远，心中有些不安，便脚踢马镫上的防泥板，打着拍子，唱起常陆歌来。他一连歌唱了两三遍，就听从山深处发出惊人的声音说："啊！真是有趣！"然后"叭"的鼓了一掌。××舍人立时勒住了马，问随从们说："是何人说话？"随从回答说："我等不曾听见有人讲话。"舍人听后吓得毛发直竖，赶忙催马走过那里。

舍人走过那里之后，便觉得精神恍惚，如染重病，随从们也都感到非常惊异，不料当天晚上，他竟在旅店一睡不起。

看来，是不可在深山中吟唱这种歌的。必是山神听见他的歌声美妙，将他留下了。常陆歌是当地的歌谣，所以当地的神也非常爱听。人们认为是山神欣赏这个人的歌声，才留下了他，真可以说是无谓的事情。随从们又是惊诧，又是愁苦，结伴回京，并把此事传说出去。

卷二十八

本朝及宿报

第一篇

近卫舍人[①]参拜稻荷神社巧遇妻子

古时，在二月的头一个午日，京城各界人士，不论尊卑贵贱都要去参拜稻荷神社。这一年，拜谒神社的人比往年显得格外多，当天，近卫府里的舍人们也都去了。

地位较高的舍人，如尾张兼时、下野公助、茨田重方、秦武员、茨田为国、轻部公友等，都吩咐从人携带干粮袋、食盒与美酒，会合一起，前去参拜。当他们来到中殿附近时就见拜庙的人，出出入入，这时，迎面走来一个女子，内穿一件绛紫色长衫，外穿两件粉红和葱绿色的绸衫，婀娜地缓步而来。

女子看见舍人们走来，便匆忙转身站在树后回避。舍人们这时个个露出狂态，有的说些轻薄话，有的竟歪头去看这个女子的脸。重方原本是个好色之徒，因为妻子妒忌，时常争吵，这次拜庙，答应绝不在外拈花惹草，才取得准许，可是自从看见这个女子，就不由得停下脚步，注目相视，后来更走近身边低声挑逗她。女子回答说："你本是有妇之夫，萍水相逢，竟说这样深情的话，叫人如何肯信!"女子的娇声，更是令人颠倒。

重方闻言道："我的好人儿哪，我家中虽有个老婆子，那副尊容却长得像个猿猴，性情又那么下贱，只是怕没人给我缝缝洗洗，

① 日本古代官名，近卫府中的下级官吏。

才没把她休弃。我早已打好主意，如果遇到一个心投意合的人儿，我就决心和她离开，所以现在才对你说出这番话来。”

女子闻言问道：“但不知此是真话，还是戏言？”重方道：“我可以对社里的神灵表明心事，今天和你巧遇，使我无限欢欣；想是神灵怜我多年虔诚，才赐给我的，但不知你是孤身独居，还是已有夫主？”

女子说：“我一直在王府当差，未曾出嫁，后来听人劝说，说是当差终非久计，我才辞工，不料那人又于三年前在乡下死去，如今无依无靠，今天参拜神社，也是为了寻觅终身伴侣。如果你有真心，我可以把住处告诉你。”说罢之后，又赶忙说：“哎呀！怎么竟这样轻信路人的话呢，真是可笑，你还是快走开罢，我也要回去了！”说罢，迈步就走，重方搓着双手，高举额头，几乎把帽子抵在女子的胸前，说道：“求神明保佑，你千万不要说这般狠心的话吧，我马上就跟你去，无论如何我也不回家里去了！”说罢，低下头去哀求不已。这时，女子举起手来，隔着帽子一把揪住重方的发髻，对准他的双颊打了几下响亮的巴掌。

重方大吃一惊，忙道：“这是何道理！”等他再抬头一看，原来这女子就是自己的妻子。这才知道中了圈套，惊慌地问道：“莫非你疯了不成？”妻子说：“原来你竟是个这般难以相信的东西！你的同事们都对我这样说，我知道他们是存心挑拨，所以未加听信，如今看来，说的果真是实话。你刚才不是说从今往后不再到我那里去吗，你可要小心神灵惩罚你，怎么你竟能说出这种话来，我今天就打瘪了你的嘴，让人耻笑你。你知道么！”

重方满脸赔笑说：“请你息怒吧，你做得有理。”可是，他的妻子依然不肯罢休。

起始，那些同行的都没理会到此事，及全登上山坡才发觉重方落后了，于是问道：“茨田府生为何不见了？”回过头去一看，只见他和一个女子扭在一起，舍人们说声：“这是为何？”便忙转身来观看，原来他正站在那里受妻子的责打。

舍人们瞧见此情，都纷纷称赞说：“夫人办得对，就应该这样，我们已经说过多少年了。”重方的妻子听大家这样说，便松开丈夫的发髻说道：“今天也让诸位看看你的狼心狗肺。”重方这才整理那已经皱成一团的帽子，朝着岸上走去。妻子一边对重方说：“你快去找你那朝思暮想的女人吧，如果再到我的身边来，小心打断你的腿！”一边走下坡去。

尽管妻子这样说，拜庙之后，重方仍然回家向妻子赔罪，他见妻子怒气已消，便表示亲近地说：“正因为你是我的妻子，所以才这样想方设法劝诫我！”妻子闻言说：“少来啰唆，你这个混东西，就算瞎了眼，认不出我的模样来，怎么连声音也听不出来呢，竟做出那种惹人发笑的下贱神情，真是可耻到极点了！”妻子说罢，自己也觉得好笑。

后来，这件事传说出去，成了贵族子弟们的笑料，从此以后，重方只要看见有他们在座，自己就赶紧避开。

重方死后，他的妻子虽然年纪已经不小，据说还是改嫁了。

第二篇

源赖光的家将游览紫野[①]

古时，摄津国国守源赖光朝臣的手下有三名家将，名叫平贞道、平季武、坂因公时。这三个人俱都是武艺高强、胆量出众、富有才谋、相貌堂堂的武将，在关东屡建功劳，威名远震，从无半点闪失。摄津国守十分看重他们，总叫他们随侍在身边。

有一次，在祭祀贺茂神社节的第二天[②]，三名武将在一起商议说："无论如何今天我们也应该出去看看热闹。"有人感叹说："我实在想看看热闹，只是骑马跑到紫野，有些难看，徒步又拥挤不堪，如何是好呢！"这时有人说："我们可以借用某员外的车，坐着车去看。"另外一人说："我们一向也没坐过这种车，万一冒犯了王公大人，可能被拖下车来踢死，也不值得。"那人又说："可以把车帘里的布放下来，别人就会以为是妇人们了，这个办法怎么样？"二人闻听同道："这是好办法。"说罢，就从某员外那里借来一辆牛车。

---

① 地名，位于京都北郊，当时是斋宫的所在地。

② 古时，贺茂神社于每年阳历四月中旬的酉日举行祭祀，届时，天皇钦派斋王（通常是天皇的公主）率领奉迎使前往致祭，当晚宿在神馆，次日还幸紫野斋宫，此外各皇族也都派遣钦使陪祭，并借此机会大肆炫耀服饰，互相争奇斗艳，所以当祭祀第二天斋王驾返斋宫时，京都万人空巷，沿途睹观，有钱的人并在道路两旁搭设看台，备极一时之盛。

三位武将穿着原来那套藏蓝色的旧礼服上了车，然后放下了车帘，他们把草鞋等物全都藏进车内，连衣袖也未敢露在车帘外边①，看来真是一辆不伦不类的女轿车。

轿车一直驶向紫野，这三人本来从未坐过轿车，如今好像装在盒子里的东西一样，直把他们颠簸得前仰后合，有时把头撞在车篷上，有时两个人的脸对撞在一处，撞得东歪西斜，翻来滚去，苦不堪言。

这样走了一段路程，三人犹如酒醉一般，呕吐起来。

车厢里吐得狼藉不堪，头上的帽子也掉落下来。

驾车的这头牛矫健非常，跑得飞快，直使这三个武将在车上土声土气地叫喊不已，连说："不要跑得太快，不要太快！"这一来，就引起了他们车前车后同行的车中人和随车步行的用人奴仆们的惊异，大家都纳罕，怎么这辆妇女乘坐的轿车中竟会发出许多乌鸦般的喊叫声呢，原以为是关东国的姑娘前来游逛，不成想却从车中发出这般粗野的男子声，实在令人大惑不解。

牛车到了紫野之后，赶车的人从车辕上卸下牛来，把车停在那里，因为这头牛的脚步快，跑到这里的时候，斋王还宫的行列还没有通过，只好在那里等候。三个武将早在车中被颠簸得目眩头昏，精神疲惫不堪，便都倒头睡在车内。

就在他们三个睡得如同死人的时候，斋王率领扈从人等通过这里驾返斋宫，结果他们半点也不知情，直到看热闹的车辆纷纷散去，喧哗的人声才把他们从梦中惊醒。主人吃了苦头之后，又未能瞧见热闹，不由得又是生气，又是妒忌。

他们说："我们平日在千军万马之中，随便出入，何来畏惧，而今却把自己交给这么一个贫贱的牛车夫，任他折磨摆布，真是无聊。如今再若坐车回去，恐怕就要断送了性命，不如在这里暂

---

① 古时日本的妇女坐车的习惯是，从车帘下面把衣袖或底襟露在外面。

等，等大道的游人散尽，再徒步回去。”三人商议妥当，在游人散尽之后，这才下车，打发了车辆，脚下穿着草鞋，把帽子拉到眉下，用扇面挡着脸，一起走回一条的摄津国守府宅。

事后季武对人说：“无论如何勇猛的武将，也经不起轿车颠簸，那次真吃够了苦头，今后再也不敢尝试了。”

由此看来，这三员武将虽然生性勇猛，富有谋略，但因缺乏坐车的经验，饱受颠簸，晕倒车上，以致成为笑谈。

第三篇

曾祢吉忠参加子日之游[1]被逐

古时，圆融天皇退位后的一年，为了排遣郁闷，驾幸船岳[2]作子日之游。当时车驾出堀川宫，从二条往西经过大宫直往京北，沿途看热闹的车辆很多，挤得水泄不通。

扈驾的公卿侍臣，装束华丽，简直非笔墨所能形容。圆融上皇是在云林院南大门前乘马前往紫野的，这时在船岳山北坡，小松簇生的地方，早已经修成水池，造好假山，遍地铺上了黄砂，并且张开锦缎的天棚，前挂竹帘，下铺地板，环绕着栏杆，真是无限的幽雅。

宝座四周，围有锦幕。宝座前设有公卿的席次，往下便是殿上官员的座位，紧靠锦幕的地方设有歌人的席位。

圣驾到后，公卿和殿上官员俱都遵旨落座，歌人们也早奉旨侍候在这里，只听圣上传旨“赐座”才都遵命依次就座。

奉召的歌人中间，有大中臣能宣、平兼盛、清原元辅、源滋之、纪时文等人。这五人本是圆融上皇传谕参加的，所以俱都冠戴整齐地来到这里。

---

① 日本中古时代，于正月子日，人们相率至山野，拔取小松树，祝贺长寿，宴会游戏，称为子日之游，宫中设宴享公卿群臣。

② 位于京都北郊，是大德寺以南，紫野以西的山岗。

大家顺序落座不久，来了一个老翁坐在歌人席位上。这个老翁，头戴帽子，身穿一套黄里透黑的旧便服裙裤，看来状极寒微。在场的人们起始都不知他究属何人，等到注目细看，才认出这人就是曾祢吉忠。殿上官员低声问道："那边来的可是曾丹？"曾丹听见有人询问，便郑重其事地回答说："正是在下。"殿上官员这时便向担任司仪的上皇宫中的侍臣问道："那曾丹到此，可有旨传唤？"司仪侍臣答道："并无旨意。"于是便一一询问是否有人承旨邀他前来。结果，人人都不知晓。

这一来，司仪侍臣便走到曾丹背后，问他说："既无旨意传召，你为何擅自前来？"曾丹见问答道："我听说这里举行作歌大会，所以才特意前来。难道我的诗才不如在座这些大人吗？怎么说不能来呢！"侍臣闻听心想这原是个不邀自来的人，便说："既然没有召见，你怎能来呢，赶快出去！"说罢就撵他走开，但是曾丹仍然不肯离座。

这时，法兴院大臣①和闲院大将②听说此事，吩咐说："抓住衣领，把他拖出场去！"说罢，就见几个年轻力壮的殿上武士陆续到曾丹背后，从锦帐下面伸进手去，一把抓住他的衣领，掀翻在地，拖出帐外，还每人踢了他一脚。曾丹身上挨了七八下。

这时，曾丹站起身来，顾不得整理衣裳，撒腿便跑。殿上官员的从人和赶车的小厮，跟在他的身后，一边追赶，一边拍手笑乐，大家如同追赶脱缰的马一般，喊叫不休，瞧见这番光景的人，不论老少，都捧腹大笑。

这时，曾丹跑上一个山岗，转过头来，对那些追赶嘲笑他的人高声喊道："你们为何发笑，我乃是堂堂丈夫，没有半点愧怍之处。我听人说，今天太上皇驾幸此地，作子日之游，召见歌人，

---

① 指藤原兼家，官居摄政太政大臣。

② 指藤原朝光，官居大纳言左大将。

故而特来参加，不想却被人拖出场外，连踢带打，难道我做下什么可耻的事情不成！”

闻听此话，不论尊卑贵贱，俱都哈哈大笑。后来，曾丹便逃往他处。大家对于这件事情，真到今日还引为笑谈。

由此看来，贫贱之人究竟不谙事理，吉忠虽能歌咏，但心性愚痴，只听说要召见歌人，便不邀自来，以致招到这场羞辱，贻笑大方，传为千古的笑柄。

第四篇

尾张国守在五节所[①]被戏弄

古时，在××天皇朝代，有一卸任的国守，致仕多年，始终没能谋得职位，后来好容易谋得尾张国守的官职，不禁大喜，急速赴任。

这位国守原本为贵公子，富有干才，历任各地俱都政绩昭著，如今到任之后，见当地百业俱废，田园荒芜，便专心致力庶政，于是把尾张治理得民殷物阜，邻国的百姓一时云集，山岗土丘也都被他们辟为田园，不到两年光景，尾张就变成一个繁荣的地方。

后来，天皇闻知也大为嘉纳说："尾张国被前任国守糟践得万业凋衰，民不聊生，新任国守在两年之间，竟能使它变富足了！"朝中公卿和黎民百姓也都交口称赞说："尾张国真变成乐土了！"

国守到任第三年，朝廷传旨命他贡献五节舞姬，尾张国本是个出产绢、丝和棉布的地方，加上国守又是个才干过人的人，所以把贡品备办得样样齐全，不论是衣物的彩色，还是针线的花样，俱都异常美观。舞姬的下处，设在常宁殿西北角，锦帘的颜色，围屏上的锦帐以及棉衣舞裙，样样做得精美绝伦，甚至连一处颜

① 古时，日本朝廷每年在新尝祭（或大尝祭）前后，命五名舞姬演奏女乐，庆岁祀神，天皇亲临观赏。演奏女乐的舞姬，是由朝中公卿和各国国守轮流贡献的，舞姬入宫后，临时住在常宁殿内，她们住的地方称"五节所"。

色不调和的地方也难找到。因此，人们都异口同声称赞说："这位国守真是能挑会选啊！"

由于尾张国舞姬所带来的侍女也高出各地一等，所以殿上官员和藏人们，都不断到下处来浏览观望。这时押运贡物到京的国守和他的公子连同随来的眷属都聚在下处的屏风背后，偷偷窥视。

尾张国守虽然不是出自寒门，但不知为了何故，连他本人以至他的父亲都未充当过藏人，也从未受到上殿的特许，因此，对宫中的事罕闻少见，至于他的公子不消说更是一无所知。如今他们聚集在这下处里，看见宫殿的宏伟建筑和来来往往穿着式样新奇的外衣和绣花罗衫的宫中女官，还有那些穿着露出下裳的礼服和织锦裙裤的殿上官员和藏人们，无一不感到新奇有趣。他们瞧见有人打此经过，便争先恐后地跑出帘外观看，可是一等到殿上官员们近前，便慌忙地逃往屏风背后，以致跑在后面的人，踩住身前人的后襟，前面的跌倒了，后面的人也跟着绊倒在地，有的摔掉了帽子，有的拼命地跑进房里躲入房中以后，又不肯稍停片刻，只要再有人一从外面经过，还是争着出来观看。这一来帘子里便乱作一团，不成体统了。那些年轻的殿上官员和藏人们，瞧见这番光景都觉得好笑。

有一天，他们聚在值宿房里闲谈起这件事来，有人说："尾张国舞姬的下处，装饰得真是五彩缤纷，富丽堂皇，就以舞姬来说，今年也要算他们首屈一指了。不过，这国守的一家人，对宫中的事情毫不知晓，哪怕是一点点小事，也是他们见所未见，闻所未闻的，所以才这样大惊小怪地争着跑出来观看，可是他们又非常害怕我们，等我们一近前，便吓得乱藏乱躲，实在是太有失体统了。我们可以设法狠狠地吓唬他们一下，不知列位有什么好办法？"

有一位殿上官员说："×××××。"另一位接着说："我有一条妙计，我们可以到舞姬下处去，装作极为关切的朋友，用言语暗示他们说：'殿上侍臣们非常嘲笑你们的无知，他们已经商议妥当，所有的侍臣都准备解开衣带，脱去袍服，聚在这个下处门前，排起队来，唱预先编好的嘲笑歌曲。他们编的歌词是"两鬓光光，走起路来摇摇晃晃，只有这样的人，更惹人怜爱"。所唱的"两鬓光光"指的是国守大人两鬓已秃，而却在下处与少女们相伴。所唱的"摇摇晃晃更惹人怜爱"是讥讽弓腰驼背的走路姿态。我这样相告，你等也许不会相信，到了明天未申时辰，他们就要不分老少，袒臂拖袍一齐唱着此曲前来，那时就会知道我所言不虚了。'我的计谋大致如此。"这人说罢，另外一个人说："最好就请尊驾前去，鼓动你那张利口说得动听一些。"大家商议妥当，便各自散去。

这个出主意的殿上官员，就在寅日[①]凌晨，来到尾张舞姬的下处，找到国守的公子，装出一副极为关切的模样，把事先编好的一套言语，详细地讲了一遍，国守的公子闻听，吓得颜色更变。那人讲完话之后，又说："我在此处久待无益，以防被那些大人们看见，趁此无人之际，我要告辞，适才所谈的话，务请守密。"嘱咐已毕，才转身离去。

于是公子就来禀告父亲说："新原少将大人方才亲自到此……"，接着把这事说了一遍。国守一听此话就叨念说："岂有此理！岂有此理！"接着又连连摇头说："昨晚听见这些大人们歌唱此曲，心中就在纳闷，不知它指的是谁，原来是拿老夫取笑，但我有什么过错，竟值得他们编歌取笑呢！想那尾张地方，被历任国守弄得百业荒废，民不聊生，幸而天皇命我继任此职，我苦心孤诣，才把它变成这样的富庶，难道这还有什么过错不成！至于五节舞会的贡献，也是出于天皇的旨意，并不是我自好多事，

① 日本古代照例于十一月中举行"五节舞会"，计自丑日起，至巳日止，凡有五日，寅日即第二日。

实际上我也是不敢抗旨不遵勉为其难的。提起我两鬓无发，若是我的鬓发在青年时就已经脱落，那或者还可讥笑，如今我已经七旬，秃头无发有什么可笑之处，为何要对我唱这‘两鬓光光’之曲呢。他们如果对我有什么怀恨，可以任凭他们打杀以至践踏，无论如何，也不能在帝王宫中，解带袒臂狂歌乱唱，这岂不是有失朝廷礼仪吗？看来必是由于你等躲在房中不敢出门，那位少将大人才编造出这等恫吓的谎言。近来的年轻人是太好捉弄人了。这种办法，若欺骗他人或许可能，我等不才也精通大唐和本朝之事，岂能被这些少年公子们信口所吓倒呢？别人或许能中他们的圈套，老夫是绝不上当的。设若他们果真那样在宫中宽带脱袍无礼放肆，这些人必然身获重罪，那是咎由自取，于我何伤呢。”国守说罢，将袍服向上一撩，露出他那麻杆般的细腿，一手紧扇团扇怒气冲冲地坐在那里。

国守虽然怒气难消，但不由想起昨夜在东面殿前的御街上，那些殿上官员们闲谈的神色，难道真的有此意，天光渐渐到了未时，大家心中惴惴不安起来，未时将过，就听从南殿那边传来一片喧嚣歌声，国守全家聚在一处说：“看，看，好像是来啦！”吓得瞠目结舌。这时，只见从东南方出现一大伙人，一直拥向下处而来，这些人都打扮得异乎寻常，个个敞袍脱褂，把衣服掖在腰间，手牵手走了过来，及至走到下处前面，便探头向房中窥视，有的脱了鞋子坐在席子上，有的靠着墙半躺半卧，有的半个屁股坐在帘上却把脚伸在地下，有的扒在帘上向室内偷看，也有走到庭院之中的。这些人俱都南腔北调地一齐歌唱那“两鬓光光”之歌，四五个年轻殿上官员知道这是有意恫吓，便偷觑帘内已吓得战战兢兢的人来取乐，那些不知底细、年岁较大的殿上官员们，瞧见下处里那些人全都吓得浑身打战，觉得十分奇怪。

且说国守根据事理推断，虽然不相信会有此事，但是如今看到所有殿上官员和藏人们都偏袒袍褂，一边唱着那首歌一边走来，心想：那位少将大人虽说年纪不大，倒也知道体贴人心，看来他告诉我们的这番话是真的了，恐怕我是老糊涂了，否则怎会不知道这是嘲弄我的呢，这位大人的好心真叫人感激啊，但愿他禄位高升，福寿绵长。他想到这里就不禁搓着手祷告起来。

当国守见到这些人们，没有一个冠戴整齐的，个个敞胸露怀像喝醉酒似的向帘内窥视，心想他们必定要把自己拖出房去踏断老腰，于是吓得逃进屏风后去，躲在幔帐的夹缝中不住打战。

国守的几个公子和眷属们，这时早争着逃避起来，一个个吓得浑身战抖，殿上的官员们于是也都返回宫去。

众人去后，国守仍然放心不下，连连探听动静，有人说：“一个人也不见了，都回去了。”这时，国守才战战兢兢地爬出来，颤抖地说：“为什么要拿我这老朽取笑呢，我为了报效皇室遭受此凌辱，真是岂有此理。你们看吧，这些人是难逃惩罚的。自从开天辟地日月鉴照的神代以来，我圣朝从无此事，即使查遍国史，也绝找不到这样的记载，这简直是到了人心浅薄的末世！”说罢，仰面而卧。

隔壁另一个下处里的人们，窥见这种情景，觉得十分可笑，后来，便禀告了关白大臣府的总管，辗转传闻，就传到了各王公大臣的耳中，人们听后无不捧腹大笑。这件事就这样成了当时人们聚会时的话柄笑料。

第五篇

越前国守与六卫府讨欠俸的官员

古时，有位藤原为盛朝臣，当他充任越前国守之时，有一次由于欠发各卫府的伙粮，激起公愤，六卫府的官员走卒人等，俱都带着帐篷等物来到为盛朝臣的府衙，坐讨欠粮，就在府门之前支开帐篷，张开折椅，大家排坐在那里挡住府中人们的出入。

这时正是昼夜短、烈日炎炎的六月天气，众官员从清晨起直坐到未时光景，大家在烈火般的暴日熏蒸之下，虽然有些忍受不住，但也下定决心，不达目的，誓不罢休。

正在这个时候，只见府门微启，有个老管家伸出脖子对大家说："国守本打算早和大家会面，只因大家来势汹汹，吓得公子小姐们啼哭不止，致使久等，如今天气这般炎热，各位在烈日暴晒之下，必然是口干舌燥。因此国守准备隔帘接见各位，对大家说明情由，我打算背地里请各位喝杯水酒，不知各位意下如何？如果认为此事无何不便之处，就请左右近卫府的官员和舍人们先进府一步，其他各卫府官员可待近卫府人员出府之后再来回话，本应请各位一起谈话，怎奈房屋狭窄，容不下这么多人，只好请各位暂等片刻。先请近卫府的官员进见。"

众人正被烈日晒得口渴难当，如今听管家这样说，见有机会说明情况，便都高兴地回答说："这实在令人感激，我等也愿速速进府，禀明此行的意愿。"管家闻听此话，说声"那么就请进吧"，随即打开大门，左右近卫府的官员和舍人俱都进府去了。

在府邸中门的北廊上，早已东西相对地铺着两条两丈来长的长席，中间并排放着二三十张不大不小的条儿，条儿上摆列着许多盘子，盘子里盛的是干咸大头鱼片、咸鲑鱼片，另外还有一些竹竿鱼和盐水煮的大头鱼，所有食物无一不是咸的。水果都是熟得从心里发紫的李子，摆得足有十大盘之多。

食物摆齐以后，管家说："就请近卫府的所有官员，先到里边入座吧。"于是尾张兼时、下野敦行等舍人率领一些身份较高的年长官员一起走进中门，这时，管家说："免得他府官员进来。"便将大门紧闭上了锁，抽下钥匙走进院去。

官员们先排坐在中门里厢，后来见管家催请，便都就席，左右两府官员相对地坐在东西两排席位上。入座后，主人虽然大声催促说："赶快先把酒端上来!"但是始终迟迟不到，这些官员们早已经饥饿难忍，拿起筷子赶忙先来夹咸大头鱼、鲑鱼以及那些鱼，一边吃着一边等待，这时，尽管有人说："来得太慢啦。"但仍然不见端上来。这时，国守也未出房，只是打发人出来告诉大家说："国守本打算接见各位，只因泻肚，一时还不能来，就请各位在这工夫先饮杯水酒，回头相见。"

说罢，有人端来酒杯，只见两个年轻仆人，用削角托盘端来了两只深底的大杯，放在兼时和敦行的面前。接着，便有人提来一个大酒壶，壶里满装着酒，兼时、敦行二人各自拿起酒杯，有人给他满满地斟了一杯酒后，他举杯就饮，他们虽然觉出水酒有些发混，并带酸味，但因已被烈日晒得口干舌燥，因此端起杯来就一饮而尽，并手不释杯，一连干了三次。下面那些舍人们也都渴得喉咙冒火，一连饮了两三杯、四五杯不等，大家正在吃李子下酒时，又有人上前敬酒，于是又饮了四五杯，饮罢之后，国守移座门前，接见大家。

国守隔帘说："诸位请设想一下，下官怎么会无故不发俸米，而劳各催索，自招耻辱呢？情因越前国去年遭受旱灾，未能征得颗粒粮米，偶然收到少许财赋，也被朝廷悉数征调，如今库中一无所存，我家中早已断炊，仆从侍女都各挨饿。我今遭此羞辱，也是命中该然。首先要请各位原谅的就是连简单的饭菜都不能为大家准备。我因前生业报，德薄运蹇，不得备位朝廷，多年奔走幸得外放国守，偏偏遇到这般为难之事。我只能内疚于心，怎敢怨天尤人！”国守说罢，失声痛哭。

兼时、敦行二人见国守痛哭流涕，便说道：“大人所言甚是有理，我等极为同情，但是事关众人生活大事，近日来，卫府中粒米皆无，连一向谨慎自持、恪遵职守的人，也都无法缄然了，我等不是不知大人有为难之处，但为情势所迫，也只好前来请命，实在觉得不安。”

兼时与敦行座位离国守很近，这时，二人的肚子突然咕咕作响，他们怕国守听见不雅，一个用手中牙笏，连连敲打桌子，一个用拳头××××，意在遮掩。国守隔帘一望，听在座之人全都腹鸣山响，那声音就仿佛弹拉弓弦一般。

过了片刻，兼时说声“我先告便出去一趟”，说罢，匆匆离座，其他舍人正难忍受，瞧见这番情景，也都赶忙离座紧跟在兼时身后跑了出去，他们有的下了板地，有的刚一下横板，便泻起肚来。有人刚跑到车房，未容解开裤带已泻了一裤子，也有人仅仅解开裤子撩起衣襟，便水龙头似的泻起来，也有人迫不及待，未等找到僻静之处便随地乱泻。大家见此光景，都不禁苦笑起来，说道：“这件事也没什么可怪的，我们早已料到，这个老头不会干出什么好事来，一定会使些坏招子。不过，我们落到这个狼狈相，也不能尽怨国守一人，也应该责备自己的好酒贪杯。”

过不多时，有人敞开大门说：“请各位出去吧，国守还要请他府官员进府回话呢。”大家一听便说：“这再好不过了，快叫他们进来，也尝尝泻肚的滋味吧。”这时，众官员的裙裤上已然满沾黄水，大家胡乱擦抹一阵，争相跑出府去，等在门外的四府官员便也哈哈大笑，有所畏惧地散去。

原来，这是为盛朝臣定下的计谋，他想：这般炎热的天气，又在帐篷下晒了三四个时辰，这伙东西必然会口干舌燥，这时把他们叫进府来，让他们空肚子吃些李子和咸鱼，然后再喝些牵牛花籽的酸酒，保管个个水泻不止。想到这里，便照计而行。

这位为盛朝臣本是一个善于使用权术、又好诙谐作弄取笑人的人，所以他才用了这个招数。当时人们都嘲笑这些舍人，说他们不该跑到一个诡计多端的人面前去自讨苦吃。

六卫府的官员可能是因为这次吃够了苦头，以后再不去国守府宅坐讨欠发的粮米了。为盛国守也是由于明知无法打发众人回去，才想出这样一个促狭的办法来。

第六篇

歌人元辅于贺茂节日当众落马

古时，有一歌人名唤清原元辅，担任内藏[①]助[②]之后，有一年担任奉迎使前往贺茂神社祭祀。那天，通往神社的一条大道两旁早已被看热闹的年轻的殿上官员挤满，当他从这些车前经过时，所骑的那匹彩马突然打了前失，把他从马上颠倒掀落在地。

围观的殿上官员瞧见这样一位老者从马上跌落下来，心中正感十分不安时，就见元辅迅速站起身来。他头上的纱帽已然摔掉，没有发髻，露出瓦缶般的秃头。牵马人惊慌不止，赶忙取过纱帽递给元辅，元辅并不戴帽，却向身后摇手说："算了，看这乱吵吵的，你且等一时，我有话和那些大人说。"说罢，便走到这些殿上官员们的身边。这时夕阳照在他的秃头上，闪闪发光，样子十分难看。大道上本来就挤满了人，如同闹市，这时都争着跑来观看，更是吵吵嚷嚷，车上和看台上的人也都伸长脖子连说带笑。

元辅走到殿上官员们的车前说道："我想列位大人见元辅落马，摔掉纱帽，必定会感到愚蠢可笑。但是，我却不以为然。试看连那些小心谨慎的人，还有时不免绊倒在地上，何况一匹马，

① 日本古代官府名，属于中务省，保管皇室的金银财宝、服饰、祭品、各地贡物以及佳节时的御膳。

② 官名，即内藏寮的次官。

它原本就是个无知之物，加上大道的石头高低不平，人又在它头上套上缰绳牵着它走，它便不能随意行动。所以我想绝不该怪这个身不由己因而摔倒的牲畜，而且，在马被石头绊倒的时候，我又有什么办法呢。这副震旦式的鞍鞯，光滑如盘，四下都无抓手，因此当马猛地一跌我就从马背上掉了下来，这也不能去责备鞍鞯不好。至于我的纱帽所以掉在地上，是因为没有帽带，单凭头发来卡住它，可是，我的头发已然脱落，因此，也不能责备这顶落地的纱帽。况且，从马上跌落下的并不止我一个人，××大臣在大尝祭[①]祓除的日子就曾落马，××中纳言，当年扈从圣驾在郊外观看放鹰时也曾落马，××中将也曾在贺茂神社祭第二天，走在紫野路上落马，诸如此类的事数不胜数。所以说，初入仕途不知前例的新贵们，不该以此取笑。我看愚昧无知的倒是讥笑此事的列位大人。”元辅每到一辆车前，就是这样列举事实，不厌其烦地数说一番。

元辅说过之后，来到大道中间，挺身站立，高声喝道：“把纱帽拿过来！”说罢，取过纱帽戴在头上。当时瞧见这番情景的人，俱都捧腹大笑。那个拉马的仆人听见呼唤，连忙递过帽子，随后便近前问道：“老爷落马之后，为何不立即戴上纱帽，而要长篇大论地向他们发一些无谓的议论呢？”元辅见问说道：“你休说傻话，我讲这篇道理，为的是以后不叫那些人再讥笑我，不然，这件事就将成为那些口齿伶俐的老爷们的永久笑料了。”说罢，上马从大道扬长走去。

清原元辅本是一个惯于诙谐、专门喜欢逗人发笑的老翁，因此，才能毫不惭愧地说出这番话来。

---

① 古时，日本天皇每年于阴历十一月中旬的卯日向天地荐新谷，并自己尝食，称新尝祭，新天皇即位后第一次举行的新尝祭，则特别称为大尝祭，是最隆重的祭典之一。

第七篇

近江国矢驰郡司误以田乐[①]作舞乐

古时，比睿山的西塔院里住着一博学的僧人名唤教圆方丈，善于诙谐，经常借着说笑，讲经说法，度经世人。

教圆年轻时候，住在西塔，人们都称他为供奉。当时，近江国粟本郡矢驰地方，有一位郡司，多少年来对教圆十分尊崇，他见山中生活困苦，便经常馈赠些东西，教圆处境贫苦，今得郡司照顾，心中很为感激。

一天，教圆见郡司特意前来拜访便问道："不知施主为何事而来?"郡司闻言道："我本着多年誓愿，修盖了一座佛堂，准备虔诚地举行一次法会，请师父看在这几年相交的份上，前去主持。一切所用之物，只要吩咐下来，必当遵命诚意照办，如今我已然上了年纪，只有一心一意为后世积福了。"教圆听罢，说道："这是一件容易的事，请在供养当日天亮以前，派一只船到三津附近来接我。另外，再备好二三匹马，在矢驰河畔等候就可以了。如果为了虔诚修积功德，最好能用舞乐供养，因为这是象征极乐世界的。但有一节，如果请山上的乐师前去奏乐，恐怕不易办到。"

---

① 田乐是日本古代的一种民间演技，据说起源于插秧时节的田间娱乐，击鼓吹笛，演出种种杂技，如高跷和变戏法，其后也有转变，用于寺庙，但在作者的平安朝时代却还是纯然的俗乐。

郡司闻言说："乐师在我住的码头上多得很，此事不劳分神，极易办到，到时，我们就舞乐供养吧。"教圆供奉听罢说道："果能如此，必将功德无量，你赶快回去，到了当天清晨，我一定去往三津河畔等待船只。"郡司闻言答道："谨遵师命，届时定派船只恭候。"说罢起身而去。

到了这天，天光还未大亮，教圆供奉就由西塔院赶忙下山，当他来到三津附近时，才见曙光，这时船只早在那里等候，教圆上船之后，不消一个时辰就开到矢驰，船靠岸时正是巳时光景。

那天和郡司约定的，是派二三匹马，可是现在岸上有十几匹备好鞍鞯的马等候在那里，还有十几个身穿白衣的汉子，站立一排，连同其他仆从足有四五十名之多，黑压压地站满岸边。供奉一看这番情景，心想这可能是看什么热闹的闲人，可是回顾周围又没有新奇的事物。这时，船只已然靠岸，供奉下船后，有人拉过马请他骑上，陪同前来的两位法师，也随着骑上了马，在前面引路。只见身穿白衣的十几个人也都纷纷骑上了身旁的那十几匹马，供奉这时才明白原来这些人都是郡司派来迎接自己的。

这时已经红日高悬，教圆法师催马赶路，只见骑在马上的白衣人，有的从袖中伸出两手挥动着鼓，敲着拴在腰中的一面黑色腰鼓。有的口吹横笛，手敲梆子，还有举着类似竹刷和木耙的乐器，合奏了几支田乐的曲子，一时连吹带打很是热闹。供奉看罢，暗自纳闷，心想到底要做什么呢。可是路上又无人可问，只好闷在心里。

后来，供奉见这些田乐的家伙，有的跑在自己的马前，有的随在马后，也有随在左右两旁的，心想，乡里今天莫非举行什么灵会[①]不成，自己来得实不凑巧，如今被这些家伙围在中间，真是不成体统，一旦碰到熟人，如何是好。想到此处，便以袖掩面，

---

① 日本古代民间祭祀瘟神怨鬼的庙会。

避免被人看见。后来好容易望见了郡司的府宅，就见门前站着成百上千的人在那里观望。供奉心中恨不能立时赶到，谁知这伙奏乐的家伙，又朝着供奉一齐敲起鼓来，对面还有人用木耙挑着草帽，举在头上摇动，这一来，供奉被挡得欲行不能，心中甚是愤怒。

好容易来到郡司府门，未等供奉下马郡司父子出来相迎，二人分在左右拉着马嚼，直入府内。尽管供奉口中说："且莫如此，就让我在这里下马吧。"但郡司仍不听从，只是说："那如何使得!"

且说这些奏乐的家伙，也随在供奉坐骑的两旁，敲敲打打地走进府来。郡司刚刚夸奖了一句："你等吹打得不错。"就见三个打鼓人又在马前对着供奉得意地敲打起来。供奉恨不得一时到达庭前早些下马。可是，这些人却在马前边跳边走，马也无法迈步，只好缓缓前行。这时院内早已拥挤不堪，嘈杂之声乱成一片。供奉骑的马总算挨到了廊下，他欢喜地下了坐骑，被拥在××坐下。

供奉心中纳闷了好半天，所以在坐下之后首先向郡司问道："请问施主，演奏田乐，是何用意?"郡司答道："下官去西塔院时，师父曾吩咐说若要诚心修积功德，必须准备音乐，所以才遵命照办。同时，也有人说，必须以鼓乐迎接法师，故而就派遣他们去了。"

供奉闻听，才明白原来这个蠢材把田乐当作了法乐，心中虽觉好笑，但也无人可讲。供养已毕，教圆返回山中，便把此事讲给那些年少好事的小和尚听，小和尚们听后俱都捧腹大笑。教圆供奉原来就是一个能说会道的人，这桩事不知要被他讲得如何可笑呢。

哪怕是一个穷乡僻野的愚夫也都懂得这些事情，而身为郡司竟会无知到这种地步，所以听说此事的人都嘲笑不已。

第八篇

木寺僧基增出言挑剔换来绰号

古时，一条摄政①把自己的桃园府改为女尊寺，每年春秋两季在这里举办讲经法会，邀请比睿山、三井寺，以及奈良佛寺的各有道高僧前来讲经。有一次，众僧都已经到齐，只有夕座②的讲师尚落后未来，于是，众僧人排坐一处，有的诵经，有的闲谈。

讲经的法坛设在正殿南面，众僧坐在这里，正好望见南面的园林山水，深邃雅致。在座的山阶寺僧人中算说："好美的景色，这府里的树林和他处迥然不同。"这时，坐在他身旁名唤基增的木寺僧人，立刻插嘴说："奈良法师怎么这样乱说呢？应该说是'古多知'，怎能说成'茂多知'③？为何这样无知！"说着，连连弹弄指甲，表示轻蔑。

中算受了木寺的基增僧这样揶揄，便接口说："果然是贫僧说错了。那么，尊家的法号就该称为小寺的小僧了。"在座的僧人闻听此话，顿时哄堂大笑起来。

---

① 指藤原伊尹，曾任摄政、太政大臣，人称一条摄政，死后赐谥谦德公。

② 在法华八讲会、最胜王经会等讲经法会上，分朝夕两班，夕座即指下午的一次讲经。

③ 树林原文云"木立"，训读云古多知，亦可云茂多知，但比较不通行。下文木寺的"木"，基增之"基"，均读作茂，如改读作"古"，便有"小"字的意义，故可以作为"小寺的小僧讲了"。（增字读音亦与僧字相同。此则纯是用了字音作为调笑之资，故不能如文直译。）

这时，摄政大臣听见了笑声，便问："为何发笑?"众僧便将此事原原本本禀报上去，大臣道："这是基增上了当了，他事前未能看破中算讲话的用意，所以反受其窘了!"大臣说罢，众僧越发觉得可笑。从此以后，便给基增起了一绰号叫作"小寺的小僧"。

基增由于无端挑剔别人，结果反换来个绰号，真是追悔不及。

基增本是××的僧人，因为住在木寺，便被人称为木寺基增。中算乃是一位有道圣僧，只因性喜诙谐才故意这样讲话。

第九篇

禅林寺上座助泥交不出食盒

古时，禅林寺里有位僧正，法号深禅，他本是九条大臣[①]的公子，出家后，成了一个杰出的修道僧。德大寺中的贤寻僧都就是他的弟子。

深禅幼年在东寺剃度时，由于参加仪式的人很多，这天需要大量食盒，所以他的师父僧正打算预备三十担食盒，于是吩咐禅林寺上座助泥说："拜佛的这天，需要三十担食盒，请你吩咐他们赶快筹办！"助泥领命后，列出十五个人的名单，叫他们每人分担一担。僧正说："还有十五担让谁分担呢?"助泥回禀说："只要有我助泥，就不愁没有食盒。这三十担的数目，本可由我独力筹办，因为你吩咐大家筹办，所以才让别人分担一半，剩下的半数，我助泥一人承办好了。"

僧正闻听便道："这太好了，那么就快去准备吧。"助泥说："若说这些微小事能难倒人，岂不太可怜了!"说着便转身走去。

到了那天众人把分担筹办的那十五担食盒都已经送到，唯有助泥的未见送来。僧正还纳闷助泥为何这样迟久不来交差，就见助泥撩着两个裤角，手中扇着一把大扇，得意扬扬地走来。僧正瞧他的神情便说："食盒的主人来了，你们看他那得意的样子吧!"

---

① 指右大臣藤原师辅。

这时助泥来到佛前，昂然抬头站着不动。僧正问道：“这是何意?”助泥毫不介意地回禀说：“是这么回事，还有五担食盒没有借到。”僧正闻言发了急，说了声“什么”，助泥见师父急得语音都变了，便又回禀说：“因为我把它忘在脑后了。”僧正怒喝道：“好个没来由的东西，如果你分派别人去做，四五十担也不难找到，你这东西心里究竟想些什么，为什么误了事!”于是大声喝道：“你给我过来!”助泥这时已急忙溜了出去，不知逃到那里去了。

助泥僧本是个玩世不恭的人，此后“助泥的食盒”就成了人们谈笑的口头禅，他真太恶作剧了。

第十篇

近卫府舍人放屁出丑

古时，左近卫府里有个名唤秦武员的舍人，官居将曹[①]之职，一天，他到禅林寺僧正的禅房来访问，僧正便将他让到客房谈话，武员在僧正面前欠身坐得太久，一不留神竟放出一个响屁来。

当时不仅僧正听见了屁声，在他面前的众僧也都听得清清楚楚，所以僧正感到不快，便闭口不语，其他僧人也都面面相觑，呆视了半晌。这时，武员突然张开两手，往脸上一遮，说道："唉呀，真是羞死我也！"这句话刚一出口，僧正前面的僧人便都哄堂大笑起来。武员乘着笑声，赶紧站起身来，逃离寺院。

从此，武员许久也未再到禅林寺来。这类事当时虽然觉得好笑，但是事过之后，也就失去谈论的价值了。人们说："正由于武员是个爱说笑的近卫舍人，才能够说出'真羞死我也'这句话来，如果换上另一个人，必然大受其窘，不声不响地待在那里。假如这样，在座之人也将感到难为情，为之局促不安了。"

---

① 近卫府的官名，在将监之下，府生之上。

第十一篇

祇园寺方丈感秀被当作诵经香资

古时，祇园寺的方丈感秀和一位很有名气的国守夫人私通。

国守对于这件事虽也略有耳闻，却假装不知。一天，感秀在国守出门时随后潜入府来，进了内室，正在得意扬扬的时候，国守回府来了。

国守见夫人和侍女们神色不安，心中早已明白是怎样一回事了，及至走进内室看见一只带腿的木箱[①]破例上了锁，知道其中必定是装着僧人，当时便把老家院唤来，又叫来两名夫役，吩咐他们说："把这只箱子送到祇园寺去，权当诵经香资！"说罢，交给老家院一封信，立即由两名夫役把躺箱搬出房来抬出府去。国守的夫人和侍女们瞧见此情，虽然心中惊恐，但也不敢开口。

家院就把木箱送到祇园寺中，寺僧们出来一看，以为箱中必是贵重的财物，都说："赶快去禀报方丈，先不要开箱。"于是叫一个僧人进去禀报，过了半晌，僧人回来说："没找到方丈。"

这个奉命来送诵经香资的家院说："我等还有公干，不能等候过久，有我在此，你们尽管放心打开验看！"寺僧们听罢，议论不一，都说："这如何是好？"这时，就听箱中有人有气无力地说：

---

① 原文云"唐柜"，是一种长方木箱，带有四只或是六只脚，离地约数寸，乃是中国古时的式样，所以有此名称。

“就请上座开吧！”僧人和送箱的差人们听了，都大为吃惊，没有办法，只好战战兢兢地打开箱盖，却是方丈从箱中伸出头来，僧人们瞧着本寺的方丈，吓得瞠目结舌，一哄而散，送箱的家院和差人也逃回府去了。这时候方丈才从箱中出来，躲藏不见。

由此看来，国守当时如果把感秀拖出箱来踢打一顿，也得张扬出去受人非议，所以才采用了一个聪明的羞辱僧人的办法。感秀方丈虽然是个能说会道的，但是如今身在箱中，也只能这样说了。

此事传出以后，世人都说这真是一件快人心意的绝妙奇谈。

第十二篇

某殿上人家人与名僧有染

古时，有位殿上人，他的夫人私通了一个有名的高僧，但他本人却一无觉察。这件事有关隐私，只好不说出他的姓名来。

这天，正是三月下旬，殿上人刚上朝，那名僧便来到府中，得意扬扬地脱袍解带，夫人近前接过僧袍顺手便排在搭有丈夫朝服的衣架上。

这时，那位大人在朝中班房里，吩咐他的随从说："我要同大家外出闲游，回去拿我的衣帽来。"随从受命，就赶回府来取衣服。

夫人听说，顺手从衣架上拿起一件软绵绵的袍子，连同帽子，一起装在衣袋里，交给随从带去。

那随从拿着衣帽，赶到游散的所在，便交与了主人。打开布袋一看，里面有一顶帽子，再看叠着的衣服则不是礼服，而是一件用柯树叶子染成的浅黑色僧袍。主人瞧见僧袍，心中纳闷，半晌不解其意，反复思量，才恍然大悟。当时，在场同游的各位官员，都已瞧见这件僧袍，主人纵然感到羞愧不安，但也无可奈何，他把衣服叠起，重新装入衣袋之中，照旧送回去，并修书道：

每年四月一，
才得换新衣，

而今时尚早，
夫人何太急。

从此，主人再未回府，与妻子永断关系了。

原来那件僧袍和礼服排在一个衣架上，这位夫人未加分辨，竟在仓促之间随手一拿，抓起僧袍觉得绵软软的，就错当着礼服装入袋中。如今瞧见丈夫的书信，真是惊讶得不知如何是好，但事已至此无法挽救了。

那位官员对这桩事，虽然讳莫如深，但终于传扬在外，人们都绝口称赞这人的心地仁厚。

第十三篇

银匠延正触怒花山上皇

古时，宫中有一银匠名唤延正，是延利的父亲，唯明的祖父。

有一次，花山上皇因故降旨将延正押在检非违使署内，但是仍然怒气不消，又下谕道："务加严惩"。于是检非违使就在衙中放了一只大罐，罐中盛满凉水，然后将延正装入罐中，只许他的头部伸在罐外。当时正是十一月的季节，延正冻得浑身打战。

后来渐渐到了深夜，延正尽力喊叫，原来上皇的宫室与检非违使署相距不远，这奴才的叫声可以听得清清楚楚。延正连声喊说："世上的人们，切要紧记在心啊！千万不可到这手握大权的法皇身边来，这里实在是可怕极了，你们还是安分守己做一个贫贱的百姓吧，听见没有，要牢牢谨记啊！"天皇听见这番呼声，便道："这奴才真是能说会道！"说罢，立即将他召出府衙，赏赐后加以释放。

因此，人们说："延正原本善于辞令，结果终于沾着口才的光，得到了恩赦！"不论尊卑贫富的人，都说："这家伙由于炼银险遭厄运，由于嘴巧竟又脱离了灾难！"

第十四篇

仁净禅师嘲笑宫女反受其辱

古时，在朱雀天皇朝代，朝中有位禅师，法号仁净，他不仅善于讲经说法，而且性喜诙谐，经常同朝中的一些官员揶揄取乐。

有一年，仁净禅师入宫主持佛名法会①，路过藤壶院②门口时有一名唤八重的宫女，正以桧木扇掩面站在门前，仁净瞧见宫女便说："茅厕拦上桧木墙，就能挡住贱丈夫不进去吗?"宫女不等他说完，立刻还击他说："为的是不叫那秃尾巴狗进来!"仁净上殿后，对殿上人说："好厉害呀，我被八重抢白了一顿。"殿上官员们听了这番话，也都很赞赏宫女八重。从此以后，八重的名气日上，邀得各宫各院的称赞。

仁净禅师本来是个善于揶揄人的人，如今却受了宫女八重的嘲笑，心中真是哭笑不得。古时候，不少这样能说会道的女流，当时人们都津津乐道这件事。

---

① 读诵佛名经，唱念三世诸佛法号以消灭一年罪障的法会，古时，每年从十二月初九起，在宫中清凉殿，以及各"国"的国分寺同时举行三天。

② 古代宫中的王院之一，名"飞香舍"，在后凉殿北，因种有藤萝，故名。

第十五篇

丰后讲师智退海盗

古时，丰后国有位讲师[1]名唤××。他在丰后不觉任期已满，为了在这里蝉联下去，便将许多财物装入船中，要带往京中打点。正当启程之时，有一知己对他说："近来海盗出没无常，如今你携带许多财物，不带兵丁保护，乘船进京，过于大意，我看你还是约请那些本领高强的人们一同前去，方为妥当。"

讲师闻言道："如果说有什么意外，那是我抢海盗的财物，海盗也抢不了我的东西。"说罢取过三筒箭矢，装入船中，连一个得用的武士也未携带，便动身往京城去了。

讲师的船过了几国，一日，正在张帆行驶之间，忽然前后出现两三艘怪船，有的横在船前，有的从船后围上来，船中的人们知道是遇到了海盗，都吓得魂飞魄散，但是，讲师却声色不动。

为时不久，海盗的一艘船逼上前来，看看来到船边，讲师穿起一件青布方领罩衣，戴上一顶深黄色的绸帽，将身子向舱口挪了挪，稍稍卷起船帘，对逼近船来的海盗说："逼上前来的是什么人？"海盗说："我们是受苦的人，特来求告一些粮米。"

讲师道："我这船里，粮米也有些，绢绸等物也足够人穿用，不管怎样，一切都可悉听尊便。你今既然声称是受苦之人，倒叫

① 日本古代在各地方的国分寺里，讲说佛经的僧官。

人十分同情，本想送你少许礼物，只是怕筑紫地方的人闻听此事会说：‘伊佐道僧在某某地方被海盗缚起，将财物抢劫一空。’因此纵然有此心意，也碍难奉赠了。能观今已八十，自己也不曾想到能活到今日，我在关东屡经大战幸得不死，今在八旬之年，遇到你们，我想也许是命该死在你等之手，所以毫不惊慌。你等可从速上船，将老僧的头割下。船上的家将们听着，你等切切不可与来人动手，如今我既已身入佛门，再不想与人交战。你等赶快划过船去，叫他们上船！”

海盗听了这番话，说道：“原来是伊佐新入佛门的平氏啊，我等快快逃命吧！”说罢，划起船来奔逃而去，海盗的船只造得与众不同，划起来疾如飞鸟。

这时，讲师对手下从人们说：“你等可曾看见，我的财物岂容那海盗劫夺！”结果，将财物平安地带到京城。后来，果然他又连任丰后国的讲师，随同一位官长重返筑紫，对人们讲说途中遇盗之事，人们听后称赞说：“这老僧真是狡猾得像个海盗。”也有人嘲笑说：“这家伙能想起冒充伊佐新入佛门的平氏，他的机警实在比伊佐新入道僧还要高出一筹。”

这位讲师原本是个善于辞令的人，所以遇见海盗，才能从容不迫地打发。

第十六篇

阿苏史官[①]巧计脱强人

古时，有位史官名唤阿苏××，这人身材虽然长得不高，却极工于心计。

阿苏家住西京。一天，他因公务到宫中去，直到深夜后才动身回家。他出得东宫门之后，乘车顺大宫大道向南急行，这时，他脱下身上的朝服，随脱随叠，整整齐齐地压在车中的席下，再把铺着的草席照样铺好。史官本人只穿着布袜，戴着纱帽，身上一丝不挂坐在车中。

车子由二条转向西方，路过美福门[②]时，"呼啦"一声从门旁闪出一伙强盗，他们上前拉住车辕，殴打车夫，车夫吓得弃牛逃走。跟在车后的两三名仆从，这时也都纷纷逃去。

强盗来到车前，扯开车帘向里一看，只见史官光着身子坐在车中，不禁暗自吃惊，问道："你为何这种模样？"史官举起牙笏，像对上司回话似地回答说："方才在东大宫大道上，也有像尊驾的一伙人，把我的衣服都已经拿去了。"

强盗瞧见这番情景，也觉得好笑，随即丢开他匆匆离去。史

① 日本古代朝廷的第四等官，在神祇官（掌管全国神社和祭祀的官吏）和太政官（即现在的内阁）称"史"，在各省及其他官厅则分别称"录""疏""主典""令史"等。

② 宫城南面之门，在朱雀门之东。

官见强盗已走，便高声喊叫车夫，众仆人闻声，也都走了出来，安然返回家去。

史官把途中遇盗之事对妻子学说一遍，妻子闻听嘲笑说：“我看你用心之深，真是甚于贼盗了。”

史官之心诚然令人可怕，他能把袍服事先脱掉收藏起来，准备好如何对答强盗，这种心计绝非一般人所能想到的，并且由于他的口才出众，所以才能想出这番话语来。

第十七篇

左大臣府诵经僧食菌[1]致死

古时，当关白大臣藤原道长任左大臣，住在枇杷殿时，府中有个诵经僧人名唤雅静，本是福田院里的和尚。

枇杷府院内的南面，有一小屋，僧人雅静就住在这间房里。一年秋季，僧人身边的道童，看见小一条神社里的紫藤树上长着许多菌子，便摘了一些献给师父，他对师父说："您看我摘来这么些东西。"雅静一见高兴地说："这东西实在不错。"立刻命道童煮熟，弟子道童三个人吃了一顿。

三人吃罢，过了片刻，就觉得腹中难过，接着便呕吐不止，他们痛得实在无法忍受，倒在地上来回翻滚，结果，师父和道童双双死去，剩下那个弟子也大病了一场，几乎丧命。

这时，有人向左大臣禀报了此事，左大臣闻言不胜悲叹，想到僧人贫穷，便赏下许多绢绸、布匹和粮米作为安葬费用。雅静在府外的那些弟子和门徒，这时都集聚而来，把师父的尸体运走埋葬起来。

后来，东大寺里有个僧人到府中诵经，他也住在府院附近中毒身死的那个僧人的房间里。有一天，同室僧人见东大寺这个僧

---

① 原文云"平茸"，乃是"担子菌"科的一种菌类，原本可以食用，因为味道有点像鲍鱼，所以又名鲍鱼菌。

人呼唤侍僧前来，耳语半晌，侍僧便领命出门去了，看光景是差他出去办事。为时不久，就听见那个侍僧从外边回来，袖中满满装着东西，他用另一只袖子掩盖着偷偷走进房来。及至放下之后，才看出满袖筒都是菌子。同室僧人心想，不久前已经发生这般可怕之事，如今还要这些平菌来何用，担心地在一旁观看。

稍过片刻，就见侍僧把菌子烧熬端过来，东大寺的僧人也不用饭，只是一个劲地吃菌，同宿僧人瞧见便问：“你为何突然吃起这平菌来了？”僧人说道：“这个毒死雅静的平菌，我取来是为了自己吃的。”同宿僧人闻听惊呼道：“这是为什么，难道你疯了不成？”东大寺的僧人回答道：“因为我很想吃它。”

同宿僧人见他毫不在意地吞食，自己也无法拦阻，便赶紧来到府中，报告说：“如今又出了一桩大事，特来禀报。”于是原原本本禀告了。左大臣听罢说：“真是一件怪事。”正在叹息之间，东大寺的僧人因为已到诵经时间，便也来到府中。

大臣问他：“你吃这种平菌是何用意？”东大寺僧回禀说：“我见大人赏赐雅静埋葬费用，感到他十分光荣，心中羡慕，暗想等到自己死后，一定会被弃尸道旁，倒不如也吃菌死去，或许和他一样得蒙赏赐，因此，才吃了它，不成想到现在还是活着。”左大臣听罢不禁好笑，说了声：“真是一个狂僧！”

由此看来，这个僧人是明知道自己吃了剧毒的平菌也不会中毒，所以才故作惊人之语。当时，世人把这件事传为笑谈。人吃菌中毒立刻丧命，也有人不死，看来这一定是和吃法有关。

第十八篇

金峰山方丈食毒蕈不死

古时，金峰山寺有位年迈的方丈。在早年，金峰山寺的方丈，必须由全寺选修行年限最久的老僧担任，直到后来，才改变了这种习惯。

当时，这位修道最久的老僧在寺中担任方丈已经多年，而资历居第二位的僧人，却一心盼望方丈早死，自己好来继任。尽管他朝夕盼望，但这位长老方丈却身强体壮，毫无半点死的象征，那位僧人很为此事苦恼，暗自盘算道："方丈虽已年过八旬，但身体却异常康健，看来还像不到七十之人，我如今已经七十，说不定等不到继任方丈就得死去。有心打死这个老方丈，又恐怕事件败露，为今之计只有想法把他毒死。"于是，便打定主意谋害老方丈。

这僧人想起三宝，对于自己的恶念，虽然也有些恐惧，但又觉得除此别无他策。他想起有一种名叫"和太利"的毒蕈，人吃了之后可以毒死，于是便心生一计，打算取来毒蕈，加意烹调，然后说是香蕈，送给方丈吃，那时必会置他于死地，自己岂不就可以当上方丈了。

当时正是秋季，僧人独自到山中采来大量的"和太利"，等到将近黄昏的时分，才回到房中，背着人把所有毒蕈都切碎放入锅中，加意烹炒，味道十分鲜美。

第二天清晨，天刚刚发亮，僧人便差人去请方丈，请他“急速前来”，方丈马上拄着拐杖来到，僧人和方丈对面落座后说：“昨天有人送给我新鲜香蕈，我已把它煮得，所以请你来尝尝，我想你已年老，必定想吃些美味。”

方丈心中欢喜，坐在那里点首称是，僧人给方丈盛了些软饭，把炒好的毒蕈又炖了炖，炖好的咸汤菜拿给他吃。这位老方丈果然饱餐了一顿，僧人本人吃的却是事先准备好的无毒香蕈。

方丈吃罢，连汤也没剩，僧人心想，这回可算大功告成。当他正在提心吊胆等着方丈呕吐翻腾的时候，不成想这位老方丈却一切如常毫无变化。僧人心中有些惊疑，就见老方丈咧着豁牙的大嘴，微笑着说：“老僧多少年来也未曾吃到这样美味的‘和太利’了！”僧人听方丈戳穿他的诡计，知道老方丈早就认识此物，所以又惊又愧，一时说不出话来，只好转回房去，老方丈也独自回房去了。

原来，这位老方丈多年来专喜爱吃“和太利”，不怕中毒，那僧人不知此情，竟准备用它来毒害他，结果，事与愿违，只好作罢。

由此看来，毒蕈纵然有毒，也有人不怕它，吃后可以安然无恙。这桩事由该寺的一个僧人传说出来，所以人们都知道了。

第十九篇

比睿山横川院某僧食平菌中毒往佛堂诵经

古时，比睿山横川院住着一位僧人。一年秋天，房中的僧人到山中砍伐树木，顺便在树上摘了些菌子回来。众僧人瞧见，有人指出："这不是平菌。"但也有人说："这才是真正的平菌呢！"于是，这僧人将它煮成汤菜，放了些榧子油，饱吃了一顿。

僧人吃后不多时，就觉得腹中难过，呕吐不止，但也无法医治，他披上道袍便到横川院中堂去诵经。

到了那里，便由××僧人担任主持佛事的首席，在佛前祷告祈禳。首座僧人祷告已毕，便说法道："师兄虽然身居一乘[①]之峰，但因未习六根[②]五内[③]××之位，以致误将耳根用于舌根而身染重病。纵然辗转寻访登上灵鹫[④]，都以为是不知名的山岳[⑤]而迷惘徘徊。回向大菩提[⑥]！"执礼众僧，闻听此言，俱都拜腹大笑。

这僧人经过这场惊险，总算保住了性命。

---

① 指比睿山而言，延历寺最初曾被称为一乘止观院，故此处曰一乘。

② 佛教语，指人的眼、耳、鼻、舌、身、意六者而言，认为人之欲望皆由此六者而生，故曰六根。

③ 指心、肝、脾、肺、肾五脏而言。

④ 这里喻僧人贪口腹之欲。据佛教传说，释迦牟尼说教于灵鹫山。

⑤ 日语中山岳的"岳"和平菌的"菌"同音，这里喻僧人误食毒菌。

⑥ 这是僧人在讲经说法终了时的惯用语。

第二十篇

池尾禅珍供奉鼻长过人

古时，池尾地方住有一位禅珍内廷供奉，他六根清净，力学真言，虔诚修道，因此，庙里香火很盛，佛殿僧舍，经常整洁如新，寺中按时举行讲经法会发放僧斋，因此寺内总是住满僧人，十分热闹。浴室每日按时烧火，供寺僧们沐浴，显得格外繁盛。由于寺庙兴旺，移居来的百姓也一天多于一天，附近的民房，围着庙宇建筑起来，成了一座繁华的乡镇。

但是，这位内廷供奉却长着一个长鼻子，约有五六寸，直垂到腭下，鼻子的颜色红而发紫，上面还长满疙瘩，像是块大橘皮。这个鼻子有时臃肿起来，刺痒得无法忍受，因此，要经常用大壶烧开水来熏烫，烫时为了怕热气蒸脸，就把木纸盒钻个可以放鼻子的窟窿，再把鼻子伸进窟窿里放进壶中，经过长时间熏烫，再把鼻子抽出来时，鼻子颜色就变得更紫了。烫完后内廷供奉便侧身卧倒，在鼻子下面垫上东西，叫人使脚用力来踩，初踩时从每个黑疙瘩孔里，冒出一股气似的东西来，继续用力踩去，便从每个孔中蹿出一条小白蛛。如果用镊子向外拔就可拔出一条长约四分的白虫。白虫拔出以后，剩下的是一个个空洞。这时再像先前那样把鼻子放入热水中洗涮、熏烫，鼻子就立刻缩小，最后可以缩到和普通人的鼻子一般大小。只是再过两三天，鼻子又感到刺痒，照旧臃肿膨大起来，如此反复，一年之中很少有不肿的时候。

因此，他每当喝粥的时候，便得叫一个徒弟坐在他的对面，拿一块长约一尺，宽约一寸的平板，来托着他的鼻子，一直托到他吃完之后，才能放下。倘别人来托鼻子，就难免托得不得法，会使他感到难受，连饭也吃不成了。所以他就指定一个徒弟专门给他托鼻子。

有一次，这个徒弟卧病不能起床，在吃早饭时，无人给内廷供奉托鼻子，当他正为此事发愁的当儿，有一个道童对其他弟子们说："如果叫我来做，一定可以托得很好，绝不亚于少师父。"弟子们听后，便把道童说的话报告了师父。这道童本是庙中的一个中童子①，长得眉清目秀，曾侍奉过上座僧人，因此，内廷供奉便道："既然他这么说，就叫他来好了。"吩咐后便有人把道童带了进来。

道童拿起托鼻子的木板，端端正正地坐在对面，托得不高不矮，侍候内廷供奉喝粥，僧人感到果然托得不错，便说道："这个侍童果然托得不错，比往日那个托得还好。"说罢，喝起粥来。正在这时，道童想打喷嚏，把脸往旁一转说："我要打个喷嚏。"说着喷嚏起来，由于在打喷嚏时手一发抖，掀动了托鼻子的木板，鼻子"吧嗒"一声掉到粥碗里去，碗里的粥就满溅在僧人和道童的脸上。

内廷供奉此时大发雷霆，取过纸来擦着头上和脸上的粥，轰赶道童说："你真是个没有心肝的奴才，为什么这样粗心大意呢？幸而是我，如果是位贵人那还得了，你快给我滚出去吧！"道童闻听，连忙起身躲出去，事后他背着人说："他竟以为世上还有长这样长鼻子的人呢！所以要说如果是个贵人那还得了，真是太岂有此理了！"

众弟子听了这话，都跑到屋外去哈哈大笑。

这的确是种非常奇特的鼻子，不知究竟是何原因，至于道童的话，更是说得可笑，听到此话的人无不称赞这个道童。

---

① 日本古时，寺院中传唤的道童有大童子、上童子、中童子、中大童子之分。

第二十一篇

左京大夫××得诨号

古时，村上天皇朝代，有一个亲王世子，名唤××，官居左京大夫。此人身材细长，举止类似女子，只是相貌有些痴呆。

他长就一个南北头，脑后的帽带贴不到背上，在后边飘飘荡荡。他的面色青白，像涂过一层鸭跖草花似的，眼圈发黑，鼻子特别高大，颜色有些发红，薄薄的嘴唇缺少血色，笑时满口牙齿都露在唇外，一眼就能望见鲜红的牙床。说话声音很粗，爱用鼻音，瓮声瓮气地震彻全室，走起路来，总是摇头晃脑一扭一晃的。朝中同仁，由于他面色青得厉害，就送给他一个"青经君"的绰号，来嘲笑他。

尤其是那些年轻好胜的殿上人们，一瞧见青经君的举动，便讥笑不已，天皇知道此事，大不以为然，严斥那些殿上人们道："尔等如此嘲笑左京大夫，实属不当，其父如果知道此事，或以为我有意纵容，势必怀恨！"

殿上人们看见天皇真个动怒，便悔恨起自己来，大家发誓说："我等今后绝不以青经之名称呼左京大夫，如果在发誓之后，再有人这样做，便罚他拿出酒肴和菜品来。"

那时堀川兼通大臣还身任中将，他在这事过后不久，一天偶然看见左京大夫呆头呆脑走路的后影，就把这个誓约忘了，说："青经上哪里去呢？"殿上官员们一听便吵嚷说："你破坏了盟誓，这是不行的，你必须按照原约赶快拿出酒菜和菜品来认罚。”

堀川中将笑着抵赖说：“这怎使得呢！”可是大家再三纠缠，中将无奈，只得说道：“既然如此，我就在后天赔礼认罚好了，届时所有殿上人和藏人们都请到这里来吧。”

到了堀川中将因为叫了声青经君要认罚的那一天，殿上人们全都坐在殿前等候着，一会儿只见堀川中将身穿袖衫，精神焕发，满面笑容走进殿中，一股芬芳异香扑鼻而来。

他在锦衫里面，穿着青色衬衫，露出了下摆，礼装裙裤的颜色也是青的。四名随侍者也都个个身穿青色猎服和裙裤，上面还穿着一件罩衫。他们一个人用青色方盘端着盛满猕猴桃的青瓷盘子，一个人端着装满水酒的青瓷罐，罐口上裹着一层青色薄纸，还有一个人举着一根翠竹，竹枝上落着五六只青色小鸟。

大家看见中将领着这四个从仆端着这些东西陆续地从殿口走来的情景，都不由得捧腹大笑，吵嚷一片。

这时，天皇听见了笑声，便问道：“他们为何发笑？”女官奏道：“因兼通不慎，破约呼唤青经，受到群臣们的处罚，如今他来认罚，所以大家哄笑起来。”天皇听后，为了要看看到底是怎样的罚法，便离开宝座①，由小窗中向外窥视，看见兼通中将本人和他随身的从仆俱都身着青色服装，手里拿的都是青色食物。天皇看到这种情景，也觉得着实可笑，不由得大笑起来。

后来，殿上官员们看到天皇并未怪罪，越发哄笑不止，从此便无人再呼唤青经这个绰号了。

① 指清凉殿中天皇白天所坐的宝座。

第二十二篇

忠辅中纳言得诨号

古时，有位中纳言名唤藤原忠辅，由于他走起路来，经常仰面朝天地望看，所以人们送他一个“望天中纳言”的绰号。

当藤原忠辅还官居右中辨[①]的时候，小一条左大将济时因事进宫，恰与右中辨想遇。

大将见右中辨仰面看天，便戏谑地说：“天上现在出了什么事呢?”右中辨见他这样讥讽自己，心中有些不快，便回答说：“如今天上有贼星犯大将。”大将闻听虽觉这个话有些刺耳，但是属于戏言，也不便动怒，只有苦笑罢了。

事过不久，大将竟然死去。右中辨暗想：大将之死，莫非由于这句戏言不成!

人之生死，本来皆有定数，绝不是一句无聊的戏言所能左右的，这也只是右中辨个人的想法罢了。

过了多年，忠辅由右中辨升任中纳言，可是这个绰号仍然保持下来，人们讥笑地称他为望天中纳言。

---

① 掌管兵部、刑部、大藏、宫内各省文书收发、国司朝集的官员，位次于右大辨。

第二十三篇

三条中纳言食水饭

古时，有位三条中纳言，名唤朝成，是三条右大臣的公子，他聪明多才，近自本国远到大唐的古今大事，无不熟悉，并且智谋深远，胆量过人，颇有魄力，此外还善于吹笙。由于他很会理财，所以家道也很富有。

朝成身材高大，逐渐肥胖，以致行动都感不便，有一次，他对医师和气重秀说："我这般肥胖，就连行动坐卧都感到有些不便了，你有无什么办法呢?"重秀闻言回答说："您可吃水饭，冬天用开水泡，夏天用凉水泡。"

当时，正是六月天气，中纳言告诉重秀说："既然如此，你在我家暂留一时，看看我吃水饭的情形。"重秀就遵命留下了，只听中纳言唤来一个仆人吩咐道："你按照平日那样把我吃的水饭端来!"仆人领命，去不多久，便抬来一张低棹，放在主人面前，棹上只摆着一个放筷子的长盘。接着又端出了食具，还端出来两个中号罐子摆在棹上，重秀细看，一个罐子里面装有十来条整个的三寸来长的白瓜干，另一个罐子里，装有三十来条又大又宽的大香鱼饭卷，只是切去了头尾。这时，仆人又拿来一个大铜碗，一并摆在棹子上面。此外，另一个仆人提着一个大银壶。壶上插着一把大银匙，很吃力地拿过来摆在主人面前。

这时，只见中纳言端起铜碗递给仆人吩咐说："盛饭来!"仆人遵命用银匙盛饭，满满盛了一碗之后，又向碗里倒进少许凉水，然后递给主人，中纳言把饭棹往身边拉了拉，用手端起了这个大铜碗。这个又深又大的铜碗拿在中纳言那只肥大的手掌里就不显得那么大了，看去和日常所用的饭碗一样。中纳言先吃了三条瓜干，一条只作三口，又吃了两条鱼卷，三口两口就吃了五六条之多，然后才把水饭端起，就见他的筷子刚刚搅动两下，一大碗饭就不见了，又递过碗去吩咐说："盛饭！"

重秀看到这里，连忙说道："您纵然专吃水饭，像这般大的饭量，也绝不会停止发胖的。"说罢，起身走开。后来，他把这件事当作笑谈告诉了别人。

据说，这位朝成中纳言，后来越发肥胖起来，简直胖得和角力的力士一般。

第二十四篇

辟谷圣僧藏米被嘲

古时，文德天皇朝代，住在波太岐山的一位圣僧，已经辟谷多年。天皇闻知此事，便传旨召见，将他供养在神泉苑中，亲身皈依，备极尊崇。据说这位圣僧只以树叶代食，已经永断谷食了。

有一个年轻好事的殿上人在与同僚谈笑之余，偶然说道："来，我们去看看那个辟谷圣僧。"说罢，众人起身来到圣僧的居处。

大家看到圣僧正襟危坐，道貌岸然，便上前礼拜，然后探问道："不知圣僧断谷已经多少年了，如今高寿?"

圣僧闻言答道："老僧年已经七十，从年轻时便断谷，算来如今已经有五十余载了。"众人听后，有一人小声说："不知断粮后粪便是什么样，想必和常人不同，可以去看看。"商议之后，便有两三个人到茅厕中查看去了，只见粪便很多，并和平常米食的无异。

大家看到这种情形，不禁怀疑，既已断谷，为何还会这个样子呢，于是便再回到圣僧那里观看，这时，正值圣僧外出，他们就掀起僧人座下的席子查看，只见地板上有个洞，下面有个坑，更引起了疑心，仔细一看，原来坑里藏着一口袋白米。

众人瞧见恍然大悟，正当他们照样安放席子时，圣僧也由外面回来。这时，众官员个个面带戏谑的笑容，连连召唤："拉米屎的圣僧！拉米屎的圣僧！”这位圣僧在大家嘲弄讥笑之下，羞愧地逃去，从此，再也不知他的下落了。

这个僧人，原来暗地里藏起粮米，蓄意骗人，以便博得尊敬，外人不知，只当他已真的断谷不食了，他不仅骗到世人的尊崇，就连天皇也曾一度皈依了他。

第二十五篇

御史中丞源显定现丑使人发笑

古时，有个名唤藤原范国的人，官居五位藏人。一天，右大臣小野宫实资，坐在殿前百官席位的首座上，处理政事。范国是五位职务，当时坐在右大臣的对过，听候右大臣传达圣命，并等候接递呈文。这时一个名唤源显定的御史中丞，就在紫宸殿的东隅，掏出了阳物摆弄起来。

右大臣的座位靠后，所以没瞧见显定这种行为，范国坐在席位的南面，看得清楚，他实在忍耐不住，终于笑出声来。右大臣不知缘由，见范国无端发笑，勃然大怒申斥道："在宣读圣命之时，你为何竟敢这样发笑！"严行斥责以后，又立刻奏明了圣上，吓得范国惊慌失措，但是始终也未敢把显定朝臣掏出阳物的事讲出来。原来，显定朝臣是个极爱诙谐的人，但是，即使是开玩笑，也不可以不分时地做出无聊的事。

第二十六篇

安房国守文室清忠落冠被嘲

古时，安房有位国守名唤文室清忠，因为做门下录事的劳绩，所以外放国守。

当清忠官居门下录事时，态度傲慢，盛气凌人，大有不可一世的神情。

这时出羽国守大江时栋，也和清忠同任门下录事，但是时栋总是卑躬折节，极为拘谨。

当朝廷除授官爵时，清忠、时栋也被召进朝堂，并坐在指定的班位上听候领取策命，时栋用手中牙笏指点，不料正碰在清忠的冠上，一下将他的朝冠打落在地。公卿大臣等瞧见此情，顿时哄笑不已。这时，清忠惊慌失措，忙从地上拾起朝冠，一把揣在怀中，顾不得领取策命，便逃出殿去。时栋也呆呆发怔，退离班位。

后来，这桩事成为笑料，想起来清忠当时不知要惊惶到如何地步。据说清忠与时栋二人后来都长寿以终。

第二十七篇

伊豆国守小野五友的师爷[①]

古时，有个名唤小野五友的人，因为做门下录事的劳绩，后来依序外放伊豆国守。

五友任伊豆国守后，因为缺少一位师爷，便到处托人物色个能胜任此职的人。这时，有人对他说："骏河国有个人，多有才干，并且文笔很好。"国守闻听说道："那太好了。"立刻就特派专差把这人邀到府来。

国守看这个人年约六十左右，身材魁梧，态度严肃，虽然不知道他的品性如何，仅从他的外表已看出是位能称职的师爷，对于他的言谈举止很觉满意，便又试一下他的书法，见他写的字体虽然不算漂亮却也轻妙，适于作这种职务。为了再试探一下他的才能，便把一些不得要领的公文拿来，然后问道："你看这需要多少开支?"

这人拿起公文，披阅之后，取出一只算盘，十分娴熟地计算起来，未到片刻，就向国守报出需要的度支。这时，国守虽然不了解他的品性，却已知道他是个干才，心中喜悦，便任命他为府衙中的师爷，把诸般事务委托给他了。

---

① 原文云"目代"，国守的佐治人员，由国守自己聘任，办理事务，意思是耳目的替代。

师爷供职不觉已过三年之久，从来没有不合国守心意之处，总是把一切事务都处理得有条不紊。哪怕是别人极感棘手的事，他也能立即解决，因而常有闲暇。国守见他勤慎奉公，办事条条有理，就有意调剂他，委他担任国内许多有关税收的要职，但他却无利用舞弊情形。因此，不论是府衙的官员，还是国中的百姓，都对他倍加尊敬，在国内成了重要的人物，连邻国的官民也都知道他的才能。

有一次，国守拿出许多公文，堆积案头，当面谕令他缮发训令，当他正在用印之时，府衙中来了许多耍傀儡戏的艺人[①]，排坐在国守面前，歌唱吹笛，歌舞竞作，十分美妙。国守倾听歌声，也觉得飘飘欲动，不禁心向神往。这时看那师爷，正在盖印，那手也随着弹唱的节拍来回跳动，因而把印盖得重复不清了，国守觉得奇怪，正在这时就见师爷那副仪表堂堂的宽肩膀也合着拍子的节奏颤动起来，艺人们瞧见这番光景，吹唱得更加带劲，拍子越打越急，歌曲也越唱越快，这时师爷用他那破锣般的嗓音随着艺人们歌唱起来。国守暗自惊疑，不知究属何故。

正在这时，师爷一边盖着印就说道："往年之事难以忘怀。"说罢，突然站起，跑过去便舞蹈起来，艺人们一见，越发用力弹唱。

府衙中的官员瞧见这番情景，都哄堂大笑，议论纷纷。这时，师爷才觉得羞愧难当，无地自容，丢下印章，逃席离去。国守感到莫名其妙，便向艺人们问道："这究竟是为了什么？"艺人们回答说："此人少年时也是个艺人，自从他读书习字以后，便摈弃旧业，后来就成了这样一个文人。我们听说他做了贵国的师爷，想要试探一下他是否改变了早年的性情，所以才特意到大人面前来演奏的。"国守听罢这番话，说道："不错，从他那盖印和抖肩的

① 日本古代的一种流浪民，以弄傀儡歌舞为业，被视为贱民。

神态中，的确可以看出过去的出身来。”

府衙里的官员们，起初瞧见师爷站起身来舞蹈时，心中暗想这位师爷一向不苟言笑，今天竟一反常态，想必是为声色所感，才发出这样狂态。如今听到艺人们这番话，才知道他原来是个傀儡师。

从此以后，不论是府衙的官员，还是国中的百姓，都嘲笑地唤他为傀儡子师爷，因而他的声望也就下落了，但是国守爱惜他的才能，仍然叫他留任师爷之职。

由此看来，这人身任府衙师爷，应已忘记前事，但是本性未变，以至如此。有人说：这也许是傀儡戏的神灵附体作祟，才使他癫狂致此。

第二十八篇

尼姑入山迷路食蕈起舞

古时，京城里有一伙樵夫往北山砍柴，行在山中迷失路途，辨不出方向来。四五个樵夫正坐在山中发愁的时候，忽然看见从山后走出来几个人来，惊疑地仔细一看，原来是四五个尼姑，手舞足蹈地走着。樵夫一见暗想，这些舞蹈的尼姑绝非常人，不是天狗，就是妖怪。尼姑们发现樵夫之后，便直奔他们的身边。樵夫一见惊恐万分，不知所措，但见尼姑们已经来到跟前，便问道："你等是何处的尼姑，为什么在深山中这样手舞足蹈呢？"

尼姑等答道："我们也明知这样狂舞乱蹈地走过来，会惊吓你们的。我们本是某某地方的尼姑，因为想要采花供佛，所以结伴入山，不料迷失道路，难以出去，被困多日，饥饿难忍。后来，发现一个地方长着很多菌子，就把它摘下来吃了，我们明知道也许会误食毒蕈，但是心想，即使中毒而死也比饿死好，所以摘下来用火烤熟吃了，滋味果然非常鲜美，我们吃着暗自庆幸，不料吃完之后便这样身不由己地舞动起来，难以停止，我等心中也十分纳闷，大概你们更觉得奇怪吧！"樵夫等闻听此言，感到无限惊异。

后来樵夫们也都饥饿难忍了，他们见尼姑拿着许多吃剩的蕈子，心想，与其饿死倒不如向她们乞求些来吃。及至吃罢之后，他们也都身不由己地舞蹈起来，这一来，那伙尼姑就和樵夫们舞在一起了。

大家跳了一阵之后，就仿佛宿酒初醒一般，辨清道路便各自回家了。

发生此事以后，人们便给这种蕈子起名为舞蕈。仔细想来，这实在是一件莫名其妙的事。后来也有人吃过这种舞蕈，并不一定全都舞动，这又是一桩令人难以捉摸的事。

第二十九篇

中纳言纪长谷雄家中闹狗

古时，有位博士名唤纪长谷雄，官居中纳言之职。此人才高，在当代是位举世无双的学者。但是，他对阴阳之道却一无所知。

有一时期，中纳言见自己府中，时常有狗越墙来撒尿，觉得有些奇怪，便向一位阴阳师探问吉凶，阴阳师占得“某月某日家中将出现鬼怪，但与人无伤”。于是他对中纳言说：“某月某日应该忌避不祥。”

到了应加忌避这天，中纳言忘却此事，召来许多学生在家中习文，并未斋戒谨慎。当学生们正在热闹诵读的时候，忽从隔壁的一间堆房里，发出极可怕的吠声，学生们听见这种声音后，都不禁惊奇地问道：“这是什么声音!”他们把堆房门拉开一道缝，就见从里面走出一个活动的怪物来，身长约有二尺，体白颊黑，头上长着一根黑色犄角，四条腿雪白，大家看了都十分惊恐。

这时，有个胆大心细的学生，站起身来便直奔过去，朝着怪物的头抬腿踢去，一脚将它头上的黑东西踢掉。当时大家一看，却是一条白狗号叫着逃去。原来白狗的头上扣着一个带柄水罐①，被这人一脚踢落下来。这条狗本是夜里钻进堆房来的，因为脑袋被水罐套住，怎样也甩不掉，所以才号叫不止。当怪物跑出房后

① 装水的器皿，柄上可以通水。

时，那个不怕怪物的大胆学生，早就看出它是条狗，于是才一脚把它踢露了原形。

大家瞧见白狗的真相，心神也都安定，就在一起谈笑起来。

许多人都称赞占卦的灵验说：“这虽然不是个真鬼怪，但在人们眼里，却认为是怪物，因此卦中才有出现鬼怪之象。尤其是能指出与人无伤来，更属微妙了！”

闻听此事的人还嘲笑中纳言说：“中纳言的知识虽然这样渊博，却把应忌避的日子忘记了，真是一件荒唐事！”一时传为笑谈。

第三十篇

左京属官纪茂经献草包大头鱼

古时，有位官居左京大夫的旧贵族，到了老年，由于思想陈旧，无意仕途，住在京南的府宅里深居简出，与外界很少交往，他手下有位属官，名唤纪茂经，家住长岳，因为大夫是他的老上司，便时常来府走动。

当时的关白大臣藤原赖通权势最盛，茂经这天来到［关白的］宇治府膳房，恰好遇见淡路国守源赖亲朝臣送来许多草包装的鲜大头鱼，正放在膳房里。茂经瞧见大头鱼，便向膳房主事义澄索取三包，他对义澄说："我打算把这些鱼，献给我的上司大夫老爷。"说罢，便把三草包大头鱼放在木架上，又叮嘱义澄说："我如果派人来取这三包鱼时，你就给他好了。"茂经嘱咐之后，便离府到左京大夫那里，正碰见大夫坐在客房里陪着两三位客人坐谈。左京大夫要留客吃饭，这时正是初冬时节，地炉虽已热着，但缺少鲜鱼做菜，眼前既无鲤鱼也没有鸡。当时，茂经欠身说道："我那里今晨有摄津国的家人送来的四五包鲜大头鱼，我已和儿子们尝过了一两包，滋味异常鲜美，如今还有三包干干净净地收藏着，因为我来得仓促，下人不在，所以未曾带来，如不嫌弃，我马上差人去取。"茂经说话的时候，咧着大嘴，捋袖腆胸，带着得意的神气。

左京大夫听后说道："这太好了，如今正缺这种东西，快派人去取来吧！”

客人们也说：“如今缺少这种东西，现时的美味莫过于鲜大头鱼，鸡的味道也不好，鲤鱼还未上市，那鲜大头鱼是最新鲜的菜。”

于是，茂经唤来马夫，低声吩咐说：“你把马匹拴在府门上，赶紧到关白大臣府里的膳房，对主事说，我派你去取存放的那三个草包，速去速回！”茂经说后，连连挥手，催促马夫说：“快跑！快跑！”

茂经回来，就高声说：“把菜板刷净拿过来！”接着又说：“今天可由我来掌厨。”说罢，就刷烤鱼用的木筷，并把菜刀抽出来磨得十分锋利，又连声叨念说“太慢了，太慢了”。不多时，那个马夫用杆子挑着三个草包跑了进来。茂经一见说了句：“噢，你这奴才跑得真不慢！”说罢，把草包放在菜板之上，拿出要烹调大鲤鱼的架势，卷起左右衣袖，一膝支起，另一膝跪地，仿佛要大显身手。这时他向旁边扫了一眼，拿起菜刀，将草包上的绳子三下两下割断，等他用刀刚一拨开稻草，里面装的东西就掉下来一大堆。

众人一看，掉出来的东西都不外乎是破烂的木屐和草鞋，有的脚后跟有了窟窿，也有的断了底子。茂经一见这种情形，惊得目瞪口呆，什么鱼筷菜刀一起丢在地上，连鞋也未顾得穿，站起身来便奔窜而去。

左京大夫和客人们也都十分惊奇，目瞪口呆坐在那里。侍候在面前的仆人们俱都惊慌得说不出话来，这时，大家再也无心饮酒作乐了，一个个站起身来，败兴而归。

左京大夫说：“我本来知道这位老爷是个办事不牢靠的人，他这样常来献殷勤，我虽然不以为然，但总觉得我是他的长官，又不好回绝他，所以一直听其自然，万没料到他会弄出这样把戏！人若是倒运，便到处碰壁，这件事传说出去必定成为千古的笑料。”说罢，仰天长叹道：“不料到老还栽这样个大跟头！”

茂经跑出府来，骑上马便加鞭直奔宇治府，他找到膳房主事义澄问道："你如果舍不得那些鱼，可以直言相告，万不该如此戏弄我，这未免太狠毒啦！"他怨恨吵嚷，只差一点没有哭了出来，义澄闻言便说："你为何竟说出这样话来，义澄将鱼包交给你之后，曾因事回家一趟，临走时，我吩咐手下人说：'左京的属官老爷，如果派人前来取这几包鱼时，你务必交他拿去。'我出去之后，直到现在方才回来。"

茂经听他这番话，知道他也不晓得这桩事，便说道："既然如此，一定是你嘱咐的那个人干出来的，请你把他叫来问问。"义澄听后，便去找那个人来。这时，有一厨师闻听此事，告诉茂经说："这件事我知道，当时我正在仓库里，所以听得清清楚楚，府中那几位少年气盛的得宠家将，来到膳房，他们瞧见架子上摆着鱼包，便问：'包里是什么？'不知是谁回答说：'这是左京属官存放的草包。'家将们说了句：'这下可太好了。'就把鱼包取下，把大头鱼全部拿了出来，切着吃了，然后找来些不成对的破旧木屐，底子破成窟窿的草鞋充作大头鱼装在包里。"

茂经闻听此话，大为生气，吵闹不休。那些恶作剧的家将，听到他的喊叫声，都陆续赶来，哄笑不止。

这一来，义澄说道："你看，这事与我毫不相干吧！"茂经见再说无益，便自返回。后来，他越想越懊悔，唯恐大家讥讽嘲笑，所以躲在长岳家中，不敢出门。这桩事渐渐透露出去，一时成为人们的笑料。事后他感到羞愧，从此再也不到左京大夫那里，的确也是无颜前去了。

第三十一篇

大藏[1]大夫藤原清廉怕猫

古时，大藏省有位判官名唤藤原清廉，后来晋叙五位，人称他为大藏大夫，这人大概是老鼠托生，十分怕猫。因此他不论走到何处，那些年轻好事的人，便拿出猫来吓他。清廉要一看到猫，什么要事也顾不得，便捂起脸来逃去。人们给清廉起个绰号，称他为怕猫大夫。

这位清廉大夫在山城、大和、伊贺等三国中拥有许多稻田，家极殷富。但是，对于国司派下的钱粮，却是分文不纳。当藤原辅公朝臣官居大和国守时，虽然有心派人催索，但想到他是个朝中五位官员，与贫贱百姓不同，无法把他逮捕，送交检非违使衙门法办，加上这人刁顽非常，如催索不力，他就推诿拖延，始终不肯缴纳。国守为了此事，在百般思索之后，想出来一条妙计。恰好，清廉这时来寻访国守。

国守按照预先的安排，决定独自一人在武士值班的门窗户壁修造得十分严密的两间小屋里接见了清廉。

这时，国守命人去请清廉说："国守请大藏大夫到小屋密谈。"清廉见一向板着面孔的国守，今天破例地立刻邀请他进值班小屋密谈，心中喜悦，于是他拉开门帘毫不踌躇地进入屋中，这时，

---

① 大藏省是古代日本朝廷八省之一，掌管钱粮度支，相当于我国的户部。

在他身后走出一名家将，随手将拉门推上。

国守坐在上首，招呼清廉道："请过这边来。"清廉恭恭敬敬地往前移了移，然后国守开口说："下官在大和国的任期，今年就要届满，大人所欠的钱粮，为何迟迟不交？"接着又逼问一句，"但不知大人有什么打算？"

清廉听后说道："原来为了此事，小官的稻田不在贵治一地，山城、伊贺两国的钱粮，也必须筹措，由于各地同时催逼，事情太多，所以迟至今日未能送上，待等今秋收成之后，一定悉数交清，如果是别位国守，也许当作别论，今在大人治下，小官怎敢玩忽呢？的确拖得太久了，连自己也觉得不安，无论如何，也要遵照指示，如数缴清，这点钱粮，尚易筹办，哪怕是千百万石，也绝不拖欠，我多年来也略有积蓄，如今竟会被大人这般见疑，真是憾事！"

清廉心里却暗骂道："你这个穷国守，难道我还怕你不成，等我回去以后，就给你往伊贺国的东大寺庄园[①]里一躲，纵然你有什么力量，谅也不敢前来逼讨，怎会有个糊涂虫向大和国交纳钱粮呢？先前我都是三言两语就搪塞过去，而今这位国守却摆出一副不给不行的面孔，真是岂有此理。他既然来当这个穷地方的国守，想也没有什么来头，这般装腔作势真是可笑。"

清廉心中虽然这样想，表面却装出毕恭毕敬的神情，一边搓着双手，一边和国守谈话。国守这时，早已一眼看穿他的心事，于是说："大人不要净说那些冠冕堂皇的话了，如果这样放您回去，不但钱粮收不到，就连您的面也休想再见到，我想今天就要了结这件事，大人，您不缴清钱粮，就休想回去。"

清廉闻言道："我的老父母，你先叫我回去，在本月内一定缴

---

① 日本古代各大佛寺、神社的庄园，拥有"不输不入"的特权，不向国司缴纳钱粮赋税，也不许国司手下的官吏入境，俨然是一个独立王国。

清。”国守半点也不相信这话，他说：“我已经认识大人多年，大人知道我辅公也为时不短，因此我们二人不应伤了和气。但是，今天我们公事公办，一定请把欠粮缴清！”清廉闻言道：“在这里如何能缴呢，必须等我回去之后，才能写好文书通知人们来缴呢，必须等我回去之后，才能写好文书通知人们来缴啊！”

这时，国守直了直身子端坐起来，神色有异，厉声说道：“如此说来，大人今天是不打算缴了！辅公今天已下定决心，豁出这条老命，也要开罪于大人了！”说到这里，他大声喊叫：“来人哪！”接着连喊两声，而清廉却若无其事地坐在那里，微笑着看着国守的脸色。

就在这时，家将应声走进房来，国守吩咐道：“给我把那些东西都带到这里来！”清廉听后暗自思忖道：“我没有什么亏心的事，他这样说究属何意呢！”正在思索的时候，就听门外走来五六个人报告说：“已经都带到了。”国守吩咐一声：“推开拉门都放进来！”拉门一推开，只见五只一尺多长，长着一对琥珀般的眼睛的灰色花猫，一声接一声叫着，鱼贯走进房来。清廉一见，登时眼中流出豆粒大的泪珠，紧搓双手，向国守告饶。

这时候，五只花猫在屋里乱蹿，有的去嗅清廉的衣袖，有的从这儿窜到那儿，眼看着清廉吓得脸色煞白，十分难过。国守看到他这种惊惧情形，便招呼家将把猫全部拉出房去，用条小绳拴在拉门旁边，这时五只猫一齐号叫，声音震耳。

清廉此时，已是遍生冷汗，面如土色，只是眨动着双眼。国守说：“还说无法缴纳吗？我看你今天就了结了吧。”清廉连忙改变口气，声音颤抖地说：“一切悉遵台命，请留下我这条性命，以后什么都好办。”这时，国守吩咐家将说：“那么，把纸笔拿来！”家将拿了过来，国守递给清廉，吩咐他说：“你应缴的钱粮，已积欠到五百七十余石。为了容你清算，那七十余石的尾数，可在回家之后再缴。至于这五百石，你现在就要写下手谕，叫大和国守宇陀郡的家里立刻启仓，把粮米照数送来，我要指出，你不用枉费心机，给伊贺国庄园管家写个空洞无用的手谕。如果你不写，我立即离开这里，把所有的猫放进屋来，封上屋门，你在这里休想出去了。”

清廉闻言连连说道：“我的老父母！我的老父母！我还想多活一刻呢!”说罢，搓了搓手，执笔写下一张吩咐将宇陀郡家中的稻、米、谷子三种，共五百石，立刻缴纳当官的手谕递给了国守。国守接过手谕，这才放清廉出房，立时命令家将们带领清廉，拿着手谕到宇陀郡家里按照数目收齐了粮米。

当时，世人引此事为笑谈，纷纷论说，清廉怕猫固然可笑，而在大和国守辅公朝臣，利用它来催索钱粮，也是极为巧妙的事。

第三十二篇

山城国介[①]三善春家怕蛇

古时，山城国有位国介名唤三善春家，或许他是蛤蟆转生的，十分怕蛇，世上的人固然都怕蛇，但是这春家看见了蛇怕得几乎疯狂。

一年夏天，有两三位殿上人到染殿[②]东南角假山的树荫下乘凉，大家坐着谈天，春家也在那里。

也是事出凑巧，从春家身边爬出一条三尺来长的乌梢蛇，这时春家本人还未瞧见，别人招呼他说："春家，你瞧那是什么?"春家一看，才发现离自己袖旁只有一尺来远的地方，爬着一条三尺来长的乌梢蛇。春家吓得脸色登时惨绿，惊叫一声，就想动身逃跑，但是两腿酥软，连站两次全部摔倒在地，好容易爬起身来，连鞋也顾不得穿，赤脚便跑。他跑出染殿东门，直奔北方，顺着一条往西跑到西洞院，再沿着西洞院大道南下，一口气跑回土御门西洞院的私宅。妻子看他跑进房来，便问他："究竟为了什么?"但是他却一语不发，身上的官服也不脱下便俯卧在席上。家里人问他，他也不答，只好替他脱下衣服。春家这时人事不知地躺着，

① 官名，即副国守。

② 染殿在京都正亲町以南，京极以西，南为土御门，北临富小路，原为藤原良房的邸宅，清和天皇让位后，移居此宫。

牙关紧闭，连一点热水也灌不进，再摸他的全身，却烧得滚烫。

春家的妻子一见这番光景，真是六神无主，惊慌万分，就在这时，宫中的一个差役跟着跑到春家家来。当时春家的随从们正坐在僻静处，并不知道此事。这个差役虽然觉着春家跑得十分可笑，却随在后面跑了过来。春家妻子不免急问道："我家老爷到底是为什么跑成这个样子?"差役说："老爷瞧见了蛇撒腿就跑，随从们都在僻静处乘凉，所以不晓得，我虽然拼命追赶，还是落在后面。"

春家妻子听说后便苦笑道："过去也曾有过这种事，不想怕蛇的老毛病又犯了!"家中的仆人们闻听也都忍不住笑了起来。又过了些时候，春家的随从们也回家来了。

细想此事，也着实令人好笑，一个身穿五位朝服的官员，白天赤着脚，撩着裤裙在通衢大道上喘吁吁地跑出二里来地，还不知要引起行人如何发笑呢。

事隔一月之后，春家又到染殿，这时他仍然是神色张皇，余悸犹在，赶忙离开那里，大家瞧见这番情景，都互递眼色，哄笑不止。

蛇是个可怕的东西，纵然它不加害于人，但是猛然一瞧，也会使人感到毛骨悚然，精神不安，恐怕谁都如此，不过，像春家这样怕它，还是一种病态。

第三十三篇

龟咬大藏[1]大夫纪助延家将的嘴唇

古时，有位大藏大夫名唤纪助延，他由内舍人[2]升迁为大藏丞后，又叙爵五位[3]，所以人称他大藏大夫。这位大夫，素以放贷粮米盘剥利润，年久积累，粮米囤积达四五万石之多，因此，世人又赠他以“万石大夫”的绰号。

助延有一次去到备后国办事，在那里逗留了一个时期，他带人到海边撒网捕鱼，捞上一只背甲宽约一尺左右的乌龟，他的家将们就百般捉弄这只乌龟取乐。有个年约五十的家将，生得呆头呆脑，经常总喜欢干些叫人看不惯的傻事，也许是由于这种缘故，他一看见这只乌龟，立时故态复萌，就说：“这是我逃走的发妻，想不到她竟来到这里了！”说罢捧住乌龟壳举在手中。乌龟这时缩着四脚，连脖颈也蜷缩在龟壳里，只有一张小小的尖嘴露在壳外，这家将捧起乌龟如同吻婴儿似的说：“我来到海边高喊：乌龟，快来！你为什么不露面呢，这几月来，我真想念你，快叫我来亲亲！”说着，就把嘴唇伸向露在壳外的乌龟尖嘴上去，就在这刹那间，这只乌龟突然伸出脖颈，用它那张尖嘴狠狠地咬住这个家将

---

① 见本卷第三十一篇译注。

② 日本古代官名，即宫中侍卫。

③ 大夫位列五品，所以叙官五位后，即称大夫。

的嘴唇。

家将连忙扯这乌龟，打算把它丢开，无奈乌龟的上下牙齿交错，越拉它咬得越紧，这又怎能脱得开。家将这时，疼得扎煞着两手，闷声号叫，但也无济于事，只急得两眼流泪。其他家将看到这种情况，俱都来到他的身边，用刀背狠打龟壳，这一来，乌龟更狠命地往深里咬，那家将痛得说不出话来，不知如何是好，只是摇摆着手。众人瞧见他这种惊慌失措的狼狈相，有的很觉可怜，但也有的转过脸去偷笑。

正在这时，有人向龟颈砍了一刀，乌龟的身子掉在地上，龟头却仍然咬在家将的唇上不动，那人又把龟颈按在一个东西上面，从龟口旁边插进刀去，豁开脖子，然后掰开了它的上下腭，因为锥子般的龟牙交错在嘴唇上，只得慢慢取下来，这时，只见那家将的上下嘴唇，冒出许多黑血。在冒完黑血以后，用煮过的莲叶来温敷，结果嘴唇肿得很大，后来化脓一直不见好，很久才愈。

耳闻目睹这件事的人，从他的主人起，都讥笑他愚蠢，没有一个同情他的。这家将愚昧无知，由于喜欢干些傻事，结果闯了一场大祸，还落得被人嘲笑。他此后虽然不再干那些愚蠢勾当，可是人们提起这件事，还把它当作笑料。

乌龟的脖颈本来可以伸长四五寸，如果伸过嘴去亲它，又怎能不被咬呢，而冒险的恶作剧更应避免，不要干出像这家将那种招人嘲笑的傻事来。

第三十四篇

筑前国守藤原章家的家将失态

古时，筑前国有位卸任国守名唤藤原章家，其父名叫定任，在定任官居筑前国守时，章家朝臣还年幼，尚未居官，人称他为四公子，住在府中。当时，府中有位家将，生得仪表堂堂，长髯飘胸，是个武艺绝伦的武将，此人名唤赖方。

章家闲居府中，一天事毕家将们会餐，当章家吃罢之后，就按上下次序把剩饭传递给那些家将们分食，传到赖方跟前时，他的碗里还有些未吃净的剩饭，他没有像别人那样把饭菜倒在自己的碗里，就着主人的碗，便狼吞虎咽地吃了起来，其他家将们见他忘记倒在自己的碗里，竟使用主人的饭碗吃起来，便都责问他说："你怎的竟用起主人的碗来了！"赖方一听，顿时明白过来，知道做错了，一时害怕竟立刻把含在口中的饭菜，照旧吐回主人的碗中。他就着主人的碗吃，主人和众家将还都嫌他无礼，如今见他把带有唾沫的饭吐在碗里，用手乱擦他那沾挂饭菜的长须，更觉得非常恶心，纷纷起身到门外去嘲笑不已。

赖方在人们的心目中，原本是位智勇双全的武将，不知为何竟疏忽至此，此事发生以后，他的声望下落，得到一个愚昧无知的称号。

由此看来，他虽然是位武将，却迟钝粗心到愚昧无知的地步。所以说，人们不论在什么事上，都应深思熟虑。

第三十五篇

卫府马场上公卿斗草①作戏

古时，后一条天皇朝代，殿上公卿藏人等全部官员有分作左右两班举行斗草竞赛的例会，两位藏人分别担任班首：左班为首的是头中将藤原重尹，右班是头辨源显基朝臣，名单提出之后，双方相互挑战，约定日期在北面广场比赛。

在准备期间，双方官员都各自想方设法到处搜集世间的珍草，上自京城，下至村乡，不论宫殿、府衙，还是各地各寺，处处有人寻找，寻草之风，盛极一时。分班以后，不仅殿上公卿和藏人们，就连那些藏人次下的官员、庶务、出纳以至差役都编在班内，此时，两班的人都各怀戒心，世仇似的，不交一言。在公卿藏人中哪怕是弟兄亲友，一经分为左右两班，立时相争不让。

到了那天，大家都到了右近卫府的马场，公卿们穿了锦绣袍服，乘车来到聚会的地方，这会所乃是预先约定的，在头天夜晚就已聚集了。从那地方走到马场的中少将看台②，真是说不出的盛况。

在看台前面，围墙以东，自东而西架起两座南北相向的平顶

---

① 日本古代的一种游戏，多在端午节举行，双方拿出最美丽的草束，比赛优劣。

② 日本古代，马场两旁的看台，比赛骑射时，供中少将所用。

锦绣长棚，四周同样用锦幔围绕起来，那些花草都陈列在锦棚之中，由宫中的小吏们，在锦棚里负责摆设。两班公卿，分坐在中少将看台上，左班坐在南厢，右班列坐北厢。藏人以下的官员和宫中的侍卫则都整齐束带，身披铠甲，分别列坐于左右两厢。在围墙以西，也搭起一座南北向的平顶锦棚，左棚内乐器横陈，演奏和歌舞之人都在里面伺候，以便在决定胜负时演奏庆贺。京城的人们不论富贵贫贱，俱都赶来观看，拥挤成市，女车之多，简直没有停放的地方。在围墙以东，左班人员座位前侧方的车辆中间有关白大臣乘来的一辆女车，他躲在车内暗自观赏。

比赛时辰已到，双方各选出富于机智、能言善辩之士，对坐在中少将看台前依次摆下的座位。计算胜负次数所用的那些筹码器皿，都是金银镶嵌，极尽精巧能事，豪奢已极。计分员落座之后，双方拿出草来比试，双方的人各自夸耀他的美草，自然胜负互见。比赛将近中途，左班中有一深得上皇宠信的近卫舍人下野公忠，他这时身穿左班赛马骑士的轻装，在骏马背上备了一副美妙的活动马鞍，然后骑上马打从左班座席的南方驰出马场。观众见此情形，登时引起全场的一阵轰动。

公忠围绕墙短跑了一周，然后执鞭立马。正在这时，从右班席位里也走出一人。大家一看，只是个贫寒的老法师，身上衣衫褴褛，头戴一顶旧帽，帽边垂着两条狗耳朵般的帽带，穿的那身右班赛马骑士的服装，已然破旧不堪，腰间佩带一把皮鞘脱落的大刀，袍服歪七扭八仿佛要坠到腰下，脚下的裙裤半拖半踏，系着一条好似杂技的小丑的额巾，骑在一头只备了一副用两根木棍拼凑成的鞍鞯的母牛背上走出马场。公忠一见大为动怒，说了声：“不该听信那些官员无聊透顶的话，致受此辱！”说罢，便丢开法师打马回班。

这时，右班官员瞧见公忠动怒而归，俱都鼓掌大笑，恰似嘲笑败北的角力力士。笑声未止，就听右班响起鼓乐之声，演奏落蹲[①]之曲，跳起落蹲之舞，舞乐本是预备在胜负已决时演奏的，所以左班也准备下了陵王舞[②]，而今见对方竟在比赛未完之前跳起落蹲舞来，不禁纷纷责难说："这是何意？"这时，藏在女车中暗地观看比赛的关白大臣觉得此刻演奏落蹲舞曲，真乃岂有此理。于是，立即呼唤随从，高声喝道："把那个跳落蹲舞的人给我拿下！"这时跳舞的人，赶忙奔回班去，也顾不得更衣，跳上马背便沿着西大宫大道往南逃走。这位舞人乃是多好茂，心想，自己如果摘掉面具，必会被人识出，于是他就戴着面具，策马奔逃。当时正是申时光景，大道上的行人瞧见好茂，便惊叫道："快快观看，光天化日竟有鬼怪骑马奔跑！"年幼胆小的人，竟有真把他当成鬼怪的，因而惊吓成病。

关白大臣的原意，本是制止在双方胜负未决之前跳落蹲舞，故而吩咐拿人，并不是真要捉拿，但因听见一声拿人的命令，多好茂自然要吓得狼狈窜逃了。

事后，多好茂被革除官职，许久未能在朝为官，不仅如此，关白大臣对右班的所有官员，上自头中将下至一般官吏，也都极为不满。因此，右班官员都抱怨说："关白大人偏袒左班。"外间却猜疑说："也许因为公忠是上皇的侍卫的缘故。"双方官员都见比试中途发生此事大为扫兴，终于不欢而散，只有那个跳落蹲舞的人，戴着假面在路上拼命奔逃的事一时传为笑柄。

可见，在举行这种争奇斗胜的比赛时，自古以来，就常常发生一些事件。

---

① 朝鲜乐纳曾利的异称，雅乐的曲名。一个舞蹈时名为落蹲。

② 舞乐的曲名，兰陵王舞的略称。

第三十六篇

比睿山无动寺义清阿阇梨善绘漫画

古时，在比睿山无动寺中，有位义清阿阇梨，自幼隐居于无动寺，一心一意研究真言道法，从未进过京城，也不曾出过房门。由于他这样潜心修道，所以就在比睿山中来论，也算是四五位有道高僧之一，因此世人都说需要祈禳奉经时，应来请他。

这位阿阇梨不仅道行高超，还能画得一笔好漫画，他所绘画的虽然是漫画，却不带漫画的风格，信手一挥，就使人感到奇妙无比，只是他不轻易动笔，即使有人特备裱好的画纸来求画时，他也只在纸上画一个事物，如果再请求时，他便在画纸的一端画上一个射箭的人，而在另一端画个箭靶，在画面中间画上一条细线，表示箭在飞行。有些求画的人见阿阇梨虽不拒绝，却仅在画面上涂一道黑线，糟了这张画纸，心里都很懊恼，阿阇梨却毫不把它放在心上。由于他这样乖僻，所以人们都敬而远之。

世人起始仅知道他是一位漫画圣手，却不知道他还是一位研习真言有道法的高僧，只有与他相识已久的人，才晓得他的道法高超，那些不知底蕴的人，只认为他是一名漫画师。

一年正月，无动寺中举行祈年诵经法会，周期满后，照例把供佛的饼分给全寺僧人，义清阿阇梨是法会上的首座，负责分饼。当时寺中庆命座主，有个心爱的徒弟名唤庆范，原是下野国守藤原公政的公子。此人少年英俊，深得座主宠爱，因此便目空一切，有不可一世之概。庆范当时见自己分得的供饼不多，便大怒骂道：“这个阿阇梨竟敢少分供饼给我！真是昏聩已极，可说是一个不知死活的老狐狸。我一定得叫这个不知好歹的老东西给我写悔过文书，只有这样教训这种老东西才行，也可警戒警戒别人。”

义清阿阇梨的得意弟子听到此语，很是惊恐，暗道：“难道我师父临到晚年还要受人这场羞辱吗？”就惊慌失措地赶忙跑去禀告阿阇梨，义清阿阇梨听后，现出惊慌不安的神色说：“这便如何是好？真是糟糕，事已至此，不用等人来问罪，还是我先送去一份谢罪文书吧。”说罢，立即打开匣子，取出四张上好白纸，也不知在上面写些什么，写罢卷起，上加封套，竖着封好，上书“呈某某师父，大法师义清释启”字样，立刻命人送去。

这时，正有许多僧人聚集在方丈房中，商议二月间的佛事，差人手捧书信，郑重地禀告说：“这份书信是义清阿阇梨呈给某某师父的。”言还未了，庆范本人便（以下缺文）

第三十七篇

关东人乘马闯花山上皇的宫门

古时，有个关东人，乘马行在花山上皇的宫门前，因为不知道这是上皇的御苑，所以竟骑在马上穿过，宫内的侍卫瞧见，便一拥而上，勒住马缰，拽住马镫，连人带马拖进宫门。

众侍卫簇拥着骑在马上的关东人，吵吵嚷嚷地来到中门下，上皇闻听问道："何事这般喧哗?"侍卫回奏道："有人竟敢在宫门前骑马穿过，如今已把他连人带马拖进宫来了。"上皇一听，大怒道："什么人竟敢在我宫门前骑马穿行，不必叫他下马，立刻带到殿前来!"接着就有两个人勒住马缰绳，两个人拽住马镫，把那关东人带到殿前。

上皇在正殿从锦帘内一看，只见这人年约三十上下，长着一口黑胡须，鬓角很是整齐，长脸洁白如玉，体格也十分匀称，头戴灯草斗笠，从露在笠下的脸面来看，一望而知是个有胆量的英雄。他上身穿的是藏蓝色猎服，外罩一件白色罩衫，腰间围着一条红底白斑的夏毛鹿皮围腰，腰中佩带一口金银镶嵌的大刀，背上的箭筒里插着一副黑色箭杆的双叉雕翎和四十多根散箭，另外还背着一个黑漆箭束，光闪耀目，两腿穿着猪皮筒裤，手持一张间裹着皮子的巨弓。大汉骑的那匹马，鬃毛剪得光洁齐整，高有四尺五寸，四腿矫健异常，约有七八岁的口龄，确是一匹骏马，这匹骏马在左右二人扯住缰绳之下，还很不驯顺，那张巨弓在入宫门时，已由侍卫夺了下来。

上皇看后，很爱这匹骏马，就命人牵着它，在院中来回巡绕，那马跳跃奔腾，灵巧异常，上皇接着吩咐道："叫那拽住马镫的人走开，松开缰绳！"于是，拉马的侍卫们俱都离去，这时骏马更是跃跃欲试，大汉一抖手中的缰绳，骏马立刻屈膝卧地，足见平素调教得法。上皇大为称赞道："好个骑手！"然后吩咐说："将弓还他！"大汉拿到巨弓，挟在肋下，撒马而行。这时，中门附近，挤满了围观的人们，议论不已。

大汉在马上围绕庭院走着，行至中门，只见他猛一抖缰绳，那匹骏马像飞也似的窜出中门。聚在中门的人们，一时闪躲不及，有人生怕被马踢着，四散逃开，也有被马踢倒在地的。就在这一乱中间，那大汉逃走出去，沿着洞院大道，向南飞驰而去。侍卫们虽然从后紧紧追赶，但是马已撒开四腿，岂是他们所能追得到的，终于踪影不见。上皇只说了声："这奴才真是个狡猾的强人！"说后并未十分动怒，也没再派人缉命。

这男子竟敢纵马而逃，可谓胆大已极，但他既已逃走，上皇也只好自认失策，不加追究了。

第三十八篇

信浓国守藤原陈忠坠入深谷

古时，信浓国有位国守，名唤藤原陈忠，他到任以后，治理国政，及至任满回京时，路过一座深谷，这一行人马众多，有的马驮着行李，有的坐着人，络绎通过栈道。不料国守所乘的这匹马在通过栈道时，后脚踏断了栈道边上的木板，国守连人带马一起掉进深谷。这山谷深不见底，国守哪能保得命在。大家向下一望，只见谷中长着约有二十寻高的松杉大树，即使从树梢上向下看，已觉峡谷非常深邃，究竟它有多么深，实难估计。心想国守既然掉在这样深的峡谷里，必然丧命无疑，众家将们俱都束手无策，坐在栈道上俯视谷底，不知如何是好，只有你一言我一语地说："要是能找到下去的道路，也好下去看看国守的情形，看来只好再走一天绕道到峡谷浅的地方去寻找了，如今实在无法下去，可怎么办呢！"正在大家纷纷谈论的时候，隐约间听到从谷底下传出唤人的声音。

大家一听就说："国守活着哪！"立时向下呼喊等候回答，隐约听见国守的回声，人们便说："大人在说话，大家不要嚷嚷，听说什么。"这时，只听国守说："快把提篮拴上长绳系下来！"这一来，大家断定国守仍然活着待在什么东西上面，便将每人的缰绳搜集一起，接起来拴系在提篮上，徐徐放入深谷。

当长绳全部放尽时，觉得绳子已经停住不动，知道提篮已经落在国守身边，这时就听谷底传来“现在就往上拉吧”的声音，家将说声：“国守叫我们往上拉呐!”就收提绳子，这时感到提篮分量很轻，有人说：“这提篮未免太轻，国守如坐在里面，理当有些分量!”有人就说：“国守在篮里攀着树枝和我们一起用力，当然要轻些了。”及至把提篮拉到上面一看，提蓝里面却满满装了一篮平菌，家将们不解其意，面面相视，都道：“这是何故!”言还未尽，又听谷底传出语声，叫道：“喂，把提篮再放下来!”

家将们闻听，说了声“那么，再放下去”，随即又把提篮系下。随后，又听见吩咐向上提拉，家将们应声而拽，这次分量异常沉重，许多人一起抓住缰往上提拉，只见国守坐在提篮里，一手抓住绳索，一手还举着三挂平菌。

众家将把国守系上来，放在栈道上，互相庆贺，并向国守问道：“这些平菌，是从何处摘来的?”国守道：“正当我坠下栈道时，马很快就一直落到谷底，我落得比马慢，正当我挣扎着向下落时，不想竟掉在密生的树枝上，我抓住树枝向下滑，抓住了底下的一棵大树干，后来我踏着这个干枝，爬在一枝大树杈上，紧紧抱住了它。当时，我见树上长着许多平菌，不忍白白丢下，就尽量摘取了一些，装在篮里系了上来。如今那里剩得还不少，真是多得没法子说！我现在只心痛没把它全摘上来，觉得损失不小!”家将们也都随着说“大人实在是损失不小”，说罢哗然大笑。

国守说：“你等不要傻笑，要知道，我真有入宝山空手而归之感，俗语说，国守临死还要抓把土呢!”有个在国守到任前代理职务的目代，听到此话心中很是不快，当即回答道：“大人所言极是，信手可得之物，怎能白白放过呢！不论是谁，恐怕也不能不取，大人原本是大才，能在生死的危急关头，镇静如常，从容不迫地处理一切，因而才能这样不慌不忙地摘取平菌。正因治国有方，收税有道，所以在顺利结束任期，归还京都时，人民才如父母远离似地依依难舍，大人定能千秋万岁永享荣华。”他表面上虽然这样说，背地里却是嘲笑不已。

国守遇着如此境地，还要一心地去摘取平菌，看来真是贪婪可鄙。不用说，他在任内也必然是任意诛求，这是可想而知的，听说此事的人，莫不嘲笑痛斥。

第三十九篇

寸白虫任信浓国守见胡桃现形

古时，有一女子，腹有寸白虫，嫁给××人为妻后产生一子，取名××。此子长大成人，在举行冠礼后，谋得官职，最后外放信浓国国守。

国守初到任时，府中官员在国境出迎设宴，国守首先入席，随从家将也相继就座。这时当地百姓也都拥来观看。国守就座以后，看到陈列在所有食桌上的盛馔美肴，全是一色用胡桃烹调成的。国守瞧见暗暗叫苦，心里简直如同刀割一般。

国守焦急地问道："为什么在筵席上备了这么多胡桃呢？到底是怎么回事？"国人回答道："本国到处都有很多胡桃树，所以今天给国守大人以及合衙其他官员所预备的菜肴完全都是用胡桃烹调的。"国守听罢无计可施，心里越发像刀割一般。

这时，只见国守的脸上现出××××无法可想的神色，该国副国守，是位经验丰富的老人，颇晓世故，他见国守这种神色，就惊异地思考起来，暗想莫非这位国守是寸白虫转胎，而今来到这里任官？他再看国守的面色，感到确是可疑，于是想要试探一番，便将大量胡桃研碎掺入陈酒，用酒壶烫开，命人端来席上，然后用托盘举杯齐眉，恭敬地捧到国守面前，他等国守端起酒杯后就拿酒壶向杯子里斟酒。因酒内掺有胡桃浓汁所以色白而浊，国守瞧见心里很不舒服，这时杯里已经盛满胡桃酒，国守问："这酒的颜色不似寻常，又白又浊，是什么缘故？”副国守郑重地答道：“本国有一习俗，新任国守到来，本国的官员在国境设宴，例须献上掺有胡桃的三年以上陈酒，所以务请国守饮下。”国守闻听副国守这番解说，越发颜色更变，浑身战抖得不止，副国守却催请道：“务请大人饮下此酒。”国守战战兢兢拿杯在手，说声：“实不相瞒，我乃寸白虫化身，着实难饮此酒。”言还未了，化成一摊清水，踪迹全无。

众家将瞧见这番光景，立时惊慌失措地惊叫道：“这究竟是怎么回事？”吵嚷不已。这时副国守说道：“你等难道不晓得此事吗？他乃寸白虫变化人身，所以看到这许多胡桃，立即现出十分痛苦的神色。因为我早年听说过这种事，故而想试探一番，结果他受不起，身形消解化为乌有了。”说罢便撇下这些家将，率领官民，竟自转回国去。跟随国守前来的人，也无话可说，只得回京城，回京后便将此事经过告诉了国守的妻子家人，大家听了方才得知这人原来是寸白虫转变的。

看来，寸白虫也能转化人身，听说的人，都把这件奇事当作笑谈。

第四十篇

老翁用法术盗瓜

古时，一年七月季节，有一伙平民赶着许多驮运甜瓜的马匹，自大和国奔往京城，走到宇治以北，看见一棵没有结果的柿子树，于是就停下脚步，把瓜筐全部搬下马来，在树荫下纳凉休息。当时他们便将自己私带的体己瓜取出一些，切开分食。正在这时，有一衰迈的老人，罩衫上扎着一根腰带，脚下穿着一双木屐，手拄木杖走了过来，看样子像是住在附近。老者来到吃瓜的平民身边，有气无力地扇着团扇，两眼望着他们吃瓜。

老者看了半晌，开口说："请众位把瓜分给老朽一个吧，我口干得实在难以忍受了。"众人听后说："这些瓜并不全是我们的，像你这样可怜的人，本当给你一个，但因它是送往京城去的，所以不能动。"老者听罢说："真是些狠心的人！你们应当可怜一个老年人，这是好事，你们不给，老朽只得另外想办法，自己种来吃了。"众人听后，只道是一句戏言，正在觉得好笑的时候，就见老者拿起一根树枝，在他身旁挖起土来，然后像种菜一样，把地整成畦垅。众人都注视他究竟作何把戏，又见老者把他们丢在地上的瓜子，拾在一处，然后种在这块地上。其后过不多工夫，那瓜子便长出两片叶来。众人瞧见瓜已发芽，不胜惊异，这两棵瓜眼看着往上长，越长越高，茎叶繁茂，接着便开花结果，所结俱是熟透了的大瓜。

众人见此情形，暗想老者必是神仙下界，心中很是惊悲，老者一边摘着瓜吃，一边对众人说：“众位不肯给，我只有这样吃自己的了。”说罢并请他们一起吃，由于瓜结得太多，老者又把行路的人也唤来同食，大家欢天喜地大食甜瓜。吃毕，老者说：“老朽要告辞了。”说罢，起身离去，转眼不知去向。

老者去后，众人要动身起行，就到马匹旁边装驮，一看瓜筐虽在，里面却是一个瓜也没有了。他们这时拍手顿足，十分惊奇，才知道是老者用障眼法盗去了筐中的瓜，所以大家未能得见，虽然悔恨万分，但老者已然不知去向，也是无可奈何，只得重返大和。行路的人瞧见这番光景，觉得又是惊奇，又是好笑。

众人如能不吝惜这瓜，分赠给老者两三个吃，何至于全被盗尽，老者憎恶他们的吝啬，所以才有此举。看来，这老者也可能是个精怪所变，后来，始终也无人知道老者究属何人。

第四十一篇

近卫门前蛤蟆绊人

古时，××天皇朝代，近卫门前发生过蛤蟆绊跌人的怪事。不知哪里来的一只大蛤蟆，每当黄昏时分，便出现在近卫门前，看去像是一面扁石板，横在路中。进出宫中的人，不论是什么人，一踏在蛤蟆身上，就必然摔倒在地，及至那人倒地之后，蛤蟆便不知去向了。日久，大家虽然都知道了此事，但是不知为什么，即使从前跌倒过的人，仍然会踏在这上边，接二连三地被它滑倒。

有个大学寮的学生，专好嘲讽别人，结果使人传为笑柄，他听说了蛤蟆绊人之事后，说道："如果事先不知注意，也许跌倒一次，既然知道了，哪怕有人推，也不至摔倒呀！"一天黄昏时分，他走出大学寮，到一个相识的女官处相会，那只蛤蟆正平卧在近卫门里。这位大学生口里说着："尽管你爬在这里，也只能暗算别人，难道我会上你的当吗?"说着，从扁平的蛤蟆身上一跃而过。这一跃，就把他头上那顶刚用发髻卡住的帽子振落在地上，但他并未觉察出来。当帽子落下打在他的脚上时，他还说："绊人的东西，这回看你本领吧！"说罢，便用力去踏。他一脚踩到帽子的硬顶，还以为是踏在蛤蟆身上，见它不声不响，便骂道："好个蛤蟆强盗，身子竟这么硬！"说罢，用尽平生气力，不住乱踏。

正在这时，有几位殿上公卿走出来，差役们打着火把在前开道，大学生一见，赶忙俯身跑到桥边，开道的人摇晃着火把四处巡视，只见在××上有个身穿礼服，披头散发的人，便前问道："你是什么人？"大学生闻听，高声报名道："恐怕你等也有耳闻了，我就是大学寮学生藤原某，兼充捉拿近卫门前摔人蛤蟆的缉捕使。"众公卿听了不禁哄笑着说道："真是胡说！"便命人把他拖过来，看看究竟是什么人，差役们领命上前拖拽，早把他身上那件旧礼服扯得粉碎。他便低头躲过，后来他一摸索，头上的帽子已然不见，只道是被那些差役们拿去，便一面追赶一面喊叫："为什么把我的帽子拿走，赶快还我。"当他跑到近卫府大道时，面朝下地摔了一跤，跌得脸上鲜血直流。

这时，他只得以袖包头向前行走，不想迷失路途，也不知走到哪里，好容易望见了灯光，看是一个小户人家，便上前叩门，但是深更半夜，谁肯给他开门呢。他见天色已到夜半，思来想去只得俯身卧在沟旁。

天明以后，许多人家起来，瞧见有个披发的人身穿礼服，脸上碰得出血，躺卧在大道沟边，就都来观看，纷纷问道："你是什么人？"这时，他才站起身来，问路而归。

在古时尽管有此类愚蠢的人，只是由于他习读诗书，竟能成为大学生员，但是像这样的一个蠢材，说他能习学诗文，诚然是件令人难以理解的事。所以说论人切不可依其职位，必须看其智慧如何。此事虽然并未传扬于外，但是大学寮中的学生曾传说过，所以照录于此。

第四十二篇

某家将惧怕身影

古时，某国守有位家将，为了让人看出他是个英勇无敌的武士，便故意冒充好汉。

一天，家将要在拂晓前赶着出门办事，当他还未起床，妻子已经起来准备茶饭，这时，一轮残月从板缝间射进房来，妻子在月光之下，看见自己的身影移动，只当是个蓬发的少年进房偷盗，立时慌慌张张跑到卧在床上的丈夫身边，贴耳低声说："那边闯进来一个披头散发的少年，在那里想要偷东西！"家将闻听说："这还了得，真是反了！"摸出枕边放着的大刀，说声："一定砍掉这个奴才的头！"随即站起身来，当他赤身披发，手持大刀走出房门时，也同样望见自己的身影在移动，心想哪里是个少年，分明是个手持大刀的强盗，心想，自己的头必要被人打破，便"噢"地号叫一声，急忙转身回到妻子那里，对妻子说："我原以为你是个很好的武将之妻，怎么眼睛这么不好使，贼人哪里是什么少年，分明是个披发手拿大刀的壮汉。不过，这奴才究竟胆量不大，一见我出去，他就吓得浑身打战，几乎把大刀掉在地上。"家将所以这样说，就是他瞧见了自己那副战抖的身影。

这时，他又告诉妻子说："你出去把他赶走，他瞧见我就浑身发抖，想必是已经害怕，我现在正要出门，一旦有什么伤损多有不便，而且，贼人也未必会杀害女人的。"说罢将衣服蒙在头上，倒卧不起。妻子说了声："简直是废话，像你这样怎能身背弓箭，在出事的夜晚出门呢！"当妻子惊疑慌张地再度走出时，不料把纸拉门碰倒，偏巧压在家将的身上，武士当是被贼人压住了，不禁高声喊叫起来。妻子瞧见此情，又气又恨，又觉得好笑，于是说："我说老爷，贼人早已走了，压在你身上的是倒下来的纸拉门呀！"家将听后，这才抬身观看，果然是纸拉门偶然倒在身上，哪里有什么强盗。于是立即站起身来，摩拳擦掌扬扬得意地说："老实说贼人到我家来偷东西，休想轻易逃走！这是他碰倒纸拉门就逃跑了，如果他再迟延一步，我必定抓住他。都怪你磨磨蹭蹭，竟叫这个贼东西跑掉了！"妻子听了暗自好笑。

世间上，竟有这样无能的人。他妻子所言诚然不差，家将胆量小到如此程度，又怎能身佩刀箭护卫别人呢。听说此事的人，莫不讥笑家将的懦弱，此事是由家将妻子亲口传出的，特照录于此。

第四十三篇

某家将获得太傅大纳言之官帽

古时，有位大纳言，身兼太傅，名唤道纲。大纳言的府邸在一条大道上，府中有名家将名唤内藤，是个通达世故性喜诙谐的人。

一天，内藤在府中值宿，帽子在夜间被老鼠叼去，咬得破洞累累无法再戴，而他只有这一顶帽子，别无更换的，因此，困在值宿房中以袖掩首，不能出去。

大纳言知道此事，说了声："真可怜！"便命人将自己的帽子赏给内藤。内藤立即戴在头上，然后走出值宿房来，对其他家将夸耀说："各位老爷，请看我这顶官帽。这岂是那些出入寺院神社的人所能获得的吗？这是高居枢要的大纳言赏赐的。"说罢，仰面观天，得意扬扬，把袍袖向前一合。大家瞧见这番神情，无不大笑。

世间上，有遇到这样小事，也会说出诙谐话来的人，大纳言听了也不禁好笑。

第四十四篇

某人在近江国筱原郡入墓得财

古时，有一平民前往美浓国，途经近江地面的筱原郡时，突然天阴，降起骤雨，他四下巡视想找个避雨处，可是在这不见人迹的旷野中，哪有什么藏身的地方，正在这时他发现了一座墓穴，便爬了进去，不久时至黄昏，一片黑暗。

这时他想，大雨不停，今夜只好就在此地过夜，他向里面观看，见地方宽敞，就靠墙坐下。到了深夜，忽听有什么东西走进穴来，由于穴中漆黑，只能听到声响，却看不出究竟是什么东西，心想必是鬼怪无疑，不禁暗自伤叹自己错进鬼怪居住的坟墓中来，今夜是难保残生了。正在他伤感的时候，那怪物已经走进穴内，更吓得他魂飞天外，但此时又无处可逃，只得紧靠一旁蹲下身去不作一声。这时，就听来者走到跟前，首先扑登一声放下一物，接着把沙沙作响的一个东西放在旁边，然后就是坐在地上的声音，听起来是人的举动。

这汉子虽然出身微贱，倒也颇有心计，他转念一想，此人未必不是因事外出，也和自己一样由于躲雨进入穴中。先前的声音，想必是放他那随身携带之物，后来沙沙的声音可能是他在脱掉蓑衣。他虽然这样想，仍恐万一来者还是穴中的鬼怪，便一声不响地侧耳倾听。这时，来人究竟是僧是俗，还是少年，他一点也摸不清，只听那人自言自语说："这座墓穴里，也许会有神仙居住，果真这样就请用这些食物吧，我是行路的人，路过此地，遇见大雨，如今天色已晚，想在这里借住一宵，因此走进洞来。”说罢，仿佛设供祭神似的把什么东西摆在地上。汉子听了此话，这才放了心，暗道，果然不出我所料。

那人所摆的东西，离汉子身边不远，汉子悄悄用手去摸，知道所放之物是三小块年糕，这时完全明了那个人是赶路的，用携带的食物上供，他一路劳乏，正感饥饿，于是悄悄拿起年糕吃了下去。

稍过片刻，后进洞的汉子用手去摸放在地上的年糕却已不知去向，心中暗想，必定是被鬼怪偷吃了，便赶忙站起身来不顾性命地向洞外逃跑，也顾不得来拿自己的东西，蓑衣斗笠也丢掉了。先进来的汉子，知道那人是由于他偷食了年糕疑心有鬼所以吓跑，不禁暗道，真是吃对了。于是他用手摸索那人丢下的东西，发觉有个装得满满的口袋，外面包裹着鹿皮，另外还有蓑衣草笠。汉子心想此人必是从美浓国附近去往京城的，说不定会重来窥探。想到这里，他便趁着天光不亮，背起口袋，穿上蓑衣，离开了洞中。行走之间，汉子又暗自思忖：“那人也许去告诉村人，然后带人来找。”他就绕过村镇，取道遥远的山区走去，不多时天光也亮起来了。

这时候，他打开口袋查看，只见里面满满装着一袋绢绸布匹和丝棉，他做梦也想不到竟会获得这些财物，认为是上天所赐，就欢喜地赶路去了。

这真可算是意外之财。那个人吓得弃物而逃，也是人情之常，即使另换一个人，恐怕也只有一逃。先前那个汉子的用心也够奸险的了。这件事是他在晚年对妻子讲说出来，所以传闻在外。至于后进洞的是谁，则不得而知。

那个聪明的汉子，虽然出身低贱，但是在危急关头，尚能多方思考，善于应付，所以才获得这种意外财物。想来当他吃了年糕把人吓跑的时候，心中必然感到非常可笑。这实在是一桩罕见的巧事，所以照录于此。

卷二十九

本朝及宿报

第一篇

潜入西市仓库的盗贼

古时，××天皇朝代，有盗贼潜入了西市仓库。检非违使听说库内有贼，就围住仓库，准备捉拿。其中有位名唤××的尉官，戴着官帽，穿着青袍，携带着弓矢，赶到库前。这时，有个刑满录用的捕役，手执长枪，把守在附近，贼徒从库门缝里唤他。

捕役近前问他有什么事，贼徒说："你去对尉官说请他下马到仓库前来，我有机密大事密报。"捕役听后就到尉官身边报告说："贼徒是如此讲的。"尉官一听，就要到仓库门口去，所有的检非违使都拦阻说："这去不得！"

但是，尉官认为贼徒既说有机密事，其中必有缘故，便下马来到仓库门前。这时，贼徒打开库门，对尉官说声："请进！"尉官便走进去了。不料进去之后，贼徒却从里面上了锁。检非违使一看便说："这真成何体统，我们是捉藏在库里的贼的，而尉官反倒听他的话，进库上锁密谈，真是荒唐罕见的事。"纷纷非议，气恼不已。

过了一会儿，库门开了。尉官走出来，上马回到检非违使跟前说："此事非同小可，暂时不要捉拿，待我去面奏朝廷。"说罢便往大内去了。

他走之后，检非违使还围守着仓库，不久，尉官回来说："天皇有旨：不许捉拿此人，大家可火速回衙！"检非违使一听，便都回去了。尉官独自留下，等到黄昏时分，到库前对贼徒宣示了天皇的旨意。贼徒听罢放声痛哭，此后尉官返回大内去了，贼徒也离开仓库，不知去向。

这究竟是什么人，无人知道，个中的底细，始终也无从探悉。

第二篇

多襄丸、调伏丸二强盗

古时，世上有两个盗贼，一个叫多襄丸，一个叫调伏丸。

多襄丸是个出名大盗，经常破库盗窃财物，也屡次落网下狱。调伏丸这个贼，不知由于什么缘故，却无人知晓[①]。多襄丸也有类似的地方。当时，多襄丸很是奇怪。人们虽然听说有个调伏丸，可是始终也不知道他究竟是谁，只是觉得诧异而已。

可见调伏丸是个极狡猾的家伙。他和多襄丸一起行窃，却能不露行藏，人们都说：这实在不容易。

① 以下似有脱漏。

第三篇

行踪诡秘的女盗

古时，也不知在什么朝代，有个年约三十上下，瘦高身材，腮下微有赤须，不详姓氏的武士。

一天傍晚，这个武士路过××和××地方之间时，听到从一家落下半扇的板窗里传出口哨声，接着伸手召唤他，于是他便走过去问道："招呼我吗?"就听到一个女子的声音说："我有话要对你说，这个门虚掩着，一推就开，请你进来吧!"武士心里虽然有些狐疑，还是推门进去了。

女子迎出来说："请锁上门!"武士锁门之后，走了过去，女子又说："请上来!"武士便登上席去，进帘内一看，室里收拾得非常整洁，女子年约二十岁，长得很是清秀，独坐在那里。武士见她笑靥迎人，就偎凑在她的身边。女子既然多情，男子又怎肯放过这个良机，二人终于成就了好事。

这家除了女子，别无他人。武士虽然纳闷，不知究竟是什么所在，但因贪恋爱欲，便不顾许多，一直睡到天黑。入夜之后，有人叩门，武士因家中无人，便亲自去开，只见两个武士打扮的男人，一个管家婆似的妇人领着一群仆妇走进房来。他们放下板窗，点上灯烛，便用银制的杯盘端来精美的饭菜，供作武士和女子食用。武士暗想：自进门以来，门便上锁，事后也未见女子召唤任何人，如何连给自己吃的饭食都端来了，莫非她另有夫君不成。但由于饥饿，就把食物吃光。女子也毫无忌避，就［像是结缡多年的夫妻似地］陪着他吃起来。

饭后，那个管家婆模样的妇人便进来收拾了杯盘退去。后来，女子叫武士锁上房门双双就寝。晨起又听有人叩门，男子开门一看，又来一伙人，却不是昨夜的那一伙，这伙人进来以后，有的支板窗，有的揩拭洒扫，片刻之间端来粥饭侍候他们吃，接着又为他们送来午饭，饭后又都依旧退去。

就这样过了两三天，女子问男子说："你要出门吗？"男子答道："我想到一个朋友家里办点事。"女子说："那你就快去吧！"不到片刻工夫，只见三个穿着猎服的仆从和马夫一起牵来一匹备好上等鞍鞯的骏马。女子并从卧房后储藏室里取来一身使他非常中意的华美服装让他穿上。男子换衣跨马，带着这伙仆从动身去了。这些仆从在路上侍奉着，真使他心满意足，回来时女子并没作什么吩咐，仆从们就牵着马回去了。所用食物女子也不用操心，到时便有人不知从哪里给端来了，而且日日如此。

这样安详舒适地过了约有二十天，女子向武士说："你我一旦邂逅竟然结成夫妇，总是前生注定的，今天无论什么，你也不会顾及死活，拒绝我的话吧。"武士道："一点儿不错，现在我死活全听你的吩咐了。"女子听后说："这真令我高兴！"说罢吃饭收拾了杯盘。白天这里总是没有别人的，饭后，女子向武士说："来！"便把他领到后屋，用绳子系起武士的头发，把他绑在刑架上，然后扒去他的上衣露出脊背，弯捆两腿，女子则头戴乌帽子，身穿猎服，打扮得干净利落，手执竹板照准男子脊背狠狠打了八十板。打罢，问男子道："你觉得痛吗？"男子答道："不，没有什么。"女子说："果然不出我之所料！"便撮起一把灶边灰土和着好醋让他服下，并打扫干净了地上的土，命他躺下，片时之后女子把他拉起来，这时，他已经恢复如初了。这以后端来的饭菜更比已往丰盛了。

经她尽心照护，约莫有三天工夫，武士的杖伤便大体平复了。这时，她又把武士带到那间屋里，照样捆在架上，对准伤疤狠打了八十下，只见竹板起处血肉模糊，狼藉不堪。打罢又问："你受得了吗?"武士面不改色，答道："受得了。"女子对他更加夸奖，照顾得也越发尽心了。过了四五天，又照样抽打一顿，武士也总回答说："受得了。"此后就变了地方抽打他的腹部，男子仍旧说："算不了什么。"这更博得了女子的格外赞扬和殷勤看护。过了几天，杖伤痊愈，一天傍晚，女子取出一套青色猎衣袴裙，一张雕弓，一只箭筒，还有裹腿草鞋等物，叫他穿戴起来。

穿后，女子吩咐他说："你现在就去蓼中门，到后悄悄地拉响吹弓弦，自会有人拉响弓弦来回答你。你可以再吹××，那边也会吹××，那时你就可以让他走出来，他要问'你是什么人?'你只回答说'我在这里。'随后你就随他去，他让你站在哪里你就站在哪里，严防有人来妨碍你们的行动。事毕之后再到船岳岗等候分赃。但有一件，他们分给你的财物，可千万不能要。"女子反复地叮咛了他。

武士按照女子吩咐到了那里以后，一用暗号果然唤来了人，一看，站在那里的二十来个人，全是一样打扮，相隔不远，还站着一个面色白皙身材矮小的人，大家对他全有敬畏的神情，另外还有二三十个仆从。那人和众人计议之后，便带领他们一起进入京城。他们来到一个大户人家门首，那人做了布置，分派那二十来个人三三两两地把住附近可能有所戒备的人家门口，接着便率领众人闯进了大宅。对于武士为了试探他的武艺和胆量，就派他参加把守可能有所戒备的人家了。武士把守的那户人家果然有戒备，听声后就放箭似乎要闯出来，可是这个武士能战善射把他们全打了回去，其他人们的行动他也看得清清楚楚。抢完之后，一同来到船岳岗下分赃。当分给他财物时，他说："我不能要，今天来只是为了试练试练。"并没接受财物。站在一旁为首的贼人见他如此，露出满意的神情，后来大家各自散去。

武士回来时，只见洗澡水已经烧好，饭菜准备停当，他洗澡吃饭已毕又和那女子一同睡下。因为他和这女子难舍难分，所以做此勾当，也是甘心情愿。

他参加这种行事已经七八次了。有时受命手持刀枪闯入宅内，有时携带弓箭把守在外，每次他都能奋勇尽职。女子见他有如此本领，一天，取出一把钥匙向他说："你拿它到六角堂以北、××以×的这样一个地方，那里有许多仓库，你可打开那尽头的库门，把看得上眼的东西捆扎起来，附近有很多车行就雇辆车子装运回来。"说罢，把钥匙递给了他。他按照女子吩咐，去到那里一看，果然有很多仓库，打开那个仓库一看，里面全是贵重细软，他不由得暗自称奇。于是就按照吩咐把那些财物装车运回家来随意使用。

这样的生活，不觉过了一两年。

后来，女子时常落泪仿佛有什么心事。武士觉得有些反常，惊疑地问道："你为什么这样伤心？"女子说："我不为别事，只怕有朝一日你我也许要分离，所以伤心。"武士说："好端端地为何说出这种话来。"女子说："世事变幻无常，人生也是如此。"武士以为她说说罢了，毫未介意，便说："我要出去走走。"女子和已往一样给他准备妥当，打发他出门。武士满以为这些仆从和乘用的马匹一定也和已往一样，和他同去同归。因为他要在那里待个两三天，所以当晚就把仆从和马匹一起留下了。不料在次日黄昏，仆从们牵马外出，一去不返。他想明天就要回家，这是怎么一回事呢，就到处寻找，始终不见踪影。他又惊又疑，赶忙向人借了一匹马奔回家里观看，原来的那所住房却已不见了，又到仓库处一看，也是痕迹全无。想打听别人，又无人可问，这时他才想起女子日前所说的话来。

武士无计可施，只好借住在相识的家里。这时他已养成盗癖，就独自去劫盗，一共做了两三次案，后来失手被捕，在受审时，把往事原原本本地全招了出来。

这件事真是离奇，这个女子莫非是神怪化身，能在一两天内把房屋仓库拆得痕迹不留，确系罕见的奇事。更令人不解的是，她率领仆从携带很多财物远避他方，后来怎能始终没有着落呢！还有，她独坐家中，并没见她发号施令，而仆从却能按时前来侍奉，一如其意，这些举动也极是奇怪的。这个男子在那里和她同居两三年之久，竟也没看出任何形迹来，而且那些和他们同去劫盗的伙伴究竟是些什么人，他也丝毫不知底蕴。只有一次，当他去会合那伙人时，在离人群稍远的地方站着一个人，大家对他很是敬重，借着火光看来，那人面色非常白皙，迥异男子，相貌酷似和自己同居的女子，因此，他忽然想起，这人莫非就是她。但又辨认不清，也就猜疑不定地放过去了。

这确实是一件稀奇的事。

第四篇

遁世人招××××为赘婿

古时，有一人姓××名××，父母双亡，度日维艰，他因不曾婚配，很想要一个富有的妻室。这时他听说有个父母双亡只身过活的富家女子，便去求亲表示爱慕，经过女子允许之后，这个男子就到女家和她同居。

男子到了女家看到房舍整齐，用人众多，家道确是殷实，就以仆妇来说，连大带小竟有七八人之多，个个穿得整整齐齐，许多女童也都年轻伶俐。至于给自己预备的衣服和随身小厮的穿戴，俱都华美异常，也不如是从何处拿来的，牛车等物更是应有尽有。男子到此满心欢喜，直以为神佛保佑。再说妻子年仅二十多岁，容颜秀丽，头发很长，过去固然看到不少宫中女官，但也不能和她相比，他因此非常欣喜。从此每夜都到女家去宿①，不觉过了四五个月，妻子怀孕已将三月，稍感不适。一日白昼，有两个上年纪的妇人前来服侍，给妻子揉捶肚腹，男子生怕是早产，就担心地守在她的身边，过了一会儿，服侍的妇人一个个全都退了出去。男子躺在那里心想：这一定是见我睡在这里恐有不便才退出去的，正在这时，有人从北面远远走来，拉上了屋里的隔扇。

---

① 古时结婚，男子常到女家相会，中间意见不合，便可中止往来，到了怀孕生有子女，这才算固定了。中国唐代传奇中，亦有类似的事。

又过一会，另一扇隔扇突然被拉开了。他想这是谁呢，不由得扭过脸去看，只见从外边伸进一只鲜红内衣和用苏芳染成的紫红色猎服的两色袖口，正在他寻思的刹那间，那人已探进头来，头发拢在脑后，官帽子也没戴，简直像个跳落蹲舞①的。他又惊奇又畏惧，以为是在白天里进来了强人，便伸手抄起枕边的大刀，高声喝道："你是何人！来人呐！"这一来，吓得他妻子用被蒙头，遍身流汗。

那个像跳落蹲舞的人，听他一喊，赶忙凑过来说道："请先别则声，我对你并无恶意。我这身打扮也难怪你害怕，但是我想你听清了我的话，或许感到可怜呢！要害怕那时再怕也不迟。"说到这里，已泪流满面，失声痛哭起来，再看妻子仿佛也在啜泣，男子这时更是莫名其妙，心想，若说是强人来抢劫，或者蓄意杀人，却没有这样的形象，反倒伤心痛哭，真是令人不解，于是便端坐起来，镇静了一下，然后问道："这究竟是怎么一回事？你是什么人？为什么来说这番话呢？"只听那人道："话是有些碍口，但又不能长期隐瞒下去，只好直说了。"接着说："这个和你衾枕与共的人，是我的独生女儿，没有母亲，我非常疼爱她，一直把她留在家里，因此没有择婿。当初没有把详情说明，因为不知你能否白头偕老，现在她已有孕，你又有一片真心，这不便再隐瞒了。现在既然见到了你，我也了却一段心事。但还要说明白，如果你嫌她是我这样人的女儿，就此断绝往来，我也绝不能善罢甘休，那时恐怕对你不利。你听了这番言语，若能不变初衷，我也保你一生快乐，受用不尽。除你之外，再没有人知道她的身世，我今后也不会再来。还有些东西我也都赠送给你，你也不必怀疑另有物主，请你就随意使用吧。"说着取出五六把仓库钥匙放在面前。

① 落蹲舞是高丽乐纳曾利的异称，雅乐曲名，单人舞踏时，便叫落蹲，脸上涂饰绀青、绿青两色。古时不戴便帽而露顶见人，算是不敬。

接着又拿出系好的三沓文书，放在那里说：“这是我在近江国的庄园文契。”又说：“从今以后，我不再见你了，但是，你要变心，也不能放过你，不然我一定如影随形暗中卫护你等。”言罢走去。

男子听罢一时拿不定主意，妻子看他那踌躇不决的神情，不禁大哭起来，男子一边好言劝慰，一边心里盘算：万事没有比生命更珍贵的，我若是一走，必遭杀害。这人既能瞒过人们的眼目，只要我被他盯住了，万无逃脱之理。况且生命既要爱惜，妻子也难割舍，这许是注定的姻缘，但又一转念，自己已知道了这些事，今后万一在什么场面看到有人窃窃私语，自己难保不担心隐私被他们识破，弄得心神不安，这却如何是好！他这样翻来覆去琢磨了半天，终究是贪生的念头占了上风，就打定主意绝不离开这里。

男子拿着那些钥匙，按照那人所说打开仓库一看，只见库里堆积的财物，直顶房栋。从此，他就随心所欲地取用了。近江国的庄园，也完全归他所有，日子过得十分惬意。一日傍晚，有人送来一张用洁白纸写的类似呈文的信件，那人把信放下，便转身走去。他想这是什么文书呢，拿过来打开一看，只见信上的词句是用假名间杂汉字写的：

> 你看到我那奇怪模样之后，毫没疏远我的女儿，不仅肯于取用库中的财物，并且悉心照管近江的庄园。我很称心快意，这种心情不是纸笔能形容的。我纵然死去，亦将在冥中保佑你。我本是近江国的某某人，不料被人欺骗，当初以为那人很有信用，约我助他报仇，我就慨然答应了，谁知他是一个强盗，我因伙同行抢，终于被捕。后来我虽然乘机越狱潜逃，保全一条性命，但此耻辱是难以去掉，只能隐姓埋名，苟活人间，对外就说我早已死去了。由于我的家道充裕，并且在京里建造了这一所房屋，库里储存了一些财物，所以才把小女也安置

在这里。仓库的钥匙保存至今，只是为了想给她物色一位像你这样的佳婿交他掌管，近江国的庄园是我父祖的世袭领地，绝不会有人来争产，请悉心经管，谨启。

他看了这封详细的书信，才知道那个人的身世原来是这样。

这个男子，后来使用着库中财物，经管着近江国的庄园，生活很是快乐。美中不足的，只是妻子有些合不来的地方。这件事或许终于被人知道了，所以才流传下来。

第五篇

平贞盛朝臣在法师家射擒盗贼

古时，下京附近有一法师颇有福分，拥有丰裕家私，过着安乐生活。一天，他家里忽然出现怪兆，便差人去向阴阳师贺茂忠行占问吉凶。占卜结果是："主因盗丧命，某月某日应严密忌避。"法师听后很是惊慌，到了这天，就紧闭大门断绝出入，严密忌避起来，以后又这样忌避多次。

一天傍晚正在忌避，突然有人叩门。法师吓得不敢应声，外面却越发叩得紧急，只好差人去问："你是什么人？我家正在严密忌避。"叩门的人说："我是平贞盛，刚从陆奥国到京。"贞盛本是法师的好友，往日过从甚密，于是他就烦差人传话说："我刚从陆奥到京，赶路赶到天黑，今晚是特意不回家，赶到这里来的，如今可叫我上哪里去呢！但不知竟为什么这样忌避？"里边便又传出话来说道："因占卜说主因盗丧命，才严加忌避。"贞盛又烦差人入内说："果真是为了盗贼，即使贞盛不到，也该特意前来共同防范，怎么能让我回去呢？"法师一听确实有理，又叫人出来说："只请贞盛老爷一人入内，其他家将随从暂请打发回去，我们仍须忌避。"贞盛听罢说："也好。"便命随从带着马匹回去，自己一人走了进来。他着人转告法师说："既在忌避期间，就请不必会客，让我独在前厢过此一宵，我也因为今晚不宜到家才来这里的，容我明晨面谢吧。"于是就在前厢吃了些东西睡下。

约过半夜时分，忽听前门响动，贞盛心想必是有贼，便拿起弓箭，走到大门二门中间的车房附近，隐住了身形。果真是一伙强盗用刀破门一拥而入。贞盛趁着强盗们奔向上房的当儿，混在他们当中说："这里面有东西，我们踹开门闯进去吧。"故意把强盗领到没有东西的地方，这种圈套强盗们哪里知道。正在强盗们要闯进屋内的紧急时间，贞盛心想：如果一闯进去，法师就难保不受危害，莫如在他们还没闯进以前就先将他们射死。但又一想，自己是在身带弓箭满有戒备的盗贼旁边，这样做会危及自己的安全，可是又别无良策，于是他便从一个强盗身后，一箭射去，把箭射出以后贞盛就说："箭是从后边射来的!"紧接着对没中箭的强盗说："快逃啊!"顺手把中箭倒地的那个强盗拖到里院。贞盛随后又说："放箭的不是咱们的伙伴而是别人，不要紧，只管往里闯!"说时他又跑上前去瞄准了那个胆子大、闯得猛的强盗，把他射倒，接着喊道："敌人用暗器了，你们快逃吧!"连忙就把刚刚射死的强盗又拖到里面，这两个死强盗双双挺在那里。

随后贞盛又从里院接连放出几支响箭，吓得其余的强盗没命地奔向大门，贞盛趁此机会瞄准他们脊背连连放箭，在门前又射倒了三个，这伙强盗不过十来个人，侥幸没有中箭的，这时也顾不得伙伴的死活，飞也似的逃命去了。结果，当场射死四人，有一人腰部中箭，跑出一里多路，气力不支，滚入沟内去了。

天亮之后，根据这个盗贼的口供追捕缉拿，所有的盗贼都被捉到。

可见，法师之所以能够保全性命，完全是亏了智勇俱全的贞盛。人们都说如果他过分重视忌避不让贞盛进来，必然被杀害无疑。

第六篇

刑满录用的捕役闯入人家行抢被捕

古时，有个姓××叫××的人，住在上京。他从年轻时候，就跟随国守到各地当差，逐渐积蓄了一些家私，后来诸事顺遂，资产日增，仆从很多，并且置有不少庄园。

这人住在东狱附近，因此牢狱附近所住的刑满后被录用为捕役的犯人就计议要抢劫他。这伙人由于不了解这家的底细，就想找个人做内线。可巧他家有个从摄津国庄园上京来给主人值班的仆从，于是这伙人便计议道："这家伙是个乡下人，容易上钩，只要给他些便宜，那还不是我们说什么是什么。"于是，就在一天设法把这个值班人骗到家里，殷勤地用酒饭款待一番，然后乘机问道："你家在乡间，如今人在京里，自然难免有需用的东西和想办的事情，我们很同情你。至于我们为什么同情你，也不是没有缘故，只是你还年轻不懂罢了。今后，你在京一天，尽管常来坐坐，我们一定照样款待你，有事只管说。"这个乡下人见他们说得这样恳切，自然觉得高兴，但总有些怀疑，心想其中定有缘故，便告辞而去。

这伙人殷勤款待了乡下人四五次之后，以为他已上了圈套，无论向他说什么也不会拒绝了，就说道："说实话，你如能把我们放进你主人家里，我们一定重重酬谢你。你这一辈子的吃穿就不用愁了。这样做也不会有人知道的。人生在世无论贵贱，所以向人低头，还不是为了自己。”虽然乡下人是个仆从，但能深明大义，通达事理，暗想我绝不能做这种昧良心的事，但又一寻思，如果当面拒绝他们，必然于自己不利，便满口答应说：“这很容易。”这伙人听了，高兴地拿出许多丝绸布匹请他收下，还说这是事前的一点心意，乡下人说：“用不着忙，等事成之后也不迟。”什么也没拿就要回去。这伙人又说：“我们想在明晚行事，请你做好准备，如果半夜有人去推门，就请你把门打开！”乡下人说：“这算不了什么！”随即走去。

这伙人以为这家不是武官出身，容易动手，便约集了十来个惯盗，定好明天半夜聚齐行事然后各自散去。

这个乡下人回到主人家之后，急于想把这件事情密报给主人，正在他窥探的时候，主人走出廊下，他便上前跪倒，这时院子里别无他人，主人见他吞吞吐吐的模样就问：“你有话要说吗？是不是想请假回乡？”乡下人说：“不是的，我有机密大事回禀。”主人觉得有些奇怪，便把他叫到僻静所在一问，这个乡下人说：“这事我真难于启口，但是又不能瞒着老爷，所以才大胆直说，原来有如此这般一桩事。”主人听罢说道：“听了你这番话，真叫我高兴，穷苦人本来最容易见利忘义，你却能够这样，真让人感动。”接着又说：“那你就只管开门把贼放进来吧！”原来主人心想，在宅外对付这伙贼人，不是上策，不仅不能一网打尽，也难以知道究竟有谁漏网。于是他便急忙赶到多年交好的一位武将××××家里，悄悄说明了原委，××听罢，很为他担惊，由于是多年故交，便说道：“不管是家将仆从，明晚我定派五十个精通武艺的人悄悄到府上去就是了。”××闻听，欣然而返。

第二天夜晚，武将把弓箭兵刃，有的用布包裹，有的装在躺箱之内，暗地里运到主人家中，入夜以后，又让准备好的人扮作平民模样，身上不带寸铁，一个个来到主人家中埋伏起来，快到约定时刻，有的背起弓箭，有的拿起兵刃，个个穿上盔甲，摩拳擦掌做好准备。还派一小部人，分别把守附近的十字路口，提防贼人万一逃脱。

那伙歹人满心指望乡下人给他们做内应，哪里想到这些，就在更深夜静，拥到这家门前推门，乡下人早有准备，便去开门，他把门一打开，就跑回来钻到地板底下躲藏起来。那伙歹人见门一开，便乱哄哄地闯入院内。

埋伏好的这伙武士，怎敢怠慢，把他们一个个全都捉住，歹徒只有十来个人，自然不是这四五十名武艺高强的人的对手，何况又早有埋伏，贼人全都牢牢就擒，被绑在车库的柱上。当夜也没处置，天亮一看，这些贼人都在柱上眏着眼睛。主人料想这些匪类即使囚在狱中，过后出来一定还要为非作歹，因此不加声张，趁着当晚夜深时把他们暗暗带到外面全都射死了。人们只以为这伙歹徒因行抢未遂被赶出来射死的，便也不加过问。

这伙歹徒可算得是贪财丧命。××得以保全性命，全仗乡下人的深明大义。

第七篇

闯入藤大夫家行抢的强盗被捕

古时，猪熊小路和绫小路中间住着一位藤大夫。他大概是跟随国守当差任满回京，从乡下带来很多东西。不料在整理时，被邻居一个素怀盗心的人看见，于是纠集了许多同伙闯进去行抢。

这家的人俱都藏躲在缝隙或地板下，没有一个人敢出来抵挡，所以这伙强盗能从容不迫地把他所有财物掠劫一空而去。

当时，这家有个身材矮小的男人，正躲在地板底下，有个贼人抢劫到手，从地板上跑出去的时候，他从地板下抱住贼人双腿，往怀里一拉，便把贼人掀翻在地。然后他扑过去骑在贼人身上，拔出贼人腰里的刀来，一连刺了两三下。贼人被拖倒时，已因前胸受伤，不省人事，再加上这两三刀，一点也没抵抗便立即丧命。这时，他拖着贼人的脚脖子，拉进地板紧底下。

贼徒散去以后，他若无其事地走出来，其他的人见贼人已去，全都从躲藏的地方钻出来嚷成了一团。有些被贼人剥光衣服的，则是赤着身子在那里颤抖着。家里所有的东西，全被践踏毁坏，狼藉满地。在贼人抢完顺着猪熊小路向南跑去时，街坊们已经闻声起来用箭射击，因此，贼人只顾四散窜逃，并未察觉有一个同伙被人刺死。

贼人是后半夜闯进来的，不多工夫天就亮了。街坊邻里也都纷纷前来慰问，住在西洞院和××中间的检非违使藤判官××，和这位藤大夫是亲密知己，也派人前来慰问。于是杀死贼人的这个短小汉子，便到藤判官家去禀告说：“我如此这般做了一桩事。”藤判官听后很感惊异，赶忙派一个刑满释放留下来办案的捕役到藤大夫家验看，捕役到藤大夫家拉出被杀死的贼人一看，原来就是邻居某某老爷府上的杂役，查明是他在隔壁看见藤大夫带来许多东西，才起意行抢的。

捕役回禀了藤判官，藤判官想到杂役的妻子一定知道底细，便派人到家中把她捉来。果然一经审问，她不敢隐瞒，便招供说：“我实说了吧，昨晚某某人和某某人来到我家唧唧哝哝说了半日，他们现住某地某地。”

藤判官立即据实禀明他的长官，就着这个杂役的妻子引路，往各家去捉人。这些匪徒由于抢劫劳累了一夜，正在酣睡，于是全都被擒。这伙人既已捉住，怎能再容他们逃脱，一个个都囚禁在狱中。至于他们所抢劫的赃物，也都如数起了出来。那个杀死贼人的短小汉子，后来成为一个勇猛的武士，受到器重。

由此可见，经常居家千万不能暴露财帛，以免歹徒见财起意，即使对自己的仆从也不可疏忽大意，何况是不知底细的人，更应该小心提防他产生盗意。

第八篇

闯入下野国守为元家中的强盗

古时，有个下野国守名唤藤原为元，家住三条以南，西洞院以西地方。

一年腊月三十前后，强盗闯入了他的家里，邻居发觉后惊叫起来。匪徒们以为被人困住，顾不得抢劫财物，便把这家的一个得力的女官绑架而去。

强盗把绑架的人质驮在马上，由三条向西逃去，及至来到大宫大路的十字路口，匪徒认为追赶的人已经迫近，就剥下女官的衣裳丢开她逃走。

女官哪里受过这种惊险，吓得魂飞天外，竟裸体跌到大宫河里去了。这时河水冰冻，风寒刺骨，她从河里挣扎着爬上来，挨到人家叩门求援，却无一人敢去开门。这个女官只落得冻死街头，葬尸狗腹。第二天清早，只见那缕缕青丝、血染的头颅，和鲜红的裙裤，都一块块地散在冰冻之中。

后来，朝廷降旨说："若有人捉到此贼，必予重赏。"当即轰动一时，人们传说：绰号"猛三位"的藤原××[①]就是这个案件的主犯，因为他向这个被狗吃了的贵妇人求婚未遂的缘故。

后来，检非违使左卫门尉平时道奉命缉捕凶手，一天他去大

---

① 缺字，校本云疑是道雅，乃是藤原伊周的儿子。

和国侦缉，行至山城国相乐郡祝园村碰到一个形迹可疑的汉子。这汉子像贼人一样心虚，见到检非违使便屈膝下跪，于是便把他捉到奈良坂审问说：“你一定做过什么案子！”起初他还强辩说：“绝没有做过坏事。”经过严刑拷问才招认说：“前年腊月三十左右，我被人引诱闯进三条和西洞院中间的某某老爷府上行抢，当时没抢到财物，却绑架了一个贵妇人，后来只顾逃命，就把她丢在大宫大路，后来听人传说她冻死之后被狗吃掉。”时道闻言大喜，就把他带回京来，奏明朝廷。当时人们都竞相传说，时道可能由此叙爵五位，升任大夫尉，但事后朝廷并未论功叙赏。

按常情推测，其中定有缘故。因为朝廷明明说过“必加重赏”，但是……[①]后来时道终于叙爵五位，升为左卫门大夫，世人对此仍啧有烦言。

仔细想来，女子的寝室定要严紧门户，人们说她之所以被绑架是由于睡时未作防范。

---

① 以下似有脱漏。

第九篇

阿弥陀圣僧杀人后投宿被害人家被杀

古时，××国××郡有个××寺，这座庙里有个劝化世人信仰阿弥陀佛的行脚和尚。他拄着一根顶镶鹿角，底下安着锄板的锡杖，敲着钲鼓，云游四方，劝化世人。一天，他从山中经过，遇到一个背着东西的汉子。

和尚正和汉子一起走路，汉子突然闪下和尚，蹲在路旁，拿出所带的午饭来吃，和尚本想先走一步，汉子却把他叫住，等和尚走过来，汉子说声“请吃吧!”便分饭给他，和尚也不客气吃了个饱。

吃完后，汉子将要背起携带的东西，和尚心想，这里不会马上有人来，我即使把这个汉子打死，抢走他携带的东西和身上的衣服，也不会有人知道，于是，趁着汉子只顾背东西没留神的当儿，突然用锡杖向汉子的头颅猛刺，汉子说：“你这是做什么?”急得搓手求饶，但是和尚臂力极大，睬也不睬就把他打死了，接着把汉子的东西和身上的衣服抢在手中，飞也似的逃去。

他翻过丛山，逃到一个遥远的村庄，以为绝不会被人发觉了，便走至一家门前说道：“我是劝人信仰阿弥陀佛的行脚僧，因为天色已晚，想在府上借宿一宵。”这家女主人说道：“我丈夫虽然出外去了，但［既是信佛的师父］，就请住一宵吧。”说罢让和尚进来。这家是个小户人家，所以就把和尚让在离卧房不远的灶边坐下了。女主人在和尚的对面观看，猛然瞧见他身上穿着的衣服袖口和丈夫出门时穿的那件猎衣袖口一样，缝着带色皮条。这妇人万没想到［是和尚杀了她的丈夫抢去的］，所以很纳闷，后来越想越觉得这个袖口特别可疑，便不露声色地注目细看，果然分毫不差，正是丈夫的那件衣服。

这时，妇人又惊又疑，便走到隔避邻家，悄悄地说："现在有这么一桩事，是不是发生什么意外了？"邻人说："这事好蹊跷，也许是他偷来的，真令人猜不透，如果衣服当真没错，那只有捉住这个僧人盘问了。"妇人说："是偷的不是偷的虽然不知道，衣服的袖口却是千真万确的。"邻人又说："既是这样，那就要趁和尚还没逃走，赶快查问清楚。"随即约集了本乡年轻力壮的四五个人，把详情告诉了他们，让他们入夜以后去动手，和尚吃饱了饭，便放心大胆地宽衣睡去，这时众人一拥而上按住就捆，尽管和尚叫嚷说"这是为什么！"他们还是把和尚捆个结实，拖拉出来，套上夹棍拷问。和尚在刑逼之下，仍然不肯招认，只说"我绝没有做坏事。"于是又有人说："把和尚携带的头陀袋打开看看有没有这家主人的东西！"众人说："这话有理！"便把袋子打开一看，汉子所带的东西果然全在里面。于是众人都道："这还有什么话说！"立即用瓦盆盛上炭火放在和尚颈后严加拷问。和尚这时受不了炙刑，才说道："不错，我是在那座山里杀死了这样一个汉子，劫取了他的东西，但不知是谁在追问此事！"便有人说："这就是被害人的家！"和尚听罢说道："这真是天罚我也！"

天亮以后，村里人聚集一起，叫和尚带路走到山里一看，果然汉子被杀死在那里。幸好还没被野兽吃掉，还是个好端端的尸首，妻子一见放声痛哭。当时就有人说："还留着他做什么，不必带回村里处理了。"于是就地把和尚捆在木架上用箭射死了。

人们听到这件事，俱都痛恨和尚。汉子好心分给他饭吃，没想到一个佛门弟子，却丧尽天良，图财害命。真是天道好还，他不到别人家投宿，偏偏撞进被害人家里，现报抵命，说来真是可叹。

第十篇

闯进伯耆国衙公仓的强盗被杀

古时，伯耆国有个国守姓橘名经国，当他在任期间，一年国中发生大荒年，人都得不到吃的。

却说，国衙附近有许多府仓，当时仓里的东西已经运走，里面空空洞洞。一天有人从库前走过，听到仓里有人敲墙。他问谁在里面敲打，仓里人回答说："我是贼，请你赶快禀报上司，就说我原看见仓里有干粮想偷些活命，满想爬上屋顶，破屋跳在干粮上，不料在撒手跳下以后，里面却是空的，并无干粮。四五天来，我也没能再爬出去，已经快饿死了，我想即使是死，也要死在外面［见见天日］。"

过路人听了这话，大吃一惊，便向国守禀报。国守立刻召来衙中的官员，打开仓库一看，原来是个四十岁左右的汉子。这人长得一表人才，穿得也很整齐，只是面容苍白没有一点血色。把他带出来以后，人们说："这样一个人无足轻重，把他赶走算了。"国守说："这如何使得！日后要受非议！"于是就在仓库旁架起刑架，把他磔刑处死了。

人们都非难说，犯人既已自首，就该释放，国守此举真令人气愤不平。由于汉子没有亲故，这事也就无人追问了。

第十一篇

幼儿偷瓜被父义绝

古时，有个姓××名××的人。

一年夏天，他收到了一些好瓜，因而说道："这是稀罕的东西，等我晚上回来拿去送礼。"便把这十来个瓜放在橱柜里了。在临出门时还嘱咐道："可千万别动这些瓜。"他的一个七八岁的男孩，在他留下话出门之后，便打开橱柜拿出一个瓜吃了。

他在傍晚回来，打开橱柜一看，少了一个瓜，便问："这里少了一个瓜，是你们谁拿了?"一家人都抢着说："我没有拿，我没有拿。"他又说："这绝对是家里人做的事，外人是不会拿的。"他不依不饶地一味追问，一个贴身侍女见他问个不休便说："我白天看见阿字丸打开橱柜拿出一个瓜吃了。"他听了之后，也不言语，就把这条街上的许多尊长请到家里。

家中的上下人等，一看这种光景，俱都纳闷主人请来这许多人做什么。在被邀请的本村老者到齐时，他声明要和这偷瓜的孩子永断关系，请这些人画押作证。请来画押作证的人们问道："这是为了什么?"他只说："我自有用意。"让每个人都画了押。家里的人看到这番光景，都说："为了这么一个瓜，也不该就和孩子断绝关系啊，这简直是疯了。"但是外人又怎好插嘴呢。孩子的母亲自然不敢阻拦，只有说些怨言，他听了就说："少说废话!"根本不肯听，事情就这样过去了。

后来，过了很多年月，这个被逐出家门的孩子已长大成人，举行了冠礼，能够自立了，但是从被逐以后，一直不敢去见他的父亲。

一年，这个已经行过冠礼的青年在某贵人的府上当差，因为偷窃被捕，在追问他的家世时，他说："我是某某人的儿子。"检非违使长官听到禀报后说道："既然他确有父亲，就该把他父亲传来一并处理。"于是检非违使衙门捕快便叫这孩子领路，来到他父亲家，说明案由就要拿人，他父亲说："他早已不是我的儿子，自我把他逐出之后，互不往来已经有几十年了。"捕役们哪里肯信，还是一味恐吓，父亲又说："如果你们以为我是撒谎，请看这个吧。"说着拿出来本街人画押的文书给他们看，并且找来以前画押的人作证，画押的人们也都说："在好多年以前果有此事。"于是一个捕快回去请检非违使把情由转报长官，长官说："他父亲认为此案与他无关是应该的。"捕快们无话可说只好把那个青年带回来，在他供认不讳之后，便被押在狱里。他父亲却永没受到牵累。

事后，连当时认为做得过分的人，也都称赞这个父亲有先见之明。知子莫过于父，可是聪明人能在看到孩子的心术后就和他断绝关系，避免了日后的牵累。听到这件事的人，都夸奖他的聪明。

第十二篇

闯进筑后国前任国司源忠理家中的强盗

古时，有位大和国守名唤藤原亲任。他岳父叫源忠理，是筑后国前任国司，忠理为人聪明，博学才多，非常能干。

忠理有一次离家，到不远的一个小户人家忌避不祥，睡在紧靠大路用绿柏板编成篱笆墙里。睡下不久，就下起大雨来。约莫到了半夜时分，雨声稍住，忽听有个脚步声停在离自己睡处不远的篱笆墙外。他很纳闷，但一时又想起莫不是有想要杀我的仇人，来向这家主人寻仇来的，吓得他再也睡不着了，他本想喊一声“来人哪!”却想起自己并没携带能壮胆的从人，于是只好睁大着眼睛，侧耳细听。这时听到从大路上又走过来一个脚步声，先前站在篱笆墙根的那个人咳嗽了一声，从大路上走过来的那个人便停下来小声问道：“是某某老大吗?”这边的人答说：“是我。”那人便凑过来了。

这一来，这位前任国司以为可真要闯进来了，吓得他在床上缩成一团，再听却悄声地谈起来了，又不像要闯进来的样子，他便靠近篱笆墙侧着耳朵仔细听。原来这二人是在计议行抢，他想贼人到底要去抢哪家呢?忽然听到谈起了筑后国的前任国司家如何如何，这才知道二人是要到他自己的家里，更弄清楚了给贼人做内应的是他的亲信侍从。听他们计议之后，约定说：“后天务必约齐某某人一起去。”随后就分手散去。国司心想幸亏我睡在这里听到了消息，好容易等到天亮，就赶紧回家了。

要是现在的人碰到这样的事，一定要在天一亮就增加看家护院，捉住那个要做内应的侍从，讯明要来行抢的强盗，报告给长官和检非违使，但那时的人们还有些不慌不忙的风习，更兼这位前任国司是个善心人，所以他不动声色，首先借故把这个要做内应的侍从打发出去，趁他不在悄悄地把家中一切什物，不论好坏，一件不剩都运出去，连妻子儿女也借个理由送到别处去了。

却说，那个要做内应的侍从，到了贼人约定的那天黄昏以后才回来，忠理不让他看出家中有一点破绽，并且也和平日一样，装作待在家里的样子，等到夜静更深才悄悄溜出去，宿在附近的街坊家里。

不久，强盗们来了，刚一叩门，那个做内应的侍从便把门开开，一二十个强盗就一拥而入。他们在屋里翻箱倒柜，到处乱搜，结果却是空空的，一无所得。强盗们找得不耐烦了，在临走以前抓过那个侍从喝问道："你敢骗我们到这个一无所有的地方来！"随即都来拳打脚踢地把他凌辱了一顿，然后用绳把他牢牢捆在车库的柱子上扬长而去。

第二天早晨，忠理回家，装作一夜没出门的样子，呼唤那个侍从，却不见他来。后来听到车库那边有人呻吟，感到奇怪，一看原来是那个侍从被捆在车库柱子上。这位前任国司明知道他是内应失败被贼人捆在这里，不觉感到有些好笑，却仍一本正经地问道："你怎么弄得这般模样？"侍从说道："昨晚强盗们生了气，就把我捆起来走了。"这位前任国司说道："强盗偏要光顾这样明摆着一无所有的人家，真是好笑。"后来，人们都知道这是一家一无所有的人家，贼人也就不再来了。

可见，古时人的心地确乎和现在不同。事后，给强盗做内应的那个侍从，竟不辞而别了。这家以后虽然添了两个侍从，但是因为外边存东西的地方很妥当，就没有再运回来，只是用什么取什么。

后来，邻近发生火灾，有蔓延过来的危险，就向外抢救东西，他的家私本来都早存在外边，并没有什么值得往外拿的，于是新来的这两个侍从就把一个空柜抬出来了。火灾没波及到这里就被扑灭了。这两个人不知道那位前任国司暗藏在抢救出来的这只柜旁，窥看他们的举动，便拧开了柜上的锁，一看，里面没有一点东西，就不约而同地说："这家一定是什么也没有，我们原以为这个大柜会有东西，不料也是空的。看来，我们干下去也没有什么指望，趁早走吧！"说罢一起溜开了。这个大柜只好由妇女们抬回来了。

这位前任国司说："把东西存在外面，有好处，也有坏处。不怕贼抢，这是很好了，引起两个侍从溜去，确是糟得很。"

这种做法，固然只有聪明人才能想出来，但不见得有什么高明处。再说，把东西存放别处，用时再去取，也是庸人自扰的坏办法。据说古时就有这种从容不迫的人。

第十三篇

到民部大夫则助家行窃的贼人密告奸妇谋杀本夫

古时，有一民部大夫姓××名则助。

有一次，他出外奔走了一天，傍晚到家时看见从车库角里走出一个汉子，因而问道："你是做什么的？"汉子道："我有机密大事奉告。"则助说："你快说吧！"汉子道："这事必须密谈。"于是他才屏退了左右。

那汉子凑近则助身边小声说："我是来偷窃的。因为一两天之内我要跟随一位国守到关东赴任，看到大人骑的那匹红马是个良驹，就打算把它盗走。到府上之后，恰巧大门开着，我便溜进来藏在这里，偏巧这时从屋里走出一位像是夫人的女子和一个男子密谈，并且给他一根长矛，让他登上屋顶，看样子仿佛有什么阴谋。我不忍大人暗遭不测，才出首告密，打算禀明以后再逃走。"则助说："你先在这里藏一会儿。"说着唤过亲随，低声吩咐之后就打发他走开了，汉子心想，莫不是要捉我吧，心里想逃而又无法逃，紧跟着就来了两三个很强健的汉子。

他们立即点起火把，在房顶上和地板下搜索起来。不大工夫，从顶棚上捉住一个身穿猎服的武士，就把他带到则助面前，接着又搜出来一根长矛，并发现顶棚上果然凿了一个窟窿。向这个男子一追问，他便说道："我是某某人的随从，事到如今，也无法隐瞒，只好实说了。我是奉命来行刺的，要乘你熟睡的时候，从顶棚放下矛枪去，等下面有人把矛头放在你的胸口上就用力把大人刺死。”则助听后，就把这个刺客绑送到检非违使衙门法办。然后唤出告密的贼人，把他中意的那匹红马备上鞍鞯，让他从家里骑上赶了出去，这个贼人的下落后来如何也就不得而知。

这件事想必是妻子因奸要谋杀本夫。但令人不解的是他并没休弃妻子，仍然和她同居下去，即使说是他所最爱的妻子，也不应以生命作儿戏啊！他所以保住这条命，全亏了这匹良马，可是那贼人也有良心，听到这件事的人们都这样议论。

第十四篇

九条堀河的妇人杀夫装哭

古时，在延喜年间，醍醐天皇一天夜晚忽然在清凉殿暖阁传召藏人。当有一个藏人应召赶到，天皇当时传旨说：“东南方有个妇人啼哭，你快去看来！”藏人奉旨便找来侍卫宫中的缇骑，点起灯笼火把在宫内寻找，并没看到有什么妇人哭泣。

时已夜静更深，连个人影也没有，藏人便返回来奏明天皇，天皇道：“再仔细寻找！”这次藏人便到大内里禁中八省和附属官衙去寻找，凡是在清凉殿东南方的衙署都去查看了一遍，仍然没有任何人哭泣。藏人又回奏八省以内实无人哭泣，天皇说道：“那就去巡看八省以外的地方！”于是藏人命御马监牵来一匹马骑上去，带领许多人，派缇骑打着火把引路，出得宫来向东南方走去，这时京中已然万籁俱寂杳无人声，怎能有女子的哭声呢？

最后走到九条堀河附近，听到一个小户人家传出妇女的哭声。藏人很是奇异，心想，莫不是天皇听到她的哭声，当下他便勒马守候在这家门前，另派缇骑驰奏天皇说：“遍查京中寂静，并无女子哭泣，只九条堀河的一个小户人家，有妇人啼哭。”不多时，缇骑驰回来说：“天皇有旨，着捉问这个哭泣的妇人，因为她是装哭。”侍中便派人去捉这个妇人，妇人道：“我家秽气很重①，今

① 古代有触秽的禁忌，凡死人的秽为三十日。

晚闯进强人杀害了我的丈夫，如今死人还停在家里。”说罢号哭不已。但谁也不敢违旨，就把这妇人带回禁中来了。

侍中回奏已把妇人带到，天皇立即将检非违使召到宫中把那个妇人交给了他，并传旨说：“这妇人假装哭泣，心怀奸诈，嫌疑重大，应严加审讯依法论罪。”检非违使奉旨押着女子退出禁中。

天亮后进行审问时，那妇人起初还不肯吐露真情，经过拷问才认罪实招。原来她是在和奸夫图谋杀害本夫之后，伪装悲痛哭泣，意在遮掩外人的眼目。检非违使听了妇人的供召后，便据实详奏，天皇听了说：“正因如此，我才听出她的哭声有诈，所以再三命人查访。现在也必须缉拿奸夫归案。”后来奸夫也被拿获，和妇人一同下狱定罪。

凡是听到或是看到这件事的人都说，对于心狠意毒的妻子，千万不能大意。并且称赞天皇说，可见圣上也绝不是常人。

第十五篇

检非违使盗丝被人发觉

古时，一年夏天，很多员检非违使到下京捕盗，当他们拿获盗贼捆绑妥当，准备押解回来的时候，有个姓××的检非违使说："还有可疑之处。"说着就下马走进贼人家中去了。

过了一会儿，这个检非违使出来了。只见他的裙裤下摆显得和当初不一样，有些鼓起来，其他检非违使都觉得很奇怪，再联想到刚才给这个检非违使背弓箭的从人从这人家走出来和他耳语后，他便走进去的可疑情节，就更觉得他的裙裤下摆鼓起来大有文章。这些检非违使商量说："这也太蹊跷了，如不弄个水落石出，确是我们的耻辱，绝不能轻易放过，我们一定设法让他解开衣服。"大家商量妥当之后，说道："我们把捉来的盗贼押到河滩去审问吧。"说罢把贼带到屏风崖去了。

问完了盗贼，本来该回去了。可是有一个检非违使说："天太热了，我们在河滩里洗个澡吧。"其他检非违使也都随着说："那太好了。"便从马上下来，个个宽衣解带，裙袴鼓胀的那个检非违使说："这如何使得，太不成体统了。身为检非违使怎能像个马童随便在河滩里洗澡呢！太不雅观了。"他不知道大家是在骗他脱去衣服，只是在那里着急生气。其他检非违使看到这个情景，一面互递眼色，一面不停地脱衣服，并且把这位不想脱衣服而生气的人的衣服，也硬逼着脱了下来。

于是，唤来捕头吩咐说：“你把诸位大人的袍服，一套一套地放在干净所在。”当捕头过来拿起这位裙裤鼓胀的检非违使的袍服，正要放在莎草上时，突然从裙裤腿里掉出了二三十把用纸包着的白丝。检非违使们都围上去，互递眼色，大声问道：“那是什么？是什么？”这位裙裤鼓胀的检非违使，脸色变成青黑，愣在那里。刚刚还在恶作剧的那些检非违使，现在又觉得有些于心不忍了，便各自取了衣服匆匆穿好，跨马驰去，只留下那裙裤鼓胀的检非违使一个人像是患了心病似的胡乱穿了衣服骑上马，任凭它随意奔驰回去了。

这一来，只有捕头一个人了，他拾起这些丝线，交给了这个检非违使的仆从。仆从也无精打采地接了过来。刑满被释后留作捕役的人们看到如此情景，互相窃窃私议道：“我们由于盗窃成了罪人，结果落得这般模样，如今看来也不足为耻了。这种事，不是还有吗！”彼此偷笑了一阵。

仔细想来，这个检非违使真太愚蠢了。即使贪得也不该在办案的时候偷贼人家的丝，结果当场丢丑，真是卑鄙到了极点。其他检非违使虽然于心不忍，有意要替他隐瞒，但怎能遮盖得了呢，终究还是传扬出去了。

第十七篇

贼人到摄津国小屋寺偷盗大钟

古时，摄津国××郡有个小屋寺。

一天，这个庙里来了一个八十岁左右的法师对庙中住持说："我是从西国来的，本来要到京城去，但因年老体弱，恐怕难以如愿，打算在师父庙院左近暂住一时，不知能否给我安排一个容身的地方？"住持说："当下真没有可住的地方。若是让你住在无遮无掩的大殿廊下，光风也得把你吹坏了。"老法师说："那么只有住在钟楼下边了。那里墙壁很完整，就让我住在那里如何？"住持说："那是个好地方，你就住在那里吧。钟也由你来敲，真好极了。"老法师听了无限欢喜。

于是，住持领着老法师来到钟楼，说道："敲钟人用的席子等物，这里全有，你只管使用。"就把他安顿在那里了。住持又对原来敲钟的那个和尚说："有个老和尚流浪到咱们这里来了，他说想在钟楼暂住，我留他住下了。他说，钟也由他来敲，我说你住一天就敲一天吧。因此只要老和尚不走，你就可以休息了。"敲钟的和尚说："那很好。"就走了。

且说，头两夜钟是由这个老和尚来敲的，第三天巳牌时分，原先敲钟的那个和尚想看看老法师是个什么模样，便来到钟楼下说："师父在吗？"推门进去一看，只见一个年约八十上下，老得不像样的老和尚直挺挺地死在那里，腰里还围着一件褴褛不堪的长袍。敲钟和尚看了赶忙退出来，慌张地跑到大殿，告诉住持说：“老和尚已经死了，这可怎么办?”住持大吃一惊，就同敲钟和尚一起来到钟楼，把门推开一道缝一看，老和尚果然死在那里了。

住持立即拉上门，把这事告诉所有的和尚，大家一听都同声说：“只怪你留这个不三不四的和尚，弄得庙里都秽气了。”① 说罢个个怒气冲冲。住持说：“现在说什么也晚了，只好找几个村里人把他抬出去扔掉算了。”就叫人去找人，村里人们说：“庙祭已经临近，怎能做这种秽气事。”没有一个人肯抬。和尚们闹哄说：“也不能就这样放着啊!”这时天已经到了午未之交。

正在这时，走来两个年约三十上下的汉子，只见他们身穿淡黑色猎衣，腰系上浅下深的裙袴，裙角高高撩起，掖在腰里露出横插着的大刀，身背尖顶草笠，像个仆从的模样，却穿戴整齐矫健非常。二人一径来到僧房前面，向待在那里的和尚问：“是不是有个老和尚从庙外路过了?”和尚们说：“前一天还真有个年约八十上下、身材高大的老和尚，住在钟楼里。可是今早一看，他已经死了。”这两个汉子一听，说了声：“这可不得了!”就号啕大哭起来。和尚们说：“他是你什么人?你为什么哭得这样伤心?”汉子说：“他是我们的父亲，上了年纪性情乖僻，一有什么想不开的事，就从家里跑出来，不知去向。我们住在播磨国明石郡，因为他一天没回家，就分头去找，一直找到今天。我们家并不穷苦，一两顷稻田都登记在册上，连邻郡也有我们很多住地户。那么请让我们看一看，如果真是我们的父亲，就在傍晚把他埋葬了。”说罢走进钟楼。

住持也跟过去站在门外观看，只见他二人匍匐而入，一看见老和尚的脸就说：“爹爹，原来你到这里来了!”就扑倒在地放声大哭。住持觉得心酸也陪着哭了。又听他们说：“你老人家年老性

① 死人触秽，见本卷第十四篇注。

乖，动不动就瞒着我们跑出去，结果死在这个异乡，我们没能赶上送终。”连说带号，哭个不止。过了一会儿，又见他们计议着说：“还是张罗后事吧。”说罢带上门出去了。住持无限同情就把二人怎样大哭告诉了和尚们，大家听了也有为他们落泪的。

到了戌时左右，来了四五十人，吵吵嚷嚷把这个老和尚抬了出来，其中还有许多背着弓箭的。由于僧房离钟楼很远，所以当他们抬走老和尚的时候，没有一个人来看，并且怕触到秽气。紧闭门户躲在房里谛听，只听见他们抬到后山脚下二里多路的松林里，通宵地念佛，敲钲，在天亮前下葬后就走了。

庙里的和尚们，以后总也没人到死了老和尚的钟楼左近去。而在这触秽的三十天当中，敲钟和尚也没去敲钟。三十天以后，敲钟和尚走来打扫钟楼，一看，大钟不见了。他想：这是怎么一回事？便跑去遍告所有的和尚，和尚们拥来看时，钟早被人偷走了，哪还能找得到呢！这才想到埋葬老和尚只是为偷这口大钟所设的骗局，就有人说：“我们应该到下葬的地方看个究竟。”于是庙里和尚便领着很多村人走到那个松林观看，才知道他们砍倒了一棵大松树堆在钟上烧，因此大钟的零星碎片散落满地。大家都说：“这个把戏作得真妙。”吵嚷了半天也不知究竟是何人所作，无法追查，只好罢了。从这以后，这座庙就没有钟了。

由此看来，巧设骗局偷盗东西的人也是有的，但是，怎能装死装得那么久呢，为什么眼泪那样方便，痛哭得使在场的人陪着落泪呢！看见和听到这件事的人都争着说：“设这个骗局的家伙真狡黠啊！”

可见，对于陌生的人，千万不可轻信，即使所作所为看来入情入理，也必须反复考虑，多加提防。

第十八篇

在罗城门楼上发现死人的盗贼

古时，有个从摄津国上京来作案的贼人，到京时天还没黑，就躲在了罗城门下。这时朱雀大路上的行人往来很多，他打算先在门洞里躲一会儿，等路静人稀以后再出去，忽然听到从山城方向传来杂沓的脚步声，他怕被这群人看见便蹑手蹑脚攀登到城门楼上，一看，那里有昏暗的灯光。

这个贼觉得奇怪，就从窗棂向里窥视，只见里面停着一具少妇的尸首，枕边点着一盏灯。有个老态龙钟、白发苍苍的老妪，正在枕边拔死人的头发。

这个贼莫名其妙，心想莫非是妖怪，非常害怕，又一想也许是个鬼，待我吓她一下，就轻轻推开门，拔出刀来扑过去喝道："你是什么人?"老妪当时吓得只顾搓手告饶，贼又追问说："你这老东西在这里作什么?"老妪说："她生前是我的主人，因为死后没人管，就停放在这里，我看她头发很长，可以拔下来作假髻，所以前来偷拔，请饶命吧!"这贼把死人身上的衣服和老妪穿的衣服以及她拔下来的头发，一把抢过去，就下楼逃走了。

据说这个城楼上停的死尸很多，凡是无人葬埋的尸首都放在这里了。这件事是辗转听贼人传说出来的。

第十九篇

大盗袴垂在关山装死杀人

古时，有个大盗名叫袴垂。

他是个惯盗，已被捕囚在狱中，后来遇到大赦，才得和别的罪犯一起被释出来。但是他无处投奔，生活无着，更因身上一丝未挂，就裸体走到关山躺在道边装死。过往行人一看，都说："这个人是怎么死的，身上没有伤呀!"就哄嚷着围拢来看。正在这时，从京城那方来了一员武将。这员武将跨着马，背着弓箭，并带领着很多仆从家丁，他见这里围拢着许多人在看热闹，便即勒住了马，唤过仆从吩咐说："你去看看那些人在看什么!"仆从看罢回来报告说："是看一个没有伤痕的死人。"武将一听，便立时把弓在手，催着坐骑，眼盯着死人的方向走了过去。人们看到这副光景，都拍手大笑地说："带领着这么多仆从家丁的武将，竟被一个死人吓得心神不安，真够得上是个了不起的武将啊。"这位武将，不管众人讪笑径自走过去了。

在行人散尽之后，又有一个武将从死人旁边经过。这个武将独身一人，背着弓箭，并没有仆从家丁。他策马一径来到死人旁边，说道："这个人真可怜，怎会没伤就死了呢。"说着就拿弓去拨弄，不料这个死人顺势抓住弓跃身而起，把武将拖下马来，一边说着："不共戴天的仇人，就得这样对付!"一边拔下插在武将身上的刀把他刺死。

紧接着剥下武将的猎衣裙袴自己穿好，把弓和箭囊也背在自己身上，跨上他的坐骑，就飞也似的向东奔去。不久就会合了二十来个和他同时被释的犯人，这些人也都赤裸着身子，他们是预先约好在这里聚会的。聚集之后他们就夺取行人的猎衣裙袴、马匹以及许多弓箭兵器。他叫这些裸着身子的人穿上衣服，带好兵刃，骑上马，就带着他们二三十人向东窜去，终于成为天下无敌的大盗。

像袴垂这样的贼人，只要得着机会，便会做出这等事来。如果不知真情，贸贸然走近前去，给他以可乘之机，岂能不吃其苦。人们想起那位谨慎提防的武将，认为他确实聪明，一打听原来是村冈五郎平贞道，不禁说，这就难怪了。对于这件事，议论不同，各有毁誉，都说，前者虽然带着众多仆从家丁，但预防其中有诈，因而小心走过，真够聪明。后者独身一人竟贸贸然地走近贼人，竟至被杀，也太无能了。

第二十篇

明法博士善澄被强盗杀死

古时，有位在大学寮任助教的明法博士名叫清原善澄。他学识渊博，举世无比，并不亚于古代的博士。直到七十多岁，盛誉不衰，只是家境贫寒，生活很不得意。

一天，他家里闯进来强盗，幸亏藏得巧妙，躲在地板下面，没被强盗发现。强盗闯进之后，在屋内恣意搜翻，把屋里糟蹋得狼藉不堪，随后呼啸而去。

这时，善澄赶忙从地板下爬出来，走到门前对着刚走去的强盗高声喊道："喂！小子们，你们那些贼脸我全都看见了，天一亮我就报请检非违使长官，把你们一个个捉住！"因为他痛恨已极，才这样敲门大喊，强盗一听都说："你听！你听！我们回去把他结果了吧！"就一阵风似的跑了回来，善澄吓得赶忙往屋里逃，本想尽快地钻到地板下面，不料心慌意乱头碰在廊上，没能立刻钻进去。这时，强盗已经赶到把他拖出外面，举起大刀来把他的头剁个稀烂。强盗是逃走了，说什么也晚了，只好作罢。

听到这件事的人都批评说善澄虽有才学，但是缺乏思虑，结果因为说几句幼稚泄愤的话而断送了性命。

第二十一篇

纪伊国的晴澄遇盗

古时，纪伊国伊都郡有个名叫坂上晴澄的人。他精通武艺，遇事谨慎，是前任国守平维时朝臣的家将。

有一次，他因事上京，预防仇人加害，动身的时候防范得十分周密，自己背了弓箭，也叫仆从背上弓箭，看到万无一失之后，方在深夜动身。及至下京附近，遇到一行有高声喝道的公卿乘马而来。晴澄听见喝道声，便即下马蹲在地下，又听到："你们放下弓！低下头去！"晴澄和随从便赶忙把弓放下，以头点地，不料在他们这样等候公卿们过去的时候，突然有人来按住他们的后颈，将晴澄和他的仆从家丁一齐掀倒在地。他们吃惊地抬头一看，这些骑马的并非什么公卿而是五六个顶盔擐甲，身背弓箭，面目狰狞的强人。只见他们挽弓搭箭喝道："不要动！一动就射死你们！"晴澄等这才知道原来不是什么公卿，乃是一伙强盗假扮的，不禁又急又恨，但又怕被强盗射死，不敢稍微动一动，任凭这伙人随意拉起来，把每个人的衣服全都剥光，连弓带箭囊、马鞍、大小佩刀以及靴鞋等物都被抢得一件不剩。

后来晴澄说："若不是粗心大意，不管遇到什么样的强盗，也能把他们统统杀掉，何至于受到这番凌辱，只要抖搂精神，总可以生擒活捉几个，不料听到喝道声以后，就低头在地，以致落得这般光景，这全怪我武运不佳罢了，还有什么可说的呢！”从此以后他便不做家将，只做主人的跟从骑士。

由此可见，即使遇到有喝道的公卿，也应细心留意。

第二十二篇

往鸟部寺烧香的妇人遇盗

古时，有个非常喜好烧香拜庙的妇人，她的年岁在三十上下，长得也十分秀丽。她是何人的妻子，这里姑且不谈。

她听说鸟部寺的宾头虑尊者灵验非凡，便打扮得十分漂亮，带着一个女童，在十月二十日晌午前去烧香。当她来到庙里不久，随后又来了一个魁伟矫健的捕役。

那个捕役在庙里就去拉女童的手，吓得女童直哭。这座庙坐落在旷野荒郊，四无人家，妇人看到这种情形，也吓得魂飞魄散。捕役抓着了女童说："我杀死你吧！"说着拔出刀来搁在她的脖颈上，女童也不则声，只管脱下衣服往地上扔。捕役拣起衣服后，又去拉妇人的手。妇人虽然又惊又怕，却无可奈何。捕役把她拉到佛像后面一同躺下，她因无力抗拒，终于屈从了。

事毕之后，捕役站起来剥去妇人的上衣说："倒也可怜，给你留条裙裤吧。"说罢提起主仆二人的衣裳向东山逃去了。

强人走后，主仆二人啼哭了半天，但也无济于事！又不能总这样待在庙里，女童便到清水寺的老和尚那里说："我们到鸟部寺拜佛，遇见强人，被剥去了衣服，如今主母赤裸着身子待在庙里。"随向老和尚替主母借来一件浅黑色僧衣，她把自己借的那件棉绸僧衣穿在身上，同着老和尚派的一个法师一道返回鸟部寺，让主母穿上僧衣才回转京中，行至贺茂川河滩遇见来迎接她们的车辆，于是才乘车回家。

由此可见，不通世事的无知妇女不应该轻易外出，因为真会遇着这种可怕的事，那个捕役既然已身亲芳泽，就不该再剥妇人的衣服，真是卑鄙已极。

那个捕役本来是一武士，因为偷窃下狱，后来获释才当了捕役。这件事想要隐瞒，可是终于张扬出去。

第二十三篇

携妻同赴丹波国，丈夫在大江山被绑

古时，京里有个男子，因为妻子是丹波国人，便偕同妻子一道往丹波国去。临行时，他背上插有十来支箭的竹制箭囊，手拿着弓，让妻子骑在马上，自己跟在后面走。行至大江山附近，突然遇上一个挎着大刀，十分强悍的年轻汉子。

于是，他们就一道赶路，边走边谈，彼此打听“你是往哪里去的?”行走之间，这个身挎大刀的汉子便对那个男子说：“我佩带的这口大刀是从陆奥国传来的宝刀，你看!”说着就拔出来给他看，那个男子一看，真是好刀，爱不忍释。汉子一看他这副神情便说：“这把大刀，你如果需用，可以用你那张弓来换。”拿弓的男子一想，我这张弓也不是什么稀罕之物，那口大刀确是宝刀，而且自己也真喜爱，越想越觉得便宜，就毫不犹疑地换了过来。

又走了一段路程，汉子便说：“我光拿着一张秃弓，让别人瞧见也不好看，能否暂借我两支箭，等出了山再还你。我既然陪你一道走，弓箭由谁拿着不也是一样吗?”男子闻听此话也觉得有理，加上他正在因一张破弓换来一口宝刀而高兴的时候，就满口答应，拔出两支箭递了过去。这一来，汉子便拿着弓，把着两支箭跟在后边走，男子只背着竹制箭囊，佩带着大刀走在前面。

过了一会，他们为了吃午饭，便向草木丛中走去，汉子说：“在靠近大道的地方吃饭，不大好看，我们再往里走走吧。”男子听了便把妻子从马上抱下来，就在这时，汉子突然把箭扣在弦上，拉满弓对准男子说道："你若一动我就射死你！"男子哪里料到会有这一着，只吓得目瞪口呆地望着汉子发愣。这时，汉子又喝道："往山里走！往里走！"男子怕死，便同妻子一起向山里走了一里多路，他听汉子厉声命令说："把大小佩刀统统放下来！"就把刀全都扔在地下。汉子走过来把他掀倒在地，又用缰绳牢牢地捆在树上。

却说，那个汉子处置妥当之后，走近女子身边一看，见她年约二十上下，虽然出身小家，却十分娇媚，楚楚动人，便不由得心醉神迷，不顾一切，去解女子的衣服，女子无力抗拒，只好顺从地脱去衣服。汉子自己也脱掉衣服，抱过女子加以轻薄。女子挣扎不得，只得听凭摆布，真不知绑在树上的男子眼看这般情景心里做何感想！

事后男子站起身来，照样穿好衣服，背上竹制箭囊，拿过大刀佩带起来，取弓上马，向女子说道："我也觉得对你不起，但除此以外我又无别法，我要走了。看你的情面，饶他不死，为了快逃，马我要骑走了。"说罢，疾驰而去，转眼不见。

汉子走后，女子走过来松开丈夫的绑绳，一看他那副窝囊面孔说道："你也太粗心大意了，这样下去，以后我可怎样指靠你！"丈夫无话可说，就跟着妻子一起到了丹波国。

汉子总算有些良心，虽然是个强盗，却没劫夺女子的衣服。男子真是太不中用了，竟在深山之中，把弓箭交给一个素不相识的人，可算是愚蠢已极。那个汉子的下落始终无人知道。

第二十四篇

把近江国的主母骗到美浓国卖掉的男仆

古时，近江国××郡里住过一个人，年纪还不太老就死去了。他的妻子是京里的人，在他死时也不过三十来岁，没生养过一个孩子。

这个女子思念亡夫，悲哀得很，但人死不能复生，就想回京去住，可是京里也没有依靠，前思后想真是无可奈何。她有一个使用多年的男仆，办事一向可靠，在丈夫死后，就把他当作亲信，事事和他商量。一天，这个男仆对她说："夫人，离此不远，有个山寺，您不如到那去住上几天，或是洗洗温泉澡，或是沉下心来安静地修行，总比这样寂寞无聊好些。"女子一想也是，便说："果真是这样近，那就去吧。"男仆回答说："端的不远，我怎敢扯谎。"女子又说："我本想上京，但是京里既无父母又无亲故，倒不如到那里做个尼姑。"男仆又说："主母果真在那里修行，一切由我照料就是。"于是女子就立刻动身了。

男仆把主母扶在马上，自己跟随在后面，他原说就在近处，却越走越远，女子便问："这是怎么回事，怎得走出这么远？"男仆说："夫人只管放心，难道我还能做出什么坏事来不成。"就这样走了三天。

且说，这天来到一家门前，男仆把女子从马上扶下，他便走进屋去。女子纳闷，不知是为什么，在她站着等候时，男仆又走出来把她领进屋里，安顿在铺着席子的地板上，她越发摸不着头脑，只在那里发愣，却见这家给了男仆一些绸布等物，她正想为什么要给他这些东西，只见男仆接过东西，像逃走似的就要离开那里。

后来一问，才知道这个男仆早已设下圈套，把她卖在美浓国了，这是当面拿到身价要走的。女子听罢，惊慌地痛哭说道："你这是怎么了，你不是说领我到山寺洗洗温泉澡，修行修行，怎么却做出这等事来?"但是男仆听也不听，拿起了钱跨上马就飞奔而去。

正在女子啼哭的时候，这家主人满以为她是自己的人了，就走来问长问短，女子便如此这般地叙说始末根由给他听，并且痛哭不止，但是，这些话主人并没有听进去。女子孤身一人，既没有可与叙说衷肠的人，又没有可逃走的办法，只悲泣着叨念说："你们买下我来也不会有什么好处，即使把我折磨死，我也不怕，反正我不打算活下去。"说罢哭倒在地。

后来，纵然送食物给她吃，但她连起都不起来，吃就更谈不到了。主人为这事焦急，但是，家中的仆从都说："暂时不要理她，叫她伤心躺着去吧，反正她会起来吃东西的，暂且耐心看着她吧。"又过了几天，女子还是没起来，有的就想："莫非她真是被那个少有的仆人所骗……"这个女子懊恼悲痛，终于在来到此处的第七天死去。这家主人也就只好罢了。

由此看来，一个仆从，不论他说得怎样中听，也不可听信。这件事是买这女人的人上京后讲出来的，真可算一幕骇人听闻的惨剧。

第二十五篇

丹波国守平贞盛摘取胎儿心肝

古时，有个名唤平贞盛朝臣的武将。

他在丹波国守任上时，身生恶疮，便派人去京接来一位名医诊治，这位名医叫××××，他看过之后说道："这是个危险的恶疮，非用儿肝做药医治不可，这味药是一秘方，如果耽搁久了，连它也难以奏效，务请尽快寻来才好。"说罢退了出去。

于是，国守叫来儿子左卫门尉维衡，对他说："医生断定我这疮是由箭伤而起的。如果寻找这种药，恐怕我受箭伤的事就要弄得人尽皆知。这却如何使得！幸好你妻怀孕，就用它做药吧。"儿子闻听，眼前一黑，几乎晕倒过去，但是父命难违，怎敢怜惜妻子，只好答道："那就赶快召她来吧。"贞盛怕他反悔就说："你下去给她准备后事吧！我高兴看到你的孝心。"

儿子退下之后，去找医师哭诉说："我遇到这样的事。"医师听罢也落泪了。稍一迟疑之后，他说："这真是想不到的事，我替你设法吧！"说罢，来到国守衙门，问国守道："怎么样？药有了吗？"国守说："很难找，幸而左卫门尉的妻子怀孕，我已得到他的同意。"医师说："那如何使得，自己的骨血是没有效的，还请早想别的办法。"国守长叹道："这却如何是好，快另找吧！"当时就有人说："帮厨的女用已然怀孕六个月了。"国守说："那就快给我取来！"剖腹一看，却是个女婴，便扔掉了。结果又另外找到一个，将国守的疮医好。

国守赠送给医师骏马、衣服、稻米等许多礼品并说要送他回京，却把儿子左卫门尉唤来暗暗吩咐道："医师回京以后，人们必将知道我这个疮是箭伤引起的，所以才需儿肝涂敷，如今朝廷对我颇为倚重，正要派我到陆奥国平定夷人之乱。如果有人说我被某人射中，箭伤成疮，岂不是武将的莫大耻辱，因此，我想设法除掉这个医师，你可趁他今天回京的机会，在路上把他射杀。"左卫门尉说："这却不难，我可扮作强盗，在山里等着射他，就请让他傍晚动身吧。"国守说："这个办法很妥当。"左卫门尉说："那我就准备去了。"说罢匆忙地退了出来。

这时，左卫门尉暗地来见医师，偷偷告诉他说："国守吩咐我如此如此，你看如何是好？"医师听罢大惊说："请你设法救我一救。"左卫门尉说："我这是报答你日前对我那永世难忘的恩德，故而相告。在你回京的时候，国守一定派田谷书办把你送到山里，你可以让他骑马，自己步行过山。"这番话直把医师喜欢得搓手不迭[①]，国守若无其事地请医师动身，医师就在酉时登路。

医师行到山里时，按照左卫门尉的嘱咐下了马，装作仆从的样子步行赶路，果然闪出一伙强盗。强盗似乎早有准备，就把骑在马上的田谷书办当作主人射杀了。仆从们四散奔逃，医师遂得平安返京。

左卫门尉回见国守，详细禀报了射杀的经过，国守很是高兴，后来他听说医师已安然回京，射死的却是田谷书办，便问道："这是怎么一回事？"左卫门尉回道："医师伪装仆从徒步而行，我们不知骑在马上的是田谷书办，误把他当作医师射杀了。"国守听他说得有理，未加深究也就撂过去了。左卫门尉在当世就报答了医师的恩德。

---

① 以下似有缺文。

贞盛朝臣竟至剖开儿妇怀孕之腹，摘取胎儿心肝，真是骇人听闻的残酷举动。这件事是贞盛手下第一员家将馆诸忠的女儿传说出来的。

第二十六篇

日向国守××××杀害书办

古时，日向国有位国守名唤××××。

这年，国守任期屈满，他就准备交盘账目文书，等候新任，办理移交，当时他把一个长于书算，特别干练的书办，关在衙内窜改档案。这个书办暗想，这位国守素来心狠，必然要对我不利，以免我向新任国守泄露真情。想到这里便打算逃走，但是，国守派有四五个强壮的人昼夜监视，一时无法脱身。

书办窜改文书，经过二十来天，大体藏事，这时国守说道："你一个人写了这么多的文件，真是可嘉，上京以后，有事只管找我。"并赏了他四匹绸子。但是，书办看到赏赐毫不欢喜，反觉心慌意乱。当他接过赏赐将要告辞的时候，国守又唤来亲信的家将私语良久，书办一见更是心惊胆战。

家将听过国守密嘱，在将要走出的时候，高声说道："那位书办请到这里来，找个僻静地方有话对你说。"书办丧魂失魄地正待走过去，忽然过来两个人把他叉住了。家将背着弓箭，扣箭在弦，站在那里。书办便问："你们要作什么?"家将说："我们虽然觉得你很可怜，但是主人的命令难以违背。"书办说："果然不出我所料，但不知命你们在何处下手?"家将说："命我找个僻静所在悄悄下手。"书办说："主人既然这样吩咐，我当然无话可说，不过，你我同事一场，能不能允许我一件事呢?"家将便问："什么事?"

书办说："我家中上有奉养多年的八十岁的老母，下有一个十岁的幼儿，能否带我从门前路过，唤他们出来见上一面呢？"家将说："这很容易，如此小事，我们还能做主。"于是便扶书办上马，两个人牵着马缰装作护送病人的模样向前走去，家将背着弓箭，骑马殿后。

及至来到家门前，书办叫人进去如此这般禀报母亲，母亲由人搀扶出来，只见她老态龙钟，头发白得简直像灯心草一般，十岁左右的孩子，由他妻子抱了出来。书办勒马唤他们过来，向母亲说道："我丝毫没有过错，也许这是前世冤孽，就要和你们永别。请母亲不要过于哀痛，至于这个孩子，也会有人来扶养，只是一想到母亲将来如何是好，真觉得比杀我还要痛心。我是想再见你一面才来的，请你赶快进去吧。"家将听罢哭了，牵马缰的人也跟着流泪，母亲听了登时昏迷过去。

家将心想，总这样延搁下去也不是事，说声："不要久谈了。"便把书办带走。他把书办带到栗树林里用箭射死取回首级。

由此看来，日向国守该当何罪。伪造文书已经罪大，何况又杀害无辜的书办，是可想而知了。听说这事的人，都说："国守的行径和大盗丝毫无异。"

第二十七篇

主殿头源章家造孽

古时，有个主殿头名唤源章家，虽然不是武夫出身，但是性极残暴，朝夕以杀生为务，平常不近人情。

当他在肥后国守任上的时候，最钟爱的一个男孩得了重病，家将仆从都跟着忧心，连秋天的架鹰打猎，都觉得了无乐趣。后来，这个孩子终于死去。他的母亲就像丧魂失魄一般，守在孩子身边不肯离去，哭得死去活来。

女童仆从们也因看惯了这个孩子，想起他生前心性如何可爱，都忍不住失声痛哭，只有章家一见儿子死去，当天就出外打猎。所有的人看到他这种举动，都认为他简直毫无理性。深有慧根、心性清净的和尚们也不满章家的行径，虽然有意替他圆场，也只能说："这不是一个正常人能做出来的，一定是被鬼怪迷住了。"不管是什么都好，反正他是生性残暴，缺乏恻隐之心，只知杀害生灵。

还有一次，章家在正月十八日①，到一个非常灵验的观音庙去烧香，路上看到野地里有一小片烧剩下的草，就说："草丛里一定会有兔子。"就叫人去轰，真的跑出来六只小兔，仆从们一拥而

① 每月十八日为观音的节日，正月十八日为一年中最早的一次称为"初观音"。

上，全都捉住了。章家又说："果然不出我之所料，这里一定还有老兔。"说着就要点火烧这片草，跟他来的家将们都劝阻说："主公在这正月十八日去烧香，不应该太杀生了，哪怕是归途再做呢。"但是，章家怎肯听信，从马上下来，亲自把草点着，结果兔子并不多，只跑出一只老兔，看样子是刚才捉住的那些小兔的母亲，有人把它打死呈给了章家。每人还捉了一只小兔，说是要给武士的孩子们喂养。

且说一行人回到国守衙门武士下处门口，那里有一块武士们踏着进屋的平整阶石，国守站在这块阶石上问道："刚才捉的那些小兔呢？"捉兔子的人们便叫马童抱过来，国守于是说："叫它们在这里爬着玩一会儿。"说着就都要了过来。接着他伸出左右两手把小兔拢在一起，好像母亲哄孩子似的说："我的儿，我的儿。"家将没有想到会有什么意外，都排坐在院里观看，不料国守说道："一元复始，不吃点四条腿的生肉不吉利。"立刻把六只小兔一齐摔死在这块阶石上边。就连平常喜好怂恿主人杀鹿杀鸟引以为乐的家将，今天也都不忍卒睹，觉得太可怜，一齐躲开了。当天这位国守便把小兔烤食了。

还有一次，该国有个叫饱田的围场。这里如今虽然已成一个绝好的围场，但在以前却横躺竖卧着许多高大的树木，到处散布着无数的大大小小的石头，难以跑马。因此，赶出来的鹿，十之六七都能逃脱。于是，国守便征集三千多名民夫，清除所有乱石，用这些石头填平低洼之处，并把高岗削平，可以纵马追逐了。然后，又征集很多人把别个山里的野鹿，都赶到这里，这一来，跑出十只鹿来一只休想脱逃。国守得意非常，猎得了无数野鹿。他把这些鹿皮交给国人存放，只把鹿肉运回国守府，直把衙前那个没有树木的宽阔庭院堆得满满的，还堆不下，于是东西两厢的庭院也堆满了鹿肉。这位国守就是这样日日夜夜地造孽，几乎没有一天安闲。那个饱田围场在以前轰出十只鹿，本可以逃脱六七只，自从章家派人清除之后，已经变成平坦广阔之地，连一块石子也没有了。可想而知，此后人们在那里打猎，轰出来的鹿，别想有一只幸免。所以直到今天这个罪孽也应该由章家来负。

因此，章家在临死时，叹息说道："清除饱田石子的罪孽如何能偿清呢!"言罢而死。这是他家里人说出来的。

第二十八篇

住在清水南边的丐户①设美人计害人

古时，有位不知是哪家显宦后裔的近卫中将，是位英俊飒爽的少年。

有一次，这位中将微行到清水寺烧香，碰见一个衣饰华丽体态轻盈的步行女子，中将心想这一定是大家闺秀偷着步行出来烧香的。正在他这样想时女子无意中仰起脸来，这才看清正是个二十刚进的妙龄，娇艳娟秀，世罕其匹的女子。中将一看色收魂魄，暗自盘算她是什么样的人，怎样才能和她接近呢。当他看到女子走出大殿时，便唤过随身小厮吩咐道："你去看这个女子住在哪里，回来报我！"

且说，中将到家之后，小厮回来禀道："我全都看清了，她不住在京里，是住在清水寺南，阿弥陀峰的北边。家里有很多仆从，看光景很是富裕。有个陪伴她的上年纪的侍女见我跟在她后面，就问我说：'真奇怪，你为什么老跟在后边？'我回答说：'只因我家主人在清水寺大殿看见这位小姐，命我探听她的住处，我才跟来的。'侍女就说：'日后来时，就找我好了。'"中将一听大喜便写了一封情柬派人送去，女子也立即回了一封情意缠绵的回信。

① 丐户是古时日本的一种特定的贱民阶级，与平常乞食的人不同，因是世袭，不能与平民为伍，当然有的也很是富有。

后来，中将屡有信去，一天女子在回信中说："我是个村姑不能住京里，请你枉驾寒舍吧。那时我可以隔着帷幔和你谈话。"中将急欲得见女子，便大喜过望地带了两个武士和这个小厮连同马夫，骑上马，在傍晚时分，悄悄动身了。

到了那里便叫小厮如此这般地进去传禀，那个上年纪的侍女走出来说："请进来吧！"这一行人便跟着她进去，中将一看，四周围着坚固的瓦顶板心泥墙，有个很高的大门。院里有一条深沟，上边架着桥，中将把随从和马匹留在沟外的屋里，就独自一人过桥走了进去。只见里边房屋很多，其中有一所像是客厅，便拉开屋角上的板门进入室内。客厅陈设得十分雅致，立着屏风，挂着帷幔，铺着干净的席子，暖阁还挂着帘子。

中将心想，不料在这样偏僻乡村，竟有这样一个风雅所在，当他暗自纳闷之间，夜已深沉，女主人走出房来和他相见，于是二人就在帷幔后面一同就寝，接近一看，更觉得秀丽可爱。

这时候中将便急诉日来如何思慕之殷，并海誓山盟地说，愿意和她相偕白首，谁知女子却像别有心事，不时偷偷拭泪。中将觉得奇怪，便问："你为什么如此伤心？"女子说："我也不晓得，只是觉得难过。"中将越发觉得奇怪，又说："我们现在已经同衾共枕，不该再有什么隐瞒，究竟你有什么难言的苦衷呢？"接着追问不已地说："你到底为了什么这般沉痛？"女子泣不成声地说："我并无意坚决不说，可是这话也实在不能出口。"中将说："你只管说吧。莫非还有性命关天的事吗？"女子说："说实在的真不该瞒着你，我原本是京里某某人的女儿，父母双亡，一人过活。这家主人本来是个丐户，多年以前突然发迹，后来他设计从京里把我劫来养活，常常把我打扮起来，叫我到清水寺烧香，如果同去烧香的男子，见我貌美前来求爱，就像这次对你一样把他骗来，等到睡下以后，便从天棚里放下长矛，等我把矛头对准男子心口以后，就用力把他扎死，剥取他的衣服。被留在沟外屋里的侍从们，也要全部杀死，剥取他们的衣服，劫取所带的马匹。这种勾当已经做过两次了，我想以后还不知要害多人呢。因此，打算这次替你死在矛下，你趁早逃命去吧。你的侍从恐怕绝难幸免。我所伤心的只是从此再也见不着你的面了。”说罢忍声痛哭。

中将闻听此话吓得魂不附体，勉强镇静地说：“果有这等事，你肯替我一死，这番恩义真令人感动，但我怎能忍心撇下你呢！不如一齐走吧。”女子说：“这件事我已思之再三，如果矛头扎空，他必然立刻下来察看，只要发现我们二人不见，一定派人追赶，那时你我都得被害。还是请你一人逃命，为我死后做些功德吧。我怎能这样帮他作恶呢。”中将说：“你替我而死，我焉能不做功德答报这样的恩德，但不知我怎样才能逃出呢？”女子说：“沟上的桥，你一过来即被撤去。你只有出那厢的拉门，跨过那条狭窄的沟岸——围墙上有个不大的水门——就从那里小心爬出去吧。预定的时刻快到了，长矛一落下来，我就把它放在胸口让他刺死我吧。”说着就听见里面有人声响动，这时的惊恐简直是无法形容。

中将挥泪站起身来，抓过一件衣服披在身上，按照女子所说，从拉门出去，跨出沟岸，又设法从水门爬了出去。逃是逃出来了，却不知该奔向哪方，只得信步跑去，这时忽听后面有人跑来，中将以为是有人追赶自己，惊慌地回头一看，却是自己的那个小厮。

中将大喜地问道：“你怎么逃出来的？”小厮说：“老爷刚一进去，他们就把沟上的桥撤去，我觉得有些可疑，便翻墙出来躲在外边观看动静，后来，听到我们的人全都被杀，也不知老爷的安危。我非常伤心，不忍一人回去，便藏在乱草丛里，想好歹得到老爷的消息再说。正在这时，忽见跑来一人，我想也许是你逃出来，就追过来了。”中将说：“真没料到有这种事，太可怕了！”就相携着奔向京城。及至跑到五条和川原附近，回头一望，只见那所房屋的所在起了大火。原来那个丐户在放下长矛把人刺死的时候觉得情形和往常有些异样，而且也听不到女子的动静，就起了疑心，赶忙下来观看，他发现男子已然不见，刺死的却是女子，心想男子既已脱身，必定要有人前来捉拿，便放火烧毁房屋潜逃而去。

中将回家以后，严戒小厮不得声张，自己也绝口不说此事，但他每年必办一次盛大的佛事，修一日功德，虽然他不说这是为谁，想必是为的那个女子。后来这事终于传扬出去，有人在那所房屋废墟上建立起一座庙，就是今天的××寺。

看来，这位女子的心实在可感，小厮的资质也很聪明。人们说遇到标致的女子，就贸然到陌生地方去求爱的人，听到这件事，应该引以为戒了。

第二十九篇

被丐户捉住的女子弃子而逃

古时，有两个丐户结伴同行，路经××国××郡的一个山中时，看见前边走着一个身背孩子的年轻女子。

女子一看丐户从后边走来，便闪在路旁想让他们过去，丐户站住说：“你就快走吧！”不肯到前边去，女子只好仍旧走在前边，忽然一个丐户扑上来捉住了女子。女子因为是在杳无人烟的山丛里无法抵抗，便问：“你这是做什么？”丐户说：“随我到那边去，有话对你说。”说着就不由分说把她往深山处拖，另外一个人站在旁边巡风。

女子说：“不必这样撕撕拽拽，有话只管说，我一定依从就是了。”丐户说：“好，好，那么你就来吧。”女子说：“即使是在人迹罕至的山里，也不能就在这毫无遮掩的地方呀！还是砍些小树围着吧。”丐户一想有理，就去砍那枝叶茂密的树桠，另一个怕女子逃跑，站在对面看守着。

女子说：“我不是想跑，我从今天早晨就泻肚，到那边去方便一下就回来，能放我去吗？”丐户说：“绝对不能放你。”女子说：“那么我就把孩子押在这里好了，无论贵贱，没有不疼爱孩子的，我疼爱孩子胜过自己，怎么能扔了孩子逃跑呢？”接着又说：“方才我闪在路旁让你们先走，就是因为泻得太厉害。”丐户也以为她绝不会扔下孩子逃走，便接过孩子来说：“那么你快去快来！”女子走出很远，装作方便的模样，迟疑了一会，终于打定主意弃儿逃走，她不顾一切拼命奔逃，一气跑到大路上去。

这时，她遇见四五个骑着马身背弓箭结伴而行的人。骑马的人们，一看这女子跑得上气不接下气，便问："你为什么这样跑呢?"女子说："因为如此如此，我才奔跑。"骑马的人们又问："你告诉我那两个丐户现在哪里?"随后他们就按照女子所说的，策马赶到山中，只见那里果然立着一些树枝，孩子已被劈成数段，丐户早已逃走，只好罢了。

女子由于不愿受丐户的污辱，竟扔下心爱的孩子逃走，颇得骑马人们的称赞。可见就是在平民之中，也有这种懂得羞耻的人①。

① 这篇主眼是重在平民女子不愿受贱民的污辱，与一般称赞女性的道德者不同。

第三十篇

上总国守维时的家将打双六被刺杀

古时，有位上总国守名唤平维时朝臣，这人是××之子，骁勇善战，自任武将以来，无论在朝在野，从无半点闪失。他手下有一家将，人们只知他号叫大纪二，不知他的姓名。在维时国守的诸多家将之中，大纪二的武艺是无人可比的。他长得魁伟雄健，矫健异常，而且胆大心细，可说是个少有的干才。因此，维时很重用他，看成是手下的首要健将，而且也从来未见他犯过丝毫过错。

一天，这个大纪二和同事在维时府里打双六，有个样子寒伧、鬓发蓬松的下级武士在旁观战，他一见大纪二被对手占去要路正在急于想法挽回局面，便卖弄聪明地指着说："应该这样走。"这句话惹起了大纪二的恼火来，呵斥道："浑蛋逞能多嘴要这样对付他！"说着就用装骰子的竹筒用力向他眼眶上戳去，这个下级武士便哭着站起来，猛地对大纪二的脸向上一击，大纪二虽然孔武有力，但因没提防他来这一手，就仰面栽倒了。下级武士因为没带刀，便趁势按住大纪二，抽出他的佩刀朝他的乳上狠狠扎去，直扎进了一寸多深，然后就从大纪二身上跳下，提着刀飞跑而去。对面坐着打双六的人，一时也惊呆了，所以就听凭这个武士趁着措手不及的当儿逃走了。

大纪二被刺中了要害，倒地后就没能再站起来，直挺挺地死去。这时合府乱成一团，嚷着捉人，但人已经逃得无影无踪，又有何用，无奈只得罢了。这个下级武士，论力量，论本领，当然连大纪二的一根手指也不如，但是，大纪二由于辱人太甚，结果连一句话也没有说就被这武士一刀刺死了。从主人起，合府的人都大为惊骇，闹了一通，但不知凶手的去向，也只好作罢了，维时失了得力的人，更是惋惜不置。

听说这件事的人，纷纷批评说："大纪二虽然是个骁勇的武将，但是犯了疏忽的大忌，他不想一个男子汉受了别人戳眼的耻辱，怎会甘休，而不加防备，结果才被刺杀了。"可见，侮辱人是要不得的。

第三十一篇

镇西人渡海到新罗遇虎

古时，镇西××国××郡的许多居民，合乘一条船渡海到新罗去贸易。

他们贸易归来，沿着新罗山脚划船前进，在有淡水流出的地方停下船，派人下去汲取食用的淡水。这时，有一个人坐在船上往海中观看，只见倒映在海里的一个三四丈高的山崖上，蹲着一只老虎仿佛在窥伺着什么，映在水里的影子十分清楚，他便告诉旁边的人，立即召唤下船汲水的人赶快上船，每人摇着一个舻，离开了那里。正在这时，那只老虎便从崖上朝着船一跃而下，幸而船走得早，老虎跳得迟了一步，竟落到离船一丈多远的海水里去。

船上的人一看，吓得魂飞天外，赶忙摇船逃走，目光却齐向这只老虎射来，只见那虎坠入海里以后，过了会儿才浮起来爬上岸去。停在水边的一块平板的石头上，大家正纳闷它这是要做什么，只见老虎的左前腿自膝盖以下已经折去，鲜血淋漓。大家猜想一定是它落在海里时被鲨鱼咬断了。再看时，老虎已经卧下，把那条被咬断的腿浸泡在海水里。

这时，海里有只鲨鱼直奔老虎而去，老虎看到鲨鱼扑过来，就伸出右前爪抓住它的头向岸上一扔，便把鲨鱼扔到一丈多远的海边，老虎趁着鲨鱼仰天翻腾的当儿，蹿上来一口咬住了它头的下部，叼起来摆了两三下，趁它无力挣扎之际，甩在肩上，用它那三条好腿一跳一跃地登上了五六丈高的悬崖，看来就像走下坡路一般。船里的人看见这种景象真是吓了个半死。

大家纷纷议论说："这样看来，老虎的本领确是不小，如果它跳入船里，恐怕我们全得被它咬死，根本不用想再回家见妻儿老小了。即使在弓箭兵刃配备齐全的大军防地恐难以招架，何况在这条狭小的船里，就是拔刀搏斗，像它力量那样强，跑得那样快，也是无法制胜的。"大家吓得惊魂不定，连船也无心划了，就信船飘行返回镇西去了。他们到家告诉妻子，庆幸得以生还，旁人听说此事，也都着实觉得可怕。

看来，鲨鱼在海里是够凶猛刁钻的，所以当老虎落水时被它咬断了腿，只是不该追到海边来，结果断送了性命。世间万事何尝不是如此。听了这事的人都说："做事勿为已甚，应该适可而止。"

第三十二篇

陆奥国猎户之狗咬死大蛇

古时，陆奥国××郡住着一个平民，家里养着许多狗，经常领着这些狗到深山里去猎取野猪野鹿等物，带回家来维持生活。狗捕咬野猪野鹿成了习性，只要主人一进山，它们就乐得前赶后追，跟随主人前进。世人把这种行当叫作狗猎户。

一天，这个男子又领着这些狗进山，带了一些干粮，准备在山里逗留两三天。当天晚上他见有个大树洞，便睡在了里面，把随身所带的粗笨的弓和箭囊等物，放在一旁，在树前燃起了一堆篝火，狗都在火的周围卧下了。这群狗中，有一只狗特别聪明，主人也喂养了它多年，这天深夜以后，别的狗都已卧下，唯独它忽然跳起来跑过去朝着主人睡的树洞狂吠。主人觉得奇怪，便向周围看了一遍，却没发现可疑的东西。

狗还是叫个不休，后来就叫着扑向主人，主人大惊，心想这里并没有什么可疑的，它偏要这样叫，莫不是畜生不顾恩义，要在这无人的深山把我吃掉，待我杀死它再说，便拔出刀来威吓它，但这狗却仍然不停地又扑又叫。主人又一想，若在这狭窄的树洞里被它咬住可就动弹不得了，于是赶忙跳出了树洞，狗趁势跳到树洞的上边咬住了一个东西。

这时，主人才明白狗不是要吃他，就纳闷它究竟咬住了什么呢？一看，从树洞上掉下一个庞然大物，狗还是死命咬住不撒口，再看原来是条六七寸粗、两丈多长的大蛇。蛇是被狗狠狠地咬住了头才支持不住掉下来的。主人一见大惊，才知道这狗的仁义，便用大刀将蛇砍死。以后，狗才离开那里。

这个猎户本不知道树梢上有蛇，就睡在里面，后来，狗发现蛇探头来要吞噬自己的主人，才跳起来狂叫。主人不知底细，也没看看树洞上边，只以为狗是要吃自己，才拔出刀来杀狗。他想，我若是把狗真的杀死，又该多么后悔，因而再也睡不着了。天亮后看了大蛇的粗细长短，真把他吓了个半死。又想，假如那样睡去，被大蛇缠住，那还想有活命么。这只狗对我来说真是稀世之宝，就领着它一起回家了。

看来，主人假如真的把狗杀死，狗死后，他也将被蛇所吞。因此，当遇到这类事时，应该平心静气，不要轻率从事。据说古时曾有过这类罕见的事。

第三十三篇

肥后国的鹫咬死蛇

古时，肥后国××郡一户人家房前有株枝叶茂密、像一柄巨伞似的大朴树，他便在树下盖了一个鹫棚，把鹫养在棚里。

这天，许多人看见一条七八尺长的大蛇，从这株朴树的低枝上向着鹫棚爬下来，就都围拢来看，说："看这条蛇要作什么。"只见它从低枝爬到鹫棚上蟠在那里，探下头去向棚里窥视，见鹫已睡熟，便沿着棚柱缓缓下来，伸过头去用嘴抵住了正在熟睡的鹫的肚子，然后张开嘴一口吞到鹫的嘴根，用身子把鹫缠住，从脖颈足足缠了五六道，又用余下来的尾巴缠住了鹫的一只腿，缠了约有三匝，蛇一收身子，勒得鹫的羽毛倒竖起来，后来越勒越紧，直把鹫勒得又细又长，仿佛瘦了一般。

这时，鹫睁开眼睛看了看，由于嘴已被咬住，便又闭上眼睛睡去。就有人说："这只鹫一定是被蛇迷住，恐怕活不成啦！快把蛇弄开吧。"也有人说："蛇再厉害，鹫也不会被迷住，且看鹫怎么办吧。"于是就没有去管它们。这时，就见鹫又睁开眼睛，来回摆头，仿佛要把被蛇噙住的嘴挣脱出来，接着把那只没被蛇缠的腿一抬，用利爪抓住缠在它脖颈上的蛇猛地一蹬，就把它的嘴从蛇的口中挣脱出来。它又抬起被蛇缠住的那只腿，用利爪抓住缠在翅膀上的蛇身，照样用力一蹬，一反腿踩在上面，紧接着把刚才用那只爪抓住的蛇身举在口中用力一咬，蛇头的这一尺来长的一截就断下来了。未容稍缓跟着就举起后来那只爪抓住的蛇身，照样咬断，最后把缠在腿上的也咬断了。它把蛇咬成三截之后，用嘴叼在前边，然后抖擞抖擞身子，理了理翅膀，摆了摆尾巴，照样待在那里，就像没遇到刚才那段惊险似的。因此，刚才看到鹫被蛇缠住，说鹫不至于被蛇迷住的人们纷纷秒赞说："果然不错吧！蛇再厉害些也无妨碍，鹫不会被它迷住呀！鹫是禽中之王，它的气魄究竟是不同于其他禽兽。"

由此看来，蛇简直是不知自量。蛇固然可以吞下比蛇大的东西，但要想吞鹫岂不是愚蠢的妄想，因此，人也应当引以为戒，千万不可妄想去冒犯自己力所不敌的强者。古时就有过这种侵犯强者反而自取灭亡的事例。

第三十四篇

民部卿忠文的鹰知旧主

古时，有位民部卿名唤藤原忠文，因他住在宇治，世人便称他为宇治民部卿。

忠文极爱鹰，当时的式部卿重明亲王也极爱鹰，听说忠文民部卿养着很多好鹰，便来到宇治忠文府上索取。

忠文听说亲王驾到很是惊慌，赶忙迎出来问道："殿下驾临舍下有什么公干？"亲王说："我听人说你养着很多鹰，特来讨一只。"忠文说："这事只消派个人来传达殿下谕旨就行了，何况如今殿下亲临，我只当恭谨从命。"说罢就要捉鹰奉献。且说在这许多鹰里，忠文有一只最喜爱的鹰，这只鹰伶俐无比，若是看到野鸡飞起，撒手一放，它就能在五十丈以内把野鸡捉住，因此忠文难以割舍，便把那只仅次于它的拿来献给了亲王。这固然是一只好鹰，却不能和那只最好的相比。亲王得鹰十分高兴，亲自架着返回京城。在路上看见野地里卧着一只野鸡，便撒去那只新到手的鹰去捉，不料这只鹰本领不高，没能抓回野鸡来。亲王见忠文送给自己这样的劣鹰，很是生气，便又重到忠文家去把鹰还给他，忠文接过来说道："我因为这是一只名鹰，所以才献给殿下，既然这样，就再换一只吧。"他以为是亲王有心挑剔，就把最好的那只献给亲王了。

亲王又架着这只鹰回京，想在木幡附近试试这只鹰如何，便把狗放到野地去轰赶野鸡，等到野鸡飞起，撒手放鹰，只见这只鹰并不去捉野鸡，却高高飞入云中踪影不见。这次亲王什么也没说便转回京去。

由此看来，鹰是知道故主的。这只鹰在忠文手里虽是无比伶俐，但一到亲王手里就不供驱使而振翼高飞了。无知无识的鸟兽，尚还如此眷恋旧主，何况是有心的人，就更应该有故旧之念，为亲近的人做些好事了。

第三十五篇

镇西的猿猴杀鹫报恩

古时，镇西国××郡有个平民。

他家住在海边，妻子是个渔妇。一天，她和邻家的女伴两个人到海边采贝。她把背着的那个两岁多的孩子放在一块平坦的石头上，叫另一个孩子哄着他玩，就采贝去了。这里的海紧靠着山脚，山上的一只猿猴来到了海滨。她们看见便说："快看，猴子大概是要在那里捉鱼哩，我们看看去吧。"说着就一起走过去。她们以为猴子见到人一定会逃跑的，不想猴子见了她们虽然很怕，却不逃跑，只在那里吱吱地惊叫，仿佛很难受的样子。这两个女子纳闷，就绕过去一看，原来是这只猴子看见一个张开了口的大蚌，就伸爪去抓，不料大蚌合住了壳，夹住它的爪，使它抽不出来了。这时，潮水越涨越深，蚌却钻入沙底，若再耽搁一时，潮满上来，猴子就要淹死在海里。她们看了大笑，邻居那个女子拣起一块石头来就要把猴子打死，那个背孩子的渔妇说："不要造孽吧，你看猴子够可怜的了。"说着一把夺过了石头。那个要打死猴子的女子说："我想着趁这机会打死它拿回家去烤着吃呢。"但是背孩子的渔妇再三央求把它放过，并用一根木头片往蚌壳里一插，稍微撬开一道缝，把猴子的爪抽了出来。她想自己虽然是采贝的，却不应该杀贝救猴，于是轻轻抽出猴子的爪以后，就把大蚌埋在砂土里了。

且说这个猴子抽出爪来以后，跑了不多远就回过头来，带着海边获救的神情望着救了它的渔妇。渔妇便说："你险些被人打死，是我再三央求才把你饶了。这绝不是××的恩情，你就是兽类也应该明白。"猴子本来是要跑回山去的，听了这话像是懂了似地直奔渔妇放孩子的那块大石而去。渔妇正在奇怪，不想这只猿猴跑过去抱起孩子就向山里跑去，那个在旁边照看小孩的孩子也被吓哭了。渔妇听见哭声，回过头来一看，原来猴子抱着自己的孩子正往山里跑去，就说："这个猴子把我孩子抱走了，真是忘恩负义的东西。"那个要打死猴子的女子便说："这回你可尝到苦头了吧，脸上有毛的东西，是不知恩的。那时我若把它打死，不仅我有所获，连你也不会丢了孩子。真是可恨的家伙！"她们两个人便跑着去追，说也奇怪，猴子向山里逃的时候，并不把她们甩得太远，她们追得急，它便快跑，她们赶得慢，它也慢走，总是相隔五六十来步远。后来她们见已进入深山，索性不再跑了，向猴子说道："这个惹人恨的猴子，你本来是要丧命的，现在把你救了，你不但不感激，反把我娇养的儿子抢去，真是忘恩负义的家伙，你即使想吃这个孩子，也该顾念活命之恩，把孩子还给我啊。"这时猿猴已走进深山，抱着孩子攀上一棵大树了。母亲来到树下，吃惊地仰望大树，只见猴子抱着小孩坐在梢头的一枝树杈上。另外的那个女子便说："我回家告诉你丈夫去。"就返身跑回去了。

渔妇停在树下，望着树上哭泣，猴子把一枝大树杈拉弯，把孩子夹在肋下，晃摇着孩子，孩子放声大哭。孩子哭声一止，猴子就又让他再哭，山里的一只鹫，听到孩子哭声，疾飞前来打算攫取，母亲一见，以为自己孩子即使不被猴子抢走，也一定被这只鹫攫去，反正没有生机，越发痛哭起来。这时猴子又把拉弯了的树杈，更拉弯了一些，看看鹫飞到时，撒开爪一放，树杈正好打中鹫头，鹫便倒栽下去。后来，猴子又把这树杈拉弯，再把孩子弄哭，就又飞来一只鹫，照样又打落了一只。这时，母亲才恍然大悟，知道猴子原来并不是为了抢孩子，而是打鹫给我想报答恩情。于是就哭着说道："猴子哪！你的心思我明白了。现已打落不少，快把孩子平安地还我好了。"正说着猴子已用同样方法打落了五只鹫。

后来，猴子缘着一棵树走下来，把孩子轻轻放在树根边，又蹿到树上去坐着搔痒。母亲悲喜交集，抱过孩子哺乳。这时，孩子的父亲气喘咻咻地跑来，猴子便穿过树枝跳跃而去，霎时不见了。妻子指着树下打落的五只鹫，把经过告诉了丈夫，丈夫真有说不出的惊奇！他把鹫的尾羽拔下，母亲抱着孩子，回家去了。后来，他们就把鹫的尾羽卖掉换钱花用。猴子虽然报了恩，但是这位做母亲的却不知担了多少虚惊。

由此看来，禽兽尚且懂得报恩，何况是有心之人，更应该知恩必报了。而人人又都说，猴子的伎俩真是高明得很。

第三十六篇

铃香山蜂蜇死强盗

古时，京中有个贩卖水银的商人，他经商多年，获利甚多，积累了无数财宝，家道非常富足。

这个商人多年来就跑伊势国的生意，经常只带一些赶马的童子，用一百多匹马驮运各色绢、丝、棉、米等物，往来于京伊道上。后来他渐渐年老，仍是照样来往，从来也没被强盗劫去过一张纸，因而越来越豪富。他不仅没受过盗窃损害，也没遭过水火灾情。尤其是伊势国这地方，强盗就是父母的东西也绝不放过，不分亲疏，不论贵贱，只要有机可乘，便不惜昧起良心，施展伎俩，把别人的财物据为己有。唯独这个水银商人尽管无昼无夜往来此地，却不知为了什么竟无人劫取他的财物。

后来，不知怎的竟来了一股强盗聚集了八十多人在铃香山上杀人越货，夺取行旅的货物和公私财宝。几年来，无论是朝廷，或是本国官衙，都奈何他们不得。正在这时，这个水银商人，又带了一些童子赶了一百多匹马驮了各色财物，从伊势国进京贸迁，这次他还携带女眷和路上吃用的食物。这八十多名强盗，觉得是一笔送上门来的好买卖，便决定抢夺这批财物。他们在山上把这群马帮前后截住，围在当中厉声威吓，这一来，童子们都吓得逃散了，驮货的马匹全都被他们劫取到手，女眷们的衣服也被统统剥下，赶下山去。

当时，水银商人穿着浅黄色的研光外衣，闪光缎面、青绸里的猎衣，里面套着三件白里透着淡黄的棉袄，头戴草笠，骑着一匹驽马，好容易逃了出来，奔上山岗。这八十多个强盗没有把他放在眼里，就都走下山谷，你争我夺，任意分起赃物来了。他们认为无人敢来干涉，所以都松下心来，水银商人站在高峰上，仰望着天空高声喊道："在哪里？在哪里？快来呀！快来呀！"不消片刻时分，只见从天上飞来一只三寸多长看来令人害怕的大蜂，嗡嗡地落在商人身旁的大树枝上。

水银商人一见，越发加急祷念着喊道："快来呀！快来呀！"就见天边忽然起了两丈多长的一道红云，连行路之人都惊动了。强盗们还正在拾掇抢来的财物，这云就向他们所在的谷中缓缓飘落下去。落在树上的那只大蜂，这时也飞向谷中去了。这时才看清楚那云原来是一群蜂子成群飞来。

且说这许许多多的蜂子纷纷飞到每个强盗的身上，把他们全都蜇死。一个人身上即使落下一二百只，也是难以招架的，何况每人身上都有二三百只呢，他们虽然拍死了几只还是没能逃出活命。强盗们丧命以后，蜂群飞走，天空也仿佛晴朗开来。于是，水银商人走到谷中，把贼人行抢多年积存的许多物品，以至弓和箭囊、马匹、鞍韂、衣服等物，全部运回京里去了。这一来，他就越发富裕起来了。

这个水银商人特在家里酿酒，酿的酒不作别用，专供蜂饮。这种养蜂以备万一的办法，叫作祭蜂。他一向不受强抢窃夺的损害，全仗着这群蜂。这伙强盗不知底细，硬来抢劫，结果才被蜇死了。

由此看来，连蜂都知道报恩，有心的人更应该受恩必报了。还有，切不可一见大蜂就把它拍死，它会像本文所述，带领很多蜂来报仇的。至于这件事发生在什么朝代，就无从稽改了。

第三十七篇

蜂报蜘蛛之仇未遂

古时，有个蜘蛛在法成寺阿弥陀佛堂的檐下结了个网。这个网结得很长，一直通到佛堂东边池塘里的荷叶上。

人们看到这个蛛网，都说："这个蜘蛛拉得真远啊!"正说之间，有只大蜂突然从网边飞过，就挂在这网上了，这时，不知藏在哪里的蜘蛛，就沿着网急奔过来，去缠那只大蜂，那只蜂被缠住了，看来无法逃脱。看管佛堂的和尚一见大蜂将死在蛛网之上，有些不忍，就用树枝把它轻轻打落下来，大蜂落在地上，因为双翅被蛛丝缠紧，仍然飞不起来。和尚又用树枝按着它，把蛛丝去掉，这只大蜂才得飞走。

过了一两天，飞来一只大蜂，在佛堂檐下嗡嗡环绕，紧跟着也不知从哪里又飞来二三百只同样大小的大蜂。这些蜂都落在蜘蛛结网的附近，沿着檐前檩下的空隙处搜寻不停，却没有找到蜘蛛。过了一会儿，这群蜂又顺着蛛网飞到东边池塘上，在那拉着蛛丝的荷叶上嗡嗡乱飞，它们在那里也没找到蜘蛛。片刻之后就都飞走了。

这时，看守佛堂的和尚，一见这种情景，非常惊奇，心想这一定是以前被缠在蛛网上的那只蜂，引这些蜂来找蜘蛛报仇的，蜘蛛也理会到这一点，因而躲藏起来了。等到蜂群飞走以后，和尚便去察看结有蛛网的檐下，不见蜘蛛，就又走到池边，只见结网的那片荷叶，就像被针刺了一般，遍体都是孔眼，他想蜘蛛一定是在叶底下，不料叶底下也不见，原来它趴在××上躲在蜂刚刚蜇不着的水面去了。池里有低垂下来的荷叶和繁茂的杂草，它藏在那里，才使大蜂没能找到。

这件事是看守佛堂的和尚看过这些情形之后，告诉别人的。

据和尚说，即使是具有智慧的人，也很难想到它会藏在那里。大蜂邀来一群蜂报仇也是当然的，因为互相报仇，是禽兽的常事，不过，蜘蛛能够预料到蜂来报仇，懂得只有这样才能保住性命，结果巧妙地躲过了毒手，真是难得。看来，蜘蛛比蜂是高出一筹。

第三十八篇

母牛触杀狼

古时，奈良西京附近有个务农为业的平民，家里养着一头生了一个犊的母牛，到秋天就经常放到田里，傍晚，再由孩子们赶回来。

一天，这家主人和孩子们都把它忘了，没往家赶。傍晚，当母牛和小牛正在田里吃草，跑来一只大狼，在附近绕来绕去，想吃小牛，母牛怕狼吃掉它的牛犊，也就随着狼左右旋转。狼绕来绕去，绕到一条像瓦顶泥墙般的田埂前边，这时母牛蓦地向狼顶去，狼被顶住肚子仰天倒在田埂上动弹不得，母牛生怕稍一松动，反而会被狼挣脱咬死自己，于是后腿用力，拼命顶住不放，狼支持不住就被顶死了。牛也许不懂得狼已经死了，还是不敢松劲，在这漫长的秋夜里，它就这样踏紧后腿顶了通宵，小牛就在旁边哀鸣。

一个邻家的小孩也是到田里赶牛的，直到狼围绕着牛转，这段光景他都看到了，只是年幼不懂事，天一黑就赶牛回家并没有向别人提说。这家养牛的主人，在天亮以后，提起："昨夜忘了赶牛回家，牛可能为了贪草吃走失了！"这时，邻居的那个小孩子才说："你家的牛昨夜就在那个地方，同狼转影壁来着。"主人一听大惊，赶忙走去一看，只见母牛死命抵住一只大狼不动，小牛卧在旁边哀鸣。母牛看到主人到来，才把狼放开。狼已经死得都 ×

×了。主人看罢很是惊奇，知道这是昨夜母牛见狼来吃小牛，便用力死命地把狼顶住，因恐松开后狼会逞凶，所以整夜抵住没敢放松。这头牛真聪明啊！他赞不绝口地把牛牵回家去。

由此看来，即便是禽兽只要有胆量和智慧，也能同样置敌于死命。这是件千真万确的事，是住在那附近的人传说出来的。

卷三十

本朝及宿报

第一篇

平定文热恋本院大臣的侍女

古时，有个姓平名唤定文字平中的人，出身华贵，仪表英俊，谈吐文雅，可算是当时的超群绝伦的人物。因此，一般妇女，不论已婚或未婚，都乐于接近他，至于宫中、府中的侍女们更不用说了。

当时本院大臣府里，有个叫侍从君的侍女，容貌俊美，性情聪颖，平中由于经常到本院大臣府里走动，听说这个侍从君如何秀美，就朝思暮想起来。起初他是用书笺传情，却没得到侍从片纸只字的答复。平中在悲叹之余，不肯死心，就又写了封简直像在哭诉的信说："哪怕你在回信里写上'信患'两个字，给我些安慰也好。"

平中在差人由侍从那里拿着复信回来时，便忙不迭地夺过来一看，只见在一张薄纸上贴着从他信上扯下来的他写的"信患"那两个字。平中看后，是又气又急，简直是难以去怀。

这是二月来的事情，平中心想痴心无益，就断了妄想的念头，以后也就再没通信。等到了五月廿日前后，平中在一个不断降雨的黑夜，就又想起了侍女，他想如果在今夜这样的天气走去求她，恐怕就是狠心如鬼的人，也能怜我这片痴情吧！想罢之后，他就在风雨不息，眼前不辨咫尺的黑夜中，来到了本院大臣府上。他唤出已往传话的女童说："我实在迫切相思，冒雨求访问的。"女童去不多时回来说：“主人现在尚未就寝，不便离开左右，请稍候片时，等主人安息之后，就暗地和你会面。”平中听后，心中非常兴奋，暗想今晚果然不虚此行，像这样夜里来访她，怎能不打动她的心呢！他这样想便在漆黑的门洞里等着，大有一刻千秋之感。

片刻之后，传来一阵准备就寝的声音，接着听到有人从里面走出来，仿佛已轻轻取下门的排钩，他大喜过望，就像做梦一样，近前一拽门，门果然就随手而开了，简直不敢信以为真。由于过度兴奋，浑身都颤抖起来。平中稍稍定了定神，轻轻地走进室内，立刻感到满室芳香。他向床铺摸去，果然摸到有个身穿单衣的女子卧在铺上。他从头摸到双肩，只觉得面容娇小，发似冰寒，喜得神魂飘荡，浑身越发颤抖，说不出一句话来。他忽听女的说：“了不得，忘了大事！隔扇还没扣上挂钩呢！我去把它扣上。”平中信以为真，忙说：“请快去吧！”于是女子匆匆起来也没罩上外衣，就穿着贴身的内衣和裙裤走了。

平中脱衣躺在铺上等待，听到隔扇扣挂钩的声，以为她稍停一会就会回来，不想脚步越走越远，直至声息全无。平中等了一会，觉得事有蹊跷，便起身走向隔扇一摸，感到挂钩果然挂好，用手拉了拉以后，才知道是由外边倒扣上的。这一来平中是又气又急，简直要跺脚大哭一场。他痴呆呆地靠着隔扇，泪如雨下，一面心想，这样作弄我，真是可恼，早知她要溜走就该和她一起去扣挂钩。这必是她想要试试我的心，所以才这样做的。她看我这样容易上圈套，还不知怎样笑我愚蠢呢？想前想后越感气恼，心想还不如根本看不到她呢！接着又想现在又不能张扬，索性在这里睡到天明再说。但在接近天明时，他听到人们的行动声音后，又觉得不能老躲在这里不出去，并且被人发现了也太伤体面，所以就在天亮以前急忙地离开了这里。

事后平中心想如能听到她些丑事，也许就能断绝这种念头，可是偏又刺探不出她的任何风声。在焦思闷想之后，他忽又想到，凭她生得如何貌美，但她那便器里的东西总该是与我们一样。如果能一看这些污秽东西，或者可能消除这种痴情吧！于是他便来到洗涤马桶的地方等候抢便器来看。他若无其事似地窥视在女侍房前，忽见走来一个年在十七八岁的女童，看她长发披肩，离夹袄下摆只有三寸，苗条非常，身穿一件红梅色面、藏青色里的薄袄罩，露出翻卷着的深红色的裙裤边，一手提着用淡红黄色薄绸包裹的便器，一手用红纸画扇遮着脸。平中一见分外高兴，就跟在她身后，乘着四处无人，跑过去就把便器夺过来，也不管女童如何气愤，便慌张跑进一座空屋子里，从里边落了锁，任凭她站在外边啼哭。

他一看这便器涂着金漆，想打开又舍不得，不打开又看不到这里面，并且觉得果真由这只迥异常人所用的便器就消除了眷恋那个女子的心肠，也有些舍不得，于是就守在旁边，犹疑了好久。后来一想终究不能长此守下去，于是就小心翼翼地打开了便器的盖子，岂料刚一打开，立刻芳香扑鼻而来，他心中感到诧异，忙向里一看，只见在半桶淡黄色的水里漂浮着三截拇指粗细的黄里透黑、长约二三寸的东西，不用问这一定是那东西了，但是却有一股馥郁香味，他就用一根木棍把它叉起，送到鼻尖一闻，馥郁之气颇像黑方薰香[①]。平中看到这些出人意料的事物，联想到女子的风情，更是颠倒如狂，急欲一亲香泽。接着他就拿过桶来喝了一点，觉得是丁香的香味，再尝尝叉出的那个东西，苦中带甜，馥郁无比。

平中本是个绝顶聪明的人，想来想去，恍然大悟，他发觉桶里装的水，原是用丁香煎熬过的，而漂在上面那三截东西，则是把用薰香蜜饯过的山芋，再用粗笔管故意做成屎橛的模样。

他想，这种作弄人的伎俩，还是易于想出，但是能料到平中

① 用沉香、丁香、甲香、薰味香、白檀香、麝香配制而成的一种薰香。

来抢便器，这就不是任何人都能具有的智慧。遇到这样聪慧过人，不同凡俗的佳人，怎能不得会见，就此罢休呢！越思越难以自拔，接着就病倒不起，终于死去。

这件事受到世人的责难，认为平中真是无聊已极，男女双方都是作孽太多，所以说人千万不可沉溺女色。

第二篇

平定文的情人出家

古时，有个姓平名定文号平中的人。由于他性极好色，就经常逗留在京城的东西市上，寻芳猎艳。到中年以后更是沉迷得流连忘返。

一天，侍奉皇后的宫中女官们，乘车过市，恰被平中看见，他回家之后就写了一封情书。女官们接信之后，传出话来问他说："车里的人很多，你的信是写给谁的呢？"平中就作歌答道：

车中女官知多少，
痴心独恋绯衣人。

平中所说的人，是武藏国守××的女儿，那天，她正好穿大红表里一色的衣服，这样，女官们就怂恿她回复平中一信。

武藏长得确实是艳丽非常，有许多王侯公子为她倾倒，但她自视太高，不肯轻许，但是，这一次她见平中如此钟情，也就不能自持，终于和平中私会了。

相会那天的次日清晨，平中回家后并未遣人送来后朝[①]的书

① 古时男女相会的次日，男子例须即通信问候，即是称为"后朝"的书简，不然便算是负约。

信，她虽满心忧烦，但也没有告诉人，等到黄昏，仍不见他到来，她终夜辗转直到天明。第二天仍然没有信来，到了夜里人也不来。而在第三天早晨，偏又听到了用人们说："对于这样一个出名的轻佻薄幸公子，小姐竟轻易以身相许，你看他纵然有事缠身，分身无术，也该有封信来。"这些话更深深地打中她的心病，所以，越发忧伤愧悔，哭泣不已。

当天晚上，她还抱着万一希望，又等了一夜，可是直到第二天早晨，仍然是人信两无，这样过了五六天，每日不进饮食，只是哭泣。用人们看到心中不忍，劝道："小姐这样摧残自己，太不值得，不如放掉这种忧思，另选婚配。"她听不进这番劝说，竟趁无人之时，把头发剪去，决心为尼了。用人们见她如此，都惊慌得围着她痛哭起来。可是为时已晚了。

女子削发后对她们说："我自认薄命，很想一死，却又做不到，所以削发为尼，一心修行。你们不必再来解劝，也不必大惊小怪。"

平中久无音信的原因为他本是宇多上皇的殿上近臣，常奉诏命公干，在他和武藏相会的第二天回家之后，本想立刻写信，偏巧突奉诏命，着他立刻进宫。他因此就顾不得一切，飞速进宫，后来又扈从上皇行幸大井川，在那里伴驾五六天，一想到武藏将不知如何焦急时，更是不胜忧烦，但是也只有苦盼车辇早日回銮罢了。就这样苦盼了五六天，才得扈驾还幸京城。平中到家以后，急想去会武藏，把经过情形详细地告诉她。忽听有人说："有书呈上。"一看原来是武藏的乳母之子，他惊慌不安地把来人叫到门前接信一看，只见在芳香的纸里包裹着剪下来的一绺头发，笺上有一首歌，歌词云：

天河①与我无情分，

① 天河的"天"与"尼"，日文同音，双阙"为尼"的意思。

如今却使泪长流。

平中看罢，肝肠寸断，方寸大乱，忙向来人讯问原委。来人说："小姐业已削发为尼，不单使侍女们为此伤感痛哭，想你看了这绺头发也将为之痛心。"说着哭了起来。平中对着书信，又听来人一说，也流泪不止。但见事已如此，无法挽回，随即哭着写了回信云：

世事伤心泻洒泪，
奈何仓促入天河。

写罢，平中对来人说："听到这些消息，使人哀痛，我就亲去探望。"

后来他前去探望，只是女子深居一室，拒不见面，他向使女们哭诉说："你家小姐不该这样性急，不察明真实情况，就那样做了。"

无论如何，男子的薄情，是无法辞其咎的。因为尽管忙到如何地步，一去五六天之久，总该写封信来，但竟无片纸只字寄来，如何能怨女子焦急难堪呢！但是，也有人说，这女子竟为此事轻易出家，也是前世的果报。

第三篇

近江国守的女儿私通净藏圣僧

古时，有位近江国守，姓×名××，既富有家资，又多亲丁，在成群的男孩子之外，并有一位爱女。

这位女儿自幼就非常娇丽，发光鉴人。父母把她娇养闺中，顷刻不忍离身。许多王孙公子虽然纷来求婚，只因国守妄想把她送进宫中，所以概加峻拒，因此，还是待字闺中。后来姑娘忽然被妖物迷住，她的父母为此忧愁不堪，多方设法祈祷，还是毫无灵验。正当忧愁烦闷的时候，听说有位净藏圣僧，道行超凡，法术无边，简直是位现世菩萨，世人对他无不敬重。

于是，国守就以重礼厚帛，去邀这位高僧来为女儿祈禳逐妖。净藏到后，国守大喜，经过祈禳，妖魔果然现露原形，这位小姐也就病体痊愈了。国守挽留说："请圣僧多住几日，继续为我女儿祈祷。"这样，净藏就又住下了。净藏在府中，隐约看到小姐的美貌，因而产生了爱欲的念头。国守的小姐仿佛也看穿了净藏的心意，日子久了，不知怎样得到了机会，他们竟暗地里私通了。

这样的事虽然瞒着，人们自然也会知晓一二，后来就哄传于世了。净藏听到世上的批评，羞愧难当，就不敢再到国守府去了。他在愧恨之余说："我这丑恶名声，已经腾传于人口，只好匿迹潜踪了！"如是就躲藏起来了。

后来，他来到鞍马山，就在这山深处隐遁苦修。或许是前世孽缘，他常想念那病人，映在他的心上，使他思慕不已，无法修行。一天他睡醒之后，发现在卧榻旁有封书信，遂向伺候他的弟子问道：“这封书信从哪里来的?”弟子答说不知。净藏拿书拆开一看，认出这是怀恋的人的笔迹，他就深为吃惊地读下去，只见上写：

鞍马深山纵幽邃，
仍盼伊人早归来。

净藏纳罕不已，暗想这信究竟是谁送来的呢？如何能找到这里呢？本想放弃这些念头，专心修道，但爱欲之情，终究占了上风，遂在当夜悄悄进京，来到国守府，把自己的来意，请人传给了小姐，小姐听后，立即请他进府相会，当夜，净藏又赶回鞍马山去了。

净藏回山以后，仍然思慕难忘，遂又修书悄悄寄给小姐，上写：

情根才断音书到，
闻得莺声魂又销。

小姐回书道：

闻得莺声才想起，
可知平素淡相忘。

净藏又写道：

薄情人不怪，

恨世为何来。①

二人就这样一次又一次地传书递笺，闹得人尽皆知。国守本来心爱女儿，只想把她送进宫中，为了女儿的婚事，不惜开罪公卿，如今也就不再疼爱她了。

总怪女子不知持身自爱，如果操守坚定，即使净藏用尽心机，不也是枉然徒劳吗？所以世人都说这是她自取其咎，贻误终身，怨不得别人。

① 据原书注解，这首和歌可能不是和前首在同一时期吟咏的。

第四篇

中务省大辅之女在近江郡司家为婢

古时，有位中务省大辅姓××名××，没有儿子，只有一个女儿。

这位大辅家境贫寒，多年以来靠着赘婿兵卫府次官××××，总算竭力设法维持过去，赘婿也留恋情谊，无意离去。后来大辅去世，只剩下母亲一人，更感到有点困难，不料母亲人身染疾病，多日不愈，女儿越发忧心如焚。不久，母亲也与世长辞，这个独生女只落得孤身一人终日悲泣，无计可施。

天长日久，家里的用人也都渐渐走散，一天，女子便向她丈夫兵卫府次官说："双亲在世时生活还能勉强维持，现在落得这样穷困，对你照顾难周。你在朝中为官，袍服如此褴褛也太难堪，请你好自安排，不要以我为念。"丈夫听罢，好生不忍，便说："我焉能把你抛弃。"仍然留在家里。但是，冠带服装一天破似一天，实在无法将就，于是女子又对丈夫说道："即使你离开这个家以后，如果想念我，也可以归来看望，照这样下去怎能在朝中继续供职，实在是太难看了。"丈夫见她辞意坚决，终于离家他去。

丈夫走后，女子在家更是寂寞凄凉，只带着一个年纪幼小的女童，过着要吃无吃，要穿无穿的苦日子，最后迫不得已，这个女童也辞工而去。

女子的丈夫当时虽说有些不忍，可是入赘到另外一家为婿，不仅一直没来看望，甚至连封书信都没有。女子的生活日告困窘，最后只落得在圮坍残破的正厅一角寄身，过着孤苦的日子。

在正厅的另一角，有位长期借居的老尼姑，她可怜女子的遭遇，常常送她些水果食品，多年以来，女子就仰赖老尼姑的周济维持生活。一天，来了一位年轻人，宿在老尼姑家里。他是该国郡司的公子，上京来给庄园领主府上看家护院的。他向老尼姑说道："我需要一个侍女，请你物色一个现在闲空着的姑娘。"老尼说道："我年老很少出去走动，如何知道哪里有这样的姑娘。不过这座正厅里，恰好有位美妙的女子，她出身名门，如今过着苦难的生活。"郡司之子听了心中一动，就说："烦你带她来见见我吧，如果真的生得美貌，那我就把她接回家去配成夫妻，也胜似她过这种苦日子了。"老尼姑答应说："我就把这意思转达过去。"

郡司之子托付老尼姑以后，就常常催问回信，老尼姑就借送水果食物的机会，顺便道："你这样下去如何是个了局。"又说："我那里有位从近江国来的公子，父亲也有相当的地位，他央求我对你说，既然你这样孤苦，莫如随他回乡度日，辞意十分诚恳。我看你就答应下来，总比无依无靠好些。"女子回答道："不，这怎么行呢。"老尼姑只好告辞而去。

尽管如此，郡司之子还是念念不忘女子，当天夜晚就手持弓箭在女子房院前后行走，吓得众犬吠声四起。女子听了越发害怕，更感孤独难堪。天一亮，老尼姑走来，女子就说："昨晚简直把我吓坏了！"老尼姑说："正因为这样我才劝你和那位公子下乡同居，今后还不知道更有多少辛酸困苦呢！"老尼姑觉得女子为势所迫，心意已经活动，就在当夜把郡司之子悄悄带到家中。

郡司之子结识了这个京城的大家闺秀，怎肯中途分离，就想带她一同返乡，女子见事已如此，只好离京随他而去。不料郡司之子还有原配妻子和父母住在一起。妻子生性嫉妒，一知此事，就吵闹不休，弄得郡司之子再也不敢接近京里带来的女人，结果一位京城娘子竟变成了郡司的奴婢。就在这时新任国守，即将由京前来莅新，人人为迎接新国守，闹得忙乱不堪。

过不多日，新任的国守大人果然到任，于是郡司的家里也顿时骚动起来，忙着操办大批的果品礼物，准备送往国守衙门。这位由京城来的女子，多年以来就伺候郡司，所以被称为京姐，由于给国守衙门送的礼物，需要很多奴婢搬运，郡司就差她同去。

这天，国守正在府衙，他一眼看出京姐的举止仪态，与其他搬运礼品的奴婢不同，就把随车小厮唤过低声吩咐道："你去打听打听那个女子是怎样的人，黄昏时分把她带进衙来。"小厮一打听，有人告诉他说：这是某某郡司的奴婢，于是把郡司找来说："国守大人看中了她，吩咐黄昏时分把她带进府来。"郡司大吃一惊，赶忙回到家中，吩咐京姐薰香沐浴洗发，把她用心打扮了一番，并向他的妻子说道："你看京城里的人一打扮起来能有多美！"

当天夜晚，郡司让京姐穿戴整齐，把她送进衙里。原来这位国守就是京姐的前夫兵卫府次官。

国守把京姐唤至身边一看，觉得非常面熟，共衾以后更是如胶似漆，就说道："你究竟是何等样人，我怎么好像在哪里见过你呢！"她没料到他就是自己前夫，只回答说："我本是京城之女，不是这个地方的人。"国守听了也就认为她不过是郡司由京城雇来的侍女，可是又觉得貌美，就夜夜招来侍寝，越看越觉得面熟，又对她说："你在京里究竟做些什么营生。或许是前世因缘，才使我忘怀不下，你不必隐瞒，从实讲来。"京姐不敢再隐瞒，就哭着把自己的身世从头到尾诉说了一番，最后说："我恐怕你与我前夫沾亲带故，所以一直没有实说，你既再三追问，只好实说出来。"国守听罢心想，怪不得我看有些蹊跷，她果然是自己前妻，心里一酸不禁滴下泪来，但他还装作若无其事的模样，正在这时，忽然由琵琶湖上传来涛声，京姐问道："这是什么声音？真正有点可怕。"国守随吟道：

湖上浪涛惊酣梦，
永愿琵琶不别抱。

接着又说：“我不就是你的前夫嘛！”这时终于哭出声来。她听说他就是自己前夫，感到万分惭愧，只见她一语不发，浑身越来越冷，缩成了一团，国守吃惊，连说：“这是怎么回事！”女子便自死去。

仔细想来，这件事真是可怜。女子一定是在听到国守就是自己的前夫后，感到这一切都是前世的冤孽，于是羞愧难当，气绝身死，男方也未免有些思虑不周，他应该不动声色地将女子收养起来。至于女子死后的情形，则不得知。

第五篇

穷人妻离婚嫁作摄津国守夫人

古时，京里有个身无一技之长的赤贫汉子。

这个汉子既无父母兄弟，又没有亲戚朋友，连个固定的住处也都寻找不见，无奈只好去给大户人家当差，但也得不到主人的重视。他为了谋个较好的差事，曾经更换过许多主人，可是一直不能出头。这人的妻子年轻貌美，性情娴雅，同他过着艰苦的生活。一天，汉子多方考虑之后，向妻子说："我本想和你白头到老，永不分离，谁知日子越过越穷，或许因为你我夫妻命相不合，才招来这样厄运，我想不如就此离开试试你我的命运，你以为怎样?"妻子说道："我不以为然，我认为这都是前世的果报，就是饿死也要死在一处。可是空口说白话也不能使日子好起来，如果苦日子真是你我一起招来的，那分开来试一试也可以。"夫妻二人就哭着别离了。

分别以后，妻子就到××××府上充当侍女，因为她年轻貌美，聪明伶俐，很得主人的怜爱。不久，主人丧妻，就命她照料身边琐事，天长日久，竟成了主人的侍寝。后来主人见她一切很合自己的心意，又把她扶正为妻，一切家务全都委她掌管。

不久，这人升为摄津国守，女子也随着越发尊贵了。她的前夫，本想和妻子分离以后来试试运气，可是越来越落魄，终于难在京城立脚，流浪到摄津国境内，给人家当了长工。汉子原非庄户人家出身，对于耕田种地、伐木砍柴件件都不熟习，东家见他作不了农活，就派他到难波海浜去割芦苇。正当割芦苇的时节，可巧摄津国守偕同夫人到任莅新，路经难波海浜。这位国守在这里停下车来，观赏了一番，然后摆下酒宴和随从人等开怀畅饮。国守的夫人也在车中和侍女们欣赏着难波海浜秀丽的风光。

这时，她在许多在海浜割芦苇的农人当中，发现有个长得有些不凡的人。仔细一看觉得很像自己的前夫，她怕自己一时看花了眼，就又定睛细看，果然不差。夫人见自己的前夫衣衫褴褛正站在水里割芦苇，心想他前世究竟造下了什么孽，如今落魄到这般地步，不觉落下泪来。但她装作若无其事的模样，唤过人来吩咐道："你去割芦苇的人中间，把那个汉子唤来!"差人奉命跑去喊道："那个汉子，夫人唤你!"汉子万没想到国守夫人会派人唤他，仰起脸来直在那里纳闷。差人又高声喝道："快走吧!"汉子这才停下手来，把镰刀插在腰里，来在夫人车前。

夫人逼近一看，果然是自己的前夫。只见他身上穿着一件沾满污泥的花黑半截粗麻布单衫，连个袖子都没有，戴着一顶破帽，浑身泥污，肮脏不堪。腿窝里正叮着一只马蟥，弄得血肉模糊。夫人好生不忍，就命人拿些酒饭来给他吃，他就在车前大吃起来，那样子十分可笑。

夫人回过头来向侍女说道："我看这个割芦苇的汉子在那些贱民中，着实可怜。"吩咐从车中取出一件衣服道："赏给那个汉子。"这时夫人在张纸条上写了一首诗，夹在了那件衣服里，只见纸条上写：

不因刈苇逸分别①，
为何住在难波边。

① 此歌取语音双关，"不因刈苇"双关为不是相处不好的意思。

男子没料到夫人赏他衣服，正在纳闷，接过来一看，衣服里夹着一张写着诗句的纸条。汉子看罢才知道国守夫人原来就是自己的前妻，不觉愧悔交集，深感是自己前世的宿孽，因说道：“请赐笔砚一用！”他接过笔砚写了一首诗呈了上去：

别后仍未脱乖舛，
唯恐难波住亦难。

夫人一看倍增感伤，汉子就此远走他方躲藏起来，不再去割芦苇了。后来夫人也从未向人讲过此事。

这全怪汉子不知道一切都是前世的果报，只恨自己的命运坎坷。这件事是夫人年老以后讲出来的，后人辗转相传，直传到今天。

第六篇

大和国人收养他人之女

古时，××国有位国守名唤××××，他本是京城王侯家的公子，后来不知为何缘故外放国守，富有家财，诸事称心。国守有个外遇，是个显贵人家的侍女，一年，国守的夫人和这个侍女不相前后地怀了身孕。

不久，二人分娩，生下来的同是女孩。国守对于处理这件事很感困难，但又想不出办法，只得实话实说，告诉了妻子，妻子听罢，动了恻隐之心，就说："既是这样，那就把她生的女儿接到家来抚养，也好给女儿做伴。"国守听她说得如此同情合理，很是高兴，就把这庶出的女儿连同乳娘接到家来。两个女儿住在一室，当中只隔着一层隔扇。

嫡母的心地慈祥，把庶出的女儿当作亲生看待，丝毫也不厌烦。但是这个嫡出女儿的乳母，却是一个心思狠毒的妇人，她把庶出女儿看成是眼中钉，用尽心机想把她收拾掉。有个大和国来的妇人，因事前来找她，乳娘就想把庶出女儿交给这个妇人带出扔掉，主意打定，当夜就趁着庶出女儿的乳娘睡熟之际，偷偷走进室中把小女儿抱走了。她把小女儿交给大和来的妇人说道："这孩子弄得我心里不得安宁，你把她抱去，随便扔到一个什么地方喂狗算了。希望你千万不要向外人乱讲。你我交往非止一日，知道你为人非常可靠，才托你办这件机密大事，可看出我是怎样倚重你了。”这妇人接过孩子就不分昼夜地奔往大和。她走在中途，忽然遇到许多仆从簇拥着一位乘马的贵夫人。

原来当地城下郡住着一位藤大夫，他有钱有势，深以缺乏子嗣为忧，多年以来就常到长谷寺礼佛求子。马上的夫人正是藤大夫的妻子，这时正好从长谷寺烧香回来。

大和国的这个妇人本想按照乳母的吩咐把孩子扔掉，可是见孩子生得非常俊俏，就不忍心那么做。藤大夫的夫人起初以为这妇人抱的是她的亲生，就不在意地走过去了。后来仔细一看，妇人衣衫褴褛，可是怀中抱的将近百天的女孩却生得非常美丽，就疑心不是她自己的孩子，藤大夫的夫人盼子心切，想到这里就派人去问：“这是你亲生的孩子吗？长得真俊啊！”妇人回答道：“这不是我的孩子，是位显贵人家的姑娘，因为她一落生母亲就死去了，所以才吩咐我把她送给一个想要孩子的人家，我到这里就是打听哪里有人想收养孩子。”藤大夫夫人听罢大喜，就命人传话说：“我因为没有儿子，每年来到长谷寺拜佛求子，如今碰见你想必是前世因缘，你赶快把孩子给我吧！”妇人听了大喜就把孩子递了过去，藤大夫的夫人接过孩子来说道：“这到底是谁家的孩子？我既然收养她，就要打听个清楚明白，也免得将来成为一件憾事。你只管暗暗对我说，我全是为的这个孩子，即使知道她的父母是谁，我也绝不向外张扬。”说着就从身上脱下一件主服，高高兴兴地赏给妇人。这妇人本来出身微贱，没有什么志气，得到衣服，喜出望外，就把乳母再三嘱咐她的话忘记干净，说道：“我所以不说，是怕张扬出去，如果你保证严守秘密，我可以说给你听。”藤大夫的夫人起誓赌咒地说她绝不向外人去讲，于是这妇人说道：“其实她是某某人的孩子。”夫人一听孩子的出身不是平民的子嗣越发高兴，以为是观音保佑。她生怕妇人反悔，就抱走孩子，匆匆离开了那里。

她把孩子带到家中，夫妻尽心抚养。

再说那孩子家里自从丢了孩子以后，全家不安，派人四处寻找，始终没有下落也就只好作罢。这样一来越发把嫡出的小姐宠爱如掌上明珠，小姐长到十五六岁，父母把右近少将××××招为赘婿。这位少将少年英俊，性情风雅，女儿的父母把他待如上宾。这位小姐也长得俊俏无比，互相爱恋，形影不离。不料，小姐忽然得病，日见沉重，父母虽然为她多方医治祈祷，全无效果，终于死去，父母和丈夫悲痛之情，可想而知。

后来，少将由于悼念死者，对于世事心灰意冷，不仅无心利禄，也感人生乏趣，遂不续娶，唯一希冀只盼能见到一位与亡妻相貌相似的人儿。这时，在大和藤大夫夫妻娇养下的那位庶出的女儿，已经长大成人，出落得比死去的嫡出小姐更胜几分。

这位小姐原来诞生在京城七条附近，这年为了祈求出生地的土地保佑，就特从大和来到京城，打算在二月第一个午稻荷神社举行初午祭那天前去参拜。当小姐从京城步行去参拜稻荷神社时，恰好和为了排遣，刚参拜过神社归来的少将相遇。少将一看这位美貌多姿，仪态典雅，衣饰华丽的年约十七八岁的佳人，真是娟秀绝伦，而当那位小姐无意中一抬头，从笠下看出她的娇容，有几分像死去的妻子，就更感到她妩媚动人了。

少将这时目眩神迷，遂唤过侍童来吩咐道："你跟着这位小姐，看她往哪里去。"侍童就跟在后面，随从发现有人跟踪就作色喝道："你是何人，为何混在我等随从之中？"小童笑道："就是那边站定的少将，命我来打探你家小姐的居处。"仆从们又说道："小姐的家不必……[①]你只回复少将说她住在'席子里'就是了。"侍童听罢，就返身报告了少将。少将百思不得其解，这时小姐已经走去，无法再问。后来有位在大学任教的博士来访，在闲谈中少将顺便道："'席子里'这句话是什么意思？"博士答道："根据

① 下有脱文。

旧闻掌故，‘席子里’就是大和国境内的城下地方。”少将听了心中暗喜：原来她就住在那里。他虽然还摸不清小姐的身世，但是已经心迷意乱为之颠倒了。

因为他一心惦念着那位小姐，所以决心寻踪去找，于是带领着跟踪小姐的那个侍童和一名熟悉大和附近情况的家将，一名马夫悄悄骑马奔向大和。一行人虽然找到了城下这个地方，但不知道小姐究竟住在哪里。后来见到一所迥异寻常人家的高大房屋，外面围绕着绿柏薄板编的篱笆，心想那位小姐或许就住在这里，于是下马站在门前。这时侍童看见上回陪伴小姐到稻荷神社参拜的使女从房里走了出来（以下缺文）

第七篇

右近卫府××××少将下镇西

古时，右近卫府有位少将名唤××××，是个容貌清秀，性情潇洒，喜好管弦的风雅人物。

一年九月中旬，他乘着皎洁的月色出门访友，走到××和××中间，隐约听到透过树林丛一所很是荒凉的房子，传来了筝声。少将本来很好弹筝，就想下车来访问这位弹筝的雅人。他走进大门，在中门廊下观看，只见西厢房竹帘微卷，有位年约二十的绝色佳人，正面对套间弹筝。皎洁的月光照着她那双在琴弦上来回跳动的纤手，简直妙不可言。

少将看得出神，忘记了要去的地方。他见女子身边除一个侍女外别无他人，以为这是不可失去的良机，就闯入室内。女子见人进来，大为惊恐，但又无法藏躲，只好勉强迎接。少将因见女子十分惹人爱怜，就更倍加温存。女子究竟胆小，一到天亮就苦苦催少将起身说："天将晓，请速归去。"少将只好在万般叮咛之后，离开那里。

从那以后，一直无缘再会，少将为此悲感不已。这位小姐原是××××的女儿，早已丧母，父亲续娶后，对于照管女儿有些冷淡，所以她独自留在母亲生前所住的这座宅院里。

不久，她父亲升为太宰府①的次官，即将离京往镇西莅任，突

---

① 日本古时设于筑前的官厅，管理九州、壹岐、对马，兼任当地国防、外交等事务。

然想到平日不大照管的女儿，这时对她说："你一个人留在京中，不成事体。"就决定带她同去。少将听到这个消息，更感忧烦，心想她在京中即使一时难得聚首，总还有个希望安慰，如果同她父亲到镇西，那就相会无望了。少将虽然心感悲伤，但又无法阻拦，女子终于随父到镇西去了。

小姐走后，少将觉得了无生趣，最后相思成疾，几至不起，心想能够和她再见一面也好，因此就向朝廷请准了假期，然后又禀告他父亲大纳言××托词去"朝山进香"，竟悄悄离京直往镇西。他只带领一个随从、一个侍童和一个马夫，随处歇宿，途中一切开支也是由这两个从人供给。过了几日，来到了太宰府，他不敢径直登门拜访，便设法把前在京中和小姐初次相见时她身边的那个侍女唤了出来，她看见吃惊地说道："哎呀，这可不得了，你怎么会到这地方来了！"就跑去告禀小姐，小姐听了心中也愿和少将相见。

少将见得小姐就说："我觉得不久于人世，这番是为了最后一面而来的。"小姐说："难得公子如此见爱。"一夜无话，次日天明，少将让小姐随他一同乘马回京。小姐口里虽说："这如何使得。"但是没法拒绝，只好听天由命随他启程。这时正当腊月中旬，大雪纷飞，北风凛冽，他们只顾急急赶路，不觉日已西沉。后来雪越下越大，天也越黑了，终于连个宿头也没有碰到，最后无奈只得在一棵树旁下马，准备暂避一夜，细一打听："这是什么地方？"有人回答道："这里叫山井。"他们手捧河水烧水做饭，让小姐吃用，大家也都吃了。自从离京以来，就靠这几个仆从变卖所带的绸布勉强糊口，今天来到这个人烟稀少的所在，更觉前途茫茫，万分凄凉。他们在一望无垠的荒郊里交谈过去，述说将来，全都感伤落泪。

这时，少将说声告便，就向无人之处走去，许久不见回来，小姐觉得奇怪，就告诉从人去看，不料少将却不见了。小姐吃惊，走到田中观看，只见田埂旁边只有少将一只袍袖。小姐惊叫了一声：“这可怎么好!”就再也说不出话来。她仓皇地往远处再看，田埂那边还有少将穿的一只靴子，仆从们走过去，拾起来一看，原来只剩下了一只脚心。众仆人看到，悲痛得简直无法形容，就把这只鞋送到小姐面前伏地痛哭。小姐茫然了一会，随即哭倒在地。

过了两天，太宰府次官听说这事，就从镇西派来许多人沿途打听，少将的父亲大纳言听说少将往镇西去了，也派人出京寻找，同时到了这棵树下，京里的来人望见他们欣喜问道：“少将现在哪里?”随从一时答不出话来，半晌才如此这般地据实说了一番。来人一听大惊，不禁痛哭起来。镇西的来人见此光景，就催小姐返回镇西说：“事已至此，哭也无益，请速回去。”但是小姐悲痛不已，伏地不起，来人（以下缺文）

第八篇

大纳言的小姐被府中侍卫劫去

古时，××天皇朝代，有位大纳言名唤××××，他虽有许多男孩，但只生一女。这个女儿生得丽质天成，容貌娇艳，大纳言十分宠爱，片刻不离开她的身旁，只想把她送入宫中给天皇做妃子。

大纳言府上有个看家护院的带刀侍卫名叫××××。这人因为常在府里当差，自然可以隐约地瞧见这位小姐。他见小姐美貌无双，忽然产生了爱慕之心，他明知道二人身份悬殊，无疑是痴心妄想，但从此再也不想别的事情，只是昼夜一心地想念小姐，日久天长就相思成疾，懒进茶饭，只落得奄奄一息了。他左思右想，终于想出一条妙计，一天他找到小姐的贴身侍女说："我有一件机密大事本想禀告老爷，现在打算先回禀小姐，请你替我通禀一下。"侍女问道："你有何事回禀？"他答道："此事极其机密，不能由别人代言，我在老爷手下当差多年，内宅外宅常出常进，所以我想请小姐来到廊下亲自秘密回禀。"侍女听后便悄悄据实回禀了小姐。小姐说道："也不知他有何机密大事要向我回禀，不过他确实是老爷的心腹，我也无须避嫌，待我亲自问他。"这人听了侍女传话以后，喜出望外，心中不禁乱跳。原来他已下定自杀的决心，他想：我这样下去终究难免一死，不如把小姐劫走，叫我称心如愿之后，再投河一死。

这人暗暗计划以后，感到余生无几，心里也自感伤，只是初衷难改，遂又催问侍女说："那事情怎样了，我急待回禀呢?"侍女禀知以后，小姐就走出角门，站在廊前隔帘听他回话。

当时夜静人稀，这人逼近廊前，他本来无话可讲，跪在那里待了半晌。当时，他的思想纷乱已极，心想：这真是自寻绝路的一种举动，但又情欲难熬，最后，就不顾生死闯入帘内，抱起小姐，如飞一般地奔出府去。

这一来，从大纳言起不论上下人等整个府中人都乱作一团，都说："小姐失踪了。"只是没有方法寻，只好作罢。虽知这个侍卫也在当夜失踪，可是万没料到小姐是被他劫走，只以为是被什么王孙公子诱骗了去。至于传话的侍女虽然亲眼看到侍卫劫走了小姐，却因惧罪，怕牵连自己，只是随声附和。

却说那个侍卫，眼看闯下了这般大祸，不敢在京久停，就想逃到远处，不论山野之中，只要同小姐在一起，于是佩弓带箭，搀扶小姐上马，携带两名心腹随从，向陆奥而去。昼夜趱行，到了陆奥国安积郡的安积山中，看这里外人绝难找到，就砍伐树木盖了一座小屋，把小姐安置在里边，然后领着心腹仆从下山，到村里求些食物带回来给小姐充饥。

多年以来，只要丈夫下山觅食，小姐就孤身一人留在家里，后来，她怀孕了。一次丈夫又下山觅食四五天不见回来，她因等得心焦，就走出屋来探望，发现山后有一潭泉水，就想到久已没有揽镜自照，不知容颜改变得如何，及至走近泉边一看，原来自己的面容已然憔悴得非常可怕，一时羞愧难当，就自言自语地吟道：

安积山中泉水浅，
我心也不比泉深。

吟罢并用笔写在树上，然后返回茅屋。她追思往事，百感交集，想自己在家时父母以及家人万般爱护，不知是前世什么孽缘，如今落到这步田地，想起来悲痛无比，竟至感伤而死。

后来，丈夫让仆从拿着求得的食物赶回一看，小姐早已死去了，他大吃一惊，及至看到树上的诗句，思前想后更觉悲惨，就走到屋中卧在妻子的尸身旁边也感伤而死了。

这个任人皆知的故事，大约是侍卫的仆从传说出来的。可见一个女子总应时怀戒心，即使是身旁的男仆，也不可不加防范。

第九篇

信浓国弃姨山的来历

古时，信浓国更科地方有个人把年老的姨母接到家里，像母亲般地奉养多年。他的妻子却从心里厌恶这位姨母，觉得她老态龙钟、弯腰驼背地在家里充婆婆，十分可厌，便常在丈夫面前说姨母的坏话，丈夫听了说道："这事真叫人心烦！"姨母虽然不愿多事，可是家庭中总有些纠纷，加上她年岁日老，竟至直不起腰来，所以妻子更加讨厌她，恨她不早死去，便向丈夫说："你这位姨母的心术坏极了，不如把她扔到深山里去！"丈夫起初还不愿意，可是经不起妻子的催逼，于是就起了抛弃姨母的念头。这天正是八月十五，月光分外皎洁，他向姨母说道："咱们走吧，老婆婆们都在寺里念佛诵经，我带你去看看吧。"姨母听了就说："那真是件好事，咱们去吧。"他们原住在山腰底下，于是丈夫背起姨母一步步登上高峰，他约莫姨母万难走下去了，便把她丢下，一人逃回家去。

姨母虽然"喂喂"连喊，可是这人连头也不回地直跑回家去。

这人回家以后，心想多年以来自己奉养姨母如同亲娘，而今被妻子所迫，竟把她丢在山中，叫人怎能心安，他对着高高升在山巅上的明月，更难入睡，怀念姨母万分伤感，就自言自语地吟道：

仰望更科月，
愧对弃姨山。

于是又登上山巅将姨母接了回来，孝养如初。

世人切不可听信妇女之言，妄生恶念，像这类的事恐怕如今还有。从此以后，这座山就改名弃姨山。后来故事里就常用弃姨山来形容人的追悔心情。这座山本来叫作冠山，因为它的形状像一顶礼冠。

第十篇

下野国人去妻复返

古时，下野国××郡有对结婚多年的夫妻，后来丈夫不知何故变心，抛弃了妻子，另结新欢，并把她家中的所有什物，全都运到新人家里，前妻看见这般光景当然十分伤心，可是又不能拦阻，只好听任丈夫所为，眼看着所有什物都已运走，剩下的只是一个喂马槽[①]。

这家有个马童名叫真梶[②]丸，丈夫就打发他来搬运这个马槽，前妻对马童说道："我看你今生今世不会再到这里来了。"马童答道："请夫人不要这样看我，我怎能不来呢?"说着拿起马槽就走，前妻又说道："我有一句话你能替我转告主人吗?"马童答道："我一定遵命转告。"她就说道："我写信他也未必肯看，你只口头替我说一说吧。"接着吟了一首诗：

大海茫茫怎渡济，
从今舟楫两无踪。

马童回去如此这般地禀报了主人。主人听后回心转意，就将

---

① 和名类聚抄云："槽名与舟同"，所以日文原作"马船"。

② 日文"梶"通"舵"。

搬走的一切什物，重新送回前妻家中，夫妻和好如初，不为其他女子而动心了。

看来，有情有义的风雅人物就该如此。

第十一篇

某公子去妻复返

古时，有个名门公子，至于他的姓名，这里姑且不谈，这人生得聪明非凡，而又潇洒多情，后来外放国守。

他和妻子结婚多年，只因另外贪恋一个浮华女子，就把旧人完全忘却，长年在新人身边，致使前妻苦度着凄凉的岁月。

一次，这人离京到摄津国的庄园去游玩，路经难波海浜，眺望海浜的秀丽风光，忽然看到许多小蛤蜊，和一簇簇生长繁茂的水松，觉得非常有趣，就捡了些，打算叫人送给自己心爱的情人欣赏把玩。这人既是风雅人物，他的侍童当然也很不凡，他唤来侍童吩咐道："你把这两件东西小心送到京里呈给夫人，然后传我的话说这两件东西别具风雅，特送夫人玩赏。"谁知侍童错会了主人的意思，带到京里以后，没把它送给新夫人，却把它送到前妻家中，并把主人的话学说了一遍。夫人绝没料到丈夫会把这样有趣之物送给自己，"等回京后一同赏玩"。便问道："老爷现在哪里？"侍童答道："现在摄津。这是老爷在难波海浜拾起叫我送给夫人的。"夫人虽然怀疑是侍童没听清楚错送了地方，仍然将东西收下，并吩咐侍童回禀老爷"一切照办"。侍童赶回摄津复命说："东西业已送到。"主人也以为自然是送到新夫人那里了。再说前妻自收到这两件东西后一看果然招人喜爱，就用水盘养好，摆在眼前观赏。

过了十多天，这人从摄津回京，笑问新夫人道："上次叫人送来的东西还在吗?"她便答道："你曾叫人送来礼物?是什么呢?"这人说道："我在难波海浜看见个小蛤蜊和一簇簇生长繁茂的水松，很招人喜爱，就捡了些派人急忙送给你玩赏。"新夫人道："我没接到这些东西，是叫谁送的?若是送来了蛤蜊可以烤了吃，水松可以拌醋吃。"这人见她如此粗俗，心中很是不快。

于是他到外边，把侍童唤至身边问道："你把那些东西送到哪里去了?"侍童知道是自己误会了主人的意思，便把错送到前妻那里的情由说了一遍，主人一听怒喝道："还不快去给我取回来!"侍童见做错了事，急忙跑到前妻那里命人进去禀报事情的经过，夫人心想，果然不出所料是送错了，便忙从水盘里捞起蛤蜊和水松，用陆奥国出产的浅黑纸包好交给侍童带回，并在纸上写了一首诗道：

蛤蜊与我本无缘，
水松更难共赏玩。

侍童拿回来禀告了主人，主人来到外边接过一看，两件东西都完好如初，暗暗佩服前妻的雅怀，进屋打开纸包一看，只见纸上还写着一首诗。看罢很是感伤，把说"蛤蜊烤着吃，水松拌醋吃"的后妻的粗俗和前妻的风雅对比，登时回心转意，立刻拿着蛤蜊回到前妻那里。夫妻相见后想他必把后妻所说的话讲给前妻听了，此后他就忘掉新欢，和前妻同栖了。

风流人物自当如此，后妻的粗俗言语如此令人扫兴，前妻的行径又那样风雅，当然会使他回心转意了。

第十二篇

丹波国人之妻能诗

古时，丹波国××郡住着一个这样的人：虽然是生长乡间却也颇解些风流，他娶妻妾二人，毗屋而居。原配是当地人，很受丈夫冷遇，新宠是京里的女子，很得丈夫欢心，这样，那个原配自然要受着凄凉况味了。

这家房后靠着一座山，一年秋天，丈夫正在新宠室内，忽然从山上传来鹿鸣之声，便问新宠道："你听这鸣声如何?"新宠说道："我觉得鹿肉煎着吃香甜，烤着吃适口。"丈夫听后大为扫兴，心想，我原以为京中女子必谙风雅，对于鹿鸣的古歌会感兴趣，想不到竟庸俗至此。接着便又去到原配家中问道："你可曾听到鹿鸣之声?"原配答道：

鹿鸣在求爱，
独居久无闻。

丈夫一听分外伤感，再把新宠所说的话拿来一比，觉得那个女子更没有什么风情，遂把她送回京去，又和原配团聚如初了。

仔细想来，这人虽是乡间人，却善于体察女子的心事，所以才有此举，原配也是娴雅的女子，才作出这首富有深意的诗来。

第十三篇

夫死后不嫁二夫

古时，××国××郡有个女子，经父母给配了丈夫，不久丈夫死去，父亲想把她另嫁别人，女儿听后忙对母亲说："我若能有和丈夫偕老的缘分，丈夫何至中途死去，之所以而今寡居，正是我前生的孽缘，即使再嫁，也恐难免妨克，今后请不要再提此事了。"母亲闻言大惊，忙将女儿所言转告父亲，父亲便道："我已年老，余生无几，我死之后，你靠何人！"仍然要给女儿择配。女儿对父母说道："既然如此，我家燕巢中一双已孵雏燕的燕子，现在把这雄燕拿来杀了，然后在雌燕颈上系一标记放走，如果来年雌燕另偕雄燕归来，就请与女儿配夫。燕子虽是飞鸟，夫死之后恐也不会再配，何况比飞鸟有心的人呢！"父母说："你说的也有道理。"就把家中筑巢孵雏的燕子捉来，杀死雄燕，在雌燕颈上系了一根红线放走。

第二年春天，只见颈系红线的雌燕是只身归来，未偕雄燕，也没有营巢产卵竟自飞去。父母看罢说："果然有这等事。"就打消了给女儿择配的念头。女儿作诗道：

雌燕尚知不再配，
父母当可谅儿心。

仔细想来，古时女子深重情义，与近来的女子确乎不同。雌燕在雄燕死后，虽不产卵孵雏，它却仍返故巢，实在可怜。

第十四篇

妻化为弓又变鸟飞去

古时，××国××郡住着这样一个男子，他有个姿容秀丽体态轻盈的妻子，二人恩爱异常，片刻不离。一天夫妻就寝后，丈夫梦见心爱的妻子向他说："我和你虽然恩属夫妻，但是现在我就要远行，不能再照看你了。我要给你留下一件遗念，请你就像对我那样爱怜它吧！"说到这里丈夫就从梦中醒来。

丈夫醒后，一看妻子不见，大吃一惊，赶忙起来到左近寻找，结果踪影全无，正在纳罕，忽然看到枕边架着从没有过的一张弓。他暗想莫非这就是梦中妻子所说的遗念，仍然希冀妻子归来，可是等到后来终于不见。他怀念妻子，倍增感伤，却也无计可施，偶然想到这张弓或许是鬼神变化时，有些恐惧。但是，事已如此，无可奈何，只好把这张弓立在近处，每当早晚思念妻子的时候，就拿在手中拂拭，不离身边。

这样过了几个月，竖在前面的那张弓忽然变成一只白鸟冲出户外，向南遥遥飞去。丈夫惊异地出来一看，只见白鸟凌云而去，他随后追踪寻问，不觉来到纪伊国，发现这只白鸟又变成了人。他想：不出我之所料，果然不是寻常之物，就返回家来作了一首歌：

清晨围场打猎人，

来往多如纪川波。

这首和歌和近来的和歌大不相同，清晨是指清早用镜的时候，围场指的是狩猎的原野。这首歌读来颇费理解，不知所云。

再说，这个故事，也有些离奇怪诞，不近情理，但因旧书中有此记载，照录于此。

卷三十一

本朝及宿报

第一篇

东山科藤尾寺尼姑建造八幡新宫

古时，村上天皇朝代，在粟田山以东，山科乡以北有座佛寺。这座佛寺起初叫藤尾寺，寺南另有一座佛堂，堂里住着一个老尼。这个尼姑颇有资财，过着优裕的如意生活。

老尼自幼虔信八幡大菩萨，经常去八幡宫礼拜。她想我既然这样信奉大菩萨，经年累月朝夕祷告，何不把大菩萨请到这佛堂附近，也好虔心礼拜，了却多年的心愿呢。立即选择地点，建造了一座轮奂富丽的宝殿，把大菩萨虔诚供奉起来。过了几年以后，老尼又产生一个心愿，她想：八幡本宫按照大菩萨生前的誓愿每年在八月十五日举行放生法会，我这座新宫何妨也在同一天举行放生会。于是就仿效本宫的做法，从年初起在各地举行放生会，最后在八月十五日再举行放生会，放生会的仪式和本宫完全相同，还请来许多有名的僧众，在佛前演奏优雅的音乐和美妙的歌舞，老尼由于富有，所以发给僧人的布施和乐工的工钱，也异常丰富，一切都不亚于本宫。

新宫的放生会，每年都这样盛大隆重，过了多年以后，本宫的放生会渐渐赶不上新宫。舞师乐工贪图工钱多，争着到粟田口新宫的放生会来，本宫的法会就有些冷落了。本宫的僧俗神官很为这种事发愁，经过商议，派了一个人对粟田口的老尼说："八月十五日的放生大会是按照大菩萨的誓愿举行的，从古至今从无间断，并不是什么人想出来的。但是，自从你在同一天单另举行放生会以后，本宫例行的放生会就有些冷落了。因此，希望你这里的放生会不在八月十五日举行，推迟几天另选其他日期举办。"

老尼答道："放生会是按照大菩萨的誓愿在八月十五日举行。这里办的放生会，同是出于崇敬大菩萨的心愿，所以不能更改日期，必须在八月十五日举行。"

去人回来将老尼的话一说，当即惹起本宫僧俗神官等人的愤怒，他们商议说："我们要立即到新宫去，捣毁宝殿，把那里的圣体请回来供在本宫。"于是许多神官都蜂拥冲向粟田口的新宫。他们把老尼昼夜崇敬的新宫宝殿捣个稀烂，把神体请回本宫，供在护国寺里。这个圣体至今还在护国寺，很有灵验。

粟田口的放生会从此停办，老尼因为举行放生会事先并未呈请朝廷批准，所以也不能申诉。

人们都认为老尼如果听从本宫改期的劝告，答应另选日期举办，这个放生会也就能并存到今天。这也许是由于天意××如此，也许是由于老尼虽尊崇大菩萨，却要和本宫争胜，举行从古未有的豪华的法会，因而遭到大菩萨的憎恶。后来，本宫的放生会一年比一年隆重，至今不衰。

第二篇

鸟羽乡的圣僧等建造大桥举行供养法会

古时，鸟羽村有座大桥，从来就架在桂川河上，桥坏了以后就无人来往了。

在××时候，有位圣僧，看到自这座桥坍塌后，过河的人都须在水里跋涉，心中不忍，就决心修桥以利行旅。他东奔西走募化布施，用得来的财物，重新兴建了这座大桥。

大桥竣工以后，募化来的财物还有剩余，这位圣僧就又去劝世人并请本村的人们帮助，用这笔财物举办了一次盛大的供养法会。讲师是请××担任的，并准备四色僧斋，请来大山寺、三井寺所有的得道名僧，共有一百多名。震旦和高丽的舞师、乐工等，一律着用震旦衣装。京中上中下各阶层的人，也都各有布施。前台、后台、僧棚，扎得分外华丽，还摆着两面大鼓。到了那一天，京中的上中下一切人等，都来听经。（以下缺文）

第三篇

湛庆阿阇梨还俗改名高向公辅

古时，××朝代，有位湛庆阿阇梨，是慈觉大师的弟子，他精习真言，通晓内经外典，尤其工于艺技。

湛庆经常为朝廷和民间修持佛事，当忠仁公①患病时，曾召湛庆祈禳。湛庆的祈祷非常灵验，忠仁公痊愈后把他留在家中，对他说："你且多住几天。"一日有个年轻侍女，到湛庆面前来××僧斋，湛庆一见动了凡心，就用言语挑逗，海誓山盟终于结成了孽缘，从此湛庆破戒堕落了，后来这事隐藏不了，弄得举世皆知。

湛庆一向信奉不动明王，远在这以前，一天，他梦见明王指点他说："你对我信心很诚，我必加护于你，但因前世宿缘，你当因××国××郡××人的女儿身犯淫戒和她结为夫妇。"说罢他便从梦中惊醒。

湛庆醒后，非常发愁，他想，我为什么要因女子而破戒呢，不如按照明王的指点去找到她，一刀杀死以免破戒。想到这里，他就托词云游，只身到了××国。到当地一打听，果真有这样一户人家。湛庆喜出望外就装扮夫役模样，偷偷到那户人家窥探。当他正在那家门前张望时，看到一个长得端端正正的十岁左右的小姑娘正在院里玩耍。湛庆就向从那家走出来的一个女仆道："跑

① 忠仁公即藤原良房。

出来玩耍的那个小姑娘是谁?”女仆答道:“她是我家主人的独生小姐。”湛庆一听,暗暗言罢,知道就是梦中指点的女子,当天就转身离去。

次日,他再到那家庭前等候,只见那个小姑娘又出来玩耍。且喜当时无人,湛庆扑上去,将她捉住用刀砍断了她的脖颈。心想幸而此刻无人知晓,等得来人发觉,便不妙了,于是他就急忙逃回京城去了。

湛庆原以为了却大事,不料多年的道行一旦败于这个侍女之手,他想:那一年,我亲手杀死了不动明王梦中指点的女子,不料今天却为这个女子破了淫戒,想来实在令人不解。在二人拥抱而卧时,湛庆一摸侍女脖颈,觉得有条很大的伤疤,仿佛是火炙疤痕似的。他便问道:“你这伤疤是怎么得的?”侍女答道:“我原籍是××国,是××的女儿。不料小时在院中玩耍,被一个陌生人,砍伤了我的脖颈。事后,家人发觉,乱成了一团,但因凶手在逃,只好作罢。后来不知是谁用火炙将我的伤口缝合起来,才得侥幸活到今天,和你结成今日的姻缘。”湛庆听罢,既感到吃惊,又觉得可怜,心想明王因为我和女子有宿缘,才托梦指点,不禁深受感动,哭诉往事,女子听了也很感动。从此二人就结成了夫妇。

忠仁公见湛庆败坏佛戒,就说:“湛庆和尚身为佛门弟子,败坏佛戒实属不当。但是他精通内经外典,也不可弃之不用,应该让他立即还俗,报效朝廷。”这样决定以后,就命湛庆还俗,改名公辅,本姓高向。他供职朝廷后,立即叙官五品,世人称他为高大夫。他本来就很有才干,处理公务颇有建树,终于升为赞岐国国守,由此,家道也越来越富裕。

由此可见,人有才能技艺,就能这样受到任用。这位高大夫还俗之后,由于他精通真言密法,还给极乐寺正了一次佛位。原来极乐寺供有金刚界和胎藏界两界木像,可是佛像的座位早就颠倒了。虽然有人主张说："应该找人纠正过来。"实际也请过许多真言师挪移，可是他们人人言殊，莫衷一是，总也没得纠正。高大夫听说此事，便来到极乐寺，他看了两界佛像，说道："这些座位的确都安错了。"就用禅杖指点着说："这尊佛像该在这里，那尊佛像该在那里。"只见在他指点之下，各尊佛像都自动地移到禅杖所指的地方。这是许多人亲眼看到的。当高大夫要到极乐寺挪移佛像的消息传出后，有不少相当显贵的人跟着去看，他们一见各尊佛像安置妥当，都感动得流下泪来。

高大夫兼通内外经典，由此可见一斑。

第四篇

画师巨势广高出家又还俗

古时，一条天皇朝代，有位画师名唤巨势广高。他在当代画坛独步，技艺不逊古人，广高本来就很有道心，加上一次身患重病，长久不愈，觉得人生苦恼便出家了。

后来广高的病好，天皇听说，便传旨说："身在佛门，虽然不妨作画，但宫中画院却不便任用，应立即着他还俗，进宫供职。"旨意一下，广高本心虽不愿还俗，可是上谕催迫，难以违抗，也只好应名了。

后来，天皇把广高交给近江国国守××××看管蓄发，国守奉旨后便将广高幽禁在东山某处，派人看管，广高幽居蓄发的地方是座新修的佛堂，他因终日不能见人，甚是无聊，就在佛堂后面的隔扇上，画起地狱图来。这几幅地狱图至今尚存，前往看画的人多不胜数。据说画得极为传神。今日的长乐寺，就是他画地狱图的那座佛堂。

广高还俗后，供奉内廷多年，很多高官显宦的府上都有他画的隔扇、屏风。摄政关白大臣府上的传家宝物中，就有广高画的一帧屏风画。这幅画非常珍贵，只在举行大宴，或年初宴请公卿时，才摆设出来。（以下缺文）

第五篇

大藏省书吏宗冈高助疼爱女儿

古时，大藏省有个最下级的书吏，名唤宗冈高助。他出门时，总骑一匹垂鬃的栗色驽马，外面穿的裙裤，里边套的夹袄和脚上穿的袜子都不用绸缎，而是用粗麻布制成的。虽然说高助官卑职微，这身打扮也未免过于寒酸。他家住在西京堀河以西，近卫门以北，是个八户之长[①]。他家的正门是座唐式门楼，正对着南边的近卫门。他在门楼东边，盖起七间住房供自己居住。

他在房后又用绿柏板围了一道玲珑剔透的篱笆，在篱笆墙里盖起一座小巧的五间[②]见方的厅堂，作为两个爱女的绣房。他把这座小小厅堂××××，里边张挂着幔帐，冬天挂印有朽木花样的锦帐，夏天挂透风的罗幛，前面摆着一个梳妆匣，描着蔓草花纹的泥金漆画。他为了伺候女儿，雇了二十多个侍女，还有四个女童，侍女平常也穿着丝绸外褂，女童日常穿着罩衫，每位小姐由十名侍女、两个女童伺候着。这些人原都是官宦人家的女儿，只因父母死后，无以为生才被他蒙哄欺骗招雇而来，因此没有一个

---

① 日本古代户籍以乡户为单位，是由若干房户组成的，这里可能是由八家房户组成的乡户之长的意思。

② 日本尺度，一间即六尺。

粗手笨脚的。无论身材容貌，言谈举止都落落不俗。他家上上下下的用人，都经过精心挑选，所以都是一表人才。连侍女的下房里面，也有屏风、幔帐，铺席××××，即便宫里府里也不过如此。还给她们应时按节更换衣裳。谈到两位小姐的衣装，那就更讲究了，穿的绫罗绸缎，都是特找巧匠织染而成，不论是花样、颜色都瑰丽多彩，鲜艳夺目。进膳时每人一个小饭桌，用的是全套银制器皿。

众家丁也是他用甜言蜜语骗来的那些潦倒落魄的王孙公子，虽然都改换了装束，但仪表××举止文雅，丝毫不像下人。高助出门虽然那样寒酸，但是去看女儿时，却换上绸袍，系上紫红色的裙裤，套着绯红色的夹袄，并且都是用香薰过的。妻子也是脱去穿着的深蓝小棉袄，换上里外一身新衣方到女儿房中去的。高助疼爱女儿真可说是竭尽心力了。

那时住在仁和寺的号称池上的宽忠僧都，建造了一座佛堂，要举行开光法会，高助就到僧都那里请求说："听说开光法会，备极隆重，不知届时可否允许小女们来瞻仰？"僧都道："甚好，你可在适当地方，搭个看台，让她们来看。"高助听后分外高兴地回到家中。高助尊崇这位僧都已非一日，经常有所报效，佛堂这次开光，他也捐了不少财物，所以才有这次的请求。

在佛堂开光的头天傍晚时分，有两辆牛车载着两只小船在灯笼火把簇拥之下被赶进庙来，卸在水池岸边。僧都一看便问："这是哪里来的？"有人回答说："是大藏省书吏高助贡献的小船。"僧都心中纳闷，不知小船是做什么用的。这两只小船原是高助早就打制好的，这次又连夜在船上加上了种种装饰，上面搭着锦棚，旁边挂着带走水的帘子，帘子里面还有上层色深、下层色浅的幔帐，四周有漆得丹红的栏杆，底下搭着藏青色的布团。

这天天一亮，小姐们分乘十几辆敞着车窗的崭新轿车，陆续到来，车帘下露出五彩的衣襟[1]。在车前开道的有十几人，他们都系着裙裤，穿着各式的上衣，手持火把簇拥赶到。她们刚一登上船，四周挂着的帘下便露出了璀璨夺目的各色衣襟。身穿团花衣裙，垂髫的女童，分乘在两只船上，手持划桨摇了起来。在水池南边，还搭了一个布棚，专供开道的仆人们落脚。

天光大亮后，开光法会就要开始，朝中公卿、殿上人和应邀前来的高僧，俱已到齐。

当这两只船围着池边缓缓划行时，直吸引了全场的目光，使岸上陈设的大鼓、钲鼓、舞台和绨幔也都逊色。悬绸结彩的画艇，露在朱栏外重叠的绚丽衣襟，映着波光，不像是尘世景象。朝中公卿和殿上人一见这般情景纷纷问道："船上是哪个宫院来看热闹的女官？"由于僧都在事前一再吩咐过："绝不能说那是高助××家的船。"所以没有一个人开口。他们虽然有些奇怪，再三追问，但是始终也没打听出是谁家的船来。

以后，高助也总是这样，一有机会就叫女儿去看热闹，可是谁也不知她们究竟是谁家眷属。由于高助如此疼爱女儿，所以不论朝中小吏，各宫院的侍卫，以及各衙署的判官人等的儿子都纷纷托人说媒，想做他的女婿。可是高助怎肯把他们放在眼里，就连情书也不收受，并且说："我的女儿最低也要配个出门有人喝道的郎君。即使是近江、播磨这样大国国守的公子，如果出门无人喝道，又怎能配做我的女婿！"因此，这两位小姐一直没得婚配，而在父母相继下世之后，她的兄长又不顾父亲生前的遗嘱，竟独霸了家产，丝毫不肯照看妹妹，这一来，侍候她的家丁侍女也都星散离去，这两位小姐无限伤心，茶饭懒进，终于病倒，就在无人问闻之下相继死去了，现在大藏省书吏时延，就是高助的孙儿。

古时，在这样官卑职微的人中，也有抱着这种非凡气度的人

---

① 日本古代习俗，妇女在乘车坐船时一定要把衣襟露在帘子外边。

物。但是，如果只有这种气度而没有豪富的资财，就是想疼爱女儿，也难做到这种地步。

据说高助家资巨万，比现职国守还要富有，所以才能如此豪奢夸耀。

第六篇

贺茂神社祭日老翁在一条大路竖立木牌

古时，在贺茂神社举行大祭的一天，一条和东洞院之间，从清晨起就立着一块木牌，上写："此处系老翁观览之所，外人不得擅入！"行人一看，都远远避开。以为是阳成上皇为了看热闹，特立的这块木牌，既然连步行的人也都不敢停步，车辆不消说更要避开这里。当［文武百官扈从斋王到贺茂神社敬献玉帛的行列］就要路过那里时，走来一个身穿淡蓝色上衣和裙裤的老翁，傲然自得地挥着扇子上下打量一番之后，就站在牌子前边，十分安闲地看起热闹来，等行列过完，他也就回去了。

事后人们诧异地纷纷谈论说："阳成上皇特地立了块牌子预定看热闹，怎么没来呢？真奇怪！"又有人说："刚才那个看热闹的老翁有些可疑。想必是这个老东西为自己好独占地方，立了块木牌，让人以为是阳成上皇竖立的。"这些言语不久就传到了阳成上皇的耳里，他吩咐说："传来那个老翁，仔细问一问！"公人奉旨后，查明那个老翁是西八条的坊长。

老翁见是阳成上皇派人传唤，立即赶来。宫里的执事奉旨审问道："你假冒上皇名义，在一条大路上擅立木牌，吓唬行人，结果是自己得意扬扬地来看热闹，这到底是为了什么？"接着催促道："快从实招来！"老翁禀道："不错，牌子是我立的，但是牌子上面并没有上皇所立的字样。我已年过八十，还有什么心思去看热闹，只因小孙今年才在内藏寮补了一名杂役，也要扈从斋王通过这里，我非常想看看这个孙儿，可是年岁又这么大，挤到人群里还不被踩死。想到这里，才想立了块牌子，让人不敢靠近，以便安安稳稳地看上一番。”阳成上皇听到回奏以后，很夸奖老翁的机智，说：“这倒是一个聪明的老翁，立牌子，可说是异想天开，想看孙子，也是人之常情。”于是吩咐说：“快放他回去吧！”老翁很得意地回到家中，对老伴说：“我想的主意绝错不了，连阳成上皇都夸奖呢。”

据说人们不赞成上皇夸奖老翁的这种举动，但也有人说老翁想看孙子，确是人之常情。

第七篇

右少弁师家朝臣遇女而死

古时，有位右少弁名唤藤原师家。他有个情意投合的情人。

这个女子生性孤傲，有什么伤心事也都藏在心里，从不表示。因此，少弁对她也不愿露出薄情，极力温存体贴，但有时因朝中繁忙不能分身，或被倡女纠缠，也就在外过夜，女子见他经常如此，心感冷寂，十分难过，但不肯明言。这样一来，二人就日渐生疏，感情大不如前了。女子虽然口无怨言，心里却闷闷不乐，尽管彼此之间没有情意疏远的迹象，终不免断绝了来往。

大约过了半年以后，少弁又从这女子门前经过时，正赶上她的家人从外回来，就进去说道："少弁刚由这里过去。从前他常来走动，我记得和娘子很要好啊。"女子听罢，便对家人说："你去请他到家来稍坐片刻，我有话对他说。"少弁一听，也想起前情，因此转回车来走进屋内。只见女子正对着经函，身穿一件软绵绵的绸袄，系一条花纹雅致的生绢裙裤，虽是一身家常打扮，却分外整洁，觉得她的眉眼口鼻是那样清秀，楚楚动人。少弁暗自纳罕，心想，我并不是今天才看见她，为什么过去就没理会呢！想到这里不禁后悔起来，本想打断女子念经，立即求欢，但是又觉得分离日久，不可过于鲁莽，于是就另找些话题向她攀谈。可是女子一言不答，仿佛一切要等念完经后再说。他望着女子××清秀的脸庞，越发产生一种难以遏止的迷恋，心想，如果旧欢重拾，一定和她永不分离，并且暗发誓愿，从今以后留在这里，若有简慢女子之处，甘愿受罚。他一边想一边再三向女子解释，说他数月未来，实非出自本心，女子仍不回答。这时法华经已诵至第七卷药王品，她读了又读，一共读了三遍。少弁问道："你怎只顾念经不答我的话呢？请快把经念完，我有许多话要对你说。"但是女子一边念："于此命终，即往安乐世界，阿弥陀佛，大菩萨众，围绕住处，生莲花中，宝座之上。"一边就扑簌簌落下泪来，少弁说道："真令人着急，难道你和尼姑一样发起道心了？"这时他一眼瞥见女子那充满泪珠的眼睛宛如霜露雨湿的样子，觉得一股不祥的预感，突然袭上心头，他悔恨自己几月以来的薄情，也就忍不住落下泪来。一想到如果她有意外，该当是多么令人断肠呢，不由得暗暗责备起自己来了。

这时，女子已经念完经卷，双手搓着以琥珀为饰的沉香念珠，低头默祷，过了半刻，只见她眼睛向上一翻，脸色惨变。少弁正慌得不知如何是好，只听女子说道："我是想生前再见你一面才让人叫你进来的，从此永别了！"说完气绝身死。少弁惊慌地说："这是怎么回事！"忙喊"来人"，好久无人应声，过了半晌儿，才出来个老妇人一边问什么事，一边跑着走来，她见少弁在屋便道："奇怪！这是怎么一回事呢！"因为事出意外，也难怪她惊慌失措了。女子不听少弁分辩，就像切断了头发似的猝然死去，他虽然触到了这样的秽气①，却也无须蛰居忌避，就想离开这里，但是女子的声音笑貌，始终萦回脑际，十分悲痛，心想真没想到会有这样一个收场！少弁回到家里不久就也得了病，不几日也死去了。

据说，这是女子死后灵魂不散，索走了他的性命，少弁和女

① 日本古时如遇人死亡，在场的人就算触秽，须蛰居避忌三十天。

子有一段姻缘，冤魂自然知道他的住处。也有人认为，这女子临死还念法华经，来世定能托生福地，但是，她一见少弁就恨恨不已痛心死去，恐怕这又是深重的罪孽了。

第八篇

影入灯光而死的女子

古时，有个伺候女御的年轻女官名唤小中将。她不仅身材苗条，容貌秀丽，心地也很良善，因此，宫中的女官没有一个不疼爱她的。她还没有一定的男人，只有美浓国国守藤原隆经朝臣，时常和她往来。

有一天小中将在淡紫袄上套了一件大红单褂，在女御的殿中应差。当天傍晚时分，在添油的灯光里，突然映出小中将的身影，也是在淡紫袄上套着大红单褂，不仅身材面貌和站在那里的小中将不差分毫，而且以袖掩口的眼神粉额以及垂发都惟妙惟肖。众女官看了说道："怪呀！真像！"可是并没有一个有阅历的懂得遇到这种事该怎么办的老年女官在场。大家聚在一起看了半晌热闹，就把灯芯剥下来了。

大家对小中将说："我们看见你的影子了。"小中将埋怨说："那该多么难看的，你们不早剥下来，却看了又看，真令人难为情。"后来，年老的女官们听到此事，都说："那是××，唉！你们这些人，也不告诉我们一声就给剥落了。"但事情已经过去，说也无用。

过了二十多天，这个小中将，好端端地突然泻起肚来，在下房里躺了两三天。说是难受，就告假回家去了。后来，隆经朝臣忽然想去采邑，就借道女御宫中辞行，顺便来找小中将，听膳房里的女童说："小中将已然回家。"他便赶到小中将的家里。隆经到时正好是阴历初七八月亮已经偏西的时分，小中将待在西角门里，隆经推门而进，他因为明晨就要启程，本想说一声就马上回去，但是一看小中将身子不快，面带病容，比已往更惹人怜爱，就打消回去的念头宿在那里了。

二人恩恩爱爱谈了一夜，天亮以后，当隆经临走时，小中将还是恋恋不舍不放他走。勉强诀别，走出门来，一路上总惦念着小中将，到家后便写了一封信派人送去，大意说："别后念念难忘，此行定当早回。"他自差人送去后就等候回音，所以一见差人持信归来，赶忙接过拆看，只见信上并无许多言语，只有"鸟部山[①]"三字，隆经看罢更增怀恋，便将信揣入怀中，放在贴身的地方，这才出门办事。一路上还不断取出观看，觉得字迹也很娟秀可爱［足慰相思。］本来他应该在采邑多逗留几日，只因为想念心中的人，就赶忙回来了。

他一到京城，首先便赶到小中将家，不料小中将家里的人对他说："她已经死了，昨夜刚埋葬在鸟部原野。"隆经闻听，伤痛之情是无法用笔墨来形容的。这也确是件令人伤心的事。

据说遇到人影映入灯光中时，必须把剥落的灯芯给本人服下，还要虔心祈祷。众女官不知这是很忌讳的事，没把剥落的灯花给小中将服下，这就断送了她的性命。

---

① 鸟部山在京都以东，是有名的墓地。

第九篇

常澄安永在不破关梦见留京的妻子

古时，有一名唤常澄安永的人，他是维孝亲王的下级家丞。一次安永为了去征收亲王封户的赋税，来到了上野国。他在那里住了许多时候，才重返京城，途中宿在美浓国不破关。

却说安永京里家中有个年轻妻子，他自从来到外边就很是牵挂，一直放心不下，如今更觉得精神不安。他想：家里一定出了什么事，等明天天一亮就赶紧动身回京。他刚来到守关人的哨棚里翻身躺下，便沉沉睡去。这时安永梦见有人手执火把从京城方向朝关上走来，看时，手执火把的乃是个少年，另外带着一个女子。当他正捉摸来者是何人的时候，二人已经走到哨棚的旁边，这时方才看出少年所带的女子原是自己神思梦想的留在京中的妻子，他越想越觉得奇怪，却见二人就在隔壁住了下来。

安永扒在壁孔上偷看，只见少年和自己的妻子并坐在一起，还取出锅来烧饭，二人共食。他见此光景心想，原来在自己离家以后，妻子已经和这个少年结成夫妻，不禁怒火中烧，按捺不住怒气，持念一想，我倒要看他二人究竟如何，只见妻子和少年吃完以后，就相抱而卧，过了一刻，竟苟合起来了。安永一见，立萌杀机，就闯了进去，不料灯光熄灭，人也不见了，他的梦也就醒了。

安永惊醒以后，看是一场梦，心想，莫非家里真出了什么事，越发睡卧不安，天一亮就立刻动身，昼夜不停地奔到京中，到家一看妻子安然无恙，不禁大喜。妻子一见安永归来便笑着说："昨晚梦见咱家来了个陌生少年，把我骗到一个从来没到过的地方，见那里有间空屋点着灯，就走进去烧饭和少年同吃，当我们二人饭后同寝时，你突然闯进来，少年和我正慌得不知如何是好，梦便醒了。我正觉得奇怪，不料你回来了。"安永听罢说道："我也是因为做了这样的梦放心不下，才片刻不停地赶回来。"妻子听了也觉得非常奇怪。

由此看来，夫妻二人是在同时做了同样的梦，这真是巧合。也许是彼此两地牵挂，方有此梦。或许是精灵幻入梦境，实在令人难以捉摸。

据说人出外时，且不可过分怀念妻子。这样易于梦魂颠倒，使人心神交瘁。

第十篇

尾张国勾经方梦见妻子

古时，尾张国有个勾经方，号叫勾官首，他是个家赀豪富，诸事遂心的人。

经方除了同栖多年的妻子以外，还在当地结识了一个情妇。虽然嫉妒是妇人的通病，他的妻子经常为此和他吵闹，经方由于和情妇感情很好，难舍难分，仍是瞒着妻子偷偷和她往来。他的妻子总是到处打听，结果探明经方还是到情妇那里去，不由妒火中烧，气得神魂暴跳，面目变色。

后来，经方因事必须上京，定期启程。到了动身的前夕，他很想设法去看看那个女子，可是怕引起妻子的嫉妒，不敢明去，便撒个谎，说是国守衙门传他，却到情妇家里去了。经方和她躺着谈心，不觉睡熟了。

睡梦之间，经方梦见妻子突然闯进来破口大骂："好啊！你们多年以来就这样睡着，还敢在我面前谈干净话么。"直骂得不堪入耳，还插到二人中间，闹个不休，经方就从梦中惊醒了。

经方醒来心烦意乱，就匆匆离开女子回到家中。天亮后，他一边打点上京的行装，一边在妻子身旁搭讪着说："昨晚在国守衙门忙了一夜，没能早回来，现在简直难受极了。"妻子说："赶快吃饭吧！"经方心虚，一看她颈后头发，一起一伏，有些怒意。经方又奇怪又惧怕，正在凝视，只听妻子说道："你啊，亏你有脸说得出，昨晚你不是到那个女子家里去了，提起你和她同床共枕的那副丑态来，[真怕脏了我的嘴。]”经方忙问：“你这听谁说的?”妻子道：“不消问了，我是在梦里亲眼见的。”经方一听更觉奇怪，便问道：“你梦见什么?”妻子说道：“昨晚你一出去，我就想你必是要到那个女子家去，于是晚上就在梦中到了她家，看见你和她正躺在一起谈心，说些什么都听得一清二楚，我就说：‘好啊！你不是说不到这里来吗，怎么又和她睡在一起了呢!’我就伸手去撕拽你们，女子和你才慌忙爬起来。”经方越发奇怪，又问：“那么，你说说我讲什么来。”妻子便把经方在那里所说的话原原本本，一字不漏地说了出来，和他在梦中所见丝毫不差。经方当时真是诧异不置，尽管这样，他还是没把梦中情景告诉妻子，只是后来对别人偶尔提到过这桩事。

心有所思，必然成梦。人们说嫉妒是妇女的深重罪孽，可见经方妻子的罪孽该有多么重了，死后一定变蛇。

第十一篇

陆奥国安倍赖时去胡国空返

古时，陆奥国有个武将名唤安倍赖时。这个国的边陲地方住着一种夷族，他们扬言："我们不顺从朝廷，非得抗战不可。"陆奥国国守源赖义朝臣闻报正待发兵征讨，听说赖时通谋夷族，就决定先伐赖时，赖时道："从古至今受到朝廷征讨的不计其数，但是没有一个能战胜的。我虽然自知没有过错，但既然受到申讨，也难以逃罪。不过，[我不能轻轻送掉性命。]听说从这个国的边境可以隐约望见海北有块土地，我想先到那里看看，若果真可以安身，我就率领情愿与我共患难的人们渡海到那里居住，总比留在这里送死的好。"于是修造了一只大船，随赖时前去的有他的儿子厨河二郎贞任、鸟海三郎宗任弟兄等人，以及亲随家将，约有二十人。

船上连随从、伙夫加在一起共有五十人左右。还载有可供暂时食用的大量白米、酒、水果、鱼、鸟等物，解缆不久，就到了遥遥望见的那块土地。

但是到了一看，满是悬崖峭壁，丛林密布，无岸攀登，只好远远围着山脚划行查看地势，左近都是一片辽远的芦苇。后来发现一条入海的大河港口，就划进港里去了。他们满想找个当地人做向导，始终没找到。又想找个登岸的地方，可是一眼望不到边的芦苇，丝毫没有人走过的痕迹。河水深不见底，仿佛是个深沼似的大湖。他们以为上游或许能有人烟，就溯河而上，但是，一切都和河口一样，杳无人烟，一天过去了，两天过去了，他们虽然感觉奇怪，还是继续向上游划去，一直走了七天，仍然没有找到人家。于是大家说："河总不会没有源头的。"又划了二十天，还是一无所获，他们不灰心，继续向上划去。

在第三十天的头上，忽然传来一阵山崩地裂般的轰响，船上的人怕是什么人来袭，就把船划到高大的芦苇丛里隐藏，透过芦苇空隙向轰响的那边张望，只见一个用红××包头，就像画上的胡人模样的人［单枪］匹马闯了出来。船上的人，正琢磨他是什么人，见在他身后紧跟着又出现了无数胡人。他们一起来到岸边勒住马头，船上人也听不懂他们说的言语，以为被他们发现了，吓得越向芦苇深处藏去。这些胡人好像鸟叫一般地啁啾了半晌，便策马渡河，看来约有一千骑，步行的人们紧靠着骑马人一同渡河过去，方才那阵遥遥传来的轰响，原来就是这群胡人的马蹄声。

等这群胡人渡过河去以后，船上的人们心想，我们划了三十天，并未看到一个渡口，他们在此处既能涉水而过，想必是个渡口。于是战战兢兢地将船只缓缓划到那里，不料和别处一样，深不见底，并不是什么渡口。这才知道胡人是像筏一般地把马编在一起，游过河去的。步行的人是拉住马渡过去的，船上人却看成是蹚过去的。赖时以及随从人等看到这般光景就商量道："无论再往上走多远，恐怕也是一片汪洋，弄不巧还会遭什么意外，那就太犯不上了，莫若趁粮食未尽，早早回去。"于是顺流而下，渡海回到本国。后来过了不久，赖时就死去了。

原来听说，胡国在震旦遥远的北方，现在看来，莫非是和陆奥国边陲的夷地隔海遥遥相对。这件事是赖时的儿子宗任法师在筑紫时对人提到的。

第十二篇

镇西人偶至度罗岛[①]

古时，镇西××国××郡有个商人，约了许多人共乘一船，渡海远去陌生的国度贸易，回国途中，遥遥望见在镇西西南方的海上有个大岛，岛上像是有人居住。船上的人们看到这个岛心想，原来这里还有这样一个大岛，何不上去找些食物，于是就划船傍岸，一同登上岛去，上岸之后，有的去观察地形，有的去找××作箸，都四散走开。

就在这个时候，忽从山那边传来很多人的脚步声，大家怕在这样地方遇到什么鬼怪，认为还是早些离开为妙，就奔回船上，驶向海里，他们为了知道这些脚步声，究竟是些什么人，就从船上向岛上张望，只见走来了一百多个汉子都头戴软胎礼帽身穿白色衣裤，船上的人看罢心想，来的原来是人，这就没有什么可怕的了。但只一想，在这个生疏的地方，他们人多势众，很可能遭受杀害，还是离远些为妙，于是就越发把船划得离岛远远的观看动静。这伙人赶到岸边，见船已离岸，便跳下海来追赶。船上的人原本都习过武艺，各自带着弓箭兵器，于是个个拿起弓来，把箭扣在弦上喝道："什么人敢如此追赶！若再逼近就要放箭了！"这伙人并无弓箭和防身兵刃，或许看见船上人多，又各执弓箭，

① 即今朝鲜济州岛。

望了半刻就一声不响地返回山中去了。船上的人当时很纳闷，但怕这伙人再追，就离开那里驾船驶向归途了。

他们回到镇西以后，纷纷传说此事，有一老者听了后便说："那个地方一定是度罗岛，我听说岛上的人长得虽然和常人一样，却是吃人的，如果有人不知底细误入岛中，他们就一拥而上，捉住杀死吃掉。你们还算聪明，没等他们赶来就逃开了。如果让他们逼到跟前，恐怕再有千百支弓箭，也难以抵挡，一个也难逃活命。"船上的人听了这番话，大吃一惊，越想越觉得可怕。

以后，人们就把那些什么肮脏东西都吃的似人非人的贱民叫作度罗人，××想，船上的人是听老者说后才知道什么是度罗人。这件事是上京的镇西人传说出来的。

第十三篇

路过大峰的僧人误入酒泉乡

古时，有个虔信佛道一心修行的僧人，在路过大峰的时候，走错了路，走进了一个他从来没到过的山谷，撞来撞去最后走到一个大村镇。

僧人心中大喜，想找个人家打听打听“这个村子是什么地方”，正走之间望见村中有一泓清泉，泉上叠石为墙，并有覆盖，很是幽雅。他赶上几步想喝点泉水解渴，一看泉水却是黄的。他想这泉水怎么发黄呢，仔细一看，原来涌出来的不是水，而是美酒。

僧人正惊愕地望着泉水发呆，就从村里走出很多人来，问道：“你是什么人?”僧人回答说，自己在路过大峰时走岔了路，糊里糊涂走到了这里。内中就有一人说道：“那么，随我来!”说着带着僧人便走，僧人吓得面无人色，心想这要把我带到什么地方，莫不是带去杀我，但又不敢不走，只好跟随这个人身后向前走，走不多时，来到一个大户人家的门前，只见很多人出出进进，煞是热闹。从门内走出一个年长的男子问僧人来此经过的缘由，僧人又按方才的话说了一遍。

于是这个老者便请僧人进入室内给他吃了些食物，然后叫来一个年轻的汉子吩咐道：“把这个人带到那个老地方去!”僧人想这老者必是乡长，可是要把我带到哪里去呢，不禁有些踌躇，就听这个年轻人说："随我来！"说着带他就走，僧人虽然害怕，但也无法逃脱，只好跟着他走，来到一座荒僻的山下，汉子说道："实话告诉你吧，把你带到这里来，就是为了杀你。我们一向是把误入此境的人一律杀掉，以免他们回去揭露这里的情形。所以，外人至今也不知道有这样一个村落。"僧人一听吓得魂飞天外，哭着哀告道："我虔修佛道，为了普度众生，在路过大峰的时候发起菩提心，历尽了千辛万苦，不料走岔了路，误到此地，以致要断送性命。人生终有一死，我并不以此为苦。但是，你们无故杀害修行佛道的人，却是莫大的罪孽，不能救我一命吗？"汉子说："你说的确有道理，本想可以把你放走，只怕你回去讲出这里的情景。"僧人说："我回去绝不谈这里的情形就是。人生最宝贵的是性命，只要能保住命，我怎敢忘掉你的恩情。"汉子说："你是个僧人，又虔修佛道，我就救你一命吧。只要你答应不说哪里有这样一个所在，我可以暗地把你放走，谎报说杀死就是了。"僧人大喜，便赌咒发誓，一再表示绝不走漏消息，汉子便说道："既然如此，望你谨守誓言，千万不要乱讲。"再三叮咛之后，指示路径放他回去，僧人向汉子礼拜，并且说永世不忘这大恩大德，然后洒泪而别。他沿着汉子指的路，不久就走到来时的路上。

僧人本是个不守信义随口乱讲的人，回到家乡，便把那许下的誓言丢开，逢人便谈论这件事，听了的人也都啧啧称奇，于是僧人越发把那个乡村的景况和有什么酒泉等等，绘声绘色地说个不停，因此，有些年轻好事的人说："听你讲的这些话，怎能不去看看。如果那里住的是什么鬼神，也许能吓住人，听来也不过是些普通人，就是再凶猛，也没有什么了不起的。咱们一定要去看看。"

于是就有五六个胆大力壮武艺高强的年轻人，各带弓箭，手持兵刃立时要和僧人一起前去，有一些老年人便说："这真是无聊的勾当，他们是本乡本土，必有准备，你们人地生疏，怎能占得便宜。”就阻止他们前去，但是，这些人以为话已出口，不肯听从，加上僧人从旁怂恿，终于行成。

这一行人去后，他们的父母亲属都不放心，很是焦急。加上当天没回来，第二天又空盼了一天，又过两三天还是不见回来，他们越发忧愁不安，但也无计可施。这一行人始终也没见回来，他们的家人悲愁长叹，却没有一个人敢去探望，后来就音信杳然了。

看来他们是全被杀死了，而且连个确实消息都未能传回来。这个僧人讲说此话，真是毫无益处，如果他能不说，自己不死，也不至连累这许多人，那该多么好呢。

由此可见，人绝不可言而无信，胡说乱道。固然僧人不应该胡说，但是去的那些人，也未免太愚蠢了。此后，再也没听人传说那里的情形。这件事是由亲自听到僧人讲说的人传说出来的。

第十四篇

路过四国边地的僧人误入深山被打变马

古时，有三个虔修佛道的僧人，结伴到四国边境地方云游，所说的四国的边境就是伊豫、赞岐、阿波、土佐等地的海浜。他们走着走着，走进一座深山，不想失迷了道路，只好求佛保佑他们找到海浜。

他们最后走到一座绝无人迹的深谷，越发感到恐慌愁闷，正分开荆棘前进时，忽然看到一块平地，四周还围着篱笆。他们想，这里必有人家，就高兴地走进门里观看，果然有几间房屋。他们因失迷路途无处安身，如今哪怕屋中有鬼怪，也顾不得许多了，于是走到房前说："讨教了。"这时候听屋内有人问："谁呀?"他们便说："我们是失迷路径的修道僧人，请指给我们应该往哪里走。"就听屋里说："请稍待片刻。"不多时从屋里走出一个年约六十的老和尚，面貌狰狞，十分可怕。

老和尚招呼他们进来，事到如今三个人也顾不得他是鬼是神，便走进屋内，在地板上坐下，老和尚说："你们一定走得又乏又饿了。"说罢不多时便给端来了很洁净的饭食。他们心想原来他是个常人，很是高兴，就把饭食吃下。这时再看，老和尚突然满脸杀气，呼唤来人，吓得他们胆战心惊，一看来的又是个形状奇特的法师。老和尚吩咐说："把那套物件取来。"法师便把马辔头和鞭子拿来了。

老和尚又吩咐说：“给我照样料理了！”这法师便从地板上拖下去一个僧人，那两个僧人正想这是做什么，只见他已把僧人拉到院里用鞭子抽打，足足抽打了五十下。只打得那个僧人高声喊叫“救命”，但是这两个同伴又怎能救得了他呢。那僧人又被剥光衣服，抽打了五十下。这一百鞭子打得那个僧人趴在地上再也站不起来，老和尚又吩咐说：“把他拉起来！”法师便把他拉了起来，同行的僧人一看，他已经变成了一匹马，抖擞着身子站在那里，法师给他××辔头用手牵定。

那两个僧人看罢大惊，心想这是怎么回事，简直不是人间世界，我们一定也要遭同样毒手，心中痛苦不安，茫然自失。正寻思间，另一个僧人也被从地板上拽下去，照样抽了一顿鞭子，拉起来，也变成了马站在那里。于是这两匹马都被××辔头拉到屋后。

最后这个僧人一想自己也要和他们一样被拖下去抽打，很是伤心，便在心里不断祷告自己日常敬奉的正尊：“快来救我！”这时，老和尚吩咐法师说：“把这个僧人，先放一放再说！”接着回转头来对僧人说：“好生待在那里！”僧人只好坐着不动，不久天也黑了。

这个僧人心想，我与其等着变马，莫如设法逃跑，即便被捉回来杀死，反正是舍弃身命罢了，但又想自己身在山中，如何能找到脱身的路径，还是索性投水一死吧。他正胡思乱想，焦灼不安时，只听老和尚唤他，他便回答道：“我在这里。”老和尚吩咐道：“你到屋后那块田里看看有水没有水！”他战战兢兢地走去一看，田里有水，回来便说道：“有水。”又一想，这莫非也是为了收拾自己，几乎吓死过去。

等人们入睡以后，僧人打定主意逃走，他连经箱都顾不得背，就只身逃了出来。他信步跑了一里多路，又碰见一所房屋。他不知道这又是什么所在，心中害怕，便想赶忙脱身离开这里，却见房前站着一个女子问他道："你是什么人？"修道僧人恐慌地将自己的遭遇说了一遍，最后说："因此打定主意，决心投河一死，才逃到这里来了，请救救我吧。"女子说："唉！真是那样，太可怜了！先请进来吧。"僧人就走进房去。

女子说："这种令人不快的事我看了不止一年，只是力难阻止。不过这次一定设法救你。我就是你方才投宿的那家老和尚的长女。我有个妹妹住在山下，距此不远，那是如此如此的一个所在。只有她才能救你，你可说我打发你去的，把这封信带去吧。"立刻写了一封信交给僧人又说："他们不仅把那两个修道僧人变成了马，还打算活埋你。叫你看田里是否有水，就是要活埋你。"这个僧人听罢暗想，自己幸亏逃了出来，哪怕能多活片刻，也是佛祖保佑，接过信来，向女子合掌礼拜一番，匆匆跑了出来，他按照女子所指的方向跑了四里多路，看到荒山边上有所房屋。

他想一定就是这里，便近前去请人通报说："这里有封信，请交给你家主人。"有人接过信，送进屋去，出来说道："请进屋里来。"他便随着进去了。屋里也有一个女子，她说："多年以来我也不满家父的行径，姐姐既然打发你来，我就救救你吧。但是，我这里也有极为可怕的事，你暂且藏躲起来。"说着把他藏在一间屋里，又叮咛说："你千万不可出声，时候已经到了。"这个修道僧人，不知道要发生什么事，吓得一声不响地呆坐在那里。

过了片刻，走进一个狰狞可怕的人，带着一股扑鼻的腥气。当他正寻思这又是何人之际那人已经走过来，和这家女子闲谈起来，谈罢便双双睡下。凝神再听，来人和女子欢会之后，便自走去，这才知道女子原是鬼怪的妻子，因此常来这样求欢，不觉毛骨悚然。

后来女子给他指出出山的路径，并说："像你这样死里逃生真不多见，你应该为自己称幸。"僧人和主人告辞时，又礼拜了一番。出来以后，他沿着女子所指的道路走去，不觉东方已经微明，约莫走出十几里路时，天光大亮，一看已然来到已往走过的大路上了，这才放下心来。当时他那高兴的心情简直难以形容。从这里他又找到一个村庄，走进一户人家，把自己经历的事原原本本说了一遍，这家人一听也说："真是怪事！"村里人听说这个消息也都来问讯。他逃出的地方就是××国××郡××乡[①]。

那两个女子都曾再三叮嘱这个修道僧人不得向外人言讲，她们说："我们冒着这样的危险救你一命，你可千万不要把这里的情形说给别人。"但是，遇到这样的怪事，他怎能不说，所以终于宣扬出去。当地年轻好事，武艺高强的一些青年就计议道："我们带兵前去如何。"但因不识路径，只得罢休了。

再说，那个老和尚一定是以为修道僧人不识路途逃也逃不出去，因此才没有随后追赶，这个修道僧人却从那里沿着大路上京去了。后来，再没听说那座山究竟在什么地方。一个活人居然被打得变成了马，真是不可思议的事。这或许就是所谓的畜生道吧。这个僧人回京以后，为了两个变马的同修，格外修了善根。

由此可见，虽然说是舍身苦修也不可能到完全陌生的地方去。相传这件事是修行的僧人亲口对人讲出来的。

---

① 因为这是一种人变动物的传说，各处都有相同的故事，没有一定的地方，所以这里虚指郡乡，据原校订者说，并非原文的脱简。

第十五篇

北山狗娶人为妻

古时，京里有个年轻男子，到北山一带游玩，天眼看黑了下来，迷了路彷徨在从没到过的荒山里，回不去家，正愁今晚无处投宿，忽然隐约望见谷底有间小屋，心想一定是有人居住，就满心高兴地走近一看，果然是一座小小的茅庵。

听见外边的人声后，庵里走出来一个眉清目秀，二十上下的年轻女子。男子一见，很是高兴。女子瞥了他一眼，吃惊地问道："你是什么人，怎么来到这里?"男子说："我是游山的，因为走岔了路，不能回家，天黑以后，正愁无处投宿，忽然望见这里，就满怀高兴地赶奔来了。"女子说："这里不是寻常人能来的，而且这座茅庵的主人如今就要回来，我如留你住下，他一定怀疑你是我的熟人，这却如何是好。"男子说道："一切全靠你善为安排，我是无法回家，反正今夜只好宿在这里。"女子说："那就这么办吧。你就说你是我多年不见，朝夕怀念的哥哥，不料游山至此，失迷路途，来到这里。这些话要牢牢记住，但是回京以后，千万不要对人说这里还有我这样一个人。"男子心中大喜，说道："这太令我高兴了，我牢记心里就是。既然你这样吩咐，我怎能再对人说。"女子便将男子让到里边，在一间屋里铺好席子让他住下，又凑过来悄悄说道："实不相瞒，我原是京里某某人的女儿，不料被怪物抢来，霸占为妻，在这里住了多年。和我同居的那怪物就要回来了，你马上就会看到。不过，我这里倒不愁什么衣食。”说罢潸然泪下。男子听罢，心想，这是什么怪物，莫不是一个鬼怪，不禁有些害怕。夜深之后，忽听外边传来凄厉的号叫声。

男子听了，吓得缩成一团，女子走去开门，男子一看走进来的是只大逾寻常的白狗。男子想原来是狗，那么这女子就是狗的妻子了。狗进来之后，就站在那里望着男子号叫，女子出来哭着说道：“他就是我多年想念的哥哥！不料误入山中，偶尔来到这里，真使我又惊又喜。”狗听了仿佛吃惊似的，就走到灶前卧下。女子就坐在狗旁边披麻纺棉。后来给男子送来了非常洁净的饭食，男子吃罢睡下，狗也走进里面和女子安歇了。

天亮后，女子又给男子送来饭食，并悄悄对他说：“我再叮嘱一句，你可千万不要对外人说这里如何如何，以后常来吧，我说你是我哥哥，它也信以为真了。你要用什么，我一定给想办法。”男子恳切地说道：“我绝不对外人说，以后再来看你。”吃完就回京去了。

回京之后，男子逢人便说：“昨天我走到某某地方，遇到怎样怎样的事情。”听到的人觉得有趣，就又说给别人，于是人人都知道了。其中有些年轻好事的鲁莽小伙子凑在一起计议道：“走吧，听说北山一座茅庵里狗娶人为妻，我们去把狗射死，把它的妻子抢回来。”说罢让前次去过的那个男子引路，一起动身。

他们大约有一二百人，各执了箭兵刃，跟着男子前进，到了那里一看，谷底果然有座小小茅庵，不禁高声喊嚷：“就是这里！就是这里！”狗听见喊嚷声惊慌地跑出来观看，它瞥见有前次来过的那个男子，就立刻回到庵里，不过片刻便推着女子从庵里出来，向后山走去。众人围成一圈，众箭齐发，不料却都未能射中，当他们随后追赶时，狗和女子早一起蹿进山里去了。大家说道：“这绝不是寻常的狗。”就都回去了。前次来过的那个男子，刚一到家便嚷“心里难受”，躺了两三天便自死去。

据知多见广的人说："那只狗一定是神物。"那男子真不该对人言讲此事，这就是不守信义，自取灭亡。后来再也无人知道狗的下落。据说这种事发生在近江国，那只狗或许真是什么神物吧。

第十六篇

佐渡国人被风吹到不知名的海岛

古时，佐渡国有许多人共乘一船出海，不料正航行时，海中突然刮起南风，船像射箭一般地被吹向北去。船上的人以为这次必将毁灭，就收起橹桨，任风吹去，忽见海上有座孤岛，便想设法到那座岛上避风，后来果然如愿以偿把船靠近了海岛。

他们以为这一来性命可以暂保无虞了，正不顾一切想下船去，只见岛上走出个人来，看样子既不像大人也不似孩童，用白布包头，身材高大，模样完全不像世间上的人。船上人一看，吓得惊疑不安，心想这一定是什么鬼怪，我们竟撞到鬼怪的岛上来了。只听岛上的人说道："来的是什么人?"船上的人答道："我们是佐渡国人，乘船在海上航行时忽遇暴风，不料被吹到这个岛上来了。"岛上人说道："你们可千万不要上岸，上岸可就对你们不利了。食物倒是可以给你们一些。"说罢走回去了。

过了不大工夫，来了十几个同样打扮的人。船上人以为是前来杀害他们，再看这些人身材如此高大，力量自然可想而知，不禁万分惧怕。岛上的人们走近前来说道："本应让你们到岛上来，但是上岸以后，将对你们不利，你们先把这些食物吃下，过一会儿，风息之后，你们就可以返回本国了。"说罢拿出葡萄和芋头给大家吃，于是他们就饱餐了一顿。葡萄颗粒很大，芋头也大逾寻常。岛上人还说："在这座岛上就是吃这些食物过活的。"后来风息了，他们就开船返回本国去了。

可见，这并不是鬼怪，有人怀疑是什么神人。世上真有这样的奇事。船上的人回到佐渡国谈起此事，听到的人也都觉得非常害怕。

这座孤岛莫非不是什么外国，因为岛上说的是我国语言，只是身材特别高大，相貌有些不同而已。这件事距今并不过久，据说就发生在佐渡国里。

第十七篇

常陆国××郡冲来巨尸

古时，有位藤原信通朝臣来到常陆国充任国守，在他任期将满那年的四月前后，突然卷起了极其可怕的暴风，海上波涛汹涌，就在这天夜里，××郡的东海浜地方冲来了一具死尸。

这具死尸躺在海滨，身长五丈有余，半边身子埋在砂里，当人骑着高头大马绕到他身边时，也仅仅露出背上所插的弓梢，这个死尸有多么高大也就可想而知了。这具死尸的头已经齐颈截去，右手和左脚也都不见，无疑是被鲨鱼咬掉的，如果头和脚手俱在，那就越发惊人。因为他面朝下埋在砂里，辨不出是男是女，不过，从体形和肌肤看来，像是个女人。当地人发现以后，无不惊惧，都纷纷谈论这桩事。

陆奥国海道地方，有个名唤××××的地方官员，听说冲来一具巨尸，也派人前去查看。因为巨人埋在砂里，不辨男女，看来像是个女子。据一位有智慧的和尚推测说："佛未曾说过在这一世界还有出生如此巨人的地方。我想或许就是什么阿修罗女。从体形清秀来看，可能不差。"

这事发生以后，国守以为"这件奇事不能不使朝廷知道"，决定备文申报，可是当地百姓说："若呈报上去，朝廷必定派人来查检，京官一来少不得又要接待支应，为地方添许多麻烦，最好隐藏。"因此国守就把这事隐藏起来，没有呈报。

当时，这个国里有个名唤×××××的武将，他看了这具巨尸说道："如果真有这样的巨人来攻，那将如何是好，让我试一试箭能否穿得透。"说罢一箭射去，这支箭深深穿进巨人肉里。听到这件事的人都称赞说"这一试很有用处"。

却说，这具死尸经过多日之后，逐渐腐烂，恶臭难堪，附近二三里的居民，都难以停留，便远远躲开了。

这件事虽然隐瞒起来没呈报朝廷，但在国守回京以后也就传说出去了。

第十八篇

越后国冲来小船

古时，当源行任朝臣来越后国任国守时，××郡的海浜冲来一只小船。船宽二尺五寸，深二寸，长一丈左右。有人发现以后，心想，这是做什么用的，莫非是故意抛进海里做耍的玩意儿，仔细一看，小船帮上每隔一尺左右就有一个被桨磨成的坑，而且很深。这才判明，小船果真有人坐过，心想，乘坐这样船的人该多么小啊，不禁十分奇异。他说："这样小的船桨如果划动起来，可能和蜈蚣脚爬动不相上下，真是世上罕有的东西。"于是便把小船送到国守衙中，国守一看，也很是惊讶。

有些上年岁的人说道："以前也冲来过这样的小船。"由此可见确乎有能坐这种小船的人，他们也许就住在北方世界。越后国虽然常常有小船冲来，但是别的国却从来没有听说发生过此事。

据说这件事是国守上京后说给他的眷属亲友，才传开来的。

第十九篇

爱宕寺铸钟

古时，有位名唤小野篁的人，选建了爱宕寺，并且请了一个铸造匠为这座庙铸造大钟。铸造匠说道："我铸的这口钟可以不用人撞而自报十二个时辰。但要在铸成之后埋在地里三年。从今年算起，在三年届满第二天，才可以把它刨出来。如果在期前或是过期再刨，都不能使它自报时辰，这就是我在钟里设下的机关。"说罢这位铸造匠便转身走去了。

却说钟自埋进地里以后，庙里的住持等了两年多，就等得不耐烦了，还没到三年后那天，便不顾铸造匠的嘱咐把钟刨了出来。因此，这口钟就成了寻常的钟，不能不用人撞而自报十二个时辰了。如果按照铸造匠的嘱咐，到了那一天再刨，这口钟无疑能不用人撞而自报十二个时辰。果真这样，那么钟声所及，无论遐迩，都可以知道正确的时辰，该有多么美妙。

当时人们纷纷责难说："住持这件事做得真是令人痛惜。"由此看来，心浮气躁，轻举妄动的人，必然会这样败坏事体，也是由于愚而好自愎所致。世人要记取这件事，切不可刚愎自用。

第二十篇

灵岩寺住持凿碎岩角

古时，北山有座灵岩寺，是妙见菩萨显圣的地方。寺前百来丈远的地方是个岩角，那里有个弯下腰才能通过的小洞。这座庙极有灵验，各地的人争来进香朝拜，因此建造了许多僧房，香火很盛。

这时，三条天皇正患眼疾，就有人奏请圣驾亲幸灵岩寺礼佛，只因这个岩角挡路，御舆难以通过，于是决定中止此行。住持听了这个消息，心想，圣驾行幸到此，我就能封为僧纲，如果不来，就失去这个机遇，于是说道："为了迎接圣驾应该把这个岩角削去。"便雇了许多人工，打来很多柴草，堆积在岩角上下准备架火焚烧。庙里有些年老的和尚说道："这座庙所以灵验，就是因为有这个岩角。如果削去它，那就失去灵验，这座庙就要荒废了。"言罢相对叹息，住持当时所以这样蛮干，只是为了个人禄位，众和尚的话怎能使他听从，他对这些言语，置之不理，仍然在堆着的柴草上点起火来。

灼热的岩石经过铁槌一打，纷纷碎成小块，这时从碎裂开来的岩角中突然发生了许多人的哄笑声。众寺僧见此光景纷纷议论说："这可非同小可，这座庙算是毁了，住持一定是中了魔障。"大家都憎恶这个住持，咒骂不已。岩角虽然削去了，圣驾也没行幸，住持落了一场空欢喜。

后来，这个住持遭到全寺和尚的厌恶，也无法到庙里来了。此后，这座庙日渐冷落，堂舍僧房全都倾塌，僧人也都星散，最后竟变成一条樵夫上山砍柴的山径了。

仔细想来这个住持的作为真是无聊。既然没有位到僧纲的因缘，纵然削去岩角又有何益！他愚昧不明，不懂因果，不仅个人的美梦落了空，而且反把一座灵验的圣地也葬送了，真令人言之痛心。可见，灵验与否，有时也要依地而论。

第二十一篇

能登国的鬼寝屋岛

古时，能登国的海上有座鬼寝屋岛。这座岛上盛产鲍鱼，多得像河滩里的石子，因而住在该国光岛海滨的渔民，都渡海到这座鬼寝屋岛来采取鲍鱼，［作为赋税，］上缴国司。从光岛海滨到鬼寝屋岛要走一天一夜。

此外，在鬼寝屋岛的后方海上还有一座猫岛。从鬼寝屋岛往这个猫岛，顺风也要走一天一夜，由此可见路程之远和到高丽不相上下。但是，人们是××不到这座猫岛去的。光岛海滨的渔民从鬼寝屋岛回来，每人便可向国司上缴一万个鲍鱼，而且一次就去四五十人，所收鲍鱼之多，可想而知了。

当时，有个藤原通宗朝臣任能登国国守，在他任期届满的那年，光岛海滨的渔民从鬼寝屋岛回来，照例把鲍鱼上缴国司，但是他下令又格外多征，逼得渔民无法应付，就都迁回越后国居住，从那里采取鲍鱼了。于是光岛海滨变成了无人之乡，往鬼寝屋岛采取鲍鱼的事，也就无形中断了。

贪得无厌是人的大害。为了想一次多征，到头来反而落得一无所获。直到现在，国司还无鲍鱼可收，因而国中人们纷纷指责通宗朝臣说，他做得太不当了。

第二十二篇

破坏赞岐国满农池的国守

古时，赞岐国××郡有个大池塘名叫满农池。这个池塘是高野山弘法大师为了便利这一国的百姓雇工修筑的。

这个池塘堤坝高耸，四周宽阔，看来如同江海，不像是个池塘，从此岸一眼望不到彼岸，池塘的宽阔就可想而知了。这个池塘筑成以后，从没坍塌，当地的百姓种田都从这个池塘引水，即使遇到干旱，大片的农田也能得到灌溉，因而大家都非常高兴。并且由于上游许多河的流水，都注入这个池塘，所以池里永远蓄满清水，池里还有无数的大鱼小鱼。当地的百姓当然也来捕捞，但是鱼多得满池都是，捕捞不尽。

后来有个名唤××××的人，来到这里做国守，一天，国里的人们和国守衙中的人们在一起闲谈，有人顺便说："哎呀，这个满农池的鱼简直多得数不清，还有三尺长的鲤鱼哩。"国守听到这个消息以后，就起了贪念，想方设法捕捞池塘里的鱼，但是池水极深，人不能下去撒网，就在堤坝上凿开了一个很大的放水洞，并在洞口下边设置了拦鱼的设备，然后开始放水，这一来，大量的鱼随水从洞口流了出来，所获无算。

事后，虽曾设法堵塞这个洞口，但是因水势很猛，堵塞不住。这座池塘在堤坝上，原来安有闸门，是通过水管放水，所以保持得很好，但是，这个放水洞是掏空堤身放水的，因而越冲越大，后来一场暴雨，上游山洪暴发，池水陡涨，结果就因这个放水洞决了口，整个堤坝全被冲垮了。于是，池里的水一泻而下，国中的土地房屋全遭淹没，鱼也全流了出来，人们到处可以拣到。从此以后池里的水就大为减少，残破的池塘一天天坍塌下去，现在连一点痕迹也看不到了。

细想，这个池塘就毁在国守的贪心上。这个国守该遭受怎样的报应啊。把那样尊贵的下凡菩萨为造福众生所筑的池塘毁掉，罪恶是难以衡量的。由于这个池塘决堤，冲毁许多房屋，淹没大片田地，这些罪孽也应该由国守来负。更何况池里那么多的鱼全被取光的罪责，除了国守而外，又该由谁来负呢？这个国守做事太不该了。由此可见，人应该抑制无厌的贪心。国中人直到今天还在怨恨这个国守。据说这个池塘堤坝的模型还没丢失。

第二十三篇

多武峰成为比睿山的下院[①]

古时，比睿山有位尊睿律师，他在山上修行多年，兼习显密之法，不仅是个有道的高僧，还是个高明的相士。后来下山到了京里，住在云林院中。

这时，无动寺的庆命座主还很年轻，是一位阿阇梨，一天，这位尊睿律师见到庆命阿阇梨便说道："尊相贵不可言，可以看出，将来一定是这座山上的佛法栋梁。再说我也年老了，活在世上也不会有多大作为。我想把这僧纲的职位让给你，你是亲自伺候关白大臣的人，关且很受大臣器重，你就去和大臣说吧。"阿阇梨心里高兴，便向大臣说了。这里说的大臣就是建造法成寺的那位藤原道长大人。大臣一句很喜爱庆命阿阇梨，一听这番话便说道："那很好。"就按照尊睿的意愿把庆命阿阇梨升为律师了。

后来，尊睿发起道心，离开本山闭居在多武峰，一心为修后世唱念佛号。多武峰本来是［藤原氏始祖镰足公］祠堂所在的圣地，但是没有显密佛法，自从这位尊睿律师住到多武峰后，就推广真实密法，教授天台法文，培养出许多学僧，不仅举行法华八

① 僧寺分设他地，而名义上仍然隶属本寺的，称下院。下院对本寺，称为上院，或本山。

讲会①，还创始了法华三十讲会②，把这里变成佛法之地了。尊睿心想，这里虽然已经成为佛法流传之地，但还没有上院，既然同样找上院，我何不把它献给本山作下院呢，主意打定之后尊睿便叫那位亲自伺候关白大臣，深得宠信的庆命座主去探询大臣的意见，关白大臣听罢说道："那最好了。"又说："立刻合并吧。"便把多武峰命为妙乐寺，改名比睿山的下院。

当时山阶寺的僧众，听到这个消息就纷纷议论说："多武峰本来是大织冠藤原镰足公的祠堂，按理应该做山阶寺的下院，为什么竟把它作为延历寺的下院呢。"于是就根据理由向关白大臣提出申诉。关白大臣因为已经答应过作为延历寺的下院，就驳回了那个申请说： "此事已经决定，难收成命。"他们的愿望终于未能实现。

由此可见，"先下手为强"这句话是不错的。无论古今，成命是不能变更的。如果山阶寺申请在先，一定就成为它的下院了。尊睿善找机缘，已得大臣应允，山阶寺事后申诉，又怎能获准呢！多武峰终于成为比睿山的下院，直到现在，天台宗的佛法还很昌盛。据说这位尊睿就是多武峰的开山祖。

---

① 佛教行事，即在朝座、夕座各讲一卷，用四天的时间讲完法华经八卷的法会。

② 佛教行事，即把法华经二十八品和开经的无量义经一卷及结经的普贤观经一卷合为三十，用三十天的时间讲完的法会。

第二十四篇

祇园成为比睿山的下院

古时，祇园本是山阶寺的下院。在它的正东有座莲花寺，是比睿山的下院。

这时，祇园的住持是良算和尚，他是一个有钱有势、诸事称心的僧人。却说莲花寺大殿前有一株绝妙的枫树，十月前后红叶的色彩很是鲜艳，于是祇园住持良算便派人去折，莲花寺的住持觉得于理不合，便制止他说道："祇园的住持虽然有钱，也不能擅自派人任意攀折天台下院的花木啊！真是岂有此理。"去人遭到制止，没能折到红叶便回禀良算说："他们这样说不让折。"良算大怒道："他们既然这样说，索性我就把这株枫树连根砍掉。"便打发仆从们去砍树。莲花寺制止良算派人折红叶的那个住持，料到良算必然打发仆从们来砍这株树，便在他们还没到来之前，亲自动手把这株枫树齐根砍倒了。良算打发去的仆从们赶来一看，树已伐倒，便回去把这情由禀告了良算，良算一听越发怒不可遏。

这时，比睿山横川院的慈惠僧正是天台座主，正在法性寺为关白大臣修法祈禳，莲花寺的住持把树伐倒以后马上跑到法性寺，向座主报告了经过。这位座主是当时佛教中没人能跟他分庭抗礼的人，一听此言大怒，便派人召唤良算，良算放肆地说道："我是山阶寺下院的住持，天台座主为什么随意传唤呢。"拒不前来，座主一听越发动怒，便将三纲[①]唤下山来，命令他们代写一张情愿把祇园献给延历寺的文书，强迫祇园的神官、值年等人，“在文书上画押”，众神官无奈就画押了。

后来，座主说道：“如今祇园已是天台山的下院，应该立即把住持良算赶出庙去。”就派人去赶良算。良算毫不在意，招雇××公正、平致赖等武将手下的兵丁，构筑工事，加紧操练准备迎战。座主闻报更是暴跳如雷，立即派睿荷、入禅二僧前往祇园驱逐良算。睿荷原是住在西塔平南房的和尚，武艺高强可称第一，入禅和尚，是上面所说平致赖的兄弟，也极骁勇。二人去到那里，便向良算的守军讲说利害：“你们如果随便放箭作下坏事，可要担心后果。”良算所雇的致赖手下的兵丁，一见入禅来到，都说：“原来是山上的禅师到了。”便向后山逃去。于是顺利地赶走了良算。

后来派睿荷做了住持，执掌事务，不久，山阶寺的僧众联合起来向朝廷再三申诉说：“祇园自古就是山阶寺的下院，为什么延历寺要霸占去，请朝廷降旨，依旧划为山阶寺的下院。”也许因为朝廷迟迟没有批示，于是山阶寺的大批僧众蜂拥进京占据了劝学院。

朝廷闻报大惊，决定当众裁决此事。［这里要补叙一句］那位座主慈惠僧正已经在这以前死去了。当山阶寺的僧众在劝学院等候批示时，一天，朝廷传下旨意，宣布：“明日当众公断。”这次率领僧众闹事的为首人是山阶寺的中算，他进京后，就住在劝学院附近的一座小屋里。在朝廷降旨那天傍晚，众弟子都围坐在他的面前。这时，中算突然说：“现在有人来，你们暂且退下。”众弟子遵命退到后边，这时，虽不见有人从外边来，却听到中算在房中和人谈话，都不禁感到奇怪。稍时，中算又呼唤弟子，众人

① 按三纲为佛家用语。此指日本寺院中统辖众僧的一个僧职，即上座、寺主、都维那。

走出来，只听中算说：“刚才比睿山的慈惠僧正到这里来了。”众弟子听罢心想，师父怎么说出这样话来，慈惠僧正不是早已下世了吗，吓得没敢出声。

却说，到了朝廷当众公断的这天，中算突然说：“我得了腹病。”没有出庭，由于山阶寺方面无人在场据理力争，结果没获得有利批示，所以僧众也三三两两返回山去，祇园终于变成了比睿山的下院。

这事虽然是由于一个微不足道的良算恃强欺人引起的，但细想起来，应该怪慈惠僧正要把祇园据为己有的贪心太盛了，所以死后，他的魂灵还要去找中算，请求允诺，因此中算才突然借口得了腹病没有出庭。假如［能言善辩的］中算出了庭，公断的结果还不知道要有怎样的变化呢。可见慈惠僧正的魂灵也料到了这一点，才来请求中算的，此后他的弟子们和听到此事的人们，都知道中算不是一个凡人。

第二十五篇

丰前大君通晓世务

古时，××天皇朝代，有位丰前大君，是桓武天皇第五皇子之孙，位列四位，官居刑部卿，还作过大和国国守等职。

这人心地正直，通达世务，凡关朝廷施政的得失功过，他都清楚知道。每次除授外官时，凡有出缺的国守，总有很多人依序递补，他能根据国的大小，推测出每个国选授的国守，例如“某某人一定补某某国，某某人虽然理由很多，要求递补，恐怕也不会成就。”在策命的次日清晨，凡是如愿以偿的人都到这位大君府上称赞他的推断。这位大君的预测能丝毫不爽，所以，举世之人都说：“这位大君关于外官的升迁的预测，实在太高明了。”

在除授以前，到大君处问讯的人很多，大君就按自己的预测一一回答，听说谋事有成的人就搓手称庆，临走说：“这位大君真是奇人！”听说谋事无望的人就大怒说：“这个老大君真是信口胡说，一定是崇信路神中迷了！”就拂袖而去。

当大君预测中选的人没中选，而选授了别人时，便诽谤朝廷说：“这是朝廷遴选无方。”因此天皇也说：“且看丰前大君对除授有何说法。”常对近侍说：“且去问大君看！”

据说古时就有过这样的奇人。

第二十六篇

巫女打卧御子

古时，世上有个名唤打卧御子[①]的巫女，自古以来，虽然没曾听说过有贺茂的巫女，人们却说在她身上附体的是贺茂御祖神的儿子贺茂若雷神。至于她为什么名唤打卧御子，就是因为她下神时卧着说话，才有此名。

京中上中下一切人等都来向她问卜，不管是过去还是未来和当时，她都能指出休咎，说得丝毫不爽，因此，人们对她真是信奉得五体投地。后来法兴院关白大臣藤原兼家也时常把她唤去问卜，见她解答得非常正确，就深信了她。由于她常到府里走动，有时大臣就让她捧冠递带，甚至在问卜时让她枕在膝上。大臣所以经常唤她来问卜，是因为她应对称旨。

对大臣的举动当时有人也啧有烦言，尽管她谈论休咎一点不错，但是让一个巫女枕在膝上，来免有失体统，难怪有烦言了。

① 打卧御子系原文，译意只是“卧巫”，因为她下神的时候卧着说话的缘故。

第二十七篇

兄弟二人种植萱草紫菀

古时，××国××郡一户人家，有两个男孩，自从父亲死后，就悲痛逾恒，期年不忘。古时，人死后都是砌坟土葬，所以他们也给父亲砌了一个坟，每逢思念父亲的时候，便一起去到坟前痛哭一场，如果有什么愁苦悲伤也像父亲活着一般，总要在坟前诉说一番方才回家。

后来经过了许多岁月，这两个孩子都已在朝为官成家立业，但也难免遇到一些坎坷困苦，于是哥哥想到，我若不想个办法，怎么能丢下思亲这段愁肠，听说萱草又名忘忧草，看到它，人就能把忧愁忘掉，我何妨把它种在父亲坟旁一试，想到这里便种下了萱草。后来，弟弟还是常常去问他哥哥，说："你上坟去吗?"但是哥哥总是有事不能一起去。因此，弟弟心里非常痛恨哥哥，他想，我们二人所以好歹活到今天，岂不是全凭思念父亲的心情支撑的，如今哥哥虽然把父亲忘了，但我绝不能丢下思亲的衷肠，听人说紫菀是相思草，看到它，人就能不忘心中所思，于是他便在坟边种下了紫菀，经常去看，越发不忘父亲了。

这样过了多年，一天弟弟又去上坟，忽听墓中有说话声："我是看守汝父尸骸的鬼，你不要害怕，我决保佑你。"弟弟一听，极为惊恐，就不吭声地继续谛听，鬼又说道："你思父之情，经久不逾。当初，你兄长虽然和你一样悲伤思念，但后来种下的忘忧草有了效验。你种下的紫菀也有效验，看了它越发思念父亲。因此，我非常怜惜你一片思亲的至诚。我虽然是鬼，但是也有慈悲心，而且对未来的善恶吉凶，都能知道。以后我当为你托梦预示吉凶祝福。”说到这里声音止住，弟弟听着欢喜得流下泪来。

后来，举凡日常发生的事，他都能在梦中得到预告，绝无差错，而且可以洞知吉凶祸福，这都是由于思亲之情深切的缘故。

由此看来，要想有喜事的人，应该种植紫菀经常观看，有忧愁的人，应该种植萱草经常观看。

第二十八篇

藤原唯规死于越中国

古时，越中国国守藤原为善博士有个儿子，名唤唯规。当为善外放越中国国守离京赴任时，唯规因是现任藏人，未能随父同去，在叙爵五位以后方才动身前去，不料路上得了重病，但又不能中途停留，只好勉强挣扎着赶路，及至赶到父亲的任地，病势已经非常危笃了。

为善听说唯规出京，满心欢喜等他到来，一见这副病重的样子大吃一惊，忧愁不止，立即想尽一切方法为他调治，但是毫不见效，父亲见他越发沉重起来，便说："看来今生是无望了，不如修修后世吧。"就请来高僧坐在枕边劝病人念佛，僧人俯在唯规耳边说道："地狱的苦难是述说不尽的，如今已经近在你眼前了，人死之后，还没决定托生以前，叫作'中有'，这时，独自彷徨在连鸟兽都看不到的旷野里，试想一下，那种凄凉孤独和想念阳世亲人的心情该多么难受啊！"唯规听罢，气息奄奄地说道："当我彷徨在这中有时期，能在暴雨打落的红叶和随风披靡的芦花底下，听到金琵琶的唧唧声吗？"僧人气极了，便声色俱厉地问道："你问这做什么？"唯规断断续续说道："因为我只有看到这些心里才能得到安慰。"僧人说了句："这人真是疯了！"就匆忙离开他走了。

父亲心想，既然他还没断这口气，就一直守在旁边，只见唯规忽然举手合掌，但不明白他比画什么，旁边的人心想，莫不是他要写什么，就问了一声，果然他点了点头，便把蘸好墨的笔和纸递给他，他就写道：

都中故旧尚多在，
几度思念愿一行。

最后的一个字还没写完就断气了。父亲说："大概是这个字吧！"说着填上了最后那个字收藏起来，留作亡儿的遗念。因为经常取出来，一面观看，一面落泪，日久就被眼泪浸湿，最终残破佚失了。

父亲回京后叙述这件事，当时听到的人，都非常感伤。

仔细想来，唯规该有多么深重的罪孽，连一心祈念三宝而死的人，尚且难免堕入恶道，何况他至死尚念念不忘风月，真是可悲！

第二十九篇

藏人式部丞贞高暴卒殿上

古时，圆融天皇朝代，大内毁于火，天皇移住后宫。

一天傍晚，许多殿上人、藏人正坐在条桌前共进晚餐，官居式部丞的藏人藤原贞高也在座相陪，后来贞高突然趴在桌上，喉咙像痰壅似的咯咯作响，样子难看已极，小野宫实资右大臣，当时正官居头中将也在座用膳，就吩咐尚舍局的官员说："那个式部丞的样子有些不妙，你去摸摸他到底怎么啦。"尚舍局的官员过去一摸，说道："已经死了，真是怪事，这可怎么好！"所有在座的殿上人和藏人听了都慌忙站起身来，头也不回地冲了出去。

头中将说道："事到如今，摆在这里也不是事。"就吩咐说："唤奏司局的杂役来把他抬出去。"有人问："从哪个门出去?"头中将指示说："从东门出去。"这时藏人所的属官、侍卫、出纳、女官，尚舍局的官员和杂役们听说从东门出去，就都赶到那里等着观看，头中将忽然改口说："从西门出去!"于是就用殿上的席子从西门抬了出去，那些想看热闹的人都不曾看到。

刚抬到门外不久，死者的父亲，官居三位的××[①]就闻讯赶来，把尸首领回。

有人说："这个办法真高明，没有人看见就把事办了。"头中

① 据校订者说，缺字系"实光"二字，但他是从五位下，并不是三位。

将是恻隐为怀，不忍让死者丢丑，所以才故意先说：“从东门出去。”后来又忽然吩咐：“从西门出去。”

过了十来天，头中将梦见他在宫里遇到了生前的式部丞藏人贞高。只见贞高凑到他的身边感激地诉说了许多话。贞高说：“多蒙你照拂，使我死后不致丢丑，此恩永世难忘。当天有那么多的人聚拢来看热闹，如果不是从西门抬出去，我一定要被他们指指点点谈论不休，死后还得丢尽颜面。”说着合掌称幸不置，这时，头中将从梦中醒来。

由此可见，一切事应该尽量替别人着想。头中将由于聪明过人，所以才能这样随机应变，处理得当，听说这件事的人，都对他赞不绝口。

第三十篇

尾张国国守××××将濒死的人弃于鸟部原野

古时，有一位尾张国国守名唤××××，有个女子是他的××。这女子善于咏歌，情操高雅，没有正式婚配。

尾张国国守非常爱她，把一个郡的税务交她经营，因此生活颇为优裕。她生了两个儿子，但个个愚钝不堪，半点也不像母亲，后来都漂泊他乡了。母亲年老体衰，便做了尼姑，后来尾张国国守也不加存问了。最后她只好寄居哥哥家中过着穷苦潦倒的生活，但是她生性高傲，不屑服侍微贱之人，仍然勉强地维护着尊严，后来她染病在身，眼看着不济事了，他的哥哥不愿她死在家里，就决定把她送到别处。她以为哥哥既然不愿她死在家里，或许另有打算，忽然想起清水左近有个故友，就坐车投奔那里，不料那边也变了主意，说："不能死在我家里。"她无可奈何，只好来到鸟部原野，铺好一领镶绫边的席子，下车来就坐在上面。因为她是端庄稳重的人，所以命人把席子铺在坟堆后边，自己整理好衣服端坐在那里。后来送她前来的侍女见她倒在席上，便返回去了。当时的人都道这件事太令人心酸了。

据说这女子实有其人，因为死得过于悲惨，所以姑隐其名，至于她是尾张国国守的妻子，或是妹妹，或是女儿，则不得而知。听说这事的人都指责国守做得不对，说："不管怎样，把人遗弃不管，太无情了。"

第三十一篇

在东宫侍卫班房门前卖鱼的老妪

古时，当三条天皇储位东宫时，有个老妪常到东宫侍卫班房来卖鱼。侍卫们命人买来一尝味道颇为适口，于是就经常买它作为班房佐餐的菜肴。老妪卖的是一段段的干鱼。

后来，在凉秋八月众侍卫架鹰骑马到大内北边野地去猎捕小鸟时，忽然碰见了这个卖鱼的老妪。侍卫们都认识她，心想一个老太婆到这旷野荒郊做什么呢，纵马跑过去一看，她拿着个大竹篓，还提着一根木棒。老妪看见众侍卫仿佛做了什么亏心之事一般，慌成一团就要逃开，随从们走过去要看她篓里装的什么，老妪却不让他们观看，大家觉得奇怪，夺过一看，原来是一段段切成四寸多长的蛇肉。大家奇怪地问道："这是作什么用的？"老妪××地站在那里一句话也回答不出。大家这才明白她是用木棒打敲草段，把爬出来的蛇打死，切成一段段地带回家去加盐晒干，然后出售。众侍卫不知真情，就经常命人买来当鱼吃了。

据说吃蛇是有毒的，蛇怎么能没有毒呢！因此，听说这事的人纷纷议论说，人千万要注意，切不可漫不经心买那切成一段段冒充鱼的蛇肉吃。

第三十二篇

有人看见贩妇酒后失态

古时，京里有个人出门访友，当他下马刚要推门而入的时候，看见对面封闭已久的古老大门底下躺着个贩妇，身边放着个装货的扁桶。这人心想她为什么要躺在这里，便走近观看，原来她已喝得酩酊大醉。

这人就走进朋友家去，过了一会儿，当他告辞出来将要上马的时候，这个贩妇突然惊醒了。只见她醒后就呕吐起来，都吐在装货的扁桶里。这人觉得十分肮脏，再看，桶里装的是酸饭腌香鱼①，女子就吐在上面了。贩妇见自己做错了事，就赶紧用手把吐出来的脏东西和香鱼拌在一起。这人看到这种情形，恶心难当，整个的心都仿佛要翻腾出来，于是慌乱地跃身上马如同逃走似地离开了那里。

仔细一想，酸饭腌香鱼本来就和吐出来的脏东西相似，再一混合就更难分辨了。无疑她会照旧拿去卖掉，买的人也不会不吃。那个亲眼看到这件事的人，从此以后永久不吃酸饭腌香鱼了，他岂止不吃像这样在市上贩卖的，就连家里亲眼看着腌的也吃不下去了。不仅如此，他还对所认识的人讲说这件事，劝大家说："酸

---

① 是一种把米饭先用醋和盐调味，然后拌上或卷上鱼肉，用镇石压紧，腌制若干日而成的食品。中国古代称为酢。

饭腌香鱼可吃不得!”并且他一见饭桌上有酸饭腌香鱼，就仿佛疯了一般，口吐唾沫，立刻就跑。

可见，市上售卖的食物也罢，贩妇所卖的食品也罢，都非常肮脏，因此，只要是财力稍为充裕的人，一切食物，就应该在自己眼前调制，然后再吃。

第三十三篇

竹取翁收养女婴

古时，××天皇朝代，有个老翁，伐竹编筐卖给用主，赚几文手工钱维持生活。一天，他又到竹林去砍编筐用的竹子，忽见竹林中有一团亮光，后来在竹节中发现了一个三寸来长的小人儿。

老翁心想，我砍了多少年的竹子，不料今天发现了这样的小人儿，真是可喜，便一只手抱起小人儿，一只手扛着竹子返回家来，对他老伴说道："我在竹林里拾了一个小女孩儿！"老妪也很高兴，最初把她养在筐里，过了三个来月就变得和一般孩童不相上下了。后来这个女孩儿渐渐长大，相貌端庄无人可比，有如天上的仙女下凡一般，老翁和老妪越加疼爱，不久，便知名全国了。

一天，老翁因为砍竹子又到竹林里去。这一次在砍下的竹子里发现了黄金，老翁把黄金拿回家里，于是突然富足起来，家中盖起许多宫殿楼阁，库里存着各种金银财宝，还雇了许多奴仆。他自从有了这个孩儿以后，百事遂心，因而越发珍爱这个女儿。

当时的朝中公卿殿上人，都纷纷派人寄书通情，姑娘却睬也不睬。但是这些人还是竭力来说，姑娘起初说："谁要能把天上的响雷捉来，那时我就答应他。"后来又说："世上有一种优云花，谁要能把这花摘来，那时我就答应他。"最后又说："世上有不打自响的鼓，谁要能送我这面鼓，那时我就答应他。"就这样把他们都打发回去了。这些求婚的人们，因为迷恋姑娘迥异寻常的美貌，都按照她的吩咐不辞劳瘁地向知多见广的老年人请教寻找这些东西的方法，这些人们有的离家去往海滨，有的弃世进入深山，也有因此而丧命的，还有一去不复返的。

后来天皇听到有这样一个美妙举世无双的女子，就想何不亲去看看，如果真的容貌端正，便立即将她封为皇后，于是率领大臣百官亲至老翁家中。来到一看，只见厅堂巍峨壮丽，和皇宫无异，命人传旨召见，姑娘立时就来了。天皇一看，真是美妙得世上无可比喻，因想姑娘一定是想做皇后，才没以身许人，不禁大悦，传旨说："我马上带你回宫立为皇后。"姑娘奏道："幸蒙恩命为皇后，甚是欣喜，但是从实谈来，我可不是凡人。"天皇问道："那你是什么？是鬼还是神呢？"女子奏道："我既不是鬼，也不是神，不过，天上现在就要有人来接我，请天皇速速回宫吧。"天皇听了心想，这是什么话，天上如何会有人接她，这只是推辞而已。不料过了一会儿，果然从天上下来许多人，抬着轿接了姑娘冉冉升空去了。来迎接她的人，长得和常人不同。

这时天皇才知道姑娘确不是寻常人，便启驾回宫了。天皇因为亲眼看到姑娘生得真和仙女一样，所以日后时常想起，很是眷恋，但无济于事，就只好作罢。

这个女子究竟是什么人，始终无人知晓。至于她为什么给老翁当养女，其中必有缘故。所有这一切，人人都感到难以捉摸。因为这是一件罕见的奇事，特照录于此。

第三十四篇

大和国箸墓的由来

古时，××天皇[①]有位公主，因为她生得端正，所以天皇和皇后都十分疼爱她。

在这位公主还没结婚的时候，一天有个气度不凡的贵人悄悄来到公主面前说："我愿与你结为夫妻。"公主说："我尚未接近过男子，怎能轻易从你，而且此事也必须禀明父皇母后。"那人说道："即使你父皇母后听说，也无妨碍。"从此夜夜来谈情，但是公主没有让他接近。

公主于是奏禀天皇说："有这样一个人，夜夜来这样地说。"天皇说："看来，向你说话的一定不是常人，而是神人。"公主后来终于让他接近了，相处得十分恩爱。这人一直没说他究竟是谁，公主问道："直到如今，我还不晓得你究竟是谁，很是不安，你每天从哪里来。如果是真心爱我，就请明白告诉我，你是何人，家在哪里。"那人说道："我就住在附近，如果你想看我的真相，就请明天打开你的梳匣，向头油瓶里看一看。但有一件，你看了千万不要害怕。你要是看后惊怪起来，我可就吃苦头了。"公主说："我绝不害怕。"天亮后那人便自回去了。

后来公主打开梳匣，向头油瓶里一看，瓶中有个东西蠕动，

---

① 据校订者说，日本书上说是崇神天皇。

她想这是什么蠕动呢，拿起一看，原来是条极小的蛇，盘卷在里面。它能盘在油瓶里，那么大小就可想而知了。公主一看，早把和那人说过的绝不害怕的诺言忘了，吓得叫了起来，扔下油瓶就跑开了。

入夜，那人又来了，脸色非常难看，神情异常，也不接近公主。公主觉得奇怪，便凑到他身边，那人开口说："我那样嘱咐你不要害怕，可是你不肯听，还是惊叫起来，真是太寡情了，因此，以后我不再来了。"说罢板起脸就要走，公主一把拉住他说："就为我这样一点小错分手，也太令人伤心了。"正在这时，那人就用一根筷子插进公主的下身，公主立时死去。天皇和皇后虽然悲痛万分，但也无可如何，只得罢休。

据说公主的坟就在大和国城下郡，人称箸墓，如今还有。

第三十五篇

勘定元明天皇陵寝的定惠和尚

古时，元明天皇驾崩，朝廷特派大织冠藤原镰足的长子定惠和尚到大和国去选定陵寝。

且说，在吉野郡藏桥山多武峰的悬崖后面有座山峰，迎着山峰展开七条峡谷。定惠和尚看了以后说道：“这真是形势绝佳之地，但作为天皇陵寝，左右两肩似嫌过低，一定没有××之人。而且前面地形也太狭窄，难以入选。”就没选定此地。

后来发现这座山麓的西北方有块开阔地方，就选定了那里。这块地方在轻寺南面，后来元明天皇便安葬在这里，称为桧前陵。沿着陵墓和陵墓周围的池边，建立许多翁仲，还布置了奇岩异石，佳景胜过其他地方。

这座山峰上还有大织冠藤原镰足、淡海公、藤原不比等的坟墓。他们的骸骨是舂成粉末过筛后洒在地上的，为了防止牛马践踏，特在周围挖了一道壕沟，使人不能走近。大织冠、淡海公的后裔仍在朝中担任左大臣之职，繁荣至今。但是，如果和天皇意见不合，大织冠的坟墓就必有响动，因此无人不说这是一件怪事。据说多武峰就是这样一个所在。

第三十六篇

琵琶湖的鲤鱼大战鲨鱼

古时，近江国志贺郡古市乡有一个心见濑。古市乡的南边有条势多河，心见濑就是势多河上的一处急湍。

当初有条大海里的鲨鱼游至心见濑来和湖里的鲤鱼交战，结果鲨鱼战败，顺流退下去，在山背国变成了石头。鲤鱼获胜后便又返回湖里，住在竹生岛的周围，因此这处急湍叫作心见濑①。

据说鲨鱼变的那块石头，如今在山城国××郡。那条鲤鱼如今仍住在竹生岛的周围。心见濑就是势多河上的××濑。

① 日文“心见”是“试探”的意思，可能因为那里水流湍急，需要试探后才能渡过，因而得名。

第三十七篇

近江国栗太郡的大柞树

古时，近江国栗太郡长着一棵大柞树。这棵树的树干有五百寻粗，也可以由此想见树该有多高，枝叶伸展得该有多么广了。这棵树的树荫早晨可以遮到丹波国，傍晚可以伸到伊势国，天打霹雳也不动，刮起大风也不摇。

当时，近江国志贺、栗太、甲贺三郡的百姓，因为这树遮蔽日光，不能耕种田地，所以这些郡的百姓们便把此事上奏天皇。天皇就派扫守宿祢等人按照百姓的请求，把树伐倒了。树被伐倒以后，百姓们耕种田地，逐渐富饶起来。

当时上奏天皇的百姓们的子孙，现今还住在各郡。据说古时是有过这样的大树的，这真是稀有的事情。

图书在版编目（CIP）数据

今昔物语：浮世绘插图珍藏版 / 北京编译社译；周作人校．--3版．--北京：新星出版社，2021.1

ISBN 978-7-5133-4119-6

Ⅰ．①今… Ⅱ．①北… ②周… Ⅲ．①故事-作品集-日本-古代 Ⅳ．①I313.42

中国版本图书馆CIP数据核字（2020）第144723号

今昔物语（浮世绘插图珍藏版）

北京编译社　译；周作人　校

责任编辑：汪　欣
责任印制：李珊珊
装帧设计：冷暖儿

出版发行：新星出版社
出 版 人：马汝军
社　　址：北京市西城区车公庄大街丙3号楼　100044
网　　址：www.newstarpress.com
电　　话：010-88310888
传　　真：010-65270449
法律顾问：北京市岳成律师事务所

读者服务：010-88310811　service@newstarpress.com
邮购地址：北京市西城区车公庄大街丙3号楼　100044

印　　刷：北京美图印务有限公司
开　　本：660mm×970mm　1/16
印　　张：98.875
字　　数：1053千字
版　　次：2021年1月第三版　2021年1月第一次印刷
书　　号：ISBN 978-7-5133-4119-6
定　　价：168.00元

第二十六篇

买龟放生人蒙地藏救助死后复生

古时，近江国甲贺郡，住着一个身份卑贱的人，因为家贫生活无着，全靠妻子经常替人织布度日。妻子在织布时，偷着设法为自己织了一匹土布。一天，她把这匹土布交给她的丈夫，并说道："我家多年贫穷，生计无道，如今我私自织得这匹布，拿来给你。我听人说，近来篇桥湾有许多渔夫在那里打鱼，你不妨拿这匹布到那里去买些鲜鱼，回来变卖之后再换成稻米，今年耕种一两段[①]田地，也好度日。"丈夫按照妻子的言语，带着布匹前往篇桥湾，遇见渔夫说明情由，命渔夫代为捕鱼，渔夫没有捕得鱼，仅将一只大龟拽上岸来。渔夫看见乌龟登时就要宰杀，此人一见动了恻隐之心，说道："我愿用这匹布买这只龟。"渔夫一听，高兴地接过布匹，将乌龟交给他。此人将乌龟买到手中，对它说："乌龟是一种长寿的动物，凡有生命的东西，都以生命为至宝，我虽家贫也愿舍此布匹来搭救你的性命。"说罢将乌龟放进海里，赤手返回家中。妻子见丈夫归来便问："怎么样，买回鱼来了吗?"此人回答道："我用那匹布救了一只乌龟的性命。"妻子闻听此话登时大怒，责备丈夫不该如此，将他着实羞辱一番。事过不久，此人染病身

① 日本土地面积单位，每段合 9.915 公亩。

亡，妻子将他抛弃在金山脚下。三日后，他竟自苏醒过来。当时，正值伊贺国守由京前往伊贺路经山下，发现有人死而复生，发起慈悲心肠，便汲取清水，给他灌入口中解渴。后来他的妻子闻知此事，来到山下将丈夫背回家去。此人过了片刻后，对妻子说："我死之后，被官差捉去。官差赶着我在旷野行走，来到一所官衙门首。我见门前的庭院中，有许多被捆的人跪在那里，吓得我心惊胆战，恐惧万分。正在这时，来了一位容貌端庄的小僧，对官差说：'我是地藏菩萨，这个人是我的恩人。我为了度化众生，在近江国的海边变化成一只大龟，不料被渔夫打捞上岸，正要被杀，多亏这人发起慈悲心肠，将龟买去放入海中救了性命，你等从速放了他吧！'官差闻听此话，立即将我释放，随后小僧又告诉我说：'你快快回去，今后务必要修积善根，不可作孽。'指给我回家的路途时，又见有一个女子，年约二十岁，容貌俊秀，被绑缚着，两个鬼卒前后押着，我见了便打听她：'你是何方人氏？'这时，女子哭哭啼啼地答道：'我原是筑前国宗方郡郡守的女儿，一天，偶然离开父母，独自在昏暗的路上行走，就被鬼卒连赶带打捉到这里来了。'我听女子说得非常可怜，便向小僧请求说：'我已年过半世，残年无几，这一女子年纪尚轻，前途远大，我愿代替她一死，请你将她放了吧！'小僧一听此话便说道：'你的心地真是慈善，舍身助人确实可贵，既然你有此善心，我可以求官差将你二人一同放回。'说完便向鬼卒求情，结果我和女子同被释放。当时，女子喜极落泪，向我殷勤约誓后才分道而去。"

不久，此人想去寻找他在阴间相遇的女子，便动身前往筑前，按照女子在阴间所说的情况，果然找到了筑前国宗方郡郡守的家门。此人上前询问有无死而复生的女子，有人回答说："郡守有一年轻小姐得病身死，不料过了二三天又复活了。"此人闻听后，请他传话进去告诉小姐，说阴间相遇之人前来相见。郡守的小姐闻

听此话，茫然走出。此人一看，这女子果然和阴间相遇之人一模一样，小姐见他也和自己在阴间所遇之人不差分毫。二人见面不禁伤感落泪，互述阴间的遭遇。后来二人相互订下约誓，等此人回转故乡后，各自发起道心，共同信奉了地藏菩萨。

第二十七篇

堕入越中立山地狱的女子蒙地藏救助

古时，有一修道僧人法号延好，一次，延好来到越中国的立山，坐关修行。深夜丑时光景，延好隐约间看见一个人影来到自己面前。延好见了大惊，只见这人影向他哭诉道："我原是家住京城七条附近的一个女子，路过七条街巷，在西洞院[①]的西北方有家住户，那便是我家，如今我的父母和兄弟仍然住在那里。我因果报已尽，所以夭亡，现在堕入这座山的地狱之中。我除了在生前去祇陀林寺参加过一两次地藏法会之外，其他没有修积过半点善根。但是，那位地藏菩萨却能亲到地狱来代替我受日夜三时之苦，现在，我请求圣僧到我的家中，将此事转告我的父母兄弟，请他们为我修积善根，超度我的苦难，果能如此，圣僧的恩德我永世也不相忘。"说罢忽然不见了。延好听了这番话，虽然非常害怕，但仍发起恻隐心肠，立即离开立山前往京都。延好在七条附近一打听，果然找到了女子讲述的地点，家中父母兄弟俱在，一如女子所说。延好和这家主人相见后，将女子的言语学说了一遍，女子的父母兄弟听了不禁悲喜交集，流泪不止。于是，立即请塑造佛像的工师塑造了一尊三尺高的地藏菩萨像，同时又抄写了三卷

① 街道名，日本贵族藤原北家的后裔府宅所在处。

法华经，在亭子院[1]举办法会一并供奉起来。法会开启之日，担任法会讲师的是大原的净源供奉。当净源法师讲经说法时，与会听道之人无不感动落泪。

地藏菩萨利益众生胜于其他诸佛，对仅仅参加过一两次地藏法会的女子尚能代受苦难，对虔诚祷念，塑身画像的人，所施的恩泽之深就可想而知了。因此世人应该尽皆皈依地藏菩萨。

① 佛寺名，原来是宇多法皇的离宫。

第二十八篇

京都女子蒙地藏救助死后复生

古时，京都太刀带街附近住一女子，原本是东国[①]人氏，由于某种机缘，迁居京城落户。女子颇有善心，一天，正是二十四日，她前往六波罗密寺参拜地藏法会听经，当她听到讲说地藏菩萨的誓愿时，深受感动，发起了菩提心，流着眼泪走回家去。后来她立下誓愿，决心塑造一尊地藏菩萨像，便将身上的衣服脱下赠予塑造佛像的工师，请代为刻制一尊一人半高的地藏菩萨像。佛像雕成后，未及开眼，女子突然得病，缠绵数日后，竟自死去。孩子们守在尸体旁边悲泣，大约过了三个时辰死人又苏醒过来。女子睁开眼睛便对孩子说："我孤身一人在旷野行走，迷失了道路，正在不知方向的时候，来了一个戴冠的官差，把我抓了就走。这时，又来了一位容貌端正的小僧，开口道：'这女子是我的母亲，必须从速释放。'官差闻听此话，取出一卷书来，对我说：'你身犯二罪，应从速忏悔。所说二罪，一是淫荡之罪，必须塑造泥塔供奉起来；二是你在参加法会时，不等讲说完毕便自离去，这两件事你都应当忏悔。'说罢将我释放。当时小僧问我：'你认识我吗？'我回答是不认识，小僧又道：'我便是你塑造的地藏菩萨，因你塑造了我的形象，故而才前来救你。现在你可速速回去！'说

① 日本京都以东的地区。

罢，指明道路叫我返回家来。”

后来这个女子请云林院的一位僧人，塑造了一座泥塔供奉起来忏悔赎罪，同时，女子还供奉了地藏菩萨，从此虔诚礼拜。

第二十九篇

陆奥女子蒙地藏救助死后复生

古时，陆奥国有一座惠日寺，是由一位渡唐僧人修建而成，此人原是兴福寺的僧人，人称得一菩萨。这座佛寺的附近，住着一女尼，原是平将行①的第三个女儿。这女子生得容貌俊秀，心性温柔。在她尚未出家为尼的时候，父母就屡次要替她择配夫婿，但因她不愿出嫁，始终是独守闺中。一天，女子忽然得病，缠绵数日竟自死去。女子死后，自觉奔向阴曹来到阎罗殿前。她看见庭院中绑着无数罪犯，正在那里受审定罪。罪犯们悲泣哭号之声，仿佛雷鸣一般，女子瞧见这副惨状，只吓得魂飞魄散，肝胆俱碎，十分难受。

这时，在勘问罪犯的官人中出现了一位容貌端庄的小僧，只见他左手拿着锡杖，右手握着一卷经书，东奔西跑审定犯人的罪行，庭院中的人们望见小僧都说："地藏菩萨到来了。"女子听说这是地藏菩萨，连忙双手合十跪伏在地，向小僧哭诉，连呼"南无归命顶礼地藏菩萨"。当时，小僧告诉女子说："你大概不知我是何人，我就是拯救三途中受苦受难者的地藏菩萨，如今见你善根深厚，有意救你，不知你意下如何?"女子道："我恳求菩萨慈悲，搭救我这条性命!"小僧听罢带领女子走到殿前，替她求情

① 元亨释书作平将门。

说："这女子原是道心深厚的男子汉，虽然脱生女身，从未犯过淫荡之罪，而今被召至此地，我想不如速速放她回去叫她更加致力修积善根，不知尊意如何？"阎王便道："但愿法旨。"于是小僧将女子带出殿门以外，重新指示说："我有几句经文，你可愿学？"女子道："我愿牢记不忘。"这时，小僧将他的经句读诵出来："人身难受，佛教难值，一心精进，不惜身命。"接着又说："因你有往生极乐的善缘，我方将这些要诀传授于你，切切不可忘记，光明磊落，一心不乱就是往生极乐之道。"说到这里，女子苏醒过来。

后来，女子拜一僧人为师，自己削发为尼，法号如藏。因她能一心笃信地藏，被世人称为"地藏尼君"。

如此过了多年，尼君活到八十有余。一天，她一心不乱端然正坐，口中唱念佛号，心中祷告地藏，便溘然长逝。

看见和闻听此事的人，无不称赞。

第三十篇

下野某僧得地藏佛教示预知死期

古时，下野国有座药师寺，是朝廷在那里首创戒坛的著名寺院。药师寺有一个沙弥，法号藏缘，藏缘信奉地藏菩萨多年，不论日夜寤寐，总是虔诚祷告，除此之外不做其他修行。藏缘满三十后，不知不觉间家道一天天地富裕起来，有了妻室后，生下子嗣，家道非常兴旺。这时，藏缘劝说亲族等共同出资修盖了一座佛堂，并聘请塑造佛像的工师塑造一尊一人高的地藏菩萨像，供放在佛堂里面经常供奉香花明灯，日夜不懈。每月二十四日这天，他便准备大量斋饭，召集许多僧侣，施舍僧斋，用来修持佛事，当天晚间，还举行地藏法会，附近的道俗都聚集到这里来听道，彻夜礼拜。后来，藏缘经常对人说自己要在二十四日这天往生极乐。听说此话的人，有人感动称赞，有人则不免嘲笑讥讽。后来，藏缘年老，直到年满九十，他的面色犹如壮年人一般，走起路来也还是壮健，对地藏仍然是虔诚礼拜，刻苦修道，毫无减退。看见和闻听此事的人都感到奇异。

延喜二年八月二十四日，藏缘准备许多肴馔，邀集远邻近舍相识的男女前来，酒饭已毕，他说道："藏缘和诸位相会之日只有今天了。"应邀前来的宾客听藏缘言讲后，有人认为这是常谈，不介意地离席而去，也有人感到话中有因不禁落泪，但也各自返家。众人散后，藏缘步入地藏堂，溘然长逝。当时，并无一人知晓，

翌日清晨，有人推开佛堂房门，只见藏缘在佛像前边，双手合十触额端坐而死，这人见了大惊，急忙告诉了众人。众人闻听全都赶来观看，无不感动落泪称赞可贵。人们说："藏缘所言果然不差，看他在二十四日端然正坐地死于佛前，无疑是往生极乐去了。"藏缘能得如此，完全是多年祷念地藏菩萨的力量。

第三十一篇

讲经僧祥莲蒙地藏救助脱离苦难

古时，大和国吉野郡住着一个僧人，法号祥莲，专以讲解经文，维持生计。祥莲虽然经常讲经说法教化别人，而自己却不勤恳修道。后来，祥莲到了老年，身染重病，缠绵数日，竟自死去。死后过了两三年的光景，其妻女尼偶得一梦，梦见路过一座遥远的深山，竟暗无日光，后来，天色已晚，便独自宿在山岩之下，以待天明。这时，忽听身旁有人悲泣，女尼仔细一听，仿佛是亡夫祥莲的声音，于是悲切地问道："你可是祥莲?"那人回答说："我正是祥莲。我因生前不守清规，虽然受了许多人的信施而一无所报，由于这种罪过，如今堕落在这个孤独地狱中。可是，我在生前有时敬奉地藏菩萨，因此，每日三时，地藏菩萨前来替我受苦，除此之外，再得不到任何帮助。"说罢，又作歌道：

僻静深谷间，
荒凉罕人烟，
凄惨何时了，
顾影唯自怜。

女尼梦醒后，立即委托佛师，塑造了一尊三尺高的地藏菩萨像，连同抄写的一部法华经，一并送到川上地方日藏上人修道的

分寺供奉起来。当夜，女尼又梦见死去的祥莲，笑容满面，身穿一件美丽袍服，前来告诉女尼说："凭借你修积的善根的力量，我已得免罪孽，如今承蒙法华经和地藏菩萨相救，已经往生净土了。"

女尼梦醒后，很是高兴感激，信奉地藏菩萨更加诚笃了。闻听此事的人也都敬重女尼，对她倍加赞扬。

第三十二篇

上总国守书写法华经蒙地藏救助

古时，上总[1]有位国守名叫藤原时重朝臣，他身任国守，治国安民已有三载。这年，时重为了偿还夙愿，传下命令，要全国之内读诵一万卷法华经。于是，国内不分山寺和村庄，人人都读诵起法华经来。国守又传令说："读过的卷数应该呈报上来。每读经一卷发给一斗稻谷。"本国和邻国的僧侣听说此事，不分上下俱都读起经来，报送的经卷数目仿佛繁星般地纷纷向府衙飞来，没有多久，已经读满万卷之数。国守见经数已满，心中大悦，在当月十日举办法会供奉起来。

法会开放的当天夜晚，国守梦见一位容貌端庄的小僧，手执一根锡杖，满面笑容地来对他说："你所修的清净善根，使我非常喜悦。"随后小僧作歌道：

知奉一承法，
堪为现世师。
何须寻报乐，
静在一心中。

---

① 日本地名，在关东地区，现归千叶县管辖。

最后，又吟道：

君不见黄泉路上先辈去，
虚无缥缈似云烟。

小僧歌罢，走近国守身边，伸出自己的左手拉住国守的右手，然后说道："你应当进一步看破红尘，修积来世。"国守闻听此话感激涕零，对小僧说："你的教示，我当然深信不疑。"说到此处，国守从梦中醒来。这时，天光尚未破晓，太守立即请来许多有道高僧，告以梦中情景，众僧闻听后，都感动落泪，说这是地藏菩萨的指教，无限可贵。国守立即传唤佛师来，没有几日的工夫，塑成了一尊等身高的地藏菩萨像，接着举行了开光供奉的法会。自此以后，国守一家人全都合掌俯首，不论日夜寤寐地皈依了地藏菩萨。

由此可知，地藏菩萨为了超度众生也能吟诗作歌。闻听此事的人无不称赞。

第三十三篇

比睿山某僧蒙虚空藏救助获得智慧

古时，比睿山有一个年轻的僧人，他虽然自出家以后有志研习学问，但因性好嬉戏不能潜心向学，所以只学会了法华经。后来，僧人求学的志愿依然不衰，时常前往法轮寺，向虚空藏菩萨祈祷，但是，由于他不能下定决心探求学问，结果还是一个一无所成的僧人。

僧人为了此事非常发愁。九月间，又一次去法轮寺朝拜。他虽然打算早些回山，可是后来因为和熟识的寺僧谈话过久不觉间已日暮，于是，赶忙动身回去。走到了西京附近，天已昏黑，便到一个友人家中借宿，不料主人已然下乡，家中除了有一个看守门户的女仆之外，别无他人。僧人无奈只好投奔另一个熟识的人家，在路上他忽然发现前面有一户双扇门的人家，只见宅院的门首站着一个身穿夹衫、面容清秀的少女。僧人走近少女身边说道："我从比睿山来，去法轮寺朝拜回来，天色已晚，可否留我在尊府借宿一宵。"少女答道："请你稍候片刻，我去回禀一声，马上就来。"说罢，便走进宅去。少时，女子出来说道："这算不了什么，就请赶快进来吧。"僧人闻听非常高兴地走进房去。走进房来一看，只见套房的外间点着蜡烛，陈设着一座四尺来高雅致的屏风，地下铺着几张镶着花边的草席。少时，那位俊秀少女走出房来，她上身穿着一件紧身小褂，下身系着一条裤裙，用高脚托盘端来

了酒饭。当僧人用罢酒饭刚刚洗过手坐下来的时候，有人把里面的拉门推开，竖起了一座锦屏，只听见一个妇女问道："请问这位前来借宿的是何人？"僧人答道："我从比睿山中来参拜法轮寺，因归途天晚来此借宿。"那妇人接着道："你如常去法轮寺，可以顺便到这里来歇脚。"说吧，她便拉紧拉门，进入内室。这里虽然隔着拉门，但是锦屏也未拉开。后来，夜渐渐地深了，僧人走出去，在南面的扳窗下伫立观看，恰巧窗有个圆孔，他便从窗孔中向房里望去，只见像是这里主人的一个女子正在躺着看书，身边放着一支矮矮的灯台。女子的年岁看来不过二十余岁，姿容秀媚仪态万千，她穿着一件藕紫色的绸衫睡着，托着长达衣边的缕缕青丝。女主人的前方，有两个女仆在锦屏的后边熟睡，她们旁边还睡着一个丫鬟，正是给自己端来酒饭的那个少女。室内的陈设更是非常考究，橱柜的上层摆着一个泥金漆的梳妆盒，一方宝砚也不散乱地放着。虽然看不见在什么地方焚香，可是阵阵芳香都扑鼻而来。僧人瞧见女主人后，不觉神魂颠倒，忘了一切，他想：这一定是前世之缘，不然焉能投宿这里巧遇上这样一个人。随后他又想：如果达不到我的心愿，岂不枉活一世。等到夜阑人静，约莫女主人也已睡熟，便推开那扇不曾紧闭的拉门，蹑手蹑脚地走进房去卧在女子身边。女子正在熟睡，丝毫也没感到有人。僧人卧在女子身旁，闻到她身上的香气不禁惊异。他虽然想和女子说些什么却又不敢开口，这时，他一边祷念着佛尊，一边把女子的衣服解开伸进手。女子惊问是谁，僧人就据实以告。女子道："我原以为你是个可敬重的人，所以才留你借宿，谁知你竟会做出这种举动，真使我悔恨不及。"这时僧人虽然极力想要接近女子，但女子却将衣服紧紧地裹在身上，使他无法亲近。

僧人烦恼难忍，但他恐怕被人听见有失颜面，因而才不敢强逼。女子道："我并非不从你意，只因我丈夫去春才死，后来，虽然有不少人曾向我求亲，可是我总找不到适当的人，因此才寡居

至今。虽然如此，我却很尊敬像你这样的高僧，今天并不是我拒绝你，但不知你能否背诵法华经，经声是否动人。如果我看不出你是个看重法华经的人，我怎能答应和你成欢?!”僧人说：“我虽然学过法华经，但不能背诵。”女子问道：“是否由于难于记忆?”僧人道：“并非什么难于记忆，只因我性好嬉戏，不曾用心背诵。”女子道：“你从速回山，将全部法华经熟读后再来，那时，我愿悄悄地顺从你心愿与你成欢。”僧人闻听这话，就止住欲念，这时，天将破晓，僧人说声一言为定，悄悄退出房去。清晨，女子命人给他预备了早餐，僧人用罢就离开女家。回山以后，女子的音容笑貌一直盘旋在僧人的心里，他想，无论如论也要及早学好法华经，以便和她相会。于是他就倾注全力背诵起来，不到二十几天，就将法华经全部经文记住。僧人背诵经文的期间也不忘女子，经常寄给她书简，而女子回信时，每次都在口袋装来一些麻布和干粮送他，僧人看到这些物品觉得女子对自己果有情意，心中无限喜悦。在他将法华经经文全部记牢之后，又照例去参拜法轮寺，归途中仍然来到女子家中。这家照例款待了他饭食。女子仍旧出来跟他闲谈，直到夜静更深才走回房去。僧人洗手后便坐在那里读诵经文，读经的声音虽然非常动人，但他心中却另有所思。夜阑人静后约莫全家已然睡熟，便和上次一样，轻轻推开拉门悄悄走进房去。僧人见无人察觉，便来到女子身边躺下，这时，女子惊醒过来。僧人以为女子正在等待自己，心中大喜连忙去探她怀中，女子用衣服紧缠身躯使僧人无法贴近，接着她说道：“我有话讲，你要仔细听着。不错，你是按照我的意思学会了经文，但是如果我因为这些许小事和你相亲，落得难舍难分，不免要被人耻笑。我与其没有丈夫，恐怕也不愿因和你这样徒有虚名的僧人为侣而受到玷污。虽然你读过些经书，但我要想一个智慧绝顶的人，如果和你结成夫妇，岂不抱恨终身。但愿你能成为一个名副其实的有道高僧，然后也可仕官朝廷，为国效力才是正理。如果我将

一个刚会读经的人留在家里，不叫他前去修道实与情理不合。承你这样相爱，我也很高兴，我想你一定也能体谅我的苦心，如果你是真心想念我，就隐避山中三年，日夜修炼，变成一位高僧之后再来见我。那时可以商量，若是做不到这点，纵然将我杀死也不能相从。在你隐居山中的期间，我可以经常与你通信，对你的困难也一定会加以照顾。”僧人听了，觉得女子所言句句合情合理，他想：“女子既然如此为自己打算，自己又怎能忍心强其所难，何况自己生活还须仰仗她来供养，这是一件必不可少的事情。”想到此处，和女子反复叮咛后才离开闺房。天亮后，僧人吃罢早饭，便回转本山。

从此，他立即发奋钻研道法，夜以继日，孜孜不倦，僧人盼望和女子相会的心情，急如星火。因此，他费尽心思刻苦钻研，二年后，僧人已然成为得道高僧。由于他天资聪慧，所以如此迅速地求得了道法。三年届满时，他果然成了一位名副其实的非凡圣僧。僧人每次出任内论义[①]州讲的讲师时，都因胜过其他讲师而博得无限赞许，在同辈道友中，也都称他为独一无二的杰出人物，因而誉满金山。

三年岁月转瞬逝去，在他隐居深山修道期间，那位女子经常差人前来探访，女子的照顾使他生活有靠，可以一心无挂地安静修道。三年期限已满，自己也成了高僧，为了和女子相会，僧人又照例前往法轮寺朝拜，归途中，天已黄昏，僧人来到女子家中，因为事前曾经提及要来拜访，故而仍旧坐在套房之中，隔着锦屏谈起一别数载的情景。这位女主人大概不愿叫人知道他们如此亲近，命一仆妇传出话来说：“圣僧屡次光临，未能亲身接待想必见怪，这次一定要亲自接待。”僧人闻听此话，惊喜地答了句：“我

① 古时日本天皇在大极殿上召集高僧讲解经文，多在正月十四日御斋会结愿之日。

必当遵命。”仆妇请僧人进内室叙话，僧人高兴地走进去，房中放着睡枕，枕边竖着锦屏，雅洁的席子上摆着一个蒲团，屏风的背后放着一盏灯台，女子一个人坐在后边。僧人进去坐在蒲团之上，这时，女主人开口道：“多年未见，听说你已然成了圣僧，我非常敬爱。”僧人听女子称赞，心如悬旌，身体颤动，答道：“虽然乏善可陈，但是也曾出任内论义州讲的讲师，被人称赞嘉许过。”女主人说：“真是可喜可贺。我有许多不明之事想请教于你，你能解答我的提问，那更使我相信你是个高僧，否则只会读经的人是不能令我满意的。”女子说罢，从法华经的序品开始，将一切疑难地方提出来一一质问，僧人按照自己所学对答如流，当女子又进一步提问深奥的法理时，僧人一面思考一面解答，有些地方还引证了古圣先贤的典故。女主人听罢称赞道：“果然变成一位极其杰出的圣僧了。仅仅二三年光景，怎么就会有这么大的成就呢！看来你真是聪明过人。”这时僧人暗想：自己万没料到她虽然身为女子，却能深通道法，如果能和她亲近畅谈，定能受益不浅，也可有助于研求道法。于是，二人谈讲直达深夜。僧人见夜静更深，悄悄潜入锦屏，他见女子一声不响地躺卧下来，不禁心中大悦，便躺在女子身旁。女子说：“我们暂且先这样谈谈。”说罢二人一面闲谈一面交臂而卧。僧人从法轮寺出来，赶到这里已然走得疲倦，不觉沉沉睡去。

一觉醒来，僧人惊奇自己竟会如此酣睡，以致耽误了大事。他睁大眼睛一望，只见自己搂着一团乱草睡在地上。他很是惊异，翘起头来向四下回顾，万想不到自己原来独自睡在一片荒无人烟的荒野中。这时，僧人吓得胆破魂飞，心神无主。当他坐起身来发现自己的脱下的衣服扔在一边。僧人抓起袍服，站在草地上仔细端详，原来他睡在嵯峨[①]平原江东渡口的野地里。这真是奇怪万

① 嵯峨在京都市的西北隅。

分。其时，一轮残月挂在空际，三月天气寒气袭人，僧人不住抖颤，一时间，想不出投奔何处。后来僧人想起这里离法轮寺不远，便决定先往寺中去等待天明。于是跑到梅津地方，蹚过水深及腰的桂川，哆哆嗦嗦地挨到了法轮寺。僧人进得佛堂，跪卧在佛前祷告说："我遇见一件悲惨可怕的事！求佛尊搭救我吧！"祷毕睡去，梦见佛帐中走出一个年纪很轻、相貌端庄的小僧，来到僧人身边说道："你今夜的事不是妖狐鬼怪作祟，乃是我使的法术。你虽然生性聪慧，却一向贪恋嬉游不求学问，因此难成高僧。但是你又不肯甘休，经常到这里来求我赏赐才智，为此我曾思索，后来见你喜爱接近女子，所以才想出用女子来劝导你求得智慧的办法。你不必害怕，从速回山去吧，今后务必要更加努力研习道法。"说罢，僧人从梦中醒来，他想想虚空藏菩萨为了帮助自己多年来施展法术，化作女子身形，自己不禁万分感愧，悲痛落泪。天光明亮后，僧人返回本山，从此越发专心向道，果然成为一位超人出众的高僧。

虚空藏菩萨的计谋，并非无稽之谈。虚空藏经文中明明载道："信奉我者，临于命终，如被病魔所缠，目不能见，耳不能听，口不能诵经时，我必变化其人的父母妻子，紧靠其人身边劝说念佛。"由此看来，菩萨按照僧人所好变化女子劝他求得道法，正合经文中的意旨，诚然可贵，令人感动。僧人亲口对人言讲此事，因而传闻于世。

第三十四篇

弥勒菩萨现影树上

古时，近江国坂田郡表江村有一员外，家财万贯极为富有，这人曾发过誓愿要书写瑜伽论[①]经文，但他终日忙于公私事务始终未能偿还心愿，过了多年，这人的家道日渐凋零，结果落得衣食无着。

阿倍天皇朝代，天平神护二年九月间，这人去到一座山寺中安身。过了数日，山寺中生长出一株矮树，枝上忽然现出弥勒菩萨的影像。这人瞧见影像，仰望矮树梢头深深感动。众人闻知此事，都前来瞻仰弥勒影像，恭敬礼拜。这时，有人送来稻谷，或送来白米，或施舍衣物，供养的财物种类繁多。这人将所有财物收在一起，用来书写瑜伽论百卷供养起来，其后弥勒影像突然消失不现。可见弥勒菩萨显露影像是为了使此人完遂誓愿。

由此看来，弥勒菩萨虽然身在兜率天上，为了利益众生也不惜现形于苦海凡尘，所以世人当虔诚崇信弥勒菩萨。

① 佛典名，瑜伽师地论的略名，共百卷，弥勒菩萨说，唐玄奘译。

第三十五篇

贼人捣毁铜像弥勒呼痛

古时，圣武天皇朝代，京都奈良有一差官奉旨在京中巡夜。一天夜里，差官正在巡视，半夜时分忽从葛木尼庵前边的蓼草原中传来哭叫的声音："我痛啊！痛啊！"巡夜差官闻听赶忙前去观看，发现蓼草原中藏有一人，巡夜差官见此人形迹可疑，便上前拿了细加盘问，原来这人是一个盗贼，偷盗了寺院中的弥勒菩萨铜像，正在那里捣毁。巡夜差官当时将贼人扭送官衙，收监入狱，并将此事奏禀天皇，佛像仍然送回原寺供放。

菩萨铜像既非血肉之躯，岂能感觉疼痛，可是这不过是为了教化凡夫，并且对贼人略施薄惩，以免将来陷于重罪而已。世人闻听此事，俱都称赞奇异可贵。

第三十六篇

文殊菩萨转化行基看破女子恶态

古时，有一位圣僧人称行基大师。行基原来是五台山文殊菩萨的化身，为了普度日本众生，才生在日本。一次，古都的元兴寺有人修持法会，聘请行基大师讲道七日。当时，附近一带的道俗男女全都集聚前来听道，其中，有一年轻女子，头发上涂抹猪油，在庭院的人群中听经。行基大师瞧见女子便道："那个女人头上涂着血水，我闻着确实腥臭不堪，快快将她赶得远些。"女子听说此话，很是羞耻，立即离开庭院走去。看见和闻听此事的人都称赞这位大师不是凡人。

由此可知，肉眼凡胎虽然看不见猪油有色，而圣僧的慧眼却明显地看出它是一片血光。人们称道行基大师就是化生日本国的隐身圣僧，此事后来传闻于世。

第三十七篇

行基大师指点某女子舍弃亲生儿

古时，有位文殊菩萨化身的行基大师。一日，大师去难波海滨[①]讲道说法，教化人们疏浚海道修建码头。当时，不论贫富贵贱、道俗男女全都汇集到海边来听道。其中有一女子是河内国若江郡川派乡的人氏，她怀抱一子来到举行法会的庭院中听道。这个孩子哭闹不休，不让他母亲安心听道，虽然他年龄已有十余岁，但仍然不能行立，经常哭闹，无时无刻不在要东西吃。这时，只见行基大师告诉孩子的母亲说："你赶快把这孩子扔到深渊里去吧！"众人闻听此话都议论道："既是慈悲广大的圣僧，为何叫人抛弃亲生之子呢！"女子也不忍心将亲生的儿子抛弃，仍然抱着听道。第二天，女子又将他抱来听法，这个孩子仍然哭叫不休，听道的人被哭号声所扰，也听不出教义何在。这时，行基大师又道："那个女子，不将你子丢在深渊中去更待何时！"女子闻听觉得事出离奇，不能再置之不理，于是，去到深渊将儿子扔进水中。这孩子被投进深渊后，立即漂浮到水面，搓拳跺足，二目圆睁，恶狠狠地叫道："真可恨，我是向你来讨三年债务的。"母亲闻听此话惊异不解，当她回来听道的时候，大师问道："你是否已将孩子抛弃了呢？"女子便把孩子浮出水面声言讨债之事，据实说了。大

① 日本大阪地区海面的古称。

师道："你前世欠他东西未还，因此今世他才投生你子前来讨食。他就是你昔日的债主。"

闻听此话的人，都深感大师能知晓前世而指教世人，实在难能可贵，越发相信大师确实是菩萨的化身，因此无限尊崇。由此可见，欠人物件不得不还，否则在后世也要这样被人讨还。

第三十八篇

清范律师原是文殊菩萨化身

古时，山阶寺僧人中，有一位清范律师，是博学多闻的僧人，后来做了清水寺的住持。清范心性聪敏，智慧渊博，怜悯众生之情宛如佛心，尤其是善于讲经说法，举世无比。清范律师为了唤起世人向道之心，云游各地讲经说法。当时，有一入道僧人寂照，俗名大江定基。定基为人多才，精干无比，曾在朝为官，后来由于求道心切，便自出家为僧。寂照僧在俗之时，就与清范律师成为莫逆，彼此间从无隔阂，清范律师曾将自用念珠赠予寂照。后来，清范律师先行逝世。过了四五年，寂照僧人渡海前往震旦，他将清范律师相赠的念珠携带身边。当寂照亲见震旦天子的时候，只见一个年约四五岁的太子跑出殿来，望见寂照便用日本话说："那串念珠你还保存着没有丢失啊！"寂照闻听惊异地回答说："不知太子所言何事？"太子道："你手中拿的念珠是我亲自奉送的。"寂照当时心想这串念珠原是清范律师所赠，那么，这位太子必是律师转生了。想罢问道："尊驾为何来到此地？"太子道："这个国土上有许多应当施福的众生，因此来到这里。"说罢，便跑回宫中去了。

这时，寂照心想：人们曾经说清范律师是文殊菩萨的化身，而且他讲经时又是那样微妙精辟，能使人发起修道之心，看来他确是文殊菩萨的化身无疑了。寂照想到此处，感动落泪，朝着太

子跑进的那方施礼叩拜。

这确是一件难得而可贵的事情，随寂照僧同往震旦的人回国后亲口讲述此事，故而才传闻于世。

第三十九篇

西石藏仙久僧原是普贤菩萨化身

古时，京城西山有座西石藏山寺，寺中住着一位持诵法华经的僧人名叫仙久。仙久在山寺中居住多年，日夜读诵法华经从不懈怠，仙久原本是某寺僧人，曾学习过经书法典，因而虽然身居山寺中，也不断浏览经典研讨学问，而且他道心深厚无可比拟，富有慈悲心肠，怜悯众生有如父母一般。不仅如此，仙久不分寤寐虔诚祈求往生极乐，无时无刻不在唱念佛号，他在僧房旁边修盖了一座茅庵，庵中悬挂着法华八曼荼罗[①]画像，画像前供着八炉香火，修行道法。当仙久如此想尽方法虔诚修道供佛时，许多人都梦见有人指点说："如果有人想瞻仰普贤菩萨，就可以去见在西石藏山寺中居住的仙久圣僧。他是普贤的化身，理当虔诚拜见。"这种梦兆传出后，不论京都还是乡村，各地前来和仙久结缘之人络绎不绝。

后来，圣僧年纪渐老，自然而然得到了法华经的薰修[②]，临终时，一心不乱，口中读诵经文便溘然长逝。

据说世人闻知此事后益发发起了向道的信心。

---

① 法华会座的画像，即指东方之文殊、东南方之药王、南方之妙音、西南方之精进、西方之无尽意、西北方之观音、北方之普贤、东北方之弥勒等八大菩萨像而言。

② 佛教术语，薰为薰习，如薰香于衣；修为修行，是以法薰身修行的意思。

第四十篇

光空僧蒙普贤菩萨救助保全性命

古时，近江国有座山寺名叫金胜寺，寺中有一位持诵法华经的僧人，名叫光空。多年来，这位僧人一直住在山寺里，不分日夜地读诵法华经，从来也不懈怠。光空读经的声音美妙动人，凡是听到他的经声，人人称赞可贵。不仅如此，僧人的性情还非常慈善，深知哀怜众生。当时，近江国某郡有一位勇猛的武将名叫兵平介，这人恰似当年的平将门，性情刚猛，缺乏恻隐之心，每到清晨便往山野去射鹿鸟，傍晚去江边捉捕鱼贝。兵平介虽然是一个性恶之人，却被光空僧人的经声所感动，终于皈依了他。起初，经常往山寺中听经，后来索性将光空迎到家来，替自己读诵法华经，多年来一直如此。

兵平介的妻子正在青春，一天，兵平介手下的仆从向主人密告，言说夫人和光空私有奸情，兵平介一听此言，登时大怒，也不问此事是否属实，立刻要杀死光空，于是定下一计，佯言邀光空前去山寺。兵平介将这位僧人带到山中后，突然将他拿下，捆在树上。光空一见这种情景惊恐万分，心中不胜哀伤，当他正在惊疑不解之时，只听兵平介高声喝道："赶快照准他的心窝射！"这时只见家丁中的一名头目，挽弓搭箭，对准僧人的腹部拉满弓射去，不料这支箭落在光空的身边并未射中，这时家丁头目一边说着"奇怪"，一边又射出一箭，结果第二支箭仍然落地不中。当

时，光空僧人一心不乱，醒悟自己无缘无故遭此杀害，必然是前世的果报，于是高声念起法华经，他读道：“于此命终，即往生安乐世界，阿弥陀佛，大菩萨众，围绕住处，生莲华中，宝座之上。”兵平介的家将闻听经声都感动得几乎要哭，但惧怕主人，不曾哭出声来。兵平介见一连两箭未中，登时大怒，喝道：“真乃是无用的蠢材!”说罢取过弓箭亲自射去，不料这支箭又和先前一样落在地上。这时，兵平介不禁大惊，丢开弓箭说：“此事绝非偶然，相隔这样近竟能连射三箭不中，想必有护法尊神保佑。”说罢立即放了光空，随后他向这位僧人发誓说：“我今天犯了大过，我对大师发誓，从今以后不再生恶念。”说着流泪忏悔，和僧人一道返回家去。

当天晚上，兵平介梦见金色的普贤菩萨，骑着一只白象，金身上插着三支箭。兵平介在梦中向菩萨问道：“菩萨的佛身为何插着箭呀?”普贤菩萨亲自答道：“你昨日无端射杀僧人时，是我用自己的身体代他受箭的。”

兵平介梦醒后，越发感到恐惧，他知道由于自己凭空要谋杀僧人，普贤菩萨竟显示了灵验，不禁深受感动，便向光空诉说了梦境，流泪忏悔。随后，他惩处了那个捏造事实的仆从，将他永远赶出门去。

过了二三日，光空经过反复思索，深深厌弃了尘世，一个深夜，他带着佛像和经书，悄悄离开这里。兵平介就在这天夜里，又得了一梦，梦见普贤菩萨告诉他说：“你对我供奉多年，论功德理应接引于你，但是，你却凭空无故要谋杀我。正如诸佛所说‘见恶则去，见善则来’，所以我要离开你家，永远到他方去了。”

兵平介梦醒后，异常惊奇，慌忙点起灯烛，到僧人房中观看，原来光空早已不在了，佛像和经书也都不知去向。天光大亮后，兵平介到处寻找，结果杳无踪影。这时他哀伤地哭泣起来，追悔

不已。后来又寻访了许多年，但始终未能找到。

由此看来，不论谁说什么事情，首先应该查明虚实，然后相信，切不可轻易动怒，恣意作恶。

第四十一篇

贞远僧蒙普贤菩萨救助免遭横祸

古时，比睿山的西塔，有一个贞远僧人。贞远本是三河国人氏，从小离开故乡登上了比睿山。他在出家受戒之后跟随师父受习了法华经，从此不分日夜读诵，最后将全部经文背诵下来。贞远的口齿非常流利，别人读一卷经的时间他可以读完两三卷，因此，在一日之内就能读三四十卷。贞远还学习了真言密法，每日做法从不间断，可以说三业[①]相应六根[②]清净。贞远长大后，偶然离开本山，回到了故乡，隐避在祖先祠堂里，静修后世。一天，贞远因事骑马离村外出，走在途中，正值当地国守出衙。国守见贞远看见自己仍然骑在马上未动，心中不悦，立刻命随从将贞远拖下马来责打，然后又命人将贞远叫到身边，羞辱他说："全国的僧俗不论贵贱都得顺从本府，你是个何等样人竟敢和我同骑并坐，真是目无官长!"喝罢，将贞远赶在马前，带回府衙，当时押进马棚命人鞭挞起来，僧人贞远见自己无故遭此横祸，领悟到这是前世的孽报，便虔诚地念起法华经来。

当夜，国守梦见自己命人将普贤菩萨的佛像放在一只白象身上，随后搁到马棚里去了。当时，门首又来了一位普贤菩萨，身

---

① 佛教术语，指身口意三者而言。

② 佛教术语，指眼耳鼻舌身意六官而言。

骑白象放着金光，向门里打听将那位普贤拘禁起来的情由，这时，国守从梦中醒来。

国守梦醒后万分惊惧，立即在深夜间命人释放了僧人，并将他请到清净的房中，问道："不知圣僧有何道术?"贞远答道："我并没有什么道法，只不过从小信奉法华经，日夜不断读诵。"国守闻听此话，越发感到惊奇，慨叹道："我这凡夫愚昧无知，看不出圣人的高德，以至使你遭受无枉之灾，但愿能饶恕我的罪过。"说罢，又将梦中的情景说了出来。后来国守特别皈依了贞远，将他迎至府中赠衣供食，恭敬地奉养起来。三河国人闻听此事都感到无限尊敬。

由此看来，出家人纵然犯了重大的过失，也万不可强加鞭挞。

第四十二篇

但马古寺毗沙门天王降伏牛头鬼搭救僧人

古时，在但马国某郡的一个乡里，有座山寺。这座山寺修建了已有一百余年，由于寺中住有鬼怪，很久以来无人敢去。一天，有两个赶路的僧人，行至山寺附近时，天色已晚。这两个僧人不知庙内有鬼，便进寺里过夜。其中，有位僧人年纪不大，是持诵法华经的僧人，另外的一位老僧是个修道之人。入夜之后，二人分别卧在东西两面的铺上，睡到夜半三更时分，就听有人穿壁而入，随着就是一阵扑鼻的血腥气味，喘息的声音仿佛是头牛。当时屋中漆黑，也看不出鬼怪的身形模样。这鬼走进屋中来到年轻僧人的身边，僧人大惊，赶忙聚精会神读诵起法华经来，祷念菩萨前来搭救。只见这个恶鬼丢开年轻僧人，朝向老僧那边走去。恶鬼来到跟前一把抓起老僧，剥开衣服立刻大嚼起来，老僧虽高声喊叫，但无人前来解救，终于被恶鬼吞食了。年轻僧人心中暗想，恶鬼吃完老僧无疑要来吞食自己，但一时间想不出如何逃避，于是，赶忙登上佛坛，将身躯藏在佛像中间，他抱住一尊佛像的腰祷告，心中念诵着法华经祈求菩萨前来搭救。这时，恶鬼已把老僧吃光，接着便直奔向这个年轻僧人而来。僧人听见恶鬼走近前来，几乎吓昏过去，但他心中仍然默念着法华经。后来，只听恶鬼在佛坛前面摔倒在地，随后便一声不响了。僧人暗想，这个恶鬼必然是在寻找我的所在，因而一声不响地在那里偷听。僧人

想到此处越发感到恐惧，连呼吸都唯恐发出声音来，只是紧抱佛腰一心念诵法华经等待天明。这时，僧人觉得仿佛过了多少年似的。昏昏迷迷地好容易熬过了一夜，天光破晓之后，他首先望望自己搂抱的佛身，原来是尊毗沙门天王[①]，再看佛坛前面，躺着一个牛头鬼，全身已被裁成三段，毗沙门天王手中所持的那根金刚杵的杵头上染满了鲜血。这时，僧人才知道原来毗沙门天王为了搭救自己，杀死了恶鬼，想到这里心中无限感动，觉得非常可贵。僧人这时的确明白这是毗沙门天王对持诵法华经僧人的加护，完全符合天王的“令百由旬[②]内无诸衰患”的宏愿。

后来，僧人跑到村里，将这件事告诉了当地人们。乡人闻听此事都前来观看，果然和僧人所说一般无二，众人看罢各自称奇无限惊讶。这时僧人感激涕零地拜谢了毗沙门天王，离寺而去。后来，当地国守听说此事，将这尊毗沙门天王神像迎往京城作为主佛虔诚地供奉起来，据说这位僧人从此更加坚持不懈地读起法华经来。

---

① 佛教中护法之天神，又名多闻天，是四天王之一。

② 佛教术语，印度古代计算里程的单位名称，也叫作逾缮那。有代表四十里、三十里、十六里三种不同说法。

第四十三篇

隐居鞍马寺某僧人逃脱罗刹鬼难

古时，鞍马寺里隐居着一位修道僧人，一天夜里僧人拾了些树枝，正在那里打火烧柴取暖，不觉已经到了深夜。有一个罗刹鬼变化成一个女子模样来到僧人跟前，坐在火堆的对面。僧人瞧见女子，疑惑她不是什么寻常女子，非鬼即怪，便将铁禅杖的一端放在火中烧红，朝着妖鬼的胸膛猛然刺去，随后便脱身逃出，僧人跑到佛堂以西的一株枯树下，悄悄蹲下身来，藏在树后。妖鬼一见自己被火红的禅杖刺进胸膛，登时大怒，顺着僧人逃跑的足迹追赶前来。妖鬼发现僧人藏在树后，便张开大口，想将僧人吞食下去。僧人大为恐惧，赶忙定神祷念毗沙门天王前来搭救。其时，枯树突然倒下，正打在罗刹鬼的身上。罗刹鬼被压立即毙命。僧人保全性命后越发祷念起毗沙门天王来了。天光大亮之后，僧人一看果然枯树已倒，确实压死了一个妖鬼。僧人看到这班光景，不禁感激涕零，朝着毗沙门天王礼拜后离寺他去。

看见和听闻此事的人，越发相信毗沙门天王的灵验昭著，深深感到可贵。

第四十四篇

蒙毗沙门天王相助某僧人生产金子

古时，比睿山某寺有一僧人，虽然已经成为博学多闻的高僧，却十分贫困，因为缺少有势力的檀越接济，不能久居山中，后来便离山进京，栖身在云林院中。僧人不仅父母死亡，而且缺乏亲友，生活无依无靠。他为此事多年来到鞍马山寺祷告。

一年的九月初十，僧人又去参拜鞍马山寺。当他拜毕归来，行经出云路的附近，天色已晚，隐约地望见前面有一小僧在赶路，不多时明月上升，僧人放快脚步，匆忙地奔回山寺。当他走到一条大路以北的一条小道上，方才看清前面走的原是一个年约十六七岁的童子。只见他生得十分清秀，身上穿着一件零乱不齐的白衫，腰间系着一根衣带，独自在那里行路。僧人见童子单身一人，不见有同行的师父，心中有些诧异。这时，只见童子走近僧人身边，问道："师父意欲何往?"僧人回答说："我回云林院去。"童子说："请师父带我前去。"僧人闻听此话，暗想，我与他素不相识凭空如何使得，便向童子道："我虽然高兴带你前去，但不知你家住何处，如今是去师父那里还是走娘亲那里，如果日后被他们知晓，岂不招惹出是非来。"童子说："师父所言，甚是有理，但是多少年来，我和我侍奉的僧人总是不能情意相投，因此我便离开那里，在外漂泊已有十来天了。我家中虽有老人，但从小就将我送出去不管，不论是什么地方只要有人怜惜我，我都愿意跟随

前去。”僧人听罢，便道：“听你之言，我非常高兴。往后，即使有人知道，也不能责怪我僧人了，不过我的僧房之中，除了我这个贫贱的小僧之外别无他人。难道你不嫌寂寞无聊吗?”僧人和童子二人一面行路一面交谈，僧人见童子的心意非常坚决，不禁动了心，心想何不暂时带他前去。于是将童子带到云林院的僧房中。

僧人点上了灯烛一看，见童子生得面如满月，肤色白皙，妖媚动人，神情高雅。僧人看罢心中大喜，暗想，看光景此子的出身绝非下贱，但是尽管他再三向童子探询他父亲的名姓，童子始终不肯对他言讲。当夜，僧人将自己的被褥从平日间的位置移过来，躺在童子的身边，二人闲聊之间蒙眬睡去。翌日天明，隔壁的僧人们瞧见童子，都赞不绝口。

僧人唯恐有人瞧见童子，甚至连房廊下也不准许他走出来。僧人心中时时刻刻在怜爱着童子，到了第二天傍晚，僧人走近他的身边时，发现童子的一举一动都那么温柔和顺。当时感到惊异，便对童子说：“我这一生，除了在母亲怀抱之外，从未接触过女子，也不知其中的详情，但是我奇怪的是，在你身边总不像接触一般童子，不知为什么，我总想接近你。是不是因为你是个女子?果真如此，就请实说了吧！我自从见到你之后，片刻也不想离开你，这真使我奇异难解。”童子闻听笑着说：“假若我是个女子，难道就不能使你满意吗?”僧人道：“如果我领着一个女子，势必有人要说长道短，这可不能不谨慎，俟时恐怕也难免遭到三宝的惩罚。”童子说：“三宝所惩罚的人，必当是有心为恶的，至于别人从表面看来，你不是仍然携带着一个书童吗！即使是个女子，你也可以装出对童子说话的神情来呀!”童子说着，自己觉得好笑，僧人闻听此话已然领会童子是个女人之身，心中说不出的恐惧和懊悔，但是他心坎上已经深深种上了童子的形影，为他费尽了心思，又怎肯将他赶出门去。僧人知道童子是个女人之后，就寝时和衣而卧，尽管如此，僧人毕竟是个凡夫俗子，终于和这个

童子成其好事。从此，僧人知道童子的美貌是理所当然，再不用苦费心思了。这时，邻舍的僧人们都议论说："他穷到这般光景，用什么来养活这样一个可爱的孩子。"

后来童子的神情渐渐有些反常而且不思茶饭，僧人非常惊异，这时童子说："我已身怀有孕，因而如此。"僧人闻听，不觉一怔，说道："几个月来大家都知道你是个童子，这样岂不令人惊疑，而且，到临产时又该当如何呢?"童子说："这有何难，不管怎样，一定不叫人知道，到那时我会一声不响。"僧人听了，心里又难过又感觉童子可怜。这时怀孕期满，童子也仿佛失掉了主张，讲出许多伤心话来，悲泣不止，僧人听了也无限感伤。当二人正在对泣之时，童子觉得腹中疼痛，说是就要临盆，僧人一时慌了手脚，不知如何是好。童子说："你不必这般惊慌，只在库房里铺上一张席子就可了事。"僧人按照童子的吩咐，在库房中铺好席位，童子来到席上，为时不久，便产生了一子。童子脱下衣服将婴儿包好，放在席上，便转眼不见了。僧人见童子失踪，惊疑地走近婴儿身边，轻轻掀开襁褓一看，谁知里面不是婴儿，却是一块大如枕头的石块。僧人又惊又怕，天光大亮后，他发现石头上闪闪发着荧光，仔细一看原来是一块真金。

童子失踪后，僧人想起童子在日的音容笑貌、举止动作，心中无限怀念和伤情，但是他知道这完全是鞍马寺中的毗沙门天王在设法帮助自己。后来，他将金块砸碎，边砸边卖，果然成了一个百万富翁。

起初，金子只叫作黄金，大概从此事发生后，才称为"金子"① 的。这件事是由僧人的一个弟子传说出来的。毗沙门天王的灵验昭著由此可见一斑。

---

① "金子"原作"子金"，读作 Kogané，与"黄金"一字读法相同，由此附会出来的一种"民间字源"解释。

第四十五篇

某人亵渎吉祥天女神像

古时，圣武天皇朝代，和泉国和泉郡的血渟上山寺里有一尊吉祥天女的塑像。当时，有一人因事从信浓国来到了和泉，当他路过血渟上山寺时，瞧见吉祥天女的塑像，偶然起了爱慕之心。这人自从看到神像后，便念念不忘，朝思暮想，经常祈求上天赐给他一个和天女一般无二的美貌女子。后来，他梦见自己去到那座山寺，和天女交欢。这人梦醒后，心中非常惊异，第二天便去山寺，仔细观看天女塑像，发现天女腰部的衣衫上，果然有一块房事后的污迹。这人目睹此情，追悔不已，悲泣地祷告说："我看见天女的像，起了爱慕之心，祈求上天赐我一位和天女一般的美貌女子，万没想到天女会来亲身和我交欢，真叫我恐惧悔恨不已。"这人自觉此事很不光彩，虽然坚决不对人讲，但是终于被他的一个亲信徒弟偶然偷听了去。其后，便对师父无礼，这人见徒弟如此，便将他赶出村去。徒弟到了外乡，大肆宣扬此事，诽谤他的师父。该乡的人们听说这件事便跑到他师父那里探向此事是否属实，而且还到天女像前寻找那块涂污的痕迹。师父见无法隐瞒，只好实说，众人听了都觉得此事出奇，确是由于他的诚心所至，感动得神女从权示理，由此看来，纵然是一个好色之徒，看见美貌女人而产生爱慕之情，也切不可强求不忘，这是有百害而无一利的。

第四十六篇

王女信奉吉祥天女获得财物

古时，圣武天皇朝代，有二十二位王子和一位王女，同心相约，在各人府中轮流设宴。王女虽然参加了轮流设宴的约会，但因家贫无力筹备盛宴，后来，二十二位王子都已举办了欢宴，只剩王女一人不能设宴。王女见自己遭报受穷，心中羞惭，于是亲往奈良左京的服部佛堂参拜，对着吉祥天女的塑像，哭着祷告说："我知道我前世种下贫穷之因，今生才遭到贫困之报。可是，我们二十三个人约定轮流摆宴，我虽然加入其中，却无力筹备，白吃了人家的食物，自己不能如愿设宴，我请求天女大发慈悲，××××"王女有一子，正在这时突然跑来，对她说："××××从旧京带来许多食品。"王女闻听此话××××，原来是喂养王女的乳娘来到她家，乳娘告诉王女说自己已经送来酒饭，可以随意宴请宾客。王女听罢，心中无限喜悦。乳娘送来的菜肴滋味鲜美，种类繁多，无一不备，盛菜的器皿都是金属制的，由三十八个差役挑着送来。王女见了欢喜非常，立即邀请众家王子到来，吃了酒饭，觉得比以前的任何一次酒宴都更美味，于是皆大欢喜，称赞她为富王。诸王子饱餐已毕，又歌舞游戏，有人将袍服脱下赠予王女，有人还赠送了钱、绸、布、棉，王女欣喜地收下财物，暗想这完全仰仗乳娘的功德，便手捧得来的袍服，让乳娘穿用。乳娘穿上，立即回去。后来，王女想到应该去拜谢吉祥天女，来到

服部斋堂一看，发现自己叫乳娘穿去的袍服，正披在天女像上，不由惊疑地转回家来，连忙差人到乳娘那里去问明究竟，乳娘回答说自己根本不曾送过什么酒饭。这时，王女这才知道原是天女暗中帮助自己，于是感动得流下泪来，从此，越发虔诚地信奉了天女。后来，王女越来越富裕，终于家财万贯，再不用为贫穷发愁了。

看见和闻听此事的人，都深受感动，他们称赞这是一件奇异可贵的事情。

第四十七篇

生江世经信奉吉祥天女致富

古时，越前国有一人名叫生江世经。这人后来身为加贺郡的掾史，但他起初家道贫寒，以至食不得饱。然而，世经却能虔诚信奉吉祥天女，因而终于成为一个家财万贯的富人。

起初，世经在贫穷的时候，××××信奉吉祥天女，一天，他向天女祷告求助××××。当时，门首来了一个容貌端正的女子，言说要送给主人东西××××，世经不知来者是谁，出来看时果然是个美貌女子，××××女子说道："这里有一碗饭，你在饥饿时可食用。"说罢，将饭食送给世经，世经非常喜悦，将这碗饭拿进屋中，刚刚吃了几口，便觉得腹中饱满起来，过了两三日仍然觉不出饥饿。世经将这碗饭收藏起来，慢慢食用，但是多日之后，这碗饭终于吃光。世经吃完这碗饭仍无处觅食，只好又和上次一样去祷告吉祥天女，这时，又有人前来告诉他说："先前说给主人送东西的那个女子，现在门外。"世经听说上次的女子来到门口，正是欣喜，赶忙出门观看。先前的女子见世经迎出门来便对他说："我很可怜你，总想帮助你一下，这次可以赠给你一张领取俸米的执照。"女子递过执照，世经展开观看，只见上面写着："凭照发给稻米三斗"。世经看罢，问道："不知要到何处领取?"女子道："从此处往北，越过山峰，其中有一座高峰，你登上高峰之后，连呼几声'修陀'，那时必有人出来回答，你可以向他索

取。”世经听了这番话，遵照指示的方向走去，果然遇到一座高峰。他攀上高峰站在那里，按照女子的所嘱，大声呼唤：“修陀！修陀！”这时，只听有人答应了一声，响亮得十分可怕。出来看时，原来是一个额生独角，一只眼睛，腰间系着一件大红兜裆的巨鬼。巨鬼出来跪倒在世经的面前，世经一见虽然万分恐惧，心中却在祷告，他镇静地说：“这里有一张执照，叫你付米！”巨鬼道：“必当遵命。”说罢，接过执照观看，执照上虽然写着“凭照发给稻米三斗”的字样，而巨鬼却答应只给一斗，他将一斗米装进粮袋之中，交与世经。世经得米后，回转家中，从此，每逢他取米之后，粮袋便自然涨满，不论取用多少，也永远取之不尽。取出的大米有成千上万石之多××××，而这斗米却永不见减少，为时不久，世经便积满××××。这时，当地国守某人闻知此事，××××对世经说：“你手中有这样一条口袋，应当从速卖给我。”××××世经因是国中的子民，不便拒绝国守所求，因而将口袋奉送国守，国守得袋大喜，赠世经稻米百石作为报酬。粮袋到国守手中，同样是取一斗出一斗，总也取之不尽。国守瞧见这般光景，心中暗想，这回总算能够发财致富了，不料百石稻米取完后，袋中原来的那斗米也被取净，从此再也无米可取。国守一看事与愿违，虽然感到无限惋惜，但也无可奈何，只好把口袋又送还给了世经。世经重新获得这条口袋，把它收在家中，照样从里面随意持取，袋中的稻米仍旧是取之不尽。后来，世经拥有无数的财宝，终于成为一个举世罕见的富人。

看来，太守是个极其愚蠢的人，世经信奉吉祥天女所获得的神赐的宝物，岂能被他强行夺取。由此可见，诚心祷告上苍的人，就能获此巨富。

第四十八篇

蒙妙见菩萨相助失绢复得

古时，纪伊国安谛郡有座寺院叫私部寺，寺院前面，有一家富户。一天，盗贼潜入这家人家，偷去十匹绢绸，但是偷绢贼究竟是谁，家人都无从得知。这个富户的主人原本信奉妙见菩萨，多少年来如一日，他看绢绸被人盗去，便虔诚地向妙见菩萨祷告起来。且说，那个偷绢贼将绢拿到寺院以北的市场上去卖，正当有人要买绢之时，突然市场上刮起一阵狂风，将绢卷入天空，直向南方吹去，最后，落在绢主的房院之中。这时，离失盗之日还不满七天，绢主得绢大喜，知道事非偶然，乃是妙见菩萨的保佑，××××更加发起信奉心。市场上，打算买绢之人×××××听说绢绸原是贼赃，××××也就作罢。

看来，这件事确是一件奇异事情，如果能诚心祷告上苍××××。

第四十九篇

金鹫优婆塞向执金刚神求道

古时，圣武天皇朝代，在奈良京城的东山上，有座山寺，山寺里住着一个优婆塞，名叫金鹫。金鹫优婆塞修造了这座山寺之后，便在寺中居住下来，当时，东大寺尚未建成，因此，金鹫行者便住在这座寺中修道念佛，山寺里有一尊执金刚神的塑像，行者金鹫在执金刚的腿上拴了一根线绳，用手拉着绳子一端，不分昼夜地修道念佛。这时，从执金刚神像的腿上，放射出一道白光。这道白光一直射进了天皇的殿中，天皇望见白光，不知白光究竟来自何处，心中诧异，便派使臣前去寻访。使臣奉旨沿着白光射来的路线，找到了那座山寺。使臣走进山寺去看，原来是一位优婆塞正在那里拉着拴在执金刚神像腿上的线绳，礼拜修道。使臣看罢这番光景回宫奏禀了天皇，天皇闻听此事，立刻传旨召见这位金鹫行者进宫，天皇问他道："不知你有何心愿要为此修行?"金鹫答道："我希望能出家修道，因而如此。"天皇听罢，称赞了一番，当时传旨准许金鹫出家为僧。这时，金鹫行者终于如愿以偿，出家做了和尚。当时，国人看见和闻听此事，××××，天皇对这位金鹫菩萨××××。

后来，那尊放射白光的执金刚神像，移供于东大寺羂索堂的北门前，是一座值得人们专诚参拜的神像。羂索堂就是金鹫行者昔日居住的山寺旧址。古代出家之事必须获得天皇的恩准，否则不能任意而行，所以，金鹫行者才如此虔诚祈祷。

第五十篇

元兴寺中门夜叉显灵

古时，元兴寺的中门两侧，有多闻天王和增长天王两尊塑像，二天王的使者是一个夜叉。由于夜叉的灵验昭著，不论寺中的僧侣还是乡里的男女，都前来参拜。有的操持佛事，有的准备香供，所有的祷告，都是有求必应。因此××××（以下缺文）

卷十九

本朝及佛法

第一篇

头少将[①]良峰宗贞出家

古时，在仁明天皇朝代，有位名叫良峰宗贞的左近卫府少将，官居藏人头之职，他是安世大纳言的公子。宗贞不仅仪表秀雅，心地醇正，而且才华过人，深得天皇的眷顾。由此，招得侍臣们的嫉妒，都对他暗怀不满。

当时，仁明天皇的太子正储位东宫，嫉恨少将的人们便乘机向太子进谗。太子和天皇虽是父子，但因受谗言所惑，觉得良峰少将事事难洽人意，深为憎恶。宗贞少将也察觉太子的心意，但凭恃天皇的恩宠，也不把此事放在心上，照旧朝夕不懈地伺候在御驾左右。

后来天皇染病，数月不愈。宗贞为此焦急不安，寝食俱废，但天皇终于宾天。少将在天皇晏驾的当夜，自觉前途茫茫，容身无处，深感人事无常，顿生出家修道之念。

少将的妻子本是王家的郡主，夫妇情深义重，很难舍离，膝下还有一双儿女。宗贞想到自己出家之后，妻子孤身无依的悽情惨状，虽感痛苦，但是，出家之心十分坚定，所以就在天皇大丧礼完毕的当夜，不曾告诉他人，暗自离家出走。妻子眷属都悲痛

① 原文作“藏人头”，是日本古代的官名，掌管殿中的机密文书、乘舆服物，并兼管皇室的出纳和宫中的警卫，相当于我国唐代以前的侍中祭酒。

欲绝，纵然走遍了所知道的丛林大刹，也终未找见少将的下落。

原来，这位少将在天皇安葬的翌晨，早已登上了比睿山的横川院，横川院北有个山谷，慈觉大师正在那里的一株古杉树窟中如法守经[①]，宗贞来到这里，拜见大师，从此便出家为僧了。当时，他曾作歌道：

祝发入室内，
有负慈母心，
讵知极爱物，
今日委轻尘。

宗贞自从拜了慈觉大师，便开始习学佛法，日渐深入。一天，宗贞听人传说国服已满，新帝即位，心想世人必然换上了新服，不由得触动哀思，于是便独自吟道：

众人易新装，
我心独自伤。
泪湿袈裟袖，
感恩痛断肠。

宗贞勤修苦炼不知过了多少年，一年的十月，他到笠置寺参拜，在礼堂的一隅铺上了蓑衣，然后独自一人坐在那里修道。为时不久，有人前来拜佛，宗贞见头一个走进来的妇女像是一位主妇，跟着一名随身仆妇、一名家将似的男仆，此外，还有两三个男女仆从。这一行人进得堂来，在离宗贞一丈多远的地方跪下，

---

① 如法守经，谓如规定的办法，施行“精进”，出守法华经，此事起于慈觉大师。

由于宗贞待在暗处，女子不知堂中有人，就向佛祖低声祷告，听得十分真切，只听她呜咽地祷告说："求菩萨指点出我失踪的夫君的下落!"宗贞侧耳细听，听出是自己的妻子，看她为了寻找自己竟来祷告佛祖，不禁悲痛欲绝。有意上前相认，但转念一想，相认之后又当如何，佛祖的法语也曾反复告诫："恩爱要断绝!"宗贞想到这里，连忙祷念起来。少时，天光破晓，拜佛人起身回去，宗贞在他们步出礼堂的时候看见那个武士身背一个七八岁的孩童，男仆就是乳娘之子，背上的孩童正是自己的亲生子。再看那个仆妇抱着的四五岁大的女孩，正是自己的女儿。

一行人离开佛堂，转瞬间便在漫天大雾里消逝了。如果宗贞道心不坚，恐怕早就上前相认了。

宗贞这样苦苦修炼，后来终于成为很有灵验的高僧。只要把他的念珠和金刚杵放在病人身旁，无论什么邪祟也要现出原形，诸如此类的灵验真是不遑列举。

且说，宗贞满心惧怕的那位东宫太子，继位后号称文德天皇，践祚不久得病晏驾，便由太子清和天皇继位，在位之时，偶染重病，于是传旨召来无数广有法力的高僧日夜祈祷，但始终不见效验。后来有人奏道："比睿山横川院的慈觉大师，有位弟子名叫宗贞法师，就是当年的头少将良峰。这位法师道行高深很有法力，请传旨召他，为陛下祈祷。"天皇听罢立即降旨宣宗贞入宫。宗贞连接几次敕旨，赶忙参加加持祈祷①，果然立见效验，天皇霍然痊愈。天皇病愈后立即降旨封他为法眼②。

宗贞后来仍然坚持不懈地苦修佛法，阳成天皇即位后，见宗贞屡显灵验，又加封僧正③。后来，宗贞移居花山寺，法号遍照。

---

① "加持"本梵语，是真言密教的一种祈祷方式。祈祷时手结密印，口诵咒语，说这样就能借佛的法力消灾免难。

② 日本古代的僧官第二级，次于法印，通常是赏给僧都的。

③ 日本古代的僧官第一级。

遍照在花山寺居住多年，蒙圣上加恩准予乘辇车[①]入宫，又赏赐了封户[②]。宽平二年正月十九日这天，宗贞僧正溘然逝世，享年七十二岁。世人称他为花山僧正。

出家一事总离不开机缘，花山僧正原受仁明天皇多年的宠遇，只因惧怕文德天皇，才一时发起道心，出家为僧，可见他是有出家机缘的。

---

① 宫中手挽车，古代唯有太子、亲王、大臣、僧正才能乘坐。

② 日本古代，朝廷根据官位或功勋把地方上的户口封给皇族及高级官吏叫作“封户”，封户把应交纳国家的“租”的一半和“庸”“调”的全部交给得到封户的官吏。

第二篇

三河国守大江定基出家

古时圆融天皇朝代，三河地方有位国守名叫大江定基，是曾任参议[①]左大辨[②]式部大辅[③]等职的济光博士[④]的公子。定基天性仁慈，才智过人，初任藏人，后因劳绩卓著，升任三河国守。

定基在发妻之外，还眷恋着一个年轻貌美的新宠。他对这个女子情爱深重，形影不离。他的发妻后来得知此事妒火中烧，竟抛却夫妻情分，离别而去。发妻去后，定基就立了那个女子为室，这次升任三河国守，就携她同赴任地。

在任期间，女子身患重病，缠绵床蓐，日久不愈，定基为此忧虑万分，广祈神佑，百般祷告，但终无效验。定基眼看她经过病中的折磨，那美丽的容貌已经憔悴不堪，心中十分悲愁。不久，这女子便病重而死。定基不胜悲悼，迟迟不忍葬埋，每日拥尸同眠。过了数日，定基在接吻时，觉得女子口中奇臭无比，于是心

---

① 日本古代的官名，在朝廷参与国政，位在大、中纳言以下。

② 日本古代的官名，掌管中务、式部、治部、民部等四省（部）的政务，相当于我国汉代以前的兰台尚书。

③ 式部是日本古代朝廷的八省（部）之一，掌管祭祀、仪式、铨叙、学政等。大辅是一省的次官。

④ 日本古代的官名，掌管教授学生的职务，在大学寮设有国子博士以及明法博士、音博士、书博士、算博士等，在阴阳寮设有阴阳博士、历博士、天文博士等。

灰意冷，就把尸体埋葬了。定基在葬妻之后，感到人事无常，立刻起了求道之心。

当时，三河地方，百姓有举行风祭[①]的习俗，定基看到人们在节日宰杀野猪献神的惨状，触景伤情，修道的心愿更趋坚定，恨不得马上弃官而去。

这天，有人捉到一只活山鸡，送至国守府衙，国守吩咐道："快把山鸡拿来，我要尝尝活山鸡做的是否格外鲜美。"众家将不通事理，只知讨国守欢心，连忙附和着说："国守说得太对了，用活的做的滋味怎么能不鲜美呢！"其中也有稍懂事理的人，心想国守怎么这样残酷呢？不多时，有人把山鸡捉来活着拔毛，山鸡虽然扑展了一会儿双翅，但被人捺住只是拔个不停，山鸡的眼里流出了血泪，它眨着两眼向人们脸上观看。也有人不忍目睹，悄悄离去，也有人一面狠狠拔毛，一边笑着说："你们看，这只鸡还会哭呢！"鸡毛拔完以后便动手宰杀，只见鲜血随飞刀迸发而出，山鸡一声惨叫，立即死去。宰杀已毕，又炸又烤，有人尝味觉得格外鲜美，这个人对国守说："味道果然异常鲜美，比那死了再来烹煮，要好得多了。"不料国守看着刚才的情形，不禁热泪横流失声大哭，弄得那个声称味美的人十分惶恐。这位国守就在当天离开府衙，返回京城，求道之心非常坚定，终于削发为僧，法号寂照，人们后来称他为三河入道。寂照的行动所以要这样一反常情，不外乎要促使自己求道之心更加坚定罢了。

后来，寂照经常在京城到处修道化缘。这天，他来到一家门首，被人让进房中，就席落座之后，有人给他端来丰盛的斋饭，寂照刚要吃的时候，抬头望见帘内坐着一位衣着华贵的妇人，这

---

① 日本古代民间的一种祭祀。每年从立春算起的第二百一十天前后，常有台风袭击日本，而且正是中稻的开花期，所以日本农民非常害怕，要在这前后举行祭祀，祈求免除风灾。

妇人正是早年下堂而去的妻室，只听女子说："果然不出我之所料，你到底落到乞食为生的地步了。"说到这里，眼光恰好碰在一起。寂照毫无羞愧之色，说了声："啊，实在是感激不尽。"随即将眼前的斋饭吃下，告辞而去。寂照对于前妻的奚落，应付得恰好，终能不为俗情所动，他的志行坚定，真是难能可贵。

后来，寂照决定渡海到震旦去朝拜名山圣地，在动身的前夕，他登上了比睿山，参拜了根本中堂和日吉神庄。他有个儿子名叫××，就在比睿山上为僧，寂照拜庙之后，顺便来到儿子××的房前，要把渡海去震旦的事告诉他。这天，正是七月中旬，月光分外皎洁，寂照敲开房门，把儿子叫出，站在廊下对儿子××说："我为参拜圣地，要远渡大海，前往震旦，能否生还很难预卜，我们今晚的会面怕是最后一次了。今后，你要好好在山中修道，千万不可荒废！"寂照说着不由得落泪，××更是哭泣不止。寂照嘱咐已毕，转身回京，××送出了大岳。这时，月光极明，白露满地，哭声哀鸣，一片凄凉景象，倍增别离情思。寂照见儿子已然送到山下，便吩咐道："急速回山去罢！"说罢就隐没在朝雾中了。××哭着转回山去。

后来，寂照渡过大海，到了震旦，朝拜了许多名山圣迹，了却了夙愿。当时，并得到了宋天子的召见，受到尊敬。一天，宋天子召集全国高僧，佛堂斋供罗列，十分隆重。天子传旨说："今日的斋会，不用宫监传递斋饭，各人可施展法力，飞钵领斋。"天子的用意，在于试探日本圣僧的道法。众僧领旨以后，从首席的圣僧开始，每人依次地飞起座前食钵，取回了斋供。寂照因为受戒年浅，所以陪坐末席。当轮到他飞钵取斋的时候，他刚要站起身来，手捧食钵亲去领斋，只听有人说道："这如何能行，必须飞钵领斋。"寂照手捧食钵说："飞钵之技在佛法以外，寂照不曾学习。听人说，日本国古时也曾有过此法，但因后世失传，至今已成绝响。寂照不曾学习，如何能使食钵飞起？"说到这里，就听有

人催促说："日本圣僧的食钵，为什么这样慢腾腾地不起飞呢!"寂照听了十分难过，暗暗虔诚祷告说："我国的三宝快来助我，如果此次飞钵不起，实是我国莫大耻辱!"寂照正在祷告之中，只见他那个食钵突然盘旋飞起，转眼间请回斋供，而且食钵飞得比先前的人快得多。看到这般情景，上自天子下至文武百官人人肃然起敬。从此，更得到天子的信奉。

寂照逗留在震旦期间，朝拜了五台山，并在山上修了许多功德。有一次，他烧好水叫大家洗澡。众僧都排坐在饭桌前，准备斋后沐浴，正在这时，突然有一个极为肮脏的女子，怀抱孩子领着一条狗，来到寂照面前。众僧见女子身长毒疮，十分肮脏，就吵嚷着轰她出去。寂照当下制止了众人，给了女子一些斋饭，劝她回家。女子说："我身上长着毒疮，痛苦难忍，特意前来洗澡，请你们分一些热水叫我洗洗吧。"众僧闻听，吵嚷轰赶。女子逃到后山潜入浴室，抱着孩子连人带狗一齐洗起来。众人听得浴室里水响，齐声喝道："打跑她!"大家走进浴室一看，女子转眼就不见了。众人惊异地到室外四下寻找，只见屋檐前一道紫光冲天而起，大家瞧见紫光，交口颂赞说："这必是文殊菩萨的化身。"都悲泣地望空叩拜，但是，菩萨的化身再没重现。

寂照的弟子名叫念救，曾跟随师父一同前往震旦。他在回国后，对人讲述此事，寂照在震旦宠邀得宋天子的信奉，钦赐圆通大师的封号。寂照的出家，也是凭着一时的机缘，不料竟能获得外国的尊崇。

第三篇

内记庆滋保胤出家

古时，村上天皇朝代，有一位内记[①]名叫庆滋保胤，他原是阴阳师[②]贺茂忠行的儿子，后因过继给××博士为嗣，故而改姓庆滋。

庆滋心地善良，才智过人。年纪不大便在朝中为官，累充博士之职，后来年纪衰迈，起了求道之心，终于在××地方削发为僧，法号寂心，人称内记圣僧。寂心是空也圣僧的门下弟子，结果他也成为一个得道高僧。寂心慧根很深，在研究佛事中何事最有功德时，认识到最大功德莫过于修建庙宇和雕塑金身，于是下定决心先修建一座佛堂。他知道独力难支，所以就到各地募化，广求人们布施。由于众施主乐于捐助，因而募化了一些财物。寂心打算用这些财物购买木料，便决定亲往播磨地方托施主们代购。寂心到播磨以后，又进行募化，当地人也布施了许多财物。

寂心沿途化缘，这天来到一个河滩。他看见河滩上有一个僧人打扮的方士，头戴纸帽，正在那里修祓禊的法术[③]，××一见急

---

① “内记”是日本古代的官名，属中务省，掌管拟诏敕，并侍天皇起居，记其言行，相当于我国唐朝时的起居舍人。

② “阴阳师”是日本古代的官名，属中务省阴阳寮，掌天文、历数、占卜等事务，相当于我国魏晋以后的太史。

③ 日本神道教的一种求神降福、驱逐邪魔的道法，通常在河滩举行。

忙下马，走到方士的身边问道："不知师父在这里所做何事？"方士答道："正在修袚禊的法术。"××道："我知道你在修袚禊的法术，但不知为何要戴这顶纸帽？"方士说："神社的诸神忌讳僧人，所以我在修袚禊的法术时只好暂时戴上纸帽。"××听说大叫，上前一把抓住了方士，这位方士突然遭此意外，高举双臂，连连问道："这是何意？这是何意？"也顾不得修法了。

在场请他修法的人们，［看了也莫名其妙。］寂心一把扯下方士的纸帽，撕个粉碎丢掷在一边，哭着说："你既然做了佛门弟子，怎么能因为神社诸神的忌讳，就不顾如来的禁戒，头戴纸冠呢！这岂不是要造下堕入无间地狱①的罪孽吗，真是叫人痛心。你索性杀了我罢了！"说罢又揪住方士的衣袖痛哭不已。

方士说道："这简直是疯了，你何必这样哭喊。你的话固然非常有理，可是我生活无路只好学习此道，如果不做此事，又凭什么养家糊口呢？我知道如果缺乏道心，就难以成为舍身度世的圣僧。如今我虽然是僧人打扮，其实不过是个凡俗之躯，有时想起这样下去后世堪忧，又何尝不暗自悲痛呢！但是，为了眼前的生活，我又只好这样。"寂心听罢这番话说道："话虽如此，你总不该在三世诸佛的佛头上扣戴纸冠。如果你因贫穷出于无奈，我可以将化得的财物全部送你，奉劝一人成佛其功德胜于修庙建塔。"

说罢自己留在沙滩等候，打发弟子去取募化来的那些财物，全部赠给了这个做方士的僧人，然后回到京都。

寂心后来住在东山如意寺里。一天，六条上皇传旨召寂心即刻进宫。寂心向亲友借了一匹马，一清早便动身赶路。这位圣僧骑上马不像一般人那样加鞭催马，完全听从马意，任它快慢走去。那匹马停在路旁吃起草来，寂心也一直不加催促。跟马的马夫见

① 梵语，又译为阿鼻地狱，是佛教传说中八热地狱之一，凡生前犯忤逆罪的人，死后必堕此地狱无间继续受剑树、刀山、汤镬等苦。

到这般光景不胜焦急，心想：照这样下去，岂不要等到天黑。于在马的臀部打了一下，寂心立即跳了下来，一把扯住他说："你凭什么这样打马？难道你欺侮我这老僧不会骑马不成？你不知道这匹马是几经轮回的我们前世的父母吗？你以为这不是你当世的父母，就这样欺侮吗？难道这匹马不正是累世为你的父母，由于生前爱你，死后又舍不得你才这样转为兽身，以后还要继续堕入许多地狱饿鬼之途，去受苦受难吗？这匹马就是因为疼爱亲生子而转生为兽身的，如今它正饥饿难忍，要想饱吃一口青草，你正该拔来给它吃，为什么却打它走呢！我这老僧由于年老力衰，行动不便，稍微远一点的路程就行走不快，不得已借用了这匹坐骑，但是一想到自己前生前世的父母可能已经转为马牛时，心里觉得惶恐不安，但是你为何竟阻拦它吃草，并且还打它走呢！你这人真太无慈悲了！"说罢号啕大哭。马夫心中虽然觉得非常好笑，但不好违拗他，就回答他说："师父所言极为有理，打马全怪我狂妄无知。我只认为它是普通的牲口，不晓得它是前生的父母，所以竟做出这等事来。从今以后，我一定拿它当作自己的父母看待，小心谨慎地服侍它。"寂心闻听此话，抽泣着说："啊，那太可贵了！太可贵了！"说罢转身上马继续赶路。

行走之间，道旁有一座陈旧的木制的墓碑[①]，寂心瞧见木碑慌忙翻身下马，马夫不解其意，连忙上前勒住缰绳。寂心下马后，吩咐马夫拉马到前边等候，马夫牵过马匹回身一望，只见寂心在荒草丛生的地方跪伏起来，解开裙裤缚腿的襟带，换上道童拿来的袈裟，整整衣领，将左右两袖合拢一处，深深地弯下腰去，仿佛一个侍从参见主将似地一边斜视着木碑，一边躬身上前。当他走到木碑跟前时，双后合十，额头触地，连连叩拜。他那跪拜姿势，远远望去是十分虔诚的。寂心叩拜完毕后仍在马下步行，直

① 立在坟墓后面，上写梵文经句的塔形木碑。

到回头望不见木碑，才上马而行。寂心每见一座木碑，便要这样叩拜一番。从如意寺到六条上皇的宫里本来不消半个时辰就能走到，可是他从清晨卯时一直走到申时已过。这个马夫回来以后对人说："从今以后，我再也不跟这位圣僧出门了，他在路上磨磨蹭蹭，真叫人着急呀！"

又有一次，寂心住在石藏寺中，由于偶然受凉泻起肚来，寂心入厕后，隔壁房中的僧人听见厕中传出宛如用水壶倒水一般的水泻声音，不禁心想：一个年老之人如果这样泻起肚来，恐怕有些危险。这时忽听圣僧说话，僧人以为有人，就从墙缝间向厕中暗暗窥探，原来是一条老狗正蹲在茅厕里等着圣僧抬身。只听寂心对狗说："凡是前世待人心术不正，以秽食食人，贪图不义之财，只顾自己有名，不惜对人落井下石，对父母不孝等等坏心肠人，这辈子都要托生兽类，跑来等着吃这些肮脏东西。可是，你也是经过轮回的先世父母之身，我怎敢叫你吃这么脏的东西，何况我近来受凉，泻下来的东西简直是水，怎么能吃呢，想起来真叫我难过。明天我一定给你准备些好吃食，叫你痛痛快快地饱餐一顿。"圣僧一边说一边掉泪，说完站起身来。

邻僧当时对任何人也未提及此事，只是心中暗想："我倒要看看这位圣僧究竟怎样给狗备餐。"第二天，只见圣僧说了声："我要给狗设宴。"便命人把米饭盛在许多瓦盆之中，另外又做了三四碗菜，然后在院子中间铺上草席，把饭菜都摆在席上。圣僧见食物都准备齐全，就跪坐在席上，高声喊道："请快来吃吧！"正在这时，那条老狗跑过来吃饭，圣僧一见，搓着双手激动地说："你吃得这样香甜，真叫我太感动了！"说着哭了起来。就在这时，从旁边跑出一条小狗来，这条小狗长得比老狗高大，它并不先去吃食，却朝着老狗扑去，老狗被它扑倒，盆里的米饭撒了满地。

这时，圣僧慌了手脚，赶忙站起来阻拦说："不许这样野蛮，你的饭我给另外预备了，你们先和和气气地一块吃吧！正因为你

们没有道心，才要托生为可悲的兽类!”狗哪里肯听，把米饭踏成了一摊烂泥，在地上呼呼地乱啃。这时其他的狗闻声赶来抢食互相咬成一团。圣僧一见此情，便道:“像这样不知好歹，还是不看为妙。”说罢，跑进房去躲藏起来。隔壁僧人瞧见这番情景，不禁失笑。

寂心虽是得道高僧，却不明白狗心，这些狗如何能懂得他在尊敬它们的前世呢！不过这位被世人称为内记圣僧的寂心，确实是一位智深道广的出众圣僧。

第四篇

摄津国守源满仲出家

古时，圆融院天皇朝代，有一位左典厩[①]名叫源满仲。满仲是筑前太守经基的儿子，这人武艺高强本领出众，是深得朝廷器重，满朝文武和百姓众口交誉的一个国家栋梁。源满仲的出身也不微贱，他是清和天皇相隔不几代的后裔，多年来在朝为官，做过各地国守，权势无比，最后一任，就是摄津太守。

这时，他见自己年岁已日渐衰迈，便在摄津半岛郡多多地方，修建了一座府邸，从此闭门不出。

满仲有数子，个个娴熟兵法，唯有一子是个僧人，法号源贤，在比睿山出家，曾拜宝满寺的深禅僧正为师。

一天，源贤来到多多探望父亲，看见他犯下了许多杀生之罪，心中十分悲痛。回到横川院以后，就去拜见源信僧都，他对僧都道："我看见家父所作所为，真是伤心已极，他年纪已过花甲，风烛残年所剩无几，但是却在夏季饲养着四五十只老鹰，杀生无量。夏季饲鹰主要是为了叫它去残害生命。另外，为了大量地捕鱼，还在河里按上鱼梁。他豢养了许多鹫鸟，都是用活物来喂养它们。同时还经常在海中撒网，又不断叫家将们去山中射鹿。这仅仅是

---

① 即"左马寮"的长官，"左马寮"是日本王朝时代掌管官马的调教、饲养的机构，相当于我国唐代的典厩署。

府宅里的杀生害命，至于远方采邑的百姓，为了交纳他所摊派的贡物而杀害的生命就更不计其数了。此外，如果有人稍稍违背他的心意，他就像弄死个小虫般地把人杀掉，罪轻的，也要剁足断臂。他这样作恶多端，不知后世将受什么样的孽报！想到这里，我常难过，有心劝他出家求道，可是又不敢开口，因此恳请圣僧，指点他的迷津，使他发起道心。他的心虽然狠如魔鬼，我想如果经一位名望出众的圣僧劝说，看样子可以使他回心转意的。”

源信僧都回答说：“这确是一件令人痛心的事，指点这种人出家，不仅是一个出家的功德，还可以制止残杀许多生灵，功德是无量的，我愿意设计劝说。不过，我一人恐难成事，必须和觉云阿阇梨、院源君二人一同前去。你可先往多多，待我将他二人约好后假装修道归来，顺路前去找你。那时，你要故作惊恐地对国守说：‘某某有名圣僧，竟能在修道归途中，顺便来看我！’这时，你看他如果像是早已知道我们的名字，而露出惊讶敬重的神色时，你就可以劝他说：‘这几位圣僧，都是连朝廷传旨召见也不肯轻易下山的人，如今却趁云游修道之便，来到我们家里，这真是难得的事，何不趁此机会请他们讲经说法修积一些功德呢！能听这些人讲道，不仅可以消除无数的罪孽，还能延年益寿。’那时我们借着讲经，顺便提一提出家的好处，再在讲经之后，讲些感动他的故事。”僧都说罢，源贤欢天喜地地回多多去了。

源信僧都见到觉云、院源二位圣僧，说明来意，邀请二人同去摄津。二人闻听，都道这是一桩极大的善事，于是三人一同动身前往摄津。只有两天的路程，第二天午时光景，三人便来到了多多。这时，他们叫人进去禀报源贤，说三位圣僧从箕面朝山归来路过此地，特来访问。那人进房通禀后，源贤吩咐“快快有请”，随后便跑去禀报父亲说，从横川来了三位圣僧。国守问明法号后说道：“我早听说这些有名高僧，一定要当面拜见，这是一件大喜事，你可命人清扫客房，好生款待。”全宅上下立刻忙乱起

来，源贤心中甚喜，将圣僧们让进了一间最漂亮的客房。

国守又吩咐源贤转告圣僧说：“圣僧光临我家，本应立即拜见，但因圣僧们旅途劳顿，今天请好好休息一下，晚上洗个澡以解疲劳，明天我定亲自拜见。务请在此多多盘桓几天。”圣僧们回答说：“我等从箕面朝山归来便来访，原本打算今天回寺，既然国守如此盛情，就等晤面后再行回山罢。”源贤将这番话回报国守时，国守欣快不止，源贤又趁机对国守说：“这三位圣僧，连朝廷都传召不动，如今竟亲来我家，真是意想不到，何不趁此机会请他们供养佛经呢?”国守闻听详尽道：“你说得有理，真该这样办。”于是立刻找人绘画阿弥陀佛像，书写法华经。

太守又派人传话给圣僧说：“难得圣僧光临，拟趁此机会请讲经供佛，明天务请留下。”圣僧们回话说：“既然来到此地，定当遵从吩咐。”

当夜，所预备的沐浴热水，清澈鉴人，圣僧们沐浴通宵。到了第二天巳时已画成佛像，写好经书，府里还有一尊早已塑成的一人高的释迦牟佛像，但是国守总是忙于杀生作孽，这次也就一并供养起来。一切准备就绪后，就在午未之交，供上佛经并在正厅正面悬起佛像，然后命人去请圣僧讲道，圣僧来到正厅，公推院源圣僧为讲师开始讲经说法。也许是国守出家的机缘已到，听经后，感动得痛哭不止。就连府中那些狠如魔鬼的家将们，也都人人流泪。

讲经已毕，国守来到圣僧面前见礼，他对圣僧说：“大师等光临舍下，真是前生有缘，如今又蒙修下无量功德，可见我出家的机缘已经到了，现在我已年老，不知这一生造下多少罪孽，如今有意出家为僧，请你们住上一两日，然后度我同入佛门。”源信僧都听了便说：“真是可贵之极，一切遵命，不过，明天正是吉日，最好不要过了这个良辰，错过明天暂时还找不出好日子来。”僧都善于揣摩人心，深知像国守这样的人一时受佛经感动，兴起了出

家念头，但日子一久，可能反悔，所以才这样说。国守道：“既然如此，莫若就在今天，越早越好。”僧都道：“今天不宜出家，请你忍耐一天，明日一早，就可度你出家了。”国守听罢，说声“这真是可喜可庆之事”，激动得搓着双手走回房里。这时，他将亲信家将唤到跟前，告诉他们说：“我一生戎马，向无闪失，而今决定明天出家，执掌兵权只剩今晚这一夜了，你们务要体会我心，今夜为我严加戒备!”众家将听了，俱都洒泪退下，各自身披铠甲，佩带了箭，率领四五百名亲兵一层又一层地把府宅护卫起来，庭院中彻夜点着火把，此外，还有许多心腹来回巡逻，一刻不懈，真是保卫得就连一只苍蝇也休想飞进。他出家心切，恨不得一时天亮，刚刚破晓就净身沐浴，请求圣僧立即度他出家，三位圣僧对国守齐声称赞可贵，随着就劝说国守出了家。在这期间，国守命人把关在鹰房里的无数只老鹰尽数放出，老鹰仿佛脱笼之鸟一般地望空飞去。国守又差人将各地的鱼梁拆毁，鹫房里的鹫鸟也全部放出。在长明地方撒下的大鱼网也全部差人取回，并亲自监督把这些渔网割断。仓库里贮藏的盔铠甲胄和各式兵刃，全部被搬出库来，堆积在国守跟前一并烧毁。当时，侍奉国守多年的五十余名亲信家将，也随同国守一齐出了家，一时间妻儿老小哭成一团。一般出家的功德已然非同小可，像国守这种出家必能使佛祖倍加欢悦。

国守出家后，圣僧们又给讲了许多令人感动的好故事，他听到这些故事，越发感动得搓着双手流泪不止。这时，圣僧们感到自己劝说国守出家已经收到莫大功德，心想何妨在回山前，再使他增加些道心，于是对太守说：“我们打算明天再逗留一天，后天回山。”新入佛门的国守听此话兴高采烈地走回房去。

当晚一宿无话。第二天，圣僧们一起商议道：“他刚刚发起道心，如果趁机再激发一下，更可提高他的炽烈善念。”当圣僧们到多多来的时候，为了叫国守信佛，就曾带来十件菩萨的服装，并

雇来一些善于吹奏的乐手，这时就叫他们在无人的房间换上菩萨的服装，并吩咐他们说：“等新僧出来，大家谈论道心的时候，你们就从池塘西边的假山后面吹起笙笛，奏着美妙的音乐走出来！”过不多时新僧到来，和圣僧们谈起道心之事，正谈论间，屋外传来乐声，新僧听见乐声，惊异地问道：“这是什么音乐?”圣僧们佯装不知，假意说：“真好，这是什么音乐呢，听起来很像极乐世界来接新人，大家快些念佛罢。”这时，圣僧连同弟子们一共十几人，都用那高贵动人的声音唱念起佛号来，新僧听了经声搓着双手无限感动。后来这位新僧拉开纸门向外探视，只见金身菩萨手捧着金黄色的莲花徐步缓缓而来，新僧一见此情，立刻放声痛哭，突然从廊板上一跃而下，朝着菩萨不住地叩拜，这时，圣僧们也恭敬地叩拜起来，菩萨随着音乐返回原处。

菩萨走后新僧进入房中对圣僧们说：“大师们真给我修下了无量功德啊！我过去不知杀害多少生灵，为了消除这些罪孽，我要修盖一座佛堂来为我本身灭罪，并超度那些亡魂。”说罢，立即开工修建。圣僧们在多多又逗留了一天，然后回到了本山。这座佛堂修建完工后立即开光供奉起来，这就是多多寺的起源。

由此看来，出家一事固属是一种机缘，但国守之子源贤的用心确实难能可贵。而且，若没有这些佛尊般的圣僧前来诱导，恶人也不会幡然悔悟出家向善。

第五篇

六宫女公子之夫出家

古时，在六宫地方住着一位名叫××的人，他是王侯后裔，做过兵部。××性情乖僻，无意宦途，就深居简出隐居在父亲遗留下来的府第的东配殿里，这座府邸古木参天，亭园倾地，已经荒废了。

这人年过五十，只有一个女儿，年十余岁，容貌秀丽，从头到脚挑不出一点毛病，并且是性情温柔，举止端庄，照一般人看来，像这样美貌的姑娘，总应该配个好女婿。但是事实恰不然，姑娘虽然长得花容玉貌，由于深居闺中，外人无从知道，因而始终不见有人求亲。加上父母头脑陈旧，更不愿主动张罗择婿，在××的心意，只想为爱女择门高亲，无奈家道中落，就更难遂人愿了。他们只希望她能在父母的身边，但在女儿方面，乳娘终究是外人，不能信托，又没有兄弟可以照看，所以听了父母的心事便觉前途茫茫无限忧伤，只好常常哭泣叹息。

不久，姑娘的父母相继去世，这位小姐此时的心境可想而知，哀痛之情永无尽期，悲伤之切曷可言喻。蹉跎之间，不觉孝服期满，姑娘由于父母在世时，经常叨念女儿将来无人可靠，使她对乳娘也不能推心置腹。这样勉强支持了几年之后，先人留下的一些家具财物，也渐渐被乳娘耗费殆尽，从此她的生活再不能像大家闺秀了。她想起茫茫前途真是忧心如焚。

一天，乳娘对姑娘说：“我有个兄弟是一个僧人，有人托他前来求婚，这位公子曾经在××地方做过地方官，年纪不过二十九岁，不但相貌俊秀，而且为人正直，他父亲官阶，虽然仅至国守，可是他的祖上却是朝中的公卿。××公子听说你的景况，托我兄弟前来提亲，这人出身并不低微，不如答应这门亲事，以免过着无依无靠的生活。”姑娘闻听只是哭泣，只哭得头上的青丝都披散下来。

后来，乳娘屡次替公子传递情笺，但是，这位姑娘并不阅看，乳娘无奈只得叫人模仿姑娘的笔迹代写回信。经过几度书信往返，公子按照约定日期前来，结成永好。这位小姐本是丽质天成，公子自然一见倾心，竭诚护持，公子不愧为××之子，举止文雅，气度不凡，一个孤身无倚的姑娘，也就愿以身相许。

后来公子的父亲受任陆奥国守，在春季就要动身上任，他不能独留京中，必须抛下妻子随父同行。他由于当初并未取得双亲允许，如今纵然想带她前去也羞于启口。他想到这里，真是肝肠寸断。临行这一天，他对妻子发下盟誓然后洒泪相别，前往陆奥。来到陆奥之后，总想通信，可是，始终找不到一个可靠之人，几年来一直就是唉声叹气。

公子的父亲转眼任期届满，就要动身回京。当时名声显赫，威震一时的现任常陆国守××，想要招公子为婿，过去也曾屡次差人前来迎接，陆奥国守认为这是一桩良缘，十分欢喜，就在返京前把儿子送到常陆去了。公子在陆奥住了五年，又在常陆住了三四年，不知不觉间过了七八年的时光。常陆这边的妻子虽然年轻，惹人怜爱，但却远远不能和他那京中人儿相比，公子一心想念京城，无限怅惘。他也曾特意差人下书，结果不是原书退回，便是杳无回音。

后来，常陆国守也满了任期，就携婿同回京城，路上公子思念姑娘之情倍加殷切，不日来到粟津地面，因为这天不宜入京，

又得耽搁两三天。这时更觉得怀念急切之情甚于往昔。但进城那天，他怕白昼碰见难为情，特地在黄昏时分进入京城。公子一到城中，先把妻子送到岳父常陆国守家中，然后，自己也不脱换行装，一直奔向六宫。举目一望，原来残破的院墙现在连一点痕迹都不见了，剩下的只是几间茅屋草舍，原来的那座四柱的中门门楼已经不知去向，正厅两侧的配房也荡然无存。总账房所在的木板房虽然还在，已经是东倒西歪。干枯的水池里种着一片大葱，再也看不出原来的模样。原有的那些花开满枝的树木，也都被吹得七零八落，公子瞧见这番光景，触目惊心，心想，附近人家也许有人知道，连忙前去打听，谁知竟无一人知晓。公子望见在那已经倒塌的原来是总账房的角落里，仿佛有人住着，于是便走向前去呼唤了一声。只见里面走出一个尼姑来，借着月光，公子认出她就是当年在这府里服侍小姐的那个丫鬟的母亲。公子坐在倒塌的正殿剩下来的一根柱子上，把尼姑叫到身边，问道："你可知从前住在这里的人吗？"尼姑听罢，迟迟不语。公子见此光景，知道她一定是有意隐瞒，这时正是十月寒冬初十前后，公子见尼姑身上单薄，就解衣相赠，尼姑一见，不知所措，连忙问道："不知公子贵姓，为什么要赠我衣服？"公子说出姓名后道："难道你已经把我忘了，我倒记得你！"

尼姑听罢，悲从中来，不禁痛哭起来。她哭了一阵，便开口说："我原以为是个素不相识的人打听小姐的下落，所以才加隐瞒，现在，我要原原本本地告诉你。自从公子随父上任以后，大家都盼望早日来信，但是过了一年，也不见音信，大家以为公子已经把小姐忘在脑后。照这样过了二年，乳娘的丈夫也死去了，小姐的身边没有一个亲人，仆妇丫鬟们也全部星散了，正厅被府里的人们一点点地拆着给烧火，后来也倒了，正厅两侧的配房也被行人任意拆毁，有一年，被大风给刮倒了。那时小姐无处安身，只落得在原来卫士住过的两三间下耳房里住了下来，生活的悲惨

真是一言难尽。当时，我的女婿正要去但马，我怕在京无人照管，便也随着去了。去年，我不放心小姐的生活情况，又回京看望，不料想这里已经变成这个样了，府宅踪迹无存，小姐下落不明。我也曾到熟识的人家打听过她的去向，可是谁也不知道。”尼姑说到这里，痛哭不已。公子听了这番话后，悲伤不已，哭着走回家去。

公子回到家中，心想若找不到此人，绝不独留人世。于是，穿上草鞋，戴上斗笠，扮作一个香客模样，走遍各处寻访小姐的下落，但是，始终也没有踪迹。后来公子暗想，莫非她在西京一带不成，便从二条大道沿着大墙向西方走去，大约到了申酉之交，天已黄昏，突然降下大雨，这时心想何不到朱雀门的西配房里暂避一时，当他走到配房跟前时，从窗棂上看，仿佛里面有人。公子潜行来到窗前窥视，只见里面有两个人围着肮脏的草席，一个是年老的尼姑，一个年轻的妇人。这妇人面黄肌瘦，十分憔悴，以手代枕，躺在一领破席上面，身上穿着的那件布衣，宛如牛背上搭着的旧布，腰间还盖着一领破烂不堪的席子。公子见她虽然这般贫穷，但好像是个××人，心中不觉惊异，及至走近一望，才看出正是自己寻找的那个失踪的人儿，此时不觉心慌意乱，茫然呆望了许久，只听那女子用一种极其××而启人深思的声调作歌道：

曲肱代枕卧，
寒风穿户过，
此身已经惯，
往中莫踌躇。

公子听罢，知道这现在眼前的就是自己思念的人。这时，他惊疑参半地走上前去，掀开盖着的席子说：“你怎会落到这步田

地，叫我寻得好苦!”说着，便将妻子抱在怀中。这妇人对面一看，认出是离开自己远行的丈夫，难过得无法忍受，登时气绝身亡。公子以为她不久便能苏醒过来，仍然紧抱着不放，可是身体渐渐冰冷僵硬了。公子一见此情，决心不再回家，一直奔向爱宕山去削发为僧。由于道心坚定，有很多高贵动人的事迹。看来出家是早有机缘的事。

此事的情节虽然传说不一，但万叶集①中曾歌咏此事，所以记述于此。

① 日本最古的歌集，共二十卷，收古歌四千五百首。

第六篇

见雌鸭恋死侣有感出家

古时，不知是什么朝代，京城里住着一个地位不高的武士，家境十分贫困，生活艰难，无依无靠。

这天，武士的妻子临盆，产后很想吃些肉食，可是家中贫穷，无力购买，这时，武士心中暗自盘算，到乡村去找不着什么朋友，如果到市上去买，自己又一文不名。他焦思苦虑，无计可施，最后，拿起一张弓，带上两支箭，天不明就走出了家门。原来他想要到池塘去射上一只水鸟，以便给妻子享用。经过思索选择，心想起美美度吕池塘地静人稀，可以射鸟，何不前去看看。

武士来到池塘边上，隐藏在草丛中向外窥探，就见两只野鸭，仿佛不曾觉察出这里有人，一雌一雄双双浮游而来。武士朝着野鸭一箭射去，正射中了那只雄鸭。他极为欢喜，走下池塘拿起死鸭，匆忙地走回家去。武士到家天色已黑，他高兴地将经过告诉妻子，把死鸭挂在竿上，准备第二天早晨煮了给妻子吃，然后就安歇去了。

武士睡到夜半时分，忽然听见从竿上传来鸭子扑打扑打的展翅声，心想，莫非那只死鸭又活了不成。他急忙掌灯上前一看，那只死雄鸭仍然一动不动地挂在竿上，只是旁边却有一只活雌鸭，刚才就是它，紧靠着死雄鸭振动翅膀的。原来，白天在池塘里和雄鸭一同觅食的那只雌鸭，见它的雄侣被人射死取走，就追踪而

来，它怀恋痛悼雄侣的情切，尽管看见有人掌灯前来，也毫不畏惧，仍然偎依雄侣的身旁，情愿同归于尽。武士瞧见这番光景，不由得善念大动，不胜怜悯伤感。他暗自思忖：雌鸭虽然是个飞禽，竟能为了悲恋雄侣不顾生死地赶到这里。我生为人身尽管是为了怜悯妻子而杀害飞禽，现在看到这般光景也不忍再让妻子吃它了。于是，唤醒妻子说明此事，又叫妻子近前观看。妻子瞧见这种情景，也不由得感伤起来。天亮后，他们也没有吃这只野鸭。

武士心中久久想念此事，因而产生了虔诚的道心，后来就跑到爱宕护山的一座名寺削发出家，日后成为一个虔诚修行的得道圣僧。

由此看来，杀生的罪过虽然重大，但这个武士却因杀生而参悟得道，终于出家。这完全是机缘所致。

第七篇

丹后国守保昌朝臣家将射鹿见母出家

古时，有个名叫藤原保昌的人，他虽不是出自将门，却生性勇猛，精通骑射。他在丹后国守任内，经常率领家将亲兵射猎野鹿。家将中，有个名叫××的，擅长箭法，跟随主人多年，深得信任，尤其是他那射鹿的本领，更高人一筹。

有一次，这个家将在后天要到野外射猎的时候，夜里得了一梦，梦见死去的母亲向他说："我因为前世的罪孽，今生投生为鹿，就住在这座山里。后天你们行围射猎，恐怕我难幸免，那些射手的箭我可以逃过，只是你箭法准确，使我无法逃脱，因此我想跑到你的身边去。你如果看见有只大母鹿，那就是你的生身母亲，千万不要放箭！"说到这里，家将便从梦中醒来，觉得心神不安，十分悲痛。

天亮以后，他托词有病禀告国守说明天不能随同射猎。国守听了不准，家将连连哀求，最后国守动怒说："这次出猎，就是要看看你射鹿的本领，为什么你要固辞不去呢？如果明天你胆敢不去，我马上要你的脑袋！"家将一听，不胜惶恐，他暗自打定主意，纵然去也绝不箭射母鹿，违背梦中的言语，于是，便默默地走出府来。

到了射猎的这天，家将心情郁郁，勉强随同出发。当时正是二月中旬，国守来到围场，看了看准备的情况，便下令开始射猎。

家将看见已经围住了七八头野鹿，其中有一头肥大的母鹿，这时他只顾射鹿，却把梦中相告之事忘记干净，立刻抽弓搭箭，两脚把马镫一夹，催马向前，一箭射去，正中母鹿的右腹，叉形箭头竟穿腹而过。母鹿中箭后转过头来张望，家将一看，仿佛自己的母亲在那里呼痛，登时想起梦中的话来，不禁悲恨交集，追悔不及。这时，他猛然跳下马来，痛哭流涕地将弓箭丢弃一边，当场便削发出家。国守一见此情，十分惊讶，问他到底是什么缘故。这时，那家将才把所得的梦兆和射鹿时的情景述说了一遍。太守闻言道："你真是糊涂，既然有此梦兆为何不早说清楚，我如知道此事，一定会立刻免去你今天打猎的差使。"话虽如此，已然于事无补。

家将回去后，第二天早晨就到当地一座有名的山寺修行。因为他求道心切，坚持修行从不懈怠，后来终于成为可敬的高僧，有许多高贵动人的事迹。家将本来犯了忤逆大罪，却促成他的出家动机，由此看来，出家是有机缘的。

第八篇

西京饲鹰人得噩梦忏悔出家

古时，西京地方有个名叫××的人，专以饲养猎鹰为生，并且经常把养鹰方法传授给几个儿子。他养鹰成癖，寤寐难忘，全部精神除了照料猎鹰以外，什么也不放在心上。有时整夜用手架鹰，白天整天到郊外捕捉野鸡直到天黑才归。家里摆列着木架养着七八只猎鹰，此外，还豢养有一二十条猎狗。他养鹰捕鸟，不问冬夏，不知杀害多少生灵，夏季放鹰，恣意捕鸟，一到冬季，经常不离野地捕捉野鸡，到百鸟齐鸣的春天，一清早就架鹰跑到郊外，听到野鸡的叫声，就放鹰去捉。他在这样的生活中，不觉已临老境。

一天，他偶感风寒，身体不爽，整夜未能成眠，直到破晓时分方才入睡。睡梦中，只觉得在嵯峨地方[①]的旷野里有一座大的坟屋，仿佛自己携妻带子在这里住了多年。当时的季节正是严冬已过，他想何不趁此日丽风和的大好春光，出门去晒晒太阳，也好摘些嫩绿的野菜。于是，他带领着妻儿走出坟屋。这天，天气晴朗，令人精神爽快，妻儿们出得门来各自分散，有的去采摘野菜，有的去游玩消遣，都远离了这座坟屋。

① 地名，位于京都市的西北角，是自古以来的风景区。

正当他们到各处游逛之时，忽然从太秦[①]北边的森林附近传来一阵喧嚣的人声，中间夹杂着大大小小无数的铃铛声。这种声音，叫人听来感到胆战心惊，毛骨悚然，他赶紧登高一望，只见一伙人，头戴锦帽，身穿花斑猎衣，腰围熊皮猎裙，身佩花斑野猪护鞘宝刀，手上架着狰狞可怖的猎鹰，猎鹰身上还挂着响声震耳的铃铛。这伙人骑着奔腾跳跃的烈马，揪住振翅欲飞的猎鹰，从嵯峨旷野道上分散而来。在这伙人的面前，还有几个人头戴灯心草笠，身穿藏青猎服，臂上套着红皮的袖子，裙裤上镶着皮毛，膝盖上仿佛绑着护腿，脚底下穿着反毛皮靴，手中各拿棍棒。一群狮子般的猎狗，个个身上都挂着大铃铛，铃声齐鸣，响彻云霄。这些猎狗跑起来真是疾如隼鹰。他看到这里，早吓得目眩神迷，打算赶紧招呼妻儿们藏躲起来，当他举目一望，妻子孩儿们都已四处分散，无从召唤。这时，他也顾不得辨认方向，瞧见一片长得很高的草丛，便一头钻进去躲藏起来，这时他那最心爱的大儿子，早已藏在里面了。

不多时，那伙饲鹰养狗的人都在草地上散开。牵狗的人就用手中棍棒敲打着草丛，并叫那群猎狗跟着嗅闻。他自知大难临头，吓得不知如何是好。正在这时，他发现一个人牵着狗已经走近大儿子藏身的草丛旁，并用棍棒敲打起草棵，那些长得非常茂盛的芒草，叫棍棒打得折断在地。猎狗一边摇动着铜铃，一边用鼻尖触地嗅闻，眼看就要触到大儿子的身上，这时，大儿子再也隐藏不住，立刻腾空飞起，牵狗的人一见高声喊叫，站在离他不远的架鹰的人，听见招呼立刻撒出手中的猎鹰。这时，大儿子正越飞越高，猎鹰从下面将双翅××××，后来大儿子飞得疲倦极了，不由得身子向下低沉，猎鹰趁势迎了上去，抓住脖颈和肚子从半空中一直翻滚下来，饲狗人跑上前去扯开猎鹰，抓起大儿子的脖

① 地名，在嵯峨以东，今属京都市右京区。

颈骨就××××扭断，只听大儿子一声惨叫，自然是难逃活命了。看到这里，痛得他好像钢刀扎心。

他还惦念着二儿子的安危，就向二儿子藏身的草丛走去，正走着就见一条猎狗又嗅到二儿子藏身的草丛这边来了，他焦急地注目观看，这时猎狗猛地一扑，就把他的二儿子一口咬住，二儿子张开双翅，不知所措，牵狗人跑过来掐住脖颈骨就××××扭断。

当他心想去看看三儿子如何的时候，猎狗已经嗅到三儿子藏身的草丛边来，三儿子见隐藏不住便站起身来，饲狗人举起棍棒，一下子把他的脑袋打落在地。

他见儿子们都已丧命，万分悲痛，心中暗自希望能将妻子剩下。正在他注目凝视的时候，妻子未等牵狗人近身，便疾飞而起，直奔北山逃去，架鹰人见她逃走，一面撒出手中的猎鹰，一面催马追奔过去。妻子果然飞得不慢，紧抖双翅飞落在远处松树下面的一个草丛里，猎狗紧跟着跑过去一口将她咬住。由于那只飞落在松树枝上的猎鹰展翅示意，架鹰人赶过来将他的妻子抓过去。他藏身的这个草丛，原是一个草棵高大荆棘丛生的地方，本来藏得非常严密，但是这回不止一条，五六条猎狗响着铃铛朝着自己藏身的这个草丛飞奔而来。他见自己再也隐藏不住，展翅飞向北山逃去，就在这时，天空中出现无数只猎鹰，高高低低一齐追上前来，地面上有许多条猎狗铃声叮当地追赶，饲鹰人这时也撒马飞奔而来，饲狗人一边用棍棒打着乱草一边××××。他飞逃一阵之后，好容易才又钻到一片深草丛中。这时一只猎鹰跟踪赶来落在一株大树上，摆动铜铃向猎狗示意，猎狗知道了藏身之处，便朝草丛嗅来，这一下，再也无处可逃了。饲狗人的吆喝声，宛如雷鸣，他悲痛得不知如何是好，只得把头钻进小河边上的草丛里隐藏起来，屁股却露在外面。这时只听猎狗的铃声已经逼近身边，不禁暗道，这回我命休矣！

这一急，他从梦中惊醒过来，不觉出了一身冷汗。虽然知道这只是南柯一梦，但回想起来，自己饲养猎鹰多年不知杀害过多少野鸡，它们和自己在梦中的遭遇又有什么两样。想到这里，立时感伤起来，觉得自己的罪孽实在深重。于是不等天亮就去鹰房，把那些架上猎鹰的捆脚绳都割断了，接着他又割断那些猎狗颈上的绳索，然后把它们一齐放出门去。饲养鹰犬所用的那些器具，也搜集在一起全部焚毁。

事后，他一边流泪，一边将梦中情景告诉了妻子，说罢立刻到一座有名的山寺削发为僧，终于成为一位得道的高僧，他在修行期间，不分昼夜地唱念弥陀佛号，十余年之后，才高贵地死去。闻听此事的人无不称赞其难能可贵。

第九篇

书童破砚出家

古时，村上天皇朝代，有位小一条左大臣，名叫师尹，是贞信公关白①的第五公子。这位左大臣有一女儿，不仅容貌端庄，而且性情温柔，因此，父母十分钟爱。

后来，天皇听说这消息，就传旨命左大臣把女儿送进宫中作妃。左大臣接到敕旨，立刻着手准备。为了置办女儿的××妆奁，费尽心思，只要是能买到的，无不置办。其中有个非常精美的砚盒，这个盒中装的那方石砚，本是大臣家家传的无价之宝，镌镂得异常精致，质地也不同凡品，研出墨来更是润泽艳丽。这方宝砚在妆奁中算是最出色的一件物品，因此从不轻易示人，把它装入锦囊，放在大臣身边的二层书橱上层，说是要等待女儿进宫的那天才能取出来装盒，否则是不能拿出来的。这件事后来传到宫里，由于天皇喜好书法，一天就问左大臣是否真有这样一方宝砚。左大臣见自己有这样名贵宝物做女儿的妆奁，直劳动天皇垂问，心中感到无比荣幸。

且说这座府中，有个稍有身份的小厮，大臣见他生得清秀聪明，便留他打扫书房。这个书童每天清晨必将书房打扫一番，他本是个略通书法的人，总想赏识一下书橱中的宝砚。一天，左大

① 日本古代官名，是辅佐天皇总揽政务的宰相，地位在太政大臣之上。

臣上朝未归，夫人在房中和小姐一同整理妆奁，侍女们有的陪在那里，有的因为小姐进宫之期已近，便在各自房中料理妆奁。书童心想：此时无人，如果悄悄打开宝砚偷看一番，岂不是没人知道。想到这里，便从砚盒底下取出钥匙，把书橱锁打开，当他拿起宝砚一看，果然名不虚传，精妙之处绝非言语所能形容，书童爱不忍释地把宝砚拿在手中翻来覆去地玩赏不置，正在这时，忽然传来一阵脚步声，书童心中着慌，想把宝砚赶忙放回原处，不料失手落地，将宝砚拦腰摔断。书童吓得目瞪口呆，就仿佛鬼怪附体般地浑身上下战抖不停，眼泪直往下流。他想一旦宰相发现宝砚破损，势必追根究底，那时自己该当落到什么地步！想到这里，越发恐惧起来。

且说刚才的脚步声音，原是这府中的小公子。这位公子长得十分俊秀，心地也很仁慈，虽然是年满十三岁，到了冠礼之期，但是他非常爱惜他那稠黑的长发，因此，直到今天还不曾举行冠礼。这公子虽然年纪尚轻，但才华过人。当时他见打破宝砚的书童吓得失魂丧魄，犹如死人般地站在那里发呆，心中十分惊异，便追问他到底是怎么一回事，书童也不答语，只是一味哭泣。公子好生不忍，于是将那台破砚拾起，原样放进书橱中去，随后将书橱锁上。这时，他告诉书童说："你不必过于伤心，就说是公子拿出宝砚观看时，给打破的好了。"书童闻听此话，真是喜出望外，他那心情是不难想象的，就爬着离开了书房。[①]

他心中万分感愧，也不对任何人言讲，茫然若失地走去，正在这时，左大臣下朝归来，当他打开书橱从锦囊里拿出宝砚时，不料这砚台竟从当中破折了。左大臣一见直急得两眼发黑几乎昏迷过去。他稍稍定了定神，问侍女是谁打破了宝砚，大家说不知此事，接着回禀说仿佛那个书童刚才在此打扫。左大臣把书童唤

---

① 日本式的房屋满铺草席，进门脱鞋，并不是在土地上爬。

来问道："这砚台到底是怎么坏的，你一定知道！"书童吓得脸色和树叶一般青，把两袖往前一拢低头跪着。这位大臣本来就是个性情暴躁的人，不由得怒目喝道："你快给我说出实话来！快说！快说！"书童浑身打战，喘息地说出了"公子"二字，左大臣高声责问道："你说什么！你说什么！"书童回禀道："是公子拿出观看的时候，一下给打破的。"大臣听罢也不多言，叫书童急速滚开，书童来不及起身就匍匐而出。

左大臣来到内宅，对夫人说："我万也没想到砚台竟会毁在小儿之手，他绝不是我们的孩子，必定是前世的冤家，可叹我竟疼爱了他这么多年！"说罢放声大哭，夫人闻听也不禁痛哭失声。在场的侍女们也哭泣不止，更不必说，公子的那位乳娘该是何等伤心了。过了一会，左大臣便说："我不想再看这个冤家了，因为是父子关系过几年也许还要相见，但是暂时我实是不愿意见他，快叫乳娘带回她家去！"左大臣说罢连连催促，乳娘只得借辆车子领着小公子哭着离开了府门。她心慌意乱不知所措，也顾不得携带衣物。一路上，乳娘一刻不停地流着眼泪，小公子更是泣不成声。

公子来到乳娘家中一看，原来是间破乱不堪的小屋，哪里住得惯，心中万分伤感。天到傍晚时分，公子满怀凄怆地独自作歌道：

代人受过虽自愿，
茅屋安身肠寸断。

看着公子咏歌的伤感神情，这位乳娘心中是何等悲痛，就可想而知了。因为公子仁慈，待人宽厚，府里的人们都背地里流着泪来探望他。尤其是服侍过公子的武士们，大家商议妥当，都轮班前来值宿。

过了三四天，公子就感觉精神不爽，身上有些热，躺在床上。

又过了三四天，浑身发烧仍未减退，病势沉重。乳娘忙差人去禀报夫人，夫人闻听大惊，立即对丈夫说：“孩子已经发了三四天高烧，病势严重。”左大臣听罢说道：“像这种没有心肝的东西，活着又有什么用处，不如死了倒好！”说罢毫不关心。夫人真是难过到了极点，满心想去探望，可是丈夫又在盛怒之下恐难应允，自己既然不幸生为女子，自然不能任意前去。于是，她把这些情况写在信上差人给乳娘送去。乳娘接到书信就在公子的枕边读给他听。

后来，大约又过了七天光景，正赶上是个忌日，这天相府屋门紧闭，断绝出入。就在当天夜里的亥时，公子病势垂危，已经奄奄一息了，可是无法进府禀报，直等到寅时光景，乳娘见忌日已过，方将公子病危的情况写信禀报了夫人。这时，公子虽然也非常想念双亲，但想到自己的境遇，又怎好开口。乳娘瞧见这番情景更有说不尽的感伤。这位公子喘着气作歌道：

黑鸡喔喔啼，
思亲终夜泣，
儿心已寸断，
爷娘知也未？

乳娘听罢心中着实不忍，她重新又修书一封送进府去禀报情形。

夫人见信后，哭着把两封信念给丈夫听，左大臣对这个儿子原本是爱如至宝，如今听说真个病重，怎能无动于衷，于是说道：“我先前还以为不过是不足轻重的小病，想不到竟病得这样，实在令人难过，你我可一同去看。”说罢和夫人同车前去。乳娘住的本是个僻陋地方，这位大臣在路上抑制住悲痛不敢作声。当他下车走近儿子身边一看，才知道儿子病势垂危，比信中所述要严重得

多。左大臣看到这般光景，悲痛万分，心想，如果儿子有个好歹，即使有千万个金银砚台，又有何用呢？当初只是因为了儿子莽撞，就一怒将他赶出，如今好不悲惨！难道我那时疯了不成。左大臣又是悲痛，又是后悔，不禁感慨作歌道：

纵有万言，
曷解尔忧，
如斯永别，
此恨何堪。

他把脸贴在昏迷不醒的儿子耳边，哭泣着说："你一定恨我无情吧！"这时，公子奄奄一息地回答说："我对父母怎么能怀着这种心肠！"左大臣不知怎样来安慰儿子才好，他悲悔交加再也抑制不住，终于放声痛哭起来，但也于事无补了。这时公子喘息地吟道：

父怒儿心悔，
父悲儿已危，
早知成永诀，
恨有今朝会。

公子歌罢，脸上现出苦痛神色，接着高唱了十几声弥陀佛号，便溘然长逝了。

公子的父母伤痛的心情简直不能形容，只见公子长发披肩，面容安详，仿佛无忧无虑地睡在那里。双亲和乳娘真是悲痛欲绝。过了一天，照例盛殓，因为乳娘家里破烂不堪，只得把棺木抬回府中举行法事。

三七过后，那个多日未曾露面的书童又来到府中。左大臣见

书童身穿黑服，不禁惊异，便问道："并没有听说你的老人去世，这身孝服是给谁穿的？"书童见问立刻跪伏在地放声痛哭起来，左大臣越发觉得离奇，接着追问："这到底因为什么？"书童回禀道："我是给公子穿的。"大臣道："府里这么多家人，为何单单你来穿孝？"书童见问哭诉道："我原来听说宝砚精美无双，心里总想要见识见识，那天趁您上朝未归，就把它偷着拿出来看了，不料竟至失手落地摔碎。这时恰巧公子赶到，他见我悲痛慌恐，就说：'你不必过分担心，这件事由我来承当好了，我承担起来问题不大，你若是承认的话，一定要受到严惩。'我因一时惧怕，想要逃脱罪责，就按照公子的吩咐回禀了，谁知公子竟因此受到惩罚，我正为他难过，不料他竟这样快地死去，真是痛心极了，如今再说什么也无济于事，但总想尽力表示自己的心意，这身孝服就是我给公子穿的。"说罢，又哭着作歌道：

失手碎宝砚，
累君捐玉躯，
孝服益增悲，
不禁泪滂沱。

书童痛哭不止。左大臣闻听此话，益发悲痛，他走进内宅，把前后经过哭着告诉夫人说："我儿一点过失也没有啊！原来是这么一回事。"夫人闻听，又该如何痛心呢。这时，左大臣叹道："这个孩子绝不是一个凡人，恨我错责罚了他！"说罢追悔不已。公子的乳娘听说此事之后，更有说不尽的悲伤。

其后，书童便失踪了，他的父母妻子虽然多方寻找，始终未能找到。在相府家将门房中窗格纸上，发现他留下的一首歌，才知道他已削发为僧修行佛道去了。

祝我顶上发，
用报生死恩。
幽冥已隔绝，
此恨无尽期。

由此看来，这书童确是一个感恩图报的人。公子的父母和乳娘听说此事也不胜伤感，他们虽都怀念公子却不曾出家，可是，这个书童却为了报答恩德出了家。出家后，他一心一意地诵经修道，虔诚地为公子来世祈福。

第十篇

东宫藏人宗正出家

古时，在××天皇还身为东宫太子的时候，有一位藏人名叫××宗正，少年英俊，心地正直，东宫太子对他十分宠信，宫中的一切事务都交他办理。

宗正的妻子容貌端庄，性情贞烈，夫妻恩爱非常，同居一处。一天，宗正的妻子偶染时疫，缠绵床褥多日不愈。宗正不胜焦虑，就多方祷告祈求神佑，但他的妻子终于与世长辞了。

妻子死后，宗正万分悲痛，但人死不能复生只好盛殓起来，因为距离葬期很远，就把灵枢停放家中。过了约有十几天的光景，宗正抑制不住想念的痴情，就把棺材撬开向里窥视，只见妻子生前那垂肩的青丝全都脱落枕上，一双惹人怜爱的眼睛已经变成了两个黑坑，好似脱节的木洞，身上的皮肤变得那么黑黄可怕，那鼻梁也塌陷得只剩下两个洞孔，嘴唇变得仿佛是一张揉皱的薄纸，露出紧咬着的白牙。宗正万也没料到妻子的面容会变得这样可怕，连忙将棺盖照样盖好，离开那里，这时，一阵令人作呕的臭气扑鼻而来。

从此以后，这副可怕的面影便一直萦回在他的脑里，使他深深地起了道心。他听人传说多武峰有位增贺圣僧是道行出众的高僧，便打算去拜他为师。宗正决心抛弃现世的荣华富贵，悄悄离开府宅。且说，宗正有个四岁的女儿，是他亡妻所生，长得美丽

俊秀，宗正十分宠爱。自从女儿的母亲死后，宗正总叫她睡在身边寸步不离，这天早上，宗正要动身前往多武峰去了，就把女儿送到乳娘那里去睡。这次出家本来连家里大人都不曾告知，也许是那幼稚的心灵仿佛觉察到了，她哭着说："爸爸，你扔下我要到哪儿去呢!"扯住衣袖不放。宗正哄着把她拍睡，然后悄悄离家而去。

宗正在路上，耳朵里仿佛响起了女儿扯拉不放的哭声，真是万分难过，但是，宗正的道心非常坚定，心想自己绝不能为此半途而返，就强自忍耐终于到了多武峰削发为僧了。宗正自从做了增贺圣僧的弟子，便勤恳地修行佛道，后来东宫太子听说此事，十分哀怜，就作歌一首，差人送给宗正。这位入道僧[①]读罢诗歌，感动得悲泣起来。师父增贺远远看他在那里哭泣，以为是弟子为佛心感动，觉得十分可贵，于是问道："你为什么要哭啊?"入道僧回答说："宫里有信来，我虽然出家，但看了之后总免不了感伤。"说罢悲泣不已。增贺圣僧一听，眼睛瞪得和铜镜一般，斥责他道："我问你，难道接了东宫书信就能成佛吗?你出家的根基，竟这样肤浅吗?谁叫你来出家的，快给我滚出去!像你这样的入道僧还是请回东宫去吧!"说罢，毫不留情地驱逐他。宗正入道僧却丝毫不动声色，悄悄退去，躲在隔壁房中，等到师父怒气消散，才回转房来。这位圣僧的脾气虽然非常暴躁，但发怒快，息怒也快，对待弟子非常严格，遇有过错毫不留情。

宗正入道僧的道心始终非常坚定，他勤苦修行从不懈怠，世人都交口称赞他是世上坚韧不拔的一个人。

---

① 指宗正而言。日本古代三品以上官员身入佛门后称为"入道"。

第十一篇

信浓国王藤观音出家

古时，信浓国筑摩郡有个筑摩温泉，这里的泉水被称作药泉，因而人们纷纷前来沐浴。

有一次，当地有人得了一梦，梦见一人前来告诉他说："明天午时，观音菩萨要到这里沐浴，那时你们务必前去和他结佛缘。"这人在梦中问道："但不知他是怎样打扮。"只听告诉他的人说："他是一个四十上下的黑胡子汉子，头戴尖顶绫里灯心草帽，身背一个大箭筒，里面放着箭杆涂了半截黑漆的雕箭，手里拿着一张缠皮子的弓，穿着一件藏青色礼服，系着一副黄白斑点的夏毛鹿皮套裤，还佩带着一口黑漆大刀，骑着一匹菊花青马，你要知道这个汉子就是观音。"说到这里，这人便从梦中惊醒过来。

这人梦醒后，心中十分惊讶，等到天光一亮，便将这件事遍告乡里。消息传出后，登时辗转传闻远近皆知，都向筑摩温泉涌来，真是人山人海。这时，众人立刻动手掏换泉水，打扫庭院，挂起注连绳①，备好香花，随后排队等候。天色过午，刚要交未刻时分，忽然来了一个汉子，从相貌直到身上的装束打扮都和梦中指点分毫不差。

① 这是日本神道教所用的一种特别编成的稻草绳，祭祀时悬挂庙宇四周及人物周围，以示清洁及与外物隔绝之意。

汉子看到这般光景便向众人打听："你们这样究竟为了何事?"但是全场没有一个人搭话，只是朝着他连连叩拜。汉子瞧见一个僧人，双手合十举在额上向他施礼，便走上前去带着很浓厚的土音问道："这成千上万的人见了我都不住地叩拜，到底为了何事呢?"僧人见问，便将昨夜有人得梦的情景如此这般地讲了一遍。汉子听罢说道："我在前两天打猎时，从马上跌下来摔折了左肘，今天特来洗伤，大家却为什么要对我这样礼拜，真是莫名其妙!"说罢走去，这时，众人跟在他的身后，礼拜嚷叫。汉子很是为难，他想："说不定我就是菩萨的化身，那么我就索性出家吧!"就把弓箭和兵刃向院子里扔弃，当时就削发为僧了。在场的人们见他就这样出了家，都深受感动。

当时有个知道汉子来历的人走出来告诉大家说："他就是上野国的王藤大主。"众人闻知后，便称汉子为王藤观音。王藤观音出家后，登上比睿山，在横川院拜觉朝僧都为师，他在横川居住约有五年左右，便又前往土佐国，从此以后，再听不到有人传说他的事迹了。

这的确是件罕见的奇事，正因为他真是观音的化身，所以才能这样出家，菩萨的高贵真是到了极点。

第十二篇

镇西武藏寺老翁出家

古时，有个修道的僧人，流浪到了镇西。一天，他行至××地方的××坡，看见坡上供着一位路神。这时天色已黑，流浪僧人就露宿在路神小庙的旁边。

入夜，僧人靠着小庙卧下，至夜半人们都已熟睡的时候，忽然听见有许多马蹄声奔驰而来，仿佛有很多人从这里经过。只听有人问道："路神可在?"僧人一听说话声音非常惊讶，心想：这太蹊跷了，难道这是人在说话吗？正当他惊异不解的时候，又听小庙内有人答话说："我在哪。"僧人听罢越发觉得离奇。这时，过路人又问道："明天你去武藏寺吗?"庙里回答说："我不想去，有什么事情吗?"过路人道："明天武藏寺里出现新佛，梵天、帝释、四大天王和龙神八部①全都在那里会集，难道你一点也不知道吗?"庙里说："我真是不知道，幸而你来相告，我怎能不去呢，一定前去。"过路人说："这事将在明天巳时发生，你务必准时到场，我在那里等你。"说罢，过路而去，僧人听到了这番话，知道这是鬼神交谈，不由得感到一阵恐怖，但是他始终定心念佛，直到天明。

---

① 佛语，又曰天龙八部。佛教认为八部众是人眼不能得见的八种神灵，其中以天众与龙众为首，故有此称。

僧人本来打算，今天要到别处去，这时改变主意，决定去看个究竟，然后再说。天亮后僧人立即动身，原来武藏寺相距不远，来到庙中一望，里面没有一点动静，反倒比往常更加清静，不见有一个人。僧人心想昨晚的谈话定有缘故，就坐在佛前等候。天色快到正午时分，僧人抬头一看，只见一个年约七八十岁的老翁，手拄拐杖缓缓而来。老翁头上已找不出一根黑发，只长着稀疏的几根白发了，他戴着一顶口袋式的小帽，腰弯得像张弓，身材原本就不高，这一来就越发显得矮小了。老翁身后跟随一位尼姑，臂上挽着个黑色小木桶，里面仿佛装着什么东西。

老翁来到佛堂，在佛前叩了两三个头，然后搓着那串又长又大的菩提子念珠，女尼将携来的小木桶放在老翁身旁，说了句“我去请方丈来”，便走出佛堂。工夫不大，来了一位年近六十的老僧，他在佛前施完礼便低身问老翁说：“唤我为了何事?”老翁道：“我已经是有今天没明天的人了，所以今天前来请你，把我这所余无几的几根白发剃掉，好做佛祖的弟子。”老僧闻听用手擦了擦眼睛，称赞说：“真是难能可贵呀！那么就快剃吧。”原来那个小木桶里，早已装好了热水，老僧就用这热水给他洗头剃发。其后，又在老僧面前受了戒，朝着佛像叩拜一番，便走出佛堂，后来再也没发生其他事情。

这时，僧人暗自思忖道：“原来是鬼神听说天神地祇要聚集到庙中给这个老翁出家随喜，才告诉路神说新佛出现。”想到这里，不禁深深感动，然后离开佛堂。

由此看来，这虽不是第一次表明出家功德的事，但它却说明连这样一个朝不保夕的老翁出家，也可以得到天神地祇的欣快护佑，更何况那些青春少年，如果能发起道心虔诚出家，其功德之大是可想而知的。闻听此事的人应该抛弃一切皈依佛法。

第十三篇

越前国守藤原孝忠的仆人出家

古时，越前地方有位国守名叫藤原孝忠，当他在任地为官时，手下有个仆人，尽心竭力地服侍他，朝夕如一，但是这个仆人却甚贫穷，已到严冬时分，身上还穿着一件麻布单衣。

一次，天降大雪，这个仆人在清晨打扫庭院时，冻得浑身打战，简直像神灵附体似的。国守看见就吩咐说："这雪景多么美！你快作首歌罢！"仆人听罢问道："不知以何为题？"太守命令道："就以你这衣无寸棉为题吧！"不到片刻工夫，这个仆人就用颤抖的声音吟道：

天寒衣单薄，
身冷如筛罗。
瑞雪飘体上，
坚着抖不脱。

国守听后，十分赞赏，当时便脱下身上的棉衣赏赐给他。国守夫人也被这首哀伤凄惨的歌词所感动，拿出一件非常华贵的浅紫色衣服赏给他。仆人抱起这两件衣服，离开了内宅。坐在那里听候差遣的众仆人，瞧见都大为惊异，就上前询问缘由，那个仆人便将经过事情细说了一遍，众人听罢俱都赞叹不已。

事后，有两三天光景一直未见到这个仆人来府当差，国守觉得非常奇怪，便差人四处寻找，结果是踪影皆无。于是大家都怀疑是携衣逃走了。且说，在国守府宅以北的山上有座名叫××的灵寺，寺中有位得道圣僧。原来那个仆人来到圣僧身边，呈上自己获得的两件华贵衣服说："我的年纪已经老了，境况却一天比一天穷，我知道这辈子是没什么指望了，所以就想修修来世，本来我早就打算出家，可是我穷得连敬奉戒师的一点礼物都拿不出来，故而直到今天也未能如愿，这回，意外地获得了主人的赏赐，真使我欢喜不尽，我情愿把它用作布施，就请允许我出家吧！"这个仆人一边哭泣一边说着。

圣僧听罢感动地说了声："真太可贵了！"说完便允许他出家为僧，并给他授了戒。

仆人受戒后，离开山寺，从此便无踪影。这件事传到国守府里众人听说后，便禀报了国守，国守听后无限伤感，差人到四下里寻找，但是始终也未打听出下落来，只好作罢。听说这件事的人们，当时莫不交口称赞说："这人道心如此坚定，想必是到深山上无人知晓的一座寺院里去修行了。他下定决心出家已不止一年，可是在人前却毫无流露，这种心志是多么可贵！"

第十四篇

赞岐国多度郡源大夫[①]闻道出家

古时，赞岐国多度郡××乡，有个源大夫，名已不详。此人生性残暴非常，专好杀生，每日不是到山野打鸟射鹿，便是在河边海边捕鱼。他还经常有砍下人的头颅或剁断人的四肢的情形。他既不明因果之理，也不信三宝，对于那些出家人更是厌恶得厉害，从不让他们接近自己。当地的人们见他这样凶恶，无不对他怀着畏惧。

一天，源大夫带领手下四五名家将，在山里打了许多野鹿，归途中路过一座庙宇，庙里聚集着许多人，他看见后便问道："这是什么所在？"家将回答说："这是一座佛堂，现在多半是在举办法会，法会就是供养佛像和经文，是一桩可贵的善事。"源大夫听罢便道："我也时常风闻有干这种事的人，可是从未临近看过，今天何不逗留片刻，看看他到底讲些什么。"说罢下马，于是，众家将也下了马，大家暗想：他到底要做什么呢？说不定会把讲师推下台去凌辱一番，这个讲师可要倒运！源大夫下马后，径直走进庙堂，这时，在堂前听道的人们发觉恶霸来了，个个惊慌失措、恐惧不安，全场骚动起来，有的人吓得匆匆离座而去。源大夫推开排坐着的人们，向讲台走去，这些人就好像风吹弱草般地倒向

① 日本古代四位、五位的官员称大夫。

两边。源大夫走进讲台盯着讲师的面孔问道："你在这里到底讲些什么？你可讲出我心里所想的事来，不然可不要怪我手下无情！"说罢，亮出他身边带的那个大刀。

讲师心想，这回可交了厄运，担心的只是被拖下台去，完全没听清他讲些什么，不过，他毕竟是个有智慧的僧人，马上祷告佛祖祈求保佑，接着回答道："从此往西方，要走多少世界，那里有一位佛，号称阿弥陀佛，这位佛心地极为广大，哪怕是一个造孽多年的人，只要他能回心转意，念上一句阿弥陀佛，这位佛就必定把他引往极乐世界，使他成为一个事事如意的人，到头来还有成佛之望。"源大夫听了这番话后问道："那尊佛既然是慈爱众生，想来也不会憎恶我吧。"讲师道："那是当然。"源大夫说："那么，如果我呼唤这尊佛的名号，他会不会答应呢。"讲师说："如果你能诚心呼唤，他怎能不答应呢。"源大夫说："但不知那位佛最喜欢的是什么样人？"讲师说："佛虽然对任何人都不嫌恶，但总要多关心些自己的弟子，正如人怜爱自己的孩子总要胜过他人的是一个道理。"源大夫说："什么样的人才算是弟子呢？"讲师说："就像我今天这样，凡是剃去头发的全是佛门弟子，不论男女，虽然都是佛门弟子，但要是削了发就更近一层了。"

源大夫一听此说，说道："那么，请你给我削发吧。"讲师说："这虽然是件可贵的好事，但又何必马上就削发呢？你如果真心诚意出家，可以先回家去和妻子老小说明，把一切家务都安排妥当，那时再为你削发也不迟啊。"源大夫道："你自称佛门弟子，开口说佛无妄言，闭口说佛怜悯自己的弟子，为什么突然改口要我以后再削发呢？这太不应该了。"说罢，伸手拔刀将自己的发髻齐根割下。

讲师见这样一个恶霸突然割下发髻，以为一定要惹出祸来，不知怎么说才好。庭院里听经的人们一见也都纷纷惊叫起来，源大夫的家将听见人声嘈杂，都道："想必是我家主人出了什么事！"都拔刀张弓跑进庭院里来。源大夫瞧见高声制止说："我现在要做个脱离

尘世烦恼的幸福人了，难道你们还想阻拦吗？直到今天早晨，我还要在你们之外再多用几个人，可是，从现在起，你们就赶快各奔前程吧，愿意去服侍谁就去服侍谁，一个也不准再跟随我了！”众家将一听说道：“主公怎么忽然变成这个样子啦，这次不是出自您的本心，一定是着了什么魔了！”说罢，一齐伏地痛哭起来。

这时，主人劝止了大家，然后把割下的发髻供到佛前，立刻准备热水，他把发根上的头绳解开丢在一边，亲自动手洗了头。然后对讲师说：“请你给我剃发吧，如果再不剃，那就太不对了。”讲师心想：这人出家之心既然如此坚定，如不予剃发，实在不对，这也犯了阻碍出家之罪。他惶恐地想着，就走下台来给他剃了发，授了戒。当时，众家将都万分感伤，泪流不止。

这位入道僧出家后，脱下身上的官服换穿布衣披上袈裟，丢掉手中的弓箭筒拿起铜锣。他把袈裟披好，铜锣挂在颈上，然后说：“我从这里往西去，敲着铜锣呼唤阿弥陀佛，一直走到听见佛祖答应为止，如果佛祖不应声，哪怕高山大川，我也绝不回头，只是朝着西走。”说罢，一面放开喉咙高喊“阿弥陀佛”的佛号，一面敲着铜锣向前走去。众家将想跟去，他就说道：“难道你们成心妨碍我修行吗？”说罢举手要打，这一来才把众家将们拦下了。

入道僧朝着西方，喊着阿弥陀佛，敲打铜锣向前走，果真如他所说，纵然遇见深川大河，他也不另寻浅滩；即使是碰到高山峻岭，也绝不绕道而行，跌倒了爬起来再走。一天到日暮，走到了一座寺院，他告诉住持的僧人说：“我发起誓愿，要一直往西走，两眼不斜视，更不回顾，我准备从这里越过西边的高峰，七天之后，你务必前来找我，我在路上一边走一边结草为记，你顺着草结走就能找到我。现在有什么吃食没有，请给我一些。”当住持僧取出干饭递给他时，他说了句“太多了”，用纸包了一点点揣在怀里，然后离开佛堂走去。住持僧挽留他说：“天色已晚，今夜就在寺中过宿吧！”但他连头也不回径直往西走去。

后来，住持僧按照他的吩咐，在第七天前去寻找，路上果然发现有草结，他顺着草结越过山峰一望，眼前又出现一座更为险峻的高峰。住持僧攀登到峰上望见西面一片大海。峰上长着一株双杈的大树，那个入道僧正坐在树杈之上，敲打着铜锣“阿弥陀佛！阿弥陀佛！”地呼喊着。他瞧见住持僧来到非常高兴地说：“我本打算再继续往西走，哪怕是走进海里去我也不管，谁知阿弥陀佛就在这里答应了，所以我正在招呼他呢！”住持僧一听十分惊讶，便问：“但不知他是怎样回答的?”入道僧说：“那么我来呼唤，你好生听着吧。”说完便高声叫道：“阿弥陀佛！阿弥陀佛！你在哪里啊?”这时只听从海中发出了美妙悦耳的声音，回答说：“就在这里。”入道僧问道：“你可听见?”住持僧听到了佛声，感动得痛哭流涕跪伏在地。入道僧也流着眼泪说：“你赶快回去吧，过七天再来看我的究竟吧！”住持僧说：“我想你一定该吃东西了，我已经把干饭带了来。”入道僧说：“我一点也不想吃，这里还有哪！”住持僧一看，上次给他的干饭果然还揣在怀中，于是和他结下了来世盟缘，然后返回寺院。

七天过后，住持僧又前去看动静。和上次来时一样，入道僧仍然面西端坐树杈上，但已经与世长辞了。住持僧见他口中长出一朵美妙鲜艳的莲花，感动得哭泣起来。他把莲花摘下，打算拽着尸体掩埋起来，但又转念一想，也许这位入道僧的心愿正要把自己的尸身丢在这里让鸟兽啄食，就没有挪动，自己哭着回寺去了，后来究竟如何便不得而知了。

这位入道僧必然是往生极乐无疑了，而那位住持僧既能亲聆阿弥陀佛的佛声，又能摘取口中生出的莲花，看来也绝不是有罪孽的人。至于那朵莲花结果如何，则无从查考。

这桩事发生的年代并不很久，就是××朝代的事。由此看来即便到了末世，如果能发自真心，也可以出现得证佛果的高贵动人的事迹。

第十七篇

村上天皇公主大斋王①出家

古时，村上天皇有位公主人称大斋王。她本是圆融天皇的胞妹，圆融即位以后，将她封为斋王。受封以后她就住在斋院里，这位公主生得娇艳绝伦，性情风雅，所以公卿和殿上人都不断到斋院里来，侍臣们殷勤款待，于是世人都称羡说：世界上没有斋院那样风雅的地方。

后来，到了圆融末叶，公主年岁渐渐衰老，再不见有特意造访的人来了，这时斋院中的景况也因无人前来而冷落下来。昔日那些翩翩少年，如今都已两鬓如霜，再无此闲情逸致了。且说，斋院以西有个云林院②，每年九月中旬要举行不断念佛③，到后一条天皇末叶的那年，有四五位风雅的殿上人在不断念佛结束的那天，踏着皎洁的月光前去云林院礼佛诵经，回来时已然是丑刻时分，他们路经斋院，只见东门虚掩。这几位新贵——殿上人和藏人从没到斋院仔细瞻览过，都想何不顺便到院里窥视一番，于是

---

① 指日本村上天皇的选子公主。日本古代天皇在未婚的公主或郡主中指定一人奉祀贺茂神社，称为斋院或斋王，一般在天皇退位或逝世之时，由新帝重新指定，但选子公主在五代天皇在位期间，连任斋王五十余年，所以人称“大斋王”。

② 日本寺院名，原为谆和天皇的离宫，清和天皇贞观十一年（公元 869 年）改为寺院，遗址在今京都上京区。

③ 佛教的一种祈祷方式，即昼夜不停地唱念阿弥陀佛号。

便走进院去。这时，夜静更深，四下里看不见一个人影，从东墙门进了斋院，坐在东配殿的北面屋檐下悄悄观看，只见殿前的花木长得蓬乱不堪，一望而知是长久无人修剪，满目荒凉，除了月光下闪闪发光的露珠，各种昆虫的叫声和潺潺流动的小溪，听不见半点人声。一阵凉风从船岳山吹来，殿前的锦帘微微颤动，从帘里传来一阵芬芳的薰香，大家奇怪格子窗已然放下，为什么能闻到这样浓的香气，便走近前去看个究竟。在一阵秋风吹动之下，隐约间露出来锦帐底角，这才明白格子窗原来不曾落下，看样子想是室中人正在赏月。这时，从殿中深处传来了隐隐的筝声，听来弹奏的乃是正平调，隐约间听出还有一种乐器在伴奏，乐声低回，觉得无限美妙。

后来筝声停歇，殿上人一行正想动身回宫，这时，有一人说："为了叫斋王事后知道曾经有人来访，听见这风雅的事情，何不把我们的来意通知女官呢！"大家听了齐道："说得有理。"有两个人朝着寝殿东北角上的殿门走去。这是会见女官的一个地方，拉窗上面题着住吉物语[①]的片断事迹，两位殿上人走近前去招呼一声，原来里面早就坐着两个女官。大家本以为这里没人，如今看见女官有点出乎意外。女官们从××××开始讲起，她们说今夜月色皎洁，本想坐到天明，万没想到会有人来，真是感触万分。大斋王听说有人造访，往事顿上心头，也是无限伤怀。忆起当年那些殿上人时常来访的事，弹奏琵琶筝琴种种乐器，而今已成绝事再没有人前来。虽然偶尔有人到此，都见不到一个昔日畅谈欢游的人了。大斋王每念及此，就感到郁郁不乐，今宵月光清明，更加触景伤怀，于是传话命她们进来讲说故事，要彻夜倾听。到了后半夜，讲故事的人们都在殿前打起瞌睡来，大斋王仍然未睡，便

① 住吉物语是日本中世纪初期的小说，叙述一位公主逃脱了继母的陷害，寄身在住吉地方的一个女尼处，后来得配佳婿，终于获得了荣华富贵。

用指拨弄筝弦。恰在这时听说有人来游，思今怀昔，使她倍加感伤。正当这些殿上人听女官谈论时，也许是大斋王知道他们爱好音律，命人从锦帘内递出琵琶筝琴。殿上人虽然无意弹奏，也只好合奏了一番，弹罢一两支曲调，不觉天明，殿上人一行就转回朝中。回朝之后，在殿中谈起昨夜的清游，那些未去的人们听了都十分赞美，追悔不已。

后来就在当年的十一月里，大斋王背着人离开了斋院，先到××和室町两地，然后又去往三井寺，她在庆祚阿阇梨的指导下，剪掉头上的青丝，出家为尼。出家后道心大发，一心一意地唱念弥陀佛号，临终的情景非常高贵动人。本来人们都以为大斋王一生，过着荣华富贵的生活，必然加深后世的罪孽，不料想她修行佛道，如此坚虔，临终又非常高贵动人，看来无疑是往生极乐世界去了。大斋王临终时，那位入道僧中将也赶来与她诀别，中将见到她临终的情景不胜欣幸，倍加称赞。

第十八篇

三条太皇太后削发出家

古时，有一位三条太皇太后，原是三条关白太政大臣的女儿，圆融天皇在位时，册封为皇后，一生享尽荣华，不知不觉间到了老年。由于太后决心要出家为尼，便特派使者前去多武峰，召唤在那里隐居修行的增贺圣僧入宫为她削发。使者来到多武峰，传达了太后的旨意，圣僧说："这是一件可贵的事，除了增贺以外，还有哪个能给太后削发，使她出家为尼呢!"众弟子闻听此事暗地议论说："本想师父要大发雷霆，把这个使者打跑，不料想他却这样恳切地答应下来，真是一件怪事!"

增贺圣僧来到三条宫，使者进宫禀报，太后闻听心中喜悦，说道："今天就是良辰吉日，正好出家。"于是一些朝中公卿和有名望的高僧都到来了，天皇还特派了钦使。大家一看这圣僧，目光炯炯，气宇轩昂，在超尘出世高贵不凡之中，有些使人望而生畏之感，心想难怪人们都惧怕这位圣僧。后来圣僧被召至太后内宫，走到锦帐跟前，举行了出家的仪式以后××拨开长发看圣僧剪断，这时，帘内围观的女官都××失声痛哭。剪发已毕圣僧辞出，临行时高声说道："我现在也不知道为什么非请我增贺来削发不可？是不是早就听说我的阳具伟岸呢？不错，我的阳具超过常人的一倍，可是现在却像熟丝那样软绵无力了。年轻时候倒是无上妙品，可惜如今不中用了!"增贺的声音大得震耳，只吓得帘内

的众女官目瞪口呆，不知所措。太后的心中更有说不尽的惊异，心想，既然口吐这样粗野的言辞，必不是什么有道行的高僧。这时，侍候在帘外的人们，不论僧俗都吓得冷汗直流，茫然地呆在那里。

圣僧走出内宫，来到大夫[①]的面前把两袖朝前一合说道："我年纪老了，肚子不好，经常水泻，原本是不能来的，后来一想既蒙太后特意召见怎能违旨，就挣扎着来了，现在实在忍耐不住了，得赶紧出去。"说罢走出宫去，在西配殿南面套房的廊沿上，撅着屁股出起恭来，仿佛用水壶倒水一般，嗤嗤的水泻声听了令人作呕，就连太后也听得清清楚楚，一些年岁较轻的殿上人和侍卫们瞧见此情，不由得捧腹大笑、议论纷纷。圣僧走后，年长的僧俗人等，暗地责怪太后不该将这样一个狂徒召进宫来。但事已至此，不论怎样责怪也无济于事了。

皇太后自从出家以后，便虔诚地修行佛法，并且还规定每年春秋两季举行法会，把僧人召进宫来读诵大般若经，过去春秋两季的法会只在寺中举办，在太后宫中举办，则是由这位太后创始的。举办法会的日期是四天，共聘请二十位高僧读经，念经期间宫内各地要打扫清净，不动荤腥，还备有盛斋素席和清静幽雅的房间，供给读经的圣僧食住，每日要烧水供圣僧们沐浴净身。一切布施供养，都依法赏赐。皇太后本身也同样斋戒沐浴更换净衣，然后虔诚念经，往历四天。也许是这样虔诚修持的缘故，显著的灵验事迹层出不穷。不论是谁，只要不诚心斋戒，就必遭现报，因此，不管是宫中的女官侍臣还是宫娥小厮无不虔诚斋戒。虽然如此，却有人诽谤说："既然这样隆重修持佛事，就该更有灵异，可是一直没有什么特殊效验，想来是佛无灵。"这位太后不但兴办诵经法会敬谨从事，就连宫中其他事务，也治理得井井有条，从

---

① 日本古代的官名，即太后宫中的总管。

不忽视，所以宫中人们的举止行为全都端庄严谨。

有一次，比睿山横川院的惠心僧都发起道心，到京城乞食化缘，京城中的人士不论道俗男女，尊卑贵贱，全都低首膜拜，奉上布施。太后听说特意命人赶制银质器皿，盛装斋饭送上。僧都看见银器说道："这太不像话了!"遂不再在京中化缘。尽管这位太后的信心非常诚笃，这件事未免做得有些过分，可以说是无心之过。

这位皇太后本来是关白大臣的女儿，圆融天皇在位时立为皇后，荣华富贵宠耀一生，只是不曾生儿育女，这使她的父亲关白殿下和亲朋们都为她感到惋惜。但是，她到了老年终于发起道心，虔诚地修行佛法。

第十九篇

东大寺僧山中遇死僧

古时，东大寺里有个僧人，到寺东的一座深山去采摘鲜花，不想在深山中迷失了道路。

这时，僧人走到了一个从来不曾到过的所在，梦幻似的在山涧中走着，他暗自思忖："这是怎么啦，我多半遇见了迷路神，究竟往哪儿走呢?"一面走着一面纳闷。就在这时，面前出现一片回廊式的平顶瓦房，僧人近前一看，原是一排间隔开的僧舍。

僧人惶恐地走进了一间僧舍，不料想，在房里遇见了一个东大寺的死去的僧人。他见死僧吓得魂飞魄散，这才知道这里是僧人死后变成恶鬼所住的地方。那个死僧瞧见他便说："你怎么到这地方来了？这不是活人可以轻易来的地方，太奇怪了!"迷路的僧人回答说："我来山中采摘鲜花，不料想迷失了道路，我自己也不明白，怎么迷迷糊糊地就走到这里了。"死僧说："今天能在这里相见，真是叫人太高兴了。"说罢感动得哭泣起来。

迷路的僧人虽然心中十分害怕，但见死僧看到故人这般哭泣，便说道："我们相逢确是一桩喜事。"也不禁陪着落泪。这时死僧开口道："你要好好躲藏起来，可从墙洞里暗中窥探，好知道我是怎样受苦。生前我在庙里只顾贪食斋饭，觉得倦了就不坐禅修行，也不讲求学问，由于这些罪过，如今每天要受一次难熬的苦刑，现在就快到我受刑的时刻了!"说罢，面容

惨变，现出一副非常恐惧的神情，迷路的僧人见他这般模样，也吓得不知如何是好。

死僧慌慌张张地说："你赶快藏进这间房里去，从墙洞往外看吧!"迷路的僧人赶紧爬进小屋，关上屋门由墙洞中向外窥视。不大工夫，就见从空中飞下四五十名好像是震旦打扮的人来，一个个用布包头，面目狰狞可怖。这些人首先把拷打强盗用的刑架安在地上，随后点起烈火，火上安放一口锅，锅里装上铜，铜水如同开水般地沸腾起来。其中有三人看来是为首的头目，倚坐在折椅上面，身后竖起一排红幡，一望就知道非神即鬼。

这三人发出极端可怕的声音喝道："赶快带出来!"这时，便有两个差人分头跑进僧房，不久就用红绳把十来个僧人拴在一起牵出房来。迷路僧一看，当中有认识的，也有不相识的。这伙差人把他们带到刑架旁边，一个木架绑上一个，刑架和僧人数目恰好相符，一个不多也一个不少。他们把僧人捆得半点也动转不得，把铁筷子插进僧人口中，把他们的嘴撑到不能再撑为止，然后在××铁壶里，装上翻滚的铜水，向每个僧人的嘴里猛灌，不久铜水便从僧人屁股下流了出来，耳朵、眼睛和鼻孔一齐向外喷火，周身的每个骨节也都往外冒烟，个个流泪大声悲号，差人依次把僧人灌完，然后给他们松绑，一并送回原来的僧舍。于是这些人便腾空而去踪影不见。迷路的僧人瞧见这番情景，早已吓得半死，无奈只得拉着衣服紧紧裹住身子，脸朝下躺在地上。

过了一会，死僧走来启开小屋的门，他才爬起身来，死僧的面上带着痛苦难忍的神情说："你瞧见了吧!"迷路僧说："这是怎么回事呢?你从什么时候起受的这种苦刑?"死僧说："我死后立刻就来到这里，住在僧房之中，因为我在庙中白白接受人家的布施，不知补报，所以才受这样苦刑，幸而没有犯下重罪所以还没有坠入地狱，你赶快回去吧!"迷路的僧人离开那里，按照来路，顺利地走回寺庙。

事后僧人心想，自己死后一定是也要遭受这种苦刑的，所以佛力显灵，让我知道的。想到这里，道心激发，从此忏悔过去，再不接受别人的布施，最后终于成了虔诚修行道法的一位高僧。

第二十篇

某藏人私通大安寺住持之女

古时，大安寺里有位名叫××的住持，有个女儿生得姿容美丽身材婀娜。有个名叫××的藏人，每天夜晚悄悄到姑娘家里幽会，二人情深爱重、形影不离，有时白天也留在那里不回家去。

一天，藏人白昼在女家午睡，睡梦间忽然听见这家人上上下下连哭带嚷闹成一团。藏人听了纳闷，奇怪为何这样哭泣，便出去观看，只见姑娘的父母和全家人都手捧大碗痛哭。他心想究竟为什么要捧着大碗哭呢！仔细一看，每个碗里都盛着滚烫的铜水。这样的铜水，除非有恶鬼的威逼打骂，否则是断难以下咽的，难怪他们要一面哭一面喝了。有的刚刚忍痛喝完，又添上一碗接着去喝，哪怕是家里的用人也没有一人不喝的。这时，只见一个女仆走来，把躺在自己身边的那个姑娘唤了进去。藏人留意观看，只见女仆拿过一个盛满铜水的大银碗递给姑娘，这姑娘端起银碗细声细气地哭着喝了起来，这时，从她的眼睛、耳朵和鼻孔里冒出来一股股的烟火。

藏人正在惊愕之际，有人说："给客人送去！"这时就见女仆将放在食案上装有铜水的饭碗端了过来，藏人暗想，这回自己也势必得喝了，正在惊惧交加不知如何是好的时候，突然从梦中醒来。

醒后就见一个女仆正用食盘给他端来饭食，那位僧翁也正在

那里吃着，这时他不禁暗自思忖：“这人既是庙中的住持，难免任意动用庙中财物，如今吃的东西也必是庙里的，怪不得我做了这样的梦！”想到这里心灰意冷，对姑娘的情意立刻消灭了。当时决意不吃这家的食物，于是托言身体不爽，未用饭食就离开了寺院。从此以后，情淡意疏，再也不到姑娘家中去了。

后来，这位藏人深感惭愧，虽然没有出家之念，却发起了些许道心，绝不敢擅自占用佛物了。

第二十一篇

供佛年糕造酒出现毒蛇

古时，比睿山有个僧人，感到在山中修行没有个出头之日，便离开返回摄津国××郡的故乡，娶妻安家。后来该乡不论是举办法会还是供养佛经，多半是请这位僧人担任讲师，他虽不是个富有才学的人，对这些事总还可以胜任，因此，就在正月举行免灾大法会时，也一定邀他为讲师。

一年，他参加法会领到很多年糕，舍不得分赠他人，就全部拿回家中。僧人的妻子心想，这许多年糕与其白白给孩子和仆人们吃掉，倒不如放起来等它××，以后捣碎酿酒，她把这个主意告诉了丈夫，僧人听罢说道："这太好了！"夫妻计议已毕便酿起酒来。

过了很久，僧人的妻子约莫酒已酿成，就去启开坛盖观看，只见酒坛里仿佛有东西在蠕动，心中不觉一惊。但因坛内黑暗看不清，便点上一根火把，伸到坛中一照，原来满坛子都是蛇，大大小小一齐翘着脑袋在坛里蠕动。她惊叫了一声："哎呀，这是什么！"连忙盖上坛盖便跑。她把这件事告诉了丈夫，僧人听罢也觉得奇怪，他想也许是妻子看花了眼，自己何不去看个究竟，于是点上火把伸进坛中仔细观看，果然有无数条蛇在坛里蠕动，吓得连忙闪在一边。后来他把坛子盖好，说声连坛带蛇都扔掉算了，就悄悄扔在离家很远的旷野荒郊。

过了一二日，有三个汉子从扔酒坛的旁边经过，发现了酒坛。有一个汉子说："这是什么坛子！"说着上前启开坛盖窥视，立刻从坛子里冲出来一阵芳香的酒气，他吃了一惊，将如此情形告诉了那两个同伴，这二人也一同到来观看，坛子里果然满满地盛着一坛酒。三人说道："这究竟是怎么回事呢！"其中有一人说："我可要喝这坛里的酒啦。"其余二人说："人们绝不会平白无故把东西扔在野外，其中定有缘故，这东西可怕，绝不能喝！"说要喝酒的汉子，原本是个好酒贪杯的人，此时，他着实忍受不住，便道："那么，你们两个不喝好了，不管是为了什么丢在这里，我也一定要喝，我不怕死。"说罢，从腰中取出随身携带的杯子，舀出一杯一饮而尽，真不愧是佳酿美酒，这人连饮了三杯。

另外那两个汉子本来也是生性好酒的人，心里想喝，便说道："今天我们三人一起出外，怎能眼瞧一个人死呢！如果是被人谋害，也应该死在一处啊，来，我们也一块喝！"说罢，二人也痛饮起来。这美酒确非寻常之物，他们说："何不抬回家去，也好开怀畅饮。"如是便把这一大坛酒抬回家中。到家后，一连畅饮了数日，并未发生任何变故。

且说那个僧人，原本是略有智慧的人，他想自己存心刻薄，吞没佛物，不肯分赠别人而竟敢用来酿酒，罪孽深重，所以坛里才出现了蛇，想到这里不禁羞愧交加。为时不久，他偶然听人传说："某某地方有三个汉子，在野外发现了坛酒，抬回家去大喝一阵，简直是绝妙的美酒！"这时他领悟到，坛里并不是什么蛇，而是由于罪孽深重，在自己和妻子的眼里才看成了毒蛇。这一来，更加惭悔得无地自容了。

由此看来，动用庙中佛物确是罪过重大，至于能在眼中出现很多条的毒蛇蠕动，更是罕见的事。所以说，对于供佛之物绝不可以勉强贪得，即当分赠于人，也该请僧人食用。这件事是传自饮酒的三个人口中，僧人本人也曾对人讲过，所以照录于此。

第二十二篇

某寺住持见麻花饼[①]变蛇

古时，××寺的住持僧名叫××，他外表是个出家人模样，可是心地不良，尤其对于修道念佛的事不闻不问，每日只是邀集京城的许多文人，在一处酒肉征逐，寻欢作乐，他还经常召来一些歌女娼妓，歌舞弹唱，恣意挥霍庙中财物，从无半点戒心。

一年夏天，庙里收到了许多〔供佛的〕麻花饼，住持僧请来许多宾客，大家吃罢之后还剩下一些。这时，他说："把剩饼储藏起一些，陈麦可以入药！"满满装了一大提盒，放在前边的阁子上。过后，他一直没有用处，所以这个盛麻花饼的提盒也就一直没有取下来看过。

转过年来又到了夏天。一天，住持僧偶然瞧见那个盛麻花饼的提盒，说："这不是去年放的麻花饼吗？一定烂坏了吧！"说罢叫人从阁子上取下来，把提盒的盖子揭开，这时，盒里的麦饼已然不见，却有一条小蛇蠕伏在里边。启盖的人没料到盒里有蛇，吓得把提盒扔在一边。后来又当着住持的面把盖启开，住持和其他几个僧人也都瞧见了。这时，住持说："因为它是佛物，所以如此。"随后便盖好盒盖扔到河里去了。

---

① 一种用白面和米粉制成的麻花形食品，多用来上供，中国古代称为索饼，因为形似绳索。

其实，这盒麻花饼未必是真蛇，只不过在他们眼中看成是蛇罢了。由此可知，动用佛物的罪过极为深重，至于随意滥用诵经得来的酬谢和募化的粮米，其罪过就更可想而知了。该寺僧人曾对人讲说此事，所以照录于此。

第二十三篇

般若寺觉缘律师弟子谨遵师父遗言

古时，般若寺里住着一位觉缘律师，他原是东大寺的僧人，是千攀僧都的弟子，造诣很深。后来他到东寺为僧，拜广泽地方宽朝僧正为师，学习真言密法，灵验昭著。由于他精通经典熟娴真言，所以深得朝廷和世人的器重，尽管年纪尚轻就做了律师。

般若寺是座历代闻名的寺院，在正殿的西南角，建有一排东西向的高大僧舍。这座僧舍选用的木料，都是几经挑选的上好材料，而且建造得又很精巧，在庙堂正殿的西北方建有曲折回廊。一个本来就引人入胜的地方，如今又建造这样考究的僧舍，所以连关白大臣也经常遨游此地，召集些达官显贵吟诗作文。世人都说，历此胜地盛事，不枉为人一生，真是游人络绎无日间断。在正月里，寺内的圣僧还时常被召至宫中主持真言院的佛事，而且那些达官贵人们每在举办法华经八讲会时也都请这里的圣僧讲经。当时有道的高僧，计有明豪、严久、清范、院源、觉缘等人。

觉缘住在美妙的寺中，偶然得了病，起初以为是受了风寒，洗个热水澡就可痊愈，谁知病势日趋严重，竟至卧床不起。于是众弟子全都聚集在觉缘身边，为他祈求神佑。皇室和王公大臣差遣的慰问使人，也是络绎于途，无有虚日。觉缘本是一个年岁正富，俊秀聪慧而又悟道甚深的人，所以世人对他有殷切的期待，如今听说他病势沉重，又怎能不同感惋惜呢。尤其觉缘背诵法华

经的高贵声音，感人很深，听到的人，无不为之落泪。

觉缘在患病期间，还是不分昼夜地用那病弱无力的声音念诵经文。后来觉缘病势垂危，便把身后之事一一托付于弟子，唯独对由谁继承这座宏伟庙堂，并未提及，众人猜想一定要让上首弟子继承。且说，觉缘有个弟子名叫公圆，这人性情乖僻，从不靠近师父身边。师父对他也仿佛情断义疏，因此经常到处云游。觉缘得病时，公圆正在胜尾寺坐关修行。一天有人来告诉他说，师父病重，公圆大惊，回到寺中。这天，觉缘的大弟子们见师父病势沉重，难以熬到明天，都排坐在师父的面前。只听觉缘律师气喘吁吁地问道："这些人里怎么不见那讨人嫌的公圆呢?"弟子回答道："他已经来了四五天，不敢到师父面前来，就在后边小屋里等着呢!"觉缘闻听便道："赶快给我叫来!"于是有人把公圆唤来。

众人心中纳闷，暗想：许多得道的大弟子都排坐在眼前，为什么单单要召唤一个从来就不喜欢的人呢?公圆本人也不解其意，但既是师父召唤也只好走近身边。这时律师对公圆说："因为你性情乖谬，多少年来，我总是厌烦你，不过你这样东奔西走，有时我也觉得难过。我讨厌你，就因为叫你往东你必往西，叫你站着你必定要坐下。如今我眼看就要死去，我死之后，这座庙堂势必渐渐荒废下来，人们也将东走西散，那时恐怕连个人影也找不到，然后佛堂倒塌，佛像也会被人盗走。可是，不论如何艰苦，你也要留在寺里不可离开，哪怕是块房板也好，你要把它守住!我这些弟子虽然道高出众，但是没有能留得住的人，我看只有你能忍饥挨饿不怕寒暑地留下来，所以才把这庙堂托付给你，你要牢牢谨记，切不可离开这里!"那些道高出众的弟子们一听此话，不禁暗道：我们正想永远住在庙里修持佛事，师父却偏偏托付给了这个卑贱的和尚，真是令人不解。众弟子起初认为也许是师父卧病日久神志不清所致，后来又觉得师父既然这样吩咐其中定有缘故。

可是我们怎能离此他去呢？不论师父留下的是怎样一座破烂寺庙，做弟子的也应该住在里面，何况这又是当年僧正传留下的圣地，而今楼台殿阁修盖得如此富丽堂皇，连外人都向往不置，我们怎能离开它呢？

不久，觉缘律师与世长辞，庙里庙外的弟子们都来替他办理后事，七七之内，庙中的盛况不亚于师父在世之时。众人见此光景也都暗自称庆，以为这座庙堂绝不会衰落下去。丧期过后，远方的弟子都各回本寺，二三十个亲信的弟子仍旧住在庙中，在表面上看起来，般若寺还和觉缘律师在世时一般无二。觉缘律师在日，般若寺附近的人都有所顾忌，日子一长，就变了态度，对寺中的弟子就加以侵犯欺侮，因此众弟子就先后离寺他去。留下来的也是死一个少一个，这座庙宇终于××下去。原来自愿留在寺里的那些弟子，有的迁往东大寺，有的去××，东离西散，各奔他方，不过十余年光景，这座般若寺竟变成了人迹罕至的荒寺了。

寺内的花草任凭跑进来的那些牛马吃得一干二净，院子里的影壁墙也残破不堪，见此情景的人无不感伤。这时，住在庙中的除了公圆身边的小沙弥之外，仅有他一人了。到后来，庙宇里竟至看不见炊烟，人们都以为公圆必已离开寺院。然而，公圆却毫不把困苦放在心上，尽管没有施主前来，他也一心遵守师父遗嘱守在寺中，当时，听说他那悲惨处境，偶然也有人来探望他，可是始终没有个知心的朋友。公圆坚持着难以忍受的困苦，只求不负师父的临终遗嘱。公圆在庙中住有四十余年，这期间殿堂房舍都先后倒坍，最后只剩下仅可安身的三间房廊。公圆就在这廊下寝息，直到高贵地死去，临终时还口唱弥陀佛号。

由此看来，觉缘律师有知弟子之明，才把庙宇托付于公圆；而公圆僧人孝敬虔诚，临终时的情景才能这样高贵动人。如今般若寺只留下一片遗址罢了。

第二十四篇

某僧舍命替师祭泰山府君[①]

古时，三井寺里有个名叫智奥的僧人，由于道高德重，深得朝廷和世人的敬重。有一次，这位圣僧身染重病，多日不愈，那些有道的弟子见师父病势沉重，俱都伤心难过，虽曾多方祈祷，毫无效验。

当时，有个名叫安倍晴明的阴阳师，道行超人，公私两界对他都十分信任。圣僧的众弟子为了挽救师父的生命，决定请他来祷祭泰山府君。晴明来到庙中说："我占算过了，他的病非常严重，纵然向泰山府君祷祭恐怕也难以挽救，除非用一个和尚来顶替病人，把名字写到表文上去，这样或许能够得救，不然就无能为力了。"弟子们听了此话，都面面相觑，不作一声，谁也不肯替师父牺牲，他们至多是先保住自己的性命，然后再挽救师父，有的还打算在师父死后由自己承继庙产和传授经文，根本没有替师父去死的意思。正当这个时候，走出一个多年不被师父和人们注意的弟子。

这个弟子受不到师父的重视，生活非常贫困，多年来一直住在堆东西的小屋里。他听到此事出来说："我已年逾半百，再也活不了多久，况且我这样贫苦潦倒，今后恐怕也难修积多年善根。

---

① 道家所祀职掌转世、福灵之神。

既然迟早是死，倒不如今天替师父一死，请你们赶快把我的名字写在表文上吧。”众弟子听了这番话，非常感佩，暗自思忖道：我们都不敢说愿去替死，而他竟能如此！许多人当场感动得流下眼泪。

阴阳法师晴明听到后，便将那僧人的名字写在表文之中，然后虔诚地祭祷起来。师父听到这件事，难过得哭了起来，他说：“我这许多年来，竟未看出他如此一片诚心。”祭祷已毕，师父的病势大有起色，仿佛是祷告发生了效验。既然师父病势好转，那替死的僧人势必难保性命。于是便叫这个僧人到里面等死，僧人整理了随身用物，嘱咐了后事，就去到等死的房里，独自一人念起佛来。有人跟着侧耳倾听了终夜，觉得他不像就要死去的样子，及至天光大亮，众人虽都以为他已丧命，实际上他依然健在。这天，师父霍然痊愈，大家心想今天那个和尚算难逃活命了。晴明一清早走来告诉大家说：“现在不但是师父性命无虞，就连那个替死的僧人也得活命了，他们二人没有危险了。”说罢，转身回去。师徒二人闻听此话，喜极而哭。

由此看来，这僧人情愿替师父一死，因而感动了冥王，所以保全了师徒二人的性命。闻听此事的人，无不称赞僧人。从此以后，师父非常感念这个弟子，事事和他商量，比对那些道高出众的弟子还加重视。说起来，这人的心地确实令人感动，无怪师父要如此看待他。后来这师徒二人都长寿以终。

第二十五篇

禁中侍卫藤原忠兼对生父尽孝

古时，××天皇朝代，一年夏天，有许多位殿上人前往大极殿纳凉，当时，不少位侍卫和宫中属吏[①]也随同前往。

乘凉已毕，大家往回走，路经朝堂院[②]的北面回廊时，忽然天阴，下起阵雨来。殿上人以为不久就可天晴，于是站在廊下暂避。当时虽有一部分人带着雨伞，也有未带来的，但是人多伞少不够使用，只好立着等候取来。这时候有个家住西京名叫得任的官掌[③]从营房下班回家，途中忽遇暴雨，只见他身穿官服，用袍遮头，朝着西京方向跑去，正打那些避雨的殿上人面前经过，许多侍卫和宫中属吏也都在场。

侍卫里面的忠兼，本是得任的儿子，从小由乌藤太××抱养过去，乌藤太总对人说忠兼是他所生，忠兼也以生父称呼他，外人对于这件事，只不过背地里谈谈，当面谁也不肯提。这时，和众人并排站在朝堂院北面回廊的忠兼望见得任在暴雨中手提鞋袜，

① 原文作“所众”，是在宫中从事杂务的小官，因属于“藏人所”，所以简称“所众”。

② 又称八省院，是日本古代王朝政府中务、式部、治部、民部、兵部、刑部、大藏、宫内等八省官员处理政务的地方，正殿就是大极殿。

③ 原文作“官掌”，是日本古代的官名，职务是传达诉讼，保卫官府，管理府衙以及禁中的建设琐事。

袍袖遮头奔跑的狼狈模样，情不自禁地卷起裤脚，撑开雨伞直奔得任身边，给他用伞遮雨，护送他。殿上人和侍卫、属吏们看到这番情景，不仅没加嘲笑，反而有些人感动得落下眼泪。

这时，众人纷纷议论说：“忠兼真是个了不起的人，他平素不承认得任是自己的生父，而养父又是有势力的人，如今却能在许多人的面前去给生父打伞，真是件不容易的事啊！如果稍微有些私心，就难免躲在一边，可是他反而能打着伞陪送，这片孝心真是难得！”说罢，不论是有无父母的人都感动得流下泪来。

得任心中原本明白众人全知道他们这种隐讳关系，如今瞧见忠兼站在侍卫当中，想起自己这副模样，很羞于从他们面前经过，便佯装不识地走了过去，心中却不由得感到一阵凄楚。忠兼打着伞跑过来替他遮雨，得任惊疑地问了声：“这是做什么？”等到抬头一看，打伞人原来是忠兼，不禁落泪，连声说道：“实在不敢当！不敢当！”忠兼闻言道：“有什么不敢当呢，您为何要这样说呢？”结果还是把得任送回西京的家去，然后回到宫中。

殿上人回到宫中，来到关白大臣的寝殿，把忠兼孝父之事作了禀报，大臣闻听后深受感动，转奏了天皇。从此以后，忠兼顿时有名，上自天皇下至万民，无不称赞。

有一位有智慧的高僧，是忠兼的故友。他听说此事便对忠兼说：“你的一片孝心极为可贵，这胜于修庙建塔，书写经文，定邀我佛菩萨赞美，诸天护佑。纵然有人修下无量的善根，如果不知尽孝，也难获原福的。”忠兼闻教后，深信不疑，越发竭尽孝养。

第二十六篇

下野公助甘受乃父杖责

古时，右近卫府[①]的跑马场里，有一次举行骑射，许多位中少将都临场检阅。有一个名叫下野公助的舍人[②]，是从前××××，善于骑射，箭法一向高强，不知为什么今日连射三箭，皆未中的。公助的父亲敦行身任近卫府的将监[③]，坐在渲武厅的看台上，望见爱子箭箭落地，不胜羞愧，也不顾得穿鞋，就直向马栏跑去。

诸位将军一见都道："他这是做什么呢！"大家注目相视。这时公助骑射已毕，从马上下来，正要解下甲胄弓箭，敦行跑来。他拔起马场栅栏的一根木棍，跑近公助身边举棍便打。公助正年轻力壮，乃父敦行已经年逾八旬，如果公助逃跑，他父亲绝追赶不上，但是他并不逃跑，却蹲在那里俯首承受，父亲在他的背上一连打了一二十棍。当场看到这种情景的人都嘲笑说："公助真是个傻货，就这样等着挨打！"敦行责打过儿子，丢下木棍，回转看台，在将军们面前躺在地上，放声痛哭，有些将军也难过洒泪，他们喜爱公助，因而也未予降职处分，仍然让他照旧供职。

后来，大家将公助叫到跟前问道："你为什么连射不中呢？"

---

① 日本古代官署名，与左近卫府共同统率禁卫军，守护宫禁，并于天皇行幸时担任警卫。

② 在天皇、皇族等身边办理一切庶务的近侍。

③ 日本古代官名，是近卫府的三等官，居大、中、少将之下。

公助回答说："我的眼睛××发黑，看不见箭靶的红心。"又问："那么××打你，你为何不跑，反倒蹲在地上挨打呢？"公助答道："当时我父正在盛怒之中，如果我要逃跑，他必随追赶，他已年过八旬，容易摔倒，因此我才蹲下来等着挨打。"将军们听到此话感动得潸然泪下，事后，有一个侍从向近卫府中的大将进谗言道："××箭射××××，竟然未受降职的处分，还照旧和我们并列为侍从，有些不当。"大将便询问将军们说："有人如此这般地控告，也不无道理。这件事究竟是怎么处理的？"将军们详细地禀告了以往情由，这位大将也以手拭目，说道："真是令人感动啊！"不但未加惩罚，还说："这太应该了！"后来这件事便不了了之。

事后，公助对人说："父亲打我是理所当然，绝不是厌恶我，如果我抱怨父亲认为打我是恨我，那就必遭天谴。"一位有智慧的高僧听说此事，就到关白大人的府中禀告说："公助不是一个凡人，他的行为就是佛道，他舍弃肉身尽孝于四恩[①]，这种品质在舍人身上是难能而可贵的。"大人闻听无限感动地说："这人的心术真是高贵啊！"从此，对公助更加器重。

这件事传出之后，世人无不称赞。公助本身也声望日隆，后来成为一个不平凡的舍人，子孙昌盛。

① 佛家语，指父母、君王、三宝和众生的四恩而言。

第二十七篇

河畔某僧遇洪水舍子救母

古时，××时期，有一年遇见涨潮，淀河暴涨，两岸许多人家全被淹没。当时，有个僧人带着一个五六岁的男孩，这孩子长得又白又俊，举止端正，法师宠爱，片刻难离。

后来僧人的家也被洪水冲走，失去了老母，找不见心爱的孩儿，惊慌得不知所措。原来僧人的幼子先被洪水冲走，老母落在后面，相隔约有三十来丈，一浮一沉顺流而下。这时，僧人一眼望见那被水冲走的娇秀可爱的孩童，心想，一定是自己的儿子，于是游上前去，游至近前一看，正是自己的娇儿。僧人喜出望外，一手拉着儿子，一手划水向岸上游来，眼看就要游到岸边的时候，突然又发现老母被洪水冲往下游。他看自己无法拯救二人，便自思忖道：只要我有命，就能再生儿子，如果今天失去老母，那就永无相逢之日，想到这里，丢下儿子，冲着浪头向老母游去，终于把母亲救上岸来。

僧人的老母喝了一肚子水，僧人正帮助她往外吐水，这时候，妻子近前说："你这个人真是少有。人有两只眼睛，我们只有这么一个爱如珍珠的儿子。可是你不救儿子，却把这样一个有今天没有明天的老太婆救了上来！"说罢，痛哭不止。身为父亲的僧人说："你说的话固然有理，但是，纵然她明天就死，我也不能丢下母亲去救孩子呀！只要我们活着儿子还能养，你不必这样伤心

了。”他虽然竭力劝慰，妻子仍然是止不住做母亲的悲痛，放声大哭。也许是神佛见怜他那救母的孝心吧，就在这时，他们的儿子也在下游地方被人救了上来。僧人听信立刻把儿子领回，这对父母真是无限欢喜。

当天夜晚，僧人梦见一位素不相识的得道高僧，前来对他说：“你的心太让人尊敬了！”称赞已罢僧人从梦中醒来。凡是看见和听说这桩事的人，个个赞颂僧人说：“这位法师的心实在是高贵可嘉啊！”

第二十八篇

莲圆僧修行不轻[①]道法拯救亡母

古时，大和国宇治郡有座安日寺，寺中住着一个僧人法号莲圆，莲圆的母亲生性不良，不知道因果之道。后来，母亲年岁日增，身染重病终于死去。临终时屡有恶兆，显然是堕入三恶道[②]了。莲圆一见此情，万分悲痛，不论如何，也要为母亲祈求冥福。他下定决心，遍历全国，修得不轻道法，一心超度亡母。于是莲圆就云游各地，按照心愿来修行不轻道法。他走遍全国，镇西[③]的边境、陆奥[④]的尽处，无处没有他的足迹，过了几年的时光，才返回故乡。回乡后他又往六波罗密寺举行法华经八讲会超度亡母的灵魂，然后才回到旧日的安日寺中。

一天，莲圆梦见自己走入深山，望见一座铁城。他心中正在纳闷，不知这是什么所在时，走出一个恶鬼来，长得狰狞可怖。莲圆向恶鬼道："这是什么地方？你是什么人？"恶鬼道："这里是地狱，我乃狱卒。"莲圆又问："如此说来，地狱之中可有我的母

---

① 指不轻菩萨而言。据佛教传说：不轻菩萨出世后，经常高声唱念"我不轻汝等，汝等皆当成佛"之语，故有此名。

② 指地狱、饿鬼、畜生三道而言，据佛教传说，生前作孽者，死后必堕入此三恶道。

③ 日本九州的古称。

④ 地名，指日本本州岛的东北部，包括福城、岩手、青森等县。

亲?”狱卒道：“有。”莲圆道：“能叫我一见吗?”狱卒道：“可以叫你一见，你要稍等片刻!”说罢，打开城门。

城门一开，随着就冒出熊熊烈火来，非常可怕。狱卒手持长矛，向铁锅中一扎，叉出一个人头，莲圆一看，正是自己的亲娘，不见身体，莲圆用衣袖托住人头，两眼流泪。这时，他母亲也哭着说：“我罪孽深重，死后堕入这座地狱，痛苦无量，亏你为我长年修行不轻道法，讲解法华经，如今我已得免地狱之苦，生往忉利天上去了。”说到这里，莲圆从梦中惊醒只吓得他一身冷汗，仔细思索不禁深受感动。

从此以后，莲圆再无牵挂，修行佛法也日益勤勉，后来他往高野山中修行，终于成为得道高僧。

第二十九篇

乌龟对山阴中纳言报恩

古时，醍醐天皇朝代，有一位中纳言名叫藤原山阴，山阴膝下有数子，其中有一男孩生得容貌俊秀，他特别喜爱。后来山阴娶了一个继室，她分外疼爱这个孩子，甚至胜过父亲。山阴眼见这番情景，心中无限喜悦，便将爱子完全托给继室抚养。

后来，中纳言外放太宰府①帅，赴任镇西，不料这位被他认为万分可靠的继母，却早已存下谋害孩子的心肠，当他们船经钟崎海角的时候，这个继母抱起了小儿，佯装把尿失手，一下子扔进了海中。当时，官船正张帆疾驶，她一声不响，等到驶出很远，她才连哭带叫地喊道："小公子掉在海里啦！"帅爷一听此事，痛哭失声，恨不得投海以死。他说："孩子纵然丧命，也要把尸首给我打捞上来！"便差几名家将驾起小船追寻上去。自己乘坐的官船也停了下来，并且说："我一定得弄清孩子的尸首下落才能动身，不然就一直停在这里！"众家将驾着小船在海面上划了一夜，但如何能找得到呢？

天光渐渐发亮，众家将仍在海面上划船寻找，远远望去，海面上有个白点，看来像是一只海鸥，于是划向前去，奇怪的是海

---

① 太宰府是日本古代设于筑前的官署，掌管九州、壹岐、对马三地的政务，并兼管国防、外交等事务。太宰府帅即该府的最高长官。

鸥见小船划来并不飞动，众家将惊异地划近跟前一看，原来是小公子××在海面上，正用手打着浪花，众人一见大喜，连忙将船划到他的身边，原来这孩子坐在一个大草帽般的龟背上。当众家将欢天喜地把小公子抱起来时，乌龟立即缩进海中去了，众人拼命地划到帅爷的官船边，叫道："小公子在这里!"随着将公子抱出。这时，帅爷真是欢喜若狂，把儿子抱在怀中，高兴得哭叫起来。继母听说找到公子，虽然有些意外，但也随着流泪不已。她不露声色地佯装百般怜爱，终于骗过了帅爷，仍然把儿子托付她照管。

船又继续驶行，帅爷因爱子落水，悲痛万分，彻夜未眠，昼间不觉蒙眬睡去。这时他梦见船旁有一只大乌龟从海中伸出脖子，仿佛要讲话，后来伸上船头口吐人言道："难道您忘怀了不成！有一年在淀河河口，有个用鸬鹚捕鱼的渔夫钓上一只乌龟，由您买来放生，我就是那个乌龟。从那以后，我总是打算报救命之恩，不知有多少年了，后来听说您出任太宰府帅，我想，哪怕是送您一程也好，便跟随大船而来，昨夜在钟崎河角，看见小公子被继母抱着越过高高的船栏，装作失手把他扔到海中，我就赶忙把小公子托在背上，紧紧追随官船，拼命游来。从今往后，您千万不可再相信他的继母!"乌龟说罢，把脖子缩入海中，这时帅爷从梦中醒来。

梦醒后他想起当年去朝拜住吉明神时路经大渡地方，看见鸬鹚船上有只大龟，从船板上探出了头来。自己看它的那副神色，觉得十分不忍，当时便脱下身上的衣服递给渔夫，买过这只龟来，放入海中。而今回想起来，拾救自己爱子的无疑就是这只乌龟，心中无限感动。他又想起继室当时故意装作哭泣的丑态，不由心生厌恶，于是便将孩子和乳娘都搬到自己的船上。抵达镇西以后，仍然小心提防，把儿子安置在另外一个地方，经常前去看望，继母瞧见这番光景，心里也明白八九，只好闭口无言。

府帅解任后回到京师中，他叫这个孩子出家为僧，取法号如无。因为这孩子如同死而复生，所以取名如无。如无先在山阶寺为僧，后来又在宇多上皇宫中供职，官至僧都。中纳言去世之后，那个继母没有儿子，全仗这个僧都扶养。她如想起过去，该当如何感愧呢？

那只乌龟不仅报答恩情，还搭救人命、托梦相告，想来绝非是一般的乌龟，或是菩萨化身。摄津地方的总持寺就是这位山阴中纳言所修建的。

第三十篇

乌龟对百济僧弘济报恩

古时，备后国三谷郡住有一人，是该郡郡司的祖先。当百济国将亡的时候，他因与百济国有旧，便率领家将亲兵驰去援救。

到达百济后大势已非，所带去的家将亲兵也全阵亡，只留下他独自一人。他想要回返故乡，但是，多少年来始终不能如愿。他思乡心切，悲泣地发誓说："如能使我如愿回归故里，那时必定修盖一座大庙，塑造菩萨的金身！"他在百济逗留期间，和百济国的一个法号叫弘济的僧人，情投意合，彼此结下来世的盟缘。过了几年，他终于得回故乡，那个弘济僧人也随同他一同来到日本。

他回到故乡备后，庆幸自己的大愿得遂，立即动工在当地修建大庙，弘济和他共同操持修庙一事，当要铸造佛像时，他交给弘济许多银钱命他进京购买黄金。弘济到京，买妥了黄金，在归途路过难波海面时，看见一个渔夫捉住四只大龟，正要动手宰杀，他当时动了慈悲之心，便买下乌龟放回海里。

其后，开船赶路，船行到备前国的骨岛附近，天色已晚，突然遇上海盗。海盗们跳进弘济的船舱，抓住他随身的两个童子，一齐扔入海中，并且对弘济说："你也趁早给我投海，不然就要动手！"弘济闻言搓着双手告饶，海盗们怎样也不答应。弘济无奈只得暗自祷告许愿，然后纵身跳下海去。这时，海盗们把弘济船上的财物尽行掳去，买来的黄金也一并劫走。

弘济跳下海去，海水只没到他的腰部，两脚仿佛踏在石头上面。他就这样在海面上站了一夜，等到天明，仔细一看，自己原来是踩在一个大龟背上。再一看地方，这里竟是备后海岸，十分惊讶，心想：昨晚我是在备前骨岛一带遇见海盗，现在却来到了备后海滨，一夜之间竟越过两个国界，这到底是怎样回来的呢！越想越觉得奇怪。弘济登岸后寻思，想起是那天买来放生的乌龟报恩，救了自己的性命，不禁深受感动。

弘济从海岸回到三谷郡，对主人报告了途中遇盗的情由，主人闻言说道："遇见海盗，财物被劫乃是常事，能保住性命，就全仗那乌龟的恩德了！"说着，深为庆幸。这时，恰好外面有人来卖黄金，弘济走出一看，原来是在骨岛相遇的六名海盗，海盗认出弘济，吓得说不出话来。但是，弘济并未声张，反而按价付款买下黄金。这些海盗原以为这回难逃法网，不料想弘济竟不动声色收买了黄金，于是喜出望外地回家去了。

后来，佛堂竣工，佛像也铸成供养起来，这座庙就称为三谷寺。弘济后来住在海滨，一心一意为过往行人谋求方便，活到八十余岁才去世。乌龟报恩之事并非始自今天，从天竺、震旦起以及日本都曾屡见不鲜。

第三十一篇

骷髅对高丽僧道登报恩

古时，有个从高丽来到日本的僧人，法号道登，住在元兴寺里。

道登为了修积功德，发下心愿要建造宇治桥，并开始筹划。一天道登去往住在北山阶地方一个名叫惠满的家中访问，当他回归元兴寺时，路过奈良岗，发现路旁有一具骷髅被行人踩踏，心中甚是不忍，便吩咐道童将它放在树上。

后来过了很久，在腊月三十傍晚，元兴寺的门前来了一个人，说是要求见道登大师的道童，道童闻听人找，赶忙从房中走到大门一看，却是个素不相识的人。那个人对道童说："我承蒙你师父道登大师的慈悲，脱离了多年来的苦难，如今已然平安无事，若不是今夜，真是难以报答恩情。"说罢，领着道童走去。道童不知要到哪里，只好跟着走，最后他把道童引进村里的一户人家。

道童始终不知什么事，进到家里，那人准备了许多食物，陪着道童进食。后来夜已深了，道童便住在他家。天快亮时，传来一阵脚步声，那人对道童说："谋杀我的那个哥哥来了，我得赶快离开这里。"道童闻言，惊疑不解，问道："这究竟是怎么回事呢?"那人说道："早年我和哥哥一起经商，各处奔走赚了四十斤白银，我带着银子和哥哥路过奈良岗时，哥哥为了独吞银子就把我杀了。他回家对母亲说，我被强盗所害。许多年来，我的骷髅

一直丢在那里，任凭过往行人践踏。那天你师父瞧见，动了慈悲之念，叫你把我放到树上，从此我才脱离苦海，所以我感此恩德，念念不忘。今晚是他们设供祭祀我，所以才把你请来。”说罢，便转身不见了。

道童听罢，正在惊异之际，那鬼魂的母亲和谋害他的哥哥一同来到这间房屋，为的是拜祭这个被人杀死的魂灵。他们看见道童，大吃一惊，追问起来：“你是谁，怎么跑到这里来了!”道童把鬼魂所说的话详细一说，母亲听罢，痛恨那个谋害亲兄弟的哥哥，哭着说：“啊呀！原来就是你把我那心爱的儿子给杀了！直到今天我还不知道呢！原来你说被强盗所杀是在撒谎呀！这叫我多么伤心呀!”说罢，痛哭不已。后来她叩谢道童并馈赠了食物。道童回到寺中，把这件事禀告了师父，大师闻听也为之叹息不止。

看来，骷髅尚且感恩图报，活着的人又怎可以忘恩负义呢！受恩必报就连佛祖菩萨也是喜欢的。这位道登大师就是宇治桥的创建人，也有人说桥是天神下界修建的，大化年号据说就是由此而来。或者天神下界帮助道登修桥，也是有的，真相究竟如何，就不得其详了。

第三十二篇

陆奥国神对国守平维叙报恩

古时，陆奥有位国守名叫平维叙，是贞盛朝臣[①]的儿子，维叙到任后，便行拜神之礼，亲身参谒境内各个神社。当他走到××郡时，看见路旁有三四棵树，树下有座小庙，看样子早已断了香火。

国守见这情形，便问同去的人："这是什么神呢？"有位上年纪的官员，知道往事，便告诉国守说："这里面原供着一位尊神，只因田村将军任国守时，神社的奉祀官发生不法情事，后来事态扩大，还奏禀了朝廷。从那以后，不仅拜神之礼荒废，就连月朔奉献币帛的仪式[②]也中止了。后来神社倒塌，人们也不来朝拜了。我祖父已过八旬，这件事是他听别人说的，如今也有二百多年啦！"国守闻言说道："这真太不应该了！又不是神有什么过错，应该立即恢复祭享。"说罢，就停下来，命人铲除杂草，吩咐郡司立刻动手重新扩建这座神社。以后除每月初一奉献币帛外，还把这座神社记在神名簿上[③]。维叙心想，自己这般尊崇，定可邀得社

---

① 朝臣是天武天皇为了区别氏族的贵贱尊卑所定的八色姓中之第二位，多赐给皇族后裔。

② 古时，日本各国国守要在每月初一，向境内有名的神社奉献币帛（以纸和楮皮纤维制成的献神品）。

③ 专门记载神社名称及地址的清册。

中神灵的喜欢。但是，在维叙任职期间，这尊神不但没有显什么灵验，甚至连个梦也没托过。

后来，维叙任期已满，启身回京去了。维叙离开府邸两三日以后，曾向他告诉神社衰落经过的那个官员得了一梦。他在梦中看见有个陌生人突然走进房来，对他说："门外有人召你，赶快出来!"官员心想：这是谁叫我呢，国守已然进京，这地方哪里还有召我的人呢。所以半晌也未出去，后来他见来人连连催促"快出来！快出来!"心想也许出了什么事情，出门一看，只见一辆二三尺高的轿车装饰得富丽无比。车内坐有一人，气宇轩昂仪表非凡，许多随从依次并排跪坐在地上伺候。官员见如此显贵的人临门召唤他，不由得跪倒在地。车辕前的随从召唤说："那人，你到这边来!"

这官员心中惶恐，不敢近前，后来因见连连召唤，只好惶恐地走到车旁。这时，只见车帘一动，车中有人问道："你可认识我?"官员回禀说："我怎能认识贵人!"车中人说："我是被遗弃多年的那尊神，不想这位国守竟能如此地尊敬我，为了酬谢他的情谊，我送他回京，本打算送到京后，立刻转回，不过为了使他早获新职，势必等他重任他国国守以后才能回来，所以我暂时不在国中。国守这样尊敬我，全是由于你的详细介绍，所以我特来告诉你一声。我也非常感激你，不久你就会知道的。"说完便启程往京城去了。官员闻言出了一身冷汗，忽然惊醒过来。这时他才知道是南柯一梦。想起神人的情意，十分感动。以后他把梦中情景告诉了别人，听说的人，也都感动，称赞不置。

后来，实方中将做了陆奥国守，这官员忙于新国守继任的琐事，就把梦中所见忘记了。过了几年，没想到又和上次一样做了一梦，梦见有人进屋说："门外有人召你，赶快出来!"官员在梦中想起这必是当初的那位尊神来了，赶忙来到门首，果然是上次那辆轿车，这次官员不像上次那样惶恐，那位尊神也仿佛和他熟

悉了些。不过他一想到是尊神驾到，不由得又跪伏地上。后来，他又和上次一样被召至车前，尊神问道：“你可记得我?”官员回禀说：“您上次已经详细告诉我了。”神人说：“你的记性不错。我随同前任国守，在京城住了三四年，如今给他谋了个常陆国守，所以又回来了，我想不论如何总该来告诉你一声。”说到这里，官员从梦中醒来。

他醒后觉得有些离奇，便对听他原来谈过梦境的那些人说：“这回，我又做了这样一梦!”大家闻言后说：“前任国守如果真的坐镇常陆，这神可太有灵了!”说话之间，京城送来公文，打开一看，前任国守果然身任常陆国守了。

仔细想来此事诚然可贵，后来当地人们越发虔诚地信奉这座神社了。这位尊神也是一片至诚，所以才这样感恩图报。后来，这尊神屡屡显示灵异，那位做梦的官员，也是诸事如意。有智慧的人们称赞说：报恩一事是佛祖喜欢的，神人也因此得离苦难了。

第三十三篇

东三条内树神报僧恩

古时，不知是哪一朝代，在二条以北，西洞院以西的大道上，住着一个僧人。

这个僧人虽然不是什么得道高僧，却经常不断地读诵法华和仁王等经。东三条西北角上有片神林，斜对着僧人住处，所以僧人每在诵经时，都为神树修积功德。一天傍晚，僧人站在板窗前面，翻读经书，这时不知从什么地方来了个年约三十岁的俊秀男子，僧人不知道是谁，便问道："你是哪方人士?"男子道："多年来，蒙你施恩，至今未报，今天特来道谢。"僧人心中暗想：我不曾施恩于人，他如何竟讲出此等话来。正在惊疑不解，男子说："请你到我家来一趟，绝不会亏待你。"僧人问："不知尊府在何处?"男子说："离此不远，就在那边。"由于他殷勤相邀，僧人只好勉强跟他前去。

那位男子把僧人领到东三条西北角神林里的一棵大树底下，然后就要上树，他对僧人说："你也上去!"僧人闻言道："你真有点发疯，出家人怎么能上树呢，万一失误落地那还了得。"男子说："你只管上去，我有东西给你看，绝不会害你。"僧人无奈，只得随在他的身后一同上树，没想到不费劲就爬到了高处。僧人原来以为爬的是树，上去一看，却是一座壮丽的宫殿。僧人被带进宫后坐在席上，有人端来××××，用罢，男子对他说："你在

这里少待片刻，我不在时，你千万不可向外偷看!”吩咐完了走进后殿。僧人等候期间，发觉自己方才吃的是莲子。

男子走时，虽然吩咐僧人不可向外窥视，但是，他仍旧偷偷觑视了一番。他向东方一望，只见梅花盛开，黄莺婉转，一片新春景色，应节的果品，杂陈各处，十分富丽。再看东南，许多人身着猎装，在船冈山头采摘松枝野菜作子日之游[①]，男女诗歌唱答。人们都是盛装，有的人脱去绯红梅花罩衫，露出紫色缚脚裤，作觅花、蹴球、射箭之戏。再看南方正是贺茂节日[②]，游览香车，络绎不绝，经过紫野[③]一带，神钹[④]门前，杜鹃慵懒无力地啼着，橘花芳馥，令人陶醉，菖蒲遍挂，正是端阳佳节，装香的荷包也不是常见之物。再看西南，是六月的暑天，为祓除不祥[⑤]，车辆转动维艰地越过清冽的浅川。再看西方，七月七日（以下缺文）

① 日本古时的习俗之一，在正月里的第一个子日到野外聚餐，采摘小松枝等物为戏，借松不老之意祝贺千秋。

② 指贺茂神社每年的例祭，平安时代在每年四月中旬的酉日举行。

③ 地名，在今京都市上京区大德寺附近一带。

④ 神社旁的离钹，是神社执事人员集会之所。

⑤ 日本古时每年六月的最末一天举行祓禊，人、畜、车辆均濯于水边，以除不详。

第三十五篇

药师寺最胜会[1]钦差捕盗

古时，有位××辨官[2]源××奉派为钦差，到奈良主持药师寺举办的最胜法会。七日后，法事修毕，起身返京。当时脚夫挑着衣箱走在前面，和主人相距半里来路，路经奈良冈时，突然从西南的山谷里出来强盗，胁迫脚夫挑着衣箱走进山谷。

辨官的随员一见就命令卫士道："衣箱已被强盗劫去，你等快拿兵刃去把他追回来！"辨官闻言忙道："且慢，不可如此。因为我的身份不同，千万不要为一个无足轻重的箱子，在这里和强盗较量，人们绝不会因为我被抢去一箱衣服而嘲笑我懦弱，但是，若在这奈良冈上和强盗争斗起来，一旦被射，岂不毁我终身名誉。我是个文官，并不是满仲、贞盛[3]的后代。"这时吩咐站在身边的卫士久×道："你赶快跑到箭射不到的地方，告诉强盗们说：'强盗纵然要抢劫财物，也应有个分寸，我家主人是奉旨的钦差，前几天到药师寺主持法会，今天是回京交旨，你们抢劫钦差，该当何罪！我话已说明，如果你们一定要抢就抢吧！'你到山顶上这样

---

① 古时，日本朝廷每年从三月七日起，在药师寺举行法会七天，会上讲解最胜王经，祈祷国家安泰。

② "辨官"的职掌是辅佐大臣处理各省（部）的公文等，相当于我国汉唐时代的尚书或兰台令史。

③ 指源满仲和平贞盛，均为日本平安时代的武将。

喊去。”

久×奉命，飞快地跑上山峰，朝着远处的盗贼这样地高声喊话。强盗闻言，便对挑衣箱人说：“我们这些过路人弄错了，你快把箱子挑回去吧！”说罢，止住了抢劫，正当这伙强盗走开的时候，对面山峰有个身带兵刃骑着马的强盗，反对放还衣箱。他高声喊道：“怎么能放呢，快把他赶进山里去！”可是其余那些强盗都怕抢劫贵人事后不便，他们放开挑衣箱的人后，飞也似的逃去。骑马的强盗，瞧见同伙都纷纷逃散，以为出了什么乱子，赶紧拨转马头想要逃走，不料想慌忙之间从悬崖上倒滚下马来，摔伤了腰骨，就卧地不起了。

久×来到强盗身旁，吩咐携带兵刃的亲兵夺过他的弓和箭筒，把他拽在马背上，然后久×拿着弓和箭筒走在强盗和衣箱前边，一行人由奈良冈的北山口走了出来。辨官见久×把捉住的强盗驮在马上，亲兵拉着缰绳，脚夫肩挑原封未动的衣箱走了过来，久×的胁下还挟着一个箭筒，不由得大吃一惊，忙问道：“这是怎么回事？”久×禀告说：“我遵照你的话，对强盗们讲了，大概他们觉得有理，丢下衣箱就全逃跑了。唯有这个可恶的东西却直喊，‘不能放啊’，还逼着脚夫走。后来他见那伙强盗都已纷纷逃去，知道剩他一个人有些不妙，拨转马头就要逃走，谁知却从悬崖上滚下马来，摔伤腰骨不能动了。我就到他旁夺过了弓和箭筒，向他说，‘这你个作恶多端的东西，这不是遭了现报吗？’然后，捉住他用马驮来的。”辨官更为惊异，他看这个强盗不过三十来岁还很年轻，模样十分狰狞可怕，心想，久×年已七十，恐怕连个半身不遂的老尼姑也难捉到，如今这个凶恶的强盗却被他抓住了，真是件怪事。想到这里，认为这正是药师寺的三宝显灵相助，深为感动。

按理应当把这个强盗带进京去，送交检非违使[①]治罪，但是，辨官觉得与他夙无仇恨，不必如此。于是叫人把强盗招到近前，让过往行人，认清面貌，拿起弓和箭筒说："要这东西免不了还得犯罪!"说罢，折个稀烂丢在地上。然后，又对强盗说："本应当把你送到京中的检非违厅，想到那时你难免受到严刑，因此才释放了你。从今往后，千万别再干这种犯法的事了!"说罢，动身进京去了。这个强盗虽然人马都已获得释放，但是周身不能动转，无法乘骑，只得伏在地上，过路人们瞧见他，都围上来责骂。这个强盗就这样在奈良冈的山口上躺了一整天，当天夜晚，不知怎的，逃得影踪不见了。

这位辨官因有三宝护佑，所以路遇强人，仍能平安无事。

---

① 日本古代掌管保安、监察、审判等事务的官员。

第三十六篇

药师寺舞人[①]玉手公近遇盗死里逃生

古时，药师寺里有个舞人名叫玉手公近，他曾经做过右兵卫府的尉官，后来担任舞师，奉公多年。他从小念佛，不茹荤腥。

有一次，公近因事携子进京，路过奈良冈时，突然出来伙强盗，把他父子赶进西山谷去，然后又把他父子二人拽下马来，剥光衣服，双双绑在松树上。强盗挽弓搭箭，要射杀他们，这时，公近闭上双目，虔诚地念起佛号。就在这期间，适有许多官兵路过奈良冈，听说西山谷里强盗杀人，十几名官兵立刻挽弓搭箭飞马奔上山顶瞭望，见强盗们正往树上捆人，准备射杀，便由东西两面包抄上去，强盗不顾一切朝北山谷逃去。官兵来到公近父子身边给松开了绑绳。公近道："他们正要射箭，一看官兵来到，顾不得拉弓了，丢下我们就逃走了！"官兵闻听欣快地走过山去。

有人说：这不是别的缘故，由于他多年念佛才能免遭横祸，死后无疑也要往生极乐世界。玉手公近活到九十，直到临终，还是口念弥陀佛号。看他临终时神志那样清楚，想是往生极乐世界去了。公近一生从不动怒，因此，纵然身遇强盗，也有菩萨保佑，这是自然的道理。

---

① 寺院中举办法会时，专任奏乐舞蹈的僧人。

第三十七篇

修缮比睿山大智房的老工匠〔奇异化身〕

古时，比睿山东谷的东塔院，有所僧舍叫作大智房。大智房的屋顶是用柏树皮修葺成的。住持××内供[①]见屋顶树皮脱落，便找来工匠修缮。四五个工匠爬上屋顶，用柏树皮铺修。住持就在廊下徘徊，一边念经一边监工。后来，他觉得有些困倦，便枕在门限上歇息片刻，不料蒙眬入睡。

他在梦中，看见房上有位金身菩萨，戴着一顶乌帽子，为了免被大风刮掉，用帽带系在下颚，正在铺修屋顶。内供一见，突然惊醒过来，觉得梦境离奇，便走下庭院，向房顶张望，原来房上四五名工匠当中，有位年逾七旬的老翁，头戴乌帽子用帽带系在下颚上，正在那里铺修屋顶。内供心中惊疑，就凝视了老翁片刻，只见他一面修房，一面动着嘴，仿佛是在唱念阿弥陀佛。

内供想要问明原委，便将老翁召唤下来，老翁下房后，内供问他口动可是念佛，老翁答道："正是念佛。"内供又问："你从何时开始念佛？每天念少遍？另外还修过什么功德？"老翁答道："我从十五岁就给人家修房，一辈子就是以此为生，家里很穷，修积不了什么功德。只是从我老伴去世以后，总觉得人世无常，因

① 即内廷供奉，指日本古代供奉宫内道场的僧官，因定额十人，所以又称十禅师。

此就开始念佛，即便是吃了鱼，也要漱完口再念，不吃鱼时，就更不必说了。每天念的遍数倒没有一定，除了大小便、吃东西和睡着的时间以外，整天都在念，从来未懈怠过。”内供闻言，知道此梦有因，便将梦中所见告诉了老翁，并且说：“你千万要坚持不懈地这样念下去！无疑会往生极乐。”老翁闻言，搓手向内供行礼后，又去铺修屋顶。

事后，内供对人说：“我梦见那个修房的老翁，是位金身菩萨，可见修房工匠没有罪孽，况且他口中不断地念佛，无疑会往生极乐世界。”

一个〔修房的〕老翁，却能显露金身，诚然是难能可贵的事。由此看来，纵然修积千万种功德，也不如一片诚心。

唯有专心诚意地唱念佛号，才可祈求往生极乐。那位老翁的结果虽然无人寻问，按照内供的梦兆，必定是往生极乐无疑了。内供曾对人言讲此事，特照录于此。

第三十八篇

比睿山大钟被狂风吹滚

古时，比睿山的东塔院有座大钟，高达八尺[①]。

且说，永祚[②]元年（己丑）八月十三日，突然狂风大作，各处殿堂宝塔以及门窗户牖都被刮倒，这座大钟也被风吹得滚到南山谷中了。当风吹大钟向下滚动时，就首当其冲把一间僧房的房梁撞断，地板也撞得粉碎，一齐卷入山谷；后来凡是大钟过处，僧房都一间间被撞得墙倒屋塌，七间僧房全随着大钟坠入南山谷底。当时正在夜半，房里的人们全已熟睡，但是，却没有伤着一人。事后大家纷纷议论，说是一件奇事。

听说此事的人，无不顶礼称颂说："如非三宝护佑，睡在房里的人，怎能保全性命呢！"

---

① 此处疑原文有误，或漏字。

② 日本一条天皇朝代的年号。

第三十九篇

美浓国守家臣某大夫脱难不死

古时，美浓地方有位国守名叫××，他手下有一家臣是五位官职，名叫××。此人心地正直，通晓因果，每逢十斋日[①]必定斋戒沐浴，并且严守当日的佛戒。不仅如此，多少年来，他在每月十八日这天，总是持斋，祷告观音菩萨。

一次，美浓国守在兴工修建新宅的地方召见五位，这天恰巧是十八日，是五位持斋念佛的日子，但是因为主人呼唤，不得不赶忙走来，国守交下一些公文，他就在那里俯伏披阅。这座房屋尚未竣工，脚手架上还横系着许多根大木。正当五位俯伏在那里披阅公文时不知怎么一来，系木头的绳子突然折断，一根大木正掉在俯伏着的五位身上。

这样一根大木如果砸在头上，必然要头破颈折，但是大木却恰好落在乌帽子上，帽子虽被砸破，人却一丝也未受伤，也不感觉疼痛。按理说，这根大木既然砸在帽上，就必然要伤及头部，他安然无恙，正是因为有多年持斋守戒的力量，今天才获得观音的救助保全了性命，真是一个奇迹。亲眼看到这事的人，都吓得惊魂失魄。五位从此越发虔诚持守斋戒，一心信奉观音菩萨了。

由此可知，三宝的法力虽然无形，可是其灵验却是如此昭著，闻听此事的人当知虔诚持戒，一心信奉观音。

---

① 佛教传说：一个月里，天界诸神轮流到人间视察十日，人在当日若持斋并祷念下界的佛名，则可消灾增福。

第四十篇

检非违使忠明在清水寺[①]遇敌死里逃生

古时，有位检非违使名叫忠明，他在年轻时，有一次在清水寺的桥殿里，和京城的一伙少年争斗起来。

这伙少年拔出刀来紧逼忠明，想把他一刀杀死。忠明这时虽也拔出刀来，但只得向正殿那方逃去，不料正殿的东墙角下，早站有许多少年，拦住他的去路。忠明见无法脱身，便抄起板窗下的隔板挟在腋下，朝着面前的山涧一跃而下。窗板兜着风，忠明仿佛鸟儿一般，缓缓地飘落谷底，终于从这里逃了出去。众少年俯视山涧，大吃一惊，不由得都排立着呆看。忠明认为自己能逃活命，完全是在众少年拔刀追逼的时候，自己奔向佛堂祷告着“观音菩萨快来救我”的缘故。

后来，忠明对人讲说此事，特照录于此。

① 清水寺在京都的东山，寺内供有十一面观音立像，正殿前临悬崖，搭有架空的长廊，称“桥殿”，可供远眺。

第四十一篇

女子参拜清水寺幼儿坠谷不死

古时，不知在什么朝代，有个女子去参拜清水寺，她怀抱幼儿站在佛堂前俯视山谷，不知如何一时失手将孩子掉到山涧去了。

这女子眼望着自己的儿子掉进万丈深谷，却无能为力，真急得搓手向佛堂祷告，祈求观音搭救。她虽明知没有指望，但还愿意一看究竟，于是，匆匆忙忙地跑下山去寻找。谁能说这不是观音菩萨的慈悲呢，孩子竟掉在山谷底下的一堆落叶上，身上没受半点伤，平平安安地躺在那里。母亲真是喜出望外，抱起儿子便朝观音叩拜，感动得不住落泪。

当场看到此事的人都纷纷议论，称奇不止。

第四十二篇

泷藏佛堂坍塌死者众多数人幸免

古时，长谷寺后面有座小庙，供奉一尊泷藏神。庙前有三间房屋，屋檐交错，屋顶铺有柏树皮。这座庙原本坐落在山中悬崖之上，庙前的三间房屋是架空修建，用几根接在一起的长房柱插在山谷中，从下面支撑着。山谷深邃，一望无底，看时令人目眩头晕。

有一次，正值正月，很多人都来拜庙，七八十人在庙前的三间房里，礼佛诵经，各自修道，不觉间渐至半夜。由于房中人多量重，把竖在山谷中的支柱压得倾斜起来，接着房柱××就离开柱脚石倒落下去，牵动其他房柱也都和基石脱节，使整个房屋坠入谷内。房里人们感到动摇，起先还以为是地震，不料转瞬间，房倒屋塌，掉进山谷。在场的人们，有的摔出房来掉进山谷，有的被房梁大木砸坏，有的怀抱婴儿的女子，母子的头都被夹在地板缝里××，身体却落入山涧，也有人被砸得身首异处。其中却有一个女子、三个男子和两个小儿，虽然也掉在谷底却未受丝毫损伤，保全了性命。

看来，这些保全性命的人，一定是由于前生善根深厚，因而才获得观音的护佑。此事确是一件罕见的奇事。

第四十三篇

某女子抱养贫家之子

古时，不知是哪一朝代，某贵妃身边有个宫女，年轻貌美，秀外慧中，人人看到都很喜爱。宫女成年后，给人做乳娘，喂养的孩子后来成了一个得道圣僧。她上了年纪后，也发起道心，勤修道法，除了读诵法华经外，还到所有法会上听经闻道。

一天，这位乳娘又去听经，在归家途中遇着暴雨，便立在一家门首避雨，这家门里有间破烂不堪的堆房，从那堆房里传出一个女子痛哭的声音，乳娘便去问道："你有什么事情要这样哭?"女子哭泣说："我去年刚生一个孩子，今年又生一个，家里贫穷，哪里雇得起乳娘，有人要带我下乡，可是这两个孩子又无法哺养，思来想去我想只好扔下一个，因此我××难过。"乳娘听罢，觉得可怜，便说道："既然如此，我可以收养一个。"女子闻言，非常高兴，便将孩子给她。她抱孩子回家后，虽然说代哺，但家中并无乳母，眼望婴儿整夜吮着那已干瘪的乳头，心中非常焦急，便虔诚祷告说："我现在完全本着慈悲心肠，抱养了一个孩子，恳求多年供奉的法华经帮助我，叫我两乳出奶罢!"祷告已毕，这个已经二十五年不曾生养的人，却如同盛年时一般，两乳突然胀起，奶水源源而来，终于如愿以偿地哺养了婴儿。

女子觉得此事非常动人，便告诉了别人，听说此事的人无不深受感动，赞叹不置。

第四十四篇

达智门[1]下白犬哺弃婴

古时，有个汉子清晨前往嵯峨地方，当他路过达智门时，看见门下扔着一个刚生下十几天的男孩，面目清秀，一看便知不是贫家所生。婴儿躺在席上，还呱呱啼哭，这汉子见婴儿还活着，心里虽然觉得可怜，但因急事在身，只得赶路。

第二天清晨，汉子回来时，见婴儿照旧活着，不禁十分惊异。昨天从这里路过时，他本以为这个婴儿会被野狗吃掉，不想这条生命竟然能在昨晚脱出那群野狗的口。他近前仔细一看，婴儿比昨天还××，安静地躺在席上。汉子看罢回家后心中仍然念念不忘，觉得有些出奇，为了看看婴儿是否还活着，第二天早晨又去了一次，只见婴儿依然平安无恙。汉子心想其中必有缘故，暗自纳闷转回家去。

汉子到家后仍然放不下怀疑的念头，当天夜晚，独自一人悄悄来到达智门，隐藏在颓垣下偷看，虽然一群野狗有如××之多，却没有一只挨近婴儿的身边，汉子为要看个究竟便惊奇地注视着。到了深夜，也不知从何地方，出现一只硕大的白狗，吓得那群野狗望影而逃。白狗一步步走近婴儿卧处，汉子心想，这次婴儿必被吃掉无疑了，正在此时，只见白狗走到婴儿身旁挨身躺下，再

---

① 日本古时平安京（即京都）的宫城（紫禁城）北面偏东的城门。

仔细一看，白狗在给婴儿喂乳，婴儿就和吮人乳般地吃着奶。汉子看到这里，方才恍然大悟，知道婴儿不死，原来是靠这只狗每夜哺乳。这时他轻轻地离开那里返回家去。

第二天晚上，汉子又去探望，看看今夜白狗是否还来哺乳，那只狗果然又和前夜一样给婴儿哺乳。到了第三夜，汉子还是放心不下又跑去观看，这回婴儿却不知去向，那只白狗也不见前来。他猜想，这必定是白狗在头天晚上发觉有人窥视，所以将婴儿带往他处去了，以后，再也听不到婴儿的下落，只好作罢。

这桩事的确奇异可怪，看来，那只白狗绝不是一般的狗，那群野狗看见它便望影而逃，可见它必是神灵了。由此推想，那个婴儿必能平安无事地被它哺养成人。也许这只白狗是菩萨化身，特来为施福于这个婴儿的。狗是没有慈悲心肠的，这件事也许是由于他们前世的宿缘。究竟是哪一种缘故，则百思不得其解。此事传自于那个亲眼得见的汉子口中，特照录于此。

卷二十

本朝及佛法

第一篇

天竺天狗顺水寻经声越海来日本

古时，天竺有只天狗[1]。

一次，天狗从天竺越海前往震旦，途中，听见海水不断发出吟声，仿佛在诵“诸行无常，是生灭法，生灭灭已，寂灭为乐”的偈语[2]。天狗闻声大惊，暗道：“海水如何能念出这样深奥的经文。我一定要弄清真相，阻挠佛法传播。”就顺着水声寻来，直到震旦境界，仍然听得同样的海水声音。

天狗越过震旦，来到日本境界，海水仍然连续不断地传出诵经的声音，于是它又经过筑岁的博多湾来到了文字关[3]，听得经声更加响亮了。天狗感到惊奇，便顺着经声一直寻去，不知经过多少地方，来到淀河河口。它从河口进入淀河，觉得这里的经声，更高了些，于是又从淀河寻至宇治河，这里的经声越发响亮，天狗顺水向上游寻去，一直来到近江湖，这时，经声更响亮了。天狗顺声继续寻去，行至比睿山横河的一个支流，只听读经之声更加喧嚣。天狗抬头向河上一看，只见四天王和护法诸神都在那里

① 日本传说栖息在深山的一种灵怪，或谓月中凶神，我国史记载：天狗状如犬奔星。日本传说天狗形状如人，面赤鼻高，背生双翼，神通广大，飞行自如。

② 这是涅槃经第十三圣行品中的偈语。

③ 即日本今日门司市的旧关。

保护这条河水。天狗瞧见这番光景，大吃一惊，不敢近前，就躲在背地里暗暗偷听，只觉惶悚不怔。

稍过片刻，天狗瞧见××之中，有个地位不高的天童，于是，战战兢兢地近前问道："请问这道河水为何能够念出这样深奥的经文？"天童答道："因为比睿山修道诸僧茅厕里的水流入这条河水，所以它也会唱念这样深奥的经文，我等天童正是为了此事，才在此守护。"天狗听后，扰乱佛法之心立刻消散。它暗自思忖：茅厕的水，尚且如此高贵，竟会念出这样深奥的经文，至于山上诸僧将更贵不可言了，于是发誓道："我一定去做比睿山的和尚！"说罢，转眼不见。

且说，当时有一位兵部卿有明亲王，是宇多法皇[①]之子，后来天狗就借这位王妃之腹，降临人世，按照当年誓愿在比睿山出家为僧，法号明救，成为延昌僧正的弟子，刻苦修行，结果成为得道高僧，以至身为僧正。世人称他为净土寺僧正，也有大豆僧正之称。

① 日本古代称身入佛门的太上皇为法皇。

第二篇

震旦天狗智罗永寿越海来日本

古时，震旦有个凶猛的天狗，名叫智罗永寿，渡海来到日本。

它找到日本天狗，对它说："我国虽有许多得道高僧，但没有一个是我的对手，而今来到日本，听说有不少有灵异的僧人，我愿意会会他们，比试一下法力，你看如何？"日本天狗闻听此话极其高兴，回答说："我国的得道诸僧，也无一不是我的手下败将，如果你想凌辱他们，简直是易如反掌。眼前就有不少可以收拾的人，我可以指给你，你跟我来！"说罢腾空而起，震旦天狗就跟着飞在后面。

震旦天狗和日本天狗飞上比睿山的大岳峰，一同落在石塔旁边，双双坐在路旁。日本天狗告诉震旦天狗说："人家都认识我，我不便出头露面，我藏在山谷的杂草里，你变化一个老和尚，在这里等着，有人路过，你就凌辱他一番！"说罢，藏进草丛里，弓着身子偷看。这时震旦天狗变成一个年纪衰迈的老和尚，哈腰坐在石塔旁，眼中射出闪闪的光芒，一望可知它要显些威风。日本天狗看到此处，暗自高兴不已。

为时不久，有位余庆律师从山上坐着一顶小轿要进京去，日本天狗一见，万分喜悦，心想这是今日有名的圣僧，看看震旦天狗怎样凌辱他。正寻思间，轿子走近石塔旁边，日本天狗以为就要发生什么变故，忙向那个老和尚看去，谁知它已不知去向，只

见余庆律师领着弟子安然无事地过去了。日本天狗心中纳闷，怎么它竟没有瞧见呢？于是到处寻找震旦天狗，谁知它早就跑到南山谷里头藏躲起来了。

日本天狗来到它的身边，问道："你为何跑到这里藏躲起来？"震旦天狗反问道："方才过路的和尚是谁？"日本天狗道："这就是如今灵验昭著的余庆律师。他住在本山的千寿院，今天下山到宫中去主持真言宗的法会，我想这是个有名望的高僧，你必定能给他点厉害，可惜你怎么放过他去了！"震旦天狗闻言说道："不是这么一回事。我看这人仪表不凡，心想这一定是你说的那人，正要扑上前去，却不见僧人，只从轿顶上燃起很高的火焰，如果靠近必被烧死，我想莫如放过他吧，于是便悄悄躲藏起来了。"日本天狗闻听嘲笑说："你远远地从震旦飞渡到此，怎么连这样一个人都不敢招惹，竟把他放过了呢？这一次，你可务必拦住过路人加以凌辱，才行呢！"震旦天狗闻言道，"你说得很对，好！看我这回的。"说罢，照样等在石塔旁边。

日本天狗也和上次一样下到山谷，弓身藏在草丛中暗中窥视。这时，只听人声嘈杂，又有人下山，这次下山的正是横川院分寺宝满寺的深禅僧正，有个梳着发髻的道童，手里拿着一根木杖，在轿前三十几丈远的地方走着，轰赶闲人。日本天狗一心惦念着震旦天狗变化的老和尚，要看它这次怎样动手，只见这道童紧追在它的身后，挥杖轰赶得老和尚抱头鼠窜，不敢靠近轿边，道童在前开路，僧正的轿子就这样过去了。

事后，日本天狗来到震旦天狗藏身的地方，又和上次一样羞辱了它一番。震旦天狗回答说："你怎么这样不讲道理啊！在前面开路的道童气势汹汹，我哪敢靠近，如果被他捉住，岂不要打得头破血流，所以我拼命逃跑，我的双翼就够快了，从遥远的震旦片刻间就能飞到此地，谁知道童之速，远远胜过我，我觉得和他较量有些不妙，才躲藏起来的。"日本天狗闻言道："那么，我再

等你一次，这回你得下决心把过路人拖住。不然，你到我国来白跑一趟，回去对震旦也不光彩。”日本天狗把它反复羞辱之后，又到原地隐藏起来。

稍过片时，山下传来一片人声，原来有人登山，走在前面的是个身披大红袈裟的和尚，一边走着一边轰赶闲人，随后走过来的是个年轻和尚，手里拿着三衣箱①，后跟一顶轿子，轿子里坐的是比睿山的方丈。这位方丈就是横川院的慈惠大僧正。日本天狗心想震旦天狗这次一定要扑上去，但是看时只见二三十名梳发髻的小道童分列在轿子两旁，簇拥着方丈走过。这时，老和尚已然不见，日本天狗只好又照旧躲藏起来。

日本天狗侧耳倾听，有个小道童说：“在这样的地方最易藏着不法的歹徒，咱们分头到各处仔细××去！”话刚讲完，这些勇猛的道童便手持竹板，分散在大道两边搜索起来，日本天狗见此情形，心知不妙，越发下到谷底，隐藏在草丛深处。这时，谷南那边有个道童在喊：“这里有个可疑的人，来抓呀！”另一个道童问：“怎么回事?”那童子说：“这里藏着一个老和尚，看他不像个善良之辈。”另一个道童喊道：“一定要抓住，别叫他跑掉！”说罢，奔跑过去。日本天狗一听，不得了，震旦天狗要被捉住了，只吓得它越发把头钻进杂草堆里，缩成了一团。

日本天狗提心吊胆地由草丛中向外窥视，只见十来个道童把老和尚揪到石塔以北，拳打脚踢百般凌辱，老和尚虽然高声喊叫，但也无人来救。道童一边打一边问：“你是做什么的？快说！快说！”这时它回答说：“我是从震旦来的天狗，为了要会见过路之人，便在这里等候，开始，余庆律师打此经过，他念着火界咒语，轿顶上燃着烈火，我怕烈火烧身，不敢接近，只得逃开。后来，

---

① 装僧衣的箱子，三衣指大衣、中衣、下衣而言。

又过来一位宝满寺的僧正，念着不动真言[①]，制多迦童子[②]手持铁杖紧紧跟在身边，谁敢出来与他相会呢，因此，我就深深地隐藏起来。这次上山的就是方丈圣僧，他不像第一次下山的余庆律师一字不漏地念着又凶又快的真言，只是虔诚地默念摩诃止观[③]的经文，所以我没觉得害怕，也就没很躲藏，当我正要靠近时，就被你们抓住了，我真是倒霉得很！”众道童们听罢便道：“它没有多大罪过，赶跑它算了！”说罢，所有道童每人都在它身上踏上一脚，老和尚的腰就被踏坏了。

方丈的轿子过去之后，日本天狗从谷底下爬了出来，走到那个腰骨被人踏伤躺卧着的老和尚身边，问道：“怎么样？这回得手了？”老和尚闻言道：“等等，你先别说风凉话！我痛死了！我千里迢迢飞来，一心指望你能帮助我，可是你并没教我个安全方法，却叫我去会这些活佛般的圣僧，如今把我的老腰都踩断了。”说罢，痛哭起来。日本天狗闻言道：“你说得有理。不过，我以为你既是大国的天狗，足可以任意欺侮小国之人，所以才让你会会他们。谁料想事出意外使你腰骨伤折，我真过意不去！”说罢，把震旦天狗带往北山的鹈原[④]，用热水给它洗治腰骨，痊愈后打发它转回震旦。

在它们洗澡的时候，京城的一个贱民去往北山砍伐木柴回来时，路过鹈原，望见浴池有烟，心想必是烧了澡水，要去沐浴一番，他把木柴放在浴室门外，走进一看，只见两个老和尚正走下水池沐浴，一个躺在那里让另一个给他身上浇热水。伐木人一看便问道：“你是从哪里来的？”就听回答说：“我们是刚从山里砍柴

---

① 不动明王的咒文。

② 又作“势多迦”，相传是不动明王的侍者。

③ 书名，天台宗的经文，法华经三大注释书之一，为我国隋代天台智巅大师口述，章安笔记，共二十卷。

④ 地名，在山城国葛野郡（今京都市北郊），此地原有鹈原寺。

回来的。”就在这时，浴室里面臭气极盛，砍柴人觉得有些可怕，登时头昏脑涨，也顾不得洗澡就回家去了。

后来，日本天狗附在人身上讲说此事，那个伐木人也回忆起那天在鹈原浴室里遇见老和尚洗澡的情景，并对人学说了一番。这件事经日本天狗附在人体讲出后，辗转传闻，特照录于此。

第三篇

天狗现佛身坐在树上

古时，在五条街上供着一位路神，庙旁有棵高大的柿子树。醍醐天皇在位时，柿子树上忽然有菩萨现身。一时五彩缤纷，奇光四射，看来高贵动人。京城中的各阶层人士都同来参拜，前后停满了车辆；徒步而来的更是众多，朝拜的人群络绎不绝，一连继续了六七天的光景。

这时，有一位光大臣，是仁明天皇的皇子。这人博学多才，心性聪敏，闻听菩萨现身之事，心中颇不以为然。暗想，如果是真佛必不会忽然出现在树梢之上，一定是那些天狗作怪。若是邪魔外道，谅难支持七天，我今天何不前往一观，想到这里，立刻命驾动身。这位大臣冠戴整齐，乘上槟榔叶车[①]同了侍从奔向五条而来，前驱把那些参拜的人们赶开之后，停下车子高卷起车帘来架在榻上，大臣向外观看，果见树梢上出现佛像，金光闪闪，花朵缤纷如雨，看来真是殊胜得很。

这时，大臣心中颇感惊疑，就目不转睛地对着佛像凝视良久，开始时佛像仍旧是光芒四射，香花纷披，可是，到后来禁不住大臣的凝神注视，一下现了原形。只见一只折了翅膀的老鹰从树上跌落下来，扑打扑打地颤抖着，大家瞧见都吃了一惊。当时，有

① 日本古代太上皇以下，四位以上官员所乘之牛车，车顶系用槟榔叶铺饰的。

个小僮走上前去，把这只老鹰打死了。大臣说道：“果然不出所料！如果真是菩萨，怎么会突然就出现在树梢上呢！大家不明真相，竟轰动一时，接连礼拜了多少天。真是愚昧无知！”说罢，动身回府。

其时在场的人们都赞颂大臣。世人闻听也称赞说：“这位大臣真是聪明啊！”

第四篇

祀天狗的某僧进宫事败被逐

古时，圆融天皇久病不愈，便多方祈祷，尤其这次是因为邪祟，所以凡是有灵验的高僧，都被召进宫中，参论加持，但是毫无灵效。

正当忧虑万分的时候，有人奏道："东大寺以南有座高山，山上有位多年修道的圣僧，薰修已久，法力高强，能咒野兽止步，飞鸟落地。如果召他进宫，给圣上祈祷，定可立见功效。"天皇闻奏，立即传旨命人召这位圣僧入宫。圣僧奉旨随使进京时，从奈良到宇治的路上，不断从空中降落各样的花朵。看到此事的人，都感到无限高贵。不过，自宇治往北就不见雨花的事情了。

圣僧到了宫中，在天皇驾前作起法来，不到片刻工夫，天皇的病就霍然而愈。在这高山僧人修法以前，原本已有许多高僧作法祷告，为天皇祈禳，其中五坛[①]法会的中坛法师，是由广泽遍照寺宽朝僧正担任，其他各坛的法师也均是当时的得道高僧，却都没见丝毫灵效，唯独这个僧人一来，天皇的病就立刻痊愈，大家对此都暗暗纳闷。当时正在奉祀金刚夜叉的北坛上修法的余庆僧

① 即在五座法坛上祷请五大明王的法令，日本古代多于天皇或国家有事时举办。五大明王，就是中央坛祀不动明王，东坛祀降三世明王，南坛祀军荼利夜叉，西坛祀大威德明王，北坛祀金刚夜叉。

正律师，对中坛上的僧正说："我等奉信佛法，修道多年，今虽至心修持多日，竟然没有半点灵验，可是，如今一个不足轻重的和尚，就能立逐病魔，即便他的道法高强，也不该超过我们大家合在一起的法力。况且，显示灵验多少也需要一刻显灵时间吧。"于是，大家借祷告为名，朝着和尚所在的地方，同心合力一齐虔诚地作起法来。高山僧人的法坛原本围着锦屏，一个人独在这中间。在这些圣僧虔诚祷告之后，僧人的锦屏忽然噗噗作响，大家正猜想这是什么声音，清凉殿里已然充满狗屎气味，在场的人纷纷议论，甚是纳罕。这时，作法诸僧见此怪象，暗道：果然不出所料，其中真有缘故！越发用心，把生平的道法都施展出来。

过了一会，那僧人突然被人从锦屏里扔了出来，仰面朝天地躺在地上，朝中公卿和殿上人看了个个惊异，不知何故，天皇也很吃惊。僧人被扔出锦屏之后，还像有人在痛加责打，他高声求饶说："救命啊！饶我一次罢！我在高山多年，专以祭祀天狗为事，乞灵于它，以博世人的尊崇，因为有些灵验，才被召进宫，如今遭受责打，也是理所应该，我已尝尽苦头，你们快救救我吧！"作法的圣僧们听了，纷纷言道："你瞧，果然不差。"于是都得意地欢笑起来。

天皇听了，立时降旨说："从速把他抓入牢房！"后来又传旨说："把他赶出去吧。"僧人被赶出宫，深幸得了活命，赶紧逃走了。在场的人见到这番光景，不由得又气又笑。当他给天皇治好病症时，被人敬如活佛，而被赶出宫去的模样，又十分可怜。

由此可知，祭祀天狗邪魔外道的人，纵能灵验一时，终究也得原形败露。世人听说此事，对那些圣僧更加尊敬。至于那个僧人的后来，结果如何，则无人知晓。据说在那座高山上，至今还存有祭祀天狗的遗址。

第五篇

仁和寺成典僧正见天狗化尼

古时，仁和寺里有位僧正，法号成典，俗姓藤原，拜广泽遍照寺宽朝大僧正为师，受习真言密法，多少年来勤恳修行，从不懈怠，后来终于升任僧正。当成典僧正在仁和寺修道时，该寺东南角上有座圆堂寺，大家传说圆堂寺里有天狗，便都不敢到那个地方去。

一天夜里，成典僧正独坐佛堂打坐修行道法，突然有个戴帽的尼姑从门缝里向佛堂窥视。僧正心想夜里怎么会有尼姑前来偷看，这时，尼姑突然闯进房来拿起僧正身旁的三衣箱就跑，僧正在后面紧紧追赶，尼姑逃出佛堂后门，一直登上了房后的一棵大规树。僧正见此，立即如法念咒，过了些时候，尼姑受法力压制支持不住，从树梢上摔落下来，僧正赶上前去夺取衣箱。这时，二人揪扯一起，后来，衣箱终被僧正夺回，那尼姑拽掉三衣箱的一角，抓在手中逃去。

尼姑攀登的那棵规树，至今犹存。人们叫那个尼姑为尼天狗。

第六篇

天狗附女体惑乱仁照阿阇梨

古时，在京城的东山有座佛眼寺，仁照阿阇梨就住在那座寺里。仁照本是个超凡的高僧，多少年来总在庙中修道，从未出过庙门。一天，庙里忽然来个女子，这女子年纪已过三四十岁，原是七条附近制造金箔匠人的妻室。她把一口袋干饭和一些干咸海带送给阿阇梨说："我听人说，圣僧品德可钦，情愿侍奉左右，像挂个幔帐这些活儿，我都能做好。"女子说了些巧言之后，即行走去。

女子去后，阿阇梨心中纳闷，他想：这是何方女子，为什么送东西给我。大约过了二十天的光景，那个女子又到庙中，并且还叫一个侍女用头顶着一口袋精白大米和一提盒年糕鲜果，送给仁照阿阇梨。这样，她经常不断地来，仁照看她这样，认为是真心诚意地尊敬自己，心中深为感动。又有一次，正是七月天气，这回女子带来许多瓜果桃子，当时，庙里诸僧都去京城，僧房里只有仁照一个人。

女子见房里没有别人便问阿阇梨说："房里怎么不见别人呢？"阿阇梨道："那一两个僧人因为有事，到京城去了，现在想必也该回来了。"女子道："这真是个好机会，我到这里实是有话要说，不过每次总不断人，也未得讲，这件事确实非说不可。"说罢，将阿阇梨叫到僻静地方，阿阇梨不知何事，走近女子身边，这时，

女子一把揪住了阿阇梨，开口说："这些年来，我实在太想你了，求你救救我！"说罢就紧紧依偎在阿阇梨身上，阿阇梨大吃一惊，连说："这是何道理！是何道理！"便想脱身而去，但是，女子却拼命地缠住，哀求不放。阿阇梨被缠不过，便说："好了，你不要这样，快放开我。这桩事并不难，只是必须先禀告菩萨，你等我对菩萨去说一声。"说罢，起身就走。女子恐怕阿阇梨逃走，便拉着他一同走进佛堂。

阿阇梨来到佛前祷告说："万没料到，我如今困在魔网里了，我求求不动明王搭救我吧！"说罢，手搓念珠连连叩头，念珠几乎要被搓碎，额头差不多磕出血来。就在这时，那女子突然被打倒在地，扔出一丈多远，她高举双臂仿佛被天绳捆缚，满地翻滚，简直像个旋转的陀螺。稍过片刻，只听女子大叫一声，响彻云霄。这时候，阿阇梨手里搓着念珠，仍旧俯首跪在佛前。女子喊叫了四五声之后，脑袋朝着房柱上用力撞去，连连撞了四五十下。

随后，女子连喊："救命吧！救命吧！"阿阇梨一听才抬起头来，起身对女子说："这真叫我难解，你这是做什么？"女子道："事到如今也不必隐瞒了，我本是往来于东山大白河里的天狗，经常从圣僧的房上飞过。我见你勤恳不懈修行佛法，铃声又极其可贵，便起了不良之意，想将你引诱堕落，这一两年来，我一直附在这个女子身上寻找机会，不料圣僧道法高明，把我捆绑起来。我由于嫉恨你的道心坚定，如今已吃够了苦头，请你赶快饶恕我吧，我的翅膀都被捆断了，疼痛难忍，求你饶我一命吧！"说罢，痛哭不已。阿阇梨闻言便转向佛流泪叩拜，放免了那女子，只见她清醒过来，恢复了常态，把头上的头发整理一番，一句话没说，就痛楚地移动身躯走出佛堂。

从此以后，那女子再也不到庙中来了。阿阇梨从此也格外谨慎起来，越发坚持不懈地修行佛法。

第七篇

染殿皇后为天狗所缠绕

古时，有位染殿皇后，是文德天皇之母[①]，良房关白太政大臣的女儿。这位皇后生得容貌美丽无双，只是经常受到邪祟缠身不得安宁，为此也曾多方祈祷，还把广有法力的僧人召进宫来，作法祈禳，但始终不见灵验。

当时，在大和国葛木山顶上，有个地方叫金刚山，住着一位得道高僧。他在那里修行多年，可以飞钵取食，投瓶汲水，法术灵验无比，因而远近知名。天皇和国丈关白大臣听说此事，都想宣这个僧人入宫为皇后祈禳治病，于是传旨宣召。使者来到圣僧这里，便把宣召的缘由讲了一遍，圣僧闻听虽然再三推辞，由于圣命难违，只好奉旨前来。

圣僧来到皇后驾前，作起法来，果然有了灵验，服侍皇后的一个宫女突然发疯号哭起来，原来是灵怪附体，使她狂奔乱叫。圣僧一见，越发施展法力，宫女被缚责打，这时从她怀中跳出一只老狐，满地翻滚不能逃脱，圣僧立即命人把狐狸捆住，送给关白大臣查看。大臣瞧见欢喜非常。不到一两天的工夫，皇后的病就痊愈了。

---

① 据日本史三代实录所载，染殿皇后名藤原明子，系文德天皇之后，清和天皇之母。此处原文之“母”字多系“后”字之误。

关白大臣见女儿病愈，心中大悦，便挽留这位圣僧再看护几日，圣僧遵照吩咐，暂时留在皇后身边。这时，正是炎夏，皇后身上仅仅穿着一件薄衫，一阵清风把锦帐吹动，圣僧从幔隙间，隐约望见了皇后，他万没料到人世上会有如此端庄美丽的人，登时心摇意荡，起了爱欲之念，无法自持。他左思右想欲火中烧，片刻难抑，终于乘无人之隙钻进了锦帐。皇后正在躺卧，被他一把搂住，只吓得魂不附体冷汗直流，但是力薄身单终难抵御。

正当僧人肆意轻薄之时，被女官们瞧见，大家惊慌失措喊叫起来。这时，有位太医名叫当麻鸭继奉旨给皇后医病正侍奉宫中，他忽听宫内人声嘈杂，便匆忙跑来观看，当时，正赶上僧人从锦帐里出来，鸭继便当场把他捉住，奏明天皇，天皇大怒，立将僧人拿捕入狱。僧人在狱中，别无话说，只仰天哭泣发誓说："只要皇后活在世上一天，我纵然死了，也要亲近皇后，了我心愿。"狱吏闻言，连忙报知国丈关白大臣。大臣惊惧起来，奏请天皇赦免了僧人，释后返回本山。

僧人回山后，不堪相思之苦，一再祈求素日信奉的三宝让他经常挨近皇后之身。也许是他想到今生万难如愿，就决心一死要做鬼来了却夙愿，于是开始绝食，约过十余日的光景，便饥饿而死。

僧人死后，变成一个裸体秃头的恶鬼，身高八尺余，肤如黑漆，目似铜碗，张开大口，生着尖刀似的牙齿，上下交错，腰间系着一条红布兜裆，插着一柄铁槌，突然出现在皇后宫中的锦屏旁边。众人看得清清楚楚，都吓得魂飞魄散，望影而逃。众女官们瞧见恶鬼，有的吓昏过去，有的蒙衣而卧。至于那些外人，自然无法得见宫闱禁中之事了。

这时，皇后中了鬼祟神志昏迷，情意飘荡，不由得含情浅笑，以扇掩面，步入罗帐，和恶鬼并头睡下。众女官在帐外听见恶鬼倾诉相思和皇后的笑声慰藉，都赶忙逃去，直到黄昏时分，恶鬼

才走出锦帐。众女官们担心皇后的安危，便赶忙近前观望，只见皇后和好人一样安然坐在那里，仿佛若无其事，只是眼睛里含有凶光。

有人把这桩事奏上，天皇大惊，想到皇后以后的安危，更加忧虑。从此，恶鬼来无虚日，皇后见他不但毫无惧色，反而一心一意地爱恋着这个恶鬼，宫里的人们看到这般情景，都非常焦虑。

后来，恶鬼附在人身上说："我必定要向鸭继报仇!"当麻鸭继听说此事大为惊慌，不到几天，这位太医便暴卒了，鸭继的三四个儿子也疯狂致死。天皇及国丈关白大臣见此，极为恐惧，于是把许多得道高僧，宣进宫来多方祈禳降伏恶鬼，果然有了灵验，恶鬼约有三个月没有前来，皇后也逐渐心神稳定，恢复正常。天皇闻听心中大悦，想起多日未见皇后，就准备亲去探望，于是驾临后宫。这次行幸非比寻常，文武百官俱都随驾而来。天皇来到后宫，瞧见皇后，不由得凄然泪下，一边流泪，一边慰抚。此时，皇后也无限伤感，看她的神情和往日一般无二。

正在这时，那个恶鬼突然从墙角跳出，一头钻入锦帐，天皇大惊，这时，皇后也照旧奔入帐中。须臾之间，恶鬼又从南面跳出，自大臣公卿以至文武百官都亲眼瞧见这恶鬼出现，当时大为惊骇。就在这时，皇后又跟随出帐，她毫无顾忌地在大庭广众之间，和恶鬼亲昵同卧，丑态百出，无所避忌，及至恶鬼起身，皇后也随同入帐。天皇眼见这番情景，却是无能为力，只得叹息离去。

这本是一件不堪为外人道的秽事，贵媛淑女闻听此事，应知远避这类法师，所以照录于此，只是使末世之人引以为戒罢了。

第九篇

祀天狗的某僧传术给人

古时，京城中有个微贱的僧人，专好旁门左道，他能把脚下的木屐草鞋，立时变成狗仔，使它在地上爬行，从怀中凭空掏出小狐狸，使它鸣叫不已，有时当牛马站在那里，他能从它们的臀部钻进去，再从嘴里出来。

僧人隔壁住有一个少年男子。他看见僧人这样施展法术心中十分羡慕。于是到僧人家中，恳求传授法术，僧人拒绝他说："此法不能轻易授人。"但是这男子仍然苦求不已。这时僧人说："如果你真心愿意学习，不要叫人家知道，认真斋戒沐浴七日，然后挑着一个洁净的新木桶，装上最新鲜的糍粑，自己挑到一个不寻常的地方去学，我不能教你，但是，只引导你去罢了。"男子听后，遵照僧人的吩咐，不让别人知道，当天就开始斋戒，拉起注连绳①来不和外人见面，这样独居七天，然后把做好的新糍粑装在一个洁净的木桶里。

在这时候，僧人来告诫他说："如果你真有学习法术的志愿，腰间千万不可带刀。"男子闻言答道："不带刀，这太容易了。为了立志学会法术，无论任何困难也绝不推辞，何况只是不带刀的

① 这是日本神道教所用的一种特别编成的稻草绳，祭祀时悬挂庙宇及人物四周以示与外物隔绝。

小事呢，还有何难。”但心里却暗想，不带刀本是一件非常容易的事，这位僧人为何要如此叮咛呢。又一想，如果真不带刀，一旦遇到什么危险，自然不利。于是，暗地里把一柄小刀磨得锋利无比。

在斋戒将满七日的前夕，僧人又来嘱咐他说：“你千万不要告诉旁人，你必须独自带着饭桶去，可是万万不可带刀。”告诫已毕便自离去。

天光破晓，僧人和男子二人动身去了。他总觉得有些不妙，暗在怀中藏了口小刀，就挑起饭桶跟在僧人身后走去。他们来到一座不知名的大山，一直到巳时光景，男子心想总该走到什么地方了，正在纳闷，忽见山中出现一所漂亮的僧舍。僧人叫男子站在门首，自己走进大门。只见他蹲在篱笆墙跟前，咳嗽了一声，这时立刻有人拉开后门走出房来。少年一看，是一位长眉老僧，气宇非凡，令人尊敬，老僧出门后问僧人说：“怎么好久没有来呢？”僧人道：“连日忙碌，未能抽闲前来问候。”随着又说：“这里有个男子，想拜您为师。”老僧闻言道：“一定是你又在外边多嘴了！”然后又问：“他现在何处？可以叫他来！”僧人应声“我去叫”，便把男子叫进院来。

僧人接过饭桶放在廊上，男子站在篱笆墙旁，这时就听老僧说：“这位客人多半是带着刀吧？”男子闻听再三否认。这时老僧的脸色变得极为可怕，招呼一声，便走出来一个年轻和尚，老僧站在廊上吩咐说：“这人怀中有刀，你给我搜！”年轻和尚听罢便走过来要搜，男子暗想：“我怀中的刀要被他搜去，对我一定不利，那时恐怕性命难保。既然逃不出一死，不如把这老和尚扎死算了。”想到这里，便在年轻和尚还未过来的时候，暗暗拔出刀来，朝着廊上的老僧扑去，这时老僧突然不见了。

转瞬之间，僧舍也不知去向，男子惊异四顾，发现自己身在一座莫名其妙的大佛堂里。这时引他前来的那个僧人拍着手说：

“我这一辈子算断送在你手里了。”说罢痛哭不已。男子此时更没有话说，仔细看时，才发现自己并未走出多远，此地却是一条和洞院之间的大峰寺。后来××××男子茫然若失地转回家去，僧人也哭着回去，到家两三天后便突然死去。

僧人或许是由于信奉天狗，真相不得而知。不过，男子却安然无恙。看来，此道罪孽深重，所以凡是皈依佛道的人，切应引以为戒，勿生妄念。人们称呼有这种妖术的人为天狗，也就是说他算不了人。

第十篇

禁中侍卫辇全学邪术

古时，在阳成天皇朝代，有位禁中侍卫名唤道范的，奉旨往陆奥国催收黄金。当他们一行人路过信浓国××地方时，便宿当地的郡司家中，郡司款待他们是殷勤有加，恭敬备至，直待大家饭毕，才率领家丁们出门退去。

道范在旅中夜不成寐，便悄悄起身，窥见内室锦屏罗列，净席铺陈，书橱上格陈设极尽雅致，房屋熏过香，芬芳扑鼻。道范瞧见这番情景，不禁动情，万没料到这样的僻静村镇，会有如此幽雅的所在。再一注视，只见一个廿余岁的女子，生得眉清目秀，花容玉貌，无瑕可指。道范见她玉体横陈，怎肯轻轻放过，暗想反正四下无人，纵然一亲芳泽，也不会有人阻隔。想到这里，便轻轻推门入室，果然别无他人。

锦帐后面点着灯火，房中很是明亮。道范此时虽也内疚不安，感到此举有负郡司殷勤招待的厚谊，但因秀色在前，欲罢不能，终于挨近女子，偎身就卧。女子毫不惊慌，只是以袖掩面，半含娇羞，近前看时更觉得美妙动人，喜欢无限。这时正是九月中旬天气，女子身上只穿一件浅紫色的罩衣，一条深红色的裙裤，室内薰香袅袅，浸染什物，芬芳沁人。道范忙解衣裙投女子怀中，女子虽略加支撑，但不峻拒，被道范抱在怀内，就在这一瞬间，道范顿时觉得阳具有些痒痛，急忙一摸，才发觉只有毛发，而那

个阳物却已不见了。他不禁惊骇，到处搜索，结果是踪影不见。道范此时万分惊恐，早把女子的丽色姿容忘记净尽。女子见他这副惊慌失措，胡乱搜索的神情，只是嫣然一笑。道范更觉事出离奇，只得悄然起身，返回原来的卧处。虽又重新搜查了一番，依然是杳无踪影。

道范百思不解，便将手下的一个亲信家将唤来，他隐瞒着真情，只说："里屋有一美貌女子，我刚去会过，你不用顾虑，也可以去！"家将闻言，欢喜地走进内室，稍过片刻，便见这家将惊慌失色地匆匆转来，一望而知是遇着同样的事情。道范又唤来一个××家将，照样唆使，不久，这人也照样狼狈地走回来，神志惊疑不定。道范一连差使七八个家将，个个铩羽归来，都带着一副惊恐神情。

道范反复思索一夜，未能解除疑团，不觉天光已然破晓，他的心中更是紊乱如丝，也忘却了向主人申请辞行，便匆匆忙忙地不告而别了。

一行人走出半里多路，忽听后面有人呼唤，回头一望，只见驰马而来的，正是郡司家中服侍他们茶饭的那个家丁，手里捧着一个白纸包，赶到面前。道范勒缰问道："你手捧何物？"家丁道："此物是郡司命我送来的，如此重要的东西，为何竟忘掉了呢？我等已经预备了早餐，不料你们走得这般神速，以致把这个都忘带了。如今都替你们拾在一起了。"说罢，将纸包递给道范，道范不知包中究竟是何物，打开一看，原来是失去的那九个阳物，像松蕈般地包在一处，道范看罢，心中惊讶，把众家将唤来一齐观看。那八名家将正暗中纳闷，不知包中究属何物，及至近前一看，原来是九个阳物，正在观看之际又转眼不见了，那个家丁在递交纸包之后，早已拨马回去。这时，众家将才各自说出所遭遇之事，说罢，以手探怀，不见的阳物却又完好如故了。

道范到陆奥国，收齐黄金之后，回来的时候，又来到信浓地

方拜访那个郡司，照旧宿于他家，并赠送许多马匹绸缎和各种财物，郡司喜甚，便问道："但不知您这是为了何事?"道范闻言，移座向前，靠近郡司说："说起此事真难启齿，我第一次住在府中时，发生一件极为离奇的事，到底是怎么回事，我仍然不明白，想请教一番。"郡司觉得既然收下人家许多财物，不该再加隐瞒，便告诉他说："在我年轻的时候，这地方的奥郡有个老郡司，我见他的妻子年轻，便暗地去会他，不料我的阳物丢失不见了，后来，我苦苦哀告，向郡司学会了这种法术。如果您诚心要学，可将所带大批财物先押送回京，复命之后，再来这里安心学习。"道范当下与他约好，然后进京交差。他把征收的黄金缴上之后，便请假返回该郡。

道范又送给郡司许多礼物，郡司大悦，情愿将法术倾心相授，说道："这不是一件轻易可学的事。必须先严肃地斋戒七日，每日要沐浴净身，然后才能学法。从明天起，你就开始斋戒。"决定之后，道范便开始斋戒，每日净身，七日期满，郡司与道范在深更半夜，一个手下人也不携带，便走进了深山。他们来到一条大河旁边，首先发下誓愿，永不信三宝，然后又做了许多礼数，并且起了不证言论的罪孽誓言。

随后郡司说道："我要跳进河水的上流去，那时，从上流不论流来何物，是鬼，是神，你都要向前搂住!"郡司便朝河水的上流一跃而入，须臾之间，只见河水上流阴云密布，雷声隆隆，风吹雨降，一瞬间河水大涨。再过片刻，只见从上流出现一条巨蛇，头约有一抱之粗，两眼仿佛铜碗，脖颈下鲜红如血，全身靛绿斑驳，闪闪发光，彩色如绘。道范望见此物，尽管曾受到嘱咐，要把面前的东西抱住，但因恐怖已极，吓得藏卧到草丛去了。

过了一会，郡司出来问："怎么样?你抱住了吗?"道范答道："我实在是吓坏了，没敢去抱。"郡司闻言说："真太可惜了!这样的话，恐怕你难以学会，好了，我再叫你试一回。"说罢，又跳进

水中。

顷刻之间，出现一个长约四尺的野猪，龇着牙齿，嘎巴嘎巴地嚼着石子，从嘴里冒出闪闪的火光，只见它毫毛倒竖，跑过来就要扑食道范，道范虽然恐惧，但也拼命向前一把抱住，原来是一根三尺半长的朽木。

这时，道范说不出的悔恨，他知道第一次出现的巨蛇也不过如此，自己为何竟未敢搂抱，正在这时，郡司出来问："怎么样？"道范如此这般地告诉说："抱住了。"郡司闻言道："你不能学习摄取阳物之术，只可学习些灵幻的小技，我现在就可以教你。"说罢，便传授给他一些小法术。道范学成后，返回京城，只是惋惜自己的胆小，以致没有学得摄取阳物之术。

道范回京，照旧在宫中供职，在班里与人打赌，把侍卫们的鞋都变成狗仔满地乱爬，还把旧草鞋变成三尺余长的大鲤鱼，在大盘中蹦跳。

不久，事为天皇得知，将道范召至黑殿，命他传授此术。后来天皇也能表演幻术，例如让参加贺茂祭典的扈从行列从锦帐的绳上通过。然而，国内的人民，闻知此事，都不以为然，认为他身为帝王，就绝不该学习这种违反三宝的妖术，于是人人都啧有烦言。即便是个微不足道的人，学习此术也罪孽深重，更何况是帝王呢，恐怕正是为此，后来他终于患了疯痫之症。

这是由于信奉天狗，触犯了佛法。人身难得，遇佛法更是难得的机缘，可惜许多世人，有缘遇到佛法，往往却背弃佛道，倾心魔界，这恰似身入宝山的人，不仅空无所得，反而抱石沉渊，结果丧了性命。由此看来，这种事情是极宜废止的了。

第十一篇

天狗捉龙王殒命

古时，赞岐国××郡，有个大水池名叫万能池，是弘法大师为了怜悯众生而修筑的。水池十分宽阔，高筑堤岸，不像是个水池，宛如大海一般。池水深不见底，鱼虾无数，里边还有一条神龙住着。

一天，池中的神龙，想要晒晒太阳，便离开水面，变条小蛇蟠蜷在人迹罕到的堤边。这时，近江国比良山上的天狗正变一只鵄鸟[①]盘旋在水池上空，望见下面蟠蜷着一条小蛇，立刻俯冲下来，一爪抓住，腾空飞起。这条神龙虽然力大，但因猝不及防，无法施展本领，只得任其攫去。这时，天狗想把小蛇扯碎吞吃，神龙就拼命抵御，也使它难遂心愿，就把小蛇捆缚起来，带往自己住的比良山去，把它关在一个动转不得的狭窄山洞中。神龙在这个小洞里，××不得，而且又是滴水皆无，无法飞上天空，只有等待一死，就这样过了四五天。

在这期间，天狗去往比睿山，打算要捉个得道高僧。它在夜里，飞到东塔北谷的一棵树上，暗地窥伺，看见对面僧舍的僧人，带着一个净手水瓶，走出廊来小便。天狗见他洗手以后，正要走

---

① 原文作鵄，据集韵即是鸱字，李时珍在本草纲目上说，鸱似鹰而稍小，其尾如舵，极美高翔，专捉鸡雀，亦称作鸢，诗经云鸢飞戾天是也，俗称鹞鹰。

进房去，就从树上飞来，抓住僧人，带着飞回比良山。它飞回巢穴以后，就把僧人和神龙关在一个山洞里，僧人手持水瓶吓得失魂丧魄，心想：我命休矣！天狗放下僧人便自离去。

少时，从黑暗处传来话声，问僧人道："你是什么人？从哪里来的？"僧人答说："我是比睿山的和尚，因为到廊下洗手，谁知冷不防叫天狗给抓了来，我手上拿着的水瓶还没来得及放呢，你究竟是哪位呢？"神龙回答说："我是赞岐国万能池里的龙。在我爬出堤时，这只天狗从空而降，把我抓到这个山洞来，山洞狭窄××，我毫无办法，这里没有一滴水，我不能飞上天去！"僧人闻言道："我带的水瓶，说不定还有一滴水呢！"神龙闻听大喜，说道："我在这里已经数日，眼看就要命终，今天幸而遇见你，这回我们都能得救了。如果真能有一滴水，我能把你送回原处。"

僧人闻听高兴起来，连忙倒置水瓶叫神龙接水，果然还有一滴水。神龙喜出望外，吩咐僧人说："你千万不要害怕，闭上眼睛，我来背你！我对你的救命之恩永世难忘！"说罢，立刻变成一个小童，背起僧人，一脚踢开洞口走了出来。这时，只见霹雳闪电，阴云密布，大雨如注，僧人虽然吓得浑身战抖，恐怖失措，但仍相信神龙，任它背负而行。须臾到了比睿山的僧舍，它把僧人放在廊下，便腾空而去。

房里的僧人，听见一声霹雳，感到屋宇撼动，接着前后一片漆黑，不久天气又晴朗起来，只见前夜丢失的僧人，出现在廊下。人们都惊异地询问，僧人对大家详说一遍，众人听说此事莫不感到万分惊奇。

后来，神龙想要复仇，便到处寻找天狗。一天，天狗正变作一个野和尚在京城化缘，走在路上，神龙自天而降把它踢死在地。天狗尸身显露原形，是一只折翅的鸦鸟，在大道上任人践踏。比睿山那位僧人，为了报答神龙的恩德，经常为它修持念经。

这条龙依仗僧人的恩德保全了性命，而僧人又是凭借神龙之力返回了本山，真可说是前世之缘。僧人后来对人讲述此事，辗转传闻，记述于此。

第十二篇

伊吹山三修禅师为天狗迎去

古时，美浓国有座伊吹山①，山中有位修行多年的僧人，法号叫三修禅师，他缺少慧根，不习经文，只知唱念弥陀佛号，此外一无所知，只是唱念佛号度过了许多年。

一天深夜，三修禅师正在佛前念佛，忽听空中传来语声说："你虔诚地信托我，积下念佛功德，明日未时，我来接你，切要努力念佛，万勿怠惰！"僧人听到语声之后，越发虔诚地念起佛来，丝毫不懈。

到了第二天，僧人沐浴净身，焚香散花。然后吩咐众弟子面向西方，齐声念佛。未时一过，只见从西山峰上的松树间，隐约露出白光，僧人合掌膜拜，高诵佛号，再抬头一望，看见露出一个佛头，顶上绀绿，前额金光灿烂，眉间如秋月扬辉，两道秀眉好似新月，一双青眼放光，有如月出，另外杂以多位菩萨弹奏的美妙乐声，这种庄严肃穆的景象令人感动。这时，半空中撒下五色花朵，纷纷如雨。佛的白光，辉映在僧人的脸上。僧人此时只顾手捻念珠，叩头礼拜，几乎压断念珠上的丝绳。

为时不久，一朵紫色祥云，向庙顶飘来。这时，只见观音菩萨手捧紫金台，来到僧人身边。僧人匍匐而行，登上莲座。菩萨

---

① 平安时代七高山之一，南麓有护国寺。

接得僧人，便朝向西方远远飞去。众弟子瞧见这番光景，无限感动，口唱佛号不已。事后，弟子们从当晚起，又在僧人房中念佛，为他祝福。

过了七八天的光景，庙里的火头僧们为了念佛众僧烧水洗澡，到深山去砍柴。远远看见一棵大杉树，高高地伏在山谷上，从树梢上隐约地传来一阵喊叫声音。僧人赶近一看，有个赤身露体的和尚被捆缚在树梢之上。有个会上树的僧人立即攀登上去，一看不是别人，正是被迎往极乐世界去的师父，身上捆满葛藤，僧人哭着问道："我的师父，您怎么遇难了？"说着上前松解。老和尚还阻拦说："佛马上就来接我，他要我暂时先这样等着，你不要来解！"但是，僧人不听，仍然去解，只听他高声喊叫说："阿弥陀佛呀！有人要杀我啦！哎哟！哎哟！"尽管如此，僧人们还是一齐上树，把他解下带回庙来。庙里的弟子们一见此情，又惊疑又痛心，都流泪不止。僧人从此失去本性，发起疯来，不到两三天的工夫，便死去了。

这位僧人的笃诚虔敬，固然使人钦佩，但因缺少慧根，就坠入了天狗的魔障。弟子们也看不破个中的蹊跷。其实，像这种邪魔外道的妖术与三宝的境界可以断然分开，只因为他缺乏灵悟，无从分辨，以至遭到暗算。

第十三篇

爱宕护山僧人险遭野猪暗算

古时，爱宕护山上，有位持诵法华经修行多年的僧人。多少年来，他专心读诵，从来未出庙门一步。只是他缺少智慧，没有学习其他经文。

当时，有个猎人，住在爱宕护山以西，专以射猎野鹿野猪为业。猎人由于非常尊崇僧人，经常亲来拜访，还不时敬奉一些食物。一次，猎人因为好久没来，便送来一口袋野果，僧人一见大悦，讲起近日不可思议的事情，随着又靠近猎人身边说："近来有桩极其可贵的事，可以说是我多年诚心念诵法华经的灵验。近几天来，普贤菩萨每夜都现全身，今晚你可留在这里也拜见一下。"猎人说："这真太感动人了，那么我就留下叩拜吧!"说罢，就留在庙中。

当时，僧人的弟子中，有个小道童，猎人便问道童说："圣僧说普贤菩萨出现全身，你看见了么?"道童回答说："是，我看见了五六次。"猎人听罢心想，这么说我也能够瞧见，当晚他坐在圣僧身后等候着。

这时，正是九月下旬，长夜漫漫，猎人从傍晚就焦急等待，好容易熬过夜半，忽见天空发亮，仿佛从东山顶上升起一轮皎洁的明月，一阵山风过后，僧房立刻明如白昼。举目一望，只见一位白衣菩萨，骑着白象，缓缓地走下山来。这番情景，实在是庄

严无比。菩萨走到僧房跟前，停立不动。

僧人此时五体投地膜拜不已，并对身后的猎人说：“怎么样！你也看到了吗?”猎人答道：“真是可贵，我正在礼拜。”他虽然嘴上这样说，心中却暗自思索：“圣僧奉读法华经多年，有缘瞧得见菩萨，也是当然，可是像道童和我，连经都不会念，怎么也能瞧见呢？真是太怪了!”转念又一想，我何不试探一下佛力，想是出于信心，佛也不会降罪的。于是暗暗把雕翎箭扣在弦上，等僧人弯身叩拜时，猛力拉弓从他背上射箭过去。箭正射中菩萨胸膛，登时如同灯熄火灭，白光不见。只听一阵踯跄的脚步声，向山谷逃去。

此时，僧人连哭带叫说：“这是怎么闹的!”说罢，痛哭不已。猎人道：“你先别着急。我因为心中怀疑，为要一试真假，所以才射出一箭，这绝没有什么罪过。”他虽然一再解释劝说，僧人仍然悲泣不止。天亮之后，一看菩萨站着的地方，有一片血水，顺着血迹寻去，发现在三十来丈深的山谷底下躺着一只死去的大野猪，它的胸背被雕翎箭穿透。僧人看后才停止悲痛，醒悟过来。

由此看来，纵然身为僧人，如果缺少慧性，也会遭到蒙蔽。猎人虽然杀生害命，但能思虑周详，便可使野猪现出原形。至于这个野兽，为了暗算僧人结果送掉性命，可以说是损人不利己了。

第十五篇

杀牛人因放生得还阳

古时，在摄津国东生郡的抚凹村里住着一个家道豪富、广有资财的人。

有一年，这人被妖怪缠身，为了解除魔祟，便许下心愿，每年杀牛一头，祭祀神祇，这样七年间，一共宰杀了七头牛。祭祀期满之后，这人忽然身染重病，尽管延医诊治，却毫不见效，招请术士禳祝，也无能为力。这样长达七年，病势沉重，奄奄待毙。这人在病中暗自寻思：我得此重病，受尽折磨，必是这几年杀牛的孽报，为了忏悔，决心在每月的六斋日[①]里持斋守戒，同时，并派人四处买物放生。

这样又过了七年，这天他终于身死。他在临终时，仿佛有什么感觉，嘱咐妻子说："我死了之后，要停放九天，不要立即埋葬。"妻子也真遵照他的遗嘱未即葬埋，到了第九天，果然复活。他对妻子说："在我死的当时，来了七个牛头人身的鬼卒，捆起我来，拽着我的头发推搡着把我拖到一座富丽堂皇的大殿，我问它们：'这是什么宫殿？'它们全瞪着眼睛恶狠狠地看我，谁也不理。刚进大门，就遇见一位气宇轩昂的人物，指着我对他们说：'这就

① 据佛教传说，在每月的八、十四、十五、二十三、二十九、三十等六日中，四天王下界察看人间善恶。人们应在这六日斋戒祈祷，故称之为六斋日。

是杀害你们的人。’当时，这七个鬼卒拿出身上带着的砧板和菜刀说：‘杀害我们的仇人在此，赶快把他寸脔生吃了。’这时，突然走出无数的人，松开我的绑绳对那七个鬼卒说：‘这不是他的罪过，应归罪于那个作祟的鬼怪，他为了祭神才杀你们。’于是，那七个鬼卒便和这些人争辩起来，双方各持己见互不相让，每天都为有罪无罪争论不休。因此，阎王也判不清是非曲直。但是那七个鬼卒始终坚持着申诉说：‘以前他剥去我们的四蹄，作为祭品，如今我们也要寸脔他。’这时，那些众多的人对阎王说：‘我们都清楚这件事，这绝不是他的罪过，只能怨那作祟的鬼怪。’于是双方又争论不休，阎王感到须要深加考虑，便道：‘你等明日再来，听候宣判。’说罢，把大家打发回去。到了第九天，大家都来听候宣判，又照旧申诉各自的理由。这时，阎王认为那些众多人的理由充足，就宣判说：‘这件事决定按多数人的意见判决！’那七个人听到宣判，咂着舌头，流着馋涎，装着吃肉的样子，后来才愤恨不平地说：‘冤仇不报，叫人痛心，我们绝不能就此罢休，将来必报此仇！’说完之后，各自走去。这时，那些众多的人，簇拥着我走出阎罗宝殿，用轿子把我送了回来。当时，我问他们：‘你们这些人究竟是做什么的？为何都这样帮助我！’他们回答说：‘我们就是你这几年买去放生的生灵，那时受恩不浅，所以今天来报的。’”

此后，他更虔心礼佛，不信鬼神，并把住宅改成庙堂，供上佛像，修行佛法，对于放生的事更是坚持不懈。后来，他的身体非常强健，人们称他为“那天宫”。直活到九十多岁，无疾而终。

由此看来，凡是有心之人都应该买放生灵。

第十六篇

丰前国膳广国还阳

古时，文武天皇朝代，有个人名叫膳广国，是丰前国宫子郡的郡丞[①]。广国妻子早丧，他本人在庆云二年九月十五日这天，突然身死。

广国死后三日，又苏醒过来，他对身边人说："我死之时，来了两个差人，一个是梳发的大人，一个是垂发的幼童。我跟随他们走过了两个驿站，途中有一条大河，我从桥上度过，这桥是镂金错彩的，过桥之后，就是另外一个地方，极其庄严，见有八名官人，各自佩刀带剑。我问差人说：'这是什么地方？'差人道：'这是渡南国。'再往前走，就是一座金殿，进门一看，里面有位王者，坐在黄金宝座上，王者瞧见我便说：'而今召唤你来，是根据你妻子的诉冤。'说罢，立即传唤我妻，我一见果然是我的亡妻，她脖颈上钉着大铁钉，钉尖直透前额，额头上钉的钉子贯穿脑后，用铁索捆缚四肢，被八个人高举而来。王者问我说：'你可认识这个女子？'我回禀说：'她是我从前的妻子。'王者又问：'你可知罪？'我禀告说：'不知。'于是我便去询问那个女人，她回答说：'我死后，你毫无情义把我扔出门外，所以我深感怀恨。'王者听后对我说：'你是无罪的，可以从速回家，你妻子因为死后

① 原文作"小领"，是官名，位在郡守之次。

之事怀恨告你，于理不合。’然后又说：‘如果你愿意见你父一面，可以往南走。’当时，我走去一看，果然看到我的父亲，抱着一根火热的铜柱站在那里，身上钉着三十七根铁钉，另外，每天早晚还要受三次铁棍的毒打，每次打三百，一天共打九百铁棍。我目睹此情，万分悲痛，便向父亲说：‘你造下什么罪孽遭受这般的苦呢？’父亲说：‘你才知道我受这样的罪吗？生前为了养活妻子，杀害过生灵，借给人家八两棉花，硬要十两，借给人家稻子，小秤放，大秤收，有时侵占别人的财物，有时奸淫人家的妇女。我不孝父母，不敬师长，对不是奴婢的，当奴婢一样打骂。生前的罪孽，受到今天的惩罚，铁钉虽然不大，都钉了三十七根，每天还得挨九百铁棍，痛哉，悲哉！不知何年何日才蒙获得安生。你回家之后，赶快为我塑造佛像，抄写经书，超度我早离苦海。我还告诉你：我死之后，曾经变过一条大蛇，在七月七那天爬进了你的屋里，你用木棍把我挑着扔出来了；我在五月五日也曾变过一只黄狗，被你叫别的狗把我追出屋来了，无奈我只得饿着肚子跑回来。又有一次，在大年初一，我变作一只狸猫，跑进你的屋去，那时，你给了我许多美食，我得到了个饱。这顿饭就是我后来三年的食粮。还因为我不知尊敬兄长，不明伦常，被罚变作狗去吃那些肮脏东西，以致呕吐污水，我将来还得变成黄狗！生前凡是施给人一升米的，死后就可得到三十日粮食的善报，舍给一套衣服的，就能得一年的穿戴，请僧念佛的，能登东方金殿，并可如愿超升天堂，如果塑造佛像，便可往生西方极乐世界，若能买放生灵，必可生往北方净土，持斋一日死后能得十年口粮。’我看到这些罪孽果报，不胜恐惧，便转身走回原来那座大桥，这时守门人挡在前面说：‘进了这座门，再休想出去！’于是我只好徘徊不前，过了片刻，出来一个童子，守门人望见便跪倒叩头。童子唤我过去，由一个旁门把我带了出来。童子还对我说：‘你从这里赶快走吧！’我向童子说：‘你是谁家的小孩？’童子回答：‘如

果你想知道，我可以告诉你，我就是你在幼年抄写的那部观世音经。’说完便走进门去。在这转瞬之间，我就苏醒过来了。”

事后，广国把在阴曹地府亲身所见的善恶果报，详细地编写成书，广为散发，世人闻知此事，务要弃恶向善。

第十七篇

赞岐国人死后还阳

古时，赞岐国香水郡坂田乡有家姓绫的富户，他的妻子也和他同姓。

绫姓隔壁，当时住着两个老妪，同是寡居无子，极为贫穷，衣食无着，经常向绫姓富户乞食度日。后来，习以为常，每餐必到，家主有些厌烦，便改在半夜吃饭，尽管如此，她们到时候还是赶了来吃。

一天，绫家举家谈论起这件事，女主人对丈夫说："我们应该发发善心，收养这两个老妪。"丈夫说："当然可以养活她们，不过，从今往后，谁要施舍，必须匀出自己的那一份。在所有的功德里面，只有割自己的肉搭救别人，才是至高无上的功德。我们也应当效仿这个榜样，各自匀出些饭来养活她们。"当时，有个家人，虽然口头上应允却厌烦老妪，不肯分食。日久，人们都渐渐嫌恶起来，谁也不肯分食，只有女主人仍然匀出自己的饭来供给她们。有个家人憎恨老妪，经常在主人面前挑拨说："家人们匀出饭食养活老妪，结果自己吃不饱，浑身无力，长此下去不但农事荒废，也必影响家业。"尽管他们说这样的坏话，女主人仍旧照常供养这两个老妪。

这个进谗言的家人的家里，有一个人以钓鱼为业。有一次，渔人在海边钓鱼，钓丝吸住了十个牡蛎。那个家主人瞧见，便对

渔人说："我想买这些牡蛎。"渔人不肯，家主便对渔人说："有道心的人，不惜修庙建塔，修积善根，你为什么要吝惜这点东西不肯给我呢！"渔夫说："我要用十个牡蛎换取五斗米。"家主听说便按价付米，买下了牡蛎，又招请和尚念经为它们祈福，然后送到海里放生。

一天，家主随同仆人入山砍柴，一时不慎，从一棵干枯的松树枝上失足落地身死。他的魂灵附在一个修行者的身上，嘱告说："我虽然身死，你先不要焚烧，可暂时停放七天！"仆人听信行者之言，把死人从山中背回家去，就停放在门外。

第七天后，家主果然复活，告诉妻子说："我死之后，有五个出家人在前面领路，五个在家人跟随身后，行走在一条宽广平坦的大道上，这条路笔直，仿佛用墨绳打出来似的，大道两旁竖立着宝幡。不久，前面出现一座金殿，我问：'这是什么殿？'身后的在家人看着我说：'这是你家女主人将来住的殿，因为她养活老妪有功德，给她修造了这座宫殿。'他又问我说：'你可认识我？'我回答说不认识，他又说：'我们僧俗十人，就是你买来放到海里去的十个牡蛎。'这时，宫门两旁，站有几个额生一只角的鬼卒，手捧大刀，过来就要砍我的脖子，这些僧俗赶忙上前拦挡，没让他砍。宫门两旁，还备有香气扑鼻的饭菜施舍众人，我在那里住了七天，饿得口里往外冒火，但是却不准我吃，这十位僧俗说：'这就是你厌恶老妪不肯舍饭给她们吃的应得惩罚。'说完此话，他们就把我领回家来，顷刻之间，我便苏醒过来了。"妻子闻听，真是喜之不尽。

由此可知：舍饭是功德无量，不施舍罪过很深，而放生的功德又是如此之大。

第十八篇

赞岐国女子借尸还魂

古时，赞岐国山田郡住着个姓布敷的女子。一天，女子忽然身染重病，她家就在大门两旁，摆下珍馐祭品，飨祀瘟神。

其时，阎王差使鬼卒来拘拿病女，鬼卒跑得有些劳累，看见祭奠的饭菜，便贪婪地饱餐了一顿。鬼卒拘到女子扯着就走，途中对女子说："我吃了你家的饭食，愿意酬谢这份情意，你可知道谁和你同名同姓吗？"女子答道："在我们那里的鹈足郡里，有个姑娘和我同名同姓。"鬼卒听后，便带着女子到鹈足郡那个姑娘家去，当面从红口袋里掏出一把一尺来长的凿子，一下子插进那个姑娘的前额，然后拖着就走。山田郡的这个姑娘，被鬼卒释放之后战战兢兢地走回家去，一瞬之间就死而复生。

这时，鹈足郡的姑娘被带到阎罗王面前，阎王一看便对鬼卒说："这不是要抓的那个姑娘，你抓错了，暂把她留下，去把山田郡那个女子抓来！"鬼卒见这事隐瞒不过，只得又把山田郡的女子带来。阎王看到后说："我要抓的正是她，鹈足郡的那个姑娘，应该放回！"但是，这时已经过了三日，鹈足郡姑娘的尸体已然被火焚化。因此，她无法还阳，只得返回来禀报阎王说："我虽然被释放回家，可是肉体已经被焚化，无法还魂。"阎王闻听，立刻问鬼卒道："山田郡女子的尸体还在吗？"鬼卒道："还在。"阎王便说："那么你就权借山田郡女子的尸体还阳吧！"鹈足郡姑娘的魂灵按

照阎王的吩咐，就投入山田郡女子的身上。

女子苏醒之后，开口就说："这不是我的家，我家住在鹈足郡。"父母见女儿死而复生，正是悲喜交集，闻听这话便说："你是我们的孩子，为何说出这种话来，难道你忘记了?"姑娘不理会这些话，独身离开家门，直奔鹈足郡的家去。

鹈足郡姑娘的父母，看见家里进来一个素不相识的女子，却说："这就是我的家。"他们十分惊讶地说："你不是我们的女儿，我们孩子的尸体早已焚化了!"姑娘即时就把阎王所吩咐的话，详细说了一遍，父母闻听，俱都伤心落泪。随着又询问她生前的许多事情，姑娘都能对答如流，说得一事不差。这两位老人，看到这个虽然面貌全非，而魂灵却真是自己的女儿，感到喜出望外，于是倍加爱怜抚育起来。

另一方面，住在山田郡的那两位老人，闻听此事赶来观看，虽然明知魂灵已非，但她那身体面貌明明是亲生女儿，也是依恋不舍。于是，两家共养此女，由这个女子继承两家财产，就这样获得两对父母的疼爱，承受了两份家财。

由此看来，供飨鬼神，不能说是徒劳无功的。这段故事的发生，就是起因于飨祭。另外人死之后不可急于焚化尸体，否则可能就会发生类似的事情。

第十九篇

橘磐岛行贿免赴阴曹

古时，圣武天皇朝代，有个人名叫橘磐岛，住在奈良京城大安寺西边的一个村里。

一次，他从大安寺借来供养契经的香资四十贯，前往越前国敦贺港口经商，当他买妥一切应办货物，装上船只正要往回开的时候，突然觉得身体不爽，于是他留下船只雇了一匹马，独自驰回家来。当他走到近江国高岛郡的河边时，望见有三个汉子从后赶来，相隔约有三四十丈远。

当橘磐岛走到山城国宇治桥上时，那三个汉子已经走到身边。磐岛问汉子道："你们意欲何往?"汉子答道："我们是阎王的差役，奉命去抓奈良的磐岛。"橘磐岛闻言大惊，说道："在下就是磐岛，不知为何要来抓我?"鬼卒说："我等已经到过你家，听说你出外经商，尚未归来，所以我们又赶到敦贺港口，当我们正要动手捕你之时，恰巧四天王差人传下话来说：'此人借用了庙里的香资，必须等经商后归还，应该暂缓拘捕。'因此，我等决定容你到家之后，再动手捕拿，这些日子为了追捕你，跑得又累又饿，不知你身边可有什么吃食?"磐岛说："有一些预备在路上充饥的干粮。"说罢，把干粮递过去叫他们吃。这时，鬼卒说："你的病就是受我们的阴气所袭，你不要靠近我们，也不必害怕!"于是磐岛和鬼卒们一同到了家。

磐岛到家后，备好了许多食品，款待了鬼卒。鬼卒说：“我等最爱吃牛肉，请你赶快拿来！世上牵牛的就是我们。”磐岛闻言道：“我家现有两头花牛，可以奉送。只是请求你们设法饶了我吧！”鬼卒说：“我等吃了你很多东西，应有酬报，但是放了你，我等就要挨一百铁杖的责打。你可知道谁和你同年生的吗?”磐岛说：“我一个也不知道。”有一鬼卒听了大怒道：“你是哪年生人?”磐岛答道：“我是戊寅年。”鬼卒说：“我知道有个和你同年的人了，可以抓他来替你，但是你一定得给我们牛吃。另外还得高呼我们的名字，替我们念诵百遍金刚般若经，为我们解脱责打之罪，我们的名字，叫高佐丸、仲智丸、津知丸。”鬼卒说出姓名之后，在深夜里离去。

第二天清晨，磐岛看见自己的牛死了一头。于是立刻到大安寺的南塔院去见仁耀沙弥，说明来意，请仁耀代诵金刚般若经，为鬼卒祈求冥福。两天工夫，读满了百遍佛经。第三天清晨，有个鬼卒来告诉磐岛说：“我等仰仗金刚经的法力庇护，已经免遭百杖之苦了，并且在日常的口粮之外，又多得了食物!”说罢欢天喜地，再三称颂佛经的法力。随后接着说：“从今往后，每逢祭祀节日，还请你给我们祈福供食!”说到这里，转眼不见。后来，磐岛活到九十余岁，溘然长逝。

橘磐岛所以保全了性命，是由于挪借大安寺的香资经商未还。鬼卒们身犯过失，而免受责处，是由于金刚经的法力庇护，真是一件难得的快事。

第二十篇

延兴寺僧惠胜作孽变牛

古时，有座延兴寺，寺里有个僧人名叫惠胜。他在这座庙里住了多年，有一次，他把庙中浴室所用的薪柴拿出一捆送人，后来，也未归还便自死去。

不久，延兴寺附近的一头母牛，生下一只牛犊。牛犊长大之后，被人用来拉车运柴。一天，它正拉着一车薪柴往庙里送，庙门前有个陌生的僧人望着牛犊说："惠胜法师生前也曾朝夕不断地念诵过涅槃经，而今竟变为牛身，未免太可怜了！"牛犊听了双目落泪，突然倒地身死。牛主见牛犊死了，怒骂陌生的僧人说："我的牛就是你咒死的！"一把揪着僧人到官所说理。

官家听了牛主的申诉，就传请僧人，僧人上殿以后，看他仪表不凡，不由心中惊怪，未敢贸然追诘，便把僧人安置在净室里，然后传召能工善画的画师，命令道："僧人仪表非凡，你们要惟妙惟肖地画出他的真像！"画师们遵照旨意，各挥笔措写，把画画成。官家一看呈阅的画像，每一帧都不是什么僧人，简直是观音菩萨的圣像。正在这时，转眼那僧人就不知去向了。官家见了甚是惊恐。

显而易见，这是观音菩萨为了指明惠胜之所以变牛，才化身到人间的。牛主起初不明真相，竟想归罪僧人，这时，已懊悔不及了。

由此可以知道，借用人家的东西，即使是尘芥之微，也必须归还，否则死后要变成牲畜偿还的。

第二十一篇

武藏国大伴赤麻吕作孽变牛

古时，武藏国的多摩郡，有位郡司名叫大伴赤麻吕。在天平胜宝元年十二月十九日，赤麻吕突然逝世。

次年五月初七，赤麻吕家里生了一头黑花牛犊，牛背上镌有隐约可辨的字迹："赤麻吕恣意用庙物，未还身死，罚作牛身，偿还此债。"赤麻吕的家属和同僚凡是看到或听说此事的，都感到惊恐。他们说："作孽必定遭报，这桩事不可不记下来。"于是在当年六月初一这天，召集了许多人传阅了从牛背上抄录下来的文字。这样就使一向不知忏悔的人，开始回心转意，悔过从善，而从来相信因果报应的人，更加戒惧，永不为恶了。

由此看来，即使遇到有如喝铜汁[①]的苦难，也不可侵占寺庙的财物。要知道，这是一种极为深重的罪孽，切不可犯。

---

① 喝铜汁是佛教传说中常见的一种刑罚。

第二十二篇

纪伊国名草郡人作孽变牛

古时，纪伊国名草郡三上村里，修建了一座药王寺，落成之后，从各方募化了许多药材，存在庙中，以备广施救济。

到了圣武天皇朝代，这些药材移存在冈田村主[①]的女儿家中。这家主人用来制造药酒，然后转售于人谋取利润。一天，药王寺里，忽然跑来一头小花牛，以后，这头牛就经常躺在庙塔旁边，庙里的人们把它赶走，它仍然跑回来，躺着不走。大家觉得有些奇怪，便挨家询问，但是，始终也没有人来认领。庙里的人看是无主之物，就把它拴起来饲养。经年牛已长大，就用于庙里的杂役。

又过了五年，该寺的施主冈田石人，一天晚上梦见那头牛从后面扑上来，用犄角把自己撞倒后，四蹄乱踩，石人恐慌叫喊，牛口吐人言道："你认识我吗?"石人回答说："不认识。"这时，牛放开他往后退了几步，屈膝跪在地上哭泣说道："我就是樱村的物部麻吕，我在前世借了庙里的二斗药酒，没等偿还便死了，所以转生为牛来补偿这笔债。我的劳役期限是八年，如今已经五年，只剩三年了。不过，庙里的人们都没慈心，打我的脊背，叫我服劳役，使人难以忍受，因此，我托梦求你怜惜，除了你这位施主

① 村主原是日本上古时代的邑里之长，后来变成了区别氏族尊卑的姓氏之一。

之外，我是无人可求了!”石人问道：“单凭你这样说，怎么能辨明真假呢?”牛说：“你去问问樱村的大姑娘，便知真假了。”所说的这位大姑娘就是造酒的那个人，是石人的妹妹。

石人醒来之后，万分惊异，就到妹妹家中，把梦中的情景学说了一遍，妹妹闻听说：“这是真事。像他所说的一样，他借了二斗酒，未等归还人就死了。”石人就把这件事遍告众人。寺僧净达听到以后，心生怜悯，就此读诵经文为牛祈祷。后来，八年期满，这头牛失踪不见，从此不知去向。这确是一件奇异的事。

由此可知，借用他人之物，必须偿还，更何况寺庙中的财物，岂不更是可怕。不然来生也得变成畜牲偿还，这是极不上算的事情。

第二十三篇

比睿山横川院僧变小蛇

古时，比睿山的横川院有位僧人，发起宏愿，整年唱诵阿弥陀佛佛号，一心向往极乐世界。他的经文造诣也很深，只因一心向往极乐世界，就摒除杂念，诸事不问。因此，许多得道高僧对他都极为尊崇，齐说这位圣僧如此虔诚，定能往生极乐。

这位圣僧照着心愿坚持念佛，渐已年过七十，尽管平素身体强壮，毕竟是年老力衰，所以动辄有病，饮食减少，日见衰弱了。他自知死期已近，道心越发坚定，念佛的次数有增无减。不久，病势加重卧床不起，这时他一面躺着念佛不已，一面对弟子们说："如今你们应该一心劝我念佛，不要拿些琐事打扰我！"弟子们遵照师命，只不住地劝他念佛。

这样，到了九月初十前后，大约在申刻时分，圣僧气息奄奄，便把阿弥陀佛像供在枕边，然后用五彩线绳拴在佛像手上，他手拉彩绳，唱念了四五十遍佛号后，便像安然入睡般地长逝了。弟子们见他这样的善终，都毫不怀疑地认为他已夙愿得偿往生极乐了，都为他庆幸。办完丧事之后，七七一过，便各自散去。

有一天，继承师父衣钵，住在庙中的一个和尚，发现师父经常装醋用的小白瓶搁在堆房的架子上，便说："圣僧在世使用的醋瓶，原来在这里啊！我还以为遗失了呢！"说着便要取下冲洗，这时，发现瓶子里有个东西蠕动，仔细一看，里面盘蜷着五寸来长

的一条小蛇，惊恐之下，连忙又把它放回木架上。

当天夜晚，僧人梦见死去的圣僧来告诉他说："你们都已看到，多年来我只求往生极乐，除了念佛之外，别无所求，我本打算在临终时，一心不乱地念佛死去，不料想无意中看到架子上的醋瓶，当时虽然口里唱念佛号，心里却想不知道这个东西将落谁手。我并不认为这是罪过，也没省察这种恶念，便离开人世。就由于这一念之差，我便变成了醋瓶中的小蛇。你赶快为我虔诚地供奉佛经，就把这个瓶子作为香资。这样，我就可以往生极乐了。"说罢不见。僧人梦醒后，知道小瓶里面的小蛇，就是圣僧转生，不胜悲痛。第二天清早，他就按照梦中指示，将小瓶送到根本中堂作为诵经的供奉香资，另又立即着手抄写佛经，虔诚地供奉起来。

由此看来，这位高僧尽管是如此可贵，但是只在临终的一刹那间留恋了一件无聊的东西，就投生了蛇身，何况那些想在妻子中间寿终的人，纵然发起道心，如果缺少××之缘，自然是难以往生极乐的。想来，真是件大可惋惜的事。横川院的源信僧都有鉴于此，曾说："人在临死的时候，应该把那些无聊的东西尽行拿开，除了佛像以外，其他一切都不要看。"

第二十四篇

奈良马庭山寺僧刻薄变蛇

古时，奈良地方有座山寺，名叫马庭山寺。寺中住着一个僧人，久居此庙，虔诚修道，只是缺乏慧根，刻薄成性，对人从来不肯施舍半点财物。

过了许多年，僧人年老生病，临终之前，把弟子叫到身边嘱告说："我死之后，不满三年，千万不可打开这间屋门！"话刚说完，便气绝身死。

师父死后，弟子遵照遗嘱，紧闭屋门不开。过了七天，忽见师父门前盘着一条大的毒蛇，万分惊恐，心想：这必是由于师父生前刻薄，才转生了这条毒蛇。尽管师父有遗嘱叫等三年以后再开门，但是为了感化师尊，当时就打开屋门，一看屋里收藏着三十贯钱。弟子立刻把这些钱送到一座大庙里请人诵经，替师父超脱罪孽，他们领悟到师父是为了贪恋钱财，所以死后身变毒蛇，回来看守。正因如此才留下遗言不准在三年内开门。

由此看来，僧人真是愚蠢已极。人们认为：即便他生前爱惜钱财，如能用这笔钱供奉三宝，修积功德，也就不会转变毒蛇了！

第二十五篇

旧京人责打乞食僧遭现报

古时，在旧京时代[①]京城里有个生性愚痴，不信因果的人。

一天，有个乞食僧人走进他的房来，他瞧见丐僧登时大怒，动手就打，丐僧一见赶忙逃走，一直跑进水稻田里，但是这个人还在后面追打。丐僧只得诵念平时所持的咒语，祷告道："本尊快来救我！"那个人就在这时突然被法力捆缚起来，只见他东扑西跌满地翻滚，丐僧走后，这人的两个儿子为了解救父亲，便往庙中聘请高僧，僧人问："你等请我为什么？"他二人便把始末根由详细说了一遍，僧人心存顾忌，不愿前去。但是二人救父心切，苦求不已。僧人无奈，只得勉强应允。这时，那人已然神志不清，状似疯狂。

僧人到后，刚刚念完法华经普门品中的开头一段经文，那人立刻脱出了束缚，这时他虔诚地向僧人礼拜，发誓向善。两个儿子也喜出望外，恭敬地拜谢。

可见，即使意在戏耍，也千万不可殴辱丐僧。

① 旧京指日本古代奠都奈良以前的飞鸟京和藤原京，即公元710年以前。

第二十六篇

白发部猪麻吕击破乞食僧钵遭现报

古时，备中国小田郡有个名叫白发部猪麻吕的人。这人刻薄成性，不信三宝，从来也不肯周济人。

一次，有个乞食僧到猪麻吕家中乞食，猪麻吕不但不肯施舍，还加打骂，他打破僧人拿着的钵，赶出门去。后来，猪麻吕因要事外出，途中忽遇风雨，无法赶路，只好靠在一家堆房棚下避雨。正在这时，堆房突然倒塌，将他压死。猪麻吕没料到会遭此横祸，临死未能对妻子留下半句遗嘱。他所以身遭非命，正是由于他打骂凌辱乞食僧，不知施舍的罪过。看到和听说这件事的人，都嘲骂说：这真是现世现报。

由此看来，遇见乞食僧，应该多少加以施舍，不论如何，也万不可打骂凌辱。尽管是个乞食僧，也是佛门弟子，更何况，从古到今还有许多菩萨化身呢！

第二十七篇

长屋亲王殴打沙弥遭现报

古时，圣武天皇的奈良时代，天平元年二月八日，天皇下诏，命左京元兴寺内举办盛大法会，供奉三宝。太政大臣长屋亲王，奉旨亲自供养诸僧。

当时，有个沙弥托着食钵到发放斋饭的地方乞食，亲王见他不遵礼法，将他驱逐殴打，直被打得头破血流。沙弥捂着脑袋，擦着鲜血，哭哭啼啼便不见了，谁也不知他的去向。参加法会的僧俗人等，听说此事，都暗暗咒骂长屋亲王。

事后，有个怀恨长屋的人，向天皇进谗言说："长屋蓄意倾覆皇室，心存篡夺，故意在天皇修积善根之时，作此恶行。"天皇大怒，即派遣兵马包抄长屋的府宅。这时，长屋暗自思忖："我如今冤遭不白，势难幸免，与其被人杀戮，莫如自尽的好！"于是下定决心，拿过毒药，先叫儿孙们服毒，随后，自己也仰药身死。

天皇闻奏后，命人将长屋的尸体扔到城外，然后用火焚化，再把骨灰投入河流，使其流入大海。后来，长屋尸骨流到土佐地界。当时，该地百姓死亡很多，于是上奏天皇说："长屋的戾气为害，此地的百姓，将多死亡。"天皇闻奏，便将长屋的［骨殖］置于纪伊国海部郡椒村的奥岛上去，使它远离皇城。人们都说："这就是他无故殴打沙弥，得罪护法尊神的结果。"

由此看来，对于身披袈裟削发剃度的僧人，就不必计较贤愚，分别贵贱，都应存敬畏之心。应该知道，难免有神佛的化身隐藏僧人当中。

第二十八篇

大和国人捕兔遭现报

古时，住在大和国××郡有一个人，他性情残暴，没有慈心，不分昼夜地杀生害命，以此为业。

有一次，他在郊外捉住一只野兔，当场活剥了皮后，就将它扔在野地。过了不多几天，这人身生恶疮，遍体蔓延，直至皮糜肉烂，疼痛难言。虽然也曾延医诊治，敷抹药物，但是毫不见效，过了数日，终于身死。看到和听到此事的人都嘲骂说："这正是他杀死那只野兔而遭到的现报！"

由此看来，杀生为戏，固然可以逞一时之快，但如能想到众生惜命，并不稍减于人，因而把我的惜命之心，推及于一切生物，则就可以永绝杀生之事了。

第二十九篇

河内国人杀马遭现报

古时，河内国××郡，住着一个人名叫石别，他种瓜贩卖，维持生活。

有一次，石别把瓜驮在马背上到市上贩卖，因为驮得太多，马体力不支，就停步不前。石别看马停步不动，大为愤怒，把马打了一顿之后，又给它增添重量，这时，马双目流泪，样子极为可怜，但是石别丝毫没动恻隐之心，仍然打着马走，等到卖完瓜之后，还是不消气，一怒就把马宰了。像这样的事，还不止一次。

一天，石别家里用锅烧水，在水沸之时，石别走到旁边，两个眼珠突然掉在锅中，他大声喊叫，但也无法补救。人们嘲骂他说："这完全是他经常杀马所造下的罪孽，才有此报！"

由此看来，那些畜生，也都是我们前世的父母，人们应该切戒杀生，这个卖瓜人生前的现报是这样，死后的苦楚就可想而知了。

第三十篇

和泉国人烧食鸟卵遭现报

古时，和泉国和泉郡，有个下痛脚村，村里住着一个汉子，生性刻薄，不信果报，好烧食鸟卵，经常到处寻找。

在天平胜宝六年三月的一天，汉子家中突然来了个不认识的人，看他打扮是个兵士，把汉子召唤出门说：“国司有事传你，赶快随我走！”于是汉子便跟随兵士同行，他看到兵士腰间带着一副长约四尺的木牌。他刚刚进郡，路过山直村山边时，望见一片麦田，兵士一把将他推进麦地便不见了。这片麦地约有三十四五亩，麦子长有二尺多高，转瞬之间，便见遍地火焰，无处立足，只烧得他在麦地里狂奔乱叫，“烫死人啦！烫死人啦！”

这时，村里有人到山中砍柴，望见有个人在麦地里面哭叫跑走，不胜惊疑，于是跑下山来，抓着汉子往外拖拉，他却再三掐扎，不肯出来，后来用力才把他拖出篱笆外来。汉子躺在地上，半晌才苏醒过来，觉得两脚很痛，叫喊起来。砍柴人便问他道：“你到底怎么啦？”汉子回答说：“有个兵士把我带到这个地方，就向麦地一推，我刚踏进麦地，遍地就着起火来，我的两脚便被烫伤，一看四周围全是火山，没有半点缝隙，欲出无路，我只得喊叫奔走。”砍柴人听后，掀起汉子的裙裤一看，只见他那两腿已然焦烂，露出骨头。仅仅过了一日，这汉子便死去了。人们都说：“这是他杀生有罪，活着遭受了地狱的惩罚！”

看到和听说此事的人们应该心存忠厚，切忌刻薄，相信因果，不可杀生，有人说："烧煮鸟卵之人，死后必坠入灰河地狱[①]，的确是这样的。"

① 指佛教传说附属于八热地狱的十六地狱之一。

第三十一篇

大和国人事母不孝遭现报

古时，大和国添上郡里住有一人，别号瞻保，此人奉职朝廷，是个学者。他生来缺乏慧根，尽管朝夕不断研究学问，却不知道孝养母亲。

瞻保的母亲借了他些稻谷，因为偿还不了，瞻保便一再催索，有一次瞻保竟坐在席上向坐在地下的母亲讨债。瞧见这光景的人，劝瞻保说："你为何竟这样不知孝道，逼迫你母亲呢？世上的人，为了孝顺父母，甚至修庙建塔塑佛像抄经书，而且还供养僧人，你家里这样富有，为什么借给母亲些稻谷还要这样逼索呢？这该使你母亲多么伤心呀！"瞻保听了丝毫无动于衷，仍然是一而再地向母亲催讨，大家实在瞧不下去，便凑了些稻谷，代为偿还，免得她再受儿子那样逼迫。

这时，母亲伤心流泪地对瞻保说："我把你养大，白天黑夜都得操心。我看见别人孝顺父母，一心指望也有一天你能像人家的儿子那样尽孝，谁知今天你竟这样给我丢脸，逼我还你那点稻谷，真太毫无心肝了，既然如此，你也要还我从前喂你的那些奶钱，从今往后，我和你断绝母子关系，我只求老天爷来主持公道吧！"瞻保听了不说一句话走进屋去。

为时不久，瞻保突然疯狂起来，他神志不清，周身疼痛，把多年来高利贷出稻谷的借据，一并取出，放在院子里烧掉。然后，

披头散发在深山里东奔西跑，乱冲乱撞。过了三天，瞻保家里忽然起了大火，内外房舍粮仓尽都烧光。结果，妻子衣食无着，全家人无处安身，瞻保也终于饿死。事母不孝，现报不远，听到的人无不痛骂瞻保。

由此看来，世人务要诚心孝顺父母，切不可稍怀忤逆之念。

第三十二篇

旧京女子事母不孝遭现报

古时，在旧京时代，有一女子不知孝道，从不奉养母亲。

女子的母亲居孀，生活困难，一天家中断炊，便想到女儿家就食。她带着幼儿到了女儿家中说道："有没有饭给我吃点?"女儿闻言说："只有我和丈夫的饭，哪有你吃的呢。"始终没肯拿饭给母亲吃。母亲无奈只得抱起幼儿回家，途中看见道旁有一包米饭，便拾起来拿回家中充饥，她原以为要忍受一夜饥饿，不想如今吃到米饭，就高高兴兴地入睡了。

到了半夜，母亲忽听外面有人叩门说："你的女儿正在那里大声喊叫呢，她叫喊说：'我胸口被钉上了钉子，我马上就要死啦，快来救我吧!'"母亲虽然听见这番话，因当时正在深夜，不愿前去，她那女儿终于未及见到母亲就气绝身亡了。

这个女子真是愚昧已极，生前既因不奉养生母而死，后来也必坠入恶途无疑。即使当时真是饭不够吃，也应将自己的饭让给娘吃，可是她竟只顾自己和丈夫，而不肯奉养母亲，所以遭到天谴，而遭报又未出当日，真是可怜了。所以世上的人们，务要孝养双亲。

第三十三篇

吉志火丸谋杀生母遭现报

古时，武藏国多摩郡鸭乡有一个人，名叫吉志火丸。火丸的母亲就是日下部老夫人。

圣武天皇在位时，火丸跟随筑前国守××赴任，当时，他母亲也随同前去，住在那里由火丸奉养。火丸的妻子仍然留在故乡看家。火丸在筑前住了三年，心中想念妻子。这时他暗自思忖：我离别妻子已久，不得相见，要想告假既然未能允许，我何不杀死母亲，借口服孝回归故里，这样便可和妻子团聚了。火丸的母亲经常修善积德，是个心地仁慈的人。

一天，火丸告诉母亲说："东方山上有个地方正举办为期七天的法华经会，我们前去听讲去吧。"老夫人闻听便说："这正合我的心愿，我们赶快去吧。"发起道心，沐浴净身之后，她随同儿子一起前往，但是来到深山中，到处都瞧不见有做佛事的山寺。

后来走到一个僻静无人之处，火丸登时翻了脸，恶狠狠地瞪着母亲。母亲瞧见便问："你为什么忽然这样生气，难道是什么凶神附体了吗？"其时火丸拔出刀来就要砍母亲的脖颈，母亲跪下说道："种树人为的是收果遮阴凉，养儿子的也盼望老来得济有人养活，可是我的儿子为什么偏要杀我呢！"火丸闻言，仍然不肯饶恕，还是举刀要砍，母亲说："你先等等，我还有几句遗言。"说着，脱下身上的衣服，分放在三处，然后又对火丸说："这件衣服

是给我长子的，也是给你的，这件是给我次子的，交给你弟弟吧！这件是留给我那最小儿子的，你就交给小弟弟吧！”嘱咐已毕，火丸举起刀来就去砍母亲的头。

就在这时，地面突然裂开，火丸掉进地缝中去，母亲赶忙一把捉住火丸的头发，仰天泣求道：“我儿子是被鬼迷住了，这不是他的本意，我求求老天饶了他吧！”尽管她这样哭求，火丸还是掉进了地穴，仅剩下握在母亲手中的一把头发。母亲拿着儿子头发哭着回家。她为儿子修持佛事，把那束头发装在盒内，摆在佛像前，请僧人诵经超度。母亲的心太仁慈了，为了怜悯那个要谋杀自己的儿子，竟特意为他乞求冥福。

由此可知，不孝之罪，是天道所不容的，世人懂得此理，自无杀亲之人，不过，最重要的应该是孝敬，千万不可不孝。

第三十四篇

出云寺住持净觉食父亲变成的鲶鱼肉遭现报而死

古时，上津地方有座出云寺，年久失修，殿堂坍塌，从来无人修缮。这座庙宇原是传教大师在震旦时，为了向日本传“达摩宗”，按照图样选定庙址兴建的。高尾[①]、比良和上津的出云寺，在当时可以说是不分轩轾的三座名刹。出云寺的环境异常幽美，不过，后来由于住持僧的胡作非为，便被朝廷查封了。可惜一处有名圣地，曾几何时，就颓圮荒废到如此地步。

且说，出云寺原来的住持是个娶妻安家的僧人，他生有一子，后来当了邻近寺院的住持，法号净觉。

一天，净觉梦见死去的父亲，佝偻着身子，显得十分衰老，拄着一根拐杖走来说：“我由于擅用佛物，致遭天谴如今转生鲶鱼，长约三尺上下，就在这庙里的房瓦下存身，求水不得，欲走无路，在这个狭窄阴暗的地方，受的痛苦无法言喻，后天未时要吹来一阵狂风，刮倒这座庙，我在庙堂倒塌的时候，必然掉在地下爬行，孩子们瞧见会把我打死的，那时你要拦阻他们，把我送到桂河去放生，好使我在宽阔的河水里，终其余年。”说到这里，净觉从梦中惊醒，就把梦中情景告诉了妻子，妻子说：“这是一个

---

① 京都红叶名胜地。该地有一座山寺名为高雄山神护寺，乃传播真言宗之名刹，此处即指此庙而言。

梦，不值得大惊小怪!”于是，便也不再提了。

到了这天午时光景，突然天昏地暗狂风大作，房倒屋塌，树木折断，村里的人们都抢修房舍，与风搏斗，但是，风势越来越大，结果，村中所有房屋尽皆刮倒，山野中的树木全都吹折。天到未时光景，这座出云寺也终于被风吹倒，房柱崩折，屋脊坍塌。殿堂的瓦板中多年积水里，有着好几条大鱼，都掉到庭院中来，附近的人们便提着木桶来抢鱼。其中果然有一条长约三尺的大鲶鱼，爬了出来，和梦里所说的一般无二。

净觉本是个贪得无厌刻薄成性的小人，瞧见这条大鱼乐得心花怒放，早把梦中的嘱托忘却了。他拿起一根长柄铁杖，往鲶鱼头上一扎，招呼大儿过来把鱼捉住。这条鱼很大，不大好捉，先用镰刀挖去鱼鳃，穿上藤条，和其他的鱼一并装在木桶里，叫使女们抬回家去。妻子看见这条鲶鱼便说：“这不就是梦里的那条鲶鱼吗？你为什么把它弄死了?”净觉道：“不妨事，这不和被那些孩子们弄死一样吗？而且我拿回来和孩子们吃了也免得落到外人手里，我想死去的老住持也会高兴的。”说罢，切成一块块地放进锅中煮熟，大吃一顿。

在吃鱼时，净觉对妻子说：“真奇怪！不知怎的，这比别的鲶鱼另有一种滋味，也许正因为是死去的老住持的肉，所以才这样好吃吧！来，快喝点汤吧!”净觉由于饕餮急咽，一根大鱼刺卡在他的咽喉，拼命呕吐，但怎样也吐不出来，最后竟被卡死了。但是妻子心里感觉不吉，始终没敢吃这条鲶鱼。

净觉之死是由于不信梦告，以至当天就遭到现报。由此看来，他死后亦必坠入恶趣之途，受那无穷的苦痛，听到此事的人，无不痛加嘲骂。

第三十五篇

比睿山心怀僧因嫉妒遭现报

古时，比睿山东塔院有一僧人名叫心怀，在山中学习道法时，见自己年岁很轻，不被重视，就不愿再在山中修行下去，便跟随美浓国守×××同赴任地。到任后，心怀僧人被国守夫人的乳娘认为义子，为了这个缘故，得到国守额外关照。于是，当地的百姓都称心怀僧人为第一供奉，非常尊崇他。

后来，美浓地方疫疠流行，病死的不计其数，当地百姓忧虑不安，除驰报当时在京的国守外，在南宫社前，协力举办讲解百遍仁王经的法会。百姓们都深信这次法会必能获得神佑，因此，按照经文所载的仪式，全力来筹备这一庄严盛事，没有一个人不尽心竭力的。他们在会场两旁悬起巨大的幡旗，点起千盏明灯，另外，还准备了法器音乐。

当时，是聘怀国供奉来担任法会的总讲师，这位供奉原是筑前国守源道成朝臣的胞弟，学识超人，善于讲经，而且还像他胞兄一样长于诗词歌赋，讲说故事。许多居士都和他朝夕盘桓成为知交，是一位富有盛望的名僧，后来怀国供奉深得一条天皇崇信，在驾前诵经多年，到了一条天皇驾崩，他就不那么受人重视，他看到世事无常，奥援已失，今生也就没有成为阿阇梨之望了，深感年岁已老，京中也无可留恋之处，便立刻发起道心，离开京城到美浓国一座有名的山寺中隐居起来。美浓的百姓们，本打算特

请一位道高德重的僧人担任讲师，如今见他就隐居在当地，极是方便，因此决定请他前来。

怀国本来是比睿山上的一位得道高僧，他有许多弟子都是富有学识的僧人。当时有人主张要先探听一下供奉的口气，便派人将希望他担任讲师的意见，私下陈述一遍，怀国供奉闻言说："我寄身贵地，蒙各方照顾，这次法会是为当地百姓祈福，我怎能袖手旁观呢，我一定负起此任。"

当天，在法会就要开始的时候，怀国供奉走出房来在××地方披上袈裟，穿戴整齐，一行人抬着轿子，撑着伞盖，乐师们奏着乐器，前来迎接。当这位讲师手捧香炉登上轿子时，伞盖遮住轿身，便把他抬往讲坛上去，其余的一百位讲师也随之而上。讲坛上按次高悬佛、菩萨、罗汉圣像各有百幅，每幅圣像都画得很庄严，花瓶里插着纸花，各种佛前的供品罗列盈桌。

总讲师正面对佛像将要开始祷告时，那位被称为第一供奉的心怀僧人，穿着一件镶黑边的褐色袈裟，卷着裤脚，率领着七八名手提长刀的僧人，从讲坛后面走出。他站在离总讲师不过一丈来远的地方，把袖子往上撩，手里高高地摇晃着扇子，怒气冲冲地说："我说这位讲师，在比睿山，你当然是位学识渊博的高僧，不过在这个地方，太守一向把我推为首座的僧人，别的地方姑且不谈，只要在这个地方举行法会修积功德，不论贫富贵贱，就必得邀请我这个第一供奉。今天这场法会，即使你比我高贵，也应该由我担任总讲师，而现在却把我搁在一边请你来了，这岂不是故意跟国守作对吗？今天哪怕是法会办不成，也不能叫你担任讲师，虽然是很对不起你。来呀！跟我来的僧人们快把这个总讲师的讲坛给我掀翻！"言还未了，就见众僧走上前来立刻动手掀翻讲坛，这时，讲师滚下坛来，由于他身材不高，头朝下直接倒摔了下来。

跟讲师前来的弟子们抱起师父，从讲坛的空隙间逃出，随后，

这位第一供奉便一步跳上了讲坛，怒不可遏地做起来总讲师应做的法事。那些讲师，这时早吓得失神丧胆，却又不敢躲藏，于是乱作一团。在场的许多人，生怕迁怒到自己身上，便从场后逃散，结果场内剩下来的人已是寥寥无几。法会收场，第一供奉把准备布施给总讲师的那些礼品，一概取走，留下来的人们，都是敢怒而不敢言。

转瞬间不觉国守任期已满，这位人称第一供奉的心怀也随着转回了京城。过了二三年，国守死去，心怀失去依靠无处安身，生活就极其窘困。不久，他染上了白癜风，他的义母乳娘，也嫌他肮脏不准他近前，心怀无处投奔，只得到清水、坂本[①]附近的草棚里藏身。就在那里，他也为那些病人所不容，未过三日便死去了。

心怀获此下场，不是为了别的，是他以卑贱之身，嫉妒得道高僧，搅乱了庄严法会，所以遭到现报。由此看来，应知嫉妒是天道所不容的，人们永远不可存此恶念。

---

① 清水、坂本均在京都以东，当时似乎那一带有白癜风病人的聚居区。

第三十六篇

河内国守贪悭遭现报

古时，河内国赞良郡有位郡司，深信三宝，唯恐死后受苦，所以绘画佛像，抄写经书，只是未在当时供奉起来。过了多年以后，这位郡司把平生积蓄尽皆拿出，选择吉日来举办供奉法会，并特请比睿山××阿阇梨担当这次法会的讲师。

在举办法会的那一天，河内国的上下人等都赶来听经，一时间，郡司府门庭若市，听道的人在场内密密成行。郡司双手合十，曲着身子坐在讲坛下面，正当讲师高声朗读表文时，坛下的听众突然交头接耳，纷纷离席。郡司便问："出了什么事?"但是谁也不回答。讲师也××××，半晌无言，停了一会，只见那位年纪衰迈的老国守××××，由众家将搀扶下马，又搀扶着走上了席位，国守在席位中央落座后说，"我听说这里修庄严的佛事，特来结个佛缘。"说罢，揉搓着双手向讲师道："请你快讲吧!"这位讲师原本认为听经的人，都只是些庸俗之辈，正有些苦无知音之感，如今见这位才华盖世的老国守到来，心想他必然听过许多名僧讲经，能知佛教中的三昧，不由得振作起来，放高嗓音，摇起折扇，一手高举如意，拉开袈裟准备要卖弄一番。这时国守道："老朽来到这里，已经疲惫不堪，也只能结个佛缘，现在想去休息休息。"

说罢，〔推说为了〕给讲师筹备礼物，离座而去[①]。

讲师见国守不等他讲完道就半途离去，郡司也站起身来陪伴国守，不禁大为扫兴。但是他想，这篇表文至少要等郡司回来再读，又因希望落空，就随意之所至讲起来，讲的全是些无关紧要的繁言琐语。所幸没有什么懂得之人，况且所讲的也都是经文，总算是一桩功德，但总觉得有些乏味。这时，已经有人在国守面前摆上了许多食物，国守一面说着“太丰富了！我尽量多吃”，一面连饮了两三杯。然后他对郡司说：“这位讲师乃是当世的著名圣僧，如果你布施的礼物过于粗陋，必然贻笑大方，而这种事又不是乡下人所能了解的。不知你是怎样预备的，装璜是否得体？拿来让我看看，可以叫这些家将们去取。”郡司闻听喜出望外，他本来正担心自己途中退席不听诵经势必获罪，如今听国守这番话，十分高兴，立刻把准备的三包布施取来，放在国守面前。三包里面，一包是三十匹绫，一包是三十匹八丈绢[②]，另外一包是五十匹普通绢。包包都是些精美之物。

国守一见这些绫罗绸缎，便说道：“准备得很周到！足见你也是个深懂事理的人，而且也是因为有福有德才能这样。不过你应该向上缴纳的官绢也相当不少，就把这些东西收下作国税吧。你可再照这样另准备些布施敬献给讲师。必须要知道，不要轻慢尊贵的讲师！”接着又说：“来人啊！把这些东西给我拿走！”说罢，只见有两名家将走来，把三包绸缎一并抱走。

随后，国守又命人拉出坐骑，爬上马背扬长而去。郡司一见不禁目瞪口呆，×××茫然多时，过了半晌他才泪如雨下，失声哭泣，仆地不起，子女和亲眷人等瞧见这般光景，个个感到无限哀怜，大家奔走，为他筹措来三十匹劣绢，作为送给讲师的布施。

---

① 此处原文似有脱落。

② 日本古时八丈岛所出的一种名绢，故名八丈绢。

这时，郡司来到讲师的坛前，说道："这种邪魔外道妨碍我修积功德，真是太使人伤心了！"讲师见他这样大声喊叫，无法再讲下去，只得走下讲坛问道："怎么回事？"郡司见问，只是哭泣，一句话也答不出来。他的儿子走来，如此这般说了一遍，讲师闻言说道："你何必这样伤心呢！我纵然得不到什么布施，也绝不会忽略了讲经。你已经年纪衰迈，自己虽然贫穷，却能把多年积蓄都备置了布施，眼看得遂心愿，不料出现一个大魔障，这也正因为缺少真正功德的缘故。不过，我已经发起道心，要虔诚地诵讲佛经，一定能有助于你的后世。讲师如果不认真讲经，那才真正有碍功德呢，至于给我的布施，纵然出了差错我也心领盛情了，你千万不要再悲痛了！"郡司闻听这番话，感激涕零地说："讲师这样说，真使我感激不尽！"

讲师暗想，这个国守真是造孽太大，心中非常恨他，于是，回到京城便把这桩丑事传扬出去。后来，为时不久，那位国守便身死了。

至于这人死后该遭多大罪过，可想而知。世人千万不可见财起意，这样巧取豪夺。

第三十七篇

因贪财女儿被鬼所噬

古时，在大和国十市郡奄知村的东头，住有一个姓镜造的人，家道富有，只有一个女儿，生得端庄秀丽，看不出半点村姑的模样。

女儿待字闺中，附近一带门户相当的人家都纷纷前来求亲，但是，多少年来，他们一直是坚辞不允。有一个人当时曾再三求亲，也遭到他们的拒绝。一天，这个人满装了三车财宝，送上门来，父母瞧见这些财物，顿时起了贪心，终于放弃原意答应这人的请求，就把女儿许配他了。

于是，择定良辰吉日，这人前来招亲。他一到家中，立即进入洞房和姑娘成婚。当时，正是夜半更深，只听姑娘高声喊道："痛死我了！痛死我了！"一连叫了三声。父母听见呼声，都悄声说："这是初婚之痛，她还没有经惯。"大家也就安睡了。

第二天早晨，女儿还是迟迟未起，母亲惊奇便去呼唤，但是总也听不见回答。这时，母亲动了疑心走近一看，只见一摊鲜血，自己的女儿除了只剩一个人头和一个手指之外，全身肢体都已不见。父母看见这番情景，真是悲痛欲绝。这时他们立刻去查看送来的那些财宝，原来都是些牛马骨头，装积财宝的三辆车子不过是些茱萸树干。父母知道女儿不是被恶鬼变化人形吞噬了，就是得罪神灵遭了冥谴。正当他们惊疑悲痛的时候，邻近的人闻讯赶

来观看，无不纳罕。事后，姑娘父母特为女儿修做佛事，把她的头装在木箱之中，在头七这天，把木箱摆在佛前，邀请僧尼诵经替她超度。

由此看来，为人切不可过分贪图财物。“这件事就是我们贪财造成的。”姑娘的父母言下不胜悲悔。

第三十八篇

石川沙弥作孽遭现报

古时，有个石川沙弥，虽然是幼年剃度的，但未受佛戒，因而没有法号，世人只是称他为石川沙弥。沙弥之妻是河内国石川郡的人氏，因此沙弥也住在那里。

石川虽然打扮得像是个僧人，却是性好窃盗。有时，借修塔为名，骗取钱财，然后交给妻子，命她买些鱼鸟来吃，如此习以为常。他住在摄津国半岛郡时，还经常砍取春米寺的塔柱充当薪材。若论触犯佛法，破坏清规，谁也没有胜过他的了。

一天，石川沙弥来到岛下郡味木村，突然身得暴病，喊叫说："烫死我了！"说着，跳起离地有三尺多高，附近赶来观看的人们问道："你为什么这样喊叫呢？"沙弥说："地狱的火焰蹿上来烧了我的身子，因此我才大叫呢！"说罢，立即身死。

由此可知，他死后将要遭受何等苦痛。看见和听到此事的人都不禁怜悯他说："真是可怜啊！"这人恣意胡为所以遭此现报。人们要知道，千万不可作孽。

第三十九篇

清泷河畔僧傲慢受挫折

古时，有一僧人在清泷河畔搭起一座茅舍，他就在那里修行了多年。每逢他想用水时，就用法力使水瓶飞起自动去汲取清泷河水，多年来他常常暗自思忖："像我这样有法力的修道僧，恐怕再难找到了！"他是一个缺乏智慧的僧人，自然也就不知省察他这种错误的傲慢想法了。

后来，他不时发现从河水上游，飞来一只水瓶汲水，僧人瞧见后，十分纳闷，心想是谁在河上游飞瓶取水呢，于是决心要去寻访。

这天，那只水瓶照例又来汲水，取得水后飞返原地，僧人跟在后面顺着水瓶飞去的方向，向上游走了一里多路，隐约望见一座茅庵，及至走近跟前一看，原来是三间茅舍，有佛堂也有斋舍，式样很是庄严。庵前种着橘树，橘树下面有一条行道[①]踏成的小径，阏伽架下堆积着许多花茎，不论庵顶还是庭院，到处长满青苔，一望而知是个年代已久无限庄严的所在。他轻轻地走到房前，从窗隙中向里窥视，只见书棹上散放着许多法文，摆着经卷，室内充满着不断的檀香，芬芳四溢。

僧人再仔细一望，只见一位年近七十的老僧，仪表端严肃穆，

---

① 僧人礼拜佛像时，一面读诵经文一面自右向左围绕佛像行走，叫作"行道"。

手握独钴[1]，凭几假寐。僧人窥视之后，打算试探一下他的道法如何，便悄悄来到老僧身边，暗地施展法术念起火咒来。老僧睡着不动就取来散杖[2]蘸着香水向四方滴洒，香水刚滴在僧人身上，他的衣服立刻起火，蔓延开来，只烧得僧人高声大叫，倒在院中翻滚。这时，老僧惊醒过来，睁开双目瞧见此情，又用散杖醮了些香水，洒在这个被火烧的僧人头上，火焰立即熄灭。老僧走近前来问道："你是何方僧人，为何烧得这般模样？"僧人回答说："我是一位得道的僧人，在清泷河畔修盖了一座茅舍，在那里修行多年。因为我经常发现有只水瓶从河水上游飞来汲水觉得惊奇，因而前来寻访，看它究竟是什么人的水瓶，当我来到这里瞧见你时，想要试探试探，就念起咒语来，不想吃了这么大苦头，看来您真是一位了不起的圣僧，现在我愿做您的弟子，来服侍您！"老僧闻言道："那太好了！"说罢用目远望，没对僧人作何表示。这个僧人想到自己所见不多，缺乏智慧才起傲慢之心，致为三宝不容，遇到这样高僧，遭受挫折，就懊悔不迭地返回庵中去了。

所以说，一个人千万不可自恃聪明，产生骄傲之心。

---

① 古代印度器名，后转为佛家的法具，因尖端无叉故名曰独钴，亦称金刚杵。

② 密教作法时洒水的一种法器，初用茅束，后多用梅枝。

第四十篇

义绍院不识化人施舍被拒

古时，元兴寺里有一僧人名叫义绍院，是位学识渊博的修道僧。

在一年严冬时节，义绍院从京城去往元兴寺，路经泉川河滩，当时刮着大风，极为寒冷。义绍院走到夜立森林时，望见坟墓后面躺着一个腰围草席的僧人，他心想，这人必已冻毙，赶到勒马向前仔细一看，这人还在蠕动。义绍院问他："你是个什么人，为何躺在这里呢?"这人气息奄奄地回答说："我是个乞丐。"义绍院又问："你不冷吗?"乞丐回答说："我浑身都已冻僵，没有知觉了!"义绍院闻言，觉得十分可怜，立时把身上穿的一件衣服脱下，从马上扔在丐僧身上，嘴里还说："你把这件衣服拿去穿吧。"这时丐僧突然站起身来，一把抓起盖在脸上的衣服扔了回去，忽地一下打在义绍的脸上，义绍吃惊地说道："这是干什么?"丐僧道："如果你想施舍，就该以礼待人，从马上下来，可是，你竟在马上扔给我，谁能接受这种无礼呢?"言还未了，就消失不见。

义绍在这时才知道这不是凡人，必是菩萨化身，不由得悲从中来，赶忙下马，捧着这件扔回来的衣服，朝着乞丐所在的地方，哭泣叩拜，但已无济于事。义绍呆在那里出神，直到黄昏时分始终不见任何动静，便拉马步行走去，直到走出二三里路，还追悔不已。后来他对人说："千万不可藐视乞丐!"

像义绍这样有智慧的得道高僧，尚且不辨真假，更何况那些愚痴之人，又怎能看破菩萨的化身呢！所以，即使对一个普通乞丐也该以礼相敬。

第四十一篇

高市中纳言忠正感动神灵

古时，女帝持统天皇在位时，有位中纳言名叫大神高市麻吕，为人正直，性极聪慧，又曾熟读文章，通达事理。天皇对他十分信任，便将朝中大事全部委托于他，于是高市麻吕就肩负起治国抚民的重任。

有一次，天皇要往伊势地方行围射猎，诏令有司从速准备驻跸等事。当时，正是三月，高市麻吕奏道："目前正是农忙时节，圣驾所过，势必烦扰百姓，因此，请罢此行。"天皇不纳高市麻吕的谏奏，传谕说："朕一定去！"但是，高市麻吕仍然直言谏奏说："如今正是耕种时期，不宜增加百姓的愁苦，务请停止此行。"由于高市麻吕的谏阻，天皇终于打消此念，万民闻之无不欢喜。

一年，天旱缺雨，高市麻吕就堵住水渠，不灌溉自己稻田，而让水流入百姓的田里，宁可舍水与人，而把自己的田地枯干，他舍己爱民之心由此可见一斑。高市麻吕这片诚心感动了天神，命龙王降雨，但是，雨水只落在高市麻吕的地里，其他人的田里却不见降雨。这完全是他一片至诚感动了天地，所以才特加佑护。

所以说，为人必须心地正直，永远不可产生邪恶之心。这位中纳言的故居就在大和国城上郡三轮乡，后来，这所宅院改为佛寺，取名三轮寺。寺中的主持一直由中纳言的后裔承袭。

第四十二篇

女人性情清净感应成仙

古时，大和国宇陀郡里有个女子，她生性清静，所以永无灾祸。她生下七个儿子，但是她家里很贫穷，缺少食物，所以也没有养育子女的方法。可是这女子每日必沐浴净身，穿着一件粗布褴衫，常到郊外挖野菜充饥，在家中时，就一心打扫房屋庭院，还经常把烧好的菜蔬装在器皿里，和和气气地送给别人吃。由于她心地正直，终于感动了天神，就降些灵异，要度她成仙，终于自然地发生了感应。一年春天，她到郊外去挖野菜时无意中吃了仙草，结果飞升天界。

性情清净的人，纵然不修佛法，也可得食仙药，因此化成仙人，这种仙人被称为服药仙。只要心地正直，吃下仙药，即便是女子，也可以飞升成仙。可见性情清净，就是永离灾祸之道。

第四十三篇

天文博士预戒避祸枇杷大臣心术纯正邀天佑

古时，在朱雀天皇天庆年间，天文博士①上封奏②说，“正月将有贼星犯大将星座，因此应请左右近卫二大将军格外谨慎。”当时，任左大将的就是人称枇杷左大臣的仲平，任右大将的乃是左大将的侄男小野宫实赖。

右大将闻听此事后，立即多方祈禳，春日神社、山阶寺等地都为他举行祈祷。东大寺的法藏僧都，本是左大将的祷师，他在奈良闻听山阶寺中正在为右大将祈福，心想左大将也一定会叫自己在这里为他祷告，可是他一再等待却不见什么信息，法藏觉得有些奇怪，立即上京来找左大将。左大将问道：“僧都进京为了何事?”僧都回答道：“我在奈良闻听天文博士上封奏说左右大将应多加谨慎，右大将为此已命春日神社、山阶寺等地为他祈禳，我想你必然也有吩咐，但是我等候很久不见音信，实在有些不解，所以才急速来京，我想还是祷告比较稳妥。”左大将闻言道：“你说的很对，我听了非常高兴。不过我想，既然是封奏说左右大将都应该特别谨慎，我如和右大将同样祈禳，必对右大将不利，想右大将聪明才智过人，年纪又轻，报国之日方长，至于我已然老

---

① 日本古代官名，属于阴阳寮，掌管观测天体，教育天文生。

② 原文作“勘文”，是日本平安时代阴阳博士上奏天皇的有关天相变异的奏章。

朽不堪，纵然死去又何足惜呢！所以我决定不祈禳了。”僧都听了，感动得落下眼泪，说道：“这心正合佛的教旨，这比千百次祈告还有灵效，舍身悯人善根无量，三宝必会加护，纵然不祷告祈福也可安然无恙。”说罢，返回本寺。后来，这位左大将仲平，果真身体健壮活到七十余岁，官至大臣。

由此看来，这人必定获得天佑，为人一定要心地正直。

第四十四篇

下毛野敦行甘冒忌讳助人出丧

古时，有个右近卫府将监[1]名叫下毛野敦行，这位近卫府舍人，生得英俊非凡，而且骑术也很纯熟，从青年时起就深受上司的器重。他从朱雀天皇在位时开始为官，村上天皇继位后，成了显赫一时的舍人。

后来，敦行年岁日长，临到晚年，就削发为僧，住在西京的府宅中。一天，敦行听说邻人突然死去，便去吊唁，在邻家门首遇见死者的儿子，问起他父亲死去的情形，当时，死者的儿子说："人家说我家大门方向犯忌，出棺不吉利，可是，也没有好办法，只有冒着犯忌，从这座门抬出去。"敦行听后说："那可不妥当，为了一家着想，是应该忌讳的。这样办吧，拆去我的隔墙，从我那里抬出好了，你父为人良善，多年来对我们很有关照，我要在这时报答他的好处。"

死者的儿子听罢说道："这万万使不得，怎么好从别人的府宅出灵呢！纵然犯忌，也只有出自家的大门。"敦行说："你不要说这些儿话，只管从我家大门抬出去吧！"说完便转身回家。

敦行回家后，把儿子们唤来，对他们说："隔壁主人死了，真是可惜，我去吊祭时，听他儿子说：'大门方向犯忌，出棺不吉

---

① 日本古代官名，是近卫府的三等官，居大、中、少将之下。

利，可是家里就有一个门，只可从那里抬。’我觉得实在值得同情，便对他说：‘可以拆毁我的隔墙，从我家大门抬出去好了。’我就这样应允他们了。”儿子们闻听都齐声说：“您怎能这样说呢，真奇怪了，即使是一个避俗出世的圣僧，也不能这样做。虽然就应该舍己为人，但也没见有让邻人从自己家门抬出死人去的，这真是怪事！”

这时，敦行说：“你们少说废话，还是听我的吧，我虽然年已衰迈，也不比你们糊涂。我已残年无几，你们应当听我的话，看看后来究竟如何。多存忌讳的人，寿命短也缺乏子嗣，一切不忌的人，不但长寿，子孙也兴旺。能知道感恩并舍身图报，才叫作人。上天对这种人也会见怜的。死者生前处处关怀我，我怎能不报恩呢！你们不要说些无用的话！”说罢，唤来仆人，立刻拆毁院中的桧木板墙，让邻人的棺木从自己这里抬出去。

后来，这件事传了出去，人们对敦行这种举动，不论贤愚尊卑，都同声称赞，极为敬佩。仔细想来，敦行确是个心地仁慈、忠厚的人，上天又岂能不加庇佑。后来，敦行果然安然无恙，活到九十余岁才溘然长逝。他的子孙也都长寿多福，直到今天，下毛野氏的后裔在舍人中仍是繁衍昌盛。看见和听到此事的人，都觉得对人必须同情照顾。

第四十五篇

小野篁报恩救西三条大臣

古时，有个叫小野篁的人，当他身为大学寮学生时，因某事获罪朝廷，当时，西三条大臣良相正身为参议[①]，趁机转圜。小野篁心中暗自感激，多年以后，小野篁作了参议，良相参议也作了大臣。

有一次，大臣身染重病，数日后随即病死。他死后，立被阎王差使的鬼卒抓到阎王殿上问罪，当时，阎王殿上坐着许多冥官，小野篁也在其间，大臣瞧见小野篁心中正纳闷时，就见小野篁执笏向阎王奏道："这人是日本国的大臣，心地正直，待人宽厚，请阎君看在我的份儿上，从宽放免。"阎王听罢此话，说道："这虽是难以破例的事，可是你既然这样求情，就饶恕他罢。"于是，小野篁吩咐鬼卒说："赶紧把他送回去!"说罢，良相大臣刚要跟着鬼卒走，就苏醒过来了，其后，病体渐渐痊愈，心中总觉得离奇，不过，数月来一直未对人说，也没问过小野篁。

一天，良相大臣进宫，来到朝堂时，看大臣席上只有参议小野篁一人，其他的人还没来，心想这是很好的机会，且问问他冥府之事，也好解去多日来的疑团。于是，挨近小野篁身边，低声说道："几个月来，总未得便告诉您，那次在阴间的恩情，我实在

---

① 日本古代的官名，在朝廷参与国政，位在大、中纳言之下。

不能忘记，到底是怎么一回事呢?”小野篁听了，微微笑说：“我因为感念您早年对我的照顾，所以这样答报，不过，要特别谨慎，千万不可对人言讲，这件事还没有人知道呢。”大臣闻言，越发惶悚，这才知道小野篁不是凡人，是阎王驾前的臣子。于是，他谆谆教导大家说：“为人一定要正直良善!”

后来这件事无意中传了出去，众人都知道小野篁是阎王座前的官员，经常到冥府去，对他都不禁望而生畏。

第四十六篇

能登国守刚直清正获财宝

古时，能登地方有位国守名叫××，为人刚直清正，崇信神佛，深知治国爱民，所以国内风调雨顺，四境安谧，真是阡陌纵横，五谷丰收。邻国的百姓见到这里日益富庶的盛况，都纷纷迁来，因此就连那山岗瘠地，也都变成良田，赋税自然增收，郡守也都无比富裕。能登虽然是个小国，由于治理有方，竟能如此富庶，可见是国守敬天爱民之功。别国国守不是这样，所以不能像能登这样富庶。

有一次，国守巡视郡内农耕情况，仅仅带领四五名亲信家将，自带食盒，不受各郡款待。按照以往的惯例，国守一到郡里，郡司就得设宴招待，贡献名贵礼物①，可是，这位国守就迥然不同了，他说："送我礼物，固然值得感谢，但是我绝不可这样，我唯一的希望就是大家努力耕种，获得丰收，节用爱物，完纳国税，这样于我于民都有好处。"众百姓听了国守这番话，无不额手称颂，俱都努力耕种，百姓们身家富足，都踊跃地缴纳课税，国守自然也就变成巨富了。

当国守巡视各郡时，走到一个海滨，他望见海面上有个小圆球随波漂动。国守勒马问道："那是何物？"从人回答说："看不见

---

① 日本古代款待上司时，在宴席上承献之礼物。

有什么东西。”这时，海面上刮起一阵海风，把那个小圆球渐渐吹近岸边，国守用弓拨到面前一看，原来是一个被绳子牢牢捆住的扁木桶，捞上岸来解开捆绳，只见桶里装着一个油纸包，再打开油纸包观看时，是一个用绳子捆着的藤条编的匣子，打开匣子，里面还有一个上漆的木匣，也用绳线捆着，打开漆匣，里面是一捆四方的犀角，取出来一看，犀角还没有雕刻，足够做三条袍带的装饰材料。国守看罢，暗自思忖："这些犀角必是震旦人的船只遇险，沉入海中偶然漂到这里来的!"国守得了犀角，欣然返家。

到京后，他命缝制袍带的匠人用这些犀角制成三条袍带，一条镶着方形犀角，两条镶着圆形犀角，方的售为稻米三千石，圆的则每条各售一千五百石。国守知道自己得此钱财，是崇敬神佛，勤理国政所致，如今百姓富足，自己富有，而且又获得了意外的财宝，真是欣快不置。这也正是他清正刚直的好处。

从此以后，这位国守处理政务越发力秉大公，并且尊崇神佛，待人以恩，治民以德。由此可见，国守应虔诚供奉国内神佛，秉公处理政务。

卷二十二

本朝及佛法

第一篇

大织冠[①]赐姓藤原的由来

古时，女帝皇极天皇在位，她的儿子，天智天皇任东宫太子。那时，有位大臣名叫苏我虾夷，乃是马子大臣之子。虾夷在朝居官甚久，临到晚年，自觉年迈体衰，参谒不便，便经常叫儿子入鹿代他进宫参加朝仪，参闻国家大事。

入鹿因此骄横恣睢，任性胡为。一天，当时的太子天智天皇做踢球游戏，入鹿也参与踢球。那时，大织冠还不曾位列公卿，只是个大中臣[②]，镰足他也在场陪太子踢着。太子在踢球的时节，脚上的鞋忽然随球飞出，入鹿骄横，哪把太子放在眼中，只冷笑着把太子的鞋踢出场外。太子见他如此，十分不快，便变了脸，停立不动，入鹿却毫无介意，站在一旁，只叫大织冠去捡回鞋来，他似乎根本没感觉自己做错了事。太子见入鹿这般无礼，而镰足却急忙捡回鞋来给自己穿上，很是嘉许他的这片忠心。太子认为镰足是恭谨效命于己的，从此便引为心腹，遇事就和他商议。大织冠也许看出太子的愿望，就更加殷勤服侍。后来，入鹿的骄纵日甚一日，渐渐对天皇也有些怠慢不敬，有玩忽旨意的行为，有

① 日本古代最高冠位，授予朝廷中品级最高的官员，被授予此冠的，被尊称为大织冠，这里指的是藤原镰足。

② 日本古代天皇所赐的姓氏。

时，甚至还假传圣旨，窃权擅专。太子眼见这些情形，越发地痛恨入鹿。

一天，太子暗将大织冠召进宫内，屏去侍从，对他说："入鹿骄横无礼，已露异志，近来更是跋扈，竟然抗拒圣旨了，如果放任下去，必成后患，因此，我有意杀掉他。"大织冠本来就有除去入鹿的心意，今见太子这样吩咐，便奏道："我已早有此心，只要御意已定，我一定效命。"太子闻言，大悦，于是便定好了计谋。

其后，正是大极殿上举行朝仪之日，太子谕知大织冠说："今天，我们必须诛灭入鹿！"大织冠奉了太子之命想出办法叫入鹿摘下身上的宝刀。当入鹿矗立在天皇驾前的时候，有一皇子正宣读奏章，也许他觉察到今天要发生意外，所以神色惊慌，浑身颤抖。入鹿看了纳闷，便问道："你为何这样发抖？"宣读奏章的皇子说："我生来胆小，在圣驾面前有些害怕，因此发抖。"

正在这时，大织冠手提大刀，跑到入鹿身边，一下子砍掉他的一只臂膀，入鹿刚要逃走，太子挥起大刀，一下割掉他的头颅，入鹿的头蹦到天皇宝座面前，奏道："我本无罪，为何竟要杀我？"天皇事先不知这次举动，加上又是一位女皇，一时惊恐万分，立即闭上了宝座前的隔扇，人头碰在门扇之上，即时落地。

这时，入鹿的随身家将赶忙回府，报告了入鹿的父亲苏我大臣，大臣闻听，惊骇悲泣地说："事到如今，焉能保全活命！"说罢，亲自放起火来，将他本人和府中人等连同府邸一同化为灰烬。多年侵吞朝廷的无数财物和自神代以来传下来的许多珍宝，全都付之一炬了。

事过不久，天皇驾崩，太子承继皇位，这就是天智天皇。天智天皇即位后，立刻封大织冠为内大臣，赐姓藤原。在日本，内大臣一职，就是从这时才开始设置的。

天智天皇对藤原内大臣宠爱逾恒，不仅朝中大事，信任甚专，甚至把皇后也赠予他为妻了。皇后当时已经怀孕，来到大臣家中，

分娩一子，此子就是后来在多武峰上的定惠和尚。后来，皇后和大臣又生下一子，此人就是淡海公。内大臣因此也自然是鞠躬尽瘁，效忠朝廷。

有一次，藤原大臣身染重病，天皇竟驾幸他的府宅探病，后来在他身死殡葬的当夜，天皇还执意要亲到郊野送殡，满朝文武大臣谏阻说："从古至今，向没有天子给大臣送葬的。"天皇见大臣们屡屡谏阻，这才流泪转回宫去，立即传旨赠谥为大织冠。大织冠的本名就是镰足，镰足子孙繁衍，后来藤原氏族人很多在朝居官。世人对于藤原大臣只称为大织冠而不称名的。

第二篇

淡海公四家的后裔

古时，有位大臣，人称淡海公，原名叫不比等。淡海公乃是大织冠的长子，母亲原是天智天皇的皇后，自从大织冠逝世之后，淡海公便在朝居官，由于他博学多才，故而官拜左大臣之职，掌握大权。

淡海公膝下有四位公子，大公子名武智麻吕，后来也官至大臣，二公子即房前大臣，三公子名宇合，官居式部卿，四公子名麻吕，官居左京大夫。这四位公子中，官居大臣的长子，因府邸坐落于祖宅南方，故取名南家；次子房前大臣住在祖宅北面，所以取名北家；三子因官居式部卿，就借用职称，取名式家；四子因居官左京大夫，便取名京家。四家的子孙后裔，在朝为官者，比比皆是，尤以二公子这一支继承了氏族之长，他的后嗣现正官居摄政关白大臣要职，显赫于世。辅佐天皇，掌权治国的只有这一支。大公子大臣南家，子孙虽然也很昌盛，但难得有一个位至大臣公卿的人，三公子式家人虽然有，却没有一人位列公卿。至于四公子京家，更找不出一个身居高官的，只有些侍卫武士之流。

淡海公的后裔中，唯有二公子房前大臣北家，是这样繁荣昌盛。北家的府邸就是山阶寺以西的佐保殿。房前大臣这一支派因是族中长老，所以前往佐保殿时，必先叩拜，奉安在殿中的房前大臣的影像，然后方可进殿。淡海公的后裔情况，大致如此。

第三篇

房前大臣首创北家

古时，有位房前大臣，是淡海公的二公子，文才出众，自从淡海公逝世之后，他的誉望便益见重朝廷，为时不久，就升任大臣之职。

淡海公的四位公子中，唯有这位大臣继承了祖业，创建了北家门第。如今昌盛繁衍担任一族之长的，只有房前大臣这一支派。有人称房前大臣为“可笑[①]门”，也有人称他为河内大臣。河内一名的由来，是因为他在河内国涩河郡××乡中，修盖一座山庄，他在山庄里度过了幸福的晚年。

大纳言真楯是房前大臣的公子，不幸夭寿未及升任大臣便与世长辞了。真楯有一子名唤内麻吕，到后来官拜大臣，继承了祖业。

---

① “可笑”在这里是愉快的意思。

第四篇

内麻吕大臣驯服烈马

古时，有位内麻吕右大臣，本是大纳言真楯之子，房前大臣之孙。内麻吕文才出众，自从身充殿上官员，任职朝廷之后，便卓有声望，国人对他都十分敬重，无不乐于听命。内麻吕不仅生得清秀脱俗，而且心地正直，因此深得国人的信赖。

内麻吕大臣年轻时，有位太子名叫他户宫，乃是白壁天皇的皇子。这位太子生性凶暴，国人对他十分惧怕。太子当时有一匹烈马，只要有人骑它，就又踢又咬，因而，一向无人敢于试骑。

一天，他户太子传旨，命内麻吕试骑那匹烈马。内麻吕领旨便去试骑，在场的人无不为内麻吕恐慌，生怕他一定会被烈马咬伤或者踢坏。谁知当内麻吕跨上这匹烈马时，它却俯首不动。内麻吕终于平安无事地骑在马背上，当他屡次挥鞭时，烈马驯服如故，接着，他便在庭院中绕行数周，然后方才下来。眼见和耳闻此事的人，都称颂内麻吕说：这绝非凡人所能。

相传古时曾有此事，按照录于此。

第五篇

闲院冬嗣右大臣及其公子

古时，有位闲院[①]右大臣名叫冬嗣。冬嗣生有数子，长子名唤长良，官居中纳言，长良虽然居长，不知何故，他的官爵却不如两个兄弟。不过，中纳言的子孙一直是繁衍昌盛，及至近代，官居太政大臣关白摄政的，几乎都是中纳言的后裔。至于位列公卿以下的，更是不少。

冬嗣的次子名唤良房，官至太政大臣，人称白川太政大臣的就是此人。藤原氏族中，身任摄政而同时又兼太政大臣的，以良房大臣为始。这位大臣，气度宽宏，学识渊博，才智过人，即能辅助朝政，又善吟诗。大臣的女儿是文德天皇的皇后，水尾天皇的嫡母，人称染殿皇后。有一次，他见皇后身旁，摆着一个插满鲜艳樱花的花瓶，便将皇后比作樱花，吟了一首诗歌：

樱花映人面，
人比花儿娇，
桑榆娱晚景，
睹花心自宽。

---

① 是藤原氏的嫡派分支，藤原公季的号，后来成为整个家族的名称。

良房大臣虽然如此有才，但是缺乏子嗣，国人都道："大臣乏后，真是憾事。"

冬嗣的三公子名良相，官居右大臣，国人称他为西三条右大臣。在当时，有位杰出的修道僧，法号净藏大德，良相大臣是他最有力的施主，曾蒙受过千年陀罗尼的灵佑。良相大臣之子名常行，官居大纳言右大将。大将生有二子，长子名叫名继，官位不过六位，是典药寮[1]的佐吏；次子名栋国，官居五位，是主殿寮[2]的主官。他们官职不高，名声不显，所以这一支的后裔就湮没无闻了。

大公子长良中纳言，虽然不为两个兄弟显达而感觉牢骚，但他却有许多男儿，不像两个兄弟缺乏子嗣。他的子嗣之中，有个名唤基经的，后来官居关白太政大臣之职，而且子孙兴旺，至今仍然显赫于世。

由此看来，人生在世，大凡其本人不能深伸于当时者，子孙终归要荣显后世；本人虽然扬名显身，结果必缺乏子嗣，这些都是前世的果报。

---

① 日本古代掌管医药、菜园、茶园、乳牛等事务的官署。

② 日本古代掌管宫中洒扫、陈设等杂务的官署。

第六篇

堀河太政大臣基经

古时，有位堀河太政大臣，名叫基经，是长良中纳言之子。基经大臣才华盖世，聪颖过人，在朝中任职多年，后来官至关白太政大臣，声名显赫。他的子孙不仅繁衍昌盛，而且个个贵显，为世所重。基经的女儿是醍醐天皇的皇后，朱雀、村上二代天皇的母后。

基经的儿子，一个名叫时平，官居左大臣，人称本院大臣；一个名叫忠平，官居太政大臣，人称小一条大臣；另一个名叫仲平，官居左大臣，就是世人称枇杷大臣的。此外还有许多男儿，但是官职都在公卿以下，因而不加记述。

基经一时有三个儿子官居大臣，这是世上罕见的事。由于他的府宅坐落在堀河地方，故而世人称他为堀河太政大臣，闲院虽也是他的府邸，但是只在避忌时小住。这座府宅，不但禁止一切外人出入，就连大臣的亲眷，能出入此地的也只限于寥寥几人。因为它是一个安闲恬静的宅院，所以被人称为闲院。堀河这里不仅地势优美，府宅也宏伟壮丽。生逢举行大宴，只有首席的王公大臣所乘的车辆停放在堀河以东，牛系在桥柱之上，至于其他公卿的车辆一律排列在河西，府前车马分行排列整齐美观。宾客按官职尊卑分停车辆于两地的，只有堀河府一处。

基经大臣就是这样悠悠一生终其天年的。大臣死后葬在深草

山中，有位胜延僧都在安葬的当夜作歌道：

空蝉已蜕去，
尚可烈灵魂，
火葬烟一起，
一切仕厌尘。

另外，还有一个名叫上野峰雄的人也作歌道：

死者今已矣，
樱花宣古情，
如能绘墨蕊，
知是吊英灵。

……

大纳言国经是基经大臣的兄长，他见大臣一死，又觉得自己年事已高，便辞去大纳言的官职，退居林下，国经还有许多兄弟，而官位不高，都在大纳言之下，唯有基经官居太政大臣，位极人臣，共后代儿孙也兴旺不衰。

第七篇

高藤内大臣

古时，有位闲院右大臣，名唤冬嗣，声名显赫。冬嗣本人才华出众，但不幸不寿。他的长子名长良，官至中纳言；次子名良房，官至太政大臣；三子名良相，官至右大臣；四子名良门，官居内舍人[①]。古时登入仕途的不论如何有才，也必须先任内舍人这一官职。

良门内舍人的儿子高藤，自幼喜爱放鹰，这是由于他父亲也爱养鹰，所以才传授给了他的儿子。

高藤在十五六岁时，一次，在九月到郊外去放鹰行猎，驰骋在南山阶[②]的群山中，不觉到了申时光景，忽然狂风大作，阴云密布，雷鸣电闪，大雨如注，随从人等急于避雨，各自缠马蔽去。公子远远望见两山脚下有一人家，便赶紧策马奔向那里，当时，跟在身旁的只有一个马童。

公子走近一看，只见小小的一座门楼，环绕着绿柏薄板编的垣墙，院内一幢板顶正房，接着两丈来长的小走廊。于是他就骑马闯进院里，在走廊前离鞍下马，席地坐在廊下，马童将马拉进走廊一端。这时，狂风、暴雨、霹雷、闪电，令人胆战心寒，公

---

① 日本古代的官名，宫中的侍卫。

② 指日本古代山城国宇治郡。

子欲归不能，只好在这里等待。

到了黄昏时分，公子心中更加恐怖，正在不知如何是好之时，从房后走出一个年约四十多岁、身穿藏蓝色便服裙裤的汉子，他问公子道："请问公子贵姓高名，为何坐在此地？"公子答道："我正在放鹰，遇见风雨，急于寻觅避雨的地方时，瞧见这里有一人家，便大喜策马跑来。现在，我也正在为难。"汉子闻言道："公子只管在这里躲避，等雨过之后，再去不迟。"然后他又到马童身边问道："此位贵姓高名？"马童将公子的身份说了一遍。汉子闻言大惊，连忙进房，他收拾房屋，点起灯火，一会儿便走出来说："请公子进房避雨吧，寒舍虽然简陋，总比长时待在外边好些，况且被雨水淋透的衣服，也该烘烤一下。马匹可以拉到后面去喂些草料。"

公子瞧瞧这虽不是什么高贵人家，但房子却修盖得十分精致，顶棚上是柏木板条编制的，四周竖立着竹编的屏风，三四领镶着白底黑花边的席子铺成地铺，公子已然十分疲惫，进屋之后，就卧在铺上，这时，主人过来对公子说："请把猎服交我拿去烘烤烘烤。"说罢，拿起衣服走进内室。

停了不大工夫，只听见厢房拉门一开，走出一个年约十三四岁的姑娘直进房来，她身穿藕荷色的上衫，腰系绛紫色的裤裙，一手端着木盘，上面放着高座碟子，一手用扇掩面，进房之后，怯生生地躲在一旁，不敢注视公子，公子正在休息，瞧见姑娘，便打招呼说："姑娘，请近前来！"姑娘便膝行到公子身边。这个姑娘翠鬟低垂，长得美颜绝伦，丝毫不像小家女子，她放下木盘，摆好高座碟子和食箸，然后送到公子面前，随即转向而去，公子从后影看她的发辫，长达腿弯。姑娘去不多时，又用木盘端来许多食物，但是究竟年轻，不谙礼法，放下木盘，便自匆忙膝行离去。公子因长时骑射，早已疲惫饥饿，今见送来炒米、鲍鱼、小萝卜和干鸟肉等食物，也顾不得许多，都吃得干干净净，并把端

上来的酒也一饮而尽，这时，已然入夜，公子便卧身而睡。

就寝以后，公子对那个姑娘念念难忘，于是说："我独自睡在这里，有些害怕，请那位姑娘来与我做伴!"姑娘应声走来，于是公子便说："近前来!"话未说完，便将姑娘拉在身边，紧紧搂抱，临近一看，更觉她美艳无双，楚楚堪怜，就这样以两小无猜之心，订下共偕白首之盟。九月时分，尽管是长夜漫漫，而公子却嫌天光过短，竟夜未眠，他见姑娘这样端庄贞静，越发觉得她不像个村姑。天光大亮以后，公子在临行回府时，留下身边的大刀，作为信物，嘱咐姑娘说："不论你爹娘把你许配给任何人，你也千万不要应允!"嘱咐已毕，公子骑马登程。走出约有一里地远，正逢上那些四处寻找他的家将，大家欢欢喜喜地拥簇着公子一齐回府了。

公子的父亲见儿子射猎一夜未归，生怕出了差错，忧愁至彻夜未眠，好容易盼到天亮，他正要吩咐家人四处寻找时，看到儿子竟然归来，真是喜出望外。他说："对一个血气方刚的年轻人，我从来不想阻止他去射猎，当我年轻时，我也耽于放鹰射猎，竟至废寝忘餐，那时你的祖父，也未管过我。所以我一直随你去玩，如今发生这种意外，真就叫人难以放心，从今以后，绝对不准你随便出去!"这一来，公子再不能放鹰行猎了。但是，他对那个姑娘是不能忘情的。他本想差人送信，无奈家将们都不认途径，而那个唯一认路的马童，却又辞差回乡了，因此不论他怎样思念，也是无人传递消息，这样不觉过了四五年之久，公子在这漫长相思的岁月中，爱情是随日弥笃，相思是倍增无减。

几年以后，公子的父亲竟以中年逝世。公子丧父后，时常跟随伯父良房大臣生活。大臣见公子英俊聪慧，知为非常人，自然就格外钟爱，公子自从父亲死后，越发感到凄凉，思念姑娘的情意更加深切，六年来，一直不娶妻室。

这天，公子听说前次陪伴他到姑娘家去的马童，从乡村回转

京城，立刻命人把他找来，公子装作非常关切的模样，把马童叫到身边，然后说：“马童，我们那次出去放鹰行猎，曾在一家避雨，你可记得那家的地址吗?”马童回禀说：“我还记得。”公子闻言喜出望外，便道：“我今天想去那家，我们装作出外射猎的模样，你要好生安排。”说罢，带领几名亲信随从，越过阿弥陀山峰，直走到日暮黄昏，才来到这个地方。

这时，正是二月中旬的时节，只见得眼前处处飘落着缺残的梅花，枝头上传来黄莺的巧啭鸣声，而那无情的落花随着溪水漂流，更使公子触景伤情，感慨万端，他便像上次一样，骑着马闯进门来。

公子下马，命人召唤主人，这家主人万没料到公子重来，在惊喜之下，慌忙走了出来。公子便向他说：“姑娘可在?”主人回答说：“现在里面。”公子闻言，万分欣喜，走进房去。这时，姑娘坐在屏风旁边，半掩着身子，公子走到她身边一看，只见她那容貌比当年越发娇艳，真是个绝代佳人。姑娘身旁有个五六岁的女孩，长得眉清目秀，神态不俗，公子问道：“这是谁家的女儿?”姑娘闻言，俯首悲泣，半晌不答，公子不解其意，便呼唤姑娘的父亲，主人来到公子面前，便跪伏在地。公子说：“但不知这是谁家女儿?”主人答道：“自从那次陪你公子之后，小女从未接近外人，只想她尚未成年，却不料竟然有孕，生下了这个女孩。”公子闻听真是倍加伤感，一看当年留下的那把大刀，仍旧放在姑娘枕边，公子心想，这真是深远的姻缘，越发感叹不已。公子端详女孩的面貌，看她和自己长得一模一样。于是，这天晚上便留宿在姑娘家中。

翌晨，公子临回府之前，留下话说：“我马上派人来接。”公子向人打听这家主人什么身份，有人告诉他说，这就是本郡的郡司宫道弥益。姑娘的父亲认为官职卑微，但公子认为这是前世注定的姻缘，到了第二天，随身携带两名家将，乘坐一辆上有席棚

下有帐篷的轿车前来迎亲，车子来到门前，把姑娘接上车去，小女儿也随之上车，姑娘的父亲见女儿身边乏人陪伴，于是唤出姑娘的母亲，也叫她跟随上车。这位妇人年约四十多岁，打扮得也干净利落，一望便知是个一般人家的妻室。她穿一件浅黄色浆得平板板的上衣，把身后的头发也套在里面，膝行进了车厢。自从姑娘进府之后，公子对其他女子连看也都不屑一看，从此恩爱过日，相继生下了两个男儿。

高藤公子本是一个才智非凡的人，后来果然官至大纳言。在宇多院天皇继位后，公子的女儿以才人入侍圣驾，不久，生下了醍醐天皇。这位大纳言的两个儿子，长子名定国，后来官居大纳言左大将之职，人称泉大将，次子名定方，官拜右大臣，人称三条右大臣。他们的外祖父原来只是一个郡司，后来叙升四位，官居修理大夫①。醍醐天皇继位后，赐封高藤大纳言为内大臣。

后来，宫道弥益把府宅改为寺院，这就是今日的劝修寺。他的妻子在寺东的山边，建立了一座佛堂，起名为大宅寺。醍醐天皇对弥益府宅这块地方多半也感到亲切，就在这府宅附近选定了皇陵的地址。

想来，这也是前生的姻缘，由于偶然射猎避雨，竟构成了这一段佳话。

---

① 官名，是掌管宫内修缮事务的长官。

第八篇

时平大臣谋夺国经大纳言之妻

古时，有位左大臣名唤时平，是昭宣公关白大臣基经的公子，因为他的府宅叫本院，所以人称他为本院左大臣，时平的年龄约在三十多岁，相貌英俊，仪表华贵，延喜天皇对他深为宠信。

当时，天皇令召天下，倡行俭朴。一天，左大臣不顾法禁，穿着一身过分华美的服制走进宫来。天皇从殿中小窗望见他的衣饰这样奢华，不觉脸色不悦，立刻饬令侍从传旨说："如今正在倡行俭朴，而左大臣身为卿室，竟然服饰奢华实在不合，应即传旨申饬，逐出宫门！"侍从领了圣命，不胜恐惧，战战兢兢地向左大臣传达了旨意。左大臣领旨后，惊恐万分，走出宫去，不准侍卫在前喝道，悄悄回府，众护卫们个个弄得莫名其妙。

发生这事后，左大臣紧闭府内，有一个月的光景不迈出帘外一步。即使客人来访，他也自称违旨获罪恕不见客。过了多日，天皇传下旨意，左大臣才受旨进见。实际上，这是他和天皇定好的计谋，为的是警戒别人，以身示范。

时平左大臣唯一的短处，就是风流好色。当时，他的伯父国经，官居大纳言。大纳言年已八旬，而夫人的年龄却不过二十几岁，是在原栋梁的女儿，容貌艳丽非常，嫁给一个老人，自然是闷闷不乐。左大臣是个风流的人物，闻得伯父的夫人是这样的美丽，心中总盼着会面的机会，但是始终也未能如愿。当时，有个

名叫平定文，字平中的人，官居兵卫佐。他出自名门，是一位王孙，也是个好色的人，无论是人家的妻女，还是宫中的女官，被他染指的不少。

平中时常出入左大臣府门，大臣久想问他是否见过伯父大纳言的爱妻。在一个月色清明的冬夜，平中又来拜访，二人谈论别事，一直到了深夜，当他们谈到玩乐之事时，左大臣顺便对平中说："我有话问你，你要实说，不许有半点隐瞒。我问你，眼下最美艳的女子，到底数谁?"平中闻言道："我本来不敢在你面前放肆，如今既然说实话，就不当隐讳，我愿实言禀告，要论绝代佳人，目前要算藤原大纳言的夫人了!"左大臣道："但不知你是怎样和她相见的呢?"平中道："我和服侍她的人相识，听说这位夫人跟随那个老头，不胜寂寞。我就设法托人表示殷勤之意，后来她就传话，不妨一见，就在一天晚上和她相见了，不过我和她还相交不深。"左大臣闻言便道："你真是个坏东西!"说罢，二人相视大笑。

从此以后，左大臣便处心积虑地要会见这位夫人，所以遇有机会便向伯父大纳言表示敬意，大纳言以为是番好意，心中十分感动，哪里晓的他是觊觎自己的妻室呢！左大臣心中明白，暗自得意。

为是，到了新春正月，左大臣破例地派人告诉大纳言说："三日之内，我要亲自去拜访。"大纳言得此消息，立刻收拾宅院，准备酒肴恭候。正月初三这天，左大臣率领几位公卿和殿上的权贵，到了大纳言府，大纳言一见，欣喜非常，不消说，他所准备的酒宴是极其丰盛的。

申时一过，摆下酒宴，直饮到日暮，席间赋诗作乐，热闹非常。左大臣不仅气宇风雅，而且善于诗词，这样的出众才华，使人赞不绝口，注目惊视。这时，大纳言的夫人正躲在左大臣身边的帘内偷看，她见左大臣这样英俊潇洒，薰香袭人，觉得这才是

唯一的风流才子，回顾自己的身世，不由深感到一阵凄凉，暗自寻思：不知谁家女子，得配如此才郎，我今伴随这昏聩老叟，怎能不触景伤怀。夫人越注视左大臣，心中就越发伤感，竟至坐立不安，难以排遣。当她发现左大臣在饮酒赋诗时，不时向帘中频频窥视的那副风流神情，真羞得无地自容，满脸发烧，就仿佛那扇锦帘也难遮自己的羞颜，她见左大臣向自己含笑传情，知道他心中必有所思，于是越发感到羞怯。

到了深夜，人们都喝得酩酊大醉，个个宽衣袒背，尽情狂欢。

当大家要起身回府时，大纳言对左大臣说："你已经酒醉，我命人把车子唤到这边来了。"左大臣道："那未免太不尊敬，如何使得。我果然是醉了，不如等酒醒再走。"当场的公卿们也都说："言之有理。"于是就命车子停靠在阶前的房柱旁。这时，大纳言命人牵出两匹骏马，另外还拿出古筝乐器，作为宴席后的礼物，赠送与左大臣。

左大臣却对大纳言说："即使我的话有些不当，也要借着醉意，据实地对你说。我今天亲来拜访，就是为了重视祖宗的家礼，如果你真领受我的诚意，就该把你最心爱的东西赠给我！"大纳言此时早已喝得过量，但他觉得堂堂宰相能来拜访这个大纳言的伯父，确定是令人感动，他本早已发现左大臣不时地向帘中窥视，如今，一听左大臣此话，心中非常慌乱，不知应该如何应付，心想，何不把我这美丽无双的妻子，对他显示一番呢。于是在酒醉迷乱的情况下说道："我最心爱的是我的妻子，你尽管官居宰相，恐怕未必有这样美貌的妻子，老朽倒有佳人陪伴，我愿将她奉送！"大纳言说罢，将锦屏推倒，一手伸入帘中扯住夫人的衣袖，将她推到身边，然后对左大臣说："就在这里。"左大臣一见便道："今天我实在不虚此行，真是三生有幸！"说罢，立刻到夫人跟前扯拉她的衣袖。大纳言这时连忙退席而去，他还一边向众人挥手说："各位请现在回府吧。大臣一时还不能走！"众公卿闻听，互

相使个眼色，有人当即起身离去，也有人躲藏起来，想观看个究竟。

大臣吩咐道：“我的确喝得大醉，事到如今，只好叫车子到这里来吧。”车子原已拉进院子里，众人赶忙拥上前去，把车拉到阶前，大纳言来到车前，掀起车帘，左大臣顺手将夫人抱进车中，自己随后也登上车子。其时大纳言惊慌失措，连忙叫道：“我那老伴呀！你千万不要忘了我呀！”左大臣命人急速赶车直奔府宅而去。大纳言来到家中，解衣而卧，他本已喝得泥醉，只觉目眩头晕，昏昏睡去。

天光拂晓，大纳言宿醉初醒，仿佛做了一场大梦，心中暗想，昨夜之事究竟是真是梦？于是向他身边侍女说：“夫人哪里去了？”侍女将昨夜之事说了一遍。大纳言听后，不胜惊骇，暗暗想道：我纵然一时欢喜逾恒，也不该糊涂到此地步，即使酒醉乱性，怎能做出这种蠢事来呢！但是事已如此，无法挽回，只有强自宽解，认为这可归之于女子的一生幸运，但是女子往日在身边露出的怨艾之情，又觅上心来，这真使他觉得既嫉妒又怨恨，既悲伤又怀恋，表面上纵然装出甘心情愿，但心中对女子却有无限怀恋。（以下缺文）

卷二十三

本朝及佛法

第十三篇

平维衡平致赖交战获罪

古时，在一条天皇朝代，有个官居下野国太守名唤平维衡的武将，也原是陆奥国守平贞盛将军的孙儿。当时，他和同族一位名唤平致赖的武将互争雄长，加上有人从中挑唆，二人终于结成了仇敌。

维衡和致赖的领地各在一国，有一次致赖率领族中的亲丁和家将进攻维衡，维衡也引众迎战，双方相互射杀，死伤无数，结果也没分出胜负。事后，朝廷闻知此事，把维衡押到左卫门府[①]靶场，把致赖押解到右卫门府靶场，分别审理。二人当时都承认有罪。明法博士[②]等定谳以后，申奏朝廷说，“平致赖无故寻衅，罪为首魁，饬即发配远地；平维衡被迫应战，理应从轻发落，谪迁一年。”于是天皇传旨把致赖流放到遥远的隐岐，把维衡徙往淡路。

后来，还有一个名叫藤原致忠的人，在去美浓国的途中射死了相模国前任国守橘辅政的儿子和家将。辅政申奏朝廷，当命检

① 日本古代掌管守卫宫门等职的军事衙门。

② 日本古代执掌司法的官员。

非违使[1]大夫尉[2]藤原忠亲和右卫门府志[3]县犬养为政等人前往该地鞫问此案。致忠认罪，于是，明法博士按律定谳，把致忠流放到遥远的佐渡国去了。

可见，不论古代今世，朝廷对于犯罪的人，一定要按律惩罚，说来也是事之常理。

---

① 日本古代的官名，掌管京城中的缉捕、诉讼等职务。

② 尉是日本古代检非违使署中的三等官，通常是六位，在晋叙五位以后，则特别称为大夫尉。

③ 官名，兵卫府、卫门府的四等官。

第十四篇

左卫门尉平致经护送明尊僧正

古时，三井寺的明尊僧正，当宇治关白大臣[①]当权的时候，在大臣府中充任祈祷护持。一天入夜以后，僧正房中尚未点灯，众人看了都不知道，为了什么事情，大臣会在深夜打发他出门。

大臣派僧正出门，是在偶然之间决定的，并且要他连夜赶回，所以在厩里选了一匹不惊不乍的驯顺良驹，以备乘骑。这时大臣问道："如今僧都就要出门，不知谁能往返护送？"当时任左卫门尉的平致经正在跟前侍候，他回禀说："致经愿往。"大臣闻言道："很好。"明尊僧正当时的僧阶还只是僧都，所以大臣再吩咐说："僧都今夜要去三井寺，还要在当夜赶回，一路上你要小心侍候。"致经闻言承当了下来。

致经的值宿班房里，平日除了在地上架着的弓和箭筒，席子下面收藏着的一双草鞋以外，就只有一个极不出色的随身仆从，人们看到他深夜出门，不禁为他担心。但是，致经领命之后，把裙裤带向上系了系，顺手拿起他的那双草鞋穿在脚上，背好箭筒，就来到上马的地方，等候僧都，僧都走出门来问道："你叫何名？"他答说："我叫致经。"

僧都接着对他说："三井寺距此很远，看你这种打扮，像要徒

---

① 指藤原赖通。

步而行，难道没有坐骑吗?”致经闻言道：“我纵然步行，也绝不会落在后面，请你只管催马启程吧!”僧都听后很为惊异，于是就命人点起火把紧紧赶路。约末走出一里多远时，迎面走出一伙人来，身穿黑衣，佩带弓箭，僧都当时恐惧不安，这伙人瞧见致经以后，便都一同屈膝施礼。

只听他们说：“马已备好，请主将上马。”随后将马拉了过来，黑夜之间，自然看不清马的毛色。他们还给致经带来出门穿的靴子，致经把靴子套在草鞋上面，翻身上马。僧都见多了两名背箭筒、骑马的武士伴随而行，才放下心来。走了又有半里来路，还和刚才一样，从路旁又走出两名身穿黑衣，佩带弓箭的骑士，这一回，他们对致经并没讲话，只是骑上了马，跟在他的身后。僧都看罢，心想：原来这也是致经的家丁，心里很是佩服他这种不动声色的布置。

当他们再走出半里多地的时候，同样走出两名家丁，跟了上来。但是这些人对致经都是不发一言，而致经也不对他们讲话，就这样，每走出半里来路便跟随上两名骑士，及至走完贺茂川这段路时，随行的家丁已不下三十多名了。僧都瞧见这番光景，真是觉得奇异，不觉之间，就到了三井寺。

僧都在三井寺，传达了大臣的命令以后，便又连夜赶奔回府，众家丁们一路上紧紧簇拥着他，直把他护送到贺茂川河畔，也没散去，因此僧都心里十分坦然。进了京城以后，致经虽然没作任何吩咐，而这些家丁却都各自在他们原来的地方，自行散去，走到离府三四十丈远的地方时，就只剩下最初跟随的那两名家丁了。致经回到了原来上马的地方，下得马来，脱去靴子，恢复了离府时的打扮，迈步就走。这两名家丁捡起靴子来，拉过马去，也就走去了。再看致经仅仅带着原来那个仆从，穿着草鞋，走进了府门。

僧都回想沿途的情景，就像致经事先早有布置似的，很赞叹

他的平素训练，心想一定要使大臣知道这样的情况。回府以后，他立即来见关白大臣复命，不想大臣还未就寝，正在那里等待着他，于是便将委办的事做了回报，接着就把致经在途中的事详细说了一遍，他说：“致经的护送情形真是出人意料啊！”最后又说：“致经真是一个长于训练家丁的人啊！”僧都满认为，关白大臣闻听以后，必然会详加追问，但是不知大臣是怎样想法，却毫不经心在意，僧都落得无趣而返。

这位致经，原是武将平致赖的嗣子，性情勇猛，惯使一张韧弓，是世人无比的，因此，称他为“大箭左卫门尉。”

第十五篇

陆奥卸任国守橘则光杀人

古时，陆奥国有位卸任国守名叫橘则光，他虽然不是出自将门，但却富有韬略，膂力过人，容貌也很不俗，因而声望很高，极受世人的敬重。当一条天皇在位时，则光还很年轻，他官居卫府的藏人，一天晚间，他暗暗走出宫中班房，想到一个女人那里去。当时快交深更，则光手提大刀，徒步而行，只带一个随身小厮。走出宫门以后，便顺大宫大路向南走去，望见贴着宫墙站着一伙人，心中不觉有些害怕。这夜正是八月初九，月光正照在西山山头，宫墙恰好遮住月光，西面一带有些黑暗，也看不清站在墙边那伙人的模样，只听大墙那边有人说："那个过路人给我站住！如今贵人出行，不准闲人通过。"则光听后，知道硬闯过去有些不妙，可是既已走至近前，也难××转身回去，于是迈开大步急走过去，这时只听有人说着："怎么，你敢过去！"一边就紧追上来。

则光弯身看去，见来人手提大刀闪闪发光，都没带弓箭，这才放了心。他一边弓身逃跑，一边心里盘算，如果再追得逼近，自己的脑袋势必被他一刀劈开，想到这里便猛地向路旁一闪。这时，追赶的人来势很猛，收不住脚步，一下子跑在了则光的前面，则光趁势拔出大刀，从后就砍，来人的脑袋便被劈成两半，倒地身死。

则光心中正在得意自己的刀法时，忽然又听见一个说着："他

到底怎样了?”就一边追了过来。这一来，他顾不得插刀入鞘，便把刀挟在腋下逃走，这个人骂了句：“好个大胆的奴才!”随后就追赶上来，则光见他比最初那个人跑得还快，暗想，这家伙恐怕不是方才那一招所能对付的，于是他猛然把身子向下一蹲，追的这个人因跑得过急，一下撞在则光身上，立刻绊倒在地，则光站起身来，没容他抬身，便朝着脑袋一刀砍下。

则光以为这回总该平安无事了，刚刚放下心去，不料又出现一人，这人一边说着：“好个大胆的奴才，看你这回往哪里跑!”一边飞也似的奔了过来，则光一见暗道：这回我命休矣，他一边祷告神佛，一边像使用矛枪般地平端起大刀来，停下脚步转过身去，和追赶上来的那个人恰恰撞了个满怀。这个人虽然也想用手中的大刀砍杀则光，但是，两人紧贴一处，使他连对方的皮肤也伤不着，而则光的大刀因为是向前平端着的，在两人一撞的时候，正把来人扎了个透心，等他将刀往后一拔，这人便仰面朝天摔倒在地，则光连忙挥动大刀，一下就把这人持刀的那只胳臂，连肩砍掉。

则光跑开之后，虽然还听见有人喊嚷，可是再听不见追赶的脚步声了。他赶紧绕道跑进了中宫门，靠在柱子边站着。这时才想起那个小厮，也不知他究竟如何了，正在等待之间，只见那个小厮从大宫大道那边哭哭啼啼地走了过来，他见则光招呼他，便跑了过来。则光打发小厮回班房取来替换的衣服，便把身上的那件血迹斑斑的上衣和裙裤脱下，交给小厮藏好，并一再嘱咐他要谨守秘密，然后仔细地洗掉刀柄上的血迹，换上干净的衣裤，若无其事地走回班房，卧在床上。

这一夜，则光担心自己杀人之事被人发觉，忧思惊恐，彻夜不眠，天光大亮后，只听许多人吵嚷说：“大宫大炊御门房，有三个大汉，在相隔不远的地方，被人杀死在路边，这个杀人的人，刀法真出奇!不仔细看就仿佛是互相残杀而死似的，其实是一把刀砍死的。看样子多半是仇杀，也好像是强盗。”殿上官员们闻听

此事，都说：“走吧，我们且去看来。”并邀则光一同前去。则光虽然无心去看，但怕惹起人家的怀疑，也就勉强跟着他们去了。

则光无精打采地坐在车中，来到现场向外一看，果然，那些尸体原封未动地躺在那里，并见有个年约三十上下的连鬓胡子大汉，系着一条素面裙裤，穿着一件褪了色的夹袄，上面罩着一件平板板的金黄色外衣，腰间佩着一口猪皮戗毛护鞘的大刀，脚下穿着一双鹿皮靴子，叉着腰站在那里，指手画脚自鸣得意地讲个不休。则光看罢，心想这个人究竟是谁，正在这时，只听跟车的仆从说：“那一个男子，说他杀死了仇人。”则光听后，心中倒也暗暗欢喜，这时，只见车中的殿上官员们吩咐说：“把那个男子叫过来，仔细地问上一问。”说罢，仆从将大汉领到车前。

则光见这人满头赤发，络腮胡子，嘴巴翘起，鼻尖下垂，两眼充满血丝，仿佛揉过的一般。他只手握着刀柄，单腿跪在地上。当一问他：“到底是怎么回事?”他便回答说：“我因事半夜里打此经过，遇见三人，他们对我说：‘你休想过去。’一齐追赶上来。当时我认为必定是遇着强盗，就把他们一个个砍倒在地上。今天早晨我来到这里一看，才知道他们原来就是这几年来一直伺机向我寻衅的仇人，真恨不得把他们的脑袋揪将下来。”说到这里，大汉又站起身来，指手画脚摇头晃脑地继续讲个不休。他见这些官员们听得出神，并连连追根问底地打听，越发眉飞色舞讲得津津有味了。

则光这时，心里不由得好笑，但他转念一想，这个东西既然情愿承担起来杀人的罪行，倒也乐得把此事推在他的身上，想到这里心中才豁亮起来。则光老年对儿子们谈起此事，他说：“我一路上暗自提心吊胆，唯恐露出自己的马脚来，后来见有人出名顶替，才放下了这桩心事。”从此以后，这件事才传说出去。

则光的父亲名唤敏政，则光的儿子名唤季通，曾任骏河国国守，如今仍然健在。

第十六篇

骏河前任太守橘季通乘机脱祸

古时，有位卸任的骏河国国守名唤橘季通。他年轻时在一处府中当差，曾和另一个权贵府中的侍女私通。事久，便被这府里一伙官级不到六位的家将们发觉，于是聚在一处商议说："这家伙既不是我们府里的人，却这样朝夕出入府中，真是可恶已极。我们何不设法堵住他，好好责罚他一顿。"大家商量妥当，可是，季通本人却毫无察觉。

一天，季通和往常一样，照旧带着一个随身小厮徒步悄悄走进女子的房中，嘱咐小厮在天亮后前来接他。

这时，暗中有人早把这个消息告诉了那些伺机下手的家将们，说："那个人来了，现在已经走进那个女子的房里去了。"众人立刻紧闭各道宅门，并加上锁，然后大家手持木棍，站在一垛院墙的豁口旁边堵住去路。女子房中有个丫鬟，瞧出这番光景就禀告了主人，女子闻听大惊，连忙告诉了季通，这时季通已经睡下，一闻此事，起来穿好衣服，心里恐惧不安。

女子说："我到上房去打听打听。"说罢，便到上房打探真相，当时有人对她说："这桩事是家将们的主意，我家主人明知道，只是不加过问。"女子看已无法可想，回到房中便哭泣起来。季通走脱无路，心想：这一招可真够厉害，恐怕我要真的当众出丑了。他打发去探听情形的丫鬟回来说，凡是府门可以出入的地方，都

有四五名家将高高扎起裤脚带，掖着裙裤边，提着大刀，持着木棍，站在那里戒备着。季通听罢更加忧虑。

橘季通原是个足智多谋很有膂力的人，这时他想：事到如今也只有听天由命，到了天亮，如果有人来拖我，那时，我就和他们拼个死活。也许那时他们知道是我，也就不这样见逼了。不过，最好能在天亮以前，使我手下人知道，想个办法，脱身出去。他又一转念：我那个小厮并不知道这些情形，如果他在天亮时来叩门，这些人看出是我的随从，必定把他捆绑起来。他想到这里，实在放不下心去。于是，再打发丫鬟出去，探听小厮是否来了，但是，丫鬟经不起家将们的恶言恶语，又哭着回来了。

不久天已大亮，也不知那个小厮怎样混进了大门，家将们看见生人，赶忙追问这小厮是谁？季通在室内听到盘问，生怕小厮答不过来，但是只听小厮说："我是侍奉府中诵经僧人的童子。"家将听后，说了句"原来如此"，便将他放过了。季通不禁心里赞道："这奴才回答得真妙！"但还怕他像往常一样，到这里来招呼丫鬟，不料正在他着急之际，这孩子竟一直走去，并未靠近这间房子，于是季通知道这孩子已经有所察觉。季通深知这个小厮的机警，心想只要他察觉了真情，必然能为自己想出脱身的主意。正当季通暗暗盘算的时候，忽听大道旁传来"有路劫啊！要杀人啊"女人的呼救声。那些准备捉拿季通的家将们，听见女人呼救，便说："走，我们去抓强盗，这里还不会有问题。"说着一个个就从院墙的豁口处飞越而去。因为大门上着锁，只在豁口处留下几个人以防季通走脱。季通觉察到这件事必是小厮所为，赶紧跑出房来观看，他看到大门没有戒备，急忙蹿到门前，拧开门锁，开门跑了出去。

季通出门以后，一直顺大道跑去，当他跑到十字路口转过弯去的时候，正遇着那个小厮从对面跑来，他又领着小厮跑出半里多路，然后放慢脚步，照常走起路来。这时才问小厮说："你到底

是怎么办的?”小厮对他说:“我一看府里大门破例上了锁,院墙豁口处又有许多家将把守,于是冒充是这里诵经和尚的道童混了进去,等到您听见我的声音之后,又转身出来。这时,我见府里的丫鬟正在大道旁蹲着,就上去揪住她的头发,把她按倒在地,剥她的衣服,她便喊叫起来。我想,那些家将们必然闻声出救,您就可以乘此机会脱身。我随后,便丢下了她,跑来这里迎候您。”季通听他说着,走回家去。这个随身的小厮竟有这样的机智,实是难得。

橘季通原是陆奥卸任国守则光朝臣的儿子,这人既有胆量,膂力也大,所以能够逃脱。

第十七篇

尾张国女子制服美浓狐

古时，在圣武天皇朝代，美浓国方县郡的小川市里，有个身高体大，力大无穷的女子，绰号叫美浓狐。这是这个国里，在很早以前，娶了个狐妻的人，传至第四代生下的一个姑娘。她的膂力可敌百人。

美浓狐住在小川市里，凭着膂力，欺压过往客商，以掠夺为业。

这时，在尾张国爱智郡的片轮乡里，还有个力气很大的女子，这女子身材瘦小，她的祖父就是早年被人称为道场法师的无兴寺的僧人。这女子闻听人说美浓狐在小川市抢夺客商欺压行人，便有心和她较量一番，于是，用船装了五十石文蛤，运往小川，另外并在船舱里藏了二十根用马鞭草皮制成的鞭子。

货船驶到小川市的时候，美浓狐正在市场上，她强索这些文蛤，不准出售。美浓狐问尾张女子说："你这女子是从何方来的?"尾张女子一言不答，美浓狐又问了一遍，仍然不见作声，直到她问到第四次时，尾张女子才回答说："我也不知从何方而来。"美浓狐觉得这话有些刺耳，就逼近尾张女子，准备动手打她。就在这个时候，尾张女子一把抓住美浓狐的双手，拿过一根鞭子不住地抽打，直打得鞭子上沾满了血肉之后，再换另一根鞭子继续抽打，就这样随打随换，一直打得十根鞭子都是鲜血。

这时，只听美浓狐哀求说：“你说得有理，我实在是无知冒犯，请饶恕我吧！”尾张女子闻言道：“从今以后，永远不准你在这个市镇上为害别人，如果你胆敢不听，还到这个镇上来住，那时，我必来打死你！”说罢，返回本国去了。

美浓狐从此再也不敢到小川市了，市上的商贾，见她不再来抢夺，都喜出望外，安心交易，一直太平下去。同时，大家都知道尾张女子的膂力胜过美浓狐。

第十八篇

尾张国女子索还麻衫

古时，圣武天皇朝代，尾张国中岛郡，有位郡司名叫尾张久玖利。他的妻子是同国爱智郡片轮乡的人，原是道场法师的孙女。这个女子，体态柔软，就像纺过的熟丝一般。女子用细麻布缝成一件罩衫，让做郡司的丈夫穿在身上，这件罩衫缝得精美无比，绮丽绝伦。当时，尾张国的国守名叫若樱部××，一天，他看见郡司穿的衣服非常美丽，便要了过去，并对郡司说："你不配穿这件衣服。"就这样把罩衫强留下了。郡司回家，妻子便问他说："罩衫怎么不见了？"郡司答道："国守这么说，拿了去了。"妻子又问他道："不知您可爱惜这件衣服？"郡司说："实在爱惜。"

郡司的妻子闻听以后，立即去找国守，她说："请把那件衣服还我！"国守道："这是什么女人，赶快赶了出去！"说罢，便有人上来拉这女子，却半点也拖拉不动。这时，女子只用两个手指，就把国守连人带座一齐拖出府衙门外，继续向他讨还衣服。国守心怀恐惧，终于把罩衫还给了她，女子取回罩衫洗涤干净收藏起来。她力大无穷，无人可比，手劈淡竹，就像扯断熟丝一般。

事后，这件事为郡司的父母闻知，便对儿子说："为了这个媳妇，你得罪了国守，后果实是可怕。一定要连累你的父母，不如趁早把她休弃，送回去罢！"郡司遵从父母之命，把妻子送回了娘家。

女子回乡以后，一天在草津河畔洗衣服时，有个商人装了一船货物从河边经过，见到她便嘲弄不已。女子半晌也未作声，后来见这个船主还是说个不休，便道："像你这种欺侮人的东西，就该掌嘴。"船主听了立刻停船，拿起东西就朝女子打去，女子也不动怒，用手打了一下船身，船尾就开始沉入水里。船主连忙雇用河边上的人，把船中的货物，搬到另一只船上。这时，女子说："你无缘无故嘲弄我，所以才把你的船打入水里，为什么你又找这些人来显示力量呢！"说着一伸手便将这只装货的船拖到岸上三四十丈开外的地方，把它搁在那里了。这时，船主连忙跪在女子面前，俯伏在地说："我实在是冒犯了你，请夫人饶恕我罢！"这样，女子才饶恕了他。

事后，他们用了五百人来拖这只船，但终未拖动，由此可以考验出这个女子的力气超过五百人。

目睹和耳闻此事的人，无不感到惊奇，都说：这个女子前世必定是个有宿因的人，今世托生女身还有这样大的膂力！

第十九篇

比睿山实因僧都力制强人

古时，比睿山西塔院有位实因僧都，人们称他为小松僧都，他不仅是个精通显密二法的得道高僧，还是个力大无穷的勇力。

一天，僧都正在午睡，有几个年轻弟子平日听说师父膂力很大，就想趁机试探一番。他们拿过八枚核桃，夹在僧都的十个脚趾缝里。僧都本没睡着，等他们夹好核桃之后，假装伸个懒腰，口里哼了一声，脚趾一用劲，八个核桃立时被夹得粉碎。

有一次宫中举行法会，这位僧都进宫为天皇祈福。当时，随同去的众僧先自散去，只有僧都留到深夜才离宫回庙。僧都本以为从僧和道童们都在宫门等候，不料想除了摆在那里的他那双鞋子以外，从僧和道童早已不知去向了，他只好独自一个从卫门府班房那边步行出来。这夜月色极为明朗，僧都走到武德殿[①]附近时，一个衣服单薄的汉子走近前来对僧都说："圣僧怎的孤身一人走路？让我来背你吧，我可以送你回去。"僧都说："这太好了。"说罢，就毫不顾虑地伏在他的背上，这汉子背起僧都跑到西大宫二条的十字路口时，忽然对僧都说："你就在这里下来！"僧都回答说："我打算回庙里去，不想到这里来。"这汉子并不晓得僧都是个力大无穷的人，只以为他是个普通僧人，看他穿着一身厚墩

---

① 日本古代天皇观看演武与赛马的宫殿，位于右近卫府和右兵卫府的东边。

墩的棉衣，就起意想要剥他。这时，汉子猛一晃身，厉声喝道："怎么，你敢说不下来，难道你这个和尚不要命了，快把你身上的衣服脱下来！"说着就要动手。僧都说道："我原来以为你是怜悯我独行才背我赶路，天气这样寒冷，衣服是万万不能脱的。"僧都在说话间，用腿紧紧夹住大汉的腰。这汉子只觉得腰像钢刀扎的一般，再也忍受不住，连忙叫道："我实在是该死，请你恕我冒犯了您，我情愿把你送到地方，求您轻点夹我的腰吧，我的眼珠都快冒出来了，腰也要断了！"僧都听到汉子的叫喊告饶，说了句"我想你会告饶的"，说罢，松开两腿，不再夹他，汉子把僧都的身子往上托了托，问道："圣僧意欲何往？"僧都说："我本打算到宴松原去赏月，谁知竟被你自作小聪明给背到这里来了，还是先背我到那里赏月吧！"汉子听罢仍旧背着僧都往宴松原去了。

到了宴松原之后，汉子说："已经到了，请您下来，我也要告辞了。"但是僧都却不放他，还叫背着赏月吟诗，足足有一个时辰，真是累得那个汉子苦不堪言。接着，僧都又吩咐他说："我很想到右近卫府的马场去看看，你背我去吧！"汉子说："这如何使得呢！"僧都见他一动不动，说了声："既然如此，[就不要怪我了。]"两腿又稍稍用力夹腰，只听汉子叫唤说："哎呀，真受不了，我去我去。"于是僧都松开两腿，提了提气，汉子又把圣僧往上颠了颠，背往右近卫府的马场去了。

来到马场，僧都仍然在汉子的背上悠然自得地吟诗赏月，然后他又吩咐说："你背我到喜迁马场去，慢慢走！"汉子知道无法推辞，便忍痛把他背了去。从那里，汉子又遵照僧都的吩咐，把他背往西宫。汉子就这样，接连不断地背着僧都走了一整夜，直到破晓，才把他背回庙里匆匆而逃了。

由于圣僧力大无穷，这汉子虽然得到了衣服，却也饱尝了苦头。

第二十篇

广泽宽朝僧正的膂力过人

古时，在广泽地方，有个僧正名叫宽朝，他出身贵胄，是亲王殿下式部卿①的世子，精通真言密法，道行很高。

宽朝僧正住在广泽的时候，兼仁和寺的住持。有一年，为了修缮寺庙坍塌的地方，在寺外搭起了脚手架，每日有许多工匠前来修建。一天傍晚，当工匠们各自回家以后，僧正打算验看一下营建的活计，便扎起腰带，穿上高齿木屐，拄着手杖，独自一个走出寺外。当僧正正在脚手架下来回检查的时候，突然窜出来一个身穿黑衣的汉子。这人头戴一顶乌帽子，尖顶垂到脑后，因为天色已晚，看不出他的面貌，他反背握刀，藏在身后，猛然奔到僧正面前俯伏在地。僧正忙问道："你是什么人？"汉子闻听，支起单膝说："我是个受苦的穷人，冻得实在无法忍受，希望老师父能把身上的袍子赏我一两件。"僧正见他一边说话，一边就要扑近身来，便道："原来是这样一件小事，又何必如此气势汹汹地恫吓人呢，只管和我要好了。你这人的心地未免也太不良了！"僧正说着绕到汉子身后，照着屁股踢了一脚。这汉子被踢得不知去向，僧正心中纳闷，就漫步向前走去。

僧正来到僧房附近，高声叫道："有人吗？"有一和尚闻声走

① 日本宇多天皇之子，即敦实亲王，官一品式部卿。

出房来，僧正吩咐说："你去点个灯来，这里有个汉子想剥我的衣服，却忽然不知去向了，你快把他们都叫来，帮着我寻找寻找！"和尚一听，连忙跑回房去，告诉大家说："师父遇见剥衣服的贼人了，大家赶快去！"这一来，各房里的和尚有的七八个人，有的十多个人都点起火把，提着大刀，跑到僧正面前，问强盗现在何处。僧正告诉大家说："方才这里有个强盗，想要剥我的衣服，我怕他动手，就在他的屁股上踢了一脚，不料就把他踢得不见了。这真是件怪事！你们把火把举高些，也许他藏在什么地方？"僧人们将信将疑地晃动着火把，往脚手架上观望，只见一个汉子夹在脚手架中间，一动不动。僧人们瞧见后便说："看，架子上边有人，也许就是他！"僧正说："他穿的是黑色衣服。"说时就有许多人上架观看，原来这汉子正掉在木架中间，被夹得动弹不得，神情十分痛苦，手里果然握着钢刀，僧人们近前来夺下钢刀，然后把他拖下木架带回庙去。

僧正把汉子带回禅房，对他说："你以为我年迈可欺，如今该知罪了吧！今后不要再干这种事了！"说罢，脱下身上的一件厚棉衣给他，把他赶出庙去。这汉子从此不知下落。

宽朝僧正本来膂力过人，正巧一脚把那个强盗踢到脚手架的柱子中间去了。人们都说：这个强盗不知道僧正这样有力气，妄想要剥掉他的衣服，不成想反大受其苦，弄伤了身体！当时仁和寺的那些僧人都是这位僧正一派的弟子。

第二十一篇

大力学生力挫老力士成村

古时，陆奥国有个年老的力士，名叫真发成村，是真发为村的父亲，后世赫赫有名的经则就是他的孙儿。

这年，到了举行角力大会[①]的时期，各地的力士都聚集在京城里等候比赛，这天，成村和另一些力士到朱雀门去乘凉，归来时，又自朱雀门漫步向东穿过二条大道，便由美福门折向南行，不觉走到大学寮[②]的东门附近。这时，大学寮的许多学生正在门前纳凉，看见这伙力士不系礼服的衣带，歪戴乌帽子，觉得他们实在太放肆了，便决定拦住他们的去路，一齐呐喊："少吵嚷，不准吵嚷！"喊罢，堵着大道不准他们通过。大学寮本是庄严的学府，既然学生们如此拦挡，力士等也知道不好硬闯，这时，有个衣着整齐、身材矮小的学生，挺身而出，站在队伍的前面，拦住去路，成村一见说了句："快，快，我们转回去。"这一来，大家又返回了朱雀门。

---

① 古时，日本朝廷每隔几年敕选全国的力士来京举行一次角力大会，会期是当年的七月，各地应征的力士在会期前一个月就要来京分左右两班进行练习，七月二十八九日（小月则为二十七八日）在宫中紫宸殿前正式比赛，供天皇观赏。

② 日本古代的最高学府，下设纪传道、明经道、明法道、算道四科，与我国清代以前的国子监相仿。

在朱雀门下，成村和众力士商议说："这伙学生竟不让我们通过，真叫人不快；我本想硬闯过去，但一转念今天何妨先回来，明天定从那里过去。到时，方才站在队前大声喊叫堵着去路的那个不知死活的矮子，必然还要像今天这样阻拦。"说到这里，成村就指着××国力士说："那时，你就用力踢他，把他的屁股踢出血来！"这个力士一听，便叉着腰说："我这一脚准能把他踢死，就是不死也得落个残废，绝轻饶不了他！"这个力士在角力者当中是个很出名的人物，不仅腿脚利落，性情尤极勇猛，成村是经过一番考虑后才这样说的。当天，这些力士便各自返回宿舍去了。

第二天，又有一些力士继续赶到，人数聚集得很多，他们再度来到大学寮门前准备通过。大学寮的学生们也看出这种情形，聚集了比头天更多的人站在大道上，高声喊叫说："少吵嚷，不准吵嚷！"这时力士们的队伍像昨天一样走了过来。昨天领头拦路的那个学生，又照例来到大道当中，横站在路上，看样子是不让他们通过。

这时，成村急忙朝着那个力士递了个眼色，这个身材魁梧、力大胆壮的力士把裤腿带向上提了提，大步走上前去，另外那些力士也都跟在他的身后，直奔那个学生面前。那个学生已看出他们的来意不善，当那个力士抬腿向他踢去时，他就将身子往下一躬闪了过去，趁着力士一脚踢空，腿尚未落地的时候，就一把抓住力士的大腿，把他提了起来，如同挥动一根细棍似地，朝着那些力士扑了过去，那些力士一见吓得四散而逃。这时那个学生就把提在手中的力士猛地一扔，一下子扔出二三丈开外，直把那个力士摔得骨断筋折，倒在地上再也爬不起来了。

但是，这个学生仍然不肯罢休，又向成村奔来，成村瞧见这般光景知道学生力大无穷，吓得拔腿就跑，一面回头张望，生怕被人赶上。那学生紧紧追赶，一步不让，成村跑到朱雀门边，从旁门逃了进去。不想，那学生追得很紧，看看正要逼近，这时前

边有一堵土墙，成村也就顾不得许多，越墙而过。幸而成村跳得快，仅仅被学生抓住他的鞋后跟，只把成村的脚掌皮连鞋后跟一齐抓了下来，就像用刀切的一般。成村跳过土墙站在墙边仔细一看，脚上血流不止，鞋后跟也不知去向了。

成村暗想：追我的那个大学生膂力真大得出奇！他居然能把那个力士抓起来，像舞动一根木杖似地扔了出去。这样大的膂力，真是怕人。想到这里便悄悄返回宾馆。那个力士被摔得憋过气去，由他的从人用担架把他抬回，结果也未能参加这场角力大会。

后来，成村把这件事对近卫府的将官学说了一遍，将官们听了也不胜骇异。当时成村说："拿我的力气来说，简直不能和他相比。这个学生可称得起是个不亚于前辈的大力士。"后来将官把这桩事据实奏明朝廷，天皇降旨道："凡精于技击者，均可荐奏朝廷，听候选拔，即属式部丞，亦不例外，至为一大学生，则更应使其登场显施矣。"近卫府奉旨以后，就去寻找那个学生，但是未能找到，只好作罢。这确是桩举世罕见的奇事。

第二十二篇

力士海恒世与蛇角力

古时，丹后国有个右班[①]力士名叫海恒世。恒世的住房傍近有一条年代久远的河流，河里有一个很深的渊。

一年夏天，恒世穿一件单衫，系一条腰带，拖着一双高齿木屐，柱根双叉拐杖，领着一个幼童去纳凉，信步来到河边的大树底下。

河水碧绿，一眼望不到底，深得怕人，芦苇蒲草，丛生岸际。恒世正站在河边眺望，忽见从离开对岸三丈开外河中，涌起一股巨流，朝这边滚滚而来。恒世不知那是什么，正在纳闷之间，那股怒涛已涌到附近，这时才看出一条巨蛇仰头露出水面。由蛇头来看，可以测知这是一条非比寻常的巨蛇，恒世心想：这条巨蛇也许要窜上岸来，便站在那里注视。只见巨蛇伸着头端详着他，恒世心想：这一定在盘算着怎样对付我，于是便从河边向后退了四五尺，站稳身子察看巨蛇的动静。那条蛇目不转睛地凝视许久，又将头缩进河里去了。

不大工夫，又从对岸翻起巨浪滚向这边而来，就见那条巨蛇伸出尾巴直向恒世奔过来。恒世知道它定有什么打算，就站在那里听其自然，这时巨蛇翘起尾巴，照着他的腿缠绕了两周，当他

① 古时，力士应召入京参加比武时分为左、右二班。

正在捉摸这条蛇究竟想干什么的时候，巨蛇已经将他缠住，紧紧地向下拖拉，恒世这才明白蛇想把自己拖进河去。

这时，恒世两脚用力踩地，由于巨蛇拖得力猛，他脚下的木屐齿都折断了。在支撑之间，眼看要被巨蛇拉倒，他更用足力气，挺住身子重新站稳。尽管蛇的拉力大得无法形容，他却站着一动不动，那双脚竟在坚硬的土地上踏入了五六寸深。这条蛇由于用力过猛，就像拉断绳索似地把尾巴突然拉断了，流的鲜血直把河水染得一片鲜红。恒世见蛇身已断，便往后撤腿，结果把断下来的蛇尾带上岸来。他从腿上取下蛇尾，在水里洗了洗腿，血虽然洗掉，腿上缠的痕迹却依然存在。

这时，恒世手下的许多从人都赶来了，有人说："用酒可以洗掉缠痕。"恒世便立刻命人取来水酒洗腿，又命从人们揪住那条大蛇尾巴，将它拖上岸来，大家一看这条蛇真是大得惊人，伤口直径足有一尺左右。恒世又命人到对岸去看那边的情形，原来对岸有棵大树，巨蛇先把它的上身在树干上缠了几匝，然后才翘起尾巴去缠恒世，由于它的力量抵不过恒世，所以才拉断身子，这条巨蛇，用心狠毒，为了缠人，竟至扯断身子，实在使人不寒而栗。

事后，为了要试验这条巨蛇到底抵多少人的力气，便用一条大绳，像蛇身缠绕那样缠在恒世的腿上，由十个人揪住大绳来拉。恒世说："不行，差得多，差得很远。"于是又三三五五地陆续加人，一齐用力拖拉，但恒世却说："还不够，还不够。"后来直增加到六十个人的时候，恒世才说："这回差不多了。"

由此可见，恒世的力气可以抵住百人，实属罕见，昔日的力士，竟有如此大的膂力。

第二十三篇

力士私市宗平力捉鳄鱼

古时，骏河国有个左班力士名唤私市宗平，因为他本领出众，自从登台比武以来，不论左班还是右班的力士，都败在他的手中，因而出场比赛以来，不久，便位列“关胁”①。

当时，参河国有个力士，名唤伴势田世，与宗平同列左班，由于他仪表堂堂，力大无穷，早就取得了“大关”② 称号。当宗平升到“关胁”之后，两人在一处角力，结果，势田世被他摔倒，于是，宗平升为“大关”，势田世降为“关胁”，从此，私市宗平就成了首屈一指的大力士。

一年四月时节，宗平在骏河国打猎，一箭射中了野鹿的脊背。这只鹿中箭后跳进海湾准备游过岸去逃往对面的深山。宗平跟在野鹿后面，也游了过去，当野鹿刚游到半里多地时，宗平踩水赶上，便伸手抓住野鹿的后腿往肩上一搭，转身游了回来。正在这时，海面上翻起一股白浪，直奔宗平而来，站在海边上的弓箭手们对着游来的宗平齐声高喊道：“那股浪一定是鳄鱼，小心把你吞吃了！”说罢，大家一齐吵嚷起来。

这时，只见那股白浪已经翻滚到宗平的身边，眼看就要打在

---

① 地位次于“大关”，高于“小结”的力士。

② 日本高级角力家的称号，仅次于“横纲”居第二位。

宗平的身上，大家不禁为他着急，以为宗平这次必要被吞吃下去，可是，就在这一瞬间，白浪又向回滚去，宗平仍然和方才一样扛着鹿走过来。当宗平游到离岸约有三四丈远的时候，那股白浪又奔向他来，可是和上一样，在眼看就要打在宗平身上的一刹那间，那股白浪又返回去了。

这时，宗平照旧扛着那只鹿向岸边游来，当他离岸只剩一两丈远，岸上的人们才看清宗平手里握着鹿的两条后腿和腰骨。当宗平继续泅水的时候，白浪又翻滚过来，岸上的人们都聚在一处向宗平大声喊叫说："赶快上岸!"谁知宗平却停在水里理也不理。这时白浪滚到了宗平的身边，只见一条鳄鱼，眼睛亮得像镜子似的，张着大嘴，露出利剑般的巨齿，直向宗平扑来。这时只见宗平把手中的鹿腿向鳄鱼口里一填，把手指插进鳄鱼鳃里，然后弯下身去，用足了力量，就像在场上角力似的大喝一声，提起鳄鱼，随手一扔，这条鳄鱼便被扔在岸上，有一丈多远，站在岸上的弓箭手们看见它以尾击地拍拍作响，便一齐张弓射箭，这条鳄鱼嘴里还咬着鹿腿不放就死于箭下了。

弓箭手们看见鳄鱼已死，便一齐拥到宗平身边问道："你未被鳄鱼吞食，到底是怎么干的?"宗平说："我素知鳄鱼的习性，它取得食物，从不立时吞食，总要衔回窝去存放起来，然后，再来衔那余剩部分。所以我就在它第一次扑来的时候，把手里的野鹿递给它，它一口咬下鹿头就转身回去，等它第二次来时，我又叫它咬下鹿的前腿和腹部，当第三次扑过来时，我就把手中的鹿腿递在它的口里，然后把它扔上岸去。如果换个不懂鳄鱼习性的人，一次撒手叫它把鹿吃光，那么，它再扑过来的时候，必定会被它吃掉。若是不懂其中的道理，就难以应付它了。另外，还需要力气，假如没有力气，当递鹿的时候，也必被它撞倒。"弓箭手听了这番话，都齐声称道这实在是桩罕闻的奇事。

后来此事传到邻国，听到的人们莫不交口称赞。

第二十四篇

力士大井光远的胞妹膂力绝伦

古时，甲斐国有个名唤大井光远的左班力士，生得体圆腰粗，有些矮胖，看来很是勇猛，他膂力大，手脚快，称得起是个出色的力士。他有个胞妹，年纪二十七八，容颜十分美丽，和他分居，独自生活。

有一次，一个强人被人追赶，就手提钢刀，闯进光远妹妹的房中，亮刀拦腰劫持她作为人质，来要挟追赶他的人。家人瞧见这番光景惊慌失措，赶忙跑到光远家中禀告说："小姐被强人劫持起来做了人质。"光远听后，神色不动，只说一声："能劫持她的恐怕只有古来那个以膂力著称的萨摩氏的首领吧！"家人闻听此话心中不解，便又跑回家去从墙缝中向里偷看，这时正是九月时节，姑娘身上仅仅穿着一件薄棉衣服，她一只手仿佛害羞似的遮着嘴脸，另外一只手轻轻地抓住强人持刀的那只胳膊。再看那个强人，他恶狠狠地倒握着一把钢刀，把刀锋抵在姑娘的腹部，并用两腿紧紧地勾紧她的后身。

这时只见姑娘，右手轻轻抓住大汉那只持刀的手臂，伸出捂着脸的左手，把面前二三十根还未制成的零散的竹箭收拾在一起，然后在地板上把箭上有竹节的地方用手指揉按，就见这些竹箭，像朽木似的被她按成粉粉的碎末，正当家人看得出神的时候，那个劫持姑娘的强人也惊得目瞪口呆了。家人看见这番情景暗想道：

“难怪她哥哥丝毫不动声色啊！要想弄碎这些竹箭，就拿她哥哥那样膂力过人，恐怕也得用铁锤去砸，这位姑娘竟能轻轻地把它捏成粉末，到底有多大膂力！这个妄想劫持姑娘的强人恐怕难免被她打得粉身碎骨。”那个强人看到这般光景心中也想：这位姑娘如此力大无穷，自己怎能奈何她呢？说不定会被她提着胳膊，掼个粉身碎骨，事到如今走为上策。想到这里，他趁着外面无人，便丢下姑娘跑出门去。

这个强人虽然拼命飞跑，终于被人追上，被按倒在地捆绑起来，带到光远那里去了。光远问强人说：“你为什么丢下劫持的姑娘，半路逃跑呢？”强人回答说：“我被人追得无处可逃，以为她是个普通女子，才企图劫持她作为人质，可是我一看她能把带节的竹箭捏得粉碎，就吃了一惊，生怕她扭折我的胳膊，因此才逃走的。”

光远听后嘲笑他说：“那个姑娘可不是好惹的，你竟想去惹她，你的胳膊没被她整个拧断，总算是你的运气。像你这样的人，就来上一个两个，连我赤手空拳地也能把你打死，要是被她抓住，扯着胳膊，踩着肚子，那你就休想活命了！看样子她仿佛是个柔弱女子，但她的力气，却抵得上我两个，有一次我和她作耍，想要抓住她的手腕，不想反倒被她抓住，那时，我立刻觉得手上无力，赶忙松开。如果是个男子汉，可以所向无敌，在角力场高居首位！可惜，她是个女子！”强人听说，吓得面无人色，连忙苦苦告饶说：“我只以为劫持了一个可以听命的普通女人，万没料到她这样神力过人！”光远接着说：“本来应该要你的命，念你还没想动手伤害她，所以饶你一死。你已死到临头，只是她无心杀害你，你不要认为是你聪明跑得快。你要仔细听着！别看她的胳膊那样纤细，就是那鹿头上的大犄角，放在她的膝盖上，也能像折枯树枝似地折个粉碎。何况是个你，简直不值一提！”说罢，将大汉赶了出去。

这个姑娘力气之大真是异乎常人。

第二十五篇

力士成村与常世决胜负

古时，圆融天皇朝代，于永观二年七月某日，在堀川院里[①]举行了角力大会。

到了正式比赛的第二天，天皇降旨命左班选出的“大关”真发成村和右班选出的“大关”海常世二人角力比试。成村原是常陆国的力士，从村上天皇在位时就被选为“大关”，力大无穷，从来是所向无敌，恒世[②]本是丹后国的力士，也从村上天皇朝代的末叶就显露头角，后来获得了“大关”的称号，恒世的体格虽然不如成村魁梧，但他的技艺却十分高超。这二人都是久享盛名的“大关”，今天奉旨比试，不论谁胜谁负，都会使人感到惋惜。尤其成村比恒世成名在先，万一受挫，将更叫人惋惜。

成村在比试中，一连叫停六次，恒世虽然没有请求暂停，但是他顾念成村是比自己早成名的力士，不肯一下子扑上去一决胜负。而且他也知道成村的膂力很大，徒然扭在一起，也难以轻易地把他摔倒。因此，当成村六次请求暂停的时候，恒世每次都松开双手放了他。

---

① 原为太政大臣藤原基经的私邸，圆融天皇时曾作为离宫。

② 即常世，原文二名混用，不知哪一个正确，因为恒常两字在日本训读都是一样的。

这回是第七次比试，成村虽然流泪喊停，未获允许，这时成村动怒，站起身来，直逼恒世。二人终于扭在一起，恒世一只手搂住对方的脖颈，一只手伸进对方的腋下，成村一手抓住恒世前面的兜裆，一手抓住兜裆旁边的腰布，用力拖拉。尽管恒世小声说："你这是做什么，难道疯了不成？"但成村却不理睬，仍然用力拖，本想用腿从外侧伸过去绊倒恒世，不料恒世趁机从里侧伸过腿去将成村绊倒，然后拉过来猛然一甩，把成村仰面朝天摔倒在地，接着他也横压在成村身上。

在场的观众瞧见这般光景，不论贫富贵贱，都大惊失色。按照常例，在胜负已分之后，观众总要鼓掌嘲笑失败的人，但是这次却一反常例，无人鼓掌。人们都认为，这事非同小可，所以交头接耳，纷纷议论。后来，直至轮到下场比赛的时候，人们还是议论不休，这时，天色已将近黄昏。

成村站起身来，跑进更衣室，穿起那套猎服，匆匆离去，不久，便回乡隐避去了。

右班在场照料的人虽然见成村起身离去，但恒世仍然躺在地上一动不动，于是一拥上前把恒世救起来抬到弓场殿，拉出殿上官员休息时用的××，叫恒世躺在上面。这时，右班的右近卫府大将藤原济时大纳言，把座位从阶上移到下首，脱下里面的袍服盖在恒世身上，其他将军们也都来到恒世的身边问道："成村到底怎么样？"恒世只能回答声："真有两手！"

后来在场照料的人把气息奄奄的恒世搀扶到更衣室去，将军们各把身上能脱下的衣服，加盖在恒世身上，这时，恒世身上盖满华痛衮，备受光宠[①]，不久就死在播磨国中，据别的力士说，恒世是被撞断肋骨而死的。

成村日后又活了十几年，但他因一时受挫，便再没有进京，

---

① 此处原文似有遗缺。

后来死在他仇人的手中，这个成村就是如今的“大关”为成的父亲。

左右班的“大关”一决胜负，本来算不得什么罕见之事，但是，圆融天皇恰在那年八月逊位，从此有人提出不应叫左右班的“大关”争胜负，因此二位“大关”就再不在一起决赛了，这件事实在令人难解，尤其是不足为训。不仅如此，每年正月十四日举行的踏歌[①]，本是古来传下来的俗例，由于太后在正月四日逝世，变成忌日，从此再没有举行。这件事也颇令人费解，由于有人提出为了太后应该忌讳踏歌，所以直到今天，宫中仍然不再举行，这确是一件不可理解的事情。

关于成村和恒世比赛，世人对朝廷也是啧有烦言，都说不应让这二人分胜负，在一起决赛。

---

① 日本平安时代每年正月在宫中举行的舞蹈，分“男踏歌”和“女踏歌”两种，“男踏歌”于每年正月十四或十五日举行，“女踏歌”在每年正月十六日举行。

第二十六篇

兼时与敦行赛马决胜负

古时，右近卫府的马场上举行了一次赛马大会，参加冠军赛的是尾张兼时和下野敦行。兼时骑术高超，可比古人，称得起是个出色的骑手。但是他有个奇癖，喜欢乘骑烈马，这一点很使人替他担心。敦行也不怕烈马，尤其在比赛时善于根据打马的鞭声，适宜地控纵着所骑的马，发挥他的独有技艺。

到了比赛这天，敦行骑了一匹控纵自如的骏马，兼时骑了一匹出了名的性好蹦跳的劣马宫城。宫城虽然腿快，但它过于蹿跳，对兼时来说，并不相宜，不知为什么他身为左班的代表骑手，当天却选中了这匹马。

下场后，三地[①]已毕，两名骑手把马排成一列，然后开始竞赛。宫城和往日一样，仿佛向空中扑球似地跳上跳下，兼时这时只是防备落马，也没有施展他那超人的骑术，结果输给了别人。赛马的规矩极严，从两骑并列开始竞赛时起，直到决定胜负为止，具有不同的礼法，但是，落选后，应该怎样离场，一向是无例可援的。当天，大家瞧见兼时失败后的动作，心想，这恐怕就是落选后的离场规矩。不知兼时当时做出了什么动作，竟博得了当场众人的赞扬，于是众人怀疑，兼时是为了叫人们知道乘骑落选马

① 骑士在赛马前的准备动作，即安排马与马的间隔，练习操纵和试镫。

匹离场的规矩，所以才特意选骑宫城而在竞赛中失败的。从此以后，不论贵贱都认为这是骑乘落选的马离场的规矩了。

这件事说来也实在令人不解，兼时既然没有把握乘骑这样性喜蹿跳的烈马，却为何选中了宫城，难怪当天的观众议论纷纷，称赞兼时是有意败给敦行的。

卷二十四

本朝及佛法

第一篇

北边大臣和长谷雄中纳言的轶事

古时，有位北边左大臣，单字名信，是嵯峨天皇的皇子，由于住在一条以北，所以人称他为北边大臣。

这位大臣，博学多才，兼长百艺，于管弦一道，更是擅长，弹起古筝来，可说是无与伦比。

一夜，北边大臣弹筝自娱，由于兴致很好，不觉弹至天晓，当他施展绝技，弹出盖世妙曲，连自己也为那悠扬悦耳的筝声所陶醉时，忽见面前套房的窗棂熠熠发光。大臣心中纳罕，仔细一看，原来有两三个身高一尺左右的仙人，正在那里起舞，光就是从那里发出来的。大臣见此情景，心想一定是自己的筝声，悦耳动人，把仙人引下来的，不禁深为感动，这确是一件非常罕见的妙事。

此外，还有一位官居中纳言①名唤长谷雄的博士②，乃是世上无比的学者。在月夜里，长谷雄走出大学寮的西门，站在礼××③的桥上向北眺望，忽见朱雀门的门楼上，有一袍服冠带、身长几

---

① 日本古代官名，位在大纳言之下，职掌与大纳言同，相当于我国唐代以前的门下侍郎。

② 日本古代大学寮的官名，担任教授学生的职务。

③ 原文遗缺，据日本宇治大纳言物语所载，此处似指丰乐门以东的礼成门，但眺望朱雀门应面向东南，而不应向北。

达檐头的巨人，在那里徘徊吟哦。长谷雄知道是遇见了仙人，心想自己既能瞧见这番情景，谅也绝非是凡夫俗子。这也是一桩罕见的奇事。

据说，古时就曾有人看到这种奇事。

第二篇

高阳亲王巧制偶人救枯苗

古时，有位高阳亲王，是桓武天皇的皇子，他心灵手巧，精于营造器物。当时有座京极寺，就是亲王兴建的，庙前河滩一带的水田，都是庙产。

一年大旱，竞传全国，禾苗枯死殆尽，京极寺前这片水田，原是靠贺茂川的水来灌溉，如今河水断流，无异陆地，所有秧苗，当然难免枯焦。

高阳亲王这时想出一条妙计，他雕制一个童子站像，竖立在田中，这个童子身高四尺左右，两手捧着水盘，只要有人往它手捧的水盘里倒水，那水就立刻可以从雕像的面部喷出来，看时很是有趣。人们瞧见这种情形，都竞相汲水，向盘里灌倒，用以取乐，相继传闻，不觉轰动了京城里的人，都赶来灌水取乐，一时热闹非常，不多几天，田里就灌满了水，亲王见田里灌溉已足，就命人把童子站像收藏起来，待需要灌溉的时候，再把它竖立田间。这样一来，人们仍旧像先前一样聚集而来，竞向灌水，为时不久，田里的水便充足了。

这块水田，因此丝毫没有遭受干旱，这确是一条妙策。世人都纷纷称赞说："所以为此，纯是亲王的慧巧匠心所致。"

第三篇

在小野宫宴席上九条大臣得研光红裳

古时，小野宫大臣张宴飨客，宾客中的首席，是九条大臣。

席间，小野宫赠送九条大臣一件研光无领的红色女裳。宴罢辞出时，交给一个开道的人捧拿，这人粗心大意，失手将衣裳掉在院内水池里，吓得不知如何是好。等他赶忙捞上来把水抖落干净后，再看这只被水湿透过的袖子就仿佛根本不曾沾过水，和那只没被水湿的袖子完全一样，上边的研光痕迹，历历犹存。看见这件衣裳的人不禁都齐声赞赏研工的精巧。

据说古时研光的衣裳就是这样，今天却很难得了。

第四篇

春近指甲上舞簪遇舞针的老妇

古时，××天皇朝代，右近卫府有位名唤春近的舍人，是个蹴球能手。

一天，春近靠在宫中后町的井槛上闲眺，看见那里有许多年轻妇女，便想卖弄他的技巧，就从刀鞘上拔下一只簪子[①]，放在指甲盖上，伸向井口，然后向上一掷，让簪子翻转过来倒立在指甲上面，这样一连掷了四五十下，看的人，看得有趣，都啧啧称赞。

正在这时，走来一位老妇人看见说道："这位官人耍得真是有趣。就是在古代也难得有这样高技的人，老身也学得一技，且在此献丑吧。"说着便从袖口上拔下一根带线的针来，放在指甲上，也一连掷接了四五十下，看的人更觉惊奇。春近一见，××××便把自己的簪子插回了刀鞘。

这真是一件稀奇事。据说古时候的人，对于这样的无聊小事情，也有如此卓越的手法。

---

① 男子所用之簪，即古时所谓"冠笄"，以赤铜为之，插在刀鞘之外，一端作为耳挖，亦用以理发搔痒。

第五篇

百济川成和飞驒工比试技艺

古时，有位画师名唤百济川成，他的技艺可以说是独步一时。建在［大觉寺正殿前］瀑布旁的凉亭的石头，就是这位川成画师设计的，佛堂的壁画，也是出于他的手笔。

一次，川成的侍童逃走了，多方寻找，始终没有下落。后来他花钱雇了一个显宦府上的家人，托他代为查找，川成说道："这个逃走的小厮我已使用多年了，烦你设法把他捉回来。"家人说道："这事并不费难，但必须认得他的相貌，才好捉拿。不然怎能捉拿呢？"川成说："言之有理！"就从怀里取出纸来画了一张面部画像，递给家人说道："只要看到是与这幅画像相似的小厮，就给我捉了回来。东西两市游人汇聚，你可以到那里寻找。"说罢，这个家人就拿着画像到市上去，人虽然很多，却没有一个像画像的人。正在焦急的时候，忽然走过一个和画像相似的小厮来，他连忙取出画像仔细对照，果然分毫不差，断定这必是那个逃走的小厮，就把他扭住带回交与川成了。川成看到……[①]这个小厮非常高兴。当时听到这件事的人，都啧啧称妙。

当时还有一位名叫飞驒工的建筑师，迁都时的新都营建工程，

① 以下应有缺文。

就是由他承担的。武乐院[①]由于是他设计建筑的，所以精致之至。

有一次，飞驒工要和川成比试技艺，便向川成说："我家建造了一所四面堂，请你过来看看，还请你在壁上作些画呢。"二人在比试技艺上虽然互不相让，但由于一向诙谐惯了，所以飞驒工匠才这样说。川成来到飞驒工匠家中一看，果然有座非常奇特的小堂，四面有门，全部开着。飞驒工匠邀请说："请到堂里看看吧。"川成听后登上前廊，正想从南门进去，不料那门突然紧闭起来，吓了他一跳。待他绕到西门想从那里进去时，西边的门也像先前一样，紧闭上了，而那南边的门却又敞开了。就这样，他想进北门，北门必然关上而西门却又敞开，想进东门，却又敞开北门，而东门紧闭。他围绕着小堂一连走了好几遭，小堂的门总是这样一关一开，使他不得其门而入，最后只好走下廊来扫兴归去。飞驒工匠却哈哈大笑，感到得意。

过些日子，川成派人邀请飞驒工说："请你到舍下一行，我有件东西请你看看。"飞驒工匠心知这是想捉弄自己，就托故没去，但是川成再三相邀，不好推辞，只好来到川成门首，命人回禀之后，就有人出来传话说："请到里面。"他随着来人进去，推开廊前的两扇拉门一看，只见那里躺着一具肿胀溃烂的巨尸，立刻觉得一股腥臭之气，扑鼻而来，事出突然，吓得他大叫一声退出门去。川成在里面听到惊叫之声，也哈哈大笑。在飞驒工退到门外，余悸未消的时候，川成从拉门里探出头来说："喂，有我在这里，你只管进来!"飞驒工才惶恐地走过来一看，那具死尸原是画在隔扇上的一幅画。川成为了报复四面堂的戏弄，才有此举。

二人的技艺，就是这样超群绝世，当时，人们竞相传说，赞不绝口。

---

① 像半乐院之误。

第六篇

围棋圣手宽莲与女子对弈

古时，第六十代醍醐天皇的延喜年间，有一个僧人名叫棋势宽莲，乃是围棋圣手。宽莲出身显贵，是宇多上皇的殿上法师[①]，经常应召入宫围棋。上皇虽是围棋高手，但与宽莲对弈，总要先搁二子。

在围棋消遣时，上皇常用金枕作注，输了就赐给宽莲。而宽莲在出宫时，金枕往往又被一些年轻力壮的殿上官员抢去。尽管宽莲赢了不少金枕，但没有一次不被抢去。

有一次，上皇又输了，在宽莲拿着金枕走出宫来时，许多殿上官员，又照样围拢上来夺取，宽莲伸手从怀里掏出金枕投入后町井里，殿上官员看罢一哄而散。宽莲却是很得意地欣然出宫。等到人们下井捞上金枕，一看，原是涂了一层金箔的木枕，真金枕早被宽莲拿走，投入井里的是他事先藏在身边的赝品。后来宽莲把金枕敲成碎块出售，就在仁和寺东边建立了一座弥勒寺，上皇听说后不禁笑着说："真是一条妙计。"

宽莲是不断应召入宫的，有一天，他退出宫来，取道向仁和寺走去，当他走到西大宫左近时，看见一个身穿内衣下系裙裤长

---

① 在上皇和其他贵族出家的寺院里掌管庙务的僧人，又称"坊官"，可以娶妻食肉。

得非常娟秀的女童，把他的侍童叫住讲话。宽莲想听听他们说些什么，就回头一看，只见侍童赶到车后说："那女童说，请你枉驾到附近去一趟，有人想和你谈话。"宽莲一听，心想是谁要和我谈话呢？虽然有些纳闷，但还是驱车跟着她前去了。走到土御门和道祖大路附近时，看见有一所房院，四面围着绿柏落板编成的篱笆，中间有座没有门楼的大门，这时女童说道："就是这里。"宽莲下车走进院中，一看，原来是一所带廊的木制平房，院前篱下栽种着花草，还铺着细砂。房屋虽然非常朴素，却别有一种情趣。宽莲走上前厅，只见里面挂着白色的伊豫竹帘。这时刚交初秋，帘内仍然竖着夏令屏风，显得特别清幽，竹帘前有个擦得光亮的棋盘，上面放着精致的棋子盒，棋盘旁边铺着一个圆垫。

宽莲在离棋盘不远的地方坐定，就听从帘里传出一个女子的娇声说："请到里边来吧。"于是他便向前挪了挪在棋盘旁边坐下了。又听女子说："我听说师父是围棋的国手，早想拜观您的棋艺，先父略通棋道，在世时也曾对我指点一二，自从父亲死后，就再没有动它，今天偶然听说您从这里路过，才不揣冒昧[①]"……面带微笑说道："这倒很有意思，但不知娘子棋法高低？需要先搁几子？"说着又向棋盘旁边挪了挪。这时帘里散发出不知哪里熏着的香气，侍女们都挤在帘里向外窥视。

这时，宽莲自取了一盒棋子，把另一盒递进帘内，就听侍女说道："请把两盒都××××，放在那里。""××××说来惭愧，怎敢××对弈。"宽莲觉得这话很有趣，便把两盒棋子都放在自己跟前，一面打开盒盖，玩弄棋子作响，想听听女子还说什么。宽莲的出身本来是个公子，连宇多上皇都认为他是个风雅人物，所以他觉得这是件有趣的奇遇。

在他正寻思间，就见从屏风缝里，伸出一根二尺来长的经轴

---

① 以下应有缺文。

模样的白色木棍，指着盘中心的天元说道：“请先将我的棋子放在这里吧。”接着又说：“我本该请你让我几子，但因未曾见识师父的棋艺不知究竟相差几何，这次姑且让我领先，等到领教了棋艺高低之后，再请您让我十子或二十子。”宽莲听罢便把女子的棋子摆在正中的天元上，随手下了自己的棋子。接着宽莲根据木棍所指，陆续把女子的棋子逐一摆在盘上，当他留神一看棋局，自己已处于全军覆没的局势。女子的棋法，虽没看出凶猛进攻，可是宽莲所余不多的活子，也都在填空过程中被团团围死，简直难以招架。宽莲心中暗想，这真是件怪事，怎会有这样能手，杀得如此干净呢，即使棋气再高，我也不至于落得全军覆没啊！当他想到这女子一定不是人，必是妖精时，不觉害怕起来，伸手便搅乱了残局。正当他发愣的时候就听女子笑盈盈地说：“再来一局吧。”宽莲听罢心想，对于这种妖精还是不再搭话为妙。于是连草鞋也顾不得穿就逃了出来，便乘车奔回了仁和寺，接着进宫把自己遇到的事奏禀了宇多上皇，上皇一听也觉奇怪，次日便派人前去打听女子究系何人，不料那里寂无一人，只有看守门户的一个风烛残年的老尼姑。

上皇的差使向她打听：“住在这里的人到哪里去了？”尼姑说：“这所宅院里日前曾来过一伙人，说是从京都东边来忌避不祥的，要逗留五六天，可是昨晓就回去了。”差使又问道：“在这里住了几日的那伙人姓什么？家住哪儿？”尼姑答道：“我不认识他们，也许是房主的熟人，他现到筑紫去了。××××一概不知。”差使只好回奏上皇。上皇听后惊奇不已。

当时人们争传此事，都怀疑说：“像宽莲那样的国手，如何会败到全军覆没，对局的女子一定是妖精幻化的。”

第七篇

某女子赴典药寮治病

古时，典药寮有位长官名唤××××，医术湛深，很受朝野的器重和赞佩。

一年七月七日，典药寮全体联欢，上自长官同宗的医师，下至一般医师和夫役，都一人不剩地欢聚在寮内。大厅内铺满长席，分排坐定，各人带来一种酒食，要畅饮竟日。

就在这时，厅前来了个由下人搀扶的年约五十的妇人。这妇人的打扮看来并不十分寒微，上身穿一件浆洗过的浅黄色单衣，下面系着一条粗布裙裤，全身浮肿，脸色发青，像似蓝青色绸子色的一团水。长官以及在座的人一见，纷纷问道："你是什么人，要做什么？"妇人说道："我水肿已有五六年了，早想请众位老爷这样的名医诊治，但因住在乡间，众位老爷也很难到我家出诊，于是就等众位老爷齐集一堂的时候，来求问医治的方法。如果众位老爷独自诊查，不免各有见地，我也将不知所从，病也必然不会快好。我因听到了今天的盛会，所以特意赶来求诊，就请众位老爷给我诊查诊查吧。"说罢拜倒席前。

从典药寮长官起，众人都觉得这个妇人确实想得高明，所言很有道理。长官就对大家说："众位老爷，咱们给她医治医治吧，据我看一定是有绦虫。"说着唤来他属意的一位医师吩咐说："你给她看看。"这位医师近前一看说："确乎是有绦虫。"妇人问：

“这如何医治?”医师说:“……”用手一抽，就露出来一根面条似的物件。医师抓住它的头向外拉，越拉越长，绵绵不断，随拉随把它缠在大厅的抱柱上，妇人的脸随着逐渐消肿，脸色一步步恢复正常。缠在柱子上的绦虫，约有七八寻的光景，这才算完全抽净，再也抽不出来了。这时再看妇人的脸全部消了肿，眉眼、脸色也和常人一般无二了。看到这般光景，从长官起，所有在座的医师，都夸赞说，这个妇人来得正是时机。后来妇人又问:“不知以后该当怎样医治?”医师说:“只要用薏药汤熏洗就可以了，不必再用别的治法。”说罢打发妇人回去。

据说，古时在这样地位不高的医师里，也有善治绦虫的人。

第八篇

某女子赴医师家治痊愈后逃走

古时，典药寮有位长官，名唤××××，他医术高超，世人争着请他诊病。

一天，这位长官家里，来了一辆香车，车帘下露出了妇女绚丽的盛装衣角。这位长官望见便问："哪来的车辆?"但是并无回答，径直赶进门来。停车后，仆从们卸了牛，把轭挂在板窗上，便退到门外去了。

这时典药寮长官走近车旁问道："车里坐的是哪一位？到舍下来有何见教?"可是车里人并不通报姓名，只是娇声说道："请你给我预备一个适当房间，接我下车。"这位长官虽然年老，但是很轻佻，性好女色。一听吩咐，赶忙就把谁也不常到的后厅打扫干净，立好屏风，铺上席子，然后到车前去请车中人下车。女子听罢说道："请你闪开!"长官便退后站立，这时女子以扇遮面从车里走下来。长官原以为车里有人陪乘，今见下来的却只是一个人。女子刚一下车，就有一个十五六岁的女童走近车前，从车中取出泥金采画的梳妆匣子，随后仆从们走过来套上牛，赶着车飞也似的走去。

女子端坐在××××里，女童包藏好梳妆匣子，局蹐地坐在屏风后面。这时长官站在帘外问道："不知娘子是谁，来此有何见教？就请吩咐吧。"女子说："请进来叙话，我不怕见人。"长官听

后掀帘走了进来。

对面一看，这女子年约三十上下，容貌端正，长发披肩，从头上梳妆到眉目口鼻，简直挑不出半点毛病。穿的衣裳更是异常美丽，散出一股芳香气味。她安详地坐在长官对面，简直像多年的夫妻居室，毫无羞怯之态。长官看罢认为这真是千载难逢的奇遇，心想不管怎样，她已是可以听我任意摆布的人了，想到这里，他那掉了牙齿干瘪的脸上不禁堆满笑容，凑到跟前去问长问短。他既然丧偶三四年，鳏居已久，如今又怎能不喜出望外呢。这时，女子说："看来人心最是腌脏的，为了贪生怕死，不惜忍受百般羞辱。我也是为了这条性命，才抛头露面来到这里，如今是死是活，全凭你了。"说罢哭个不休。

长官觉得非常可怜，便问："是怎么一回事?"女子便把裙裤的胯骨开口处打开给他看，只见雪白的大腿内侧有些肿胀。长官见肿得有些离奇，便叫她解裤腰看看前身，只是毛中间看不清楚，便用手一摸，原来在大腿根上有个疙瘩，他双手分开毛来细看，果然不是一般症状，需要小心治疗。他断定这必是××××，越发产生了怜惜的心肠，他想，为了这个女子，不管这是什么样疑难大症，我也要本着多年行医的经验，用尽力量，把它医治好。他下定决心后，从当天起就屏退家人，亲自动手，昼夜医治。

医治约有七天光景，果然大见功效，长官万分喜悦，心想让这女子将养几天，问明身世后再送她回去。他见如今已无须再用水镇，只在碗里调些药面，每天用羽毛涂敷五六次也就行了，知道病势脱离险境，这才放下心来，不由喜形于色。

女子说道："我已丢尽丑态，以后就把您当作生身的父母，请您在我回家时，用自己的车送我，也好把我的住址告诉给您。以后我一定常来探望。"长官以为她总会再住四五天，不提防当天傍晚时分，女子只穿了一件落棉睡衣，带着女童就逃走了。长官当时还无所察觉，亲自端着杯盘来送晚膳，他说了声："请用晚膳。"

就走了进来，这时室内静无一人，他还以为女子也许是正在屏风后小解，不便招呼，就把晚膳端了回去。

不久天黑，他觉得应先掌灯，便把油灯放在灯台上送到房里，这时只见脱下的衣服，零乱地散在席上，梳妆匣子也放在那里。他怀疑女子藏在屏风后面迟迟不出，究竟做些什么，便说："这样大的工夫，您究竟在做什么?"说着来到屏风后面观看，别说女子，就连女童也不见了。原来女子外边穿的几件衣服和裙裤都在，只是少了一件落棉睡衣，他想睡衣又怎能丢失呢？一定是女子穿着逃走了！他烦恼已极，真是无可奈何。

他锁上大门，又命许多家人，手执火把搜遍了每个角落，但哪还能找到呢。那个女子的声音笑貌，无一不引起他的思念和伤感，他深悔因为嫌恶病而没及早下手。心想我既然亲自动手给她治病，为什么还要嫌她的病呢！真是越想越悔恨。原来，长官早已有个如意算盘，他想，自己家里没有碍眼的人，即使女子有丈夫不能以身相许，也可以常来常往。所以在发现女子逃走后，直气得拍掌，老脸上做出歪嘴欲哭的样子，弟子们看见都背地窃笑。人们听说此事，也都当作笑料来向他打听，这位老医师只能报以怒目。

仔细想来，这真是个聪明绝顶的女子，后来始终没有人打听出她的真实姓氏，也就作罢了。

第九篇

医师诊治与蛇交的女子

古时，河内国赞良郡马甘乡有一户人家，虽然出身不高却很富有，家里有个年轻的姑娘。

一年四月里，这个姑娘爬到大路旁的一株大桑树上采叶喂蚕，一条巨蛇爬出来缠绕在姑娘攀登的桑树上，过路人看见之后就告诉了树上的姑娘，姑娘吃惊地向下一看，果然树干上盘着一条巨蛇。

姑娘吓得惊慌失措，从树上跳了下来，巨蛇扑上去缠住姑娘交媾。这时，姑娘已昏迷过去，像死人般地躺在树下。父母一见悲泣不已，听说当地有位名医，就立即请来为女儿医治。这时巨蛇仍然缠住姑娘不放，大夫吩咐，先用一块木板，把蛇和姑娘火速抬回去放在院里。于是就把姑娘和蛇抬到了院中。

后来按照大夫吩咐，把三束黍秸，烧成灰烬。黍秸三尺为一束，一共烧了三束，用开水冲成灰汁三斗，再煎成二斗，并将猪毛十把切碎，和入灰汁，放在姑娘头前，然后将姑娘双脚吊起，把药汁灌入阴户之中。只灌了一斗，蛇就放开姑娘，匍匐爬去，有人上前把它打死抛在了一边。这时，从姑娘的阴户流出了五斗多蛇卵，凝结在一起，好似蛙卵一般，每颗蛇卵上都沾一根猪毛。蛇卵流净之后，姑娘才渐渐苏醒过来开口说话。父母哭问情由，姑娘答道："我已经失去知觉，就如同做梦一般。"姑娘由于药才

保住性命，此后她非常谨慎提防，不意在三年以后，她又被蛇缠住交媾，终于死去。这一次父母认为是前世冤业，就没有给她延医诊治。

但是，大夫的医术，药饵的效验，真是不可思议的。

第十篇

震旦僧人长秀来我朝行医

古时，村上天皇天历年间，从震旦来了一位名唤长秀的僧人，精通医道，来到镇西以后就不想回国，后来被召到京中，充当了医师。又因为他是一位高僧，就命他做了梵释寺的住持，为朝廷修持法事。

多年以后，一天，长秀到桂宫亲王那里叙谈。这位亲王住在五条和西洞院之间，因为宫前有株大桂树，所以人们称他为桂宫亲王。当长秀来到宫前时，抬头望见这株大桂树就说道："桂心这味药，这里不是没有，只是没人知道罢了，现在可以折一些下来。"说罢吩咐童子上树，指示他剪下哪几根枝条，童子照他的话上树剪了下来，长秀走过去把有桂心的地方用刀截断，拿到宫里呈于亲王。

长秀又从亲王那里讨得少许，作为药饵一试，效力比震旦产的还大，于是说道："这里也有桂心，可惜没有医师知道，这是很可惜的事。"

由此可见，日本也有桂心，只因缺少知道的人，所以无人采取，而长秀也始终没把这教给别人。长秀医术高明，曾经泡制过许多药材，献给朝廷。据说现在还有他的处方。

第十一篇

忠明治愈见龙的病人

古时，××天皇朝代，天皇住在宫里，一年夏天，许多禁中侍卫在八省院的廊下乘凉，由于闲得无聊就有位侍卫提议说："既然如此无聊，何不取些酒肴来，作为消遣。"众人听了都道："这太好了，赶快派人取来吧。"于是这位侍卫便打发自己的随从去取，还给了他一支火把备用，随从领命后向南飞奔而去。

约莫在这个随从走出二里多路时，突然阴云密布，骤降大雨，侍卫们仍在廊下闲谈，不久，雨过天晴。众人以为酒肴马上就会拿到，但直等到日暮，仍不见去人回来，有人提议说："咱们回去罢。"于是大家一同回宫。这位派人取酒的侍卫，虽然又诧异又气恼，但觉得说也无益，只好随同大家一起回到班房。当晚也不见这个随从回来，侍卫心想，这真蹊跷，一定是出了什么乱子，说不定也许死在路上，也许得了暴病，他这样反复寻思，彻夜未眠。

好容易盼到天亮，侍卫一清早便赶回家里，把昨天派随从取酒之事说了一遍，家人说："他昨天回来之后，就像死人般地躺在那里，连话也不能说，就像××××。"侍卫走近一看，果然见他人事不省地躺在那里，问什么也不回答，只是××动了动。侍卫惊奇万分，赶忙跑到相隔不远的忠明朝臣医师家里问道："从人患了这样的病，不知是何缘故？"忠明答道："这很难断定是什么病症，姑且用一堆灰将他埋起来再作道理。"侍卫回去便按照忠明的

话，收集了一堆灰，把那个随从埋起来，过了一两个时辰，只见灰堆蠕动，拨开一看，躺在灰里的随从已经恢复如常。等到给他喝了些水之后，就完全清醒过来，问他："这是怎么回事?"他说："我恍惚记得，在八省院廊下领命之后，从美榴门前赶奔南下，当我跑到神泉苑西边时，忽然雷电交加，下起暴雨，苑内变得一团漆黑，我向西边一望，突然从暗中伸出一只金光闪耀的巨爪，我当时就觉得眼前一黑，几乎昏倒，但躺在路旁也不是事，就挣扎着回到府里，后来就一概不知了。"

侍卫听后觉得奇怪，便又到忠明家里说："我按照您的吩咐把那随从埋在灰里，不久，他就苏醒过来，说了如此如此的一番话。"忠明笑道："果然不错，看见龙体而病的人，此外别无治法。"侍卫从家里回班房后，和其他侍卫讲说此事，众人听后都非常称赞忠明。世人听说此事，也啧啧称赞。

这位忠明确是一代名医，他的逸闻轶事此外还有很多。

第十三篇

慈岳川人被地神追赶

古时，文德天皇驾崩，大纳言安倍安仁奉旨择定陵地，于是他携带××赶到定作陵地的地方查勘。

当时有个名唤慈岳川人的阴阳师，精通此道，可称得是独步一时，因此命他勘地定穴。一行人等事毕归京，行至深草以北时，川人策马来到大纳言身边仿佛有话要说。大纳言侧过耳朵去一听，川人惊慌说道："我习阴阳道多年，自问虽不能十分出色，但还未尝误事，不料这一次竟做成大错，因此地神追赶前来，要向我二人问罪。大人和我恐难幸免，这却如何是好?"大纳言听后吓得不知所措，只是说："我方寸已乱，请你赶快救我。"川人说："事已至此，总得想些办法，且看有无脱身之策。"说着吆喝道："落在后边的人，快赶到前边去!"

此时天色已黑，大纳言和川人趁黑跳下坐骑，放马前行，自己却留在田里。川人让大纳言坐下，把割下的稻禾堆在他的身上，然后围着禾堆念念有词地念起咒来，念完之后，川人也拨开稻禾，钻了进去，陪着大纳言闲语。大纳言见川人神色慌张，浑身抖颤，已经吓得半死。

二人一声不响地藏在草堆里，一会儿，突然听到有千军万马的声音从身边经过，过了不久，又听人声喧腾，仿佛刚走过去的人们又折回来了。其中有似人非人的声音嚷道："看，他们的马蹄

声就是从这里变轻的，应该齐集这里，把每寸土地挖下二三尺去寻找，还怕他们飞上天去！川人的阴阳法术，不亚于古人，××××这家伙一定是用障眼法躲藏起来了，那也不能放过他，仔细××××。”随后又听人吵嚷说，真找不到，这时又听到像是个头目的人说道：“反正他们不能永远躲藏着，纵然混过今天，终归也要拿住。今年腊月除夕半夜，我们要上穷碧天，下至黄泉，遍搜一番，看他们如何躲藏！到那天夜半我们再聚集搜查，一定××××出来。”说罢散去。

他们走后，大纳言和川人从禾堆里爬出来，大纳言面色惨白地说道：“这可如何是好？如果照他们所说的那样搜查，咱们是无处可逃了。”川人答道：“今天既然偷听到他们的秘密，到除夕夜晚咱们可以背着人悄悄地躲藏起来，到那时我再详细地告诉你。”说罢便走到河滩跨马各自回家。

到了除夕，川人来到大纳言府里对他说：“黄昏时分，请你只身一人到二条和西大宫十字路口等我，千万别叫旁人知道。”大纳言照着约会，在黄昏时分，混在熙攘的行人中只身来到二条、西大宫十字路口，川人早已等在那里，于是二人结伴，赶奔嵯峨寺。他们进寺后，爬进佛堂顶棚，川人诵念咒语，大纳言修行三密①。将近夜半时分，突然吹来一股气味怪异的暖风，同时仿佛地震似的发出一声巨响，摇动了一会，就觉得有什么东西经过，听来十分可怕，经过之后，晨鸡已然报晓。于是，二人才从顶棚上下来，当分手回家时，川人对大纳言说：“现在不必害怕了，虽然遇到不少惊险，总算由我设法逃开了。”言罢而去，大纳言拜谢川人后，返回家中。

由此可以看出，川人真是一位高明的阴阳师。

---

① 佛家语，密教修行方法之一，即手结印相，口唱真言，心观本尊。

第十四篇

天文博士弓削是雄占梦

古时，有一名唤××××的人，奉谷藏院[①]的差遣，到关东地方催征封户[②]的租税。事毕返京，途中宿于近江国多势驿的驿馆中。

当时，该国国司××××正在城中，他从京里请来一位阴阳师祭北斗七星的本命星[③]，法师是阴阳寮的天文博士弓削是雄，恰好和××××同宿于驿馆之中。是雄问××××说："你从何处来?"××××答道："我奉谷藏院差遣到关东征收封户的租税，如今事毕返京。"闲谈到夜晚，各自就寝。

××××刚一睡下，就做了个噩梦，醒后便向是雄说："我做一个噩梦，有幸和你同宿一处，请为一占吉凶。"是雄占罢说道："明天你不可回去，家中有个刺客正等着你。"××××说道："我在关东日久，原想早点归去，今已来此，实难再事滞留。况且带有许多公私财物，怎能逗留在这里呢，只求设法，使我逃脱此灾。"

---

① 日本古代征收和保管近畿地方的调钱以及无主领地的租税的官署。

② 日本古代朝廷赐给皇族和官僚的民户，封户每年须将其应缴租税的一半和调庸的全部上缴隶属的主人，这里指谷藏院的封户。

③ 日本古代迷信，子年生人的本命星为贪狼星、丑亥年生人的本命星为巨门星、寅戌年生人为禄存星、卯酉年生人为文曲星、辰申年生人为廉贞星、已未年生人为武曲星、午年生人为破军星，祭祀本命星能消灾免难，福寿绵长。

是雄说："刺客藏在你家的东北隅，如果你明天执意回去，可在到家后先命人把所携带的财物，安置妥当，跟着你就将箭扣在弦上，对准东北角拉满弓大声吆喝说：'我早知道你藏在那里，要等我今天由关东回京时行刺，快给我滚出来，不然就一箭把你射死。'这样，无须施用法术也能使计谋败露。"

××××领教之后，第二天急忙赶回京城家中。全家人一看他回来，立时喧扰起来说："老爷回来了。"××××在门外，先命人把带来的公私物品安置停当，随后挽弓搭箭围着东北角巡视了一遍，果然看到有一处盖着草席的地方，他想必定就是这里了，就拉满了弓喝道："你等我回京时行刺的诡计，早被我识破了，快给我滚出来，不然，我就要放箭了。"话刚说完，就从草席子里钻出一个和尚。

××××唤来仆从将他拿下审问，和尚起初百般狡赖不肯实说，经过再三逼问才招认了。他说："这事也不必隐瞒了，尊夫人与我家师父有染多年，知道老爷今日回京，命我藏在这里行刺，如今既被识破……"××××听罢，暗自庆幸，心想自己总算命不该绝，所以巧遇是雄。对于是雄的占算之灵，更是佩服之至，于是便先朝着是雄那方拜谢了一番。后来他把和尚扭交检非违使法办，并和妻子永断关系。

由此看来，有些妇女确是心性如此，即使结缡多年，尚不能大意。至于是雄的卜筮更是不可思议，古时确有这样灵验的阴阳师。

第十五篇

贺茂忠行传道其子保宪

古时，有位阴阳师名唤贺茂忠行，他精通法术，不逊古人，称得起是独步一时，因此，深得朝野的倚重。

一天，有人请忠行去被除不祥，当他离家动身时，他的十来岁的儿子保宪，牵扯纠缠，强要随着去。忠行不忍峻拒，便带他乘车一同去了。当忠行在法坛作法时，他的儿子就坐在一旁观看，禳解事毕，请他被除不祥的主人也径自回去。

忠行携子在归途车中，孩子在车中叫了声“爸爸”，忠行问：“什么事?”孩子说：“刚才我看见来了二三十个狰狞可怖、似人非人的东西排坐在法坛上，吃完供品之后，就乘着纸扎的船车马匹四散走开了，那是什么，爸爸?”忠行听后心想，我可以说是造诣极深的阴阳师了，但还不能在幼时看到鬼神，只是学道以后，才能看见，而他小小年纪就能如此，前途岂可限量，必定可以超越古代前辈。于是，到家之后，就竭尽心力将个人所知倾囊相授。后来果然不出他的所料，保宪真成了有名术士，勿论在朝在野，禳解祈祷，从无闪失。

至今，他的子孙依然繁衍昌盛，是首屈一指的阴阳世家。编制历书也是他这一支的秘传，外人绝不知晓，至今犹享盛名。

第十六篇

安倍晴明随忠行学道

古时，有一天文博士名唤安倍晴明，是位堪与古人媲美的著名阴阳师。晴明幼时随阴阳师贺茂忠行学道，昼夜苦学钻研不倦。

在晴明幼时，一天晚上，师父忠行有事去京师南城，晴明随车步行。当忠行熟睡在车中时，晴明突见一群狰狞可怖的恶鬼来到车前，他大吃一惊，赶忙奔到车后唤醒忠行。忠行惊觉，见有鬼来，便立即用法术把自己和随从人等隐藏起来，得以安然度过。此后，忠行对晴明非常倚重，悉心传授他的法术，如瓶泄水。晴明终于独得秘传，名重朝野。

晴明的家住在土御门以北，西洞院以东的地方，他在忠行死后，就回到自己家中。一天，突然有一老僧，带着两个十多岁的童子来访。晴明看见便问："请问师父从何处来，是什么名号?"僧人说："贫僧是播磨国人，很想学习阴阳道法，听人传说，先生是独步当代的人，特来请教一二。"晴明心想和尚必然是道中人，故意前来试探，怎可被他蒙过，莫如先戏弄一番看。想到这里，便把双手缩入袖内结成印相，默念咒语，并在心中祷告说："和尚带来的两个童子，如果是他召来的值日神，请立即把他们带走隐藏起来。"

晴明作法之后，才对和尚说："师父的话我都听明白了，只是今天不得空闲，请赶快回去，过后选个吉日再来，那时想学什么，我一定奉告。"和尚说声"善哉"，搓掌抵额匆匆走去。

约莫走出半里来路，和尚又返回来了，晴明一看，他正向屋角、车房可以容人藏身的地方，徘徊窥探了半天，才来到晴明身边说："贫僧所带两个童子，突然失踪，请赏还我吧。"晴明说："师父说话毫无来由，晴明为什么要藏别人的童子!"和尚忙说："先生所言极是，请不要和贫僧一般见识。"晴明见和尚已服输，便说："好了，好了，这全怪你不自量力，故意召来值日神试探我的眼力，这也许可以蒙过别人，怎能骗过晴明呢。"说罢将手缩入袖内，口中念念有词，过了一会儿，两个童子双双跑来站在和尚眼前。这时和尚说道："贫僧确是听说先生道法超群，才来试探的，自古以来召神并非难事，但能把别人召来的神隐藏起来，却不易，实在令人佩服。今后愿执弟子之礼。"当即写下拜师名帖，递给了晴明。

又一次，晴明去找遍照寺广泽宽朝僧正叙话。当时有许多贵族公子出家的僧人，在闲谈中，猝然向晴明问道："你召来的值日神能立即把人杀死吗?"晴明答道："这是阴阳道最紧要的事，怎好在这大庭广众之下，毫无避忌地公开谈论呢!"接着又说："杀人当然不是一件易事，但稍施一些法力，就能杀死。至于杀死虫豸之类，更是容易，只是目前还没有复活的方法，要触犯杀生之罪，是无益的事情。"正谈论间，只见院里有五六只蛤蟆，跃向池边，这些公子们又说："既然如此，就请杀一只给我们看看吧。"晴明说："你等真不怕造孽，既然如此我只好勉为一试了。"说着摘下一片草叶，口中念念有词，向蛤蟆抛去，只见草叶过处，蛤蟆便直挺挺死在地上，众人看见，无不吃惊。

晴明在家居无人时，常有役使值日神等事，据说板窗自行启开，大门无人自关等类的奇事很不少。

他的孙子如今还在朝为官，地位显赫。他那土御门宅第也是代代相传，直到最近，他的孙子还能听到值日神说话，可见晴明不是一个寻常的人物。

第十八篇

用阴阳术杀人

古时，主计寮[①]有一长官名唤小规系平，他有个儿子名唤茂助，是算数教授。茂助是后来主计寮长官忠臣之父，是曾任淡路国守和五位大夫史的泰亲的祖父。

茂助自幼就才华盖世，如果再假以天年，定能冠绝侪辈，非常得意，因此，有些同僚就暗自盘算：一定得设法把他除掉，不然他如得成立，主计寮和主税寮[②]的正副长官，以及五位大夫史都将非他莫属，别人焉能和他竞争。大概由于茂助出身世家，又兼本人才学出众，心地耿直，能以大位的小官，名噪一时，因而招人嫉恨，想谋害他。

后来，茂助家里屡屡发生妖异的事，就请当时有名的阴阳师卜筮，阴阳师说，必须严加忌避，并且用纸写下了忌避日期。到了那天，茂助紧闭门户，小心忌避起来，不料这时，嫉视茂助的仇人，竟串通一个颇有灵验的左道阴阳师，叫他一定害死茂助。那个阴阳师说：“他家忌避的那天，就是不祥之日，如果趁着那天去诅咒，一定会有灵验。到时请你带我到他家叫门。他在忌避期间必不肯开门，但只要能听到他的声音，诅咒就能够收效。”

---

① 主计寮属于民部省，计征调、庸、贡献之物，掌管国库开支。

② 主税寮属于民部省，掌管全国田租和藏廪的收支。

于是这个仇人，到时便和阴阳师一同来到茂助的门前，用力敲门，仆人走出问道："是谁打门？"这人说："烦你禀告主人，我有要事相告。府上虽在忌避，也请把门开一道缝放我进去，因为事关重大。"仆人返身入内据实禀报后，茂助命他传话说："真是岂有此理，人生在世谁不惜命，今天怎能容外人进门，不要多说，赶快回去。"来人又让仆人进去回话说："既然不肯开门，就请从拉门里探出头来，以便奉告来意。"

这也许是前世孽缘，命中注定，茂助说声"什么事"就从拉门里探出头来，这一来，阴阳师既闻其声又见其形，便把所有咒人致死的邪术，都施展出来。领着阴阳师的那个人，说有要事相告，其实无话可谈，便支支吾吾地说："我要回乡，特来告别，就请回去吧。"××[①]说："这是什么大事，却在忌避期间，将我唤出，真是不通情理。"说罢走进室内，从这天夜晚起，茂助就感觉头疼，病了三天终于死去。

看来，在忌避期间，不应该高声讲话，有人来访，也千万不可接见。因为人心叵测，往往就趁此机会，来加诅咒陷害，是极其可怕的。虽然是前世孽缘，也应谨慎提防。

---

① 大约脱落茂助二字。

第十九篇

播磨国的阴阳师智德和尚

古时，播磨国××郡，有一通晓阴阳道法的和尚，名唤智德。这和尚在播磨境内，行法多年，不是等闲人物。

一年，有一只商船，从××国载运大批货物赴京，不料驶至明石海面，被海盗洗劫一空，并杀死多人，只有船主和一两个仆人，跳入海中才得幸免。当主仆爬上岸来，相对而泣时，智德和尚手拄拐杖走来问道："何人在此啼哭?"船主答道："我等从家乡上京，昨日行至这附近海面时，突遇海盗，洗劫了船中货物，杀死了很多人，只逃出了我等残生。"智德便说："真真可怜，待我把这伙贼人给你捉来。"船主虽认为这不过是句戏言，但也挥泪称谢说："那太感恩不尽了。"智德又问："是昨天什么时辰?"船主道："是这般这般时候。"

于是智德驾了船，偕同船主来到海上，他将船停在昨天出事的地点，对着大海画了一道符，念了一回咒，然后离舟登岸，雇来一伙武艺高强的好汉守候了四五天，仿佛真要捉拿贼人似的。就在货船被劫后的第七天×时光景，不知从哪里漂来一只船。众人手执兵刃，摇船过去一看，船上的人就像吃得烂醉一般，个个动弹不得，正是那帮杀人越货的海盗，劫去的货物也原封未动地装在船上。后来就按照船主的吩咐，将贼船上的货物全部运回，交他原主领回去了。

当地的人，都主张把这伙海盗逮捕起来，可是智德领回他们来训诫说："你等杀生有罪，但因罪不容诛，姑且饶你等一死，从今以往不可再做这等生涯，要知道有我老僧在此。"说罢将他们赶出门去。船主因货船失而复得，欣然而去。海盗就擒完全是被智德施用阴阳法术拘来的。

智德虽然是个了不起的人物，但是却被晴明把他所召值日神藏了起来。不过，也不能怪智德，因为他不懂得那一门法术。据说播磨国就有过这样法术高强的人。

第二十篇

妻死僵尸为害请阴阳师驱邪

古时，有一名唤××××的人，他把结缡多年的妻子休弃了。妻子既恨丈夫无情，又叹自己命苦，以致忧郁成疾，过了一个多月的光景，终于懊恼死去。这女子，父母已早去世，别无亲故，所以死后，一直停尸屋内无人掩埋，她虽然死了很久，头发并未脱离，一如生前，尸骸转面朝地，也不散架。邻人们从窗隙门缝看到这般光景，无限恐怖。有时她屋里还发出熠熠的蓝光和惊人的声响，更吓得邻人们四处逃避。

她的丈夫听到此事，更是惊恐不安，心想，她恨我懊恼而死，冤魂必来向我索命，我怎能逃脱这场灾祸呢？想到这里，他就来到××××阴阳师家中，说明经过，求他设法逃灾。阴阳师说："这场灾孽，极难逃避。既然你来求我，我只有勉力一试，但是终不免有一番惊险，到时你要多加忍耐。"阴阳师说罢就在黄昏时分，带着他到了死人家里。

这个汉子，连在别处听说这件事，都吓得心神不安，如今要亲身去到停尸的房里，自然更是惧怕万分，但也只好拼着命跟着法师去了。去到那里一看，死人的头发果然没有脱落，尸骸骨架相连，转面朝地。法师先让汉子骑在尸骸之上，用力揪紧她的头发，并吩咐："千万别松手。"接着念咒作法，当他要回去时对汉子说："在我回来以前千万别动，不管出现什么样可怕的情景，你

都要极力镇静。”汉子这时尽管吓得魂不附体，但也不能不硬着头皮骑在尸骸之上，揪住头发不放。

到了半夜时分，只听尸骸说了声：“压死我了！”就蓦地站起来。接着又说：“我一定去捉他。”说罢就冲出门去，也不知它要到什么地方。汉子按照吩咐，揪住头发不放，紧跟在它的后面，后来尸骸又回到家里，进门后，就照样倒在那里。当时，汉子吓得真是无法形容，可以说，已经魂飞魄散，但他还是强力镇静，牢牢骑着抓紧它的头发。过了些时候，晨鸡报晓，尸骸也不再动了。

天亮以后，阴阳师走来说道：“昨晚一定受惊了，你一直没松手吗？”汉子回答说没敢松手。这时阴阳师又对着尸骸念咒作法，然后说声：“请随我来。”就带着汉子回到家中。阴阳师说：“从今往后就不必害怕了，我是无法推脱才勉为其难的。”汉子感激地向他拜谢一番。后来，果然安然过了一生。

这是距今不远的事情，据说这人的孙子现在还活着，而且阴阳师的孙子也住在大宿直的地方。

第二十一篇

登照僧人相出朱雀门倾倒

古时，有一和尚名唤登照，他长于相术，能根据人的相貌，声音举止，断定他的贫富寿夭，官爵禄位。凡是经他相过的人，无不应验如神，因此，京中的僧俗男女，纷纷前来登照的禅房求他看相。

一天，登照因事外出，路过朱雀门前，这时有许多男女老幼，正在门下憩息，登照一看，这些人们，个个面带死相，心中纳闷，就停步又仔细端详了一番，果然是必死之相。登照反复研究能使这些人同死的缘由，心想，即使有恶人行凶，也只能杀死几个，何至于同时罹难，这可太奇怪了。他再三思索忽然大悟，莫非这座城门将要坍塌，把这些人一齐压死，便向坐在门下的人们喊道："你们看！这座城门就要倒了，那你们可就要被压死了，赶快出来！"坐在门下的人一听，个个吓得拔腿奔跑，离开门前。登照站在一边远远观看，既没刮风也没有地震，门也没有半点倾斜，却见它忽然倾倒下来，凡是跑得早的人，全都保住了性命，只有少数不介意还在观望的人，被压在底下。后来，听到登照谈起这件事的人，都佩服他的相法神奇，赞扬不置。

此外，还有一次在春雨淅沥的夜晚，有一个吹笛子的人，从登照禅房前附近的一条大路上经过，登照一听笛声，便唤弟子说道："我虽不知路过吹笛的人是谁，但可以从笛声中听出这人的寿

数就在旦夕了，你去告诉他吧。”当时雨下得很急，吹笛子的人已经匆匆走过，因此未能告诉他。

第二天雨住了，傍晚，昨夜吹笛的那个人，又吹着笛子回来了。登照一听说道：“这个吹笛子的想必是昨夜那个人，真是怪事。”弟子问道：“确是昨夜那个人，他究竟怎么啦?”登照说：“你去把他唤来。”弟子便跑着把那人唤了进来。一看是个年轻人，看样子还是个武士。登照让他坐在自己跟前问道：“请你来并无别事，因为昨夜你吹笛过此时，笛声透出阳寿将终之音，我本想据实以告，只因当时雨急，你走得快，未能奉告，甚感惋惜，但一听你今晚的笛声，又是延寿。你在昨晚究竟做了什么功德?”武士说道：“我昨晚并没做什么功德，只是在这东边川崎地方读诵着普贤经的法会上，我伴着人们的讽诵，吹了一夜笛子。”登照一听，知道这必是他在读诵普贤经的法会上吹笛子，积下了功德，结得佛缘，所以消除罪孽，延长寿命，不禁深受感动，流着泪向这武士礼拜。武士听了也肃然起敬，欣喜地返回家去。

这事距今不远，据说从前确曾有过如此神奇的相士。

第二十二篇

俊平入道之弟学习算术

古时，有位丹后国卸任国守，名唤高阶俊平朝臣[①]，他后来出家为僧，人们便称他丹后入道。他有个弟弟是个没入仕途的平民，名唤××××。

却说丹后入道的弟弟，跟随太宰府帅闲院实成从京城来到镇西以后，听说新从震旦来了一位学者，就前去拜访，请求说道："我想拜在门下学习算术。"这位学者，起初尚不肯相授，待看他布演算筹[②]后说道："你很有根基，在算学上能得深造，但在日本能有什么成就呢？日本是不讲究算术的，你如果愿意随我一同到宋国去，我马上就可以教给你。"××说道："只要先生肯尽心教授，使我能精此道，我愿唯命是从。如能去到宋国，得到出路，岂不强似待在本国。我愿按照先生吩咐，一同前去。"学者见他满口答应，信以为真，就把算术用心教给他，而他又是个闻一知十的人，所以更博得学者的夸奖说："我国擅长算术的人固然很多，但像你这样贯通的人极少。因此，你一定要随我到宋国来。"××也答道："先生所言极是，我愿从命。"

---

① 日本古代，爵位在四位以上的官员的尊称。

② 这里所说算筹是术士用来占算的用具，长约三寸，是木制的长方柱体，共六根，其中三根中凹，表示阴象，另三根则表示阳象。

学者说：“算术之道，无所不能，既可治病又可使仇人暴卒。现在我愿把这些法术倾囊相授。”接着又说：“但有一件，你必须立誓，一定随我到宋国去。”××虽然无心到宋国去，但为了学习此术，就发了个无关疼痒的誓。学者还不放心又说：“杀人之术，俟赴宋时在船上相授。”至于其他法术，都详细地教给他了。

后来，太宰府帅因事被安乐寺在朝廷控告，必须立即上京，××也要跟随前去，学者再三劝阻，××说：“多年的恩主，如今因事上京，我怎能留在这里不去送他，况且，不怕千里迢迢护送恩主，更足证明我的诚信，绝不会背弃学道之约。”学者见他说的有理，便道：“既然如此，务要速回，我本想日内回宋，只好等你回来一道动身了。”二人千叮万嘱之后，××便随太宰府帅上京去了。

当××不遇时，有时也曾想过不如前往宋国，但到京以后，熟人纷纷劝阻，他的兄长俊平入道也极力制止，这样他连镇西也不回去了。那位学者久候不见音讯，特遣专人赍函上京责他，××复书说：“父母年老，朝不虑夕，终养之后，定当前去。”但他终未前去，学者久候不见人来，知道中了他的圈套，就狠狠诅咒一番，独自回国去了。

××本是个聪明绝顶的人，自从受了学者诅咒以后，就变得昏聩无能糊里糊涂了，因此十分颓废，出家为僧，叫作入道君。因他昏聩无用，不能做事，就在兄长俊平入道府和山寺里轮流住着消磨时光。

一天晚上，俊平入道府上的许多侍女女童正在守庚申[①]忌日，入道君呆头呆脑地坐在一个角落里。夜渐渐深了，众侍女都有一些困意，其中有个生性高傲的侍女，对入道君说道：“入道君，像

---

① 日本古代迷信，每逢庚申日，在猿田产神前设供七色，忌日守夜，防三尸虫为害。

你这样高才，一定会讲笑话故事，就请讲个笑话，逗大家一乐，也好驱走睡魔。”入道君说：“我拙嘴笨腮，不会说出什么令人绝倒的笑话。如果只求一笑，我倒能逗得你们大笑不止。”侍女又说：“这话当真？你说只是逗我们发笑，莫不是要表演一折滑稽戏，那一定比讲笑话更有趣了。”说着笑了起来。入道君说：“不是的，只是能使你们发笑罢了。”侍女连连催道：“怎样使我们发笑呢？你就赶快作吧！快着！快着!”入道君在她们催促之下，便起身出去，提着一个物件回来。

众侍女一看他哗啦啦抖出了算筹，便嘲笑着说：“这就是你令人发笑的物件！真看不出有什么可笑的！咱们就笑一场吧。”入道君也不争辩，只是哗啦哗啦地布置算筹，布好以后把一个宽约七八分的算筹捧在手里，说道：“你们听着，你们不是笑不出来吗，我可要叫你们笑了。”众侍女说：“可笑的倒是你捧着算筹的那副神情哩。”正互相谈论间，只见他刚把算筹布好，众侍女便哈哈大笑起来。她们只笑得前仰后合，不可遏止，最后连肚子都笑疼了，简直比死还难受，更有笑得流泪不止的。

众侍女大笑不止，实在无法可想，却又说不出告饶的话来，只是朝着入道君搓手求饶。入道君说：“我已有言在先，现在你们总算笑够了吧。”众侍女笑得在席上滚，只是搓手告饶。入道君把她们着实折磨一番之后，打乱了布好的算筹，这时，众侍女才止住笑声说：“再多笑一刻，或许就要笑死过去。我们从没受过这样的罪。”由于笑得太过度，她们仿佛得了大病一场。

听见这件事的人都说：“由此可见，用算筹杀人和救人确是可能，如能习得此术，当可效验如神。”据说，算术是这样一种可怕的法术。

第二十三篇

源博雅朝臣慕曲往见会坂的盲人

古时，有位源博雅朝臣，是醍醐天皇皇子兵部卿亲王之子。他多才多艺，对于音律一道，更是造诣极深。他弹琵琶、吹横笛，都能使人悠然神往，他在村上天皇朝代，当过殿上官员。

当时，有个盲人，名叫蝉丸，住在会坂关。他原是式部卿敦实亲王宫中的小吏。敦实亲王是宇多法皇的皇子，精通管弦之道，蝉丸因为常年奉侍亲王，常听到弹奏琵琶，也弹得一手好琵琶。

这位博雅朝臣由于酷嗜音律，正在遍求名师，一听说会坂关这个盲人是琵琶圣手，就很想听他弹奏，只是盲人僻处陋室，不便前去，便派人暗中授意蝉丸说："你何必住在这个偏僻地方，还是住到京中吧。"盲人听后并不作答，只是吟道：

有人一生真乐趣，
岂在弟庐与金阙。

博雅朝臣听差人如此回禀，更急于早日听到盲人弹奏琵琶，他想，我酷嗜音律，才亟愿与盲人相会，况且人生无常，盲人既非长生之躯，我也不知几时死去。听说琵琶曲中，有流泉啄木一阕，他要一死，将成绝响，只有这个盲人得其真传，我必须设法听他弹奏，学得此曲。想罢当夜便赶到会坂关，悄悄站在盲人庐

外潜听他的弹奏。但是当夜盲人并未弹那流泉啄木之曲。以后，博雅每夜必去会坂，就这样持续三年，始终也没能如愿以偿。三年以后，在八月十五日，月色含晕，微风吹动的一个夜晚，博雅心想今晚蝉丸雅兴一起，或能弹奏流泉啄木，这样他又照旧去到会坂潜听。这时，只听盲人拨动琵琶，奏出极为凄婉悲凉的曲调。

博雅大喜，忽听盲人开怀吟道：

狂风急雨落会坂，
忍辱偷生度余年。

吟罢，弹起琵琶，曲调感人至深，博雅只听得簌簌流泪。盲人自言自语说："好个动人雅奥的夜晚啊，想世间不乏知音同好之人，若得到此，今夜愿与他共谈衷曲。"博雅闻言答道："王城的博雅在此。"盲人听声问道："谁在答话？"博雅便报了姓名，接着说："我渴慕你的演奏，三年来夜夜到此潜听，且喜今夜幸会。"盲人一听大悦，立将博雅请进庵中，双方互道仰慕，博雅请奏流泉啄木一曲，盲人说："先主在世时，就是这样弹法。"接着就把弹法传给博雅。博雅未带琵琶，只好牢记他口授的曲谱。博雅学得此曲再三拜谢，欣然别去已是破晓时分了。

可见无论哪种技艺，只有如此勤求勤学，才能获得成就。可惜近代的人，却没有这种精神，因而，样样技艺俱乏能人。蝉丸因能时常留心亲王的弹奏，所以能以微残之身，终成琵琶圣手。他是在失明之后，才到会坂居住的，从此以后，世上才有了弹琵琶的盲艺人。

第二十四篇

玄象琵琶被鬼盗去

古时，在村上天皇朝代，朝廷珍视的传代至宝玄象琵琶突然丢失。天皇由于这件传国之宝失于己手，所以极为惋惜。这件名器，无论被谁偷去，也难藏之永久，不使人知，因此，人们都认为贼人是怨恨天皇，盗去琵琶要把它毁掉泄愤的。

这时，有个殿上人名唤源博雅，精通音律，自从听说玄象琵琶丢失后，心中不胜惋惜。一天，夜闲人静，他在清凉殿忽然听到南面有奏玄象琵琶的声音，心中奇怪，起始以为自己听错，就又凝神再听，当他断定确是玄象琵琶的声音，自己并没有听错时，越发感到惊奇。他没有和别人言讲，就穿着袍服朝靴，带了一个侍童，走出卫门府的班房，向南奔去，听来声音还在南面，他想反正不会离得太远，就循声走去，竟来到朱雀门下。

再听，声音仍在南面，于是又沿着朱雀门大路向南走去。他边走边想，偷玄象的人，必然是在××楼观偷弹，待他赶到××楼观一听，还像在离此不远的南面。因此他又向南走了一段路，来到罗城门下。他站在门下一听，琵琶声是来自门楼上的，这时，博雅感到惊奇，断定弹琵琶的不是人，必是什么妖魔鬼怪，他正在惊奇时，琵琶声停了一会，接着又弹起来。博雅向门楼上问道："是谁在此弹奏，玄象丢失后，天皇已寻找多日，今夜我是在清凉殿上听得南面有人弹奏，才追寻到此的。"

话刚说完，琵琶声当时止住，突然从城楼顶格上缒下一物，他吓得倒退了几步，一看，原来绳上系的是玄象琵琶，博雅壮着胆量上前接了过来，携回宫里呈给天皇，并奏明了情由，天皇闻奏深为感动地说："是鬼偷去了。"人们听到此事后，都很赞扬博雅。

如今玄象仍然是朝廷传世至宝，珍藏在大内。这只琵琶似乎有灵，弹奏它的人，手法如果不高，它便忿不出声，如果落有尘土而不揩拭，它也忿不出声，使人仿佛看见它那副怒冲冲的模样。有一次大内失火，虽然无人去抢救它，玄象琵琶却自走出院中，这都是些令人难解的事。

第二十五篇

三善清行宰相和纪长谷雄争论

古时，在醍醐天皇朝代，有位参议名唤三善清行。当中纳言纪长谷雄还只是廷试及第的俊士，他们二人之间有过一段不和。清行宰相奚落长谷雄说："古今没有无才学的博士，不料始自阁下。"长谷雄听了并未置否。

人们听到清行宰相把如此博学多闻的长谷雄贬得一文不值，认为他是位当代的硕学通儒，不禁深为钦佩，并且从长谷雄当时默不作声看来，人们就更信以为真了。

当时，还有个名唤××孝言的大外记[①]，也很有学问。他听到二人的不和后说："二龙相斗，虽败犹荣，非他兽所及。"意思是说，唯有长谷雄才配受三善宰相这样的奚落，其余的学者还够不上。这话一传出，人们都说："真是卓见。"都认为，长谷雄固然学问渊博，若比清行宰相总得稍逊一筹。

后来，长谷雄升任中纳言，大纳言出缺，他希望依序递补，就到长谷寺参拜观音祈求。当晚菩萨给他托梦说："你擅长诗文，将被派往他国。"长谷雄中纳言醒后不解其意，犹疑地回到京中，不久，他便下世了。因此，人人猜想他是按照菩萨的指示讫生到

---

① 日本古代在朝中掌管诏敕奏章的官员。

他国去了。

世上所说的纪中纳言，就是此人。那位清行宰相，是醍醐天皇朝代人，死在长谷雄以前，人称三善宰相。

第二十六篇

村上天皇和菅原文时作诗

古时，村上天皇喜好诗文，曾以“宫莺晓啭”为题作诗：

露浓缓语圈花底，
凡落高歌御柳阴。[①]

天皇便把博士菅原文时召至宫中讲给他听，文时也作了一首：

两楼月落花间曲，
中殿灯残竹里声。

天皇听了说：“我以为寡人所作已尽此题，不料文时的诗句也极微妙。”因此将文时唤至御前说：“我诗有哪些不够纯炼的地方，可据实奏来，勿得稍存顾忌。”文时奏道：“御制绝佳，尤其后七字，远非文时所能企及。”天皇听后说道：“未必如此，分明是你意存应酬，应据实重奏。”当时并把藏人头××召来谕令说：“如果文时不据实上奏，说出这首诗的优劣，以后文时的奏章，不得

① 天皇及文时的诗句原系中文。

呈阅。”文时听了吓得连忙奏道：“臣说实言，御制和文时之诗，是难分轩轾的。”天皇说道：“果真如此，你可立个誓来。”文时不敢起誓，只好实说：“文时之诗似高一筹。”说罢逃去了。天皇很赞许他的评断。

据说古时的天皇，就是如此爱好诗文。

第二十七篇

大江朝纲故居的老尼修改诗句

古时，村上天皇朝代，有位博士名唤大江朝纲，是个著名的学者。朝纲为宦多年，以所学报效朝廷，向无过失，一直升到宰相，七十余岁时才故去。朝纲的邸宅在二条和京极之间，向东眺望遥见贺茂川河滩，入夜以后月色尤其动人。

在朝纲死去几年以后，一个八月十五的皎洁月夜，有十几位爱好诗文的人出外赏月，彼此商议道："就到大江朝纲二条故居去吧。"于是来到二条，进院一看，这所院子已荒凉不堪，仿佛无人居住，房屋倾圮坍塌，仅余厨灶。这伙文士就排坐在残破的廊下赏月吟诗，吟到"踏沙披练立清秋，月上长安百尺楼"的诗句，这首诗原是唐朝白乐天在八月十五月夜所作，这些人把这句名诗反复吟咏了以后，又谈到了大江朝纲是如何具有才华。就在这时从东北角走出一个老尼问他们道："是谁到此玩赏?"众人答道："我们是来此赏月的，请问你是何人?"老尼答道："我是宰相生前的侍女，当初，相府上下不知有多少男女用人，俱都死去，如今只剩下朝不保夕的老尼一人了。"这伙文士听后，不胜嗟叹，甚至有为老尼落泪的。

少时，老尼说道："我听各位老爷方才吟'月上长安百尺楼'之句，但是宰相在世时吟的却是：'因月高上百尺楼'，两者似有不同，想来月亮如何上楼，只是人为了赏月才上楼的。"众人很佩

服老尼的意见，感动得流下泪来，就问："敢问老尼原在相府供何差使?"老尼答道："我是宰相跟前的侍女，做些缝洗工作，常听宰相歌咏这首诗，今晚听到各位吟咏，就模糊地想起来了。"众人和这老尼畅谈竟夜，天亮后方才回去，临行还送了她些衣物。

由此越发令人感到朝纲的家风是如何高雅了。连个无名的侍女，尚能如此，至于朝纲的才华，就可想而知了。

第二十八篇

天满天神[1]在梦中教人读诗

古时，菅原道真作了一首诗：

东行西行云眇眇，
二月三月日迟迟。

这首诗后人竞相传诵，但是无人懂得它的正确读法[2]。有个名唤××××的人，参拜北野神社时，曾在神前吟咏此诗。当天晚上，他梦见一位气宇轩昂的贵人前来问他说："你知道此诗的读法吗?"他惶恐地回答说不知，那位贵人便教他道："此诗应该如此如此读。"这人醒后忙在神前礼拜退了出来。

据说自古以来，天满天神就常常这样在梦中教人读诗。

---

① 指菅原道真（845—903），日本平安前期的学者，擅长诗文，醍醐天皇时任右大臣，死后祀于北野神社，称天满天神。

② 日本人读汉诗时，是按照日本文法将词序前后颠倒，并用日本语音来读的，因此一句汉诗往往可以有几种读法。

第二十九篇

藤原资业作诗受义忠批评

古时，有位博士，名唤藤原资业。一年，鹰司府[①]为了题写屏风，需要一些精彩诗句，天皇诏令擅长诗文的博士撰诗呈献，这位资业朝臣的佳作有多首入选。

当时的民部卿大纳言齐信，学问渊博，文章冠世，所以诏命他为选诗的钦使。由于资业的诗入选太多，就引起另一个博士藤原义忠的不快。那时宇治关白大臣藤原赖通还宦居××××，义忠就在他面前说道："资业朝臣的诗句不仅不会格律，而且平仄不调，值得挑剔之处极多。只因他是现任国守，所以齐信大纳言才存心偏袒选了他的诗。"资业当时正是××国国守。

此话传到民部卿的耳中，他大为不快，便向宇治关白大臣表白说，这次入选之诗都是佳句，没有徇私之处。宇治关白大臣听后，很不以义忠为然，因而将他唤来，当面申斥道："你为什么妄言，贻误大事呢！"义忠大为恐惧，就回家闭门思过，第二年三月才得恩赦。

那时，义忠曾托某女官向宇治关白大臣呈上和歌一首：

委屈无由诉，

---

① 指日本平安朝关白大臣藤原赖通之母伦子的府邸。

虚度好春光。

以后，宇治关白大臣也未深究此事。

想来，义忠批评资业的诗，虽非毫无根据，但也绝不像他所说的那样拙劣，至于宇治关白大臣斥责义忠，可能为了顾惜民部卿的一代清名，不愿使他受到徇私的诽谤。这件事纯粹起于文人互嫉才能，但是人们却不满义忠所为，说他不应妄作批评，中伤民部卿。

第三十篇

藤原为时因诗得任越前国守

古时，有一人名唤藤原为时，在一条天皇朝代，由于多年式部丞的劳绩，奏请外放国守，但在除授时，因无实缺，所以没有成功。

事后，为时深叹运蹇。过了一年，朝廷又遴选外官，他虽不是博士，但是颇有才华，便修了一封奏折托内侍女官呈览。奏折中有“苦学寒夜，红泪沾襟，除目后朝，苍天在眼”之句，不想在女官呈递奏折时，天皇将要就寝，所以没有看到。

过了几天，关白大臣藤原道长，入朝主持这次遴补大典，当他将为时请求外放的事，奏禀天皇时，天皇没有看到奏折，当时未置可否。于是关白派人询问女官，女官回说：“在进呈为时的奏折时，天皇已经就寝所以没有看到。”并把奏折找了出来，由关白呈给天皇，其中果有此句。关白看罢深受感动，当场把原定由自己乳母之子藤原国盛充任的越前国国守，改派了为时。

为时因奏折中的诗句感人，得以外放，博得了世人的称赞。

第三十一篇

伊势贵嫔咏题醍醐天皇的画屏

古时，醍醐天皇为了给皇子举行着袴仪式[①]，命人制造了四扇画屏。因为需要些诗词点缀画屏，就传旨命歌人，分别咏歌呈进，众人把歌呈上后，天皇又命书家小野道风题写。在四扇屏中的春景，画的是在樱花盛开的山路上，有一辆香车正在行进。由于天皇一时遗忘没有把这扇春景交给众歌人按画作歌，直到要题写时，才发现少一首歌词。天皇发觉此事后说："这却如何是好，事到如今也不能使人立地成诗！这样美丽的画面若无歌词点缀，实在可惜。"沉吟半晌之后，传旨召见殿上人藤原伊衡少将。

藤原伊衡应召赶来后，天皇吩咐说："你速去伊势贵嫔宫中说明情由，命她补咏一首歌词。"天皇所以要在许多官员中差遣伊衡，想是因为他仪表英俊，品格不凡的缘故吧。

且说这位伊势贵嫔，生得绝顶聪明，才艺双绝，是大和国国守藤原忠房的女儿，她是在宇多天皇在位时，来到大内，深得圣宠，才晋封为贵嫔的。从她姿容心性说，无一不是佳妙绝伦，尤

---

① 日本古代习俗，男女孩长至三岁时举行着袴仪式，皇子的着袴仪式由天皇亲自主持，颇为隆重。

善吟咏和歌，更可媲美于当时的名家躬恒[①]和贯之[②]。自从宇多上皇出家到大内山深处修行后，这位伊势贵嫔也感到好景不长，人生乏味，就闭门谢客了。这天，她又触景生情，想起大内往事，正在伤感烦闷时，忽然听到门外传来喝道的声音，紧接着进来一位袍服冠带的官员。她不知来者是谁，举目一看原来是伊衡少将。伊势贵嫔见他突然到来，想必有事，便派人去问。

伊衡奉旨来到伊势贵嫔的宫苑一看，原来是在五条附近，苑中树木极多，浓荫蔽日，殿前花卉灿烂似锦，细砂漫地，青苔如茵。这时正是暮春三月，殿前的樱花簇拥枝头，寝殿南面挂的走水镶边珠帘，虽有残破但仍不失典雅。伊衡在中门旁廊止步，命人回奏："皇上差使伊衡前来参见。"只见一个年轻武士走出来说："请到这边来。"于是他就随着走进寝殿南面的门前，这时又听到一个肃穆凝重的女官的声音说："请进来。"掀帘进去，只见正中暖阁还挂着一道珠帘。珠帘两边各悬着一面丈八宽的幔帐，上印雅致的朽木花样，紧挨着幔帐两方，各立着一面略嫌陈旧的四尺画屏，沿着暖阁的珠帘，铺着镶花边的草席，席上放着锦垫。殿内的地板净无秽尘，光亮鉴人，所有的构造、陈设，没有一处不现出清幽情趣。伊衡走到锦垫旁边坐了下来，只闻脉脉幽香从帘内传来，帘里坐着两三个眉清目秀的宫女，可以透过帘子看到她们的雅洁的衣袖。

伊衡惶恐不安地走近帘前奏道："我奉旨前来，为小殿下今晚就要举行着袴仪礼，但所备的四扇屏还缺少一首题写春景的歌词。情因在诏令歌人献歌时，圣上忘交下了这一扇，所以歌人没有做得，这一扇就无歌可写，虽曾命人谕令躬恒和贯之赋献歌词，不

---

① 即凡河内躬恒（生卒年月不详），日本平安朝前期的歌人，三十六歌仙之一。

② 即纪贯之（？—945），日本平安朝前期的歌人，三十六歌仙之一。

料他们又都不在府中。因迫于时间，别人难以应命，所以拟请贵人代作一首。”伊势贵嫔听罢，惊愕地说：“万没想圣上会传旨命我代拟歌词。即使早奉诏命，我也未必赋得躬恒、贯之那样好，何况必须立即呈献，实在不敢应命。”这些话，说得委婉得体，极为庄重，伊衡听了更感到她的雍容气象世上无比。

少时，有个身穿单衫的端正女童，提着酒壶从帘后膝行而出。伊衡正在纳闷，不知什么时候帘下又递出一把托着酒杯的画扇。这时他只顾着宫女膝行时的优美姿态，所以没留意那个酒杯。接着宫女用画着鸟兽图案的泥金砚盒盖[①]送来了各色水果，盒盖上还铺着一层洁净的薄纸。宫妇敬酒，伊衡刚接过酒杯，那个宫女就提壶斟酒。尽管他连说够了，可是还是斟了再斟。伊衡心想，真奇怪，莫非她们知道我的量大，就一饮而尽。宫女没容他放下酒杯，连连满杯劝让，他一连饮了四五杯，好容易放下这只杯时，不料又从帘下递出来另一只杯。他虽再三推辞，怎奈宫女殷勤劝敬，在这样一干再干之下，终于喝得酩酊大醉。

少将这时眼带醉意，脸色绯红，大有和盛开的樱花交相争辉之趣，宫女们看他越发显得英俊了。又过了些时候，帘下递出了一个紫色纸包，包着写在紫色纸上的一首和歌，另外还有红夹袄、浅蓝上衣各一件和一条深红裙裤，这一套女装，颜色调配得非常雅致。少将接过来说“这真是意外的珍贵赏赐”，便告辞了。宫女们两眼直送到少将出了大门，看他那背影和步伐，都极为美妙。后来车声和喝道声渐渐远去，她们的心里不觉现出依恋之情，感到伊衡坐过的锦垫上犹有余香，久久不忍移去。

天皇在宫中等得很焦急，连问：“还没回来？还没回来？”命人出去瞭望。去人听到喝道声已近无名门下，就急忙回奏道：“回

---

① 这是一种漆器的食盒，状如砚盒盖，古时盖以砚盒的漆盖代用，因用此名，相沿不改。

来了。”天皇便说：“快着他进来，快着他进来！”这时道风正在御前润笔等候，还有许多公卿和殿上人也都在御前伺候。少时伊衡少将把礼物搭在肩上，走上殿来。他在殿外放下礼物，进殿呈上和歌。天皇展开一看，首先感到字体十分隽秀，绝不逊于道风，再看题的歌词是：

满眼风光好，
心怀故乡春，
借问寻芳者，
不知花落未。

天皇看罢赞赏不已，就传与御前的群臣们说：“你们来看！”众人接过歌词，抑扬顿挫地吟咏起来，更觉得声调铿锵，确是杰作，再三吟咏之后，才交给道风题在画屏之上。

由此可见伊势贵嫔是如何卓绝的歌人了。

第三十二篇

中纳言敦忠咏南殿樱花

古时，太政大臣小野宫藤原时赖官拜左大臣，一年三月中旬，入宫主持朝仪，坐在上卿席上，两旁陪坐的有二三位公卿。这时，南殿前的那棵樱树，虽年代久远，树干已空，但仍然蓊蔚蓬勃，枝条茂密，荫蔽着阶前。这时落英遍地，春风过处，宛如花浪滚滚。大臣看罢不禁赞道："好美的樱花，虽每年都开得不错，但总不像今年的好，真应该叫土御门中纳言来观赏一番。"他的话刚刚说完，就远远传来公卿出行喝道的声音。

大臣唤来一个官员问道："方才喝道之声是谁进宫？"那人回说："是土御门权中纳言进宫参谒。"大臣听后欣然说道："这真是太凑巧了。"这时中纳言已走上殿来，他刚一落座，大臣便道："你看这满院落花，作何感触？"中纳言答道："实在太美了。"大臣又说："对此美景，应有佳句。"中纳言听了心想，当着这位当代名家，岂可率尔下笔，如果为了敷衍塞责，反不如藏拙不作，免得贻笑大方。但是也不能佯装不解风趣，过拂雅意。想到这里就整了整衣袖，吟道：

宫人若解风流意，
停扫庭前嵯落花。

大臣一听极为赞叹，心想这首歌如果和得稍有逊色，将传为千载笑柄，但要胜过原作亦不可能。不如谈些古歌，尚可不失体面，想到这里，便笑起忠房使唐时所做的诗歌来了。

这位权中纳言名叫敦忠，是时平左大臣夫人在原氏所生，年在四十上下，相貌端丽，品格高雅，颇著时誉。因其来往××，又叫作本院中纳言。他的诗才过人，这一首好歌，更博得世人的赞扬。

第三十三篇

公任大纳言咏题画屏

古时，一条天皇朝代，上东门院彰子选为中宫进宫，天皇传旨，命众歌人咏歌呈进，以便题在新制的四扇画屏上。

分给公任大纳言咏题的那扇画屏，画得是四月天气，一户人家掩映在盛开的藤萝花丛中的图景。在献歌那天，别的歌人都如期交来，唯独这位大纳言迟迟不来，急得关白大臣[①]一再派人催问。更兼奉旨题写屏风的书家行成大纳言，早已进宫等待，也连加催促请求交下画屏以便题写，这越发使关白大臣感到心急。正在这时，才见公任大纳言进宫来了。在所献的歌词中，殊少佳作，众人对于大纳言的迟迟到来，认为必有出色的作品，所以全抱着很大希望。关白大臣在大纳言刚一进殿，便责问他说："歌词为何迟迟不献?"大纳言便分辩说："至今未得佳句，若以拙家之词奉献，反不如不献。假如没有胜过他人的地方，题在这样的名贵画屏上，岂不留下这千载笑柄吗!"关白不臣听他这样回答便作色说道："别人的歌词如何，不关紧要，只是你的拿不出来，所有画屏的题写，就将遗怅了。"大纳言又辩解说："这次感到难以应命的，

① 指藤原道长（966—1027），他是本文所说一条天皇中宫彰子的父亲，担任摄政关白达二十载，是藤原氏极盛时期的族长，所以下文公任大纳言所咏的和歌用盛开的紫藤萝花象征藤原氏的繁荣。

想不止下官一人，即以永任[①]那样长于作歌赋诗的人，不是也作得极平庸吗，连这些名家都是如此，怎能独责公任一人呢？还望[②]大人宽恕。”尽管他再三托辞不献，但是关白大臣依然严词催促，大纳言在这样督促之下，长叹一声说：“这真要贻羞后世了。”就从怀里取出写在陆奥纸上的和歌，呈给大臣。大臣展开放在御案之上，当时关白大臣的公子宇治左大臣、二条大臣，以及许多公卿和殿上官员，都认为尽管大纳言这样说，但是所赋的歌，绝不会碌碌无奇，所以拥到案前争看，仿佛放在那里的是秩叙除官授爵的官秩录。当听得大臣高声吟咏道：

藤萝呈吉兆，
团簇似紫云，
雨露泽广被，
恩光萃一门。

在场的人一听，悬了半天的心才放了下来，顿时发出一阵啧啧的称赞声。大纳言见大家同声赞佩，也向大臣说：“我这才放心了。”

这位大纳言博学多能，尤其善于吟咏和歌，自己有时也以此自豪。

---

① 当时没有名叫永任的歌人，疑有误。

② 原文晦涩难懂，姑如此试译。

第三十四篇

公任大纳言咏歌白川府

古时，公任大纳言春季住在白川府时，一天有四五位殿上人造府过访，说道："如今百花盛开，我等特来观赏。"大纳言命人摆酒设宴，一同赏花作乐，并即席赋歌吟咏道：

客访山村因春到，
看来花是主人翁。

殿上人们齐声赞赏后，也有作歌相和的，但没有一首堪与此歌媲美。

还有一次，是在九月中旬，那天月光如洗，夜渐深沉，大纳言因父亲三条太政大臣逝世，正在望空追念，忽听家将班房那厢，有人说："好一轮明月。"大纳言触景生情吟道：

思亲泪盈眸，
疑是月朦胧。

还有一次，也是九月天气，大纳言见浮云掩月，有感于怀，咏道：

清辉能几夜，

盈亏各有时。

还有一次，当大纳言居官参议兼中将时，曾偕同许多公卿和殿上人，郊游大井川，他看到红叶漂流，壅塞堰堤，因咏歌道：

红叶无心逐流水，

堰堤有意留清秋。

大纳言的女儿，是二条大人藤原赖通的夫人，他在一个大雪纷飞的早晨，给女儿送去了一首歌：

鬓丝如白雪，

经年积未消。

还有一次，当大纳言在官运蹇塞，遁世蛰居的时候，看到八重菊盛开，吟歌道：

白菊齐争秀，

掩映似秋霜。

还有一次，大纳言见许多人厌世出家，遂吟歌道：

人都避世嚣，

何独恋红尘。

还有一次，他在关白大臣藤原赖通的大宴席上，看见厅上的画屏上画着人们到山里看红叶的情景，于是便吟歌道：

红叶满山人来访，

待落尽时还再来。

这位大纳言是咏歌圣手，上面所介绍的只是片断而已。

第三十五篇

在原业平中将东行途中咏歌

古时，有位在原业平中将，是个风流才子，因怀才不遇，就想离开京城，到关东地方另寻安身之所，他没有找人领路，只携一二亲随，登上陌生的旅途。

一天，他们来到三河国的八桥。这座桥是因为河水流到这里分成八股，像蜘蛛的八只脚一样，每股水上面都架了一座桥，所以才得此名。业平来到这里见沼泽旁边绿荫宜人，就下马来坐在地上休息，同行的人看见小河边上，燕子花盛开，便说："请将'燕子花'几个字放在句首①，作一首旅愁之歌。"业平应声吟道：

衣尚有裾人少伴，
茫茫旅路不胜悲。

同行之人听了万感交集，不觉泪下，把干粮都泡胀了。

他们离开那里，遥遥向前走去，又来到了骏河国。他们将要进入宇都山的时候，只见山上枫木参天，常青藤丛生，遮得山径昏黑莫辨，阴森可怕。当他们触景伤情，正在嗟叹时忽见来了一

① 日本和歌是以五、七、五、七、七五句共三十一个字组成的短诗，燕子花日语读音为五个音节，这首和歌的原文，每句都是以燕子花日语读音的一个音节开始的。

位修行僧人，仔细一看，原是在京的熟人。僧人看见业平，奇怪地问道："施主怎么跑到这里来了？"业平下马就地写了一首短歌，托僧人带给留在京里妻子，只见上写：

山路不逢人，
醒睡同一辙，
恨别思团聚，
鹊渡梦亦难。

他们从那里继继续前行，终于望见了富士山，这时虽然已是五月底，但山峰积雪仍然是白皑皑的一片。业平遂咏歌道：

山高不问春和夏，
犹有层峰雪未消。

打个比喻说，这座山的高度，就如同堆了二十层比睿山那样的高，形状仿佛海滩上堆积起来的沙堆。

他们继续赶路，来到武藏国和下总国交界地方一条大河旁边，这条河叫作角田河①。

一行人团坐在河边憩息，想起离京已这样遥远，都不免有些感伤，只听见渡船夫说道："快来上船，天要黑了。"上了船时，人人想起京中的妻子眷属，更觉凄凉。就在这时有只鹬鸟般大小的白鸟，红嘴红脚，正在水上嬉戏捕鱼。他们在京里没见过这种鸟，不知道叫什么，便问船夫说："这是什么鸟？"船夫答道："这叫作都鸟。"业平一听此言，便咏歌道：

名实如相应，

① 这条河现在叫作隅田河，因为日本语"角"与"隅"训读相同。

吾欲问都鸟。
不知意中人，
今宵健在否？

船上的人们听了这首歌，全都为之落泪。

据说这位业平中将就是如此能善咏和歌。

第三十六篇

在原业平在右近卫马场与女子以歌唱和

古时，右近卫府马场五月六日举行骑射大会，当时在原业平官居中将，坐在大臣看台上观看。大臣看台旁边，有一辆香车，停在那里看热闹。

一阵微风吹过，卷起香车的帘幔，业平看见女子的脸生得姣好，便派侍童送去一首歌云：

不是不相见，
两无相见缘。
可怜长想望，
惆情过华年。

女子也以歌相答，歌词是：

知与不知先莫问，
真心方是指南针。

还有一次，这位业平中将出外射猎，来到唯乔亲王的山崎庄时，亲王邀他到天河河滩饮酒遣怀。当时对业平中将说道："请你咏首天河歌，以助酒兴。"业平中将随口咏道：

狩猎至天河，
寄声问织女，
不知今日中，
可否客借住？

亲王一时不能得佳句，他的侍臣纪有常代为和道：

一年一相见，
鹊渡约有期，
持谕求宿人，
尔莫费言辞。

这天晚上，亲王国庄和中将通宵饮酒畅谈，当夜正是初二日，在月牙将要西坠时，亲王酒醉，想入内室就寝，业平中将便又咏歌道：

宵饮尝谈兴转浓，
夜月纵倦不容逃。

亲王一听，不便就寝，一直陪他谈到天明。

中将就这样经常往来庄上，与亲王盘桓，后来亲王突然出家，一度迁居小野。业平中将去看望，这时，虽已二月天气，雪还是下得很深，中将触景生情，倍感凄凉，遂咏歌道：

人生如梦不是梦，
踏雪访友情倍真。

咏罢哭泣而返。

这位中将是平城天皇皇子阿保亲王的世子，品格高尚，只是性甘淡泊，谢绝世务，就这样放歌行吟，遨游各地。

第三十七篇

藤原实方朝臣在陆奥国咏和歌

古时，有位名唤藤原实方朝臣的人，是小一条大将大纳言济时的公子。

他在一条天皇朝代，起始官居左近中将，××殿上行走，不料后来突然外放陆奥国国守，就到任地去了。当时有位右近中将，名唤源宣方朝臣，是××的公子。他们二人一同在朝为官，过从甚密，是最亲诚无间的朋友，在实方离京赴陆奥莅新时，和他挥泪而别。到任以后，实方中将曾给宣方中将寄来一首和歌：

远离帝都求疏放，
何期犹有恼人关。

还有位道信中将，和实方中将也是亲密无间的好友，一年二人约在九月同去观赏红叶，不料他竟在约前死去。实方中将伤感已极，呜咽自吟道：

约在人已故，
挥泪对红花。

吟罢更加悲痛，缅怀不已。

还有一次，这位实方中将，钟爱的幼子不幸夭折，他思子心切，悲痛异常，夜梦看到这个孩儿，醒后遂咏歌道：

梦会苦短暂，
醒后虚幻长，
悲痛情难禁，
莫如梦中过。

吟罢缅怀伤感，泪流不止。

这位中将，就是这样善于咏歌。他外放陆奥国国守，任职三年，竟死在任上，实在令人感伤。他的公子朝元，据说也是一位擅长咏歌的人。

第三十八篇

藤原道信朝臣葬父咏歌

古时，有位左近中将，名唤藤原道信，他是法住寺为光大臣的公子，在一条天皇朝代充任殿上人。他仪容伟丽，情操雅正，尤其善于咏歌。

道信在年轻时，父亲为光大臣便弃养了。他虽十分悲痛，但也别无办法，只有深感人世无常而已。未几到了除服之年，纵便悲哀未尽，却因礼制所限，也必须除服，于是道信中将哭泣咏歌道：

守制期已满，
麻衣倏已更。
情余两行泪，
永远报深情。

还有一次，这位中将听到许多殿上人嗟叹人生如梦，便以“看牵牛花”为题咏歌道：

莫嗟朝颜[①]当晨谢，

① “朝颜”乃是日本的牵牛花的名字，原含有朝开暮落的意思。

朝颜笑尔不如花。

还有一次，这位中将看到画屏上，画着一幢茅舍在漫山遍野盛开的梅花丛中，一个孤身女子待在幽暗的屋里的图景，便咏歌道：

花美山深无人问，
独有风怜不忍残。

还有一次，这位中将在初秋九月去访情人，不料她的父亲把女儿藏起来不让见面，他只好怅然而返。第二天赋歌一首，寄给了她，歌道：

黄花空有节，
亦有褪色时，
何人不见谅，
无情甚秋霜。

还有一次，这位中将当菊花盛开季节，想到山庄游赏，便派人送去了一首歌：

舍下篱菊花正放，
应趁未谢及时看。

还有一次，中将在八月到桂川访友，看到一轮皎洁月影映在水里，便咏歌道：

月入桂川疑水涨，

细看方知夜深沉。

他回去以后，过了三天光景，又赋得一歌，寄给同去桂川赏月的友人，歌道：

山村美景君应记，
水月相伴秋意浓。

还有一次，中将和他的兄弟公信朝臣一起来到壶坂地方，看见路旁兰草花开，便咏歌道：

兰草比昆仲，
花开慰人几，
不让菊独秀，
挺然立通衢。

还有一次，中将因相约同游极乐寺的友人，到时爽约，当即咏歌道：

风传佳音怕爽约，
今朝红叶分外艳。

还有一次，有个名唤奝然法桥的僧人，将往宋国，特意来辞行，他看着菊花说道："不知几时才能再会。"中将听罢便咏歌道：

后会茫茫难期约，
菊花开罢便无花。

还有一次，这位中将在某官署看到有人送来绿柏板制成的白木食盒，他便给正月初子日野游的友人寄歌一首：

子日循回初无尽，
长保遐龄如翠松。

还有一次，在皇太后将驾幸长谷寺礼佛临出宫时，见天色尚早就又稽延了片刻，这时扈驾的官员们看到晓月在天，都作歌赞颂，这位中将也作歌道：

身虽遁世光常在，
凌空晓月扬清辉。

众人听了都极为赞赏。

还有一次，这位中将因和一个女官约定在她每次出宫时必来相会，但是这位女官这次出宫竟没通知他，第二天清晨，中将便给她送去了一首歌：

普照人间天上月，
出时犹自使人知。

还有一次，当藤原为赖朝臣外放远江国国守，将要赴任莅新时，由某处给他寄来一把扇子，正被中将遇上，便咏歌道：

今后四载春临日，
须想群芳满皇都。

还有一次，中将作歌赠别远离京都赴乡下的某友人道：

世事无常多变幻，
待君归来知若何。

还有一次，中将咏歌赠送藤原相如朝臣赴出云国国守，歌道：

友情虽厚难留别，
诒绩政声烦作书。

还有一次，××国范朝臣送还所借的衣带时，中将以歌作复道：

衣带一时留纪念，
且留君处志因缘。

一次，中将看到一幅画屏上画有一叶钓船垂在海中的图景，便咏歌道：

孤舟浮大海，
进退两茫茫。

还是在同一地方，中将看到一幅画着雾罩枫林，人在征途的画景，便咏歌道：

晨雾罩秋枫，
征途嗟晚华。

还有一次，有人送来一幅画请加指点，中将一看画的乃是一

个汉子满面愁容坐在山间清溪边上，便题歌一首送了回去。歌道：

忧心忡忡为底事，
临溪对水仔细观。

据说这张画的主人看了极为赞赏。

第三十九篇

藤原义孝朝臣死后咏歌

古时，有位右近少将名唤藤原义孝，是一条摄政大臣的公子，仪表、人品、才华都超出侪辈，更具深厚道心，可惜的是不寿早逝，亲朋们都哀悼惋惜不置。

在他死后十多天，贺缘和尚梦见少将像是在吹笛子，仔细一看却是吹口哨，看情形他吹得非常高兴。贺缘问他说："令堂那样思念你，你为何却如此高兴？"少将并不回答，只是咏道：

天花散乱如时雨，
何必忧愁怀故乡。

贺缘惊醒后哭了起来。

还有一次，是在第二年秋天，少将的妹妹梦见少将对她咏歌道：

泪痕未干存衣袖，
哪知死别已经年。

她醒后伤心得哭了许久。

还有是少将尚在病中的时候，他妹妹怀子女御还不知少将已

死，念完经以后[①]不久少将死了，忘记了他这番叮咛，就把他匆匆埋葬了。当天晚上，他母亲梦见少将对她咏了一首歌：

殷勤叮咛音还在，
刚登冥途竟全忘。

他母亲醒后，哭得死去活来。

可见善于歌咏的人，即在死后仍有这样的妙作。

① 此处原文似有脱误。

第四十篇

圆融法皇奉安之夜朝光卿咏歌

古时，圆融院法皇驾崩，文武百官前往紫野送殡，人们想起以前正月初子日随驾来此宴游的情景，都怀无限悲伤，于是闲院左大将大纳言朝光咏歌道：

紫野宴游恩宛在，
哪知今日葬君王。

当时大纳言行成也咏了一首悼歌：

扈驾郊游心怕晚，
乘烟归去太凄凉。

吟咏如此哀悼的诗篇也着实很可怜。

第四十一篇

一条天皇驾崩后上东门院咏歌

古时，一条天皇驾崩，当时后一条天皇尚在年幼不知哀痛，还有心摘瞿麦花，皇太后上东门院看到此景，便咏歌道：

溥溥韭露添新泪，
一见伤心抚子花。

听到这首歌，人们都伤感得落泪。

还有，是在一条天皇还没有禅位时，皇后故去，有人发现幔帐的锦带上系着一张书笺，看情形这是专为让天皇看的，便呈御览，一看是和歌三首[①]：

海誓山盟如仍在，
细看悲泪色可知。（其一）
黄泉路冥无人问，
我且先行尤可悲。（其二）

天皇看罢异常悲痛。世人听到这首歌，也都无不哭泣。

---

① 本书原文只录两首。

第四十二篇

朱雀天皇女御死后女官咏歌

古时，朱雀天皇的女御，是小野宫太政大臣的女儿，不幸早亡了。

有个侍奉女御的女官名唤助娘，生得姿容姣好，性情娴雅，女御格外怜爱她，把她当作亲人，女官也非常感激这位女御。后来她出宫嫁了常陆国国守为妻，随同丈夫到任去了。她本来不忍离开女御，只是丈夫苦苦相劝，才一同去的。因此，到了常陆以后思念女御之心，无时或已。在常陆时她拣了许多瑰丽的贝壳，装在匣子里打算带到京里送给女御。不料到京以后，才听说女御已经亡故，她的悲痛心情，就不必细表了。

但是悲泣何济于事，助娘便把这匣贝壳呈给太政大臣，作为延僧诵经追荐女御的布施，并且附歌一首：

拾来空贝壳，
将以贻故人，
君今在何处，
问诸河水滨。

太政大臣看罢，不禁老泪纵横泣不成声，就和歌一首道：

空遗空贝壳，

长恨念亡人。

据说当时听了这两首歌的人，无不为之垂泪。

第四十三篇

土佐国国守纪贯之丧子咏歌

古时，有位歌人名唤纪贯之。他后来外放土佐国国守，离京到任。就在任期届满的那年，他的七八岁的男孩突然得病，不治死去。这个孩子长得非常俊美，深得贯之钟爱，如今夭折，真使贯之悲伤已极，直哭得险些生病。过了一个月的光景，任期已满，不能再留，便打点上京，临行时，不禁想起孩子生前在此嬉戏的情景，十分悲痛，便在抱柱上题歌一首：

不忍回京心更苦，
只因此地有亡儿。

抵京之后，他也没有减去悲思。据说题在署内抱柱上的那首歌，直到如今仍然可以看得出来。

第四十四篇

安倍仲麻吕在唐咏歌

古时，有位名唤安倍仲麻吕的人，受朝廷命令派为遣唐使到震旦学习典章文物。

他赴唐以后，多年未见归来，朝廷又派了一位名唤××××的人为遣唐使到了震旦。安倍仲麻吕离国多年，今见××××来到，便随他一同归国，临行时，唐朝的人们在明州海边给他们饯别。入夜以后，月光分外明亮，触景生情，更增乡思，便遥望故国咏歌道：

皓月东来照大地，
故乡应是分外明。

歌罢不觉泪下。据说这是仲麻吕回国后谈出来的。

第四十五篇

小野篁流配隐岐国时咏歌

古时，有位名唤小野篁的人，因罪流配隐岐，在乘船启程的时候，作歌一首寄给京中的故旧：

言向八十岛，
檥舟发沧溟。
寄言钓舟客，
为告故乡人。

当晚行抵明石，便宿在那里。这时正是九月天气，翌晨黎明，小野篁不能再睡，在眺望时，船已开行。在船驶过海岛后面时，他心怀感伤，便咏歌道：

晓雾迷蒙难极目，
舟过海岛障帝京。

歌罢而泣。

据说这是小野篁遇赦回京以后，对人谈起的。

第四十六篇

歌人来河原院咏歌

古时，宇多上皇生前住在河原宫，上皇驾崩以后，这座宫院无人住便荒废了。纪贯之从土佐国回京以后，来此凭吊，见此景象很为伤感，便咏歌道：

昔日烟霞今何在，
亭摧殿圮不胜悲。

这所宫院原是仿照陆奥国临灶浦的海浜风光营造的，院中引有潮水，所以他才这样吟咏。

后来，这所宫院改为佛寺，由安法和尚任住持。在一个冬夜，他看见月光清澄，便咏歌道：

夜空清澈浑似洗，
冷月高悬宛如水。

西阁西面，有株高大古松，凡是曾到安法和尚禅房来的歌人，皆有歌咏。古曾部入道能因咏道：

壮丽宫院成陈迹，

缅怀往事吊孤松。

××善时咏道：

多日无人来汲水，
井中杂草已丛生。

源道济咏道：

老松尚可证往事，
只是枯朽不经年。

后来这座宫院越发荒废，那株老松也不知哪年被风吹倒，人人都说凄惨可哀。这座宫院如今只留下小屋和一座佛堂而已。

第四十七篇

伊势贵嫔年轻时咏歌

古时，伊势贵嫔在未得宠命以前，曾在七条皇后宫中充当女官，那时枇杷左大臣也还年轻，官居少将，和她曾有一段私情，二人虽然来往隐秘，还是被人察觉到几分。后来，有一时期少将和她形迹疏远，不通音讯，伊势贵嫔于是赋歌一首，寄给少将道：

捐弃余痛在，
浮名留人间。

少将看后，怀念旧情，便又和好如初了。据说从此以后二人便不拘形迹，俨然是相爱的夫妻了。

第四十八篇

三河国守大江定基咏歌赠答卖镜女

古时，当大江定基朝臣任三河国国守时，有一年发生严重灾荒，粮米无收，又加上五月淫雨连绵，一天，定基朝臣府上来了一个卖镜女子，拿进来一看，镜子装在一个五寸大小的黄澄澄的泥金漆匣里，外边还包着一层芳香的陆奥纸。

打开一看，镜匣里有张薄纸条，上面题着字迹娟秀的一首和歌：

宝镜只照今朝泪，
长年形影莫告人。

定基朝臣看罢，大发善心，不觉泪下。除了把镜子还给她以外，并附赠大米十石，派车随送到她家。另外还和歌一首，也装在镜匣里交给了女子。但是并没对人谈那首歌的内容。据跟车的仆人回来说："送去的大米卸在五条油小路附近一所绿柏皮盖顶的破烂小屋里。"

据说女子当时也没说出是谁。

第四十九篇

七月十五日盂兰盆设供的女子咏歌

古时，一年七月十五日举行×兰盆会时，有个贫穷女子，无力为祖先备供设祭，就将仅有的一件淡红夹袄面拆下，放在瓦盆里，用莲叶盖好，送到爱宕寺，伏地礼拜后涕泣而去。

女子走后，人们觉得奇怪，走近一看，原来在莲叶上题着一首歌：

供养只有莲花露，
还望弥陀鉴此心。

大家看罢，都觉得她很可怜。

据说人们始终不知道这个女子是谁。

第五十篇

筑前国国守源道济家将之妻临终咏歌

古时，有位筑前国国守名唤源道济，善于咏歌。

道济赴任时，跟随他的一个家将，也携带结婚多年的妻子同往住地。后来，他结识了一个当地女子，情意转变，不久便正式结为夫妻，把故妻遗弃了。

他的故妻，因身在异乡，无法可想，只好向丈夫说："现在我并不希望你回来同居，只求你遇有便人上京时，托他把我送到京里。"丈夫不仅没答应这个请求，连妻子的来信都不看了。从此旧家就让那故妻独住，长川住在新人那里，也不管她的死活。故妻在感叹悲伤之余，卧病不起。她在病前就失去仰望终身的丈夫的接济，只靠典卖衣物糊口，病后更是一筹莫展，在她身边的只有从京里跟来的一个侍女。

她虽把病重穷苦的情由，写信告诉了丈夫，也没得到丈夫的存问。又过了几日，她的病势越发沉重，终至不起，想起自己即将客死举目无亲的异乡，不禁万分悲哀。这时，她已神志不清，还是挣扎着颤颤巍巍地写了一封信，派侍女送给丈夫。侍女把信送到国守府，这人接过一看，连回信都不肯写，只说了句："知道了。"便别无他话，侍女便就垂头丧气地回去了。

和这人同事的一个家将，无意中把他扔在地上的这封信，拾起一看，只见上面这样写着：

命如残灯尚何望，
愿得一语慰忧思。

这个家将原本是富于同情心的人，看了这首歌觉得无限伤心，并憎恨这人心肠太狠，而可怜女子的薄命，决定把此事报告国守。于是就把这封信偷偷给国守看了。国守一看，便将这人唤来问道："这是怎么一回事?"这人无法隐瞒，只好把事情经过，详细说了一遍。国守听罢斥道："你真是个没有人心的东西!"立即派人到这人故妻处探视，原来这个妇人在写完信后，没等到侍女回来就死去了。

差人回禀了国守。国守是个心肠慈悲的人，觉得妇人死得可怜，便将她丈夫唤来责骂道："我非常后悔这些年重用了你。我不想把你这样没有人心的人，放在我的身边。"立即革除了他的职务，从他住宿的地方赶出他去，并派国衙皂隶把他押解出境。事后国守派人到死者家里，立刻把遗体埋葬起来，并请和尚修了佛事。她的丈夫无法再回新妻家里，只好搭乘便船，囊中空空地回京去了。

薄情人的心肠，就是这样冷酷。这位国守通情达理，又很慈悲，而且善于咏歌，据说他就是这样富于同情心的人。

第五十一篇

大江匡衡之妻赤染咏歌

古时，大江匡衡的妻子，是赤染时望的女儿，后来生下了拳周。拳周长大成人后，善于诗文，供职朝廷，最后升为和泉国国守。

他到和泉国上任时，母亲赤染氏也一同去了。后来拳周突然得病，日见沉重，他母亲赤染氏愁得无法可想，就派人给住吉明神敬献币帛，祈求让拳周早日病愈，在币帛串上赋歌一首：

岂为惜生命，
愿好相代替，
感欢计方来，
余生能有成。

当晚拳周的病就好了。

还有一次，当拳周为了营谋外放，赤染氏就赋歌一首呈给鹰司府关白大臣夫人歌道：

白雪已盈颠，
愿好旦夕至，
未及雪消时，

希天知此意。

关白大臣看了这首歌后，很同情她的慈母心肠，就派举周作了和泉国国守。

还有一次，赤染因丈夫匡衡迷恋稻荷神社神官的女儿久不回家，趁匡衡在稻荷神社神官家里的时候，就作歌一首给他送去，歌道：

院里苍松弃不顾，
一心迷恋路旁杉。

匡衡看到歌后，心生愧悔，回到赤染那里去，就不再和神官女儿往来了。

第五十二篇

大江匡衡咏六弦琴歌

古时，有位式部大夫名唤大江匡衡。在大学寮当学生时，虽有歌才，但是身材很高，而且双肩高耸，极其难看，到处受人讪笑。一天，众女官唤住他，递给他一张六弦琴揶揄地说道："你博学多艺，一定会弹这个，就请弹给我们听吧。"匡衡并不作答，只咏歌道：

此身未出逢坂关，
怎敢乱谈东方事[1]。

众女官一听，做不出答句来，登时一个个悄悄溜走了，不敢再嘲笑他。

还有一次，匡衡应邀泛舟游赏大井河，他这时谋官未成，正感烦闷，见同舟的许多殿上人，上下航游，并且各人吟歌，他也被劝诱作歌道：

满怀抑郁随水逝，
荡舟涤尽万斛愁。

---

① 日语，"六弦琴"原文作"和琴"，与"东方事"读法相同。

众人听了无不称赞。

还有一次，当实方朝臣离京出任陆奥国国守时，匡衡曾咏歌一首，寄到任地，歌道：

> 有人怀君君知否？
> 聆将离情告故人。

实方朝臣看后，当然也有唱和，只是这首歌没留传下来。

匡衡不仅精通汉诗汉文，而且善咏和歌，他的歌词就是这样优美。

第五十三篇

祭主大中臣辅亲咏郭公歌

古时，当关白大臣藤原道长官居大纳言住在一条府时，大约是四月初一的一天，大纳言见天色渐黑，就高声吩咐道："放下吊窗来！"后来爵晋三位，官居祭主的辅亲，当时还只是勾勘判官，他听见呼唤后，掀帘进来就要来放，突然有只郭公鸟掠过厅前树梢叫了一声，大纳言听到鸟鸣，就问辅亲："你听到郭公鸟叫吗？"辅亲停手伏地禀道："是，听见了。"大纳言说："既然听见了，怎么还不吟歌呢！"于是辅亲咏道：

郭公本是山中鸟，
亦到庭前报姓名。

大纳言听了很是赞赏，遂脱下外穿红袍披在辅亲的肩上。辅亲接过来叩头谢赏，放好吊窗，肩披红袍退回班房，众家将一看便问："这是哪里来的？"辅亲一说经过情由，大家都赞不绝口。

还有一次，辅亲常骑的牛忽然走失不见了，没想到这头牛却跑到他已经断绝来往的情人家中去了。正在他遍寻不得，心感焦急的时候，这女子派人把牛送来，另附一封信说："这条无知的牛

比你还多情[①]。”辅亲收下牛后，就回了一首歌：

将人故意和牛比，
不遇无情又若何？

还有一次，辅亲和许多知己结伴同游桂川临回来的时候，互相约定：“下次来时每人都得咏歌一首。”后来他们不去桂川，聚会在一个叫月轮的地方，于是就把改桂川到这里的缘由咏在歌里，辅亲的歌这样咏道：

今朝不去攀桂殿，
只因一心游月宫。

众人听了赞不绝口。

这位辅亲是能宣之子，能宣本是一位出色的歌人，他家学渊源，所以才能歌咏到这样地步。据说他是伊势神宫祭主的承重孙。

---

① 日语“牛”和“无情”（原文之“疎”）读音相同。

第五十四篇

阳成天皇皇子元良亲王咏歌

古时，阳成天皇有一皇子叫元良亲王，他性极好色，只要是听说世上某某女子美丽，就不管相识与否，总要传书赠柬，表示爱慕。

当时，枇杷左大臣府中，有一侍女名唤岩杨，生得姿容秀丽，性情温柔，向她求爱的男子个个极尽殷勤，但她都不肯加以悦色，一概谢绝。但是在这些男子中，有一人不管遭到如何，他总是毫不灰心，仍然大献殷勤，岩杨难以辞谢，这才接受了。以后这个男子和她处得极好，便常到大臣府上侍女所住的下房里相会。元良亲王不知此事，只听说这女子生得如何美丽，便屡次派人送书去，岩杨也不说已有情人，只是毫不动情，连封回信也不写。于是亲王又给她送来一首歌：

结绳划天差可拟，
如今致意薄情人。

女子的回答是：

郭公声声唤伴侣，

我番欲去复重回。[1]

后来始终没有听说这位亲王如愿以偿。

① 这两首歌前后颠倒了。——原注

第五十五篇

大隅国郡司咏歌

古时，大隅国有位国守名唤××忠信，到任视事以后，发现有个郡司玩忽功令，办事不力，便派人去传他说："快将他传来，我要训诫训诫他。"照例对于办事不力的人，是斟酌罪过轻重，行文加以训诫，只因这个郡司玩忽功令，已成积习，所以要把传来，严加惩戒。

在差人回禀人已传到时，堂上早准备妥当，和已往一样，把头、按臂和掌刑的人，都拿好架势，只等犯人来伏地受刑了。这时有两个公人将那郡司叉了进来。国守一看是个年迈老翁，满头没有半根黑发全已雪白，登时起了恻隐之心，便想托个因由放了他，却又一时找不到适当借口，只好从头追问失职情由，而这个郡司只是倚老卖老，装聋作哑。

国守不忍用刑，想宽恕他，但是左思右想也想不出好办法，最后，只好怒斥道："好个刁钻的东西！你会咏歌吧？"老翁说道："不能说是高明，还可以勉强一二。"国守便道："那你就咏歌吧！"老翁沉吟一会儿，便颤颤巍巍地咏道：

白发如霜起无力，

鞭笞之下栗竞竞。[1]

国守既佩服他的捷才，又可怜他的年老，就将他放了。

可见，虽在穷乡僻野的山野小吏中，也有这样善于咏歌的人，千万不可轻视。

① 日语“笞”和“霜”的读音相同。

第五十六篇

播磨国郡司家女子咏歌

古时，当高阶为家朝臣任播磨国国守时，府中有个位次极低的家将。人们已逸其名，只知道他号叫佐太，国守也只叫他佐太，从未呼唤过他的名字。

这人虽然没有……[①]国守念他侍候自己多年，就派他到一个小郡去收税。他满心欢喜地来到郡里，宿在郡司家中，只四五天工夫，就收齐了应征的钱粮财赋，回到国守府中。

佐太去时，郡司家里有个从京里来的女子，她本是个烟花女子，被人拐到这里，郡司夫妇见她可怜，就收留下来让她作些缝纫的活计。后来见她作的活计很好，越发舍不得放她走了。佐太回到国守府后，他的从人对他说："郡司家的侍女，模样俊极了，头发那样长。"佐太一听生气地骂道："你这东西，为什么在那里不说，偏要等回来才说，真是可恶。"从人说道："她就在您所住那间房子的屏风后边，我只当您早就看见了。"佐太本打算暂时不到郡里去，可是为了早些看到那个女子，就急急请假又到郡里去了。

哪怕对一个相识的女子，也当有些分寸，可是他一到郡司家里，就像对待自家的仆妇一般闯进女子房中，立逼求欢，女子坚

① 此处似有脱漏。

推不从，推辞说：“我身子不方便，以后再说。”佐太一怒走出房来，脱下身上穿的那件满开绽的粗布短褂隔着屏风上扔过去，高声说道：“把开线的地方都给缝好！”不到一刻工夫，短褂又从屏风上扔了过来，佐太大声夸奖说：“无怪人说你活计作得好，缝得可真快呀。”赶到拿过来一看，原来开线的地方并没有缝好，只拴着一张香气扑鼻的陆奥纸字条，佐太觉得奇怪，解下来展开一看，上面写着一首歌：

不在竹林无饿虎，
何劳佐太脱衣裳。①

佐太本是个不学无术的粗人，要他懂得什么风雅，自然是一种奢望。他看了这首歌，却大怒骂道：“这个瞎婆娘，我叫你给缝补衣服，你连看也不看，却叫起佐太来了。佐太有什么值得叫人瞧不起吗！我虽然没出息，可是连国守大人多年来都没有叫过我的名字，你怎配叫我佐太。”又说：“我得好好调教调教你。”接着不干不净地骂起来，说他要把她的什么部分给如何如何。女子听了急得哭将起来。

佐太还是怒气不息，又把郡司叫来威吓他，说一定要把这件事报告国守，郡司吓得大为惶窘说：“我好心收留一个无缘无故的人，没想到却给我惹祸，要受国守的责罚。”女子也是愁得无计可施。

佐太怒气冲冲地回到国守府，在班房里说道：“真叫人可恨，没想到一个女人，竟敢叫我佐太，这也辱没了国守大人。”一面说

① 这个典故出自金光明最胜王经舍身品第二十六，相传释迦牟尼的前生是萨陲王子，他曾经脱下衣服来挂在竹林上，舍身喂了饿虎。日语中“萨陲”和“佐太”略同，女子在这首歌里，把自己比作竹林，把佐太比作萨陲王子。

一面生气。同事的家将们听了莫名其妙，就问他说："你大发雷霆到底为什么呢?"佐太答道："这简直是给我们大家丢脸，你们也应该禀报国守大人。"就把经过情由说了一番。大家听罢"噢"了一声，有的笑他无知，有的恨他粗暴，却都同情女子。

后来，这件事传到国守的耳朵里，就唤佐太来询问真相，佐太还以为自己的状告准了，心中暗自高兴，就故意夸大其词，滔滔不绝地回了上去。国守听罢之后说："你这个蠢货简直是个不通人情的东西。怪我没有知人之明用了你这些年。"便把他撵出去了。国守还可怜这个女子的不幸遭遇，赏给了她一些衣物。

佐太被主人撵出之后，不能再到哪里去，只好回京，那件事也就不了了之。郡司担心受罚，听到这事，也感到万分喜悦。

第五十七篇

藤原唯规咏歌免罪

古时，有位大斋王[①]，是村上天皇的公主，她善于咏歌。

当大斋王住在斋宫时，有个现职藏人名唤藤原唯规，他和斋宫的一个女官有情，每夜总要伺机到这个女官屋里相会。一夜，斋宫的侍卫看见唯规走进女官的屋里，觉得奇怪，便问："什么人?"唯规避不作声，却慌张地隐藏起来。侍卫一看，就把宫门上锁。那个女官见唯规不能出去，心中焦急，便将此事禀报斋王，斋王命人开了门放他出去，唯规在出门时，咏了一首歌：

神苑虽非黑木殿，
不报姓名亦受斥。[②]

后来，斋王偶然听到了这首歌，她很感动地说道："黑木殿这个典故，我早就听人说过。"

这件事是唯规的孙子盛房讲出来的。唯规善于吟咏，由此可见一斑。

---

① 日本古代，奉祀京都贺茂神社的未婚公主称斋王或斋院，本文谈到的大斋王指村上天皇公主选子内亲王，因她在五代天皇之间，连任斋王，所以称大斋王。

② 这首诗的典故，出自新古今和歌集中第 1687 首，是天智天皇登基前，在筑前国朝仓郡齐明天皇的行宫黑木殿（用带皮木料盖成的简陋殿堂）里看见文武百官自报姓名时所做的。

卷二十五

本朝及佛法

第一篇

平将门谋反伏诛

古时，朱雀天皇朝代，东国有个武将名叫平将门，他是镇守府将军良持的儿子，良持是桓武天皇后裔高望王的世子。将门住在常陆国、下总国一带，经常身佩弓箭，率领悍卒，与人争战。

将门有一叔父，名唤良兼，官居下总介[①]。起初，将门于丧父之后，因事与叔父失和。将门的父亲在世时，曾因争夺土地和良兼动过干戈，但是，良兼崇信佛教，道心深厚，始终退让，不愿挑衅。

可是，将门总是伺机寻隙和族人争战不休，甚至烧毁许多人家的房屋，杀害无数人命。由于他这样横行霸道，作恶多端，致使附近一带的许多百姓无心耕种荒费农时，以至顾不得完纳国课了。各地百姓都为此事无限忧愁，后来地方官终于把此事申奏上去。朝廷闻听大为惊讶，立刻降旨，差官审讯将门。将门立即奉召进京，竭力剖辩。朝廷在反复审讯之后，认为他确实无罪，不出几日，便释放将门回国。

事过不久，将门经常同叔父良兼以及源护、源扶等人相互厮

---

① 地方官员，即副太守。平安朝时代，常陆、上总、下总三国的国守向由亲王遥领，称“太守”以示区别，但亲王常居京都不来任地，一切政务均由“权守”（代理国守）和“介”（副国守）代行。

杀，迄无宁岁。这时，在朝为官的平贞盛，为了报当年杀父之仇，抛弃了左马介[①]的官职，急忙赶到当地参与战斗，但是，将门的兵多势众，不能抵敌，平贞盛看到无隙可乘，只好避居国内。

在他们混战不休之时，有一个和将门沆瀣一气的同党，名叫兴世王，他未经朝廷正式任命竟擅自以武藏国代理国守自任，强行入衙视事。当地郡司虽然据理力争，兴世王却置之不理，反把郡司申斥一番，郡司无奈只得躲藏起来。为时不久，当地国介源经基闻悉此事，便暗地赶往京城，申奏朝廷道："将门勾结武藏代理国守兴世王等，蓄谋造反已久。"朝廷闻奏，大为惊异，即命查究虚实。将门疏陈自己并无此事，并以常陆、下总、下野、武藏等五国的职名保奏。朝廷看了奏章，疑虑顿消。将门回国后，不能自安便心怀二志。

常陆国有个名叫藤原玄明的人，国守是藤原维几，他一向藐视国守，赋税不缴，维几催讨，但是没有效用。后来他又投靠将门，合力把国守及员司赶出府衙，常陆地方从此便没有朝廷命官了。

不久，兴世王向将门献策说："攻占一国，也是背叛朝廷，何不索性占领关东各地，再图进取呢！"将门回答说："此言正合我意，我早有意先从关东八国下手，然后进攻皇城。将门虽然不才，也是柏原天皇的五世玄孙，我一定先夺下各国的印绶，把国守赶回京城。"二人商议已毕，便率领大军奔赴下野国，攻占国衙，升堂理事。

这时，国守藤原弘雅和前任国司大中臣[②]宗行等人都在衙中，他们早就看出将门蓄意谋反，于是手捧印绶跪伏在地，呈递给将门，然后这才逃往他地。将门接着进军上野国，夺下国介藤原尚

---

① 左马介（相当于我国古代的典厩署）的官职，位在左马助（副典厩）之下。

② 日本古代天皇所赐之姓氏。

范的印绶并派人将他赶回京城。将门这时占据城地，发号施令，整顿军容，委任官吏。

在这时，有个伪称是八幡大菩萨[①]的御使，说道："大菩萨有旨：将帝位授予荫子平将门，尔等应速备鼓乐相迎。"将门闻听此话，速速下拜，他手下的兵将，更是欢呼不置。于是，将门就自上封号称为新皇，传诏京师了。当时，新皇胞弟将卒，对新皇说："登基称帝本是授自天命，兄长务要三思！"新皇闻言道："我武艺绝伦，如今的天下，战胜者便可称帝，何必多虑！"没听将卒的劝告，当即册封各国的国守，封其弟将赖为下野国守，多治常明为上野国守，藤原玄茂为常陆国介，兴世王为上总国介，文屋好立为安房国守，平将文为相模国介，平将武为伊总国守，平将为为下总国守。

此外，新皇还决定在下总国的南亭典建一座皇城，并把礒津桥比作京都的山崎桥[②]，把相马郡的大井港比作京都的大津[③]。同时，钦命左右大臣、纳言[④]、参议[⑤]、文武百官，六辨[⑥]八史[⑦]等官，并制定了内印[⑧]、外印[⑨]的尺寸与古文正文的文字，唯独缺少历书，这恐怕是没有历书，博士协力的缘故。

在这期间，各国的国守听到风声，都连忙逃回京都。新皇巡视武藏、相模各地，收缴印绶，吩咐留职的国衙员司照旧供职，上缴赋税。随后传檄京都的太政官，诏告他即位的道理。消息传

---

① 指日本第十五代天皇应神天皇而言，见第十二卷第十篇译注。

② 地名，在京都西南，前临淀川，接近山城国和摄津国的边境，地势险要，自古有京都门户之称。

③ 在京都以东，面临琵琶湖，是自古以来通往东海、东山、北陆之道的要冲。

④ 见第十一卷第八篇译注。

⑤ 官名，位在大中纳言之下，通常由"四位"以上的官员充任。

⑥ 日本古代官名，即左右的大、中、小辨，分掌八省的政务。

⑦ 日本古代官名，即左右的大少史，共计八名，掌管太政官的文书事务。

⑧ 即天皇的玉玺。

⑨ 太政官的官印。

到京都后，上自天皇下至百官无不震惊，宫中人人惊慌失措。天皇认为，此事只有仰仗佛法，祈求神灵相助，于是便在显、密二宗的所有山寺举行祈禳。此外并派人到所有神社祷告，这些情况就不必一一阐述。

不久，新皇从相模国回到下总，马不停蹄地又率领大军，直向常陆国尚未臣服的地方进攻，及至他来到常陆边界，藤原氏的族人早在那里准备下盛宴欢迎车驾。这时新皇说道："藤原氏族们，告诉我平贞盛等人隐藏何处。"藤原氏族人回答说："听人传说，他们没有一定的住处，好像浮云一般。"

后来，平贞盛和源护、源扶等人的妻子都被捉到，新皇闻听，立刻吩咐不准污辱这些妇女，但是，在他下令之先，她们早已遭到了兵丁们的污辱。新皇将这些女子释放，叫她们各自回家。新皇在常陆屯兵数日，始终打听不到仇人的下落，因此将各国的兵将全部遣回，留在身边的，不足千人。

平贞盛和押领使[①]藤原秀乡等人，闻悉新皇身边兵力单薄，为了讨平朝廷叛贼，便决心和他拼一死战。众人计议之后，秀乡等便率领人马杀来。新皇闻听大惊，只得领兵迎上前去。秀乡列开阵势，两下混战一处。秀乡足智多谋，杀得新皇的兵马望风披靡。这时，贞盛、秀乡等乘胜追杀过来，新皇虽然勉强迎战，但终以众寡悬殊难于抵挡，只得逃去，希图再举。于是新皇逃到幸岛以北，便藏躲了起来。这时贞盛将新皇的宫第，以及他手下人的房屋尽行烧毁。

却说这时，新皇平日率领的八千多名兵将尚未聚集起来，身边仅有四百余人，就在幸岛的北山列阵相待。等到贞盛、秀乡的兵到，双方便鏖战一处。其时新皇的军队占了上风，打退了贞盛、秀乡的攻势，但贞盛、秀乡等又转败为胜，奋勇厮杀，新皇也催

---

① 官名，职务是领兵镇压境内暴徒。

动骏马，亲自迎战。这也是天谴难逃，他那匹马竟停步不前，手也不能应心，终于身上中了一箭，死于荒野。贞盛、秀乡等人一见大喜，派了一员猛将砍下他的首级，然后立即在下野国修本驰奏朝廷，并一并呈献了首级。新皇之所以身败名裂断送性命，正是那个兴世王出谋划策的结果。

朝廷得报大喜，由太政官通令东海东山各国捉拿将门的兄弟和他的同党，对捕杀叛逆有功的人论功受赏。并派大将军参议兼修理大夫、右卫门督[①]藤原忠文为正使，刑部大辅将军藤原忠舒为副使，前往八国搜捕。后来，将门的长兄将俊以及玄茂等人在相模国被杀，兴世王也在上总国被杀。坂上遂高、藤原玄明等人都在常陆伏诛。此外，将门的七八个兄弟，在大哥叛逆时，有的躲入深山削发为僧，有的抛妻弃子匿迹山野。

事平之后，经基、贞盛、秀乡等人俱受封赏。经基叙从五位[②]下，秀乡叙从四位下，贞盛叙从五位上。

后来，将门托梦对一个人说："我生前只知作恶，未做过一件善事，由于罪孽深重，如今独受难以忍受的痛苦!"

---

① 官名，右卫门府的长官。

② 日本古代的官阶，一至三位各分"正"和"从"，四至八位除分"正""从"处，又各分"上""下"，外加大初位、少初位，各分上和下等三十级。

第二篇

藤原纯友沦为海盗被诛

古时，朱雀天皇朝代，有个伊豫掾名叫藤原纯友，是筑前国守良范的儿子。纯友在伊豫国内，招募了许多勇猛武士作为家丁，经常携带弓箭乘船出海，掠夺西方各地来的进贡船只，以杀人为业。因此，过往行旅都避开这条水路，以致客商绝迹。

于是，西方诸国都修本上奏朝廷说："伊豫掾纯友专务作恶，性好劫盗，经常出海，掠夺过往船只，杀人越货，为公私大患。"朝廷闻奏大为震怒，立即降旨，授命候差官[①]橘远保速往讨伐藤原纯友。

远保奉旨赶往伊豫国，调集西部和山阳道各国的兵，奔赴纯友的巢穴。纯友拼命迎战，结果战败毙命，受到天谴。纯友的儿子名重太丸，生得相貌倒也端正，虽然是个十三岁的孩童，但喜好海盗行为，经常跟随父亲出海行掠，不亚于成年人，所以远保将他一并杀死，砍下首级，拿着两颗人头进京复命。天庆四年七月七日，远保回京报捷，在右近卫府的马场上，陈奏杀贼经过。这时轰动京城，不论尊卑贵贱，人人争先恐后地前去观看，当时不仅停车无处，就连行的人也觉得困难。天皇闻奏之后，深为嘉

① 原文作"散位"，是日本古代只有官位而无现职官员的称呼，类似我国清代的候补道。

赏远保之功。

左卫门府原有个府生[①]名叫扫守在上，是个著名画师，凡是他描绘的东西，俱都形象逼真，与实物毫厘不差。第二天，朝廷宣他入宫，谕令说："你应从速到右近卫府的马场上，画下纯友和重太丸的两个人头，送进宫来！"这是因为天皇想要亲看纯友父子的首级，但又不能把人头拿进宫来，所以才命扫守在上去画以便在殿上御览。画师奉旨，来到右近卫府的马场，看着人头，画得毫厘不差。人们听说描绘人头，上供御览的事，都啧有烦言，以为一国天子，不应如此轻举妄动。

后来，天皇传旨命检非违使左卫门府的府生若江善邦把那两个人头送进左府的牢狱中去，橘远保则获得了赏赐。

这位朱雀天皇在位时期，承平年间就出过平将门的叛乱事件，以致闹得天翻地覆，未几年又出兵讨伐藤原纯友，百姓们对这种接二连三的变故，都议论纷纷，为之骚然。

---

① 六卫府及检非违使手下的小吏。

第三篇

源宛与平良文交战

古时，关东地方有两员武将，一个名叫源宛，一个名叫平良文。人们送源宛的别号是箕田源二，良文是村岳五郎。

这二人各恃武力，互不示弱，终于因此失和。当时有个家将从中挑拨离间，他对良文煽动说："源宛说，就凭一个良文敢和我挑战，他哪里比得过我，真是太不自量力！"良文闻听此话便说："论武艺也罢，论智谋也好，他哪里瞒得过我，如果他真的不可一世，不妨到郊外找个地方较量较量！"家将又用这番话来刺激源宛，源宛虽是个胆大心细的武士，却禁不住这种挑拨，于是动怒说："只凭口说，又有何用，索性给个日子，到旷野荒郊去找个适当地方，交战一场分个高低！"说罢，便定了日期，命人通知对方，到郊外决战。这样，双方就各自调集人马准备一战。

到了那天，源宛和良文各自带领五六百人来到约定地方，到了巳时时分，双方在相距三四十丈远的地方列下阵势，众兵将个个精神抖擞奋不顾身，准备决一死战。这时，双方各派一员武将到阵前交换战牌。按照当时的战规，只要武将回转阵地，双方立刻就可张弓射箭了。而交换战牌的武将向例是要表现英勇气概，不催马，不返顾，从容不迫地返回阵地。交换战牌已毕，双方兵将立刻收拢盾牌，准备放箭。就在这时，良文命人传话给源宛说："今天的会战只是为了你我二人要比比箭法，如果叫兵将射杀，毫

无意义，所以不必让兵将们混战，只由你我二人单人匹马，以较高低如何？”源宛闻听此话，命人回答说：“这正合我意，我即刻出战！”说罢他便从阵后，独自跃马闯到阵前，把双叉的雕翎箭搭在弦上，勒马而立。良文听见这番回话，也是很兴奋，便对兵将们说：“现在，我要凭着个人本领去比箭法，你等就在一旁观阵不必动手，如果我中箭落马，即时你们可将我的尸首埋葬起来。”说罢，单人匹马从盾牌阵后走出。

且说这二人拈弓搭箭，对面纵马驰射，彼此先让过了一箭，二马急驰，相错而过，都想在随后这一箭命中敌人，于是二人各自拨转马头，重行张弓搭箭，不想未等雕翎离弦，战马已经飞驰而过，只好弯弓盘马，重新对射。良文对准源宛的胸膛一箭射去，源宛见箭迎面飞来，连忙将身紧藏在马鞍之下，闪身躲箭，这一箭正射中刀鞘的铜饰之上。源宛这时也拨转马头，扭过身来，朝着良文的胸膛便射，良文闪身躲箭，这支箭正攒在他那围腰的甲叶上。这时，二人连忙拨马，挽弓引箭，准备再射。但当两马相会之时，良文开口对源宛说：“你我二人的射技，不为不准，箭箭射中胸膛，足可看出我们的本领了，我们并无世代冤仇，只在比武较量，至此也可作罢了，何必一定要拼个你死我活呢？”源宛听了这番话，便道：“这也这样想，你我的箭法如何，至此也可看出，比试正好就此为止，我们就此收兵吧！”说罢，各自引兵而还。

当二人纵马对射之时，双方兵将直被那场眼看就要射下马来的惊险局面，吓得魂飞魄散肝胆碎裂，真觉得比自己亲冒矢石还要可怕，及至望见主人在这紧要关头，忽然拨马而归，又都为之惊疑不置，后来知道其中情由，个个欢喜不尽。

古时的武将，胸襟就是如此豁达。此后，源宛和良文言归于好，心中不存半点芥蒂，且能相见以诚，互为推许。

第四篇

平维茂的家将被杀

古时，上总国有位国守名唤平兼忠，是武将平贞盛之弟繁茂的公子。

兼忠的儿子，名叫维茂，人称余五将军，住在陆奥国。这时父亲出任国守，在上总任地，因为许久不曾相见，维茂便打发人去说他要前来看望并且贺喜，兼忠闻听很觉欣慰，便安排停当等候儿子到来。

这天，兼忠因为偶感风寒，没有出房，躺在帘内，命一个随身的卫士给他捶背，就在这时，维茂到来了。

维茂在外间套房，向父亲禀告阔别多年的情况。这时，维茂带来的四五名重要家将，都身佩弓箭排坐在庭前，为首之人别号太郎介，是个五十余岁的彪形大汉，一缕长髯飘在胸前，面貌狰狞可怖，一望而知是员猛将。兼忠望见此人，便问捶背的卫士说："你可以认识那人？"卫士答说不知。兼忠说道："他就是早年杀死你父亲的那个人。那时你年纪尚幼，当然不会知道！"卫士说："我只知道父亲是被人杀害的，但始终不知道是谁杀的，如今才算认识了他！"说罢，含泪而去。

维茂饭后，见天色已晚，便起身到别院休息。太郎介护送主人之后，便来到自己安歇的地方，这里有许多国守府的侍从正为维茂带来的家将准备餐饭，大家吵吵嚷嚷地搬运着各种各样的菜

肴美酒和食物，也给牲畜预备了草料。这天，正是九月三十，天空黑暗无光，院内到处燃着火把。太郎介用罢饭食，便放枕而卧，枕边放着一口金饰大刀，弓和箭筒以及铠甲也全放在身边。院子里有许多佩带弓箭的家将，巡逻保护府第。太郎介睡在围着两层的大幔帐里，是个箭穿不透的地方。院子里的火把照烁得如同白昼，那些家将们片刻不停地来往巡逻，真可说是戒备森严，万无一失了。太郎介经过长途劳顿，已然十分困倦，酒足饭饱之后，便安然入睡了。

却说，那个卫士听说杀父的仇人以后，含泪走出门去，国守当时见他走开也未介意。谁知他来到厨房，拿出短刀，把刀尖磨得十分锐利，然后揣进怀中，日暮天黑以后，来到太郎介的寝处，小心侦伺，见众人都在乱乱哄哄地传递食物，便装出若无其事的神情，拿起一张方盘，佯作端送食物潜入幔帐和墙壁的夹层中去，当时并无一人察觉。他蹲在那里暗自祷告说："替父报仇本是天人共许，但愿上苍保佑，使我今晚得遂心愿，以尽孝道。"到了深夜，他见太郎介已经睡熟，便悄悄扑上前去，割断他的咽喉，然后跳出房来，真是人不知鬼不觉。

天光大亮，家将们见太郎介还迟迟不起，为了请他起来吃粥，便走进帐幔催请，谁知他早已死在血泊之中了。家将们一见此情，不禁惊呼道："这是怎么回事！"都抽弓拔刀，到处搜索，但是时间已迟，不管怎样也找不出杀人的凶手。众家将以为除了这些家将之外，再无别人接近，不免彼此猜疑，认为此间一定有人知道，但是谁也说不出来，只是满口方言地吵嚷说："我们主将死得也太莫名其妙啦！这些年来，我们跟随他，万没想到竟会不作一声就遭到这样的惨祸。尽管说是他的气数已尽，也不能就这样不清不白地死去呀！"彼此南腔北调吵个不休。

不久，这件事传到维茂的耳中，他大吃一惊地说："这桩事太丢我的脸，如果稍留情面，怎能杀死我的从人呢。可见没把我维

茂放在眼中，如果在我们自己的地方还有情可说，真没想到，事情偏巧发生在这个陌生的地方，怎能不叫人痛恨。想这太郎介曾经杀过人，听说死者的儿子，就是国守侍从的卫士，我想杀人的凶手必定就是他！”说罢起身来到府衙。

维茂来在国守面前说：“我的随身卫士太郎介昨晚被人杀害，身在外地竟遇此事，真是我维茂的耻辱。这不像是别人所干的事情。当年有一个人冒犯我的马头，被太郎介射死，死者的儿子就在父亲这里作卫士，我想这桩事必定是他干的，想把他叫来问个明白。”国守闻听说道：“不错，一定是他干的。昨天太郎介和你带来的其他家将排坐在院里时，我因为腰疼正叫那个卫士给我捶背，我问他，‘你认识这人吗？’他回答说不认识，后来我说：‘杀死你父亲的就是他，尽管他无心伤害你，但像这样杀父的仇人，总该认识清楚，不然也太无心肝了。’他听我说完以后，就耷拉眼皮不声不响地走去，后来再也没回来，我正奇怪这个日夜服侍我，从不离我身边的奴子，怎么从昨天傍晚就不见了呢？尤其可疑的是他昨晚在厨房把刀磨得很快，这是今天早晨下人们觉得可疑，纷纷议论时，我才听到的。方才你说要盘问他，如果真是这个卫士所为，莫非你要杀他不成。你要把话说清楚，我才能把他给你找来。我虽然官职不高，乃是你父，总还通些情理，假如有人将我杀死，你手下的家将也像他这样替我报仇，那时如果有人责难他，说他作的不对，试问你能同意吗？替父报仇，岂不是顺应天理？我刚才还想，你是员勇猛的武将，万一我被杀死你绝不会轻易放过仇人。可是现在你却让我交出替父报仇雪恨的孝子，看来你是不明大义不懂孝道的。”兼忠说到这里，声色俱厉，突然站起。维茂看到自己出言不当，恭敬沉默地退出房来。他觉得此事多说无益，便起身转回陆奥国去了，太郎介的尸体由家将安葬起来。

过了三天光景，杀死太郎介的那个卫士，穿着一身孝服战战

兢兢地进府到国守面前请罪。上自国守下至府衙里的官员，瞧见他这种神情都不禁落泪，认为他孝义可风，从此很敬重他。不久，这个卫士染病身死。太守听说十分感伤。

事后人们都称赞这个卫士，认为哪怕就是个堂堂武将，如能替父报仇也是难能可贵之事，更何况这个卫士孤身一人，竟能冲破严密防范，终能如愿以偿地手刃父仇，可见是合乎天道的。

第五篇

平维茂讨伐藤原诸任

古时，有位实方中将，外放陆奥国守，因为他是五公后代，所以国内有地位的武将，在他莅位之后，与待以前那些国守不同，都集在府中日夜侍奉不怠。

且说，陆奥国里有一豪族，名叫平维茂，是上总国守兼忠的长男，他的祖父是丹波国守平贞盛的胞弟，就是武藏代理国守重盛。维茂的这位伯祖父贞盛，把他所有的侄儿、孙子们招在一处，由他抚养，维茂在他抚养的孙子中年岁最小，排行第十五，别号人称余五君。当时，另外还有个名叫藤原诸任的人，是武将田原藤太秀乡的孙儿，别号人称泽胯四郎。

且说维茂与诸任为了少许田地，争持不下，双方各执一词告到官府，太守见他们都各有一番道理，而且又都是国内的豪族，所以不敢贸然判断。过了三年，太守死去，这二人仍然怒气不息，彼此心怀不满，加上又有人从中挑拨离间，以致原来极其要好的朋友积恨成仇，二人彼此漫骂道："他敢这样说我！""我岂能容他这样放肆！"二人关系越来越坏，终于酿成一场大祸。

这时双方各自调动兵将，准备大战一场。兵将齐备之后，互相交换战牌，约期野战。维茂那边的兵马有三千之众，诸任这边只有一千余人，他见自己的人数远远不及对方，无法取胜，便自甘罢休，奔向常陆国去了。维茂闻听得意扬扬地说："怎么样，他

果然不敢碰撞于我吧!”过了些时候，各地调来的兵丁因为在外旷日持久，俱都推说有事，纷纷想要回归乡土。

这时，那些从中传话的人竟说:“泽胯四郎不愿听人挑拨打这无味的仗了，他认为不但兵将众寡悬殊，而且继续这种争论也是毫无意义，所以躲到常陆和下野去了。”这样一心想要回乡过平安日子的兵卒们，便把这番话告诉了余五，余五听罢，觉得甚是有理，这才将全部兵丁打发回去，不再加意防备。一天正是十月初一，天约丑时光景，忽从庭前大水池旁传来一阵水鸟惊鸣飞奔的声音，余五闻听吃惊，立即唤起家将，吩咐道:“水鸟惊鸣，想必有大军来临。快传齐家丁带好弓箭，备上马匹上门楼瞭望。”随后又派一名侦骑前去打探，吩咐他说:“速去速回，详细回报!”

不多时，家将回来禀报说:“在南面旷野里，有一支人马，黑压压地散成一片，布满六七十亩地，不知究有多少。”余五闻听说道:“万没料到他会偷袭，如今真到紧要关头，只有索性一战!”说罢，传令在敌军必经的道路上，每处安置下四五名骑兵设下盾牌防守。这时家中上下，能全副披挂迎战的，总共也不过二十个人。余五见一时疏忽大意，中了敌人圈套，造成敌人袭击的机会，料到性命难保，便叫妻子和仆妇带着小儿藏在后山。这个小儿就是后来的左卫门大夫滋定。

且说余五一心无挂地来回巡视，指挥防守。为时不久，敌军逼近家门，只得闭门抗拒，尽管奋力防守，终因众寡悬殊，无能为力，房屋被乱人纵火燃烧起来。即使有冲出门的，也被射死，众人走投无路，在院内乱成一团。

后来，天光大亮，敌人看得清清楚楚，更难逃得活命，全部被困院中，有的被射死，有的被烧亡。等到火灭之后，敌人一拥闯进院内，只见被烧死的男人上下共有八十多人，为了要认清余五的尸体，把尸体翻来覆去地查看了一阵，但是全已烧得焦黑，难以辨认，其中也有被烧得缩成一团的。泽胯见到如今已把敌人

杀得连一条狗也未能逃出，便安然而返。这次战斗，泽胯的兵将，也有三十多人中箭身亡，负伤的则用马驮回。泽胯在归途中，顺便到老公爷的家中。这位老公爷本是能登太守唯通的后代，是位德高望重的老将，处事一向小心慎重，从不树敌，很受众人爱戴。老公爷的胞妹就是泽胯的妻子。泽胯因交战竟夜，大获全胜，心想叫兵将们在这里打尖，这才过访，当他二人见面之后，老公爷对泽胯说："你能一战歼灭余五，实属不易，即便是个智勇双全的名将，能像这样把敌人围歼在家里，也是叫人难以想象的。不过，余五的首级，是真取下挂在马鞍后面带回来了吗？到底怎么样？"泽胯闻言道："你怎么说起糊涂话来了。我包围了余五的宅第，的确听到他在里面高声指挥兵丁，骑着马匹巡回作战，天亮以后，如果有人逃走，自然会看得清清楚楚，即使是只苍蝇也休想飞过去。有的被射倒在院内，有的被关在家中活活烧死，后来，直烧杀得再没有一点人声。人头已烧得又焦又脏，如何能带回来呢？这绝无半点可疑之处。"说着，双手叉腰，脸上露出得意的神色。老公爷听罢之后，说道："好了，你尽管可以这样想，不过按照老夫的看法，只有把余五的首级扎在鞍上带回来，才能断定他不能复生，才可以高枕无忧。如果不这样，可叫人难以放心。老夫深知他的为人，所以才这样说。你不要再停留在这里，这与我是极为不利。我已年老，犯不上为了一个无谓之人再去打仗，这些年来，我待人接物总是极力避免这种无谓的争斗，今天更不能招惹是非了。请你赶快离开我这里吧。"说罢，毫不留情地驱逐泽胯，泽胯因一向对他尊如亲长，只好起身而出。

当时这位老公爷刻不容缓地催促着说："想来你们也必疲劳和饥饿了，我随后就把酒饭给你们送去。"泽胯听罢暗自好笑，说了句："真是个聪明绝顶的老头啊！"说罢上马，率领兵将离去。泽胯走出一里多路，来到靠近小山西边的一条小河边，吩咐道："我们就在这里下马歇息歇息吧！"说罢，大家解下身上的铠甲兵刃。

正在这时，老公爷命人送来了十大桶酒、五六桶鱼肉卷饭，此外还有许多鸡鱼美味，甚至连调味的盐醋也都陆续挑着送来，这时泽胯命大家先喝酒，每人一碗，一饮而尽。原来众兵丁从夜半时分起就准备出击，直战到巳时光景，早已口干舌燥，疲惫不堪，如今见了水酒，哪还顾得用饭，空着肚子就连饮了四五杯，一个个喝得酩酊大醉，仿佛死人一般。公爷那里还送来了许多喂马的干草和大豆，于是就把战马的鞍鞯和嚼环都卸了下来，只叫它们带着一根绳子吃料，战马这时也都跑得筋疲力尽，一个个全都卧倒在地上。

且说，余五在家中来回指挥兵丁拼命杀敌，一直坚持到天明，射倒了许多敌兵，后来一看自己的箭已射尽，剩下的兵将已经寥寥无几，再战无益，于是他就脱下身上的衣服，从女人身上剥下一件袍子穿在身上，故意披散头发装成个侍女，怀里仅仅揣了一把刀，趁着烟雾弥漫逃出门去，跳进西边河流深处，靠在河心丛生芦苇的地方，两手抓住一棵垂柳的树根，藏躲起来。

这时，府宅已经被大火烧光，泽胯的兵将来到废墟，查点被烧射而死的人数，曾有人问："哪个是余五的首级?"也曾有人说："这个就是。"后来，他们便全部回去了。

余五藏在河心，约莫敌军已经走出一里远了，才伸头向外一望，这时就见自己那些原在外边的兵将，有三四十人飞步而来，他们瞧见一颗烧焦的人头，一齐放声大哭，余五见后面又来了自己的马队，陆续赶到的有五六十骑，便高声喊叫说："我在这里!"众兵将一听主人声音，连忙从马上翻滚下来，高兴得又哭了起来，不亚于方才的叫喊。余五上岸后，众兵将各自派人回到自己家中，拿来衣服食物，还有人带来了随身武器，也有拿来马鞍的，余五把衣服穿上，吃了食物，然后说道："我昨夜受到他们的偷袭，本应躲到山中保全性命，只为怕留下逃走的丑名，才落到这样狼狈，真不知该当如何是好!"众家将闻言便说："他的人多势众，手下

兵将，总有四五百名，我等只不过五六十人，敌众我寡，一时难以取胜，不如等待招齐兵马，将来再决胜负。”余五听完此话便道：“你等所言甚是有理，但是，我却另有个想法，倘若我昨夜在家中烧死，如今哪还有这条性命，我所以逃走，并非贪生怕死，而是为了报仇，不然哪怕是一天，我也无脸和列位相见，所以绝不珍惜这条性命。你等可以等日后召集兵马再与他决战。至于我，只想单身闯到他家，叫他看看以为烧死的我，如今还活在人世，然后射他一箭同归于尽，如果等到日后再发兵征讨，岂不太无丈夫气概，遗羞子孙。列位怕死可以不必前去，我愿一人前往！”说罢，站起身来，就要走去。

那些主张日后再战的家将们听余五说罢，全都说道：“主公说得极是，我等唯命是从。只请主公速速前往。”余五临行时又说道：“我的估计绝不会错，这些奴才鏖战经夜，必定筋疲力尽，如今不是在哪个河边，就是在哪边的山坡上，不然也许就在柞树林子里，睡得像个死人，他们的战马也必定是卸了嚼环，吃着草料在休息，他们的弓箭也必定全部××××。在他们猝不及防的时候，我们出其不意高声冲杀过去，他就有千军万马，又能怎样呢？如不趁今天一战，还等何时。谁若是怕死，谁就赶快留在这里。”余五说完，自己在藏青紧身衣上面，穿了一件粉红罩衣，然后扎上一条夏毛鹿皮套裤，戴上蒲草编的斗笠，背起一个里面插有三十来根竹箭，外面还并露着两支双股箭的箭筒。他带上一张处处缠有皮革，粗得用手刚握过来的大弓，佩上一把鞘镶金玉的大刀，骑上一匹高出常马约有七寸，身子又长又大但是却十分灵巧的菊花青骏马。余五查点了手下人马，这时已有骑兵七十余名，步兵三十余名，加在一起超过百人。余五手下的家将，住家本来离此较近，很快就听到了消息，赶来相会，那些离此较远的兵将，因为没有得到消息，所以未能赶来。

余五率领众将，一面侦察着敌人的遗迹，一面紧紧追赶。他

们从那位老公爷的门前经过时，差人扬言说：“平维茂昨夜遭人暗算，败阵而逃，要打此路过。”老公爷原本就怕发生意外，所以早在府中布置下了二三十名家将，还命几名家将登上门楼向远处瞭望，把大门紧闭起来。如今听说平维茂在门前经过，就吩咐说：“千万不可答话！”老公爷又命门楼上的家将说：“你仔细看清，到底怎么样了。”家将回答说：“我看见离此约有三十丈远的大道上有一百多人骑着骏马，跑得飞快。其中有一人骑着一匹大菊花青马，藏青紧身衣上还穿着一件粉红罩衣，戴着一顶蒲草斗笠，扎着一条夏毛鹿皮套裤，看他那与众不同的打扮像是个主公。”老公爷听罢说道：“那人必是余五，他就有一匹菊花青马，听说这是匹千里驹，余五骑着它冲杀谁能抵挡得了，泽胯一定要死于非命，我说的话他不但不以为然，还自扬扬得意，如今他已筋疲力尽，必定在哪个山边或是什么地方睡着了，而这伙人一去，必将他们全部射死，你们听着吧！我说的话绝不会错，赶快把大门关紧，不许作声，千万要小心，你就在楼上向远处看吧！”

且说余五先派出一个人跑在前面打探，并吩咐他说：“你看清泽胯现在何处，然后再回来报我！”为时不久，这人跑回报告余五说：“他们在那小山南面河边，大吃大喝之后，有的在睡觉，有的像生了病。”余五闻听此话，必中大喜，催动一行兵卒说：“赶快杀上前去！”于是，飞也似的冲上山岗。余五等骑着马先从北面上了山，然后又向后面的山坡直冲下去。因为是居高临下，就像在马场比赛骑射一般，五六十人高声呐喊，扬鞭打马，一拥冲上前去。

这时泽胯四郎和兵丁们才忙乱起来，有的连忙去背箭筒，有的拿起铠甲往身上穿，有的给战马去套嚼环，有的已吓得不知所措，也有丢下弓箭望影而逃的，拿起盾牌准备迎战的也不是没有。这时战马都吓得惊跳起来，到处乱蹿，没有一匹老老实实让人给套上嚼环，有的马还踢倒了马夫脱缰而逃。霎时之间，就当场射

倒了三四十名兵丁，骑在马上的兵丁无心恋战，有的两脚扣鞍打马落荒而逃。泽胯已中箭身死，首级被人割下。

接着，余五率兵直奔泽胯的府宅，泽胯的家人只以为是主人得胜归来，正欢天喜地准备下酒宴在府中等候。这时，余五的人马不容分说杀进府去，放起一把火来，凡是抵抗的都被射死在乱箭之下。余五这时命人进房将泽胯的妻子和一名随身仆妇拉了出来，然后让她们骑在马上，还给戴上一顶外出的笠帽，把脸全部遮盖起来。余五站在马旁，瞧见府宅全部着火，便吩咐道："下面听着！凡是女人不论上下一律不准污辱！如果是男人，只要看见一个就射死一个！"众兵丁奉命，立将泽胯府中的上下人等全部射死，其中也有乘机逃走的。

火熄之后，余五在黄昏时候，启程回府，当他打从那位老公爷家门经过时，自己并不入内，却命家人进去禀报说："听说泽胯君的夫人，是老公爷的令妹，所以特加保护，丝毫未受凌辱，如今已安全地送到府上来了。"老公爷听说大喜，打开大门，把妹妹和仆妇请进房去，然后告诉来人说，已然知晓此事，使者听罢回去复命，余五离开那里，赶回自己家去。

从此以后，维茂名震关东八国，被人称为盖世无双的英雄。维茂之子左卫门大夫滋定的后裔直至今日仍然在朝为官。

第六篇

东宫大进[①]源赖光朝臣射狐

古时，三条天皇还在东宫为太子时，一天，他在东三条宫寝殿南面散步，有二三位殿上官员陪侍在两边的凉廊下。

正在这时，突然从东南角上佛堂的屋檐下，跑出来一只狐狸。这只狐狸在屋檐上翻跳一阵之后竟呼呼睡去，当时陪侍在场的官员中，有东宫大进源赖光朝臣，他是多田地方源满仲入道将军的公子，是位勇猛无比的武将，朝廷重用他，世人也很敬畏他的本领。太子当时递给他一张弓和响箭，说道："你快射那东南角房檐下的狐狸。"赖光闻听回禀说："我不能轻易乱射，若是别人，纵然射不中也无关紧要，如果是我射不中，那就要贻笑万人了，况且，它也不是容易一箭射中的东西，我在壮年，遇到像鹿这些野兽，尽管不能箭不虚发，却还能勉强射中，而今天已不操弓箭，像这种活靶，我想不会一箭射中的。"赖光说罢，良久未射，他以为狐狸一听到他们这样大声说话必然得逃去，不料这个可恶的东西，却朝着西方熟睡起来，一动也不动。

后来，太子又敦促他说："快射!"赖光见到难以再行推辞，便拿起弓来，将响箭扣在弦上，然后又说："相隔这样远，响箭又如此沉重，如果没有绝大的臂力，是难以达到中途，那将比射不

---

① 官名，在皇后、皇太后和太子宫中办理庶务，职位在判官以上。

中还要糟糕，这如何是好呢！”赖光说罢，束好腰带，挽起衣袖，然后把弓端稍稍向下一歪，用尽平生的力量拉弓拈箭，箭几乎没入弓背，便脱弦而出，奔向暗处，还没容人看清，箭已贯入狐狸的胸膛，狐狸稍一抬头，转身翻滚到水里去了。以这样的软弓，射这样沉重的响箭，纵然是个射技超人的人，也难免箭在中途落地，不能射中，但是，赖光却一箭就把这只狐狸射落池中，所以太子和殿上官员都认为这是一桩罕见的奇事。狐狸落水毙命，太子命人捞出扔掉。

事后，太子非常赞佩赖光的箭法，传旨牵来御马苑中的御马赏赐赖光。赖光来到庭前，拜领御马，叩谢之后便骑在马上回禀说：“这绝不是赖光的射技神异，而是守护神相助，不叫我辱没祖宗的盛名。”说罢，离宫而去。

后来赖光对自己的家人兄弟也说：“这完全是神佛保佑，绝不是由于我的箭法高明。”这件事传到世上，人人对赖光都称赞不置。

第七篇

藤原保昌朝臣遇大盗袴垂

古时，有一个盗人名叫袴垂，是盗贼中的大将，他胆大力强，手脚捷便，加上智谋超人，因而纵横一世，专门以伺机擒劫人们的财物为业。

一年十月初冬，眼看就要换穿棉衣，袴垂见自己衣服单薄，便到一些有钱人家窥伺时机，这时，夜静更深，人人都已沉睡，只有新月朦胧照在当空。大道上有一人口吹短笛漫步闲游。这人身穿重服，把套裤似的裤裙角向上撩起，掖在腰间，外套一件厚实的类似猎服的便服。袴垂一见，暗想这是来给我送衣服的，于是高兴地跑上前去，打算按倒他剥下衣服。不料想这人的神态，使人望而生畏，袴垂跟随他走了半里多路，见他神态安闲地吹着笛子行走，就像丝毫也未觉察出后面有人跟踪似的。袴垂想要试探他一下，便故意放响脚步跑到他的身边，可是他丝毫未露出惊慌的神情，只是稍一回头看看，仍然吹着笛子前进。袴垂本没准备动他，便擦着他的身边跑了过去。

袴垂照这样又试探了多次，但是这人仍然没有半点惊恐，袴垂心想这真是一个少见的人啊，不知不觉又随着走出二里多远。袴垂又一想，我总得下个决心，于是便拔出刀来扑到他的身边，这一次，他放下笛子，停止脚步转身问道："你是什么人?"按道理说，遇到这样单身一人，即使是魔鬼或者神灵，也不会惧怕的，

可是，不知什么缘故，袴垂却吓得魂飞魄散，如同泥塑木雕一般，不由自主地跪倒在地。这时，只听那人又问了一句："你是干什么的?"袴垂知道自己想逃也逃脱不掉，便回答道："我是路劫的，名叫袴垂。"那人说道："我听说世上有这么个人，你真是个不知死活的奴才，跟我一起来吧!"说罢，又照旧吹起笛子向前走去。

袴垂瞧见他的神态，知道这人必有来历，吓得就像被鬼所迷似地茫然跟着走去。行不多时这人进了一座高大宅院，袴垂见他也未脱鞋便上了走廊，知道必是这家的主人，这人进去不大工夫，转身出来招呼袴垂，给了他一件厚棉衣，并嘱咐说："从今往后，你什么时候要用这些东西，就来和我说。不然万一遇见能人，你就要吃亏的。"说罢走进房去。

其后这才想起这里乃是摄津前任国司保昌的府宅，心想此人必是藤原保昌无疑，直吓得面如土色，和死人一般地离了府门。后来，袴垂在被捕时，还念念不忘地说："这人真是太叫人可怕了!"

保昌朝臣是致忠之子，并非是甲胄世家，但却胆大力强，本领出众，而且足智多谋，毫不逊于名门武将，任事以来，从无半点闪失，深得朝廷器重。因此，名声远震，世人对他敬畏备至。但是，他却缺乏子嗣，有人说这也许是他家不是将门的缘故。

第九篇

源赖信朝臣声讨平忠恒

古时，河内国守源赖信朝臣，是多田地方满仲入道将军的三子，他精通兵法，深得朝廷信任。因此，世人对他非常敬畏。

当赖信出任常陆国守到达任地之后，下总国里有个名叫平忠恒的武将，自恃武力，横行在上总与下总之间，不服朝廷法纪，自然不把常陆国守的命令放在心上。常陆国守为此极为震怒，准备前往下总，向忠恒问罪。当时，国内有个左卫门大夫名叫平维基，闻听此事，就对国守说："忠恒拥有私兵，他的宅第也不是轻易可以靠近的。正因如此，即使他有什么不当，别人也不敢过问，如果你要向他兴师问罪，必须多带人马。"国守闻听说道："我想他不至于像你所说的那样强大吧。"说罢，立刻启程前往下总，这时，维基调集了三千人马，赶到鹿岛神社前来相会，他的兵将在这片三顷多宽阔的海滨上迎着旭日初升的早晨，真是弓箭瀚然耀眼。国守率领府中官员和国内的兵将，也有二千人左右，大队人马列在鹿岛郡西边的海滨上，远远望去，只是一片箭光刀影，宛为云屯雾集，看不见人。百姓们瞧见这番光景，都惊奇地说："谁见过这样大的声势啊！这简直是只能在古老故事中所听到的大军。"

衣河下游，宽阔如海，在鹿岛、梶取等渡口，几乎连对岸上人的面貌都看不清楚。忠恒的家正住在河的对岸，如果绕过河去，

到他那里去问罪，必须绕行七日，若是直接渡河，当天就可加以讨伐。但是，忠恒养有私兵，早派人把渡河船只俱都隐藏起来。这一来，国守的兵将便无法过河，呆立在河岸，大家心想，如今除了绕道而行，又有什么办法呢。正在这时，国守将大中臣成平唤来，命他驾小船前往忠恒那里，并吩咐说："如果他不想抵抗，你就速速回来，如果他抗命不遵，你就把船划向下游去，暗示他不肯听命，我瞧见小船驶向下游，便命全军渡河！"成平领命后，便坐上小船离岸而去。

为时不久，维基下马向国守施礼，这时只见众三军也都随维基纷纷下马，恰似风吹草偃，下马的声响宛如风声一般。

过了一会，成平的小船划往下游，原来是成平见到忠恒以后，忠恒请他转告国守说："我索知国守是位贤明的大人，本当前去归顺，但因维基是我家世代仇敌，我怎能在他面前屈膝下拜呢，因此我难以前去。"接着又说："这里没有渡河船只，我一人焉能过河。"因为这样成平才把小船划往下游。

国守望见成平的小船，便对众兵将说："如果我们绕河而行，势必耽搁数日，难免敌人逃脱，即或不逃，也给他严加防守的机会，我们就难以接近了。最好是在今天到他那里，杀他个措手不及。可是，所有船只都被他隐藏起来，这应如何处理呢？"将士们闻听回禀说："实在没有其他良策，只好绕道而行。"太守闻言道："我初到关东，不甚熟悉道路。但听先代传说，这条河里有条像河堤般的笔直的浅水通路，宽有一丈左右，水深约及马腹。这条路，一定就在附近，我们的兵将中，一定有人能认识这条路，谁若知道就请在前边领路，我要跟着他过河！"说罢，便催马来到河边。这时，有个名叫真发高文的将官，对国守说："我时常从这条道过河，愿在马前领路。"说罢，他叫从人拿来捆芦苇，一边走一边把芦苇插在他的身后，众兵将沿着水上的芦苇标记，便都渡过河来，只有两处地方河水较深，需要游泳。兵将渡过来五六百人之后，

国守也随后跟着过河。在这众多兵将中，只有三人认识这条路，其他等人就连听也不曾听说过。大家心想，国守初到此地，怎能会知道连我们都不认识的道路呢，真不愧是个名将。大家都不约而同地起了敬畏之心。

且说，当国守的兵马过河之时，忠恒还在暗自寻思：我看他们必得绕道过河，船只已然被我藏起，他们怎能过得来呢，有条浅水路，也只有我一人知道。在他们绕道的这几天里我就可以逃走，管叫他扑个空。不料当他整顿兵将的时候，守护宅院子的家将们慌张地跑进来土腔土调地禀报说："常陆国守已然率领大队人马从河的浅道而来，请老爷快作主张！"忠恒闻报，知道自己大大失策，连声说道："我万没料到国守兵马来得这样神速。如今束手无策，只有投降了！"说罢，立即写了一份名帖，装入信袋，附上了请罪书信，命家将乘小船迎头送上，国守看罢书信，命人拿过名帖说："既然是随同名帖送来了请罪书信，也就××××，不必过分为难他了。"接着又说："收下名帖，从速收军回城！"说完勒转马头，众兵将们也都随着返回。

从此以后，人们都知道常陆国守是位神奇的武将，对他越发敬畏。赖信国守的子孙也都是杰出的武将，直到今天，还高居显位，奉职朝廷。

第十篇

平贞道奉赖信之命杀人

古时，源赖光朝臣的府中，有一次招待多数宾客，饮酒作乐，赖光之弟赖信朝臣也在座上，另外还有武士名叫平贞道，是源赖光朝臣的家将。

这天，正当贞道端着酒壶走出来的时候，赖信朝臣高声吩咐贞道说："住在骏河国的××人，竟敢对我无礼，你去把那个家伙的首级给我取来！"赖信朝臣的语声很高，是在座的宾客俱能听得到的。贞道闻听心中暗道：想我贞道本是侍奉我家将军的，尽管你是将军之弟，也可算是这家的主人，但我总还不是你下属，而像这样的事你应当叫你的亲信去做，如果认为我是你兄长的亲信的话，也应该暗暗地嘱咐我去做，怎可在这大庭广众之间，高声叫我去取人头呢？这真是个糊涂人！想到这里，便含混其词地敷衍过去。

过了三四个月以后，贞道因有要事去关东。关于赖信朝臣那天所嘱咐的事，当时就不以为然，所以早已忘在脑后。不料，贞道在去往关东的途中，恰巧遇见了赖信朝臣所指的那个汉子，二人就勒马叙谈一阵，那人对于赖信吩咐贞道的话，早已有了耳闻，所以就在要分手的时候对贞道说："我听说有这种事，不知可是真的？"贞道闻言，这才想起那天的事来，便道："噢，不错，果然有这回事。不过，我是他哥哥的家将，并不是他的直接属下，他

竟莫名其妙地在大庭广众面前这样吩咐我，我觉得可笑，所以没理他，难道会有人这么想吗？真是笑话！”说罢，笑了起来。汉子闻言说道：“京城来人告诉我这话以后，我只认为你将照样做，直到今天，还是忐忑不安，既然你没把它当作一件事，这太使我感激了。不过，即便你难以违背主人的命令，必须杀我，要知道我也不是可以任凭人家随意摆布的！”这人一边说一边微笑。其时贞道心中暗道：“如果你说我不这样想，也就勾不起我的杀机了；本来你应该说些感谢我不顾申斥，使你今后可以高枕无忧的话，怎么你竟说出这样傲慢无礼的话来，真是一个可恶无礼的奴才！”贞道想到这里，暗自转念道：“既然如此，倒不如把这个奴才射死，取下他的首级，呈交河内国守①。”于是，不再多讲，就此打马走去。

贞道见离那人已远，便将自己的心意告诉了家将，于是大家勒紧马的肚带，准备妥了箭筒等武器，拨转马头追上前去，刚跑过河滩，便已赶上那人。众家将穿过密茂的森林，在一片宽阔原野上，高声呐喊冲杀上去。那个蠢材万没料到会有此意外，嘴里虽然说着：“我早就料到了！”一边拨转马头，但他把贞道的话信以为实，早已换乘了一匹预备马，马匹行走迟缓，一箭射来，便颠倒落马，家将看见主人中箭落马，立即纷纷溃逃，中箭的中箭，逃窜的逃窜，全都一哄而散。这时，贞道便将他的首级割下，拿进京城，交给了赖信朝臣。赖信大悦，立将一匹骏马备上鞍鞯，赏给了贞道。

事后，贞道对人说：“这奴才本来可以平安过去，就因为他说些无聊的话，我才起了杀机，另外也是为河内国守剪除祸根。这个可敬的人实在是有威严啊！”

人们听说这件事后，越发对赖信朝臣感到畏惧。

---

① 指源赖信曾任河内国守，所以有此称呼。

第十一篇

藤原亲孝之子为盗贼掠为人质，仗赖信言得免于难

古时当河内国守源赖信朝臣还任上野国守时，他的乳娘之子名叫藤原亲孝，是个勇猛武将，官居兵卫尉[1]之职，也跟随赖信同住上野。

一次捉住一个贼人，押在亲孝家中，不知怎的这个贼人挣脱枷锁，企图逃跑。但当他看到无法脱逃时，为了找个人质作为护身，便把亲孝的一个长得五官端正，年约五六岁，正在地上蹦跳着的幼儿，抱进一间小屋里去。他把幼儿放在自己的膝下，拔出刀来，对准幼儿腹部，威胁要逼近捉他的人。

这时，亲孝正在国守府中，家人赶忙跑来报信说："小公子被贼人掠去，作为人质。"亲孝一听，惊慌失色，连忙跑回家中，见贼人果然躲在小屋，用钢刀对着儿子腹部。这样，直急得亲孝两眼发黑，束手无策。有心上前一把夺下，怎耐明亮的钢刀正对在儿子的腹上，并且贼人说："不准靠近，如果你再往前一步，我就一刀把他刺死。"亲孝心想：万一果真将儿子扎死，那时纵然把他千刀万剐又于事何补呢。想到这里，便吩咐家将们说："你等要小心在远处看守，不要走近一步，等我去禀报国守，再作道理!"说罢，匆匆跑去。

---

① 日本古代，兵卫府、卫门府、检非违使等衙门中的三等官。

亲孝家离国守府第不远，国守见他慌张地跑来，有些惊异，便问道："出了什么事了吗？"亲孝便回禀说："我那唯一的儿子，被贼人作为人质掠去了！"说罢，哭了起来，国守笑道："这也难怪，但总不至于哭啊，身为武士应有与鬼神交战的勇气，你今为一孩童竟至哭哭啼啼，岂不愚蠢可笑！你应抱着一个孩童任他刺死也罢的勇气，这样才不愧武士的本色。贪生怕死，怀恋妻子岂不有辱武士的体面。武士之所以有大无畏的精神，就是由于不顾性命，不恋妻子。话虽如此，我可以去看看。"国守说罢，手提大刀，来到亲孝家中。

国守来到贼人所在的小屋，站在门首观看。贼人瞧见国守驾到，失去方才顶撞亲孝那样的粗暴神气，连气也不敢喘，只是两眼往下看，越发把手中的钢刀逼近小儿身上，看光景再稍向下移动，便可扎进腹内。这时候小儿哭得凄惨无力。国守开言对贼人说："你这个奴才抓着孩子为人质，究竟是为保全自己的性命，还是成心要杀死他呢？你要对我说真说！"

贼人听罢，声音颤抖地回答说："我为什么会想杀害一个小儿呢？我抓住他只想保住自己的性命。"国守听罢说："噢，既然如此，你就扔下刀吧！既然我这样吩咐你，你就应该老老实实地把刀扔下。我绝不能眼看你要杀一个小儿。我的为人，你必有耳闻，你这个奴才，还不快给我扔下刀！"贼人听后，寻思半晌，然后说道："我实在感谢你，怎敢不听吩咐呢，我愿意扔刀。"说罢，将钢刀远远抛出，接着又把小儿扶起，这幼儿被放后，站起身来便飞快地跑开。

这时，国守后退几步，吩咐他的家将说："把他带到院子里去！"家将领命，上前一把抓住贼人的衣领，把他拽到庭院来。亲孝以为国守必将贼人一刀砍死弃尸郊外，谁知国守却说："这个奴才能放了孩子，总算还有点善念，他做贼也是为家穷所累。拿小儿作质不放，只不过是为了保全性命，我们不该怪罪他。而且他

按照我的吩咐，放了孩子，总算是个懂道理的人。快快放了他吧！”国守又问贼人说：“我问你，你想要什么，对我说！”那贼人听罢，早已感动得泣不成声。于是国守又吩咐说：“先给他拿点干粮来！因为他曾经在这一带为非作歹，放他出去也难免被别人杀死。”接着吩咐从人说：“快去马厩里挑一匹驮草的马，备上副粗陋的鞍鞯牵过来！”然后又命人去取一张粗陋的弓和一只粗陋的箭筒，人们把这些东西拿来之后，国守命那贼人在他面前背起箭筒，骑在马上，然后把大约够他十天食用的干饭装进一个口袋里，包扎在腰间，这才对他说：“你快快逃命去吧！”贼人遵照国守的吩咐，打马飞奔而逃。

贼人所以能放开小儿，就是对赖信之言有所畏惧。可见，赖信的武将威名不比寻常。曾被贼人作为人质的那个幼儿，长大成人后，在全峰山出家为僧，法号明秀，后来成为一位得道的阿阇梨。

第十二篇

源赖信朝臣之子射杀盗马人

古时，有位河内国的前任国守源赖信朝臣，本是一位武将，他闻听关东地方有人养着一匹宝马，便差人前去求让。马主无法推辞，只好将这匹骏马送到京都奉献，走在途中，遇见一个盗马的人。这人瞧见骏马，十分喜爱，便暗地跟踪，准备乘机盗马。但是，护送骏马的武士们一路上防备得十分严紧，盗马人见在途中无法下手，便一直跟到京都。骏马带到京城之后，立刻拴在赖信朝臣的马厩中。

其时，有人向赖信朝臣之子赖义报信，说他父亲那里今日由关东地方牵来一匹骏马，赖义心想：这匹马将来也许会被哪个不相干人要去，我倒不如先去看看，如果真是好马，何妨要到手中呢！于是便向父亲的府宅走去。这时，天已黄昏，雨下得很大，赖义因思马心切，就冒着雨来到府中。赖信问儿子道："许多日子为何没见你来?"随着就想起他此番前来必是听说牵来了一匹好马，特意来向我讨要的。于是，没等赖义开口，便说道："关东地方的那匹马已行牵到，我还没看，听派去的人说确是一匹骏马，现已天黑，恐怕看不清楚，明早如果你看着喜欢，就牵去吧!"赖义见未待自己请求，父亲便如此答应下来，不胜喜悦，于是说道："那么，我今夜就住在这里，明天早晨再去观看。"说罢，就留住下来。当夜，直谈到深夜，赖信才就寝入睡，赖义也靠近父亲身

边躺下。

这时候，雨声很大，下个不停，盗马人在后半夜乘着雨声混进府来，将那匹马盗走。这时，只听马厩那边有人高声喊叫说："昨晚牵来的马，被盗贼盗走了！"赖信隐约间听见了喊声，没向睡着的赖义问话，便急忙起身，把衣襟向上一掖，背起箭筒，跑进马厩，亲自拉出一匹马，备上了一副粗陋的鞍鞯，翻身上马独身一人向关山[①]追了下来。赖信心想：这个盗马人必是关东地方的人，他见此马不俗想要偷盗，才跟踪而来，因为路上未得下手，一直跟到京城，乘着今夜大雨将马偷去。赖信想到这里，所以才向关山追去。

且说，赖义这时也听见了喊声，他和父亲的想法不约而同，也没告诉父亲一声，便赶忙起身，因为他在夜里是和衣而卧，身上的衣带都不曾解下，赖义起身后，也和父亲一样背起箭筒，在马厩中骑了匹马，独向关山走去。原来，父亲早就想到：我那孩儿必会追赶上来；儿子心中也知道，父亲必定是在前边追赶，于是，也丝毫不敢怠慢，催马前行，过了贺茂川河滩之后，雨住天晴，父子二人越发紧紧追赶，一直奔到关山。

盗马人骑着盗来的那匹马，心想如今业已脱险，就让马在关山的水污小道上慢慢前进。赖信在黑暗中，听见马踏泥水的脚步声，虽然看不清赖义是否已赶到身旁，但仿佛事先和他约好似的，就吩咐说："快射！"赖信一言未尽，立刻就有弓弦响声。接着传来的是贼人应弦落马和骏马落荒奔跑发出来的响声。赖信又吩咐道："贼人已被射落马下，你快去追赶骏马，将它牵了回来！"说罢，不等儿子牵马回来便走回府去了。赖义追上骏马，就把它牵了回来。这时，府中的家将们也都听说盗马之事，三三两两陆续

---

① 指京都以东的逢坂山。因该山是古代通往关东地方的要道，设有关口，故称关山。

赶来，在路上和主人会合在一起，等赖信回到府门时，身边已会聚有家将二三十人。赖信回府后，天还未亮，他对此事一字不提，仍旧回房去睡。赖义把马匹牵回，交给家将之后，也倒身睡下。

天光大亮后，赖信走出来呼唤儿子赖义，他并没说什么“你这一箭射得很好，幸而把马追回”，只吩咐了一句：“你把那匹马牵去吧！”家人把马匹牵出之后，籁义一看，果然是匹好马，于是便说声：“那么我就拜领了。”说罢，将骏马牵走。虽然父亲没说送他一副鞍韂，可是已有一副精美的鞍韂备在马背上了。赖义一看就知道这是对昨夜一箭射中贼人的赏赐。

人们说赖信性情古怪，其实，这就是武将的性格。

第十三篇

源赖义朝臣讨伐安倍贞任等人

古时，后冷泉天皇朝代，六郡[①]境界内，住有一人名叫安倍赖良。赖良的父亲名叫忠良，他家世世代代都是土人的首领，权势很大，从来没有人敢反抗他。赖良手下党羽众多，遍布各地，几乎出于衣河界外。历任国守明知他霸据一方抗拒国税，但都无力约束。

在永承年间，国守藤原登任派遣了大队人马去讨伐他，但是被赖良集合各酋长共同抵抗，败退下来。朝廷闻讯立即派源赖义朝臣为镇守府[②]将军，专命讨伐。赖义率领长子义家、次子义纲和大队人马，向着陆奥国进军。

这时，适逢全国大赦，赖良也在被赦之例，他喜出望外，就归顺了赖义，为了避国守的名讳[③]，便将自己的名字改为赖时。在赖义任国守的四年期间，彼此相安无事，直到赖义任期屈满那年，在赖义到镇守府处理公务时，一连待在那里数十天，赖时总是奉命维谨地留在府中照料一切，还准备下良马和金银财宝敬献给赖义。且说赖义从镇守府回来的途中，就在阿久利河边安营露宿，

---

① 六郡指陆奥国胆泽、和贺、江刺、稗拔、志波、岩手等郡。

② 当时镇守府设在胆泽城，国守府衙设在宫城郡。

③ 赖义与赖良二名在日本训读时同音。

当天夜里，代理国守藤原说贞二子光贞、元贞等的宿营遭到敌人的偷袭，兵丁和马匹各有死伤，但是，不知道这件事到底是什么人所作。天光大亮以后，赖义闻知此事，便召见光贞查问可有什么可疑的线索，光贞回答道："赖时有个儿子，名叫贞任，早年曾派人提亲，要娶我妹为妻，我因他家出身微贱，拒未应允，贞任深以为耻。从此事看来，无疑是贞任所为，除他以外，我再无仇人。"

赖义闻言大怒道："这不是在射光贞，简直就是射我！"说罢，传话召见贞任，准备问罪。赖时闻听便对儿子贞任说："人生在世，都是为了妻子。你是我儿，我难以漠视，只要我在世就不能眼看着你被人杀害。所以你不如闭门不出，不必听从他的召唤，他的国守任期已满，这两天就该进京，即便他发怒，也难以亲来问罪。何况我们还有足够的人马，可以防守，你且不必忧虑！"

说罢，便将衣河关严加把守起来，封闭道路不准行人通过。这样一来，国守越发动怒，决定兴兵征讨，于是，人心惶惶，全国骚动。

此时，赖时的女婿候差官藤原经清、平永衡等人，俱都叛离岳父，归顺了国守。当时，永衡在军中头上戴着一顶银盔，有人告诉国守说："平永衡本是赖时的女婿，他表面上虽然归顺了，但是内心有诈，必定是密派奸细，探听我军的虚实。同时，他头上的银盔也与众不同，无疑是为了在交战时，给对方一个标志。"国守听信了这番话，立将永衡和他的同党四人捉来，一齐斩首。经清见此情景感到畏惧，背地对自己亲信说："不知哪天，我也会被斩首的！"那人回答说："你虽然诚心归顺国守，也难免有人谗害，那时无疑要丧失性命，如今只有速逃，跟随安大夫[①]才是。"经清听信这话，决心离去，这时他施用计谋，对兵士说："赖时从间道

---

① 指安倍赖时。

进兵，攻进府衙，要捉拿国守夫人!”国守的兵将一听此话，登时骚动起来，经清乘着慌乱，率领手下八百余名兵丁，投奔赖时去了。

这时，赖义任期已满，朝廷派了高阶经重继任国守，但是，经重听说双方交战，就辞不就任。因此，朝廷又命赖义连任，这是为了使他便于讨伐赖时。赖义奉命后上疏请命金为时①以及下野国守兴重等，怀柔内地土人，并命他们前来协助，以便剿灭赖时。朝廷立即传下旨意，安倍富中便联合金屋、仁土吕志、宇曾利等三郡内各部落土人的首领，分率大军，会讨赖时。赖时奋战，两天之后，终于身中流矢死在马海寨中。

随后，国守又率领三千一百多人马，讨伐贞任等人，贞任等统领四千余兵将，全力防战。结果，击溃国守的人马，杀伤无数。国守的公子义家箭不虚发，勇猛过人，敌军射来的箭矢没有××××。吓得土人们纷纷逃窜，谁也不敢和他对抵，这人就是人称的八幡太郎。战后国守的兵将死的死，逃的逃，随从的人马只剩下六骑，这六人就是国守的公子义家、修理少进②藤原景道、大宅光任、清原贞廉、藤原范季和藤原则明。敌军的兵马却有二百余骑，从左右两面夹攻上来，发箭如雨点一般，景道见国守的坐骑中箭身死，便急忙拉过一匹乘骑交给他，后来，义家的战马也中箭身死，则明力夺敌人的战马给他乘骑。而在千钧一发紧要关头时，义家连连射中敌军，加上光任等拼命死战，敌军终于退了下去。

当时，国守的爱将中，有一候差官名唤佐伯经范，他原是相模国的人，深得国守器重，当国守军溃败时，经范被隔在敌人包围圈外。他因不知国守下落，便四处向溃散的兵丁打听，有人回

---

① 人名，是当时的气仙郡郡司。

② 官名，掌管皇宫的修理营造，官位相当于从六位下。

报说："国守已经身临重围，手下兵将所剩无几，看来势难突围了。"经范说道："我传奉国守已达三十余年，如今已到这般年纪，国守也不是鼎盛之年，在这最后关头，我怎能不和他死在一处呢！"这时，经范身边还有两三名从骑，他们也都说："你既然决心要与国守共存亡，我等又岂能独生呢！"说罢，一同闯入敌阵奋战。射杀十余人之后，也都战死在阵前。

藤原景季是景道的儿子，年仅廿余岁，他一连七八次纵马深入敌阵，射死敌人，最后马失前蹄，将他掀在马下，敌人虽然十分爱惜景季的英勇，但因为他是国守的亲信侍卫，只得将他斩首。在这次战斗中，国守的亲信家将，个个奋勇应战，为敌所杀，不计其数。

藤原茂赖是国守的亲信家将，他在全军溃败后，数日找不到国守的下落，心想必然是被敌人杀死了，于是悲痛地说："我一定要找到他的尸骨把他埋葬起来。不过，两军阵前只有僧人，可以出入。"说罢，立刻削发为僧，朝着战场走去。茂赖走在中途，正和国守相遇，这时他真是悲喜交加，陪同国守返回府中。

贞任等获胜以后，越发不可一世，任意征用各郡百姓。经清率领众多兵将，直出衣河关外，向各郡广派差役，大征租税，还晓喻百姓说："只准服从白符，不许服从赤符。"所谓白符，就是经清私人的征税文书，符上没有印信，所以叫作白符。赤符乃是国守的文书，符上盖有国印，所以叫作赤符。国守对经清这种行为，无法制止。

且说，国守为了取得出羽国北山的土人首领清原光赖及光赖的胞弟武则乘人的出兵援助，不断派使敦促，光赖等起始还怀疑不决，但在国守经常馈赠珍贵的礼物和恳切的说辞下，终为所动，于是，光赖、武则等答应出兵相助。

后来，国守又屡次邀请光赖、武则等人发兵，因此，武则及其子弟率领上万大军，直奔陆奥国而来，先行通报国守。国守大

喜，立率三千余人马前去迎接，双方会师在栗原郡的营山顶上。国守和武则见面，彼此说明心意之后，便任命了各阵的押领使，这些押领使都是武则的子弟亲信。这时，武则望京城下拜发誓说："我愿听从将军调遣，率领子弟家人誓死一战，但愿八幡三所[①]鉴我一片赤诚。"

众兵将受此激励，军心大振，当时有一群白鸽飞翔在大军头上，国守和所有官员俱都礼拜。大队人马沿着松山大道[②]进发，当晚，露宿在磐井郡山中的大风泽，第二天便来到了该郡的"疎立马场"，这里距宗任[③]叔父良照僧人的小松寨，只有一里多路。但由于那天不宜用兵，又加上天色已晚，所以没有进攻。

武则的儿子们为了看清敌军的形势，走近前去，步兵逼近敌寨后，就纵火烧毁了寨前的房屋，城内敌军一见起火，立刻惊叫起来，用石头向外抛打。这时，国守便对武则说："我等本想明日交锋，如今既然惊动了敌人，只好开始进攻了。"武则听罢也说："所言甚是。"

这时，深江是则与大伴员秀二人率领勇猛武士廿余人，拿起刀剑，在悬崖上挖掘出踏足之地，拄着矛枪跃上崖头，从下部砍毁木栅，闯入城中，与敌人短兵相接，杀在一处，城中大乱，百姓们俱都心惊胆战。宗任率领骑兵八百余众，来在东城外迎战，但是，这次国守加入的强兵猛将为数甚众，奋勇争前，因而宗任的军队终被击溃。宗任弃城逃走时，放火烧毁了营寨。国守随即整队收兵，并未追击。在这期间，细雨连绵一直下了十八天，军粮俱已用尽，国守见军中缺粮，便命许多兵将到处寻找，贞任等闻知此事，认为时机已到，又率兵众反攻上来。

---

① 指各地八幡宫（神社）所祀的应神天皇、神功皇后、比姬大神等三尊神。

② 通向磐井郡的一条古道。

③ 安倍贞任之兄。

这时，国守赖义和义家、义纲、武则等人鼓励三军，奋力舍身防战，贞任等终于败退。国守和武则率领兵将紧紧追去，贞任逃到高梨驿，就在那里扎营，企图据守石坂，但当国守军队攻来之后，又被击溃，只好丢弃营寨逃入衣河关中。国守等进攻衣河。这座关口地势极其险恶，加上道路又被树木堵塞，于是国守派了三名押领使，分兵进攻。

武则来到关前，下马在岸边巡视了一番，然后吩咐一个名叫久清的武将说："两岸上有栗树，树枝搭在海面上，你身体轻便长于蹿跳，可攀缘跳过河岸，潜入敌方，放火烧他们的营寨，敌人看起见火起必然惊惶，我军可以趁乱破关。"

久清奉命，捷如猿猴般地蹿到对岸，在岸上的弯树上栓了一条绳子，叫其他的三十余名兵士沿着绳子渡过河去。他们悄悄来到藤原业道[①]的营寨，放起火来。贞任等人一见火起，大惊失措，也顾不得应战便带军后退，直向鸟海寨逃去。

国守和武则等人攻下这座营寨之后，又进逼鸟海。宗任和经清等人未等国守大军来到之前，便弃城而逃，退到厨河寨。国守进入鸟海寨后，使兵丁们暂时休息，这时，发现有间房屋装着许多美酒，兵丁大喜，急欲取饮。国守制止说："酒中必定有毒，万不能饮！"后来，有一两名夫子偷饮之后，却安然无事，如是众三军便都畅饮起来。

且说武则攻陷正任[②]的黑泽尻寨以及鹤胫、比兴鸟两寨之后，接着便来到厨河、妪户这两座营寨，他在营寨四周列开阵式，彻夜巡守。第二天，从天亮的卯时起，双方便会战在一起，直战了一天一夜。会战之前，国守下马，遥拜京城，然后手举火把宣誓说："这就是神火。"说罢，将火把扔出。立时见半空中出现鸽子

---

① 此人绰号大藤内，是宗任的心腹。

② 赖时的第五子，贞任、宗任之弟。

飞翔阵前。国守瞧见这番情景，流着泪朝天礼拜。就在这时，突然乱起狂风，城中的房舍，霎时间被火烧着，城中的数千名男女，同声高哭起来。敌军有的跳进河去，有的在阵前俯伏归降。国守的兵将过河紧追，把敌军包围起来，这时敌军不顾生死，挥动刀剑，打算要突破重围。武则吩咐兵丁们说："你等让开道路，叫敌军出去。"于是，众兵将闪开一条道路，敌军不战而逃。国守的人马随后追上去尽数斩杀。

经清也被捕获，国守命人把他押解到面前说："你家世世代代是我的家将，但是，这些年来，你竟敢与我为敌，藐视朝廷，可算是罪大恶极。今天你还能用白符么?"经清闻言，低首不答。国守拿起一把钝刀，一点点地把经清的首级割下。

贞任败阵，正要拔剑砍杀追兵，却被兵卒用矛枪刺死。尸体放在大盾牌之上，六个人抬着放到国守面前。贞任尸长六尺多，腰围七尺四寸，面色甚白，相貌堂堂，年纪才四十四岁。国守瞧见贞任已死，心中喜悦，立即割下他的首级。贞任的胞弟重任，也被人割下首级，只剩宗任一人跳进深泥塘中，得逃活命。贞任有一子，年仅十三，相貌十分英俊，人称千世童子，他逃出营寨，仍然英勇奋战，国守怜他年幼，有心免其死，但因武则上前拦阻，终于命人将他斩首。

当营寨被攻破时，贞任的妻子怀抱一个三岁幼儿对她丈夫说："如今你既命在旦夕，我岂能独生，情愿死在你的面前。"说罢，抱着幼儿投入深渊而死。几天以后，贞任的伯父安倍为元和贞任之弟家任自首归降。数日后，宗任等九人也来投降。于是国守缮就疏奏，连同斩获的首级和归降的一干人犯一齐申报朝廷。

越年，贞任、经清、重任等三人的首级解到京城，这天，京城的人们不论贫富贵贱，瞧见这三人的首级，无不议论纷纷，惊叹不已。当人头解往京城的时候，解差在近江国甲贺郡，打开木箱，拿出人头，命人给它梳洗发髻。当时，抬木箱的夫役正是贞

任生前的从仆。解差听说缺少梳子，便吩咐说："你等可用自己的梳子给它梳！"夫役闻听此话，便拿起自己的梳子，流着眼泪给它梳理。贞任等的首级递解到京的那天，朝廷派遣检非违使等人在贺民河滩受取。

后来，朝廷论功行赏，封赖义朝臣为正四位，下充任伊豫国国守，太郎义家为从五位下，充任出羽国守，二郎义纲任职左卫门尉[①]，武则被封为从五位下，充任镇守府将军，押解人头的解差藤原秀俊充任左马允，物部长赖充任陆奥国大目[②]。国人瞧见这种论功行赏的情景，俱称赞欢喜。

① 日本古代官名，左卫门府的三等官。

② 日本古代官名，即国守的佐治人员，官位是从八位上。

他草草葬于庙堂的附近。后来广清的坟上，每夜发出读诵法华经的声音，而且必定是通读全卷。广清的弟子听说此事，就从墓中取出骷髅，迁葬于心中选定的清净地方，从此，这座山里也传出了诵法华经的声音。这确是一件奇事，后来传闻于世。

第三十一篇

备前国人出家诵法华经

古时，备前国有一个沙弥，久居当地，娶妻生子。后不知他起了什么念头，突然抛妻弃子离开家乡，登上比睿山出家受戒。后来他又离开比睿山，去三井寺为僧，日夜读诵法华经，因而娴熟经文，背诵如流，十余年间，读诵法华经卷达二万余遍。三井寺的大小僧人都称赞他难能可贵，赞不绝口。

后来，不知这个僧人又转了什么念头，竟下山返回家乡，仍度着往日的生活，天长日久，原来奉持的法华经早已忘得一干二净，从此贪恋妻子，不知惭愧。

后来，这个僧人渐渐年老，染病在身，连日呻吟床蓐，眼看就要死去。这时，僧人的好友来对他说："你今生已然无望，应该秉诚祈求来世。你可以把持奉多年的法华经读诵起来，口唱阿弥陀佛的佛号，我想你就能往生极乐世界了。"僧人听了不以为然，只摇了摇头，既不念佛也不诵经。

过了几天，病势稍减，不知因为什么，僧人突然起来沐浴斋戒，换上洁净衣服，向三宝合十祷告说："我本来持奉法华经，也念了不少卷，但是后来为魔所扰，竟将法华经荒废多年。如今忽蒙普贤菩萨护佑，得以恢复本性。我过去十几年所读诵的二万多卷法华经，如果没有忘却，仍能记在心中，我愿在临死前，一如过去虔诚默诵，请保佑我把经文想起来吧！"僧人发誓后，就劝自己身旁的人领先唱：“妙法莲华经序品第——”自己随声附和，唱起“如是我闻”①，随后便一心不乱地高声念诵起来。僧人整整读完一卷，叩拜一番之后，气绝身亡。看到和听说此事的人，都交口称赞。

① 佛经开头都有这一句，据说释迦牟尼死后，侍者阿难听到的教义最多，众弟子推阿难宣唱佛说，“如是我闻”就是阿难宣唱的第一句，是“我听佛这样说过”的意思。

第三十二篇

比睿山西塔僧人法寿读诵法华经

古时，比睿山的西塔，有一僧人名叫法寿，他本是京城的人氏，天台座主暹贺僧都的弟子。他的心地正直，举止不俗，幼年登山出家，跟随师父习得法华经后，每日必诵一卷，并以此作为终生的功课。法寿学习佛经时心领神会，因而颇有心得。

一天晚上，法寿精心读诵法华经，拂晓时分蒙眬睡去。这时，他梦见自己多年奉持的法华经腾空而起，冉冉向西飞去。法寿在梦中想到自己多年供奉的经卷竟自飞去，不禁伤感起来。这时，在他身边有一位身穿紫袍的老僧，告诉他说："你不必为丢失经卷伤感，你的经卷只不过是先行一步，它已被送往极乐世界收存起来，再过两三个月，你也要往生极乐世界，赶快沐浴斋戒，等候接引吧。"法寿听罢就从梦中醒来。法寿醒后，立刻丢下衣钵，赶忙绘画阿弥陀佛的画像，又抄写了法华经，然后邀请高僧虔诚供奉起来。法寿又将房中一应杂物，分赠弟子，离开京城的寓所，永久在山中"坐关"修行，专心读诵法华经，唱念佛号，并且还抽暇拜读涅槃经、观无量寿经等经书，钻研摩诃止观文句章疏等，依仗这种善力，往生极乐世界参拜阿弥陀佛。

不久，法寿染病在身，但是，他一心不乱地读诵着法华经，当他唱完佛号之后，便即逝去。看见和听说此事的人，都交口称赞。

第三十三篇

神龙听信诵经圣僧之言行雨被斩

古时，××天皇朝代，在奈良大安寺的南面，有一座寺院名叫龙菀寺，在这寺里住着一个僧人，多少年以来一直在读诵法华经。这个僧人颇能领悟经文的要义，每天讲解经文一品，讲完再读，成了必修的日课。

且说，有一条神龙，被僧人讲诵的经文所感动，化为人形，每天来讲经的庭院中听经。有一次，僧人问神龙说："你是何人，为什么经常来听我讲经说法？"神龙见问，便对他说出真情。僧人得知神龙的来意，从此二人成了至交。由于神龙笃信佛法，所以对僧人唯命是从。后来这件事传遍了全国，世人尽皆知晓。当时，雨水愆期，天下大旱，禾苗尽将枯死。举国上下不分贵贱尊卑，都忧虑不堪。因此有人奏禀天皇说："大安寺南有一座庙，庙里的僧人和神龙交往多年，心投意合，非常友好。陛下可以把那个僧人宣进朝来，然后传下旨意，命他转请神龙降雨。"天皇闻奏，立即降旨宣僧人入朝。僧人奉旨前来，天皇对他说："世上传说，你多年来讲读法华经，神龙常去听经，因而和你很有交情。如今天下大旱，田禾都要枯死，国家的不幸莫过于此。你应该立刻讲诵法华经，那时神龙一定前来听经，你可以告诉他降雨。这件事你如办不到，就将你逐出，永远不许住在日本国内。"

僧人奉旨，非常难过，回寺后，请来神龙，备言奉旨降雨之事。神龙听罢答道：“我多年来听法华经，已经脱离苦海，得到善根之乐。我愿舍身以报圣僧的恩德。只是，降雨一事并不由我掌管，这是大梵天王及其所属诸神为了消除本国的祸灾，才不肯降雨。我如私自打开雨门恐怕立刻就会被他斩首。不过，我牺牲性命来供奉法华经，来世也不至于遭受‘三恶道’的报应。我可以叫他降雨三天，雨后我必难逃一死。我死之后，求圣僧把我的尸体找到，埋葬起来，并在墓上修盖一座庙宇。平群郡西边山上有一水池，在那里就能找到我的尸体。还有，我一共到过四个地方，希望能在每一个地方都建成佛寺！”僧人听了，不胜悲痛，但是又不敢违旨，只好把神龙的遗嘱，一一承应下来，哭着和神龙分手诀别。

后来，僧人把神龙的言语奏禀了天皇。天皇闻奏大喜，静候降雨。不久，到了神龙约定的日子，天空突然阴霾，雷电霹雳，顷刻间大雨滂沱，一直下了三天三夜。从此全国各地沟满濠平，五谷丰收在望，不仅天皇感激，大臣百官以至黎民百姓也莫不欢喜。

后来，圣僧按照神龙的遗言，到西山峰寻找，果然发现一个水色鲜红的水池。原来神龙已被斩成几段投入池中，龙血把池水染得通红。圣僧看罢，挥泪埋葬了龙尸，并在墓地盖起一座庙宇，取名龙海寺，又在寺里讲解法华经，超度神龙。僧人还奏请天皇加恩相助，按照他和神龙的盟约在其他三个地方修盖了庙宇，这就是世人所说的龙心寺、龙天寺和龙王寺。圣僧终生就住在龙海寺里，读诵法华经来追荐神龙。这些寺庙，至今仍然存在。

第三十四篇

天王寺僧人道公诵法华经拯救路神

古时，天王寺内住着一个僧人名叫道公。道公多年来读诵法华经，修行佛道，并经常到熊野山去“坐夏”修行。

有一次，道公从熊野返回本寺，走到纪伊国美奈部郡海边，天色已晚，便在那里的一棵大树下露宿，半夜时分，只见二三十个人骑着马，来到树边，道公正在纳闷，不知来者是何等样人，忽听有一个人从马上问道：“树下的老头可在?”这时，树底下有人回答说：“老朽在这里。”道公听了，不禁一惊，心想我竟未觉察这里还有人。这时又听马上的人说：“赶快出来同我们走一遭吧!”树下的人又回答说：“我今晚不能前去，因为马腿折伤，不能乘骑，待明天治好马腿，或者再另外找到马匹，那时我一定奉陪，我年纪已老，实在行走不动。”马上的人们听说，便都走马而去。天亮后，道公想起此事非常惊异，便围绕大树寻找，结果没有一人。后来发现一尊糟朽残破的路神木像，看样子已是年深日久了，而且只有一尊男像，却没有女像。前面木板上画有一马，马的腿部有一道裂痕。道公看罢，想起昨夜路神所说的话来，不禁更加惊奇，就用线将马腿的裂痕缝接起来，然后又放于原处。道公为了在当夜看个明白，当天又留宿在大树下边。

夜半时分，又和前夜一样，来了一群骑马的人，只见路神也骑着马同他们一道去了。黎明之前，道公听见路神回来的声音，抬头一看，原来是一个年迈的老翁。这个陌生的老翁朝着道公叩拜说："承圣僧昨日为我治好马腿，使我得以出去当差，此恩是难以报答的。我本来是这棵树下的路神，那些骑马之人都是瘟神。他们在国里巡视时，必以我为向导，如不听从他们的差遣，他们便用鞭子抽打，用恶言责骂，令人再也不能忍受。因此，我很想抛弃这个卑贱的神形，速成有功法的上品之身，这还要仰仗圣僧鼎力相助。"道公回答说："您说得很对，只是我力不能及。"路神又说："圣僧如肯从今天起留在树下，为我连诵三天的法华经，我就能借法华经的法力马上脱掉这个受苦的神形，往生乐地。"老翁说罢就不见了。

道公按照路神的言语，继续留在树下，虔诚地读诵了三天三夜的法华经。到了第四天，先前那个老翁又来了。他向道公施礼说："我蒙圣僧慈悲，现已脱弃了原来的形骸，变为高贵之身了。我将要生往补陀落山做观音的侍者，还将升上菩萨的佛位，这全是听了法华经的效验。圣僧如想知道此事的真假，可用树枝制造一只小木船，把我的木像放在船里浮之于海，那时你就能看出分晓。"说罢，又转眼不见了。

后来，道公按照路神的言语，立刻造了一只小木船，将路神木像装在船中，拿到海边放进海去。当时，海上风平浪静，但是，这只小木船却飞也似的向南疾驰而去。道公注视着这只木船直到它消失在天边。这时道公满怀悲伤地礼拜了一番，然后走上归途。当时，那个乡里有一个老翁，梦见这棵树下的路神变成了菩萨的形象，放出光明，一阵乐声过去，路神就向南飞升而去。道公深信此事，回寺后，越发致力读诵法华经，毫不怠惰。闻听道公讲说此事的人，都交口称颂不已。

第三十五篇

僧人源尊赴阴曹诵法华经还阳

古时，有一僧人名叫源尊，他自幼离开父母，学习了法华经，从此便日夜读诵。源尊总想将法华经背诵下来，但始终未能牢牢记下。后来他在壮年得了重病，过不几日便不治而死。

源尊死后，过了一天一夜，又苏醒过来。他说："我死之后，被带到了阎王殿，只见殿上殿下都是阴曹的判官鬼卒，有的头戴纱帽，有的身披铠甲，有的手执矛枪，有的伏在书案查阅文簿，记录犯人的善恶。景象森严，看了着实令人毛骨悚然。当时，殿旁坐着一位仪表不凡的高僧，手持锡仗和经盒，他对阎王说：'沙门，源尊读诵法华经已有多年，应该赶快给他看坐。'僧人说毕就从盒中取出经卷，叫我从法华经的第一卷起念到第八卷。当时，阎王和所有冥官，都合掌恭听。后来，这位僧人领我出来命我回家。我当时感到惊异，仔细端详这位僧人的模样，原来就是观音菩萨。菩萨当时还指点我说：'你回家之后，一定要努力读诵法华经，我将施展法力，使你能够背诵下来。'说到这里，我就苏醒了。"人们听了源尊说的原委以后，都交口称颂。源尊病愈后，终于将全卷法华经背诵下来。这时，他每天读诵三遍，两遍是为超度"六道轮回"的众生，一遍是为使自己脱离恶趣往生净土。后来，源尊年岁渐老，当临终时，身体虽略有不适，但无重病，神志清醒如常，读着法华经溘然长逝。

人们都感动地说：源尊依仗法华经的法力，在阴间蒙观音菩萨护佑，一定会永离恶趣，生往善地。

第三十六篇

诵法华经的女子得见净土

古时，加贺国有一个前任的国司，名叫源兼澄。他有一个女儿，生性聪慧，从小就有向道之心。她学会法华经后，就不分日夜地读诵起来，一直坚持了多年。然而，她却不曾学过无量义经和普贤经。

后来，这个女子忽然得病，过了几日不治身死。可是，过了一夜，她又死而复生，告诉身旁的人说："我死之后，突然来了四五个彪形大汉，逼我走过一座遥远的荒山，正在行走之间，有一座大庙，他们便将我带进庙去。我走进庙门一看，大殿、讲堂、藏经楼、钟楼、僧舍、门楼等栉比鳞次，金碧辉煌。大殿里，头戴天冠的神仙，项挂垂珠璎珞的菩萨不计其数，还有许多仪表不凡的年迈圣僧。我看了心想，这里不是极乐世界，就是兜率天上。正在这时，有一个僧人对我说：'你这个女子，怎么到这庙宇里来了？你固然念了许多卷法华经，可以到这里来，但是现在离你应来的日期还远，你这次应该赶快回去！'我听完此话，又到一座佛堂观看，只见堂里堆积着许多法华经。那位僧人又对我说：'你认识这些法华经吗？'我回答说不认识，僧人又说：'这就是你多年所读诵的经，凭着这些善根，你就能生在这里享受快乐。'我闻听此话，心中喜悦不尽。接着，又到一座高大的殿堂观看，里面有一尊佛，身上金光闪闪，照得满殿通明，但是用袈裟遮面，不能拜见佛容。当时就听佛祖用微妙的声音对我说：‘因为你读诵了法华经，所以才叫你看见我的法身，听到我的声音。你应该速即回家，继续努力读诵法华经。另外还应该附带读诵无量义经和普贤经，这都是必须经常读诵的经卷。那时再来，我就不再用袈裟遮面，让你看见我的容貌了。我就是释迦如来。’说罢，吩咐两个天童送我回家。我跟着天童回来，刚一进门便苏醒了。”这个女子病愈后，越发虔诚地读诵法华经，还附带读诵无量义经和普贤经。

由此可见，释迦如来涅槃以后，还这样在众生面前建立净土，为了使女子更加努力读诵法华经，才叫她看见了灵鹫山①的真貌。按照佛祖的指示，无量义经必须和法华经一起读诵。听说此事的人，争相传颂，后来传闻于世。

---

① 据佛经记载：灵鹫山在中天竺摩羯陀国王舍城的东北，是五精舍之一。山上有释迦如来讲经说法的遗迹，我国一般简称“灵山”。

第三十七篇

无惭破戒的僧人诵法华经寿量品

古时，仁和寺的东面，有一座寺院名叫香隆寺，寺中住着一个定修僧都。定修僧都的弟子当中，有一个僧人，他虽然是僧人打扮，却不信三宝，不悟因果，举止一如俗家。他时常手持弓箭，腰佩刀剑，专好为非作歹。此外，他一见飞禽走兽，就必用箭射死，看见鱼肉就加吞咽。他的情欲很深，时常想近女色，而且他手不持念珠，肩不披袈裟，的确是一个不知惭愧之徒。然而，他却持有法华经寿量一品，不顾自身的污浊，每天必诵一遍。

后来，这个僧人离开香隆寺，做了法性寺方丈源心僧都的弟子，住在车门旁边的小房里，侍奉僧都。过了不久，他身染重病，多日不愈，方丈见他可怜便叫他受戒。僧人秉诚受戒后，坐起身来，将口漱净，虔诚地念起寿量品来。当他念到经文中的“得入无上道，速成就佛身”时，就平静地死去。

看到和听说此事的人，都感动地说：虽然他多年无耻，不守清规，但临死有缘受戒，并念着法华经而死，看来一定可以脱离恶道。

第三十八篇

小厮诵法华经四要品免难

古时，有一位官居左卫门大夫的平正家。他在信浓国有一个相识，因而时常往来该地。正家每次前往信浓，都带一个牵马的小厮。有一次，不知是谁，把正家的马匹盗走。

当时，正家手下有一个家将和这个小厮有仇隙，就在正家面前进谗，说小厮和盗马之人勾通一气，偷走了马匹。正家听说此事，立即将小厮捆缚起来，吩咐那个家将严加看守，不许逃脱。这个家将原本就怀恨在心，这次奉命看守小厮岂能轻轻放过。于是把小厮的四肢抻开，先把双脚牢牢钉上脚镣，接着又在头上架起一根大横木，把小厮的双手向上拉开分左右捆在横木之上，然后又把小厮的头发缠在横木上面，高高吊起，并差人在旁看守。这个小厮无辜遭此横祸，悲愤自不待言，但也无可奈何。这个小厮，从前学过法华经里的四要品，入夜以后便自念诵起来。听到经声的人，都说："这人实在可怜！"后来，看守的人们正在蒙眬欲睡之际，就仿佛做梦般地听到被绑缚的小厮在呼唤自己。看守的人起来一看，小厮双脚上的脚镣已经完全脱落，头上的横木也倒在一边，而小厮则神态自若地站在那里。看守的人看见这般光景一面自言自语地说"好，幸而还没有逃走"，一面又将小厮照旧捆好吊了起来。天亮以后，看守的人也没有声张。此后一连几天，每夜都是这样，时间一到脚镣就脱掉，绑绳就松开。看守的人都觉得事出离奇。且说，正家有一个儿子名叫资盛，后来曾任大学的椽史。当时资盛年纪尚幼，闲居家中，夜间，他听到有人在诵法华经，心想这是谁呢。于是迎着经声寻找，发现原来是被吊着的小厮念出来的。当时资盛觉得这个小厮着实太可怜了。

天亮后，看守这个小厮的家将，禀报正家说："那个盗马贼，每天都捆绑得非常结实，看守他的人并不曾睡，而且也没有别的人来，可是一到夜里他身上的脚镣和绑绳都自动地松落下来，松绑以后，他丝毫没有逃走的意思，他如有意逃走，恐怕早就逃了。"

正家听说此事，很觉稀奇，就吩咐把小厮带来，亲自盘问。小厮就说："这不干我的事，只是我从小学会了法华经的四要品，心想一旦死去，法华经必可保佑我的来世，所以念了这些天。大概是法华经的灵验，我曾像做梦似的看见一个童子，他手里拿着一根细长的白树枝，只见他把树枝一摇，我的脚镣和绑绳就完全掉下来了，后来这个童子还叫我赶快逃走，但是我以为自己并未做错何事，不应该逃走；我想我既然能得到这样的保佑，将来一定会被释放，所以每次都惊动看守人，让他们知道。"正家听了深受感动，马上饶恕了小厮。听见这桩事的人，个个感动得落下泪来，深信法华经的灵验无比。

尽管到了末世，法华经为了这个信奉诚笃的人，还显示了这样的神灵！

正家回到京城以后，将此事告诉别人，传闻下来。

第三十九篇

出云国读诵华严经和法华经的二圣僧

古时，出云国有两位圣僧，一人持诵华严经因而取名法严，另一人持诵法华经就取名为莲藏。这两位圣僧，原来都是大安寺的僧人，后来因事都离开了本寺，在出云国定居下来。这两位圣僧同样是居心正直，持身清净。

且说，法严圣僧读诵华严经已有二十年之久，却常因每日的斋饭不合心意而嘘叹。这时，护法尊神化作人形，对圣僧说："我可以做你的施主，每天为你施送斋饭，今后不必再为每天的斋饭叹息了，还是一心一意地修行大乘之道吧。"圣僧听了欣喜非常，从此每日享用斋饭，不再伤感了。过了许多天，法严圣僧请求护法尊神说："明天上午请你送两份斋饭来，我打算邀请诵法华经的圣僧来吃。"护法尊神听了圣僧的言语，答应在次日早上送来两份斋饭。

这天，法严圣僧邀请了莲藏圣僧，莲藏也随即来到，只等护法尊神送来斋饭，却始终不见送来，后来饭时已过，天色已晚，莲藏圣僧便起身回去。莲藏走后，护法尊神将斋饭送来，并对法严圣僧说："我昨天听了圣僧的话，准备把斋饭及早送来，但是这里有护守法华经的众位圣僧、梵王、帝释、四大天王等都围绕着诵经圣僧，四面八方都挤满了，使我难以靠近，更不必说是找条路了，因此，我从清早到现在，虽然端着斋饭，但是无法近前。

直到那位读诵法华经的圣僧起身以后，护法的众圣也一同离去，我这才能前来。”法严圣僧听说此事，肃然起敬，称赞这是一桩奇事，便亲自捧着食具，到莲藏圣僧面前敬奉礼拜。

从此，法严懂得了法华经的功法超于一切，因而也附带着读诵法华经，并且皈依了莲藏圣僧。

第四十篇

陆奥国读诵法华经和最胜经的二圣僧

古时，陆奥国有两个僧人，一人持诵最胜王经，名叫光胜，一人持诵法华经，名叫法莲。他们原是兴福寺的僧人，因陆奥是他们生长的故土，就各自离开本寺，回来居住。光胜、法莲这两位圣僧全是心直身清，分别持奉法华经和最胜王经，灵验都很昭著，因此深为国人所崇信。

有一次，光胜圣僧劝法莲圣僧说："你应该抛弃法华经，信奉最胜王经。这是有道理的，因为最胜王经深奥无比，远远胜过其他一切经书，所以才称为最胜王经。正因此朝廷才以它定名了御斋会，从年初就着专人讲解。各国也取名为'吉祥御愿'，在各国分寺也讲解此经。另外，朝廷还命名为最胜会，着人在某师寺里讲解此经，并举行法会。所以说，不论公私都要信仰最胜王经。"法莲圣僧听了说道："佛祖的话，没有一句不是可贵的，我有前世的因缘，多年来一直持奉法华经，怎好一旦抛弃法华经去信奉最胜王经呢。"光胜圣僧见法莲圣僧不听劝说心中不悦，默然作罢。从此，光胜依仗最胜王经的威力，遇事就和持奉法华经的法莲无理取闹，然而法莲却从不计较。

有一次，光胜说："这两部经究竟谁胜过谁，我们应该较量一番，如果法华经的灵验获胜，我就舍弃最胜王经去信奉法华经，假如最胜王经的灵验大，那么，法莲，你就应舍弃法华经来信奉最胜王经。”尽管光胜这样说，法莲却毫不在意。光胜又说：“那么，我们两人各种一町地[1]，根据收成的多寡就可以测定这两部经孰优孰劣了。”乡人听说此事，拨给这两位圣僧每人同等的一町地。这时，光胜把自己那块地里浇上水，然后虔诚地向最胜王经祷告说：“我盼望圣经施展威力，保佑我不播种，不插秧，得到丰收。”光胜祷告后就去种田，但见满地的秧苗茁壮地成长起来，无比的茂盛。过了数月，稻穗长得非常丰硕。而法莲圣僧的田地，自己既不耕耘，又无他人关心，落得一片荒芜，杂草丛生，任凭牛马进去践踏和栖息。国人见此情景，不论贵贱尊卑，莫不尊敬持诵最胜王经的圣僧，轻视读诵法华经的圣僧。

不久，到了七月上旬，法华圣僧的田里，从正当中长出一棵葫芦苗来，眼看葫芦蔓向四面八方延伸开来，铺满了一町地，葫芦芽高高长起，几乎没有空隙。大约过了两三天，芽上开花结实。只见个个葫芦都长得如坛子般的大小，挤了满地。人们虽然见到这些葫芦，却仍然赞颂最胜圣僧。法华圣僧发现满地葫芦，感到奇异，便摘下一只，打开观看，只见葫芦里装满了白米，米粒硕大，色白如雪。圣僧看罢更加惊异，用斗一量，一只葫芦里的白米竟有五斗之多。他再打开另外一些葫芦观看，个个葫芦都是如此。

法莲圣僧见此光景，悲喜交加，于是遍告乡人来看。法莲先把白米供在佛经前面，随即邀请许多僧人来吃，另外还给光胜圣僧送去一只葫芦。光胜看罢，虽说有些妒意，仍不免被法华经的威力所感动，懊悔自己不该轻视法莲圣僧，从此信服了法莲，立即亲诣法莲圣僧房中礼拜忏悔。

法莲圣僧把葫芦里的白米，施舍给国内道俗男女，令人随意

---

① 日本土地面积单位，约合我国15亩。

摘取。奇怪的是，这些葫芦直到十二月还不见枯萎，反而越摘越多。看见和听说这桩事的人，知道法华经的威力胜过一切，都来皈依法莲圣僧。

第四十一篇

读诵法华经和金刚般若经的二圣僧

古时，山寺里有两位圣僧，一人持奉法华经，名叫持法，另一人持奉金刚般若经，名叫持金。这二位圣僧同住一寺，彼此修盖的庵室相隔约半里左右。他们俱都发起向道之心，厌弃世俗，修行佛道。持金圣僧显出般若的灵验，斋饭自行出现，一日三餐从不发愁。而持法圣僧则专靠施主的施舍，生活自不宽裕。因而持金骄傲起来，他想这一定是因为自己所信奉的经威力广大，加上自己的道行深厚，护法诸神才按时送来斋饭，昼夜守护。那个法华圣僧所信奉的经既缺乏灵验，而他的道行又浅，无怪护法诸神不供养他。

持金圣僧经常就这样诽谤持法。有一次，持法圣僧的道童来到持金的庵室。当时，持金圣僧就讲起自己的灵验和道行如何胜过一切，并问道童说："你师父的道行怎么样?"童子答道："我师父什么灵验也没有，只靠别人的施舍过活。"童子回庵后向师父把这事学说了一番。师父听了，只说了一句："我自有道理。"过了几天，持金圣僧的斋饭有两三日不见送来。这天，自早到晚，持金粒米未进，心中暗暗纳闷，竟怨起般若、须菩提①等佛尊来了。当夜，持金圣僧做了一梦，梦见来了一个袒着右肩的老僧，指点

① 梵语，般若是智慧的意思，须菩提是善吉的意思，这里指智慧圆满的诸神。

他说：“我就是须菩提，你虽然信奉金刚般若经，却不曾体现般若之道，所以护法诸神不能给你送斋饭。你为什么妄事怨尤呢?”持金听了就问：“那么，这多年是谁送给我的斋饭呢?”老僧回答说：“那是信奉法华经的持法圣僧给你的。那位圣僧以慈悲为怀，见你可怜，才使十罗刹女每天将佛祖赏赐自己的斋饭转送给你。而你生性愚痴又起了骄傲之心，竟时常诽谤圣僧。还是快到圣僧那里忏悔谢罪去吧。”老僧说罢，持金从梦中醒来。

持金醒后，对自己多年来的妄念，追悔不已，亲自到持法圣僧的庵室，向圣僧谢罪说：“我生性愚痴，诽谤了圣僧，请你大发慈悲，饶恕我的罪过，还有，你每天送给我的斋饭，这两天为什么不送了呢?”持法圣僧含笑说道：“我忘了取斋饭也没有吩咐十罗刹。”这时，就见道童走出来，将斋饭备好。持金回庵后，斋饭又和从前一样按时送到。从此，持金永不敢再起骄傲之心，也宾服了持法圣僧。最后，这两位圣僧同时逝世，临终前，来了许多圣僧把他们送往极乐净土。人们都说，傲慢之心必须制止。

第四十二篇

六波罗密寺僧人讲仙听法华经获福

古时，京东有一座庙，名叫六波罗密寺。寺里有一个居住多年的僧人，名叫讲仙。六波罗密寺是京城各方人士举行讲经会的地方。这位讲仙，每当寺中举行讲经会时，便担任读师①，十多年间，他听了比睿山、三井寺，以及奈良的许多得道高僧的讲经和说法。讲仙经常听道，有时也发起向道之心，顾虑来世，但因眷恋尘世，始终没有离开这座寺院，后来讲仙渐渐衰老终于死去。临死之前，并没有什么不祥的征兆。看见和听到这事的人们都认为讲仙一秉正念而死，不是往生极乐，就是升到天上。过了许久，讲仙的魂灵附在一人身上，说道："我就是多年住在这寺里向例担任'读师'的讲仙。我多年来听人讲说法华经，常常发起向道之心，祈求往生极乐，对于念佛也从不懈怠，以为来世必可无虑。不料却因无聊小事，竟变成了一条小蛇。这是因为我生前在房前种了一棵橘树，过了几年，橘树逐渐长大，枝繁叶茂，开花结果。我对这棵橘树不分朝夕加意培育，从发芽到结果，一直爱护备至。这虽然不是什么大罪，然而，却犯了爱执之过，因此变成小蛇住在这棵树下。我求你们为我抄写供奉法华经，使我超脱苦难，生往善地。"众寺僧听后就去那所房屋查看，果然在橘树下面发现一

① 举行法会时，登上讲座宣读讲师所要讲解的经题的僧人，叫读师。

条长约三尺的小蛇，蟠在橘树根上。大家一看，方知所言属实，都不禁伤感万分。

后来，众寺僧同心合力，并延请高僧相助共同为讲仙抄写了法华经供奉起来。不久，有一寺僧梦见讲仙身穿华丽法服，满面含笑，向众寺僧礼拜道："我依仗你们这些高僧的善力，已然脱离蛇道，生往净土。"这个僧人醒后，遍告其他僧人，当他们再到那间房前橘树下查看时，小蛇已然死去。众寺僧看见这般光景，悲伤不已，无不称颂法华经灵验无比。

由此可见，无故发起爱执之心，就一定会遭到这样的果报。

第四十三篇

女子死后变蛇身听法华经得脱

古时，西京住着一个富贵人家，这家生有一女，长得容貌端庄，性情柔婉，父母非常爱惜。这个女子年方十几岁，便写得一手好字，吟咏和歌，无人可比，而且对丝竹管弦也颇有心得，弹起古筝来，更是得心应手。

这家庭院宽阔，里面有许多用松柏皮作瓦的房屋，各式篱笆，分外别致，一曲清溪，潺潺而流，春花秋叶，景趣盎然。

且说，这个女子因父母过于溺爱，除了喜爱花草以外，无所事事。对于这些，她仿佛怀着异样的情感：既觉得在朝霞中绽放的樱花可爱，又认为迎风摇摆的青青柳丝也颇具风采。她珍爱散落的秋叶，把它看成是剪裁的片片锦缎，一片小萩被朝露滋润，篱下雏菊的斑驳陆离，都使她很有兴趣。这个女子尤其酷爱红梅，她把红梅栽在窗台前边，每逢梅花开放的时节，一清早便打开窗格，独自观赏，一心一意地爱着红梅，红梅的美丽和芬芳使她流连忘返，往往直到夜晚也还不肯进入室中。既不让杂草丛生树侧，也不让小鸟飞落枝头，每当花落时节，她便亲自在树下拾集落花，装入带盖的漆盒，以便经久欣赏。刮风的日子，她把凉席铺在树下，收集落英，不让花瓣被风吹散。她爱花心切，就连那些枯萎的花瓣也收集起来，掺入莲香里欣赏它那花香。她还把小株红梅栽在屋内，每逢小树开花，辄欣喜不已。

后来，这个女子不知为了何事总是郁郁不乐，连日以来，身体便觉有些不适，天长日久成了重病，父母虽然万分忧虑，但无补于事，过了几日，竟自死去。她的父母悲泣欲绝，怀念不止，然而事已至此，只得为她操办后事，葬送已毕，宾客散去。从此，二老每逢看到这株红梅就勾起无限的悲伤和思念。

不久，红梅树下出现了一条长约一尺的小蛇，最初人们以为这是一条普通的小蛇也不以为奇，但是翌年春天，小蛇又出现在树下，盘绕树上不离左右，在梅花凋谢的时节，小蛇便用嘴将花瓣衔集一处，女子的父母看见这般光景，知道小蛇必是自己死去的女儿变化而成，心中无限地哀怜，感慨人蛇异途，竟变得如此生分。于是邀请清苑、严久两位高僧，在红梅树下，举行八讲会①，讲解法华经。只见这条小蛇从讲经的第一天起就留在树下听讲，当讲解到第五卷的这一天，清苑担任讲师，解说龙女成佛的缘由，听经的人都觉得确实悲惨动人，不禁泪下，那条小蛇也登时死在树下。女子的父母和众人当场见小蛇死去，哭泣流涕，不胜悲伤。

后来，这个女子的父亲，梦见死去女儿穿着一件污秽不堪的衣服，满脸愁容，若有所思。这时，来了一位高僧，把她的污衣脱掉，只见金身显露，僧人又给她换上华丽的衣服，披上袈裟，然后亲自领她登着紫色祥云腾空而去。女子的父亲看到这里，从梦中醒来。

看来，这完全是法华经的力量，众人极为感动，都说：这个女子虽然变成蛇体，但在讲法华经时当场死去，无疑是依仗听法华经的功法，超脱蛇身，生往净土去了。况且小蛇死去的时候正值讲解第五卷的龙女成佛一事，这更令人为之感动。

---

① 即讲解八卷法华经，每日朝夕各读讲一卷，四日讲完，称为法华八讲会。

第四十四篇

定法寺方丈听法华经获益

古时，法性寺的南方，有一座寺庙名叫定法寺。寺中有一个方丈，这人虽是僧人模样，但不敬三宝，不悟因果，只是喜好下棋、掷骰子，时常聚集朋友嬉游无度。他还招来许多娼妓和演唱傀儡戏的歌女，歌舞弹唱习以为常。他任意取用供佛之物，既不修一善，还终日食肉饮酒。

方丈有一密友，也是同他一样的僧人，十八日这天，这个僧人对方丈说："我今天去清水，打算请你一同前往，你看怎样?"方丈本来无意前去，只因不愿辜负僧人的心意，便勉强答应，陪同前去。在归途中，僧人说："今天六波罗密寺讲经，我们快去听听吧!"方丈听了便随僧人走进寺里，听人讲解法华经，听毕随即回寺去了。方丈在听经时，心中曾起了法华经可贵的一念。这个方丈在一生之中，除了修下这点善缘外，别无可取。

后来，过了许多年，方丈得病身死。又过了几时，方丈的冤魂附在他的妻子的身上，痛哭流涕地说："我是你的丈夫，因为生前作恶多端，不曾修积善根，所以变成了一条大毒蛇，受着无穷无尽的苦楚。我身体炽热似火，鳞甲中还藏着无数的小毒虫，刺咬得我难忍难熬。就是想寻些水喝，找些食吃，也不可得，经常忍饥耐渴，这些苦楚真是一言难尽。但是，我有过一念善根，所以还有一时的轻松。那就是我生前同人去清水时，在归途中顺便到六波罗密寺听讲法华经，一时生了崇信之念。这一善念使每天未时有凉风从六波罗密寺那方吹来，凉风正扑在我的身上，这时难忍的酷热顿时消除，毒虫也暂停止刺咬。一时过后我便抬起头来，摆动尾巴，流着血泪深自悔恨生前所为。我毫无功德，只因偶然听过一次法华经微有所感，多年来就蒙受这一恩泽。如果我在一生中修积下功德，怎会遭此苦痛，又怎能不升往极乐呢。法华经的功德是无量的，请你抄写供奉法华经救我脱离苦海吧。为了要说明这件事，我才附在你的身上。”妻子听罢痛哭不已，拿出自己积蓄的财物，虔诚地为丈夫抄写和供奉了全部法华经。

后来，这人的冤魂又附在他妻子的身上说：“凭借你替我抄写供奉法华经的力量，我所遭受的苦痛已然减轻了许多，我很高兴，绝不能忘却此恩。”

由此可见，任意盗用佛物，而不积修功德赎回罪孽，确是太愚蠢了。一旦如此堕入三恶之途，岂不追悔无及。有心之人知道此事，应专心修法积福，永除罪孽。

卷十四

本朝及佛法

第一篇

枇杷大臣写法华经救无空法师

古时，比睿山上有一位无空法师，自幼入山出家，严守清规戒律，而且为人正直，悟道之心很切，因此还一度做了僧纲。但后来，他决心抛弃现世的荣华富贵，想来世得到佛果。于是他隐居山中，终日念佛，从不懈怠，这样坚持了一生。他经常对衣食都毫无办法，更谈不上有什么积蓄了。然而，他竟意外地获得了钱一万文。这时他想："我身边无钱，死后难免给弟子们留下许多麻烦，我应该把这笔钱好好地收藏起来，不让别人知道，以便作我身后的费用，等到临死前再告诉众弟子们。"这样，他便把钱悄悄地放到房间的顶棚里。弟子们全然不知道这件事。

不久，法师得了病，在痛苦之中忘记了藏钱的事，结果，他没有告诉弟子就死去了。

当时有一位枇杷大臣，名叫仲平。他是法师多年来的方外之交，两人情谊很深，事事互相依靠。法师的死去，使他非常哀痛。

一日，大臣梦见法师衣衫褴褛，面容憔悴，对大臣说："我生前一心一意地念佛，自以为死后必能超生极乐世界。因为我身边没有积蓄，恐怕死后给弟子们留下麻烦，才把一万钱藏在房中顶棚里，准备做我死后的费用。本打算在临死时告诉给弟子们，但因病中烦恼，忘了这件事，没有告诉他们就死去了。直到现在，这件事还没有人知道。我就因为这个罪过，受了蛇身，蜷伏在藏钱的地方，真是痛苦万状。我生前和你的交情很深，希望你找到那笔钱，用它抄写法华经，来超度我，拯救我这个苦难！”法师说完话，大臣便从梦中醒来。

大臣醒后不胜悲叹，他并未差遣别人，立刻亲自上山，走进法师生前居住的房间，命人到顶棚上查看。果然发现了法师在梦中告诉他的那笔钱，并且还有一条蛇缠绕着钱盘卧在那里。蛇见人来，便逃去了。大臣对房里的弟子们说明了梦中的情景，弟子们听罢，都痛哭流涕，悲伤不已。

大臣回京后用这笔钱抄写了一部法华经，超度了法师。隔些日子，大臣又梦见法师穿着华美的袈裟，手捧香炉，对大臣说：“我蒙您的恩德，才得解脱蛇身；又因我多年来念佛的好处，现在已经得升极乐世界了。”说罢便向西方飞去。

大臣梦醒后，非常感动，把这件事告诉了大家，因此传闻于世。

第二篇

信浓太守写法华经救蛇鼠

古时，在××天皇时代，有一位名叫×××的信浓太守。在他上任的时候，一路上有一条大蛇紧紧地跟随着他的从人们，太守在中途停留时，蛇也停下来卧在草丛中，白天不离太守的前后，夜晚就盘踞在太守的衣柜下边。

有人说："这真是怪事，杀掉它吧！"但是太守说："杀不得！我想其中必有缘故。"于是太守便心中默祷："这条蛇跟随着我，它究竟是国内的神祇呢，还是妖魔作祟，追我不放呢，我实在不解。即使我有过错，我是一个凡人，也不知道错在哪里，希望你赶快托梦告诉我！"当天夜里，太守就梦见一个男子，穿着带斑纹的上衣和长裤，跪在他的面前说道："我有一个多年的冤家，现在就藏在您的衣柜里，我为了报仇，几天来一直在跟着您，如果得到他，我就可以回去了。"太守听完，便从梦中醒来。

天亮以后，太守把梦中情景告诉给从人们，当即打开了衣柜，看见柜底上有一只老鼠。这只老鼠现出非常恐怖的样子，虽然看见人，也不逃走，仍然踡伏在衣柜里。从人们看到这种情况，就说："快把这只老鼠赶走吧！"太守知道这条蛇和这只老鼠有宿世冤仇，因而产生恻隐之心，他想：如果赶走这只老鼠，它必定要被蛇吞噬，现在只有多行善事，使蛇鼠一同得救。因此，太守便停在那里，准备在一日之内抄写一部法华经，来超度它们。从人们一齐分头抄写，一日内便抄写完毕。太守马上令从人中的僧人，依照佛法超度了蛇鼠。

当夜，太守便梦见两个男子，容颜和悦，穿着微妙的衣服，含笑来到太守的面前，恭敬地对太守说："我们原来有宿世的冤仇，这次本为互相仇杀而来，现在蒙太守慈心相救，在一日内写成法华经超度我们，由于这个善行的感召，我们两个脱了畜生的报应，将要超生到忉利天①上，您的大恩大德，生生世世报答不尽。"说罢，二人一同升天。这时，只听美妙的乐声洋溢空中。太守随即梦醒。

天明后，人们果然看到蛇和衣柜中的老鼠都已死去，大家非常感动。

太守的慈心，确实可感，这固然是由于他生生世世的善行；然而法华经的无边法力更是不可思议的。

太守到京城以后，对人们讲了这桩事，因此传闻于世。

① 忉利天：佛家所说的三十三天。

第三篇

纪伊国道成寺僧人写法华经救蛇

古时，有两个僧人往熊野去，一位是个老者，另一个是个俊秀的少年。当他们走到牟娄郡时，二人一同借宿在一个人家。那家的主人是一个年轻的孀妇，此外只有两三个女仆。女主人见到年轻僧人的俊秀，便生了爱慕之心，招待得非常殷勤。晚间，两个僧人已经就寝，夜半时分，女主人悄悄地走到年轻僧人的身旁，盖着衣服和僧人并卧，这时惊动了僧人。僧人惊醒后，惶惑异常。女主人说："我家向不留宿别人，今夜我留你住在我家，是因为我在白天看见你以后就非常爱慕，想把我的终身托靠给你，留你住下正是为了遂我这个心愿。因此，我才特意到你这里来。我是一个年轻的寡妇，请你可怜我吧！"僧人听说，惊恐异常，急忙起身答道："因为我有夙愿，所以一向洁身自好，现在远道而来，就是为了拜佛，如果骤然破了我的心愿，于我于你都是不利的，请你打消这个念头吧！"僧人这样严厉地拒绝了女主人。女主人虽非常怨恨，但仍不肯离去，纠缠不休。僧人不得已，便用假话诓女主人说："我并不是拒绝你，因为我现在要到熊野去，二三日后奉献佛灯佛幡完毕归来时，再偿你的心愿。"于是就这样约定了。女主人相信了这个约会，才回到自己房里去。

天亮以后，僧人们便离开她家，奔向熊野。

僧人们去后，女主人计算着约好的日期，一心怀恋着僧人，并准备好一切，等待僧人回来。但是，僧人在归途中，因为害怕女主人，便悄悄地从另外的道路绕过，并没有来。女主人等待着僧人，不见到来，很是烦闷，便到大路旁去向过路的行人探询。这时恰好有个从熊野来的僧人，女主人问那个僧人说："穿着那种颜色衣服的老少两个僧人，回来没有?"那个僧人答道："他们已经回去两三天了。"女主人听了以后，才恍然大悟，心想他们一定是从别的道路躲过去了，不禁心中大怒。回家后，独自闷在寝室，默默无语，不多时，便死去了。女仆人们见到主人死去，非常悲痛，正哭泣间，忽然有一条三丈多长的毒蛇从寝室中出来。这条蛇出了门以后，便爬到路上，接着又向僧人们从熊野回来的那条道路飞奔而去。人们见到都非常恐惧。

那两个僧人虽然走在前面，但听人告诉他们说："后边发生了一桩奇事，有一条三丈多长的大蛇越过了山野，向这里奔来!"那两个僧人听到，暗想这一定是那家的女主人因为我们失约，才愤恨地变成毒蛇来追赶我们。于是二人慌忙疾走，逃入一座名叫道成寺的寺院里。

寺里的僧人们看见这两个僧人，便问道："你们为什么这样慌慌张张地跑到这里来?"这两个僧人详细地说明了原因，请他们设法搭救。寺僧们在一起商议后，便取下了寺内大钟，让那个年轻的僧人藏到钟的下面，并且紧闭了山门。那个年老的僧人和本寺的僧众也一同隐藏在寺里。

霎时，大蛇飞奔而来，寺门虽然紧闭，但是那条蛇越墙而入，环绕佛堂一两遭后，爬到了放着那口藏有年轻的僧人的大钟的房门前，用蛇尾抽击房门，百多下后，房门便被击破，进入房内，立刻把钟缠绕起来，又用尾巴不住地敲打钟上的龙纽，一直抽打了两三个时辰。寺僧们虽然都很恐惧，但是由于好奇心的驱使，便把四面的门完全敞开，聚在一起观看。这时，毒蛇两眼流出血泪，扬头吐舌，向来时的方向奔去。寺僧们出来看时，但见钟已被蛇的毒气烧得火热，不敢靠近，后来泼了些冷水，才使钟凉了下来，等到把钟挪开一看，那个年轻的僧人已被焚化，尸骨无存，只剩下一点点骨灰。老僧看到这个惨状，只得痛哭而返。

后来，这个寺里的一位年老的高僧，梦见了比上次那条蛇更大的一条蛇来对他说："我就是藏在钟底下的那个僧人，那个坏女人变成了毒蛇，我终于被它带走，做了它的丈夫，堕入了这样肮脏丑恶的畜生道，真是痛苦不已。现在我希望脱离这个苦难，但是我没有这样大的力量。我生前也信奉过法华经，我希望蒙您的大恩大德，救我脱离苦难。更望您大慈大悲，虔诚地抄写法华经如来寿量品①，为我们两条蛇超度，脱离这个苦难。因为不依靠法华经的力量，这个苦难是不能解脱的。"蛇说完离去，老僧随即梦醒。

老僧回忆梦中的情景，立刻发了慈悲心，亲自抄写了法华经如来寿量品，并舍弃衣钵，约请其他僧人共修法会一日，为二蛇超度苦难。

后来，老僧梦见一个僧人和一个女子含笑来到道成寺，向老僧下拜说："由于您清净的善根，使我二人脱离蛇身，并且将往生极乐世界，她升在忉利天，我升到兜率天②。"说罢，二人分别升空而去。老僧梦醒后，悲喜交集，从此更崇信法华经的威力。

法华经的灵验实在是不可思议的，他二人解脱蛇身升到天上，这全是法华经之力。人们听到这桩事，都信仰法华经，书写读诵。老僧的慈悲心的确可感，这是由于他前世的善报。那个女子对僧人发生了欲念，这也是前世之缘，因此她才那样怨恨僧人。由此可见，接近女人本为佛家所禁诫，人们如果明白这个道理，这类事自然应该避免。

---

① 如来寿量品：法华经二十八品中的第二十品。

② 兜率天：佛家所说的欲界六天的第四天。

第四篇

女子依法华经之力脱离蛇身升天

古时，圣武天皇时代，在奈良京东有一个女子，因为她容貌端丽，帝王曾召她进宫，陪伴了一夜。帝王为了安慰她，便把千两黄金装入一个铜制的箱子里，赏赐给她。女子得到赏赐后，没有多久，帝王便死去，不久，女子也死了。女子临死前曾嘱咐家人说："在我死后，务必把这千两金子埋在我的墓里！"她死后，家人果然按照她的遗嘱把那装着千两金子的铜箱埋在她的墓里。

当时，在东山上有一座佛寺，叫作石渊寺。凡是到这个寺里来的人，都要死掉，没有一个能生还的，因此，再没有人敢到寺里来。人们都觉得非常奇怪。这时有一位大臣名叫吉备，想到寺里来试探一下。这样，他便来到寺里。当夜，他独自一人进入佛堂，来到佛前，因为他通晓阴阳，可以毫无畏惧。他警惕、镇定地等在那里。夜半，他忽然觉得毛发悚然。这时，从佛堂的后边吹过一阵风来，他不禁变了颜色，以为要有怪物出来。他想：这回鬼一定是要来吃人。于是他便更加警惕，并且念起咒语来。这时，只见一个神色和悦的女子从后面袅袅地走了出来。这个情形虽然有些令人可怕，但在佛灯下看起来，这个女子却是非常美丽。女子出来后，往旁边闪了一闪，便低头站在那里不动。过了一会儿，才抬头对大臣说："我多年来因为有必须说的话，所以常到这个佛堂里来，可是人们一见我，就被吓死了，我虽无意害人，但常常有人因胆怯而死。今天您竟能毫不畏惧，我很高兴，我可以把我多年的心事告诉给您了。”大臣说：“你有什么心事?”女子说：“我是某处地方的人，生前曾蒙帝王一度召幸，帝王赐了我千两黄金，我生前没有用它，临死时留下遗嘱，叫家人把这些黄金埋在我的墓里。现在这些黄金都埋在我的墓里。我因为这个罪过，脱生为毒蛇，看守着这些黄金，不能离开墓地，真是痛苦万分。我的坟墓就在那里。虽然经过了好多年，我仍然无法脱离蛇身，我希望您掘开那个坟墓，取出金子，用五百两抄写法华经，超度拯救我这个苦难；其余的五百两作为酬谢您的功德，奉赠给您。我曾经打算把这件事告诉别人，但是别人看见我，都被吓死了。正在我悲苦无告的时候，幸而遇到了您，我真是高兴极了。”大臣听到这番话，答应了女鬼的恳求。女鬼欣然而去。

天明后，大臣归去。人们看到或听说大臣安然回来都觉得非常奇异，赞扬大臣不是凡人。大臣回来后，当即召集人役，马上到女鬼所指的坟墓那里去，让他们掘墓。这时，有人说：“掘墓一定会发生可怕的事，为什么要掘墓呢?”然而大臣毫不畏惧。当掘开了坟墓，再往下挖的时候，发现地下有一条大蛇盘踞。大臣对蛇说：“我按照昨夜你所要求的那样，来践约掘墓，你为什么不离开这里呢?”蛇听了大臣的话，立刻爬走，不见踪影。再看时，墓里有一个铜箱，打开了箱子果然里面装有砂金一千两。大臣把它取了出来，马上抄写法华经，大办佛事，依照佛法进行了超度，并没有收她所许的报酬。

后来，大臣在梦中又看见以前在石渊寺遇见的那个女鬼，庄严美丽，身放异彩，来到大臣面前含笑：“蒙您广大的恩德，抄写法华经超度我，我现在已经脱离了蛇身，超生在兜率天上，如此恩德，永世难忘。”女子拜谢了大臣后，升空而去，大臣也突然梦醒。

大臣醒来后，极为感动，于是把这件事传告世人。世人无不敬服法华经的灵验显著，对于大臣也都非常赞扬。那个女鬼因为有可以受到法华经好处的因缘，才遇到了大臣；而大臣也由于前世的宿缘很深，才救了女鬼。因此，人们领悟了这个道理，互相劝勉，同心向善。这固然是由于大臣和女鬼生前的善根，但更是抄写法华经的功德，确如经文所说的那样灵验，才使女鬼超生在兜率天上，这实在是可感可贵的事。后来，人们便把那个女鬼生前的家叫作“一夜恩”，因为他仅仅蒙帝王一夜的恩眷而赐予千金，所以叫作“一夜恩”。据说“一夜恩”在现在奈良京的东方，石渊寺就在它的东山上，而且关于这段故事也有确实的记载，因此传闻于世。

第五篇

写法华经救狐

古时，有一个美貌的青年，不知姓名，但外表很像一个武士。这个青年不知从什么地方来，往二条朱雀去。当他路过朱雀门前时，遇见一个姿态端庄、容颜秀丽、年约十七八岁的女子，穿着绮丽的服装，站在路旁。他看见这个女子，认为机会难得，便走上前去，用手拉了一下，把她叫到朱雀门内僻静无人之处，二人谈起话来。他对女子说："我们在这里相会，可以说是一见倾心，我希望你答应我的要求。"女子说："我并不是拒绝你，我可以答应你的要求，但是，我如果答应了你的要求，一定难免一死。"男子不能理解她说的话是什么意思，以为她是在推辞，因此仍然硬要拥抱女子。女子哭着说："你是有妻子的人，我们萍水相逢，为了一时的欢娱，便为你丧失性命，实在可悲！"她虽然不住地劝告，但终于还是顺从了这个青年的要求。说话间，已经斜阳西下，暮色苍茫，于是便在附近借了一间小屋，一同住下，二人极尽欢爱，结下了终身之缘。天明后，女子将要走的时候，对男子说："我为你失掉了性命是没有疑问的，我死后，请你抄写法华经超度我，以便来世相会。"男子说："男女间的事，本来是人之常情，哪有非死不可的道理呢？假使你真死了的话，我一定写法华经超度你。"女子说："如果你想要看我是否真的死去，明天早晨你可以到武德殿旁去看，为了作个信物……"她说着便把男子手中的扇子拿了过来，洒泪而别。但是，男子并没有相信，就回家去了。

次日，他想女子所说的话，也许是事实，因此，想去看个究竟，当他走到武德殿外四处寻找的时候，忽然出来一个白发的老妪，向他痛哭。他问老妪说："你为了谁的事情这样哭呢?"老妪答道："我就是昨夜你在朱雀门旁边遇见的那个女人的母亲，她已经死了，我特意来告诉你这件事，死人就躺在那里!"老妪用手指着告诉了他，就忽然不见了。他觉得非常奇怪，于是走近老妪指的地方去看，只见殿内有一只小狐狸，以扇掩面，死在地下。那把扇子正是昨夜拿的。这时他才想道："昨夜的女子就是这只狐狸，我原来和它发生了关系!"他又悲哀又惊异地回到家去。

从那天起，他每隔七日便用一部法华经为她超度，求来生的幸福。在不满七七的时候，他在梦中遇到了那个女子，服饰华丽，美若天仙，并且有成千成百的同样服饰华丽的女子围绕着看她。女子对他说："因为你用法华经超度我，使我得救，解脱了罪劫，现在我已经超生在忉利天上，你的恩德无量，永世难忘!"说罢便升空而去。这时听到空中奏起美妙的乐声。男子梦醒后，很受感动，从此对法华经的信仰就更加虔诚了。

这个男子的诚心，的确可贵；纵然女子留下了遗嘱，但是他能不失前约寻求来世的冥福，这正是由于他前世的善根。

后来，那个男子把这段故事告诉了别人，因此传闻于世。

第六篇

越后国乙寺僧人为猿猴抄写法华经

古时，越后国的三岛郡，有一座庙名叫乙寺。乙寺中住着一个僧人，不论昼夜专以读诵法华经为日课，除此别无他事。

有一天，来了两只猿猴，爬在佛堂前面的一棵树上，听僧人读诵法华经，这两只猿猴朝来夕去，三个月的时光宛如一日。僧人觉得此事奇异，便走近猿猴身边问道："猿猴，你们几个月以来每天都来树上听我念经，难道你们也想读法华经吗?"猿猴听了对僧人摇摇头，露出不以为然的神情。僧人又问："难道你们想抄写经书吗?"猿猴听了喜形于色，僧人又说："你们如果想抄写经书，我可以替你们抄写。"猿猴听罢就欢喜叫唤着从树上跳动下来走了。从这天起，大约过了五六天的光景，就见有几百只猿猴背着东西来到寺里，放在僧人面前，霎时堆积如山，僧人仔细一看，原来是从树上剥下来的树皮。僧人看罢，懂得这是猿猴让他用树皮书写经书，心中不胜惊讶，而且深受感动。后来僧人用树皮做成纸张，选择吉日，开始抄写法华经。

从僧人开始抄经那天起，这两只猿猴每天必到。有时带来一些从地里挖得的山药、野薯①，有时捡来一些栗、柿、梨、枣等果实送给僧人。僧人看到这般光景越发地惊异起来。正当法华经抄

① 汉名，草药，一种野生薯类，微有苦味。

写到第五卷的时候，这两只猿猴一连两天没有露面，僧人觉得奇怪，心想其中必有缘故，便到寺院附近的山林里来回寻找，结果发现一堆掘出的山药，而这两只猿猴则倒竖在土坑内双双死去。僧人见了不禁流下眼泪，便朝着猿猴的尸体读诵法华经，唱念佛号，来超度它们。后来，这位僧人没有把为猿猴抄写的经卷抄完，就在佛堂前的柱子上挖了一个洞收藏起来。

大约过了四十余年，有一位藤原子高朝臣在承平四年升任越后国国守前来上任。藤原到达府城之后，既不举行祭祀，也不开印视事，夫妇二人竟自先奔三岛郡而去。藤原的随从和家人都感到惊异，不知道他们这样急奔三岛郡到底是为何事。且说，国守到了乙寺，唤出寺僧问道："这寺里是否有还没抄完毕的法华经？"众寺僧听了大吃一惊，就在寺里寻找，但没有找到。这时，当初抄经的僧人，已经八十多岁，虽然老态龙钟，却仍活着，他走出来对国守说："早先我年轻的时候曾有两只猿猴，让我为它们抄写法华经，现在经卷还在。"接着，便将已往之事原原本本地对国守说了一遍，国守听了大喜，向老僧礼拜说："请您赶紧把经取出来吧，我们为抄完这部经，才投生人世做了这里的国守，我俩就是从前的那两只猿猴。我们前世身为猿猴的时候，听了圣僧读诵的法华经，就发起道心，希望能抄写法华经。承蒙圣僧鼎力相助抄写了法华经，所以我们就是圣僧的弟子。我们对您应该尊敬。这次能来这里充任国守，绝不是一般的缘分，实在太可庆幸了。我们这次旧地重游完全是为把这部经抄写完毕。我们希望圣僧能从速抄完这部经，以遂我们的夙愿。"老僧听罢，泪如雨下，随即取出经书，聚精会神地将未抄完的部分抄齐。国守另外还抄写了三千部法华经，连同此经一并举行法会供奉仪式。

老僧仗着抄写此经的法力，往生净土。两只猿猴因为听了法华经发起宏愿，得脱猿身生到人世充任国守，抄写法华经，夫妇得以共遂夙愿，后来二人越发起了向道之心，广积善根。这确是世上罕见之事。猿猴虽然是个畜类，但由于信心坚定，终能完成夙愿，世人得知此事，更当发起深厚的信心。

第七篇

修道僧在越中国立山遇少女

古时，越中国××郡有一座立山。相传立山有一座地狱，这里是辽阔的草原和广漠的荒山。山谷中有成百上千的热泉，从深邃的泉眼中滚滚涌去，如用岩石盖在泉眼上面，急涌的热水就从岩石旁迸出，把大块岩石掀得乱动，泉水热气蒸腾，有人近前观看，景象着实可怕。草原深处有一股巨大的火柱，一直在熊熊地燃烧。此外，还有一座高大的山峰人称“帝释之岳”，据说天帝释同冥官在这里聚会评定众生的善恶，这片“地狱之原”的山谷里，有一个高达十余丈的瀑布，人称“胜妙瀑布”，宛如一条白练倒挂山头。从古时就有这样的传说：“日本国造下罪孽的人，大多堕入立山的地狱。”

且说，三井寺内有一僧人，为了修行佛道，常到各方有灵验的圣地朝山进拜，做种种苦行、难行。有一次，僧人到越中的立山朝拜，正当他在“地狱之原”徘徊观看的时候，山中出现了一个女子。这个女子年纪很轻，看来也不过二十来岁。僧人一见非常惊恐，心想多半是个鬼怪，这座无人的荒山怎么会有女子出现，其时就要逃跑，却被女子唤住。女子对僧人说：“我不是鬼怪，你不必害怕。我有事要对你说。”僧人只好停住，女子接着说：“我是近江国蒲生郡的人氏，父母如今还住在那里，我父亲是雕刻佛像的工匠，专靠售卖佛像的钱来度日，我活着的时候，吃穿也全靠此收入，因而死后堕入这座小地狱受着难以忍受的苦楚，请你大发慈悲，转告我的父母：请他们为我抄写和供奉法华经度我脱离苦海。我为了述说此事才从地狱出来。”僧人听罢问道：“你既然堕入地狱受苦，怎能这样随意出来呢?”女子答道：“今天是十八日，乃是观音菩萨结缘的日子。我生前曾起过供奉观音和读诵观音经的念头，我虽然有过这个念头，但一直拖了下来，在我还未完成这个心愿的时候，竟自死去。不过，十八日那天，我曾一度斋戒、祷念观音佛号。因此，每逢十八日，观音就到地狱来替我受一昼夜的痛苦。在这时，我可以离开地狱出来散心，因而能来到这里。”女子说完，便转眼不见了。

僧人满怀惊异的心情离开了立山。为了探明此事的真假，便亲往近江国蒲生郡寻访，果然找到了女子的父母，僧人当时把女子的言语一字不漏地转告了他们。女子的父母听了痛哭流涕，不胜悲伤。僧人讲完此事便径自回去。后来女子的父母马上为自己的女儿动手抄写法华经，并把它供奉起来。不久，女子父亲梦见自己的女儿穿着美妙的衣服，双手合十向他禀告说：“我蒙观音的法力相助，已经脱离了立山地狱，往生忉利天去了。”她的父母得知此事悲喜无限。这时，僧人也作了同样的一梦，为了说明此事于是再度往访，将梦中情景对女子的父亲讲说明白。这时父亲也说出自己的梦中所见，原来和僧人所得之梦一模一样。僧人听了非常感动，回寺后，逢人便传说此事，后来传闻于世。

第八篇

越中国书生之妻死后堕入立山地狱

古时，越中国有一书生，夫妇生有三子。书生每日从早到晚去府衙办公，一天，书生的妻子突然生病，缠绵多日终于不治而死，书生和她的儿子都呼天抢地，恸哭不已，赶忙给她操办后事，超度亡魂，把许多僧人请至家中，作了七七四十九天的佛事。

七七以后，其子思念母亲的心情愈加殷切，他们都说哪怕母亲已经投生他处，也要和她相见一面。且说越中国有座立山，是一座世上稀有的深山，路途险阻，世人轻易不能走到，山里各式各样的地狱般的热泉，更是令人惊恐。

一天，书生的三个儿子在一起商量说："我们怀念母亲的悲痛心情无时不在，不如亲自去立山朝拜，也看看地狱燃烧的景象到底如何，或许能寻找出母亲的下落，那时也就死心塌地了。"三人计议已毕便请了一位得道高僧陪同前行，每到一处地狱，就瞧见令人触目惊心的惨状，只见那地狱里烟雾弥漫，烈焰翻腾，热水沸腾，即使站在远处瞭望也觉得酷热逼人，无法忍受，那些被煮于沸水中的人的苦痛更不必说了。三个孩子看到这里，心中好生不忍，便让僧人摇动锡杖，讲解法华经，这时地狱的火焰才稍稍平息一些，他们这样游历了十多处地狱，最后来到所有地狱中最为厉害残酷的一个地方，这时僧人仍然照样摇动锡杖讲起经来，火焰又仿佛平息了一些。只听石缝中发出他们朝思暮想的母亲呼唤长子的声音，但只闻其声，却不见有人。他们被这突如其来的呼唤声惊呆了，以为自己听错了，半晌没有答话，接着又连续听到同样的呼唤声。书生的儿子战战兢兢地问道："是谁在叫哪?"就听石缝中回答说："你说什么，难道连自己母亲的声音都听不出来了吗！我生前造孽，不肯给人东西，如今堕入地狱，受这无穷无尽的苦，日日夜夜不得安生。"书生的孩子们听了大吃一惊，心想托梦相告虽是常事，像这样当面听到死人讲话，却从未听说，然而这又的的确确是母亲的声音，不容丝毫的怀疑。于是儿子搭话道："但不知修积什么善缘，才能超脱这种苦难呢?"石缝中又说："我的罪孽太深，苦难不能轻易免去，如果修广大的善缘，又因你们家贫力不能及，所以无论再经多少劫我也脱逃不开这个地狱。"书生的孩子听了便说："话虽如此，请您告诉我们究竟修多少善缘才能得免呢?"石缝中回答说："一天抄写和供奉千部法华经，就可以得免。"孩子们听了，心想即使一天抄写一部法华经，也只有有道行的人才能办到，何况还不是十部百部，而是连想都不敢想的千部呢，但是，如今眼看着母亲受苦，自己回家以后又怎能安心呢。想到这里便说："现在唯有我们进入地狱，替母亲受苦了。"这时就听有人答话说："子女替老人受罪，是人世间的事，阴曹地府则是自己作孽自己承受，根本不能代替。你们应当回去尽自己的力量抄经，哪怕只能抄写供奉一部法华经也可多少减轻你们母亲的一些苦痛。"书生的孩子哭着回去，将此事禀告了父亲。书生叹道："太可怜了！但是抄写千部法华经谈何容易，我们只有下定决心，有多少力量，就抄多少经好了。"说罢就决定先抄写三百部。

不久，有人把这事告诉了当地的国司××××。国司素有道心，听说此事就召见书生亲加垂询，书生把一往之事详细地回禀了一番，国司听罢，顿起怜悯心肠，表示愿竭尽全力襄助此事。随即亲往能登、加贺、越前等邻近各国向亲朋故知化缘捐募。由于国司肯同心合力操持此事，终于将千部法华经抄写成功，并举行了一天的法会将全部的法华经供奉起来。从此，书生的孩子们也安下心来，推测自己母亲多半已经解脱了地狱之苦。这时，长子梦见母亲身穿美妙的衣服，走来对他说："我依仗你们修积的功德，已经脱离地狱，生往忉利天了。"说罢冉冉升空而去。长子梦醒后将此事通告众人，众人都大受感动，为之庆幸不已。后来书生的孩子们又去立山，和上次一样游历了各个地狱，但石缝中再也听不见什么声音了。这座立山地狱，至今犹存。

这件事是听当时比睿山一位年近八十的老僧讲说的，老僧说他年轻时，有一次去越后国，当时路经越中也曾为这件事抄过法华经，距今约有六十余年了。堕入地狱的人，不托梦相告而能当面讲话，这确是闻所未闻的事了。

第九篇

美作国百姓入窑采铁被埋依法华经力得出

古时，美作国英多郡，有一座铁矿，安倍天皇朝代，国司征来十名百姓叫他们入矿采铁，众百姓下到坑底正在挖铁的时候，坑口突然坍塌下来，眼看要被堵塞，当时，在窑坑里挖铁的百姓个个惊慌失措，争先恐后地向外奔逃，正当九人已经逃出，只剩一人在后，坑口就完全堵塞再也逃不出来了。看到这种惨事，从国司起，不论贫富贵贱，人人都感到非常悲痛。

这人的妻子闻听丈夫被埋在坑底，悲痛欲绝，当天开始抄写佛经，每隔七日，修佛事一次，前后修了七七四十九天的佛事，超度丈夫的亡魂。

这个被埋在坑底的人，虽然坑口已被堵塞，因窑下宽阔，并未丧命，但窑下没有食物，也只好坐以待毙。这时，他暗自祷告说："我早年曾发誓要抄写法华经，但未及完成心愿便突然遭此横祸。请法华经赶快救我，如果能叫我保全性命，那时我一定要画佛像，写经书。"不久，坑口裂开一道缝，一线阳光射了进来。只见一个年轻的僧人，从这条狭缝中走了下来，将带来的食物递给他吃。这人吃了僧人带来的食物，立刻不觉饥饿了。僧人说道："你妻在家，为你每七天修行佛事一次，还施舍斋饭给我，所以我把斋饭带给你吃。你暂且等候一时，我必定前来救你。"说罢又从原来的缝隙中走了出去。僧人走后不久坑口不见有人挖掘却自敞开了，抬头可以望见天空。看来豁口约有三尺多宽，五尺多高，但是这人所在的地方离坑口很远，因而爬不上去。

这时，恰好有住在附近一带的三十余人，到山里来割葛藤，从窑坑边路过，人影映入坑中。这人看见人影，便放声喊叫："救命啊！"过路的人听到从底下发出蚊子般的呼救声，觉得奇怪，心想：莫非坑下有人。他们为了试探虚实，用葛藤拴了一块石头系入坑底，坑底下的人将葛藤摇动，他们知道确实有人，立刻用葛藤编成筐，然后缚上绳子系入坑中，坑底人看见大喜，便坐进筐中。坑上的人们合力将藤筐拖了上来，一看，原来是被埋在窑坑里的那个人，于是把他送回家去。家人见他生还都喜出望外。国司听说此事，很觉惊奇，便把这人找来询问，这人将自己脱难的经过原原本本禀告了国司，听见此事的人都深受感动。后来，这人在国内寻访善友，募化钱财，购买纸张，同众人合力抄写法华经并供奉起来。

这人见自己虽然遭遇到这样非死不可的灾难，却因祷告许愿，得以保全性命，知道完全是法华经灵验所致，因而越发笃信法华经了。另外，凡是见到和听说此事的人，也都称赞不已。

第十篇

陆奥国的壬生良门弃恶向善写法华经

古时，陆奥国有一武士名叫壬生良门，这人朝夕玩弄弓箭，专以杀生害命为业。夏天，他去河边捕鱼，秋天就到山中射鹿。

多年以来，良门无时不在制造罪孽。且说，当地有一位圣僧，名叫空照，他智慧广大，道心深厚。空照见良门邪见正深，只知作孽，不信三宝，实在可怜，便想去问明根由，加以劝化。一天，空照圣僧亲往良门家中。良门一见圣僧便问他的来意，圣僧说："佛祖曾说：'难至易去乃为人之道，易入难出乃三恶之途。而且，即或偶尔得到人身，也难遇佛法，造罪者，必堕恶途。'你还不放弃恣意杀生而赴慈悲忍辱之途吗？赶快拿出钱财来修积功德吧，钱财终究不过是身外之物。"良门听了，也许是前生因果的驱策，忽然发起向道之心，顿弃恶念，一心向善。他将弓箭烧掉，捣毁杀生用具，永久禁绝杀生之事，皈依了佛法。良门信佛后，立刻抄写金字法华经，塑造镀金佛像，虔诚地供奉起来。后来，良门道心弥切，他发誓说："我今生要写一千部金字法华经。"于是拿出多年积蓄，购买黄金。用了十多年的时间，抄写了一千部金字法华经供奉起来。供奉经书的院里，时常出现奇异的瑞相：有时可以看见白莲花自空而降，有时在经堂里听见乐声，有时出现手捧鲜花容貌端庄的童子，有时看到不知名的奇鸟在鸣叫。另外良门还曾梦见天人下降合十向他施礼等诸如此类的奇事。良门临终前，沐浴斋戒然后对身边的人说：“许多天女，从空中奏乐而来，我要随着那些天女生往兜率天去了。”说罢端坐合掌而逝。这个人，无疑是生往兜率天去了。

闻听此事的人，都交口称赞说：良门尽管是个恶人，但由于高僧劝化而能弃恶向善，因此得道，这完全是法华经的无边法力所致。

第十一篇

天王寺举行八讲会法隆寺抄写太子的注疏[①]

古时，天王寺住持定基被任为僧都后，为“印堂关白”[②] 在寺里举办了首次八讲会，讲解法华经。当时，有一个名叫藤原公则，身任河内的国守，曾在关白手下任职，于是把自己在当地所有的田地，捐给八讲会，用所得地租，充作八讲会的经费，从此以后，天王寺的历任住持都不断举办八讲会了。

后来，有一位斋祇僧都做了天王寺的住持，他说：“我寺举行八讲会，应该用太子所写的那卷注疏讲解法华经，但是这卷注疏别处都没有。法隆寺东院乃是太子从前驻跸的地方，那卷注疏和太子的所有遗物都收藏在那里。注疏因是太子御笔亲书，不许拿出寺外，所以必须派几个擅长书法的僧人随本寺首座前往法隆寺抄写。”僧都决定后便差人前往。于是，首座率领善于书写的僧人到了法隆寺，大家先站在南大门那里等候，命人进去通报说“我们是从天王寺来的”，接着将来意说了一遍。不久就有十来个僧人身披最考究的袈裟，手捧香炉走出门来，将天王寺这些僧人接入寺内。

---

① 圣德太子为法华经写的注释。

② 指藤原道长（966—1027），道长是日本一条天皇的国丈，曾连任“摄政关白”二十余年，因为他曾亲自营造法成寺，晚年居住寺中，所以又称“印堂关白”。“印堂”是佛堂的意思。

天王寺的僧人惊异地随着这些出来迎接的僧人走了进去。法隆寺的僧人把他们引到梦殿[①]以北，安置在一间预先备好的房间里，接着取出那卷注疏让他们抄写，并且说：“昨夜，本寺的老僧梦见有人对他说：‘天王寺的僧人要来寺抄写太子御笔亲书的那卷名叫上官王疏的注疏，回去在八讲会上讲解；等到僧人来时，应该立刻迎入寺内，取出注疏让他们抄写，千万不可吝惜。’老僧说也许真的会来，便吩咐僧人穿好法服恭候，正在这个时候，你们果然和梦中所指点的一样来到我寺。这确是太子的点化。”说罢，感动得哭了出来。天王寺来的僧人听说此事也感动得落下眼泪。而且，在天王寺僧人抄写那卷注疏时，法隆寺许多擅长书法的僧人也来帮助抄写，每人分抄一二页，就将注释全部抄完，于是大家立刻返回了天王寺。

从此以后，八讲会上便用这卷注疏讲解法华经了。人们都说：八讲会曾蒙太子在梦中指点真是太可贵了。八讲会举行的日期是在十月，正是大好时光；凡是抱有道心的人都应亲去朝持，躬与盛会。

---

① 法隆寺中圣德太子入定的旧址。

第十二篇

醍醐僧人惠增持诵法华经得知前世

古时，醍醐地方有一僧人，名叫惠增。惠增削发后学习了法华经，从此便不分日夜读诵起来。惠增既不读其他经卷，也不持真言不习显教。对佛教以外的俗典，就更不感兴趣了。他只是一心一意地读诵法华经，读修日久，便将法华经背诵下来。但是，“方便品”的“比丘偈”里有两个字，惠增却无论如何也记忆不牢。多年以来，他用尽心思记忆，但总是不能牢记。读时心中了然，读过便不复记忆。他每逢读到这个地方，就不禁感叹起自己的罪孽深重来。他想：如果真的是出于记忆不佳，那么其他地方怎么不忘呢。而今单对这两个字如此健忘，其中必有缘故。惠增想到这里，便到长谷寺“坐关”七天，向观音祷告说：“恳求大悲观世音菩萨，保佑我记住这两个字吧。”第七天夜晚，天将破晓的时候，惠增梦见从佛殿的幔帐里走出一个老僧来，告诉他道：“我可以叫你记住你所祈求的那两个字，同时，我再把你总是忘掉这两个字的缘故说给你听。你今生已是两世为人了。前世你生在播磨国贺古郡的××乡里，你的父母现在仍然住在那个地方。你前世是那里的一个僧人，有一次你对灯读诵第一卷法华经，火花落在经上，烧掉了经上的两个字，而你在没有补写好这两个字以前便死了。所以你今世读诵这部经时总也记不住这两个字。那卷经，如今还在原处，你应速到播磨国去，向经书礼拜，把那两个字补上，忏悔前世的罪过。”老僧说罢，惠增从梦中醒来。惠增梦醒后，再诵这卷经时，那两个字果然铭刻在心再也不忘了。这时他欢天喜地地向观音叩礼了一番，然后返回醍醐。

且说，惠增很想知道前生的情况，便按照梦中的指点立刻去到播磨国贺古郡的××乡。当他到达那里的时候，已经入夜，于是便到一户人家投宿，那家主人出来一看，惠增的面貌和自己早年夭逝的那个出家的儿子一模一样，夫妇二人都情不自禁地说："我们的孩子回来了！"说罢，泪如雨下。惠增也遵照观音的点化，将自己归来的心愿一五一十讲了一番。这时，他的父母流着眼泪述说往事，说他们早年有一个年轻的出家的儿子不幸中途夭折了。等到找出原来那卷经书一看，其中果然烧掉了二字。大家看罢，感伤不已，惠增补上被烧掉的那两个字以后，又将这卷经带在身边经常读诵。二老怜爱惠增宛如以前的生子。惠增现世侍奉着四位父母，终于报了养育的恩德。他依仗法华经的无边法力和观音显示的灵验，知道自己的前世，信心更加笃诚了。

第十三篇

入道[①]觉念持诵法华经得知前世

古时，有一位入道名叫觉念，是明快律师的兄长。觉念发起向道之心，便出家修行。受戒后学习了法华经，并能用训音读诵。

但是，经书中有三行经文觉念总也不会念，每逢诵念至此就把这三行忘记了。觉念很发愁，因而祈祷三宝保佑自己读会这三行经文。一天，觉念梦见来了一位仪表不凡的老僧，告诉他说："你因前世的宿因才不会读诵这三行经文。你前世是一条蠹虫，伏在法华经中，将这三行经文蛀蚀干净。你因前世伏在经中，故而今世投生为人，出家后读诵法华经。又因为你曾蛀蚀了三行经文，因此你就读不上来。话虽如此，如今你既虔诚地忏悔，所以我要帮助你，使你能够记住这三行条文。"说罢，觉念从梦中醒来。觉念梦醒后，果然会读这三行经文了。从此，他为了忏悔前世的罪孽读诵法华经，在他一生之中，每天读经三卷，从无一日间断。不仅如此，觉念永久抛弃现世的名利，只是专心一意地祈求来世能得佛果。由于法华经的无边法力，觉念知道了前世的因果，就越发虔诚地读诵此经了。

---

① 日本古代三位以上官员皈依佛道者称为入道。

第十四篇

行范僧人持诵法华经得知前世因果

古时，有一僧人名叫行范。行范是散骑舍人藤原周家的独生子，是千手院定基僧都的弟子。行范出家后，孜孜不倦地读诵法华经，最后他能把全卷法华经背诵下来，其中唯有第七卷的药王品却不能记忆，看着经书可以读诵，离开经卷便忘得一干二净。行范下工夫读了好多年，但是无论如何也背诵不下来。

因此，行范祈求三宝保佑自己记住这段经文。一天，他梦见一位高贵的僧人，告诉他说："你因前世的宿因才记不住这品经文。你前生是一匹黑马，在持诵法华经的僧人身旁，常常听诵法华经。但是，你就没有听过药王品，所以你才记不住。你依仗听经的法力，今托生人身，出家后读诵了法华经。由于你不曾与药王品结缘，所以总也记不住。既然如此，你今生要努力读诵这品经，来世背诵下来，速成正果吧。"说罢，行范从梦中醒来。行范梦醒后，明白自己前世的宿因，越发信仰法华经，从此日夜读诵，永不怠惰。

第十五篇

越中国僧人海莲持诵法华经得知前世因果

古时，越中国有一僧人名叫海莲，海莲自幼学习法华经后，不分日夜地读诵起来。从法华经的序品直到观音品，一共二十五品经文，海莲全能背诵。唯独其余的三品，多少年来他用心记忆，但总是记忆恍惚。因此海莲非常伤心，他不仅去立山、白山祷告，也到过各国灵验昭著的圣地去祈求，但仍然不能背诵。一天，海莲梦见一个菩萨模样的人来告诉他说："你记不住这三品经，是有前世的宿因，你前世是一只蟋蟀，爬在僧房的墙壁上。那间房里有个僧人读诵法华经，蟋蟀爬在墙上听经的时候，正赶上从一卷念到七卷，僧人念完八卷的第一品之后，沐浴起来，当他靠墙休息时，一下正压在蟋蟀的头上，把蟋蟀挤死。由于听了二十五品法华经的功德，这只蟋蟀便转生为人，而且做了僧人，读诵法华经。它因不曾听见其余的三品，所以总是不会背诵，如今你领悟前生有因果，应该努力读诵法华经，以求成为菩提。"说罢，海莲从梦中醒来。

从此，海莲知道了根由，越发虔诚读诵法华经，一心向佛，勤恳修行。海莲最后死于天禄元年。

第十六篇

元兴寺僧人莲尊持诵法华经得知前世因果

古时，美作国有一僧人名叫莲尊。他原是元兴寺的僧人，后来离开本寺，回到故乡居住。莲尊从幼年起便跟随师父学习了法华经，日夜读诵，立志要将经文背诵下来。读诵多年之后，记住了二十七品，唯独对普贤品却背诵不下来。因此，莲尊下了苦功，一定要把这品经文背会，但尽管把普贤品的一字一句都读诵了数万遍，但始终也背诵不下来。

虽然如此，莲尊又在普贤菩萨像前“坐夏”，苦修九十天，祈求此事。“坐夏”的九十天过后，莲尊梦见一个天童，对他说：“我是普贤菩萨的使者，特来告诉你前世的宿因。你前世是一只狗，和你的母亲同卧在一个人家的地板旁边，当时在地板上有人读诵法华经，从序品开始，直到最末的妙庄严王品，共计二十七品，这只狗全都听了。等念到普贤品时，你的母亲爬起来离开那里，你也随着走开，因此没有听见普贤品。你因前世听到了法华经，所以才由狗转化为人，并做了僧人读诵法华经。又因为你没有听见普贤品，所以记不住这品经文，不过，你既然虔诚地祷告了普贤菩萨，菩萨就一定使你能记住，你能专心诚意读法华经，来世必可参拜诸佛，领悟全部经文。”说到这里，天童不见了，莲尊也从梦中醒来。

莲尊醒后，知道了自己的宿因，普贤品也立刻能背诵下来。他欢喜不尽，信心越发坚定，感激流涕地向菩萨礼拜，从此，更孜孜不倦地念起法华经来了。

第十七篇

金峰山僧人转乘持诵法华经得知前生

古时，金峰山有一僧人名叫转乘，原是大和国人氏，转乘性情暴躁，经常动怒。他在幼年便学会了法华经，从此，日夜读诵，立志要背诵下来。这样读诵多年之后，转乘已经能背诵六卷经文，只剩七、八两卷时，他就不再去用心背诵了。但是，后来他又决心要将七、八两卷背会，于是努力背诵了许多年，但是，连一句也不曾记住。转乘心想我何不下番苦功，于是把七、八两卷的经文逐句读诵两三遍，却仍然记不下来。因而转乘到金刚藏王的佛像前“坐夏”九十天，在每天的六个时辰里，供水、供香、供灯，每夜礼拜三千次，祈求藏王保佑自己背会这两卷经文。“坐夏”行将结束时，转乘梦见一个夜叉模样的人，头戴龙冠，身披天衣，项挂璎珞，手拿金刚杵，脚登莲花瓣，由众使者簇拥而来，告诉转乘说：“你记不住七、八两卷经文，是因为你没有缘。你前世本是一条毒蛇，长得又粗又大，有三寸半长，就住在播磨国赤穗郡山里的馆驿里。当时，有一位圣僧，投宿馆驿，毒蛇在房梁上心想：‘我又饥又渴，很久没有吃着东西了，如今难得有人到这个馆驿来投宿，我一定得吃了他。’当时，圣僧知道有毒蛇要吞噬自己，便洗手漱口，念起法华经来。毒蛇听到经声，立刻止息了害人之心，闭着眼睛专心致志地听起经来，圣僧念到第六卷时，天色已亮，因此，没有读诵七、八两卷便离开馆驿。这条毒蛇，就是你今天的人身，由于你止息了害人之心，又听了法华经，所以辗转经过了多少次劫数，得以转生人身成为僧人，读诵法华经。只是你未能听到七、八两卷经文，所以今世背诵不出。还有，你的性情粗暴，经常发怒，这都是毒蛇的习气。你应该一心向道，读诵法华经，既可以获得今生的所求，又可以死后脱离轮回。”这人说罢，转乘从梦中醒来。

从此转乘的向道之心更加殷切，越发虔诚地读诵法华经了。最后，转乘在嘉祥二年得以善终。

第十八篇

僧人明莲持诵法华经得知前世

古时，有一名叫明莲的僧人，从小便离开父母，住在法隆寺中，跟随师父学习法华经，不分日夜地读诵。后来，明莲决心要将经文背诵下来，结果背会一至七卷，但是每到第八卷时便忘记了，背诵不来。因此，明莲又读诵了许多年，然而，第八卷的经文，总是随读随忘越念越难一句也记不下来。明莲感到生性愚钝，自叹道："以上那七卷经，我也不应该再念下去了。如果我天性聪明，第八卷经文也应该记得住啊，为什么前七卷在一年之内就都能背诵下来，而单单第八卷却用了几年工夫也背诵不出呢。我应该祈求神佛，指点此事。"接着便去稻荷山"坐关"百日祈求，结果毫无灵验。后来，他又到长谷寺、金峰山各"坐夏"九十天，但仍不见灵效，这次明莲又去熊野山"坐关"百日，祈求此事。一天，他梦见有人告诉他说："这件事非我能力所及，你应从速去住吉明神那里祷告。"明莲遵照梦中指点，立即动身前往住吉"坐关"百日，祷告此事。这时，他梦见明神对他说："我也不知此事，你可以速去伯耆的大山祷告。"明莲按照梦中指点，又立刻前往伯耆的大山"坐夏"九十天，虔诚祷告此事。一天，他梦见明神对他说："我对你说说根本缘由吧，你应该确信，不要怀疑。从前，美作国有一个人，牵牛驮着粮米来这里朝山进香，主人把牛拴在僧房里，自己去参拜佛殿。这间僧房，有一位持诵法华经的僧人，从傍晚开始读诵法华经，读完七卷天色就亮了。这头牛听了一夜的法华经，主人回来之后，便随主人返回本国，因此未能听到第八卷。那头牛就是你的前身，因为听了法华经，才脱弃畜生的果报，转化为人，出家后又读诵了法华经。可是你没有听到第八卷经书，因此今世记忆不住。今后，你应该善修三业再读诵法华经，来世必可生在兜率天上。”说罢，明莲从梦中醒来。

明莲梦醒后，恍然大悟，知道了自己的宿因，于是虔诚地向明神祷告说：“愚顽不灵的牛，听了法华经，尚能脱离畜道的苦果，转化为人，变成读诵法华经的僧人，更何况一个人如果按照佛法修行，该获得多大的功德呢。只有佛祖知道罢了。我愿意世世参见诸佛，生生听法华经，经常修积不退之道，从速悟彻无上菩提!”明莲发下这种誓愿，向明神礼拜一番而返。后来他的下落如何，就不得而知了。

第十九篇

备前国盲人读诵法华经得知前世

古时，备前国有一人，年十二岁便双目失明。父母十分悲伤，求神拜佛不见灵验，用药医治也毫无效果。

有一次，父母领着盲人到比睿山的根本中堂“坐关”修行，秉诚祷告此事，过了二十七天，盲人梦见一位仪表不凡的人，告诉他说：“你由于宿因，生为盲目之人，今生不会重明，你前世是一条毒蛇，在信浓国桑田寺西北角下的一棵朴树里藏身。当时桑田寺住着一位读诵法华经的圣僧，昼夜不停地读诵法华经，这条蛇就经常听圣僧所念的法华经。蛇的罪孽深重，得不到吃食，因此每夜都潜入佛堂，把佛前长明灯的油，舐吃一空。因为它听了法华经，今生才脱离蛇道，成为人身，遇到佛缘。但是因它将灯油吃光，以致双目失明。因此，你的两眼今生不可能重明了。你应从速持诵法华经赎回罪孽。”说罢，盲人从梦中醒来。

盲人梦醒后，对前生的罪孽悔恨不已，返回本国后，遵奉梦中的指点，开始学习法华经，不到几个月便学会了。从此，他不顾自己双目失明，涤虑清心，多少年来一直不分日夜地读诵法华经。后来这盲人灵验无比，不论何人为时疫所感，只要请他代为祷告，必能奏效，这位盲人生前深受世人尊崇，最后还得以善终。

第二十篇

僧人安胜持诵法华经得知前世因果

古时，有一僧人名叫安胜，幼年学习法华经后，不分日夜地读诵起来。安胜肤色奇黑，世上虽然也有色黑的人，却不如他黑得和墨一般。

安胜为此非常忧虑，自惭形秽，不和别人交往。但是，安胜向道之心颇切，经常塑造佛像，抄写经文供奉起来。他还富有怜悯穷人的慈悲心，看到有人受冻，哪怕素不相识也脱衣相赠；看到痛苦的病人，不论亲疏远近，都感到哀怜，总是设法寻找药品施舍病人。

安胜这样积修了多年，奇黑的皮肤一直使他羞愧难当，于是到长谷寺向观音祷告说："我由于什么因缘长得这样奇黑与人不同呢，请观音菩萨指点一二。"安胜在寺中"坐关"，祈祷了三天三夜。这时，他梦见来了一个仙女，容貌端庄，风度高雅，一望便知不是凡人。仙女对安胜说："你应该知道你前世原是一头黑牛，随着一位读诵法华经的僧人，经常听取法华经，因此才得脱弃畜生之道，今世转成人身，做了读诵法华经的僧人。你长得黑乃是牛性未退的缘故，你不用忧愁，只要虔诚地读诵法华经，就可脱弃今世的人身，升往兜率天上，参拜弥勒佛尊。"说到这里，安胜从梦中醒来，安胜梦醒后，向观音菩萨礼拜一番，他因得知自己的前世和来生，欢喜不尽。返回家中后便越发孜孜不倦地读诵起法华经来，最后得以善终。

第二十一篇

比睿山横川的圣僧永庆持诵法华经得知前世

古时，比睿山的横川地方，有一位圣僧名叫永庆，是觉超僧都的弟子。永庆自幼登山，随师学习法华经，日夜读诵。后来，永庆离开本山到摄津国的一个名叫箕向泷的地方“坐关”，读诵法华经虔诚修行。

一天夜晚，永庆在佛前诵经礼拜，当时他身旁睡着一个人，这人梦见一条老狗在佛前高声吼叫，然后两腿直立向佛叩拜，当他从梦中醒来时，就见永庆正在佛前诵经礼拜。另外还有一两个人也作了同样的梦，就把梦中所见告诉了永庆。永庆听他们言讲后，为了弄清此事，特意绝食七日，在佛堂“坐关”，祷告说：“请佛祖指示我这些梦的缘由！”第七天夜晚，永庆梦见一位得道的老僧告诉他说：“你前生是一条长耳朵狗，常在诵法华经僧人的房里，日日夜夜听他读诵法华经。依此法力，你得以脱离狗道，转生为人成了读诵法华经的僧人。只因你前世的孽因未退，才有人梦见你仍是狗形。我就是龙树菩萨。”说到这里，永庆从梦中醒来，永庆醒后，深感前世孽因的可耻，便离开那里找了一个有机缘的地方居住下来，从此不分日夜读诵法华经，忏悔六根之罪，祈求今生用读诵法华经的功德，永久脱离三恶之途，决心往生极乐净土。

第二十二篇

比睿山西塔僧人春命持诵法华经得知前世

古时，比睿山的西塔院里有一僧人名叫春命。春命自幼登山随师学习法华经，日夜读诵，不修其他佛事。白天在自己房里读诵竟日，夜晚就到本山的释迦堂里“坐关”读诵。他虽然一贫如洗，衣食不周，但他执意隐居山中，从来不肯走近村庄。

春命这样专心致志地读诵法华经，不知过了多少年。一天，春命梦见了天女，天女的身形半隐半现对春命说：“你前生原是一只狐狸，住在此山法华堂的棚顶上，常听取诵法华经和吹法螺的声音，因而今世转生为人，成了诵法华经的僧人，须知受生人身不易，得遇佛法更难，你应该愈加奋勉，发起道心，切勿懈怠。”天女说罢，春命从梦中醒来。

春命得知前生宿因后，相信了因果之道，越发努力读诵法华经，前后共读了六万遍之多。后来，又读了许多年，所读的卷数也就多不胜数了。最后，春命染病在身，但不觉痛苦，心中清净，一无牵挂，他终于诵着法华经，溘然长逝。

第二十三篇

近江国僧人赖真持诵法华经得知前世

古时，近江国有一僧人名叫赖真，赖真从九岁那年便住在当地的金胜寺里，赖真听见寺僧诵经时，能将经文记在心中不忘，当他将一部法华经听完，随着便能背诵了。赖真在寺中，住了多年，后来日渐衰老。但他每日读诵三卷法华经，从不懈怠，他还学习经文，领悟义理，终于成了一个有智慧的僧人。赖真只有一处不似常人：说话时，嘴巴歪斜，满面蠕动，形状恰似一头牛。

赖真自惭形秽，朝夕叹息，认为自己前世必有罪孽，因而遭此果报，今世如不忏悔赎罪，来世必然可虑。于是，便去比睿山在根本中堂“坐关”七天七夜，祷告说：“请佛把我前生和后世的因果报应指示给我吧。”第六天夜晚，赖真梦见一位高僧对他说：“僧人，你前生是一头缺少鼻子的牛，生在近江国依智郡郡司的家中。有一次，郡司让这头牛驮着八卷法华经，运往山寺供奉。由于这头牛曾经驮负经书，便脱弃了牛身，今世转生为人，并成为读诵法华经和领悟法旨的僧人。而且依仗今世读诵法华的功德，可以脱离生死轮回，终成菩提。不过现在宿孽未尽，所以你的嘴还像牛。”说到这里，赖真从梦中醒来。

赖真清楚地知道了自己的前生和来世之后，返回原寺，越发感到恶趣的可怕，更加虔修佛道了。当他年届七十岁的时候，读满了六万卷的法华经。赖真临终时，毫无所苦，神志清醒，诵着法华经溘然而逝。看见和听说此事的人都说他一定生往极乐世界去了。

第二十四篇

比睿山东塔院僧人朝禅持诵法华经得知前世

古时，比睿山的东塔院有一个僧人名叫朝禅，朝禅自幼登山出家，一心想要学习佛法，但因天性愚钝，无所领悟，因此，师父指教他说："你心性迟钝，不能研究学问，只好专靠读诵法华经来修行吧。"朝禅听了师父的指教，便不再研究其他学问，专习法华经，从此日夜讽诵，虔诚修行。他白天在房中读诵法华经，夜晚就在中堂"坐关"修行，终于把一部法华经背诵下来。一天，有一位名叫××××的高明相士来参拜中堂，坐在礼堂之后，本山的众寺僧聚集前来，都说"给我相相"。相士依次给众寺僧看相，详谈吉凶祸福，后来发现了朝禅。相士给朝禅看了相说："你前生是一匹白马，而今马性未退，你的肤色发白，而且嗓音粗大，仿佛像奔跑的马蹄声，这全是你前生带来的。"朝禅听了此话，等相士走后，对众寺僧说："这个相士纯粹是信口乱说，如果说看人的相貌，听人的声音，能相出寿命长短和富贵贫贱还可以，怎么会看得出前生的事情来，这唯有佛祖知道罢了。"朝禅不信相士的话，于是就到中堂"坐关"，虔诚祷告说："求佛祖指示我前世的因果吧。"这时，朝禅梦见来了一位老僧，对他说："相士所说，确是实情，绝不是谎话。善恶的因果报应如影随行。你前生是一匹白马，有一位读诵法华经的僧人曾经暂时乘骑，以马代步，凭借这种法力，你脱弃了马身，今世转生为人，并做了读诵法华经的僧人，得遇佛缘。何况自己持诵并劝化他人持诵的功德，更可想而知了。你要更加奋勉，切勿懈怠。”老僧指示到这里，朝禅从梦中醒来。

朝禅知道了前世的宿因，后悔不该怀疑相士的言语，原来真正的相士也可以相出前世的果报。朝禅对此深信不疑，庆幸自己能遇到这样的佛缘，从此越发努力修行起来了。

第二十五篇

山城国神奈比寺圣僧持诵法华经得知前世因果

古时，山城国缀喜郡有一地方名叫饭岳，饭岳的西北方有一座山，神奈比寺就在这座山上。山寺里住着一个僧人，自幼受习法华经后，日夜读诵，他还能持诵真言，修行多年，显示了很多灵验，因此，声望很高。

后来，这位僧人常常离开这座山寺，迁往大庙。他虽然有了走的念头，但没有立刻起身，一天天地耽搁下来。这日，终于他决心准备即将动身，当天夜晚，梦见来了一位年迈的高僧对他说："我想把你的前世宿因讲给你听。从前你生生世世是条蚯蚓，经常藏身在这座庙前庭院中的泥土里。当时，庙里有一位读诵法华经的僧人，蚯蚓常常听到读诵法华经的声音，由于这种善根，你脱弃了蚯蚓之身，今世转生为人，并做了读诵法华经修行佛道的僧人。你应该知道，你和这座庙是有因缘的，不可无故迁往别处去。我就是这座庙里的药师如来。"老僧说到这里，僧人从梦中醒来。

僧人这才知道了前世的宿报，自己和山寺的因缘，便打消了迁往他地的念头。从此永久住在这座庙里，勤恳地读诵法华经。他在心中发誓说："我前生是山寺庭院土里的蚯蚓，由于听了法华经，就能脱离虫身，转生为人，成了读诵法华经的僧人。我盼望今生依仗读诵法华经的法力，能脱离人世，生往极乐净土，早证菩提。"僧人起誓后便修行起来。

第二十六篇

丹治比经师书写法华经不敬身死

古时，河内国的丹治比郡里，住着一个写经度日的丹治比经师。因为他既姓丹治比，又住在丹治比郡里，所以人称丹治比经师。

在白壁（光仁）天皇朝代，那里有一座庙，名叫野中寺。宝甩二年六月，当地有人发起誓愿，邀请丹治比经师在野中寺书写法华经。当时，附近的妇女们都到寺中给高僧递送净水，以便研墨写经。未申时分，忽然阴云密布，下起了暴雨，这些妇女就到佛堂里避雨。佛堂非常狭窄，经师和妇女们挤在一处。

这时，经师见到一个女子，忽然产生邪念，淫兴大发，便蹲在女子的背后，褰衣相交，男女刚才接合，正在紧紧拥抱着的时候，便双双死去。[①] 女子口流白沫，众人看到这般光景，无不恶言相加，立刻把死尸扔出庙去，纷纷唾骂不已，并说："这是天谴，现世现报。"

由此可见，经师纵然是淫兴大发，心焦似火，在写经期间也应该自克自制。但是他却愚蠢至此，以致丧失了性命。而且，即

① 这篇故事原见弘仁年间（810—823）僧人景戒所纂的日本灵异记卷下，用古怪的汉文所写，此处原文云："随闬入闹，携手俱死"，这里两个难字系日本自造的汉字，从门从午也二字，今昔物语里也就承用了。

使经师生此邪念，女子也不应立即应允。二人污秽寺院，不信佛经，因而遭到现世的惩罚。众人俱都慨叹不已说：“现世的惩罚就这般严厉，后世的罪孽可想而知了！”

第二十七篇

阿波国人诽谤书写法华经的人遭到现报

古时，阿波国名方郡麻埴村里，住着一个女子名叫夜须古。当时是白壁（光仁）天皇朝代，这个女子发起誓愿，有意书写法华经，她在麻埴村的菀山寺里，虔诚地请人代她书写法华经。

这时，郡里有一个人名叫忌部连板屋，和这个请人写经的女子有仇，就故意宣扬女子的阴私，肆意诋毁。不久，板屋突然脸歪斜，使他非常伤心，但是，他毫无悔改之心，不肯改恶向善，因而病症一直未愈。看见和听说此事的人都说：“这是因为他毁谤那诚心发愿奉写法华经的人的缘故。”

由此可见，正如法华经的经文所载：凡有道心之人，对于专诚读诵和书写法华经的人，应敬之如佛，切不可轻易诽谤，这就是最大的功德。

第二十八篇

山城国高丽寺僧人荣常毁谤法华经遭到现报

古时，山城国相乐郡，有一座寺院名叫高丽寺。寺中有一僧人名叫荣常。郡里还住着一个在家的俗人和荣常是要好的朋友。

一天，俗人到高丽寺，走进荣常房中，二人对面下起棋来。这时，寺中来了一个乞食的僧人，读诵法华经×××品，乞求食物，荣常听到乞食僧的经声大笑，故意撇咧嘴唇捏嗓音学乞丐的声音。俗人听了借着棋语双关地说："太惶恐了。"二人在下棋中间，俗人不知不觉地盘盘获胜而荣常却连战连败。就在这时，荣常坐着坐着，嘴却突然歪斜了。众人一看大吃一惊，立刻请来医生为荣常诊治。尽管依照医生的吩咐用药治疗，但始终未能痊愈。看见和听说此事的人，都唾骂说："这全是嘲笑诵读法华经的乞丐，并恶意模仿他那语音的缘故。"这也正如佛经所说："如果有人轻侮此经，必然要世世缺齿、黑唇、塌鼻、折腿、歪嘴、瞎眼。"

由此看来，世人应该把它引以为戒，对读诵法华经的人，哪怕是一个乞丐，也应该敬礼，千万不可轻侮嘲笑。

第二十九篇

桔敏行发愿自阴司还阳

古时，××天皇朝代，有一位左近卫府的少将名叫桔敏行。此人不仅善于吟咏和歌，而且擅长书法。有一次敏行应友人之约，抄写了二百多部法华经。事过不久，敏行暴卒。但他并不知自己身死，只见一伙气势汹汹的大汉，突然跑进房来，不由分说，一把套住自己拖着就走。敏行非常纳闷，他想，即便是朝廷的意旨，像我这样的人也不该套了就走啊！于是向套他的官差问道："我犯了什么罪，你们这样对待我？"官差回答说："不知道，上司有令，命我把你一定传到，这才带你前去。大概，你写过法华经吧。"敏行说："写过。"官差说："你为自己写过多少？"敏行答说："我并没有打算为自己写，只是应友人之约，大约写了二百部。"这时，官差只说了一句："就是因为这件官司才来传你的。"便不往下说了，正在他们行走之间，遇见二百来个极其凶恶的兵丁，一个个身披铠甲，目光如电，口如火焰，骑着鬼马迎面而来。敏行看到这般光景，吓得魂飞胆破，几乎晕倒在地，但他被官差一把揪住，不由自主地向前走去。

这伙兵丁瞧见敏行，立刻拨马转身，向他们的前面走去。敏行看罢，问官差说："这是哪里的兵丁？"官差说："你不知道吗？这就是约你写经的人们，他们凭借写经的功德，本可以升往极乐，成为天界之人。但是，你在写经时，既没有斋戒，也不忌肉食，而且贪恋女色，一面写一面念念不忘女人，所写的经书，都不成为功德，致使他们转生为凶暴之人。他们恨你入骨，告诉说：‘拿住他交给我们去出出这口怒气。’现在本不应该带你前来，只因有这场官司才把你带来了。”敏行听罢，吓得他全身战抖，遂又问道：“那么，他们可说把我拿到将如何处置呢?”官差道：“你太蠢啦！这还用问吗，他们准会用自己的刀剑，先把你的身体剁成二百块，每人各取一块，这二百块里每块都有你的心，叫你又疼痛又伤心。”

敏行听了极为悲伤，便问：“这件官司，怎样才能获免呢?”官差道：“我有心无力，爱莫能助。”这时，敏行简直迈不开步了。他们走到一条大河旁边，一看河里的水，颜色像研好的浓稠的墨汁一般。敏行看罢，心想这水的颜色倒来得奇特，就向官差问道：“这是什么水，怎么是墨黑色呢?”官差说：“这是你书写法华经所用的墨汁，流成了河。”敏行又问了一句：“为什么会成为这样的墨水呢?”这时就听官差说：“心净意诚，斋戒写出来的经书，完全收藏在龙宫里面，像你这样身心不净，疏忽怠惰所写的经书，就得被弃置于旷野荒郊，墨迹经雨水冲刷就成了这条河。”敏行听了此话越发惶惧万状，哭着哀求说：“怎么样我才能有救呢？请你告诉我吧。”官差说：“你太可怜啦，但是你的罪过非常严重，我是无能为力的。”

正在这时，迎面又跑来一个使者，将这班官差申斥了一顿，责备他们带人太慢。众官差一听此话，不敢懈怠，登时赶忙牵着敏行向前走去。

敏行被带到一座大门前，只见带人的官差牵着披枷带锁的囚犯，从四面八方蜂拥而来，犯人之众，不计其数，把门前挤得水泄不通。敏行从门外向里一望，瞧见刚才路上遇见的那些兵丁正在门里徘徊走动，一个个横眉立目，咬牙切齿，瞧见敏行，露出一副迫不及待的神情，敏行一见这样情景，几乎吓死过去。这时，他又哀告官差说：“我应该怎么办呢？”官差悄悄对他说：“你发誓书写一部金光明经吧。”敏行一面往门里走，一面心中发下誓愿说：“我一定书写金光明经，供奉起来，忏悔我的罪过。”这时，敏行被带入门内，在大堂前面跪下。

当时，堂上的判官问道：“这就是敏行吗？”官差答道：“是。”他又问：“原告连连催审，为何来得这样迟慢？”官差答道：“我奉命之后，立刻将他带到，没敢耽搁。”判官又说：“敏行！你好生听着：你在世间修积过什么功德？”敏行回答说：“我没有积过什么功德，只是应别人之约，写过二百卷法华经。”判官接着说：“你的阳寿本来未尽，但是有人控你写经时，怠惰不净，才将你传来，现在就把你的身子交给那些原告，由他们随意处置。”这时，敏行惶恐地禀告说：“我曾发誓要书写金光明经。如今还未完成这个心愿，如果现在就被传来，那就无法赎回此罪了。”判官听了大吃一惊，立时吩咐说：“真有这此事吗？赶快查那簿子。”说罢，有人拿起一本大账簿翻阅起来，敏行远远瞧见簿子上面，详细记载着自己所犯下的罪孽，一无所漏。但其中却没有一项功德之事，只在簿子的末尾处记着敏行在进门时所发起的誓愿：“起誓书写和供奉金光明经说。”那人查完账簿之后，禀告说：“有这件事，在后边记载着。”判官听了就决定这次姑且放他回去，完成誓愿，将来再行勘问。一经这样决定，方才那些兵丁都不见了。判官对敏行说道：“你回到阳世以后，一定要完成那个誓愿。”说罢，敏行就觉得有人放了自己。正在这时，他苏醒过来了。

敏行睁眼一看，妻子正相向悲泣，两天的工夫，仿佛做了一场大梦，而今一睁眼又复活了，于是全家老小都欣喜不尽。这时，敏行对自己因许愿写经而蒙放回一事，记忆犹新，宛如一面明镜历历在目。敏行决定一俟自己身体复原，便斋戒沐浴，涤虑清心，秉诚书写和供奉金光明经。但是，后来天长日久，敏行又故态复萌。他把书写金光明经的纸张备置妥当后，交给匠人裱糊，打好格子再写，就在这时，他又起了贪色之心，把写经一事不放在心上，今日寻花，明日问柳，一心想吟咏美妙的和歌，将阴司之事忘得一干二净，始终未将佛经写成。后来敏行阳寿已尽，便自死去。

约隔一年光景，一个名叫纪友则的歌人做了一梦，他在梦中遇见一个人，仿佛是敏行，但相貌却异常可怕，令人无法形容。当时，敏行谈起生前的事情，他说："我依仗许下书写金光明经的誓愿，暂时得以复生，但我心性怠惰，竟未能写成这部经书就死去了，因此获罪，如今遭受的痛苦，真是一言难尽了。写这部经的纸张，不是存在你那里吗，请你务必把它找出来书写供奉金光明经，我的事情，只有托之于你了。"敏行一面说，一面放声痛哭，友则听罢，约好重在梦中相见，二人相对痛哭不已。友则梦醒后，取出经纸交与僧人，并把自己根据梦中指点找出经纸的始末根由详细讲说一遍。僧人把纸收下，发起虔诚之心，亲自书写经卷加以供奉。

不久，敏行又给友则托梦，二人梦中相会，他愉快地说："我依仗这种功德，难以忍受的痛苦已经比以前减轻一些。"这时敏行的相貌和上次梦中所见已迥然不同，呈现出喜悦的神色。由此可见，一个愚蠢的人，只知嬉游无度，不悟果报以致落到这样的下场。

第三十篇

大伴忍胜发愿后自阴司还阳

古时，信浓国小县郡娘村，有一个人名叫大伴忍胜。当时大伴氏的族人齐心合力在村中修盖了一座家庙，不久，忍胜发下誓愿，决心书写大般若经，着手搜集写经的应用物品。后来，忍胜终于削发为僧，受戒后穿起袈裟，诚心修行佛道，从此经常住在家庙之中。宝龟五年三月，寺中同族的檀越之间起了纠纷，忍胜被殴打受伤，不久便自死去。

忍胜的家属商议决定为了补偿杀人的过失，对忍胜的尸体不加焚化，选择造当地点修建坟墓，将忍胜埋葬起来。

后来，过了五天，忍胜又还阳了，他走出坟墓后对亲人们说："我死后，来了五名官差将我带走，路上遇见一个陡直的土坡，登上土坡一望，前面有三条大道，一条是笔直、宽阔的坦途，一条则是杂草丛生荒秽不堪，另一条荆棘遍地，堵塞不通。三条大道中间有一王者，官差向他禀报了带人的情由，就见王者用手指着那条平坦大道说：'带他从这里走！'于是五个官差把我领上那条大道。道路的尽头放着一口大铁锅，锅里热气腾腾，锅底烈火滚翻，既像波涛呼啸，又似雷鸣之声。这时，有人将我投入锅中，不料铁锅登时变凉，炸成四瓣。当时，走出三位僧人向我说：'你是不是修积过什么善根？'我回答说：'我没有做过善事，只不过决心要写六百卷大般若经，虽曾发过誓愿，但尚未完成。'当时，僧人拿出三面铁牌来逐一查看，与我所言完全相符，接着便对我说：‘你果真发过誓愿，而且还曾出家修道，这原本都是善根。只因你私用了寺物，所以才使你粉身碎骨，如今你回转阳世，要从速完成誓愿，以补偿侵占寺物的罪过！’说罢放我回家，过了那三条大道，刚要往坡下走时，便苏醒过来了。”

忍胜依仗大般若经的力量，得以脱离阴司，重返人世。听说此事的人，更应专诚敬奉般若经了。

第三十一篇

利刈女诵心经自阴司还阳

古时，圣武天皇朝代，河内国××郡××乡里有一女子，姓利刈村主，因而人称利刈女。

利刈女，自幼身清心灵，既相信因果，又尊敬三宝，常以读诵心经为修道之本。由于利刈女读经的声音非常使人感动，深受道俗人等的爱戴。一天，利刈女竟在睡梦中无病死去。这时，利刈女来到一位王者的宫殿上，王者看见利刈女便起身离座，将她让在坐垫之上，然后说道："听人传说，你善读般若经，我很想听到你的经声，所以才将你请来。希望你立刻读经，让我听一听。"利刈女听了当即诵起心经来。王者听罢大喜离座而起，跪下说："真是太可贵了！"如此过了三日，便送利刈女回去，当她走出王宫门外时，遇见三个黄衣人。黄衣人见了利刈女高兴地说："我们许久未见面了，正在想念你，如今能在这里巧遇，使人太高兴了，你应该赶快回去，从今天起，三天以后，我们在奈良京城的东市中必可相遇。"说罢别去。利刈女听了这些话，但不知道这三个人究竟是谁。当她正打算往回走时，便自苏醒过来。到了第三天，利刈女特意去到东市，等候终日但不见阴司相约的三人前来。

这时，有一贫贱之人，从市场东门来到市场中心，捧着经书叫卖说："谁买经？"从利刈女的面前走过，眼看已经走出市场的西门，这时，利刈女想要买经，便差人将他唤回，及至打开经书一看，正是自己早年写下的两卷梵纲经和一卷心经。这些经书在写成之后未等供奉就遗失了，以后寻找多年，迄未找到。如今看见这些经书，不禁喜出望外，她虽明知这个就是偷经之人，却没有声张，只问经价若干，那人每卷经书索价五百文钱，利刘女按价付钱，将经书买到手中。这时，她才醒悟，在阴司约定来此相会的三个人，原来就是这三卷经书，于是欣然而返。后来，她修持法会，讲读了这些经书，从此虔诚受传，日夜不怠。世人听说此事，对利刘女更加尊崇，不敢稍有轻慢。

第三十二篇

百济国僧人义觉持诵心经显示灵验

古时，有一位从百济国渡来的僧人名叫义觉，这人在国破之后，来到日本，居住在难波的百济寺中。他身高七尺，佛学渊博，并富有悟性。义觉专心读诵般若心经，日夜不怠。

有一次，同寺的一个僧人，深夜走出房去，发现义觉的房中有光，感到异常惊奇，于是稍稍走近义觉的房屋，向室内偷看。只见义觉正在正襟坐读经文，口里冒出白光，僧人见此情景，惊异不定，返回房去。

翌日，僧人将此事遍告寺内诸僧，众寺僧听了都交口称颂。这时，义觉对弟子说："我一夜要读诵心经万遍，昨夜正在读心经的时候，睁眼一看，室内充满了耀眼的白光，我当时深为奇异，便走出室外四下察看，当时房内并没有光，等我回来再一看时，门户也都紧闭着，这真是罕见的事情。"由此可以断定，义觉不是凡人，以后他继续读诵心经，始终不懈。看见和听说此事的人，不仅相信般若心经的灵验，对这位圣僧的道行也称赞不已。

第三十三篇

盲僧长义依金刚般若经法力双目重明

古时，奈良西京的药师寺里有一僧人名叫长义，长义在寺中居住多年，宝龟三年，双目突然失明，什么也看不见了，长义为此日夜忧伤。虽然延医用药疗治，终不见效。这样过了五个月，长义暗自思忖：我必然是前世作了孽，如今才变成瞎子，不如请人速读般若经来消灭宿孽。于是，聘请许多僧人，用了三天三夜的时间来持诵金刚般若经，自己虔诚地忏悔前世的罪孽。到了第三天，长义双目突然复明，看起东西来一如往昔。

当时，长义喜出望外，感激流涕，深信般若经灵验无比，于是越发诚心读诵和崇信此经了。药师寺的僧人们听说这事，都深受感动。由此看来，要消灭前世的罪孽，莫过于读诵金刚般若经。罪孽一经消除，如此病症也无疑可以痊愈。有道心的人听说此事，更应该专诚持诵金刚般若经了。

第三十四篇

壹演僧正持诵金刚般若经显示灵验

古时，山崎有座相应寺，寺内住着一个名叫壹演的僧人，壹演未出家之前，官居内舍人之职，俗名大中臣正栋，住在奈良西京。正栋发起道心出家后，跟随师父池边宫渡往大唐受习真言，修行佛法，俱能心领神会。回国后，住在相应寺中修炼真言之法，并且日夜读诵金刚般若经。不久，便成为一个德隆望重的僧人。

当时，正值水尾（清和）天皇在位，一天，有鹘鸟在仁寿殿的屋檐横梁上垒起巢来，天皇见此大为惊异，立刻把许多有名的阴阳家宣进朝来，询问此事的吉凶，他们占卜完毕奏道："陛下应该多加谨慎。"天皇闻奏，异常恐惧，虽经多方祈祷，始终不见灵效，于是越发惶恐不安。

这时，有人奏道："山崎地方有座相应寺，寺里多年住着一位圣僧，不分日夜地诵读金刚般若经。这位圣僧名叫壹演，他抛弃了现世的名利，祈求来世成佛，如果宣他入宫祷告，想必可见灵验。"天皇闻奏降旨派使者宣壹演入朝，壹演奉旨立即随同使者一道而来。

天皇宣壹演圣僧来在仁寿殿上，传下旨意，命他在鹘鸟垒巢那间殿里速读金刚般若经，当读了金刚般若经四五卷时，忽然从外面飞来了四五十只鹘鸟，个个衔起垒巢的柴草掠空而去。天皇见此立刻向壹演施礼，对他无限敬重，就要加以封赏，但壹演固辞不受，随即返寺。

从此，壹演的声望日高，世人望风皈依。正在这时，天皇的外祖父白川太政大臣①，年老患染重病，淹延多日未愈。虽经多方祈禳，并特为召选得道高僧祈祷，结果毫无灵效。

一天，天皇想起从前鹡鸟之事，便派人宣召壹演，壹演奉旨前来，在大臣的枕边，摊开金刚般若经，读诵未及数卷，大臣便豁然而愈了。这时，天皇感念不已，愈加崇敬，终于封赐壹演僧正之职。从此，全国人都皈依了壹演。由此看来，金刚般若经不仅可以消除灾祸，且能如此灭罪获福。药师寺以东有一个地方叫作唐院，就是壹演僧正的故居。

---

① 指藤原良房（804－872）。

第三十五篇

极乐寺僧人诵读仁王经显示灵验

古时，有座极乐寺，寺中住着一个名叫××××的僧人。这座庙原来是堀河太政大臣修建的。太政大臣名叫基经[①]，有一次，大臣患染热病，病势非常沉重，淹延多日不愈，因此便多方祈祷，世上所有有灵验、有名望的僧人，也无不召集，举行各种祷告。唯有极乐寺这个僧人，由于缺少名望，因而没有被召来一同祈祷。

但是，这个僧人心中暗想：我所以能平安住在寺里，完全是托这位大人的洪福，如果大人一旦逝世，我将往何处去呢。想到此处悲伤不已，于是他携带多年持奉的一部仁王经，赶到这位大人的府第去了。僧人见府中聚集人多，极为嘈杂，便在中门的北廊角下，弯腰而坐，一心不乱地读诵起仁王经来，府里的人们，虽然从他面前不断经过，但没有一人去理睬他。

大约过了两个时辰，这位身染重病呻吟床蓐的大人，气息奄奄地呼唤侍者说："极乐寺的××高僧在吗？"有人回禀说："现在中门旁边的北廊下。"这时大人又吩咐说："把他叫到这里来。"听到这话的人，不禁觉得惊奇，心想："这个僧人也没有什么名望呀，许多高僧都在府里伺候，为何不召见那些僧人，而单单召见他呢，真使人不解。但不知召见他究竟是为了何事。"这人走到了

① 指藤原基经（836—891），是藤原良房的侄子，后来过继给良房。

僧人的面前，僧人听说召见自己，立刻跟随传唤他的人前来，在一排排高僧们席位后面坐下。这时大人又问："来了吗？"这人回禀说："现在南面竹廊上伺候。"大人吩咐："叫他进来吧。"说罢将僧人唤进卧室。大臣的病情极为沉重，原本说不出话来，但是从他呼唤僧人时的神色看来，显然病势见轻。僧人走进卧室，跪在大臣枕边的锦帐外面，这时，就见这位大人亲自掀起锦帐的帘帷，抬起头来向僧人说："方才我梦见身旁许多极其可怕的恶鬼把我掀倒在地，殴打非常毒狠，正在这时，从中门外走进一个头挽一双鬈髻、容貌端正的童子，用他手中那根细长的树皮，驱打恶鬼。这些恶鬼被打，尽皆逃走。我问童子说：'何处的童子能这样助我？'童子回答说：'这是极乐寺的××××祈祷的。他从今早来到中门侧廊，专心致志地读诵仁王经，每字每句都全神贯注，因此显示了灵验，于是我奉护法尊神之命前来驱散使你致病的恶鬼。'我听了这话，深受感动。一梦醒来疾病仿佛一扫而光了。这时我就问：'果真来了吗？'下人回答说：'从今晨就在读仁王经。'我一听此话欢喜极了，为了说明这一大可庆幸的事，才将你呼唤进来。"大人说毕就向僧人道谢，并叫人将挂在衣架上的袍子拿下来赏给僧人，并亲自给他披在身上，接着叮咛说："你赶快回寺去吧，一定要更加尽心祈祷。"僧人欢喜辞出，这时，那些正在祷告的众僧和府中的侍者们对他都十分恭敬。僧人想起自己初来时不为人所重视，终日屈居于中门侧廊的情景，简直不能同日而语。僧人回寺后，众寺僧对他也都倍加恭敬，另眼相看。

由此可知，祈祷一事，不论僧侣的清浊，只要心诚则灵，在如此众多的僧人中间，难道尽是一些灵验不如极乐寺的僧人吗？正因为如此，古语才说："祈祷必须靠亲人。"

第三十六篇

伴义通请人读诵方广经两耳复聪

古时，有一个伴义通，由于身染重病，两耳突然失聪，并且遍体长满恶疮，经久不愈。义通心想：这不是现报，便是宿孽，如果今生再不修德积善，来生也不免再得此报，不如修些善根祈求后世。想到这里，立刻布置佛堂，请来许多僧人。义通首先用香水沐浴，清净自身。他认为消除罪孽莫胜于方广大乘经。于是请僧人们讲解此经。正在讲经时，义通对僧人说："现在我的一只耳朵已经能听到一位菩萨的名号了，请菩萨大发慈悲更加垂怜吧！"义通说罢正向僧人礼拜时，另外一只耳朵也听到了声音。这时义通喜出望外，越发虔诚地叫人读讲方广经了。听说此事的人，不论远近，无不交口称赞。

第三十七篇

请僧读方广经得知生父变牛

古时，有一人住在大和国添上郡的山村乡里。这人准备在十二月里，请人速读方广经忏悔前世的罪孽，便打发仆人前去邀请僧人。仆人问道："应该去请哪座庙的僧人呢?"主人回答："不论哪座庙宇，只要遇到僧人就可以请来。"仆人遵照主人的吩咐，出门前去，中途遇见一位僧人，于是将他请至家中。主人对这位僧人诚意供养，当夜，僧人就留宿在主人家中，主人拿出被子给僧人盖在身上。僧人见这床被子价值昂贵，心中暗想："明天他必然是给我一些布施，我倒不如放弃那些布施，将这床被子偷走，今夜逃跑了罢。"僧人趁夜阑人静之际，抱起被子往外就走，这时，只听有人说："不要偷被子!"僧人听了大惊，心想自己并未发觉被人瞧见，这是谁在说话呢。僧人停下脚步，向发出声音的方向张望，原来那里没有人，只是一头牛。僧人感到声音可怕，又转身回来睡下。

僧人左思右想，惊疑不定：莫非是牛说了话?这样想着便睡着了。就在这天夜里，僧人梦见自己来在牛的身旁，牛开口说道："我就是这家主人的父亲，生前背着儿子拿了他十捆稻谷送人，因为这个罪过，今世变成牛身来偿还宿债。你是一个出家人，怎能轻易偷盗被子逃跑呢。如果你想知道我的话是否真实，可以为我设置座位，我若登上座位，那就可证实是主人的父亲了。"说到这里，僧人从梦中醒来。

僧人醒后，自觉羞愧，第二天清晨，支开身旁之人，将主人请来，说出梦中情景。主人听了悲痛地走近牛旁，用稻草铺好座位，然后说："牛，你如果真是我的父亲，就请登上这个座位吧。"这时，只见牛把膝盖一弯，登上了用稻草铺成的座位。主人目睹此情，不禁放声痛哭，说道："这头牛，果真是我父亲，您从前欠我的债从此勾销，绝不再追究了。同时，还请您饶恕我多年不知内情使用您的地方。"牛听完此话，当日申时便流泪而死。牛死之后，主人哭着将前夜给僧人盖在身上的那床被子和一些财物一齐奉送僧人，并特为自己的父亲修了些功德。僧人心想，如果真的将被子偷走，今生和来世都不会有好报的。后来僧人对人讲说此事，因而传闻于世。

第三十八篇

僧人读诵方广经落海不死终于生还

古时，奈良京城有一位僧人，他虽然有妻有子，但日夜读诵方广经。这个僧人专靠存钱放债，索取加倍利息来养活自己的妻子。僧人有一女儿，出嫁后与夫婿同住在僧人家中。

安倍（元明）天皇朝代，僧人的女婿当了陆奥国的掾吏，僧婿前往陆奥上任时，向僧翁借了二十贯钱。一年之后连本带利翻了一番，僧婿回京后只归还了本钱，没有付给那份加倍的利息。天长日久，僧人总是不断地向女婿逼讨这笔钱，僧婿由于无力归还，蓄意将岳父暗地杀害。他到远地去，计议已毕，对岳父说："到了那里我就可以还你的钱，我带你一同去吧。"岳父听了女婿的话，便一同坐船前往。其实，女婿和船家串通一气将僧翁拿下，捆了手脚，投入海里去了。僧婿回家后对僧人的女儿说："你的父亲，在途中从船上失足落海淹死了，当时虽然想要打捞，确是力有不及，我也险些丧了性命。因此，我决定不去外地，中途返回来了。"僧女听罢大哭，悲切地说："多么悲痛啊！我再也见不着父亲的面了。我无论如何也要下到海底，看看父亲的尸首。"说罢痛哭不已。

且说，僧人虽然被沉入海底，但被海水漂浮起来，这时，僧人便在大海中央诵起方广经来。过了两天两夜，有人乘船从那里经过。船家发现海中有人随波漂浮，便将他拽上船来，原来是一个被捆缚着的僧人。船家一看僧人的面色正常，丝毫没有委顿的神情，不禁大惊，问道："你是谁？为什么被这样捆绑起来了？"僧人告以姓名，并说自己是被强盗捆绑起来投入海里的。船家接着又问："你有什么道行，竟能落海不死呢？"僧人说："我没有什么道行，只是日夜不断地读诵方广大乘经。想必是佛经的力量。"僧人说到这里，对先前之事，却只字未提，只求船家送自己回乡。船家听罢，动了怜悯之心，便将僧人送回家中。

这时，僧婿正在家中打醮，超度岳父的亡魂，并准备了僧斋，亲自分发众僧。僧人抵家后，没有露面，却混在众僧中领取僧斋。僧婿隐约发现是岳父的面庞，不禁又惊又怕，随即藏躲起来。但僧人并未记恨前仇，自始至终未加声张。他想到自己所以能得保全性命，全仗方广大乘经的法力，从此越发坚持不懈地读诵此经了。由此看出，女婿谋杀岳父固属狠毒已极，而岳父逼索利息，也不是善事，听说此事的人都讥讽不已。

第三十九篇

内廷供奉源信在横川供奉涅槃经

古时，比睿山的横川有位源信僧都。当他身为内廷供奉的时候，在横川和许多发起信誓的圣僧同心合力书写涅槃经，每人分写一卷。不久，西塔的实因僧都听说此事，认为是一种可贵的功德，说："为了结缘，我也要书写。"说罢就开始写经。西塔众寺僧相继听说此事后，都动手写起经来。不久，连东塔的四谷和天动寺也都得到了消息并开始写经，经书写成十五部。由于大家争先恐后，互不示弱，写成的经书卷卷灿烂夺目，美不胜收。

到了供奉的这一天，多数的经书从各地送到了横川。经书陈列在经棹上，摆在众僧面前。

法会开启的前一刻，西塔的实因僧都携带经书并率领同寺的七八十位僧人赶到。当时，许多人都心想今天的讲师一定由这位僧都来担任，但实因僧都却端然正坐，若无其事。时间已经过了，他问源信供奉说："现在早该开启啦，为什么这样迟慢？"供奉道："实在是恭候已久了，请您赶快登坛礼拜吧。"僧都说："我今天不能担任讲师，这应该是圣僧的职务。"供奉道："我怎敢担任呢，那成何体统！务必要请僧都从速登坛。"僧都接着说："那么今天供奉经书的仪式就只得作罢了，不论你怎么说，我也不能从命。如果你一定让我担任的话，我就要回转西塔去了。"二人互相谦让，不觉间已经日落西山。供奉便道："既然圣僧执意不肯，我也不敢强人所难，同时，这么多人都怀着无限的道心，法会也不便延期。那么，我就如仪开讲吧。”说罢，走了过来。只见供奉穿着一件粗布的上衣，里面套着布衣，裙子和袈裟也都是粗布做的，但人看来非常高贵，不禁令人想起昔日释迦佛祖生前的模样。

源信供奉登上礼坛之后，先向四处打量了一番，接着面向佛祖，用那感人的颤抖声音说道：“涅槃经是世人生生世世不易听到的，大家共同深信今天能结此佛缘，乃是由于以往有深切的盟誓，让我们先来一同礼拜吧。”说罢大家起身朝拜。这时供奉以袖掩面，放声痛哭，刹那间众僧也哭出声来。这种高贵动人的场面，使人联想到昔日娑罗林①人们痛哭的情景也不过如此。这时众僧一个个泣不成声，半晌，讲师才一边呜咽流涕，一边如仪讲起经来。讲经已毕，实因僧都返回西塔，在自己房里说：“我如担任讲师，也会像他那样向佛祖祝告。不过，使多少人一齐痛哭起来这一点，我却是办不到。这是依仗供奉圣僧有极其高贵的德行，才使人们同时感动得哭泣起来，凭借今天结缘的功德，我想我可以免堕于三恶道之途了。今天的法会太使人感动了。”僧都说完又痛哭了一场。据小野住持告诉别人，此事后来传闻于世。

---

① 佛教传说释迦入灭时所在之森林。

第四十篇

弘法大师和修圆僧都斗法

古时，嵯峨天皇在位之时，有一位弘法大师，他位列僧都，身为天皇的护持僧。当时，山阶寺中还有一位修圆僧都，也是护持僧。这两位供职朝廷的僧都，都是不平凡的高僧，天皇对他们也同样器重，一体礼遇。

后来，弘法大师渡唐正式受习真言教，归国后广为传播；修圆僧都则是智慧渊博，对宗教领悟深透并修行佛法。

一天，修圆僧都侍奉在天皇的身边，当时，放着一些硕大的甘栗，天皇吩咐使者说："把它煮熟呈上。"僧都见有人来取走甘栗，便道："我略施法力，不用人世的凡火，就可将它煮熟。"天皇听了便说："那太可贵了，从速煮来。"说罢，将甘栗装入带盖的漆盒中，放在僧都的面前。僧都说了一声"那么煮煮看"，接着便作起法来。结果，甘栗被煮得非常适口。天皇看罢肃然起敬，立刻尝食，其味甘美，异乎寻常。从此，便经常这样用法力煮甘栗。一天，弘法大师来朝见天皇，天皇对他言讲此事，倍加称赞。大师听了说道："这的确是难得的。不过，趁我在这里可以叫他来煮，我暂时回避，看看他煮得如何。"说罢躲藏起来，随后，僧都被召进宫中，天皇吩咐他照例煮栗，僧都将甘栗放在面前，作起佛法，不料这次竟未能煮熟。僧都一见便抖擞精神，反复施展法力，但不论如何，终不能像以往那样将甘栗煮熟。这时，僧都不禁惊异起来，心想："这是什么缘故呢?"正在这时，大师从他的身边走了出来。僧都一看，恍然大悟，料定是被这人抑制的缘故，登时起了嫉恨之心。从此，这两位僧都结下深仇，互相诅咒对方速死。后来他们虽都有意息怒，然而诅咒却一直继续下来。当时，弘法大师心生一计，命众弟子到市上购买衣食棺椁等物，扬言弘法僧都已死，因此购买安葬用的物品。修圆僧都的弟子，听说此事，兴高采烈地跑去报告师父。僧都听了欣喜地问道："你听得确实吗?"弟子回答说："听得千真万确，所以才来禀告师父。"僧都心想这不是别的，是我的诅咒收效了，随即停止了自己的诅咒。这时，弘法大师差人暗地到修圆僧都那里打探他是否确已停止了诅咒。使者回来禀报说："修圆僧都以为他的诅咒已获灵验，非常高兴，从今晨起即已停止了。"大师闻报后，立时接二连三地施展他的法术，不久，修圆僧都暴卒。后来，大师暗自思索道："我已将他咒死，如今放了心。但他同我斗法多年，一直互有胜负，看来他绝非凡人，我一定要看看他的来历。"于是在第二天"早参"时，作起法来，当时，大师见法坛上站着"军荼利明王"，便自言自语道："果然不出我所料，他确实不是凡人。"说罢，停止作法。

由此看来，菩萨如此显露法身，无非是为了息止后人作恶。

第四十一篇

弘法大师修求雨经法会普降甘霖

古时，××天皇朝代，天下大旱，万物枯槁，不仅天皇为此忧虑，文武大臣以至百姓也无不悲愁满怀。

当时，有一位弘法大师，位列僧都之职。天皇宣他入宫，问道："怎么才能求得甘霖，消除旱灾，拯救黎民呢?"大师奏道："我的道法中，有降雨的法术。"于是天皇吩咐大师立刻作法，并按照大师的言语，在神泉苑修持求雨经的法会。大师作法的第七天，法坛的右上方出现一条五尺多长的蛇，只见这条蛇顶着五寸多长金色的小蛇。过了片刻，这蛇便徐徐地爬进了水池。当时，虽有二十个伴僧，并排坐在坛上，但瞧见这条蛇的，却只有那四位道行较高的伴僧。不必说，僧都早已看在眼里了。一个道高的伴僧，看见这条蛇后，请教僧都说："这条蛇出现，是何预兆?"僧都回答说："难道你不知道吗?这就是住在天竺阿耨达智池的善如龙王，它到这个水池来了。大概是因此法有灵，它才出现的。"说着，天空突然阴沉起来，乌云自西北方向升起，全国普降甘雨，旱象由此消除。

此后，国内一有旱灾，便遵照大师的留传，使传习此法的人在神泉作法，每次作法都必应验落雨。这时天皇也照例给作法的阿阇梨以种种赏赐，至今相沿未替。

第四十二篇

依仗尊胜陀罗尼真言的灵验得脱魔难

古时，延喜天皇朝代，有一位右大臣名叫良相①，人称西三条右大臣。良相大臣有一子名叫常行，后来身居大纳言左大将的职位。当时，这位大将还只是一个翩翩少年，正在成长，尚未举行冠礼，但他生来俊俏，而且性好女色，对女人爱恋之情无与伦比。每到夜晚，这位公子总是出得府去到处行走。

且说，大臣的府第在西大宫以东、三条以北，叫作西三条。当时，公子在京东爱上一个女子，经常前往相会。他的父母对其夜晚出行放心不下，便严加管束，而他却瞒了众人，时常私自前往。一天他骑了家将的马匹，随身带了一个书童和一个马童，上了大宫旁的土坡向京东走去。正走到美福门前，只见东大宫那边有一伙人，燃着火把鼓噪而来。公子一见此情便说："那边来的不知是什么人，我们应该躲避一下。"书童说："白天我看见神泉苑的北门敞着，公子可以进去将门关上，在里面躲避一下。"公子听说大喜，便纵马驰去跑进神泉苑开着的北门里面，翻身下马屈身藏在柱子下面。这时，手执火把的人们也走过来了。公子想要看

① 指藤原良相（813－867）。延喜系醍醐天皇年号，已是九世纪，此处或应校正作贞观才是，贞观（859－876）为清和天皇年号，比醍醐天皇约早六十年。

看这是一伙什么人，便将门推开了一道缝隙，向外窥探：哪里是什么人，全都是恶鬼，一个个奇形怪状，非常可怕。公子一看是鬼，登时吓得魂飞胆破，昏倒在地。这时，就听正走过来的一个恶鬼说："他就是装腔作势，也得把他抓来。"这鬼说毕，便见另一恶鬼直向自己跑来。公子心想，这回我命休矣。但是，恶鬼没有走近自己的身边，却自跑回去了。当时又听一个恶鬼问道："为什么没有抓来？"刚才来的那个鬼说："抓不来。"那鬼又说："为什么抓不来，一定得把他抓来。"说罢，又有一鬼跑来，结果仍然和先前一样，没等走近身边，便自退回去了。这时，听见鬼首又说："为什么没有抓来？""还是抓不到。""岂有此理，我去抓。"说罢，就见这个发号施令的鬼首向前走来，他比先前那些鬼走近了一些，眼看伸手就能抓到，公子心想这次算没有救了，就在这紧要关头的时刻，鬼首也转身跑去。众鬼问他怎么样，鬼首说："难怪抓不到他，原来其中有缘故。"众鬼又问："但不知是何缘故？"鬼首说："他有尊胜真言。"众鬼听了，手中的那些火把登时一齐熄灭，只听一阵东奔西逃的脚步声向四下散去，随后，便鸦雀无声了。过了许久，公子仍然心有余悸，转念一想也不能就这样下去，只好迷迷糊糊跨上马匹返回西三条去。公子走到女官房中，便觉委顿不支，浑身火热，倒卧下去。公子的乳母说："你到哪里去啦，大人不是已经嘱咐过了吗，如果知道你又在夜间出行，这让我怎么交代呢！"说着便走近公子身旁。她见公子面色非常难看，便问道："你有些不舒服吧！"乳母一摸公子的身体发烧，问了声："怎么成了这个样子了。"这时，公子将看到的情景讲了出来。乳母听后说道："这真是想不到的事，去年我求我的兄弟阿阇梨抄了一份尊胜陀罗尼真言，缝在你的衣领里面，不料竟会有这般的灵验。如若不然，真是不堪设想了。"说罢用手抚着公子的前额哭泣起来。公子一连发了三四天的热，于是公子的父母也惊慌了，才开始作各式各样的祈祷。三四天之后，公子的精神恢复正常。当时，翻开历书查看，那天夜晚恰是忌夜行的日子。

由此看来，尊胜陀罗尼真言的灵验非常珍贵，每人都应随身携带。这位公子原来并不知道自己的衣领内藏有尊胜陀罗尼真言。当时，听说此事的人，全都抄写真言带在身边以为护身。

第四十三篇

依仗千手陀罗尼的灵验得脱蛇难

古时，吉野山有一修道的僧人名叫日藏。日藏的师父进入吉野山的深处，修行佛法，从来不出深山一步。

日藏的师父在山中居住多年，日夜不断地持诵千手陀罗尼，专心致志地修行道法。且说，吉野山之南有一幽深的山谷。这天，圣僧来到山谷，他拨开竹丛，走下谷底。记得先前来看的时候，山谷既不深，又没有水，这次走来一看，谷底却仿佛有了水，圣僧心中纳闷，便向前走去，打算看看谷底的水到底是从何处而来。正在行走之间，一阵山风从山顶向谷底扑来，仿佛听到有人走动，圣僧近前一望，原来有许多大蛇，并排卧在谷底，远看宛如微风吹起的涟漪。这些蛇嗅到圣僧的人气，个个都把头昂起四五尺高，蛇的颜色有的是藏青色，有的是墨绿色，蛇颈下仿佛结扎着红绸球，双目炯炯发光，好似一对铜碗，火焰似的舌头不住地向外伸缩。圣僧心想，我必将葬身蛇腹。想罢转身就要逃跑，但往上一望，绝壁峭陡，如同用刀削的一般，抓着丛竹也一时不能攀登上去。这时，热烘烘的腥气扑鼻而来，圣僧心想即使不立时被吞噬下去，也会被这股腥气熏死。圣僧无奈就抓着竹条，趴在那里，正在这时忽听到从山上大踏步地走下一个人来，圣僧被大蛇的腥气熏得睁不开眼，看不见走下来的是谁，只觉得这人走近身边后，抓起自己的一臂，粗暴地往肩上一掮。圣僧胆战心惊地用另一只手去摸时，仿佛触到大树皮上，不过却有些热气，圣僧心想这必是妖怪，为了要吃我才把我拖走。当他想到今天无论如何也难逃一死的时候，竟自昏迷过去。这个妖怪上山时如同下山一般，奔走如飞，不多时，登上高峰的尖端，将圣僧掼在地上。圣僧本来以为自己必被吃掉，而今妖怪却未下口，心中纳闷，便惶恐地问道："您是谁?"妖怪报告说："我是鸠槃荼鬼①。"

当时，圣僧肃然起敬，睁眼看时，只见这个妖怪身高一丈有余，肤色漆黑，红发倒竖，浑身赤裸裸的，只系着一条兜裆。妖怪背身而立，未及看清面孔，便转眼不见了。这时，圣僧发觉自己因持诵真言，竟蒙千年观音搭救，越发感动不已，于是流着眼泪望空拜谢，然后离开山巅向东北方向走去。正在行走之间，看见前面有一瀑布，泉水从岩石中流出。圣僧见瀑布跌落的情景饶有风趣，便止步停立观看。瀑布约有五丈来高，岩石上杂树丛生，非常清奇别致。圣僧观赏片刻，只见从瀑布跌落的石潭里长出一株约三搂粗的大树，它沿着岩石生长起来，竟长到一两丈高，相形之下，瀑布就显得短了。不一会，这棵大树眼看着又缩了回去。在他停立观看的片刻里，大树一会儿伸长出来，一会儿收缩进去，不知有多少次。圣僧心中纳闷，不知石潭里为何竟能如此，便目不转睛地注视着石潭，原来石潭中满满地盘着一条大蛇，蛇头被水头冲打，才一会儿抬起来，一会儿缩下去。看光景多少年来一直就是如此。圣僧看罢，十分惧怕，他可怜这条蛇所遭受的痛苦，特为它读诵了许多佛经，并念了千手陀罗尼，然后才离潭而去。

最初，言讲此事的只是圣僧的弟子日藏，后来，承昭僧都也从山阶寺的林怀僧都那里听说此事，辗转相传，便传留下来。千手陀罗尼的灵验，确实可贵，护法尊神保护持咒之人，也和经文中所记载的完全相符，可谓珍贵已极。

---

① 据佛教传说，鸠槃荼鬼专门吸取人身的精气。

第四十四篇

比睿山僧人旅居播磨明石津得遇高僧

古时，比睿山有一僧人名叫阳信，他不仅学识渊博，而且对真言密教也颇有领悟。

阳信在山中多年，想到自己身为阿阇梨竟被无名小僧超过，感觉非常无趣，因而起了离开本山的念头，打算前往伊豫国。阳信启程后，行至播磨国，宿在一个名叫明石津的地方。当时，播磨国疫疠流行，尤以明石津一带严重，家家都有卧床不起的病人。阳信听说此事，又见当地乡人奔走忙乱，嘈杂万状，便向乡人打听说："莫非发生了什么事情吗？"乡人对他说："近来本地瘟疫流行，几乎没有不病之人，最近来了一位阴阳法师，说祭祀以后瘟疫就一定可以消除，现在正按照他的吩咐，准备祭品，送往城里去，所以才这样忙乱。"

阳信听后心想：多么可恶的东西，为了骗取别人的财物，竟故意设下圈套，我一定混在众多百姓中间看个究竟，于是当日留宿下来。祭祀就在第二天举行，天一亮阳信特意穿起一般下僧所穿的粗布衣裙，混在乡人和搬运祭器的脚夫中间挑着祭品到设祭的地方去观看，设祭的地方在明石海滨，那里既宽阔而又清洁优美，地上放着从各处运来的祭品：五六个崭新的木桶，精白的大米、大豆、角豆、年糕、生姜，以及应时的水果。另外还拿来了许多大大小小的瓦盒瓦钵，漂亮的草垫，自织的土布，杉篙和木材，雪白的纸张和油，这些祭品都经人按数查点，一概齐全，设祭的法师见祭品运齐，便将三四幅布拼在一处，密密缝起来，做成一幅宽幕。然后选择一个两丈见方的地点，四角栽好木材，把帷幕张挂起来。幕里又插了一圈佛前草，上面拉起草绳纸条①。幕内四周铺好草席，中间留出一块大约一丈见方的砂地。法师把砂土铺平后，拿起一根细长木棍在砂上描画，仔细一看，原来在砂土上端端正正画上了“胎藏界的曼荼罗”②。布置已毕，接着又在铺在地下的席子上，用瓦器供圣水，瓦钵里尖尖地盛满五谷，应时的水果也都依次地摆列起来。祭坛四角燃起长明灯，四周各挂八面纸幡。这时法师穿上了法衣，四五个弟子也随着穿戴起来，一切布置妥当后，法师面向佛前，开始一丝不苟地作起胎藏界供奉之法。大概法师以为没有相识之人所以手结“密印”时，也毫不隐藏，从这些举动来看，法师是一位修养有素的高僧。阳信看罢佩服得五体投地，没想到世上竟有这样的高人，祭坛布置得隆重庄严。乡里的人们，大约来了一百多人，并排端坐，由于法师事前曾经吩咐他们沐浴斋戒，所以不分长幼，人人手捧佛珠，一心不乱地静默祷告，看样子非常虔诚。

阳信虽然在比睿山见过许多出众的法会，但还没有看见过像这样庄严隆重的祭祀，心想：世上果然有这样的人，我一定要作他的弟子。于是继续留在那里观看，直到祭礼终了他也不曾眨眼。作法已毕，帷幕中设备的物品，全收在一起，放在旁边，连幡旗绳带在内，一物不剩地放在法坛上面。然后，又用和先前同样的另外一套物品和用具，照原来一模一样地布置起来。在中间留下

① 原名“注连绳”，祭祀时挂在祭坛周围，过年时挂在门口，据说可以避邪祟。

② 表示密教本尊大日如来理性法身的图画。密教以地、水、火、风、空及清净菩提心为本来具有的理性。这种理性能摄一切诸法，宛如母胎含藏子体，所以叫胎藏。宗教修行的法门分胎藏、金刚两部，胎藏属理，金刚属智。

的那块土地上铺平砂土，画上“金刚界的曼荼罗”①。然后又照先前那样点起佛灯，焚起檀香，这次，法师又作起金刚界供养之法来，依旧一丝不苟，没有丝毫疏忽的地方。

作完金刚界供养之法，这次连帷幕也拆了下来，把所有祭品和用具堆在一处放起火来，甚至连那些木桶，水瓢也都烧得净光，一物不留，剩下的唯有法师和众弟子身上穿的法衣而已。众乡人见法师将祭品烧得这样干净，才知道他绝无骗取财物的意图，于是脸上不约而同地露出无比尊敬的神情。

阳信决心要会见这位法师，因而在祭品焚烧已毕，众乡人尽皆离去之后，仍然留在那里，他打算和僧人一同回去面谈。这时，就见这位僧人收拾完毕，披上了蓑衣，看样子不是回转本乡，而是另行他往。阳信赶紧上前向僧人问道：“您为什么要这样做呢？”接着把来此设祭的经过详细地问了一番。僧人听阳信的谈吐，不是低贱之辈，心中惊奇，暗道：我原以为这里全是最低贱的乡下人，想不到竟有这种高人。登时张皇失措，变了脸色，连东西也顾不得拿，便朝着前方逃走了。阳信见他逃走，惋惜不已。

阳信未能留住这位法师，当晚回到原来住所，一打听本乡卧病不起的人，从僧人作法时起，都一齐缓醒过来。于是众乡人奔走相告都说，我家的病人全好了，我家的病人也轻多了。不仅这一个乡，播磨全国的瘟疫，也从那日起全部消除了。众人欢喜说道：“这完全是祭祀的灵验。”阳信衷心佩服这位法师，他到四处寻找，结果杳无踪迹，只好作罢。

由此看来，这位法师确是一个不凡的圣僧，他为了普救众

---

① 表现大日如来智德法身的图画，据说如来内证的智德非常坚固，能催破一切烦恼，宛如金刚。

生，特来修行两界[1]之法，消除了流行疫疠。阳信知道此事后，深自懊悔未能和圣僧畅谈。阳信曾亲自以此事告人，因而传闻于世。

---

① 指胎藏、金刚两界。

第四十五篇

降伏法显灵利仁将军身死

古时，文德天皇朝代，新罗国不遵命来朝，大臣公卿等议论此事，说："在××天皇朝代，他国明明答应来向我朝贡，如今竟抗旨不遵，将来必成祸患，应从速调兵，讨伐他国。"计议已毕，立时派镇守府的将军藤原利仁，率师出征。利仁将军生性勇猛，足智多谋，领旨后，精神振奋，立即率领许多精兵猛将，乘坐无数只的战船前往。

当时，新罗国并不知道此事，只因国内发生了许多鬼怪作祟的事情，便找人占算，结果说是外国即将派兵来攻。听得此讯后，上至国王，下至大臣公卿，全都震惊不安。大家说："外国发来了精兵猛将，势不可当，如今唯有秉诚祝祷，祈求三宝了。"众议已决，立刻到大唐国①请来一位圣僧，施行降伏之法。这位圣僧阿阇梨人称瀍全，是惠果法师的弟子，曾得真言密法的真传，是一位出众的高僧。当时三井寺的智证大师，自幼到唐国拜这位阿阇梨为师，学习真言之法，他见此事关系本国的安危，这时也一同来到新罗，想要看个究竟。后来，在修满为期七日的降状之法这天，法坛上洒满了鲜血。阿阇梨便道："此法必定有灵。"说罢，收结

① 原文云"大宋国"，唯文德天皇在位时间为851年至858年，即唐宣宗的时代，故考证定为"宋"字系"唐"字之误，今据以改正。

法事返回唐国去了。

且说，利仁将军率兵出征，行至山崎，卧病不起。一天，他突然起身奔跑，拔出大刀，连连跳跃，向空中上下乱砍多时之后，筋疲力尽，倒地身死。此后，朝廷再未派人接替，讨伐之事因而作罢，后来直到智证大师由唐回国，叙说他到新罗的所见时，人们才知道利仁将军之死，是降伏法力的灵验。

由此看来，利仁将军也绝非凡人，他迎面向天乱砍，必是目有所睹。不过，由于法术灵验昭著，他才当场毙命。

卷十五

本朝及佛法

第一篇

元兴寺的智光赖光二僧往生极乐

古时，元兴寺里，有两个修道的僧人，一名智光，一名赖光。多年来，二人同住一室，修行佛道。赖光生性懒惰，自幼至老不肯修道，常常一语不发，睡卧不起；智光则极聪慧，勤恳修道，孜孜不倦，终于成了学识渊博的高僧。

后来，赖光死去，智光叹息道：“赖光是我多年的好友，但他终年一语不发，平常只知贪睡，不肯修行佛道。而今一死不知他的果报如何，真令人无法推测其善恶。”于是便在心中祝祷，祈求得知赖光投生之处。过了两三个月，智光梦见自己来到赖光居住的地方，看见那里装饰得非常美妙，宛如极乐世界。智光惊异地问赖光说：“这是什么地方？”赖光回答说：“这是极乐世界。因你想知道我的投生之处，才以此净土相示，你赶快回去，这里不是你久留之地。”智光听了就说：“我一心一意祈求往生净土，怎能回去呢！”赖光道：“你没有积修善根，一刻也不能停留于此。”智光道：“你生前并不曾用功，为什么会生在这里？”赖光回答说：“你还不知道吗？我因积下往生极乐的善因，才生在这里。我从前阅读许多经论，祈求往生极乐，只因静思默祷，因而经常不发一语。我不论行住坐卧，都一心无二，只是思念弥陀佛相和净土的庄严，因而可以安静睡去。修积多年，功德圆满，而今才能来到这里。你学习经文，领悟义理，并且也有智慧，但是你心意散乱，所积善根甚少，所以还未种下极乐世界的因缘。”智光听罢，悲泣问道：“那么，靠什么才能决定往生极乐呢？”赖光道：“这事我说不来，可以请示阿弥陀佛。”说罢，立即带领智光，同到佛前参拜。

智光先向佛祖合掌礼拜，然后问道：“修积什么善根，才能生在这极乐净土，请我佛指示一二。”佛祖告诉智光道：“应经常思念佛祖和净土的庄严。”智光回禀说：“这里庄严美妙，广不胜收，非人之心目所及，我是凡夫怎能永记在心呢？”这时，佛祖举起右手，掌中现出一幅小极乐世界，智光看罢，从梦中醒来。他立刻叫来画匠，将梦中所见佛掌中的小极乐景象，描绘下来，终生观看。最后，智光也终于得以往生极乐了。

后来，这间房屋命名为极乐房，那张极乐画图也悬挂在房里，在画图前唱念佛号，讲经说法，至今不绝。凡有道心之人，都必须参拜这幅画图。

第二篇

元兴寺的隆海律师往生极乐

古时，元兴寺里有一位隆海律师，俗姓清海，原是摄津国河上郡的人氏，自幼以钓鱼为业。当隆海年方十七八岁，还是一个少年的时候，当地有一讲师药仁，多年来许下心愿，准备将书写的佛经供奉起来，他因和元兴寺素有交往，便请来了元兴寺的愿晓律师。

举行供奉仪式的这天，当时还是一个钓鱼少年的隆海律师跑到那里去玩耍，他听了讲师讲经说法之后，立刻起了出家学道的念头，于是跑回家去对父母说："我想到那座大庙里去出家学道。"父母没想到他会马上离家，当时就应允了。少年心想，等这位讲师动身回去的时候，我就跑上前去跟他回到大庙，做他的弟子。第二天，愿晓律师动身回寺，他便跑上前去，紧紧跟随，律师看见有一少年跟在身后，便问道："这个孩子是干什么的？"少年回答说："我是药仁讲师邻家的小孩，立志要到大庙出家，所以才跟师父前来。"律师听了少年的话，深受感动，就带他回到了元兴寺。

后来，这个少年终于如愿以偿，出家后，日夜在律师身边侍奉，学习经文。由于他心性聪慧，深悟法旨，终于成为学识渊博的高僧，还跟随××××学了真言密教。

真观十六年，隆海担任了维摩会的讲师，元庆八年升任律师。

隆海原来道心深厚，经常唱念佛号，祈求往生极乐世界，临终时，首先沐浴净身，然后对众弟子嘱告一番，接着自己唱念佛号，口诵诸经要文，经声尚未停止，便面朝西方端然正坐，溘然长逝。弟子扶着律师使他头朝北方躺下。到了翌日清晨，只见律师右手已结成阿弥陀的“密印”，安葬时，密印毫不紊乱。

看见和听说此事的人，无不交口称赞。律师往生极乐是在仁和二年十二月二十二日，享年七十二岁。世称元兴寺的隆海律师就是此人。

第三篇

东大寺戒坛的明佑和尚往生极乐

古时，东大寺的戒坛里，有一位明佑和尚，一生持斋守戒，严谨不犯，每夜必往佛堂参拜，从来不在房中安歇。因此，博得众寺僧的无限尊敬。

天德五年二月间，明佑和尚身体偶感不适，有一两天不思饮食。明佑自言自语地说道："我持斋多年，寿终之期恐将不远，怎么能破戒呢，二月间本寺例来办佛事，我一定挣扎活下去，等办完佛事再死。"

弟子们听了此话深受感动。当月十七日的傍晚，众弟子诵完阿弥陀经，修完佛事以后，律师对众弟子说道："你等还照先前那样读阿弥陀经，现在我已听到乐声。"弟子们回答说："现在并没有乐声，您为什么这样说呢！"师父道："我神志正常，这的的确确是乐声。"众弟子听罢惊异不止。第二天，明佑和尚便溘然长逝了。临终时，神志清醒，还唱念佛号。世人感动地说，他在临终前能听见乐声，无疑是往生极乐世界去了。

第四篇

药师寺的济源僧都往生极乐

古时，药师寺里有一位济源僧都，俗姓源氏，幼年出家，住在药师寺里，拜××××为师学习经典，终成学识渊博的高僧。后来，步步上升，成为僧都，做了药师寺的住持多年。他虽身为住持，但道心极坚，从未动用过寺中物品，经常唱念佛号，祈求死后往生极乐。

济源已经年老，临终的那天，也唱完佛号，眼看就要气绝之时，突然起身呼唤弟子对他们说："这些年你们都亲眼得见，我虽是寺里的住持，但从来没动用过寺里的物件，一心一意地唱念佛号，我以为死后必为极乐世界所接引，不料未见极乐世界的接引，却来一辆'风火车'①，我瞧见了之后，对他们说：'为什么会这样违反我的本愿呢，我真想不到！我犯了什么罪过会使地狱来接我？'这时，押车的众鬼卒对我说：'往年你借过本寺五斗米，至今未还，因为这个罪过，我们才来接你。'听了这话，我又说：'我不能因这点罪过，就坠入地狱，所借的东西我可以归还。'如今'风火车'还停在我身边等候，你们赶快拿一石米，送到寺里去。"众弟子听说此事，急忙往药师寺送了一石米。僧都听见钟声一响，便说："'风火车'回去了。"过了一会，僧都又说："'风

① 日本传说：人生前造下罪孽，死后鬼魂由风火车接去送往地狱。

火车’已走，这回极乐世界才来接引我了。”说罢，合起双掌放在额上，高兴得流下泪来，僧都唱念佛号以后，溘然长逝，僧都往生极乐的那间房屋，就在药师寺东门北面，至今犹存。由此看来，为了这样些许小过就有“风火车”来接，何况恣意动用寺物呢！寺庙住持的罪过由此可见一斑。

济源僧都往生极乐是在康保元年七月五日，享年八十三岁，世称药师寺的济源僧都就是此人。

第五篇

比睿山定心院僧人成意往生极乐

古时，比睿山的定心院里，有一位僧人名叫成意，是内廷供奉的十禅师之一。成意心地清净，一尘不染。然而，自始至终不愿持斋，一天到晚任意取食，毫无忌戒。成意有一弟子对师尊说："山上许多得道的高僧，无不持斋，××××唯独我师不持斋戒，朝夕随意取食。"成意回答说："我原本贫穷，除此院每日的斋供以外，别无他物，只好有什么吃什么，经书上载着：'心障菩提，食不障菩提'。吃东西是不会妨碍后世的。"弟子听罢，诺诺连声而退。

过了几年，有一天成意对弟子说："今天比往常给我多预备点斋饭。"弟子遵照师命送来了更多的斋饭，成意吃罢将斋饭分赠所有弟子，然后对他们说："你等为我供养斋饭，只有今日一天了。"接着吩咐一个弟子道："你去天动寺相应和尚的房里对他说：'成意现在就要往生极乐，相见之地，只有在极乐世界了。'"随后，又吩咐一个弟子去千光院的增命和尚房里，转达同样的话。众弟子听了这番话，都说道："师父这话恐怕是妄语罢。"成意道："今日我如不死，就可知我是妄语了，你们为什么不好意思前去呢?"于是，弟子就分头前往传达成意的嘱言。当分往两寺的弟子还未返回的时候，成意已然面西合掌端坐而死了。弟子回来见师父已死，不禁恸哭起来。定心院全体僧人听说此事后，也都来到成意的房中，无不深受感动，悲伤万分。

世人纷纷议论说：“此人身无疾病，而能自知将死，并事先通知许多得道的高僧，终于面西而死，看来必是往生极乐世界了。”

第六篇

比睿山颈下生瘤的僧人往生极乐

古时，比睿山的东塔院里有一位僧人，颈下生一肉瘤，虽照医师的吩咐，用药治疗多年，但始终未能痊愈，因此常用衣领遮掩肉瘤。但僧人仍然心怀忌虑，便独自隐居在横川的砂矶峰，与世人断绝了交往。僧人在山峰上，不分日夜，不论寤寐，时时唱念佛号，读诵尊胜千手等陀罗尼咒，一心祈求往生极乐世界。过了许多年，他颈下的肉瘤，凭借佛法的力量痊愈了。这时僧人心想：我如回转原地，势必又与世事纠缠，过不多久，也就该死去，那时难免坠入恶途，倒不如在此地专心修道念佛，祈求后世。僧人想罢便决定在这里隐居修行下去。

当时，和瘤僧同住一山的，有个名叫普照的僧人，住在东塔院里，他许下心愿，亲自熬煮麦粥施舍院内诸僧。一天夜间，普照坐在厨房的一只铁鼎旁边，为众僧煮粥，突然间，满山香气扑鼻，天空中也响起了美妙悦耳的乐声。普照非常惊异，不知是何缘故。后来，他蒙眬入睡，梦见一顶镶饰着珠宝的轿子从砂矶峰向西方天空飞去。只见有许多身穿法服的高僧，和许多奏着各种乐器宛如天仙一般的人们，团团围在轿子的四周，随着宝轿西去。普照远远望见坐在宝轿中的正是住在砂矶峰上的那个僧人。看到这里，普照从梦中醒来。普照醒后，正想向人打听自己的梦境是否属实，这时有人报信说："住在砂矶峰的那个僧人，今夜已经死去。”普照听说此事，知道这个僧人果真往生极乐世界去了，他感动地对同院的众僧说：“我在今夜恰巧看见往生极乐的人了。”听说此事的人们，无不钦敬备至，悲从中来。

由此看来，往生极乐的人，都有因缘，这位僧人，自感肉瘤可耻，隐遁修行，因而才得往极乐。

第七篇

梵释寺住僧兼算往生极乐

古时，三井寺以北，有一座寺名叫梵释寺，寺里住一僧人名叫兼算，兼算心地善良，从无嗔忿之时，不论对谁都愿施舍物品。虽然他自己身无一文，家徒四壁，但偶有一些物品，只要有人向他乞求，便不问亲疏，慨然赠予。不仅如此，兼算自幼即有向道之心，除了唱念弥陀佛号，还特别信奉不动明王。

且说，兼算年幼时，曾梦见一位老者来对他说："你前生是一个供奉阿弥陀佛的乞丐。"从此，兼算信以为真，多年来一直唱念佛号。后来，兼算身染重病，呻吟烦恼，过了七天，忽然站起身来，当他身旁之人发现病人已然大为好转的时候，只见兼算满面笑容，呼唤弟子们问道："我临终时届，空中忽然响起美妙的乐声，你们是不是也同样听到了？"弟子们回答说："不曾听到。"兼算又向房里的人们遍问了一番，大家都回答说不曾听到。这时，兼算将众弟子叫到身边，让他们一起唱念佛号，过了不久，兼算又躺下来对众弟子说："你们要继续念下去，经声不可间断。"说罢，用手结成阿弥陀的"密印"面西溘然长逝，至死"密印"丝毫不乱。众弟子看见这般光景，哭着赞美说："我师一定是往生极乐世界去了。"唱念佛号越发尽心了。

听说此事的人，无不深受感动，都说这是一件奇异的事情，后来辗转相传，因而传闻于世。

第八篇

比睿山横川院僧人寻静往生极乐

古时，比睿山的横川院里，有一僧人名叫寻静，此人生来心地正直，待人宽厚，从不贪恋财物，每当有人来访，必备饭食款待。他十余年来隐遁横川院中，从不外出，昼则终日读诵金刚般若经，夜则通宵唱念弥陀佛号，虔诚祈求死后往生极乐。

且说光阴似箭，不觉间到了七十三岁，这年的正月，他染病在身，缠绵多日不愈，于是劝众弟子每日三时共同虔诚地唱念弥陀佛号。时至二月上旬，有一天，寻静将众弟子唤至身边，说道："方才我梦见一道巨大的祥光，祥光里有许多高僧，推着一辆用绚丽的珍宝装饰的车辇，奏着美妙悦耳的音乐，由西方而来，如今正停在空中，我看这是极乐世界来接引我的。"众弟子听了无不肃然起敬。

后来，过了五六日，寻静又重新沐浴净身，连续三天三夜断绝饮食，只是专心唱念佛号，坚持不懈。这天寻静又将弟子唤来对他们说："今明两天你们切勿劝我饮食，也不要向我询问诸事。我正专心思念极乐，如生杂念，势必有碍于此。"寻静说罢，随即面西合掌，溘然长逝。众弟子见师父往生极乐，悲喜交集，痛哭不已，越发尽心唱念起佛号来。比睿山中的人们，听说此事，也无不交口称赞，悲痛万分。

第九篇

比睿山定心院春素禅师往生极乐

古时，比睿山定心院里有位僧人名叫春素，是内廷供奉的十禅师之一，春素自幼登山出家，拜××××为师，习学经文，心清身净，从无触犯戒律之处。后来，他成了内廷供奉，住在定心院中。

春素经常披阅《摩诃止观》[①]，思念生死无常，并且不分日夜唱念弥陀佛号，祈求死后往生极乐。春素这样勤修苦炼多年，不觉年届七十四岁。这年十一月间，春素把自己的弟子温莲唤至身边说道："现在阿弥陀如来佛派来一位高僧和一个天童接我前去。他们都穿着白衣，衣服上有画，正如花团锦簇，说明年三四月间，就是我应赴极乐的日期，指示我从现在起立即断绝饮食。"温莲听了感动得直哭，想到自己随师之日已短，就越发凄惶伤感起来。转眼到了翌年四月，这时，温莲一面为师父往生极乐的日子将临而高兴，一面又为诀别而伤心。一天，春素呼唤温莲对他说："以前弥陀如来佛派来的接引使者又来了，如今正在我的眼前，我离开人世已然为期不远了。"说罢，众僧一齐唱念佛号，及至正午，春素面西端坐，双手合十而逝。

---

① 书名，佛教天台宗有关法华经的三大注释之一，是我国隋代天台智凯大师口述，章安记录，共二十卷。

温莲见师父毫无病痛，只说了声弥陀如来佛派来了接引使者，就溘然长逝，知道一定是往生极乐无疑，因而感到可喜可敬，不由得更加用力唱念佛号，接着边哭边朝师父下拜。山里的人听说此事，无不深受感动，由此看来，弥陀如来佛派来的接引使者所指示他应去的日期果真不错，因而他才毫无病痛地如期而逝，看来这是不容置疑的。

第十篇

比睿山僧人明清往生极乐

古时，比睿山上有一位僧人名叫明清，俗姓本是藤原。明清自幼登山出家，拜××××为师，受习真言密教，多年来住在山中，修行道法，毫不懈怠。明清道心深厚，昼夜唱念弥陀佛号，虔诚地祈求往生极乐世界。

明清成年累月地这样修行佛道，不觉到了老年。有一次，他身染微恙，将弟子静真僧人唤到身旁对他说："我远远地看见了地狱的火光。多年以来我就专诚念佛，祈求往生极乐，这是你所亲眼目睹，如今却看见了地狱的火焰。但是事到如今，除了继续唱念佛号祈求弥陀如来佛相助以外，有谁能拯救我呢，所以我和你都必须一心不乱地唱念佛号。"说罢，立刻邀来一些僧人，在明清的枕边念起佛来。过了些时间，明清又将静真叫到身边对他说："方才我所看见的地狱的火焰，如今已然熄灭了，而且从西方立时射来了月光般的祥光，这确是由于诚心共修念佛三昧，才蒙弥陀如来佛相助接我前去的预兆。"明清说罢，感激流涕地越发用力唱念起佛号来，静真闻听此话又喜悦又感动，并遍告邀来的众僧一齐努力唱起佛号来。

过了一日，明清自知圆寂之期已到，沐浴净身后面向西方端坐，双掌合十而逝。弟子静真一见此情，知道师父正如自己所言往生极乐世界去了，他既感动又喜悦，从此越发用力念佛了。

山中的人们，听说此事，无不交口称赞。由此看来，往生极乐只有凭借念佛之力。

第十一篇

比睿山西塔院僧人仁庆往生极乐

古时，比睿山西塔院里有一位名叫仁庆的僧人，俗姓××，原是越前国人氏。仁庆自幼登山出家，后拜仁镜阿阇梨为师，学习显密二教的经文，多年来，一直在山中侍奉师尊，得暇不是读诵法华经，就是修行真言密教的道法。后来，仁庆渐渐长大，离山去往京城，曾应聘为人诵经，博得京城人们的器重，从此仁庆便在京城住下。有时，仁庆为了修行佛道，离开京城漫游各方有灵验的圣地，有时，还跟随国司到遥远的他乡。仁庆虽然如此奔忙，每日必读法华经一卷，从不间断，为的是自己修积功德。

后来，仁庆终于留在京里，时而住在大宫，时而住在×××。仁庆年岁渐老，感到人世沧桑，无能为力，更发起向道之心。他将房中仅有的家具全部舍弃，为报答四恩[①]，他绘画两界的曼荼罗，塑造阿弥陀佛像，书写法华经，然后供奉起来。事过不久，仁庆染病在身，虽然日夜痛苦，但从未间断读诵法华经。此外，还邀请其他僧人读诵法华经，自己则虔诚倾听。如此经过多日，仁庆终于死去，并由人安葬起来。

事过之后，有一邻人梦见一朵五色祥云随着美妙悦耳的音乐冉冉自天而降，落在大宫前的大道上，只见仁庆新剃了头发，身

① 佛教所说四恩系指父母恩、师长恩、国王恩、施主恩而言。

穿法服，手捧香炉面西而立，这时天空中落下了一座莲台，仁庆登上莲台，腾空而起，遥向西方飞去。正在这时，有人说：“这是仁庆诵经圣僧往生极乐去了。”邻人梦醒后，去到仁庆房中备述此事，房中弟子听说师父已往生极乐，感动非常。后来，在七七四十九日的佛事修满的当夜，有人说，他也得了相同的梦兆。

听说此事的人，都交口称赞说：“仁庆一定是往生极乐世界了。”

第十二篇

比睿山横川院僧人境妙往生极乐

古时，比睿山的横川院里，有一位僧人名叫境妙，俗姓××，原是近江国的人氏。境妙自幼登山出家，蒙师父传授了一部法华经，日夜读诵，以致能将全卷经文背诵下来。境妙一心无二地持诵法华经，几年来他读诵的经次达两万遍之多。一次，境妙去到行愿寺安静地书写法华经，并举办了三十次讲经会，讲解经文。当讲经会结束的这天，还备置了十样供器，供养如仪。不久，境妙预知自己寿命将尽，便自登上比睿山，到各个佛殿堂舍巡回礼拜，遇见从前同修道法的僧人便说："这是最后一次见面了。"众人听了大为诧异，不解其中的缘故。境妙返回行愿寺后不久，便染病在身，他自言自语地说："这是境妙最后一次生病了，这次必死无疑。"说罢沐浴净身，换上洁净的僧衣，走进佛堂，在阿弥陀佛像的手上，拴了一根五色线绳，然后用手拉着线绳，面向西方唱念佛号。另外，还请来许多僧人读诵法华经，行忏悔之法，专心唱念佛号，这位境妙在这时便溘然长逝了。

后来，有一位圣僧梦见境妙圣僧乘坐一辆金车，手捧经卷，由许多天童簇拥向远方走去。这时，就听有人说道："如今是境妙圣僧往生极乐，这种仪式真是新奇。"说罢，圣僧从梦中醒来。他以梦中所见告人，听说此事的人，都感动地说："境妙圣僧能预知死期，并先告人，后果如期，无疾而逝，可见梦境无可置疑，他一定是往生极乐了。"

第十三篇

石山寺僧人真赖往生极乐

古时，有一个寺院叫作石山寺，石山寺是东寺的支派崇信真言密教的地方，这座庙里有一僧人名叫真赖，从小出家住在寺中。真赖拜淳佑内供为师，受习了真言密法，此后每日三时修行佛道，从不间断。

真赖如此修道多年，渐渐年老，染病在身，临终的这一天，将弟子长教僧人唤至身边并指示说："我今天一定得死，但是你还未曾学会金刚界的印契真言，现在我赶快教你。"说罢立即传授起来。传授已毕，真赖自行沐浴，又告众弟子说："我住在这庙里好多年了，如今就要死去，我想现在离开寺庙，到山那边去。"众弟子听了虽然有些依恋，但又不愿违背师父的遗言，便用轿子将他抬往山中。真赖来到山上，立刻面西端坐，双掌合十，唱完佛号随即死去。众弟子一见极为感动，在悲痛中却感到可贵。

后来，石山寺有一僧人真珠，梦见来了许多高僧和天童将真赖迎往西方。真珠梦醒后，将梦中所见遍告寺内众僧。听说此事的人，知道真赖确已往生极乐世界，一致赞不绝口。

第十四篇

醍醐寺入寺僧人[①]观幸往生极乐

古时，醍醐寺里有一入寺僧人名叫观幸。观幸自幼出家，拜仁海僧正为师，受习真言密教法后，勤恳修行，从不懈怠。他终以道学渊博，超出常人，做了东寺的入寺僧人。

后来，不知为了什么机缘，观幸发起了坚定的道心，于是离开本寺，立即去到土佐国，尽弃人世的名利，自成圣僧，多年来一直坚持修道。有一天，观幸突然对众弟子说："我将在明天未时死去，由现在起到明天未时为止，你们大家和我在一起唱念佛号，千万不可断了经声。"说罢，自己沐浴了一番，换上净衣，开始唱念佛号，彻夜不停，第二天中午，观幸走进持佛堂反省，弟子见他隐避房中，便从缝隙间窥视，只见观幸端坐在佛像前作法。过了一会，众弟子叩门呼唤，里面无人答应，推门进去一看，观幸合掌端坐已然死去。众弟子看见师父已死，痛哭流涕，既感动悲痛万分，又觉得师父死得可贵，越发用力唱起佛号来了。

附近一带有许多人听说此事，纷纷前来参拜，人人称赞不已，并说末世竟有这样稀罕的奇事，此事后来传闻于世。

---

① 日本中古真言宗僧侣的一种等级。

第十五篇

比睿山僧人长增往生极乐

古时，比睿山东塔院里有一位长增僧人。长增自幼登山出家，拜名佑律师为师，学习显密二教的经典时，全能贯通，因而造诣甚深。

长增在山中居住多年，道心弥切，曾自暗想：我师名佑法师已然往生极乐，而我又将如何才能同他一样。想到这里不禁感慨万端，对人也曾吐露过自己的这种心思。一天，长增走出房来如厕，许久未返，弟子觉得奇怪，就到厕内寻找，结果踪影全无。弟子起初以为师父或许到其他相识的僧房中去了，但转念一想，即使是到别处去也应该回房洗手，带上念珠和袈裟呀。弟子觉得奇怪，到各处寻找了一番，结果仍然不见踪影。再看房内的许多经书、佛像都放在原处未动。这使弟子莫名其妙，心想不论是往何处去，总应该携带这些东西，况且师父又不像突然死去的人。众弟子茫然失措边哭边找，找了一天也未找到。后来，又过了许多天，仍然没有找到，于是众弟子便搬到长增的房里居住。长增原有的那些经书，全被弟子中的清寻供奉整理后搬走。从此，虽然又过了数十年之久，而长增却始终音信杳然。

后来，当清寻供奉到了六十来岁，有一个藤原知章做了伊豫的国守，即将离京赴任，由于偶然的机缘得识清寻供奉，于是聘为祷师并偕往任所。清寻供奉来到伊豫后，国守特为他新建了一所房舍，以为修道祈祷之用。国守对清寻敬如上宾，特派当地人守护侍奉，并着专人服侍茶饭，国守既然如此皈依清寻，当地人对清寻就更加崇敬万分了。清寻住房附近，连苍蝇都不许飞过，如何能许闲人逗留，住房的走廊上，摆满了人们送来的鲜果和蔬菜。

有一天，从用木条钉成的院墙外面走进来一个老和尚。这个老和尚头戴一顶漆黑的斗笠，边沿已经破烂，披着一件长达腰间的破蓑衣，里面套着两件不知穿了多少年的破旧不堪的土布单衫。这位老和尚一只脚上穿着草鞋，手里拄着一根竹杖径直走来，眼看就要走到清寻的房中，当地的值班护卫发现后，一面嚷着“那个‘挨门乞丐’走到法师的房前去了”，一面向外轰赶。清寻打算看看他们轰赶的究竟是何等样人，便推开拉门伸出头去观望，只见来了一个奇异的丐僧，丐僧走到清寻跟前，摘下斗笠，露出脸庞。原来就是在山中茅厕里失踪的师父长增供奉。

清寻认出师父的面貌，慌张地走出来跪在地上。这时，当地人都来轰赶，有人还拿着木棒赶来，他们见清寻走出房来跪在地上，有的慌忙站定，有的转身跑去，吵嚷着说：“这个‘挨门乞丐’到了法师的门前，我们正想跑过去把他赶走，法师一见乞丐，却慌张地走出来跪在地上了。”于是吵成一团。长增见清寻走出屋来连忙说声：“快上去!”二人一同登上台阶。长增脱下蓑衣，把斗笠放在走廊上，然后走进拉门里去。清寻也跟着走进屋来跪伏在长增的面前，放声痛哭，长增也流泪不止。过了许久，清寻问道：“师父怎么落得这般光景了?”长增说：“我那天在山上的茅厕里，心中静静思想人世的无常，不如抛弃这种人世，专去祈求后世，又觉得只有舍弃身子，去到佛法流传不广的地方，挨门乞食以维生命，这样一心一意地唱念佛号，才能往生极乐世界。想到这里，我便立刻从厕中跑下山去，也没有回房，只穿着一双平底木屐。当天到了山崎，乘便船去伊豫，到了伊豫国以后，就在伊豫、赞岐两国乞食过活，一直到现在。当地人只知道我是个连心经都不懂的和尚。我每天只在人家的门口乞讨一次，所以他们给我起了个名号，叫‘挨门乞丐’。现在我同你一见面，就会被众人知道了。被人知道以后，就该不许我讨饭了，所以我曾踌躇再三，本想不来见你，但怀念过去，忍不住前来会你，因此我离开这里以后，还得到别人不认识我的地方去。”长增说罢，往外就走，清寻赶忙上前挽留，说：“师父今晚就留在这里罢。”这时长增只说了句“闲言少叙”，便出门走去。后来，清寻一打听，他果然离开当地，不知去向了。

后来，藤原国守任期届满，返回京城。过了三年多的光景，“挨门乞丐”又重新来到伊豫国，这次，当地人见了都说“‘挨门乞丐’来了”，尊敬备至。过不多久，这位“挨门乞丐”去到当地的一座古庙后边的树林里，面西端坐，双手合掌，仿佛熟睡一般地死去。当地人发现后，非常感动，为他做了各样的佛事。这个消息还传到了赞岐、阿波、土佐等国，都为这位“挨门乞丐”修持佛事，一连继续了五六年之久。

这些地方本来连任何微小的功德也不修积，由于丐僧之死竟修下了如此广大的功德。因此人们感动称赞地说：“丐僧是佛陀的化身，特来劝化这些地方的众生的。”

第十六篇

比睿山千观内供往生极乐

古时，比睿山××××有一内廷供奉，名叫千观，俗姓橘氏。母亲起初缺乏子嗣，心中暗自虔诚祷告，祈求观音菩萨赏赐一子。一日，她梦见自己摘到一朵莲花，不久便怀了孕，生下千观。后来，这个孩子渐渐长大成人，登上比睿山出了家，并取名千观。千观拜××××为师后，兼习显密二教的法文，他心灵智广，对显密二道皆能通晓。一生除了饮食和如厕时间以外，无时不在披阅经文。

千观还写了二千余行的阿弥陀经的“和赞”①。不论京城或乡间的老少贵贱僧侣，见了这段“和赞”欣然乐诵，经常读唱玩味，因而都与极乐净土结成了佛缘。千观原本是个慈悲心重的人，他不仅劝化世人，对牲畜也寄予无限的怜悯。

千观为诫勉诸僧，写出八项誓文，作为僧侣遵守的戒律，又发下十项心愿，利益众生。后来，千观梦见一位仙人告诉他说：“你的道心这样深厚，岂能久离极乐的莲台，你有无量的善根，必能等待弥勒降世的日子。”千观从梦中醒来，感动得哭起来。

代理中纳言藤原敦忠卿的长女，和千观有多年的师檀②之谊，

---

① 用日文改写的佛经的偈语。

② 指僧人和檀越（施主）的关系。

对僧师无限尊崇。有一次，她对千观说：“师父死后，一定要把转生的地方指示给我。”千观听后，过了许多年，临终时，他手里紧握着亲笔写下的誓文，嘴里唱着佛号，溘然长逝。千观死后，原藤的长女梦见千观坐着莲花船，嘴里念诵着早年自作的弥陀“和赞”，往西方驶去。女子看到这里从梦中醒来。醒后，她想起以前曾请师父指示生地的誓约，才知道这是师父托梦相告，感到喜庆可敬，不禁流下泪来。

第十七篇

法广寺僧人平珍往生极乐

古时，有一座法广寺，寺内住着一位僧人名叫平珍。平珍自幼喜好修道，经常往来于山林之间，凡是有灵验的圣地，无所不至。

平珍如此修行，不知度过多少岁月，到了晚年，他修盖了一座寺院作为自己安身之处。他在寺院中，又另建了一座显示极乐净土形象的小佛堂。平珍经常在里面恭敬礼拜，他心中暗自祷告，一心祈求依仗这种功德使自己在临终时，面貌不致脱相，往生极乐世界。

平珍临终前，劝众弟子唱念佛号，以修三昧。当时，他把一个弟子唤至身边对他说："我现在已然听见天空中奏起音乐，离我很近，这一定是弥陀如来佛派人接引我的先兆。"平珍说罢，将净衣穿上，面西端坐，双手合十，口中唱念着佛号便溘然长逝。

众弟子见师父死去，痛哭流涕，哀伤不已，因此越发地努力唱念佛号。听说此事的人，无不称赞高贵可敬。

第十八篇

如意寺僧人增佑往生极乐

古时，播磨国贺古郡蜂目乡，有一个僧人名叫增佑。增佑自幼出家，离开故乡后进入京城。从此，居住在如意寺里，修行佛道，他除了念佛诵经以外，别无他事。

且说，天延四年正月间，增佑身上生一小疮，不思饮食。当时，增佑身旁有一个人梦见在如意寺的西边有一口井，井的附近停着三辆车。这人看见车辆就打听说："这是做什么用的车?"跟车的人回答说："此车是为了迎接增佑圣僧的。"这人听罢由梦中醒来。后来过了不久，这人又梦见上次梦中所见的车辆，上次停在井台下面，如今却来到了增佑圣僧的房前。这人梦醒后，将此事告诉了增佑圣僧。不久，到了当月的月底，增佑把弟子唤至身边吩咐说："我死期将至，赶紧给我预备后事。"弟子听了不禁惊异起来，这时，众寺僧也听说了这件事，一齐来到增佑的房中。那些有智慧的高僧，互相谈论经典义理，讲述人世无常，使增佑倾听，增佑听罢，更加发起了道心。

后来，增佑到了临终的时候，他的一个弟子在离寺院一里多远的地方，掘了一个大坑，准备在那里安葬增佑，然而增佑却自己走来，下到坑里，唱念佛号，不久便死去。当时，从如意寺南面，传来了许多人念佛的声音。众寺僧听见经声，甚为惊奇，就前去寻找，结果并没有念佛的人。及至向人打听时，都说并无其事。然而，这种念佛的声音却正是在增佑死时传过来的。

由此看来，这一定是菩萨化身所为。众寺僧都深受感动。

第十九篇

陆奥国小松寺僧人玄海往生极乐

古时，陆奥国新田郡，有一座小松寺，寺内住着一个僧人名叫玄海。起初，玄海携带妻子度日，后来他离开妻子，抛弃尘世，住到这座庙里。玄海一心向佛，昼则读诵一卷法华经，夜则朗读七遍大佛顶真言，把这当作日常必修的功课，从不间断。

有一次，玄海梦见自己左右两腋下面，突然长了两只翅膀，向西飞去。玄海飞过了成千上万个国度，来到一个微妙世界，遍地是七宝。玄海落地后再看自己，原来左翅是大佛顶真言，右翅是第八卷法华经。这个世界有珍奇的宝树和各式各样的楼台殿阁，玄海正在游览时，忽然出现一位圣僧向玄海问道："你知道你如今来到什么地方了吗?"玄海回答说："不知道。"圣僧对他说："这是极乐世界的一隅，你现在快回家乡，三年以后，一定前去迎你。"玄海听后，又和方才一样地飞回原地去了。原来玄海入梦以后，他的弟子和道童以为师父已死，大家正在悲泣。玄海苏醒后，把梦中的情景对众弟子说了一遍，弟子听后极为感动。从此，玄海更加发起了道心，一面读诵法华经，一面念诵大佛顶真言，结果在三年后死去。

看见和听说此事的人，感动地说："他既是在梦中指示的日期应验死去，无疑是往生极乐净土去了。"

第二十篇

信浓国如法寺僧人采莲往生极乐

古时，信浓国高井郡中津村，有座寺院叫作如法寺，寺内有一位新出家的僧人名叫采莲。采莲虽然携带妻子度日，而他在一生中，却不分日夜地读诵阿弥陀经，唱念弥陀佛号，从无懈怠。采莲膝下有子女二人。

一天，采莲将他的子女唤至身边，对他们说："我明晨就要往生极乐世界去了，你们赶快给我洗净衣服，我还想沐浴净身。"子女听罢，立即为他准备了净衣。

这时，天色已晚，采莲脱下身上的旧衣，沐浴净身后换上洁净衣服然后独自进入佛堂，并吩咐子女说："等到明午，方可打开堂门，在这以前千万不可开门。"子女听后，涕哭不已，彻夜不眠地守在佛堂左右倾听，天将破晓时，从佛堂里传出美妙悦耳的乐声。他们听到乐声非常惊异，心想这可能是在做梦。不觉天已大亮，一到午时，他们打开堂门一看，采莲已然不知去向，而他手里所持的阿弥陀经也不见了。这时，子女愈觉惊奇，忙乱地到处寻找，也是杳无下落，只好作罢。众乡邻听说这事都来询问，子女告知音乐声的事情，众人听了感动得流下泪来，都说采莲已经飞升去了。从此事看来，往生极乐本来不算稀有的事情，但都留下肉体，显示升天的预兆。也许有人以为采莲可能逃到灵验的山寺中去了。然而，他的子女却未离开佛堂的附近，而佛堂的屋门从内紧闭并未开启，况且自始至终也不曾有过丝毫的响动。虽然肉体飞升是不可能的事，但从拂晓时的乐声看来，无疑是往生极乐世界去了。人们怀疑采莲的肉体可能被土地之类的神灵取走，埋葬于清静的地方。

第二十一篇

大日寺僧人广道往生极乐

古时，大日寺里有一僧人名叫广道，广道俗姓橘氏，数十年间，专心祈求往生极乐，对世事不闻不问。大日寺的附近住着一个老妪，家极贫，生有二子，全都出家在比睿山为僧，兄名禅静，弟名延睿。老妪孤身寡居，一天身染重病，缠绵多日后终于死去。老妪的二僧子非常悲伤，昼则读诵法华经，夜则唱念弥陀佛号，虔诚祈求母亲往生极乐。

正在这时，广道僧人做了一梦，他在梦中听到从极乐寺和贞观寺的中间传来乐声。广道听了深为惊异，心想这到底是什么音乐，及至走去一看，那里有三辆镶饰着珍宝的车子，许许多多的僧人手捧香炉围在宝车的四周，来到死去的老妪家中，请老妪出来，给她穿上天衣，戴上宝冠，然后请她乘上这辆宝车。宝车临行之际，有人对老妪的两个儿子说："由于你们虔诚地为母亲读诵法华经，唱念弥陀佛号，祈求母亲往生极乐世界，我们特来接引。"然后又对广道说："看你的样子很快就要往生极乐了。"说罢，簇拥着宝车向西而去。广道梦醒后，亲往死者家中，唤出老妪的两个儿子，将梦中的情景告诉他们。他们一听，感动得流下眼泪。过不多久，广道也死去了，他死的那天乐声响彻天空。

道俗男女听到了乐声，知道这是广道升天的预兆，倾听乐声后，有许多人发起了道心。

第二十二篇

云林院创始菩提讲会[1]的圣僧往生极乐

古时，有一座寺院叫云林院，院里有一位创始菩提讲会的圣僧。他原是镇西的人氏，是一个极恶的大盗，曾被捕入狱七次。当他第七次被捕时，众检非违使会集一处，议论此事，都说："一个人被监禁过一次，已经不是好事了，而这个强盗被捕入狱竟达七次之多，实在少见，他简直是在和朝廷作对，真是罪大恶极，这次一定把他的脚剁下来！"决定后，将他带到河滩上马上就要动手剁断大盗的双脚。当时，世上有一位名叫××××的相士，善观人的形象，断出善恶吉凶，一向是言必有中，屡试不爽。

这天，相士正从要剁掉大盗双脚的地方路过，看见那里围着一群人，便进前观看，知道是正要动手行刑。相士看了看盗人的面貌，便对掌刑人说："看在我的份上饶了这个人吧，千万不可剁掉他的脚！"掌刑人说："这是一个罪大恶极的强盗，已被监禁过七次了，而且这次剁他的脚是由众检非违使一致议决的。"相士说："这人长着一副往生极乐之相，所以说千万不可剁他的双足。"掌刑人听了便说："你这个相士真没有来由，像这种恶人，怎么会往生极乐，简直是胡说！"说罢，不由分说就要动手，这时，相士往那双将被剁掉的脚上一坐，说："你可以剁掉我的脚，我来替

① 为了祈求往生极乐，讲解法华经，唱念佛号的法会。

他，我如坐视绝对可以升天之人被剁去双脚而不救，也是难逃罪责的。”说罢放声号叫起来，这时掌刑的人们也都失掉了主张，因而去到检非违使那里，如此这般地禀报一番。众检非违使商议后，认为既然是一位高明不凡的相士所言，如果断然拒绝，也多有不便，就转报了检非违使署的长官××××，长官吩咐说：“那就放免了他，把他赶走算了。”于是免去刑罚，将他驱逐出境。后来这个大盗发起了深厚的道心，立即削发出家做了僧人，从此不分日夜唱念弥陀佛号，虔诚祈求往生极乐世界。当时他住在云林院中，创始了菩提讲会，他在临终时，果如相士所说，非常高贵动人地死去。众人都交口称赞说：“他虽然做了多年的坏事，只因能悔恶向善，所以才往生极乐去了！”

由此看来，往生极乐的人，必有往生极乐之相，只是缺少高明的相士，所以才相看不出，这个大盗只不过被人相出而已。这人创始的菩提讲会，至今犹在，这是高贵的事。

第二十三篇

丹后国创始迎讲会[①]的圣僧往生极乐

古时，丹后国有一位圣僧。世上虽然也有许多人想要往生极乐，但都不像这位圣僧那样强求，他到腊月三十这天，预先写好笺帖一张，上写着“今天务必请你前来”的字样，交给一个道童，并叮咛说：“明天早晨，在我起来参禅修行以前，你要拿着这张笺帖来叩我的房门，我一问谁在叩门呀，你就说你是极乐世界阿弥陀佛的使者，前来投送法旨的。”僧人吩咐已毕，便自睡去。天将破晓，童子便遵照僧人的吩咐，并去叩打柴门，圣僧心里明白，就问：“谁在叩门？”这时就听外面说：“我是极乐的阿弥陀佛派来的使者，前来投送法旨。”圣僧流着眼泪匐匍而出，先问了一声“有什么贵干吗？”然后恭敬地接过笺帖观看，跪在地上痛哭流涕。

圣僧这种做法，年年如是，日子久了，充当天使的道童也习以为常，做得非常熟练。后来，有一位名叫大江清定的人，做了当地的国守，他对圣僧非常崇信。一天，圣僧趁着国守没有外出，到府中求见，对国守说：“我有心在这里创办一个迎讲会，可是我的力量单薄，难以办成，不知您是否肯鼎力相助？”

国守听了就说“这有何难”，接着便在当地指派专人协助，由京城找来舞师和乐师。圣僧见国守这样尽心操办此事，心中非常

---

① 表演阿弥陀佛前来接引众生的法会。

高兴，他对国守说：“我在迎讲会开启的时候，极乐世界就能来接引我，我的寿命快尽啦！”尽管圣僧这样说，国守心里却想未必如此。到了迎讲会开启的这天，美妙的仪式开始进行了，圣僧在香炉中焚起香来，随后便坐到地上，这时，就见阿弥陀佛徐步而来，手捧紫金台托的观音菩萨、撑着宝盖的势至菩萨、身前挂着一面鸡娄鼓的乐天菩萨，奏着美妙悦耳的音乐，跟在佛祖的身后走来。这时，只见圣僧一面流着眼泪，一面虔诚地默祷，直到观音将紫金台托递到眼前，圣僧也一动不动，众人见圣僧默祷得这样专注不禁肃然起敬，谁知圣僧竟在这时气绝身亡了。当时，音乐喧嚷，谁也没有留意到圣僧业已死去。后来，到了佛祖该回转天界的时候，众人以为圣僧必有一番言语，但等到归时已过，却不见圣僧起身讲话，众人不禁惊异起来。这时，他的弟子走近圣僧的身边拉了一把，原来他的尸体已经僵直拖拉不动了。这时人们才知道圣僧已死，一时骚动起来，泪流不止地说圣僧往生极乐了。众人称赞说：“他近日来确实是身无微恙，如今看见佛陀，便认定是前来接引自己，终于身故，无疑是往生极乐去了。”

况且，这就是他在多日以前祈求的，但愿能在此时寿终，而今果然如愿以偿了，诚然是件既奇异而又令人感动的事。

第二十四篇

镇西举办千日讲会[①]的圣僧往生极乐

古时，镇西的筑前国有座观世音寺，极乐寺就在这座庙的旁边。极乐寺中有一位劝人举办千日讲会的圣僧。当讲会即将开启的时候，这位圣僧逢人便说："我将在讲会最末的一天死去。"听说此事的人都不相信，反而把他嘲笑了一番。

日子一天天地过去，千日讲会离闭会只剩下六天了。这时，听圣僧说过他将在讲会最末的一天就要死去的人们，都嘲弄地说："圣僧活在人世只有六天了！"在这样议论中讲会就仅仅剩下两天了，大家又嘲笑说："圣僧活在人世，只有今天和明天了，我们好好看着他吧，真叫人依依难舍。"正在这时，圣僧突然得病了，但是瞧见和听到圣僧得病的人最初都还议论纷纷地说，他是故弄玄虚，有意装出不舒服的模样。当时，有些人议论说："圣僧如果真在讲会闭幕的那天死去，那太可贵了。"那些嘲笑圣僧装病的人们，已经习以为常，纷纷前来观望圣僧，态度轻浮，嘈杂不堪。后来，到了讲会的最末一天，无数的道俗男女到来，圣僧说："看样子我不能在这座佛堂里死了。"他命人将自己背到河滩上去，临行时，嘱告法会的讲师说："我虽然应该看着讲会结束，但这里聚集了这么多的人，吵得我心烦意乱，所以我要到清静的地方去了。

---

① 即用一千日来讲解法华经的法会。

这次讲会你务必尽力修持。我在讲会收结的时候，必然死去。”圣僧离去后，讲会又开始了，讲师悲哀地说：“圣僧预先知道今天就是他的末日，真可贵啊！”正在这时，圣僧差遣弟子来问：“讲会可曾闭幕？”“马上就完。”弟子听罢转去，过不多时，又来了一位弟子说：“叫你赶快举行‘六种回向’①。”于是讲师遵照他的吩咐做了“六种回向”。就在这时，圣僧手捧一只燃着香火的香炉，和弟子一同唱念弥陀佛号，随后便面西而逝。圣僧逝世时有许多人在场观看都感动得落下眼泪，对圣僧无限尊崇。这时，又来了一位法师，从当天起再次举办千日讲会，他并说：“我也要照以前那位圣僧一样，死在讲会的最末一天。”后来，这个僧人果然和以前那位圣僧同样在讲会结束的那天死去了。众人交口称赞说：“后来这位圣僧，原是从能登国来的，这事太难能可贵了。”这时，又来了一位尼僧，以当日起续办千日讲会。她也说：“我也要和以前的圣僧一样，在讲会的最末一天死去。”至于她是否和以前那两圣僧一样，也死在讲会的最末一天，至今还无传闻。

由此看来，如果这位尼僧也和前两个僧人一样，死于讲会的最末一天，那时恐怕人人都来继续举办这个千日讲会了。这件事由于事出离奇，因而流传很广。

---

① 是法会的式目，将阏伽（即水）、涂香、花、烧香、饭食、明灯等六种供养的功德，回向与众生，六种供养即代表六波罗密，亦称六度，回向考系以某种功德转移于别的方面，回向乃是佛教惯语。

第二十五篇

摄津国树上人往生极乐

古时，摄津国半岛郡，有一瀑布名叫箕面泷，瀑布下面长着一株高大的松树，一位修道的僧人就寄宿在松树底下。这天正是八月十五的夜晚，月色极为明朗，在晴明寂静的天空里，突然传来美妙悦耳的乐声，另外还有摇橹的声音。

这时就听松树上有人说话："是来迎接我的吗？"空中回答道："今晚是为了迎接别人，要到别的地方去，你么，明年今夜一定前来迎接。"说罢，就寂然无声了。

不久，乐声也渐渐离远了。这时宿在树下的修道僧人方才知道树上原来有人。于是僧人向树上问道："在树上的是哪位啊？"树上回答说："这是四十八大愿[①]普度众生的木筏的声音。"树下僧人听了此话记在心中，没有声张，翌年八月十五日晚上，僧人悄悄来到这棵松树下面等候。夜深之后，果然和去年一样：空中响起美妙的乐声，把树上人迎接去了，僧人听到此事便对人言讲，辗转相传，因而后来传闻于世。

---

① 阿弥陀如来佛为普度众生而发的四十八条誓愿。

第二十六篇

播磨国贺古驿僧人教信往生极乐

古时，摄津国半岛郡，有座胜尾寺，寺中住着一位圣僧，法号胜如。胜如道心深厚，他独自盖了一座茅庵以为“坐关”修行之用。十余年间，为了六道的众生，一直做“无言修行”①，虔诚备至。他连弟子、道童都很少接见，更不必说和外人见面了。

一天，夜静更深，有人来叩打柴门，胜如虽然听见叩门声音，由于自己正在做“无言修行”，不能动问，就咳嗽了一声示意对方，只听叩门人说道：“我是住在播磨国贺古郡贺古驿北面的沙弥教信，多年来我一直唱念弥陀佛号，祈求往生极乐，今天我已经往生极乐去了，圣僧在某年某月某日，也必能得到极乐接引，我为此事特意前来相告。”说罢，转身而去。

胜如听了非常惊奇，翌日清晨，突然停止“无言修行”，将一个名叫胜鉴的弟子唤到身边说：“昨夜有人来告，说我将在某年某月某日往生极乐，你可到播磨国贺古郡贺古驿一带打听，是否有一个名叫教信的僧人，快去快回。”胜鉴领了师父之命前往播磨寻访，结果在贺古驿以北找到一座小庵，庵前有一个死人，野狗和乌鸦聚集在尸体上争食，庵里有一个老妪和一个童子正在痛哭，看样子非常伤心。胜鉴瞧见这般光景便走到庵前，站在门口打听

① 僧人修行一种方法，在修行期间不得开口讲话。

说："这是谁？你们为什么痛哭？"老妪回答说："那个死人是我的老伴，名叫沙弥教信，他这一辈子，总是唱念弥陀佛号，不分昼夜，不分寤寐，从来也没有懈怠过，因此众乡邻给他起了一个外号叫'阿弥陀丸'，但是他在昨夜已然死去了，像我这样一个老婆子一旦离了老伴，怎能不悲痛呢，这个童子就是教信的儿子。"胜鉴听了转身返回，他将此事详细地禀告胜如圣僧。圣僧听了感动得流下眼泪，立刻跑到教信家里边哭边唱念佛号。胜如返回自己的茅庵后，更加坚定信心，日夜不停地唱念佛号，从不懈怠。

后来，教信相告的日期到了，胜如果然如时而逝，临终的模样，非常高贵动人。听说这事的人，都知道他一定往生极乐世界去了，无不感到高贵可敬。这位教信虽然娶妻生子，因为多年唱念佛号竟然往生极乐。由此可知，往生极乐全是依仗念佛的力量。

第二十七篇

北山屠户往生极乐

古时，比睿山西塔院有一位延昌僧正。当延昌出家不久云游修行时，曾独自进入京城的北山背后。当他走到大原山西北方的深山时，起初以为会有人家，但当时却没有找到，随后发现西方山谷里隐隐约约有一缕炊烟升起，延昌心想那里一定有人，就兴高采烈地快步走上前去，走到跟前一看，原是一所小房。他近前招呼了一声，但见里面走出来一个妇人。妇人瞧见僧人便问道："您是什么人？"僧人答道："我是修道的僧人，入山迷失路途，今夜特来求宿。"说罢便被引入房中。僧人进房后，见地下堆有柴垛，便在这个柴垛上坐下来。过了一会，从外面走进来一人，僧人举目一望，原来是一位年迈的法师，法师背着一捆东西，进门后掼在地上便走进里屋去了。这时，方才那位妇人又走了出来，把那捆东西解开，用刀切成小块，放入锅中烹煮，气味极为腥臭。煮熟后，从锅里取出来，这位法师和妇人随切随吃。后来，又在小锅里装满了水，锅底下填进三根大木头，点起火来。看样子这个妇人是法师的妻子，夫妻二人双双睡下。原来他们吃的东西就是牲畜之肉。

僧人发现自己来到这样一个卑贱的屠户家中，不禁害怕起来，吓得蜷伏一处，只待天明。时过午夜，就听法师起来了，用预先烧好的开水从头到脚沐浴了一番，随即换上另外一件袍子，走出房去。僧人觉得奇怪，就悄悄地跟在法师身后，看他究竟到什么地方，原来房后有一个小庵，法师走了进去。这时僧人站在庵外偷听，法师进庵后打火点着了佛前的灯，并焚起了檀香，坐在佛像前面，唱念起弥陀佛号来。僧人听到念佛声音，心想我原以为他是一个卑贱的人，现在却这样虔诚修道，简直太令人起敬了。天亮后，僧人正要离去，这时，法师修行已毕走出庵来，僧人迎上前去说："我本以为你是一个下贱的人，而你却竟能这样修行，这是怎么一回事呢?"法师回答说："我是一个没有出息的下人，这个妇人是我的老伴。因为没有吃食，才把卖剩下的牲畜肉拿回来吃，就此苟延残喘。不过，多少年来，我除了念佛以外，并没有做其他的修行，等到我死的时候，一定前去奉告，我死之后请禅师在这里修盖一座寺庙，今天我就把这个地方让给你。"二人约誓已毕，这位修道的僧人便离开那里，又到其他许多地方云游修行，最后才返回比睿山西塔院去。

后来，不知过了多少年，这位修道的僧人成了德隆望重的高僧，他把和屠户相订的约誓早已忘却了。三月月底的一天，这位僧人在西塔院的僧房里做了一梦，梦见从西方的天空中传来美妙悦耳的音乐，乐声渐渐来在房前，随即听到有人在叩门，僧人问道："谁在叩门?"外面回答道："我是早年在北山和你订过约誓的乞食僧，如今离开了人世，已经要被迎往极乐世界去了，因为我们过去有过约誓，今天特来相告。"说罢，音乐声渐渐西去，僧人正要急忙起来出外相见时，却从梦中惊醒过来。

僧人心中非常惊异，天亮后唤来一个弟子告以去北山的道路，派他去看究竟，弟子来到北山，只见一位妇人在那里痛哭，她说："我的丈夫在昨天夜里高贵地念着佛号死去了。"弟子听罢回寺具实禀告师父，师父听了感动得落泪不止。后来，延昌僧正将此事奏闻村上天皇，在那里修建了一座庙宇，取名补陀落寺。

听说此事的人，都知道食物与往生极乐无碍，只要诚心念佛便能生往净土。这位延昌僧正，后来更加努力唱念佛号，修积善根，结果也往生极乐去了。

第二十八篇

镇西的屠户往生极乐

古时，有一修行佛道的僧人，他经常往各地朝拜有灵验的圣地，足迹遍及日本六十余国。有一次，他走过镇西路经各国，偶然在山中迷失路途，竟自走到一个杳无人烟的地方。他焦急地想要找到一个村庄，但走了多日却未能走出山去。

后来，僧人偶然发现山中有一座茅庵，不禁喜出望外，就走进庵前，自称是前来借宿的，这时，从庵内走出一个妇人说："这里不留宿别人。"僧人说："我云游修行，在山中迷失路途，已经走得筋疲力尽，如今幸而来到这里，无论如何请您留我住下。"妇人说："那么今晚只留你一宿。"僧人高兴地走进了茅庵。那妇人取出洁净的草席草垫，铺设床位，让僧人坐下，另外还替他准备了一些素食，僧人尽皆吃光。

入夜以后，有人掮着一件东西走了进来，这人进得庵来便将身上的东西放在地上。僧人定睛一看，原是一个法师。只见他的头发已有三四寸长，身穿一件破布道袍，那副肮脏可怕的模样，简直令人不敢靠近。这人瞧见僧人便问妇人说："这是什么人?"妇人答道："他是修道的僧人，因迷失路途，请求今夜在这里借住一宿。"法师说："五六年间，也不曾来过这样的人了，真是意想不到的事情!"说罢，吃起他掮来的东西，僧人一看原来是一些牲畜肉。僧人心想：我万没料到来到这样一个地方，怎么竟然跑到屠户家里来了！但天色已晚，没有可去的地方，只好暂且忍耐下来。这间狭窄的庵室，充满了腥臭气味，极为难闻。

僧人没有睡意，听见丑时左右，这位法师就起身沐浴，随即穿上另外一件袍子，出门向庵后走去，僧人想知道他究竟干些什么，便悄悄地跟着前去偷听。原来在庵后有一间持佛堂，法师走进佛堂，打火将佛前的灯点着，接着焚起檀香，这位法师先修行法华经的忏悔之法，然后读诵一卷法华经文，读罢经文叩拜了一番，又唱起弥陀佛号，经声高贵无比。

天亮后，法师由佛堂走出来，正好碰见了僧人，他对僧人说："弟子净尊愚痴不悟，今生虽得人身出家为僧，但竟无耻破戒，来世必将坠入恶道无疑，因此我今生也不追求荣华富贵。不过我想，祈求佛道单凭严守清规戒律，修戒身、口、意三业，并不能符合佛尊的教旨，现世的肉身既需衣食，就势必作孽，如果倚仗施主的布施，而布施的恩德也难以答报，所以人生在世，无一不是罪孽。基于这种原因，净尊寻求世人嫌恶的食物，借以维持生命，祈求佛道。我指的就是牛马肉。你因前世有缘，如今才能来到这里，我非常高兴，才把心里的话讲给你听。净尊再过几年之后，将在某年某月某日离开人世往生极乐，你如愿意和我结了佛缘，就请那天前来。"僧人听了，才知道他确是一位高贵的圣僧，而不是什么下贱的乞丐。因此反复叮咛，订下誓约，然后才离开那里，奔向村庄。

时经多年，到了相约的日期，僧人为了探明究竟，又前往该地，净尊一见僧人来到，喜出望外，对僧人说："净尊今夜就要舍弃此身往生极乐，我已经禁绝肉食三四个月了。"说罢，剃头沐浴，换上净衣。上次来时所见的妇人，也已经变成了尼僧。不一会，天色昏黑，僧人在原来那座茅庵中看见净尊和尼僧一同走进了佛堂，随后便听到他们唱念起佛号来。这二人整整唱念了一夜，当东方破晓时候，茅庵里光明闪耀，僧人正感到诧异之间，又响起了美妙的音乐，随后乐声渐渐西去。这时，庵里异香满室，芬芳扑鼻。不一会，天光大亮，僧人走进佛堂观看，原来净尊和尼僧二人已然面朝西方合掌端坐死去。僧人一见不禁落泪，哭着向二人礼拜。从此，僧人不再离去就留住在这座茅庵里，修行佛道。当时镇西人，听说此事，全都前往结缘，然后返回原地。后来，该地的情况到底如何则不得而知。曾经去过那里的镇西人，都称道这是一件罕见之事，人人议论，辗转相传，因而传闻于世。

第二十九篇

加贺国僧人寻寂往生极乐

古时，比睿山×××有一位僧人名叫摄圆。有一次，因事前往北陆道[①]，行至加贺国××郡，时已黄昏，因而便到一户人家投宿。这家的主妇，特别富有善心，对前来借宿的摄圆崇敬非常，并准备饭食款待备至。

入夜以后，这家的主人从外面归来，摄圆一看是位僧人，僧人瞧见投宿的摄圆，非常欢喜。从这位主人的言谈里摄圆听出他是携妻度日的人，但看他待人接物、举止言谈，却是颇具道心。午夜将过，摄圆就听见主人起身的声音，只见他沐浴净身，换上一件净衣，走进了持佛堂。主人走进佛堂，手捻念珠，朝着佛像叩拜，叩拜毕便读诵法华经文。主人念完一卷后，开始修持忏悔之法，接着又唱念弥陀佛号，修行毕才从持佛堂走了出来。

这时，天色已亮，主人来到摄圆身边，对他说："弟子寻寂，多年来一直读诵法华经，唱念弥陀佛号，祈求佛道，只因尘世难舍，仍然这样携妻度日。不过我自知残年无几，便虔诚祈求早成菩提，明日就是我寿命终尽之时，如今幸而有你来此，就请在这里暂住一时，等我入灭。"摄圆听罢，虽然认为主人的言语不可凭

---

① 日本的八道之一，在京都东北，沿日本海，即今日的若狭、越前、加贺、能登、越中、越后、佐渡等七个地方。

信，但终于应允留住下来。从当天起，摄圆和主人寻寂便一同开始修持六时忏悔之法，一连修了三七二十一天。这天，寻寂对摄圆说："我今夜就要往生极乐去了。"说罢沐浴更衣，走进了持佛堂。只见寻寂手捧香炉，读完法华经又唱念佛号，面西端坐溘然长逝。摄圆一见此情景流下泪来，哭着礼拜，无限感动。这时，寻寂的一个乡邻哭着告诉摄圆说，他梦见在寻寂的屋顶上面，有紫色祥云缭绕，天空中还响起美妙悦耳的乐声，只见寻寂坐在莲花托上，腾空飞去。后来，摄圆返回本山，以此遍告众人，听说此事的人，无不交口称赞。

寻寂临终果然是身无疾病，他能预知死期，事前告诉摄圆，在二人共同修积善根后入灭，而且还有乡邻的梦境，由此看来无疑是往生极乐去了。听说此事的人，无不发起道心，祈求往生极乐。

第三十篇

美浓国僧人采延往生极乐

古时，比睿山的无动寺里有一位圣僧。他自幼登山出家，跟随师父学习显密教法，俱能心领神会，而且道心深厚，常怀顾虑来生之心。

有一次，圣僧因事前去美浓国，天晚了便到路旁的一个人家借宿。这家的主人虽是出家人的模样，实际上却不是僧人。他的头发足有两寸多长，穿着俗人日常穿用的小褂和裙裤。不仅如此，他还以渔猎为业，吃飞禽和鱼类之肉。圣僧见后深悔自己不该投宿在这种人家，但深更半夜无处可走，只好等待天明。时过午夜，就见这家主人起身沐浴，换上一件净衣，走出了后屋门。圣僧想知道他究竟去往何处，便悄悄地尾随窥视，原来后面有一小屋，是持佛堂。这人走进佛堂打火点灯，焚起檀香，手捻念珠朝着佛像礼拜，先作忏悔之法，后读法华经文。一卷法华经读完早已天亮，这时他又唱念起弥陀佛号。圣僧听罢，惊奇地回到屋里。这家主人在巳时走出佛堂，来到圣僧面前忏悔道："弟子采延因前世的罪孽，竟以杀生为业，为免坠恶道，所以我专心诚意读诵法华经，唱念弥陀佛号，祈求往生极乐。因此，在某年某月某日，我必将往生极乐，圣僧今天能投宿我家，定有深厚的佛缘，我希望你能在那天前来结缘。"圣僧听了采延的话，很难凭信，心想：他虽然读诵法华经，唱念佛号，可以修积无限的功德，但是，他捕鱼杀鸟，罪孽深重，既然造下了这么大的罪孽，怎能突然往生极乐呢，看来只不过是说说罢了。圣僧这样想着回到了无动寺。

后来，过了许多年，圣僧把在美浓国同采延相约之事，完全忘却。一天，圣僧梦见东方天空升起了一片紫色祥云，向圣僧的住房飞来，同时从空中还传来了乐声。就听云中有人讲话，对圣僧说："沙弥采延今日被接往极乐世界去了。因早年曾同你有过约誓，如今不忘结缘，特来相告。"圣僧惊醒后，感动得流下眼泪，哭着礼拜。后来，听圣僧叙说此事的人，也无不深深感到动人可贵。

这事发生在承平年间，后来听人传说，采延死时果然和圣僧做梦的时日相符，丝毫不爽。

第三十一篇

比睿山入道僧人真觉往生极乐

古时，有一位入道僧人名叫真觉，原是中纳言藤原敦忠卿的四子。真觉出家以前俗名××××，身为右兵卫次官，康保四年××间，突然发起向道之心，随即登山出家，拜××××为师，学习真言密法，这年才××岁。他学会两界和阿弥陀道法后，每日三时坚持修行此法，一生从无间断。入道僧原本心地良善，远离邪见放逸，何况在他深深发起道心以后，那种慈悲忍辱之心，更是举世无双了。

年复一年，入道僧终于到了临终的时候，虽然有些微恙，但毫不觉痛楚。

一天，入道僧对同道僧人说："这里飞来了一只长尾白鸟，啼声婉转，仿佛说'去呀，去呀!'啼后立即向西飞去。"后来，入道僧又说："我一合眼，眼前就隐约呈现出极乐世界的庄严景象。"到了入灭的那一天，入道僧发誓说："我这十二年修积的善根，今天完全要回极乐去了。"说罢，立即入灭。当晚，有三个人梦见许多高僧乘坐龙船前来，将真觉入道僧请到船中，接引而去。三人醒后将梦中所见的情景遍告众人。

从这三人同时能得同一梦兆看来，人们知道真觉必定是往生极乐世界无疑了，听说此事的人，都感动得流泪。

第三十二篇

河内国入道僧寻佑往生极乐

河内国河内郡××乡，有一位入道僧人名叫寻佑。寻佑出家前，俗姓××××，后来深深发起向道之心，出家为僧，离开妻子移居和泉国的松尾山寺。从此，不分日夜，不论寤寐，总是唱念佛号，修炼佛性。他的心性还非常慈悲，乐善好施。

后来，寻佑入道年过五十，这年的正月初一，偶感不适，自称有些头痛。当天，从戌时到亥时，突然出现了一道大光，普照山内，当时虽是深夜，却连竹子树木的枝叶都被照得清清楚楚。看见的人都认为这是罕见之事，但谁也不知这究竟是什么缘故。

不久，寻佑入道终于高贵地入灭了。寻佑死后，这光也逐渐消失。山寺左近的人，不论贵贱、男女，听说此事都聚集到这座寺院来，人人感到无比的高贵。翌晨，村里的人们都相告语，说："昨夜松尾山寺，突然出现了一道大的光，这到底是什么光，是不是山寺失火了?"当时有人说："那是寻佑入道往生极乐世界的瑞相。"乡村里的人们听罢，都肃然起敬。

由此看来，有许多人原本不是什么道心坚固的圣僧，只是一个俗家，但在发起道心出家入道之后，因虔诚祈求往生极乐，结果便可如愿以偿。听到此事的人，应该诚心念佛，祈求往生极乐世界。

第三十三篇

源憩因病出家往生极乐

古时，有一人名叫源憩，是“内匠寮”[①] 总管源适的第七子。源憩自幼向往佛法，并知因果之道。不仅为人慈悲，而且读习文章也颇有心得。

源憩年二十余岁的时候，突然染病在身，达二十余日，因此他深深产生了厌世的念头，于是削发出了家。后来他因为非常顾虑来世，便一心唱念弥陀佛号，祈求往生极乐。

源憩有一个出家的兄长道号安法，也住在川原院中。一天源憩入道将安法唤至身边说：“我现在听到西方有美妙悦耳的乐声，你是否也同样听到了？”安法回答说：“没听到。”入道又问：“我看见这里还来了一只孔雀，正在我眼前飞舞，你是否也看见了？”安法回答说：“没看见。”说罢不久，入道面西端坐，双手合十而逝。安法一见流泪痛哭，伤感不已。别人听说此事，也无不深受感动。

源憩临终时，两耳既能听到美妙的乐声，双目又能瞧见孔雀飞舞，而且面西端坐合掌而死，由此可知，他是往生极乐无疑了。

---

① 日本古代宫廷中司营造、装饰等事务的机构。

第三十四篇

高阶良臣因病出家往生极乐

古时，圆融院天皇朝代，有一位宫内大臣名叫高阶良臣，此人非常多才，精通文学，远在青春少年的时候，便供职朝廷，后来官高爵显，自为得意。良臣年岁渐老，深信佛法，有意抛弃现世的名利，祈求来世往生极乐，于是不分昼夜，不论寤寐，除了读诵法华经文，便是唱念弥陀佛号。

天元三年的正月，良臣身染疾病，多日未愈，他在病中越发致力读诵经文，唱念佛号，从未懈怠。但是良臣的疾病，毫不见轻，直到七月，看看命在旦夕了。就在这时病势突然见轻，良臣的妻子家人都欢喜不尽。

后来良臣邀僧人到家，削发受戒为僧，又过了三日，良臣病体痊愈，把家中巨细事务，对妻子家人仔细嘱咐一遍，到第五天头上，竟突然逝世。当良臣逝世时，满室异香，并从天空中传来美妙悦耳的乐声。不仅如此，良臣逝世时正值盛暑，尸体理应腐臭，而他停灵多日，却丝毫没有腐臭的气味。

看见和听说此事的人，都交口称赞，说这是一桩奇事。

第三十五篇

入道僧高阶成顺往生极乐

古时，前一条院天皇朝代，筑前国守高阶成顺，乃是伊豫国前任国守明顺之子。成顺年方弱冠便被任为藏人，后来由于在式部省[①]供职的劳绩，因而升任筑前国的国守。成顺心地善良，绝不谄谀，而且他自幼道心深厚，除了日夜读诵法华经以外，还奉读阿弥陀如来真言，诚心皈依佛法。

成顺离京前往筑前，到任以后，不论待人处事，总以慈悲为怀，体恤百姓，无微不至，因此国人无不心悦诚服。后来，成顺任职期满，回到京城，成顺道心大发，厌弃尘世，一心想要出家，于是向父母请求说："我深厌人世，有意出家，不知能否见允?"成顺的父母闻听此事坚决不允，但成顺出家的意愿并未因此稍减，仍然向父母苦苦恳求。虽经父母强行制止，而成顺却依旧不问世事，只求后世成为菩提。后来，他终于削发为僧，受戒后取名乘莲。父母虽然伤感万分，但事已至此，也无可奈何。成顺出家后越发尽力修行佛道，坚持不懈，他将自己所住的房屋改为佛堂，里面供奉佛像，安放经书。又邀请天台、法相两宗的高僧，在佛堂里长年讲解法华经，每次讲经他都亲去恭听，从不缺席，并赞颂讲经的功德。

---

① 日本古代太政官八省之一，掌管仪式、铨叙等事务。

每次讲经会上，总是供奉一幅阿弥陀画像、一部法华经和一卷小阿弥陀经。讲经后，将法华经中的名句摘录下来，然后将语音清晰的僧人请至一处，齐声朗诵这些名句，共同赞颂佛祖。此外，在讲完法华经之后，还一定叫众僧一边读诵阿弥陀经一边环绕佛座“行道”①，一心不乱地共修念佛三昧。

经过八年多的工夫，乘莲修积了无数可贵的善根，在这期间，每当讲经法会举行时，京城中的僧俗男女不论贵贱都来结缘听经。后来，乘莲入道僧人年过半百，身长恶疮，多日未愈，临终时神志清醒口唱佛号而逝。

后来，有人曾梦见乘莲入道僧乘船向西驶去，还有人梦见他脚踏莲花凌空而去。

人们听说此事，都感动得落泪。试看，乘莲入道僧多年读诵法华经，唱念佛号，修下许多菩提，逝世时的模样也非常高贵动人，再加上梦中所见的情景，无疑是往生极乐去了。

---

① 僧人礼佛时，一面读诵经文，一面自右向左围绕佛像行走，叫作“行道”。

第三十六篇

小松天皇的孙女出家为尼往生极乐

古时，有一位尼僧是小松天皇的孙女。她年轻时下嫁×××，连生三子，相继夭折，她伤感万分，却无济于事。不久，丈夫又行死去，她深感人生无常，顿生厌世之念，从此立志守寡，不去与人接近。

这时，她虔诚地发起了向道之心，最后终于出家为尼。出家后，这位女尼一心一意唱念弥陀佛号，心中了无杂念。有一次，女尼身患腰疾，起居不便，据医师说："这病是身体过于瘦弱所致，除非赶快吃肉，别无他法医治。"女尼闻听后，虽知道吃肉对身体有益，但她也不肯去吃肉类，这时，她越发努力唱念佛号，除了祈求往生极乐，别无他念。后来腰疾未经治疗却自然痊愈，起居动作一如往昔。这位尼僧心地本极慈善，不仅对人怜悯，对生物也极同情。她年过五十余岁时，偶染微恙，身体稍有不适。一天，空中传来美妙的乐声，众乡邻们听见了乐声感到惊异，这时尼僧对她身旁的人说："阿弥陀如来佛如今前来接引我了，现在我就要永离人世，往生极乐去了。"说罢面向西方溘然长逝。看见此事的人，都感动得流泪，听到的人也都交口称赞，这一奇事辗转相传，后来传闻于世。

第三十七篇

池上本门寺宽忠僧都之妹出家为尼往生极乐

古时，池上本门寺的宽忠僧都有一胞妹是个尼僧。这位尼僧心地善良，从无放逸邪见，一生独居，不曾嫁人。由于她厌弃尘世，经常悬念后世，最后终于削发为尼。宽忠僧都悲悯其妹，将她接到自己居住的庙旁赡养，朝夕照顾。

后来，尼僧日渐年老，专门唱念弥陀佛号，一心一意祈求往生极乐世界。一天，尼僧把僧都唤至身边对他说："后天我就要往生极乐了，我打算从今天起日夜不断地唱念佛号。"僧都听罢，既欣慰又崇敬，立即邀集许多高僧于一堂，虔诚唱念佛号，历时三天三夜。这时尼僧又把僧都唤来告诉他说："现在从西方飞来了一顶镶饰着美妙珠宝的轿子，就停在我的眼前。但是因为这里过于污浊，佛菩萨又都回去了。"僧都闻听此事感动得流泪不止，尼僧也高兴得哭了。后来，僧都哭着高声朗读经文，接连读了两次。第二天，尼姑又将僧都唤至身边，告诉他说："你看，现在众位菩萨已经来到这里，如今就是我往生极乐的时候了。"说罢，避居一处，口唱佛号便自逝去。僧都一见悲喜交集，感动得流泪。于是越发虔诚地修持佛事，追荐尼僧。听说此事的人，也无不交口称赞。

看来，尼僧能目睹极乐世界前来接引并告之于人，实在是一件罕见可贵之事。

第三十八篇

伊势国饭高郡尼僧往生极乐

古时，伊势国饭高郡上平乡有一位尼僧。石山寺的真赖僧人就是这位尼僧的最小的孙子。

这位尼僧原本富有道心，出家为尼后，更是一心唱念弥陀佛号，祈求往生极乐。许多年来，尼僧虔诚地希望剥下臂上的皮肤，画一幅极乐净土的景象，但是她自己一直未能剥下。一天，突然来了一个素不相识的僧人，对尼僧说："为了成全你这虔诚的心愿，我替你剥下臂上的皮。"尼僧听了喜出望外，立即叫僧人动手剥皮，僧人将尼僧臂上的皮全部剥下后，忽然不见。后来，尼僧如愿地画成了一幅极乐净土的画像。她将这幅画像携带身边，一刻不离。最后，尼僧临终时，天空中响起美妙的乐声。听见乐声的人，都感动地说："她临终时呈现这样的瑞相，一定是往生极乐世界去了。"尼僧最小的孙儿真赖以及真赖的胞妹也都往生极乐去了。一族之中竟有三人往生极乐，确是一件难能可贵之事。

第三十九篇

源信僧都之母往生极乐

古时，横川有位源信僧都，原是大和国葛下郡的人民。源信在幼年登上比睿山钻研佛学，后来成了一位出众的高僧。有一次，源信被宣至三条皇太后的宫中，主持法华八讲会[①]。会后，源信把皇太后赏赐的供品差人给住在大和国的母亲送去了一部分，并写信说，自己因参加皇太后宫中举办的八讲会而受到太后的赏赐，这是自己生平首次所得的御赐，所以首先送给母亲观看。源信的母亲当即亲笔回信说：“你派人送来的物品，业已如数收到，心中甚为高兴。如今你成了这样有名的法师，使我感到无限的安慰，不过，参加过这种御八讲会，成为一个名僧，固然是一种名誉，然而这种举动不符合我的本意。老身虽然女儿很多，但只生下你这一个男子，所以要在你举行冠礼之前，将你送上比睿山，就是希望你潜修佛道，多有才能，能像多武峰上圣僧[②]那样高贵，庶几可以拯救老身的来世。然而，你虽身为名僧，却有此浮华举动，这就违背了我的本意。我现已年老，在生前如能看到你成了圣僧，纵然死去也可以瞑目了。”僧都展开信笺读得流泪，伤感得痛哭起

---

① 把八卷法华经分四天讲完，每天“早参”“晚参”时各讲一卷，所以叫八讲会。

② 指增贺圣僧，见本书卷十二第二十三篇。

来。他立即写了一封回信差人送去，信上写道：“源信本来无意成为名僧，只想趁大人在世之时，将自己参加宫中举办的高贵无比的八讲会的事情禀报大人知道，所以在会后立即呈上一封信。如今接读来谕使我感到无限哀伤，但也深以为厌。源信决心恪遵所嘱，从此隐居山中，力求成为圣僧。今后，大人何时想要见面，源信随时前往，不然就不再出山，但是，我认为凡是为人母者都是最善良的人。……”僧都的母亲又回信说：“接读来信，不胜欣慰。如今纵然死去也能安心。望你勉力为主。”僧都看罢，将前后两次来信都夹在经文之中，不时取出阅读，每次看信都悲泣不止。源信僧都一直在山中隐居了六年。

第七年春天，他派人给母亲送去一信，信上写道：“源信隐居深山已经六年，久不相见，思念万分，如蒙允见，必将前往省视。”母亲回信说：“接读来信，知你念我心切，你既有意前来省视，就可灭除不孝之罪。唯有你继续隐居山中，才能使我感到欣慰。从今以后，如果没有我的吩咐，千万不可出山。”僧都看罢书信，知道自己的母亲确非凡人，心想，一般人的母亲绝对讲不出这样的话来，僧都怀着这种心情，不觉到了第九个年头。

虽然母亲来信相告：如无吩咐，不得归省，然而源信僧都心中却忐忑不安，怀念异常，心想母亲年事已高，朝不保夕，而自己也不知何日就要死去。想到这里，僧都就不顾母亲不得归省的叮嘱，立刻动身前往省视，行至大和国地界，路上遇见一个手持书信的汉子，僧都问道：“你到什么地方去?”那人说：“我奉源信僧都母亲之命，前往横川给他的儿子送信。”僧都道：“我正是你所说的人。”说罢，接过书信，在马上走着拆看，僧都一见信上不是母亲的手笔，登时焦急起来，以为出了什么意外，连忙读下去，只见上面写道：“近来偶感风寒，多半由于年纪衰迈，最近两三天特别感到虚弱无力，上次去信虽曾再三嘱你无话不得归省，而今大限已到，如不见一面于心不安。由于无限怀念，特写此信，望你见信速速前来!”僧都看罢才恍然大悟：怪不得自己近来总觉不安，原来应在这事上面。母子究竟是骨肉，即使是强将自己的儿子送上山去修行佛道的母亲，而今也不免有此怀念。想到这里不禁泪如雨下。僧都立即对随同前来的两三个弟子讲明原委，一同催马趱行，黄昏时分抵达家中。

抵家后，僧都赶忙上前观看，只见母亲已然奄奄一息衰弱不堪，就高声说道：“我现在遵命看您来了。”母亲听罢，说道：“为什么来得这样快！今天早晨才派人前去送信。”僧都说：“不错，正是如此。我因近来特别想念母亲，就自动启身前来，在途中遇见了送信的人。”母亲听后气息奄奄地说：“啊！我太高兴了！我总以为临死时见不着你的面了，想不到你竟能和送信人中途相遇，机缘难得，真使人感动啊。”僧都又问：“您念念佛好吗?”母亲道：“我有意念佛，但是没有气力，同时也没人劝我。”这时，僧都说了许多感人的圣事，来劝导母亲念佛，母亲果然虔诚地发起道心，一直唱念了一二百遍的佛号，到了拂晓时分，便溘然长逝了。僧都说：“我如今日不来，恐怕母亲临终时也不会是这样。我母子机缘深厚，因而我能赶来劝她念佛发起道心，如今她口念佛号离开尘世，无疑是往生极乐世界去了。由于她坚决地劝我走上圣道，所以临终时才能这样高贵动人。由此看来，这真是母为子，子为母，修积了无限的善根!”僧都说罢流泪痛哭，其后他勤恳地做了四十九天的佛事追荐母亲，七七过后，僧都率领弟子返回横川。

横川的众圣僧听说此事，都感到这母亲无限高贵，他们流着泪说：“这母子俩的机缘真令人感动!”

第四十篇

睿桓圣僧之母释妙尼往生极乐

古时，有一位圣僧名叫睿桓。睿桓之母自幼即善良正直，富有悯人和哀矜生物之心。她发起坚定的向道之心以后，终于削发为尼，取名释妙。释妙出家后，严守戒律，从未触犯。她不用脏手去拿水瓶，如不洗手绝不披穿袈裟，每次参拜佛祖，必先洗手净身然后才去。不仅如此，释妙如厕时永不朝西，她背不朝西，枕不朝东，不分日夜读诵法华经文，唱念弥陀佛号，读满百万遍经文的次数竟达数百次之多。

后来，释妙时常梦见佛祖前来告诉她说："我为了要接引你往生极乐，因而常来守护。"后来释妙年事日高，临终时，面朝佛像，将五彩线绳挂在佛像手上，自己拿着另外一端，虔诚唱念佛号，神志清醒地逝世而去。看见和听说此事的人，无不称赞可贵。这正是正历三年×月×日的事。

第四十一篇

镇西筑前国流浪尼僧往生极乐

古时，镇西筑前国有一个没亲没故的尼僧。尼僧孤苦伶仃，多年以来便寄食在当地山寺中的一位得道高僧门下，供其驱使。这位尼姑经常唱念佛号，而且声音洪亮，从不小声，由于声音过于高大，有如喊叫一般。圣僧的众弟子厌恶这种念佛的声音，遇事就在师父面前说尼僧的坏话，因而师父将她赶出寺去。尼僧被逐后，走投无路，只好到旷野荒郊去唱念佛号。当地有一人妻，心性慈悲，见尼僧到处流浪唱念佛号，深感哀怜，就唤至身边说道："你这样到处流浪多么可怜，我这里房屋庭院都很宽敞，你就住在我这里念佛吧。"尼僧听了喜欢，从此便住在妇人家中。这位妇人同情女尼，每天供她饮食。女尼欢喜不尽，对女主人说："我这样白白闲着，请您给我一些苎麻，我给你纺点布吧。"女主人说："你何必纺麻呢！"女主人虽然这样阻隔，尼僧还是再三强求，非纺不可，结果她比别人都用心竭力，纺织出来的麻布非常美丽。女主人看罢心想：我本来因为家里的地方宽敞，才留她在这里念佛，想不到她竟这样真心实意地干起活来，真叫我好生不忍！尼僧在妇人的家里住了三四年的光景。

一天，尼僧呼唤女主人说："我后天就要死去，现在想沐浴一番，多年来蒙你的怜恤我很高兴，愿意请你看看我死时的情景。不过，此事你千万不可告诉别人。"说罢哭泣不已。女主人听了深感哀伤，也没有告诉任何人。到了那天，女主人照顾尼僧沐浴已毕，给她换上净衣，自己坐在六尺多远的地方观看。这时，尼僧又一如往昔，高声念起佛来，入夜以后，约在子丑时分，忽然从房后庄稼地里射出一道人世罕见的祥光，女主人看见祥光，惊异非常，心中纳闷。当她正看祥光时，四处又充满了芬芳奇异的香气，远非麝香的香味可比。此外天空中还出现了紫色祥云，正向附近飘来。女主人看见这般光景，便念起佛来。这时，尼僧竟面西而坐，合掌触额长逝了。女主人看见世上竟有如此奇异可贵之事，感动得哭泣起来，流着泪朝尼僧礼拜。

后来，高野山金刚峰寺有一位名叫××××的方丈，这位方丈当时才十二三岁，正在那里，曾听女主人言讲此事。据说，她虽不曾看到佛祖菩萨和众圣前来，却千真万确地看到紫云和祥光，而且尼僧的遗香直到她的尸体被抬出以后，仍然经久不绝。女主人既然能看见紫云祥光，嗅到异香，由此可知她必定不是有罪之人，她如能祷告祈求，恐怕也不难往生极乐世界。听说此事的人，都深受感动。

看来，往生极乐的人，都能预知死期，事先告诉别人。听到此事的人，都应该发起道心，唱念佛号，祈求往生极乐。

第四十二篇

左近少将藤原义孝往生极乐

古时，一条摄政大人[①]生有二子，长子名举贤，任职右近少将，次子名义孝，任职左近少将。义孝少将自幼道心深厚，信仰佛法，从来不做恶事，不食鱼鸟。有一次，许多侍臣聚集一处，邀请义孝少将前去饮酒作乐，宴会席上，呈上了一盘醋泡鲫鱼丝加鱼籽，义孝少将看罢，不肯举箸，并说："其母已被切成肉丝，怎能忍心吃其子呢?!"说罢二目含泪而去。在场的官员看见义孝这种神态，也都食而不知其味了。义孝连鱼鸟之肉都不肯尝食，更何况杀生之事，在他一生中更是从来没有的了，公余之暇，不是读诵法华经，便是唱念弥陀佛号。

天延二年秋天，国内天花流行，一时天下骚动，一个月光皎洁的夜晚，弘微殿前的廊下，坐着两三名女官，在那里无事闲谈。这时，义孝少将穿着一件灿烂夺目的绣袍，仿佛是刚从清凉殿上退值下来的模样。他来到廊下就和女官们攀谈起来。从他的神色来看，仿佛有什么心事似的。他谈了一些浮生若梦之类的话语，使人感到他的确怀有道心。后来渐渐夜深，这位少将便向北走去，跟随他的只有一个书童，少将快走到北宫门时，念起"方便品"中的比丘偈来，声音非常动人。

① 指藤原伊尹（924—972）。

廊下的众女官，听到经声以后，知道这位公子必是一位道心深厚的人，为了要知道他究竟何往，便唤来一位武士，吩咐说：“你看这位少将到什么地方去，然后回来告知我们。”武士听了便尾随在少将的身后。只见少将出了土御门，从大宫大道一直往北，从东门走进世尊寺，来在东房前的红梅树下，面西而立，念着：“南无西方极乐阿弥陀佛，命终决定往生极乐。”叩头礼拜，便走进屋中去。武士看罢，走到书童身边问道：“一向都是这样礼拜吗?”书童回答说：“在无人之时一向就是这样礼拜的。”武士返回后，将自己所见的情景学说了一番，众女官听了极为感动。

从第二天起义孝少将便染上了天花。他刚刚说出因病不能上朝的话来，义孝的兄长举贤少将也病倒了。寝室的东西两端各自病倒一人，母亲往来看顾，焦急得在房中乱转。兄长举贤少将仅仅三日便一病不起，溘然长逝了。家人只好将他的枕头掉转向西，按照以往死人的惯例埋葬起来。这时，母亲走到卧病的义孝身边，越发悲愁伤感。少将的病情，眼看也沉重了，这时，他却高声地朗读起方便品中的经文来，只读了一半，竟自逝去。就在这一刹那间，室内充满了奇异的芳香。大家议论说：一天的工夫竟死去二子，母亲的心该是多么悲痛，父亲摄政大人又该怎样的伤感呢。

三日后，其母得了一梦，梦见长子举贤少将站在中门外，哭得十分凄楚，这时她正站在房隅，看见自己的儿子，便问道：“你为什么不进来，在那里哭得这样伤心呢?”少将说：“我虽想进去，但是难以从愿。阎罗王查阅簿子，说我阳寿未尽，应该送回阳世，因此我被释放回来，而家里却这样急迫地将我的枕头掉转西方，使我的魂灵无法进入躯壳，不得复生，只好游荡，这就是你们对我无情的后果。”少将说着脸上显出愤恨的神色，痛哭起来。这时母亲从梦中醒来，她醒后的心情该是多么懊悔啊！有一位名叫藤原高远的右近中将，是义孝少将生前的莫逆好友，正在这时他也和义孝少将在梦中相遇。高远遇见义孝非常高兴，便问：“你现在在哪里?”义孝少将回答道：“昔契蓬莱宫[1]里月，今游极乐界中风。”说罢转身不见了。高远从梦中醒来，立即把义孝的诗句抄录下来。

听到此事的人，感动地赞叹说：“有道心的人，后世果然无虑。”少将在世时，也是博学多才，善作诗文，而今在梦中赋诗，还得如此佳句。义孝少将在梦中告人遨游极乐，临终时又曾呈现往生极乐之相，无疑是往生极乐世界去了。

① 这里指禁宫而言。——原注

第四十三篇

丹波中将藤原雅通往生极乐

古时，有一位丹波中将名叫雅通，是右少辨[①]××××入道之子，心地原本正直，毫无谄媚乖谬之心。雅通待人以善，从无恶意，只是他少年得志，被任为殿上人，因而爱慕荣华富贵，和同辈的王孙公子一起戏游时，无意中造下了罪孽。春天结伴入山打鹿，秋季到野外射雉，虽然他这样爱慕荣华富贵，造下罪孽，但内心还是怀有向道之心，经常有厌弃尘世的念头，因而时常读诵法华经，因其醉心于提婆品一章，每日必读一二十遍。经文中的“净心信敬不生疑惑者，不堕地狱饿鬼畜生，若在佛前莲花化生”一段，成了他朝夕必诵的口头禅。

有一次，雅通生病，多日不愈。病情在不知不觉中沉重起来，终于不治身死。临终时，雅通除了一心读诵提婆品以外，没有其他遗嘱。

且说，这位雅通中将在世时，曾和一位得道圣僧有深厚的师檀之谊，当时，圣僧还不知中将逝世之事。这天，初夜时分，他在佛前念诵经文，坐着蒙眬入睡。这时，圣僧梦见从天空中降下一片五彩祥云。祥云笼罩在丹波中将府第的寝室之上，只见光芒四射，异香遍空，空中还传来了悠扬的乐声。过了片刻，那片五

① 日本古代的官名，属太政官。

彩祥云和乐声渐渐向西方飘去。看到这里，圣僧惊醒，深为惊异，心中惴惴不安，好容易盼到天明，立刻前去中将府中探问，有人告诉圣僧说："中将已在昨晚初夜戌时逝世了。"圣僧听罢痛哭，当即将梦中情景讲述了一番，然后回到寺中虔诚地为中将打醮追荐。国人听说此事，都赞叹地说："丹波中将无疑是往生极乐世界了。"

当时，有一位右京大夫名叫藤原道雅，是亲王内大臣之子，为人放逸邪见，他听了圣僧的梦境，不肯相信并嘲笑地说："那位僧人所说的梦境，一定是虚构无疑。因为他和雅通中将有多年的师檀之谊，有意称赞中将，才编造出这种无稽之谈。那位雅通中将在世时，专喜杀生，爱慕荣华，凭什么善根能往生极乐呢，此事如果属实，那么想往生极乐的人就应该专以杀生为业，并须爱慕荣华了。"后来道雅一直如此诋毁不止。有一次，六波罗密寺里举办讲道会，道雅朝臣前往听经，这时在他的车前来了两三位老尼僧，其中一位尼僧流着泪对道雅说："我是一个贫穷的老年人，连微尘般的善根也未修积下来，白活了一世，我想我死后一定要坠入三恶道中，因此日夜悲愁，就向佛祷告。昨夜我得了一梦，梦见来了一位仪表不凡的老僧，指点我说：'你绝对不要悲伤，只要诚心念佛，必能往生极乐世界，这是无须怀疑的，你看那位丹波中将雅通朝臣，虽然没有积下善根，只因他诚心读诵法华经，便得以往生极乐去了。'贫尼得此梦兆无限喜悦，那位丹波中将往生极乐也是不容怀疑的。这太令人感动了。"道雅朝臣听老尼言讲之后，这才相信雅通中将往生极乐一事属实，从此，再不怀疑和诽谤了。

闻听此事的人，都感动地说：原来往生极乐并不一定要靠修积善根，只要诚心诵经念佛就可以办到。

第四十四篇

伊豫国越智益躬往生极乐

古时，伊豫国越智郡有位郡司名叫越智益躬。他自幼到老，勤恳奉公，孜孜不倦。益躬的道心还非常深厚，既相信佛法，又通悟因果。白天他必读法华经一卷，夜晚唱念弥陀佛号，并且定为每天的日课。益躬虽未削发，却已身受十戒①，法号定真。益躬如此奉公修道，渐渐到了老年。益躬临终时，毫无痛楚，心神不乱面西端坐，手结“密印”口念佛号而逝。正在这时，天空中响起了悠扬的乐声，住房里也充满了奇异的芳香，左邻右舍都曾亲见。看见和听说此事的人都感动得流泪。

益躬虽已取得法号，情同出家，但并未削发，而今竟以俗家模样往生极乐世界，诚为可贵之事。

---

① 显教中的十戒，即：一、不杀戒，二、不盗戒，三、不淫戒，四、不妄语戒，五、不酤酒戒，六、不说四众过戒，七、不自赞毁他戒，八、不悭惜加毁戒，九、不嗔心不受悔戒，十、不谤三宝戒。

第四十五篇

越中卸任国司藤原仲远往生兜率天

古时，越中国有一位卸任国司名叫藤原仲远朝臣。这位国司自幼富有求道之心，不问世事，一心顾念来世，他虽常怀出家之念，但因一时难舍妻子，以致这个心愿一直未能实现，仍然照常居家度日。仲远珍惜光阴，只要得到片刻暇时，不是读诵法华经，便是唱念佛号。甚至在乘坐马车行路之时，经卷也从不离手。仲远虽然没有脱离尘世，但每日必读一卷法华经和理趣分①、普贤十愿、尊圣陀罗尼、随求陀罗尼、阿弥陀大咒等经文，并定为必修的日课，从不间断。一生所读法华经达万卷以上，至于他唱念的佛号、读诵的经文就更不计其数了。他参与法华讲会达千余次，此外塑造佛像，书写经文也都历历可数，对人的施舍更是多不胜举。

后来，仲远到了临终的时候，他一心不乱地读着法华经，并向身边的人说："如今我就要往生兜率天去了。"说罢合掌逝世。正在这时，仲远房中充满了奇异的芳香，天空中也传来了微妙的乐声。

闻听此事的人都赞叹地说："仲远多年奉读法华经，必定是往生兜率天去了。"

---

① 经名，即大般若经第五百七十八卷。

第四十六篇

长门国阿武大夫往生极乐

古时，长门国××郡，有一位阿武大夫。他生性勇猛，专以杀生为业，气势凌人，威镇全郡，恣意造下无数的罪孽，多年只是如此，丝毫不懂修积善根。

后来，阿武到了老年，身染重病，多日不愈，已经待毙。这时，他邀请许多僧人为他诵读法华经，祈求病愈。但是，过了几天，阿武终于死去，众僧也各自返回本寺。

当时，其中有一位持诵法华经的僧人，和死者相识，特意留下来超度死者的亡魂。他朝着死者读诵法华经，当他念到第八卷"是人命终，为千佛援手"一句时，死者突然复生，家人一见，喜出望外，感动得哭泣起来。不久，这人的精神逐渐恢复正常，于是坐起身来，合掌向读经僧人，流着眼泪倾听经文，并请读经僧人将这段经文反复地读了六七遍。这人听了经声深受感动。他对读经僧人说："我死之后，阴司的众恶鬼都来追我，当他们正带我行走之间，由于圣僧念诵这段经文，所以忽然来了一位天童，将我送回人世。"其后病体痊愈，身心恢复正常，阿武大夫改悔前非，发起了道心，终于削发为僧，取名修觉。他出家后学习了法华经，从此便虔诚地日夜读诵起来。他感到尘世是一个罪恶的渊薮，一心祈求来世成佛，于是永断恶行修积善根。最后，在他年老临终之时，邀请了许多僧人速读法华经，他也随声读诵，便溘然长逝了。

后来，有一位僧人梦见了修觉，只见他容光焕发，衣履整洁，修觉对僧人说：“我凭借读诵法华经的力量，已然往生兜率天了。”僧人醒后，将梦中情景告诉了修觉僧人的妻子和亲属，闻听此事的人都欢喜得流泪。

由此看来，阿武虽然作恶多年，而终能改恶向善，确是难能可贵之事。

第四十七篇

临终念佛的作孽人往生极乐

古时，××国有一人专喜为非作歹，杀生害命，放荡不羁，无恶不为。如此过了多年。一天，有人指教他说：“造孽的人，必将坠入地狱。”此人听后，不以为然，并说：“造孽入坠入地狱，完全是无稽之谈，绝无此事。这种说法是毫无根据的呢！”说罢，越发肆无忌惮地杀生和放荡起来。

后来，此人身染重病，多日不愈，已经将死。一天，他瞧见了“风火车”，从此恐惧不已，于是请来一位有道的高僧，问道：“多年以来，我作恶多端，过去曾经有人劝我向善，说造孽的人必将坠入地狱。但是我认为这话绝不足信，一直没有停止作恶。而今死到临头，看见‘风火车’前来接我，可见造孽的人必将坠入地狱的这句话是真实无虚了！”说罢悔恨自己不该多年执迷不悟，痛哭不止。这时，高僧坐在旁边问道：“你多年来不信造孽者坠入地狱，如今看见‘风火车’来了，信不信呢？”病人道：“如今‘风火车’出现在眼前，我是深信不疑了。”高僧又说：“既然如此，你应该相信，‘唱念弥陀佛号者必能往生极乐’，这也是佛祖的教示。”病人闻听此话，将双掌合起，举在额上，确实唱念了千遍的“南无阿弥陀佛”，这时高僧又问病人说：“你还看得见‘风火车’吗？”病人答道：“‘风火车’忽然不见了，我眼前有一朵金色大莲花。”说罢长逝。这时，僧人深受感动流泪，随即返回本寺。

看见和听说此事的人，无不称赞可贵。由此看来，佛尊的教示，果然丝毫不爽，唱念佛号确是唯一的要事。

第四十八篇

近江国守彦真之妻伴氏往生极乐

古时，近江国有一位国守名叫彦真，其妻伴氏，自幼即有向道之心，并且信奉阿弥陀佛。后来，伴氏和彦真结成夫妇，二人虽然情深似海，但从未同床，更不曾有接触，经常是净身念佛。

一天，伴氏在胎藏界的曼荼罗画前，把她的丈夫彦真唤至身边说道："多年来，我同你虽是夫妻，但从未同床共枕，尽管如此，也不能肯定无罪。我有意不同你居住一室，请你另给我一所房屋，让我单独居住，以便逃脱此罪。"彦真听了妻子的言语，立即答应照办。妻子又说："我多年唱念弥陀佛号，一心祈求往生极乐，而今这个愿望迟迟未能实现，我仔细推想，其中必有原因。前年有人送我许多鲫鱼，其中有两条还活着，我看了不忍，便把它们放进水井里去了，这两条鲫鱼待在狭窄的井下很久，想去宽敞地方而不可得，必然非常难过，也许因此获罪才迟迟不能实现吧！"彦真听罢立即差人下井打捞，结果把这两条鲫鱼捞出，放到大江中去。后来，伴氏临终时，满室都是荷花香气，紫色祥云从空中降下直入帘帷之中。最后，伴氏毫无所苦，面西念佛长逝。看见和听说此事的人，无不深受感动。

由此看来，些许小过便有碍于往生极乐，任意作孽的人往生极乐更是不可多见，但只要在临终前发起真心，唱念佛号，就必能如愿以偿。

第四十九篇

右大辨[①]藤原佐世之妻往生极乐

古时，有一位身任右大辨的藤原佐世，其妻是山城国守小野乔木的女儿，此女自幼通晓因果，信仰佛法，怀有问道之心。

后来，这个女子嫁给了佐世，婚后多年，道心不退，念佛读经从未懈怠。且说，女子有一兄长，出家为僧，法号延教，是××××的僧人，极有智慧。一天，女子将兄长延教唤来，对他说："我想学习佛道，希望你能指教我。"延教听此话后对其哀怜，便将观无量寿经和其他经文中所记载的极乐要文摘录下来，教授他的胞妹，这个女子领悟经文之后，不分日夜，不论寤寐，总是念念不忘，而且每月初一和十五日这天的黄昏时分，她必定五体投地向西礼拜，同时唱念"南无西方日想安养净土弥陀佛"。父母听说女儿经常如此，便劝她不要这样，说："你年纪很轻，绝对不可这样修行，这是最损伤身体的。"虽然父母再三相劝，而这个女子却坚持修行，从未停止。

当女子二十五岁的时候，生下一女，产后得病，缠绵月余，便自死去。其时天空中传来了悠扬的乐声，众邻听见乐声，知道这是女子往生极乐的瑞相，都感到高贵可泣。这个女子虽然没有出家，而竟这样往生极乐世界。

---

① 日本古代的官名，属太政官，有左右和大中小之分，左大辨掌管中务、式部、治部、民部等四省，右大辨掌管兵部、刑部、财政、宫内等四省。

第五十篇

藤原氏女往生极乐

古时，有一女子，原姓藤原。此女生性慈悲，心地良善正直，经常向往极乐，因此，不分日夜唱念佛号，坚持不懈。

后来历经年岁，这个女子倏已到了老年。一天，她对人说："多年来，我日夜唱念佛号，祈求往生极乐，如今，我听到从远方传来美妙的乐声，恐怕这就是我将往生极乐的预兆！"众人听了，深受感动。翌年，女子又说："去年我听到的乐声，而今离我又近了一些，这多半是往生极乐为期不远的缘故。"又过了一年，女子又说："从前的乐声一年比一年近了，尤其最近，我听见乐声已经来到我的寝室房上，看来如今已是我往生极乐的时候了。"说罢越发不倦地唱念起佛号来。不久，女子果然死去。临终之前，既没有一丝病症，也不觉任何痛楚，还呈现了瑞相。看见和听说此事的人，知道这个女子一定是往生极乐去了，俱都深受感动。

由此看来，往生极乐的人，事先必然呈现瑞相。

第五十一篇

伊势国饭高郡的老妪往生极乐

古时，伊势国饭高郡××乡，有一位老妪。老妪有向道之心，每月在上半月修持佛事，下半月操持家务。当她修持佛事的时候，常是买些香火拿到郡内各寺院中供在佛前。春秋两季，老妪还到旷野荒山去采摘鲜花掺入香中供养佛祖。此外，她还备置许多大米、食盐、鲜果、蔬菜，供养郡内诸僧。老妪虔诚祈求往生极乐，为此供养三宝，已经习以为常。如是过了多年，老妪突然患病，多日不愈，她的子孙和众家人都非常忧愁，为了保养病体，都在劝她进餐。正在这时，老妪突然坐起身来，她身上原来穿着的衣服，自动脱落下来，在旁服侍的人深觉惊异，仔细看时，只见老妪右手拿着一枝莲花，花瓣竟有七八寸宽，鲜艳夺目，芬芳扑鼻，绝非尘世所能见到的花朵。这时，在旁服侍的人惊奇地问她说："您手里的花朵原来生长在什么地方？是谁送给你的？"老妪回答说："此花不是可以轻易拿来送人的，这是来迎接我的人送给我的。"在旁服侍的人听了此话，正在惊异之间，这时老妪已经端坐而逝。看见和听说此事的人，都深受感动，他们说：老妪无疑是被接往极乐世界去了。最初众人纳闷：不知道老妪身上的衣服为什么会自动脱落下来，后来仔细一想，主人既然将往生极乐净土，这些污秽的衣物自然要脱落下来。而且，众人猜想，凭空出现在老妪手里的莲花，也一定是由极乐世界前来接引老妪的众圣送给她的。此事绝非凡夫肉眼所能见，因为老妪到了往生极乐的时候，已非肉眼，因而看得真切，并以告人。这朵莲花后来虽然不知下落，想必是不见了。

第五十二篇

加贺国××郡女子往生极乐

古时，加贺国××郡××乡有一女子出嫁已有多年，身为主妇经管家务，她的家业殷实极为富有。后来夫死守寡，发起道心，独居家中。

且说，女子家中有一小池，池中栽种着莲花。女子每次望见莲花就祷告说："我愿意在莲花盛开时，往生极乐净土，好用这些莲花供养弥陀佛祖。"后来池中莲花盛开，女子将它采摘下来，送到郡内各寺去供养佛祖。

后来历经年月，女子已然年老。一次，正值池中莲花盛开之时，女子突然染病在身。女子见自身生病非常欣喜，她说："我多年的祈求，已然如愿以偿，今日果然在这莲花盛开之时染病在身，想必是我有往生极乐的机缘。"说罢立刻命人备酒设食，将乡邻和亲族人等邀集家中，女子亲自劝酒，并说："我今日就要离开人世，多年来情谊深厚，使我难忘。今天就是我们最后相见之日。"亲族和众乡邻听后伤感不已，不久，女子果然长逝。女子逝世的当晚，小池中的莲花尽皆朝向西方。见到此花的人，知道这是女子往生极乐的瑞兆，感动得落泪。消息一经传出，附近一带的乡邻，都拥来观看，并向莲花礼拜后，才各自返家。这一罕见之事辗转相传，后来传闻于世。

第五十三篇

近江国坂田郡女子往生极乐

古时，近江国坂田郡××乡有一女子，本姓息长。她生性良善，能悟因果，信仰佛法，颇有向道之心，并日夜唱念佛号，祈求往生极乐。

且说，近江国有个筑摩地方，那里有一条江，江中生长着莲花，这个女子亲往江边采取莲花，虔诚地供奉在弥陀佛前，一心一意祈求极乐，前来接引。如是过了多年，这个女子终于到了临终的时候。这天，只见一片紫色祥云从西方飘来直入女子房中，将女子笼罩起来，当时有许多人看到这种奇景。

不久，这个女子在紫云笼罩中长逝。看见和听说此事的人都深受感动，他们知道这个女子必是往生极乐世界去了。的确，女子临终时，能有紫云入室，罩身而死，因而闻听此事的人对于她往生极乐不应再有怀疑了，应该虔诚祈求往生极乐。

第五十四篇

仁和寺观峰威仪师的侍童往生极乐

古时，仁和寺里有位威仪师法号观峰。观峰身边有一侍童，这个微贱的侍童名叫泷丸，年约十七八岁，替人割马草，倒粪便。泷丸身穿粗布衬衫，夏天只穿一件长达膝盖的无袖单褂，冬天也只套上两件衣衫。

这年八月，侍童向主人辞工，说另有他事。听说此事的人全都嘲笑侍童，说他竟然也会辞工。这时，泷丸侍童去到仁和寺以西的一个鸣泷地方，用河水沐浴一番，随后到一片小松树林中，割了许多芦苇，亲手搭盖了一座小小茅庵。茅庵搭成后，侍童走进庵去双手合十面西端坐，高声朗诵了一二十遍的“南无阿弥陀佛”。茅庵附近那些放马牧牛的童子听见侍童的声音，全都跑来观看泷丸究竟在做些什么。当他们拥来茅庵伫立观看时，侍童正高声唱念佛号。经声才住，只见侍童将头向下一垂，竟自死去，那双合十的手掌却仍然未动，众牧童看见这般光景不禁大惊，立即回去告诉他人。仁和寺的僧人闻知赶至，他们看见侍童逝世的神态，人人赞叹，都说奇异可贵。众僧回寺后想起侍童在世时，口部经常无故蠕动，如今才知道他早已开始念佛了，想到这里不禁深深感佩。

由此可知，侍童虽然贫贱无知，但多年来祈求往生极乐，口常蠕动原是唱念佛号，他能预知死期，并到清静的地方，合掌念佛面西而逝，无疑是往生极乐净土去了。

卷十六

本朝及佛法

第一篇

行善僧人蒙观音搭救自唐归来

古时，推古天皇朝代有一僧人法号行善，俗姓坚部，为了传习佛法，被派往高丽。

行善到达高丽国时，正值该地被外国攻破，国人都逃往京城避难，因而不见居民。行善见此光景，心慌意乱，连忙逃走。行走之间，忽有一条大河拦住去路。乃至河边急欲渡河时，但见河水极深，无法涉渡，想找船只，而船只又全被隐藏起来，遍找不见，虽有桥梁，却已破坏不堪。这时，行善唯恐有人赶来，一时茫然不知所措。

行善无奈，便坐在破桥上虔诚地祷告观音菩萨，这时只见河心有一老翁撑过一只船来，对行善说："赶快上船，我可以渡你过河。"行善欢喜，立即上船渡过河去，及至登岸再看时，老翁和小船则全然不见了。行善心想，这必是观音救我，就望空礼拜并发誓说："我一定要雕塑一尊观音佛像，虔诚供奉起来。"行善许愿毕，又从那里逃到京城。他在京城躲避不久，变乱就平静下来。这时行善感到久居该国无益，便由高丽前往大唐。他在唐拜××为师学习佛法，并为了还愿，在当地雕塑了一尊观音佛像，日夜恭敬供养。当时，唐天子召见行善，得知他在高丽国渡河之事，对他就更加崇信。世人听说观音化身老翁，渡行善过河，因而称他为"河边法师"。行善在唐住了多年，后来趁日本遣唐使×××

×归国之便随同返回日本。这年正是养老二年[①]。

行善归国后，将他在高丽国因遇变乱逃难，正在无法渡河时，忽来老翁搭救他渡河等事情一一具以告人。日本国人，听说此事，都极感动，无不表示尊崇。行善将他那尊观音佛像也带回国来。他住在兴福寺中，将这尊佛像特别虔诚地供奉起来。国人都称呼他为行善老师。

---

① 日本第四十四代元正天皇的年号（公元718年）。

第二篇

伊豫国越智直蒙观音搭救自唐归来

古时，××天皇朝代，伊豫国越智郡郡司的祖先名叫越智直。当时百济国被唐兵攻破，朝廷派了许多兵将前去救援，越智直也从军出征。

越智直来到百济，本想助战，但因抵御不住被唐军俘获带往大唐。当时一同被俘的共有八人，都被囚在一个岛上。他们想起今后将永无归国之望，各自怀念父母妻子，不禁悲伤落泪。后来他们在岛上发现有一尊观音佛像，俱都欢喜不尽，就虔诚祷告说："观音满足一切众生的心愿，正如父母怜爱自己的子女一样，我们所求的事固然不易，但请大发慈悲搭救我们回国！"他们哭泣祷告，过了许多天，他们见岛上三面有人把守，无法脱逃，只有后面临着大海，海边上长着许多树木，便在一起计议说："我们何不悄悄地砍下海边的大松树凿成船形，乘着它偷偷逃走，纵然大海不通行，但死在海里也比死在这里强。"计议妥当后，立即动手伐树凿成船只。当他们登船逃走时，将观音像也供在舱里，个个都虔诚发起誓愿，哭着祷告。唐国兵将以为岛的后面是海不加戒备，因而没有发觉。

正在这时，突然刮起了西风，这只船仿佛脱弦之箭，一直被风吹到筑紫。这八个人知道这完全是观音搭救，都高兴地下船登岸，各自回家。他们的妻子见亲人脱难归来欢喜不尽，他们各自述说了脱难的经过，对观音菩萨感念不已。

后来，朝廷听说此事，将这八人召来询问，当时他们将以往经过原原本本地奏禀出来，朝廷深受感动，立即命令他们把自己的愿望呈奏上来。这时，越智直说道："我请求在伊豫国设立一郡，在郡内修建一座殿堂，将观音像供奉起来。"朝廷随即下诏说："可以照办。"于是辟设新郡，修盖殿堂，把那尊观音佛像供奉起来，悉如越智直的心愿。从此，越智直的子孙都供奉这尊观音佛像，世代相传，至今未替。

伊豫国越智郡，就是从此时开始设立的。

第三篇

周防国判官代[①]蒙观音搭救保全性命

古时，周防国玖珂郡住着一个人。他是周防国的判官代，自幼崇敬三宝，经常读诵法华经第八卷里的普门品，并供奉观音佛像。每月十八日这天，不但自己持斋，还聘请高僧念诵普门品这章经文。玖珂郡里有座山寺名叫三井寺，庙里的观音菩萨非常灵验。这位判官代经常到寺里去，对这尊观音的敬奉由来已久。

且说，这位判官代在当地有一个仇人，时刻想乘机谋杀他。一天，判官代到官衙办公，散衙后独自回家。这时，他的仇人早已带领许多兵丁埋伏在中途，等他走来恰好中了埋伏。仇人和他手下兵丁看到欢喜，决心在这里杀死他。于是就拥上前去，将他拽下马来，用刀剑乱砍，用弓箭乱射，用矛剑乱刺，把手足切断又把目挖掉，鼻口削去，霎时间把他碎尸万段了。仇人见多年的冤仇如今已报，心中喜悦，便如愿地逃去。

且说，这位判官代被仇人以及众兵丁拽下马后，虽然遭到乱砍乱刺，却都没有砍在他的身上，就连外面的肉皮也没有擦破半点。不过这一惊却非同小可，早已吓得失魂丧魄，人事不知了。后来他见自己毫无伤损，就惊喜地返回家去。事后，当地的人们盛传判官代被刺身死，仇人也道他已死很是心安了。接着仇人听

① “判官代”是管理一“国”钱粮的官员。

说他依然无恙，深感惊异，不信此话，于是暗地差人去他家中打探消息，去人回来禀报说："昨晚被我们粉身碎骨的判官代，一点伤也未受。"仇人一听越发惊讶不止。

一天，判官代得了一梦，梦见一位气宇轩昂的高僧指点他说："我为了救你的危难，以身相代，如今落得遍体受伤，你如想知真情，可到三井寺看看观音。"说罢梦醒，第二天清晨，这位判官代赶到三井寺参拜观看。只见这尊观音佛像遍体受伤，从头到脚一无完整之处。佛像前，摆着砍断的双臂，像旁放着剁断的双足，佛像的眼、鼻也都被挖砍得残缺不全。典史看罢放声痛哭，国人听说此事，不论远近，都赶来参拜，看见佛像伤痕累累，非常感动。不久，各方人士同心合力将这尊佛像修补得完整如初。

后来，周防国上中下各阶层的人听说判官代被仇人的兵丁粉身碎骨，结果却毫无损伤，于是给他起了一个绰号，叫作"铁打判官代"。

他的仇人闻知此事，发起了道心，痛改前非，和他亲近，结下深交，永不萌生不义之念了。一般人听说此事，就虔诚地信奉这尊观音。

观音的灵验不可思议，很早就从天竺、震旦传至日本，虽非从此时开始，但像这种代人受伤之事，却极可歌可泣。由此看来，世人对观音菩萨一定要虔诚信仰。

第四篇

丹后国成合山寺观音显灵

古时，丹后国有一座成合山寺，是观音显灵的圣地。如果要问这座山寺为什么取名成合，其中还有一段来历：从前，有一位修道的贫僧，隐居在山寺之中念佛修道。这座寺庙坐落在高山之上，在丹后国地面，也是一个雪下得很大，风刮得很猛的地方。且说一年冬天，大雪封山，不能行走，贫僧已经断粮多日，眼看就要饿死，但是外面积雪甚厚，既无法到村中乞食，又找不到草根树皮充饥。最初贫僧还能忍耐一时，但过了十天他便力尽神衰，连起立的精神也打不起来了。贫僧将自己那件破旧蓑衣铺在佛堂的东南角里，自己就倒卧在上面。由于浑身无力，不能拾柴生火。山寺破旧不堪难以挡风，加上外面大雪猛降，狂风呼啸，恐怖万分。这时，贫僧已然筋疲力尽，既不诵经也不念佛，当他看出暂时绝无希望找到食物时，心中无限恐慌，自认必死，于是祈求山寺中的观音前来搭救，祷告说："据说只要唱念一次观音佛号，就能满足一切愿望。我信奉观音菩萨多年，而今落得饿死佛前，未免过于悲惨了！我不求高官显爵，也不求财宝金银，只求今天赏赐我一些食物，保全性命！"贫僧正在祷告时，从山寺西方墙角的破裂处望见一只被狼咬死的野猪，贫僧心想，这或许是观音菩萨的赏赐，正要去吃，又一转念到：自己既是信佛多年，今天怎能吃得猪肉呢，听说有生之物，都是前世的父母，我纵然饿死也不能割食父母身上的肉啊！更何况吃肉的人既要断绝佛根，还要坠入地狱，所以那些野兽见人就要逃走，如果吃了它们的肉，也一定会被佛祖菩萨所舍弃。贫僧左思右想，拿不定主义，但是人心毕竟是最卑贱不过的，贫僧一时饥饿难忍，哪里还顾得上来世的痛苦，于是，拔出剑来将猪的两腿上的肉切割下来，放在锅中，煮熟后一吃，肉味的香美简直无可比喻，饥饿之苦，顿时消除，贫僧欢喜不尽。

后来，贫僧感到自己犯下大罪，悔痛得悲泣起来，这时，积雪已经渐渐融化。僧人听见外面有许多村人向山寺走来，只听有人说道："不知庙里隐居修行的和尚怎么样了，雪这么大，连个行人的脚印都没有，这么多日子，一定早就断绝食物了。如今庙里连个人影也没有，恐怕饿死了吧。"众人纷纷议论不休。贫僧听后，打算设法把方才煮食猪肉的事隐瞒起来，但是时间这样仓促已然收拾不及，而且，锅里还有吃剩下的猪肉，想到这里，羞愧得无地自容。

不多时，村人走进了山寺，询问贫僧说："这些天你怎样过活的？"说罢，在寺里环视了一番，只见铁锅中盛着砍下来的柏木块，仿佛煮完吃剩下的模样，狼藉满地，众人看罢于心不忍地说："真把圣僧饿坏了，可是人怎么能吃木头呢！"正说此话之间，众人发现佛像左右两条木腿已被人砍断，恰恰是贫僧砍下来煮食的部分。众人大吃一惊地说："圣僧如果要吃木头，为什么不砍庙里的柱子，而单去损坏菩萨的金身呢？"贫僧听了大惊，抬头看佛，正如众人所说，佛像的两腿已被人砍断。这时，他才恍然大悟，知道自己煮食的猪肉正是观音菩萨为了搭救自己变化而成的。想到这里，感动不已，于是将以往真情告诉了大家，众人听了也都感动得落泪，对观音菩萨更加崇敬不已。

当时，贫僧在观音像前祷告说："如果这是菩萨显灵，尊像就恢复原来的形象。"贫僧正祈祷时，众人眼看着佛像的左右两腿又接合起来。众人看见这般光影，都感动得流下眼泪，不胜感伤。从此，这座山寺就取名为成合山寺，这尊观音像如今仍在寺中，凡有道心的人应当前往顶礼参拜。

第五篇

丹波国郡司雕塑观音佛像

古时，丹波国桑由郡住着一位郡司，多年来，他就怀着塑造观音佛像的心愿。有一次，郡司赴京找了一位雕塑佛像的佛师，把塑像的材料送上，并再三恳求，佛师答应，当即收下了塑像的材料，郡司心中大喜，返回国去。

这位佛师心地原本慈悲，除靠雕塑佛像度日外，自幼信奉观音品①，每日必读三十三遍，而且，每月十八日这天，还必定持斋，对观音菩萨虔诚信奉。

且说，佛师受了郡司的嘱托，仅仅用了三个月的工夫，便把佛像雕塑完成，亲自送到郡司家中。这尊观音形象极其美丽，超出郡司所料。通常说来，佛师收下塑像材料以后，总是一拖再拖，然而这位佛师竟出人意料，既塑造得这样快，还塑造得非常庄严美丽。郡司说不尽的喜悦。他有心送给佛师一些酬劳，但手头一时不便，除了一匹马外，没有其他合适的物品。这匹五六岁的黑马，身高九尺八寸，性情驯服，四蹄矫健，跑起路来甚快，既不惊，又能经久不疲。这匹马人人见了喜爱，郡司更是视为无价之宝，几年来一直带在身边。当时郡司为了酬谢这位佛师，想到这匹黑马，就亲自牵出来赠予了佛师。

---

① 法华经第二十五品，即妙法莲华经观世音菩萨普门品。

佛师欣喜非常，立刻备鞍上马，并把自己来时所骑的马牵在后面，离开郡守的宅第，直往京城而去。这匹黑马，原本饲养在郡守身边，佛师走后，郡守见马棚中饲草狼藉，触目伤情，顿时觉得怀恋不已，后悔不该将马赠予旁人。郡司想念黑马之情一时抑制不住，急得坐立不安。虽然××××，但也抑制不住思念的心情，终于将亲信的家将唤到身边，吩咐说："我为了报答佛师的情意，将黑马送给他了，而今我追悔不及，切望能将此马夺回。你可扮成强盗模样，将佛师射死，一定要将马带回来！"家将听罢，说声："这有何难。"立即带上弓箭骑马奔去。

佛师从大道行走，家将抄小路走在前面，当他来到筱村之后，便藏身在栗树林中等着。不多时，只见佛师骑着那匹黑马跑来。这个家将纵然不是甘心情愿，但不便违背主人相托之意，就将雁翎箭扣在弦上，纵马直奔佛师，把弓弦拉满，一箭射去。家将和佛师相隔不过四五丈远，一箭正中胸膛，直穿脊背，只见他顿时仰面带箭落马而死。黑马失主落荒逃走，家将立即上前围追，将黑马捕获带回主人家中。郡司见了黑马无限喜悦，又和往日一般，站在马旁抚摸喂草。

后来事过多日，不见佛师家中来找，郡司觉得事出离奇，便派家将进京往佛师家中探听消息，临行吩咐说："你去了就说：'郡守许久未接到您的信息，不知发生何事，有些放心不下。'"家将进京后，装出若无其事的神情走到佛师家中。只见佛师的房前有一院落，院里栽着梅树，那匹黑马正拴在梅树上。佛师站在院中观望着两个用人给黑马刷洗喂草，这匹马比以前长得更加肥壮了。家将看罢，说不出的惊疑：为什么射死的佛师竟会安然无恙，牵回去的黑马也仍旧待在这里呢！他起初以为也许是由于自己眼花看错，于是又在那里注视了片刻，但是佛师明明站在面前，黑马明明分毫不差，这时直把个家将吓得魂飞魄散。家将只好走上前去，把郡司教给的那套言词学说一遍。佛师听罢说道："什么事也没有。这匹马大家都争着要买，但它确是一匹稀世的良马，我一直没有卖。”家将听了觉得奇异，立刻飞跑回丹波将此事禀报主人去了。

家将回到家中，他将所见具实禀明了主人。郡司听了也非常纳闷，亲自到马棚观看，那匹黑马竟突然不见了。这时郡司害怕起来，便到观音像前忏悔过去。观音菩萨胸前正插着一支箭，流着血迹。郡司立即呼唤家将前来观看，跪伏在佛前放声大哭，说不尽的悔恨，接着，郡司和家将二人便削发出家，到山寺中修行佛道去了。

这尊观音像上的箭痕，至今仍未修补，以供世人前往瞻仰。这位佛师心地慈善，因而蒙观音代受箭伤，此事正合观音菩萨的本愿，实在可歌可泣。凡有道心之人，必当前往参拜这尊观音菩萨像。

第六篇

陆奥国掏鹰人蒙观音搭救保全性命

古时，陆奥国有一汉子，多少年来专以掏捉雏鹰卖给养鹰的人家来维持生计，他一经发现母鹰筑巢的地方，便记在心中，然后每年去掏鹰巢里的雏鹰。也许，母鹰因此心中烦恼，便自离开原地，另外寻找了一个人迹难至的地方去筑巢产卵。这地方是一个海角，悬崖陡峭得如同一座屏风，崖下则是一片深不见底的大海。这座悬崖的脚下长着一株古树，斜插海面上。母鹰就在这株树枝上筑巢产卵，这里确是一个人迹难到的地方。

且说，这个掏捉雏鹰的汉子，看看又到了掏捉雏鹰的时节，便到以往母鹰筑巢的地方观看，但是，今年不仅看不到雏鹰，连筑巢的痕迹也找不见了。掏鹰人找不到鹰巢心中忧愁，虽经四处寻找，结果一无所获。这时他想，母鹰不是死去，便是把巢筑在另外的地方，于是他又爬山越岭去寻找鹰巢，过了几天，终于隐约发现母鹰筑巢的地方，掏鹰人满心欢喜，赶来观看，却是一个人迹难到的地方：如果从上面向下走，必须通过宛如立掌的悬崖峰壁；如果从下向上爬，下面却是深不见底的大海。掏鹰人虽然找到了鹰巢的所在，却无能为力。回家后他感到自己谋生之路已绝，叹息不止。

一天，他对邻人诉说："我年年掏捉雏鹰卖给养鹰人家，用这一笔钱来维持一年的生计。但是今年，这只鹰却搬到人迹难至的海角去产卵，我再也无法捕捉雏鹰了。”邻人说：“只要想办法，一定可以捉到。”说罢，二人同往鹰巢那里观看。邻人察看了地势，指教他说：“如果在悬崖上栽上一根大木桩，桩上拴一条百余寻长的绳子，绳头上绑上一个大筐，人坐在筐里系下去，就可以探到鹰巢。”掏鹰人听后欣然返家，将绳子、大筐、木桩等物置备齐全，二人再一同来到鹰巢的地方。

二人按照预定的步骤，栽上木桩，拴好长绳，并在绳子的一头绑上大筐。掏鹰人坐进筐里，邻人用手把住长绳徐徐向下松放，最后直达鹰巢。掏鹰人从筐中下来，站在鹰巢旁边，伸手掏出了雏鹰，扎好双翅，装进筐中，使雏鹰先行吊上，自己留在下面等候空筐二次系下时再行上去。不料邻人将大筐提到岸上后取出雏鹰，竟不再系下筐去，丢下掏鹰人，便独自跑回家去了。这时，邻人去到掏鹰人家中，告诉他的妻子说：“你丈夫坐在筐中，正在向下放时，不料绳子折断，他掉在海里淹死了。”掏鹰人的妻子听说丈夫死去，痛哭不已。

且说，掏鹰人站在鹰巢旁边，望眼欲穿地等着大筐下来将自己吊上岸去，然而，等候多日也不见大筐下来。他站在一块向里稍微凹进一点的狭窄的岩石上，如果身子一动就要掉到无底的大海中去，看来，只有等待一死了。这个掏鹰人虽然年年掏鹰造下罪孽，但每月十八日这天，必定斋戒沐浴，读诵观音品。这时他心中暗想：“多少年来，我总是在将要会飞的小鹰的脚上系上绳带，让它捕鸟。如今因此罪过得到现报，眼看就要一死。我恳求大慈大悲观音菩萨念我多年信奉诚笃，在我今世这样死去后，把我接往极乐净土，以免坠入那三恶道之中吧。”掏鹰人正祷告时，从大海里蹿出一条目如铜碗的巨大毒蛇。巨蛇一面舔着舌头，一面顺着悬崖爬上来要吞食这个掏鹰人。掏鹰人心想：我与其被毒蛇吞食，倒不如投海而死。于是，拔出短刀向逼近自己的蛇头刺去，巨蛇受惊猛地向上蹿去，掏鹰人搂住蛇身，顺势爬上了悬崖。

掏鹰人登上悬崖后，巨蛇转眼不见了。这时他才恍然大悟，知道这是观音菩萨化身巨蛇，前来搭救自己，不禁感激流涕，礼拜了一番才走回家去。掏鹰人因为数日未食，已然筋疲力尽，几乎不能举步。当他挨到家中的时候，正是他离家后的第七天。只见家门紧闭，门口竖着一面丧忌的木牌。掏鹰人叫开房门走进屋中，妻子看见丈夫生还，悲喜交加。

进门后，掏鹰人将自己的遭遇原原本本地讲了出来。不久，到了十八日这天，他沐浴斋戒，准备读诵观音品。当他打开经盒时，发现经轴上插着一把短刀，正是自己在鹰巢旁边，扎进蛇头中去的那把短刀。掏鹰人想到观音品化蛇来救护自己，无限感动，立即发起修道之心，竟自削发为僧了。

掏鹰人出家后，勤修苦炼，永绝恶念。远近的人们闻听此事，无不深受感动。唯独那个邻人却羞愧难当，而掏鹰人对他却丝毫不念旧恶。观音的灵验竟然如此不可思议，世人听说此事，应该发起道心虔诚供奉。

第七篇

越前国敦贺女子蒙观音赐福

古时，越前国的敦贺住有一人，虽然家资不甚富有，却也称得上是一个小康之家。这人膝下无子，只有一女，因此倍加怜爱。这人为了晚年有靠，给女儿招纳了夫婿。不料夫婿一去不返，几次招赘都是如此。最后女儿只落得孤身寡居，父母为此不胜忧伤，从此，便不替女儿再招夫婿了。

父母为了替女儿求福，在住房后面盖了一间佛堂，供奉一尊观音佛像。观音供奉不久，父亲便自逝世，女儿的悲怀还未稍减，母亲又行死去。女儿见双亲相继弃世，痛哭不已，但也无济于事。

这时，家里只剩下她这个不谙世故的寡居弱女，又如何能过好日子。双亲留下的有限财物没有吃光用尽的时候还有几个仆妇用人，但在财物用尽之后，仆妇用人也就各自走散了。这时，她已缺衣少食，即使有时得食，也须亲手料理，如不得食则只有忍饥挨饿了。因此，女子常常向观音像祷告说："念在我父母的一片真心，求菩萨显灵救我吧!"一天，女子梦见从房后出现一位老僧，告诉她说："你很可怜，我准备给你配一夫婿，如今我已将他召来，明天就可到达此地。他来时，你务必听从他的吩咐。"女子梦醒后，知道这是观音搭救自己，立即沐浴净身，到观音像前去礼拜。

女子相信梦中指示，第二天清晨便打扫房屋等候来人，这所房屋原来修盖得非常宽敞，双亲死后，女子无心收拾，加上缺少陈设，自己便挪至墙角的小屋居住。且说，这天黄昏时分，只听许多马蹄声，有人到来。女子向外窥看时，原来有人正前来借宿。女子当即应允，于是人都进来了，他们还议论说："真找到一个好地方，这里多么宽敞!"女子看为首之人是一位年约三十上下的公子，生得很是清秀。那些从人和家将看来有七八十名，全都进来。主人见女子家中没有铺着炕席，便将裹皮箱的席子铺在皮褥底下，四周围起幔帐。天黑之后，有人从行囊中拿出备好的食物送来给主人吃了。等到夜深人静，只听这位投宿的公子，低声低气地说："我去和这家主人谈点事。"说罢便向女子这边走来。这座房里原本没有什么阻挡之物，公子径直来到女子身边，便用手将她抱住。女子说了声："这是怎么回事!"但她既无法拒绝，又相信梦中的指示，于是顺其所求。

这个公子，原是美浓国一个有钱有势人家的独生子，父亲死后继承了家财，而且，他的才干也毫不逊于乃父。公子自从死掉一位情投意合的妻子之后，就再未续娶，尽管有许多人要以女相妻或以身相许，但他坚持一定要有与亡妻相似的女子，方肯再娶。这次，他因事前往若狭国，白昼投宿时，他想看看家主究竟是何等样人，便窥视了一下，不料这女子生得与自己的亡妻一模一样。他心里只想着妻子的事，不禁目眩神迷，好容易盼到天黑，为了细看女子的举止动作，便闯进了内室。这时他见女子从言谈的神态以至一切举止，都与其亡妻不差分毫，心中欢悦，便订下盟约。他想自己若不是前往若狭，焉能巧遇此女，不禁喜出望外。天亮后，公子准备动身前往若狭，他见女子衣衫单薄，便留下一些衣物给她穿用，同时还留下四五名家将，连同众人等共约二十余人。但是，女子家里既没有食物，又缺少喂马的草料。女子正在为难，不料来了一个父母在世时使用的仆妇的女儿。女子虽然听说，但她从未来过，所以清晨初次见面问她是谁，仆妇的女儿说："我是令堂在世时使用的仆妇的女儿，这些年来总想前来看望，但有事未能如愿，今天才抽空前来看您。既然您这么为难，如不嫌弃就请到我家来吧。这是我的一点心愿，请不要怪我直言冒犯，因为我很难整天来看望您。”接着家长里短地又说了一阵，然后问道：“这些人都是做什么的?”女子回答说：“有一公子在这里借宿，今晨往若狭去了，据说是明天回来，暂时将他们留在这里。但是我这里没有东西给他们吃，天到这般时候，我一点办法都没有!”姑娘说：“原来是府上客人的随从啊!”女子回答说：“我并不想怎样特别款待他们，只是人家到这里来借宿连顿饭也管不起，心里觉得过意不去了，而且这些人又不能丢下不管。”姑娘道：“这的确是一件难事，我今天来得凑巧，让我回去准备饭食，然后再来。”说罢出门而去。女子心想这一定也是观音助我，就搓着手掌越发虔诚地祷告起来。正在祷告时，姑娘已然将饭食送到，女子一看，食物种类繁多，样样俱备，而且还有喂马的草料，当时无限欢悦，终于如愿地款待了这些客人。后来女子对姑娘说：“今天好像我父母复活了一般，总算没有丢丑!”说罢悲泣起来。这时姑娘也陪着哭泣并说：“几年来我一直挂念你的生活，可是活在这个世上，一点闲工夫也没有，今天好容易来见到您，这使我太高兴了。去若狭的那位公子，什么时候回来？和他同来的有多少人?”女子说：“我也不知道确实的日子，只听说明天傍晚可以回到这里来，他随身带走的，加上留在这里的，共有七八十人呢。”姑娘听罢说：“那么我去给准备饭食吧。”女子说：“连今天都使我于心不忍，怎好再去麻烦你。”姑娘说：“无论如何，现在也不能不管。”说罢便走出门去。这时，天色已近黄昏。

第二天，申时光景，公子从若狭回来了。这时，姑娘又拿来许多饭食，款待了主仆一行。饭后，主人进入内室休息，并对女子说明日要带她同往美浓。女子虽然有些顾虑，但她坚信梦中指示，也就答应随同前去。这个前来看望的姑娘，又为他们明晨动身准备饭食。女子意外受此恩惠颇感不安，想送她些什么来表达心意，但左思右想总找不出可赠之物。最后她想起这条红裙，也许姑娘能穿得下，便解下身上所穿的一条红裙，自己换上公子脱下的白裙，并招呼姑娘说："这几年我梦想不到会有你这样的人，你竟会在这紧要关头前来看我，使我保住体面。你的厚恩我永世不能相忘，真不知应该送你些什么才好，为了聊表我的心意，就把它送给你吧。"说着将红裙递给姑娘，姑娘固辞不受，并说："您把裙子赏给我，别人看见成何体统，我还正想送您些东西呢。"女子说："这几年，我就想找个依靠，如今想不到公子要带我前去，也许明天就要跟他走了，这条裙子就留作纪念吧。"女子笑着以裙相赠，姑娘说："既然说是纪念，那我就承受了。"说罢拿起红裙走了出去。

这间房屋原本相距不远，公子并未睡熟，两个女子的谈话，都被他听进耳中。到了动身的时刻，公子吃罢姑娘为他准备的饭食，牵出马来，备好鞍韂，扶女子上马，这时，女子心想，人生无常，说不定再没有机会参拜这尊观音了，不如先到佛前拜别。女子来到佛像前面一看，观音肩上搭着一件红色衣物，不禁一惊，仔细看时，原是她送给姑娘的那条红裙。女子这才醒悟，那个姑娘就是观音的化身，特来护助自己，感动得跪伏在佛像前面痛哭起来。公子见女子的神色可疑，就走来观看，四下一望，发现观音像的肩头挂着一条红裙，便问女子："这究竟是怎么回事？"女子哭着把事情的经过从头到尾讲说一遍。公子方才在假睡时已然听得真切，而今，又见观音肩上确是送给姑娘的红裙，也感动得痛哭不已。家将中一些通达事理的人听了也都深受感动。女子再三礼拜后，才将佛堂房门关闭，随同公子一起前往美浓。从此二人结成夫妻，甚是恩爱，生下许多子女。后来女子虔诚信奉这尊观音，常来敦贺参拜。她曾到远近各处寻访那个姑娘，却了无踪影。此事全是观音在执行他救助世人的本誓。世人闻听此事，都说："一定要诚心供奉观音。"

第八篇

殖规寺的观音救助贫女

古时，大和国敷下郡有一座殖规寺，寺里供着一尊等身高的观音铜像，灵验昭著。敷下郡的郡守就住在这座寺院的附近。郡守有一个女儿，自幼被父母百般怜爱，郡守时常带领她往殖规寺去参拜，祈求观音保佑长大成人，富有姿色，享受荣华。这个姑娘年长二十余岁的时候，登门求亲的人很多，但二老执意要给她择一个佳婿，因此总也未能选中一人。这时，其母偶染病症，竟自死去。其父的年纪原本大于其母，又如何经得起这样的打击，终于也一病不起，仅仅两三日的工夫便死去了。从此，这个家里只剩下姑娘一人。日子久了，宅院日渐荒凉，服侍她的仆妇用人尽皆散去，家里的庄田也被人全部霸占。姑娘没有了庄田，境况越加困窘，每日只有忧伤悲泣，四五年来，她总是从日暮悲泣到天明。

后来，这个姑娘在观音佛像的手腕上拴了一根丝带，一手拉着，一手散花焚香，虔诚祷告说："我父母双亡，孤苦伶仃，家贫如洗，无依无靠，恳求大悲观音发发慈悲，赐我一些福分。纵然我前世造下罪孽，应该受穷，但是菩萨有救人的誓愿，怎能不救救我呢！"姑娘不分日夜总是这样哭着叩头礼拜，虔诚祷告。

且说，邻郡的郡守有一位公子，年约三十上下，相貌英俊清秀，心地善良，为人正直。他和妻子情意相投非常恩爱，后来他的妻子怀孕，临产时死去，公子虽然悲痛，但已于事无益。居丧期满，公子决计上京寻求一个如意妻子，行至中途，因天色已晚，便投宿到敷下郡已故郡守的女儿家中来了。

这个姑娘见有陌生人前来强行借宿，吓得躲到墙壁一隅，后来见纵然不允借宿，来人也无处可去，只好命人取出炕席替他们铺上，并叮咛说："要好好听他们的吩咐，这些人动起怒来可不好惹呀!"这人遵嘱铺好炕席，将有灰尘的地方打扫了一番，借宿人看了便说："这家人太通人情了。"就将打扫尘土的人唤住，问道："这不是去世的那位郡守的宅子吗?"回答说："是。"又问："他们爱女现在怎么样了?"回答说："她见客人前来投宿，暂时躲到西头去了。"借宿人听罢，将行李铺开，吃了些东西便自去安歇，公子旅居他乡，夜不成寐，便起身伫立，信步向这个女子躲藏的地方走来。他悄悄地近门细听，里面隐约传出一个大家闺秀在那里饮泣的声音。哭声非常悲哀，不忍再往下听，便轻轻推开拉门走到这个姑娘身边。姑娘见有人来，很是惊慌，而公子却已来到一旁轻轻躺下。姑娘见他用手乱摸，不胜羞怯，将衣服紧紧裹住身子，俯地而卧。公子哪肯就此罢休，一把将她搂在怀里。公子临近观看，更觉此女楚楚动人。只见她姿容美丽，甚为可爱，心想乡间女子竟如此美貌，大家闺秀也难与之媲美，于是心甚喜悦，一觉睡去，未几天色已亮，姑娘便催公子起身速去，但公子仍然懒卧不起。

这时，外面的雨下个不停，公子就留了下来。姑娘家贫缺少食物，虽时已近午，而公子尚未用饭。姑娘非常难过，便漱口洗手，去到佛堂拉着那条挂在观音像上的丝绳，哭着祷告说："求菩萨马上赏赐一些钱财，别让我丢丑吧。"祷告后，回到家中两手托腮，蹲在空灶前面，叹息不已。到了申时，忽听外面有人叩门，姑娘出去观看，原来是隔壁富人家的一个使女。使女提着一个长形提盒，里面装着各式各样的饭菜，而且还带来许多器皿，铜碗、酒壶，应有尽有。使女将饭菜递过来说：“我家主人偶然听说府上来了客人，命我前来送给你的。这些碗碟以后再还好啦。”姑娘看罢非常欢喜，将饭菜送给公子食用。事后女子念念不忘此事，觉得无法报答她的恩情，就脱下身上唯一的那件衣衫，赠送给邻家的使女，并说：“我虽然受此厚恩，但因我家贫，无物可赠，只有这件污衣，现在送给你吧。”说罢，流着眼泪递了过去，使女接过衣衫，穿在身上，然后回家去了。

且说，公子见送来饭食，先未动箸，对着姑娘的面庞凝视许久，现出一副惊讶的神情，后因饥饿难忍，便将饭食吃下。他为了要和姑娘成亲，不愿立即动身进京，一心想结百年之好。正在这时，隔壁的富家女又差人送来十匹绢十包米，并传话说：“这些绢可以做衣服穿，米可以作酒储藏起来。”姑娘意外获得这些物品，心中惊异，便跑到隔壁去向富家女感激涕零地道谢了一番，富家女听罢说：“恐怕是出了妖怪吧，这事我毫无所知，哪有这事呢，我这里根本就没有到你家去的那个使女。”女子听了惊疑不定地回到家中，当她和往日一样，走进佛堂参拜观音时，看见赠给使女的那件衣衫正披在观音像上。姑娘一见感动得落泪，这才知道原是观音前来帮助自己，登时卧倒在地，哭着向观音礼拜。这时天色已晚，公子也来到佛堂。姑娘哭着向他诉说了这事的经过，二人对观音感念不尽。后来，二人结成夫妻，同住在女子家中，从此家道日益兴盛，恢复了父母在世时的旧观。他们知道这完全是观音相助，就更加虔诚地敬奉起来。后来夫妇二人安乐度日，长寿以终。

因此看来，观音的本事确实不可思议，竟能化身为人，披着衣衫，着实令人感动。殖规寺就是这座寺庙，直到今日这尊观音仍然存在寺中。这尊观音的确值得世人前往参拜。

第九篇

信奉清水观音的女子蒙受利益

古时，京城中有一个极为贫困的女子。她父母双亡，无亲无故，虽然年轻貌美，但因家贫无人肯与婚配，一直没有丈夫。

多年来，女子无依无靠过着困窘的生活，一天她暗自思忖：如果观音不来相助，我这个贫女便难以致富。于是不分日夜每天前往清水寺参拜、祈求。女子从前去清水的时候，路旁土坡上乱草丛生，也没有人家。这次在一个土岗上发现一间小小的茅庵，庵里住着一个老妪，老妪将朝拜清水寺的女子唤住对她说："你这样一天到晚前去参拜，真令人感动！难道你没有亲友吗？"女子答说："我有亲友，就不至于落到这般光景了。"老妪叹息道："真太可怜啦！你就会有好报的。你若不嫌我这间茅屋脏，从现在起，一直到秋天，你随时可以来此吃饭。"说罢，招呼女子进庵，端出饭食给她吃。茅庵虽然非常简陋，但是饭食却分外清洁。从此女子每次前去清水参拜，都在老妪的茅庵用饭。日子久了，她那件唯一的衣衫，已然褴褛不堪，但她认为穿此褴衫也是前世的罪过，因此越发虔诚地发起道心，参拜得更勤了。一天，拂晓时分，女子离开佛堂，走到六波罗密左近，这时她筋疲力尽，行走不动，便靠在爱岩神社的大门上休息片刻。

这时，从京城那方来了一簇行人，有的骑马，有的步行，簇拥而来。女子不知道这是一伙什么人，心中正在发慌，只见一个公子模样的骑马人来在女子身旁跳下马来。女子以为他在等人，而他却走过来注视着女子的面庞说："你是谁？为什么独自一人坐在这里。"女子答道："我刚从清水朝拜回来。"男人说："我想起来一件事，要对你讲，你一定要听从我的话。"说罢叫开附近的小屋，将女子带进屋去。这时天还未亮女子孤身一人，如何抗拒得了，只好顺从男子心意同榻而眠。事后男人说："我能遇到你，乃是前世有缘，愿意和你结为百年之好。不过，我要到远方去，不知你是否可以随我一同前去呢？"女子说："我无亲无故孤身一人，几年来一直盼望离开京城隐避起来，不论什么地方，我都乐意跟你前去！"男人问："京城中没有要找寻你的熟人吗？"女子说："如果要有这种人，我也不会落到这种地步了。"男人说："那太好啦，赶快动身吧。"女子说："这里有个善人，我想现在去看她一下。"男人说："她住在什么地方？"女子说："从这里往上走半里多路，山坡上有一座小小茅庵，里面住着一位老妪，几年来对我一直是非常关照的。我想去向她告别。"男人说："你应该赶快去辞行，不过你穿的衣服太褴褛了。"说罢立即打开皮箱，取出一套漂亮的衣裙给女子穿上，然后扶她上马同行。

来到茅庵前面，女子下马，问了声："在家吗？""在家。"老妪说着走出庵来。女子说："想不到我在路上遇见一人，他马上就要带我到远处去，我想无论如何也得前来向您辞行，这几年，您总是怜悯我，从今以后我们就是都活着恐怕也难以相见了。"说着痛哭不已。老妪说："话虽如此，你跟他去会有好处的，赶快走吧，这是一件大喜事。"女子想送老妪一些纪念物品，而再三思索，身边也找不出一件东西。她忽然想起为人子者在辞别双亲时以发留念的习俗来，立刻将左边的一缕头发抽出剪下，交给老妪。老妪接过发丝，欷歔地说："你真懂事啊！"随即在指尖上绕了三匝，又说："如果命中注定不能再次相见，这个手指也不会丢失，以此作为你寻找我的表记吧。"女子听说此话，不解其意，只好洒泪而别。原来这位公子是陆奥国守之子，他与其父同在任地居住，很早就想在京城寻找一个如意女子带回家去，这次进京多日，迄未找到。不料在归途中，偶遇此女，正中其意，于是将女子带回。

一路上女子思念老妪的恩情，泪落不止。到家后不久，她便差人前去寻访，那人遍寻不见，回来禀报说："什么地方都找遍了，既不见茅庵，也没有老妪。"女子心想，莫不是老妪已然死去，今后再也不能相见了，心中无限悲痛。四年任期已满，国守举家返京，途中，女子亲自前往探望，但见早年的土坡依然如故，而那座茅庵却已不见。女子触景生情，悲伤不已，便去佛堂参拜。她想自己能如此意外地脱离贫困，全是观音菩萨的保佑。走进佛堂抬头一看，只见佛龛以东有一尊观音的站像，这尊世无畏①的手上正缠着自己剪下赠予老妪的发丝，女子看罢不胜感伤。她想起观音为了救助自己竟化身老妪，忍不住出声哭泣起来，哭着返回家去。

后来，夫妻和睦，永无匮乏。由此可见观音搭救世人绝非虚事。

---

① 又作"施无畏"，是观世音菩萨的别号。

第十篇

穗积寺的观音施钱救贫妇

古时，奈良左京的九条二坊住着一个贫穷妇人，她生有九子，家中极贫，无法为生。且说，京城中有座寺院，名叫穗积寺，寺里住着一尊千手观音。一天，贫妇来到观音像前，虔诚祷告说："但愿观音大发慈悲，赐我一条生活之路。"但是，过了一年也未见有任何灵验。

这时，正是大炊天皇[①]在位，天平宝字七年十月一日傍晚，贫妇的胞妹忽然来到家中，她携带一只皮箱，说是请姐姐暂时代为存放。姐姐仔细一看，妹妹的两脚上还粘着许多马粪。当时她对姐姐说："我先把它存放在这里，回头就来取。"说罢转身而去。妹妹走后，贫妇等候多日也不见来取皮箱，心中焦急，便去妹妹家中探问，谁知妹妹竟说不知此事。贫妇听了大为惊异，到家后启开皮箱一看，里面放着百贯铜钱。贫妇心想，既然妹妹不知此事，莫非是穗积寺千手观音变成妹妹的模样，送钱来搭救我吗?想到这里，立即前往寺中参拜观音佛像，观音的脚上果然粘着马粪。贫妇一见知道这确是观音资助自己，感动得落泪。

过了三年，外面传说，千手院中收藏的修缮费一百贯铜钱不知去向，而钱库的封条却丝毫未动。这时，贫妇知道皮箱中的铜

---

① 日本第四十七代的天皇，即淳仁天皇。

钱就是穗积寺的钱，因此，更加深信观音菩萨的灵验，心中感激，垂泪不止。于是她早晚焚香、点灯，虔诚礼拜。从此以后，贫妇永无贫困之忧，得享富贵之乐，如愿地将九子抚养成人。这尊观音至今仍在穗积寺里，是一尊值得世人前往礼拜的佛像。

第十一篇

观音佛头落地自动还原

古时，奈良京城有座下毛野寺，寺中正殿主佛的东侧，供着一尊观音。圣武天皇在位时，这尊观音的佛头，突然无缘无故地从项上跌落下来。众施主见佛头折断，就想立即塑接起来。但是过了一天一夜，清晨再看时，佛头没有等人去接，却自动长在了颈上，完整如初。众施主见状，便到处询问："是谁把佛头接好的?"但是始终未能找到修接之人。众施主正在纳闷，又见观音像上放出了白光，更加惊愕，不解其中的缘故。当时有一位智慧高深的人说道："为了点化那些愚痴不信的人相信菩萨的佛身原本常驻不灭，佛头才无缘无故落地，又不等人去接便自行还原。"众施主听后，深受感动。看见和闻听此事的人也都称赞这是一桩奇事。

第十二篇

观音避火离开佛堂

古时，和泉国和泉郡，有一座珍努山寺，山寺中供奉着一尊圣观音①木像。本国和本郡的人对这尊观音都非常崇敬。

后来，到了圣武天皇朝代，这座山寺失火，将供奉观音木像的佛堂烧掉了。事后，在离开被焚佛堂二丈远的地方，却发现了这尊观音，丝毫也没有受到损伤，众人看了惊疑不解，四处询问："这尊佛像是谁从佛堂里搬出来的?"但是一直没有找到搬移佛像的人。这时，山寺里的僧人都感动地说："这是观音为了避火自己离开佛堂的。"于是大家哭泣礼拜。由此看来，菩萨木像虽然身无所行，心无所感，目无所视，鼻无所闻，但为了启发众生信心，竟能如此显灵。

看见和闻听此事的人，无不慕名俯首前来敬拜这尊观音。

---

① 据佛家传说，观音有六种，即圣观音、千手观音、马头观音、十一面观音、准胝观音、如意轮观音。

第十三篇

观音被盗后自行出现

古时，大和国平群郡的斑鸠村有座罔本寺，寺中供着十二尊观音铜像，住在这座寺院里的是一些尼僧。

圣武天皇朝代，寺院里的六尊铜像，被贼人盗去，虽经多方查访，迄未找到。且说，诀郡驿站的西边有一座小池塘。其后一年夏天，有许多牧童在池塘附近放牛，众牧童看见池中露出一根小树枝，枝上站着一只鹞鹰，便捡起石块朝鹰打去，但是这只鹞鹰竟然屹立不去。当时，众牧童不再投掷石块，就下到池塘里去捉，而鹞鹰却转眼不见了，只有那根树枝依然露在水上。众牧童仔细一看，树枝原是一根黄铜手指。他们好奇心胜，紧握手指将它拉出水来，这时才发现是一尊观音铜像。众牧童将铜像拉到岸上，并把此事告诉了村人，村人都跑来观看。罔本寺的众尼僧听到传说，也赶来观看，认出这就是本寺里的观音铜像，佛像上的金箔已然尽行脱落。众尼僧围着观音悲泣地说："自从失盗以后，我们寻找了许久，观音菩萨啊，您怎么竟遇到了盗劫!"随即动手扎了一顶彩轿，将铜佛供在轿内抬回罔本寺去，安放妥当，顶礼叩拜。不久，罔本寺左右的道俗男女都聚集而来，向这尊观音虔诚叩拜，崇敬不已。

由此看来，池塘中的鹞鹰并非真有其物，乃是观音变化以示世人，实在令人感动。菩萨按照人心的善恶显示不同的灵验，纵然被贼人盗去，仍然如此灵验，世人闻知此事，应该虔诚信奉观音。

第十四篇

斋郎[1]东人祷告观音求得财富

古时，圣武天皇朝代，有一位斋郎名叫东人，他进入吉野山中修行佛法，祈求发财致富，特别向观音菩萨祷告说："南无铜铁万贯，白米万石，好女多得。"东人如此祷告，倏已三年。

当时，有一个三位大官名叫粟田朝臣。粟田的女儿住在广濑家乡，尚未出嫁。一天，女儿突然染病，缠绵多日不愈。其父为此终日忧愁，叹息不止。经向多方求计，决定命人请高僧为女儿祈祷。差人奉命出门前去，路遇东人，便将东人邀至家中。东人祈祷后，女儿霍然痊愈。这时，粟田的女儿对东人起了爱慕之心，东人见女子对自己有意，便和他幽会，事后女子的父母闻知此事，极为愤怒，立即将东人捆缚起来，装在草包之中。

且说，女子情深，难忘东人，暗自来到东人身边，顷刻不离。看守东人的家人，为女子的情义所感，便将东人放出来和她相会。日久女子的父母也觉察到女儿情意经久弥笃，终于将东人放出，使二人结为夫妇，并让东人继承家业，还把所有财物赠给了东人。又过了几年，女子染病不起，临终时，嘱咐妹妹说："如今我就要死去，但是我有一件心事，不知你能否答应?"妹妹回答道："我一定遵从姐姐的吩咐。"姐姐便道："我永久也忘不了东人，我死

① 见本书卷十一第六篇译注。

后，希望你能做东人的妻子，照料这个人家。”妹妹承受了姐姐的遗言，于是，姐姐含笑而逝。父母按照长女的遗言，将次女嫁于东人，并授以家财，婚后夫妻恩爱绵绵，白头偕老。看见和闻听此事的人都感动地称赞说：“东人完全是依仗自己的祷告，获得偌大的福德，这就是修行的灵验，观音的威法！”

第十五篇

信奉观音的少年龙宫获宝

古时，传说京城里有一个不知姓名的少年，家贫无依，生计艰难。但是，这个少年虔诚信奉观音，每月十八日一定持斋，并到许多寺院参拜。

多少年来，少年一直如此信奉观音，一天，到了九月十八，他循例前去各庙参拜。古时，寺院不多，少年走到南山阶一带，这里山深，杳无人烟，突然碰见一个年约五十上下的汉子。只见这人的拐杖头上挂着一个物件，细看原是一条一尺多长的小花蛇。少年从这人身边走过时，瞧见那条小蛇还在蠕动，就对捕蛇人说："你到什么地方去?"捕蛇人说："我是进京的，请问你到什么地方去?"少年说："我到庙里去拜佛，不知你拿的这条蛇有什么用处。"捕蛇人说："我是特意捉到的，当然有用处。"少年说："请你把它舍给我吧，残害生灵是有罪的，今天看在观音的份上把它释放了吧。"捕蛇人说："观音也得叫人活着呀，我拿它去是有用处的，我并非一定要杀害生物，不过要活着就得有谋生之道。"少年说："但不知你有什么用处?"捕蛇人说："很久以来我就以雕制如意为生，用小蛇身上的油就可以把牛角扳直，雕成如意。正因此我才把它捕来的。"少年说："雕成如意做什么用呢?"捕蛇人说："实不相瞒，这是我的生意，谁要就卖给谁，我是这样维持生活的。"少年说："如此说来，这的确是你难以割舍的东西了，那么，我不白要你的，用我身上的衣服和你交换好了。”捕蛇人说：“你用哪一件换？”少年说：“用这件便服换也可以，用这条裙裤也可以。”捕蛇人说：“这两件我都不能换。”少年说：“那么就用我穿的棉袍换。”捕蛇人说：“这还使得。”说时，少年将身上的衣服脱下交给捕蛇人，捕蛇人接过衣服将小蛇递给少年，便转身离去。少年忙问：“这条小蛇原来藏在什么地方？”捕蛇人说了一声：“就在那边的小池塘。”便自远去。

捕蛇人走后，少年将小蛇拿到池边，寻找一地，先把砂土翻起，使小蛇在砂土上舒展一番，这时，只见小蛇蜿蜒爬进水中去了，少年看罢心中无限舒畅，但向有寺院的地方走去。走了半里多路，对面碰见一个年方十二三岁的少女。只见这个少女容貌秀丽，衣裙华美。少年在这深山僻静之处遇到这样美丽的女子，不禁深感奇异。女子对他说：“我很感激你的恻隐之心，特地前来致谢。”少年问：“你为什么要向我致谢呢？”女子说：“因你救了我的性命，我把这件事告诉了父母，他们让我把你接到家中，亲自向你道谢，我现在就是来接你的。”少年心想，她原来就是那条小蛇。少年看她的样子十分可爱，但总不免有些惧怕，便问道：“你的父母现在何处？”女子回答：“就在那边，我领你去。”说罢就领着少年向池塘那方走去。少年虽然恐惧有意逃走，女子却再三相劝，说此去必然有益无害，这时少年只好仗着胆子来到池边，女子又对少年说：“你暂时在这里等一下，我先去禀报一声，随后就来。”说罢，转眼不见了。少年正在池边感到不知道怎么办好的时候，女子又出现了，并说：“我领你去吧，你先闭上眼睛睡一觉。”少年按照她的吩咐闭目，将要入睡时，就听女子说：“好了，睁开眼睛吧。”少年睁眼一望，只见已然来到一座金碧辉煌的大门前。这座门乃是国里任何一座城门所不能媲美的。女子说：“你在这里等一下，我去禀报父母。”说罢走进大门。不多一会，女子又出来说：“你跟着我来吧。”这时，少年惶恐地跟在女子身后，只见重重的宫殿阁楼，都用七宝装成，光彩夺目，绚丽异常，走过许多宫殿之后，来到一座仿佛是正殿的地方，这里摆设着各式各样的美玉，陈设着富丽堂皇的锦帐，珠光宝气，金碧交辉。少年心想这里或许就是极乐世界吧，不多一会，只见一位气度轩昂、神态威严、年约六十、鬓发很长的老者，穿着一身世上罕见的服装走出殿来，他说："哪位到了，请上来吧。"少年起初不知呼唤何人，转念一想，这不是在招呼自己吗，便恭敬地说道："我怎敢上去，有话请吩咐好了。"老者说："我无论如何也想接你来见见面，请赶快上来吧。"于是，少年惶恐地走上殿来，坐在一旁。老者说："我非常感激你这种恻隐心肠，所以特意把你请来当面道谢。"少年问："但不知为了何事？"老者说："世上的人，疼爱自己的子女简直是无微不至。我有许多子女，最小的是女孩，今天午间她要到附近那个池塘里去玩耍，虽经再三拦阻，但她不听，只好让她玩耍，结果被人捕去，险遭杀害。幸好，遇到你，搭救了她的性命。我听女儿说知此事，非常高兴，才将你接到这里来当面向你致谢。"这时，少年才领悟到老者就是那条小蛇之父。老者一声呼唤，立刻来了许多相貌威严可怕的使者。"给这位客人准备饭食。"就见端来许多珍馐美味。老者自己吃着，一边殷勤相劝。少年虽然有些忐忑不安，终于将饭菜吃下，菜味鲜美，无法形容。饭后，侍者撤下杯盘，老者道："我就是龙王，在这里已经住了很久，本来我准备送你一颗如意宝珠，但因日本人的心地险恶，恐你难以保存。这么办吧，把那边放着的盒子递给我！"说罢有人将一只漆盒拿了过来，打开一看，里面有一块厚约三寸的金饼，龙王将金饼取出，从中间一分两块，一半装入盒中，一半交给少年，并且说："你不要把它一次花掉，需要时从边上一点点掰着用，你这一辈子绝不会受贫了。"说罢，少年接过金块揣在怀中，并向龙王说："现在我要告辞了。"这时，只见方才那个女子走来，将他领出那座金碧辉煌的大门，吩咐他说："你还要像方才那样，闭上眼睛。”少年刚刚合上两眼，已然来到池边。女子说：“我只送你到这里，你自己回家去吧，你的恩情，我永世不能相忘。”说罢，转身不见了。

少年回到家中，家人问：“你为什么这么多日子没有回来呢?”原来他以为在龙宫只不过待了片刻，谁知世上已经过了好多日子。少年没有把这事告诉任何人，自己悄悄将那半块金饼破开，用来购置一切需用物品，从此万物丰足，变成了一个富人，再不受穷。这块金饼随用随长，因而少年富极一时，终生虔诚信奉观音。少年死后，金饼也随之而逝，并没有传给子孙。

这个少年由于诚心诚意信奉观音，因而得见龙宫，获得金饼，成为一个富人。这件事究竟发生在什么年代则不得而知。只因有人传说，故而传闻于世。

第十六篇

山城国女人信观音得免蛇难

古时，山城国久世郡有一人家，家里有一个姑娘。她在七岁时便学会了诵读观音经，每月十八日这天，必定斋戒祷念观音菩萨。到了十二岁，她已学完全卷法华经。她的年岁虽小，心地却非常慈善，对人怜爱，从无恶意。

一天，姑娘出外游玩，瞧见一人正提着一串螃蟹行走，便问道："你拿这些螃蟹做什么用?"持蟹人回答说："拿去吃。"姑娘说："你把螃蟹给我吧。你如果要吃，我家有许多死了的鱼，我用鱼和你换。"这人听了姑娘的话，将螃蟹全部给她，姑娘接过螃蟹便拿到河边一齐放进河里去了。

后来，姑娘的老父有一天正在田间耕地，突然发现一条毒蛇追逐着一只蟾蜍，眼看就要将它吞食下去，老翁见时生了怜悯之心，便对毒蛇嚷道："你饶了这只蟾蜍吧，你如听我的话放过它，我可以招你为婿。"毒蛇听了抬头看了看老翁就放开蟾蜍钻进了乱草堆中。老翁懊悔自己不该如此信口许愿，回家后唉声叹气不思饮食，他的妻子和女儿问道："你为什么这样叹气，饭也不吃呢?"老翁便把经过情形说了一遍，并说："我信口答应，所以正为此事发愁。"姑娘说："不要紧，你赶快吃饭吧，不必为这事发愁。"老父听了女儿的话，这才放下心来吃了饭。

当晚，亥时光景，外边有人叩门，老父以为必是毒蛇来到，便告诉了女儿。姑娘说："你可和他约订三日后再来。"老父开门一看，是一位五品官职打扮的人，他说："我为践今晨之约，特来拜访。"老父说："三日以后请你再来吧！"这位五品官听罢转身而去。

第二天，姑娘叫人用厚木板搭盖起一间坚固如库房一般的小屋，四周砌得严丝合缝。第三天傍晚，姑娘走进小屋，将屋门紧闭，并嘱告父亲说："今夜那条毒蛇再来叩门时，你赶快给它开门，我将一心祈求观音的护佑。"说罢避居在小屋中去。天刚入夜，先前那位五品官员又来叩门，屋门开后，他便走进房来，当他发现姑娘避居小屋时，大为怨恨，立刻现了毒蛇的原形把小屋紧紧地缠绕起来，不住地用尾敲打屋门。姑娘的父母看到这般光景，惊恐万状。约至夜半，敲门之声渐止，这时，只听得毒蛇的叫声，接着便无声息了。等到天光大亮，姑娘的父母起来一看，原来这条毒蛇已被一只庞大的螃蟹率领那成千上万只小蟹咬死了。这时螃蟹也一个个爬了出去。姑娘打开小屋门，告诉父亲说："昨晚我念了整夜的观音经，有一位相貌端庄的僧人来告诉我说：'你不必怕，只要诵读"蚖蛇及蝮蝎气，毒烟火燃"等经文就是了。'我这次脱难全仗观音的护佑。"父母听了非常喜悦，后来为了拯救这条毒蛇的苦痛和帮助那许许多多螃蟹解脱罪报，便在该地挖掘了一个土坑，将毒蛇的尸体埋葬起来，并在墓上修造了一座寺庙，塑铸佛像，另外还抄写经卷供奉起来。这座寺庙取名为"蟹满多寺"，至今仍然存留于世，后来世人以讹传讹把它叫作纸幡寺，这是因为世人不明这座庙的兴建缘由所造成的。

从此事看来，这家的姑娘绝非凡人，世人感动地说：观音的神灵确是不可思议的。

第十七篇

备中国良藤被狐所迷幸得观音救护

古时，备中国的贺阳郡苇守乡里，有一人名唤贺阳良藤。良藤经营钱业，家道丰裕，但他生性放荡，好近女色。

宽平八年秋天，良藤妻子进京，只剩下良藤一人独居家中，一天傍晚，良藤出外散步，偶然看见一位美丽的少女，为平生所未见，便起了爱欲之心，搭讪着和她接近。他看女子也无逃避之意，便抢步向前拉着她说："你是谁?"女子卖弄风骚地说："我谁也不是。"良藤见她答话的神态十分可人，便说："赶快到我家去吧。"女子说："那多难为情呀！"说着甩开良藤的手就要离去，良藤连忙说："那么你住在什么地方，领我去好了。"女子说了声"就在那边"迈步就走，良藤急忙赶上拉着女子一齐同行。走不多远，果然有一所漂亮的房屋，良藤走进房中一看，室内陈设富丽堂皇，心中不禁惊异道：这里怎么会有这样富贵的人家呢！这家上上下下男女主仆人数众多，他们瞧见良藤都纷纷议论起来，说："姑老爷驾到了。"看来这个女子便是这家的姑娘，良藤当夜高兴地在女子的房里住了下来。翌日清晨有一个家长模样的人走出来对良藤说："原来你是为此而来的呀！既然如此，就在这里住下来吧。"说罢，对他招待得非常殷勤，良藤因钟情于这个女子，便和她结成百年之好，朝夕相处，至于家中的妻儿老小，早被他忘在脑后。

良藤的家人，从那天傍晚不见他的踪影以后，便以为他又躲到老地方去了，及至入夜，仍不见他回来，家人有的便气愤地说："去找找这个疯子吧！"但是在附近一直找到深更半夜也未能找到。设若他出门远行吧，但服装还都放在家里！难道他只穿着一件白色小褂便离家出走不成？大家这样忙乱了一阵，不久天光大亮，又到他可能前去的地方找了一遍，仍然没有一点儿线索。家人惊异地议论说："假如他是一个性情浪漫的年轻人，或许一时想不开，出了家或者投了河，但他已年近半百，真令人猜不透他到什么地方去了！"

且说良藤在女子家，住了许久，女子已怀身孕。十月期满，平安地生下一男，这样一来，他和女子越发情意深厚了，日月迅速地过去，女子家中的一切无不使他称心如意。

良藤失踪以后，家人虽经多方寻找迄无音信。良藤之兄丰促身任郡守，良藤之弟丰荫身为统领，丰恒乃是吉备津彦神宫寺的神官，此外良藤之子忠贞等人也都是富有之家。大家都深感悲痛，为了要寻得良藤的尸体，他们共同发愿雕塑一尊十一面观音佛像。这尊佛像用柏木雕成，高与良藤的身量相等，他们朝着佛像顶礼叩拜，唯一的愿望就是保佑他们能够寻到良藤的尸身。不仅如此，从良藤失踪之日起，他们便开始念佛诵经，为良藤的来世祈福。

一天，女子家里突然闯进来一个手拄木杖的人，全家人一见，连家长都惊慌得四下逃散，这人用木杖顶着良藤的脊背，从一个狭窄的地方将他推了出来。

这正是良藤失踪后的第十三日的傍晚，家人怀念良藤感伤地说："这个人的失踪也太离奇啦，一时不留意，他就不见了。"这句话刚刚说完，就看见从他们眼前的仓库下面，爬上来一个黑黝黝宛如猿猴般的人，在场的人看见这种情形，叫了起来，问道："你是什么人！""是我。"一听答话的声音原是良藤，其子忠贞听得确是父亲的语音，惊愕地说了句："这是怎么回事？"赶忙走下去一把将良藤拉了上来。这时良藤告诉他们说：“我一人独居正在想接近女人时，不意偶然做了名门之女的夫婿，这几年来，得了一个男孩，他的相貌非常俊秀，我整天抱着不忍释手，因此我想叫他作长子①，忠贞为次子，这是因为我看重这个孩子的母亲的缘故。”忠贞听了便问道：“您那个孩子在什么地方呢?”良藤指着仓库那边说道：“就在那边。”忠贞以及全家人听说此事，都惊异不解，再看良藤的模样，瘦得简直像一个病人，身上穿的衣服仍是失踪时的那一套。当时命人下到仓库里面一看，只见许多只狐狸正在四下逃散。在那里还有良藤睡卧的地方。良藤看后，才知道自己为狐魅所蛊惑，梦寐般地做了一场这样的夫婿。这时，家人立即聘请了高僧为他祈祷，另外还找来阴阳师为他驱邪。良藤尽管三番五次沐浴净身，但容貌仍非昔日可比。后来，他的精神逐渐复原，深深感到羞愧和惊奇。他在仓库底下一共住了十三日，而自己却觉得仿佛过了十三年。再者仓库的横梁下面不过四五寸高，而良藤却觉得既很宽阔又非常高大，仿佛自己出入于高楼大厦之中。这一切完全是灵狐作祟。那位手持木杖闯入房中的人，乃是家人塑造的观音佛像的化身。由此看来，世人必当专诚信奉观音。后来，良藤的身体完全康复，又活了十余年，享年六十一岁而终。

此事传自宰相三姜清行的口中，这位宰相当时正是备中的国守。

---

① 日本只有长子可以继承家产。

第十八篇

石山观音显灵代对诗歌

古时，近江国有个伊香郡，郡守的妻子年轻貌美，聪敏智慧，举世无双。近江历任的国守，听说这个绝代佳人后，都费尽心机想将她谋取到自己手中。尽管这些人痴心恋慕，女子生性刚强，不管是好是歹，除了自己的丈夫以外绝不理睬别人，就连国守送来的信笺，她也从不回答。

后来，有一个藤原永赖任职近江国守，执掌当地的国政。当他听到这个女人时，谋取之心比该地历任国守更加炽烈。然而他毕竟不能向女子的丈夫强索其妻，有心差人递送情书，又有前人的明例，知徒劳无益，国守为此想尽心思，终于想出了一条巧计。于是他便差人去召唤郡守，声称府宅有紧急要事，郡守不知真情，急忙前来参见。国守让他坐在自己的面前，这时郡守双膝触地，恭敬地坐了下来。国守道："全城的人虽然不少，我看博学明理的好像只有你一个，我想听你谈古论今，所以才把你找来。"郡守唯恐得罪上司，便将古时的事迹讲述一番。国守听着，连连劝酒，国守见他神色紧张，想缓和下来，便说道："我有一事相求，不知你肯答应吗?"郡守说："我怎敢违背国守的吩咐。"国守道："我想和你打一赌，你也不必有何顾虑，尽管和我打赌就是了。你如胜我，我便把领地分割给你。我如赢了你，不论怎样也得把你的妻子给我。"郡守恐慌地回答说："我怎能胜了国守，但不知怎样赌法?”国守道:“打赌你并不一定就输给我,也可以赢啊,胜负谁也不能肯定。”郡守暗自思忖说:“我焉能胜过国守,这分明是要我把那多年恩爱的妻子输给他,我现在该说什么好呢!”当他正在思忖时,国守取来笔砚,当即执笔挥写,写好后紧紧封起,封面还盖上印章,随后装入文书箱中,箱上又盖上一道印。这时国守将文书箱交给郡守并说:“这只箱子交给你,但你不能启开观看,箱子里装的是和歌的上联,要你合情合理地对出下联来。你把它拿回家去,从今天起,到第七天头上,一定要送回来。你能把和歌的下联对好一起送来,就算你赢,那时我立刻将领地分给你,你如对错,那只得把你的妻子让给我了。”郡守无奈,只好接过文书箱,愁眉苦脸地返回家去。郡守妻子不知丈夫为何事见召,正在担心,今见丈夫回来满面愁容,便难过地问道:“出了什么事吗?”郡守半晌无言,只是望着妻子的脸落泪。妻子一见此情,非常惊恐,忙问道:“这到底是怎么回事呢?”郡守踌躇地说:“多年来,我没离开过你片刻,总是钟爱着你,可惜现在只能再看你五六天了。”妻子道:“这太奇怪啦,赶快告诉我。”郡守哭泣着,把国守召他的经过谈了一遍并说:“国守给我这张文帖,上面不知写些什么,但限在七日内,必将和歌的下联对上。看来,我是定输无疑了,所以说我们离别的日子也就在眼前。”妻子道:“此事已非人力所能挽救,我听人说,佛能够满足世人的愿望,尤其是观音菩萨怜悯一切众生宛如父母疼爱自己的子女一般。你应该立刻到本地的石山观音像前祈求。”又说:“事不宜迟,从今天起就得斋戒沐浴,因为文书箱必须在第七天头上送还国守。”说罢立即开始斋戒沐浴。

家人斋戒了三日以后,郡守去朝拜石山,他在寺中“坐关”一夜,但连个梦兆也未能得到。郡守悲哀失望地想:这大概是由于自己已然不配接受观音的慈悲和保佑,因而才连个梦兆也没有。于是他便在五更时分离开佛堂,满面愁容地回转家去。这时,寺中出出进进香客很多，有些好心肠的人见他这般光景便问："你为何事发愁呢?"郡守一面回答"没有什么可愁的事"，一面往家里走去。中途，遇见一位中年妇人。这位妇人头戴一顶高顶笠帽，气度非常高雅，伴着另外两个妇女向郡守这边信步走来。她瞧见郡守便止步问道："这位回家的施主，为什么面带愁容呢?"郡守道："我没有什么可愁的事，我是从伊香郡前来拜庙的。"妇人说："你一定有什么心事，快讲出来吧。"郡守听妇人再三叮问，很觉奇怪，心想这也许是观音怜我一片诚心，变化了来指点我吧。于是，他便将事实经过如此这般地讲说了一番，最后说："为了祈求观音相助，我来到石山祷告了三天三夜，但是连一点梦兆也没有，因此才悲伤地返回家去。"妇人说："这样容易的事你怎不早说呢?只说'可笑不自量，竟作非非念'，就可以了。"郡守听罢，不胜欣喜，心想这必然是观音的指示，便问道："请问尊府哪里，这番隆情盛意真不知如何报答才好。"妇人说："你果真不知吗，我不能告诉你是谁，想起时你自然会高兴的。"说罢向寺院那方走去。

郡守归家时，妻子正等得心焦连忙问道："祷告得怎么样了?"郡守如此这般说了一遍，妻子道："这太好了。"于是，便将和歌的下联写好，在第七日傍晚连同以前那只文书箱，一并带往国守府衙中去。国守听说他已来到，心里愕然，对他的如期而至，深感惊异，但是即使前来，他也未必能对成和歌的下联。于是吩咐道："叫他到这里来。"郡守连忙将文书箱连同和歌的下联呈上，国守看罢下联，心中暗暗称奇，及至打开文书箱对着一看，只见上下两联对得合情合理。这时，国守惊恐万分，不但送给他许多财物，还情愿按照前约将领地的一部分分给郡守管辖。

原来文书箱中的和歌上联是："愿把近江鲈，移养此池中。"郡守对的下联是："可笑不自量，竟作非非念。"真是恰到好处。因为这是观音对的诗句，岂能有差错。

后来，郡守分治此国的土地，便在石山寺中举办了一回法会，借以报答观音菩萨的恩德。这天的法会成为寺中的例会，世世代代由郡守的后裔操持，至今相沿未替。由此看来，观音的灵验真是不可思议。

第十九篇

新罗王后获罪国王蒙长谷寺观音搭救获免

古时，新罗国国王的王后，与人私通。国王得悉此事极为震怒，命人将皇后拿下，用绳子系住她的头发，吊在梁上，双脚悬空，离地约有四五尺高。

这位王后虽然痛苦难忍，心烦意乱，但事到如今也无可奈何。这时，她心中暗自祷告说："如今我遭此酷刑，没有一人能来救我。听人传说在我国遥远的东方，有个日本国。日本国有个长谷寺，据说那里的观音菩萨非常灵验。菩萨的慈悲比海洋还深，比宇宙还阔，只要虔诚祈求，没有不蒙菩萨保佑的！"当王后正这样闭目虔诚祷念之际，脚下突然出现一台金架板，王后领悟到这是因为自己诚心祷念，观音前来护助，就将双脚踏在板上，不再感觉有任何苦痛了，但这架板谁也看不见。过了几日，王后获赦。

王后深知这完全是长谷寺观音救了自己，便差使者携带许多金银财物，送往日本敬奉观音，供品中还有巨大的铜镜、铜铃和金帘。这些供品至今仍然收藏在那座庙里。看来，长谷寺观音的灵验，确实不可思议。信奉他的人，即使在外国，也能蒙受福泽，因此，世人应当虔诚前往俯首朝拜。

第二十篇

镇西人误落贼窟蒙观音救助得保全性命

古时，镇西太宰府有位大卿，名字叫小野好古，儿女满堂。他那最小的儿子，年纪不过二十左右。此子容貌俊秀，生性聪慧，富有智谋，虽然不是出自武将门中，但膂力过人，勇猛异常。

大卿夫妇疼爱幼子，将他携至镇西同居一处。当时，有位身任筑前[①]国守的少卿，名叫××××，生有一女，年纪未满二十才貌双全，父母十分宠爱，也携在任地同住。这时，大卿再三向少卿求亲，请求将其女配与自己的幼子为妻，少卿因大卿难却其意，便择吉将女儿和大卿的幼子完成花烛。婚后，夫妇恩爱意笃情深，这位公子原本求官心切，准备进京觅取功名，但又不愿须臾离开妻子，便向妻子言明此事，说要偕她一同前去。妻子闻听也愿意，他们因行船没有一定，即由旱路前往，又因路途不便，便挑选了二十余名得力家将同往。公子带领着许多步行的随从和驮运衣物的马匹，昼夜兼行向前赶路，行走多日。一天来到播磨国印南平原，当时正是十二月，申时一过，刮起寒风，飘起雪花来。

正在此时，有个法师从北面山中骑马而来，这位法师径直来到公子身边下马。看时只见来人年约五十上下，身高体胖，道貌岸然，上身穿着一件大红色的锦袍，腰系绛紫色的裙裤，足登草

---

① 镇西即日本之九州，筑前乃九州之一国。

鞋，手持涂漆长鞭，一匹骏马备着满镶螺钿的鞍韂。法师下马后恭敬地说道："我曾侍候筑前国守多年，现在北面居住，偶闻驾往京都，特来相迎，务请光临寒舍，也好稍歇马的脚力。"法师态度极其诚恳，当时家将等尽皆下马，公子勒着丝缰说道："我等因有急事在身，需要昼夜赶路，你既有此盛意，等来年转回时，必去拜访。"但是，法师再三挽留不肯放过，双方正在推让之际，红日已落西山。家将等也说道："既然这般恳切，不如前去。"法师见公子答应前去，便欣喜地在前带路，尽管他嘴里直说，前面就是，但一直走出十多里路，才来到一座宅院前边。这座宅院靠山两边，院墙高耸，房屋很多。进院后，迎面便是一座坐北朝南的厅堂，里面摆着各式各样的陈设。只见众仆从在离大厅较远的地方，准备酒宴，饲喂牲畜，一时忙乱非常。公子的住房里，只有一两位女眷。公子将行装脱下便自躺下歇息，尽管酒食陈列在面前，但因愁闷，连看也不看，住前厅的女眷们，用罢酒饭已然睡下，只有公子夫妻旅途愁闷，不能入睡，还在喁喁情话，后来公子感慨地说："今日旅途投宿此处，只觉心里不安，是不是要出什么意外呢。"说着，夜渐渐深下来。

不久，从房后传来一阵脚步声，公子正觉惊异之际，脚步声已来到跟前。这时，枕边上的拉门，猛然被人推开。公子觉得不好，赶忙坐起，但头发已然被来人一把揪住，拼命地向外拖去。公子虽然膂力过人，但事出仓促，措手不及，连枕边佩刀都未及抽出。这人推倒隔扇下格，将公子推出房去，叫道："金尾丸何在？把他照例给我处置了！"只听有人厉声答道："遵命。"接着便一把抓住公子的脖领向前便走。原来，这家庭院的角里，有一个用高墙围绕起来的所在，墙边有一旁门，旁边早就挖好一个三丈多深的坑，仿佛水井一般。坑底下密密麻麻地插着削尖的竹桩，多少年来，这个法师就用这种方法谋害来往京都的客商。他先让人喝下预先备好的使人沉醉如死一昼夜不醒的药酒，然后将客主人推进坑中，对于从人则趁他们沉醉时剥取他们的衣物，当杀者杀之，愿留残生者，便留下供其驱使。公子等不知真情，误入匪窟。

却说金尾丸将公子拖至坑边，推开旁门，站在门边直向深坑中推搡公子，这时公子紧紧抓住门边的木栓，金尾丸见推他不动，便站到坑边去往里拖拉。公子见坑边有一斜坡，便趁势朝着金尾丸迎面猛力一撞。金尾丸受此猛撞，立脚不稳，便倒跌深坑中去了。公子将旁门关闭，蹲在房檐下面，思索如何逃走，但也没有想出办法。他去召唤随从人等，而他们却又都沉醉得好像死了一样。公子无奈，只好隔着深沟搭起板桥，悄悄踱入房内潜伏在地板底下。当时，只听法师来到自己妻子身边，仿佛在说："一定使你难过了，可是自从白天我在你那面纱被风撩起时看到娇容后，就已神魂颠倒了。请你恕我之罪。"说罢便倒卧下来。这时，女子说道："我曾发过誓愿，斋戒百日，如今才过三天，等我如誓做满功德，再答应你吧。"法师道："我能替你做更好的功德。"女子却道："我所信托终身的良人，已然在我眼前丧了性命，从今而没理应委身于你，更无他念，你又何必如此焦急呢!"法师见女子辞意坚决，只好说声："言之有理。"便向内室走去。女子心想：我虽然这样说，但自己的丈夫绝不会这样白白丧命，公子在地板底下听到他们的谈话，真是妒火中烧，悲愤交加。

不久，公子发觉妻子所在的地方，前面有一大洞，便将木棍伸出洞外，妻子一见木棍，知道自己的丈夫果然活着，当即摇动木棍向他示意。这时，法师三番五次前来纠缠，但女子一直用那番言语答对，终不肯听，法师无奈又返回内室。这时，女子轻轻放倒隔扇，公子从地板下面钻出，走进房中，二人先痛哭一番。公子心想纵然一死也要死在一处，便问道："我的大刀呢?"妻子说："你被拖出后，我便将它藏在席子下面了。"随即将刀取出，公子大喜，他披了一件衣服，手执钿刀，悄悄走到北面法师所住的内室，向里边窥视，只见地上放着一只长形火盆和七八个草墩子。草墩子上杂乱地放着各种食物。房中还有不少大汉，弓矢、箭堂、镗甲、刀剑等都排列在地上，法师的面前摆着一张炕桌，桌上摆着一套银器，食物散乱满桌，他一臂倚在肋息[①]上，侧身睡着。

这时，公子暗自祷告说："祈求长谷观音快来帮助我，使我能与父母再见一面。"后来他想，反正我也是无法逃走，不如趁这法师沉睡不备时，上前将他的头颅割下，同归于尽也就是了。公子想罢便悄悄走近法师身边，照准他侧着的脖颈，用力砍去，因为公子的手腕有些发抖，一刀未将法师的头颅砍下，接着连砍数刀才将他杀死。当时，公子面前虽有许多大汉，然而由于观音显灵相助，这些大汉看到的不是公子一人杀死了法师，而是突然闯进许多人来把法师杀死。加上他们都是被法师威胁入伙的，因此谁也无意反抗。况且他们见主人已死，反抗也无益，于是纷纷说道："这不是我等的罪过，我们是他的仆从，服侍他实在不是出于甘心情愿。"公子听罢便将他们分别关在各室之中，然后虚张声势，装出人多势众的模样。其实他在极不安地等待着天明。好容易盼到天光大亮，他才将众家将唤醒。众家将睡意正浓，被叫醒后，一个个两手搓眼，走出房来。及至闻听此声，顿时连醉意也吓散了，他们打开旁门，走进围墙里一望，深坑下面林立着尖刀似的竹桩，被竹桩穿透的新尸陈体不计其数。昨夜的金尾丸，原是一个年轻的细高个子，穿着一件粗布棉衣，一双平底木屐仍然挂在两只脚上。他被穿在竹桩上，看来还有些气息，仍在微微颤动。所谓地狱，也就是如此吧。公子看罢，命人将昨夜关禁的大汉们唤出房来，这些人来到公子面前，齐声告诉年来所做的事，实在出于被迫，因此，公子未加追究。公子首先差人进京将此事奏禀官府，

---

① 木制小桌形，日本人坐息时，用以支臂。

官府闻知，对公子的处理有方深表嘉奖，并在公子进京后，赏赐官禄。从此以后，公子遂按照原来的打算和妻子在京城住了下来。夫妻二人谈起往事来自是悲喜交集，至于那个法师大盗，来历如何，也无人闻问了。足智多谋的人，才有如此作为。听说此事的人，千万不可冒险前往深感不明底细的地方。此事完全得助于观音，观音菩萨虽然不愿杀人，但对于那些残害无数生灵的坏人也不能留情了。所以说，杀死恶人正是菩萨的功德。

第二十一篇

镇西女子蒙观音救助得脱贼难保全性命

古时，镇西××国有一人进京谋事，在京中住了数月，却一事无成，后经邻家的女仆介绍，结识了一个年轻貌美的宫女。

后来，这人到了将要返回家乡时，觉得离不开这个女子，便对女子说要带她同行。女子在京城中，原本缺少亲友，无依无靠，早有意找一可靠之人以身相委，如今闻听此话，便答应和他同行。邻家仆妇也因替二人从中撮合有成，感到高兴。于是，他便娶此女为妻，带回家乡。这人回家后重操旧业，不知不觉间，过了二三年。

回乡以后，这人虽然隐瞒得很紧，但日子久了，仍被妻子看出他是一个惯贼。妻子心想，自己身居他乡，难免遭到不测，可是又知道丈夫绝不肯放自己离开，便仍装作不知，相安度日。过了多日，她有心劝阻丈夫，又怕丈夫性情暴戾而不敢开口，思索再三，决计婉言相劝。一天夜阑人静，夫妻二人躺着闲谈，后来话题转到将来的前途上面，妻子乘机说："我有件心事想对你讲，不知你能否听从?"这人说道："不论是什么事，我焉能不听？哪怕是舍生丧命我都在所不辞，又何况其他小事。"女子一听心中欢悦，便道："这几年，我知道你干的事见不得人，请你洗手别干了。"这人听了，立刻神色突变，一语不发，女子见他如此，深悔自己不该讨得无趣，但话已出口，无法收回，从此，再不敢提及此事。

从那天起，这人总是板着面孔，永不接近妻子。女子心想，自己说了无趣的话，难免遭他杀害，不禁暗自伤感。女子从前曾经每天奉读观音品，因而便在心中默念，祈求观音菩萨搭救自己。

过了四五天，这人对妻子说："今天到附近去沐浴，快走吧。"女子心里明白，知道今天必遭杀害，但也无法逃脱，只得随同前往。这人将妻子扶上马去，自己也骑了马，他身背箭壶，携带两名仆人，于申酉时分动身前去。女子见死在眼前，甚为悲痛，垂泪不止，也无心观看走向何方，只在心中暗暗祷告观音说："今生我就此终结，请菩萨保佑我的来世吧。"

行经多时，走上了一条小道，一面是高山，一面是一片汪洋的湖沼。这时，女子对丈夫说："我现在就要走动，实在等不及了，让我先下马。"这人听了，恶声恶气地说："那么，把她抱下去。"仆人走过来将女子抱下马去，女子来到湖边，蹲在地上装作走动的模样。当时，抱她下马的仆人仍然站在女子身边，主人吩咐道："女人走动不可靠近，躲开！"说罢，自己也躲到六七丈远开外的地方，勒马等候。女子心想，与其被人杀死，不如投湖自尽。于是，脱下身上穿的衣服，把高顶笠帽托在衣服上面，做出人还蹲着的模样，然后裸体悄悄爬进湖沼中去了。丈夫和两个仆人，却一丝也未觉察。湖沼上有一层虚泥，长满了芦苇，下面深不见底。女子投湖后，朝着湖心爬去，自知死到临头，心中不住地祷念观音。这时，她顺利地爬到了水底，正爬行间，远远听见那个男人高声喝道："为什么这样慢，快来上马！"喊罢，不见女子答话，便嗖的一声将响箭射了过去，箭中笠帽后，无声无息，不见回音，原来草帽下面一无所有。这人吩咐仆人道："奇怪，你去看看。"仆人走至跟前见人已不在，便回禀说："人不在了。"主人下马观看，衣帽虽在而人已不见。这人大吃一惊，先上山寻找，结果杳无踪影，但他并没有想到女子会投入湖沼中去。不久，日暮天黑，这人虽然两手搔头，追悔不已，但也无计可施，只得返回家去。

且说，女子爬向遥远的湖心，又从湖心往外爬了一夜，拂晓时分，爬到一处湖水较浅的地方。她举目四望，陆地已隐约可见。后来，她发现岸上仿佛有了个村庄，心中大喜，便爬上岸去。女子浑身上下像个泥人，先找一个有水的地方去冲洗一番。三月的天气，仍极寒冷，冻得她浑身颤抖，盼望能找个人家暂息一下。这时天已大亮，只见一位老翁拄着拐杖迎面而来，老翁一见女子便问："你是什么人，为什么赤身露体?"女子说："我遇到了强盗，这可怎么办才好?"老翁道："这太可怜啦，快随我来。"说罢将女子带往家中，对老伴说："你看看，她都成这个样子了。"老妪原本是个心地慈善之人，见女子非常怜悯，拿出一件粗布小袄让她穿上，并叫女子坐在炕上取暖。这时，女子仿佛死而复生昏昏睡去。老妪又做些可口的饭食叫她吃用，经过二三日的将养，老妪发现她确是一个品貌端庄的女子。原来这里离女子的住处已经很远，是叫作××××的地方。

且说，这国的国司名叫××××，国司有一位年轻公子，至今尚未娶妻。老妪的女儿，是国司府中的侍女，一天，她回到家中见了这个女子，二人盘桓数日。后来侍女去到府中，学说这个女子的容貌。国司公子闻听后，立即来到这个小户人家，闯进屋中一看，果然是一个容貌非凡的女子，浑身上下找不出一丝缺欠。只见她穿着一件粗布小袄坐在那里。公子走到她的身边，想要和她接近，见她无意拒绝，便和她亲近起来。事后，公子命人送来衣饰，让她穿戴，并迎往府中居住。

过了数日，女子将往事原原本本哭诉出来，公子听罢，暗自惊疑。他隐瞒此事与女子的关系，只对自己的父亲说："某地有一大汉，是一个惯贼，近来他从京城要来了一个女子，又起意谋杀，他的妻子乘机逃出，现在××。应该立即将他缉捕归案。"国司听后立刻派人赍文前往。当地官人对他的为非作歹已有所闻，如今接到公文，立即将这人拘捕到案，并派本地差官押解前去。开始审问时，这人一味抵赖不肯实招，经过再三追问，终于将蓄意杀妻一事供认不讳。审问时，他原来的妻子正在帘内偷看，一见此情，心中不胜哀怜。后来，这一惯贼被带往野地，处以斩首之罪。女子和国司公子结成百年夫妻，进京居住。她相信这全是观音菩萨的保佑，从此更加虔诚信奉观音。

女子说：诚心信佛的人，就能获得佛祖这样的保佑。

第二十二篇

石山观音显灵哑女重新能言

古时，某朝代里，京中有一不知姓名但身份很高的人，此人生有一女，容貌秀丽无比，但生来喑哑，不能说话。双亲虽然朝夕忧虑，但无济于事。最初以为神鬼作祟，便祈求神佛，并请来有道高僧代为祷告。但是女儿长大成人以后，仍然不会说话，因而父母不再过问，只有乳娘一人疼爱此女。不久，女子的父母相继离世。

从此，乳娘倍加怜爱此女，暗自叹息道："如能为她配一夫婿，生下子嗣，老来岂不有靠！"又想：此女生得貌美，叫人骤然一看，必能中意。当时，有一位殿上人，生得姿态优美，性情柔和，乳娘就将哑女许配此人。乳娘哭泣着将其中道理说给哑女，让她答应这门亲事。相亲以后，公子经常前来相会，见女子长得貌美，不忍离去，便和她闲话家常，女子却始终一语不发。起初，公子以为女子是一时害羞不敢开口，后来见她欲语不能，眼中含泪，省悟她原是一个哑女。从此，公子虽无心舍弃此女，但一想到她是个残废之人，不由得就对她疏远起来，女子也感到无限凄凉，便自不辞而别。

这位公子心想：哑女这次失踪，全怪自己不在她的身边。这时想起她那秀美的容貌，不禁心中怀恋，感念万端。于是四处寻访，但找遍各地，也未见女子的踪影，只得悲伤地度着岁月。原来这个女子离家出走后，去石山寺寻找与乳娘相识的僧人，这个哑女只带了一个仆妇和一个女童去到石山，决心在那里出家为尼。她隐避在石山寺的佛堂中，心中暗自虔诚祷告说："我听人说，观音菩萨慈悲，满足众生的愿望，胜于他佛。我祈求菩萨治好我的病症。如果我的前世罪孽深重，不能得救，我愿速死，请菩萨保佑我的来世。"从此这个哑女便终日这样默祷起来。且说，比睿山东塔院中有位圆满阿阇梨。此人道高有灵验，是当世的杰出高僧，许多人对他都俯首皈依，无限信奉。

一日，阿阇梨来到石山寺的佛堂，看见哑女默祷便问道："你是何人，为什么要住在这里默祷？"哑女不能答话，便提笔将自己的情由写给他看，阿阇梨看罢道："我愿为你的病症试行祈求，这完全是为了普度众生。"女子听了欣喜非常，重新提笔作答。这位阿阇梨坐在观音像前，专心修道，三天三夜口中念念不绝，但仍然不见灵效。这时高僧发怒，哭泣着作起法来。只见哑女呕吐了一阵，便说出话来，最初像卷舌人似的语音有些含混，后来便和常人一般无二。原来这个哑女被恶鬼缠身，〔因而暗哑多年，〕女子哭着向阿阇梨叩拜，并将多年带在身边的水晶念珠赠给阿阇梨，聊表寸心。阿阇梨接过念珠后，便自回归本山。

此后，女子仍然留在山中。且说，那位公子寻不到妻子，突然发起道心，便到各个有灵的圣地巡礼。一天登上比睿山，来到中堂参拜，因他原本和这位阿阇梨相识，便往僧人房中休息进食。这时，他发现那串水晶念珠正挂在房中，便顺口向阿阇梨问道："这串念珠从何处得来？"阿阇梨说："石山有一住庙祈祷的哑妇，我作法治好了她的哑症，因而送给我的。"公子一听"哑妇"两字，心中一动，就仔细地追问，阿阇梨将她的模样述说一番，公子听罢，知道就是自己的妻子，心中大喜，立刻赶回京城。

公子回京后，亲往石山寻找，女子最初躲避不见，但他再三求见，并令人传进话去，述说自己年来奔波寻找之苦，女子听到这些情由，才同他相见，二人相对哭泣，互诉年来经历之事。随后，他二人立刻启程回京，成为夫妻，永结百年之好。他们知道这全是观音保佑，从此越发虔诚信奉起来。观音的灵验，就是如此不可思议。

第二十三篇

观音显灵盲人重新开眼

古时，奈良京城药师寺东边的村庄里住着一个人。这人双目失明，虽然他成年忧愁，但也无补于事。

后来，这个盲人听人说千手观音的救世之愿，盲人如欲重明必须由日摩尼[①]的御手摸抚。盲人听了深信不疑，便祷告起日摩尼的御手来，他坐在药师寺的东门，面前铺着一块布手帕，虔诚地唱念日摩尼的佛号。过往行人瞧见深为哀怜，便将钱米放在手帕上面。这个盲人听到正午的钟声，便走进寺中乞食，这样过了多年。阿倍（元明）天皇朝代，一天，盲人这里来了两个人。这二个人，盲人本不相识，加上双目失明，也辨不出来人的模样。这二人告诉盲人说："我等看你可怜，特来为你洗眼。"说罢，每人各治一目。医治已毕又对盲人说："我等二日以后，一定还来，你要紧记，在这里等候。"说罢走去。二人走后，盲人的双目突然重明，看东西又和原来一样了。后来，他在二人约定前来之日等候，却始终未见再来。这时，才知道这二人原来就是观音为了搭救自己变化而来的，不由得流出眼泪，悲喜交加。

看见和闻听此事之人，都深受感动，称颂观音的灵验不可思议。

---

① 佛珠名，据佛教传说，盲者之眼，若触及此珠，则能重明。

第二十四篇

误坠海中的人蒙观音搭救得全性命

古时，下野地方有一国守，名叫中原维孝。他到任后便治理政务，后来由于任期已满返回京城。

且说，骏河国有一渡口名叫江尻。江尻乃是安倍河这条大河的入海处。河水入海时因受海浪所阻，泥沙下沉，日久在那里堆积成一条沙堤。维孝返京途中来到这里，见以前许多行人都从沙堤上来往，便也决定打这里渡过。这时，他有一员家将名叫源二，首先走上这座沙堤，突然从上游涌来一股急流，将堤冲垮。源二连人带马落入水中，转瞬便被潮水卷到大海中去了。后来源二一直被冲到伊豆国的颜崎海面。这时源二所骑的那匹马离开主人，游水上岸。

当源二落海时，岸上的人们，从国守起，虽然个个惊慌吵嚷，但无法搭救，最初还能看见一个小鸟般的黑点，后来终于一无所见了。落水时本是巳时光景，如今渐渐日落，国守和从人等见事已至此只好搭船渡过河口，在对岸住宿下来。

却说，源二落海以后，头枕箭壶，在水面上仰面漂浮竟不下沉，并仿佛觉得头边站有一人。源二辨别不出方向，只是像梦境般地随波漂流。后来，突然有一根两米来长的木柱子漂到他的身边，源二急忙抱定木柱。后来，海潮渐退，天光也渐渐亮了起来，这时，在他头边的人也不见了。源二随着退落的潮水一步步地漂向海岸。天亮后，岸上的人们正向海上张望时，远远望见昨日淹没源二的海面上，出现一个黑点。只是相距过远，辨认不出究属何物，后来，这个黑点顺着海风越漂越近，漂到离岸较近的地方，岸上的人们都喊道："那也许是人。"但因没有船只不能近前察看。不久，黑点终于漂到岸边，大家一看正是源二。于是忙将缰绳结在一起投去，源二抓住绳套，爬上岸来。目睹此情的人，都无限惊异。源二好容易爬上了岸，却失去了知觉。当时，众人一见连忙向他嘴里灌水，并为他烘火取暖，许久才苏醒过来。源二醒后将自己落海后的经过给大家讲了一遍。当他省悟到在他头边的人，就是别在他的发髻上的那尊小小观音佛像的化身时，实在有说不尽的感动和崇敬。

原本源二在每月十八日这天都虔诚持斋，祷告观音，除此而外，并不曾修过任何佛事。当他知道自己得保全性命，完全是观音的搭救时，不禁悲喜交集，于是五体投地拜谢了一番。他进京后，立即修盖了一座小庙，将这尊观音佛像供奉起来，朝夕焚香顶礼朝拜。

第二十五篇

被弃荒岛的人蒙观音搭救得全性命

古时，萨摩地方有一位国守，他名叫××××，当他离京赴住时，大隅[①]的一个纪姓掾吏也跟随国守前往任地。后来国守任期已满，即将返回京城。由于大隅的这个掾吏在国守任职期中，曾经因事冒犯过国守，因此，国守便蓄意在返京途中谋杀这个掾吏。

但是，大隅的这个掾吏对此事毫无察觉，仍和国守同乘一船。当船过安艺、周防两地，驶至海口一个没有人到的荒岛时，国守便按照预先定好的计划，将大隅的这个掾吏骗到荒岛上，径自开船而去。这时大隅的掾吏才发觉国守将自己遗弃在此岛上，无非是要置自己于死地。掾吏孤身一人留在这陌生的荒岛上，心中感到无限的恐慌和悲伤。

掾吏的妻子和仆从们，由于搭乘了另一只船，只以为大隅掾吏还在国守船中，万没想到他会被遗弃在荒岛之上，因而所乘船只驶过荒岛很远，也没有发觉此事。却说这位大隅掾吏，原本相信因果，心地慈悲，所以在学会法华经后，每日一定读诵，不论全部或是半部或是一品，从无间断。多年以来，他还虔诚地信奉观音，每月十八日，一定斋戒虔诚祷念观音。这次，他被遗弃在荒岛上以后，正想不是被野兽吞食，便将饥饿而死，当他等待一

① 在日本的九州。

死时，仍然没有忘记奉读法华经第八卷中的普门品和虔诚祷念观音。不久，天已昏黑，掾吏躺在海边的沙滩上，伤感不已。入夜后，他以为野兽即将出来吞食自己，只在不住地祷告观音。好容易天亮了，掾吏起来向海上瞭望，只见从遥远的海面上漂来一个黑点。掾吏不知漂来的是什么东西，正在担心时，那个黑点却越来越近，他这才看出漂来的乃是一只小渔船。这只小船行驶如飞，直奔这座荒岛而来。船抵岛后，船中人下船登岸，他们一见大隅掾吏，不禁大惊，问道："这座荒岛自古以来从无人来，你是何人竟能到此?"掾吏见问便将事情的经过告诉了他们。船中人听了都觉得可怜，立即给他一些食物，掾吏由昨日就粒米未食，腹中早已饥饿难当，于是赶忙吃下，掾吏吃下食物后，顿时不觉饥饿了。船中人说："这几年来，我们虽然早已看见这座荒岛，却一直没有来过，可是昨夜不知为何大家都同意前来，看来这是神佛保佑，不叫你死在岛上的缘故。我们就把你送回家去吧!"说罢，请掾吏上船，把他送往周防的府衙。这个掾吏万想不到自己还能保住性命，心中大喜，便找了一个人家借宿，并暂时在周防的府衙中供职，掾吏知道这完全是观音菩萨搭救的结果。

不久，掾吏搭乘便船，回到京城。掾吏的妻子和仆从们只知道他在途中坠海早已不在人世，如今见他生还，不禁喜出望外，连忙询问脱难的经过，掾吏便将自己的遭遇仔细地叙说了一遍。从此，他专心读诵法华经，对观音菩萨也更加虔诚地信奉起来。那位萨摩国守如果听说大隅掾吏还在人世，不知要如何惊愕。当时，这件奇事曾轰动全国，后来传闻于世。

第二十六篇

强盗蒙观音搭救箭不中身获赦

古时，播磨国赤穗郡有一伙强盗，专门劫夺过往行人的财物，有时还四出窜扰，闯入民宅，杀人越货。因此，当地人民无不为此忧愁叹息，后来举国上下齐心合力，终于将这伙强盗都逮捕了。不久，这伙强盗有的被判斩首，有的被砍去四肢，还有的被监禁在牢狱之中。强盗中有一人年纪很轻，仅仅不过二十余岁，此人由于在盗徒中本领出众，罪行严重，就被处以磔刑。行刑时先将他的四肢抻开，用麻绳捆在一座木架上，然后用箭去射。不料第一支箭竟从少年的身上一掠而过，没有射中，射手觉得此事离奇，便再度挽弓射去，一连射了三箭，箭箭不曾射中。在场围观的人见此光景，不禁大惊，便向盗徒问道："为什么射不中你呢，你是不是有什么道行？"年轻的盗徒回答道："我什么道行也没有，只是从小就诵读法华经第八卷的普门品，并在每月的十八日，斋戒祷告观音。昨夜我得了一梦，梦见有一位僧人来告诉我说：'你要虔诚地祷告观音，眼前你就要遇到灾难，那时我一定代你受箭。'梦醒后，我未能找到逃脱的机会，终于被处以磔刑。我完全明白了，这正如梦中相告一样，一定是观音菩萨在搭救我！"盗徒说罢，号啕痛哭，无限感动。

看见和听到此事之人，都感动得落下眼泪，对观音的灵验崇敬不已。后来，这个盗徒××××在本国“追捕使”部下当差，人称“王九”，由此可知，纵然身为盗贼，只要诚心向佛，观音也能如此施以福泽。

第二十七篇

蒙观音的帮助得钱还寺债

古时，奈良京城的大安寺里，住着一位法号辨宗的僧人。辨宗通达事理，名闻当世，因此，他有很多施主，博得广泛的称赞。

且说，辨宗在阿倍（元明）天皇朝借用了本寺大修多罗供钱三十贯，日久未能归还。为此，掌管庙中事务的维那僧，经常向他追讨，但是，辨宗贫穷一直无力归还。日子一久维那僧追逼更甚，使辨宗难以忍受，因此，他便跑到长谷寺，祷告十一面观音菩萨。辨宗在观音像的手上，系结一根线绳，然后手执线绳的一端祷告说："我借用大安寺大修多罗供钱三十贯，维那僧屡次向我追讨，而我贫穷实在无力归还，但愿观音菩萨大发慈悲赐给我一些钱财!"祷告毕，连呼观音的佛号。事后，维那僧再向他索债时，他便回答说："请你再宽限一时，我已经祷告观音菩萨了，用不多久，一定归还。"这时，恰好船上有一位亲王到长谷寺修持佛事，见辨宗拉着系在观音手上的线绳，苦苦哀求观音赏赐钱财，便问道："这是怎么回事?"辨宗便将缘由说了出来，亲王听罢，发起怜悯之心，当时赏了辨宗一笔钱。辨宗得钱，认定这是观音所赐，向菩萨叩拜了一番才离开山寺。辨宗返回本寺后立即归还了所欠的大修多罗供钱。众寺僧知道这全是辨宗的一片诚心才获得观音的救助，因而越发虔诚信佛了。

闻听此事之人，无不称颂观音的灵验。

第二十八篇

朝拜长谷寺的男子蒙观音保佑致富

古时，京城中住着一个身份低下的武士，既无父母，又无妻室，也没有亲友。一天，他来到长谷寺向观音祷告说：“我自身贫穷，又无依靠，假如我这一生命该如此，那么我情愿饿死在佛前，如果多少可以得到一些帮助，就请菩萨在梦中给我个指示，否则，我就永不离开这里。”说罢，伏卧不起。

众寺僧看见这人便问道：“你是什么人，为什么这样做，看你这样子也不像有吃饭的门路，万一即此死去，岂不玷污佛寺，你的师父是谁？”这人答道：“我自身贫穷，有谁做我的师父？我只是信奉观音菩萨，确实找不到吃饭的门路。”众寺僧们听了聚集一处商议说：“此人无依无靠，对观音尚敢这样要挟，恐怕要在寺里生事，不如我们大家养活他吧。”众寺僧商定后，便轮流供给他饭食，于是他便继续留在观音像前，夜以继日地祷告了二十一天。这天，将到拂晓时，穷汉梦见从佛殿帷幔中走出一位僧人，告诉他道：“你不明白你前世的孽报，便强行哀求实在不当，但我见你可怜，就赏你一条生活之路吧。你出庙时，不论何物，只要碰在你的手上，就不要丢弃，要知道那就是赏赐你的。”说到这里，便从梦中醒来。

后来，他去到关照他的僧人中，要了些食物，吃罢便向寺外走去，刚走到佛寺的大门，一跤跌倒，伏卧在地。当他爬起身来的时候，不料手中握起一物，仔细一看却是一根稻草。这人心想，难道这就是菩萨的所赐吗？但是，他仍然相信梦中的话语，拿着稻草踏上归途，这时天色已然大亮。正在行走之间，有一只花虻在他脸上飞来飞去，他感到厌烦便折下一根树枝来哄赶，但这只花虻刚被驱开却又照样飞了回来，这人无奈便将花虻捉住，用那根稻草拦腰拴好，然后提在手里行走。花虻被拦腰捆住后仍然不停地乱飞乱撞。

正在这时，从京城来了一辆女人乘坐的轿车。车帘高卷，里面坐着一个孩童，长得十分俊秀。孩童看见他手里的花虻说："那个人拿的是什么，你去给我要来。"这时有一骑马的武士走过来向他说道："你拿的这个东西，给我家少爷吧。"这人说："这是观音赏赐我的，既然他想要就给了他吧。"说罢将稻草捆着的花虻交给武士。这时，只听车中人说道："他很可怜，一定口干舌燥，把这个给他吃吧。"说罢，命人从车中取出三个用陆奥地方特产的纸包着的大柑子，赏给了他。这人心想：一根稻草竟会变成三个大柑子，便拿来系在树枝上扛在肩头，继续向前走去。走不多远，碰见一位去长谷寺朝香的贵人。这人私自带着武士徒步去长谷寺朝香，因路途劳顿，疲惫不堪，坐在路旁，一步也行走不动了，他呻吟着说："我口渴得很，赶快给我水喝，我快渴死了。"随从的武士听说此话慌了手脚，便向附近各处找水，可是，都寻找不见。大家正不知如何是好，见这人走了过来，便向他问道："你知道这附近一带可有清水？"这人说："附近没有水，但不知找水为了何事？"武士说："有位去长谷寺朝香的人，途中劳顿行走不动，口中干渴因此才在这里找水。"这人道："我有三个柑子，可以奉送。"这时，主人已经支持不住，昏睡在地。武士赶忙过去将他唤醒说："这是那个人给您的柑子。"说罢将三个柑子呈上，主人说了句"我的喉咙正干得要命呢"，便将柑子吃下，又说："如果没有这个柑子，恐怕我就要渴死在途中，这真太庆幸了，那个人现在什么地方?”武士回答:“就在这里。”主人又道:“真不知应该如何酬谢他才好,我们不是带着食物吗,拿给他吃。”说罢,武士将此意转达给他,然后把驮着行囊的马匹牵了过来,登时拉上围幔,铺起席子,就在这里伺候主人进了午餐。这人也被邀入席一同用了午饭。饭后,主人取出三匹崭新白布,赠给这人,并说:“你的柑子实在叫我感激不尽,但在旅途中又无以回报,只用它来略表寸心吧,我家住在京城某地,你一定要来。”说罢,分手走去。

这人接过三匹布就挟在腋下,心想,一根稻草竟变成了三匹新布,真是观音菩萨的护佑,他欣喜地向前走去。后来天色已晚,便在路边的茅屋里过了一夜,天亮后急忙起身继续赶路。大约辰时光景他在路上遇见一个人骑着骏马走来。这人并不是在行路,一边走着还不住地欣赏和爱抚他那匹骏马。他抬头一看,果然是一匹罕见的骏马。正在这时,骏马突然倒地,眼看就要绝气死去。主人一见此情惊慌失色,赶紧下马卸鞍,急得他不知如何是好,但因无法救治骏马终于死去。主人拍手顿足几乎哭了出来,后来才将马鞍换在另一匹劣马身上乘骑而去。临行时对留下的一个仆从吩咐道:“把马拖到一旁掩埋了吧!”当仆人正守在这匹死马的旁边时,这人近前问道:“这匹马怎么会突然死去了?”仆人答道:“这马是陆奥国进贡来的,许多人都不惜用重价争购,但是我家主人一直舍不得卖掉,而今白白地死去一文也不值了。我想哪怕把马皮剥下来也好,再一想即使剥下皮来,在旅途中又能换取什么呢,所以还是站在这里。”这人听罢说道:“我方才看见它确是一匹好马,照这样突然死去真叫人纳闷,即使剥下皮来,恐怕也不能立时晾干,我住在附近,可以设法来剥,把它换给我,你回家去吧。”说罢将刚才的一匹布交给了仆人。这个仆人觉得得了意外之财,唯恐对方反悔,拿起布匹像逃走似的飞奔而去。

原来这人换取这匹死马心里有个算盘,他想:“我按照观音的指示，一根稻草变成三只柑子，柑子又变成三匹布。这匹马如是假死而能复活的话，这一匹布岂不又变成了一匹马。”因此，他才买下了死马。等仆人走后，这人洗净了手，嗽净了口，遥向长谷寺那方向下拜，并祷告说：“菩萨如肯保佑，就让这匹马赶快活过来吧！”正祷告时，死马睁开双眼，抬起头来，看样子是要站起身来，这人赶忙走上前去用手将马拉起，他见马已复活，心中非常高兴。他唯恐有人走来碰见，便将马慢慢牵到僻静之处去歇息。不到一个时辰，这匹骏马又健壮如初了。这人又将骏马牵到一户人家，用一匹布换取了一副通常的马鞍，然后骑着骏马直奔京城而去。当他走到宇沿地方时，天色已晚，便投宿在一户人家，这时又用另外一匹布换取了自己吃的粮食和马料。天亮后，又启程进京，当他走到九条的附近时，看见有一人家吵吵闹闹仿佛有事远行。

这人心想：“如将此马带至京城，一旦被失主看到，必将说我是偷盗的，那时岂不有口难辩。远行的人一定要用马匹，倒不如在此地卖掉。”想到这里，便下马近前搭话，问他们是否买马？这家主人正在寻求马匹，一见此马果然是匹好马，便欣喜地说：“我手下缺少绢布，但在南面乡村里有些田地，愿用那块地和一些稻米同你交换，不知你意下如何？”这人道：“我虽想要绢布，你如急用马匹，就按照你的意思吧。”这家主人听了将马试骑了一番，果然不出所料，是匹骏马，就决定用九条附近的十五亩水田和一些稻米交换。文书立妥后这人带在身边，暂住在京城中一个相识不久的人家，每日食用换来的那些稻米。过了两个月，他将田地租给附近的人耕种，言明打下的粮食一半归他。这人靠此度日，生活渐渐富裕起来，后来家成业就，自得其乐。从此，他经常参拜长谷寺的观音，因为他知道自己能有今天完全是由于观音的护佑。原来观音的灵验竟能指点人遇见如此万幸之事。

第二十九篇

信奉长谷寺观音的穷人偶得金尸

古时，京城中有一个贫寒的年轻武士。这人父母双亡，也没有投靠的主人，过着贫穷的生活。他深信长谷寺的观音既能满足对它信奉的众生的心愿，也绝不会单单漏掉自己而不施以福泽。于是穷人抱着一线的希望，独自从京城徒步前往长谷朝拜。

穷人来在长谷寺观音像前虔诚地祷告说："请求观音大发慈悲，赏赐我一些生活门路吧，我知道那些高官厚禄和无穷富贵是我难以求得的，但我只求菩萨赏赐一线生机，我自知因前世的恶报注定今生受穷，但我听说观音的誓愿胜过他佛，请菩萨务必搭救我。"穷汉在山寺中开始坐求，虔诚地祷告了数日，却连一个梦兆也未曾得到，于是，伤感地返回京城。

从此以后，他每月都前去长谷寺祷告，然而，始终不见任何灵验。穷人的妻子，劝他说："你何必这样抱着渺茫的希望，每月都去长谷寺朝拜呢，我听说佛祖只对有缘的人施给福泽，像你这样祈祷很久不见一点灵验，恐怕就是因为与佛无缘吧。从今往后，你不必再去了。"穷人心想：即使果真如此，我也要按月前去，坚持三年再说。想罢便道："纵然今生得不到好处，也可以有助于来世。"说罢穷人照常前往，但他始终连个梦兆也没有得到。三年不觉已过，到了最后一年的腊月月底，这天，穷人前往结愿[①]，他哭着祷告说："这全是我前世的恶报，观音也无能为力了！"返京路上泪如雨下，非常悲痛。走到九条附近时，天色已晚，他孤身走着，有些害怕，迎面来了许多检非巡使厅的捕快，一把将他捉住。穷人问："你们为什么捉我？"这时他才知道自己已被抓为夫役。众捕快不由分说，牵了穷人向北直走，将他带进了皇宫里的朝堂院。

当穷人正在惊疑不定时，众捕快强令他将皇宫里的一个十来岁的童尸扛到加茂河滩去扔掉，穷人从长谷徒步返京，已经走了一天，这时筋疲力尽，实难再搬童尸。他暗自感伤道："我每月必去长谷寺朝拜，一连三年，如今结愿回来，还碰到这种倒霉事情，真是前世的罪孽，难怪妻子常说我是缺少佛缘呢！"当他去搬挪那具尸身时，不料尸身异常沉重，搬挪不动。尽管如此，众捕快还是严词催逼，穷人无奈只得咬紧牙关搬着走，众捕快尾随身后，穷人无法弃尸逃走。穷人见尸身越走越沉，实难扛到河边，心想："我一人实难将尸身搬到河边，倒不如先搬至家中，夜间再和妻子二人抬出去扔掉。"想到这里便向众捕快说明心意，众捕快闻听说："任凭于你吧。"穷人将尸身搬至家中，妻子一见问道："这是什么？"穷人如此这般地把自己的遭遇详细说了一遍，痛哭不已。妻子道："我从前就说过，可是你执意不听。但事已至此，我也不能不管。"说罢就和丈夫一起抬挪这具尸体，怎奈非常沉重，二人用尽力气，竟也不动分毫。他们有些纳闷，便用手去摸，不料尸体十分坚硬，再用木棍试探，觉得有些像金属。夫妻二人当时点了一支火把又用小石块敲击了一番，里面却是黄色，再仔细观看原是黄金。夫妻二人大吃一惊，领悟这是长谷观音对他们的怜悯，心中无限感激，便将金尸搬到家里严密地收藏起来。从第二天起，

① 向佛发誓愿之人，将佛事作满叫"结愿"。

夫妻二人便将这具金尸砸成碎块，卖金度日，不久，俨然成了举世无双的富豪。穷人家世成就后，自然也有了官职，当时任职朝廷，荣耀一时。观音的恩德确实可贵，这人自从获得金尸后，就更加虔诚地信奉长谷寺观音了。当他将金尸搬进家中后，原来站在门首的捕快也随之不见了。

至于这些差役，是不是观音的化身就不得而知了。

第三十篇

贫女信奉清水寺观音得佛帐

古时，京城中有一个赤贫的女子，经常前去清水寺朝拜祈求。虽然她这样成年累月地去参拜祈求，却始终没有得到点滴的灵验，生活反而日益困窘起来，后来，她连多年的住处也保持不住，只落得流离失所，无家可归。因此，她来到清水寺，满怀怨恨地哭着向观音祷告说："我纵然前世有罪，也应该赐我一条生路呀！"女子搓着手掌祷告后，便在佛像前蒙眬睡去。她梦见从佛像前走出一人指点她说："你这样苦苦哀告，确是可怜，然而又无法赐你财物，真叫人为难，那么，就把这个赏赐给你吧！"说罢，看见那人将一幅佛帐叠得整齐地放在自己面前。女子醒后，借着佛前的灯光一看，梦中所赐的那幅佛帐果然叠好放在自己面前，女子看罢，心中不禁感叹道：难道除此以外，就不能赏赐别的东西了吗？她知道这是自己前世的孽果，又伤感地祷告说："千万不要把这件佛帐赏赐我，只要我稍有钱财，我还想做一锦缎的幔帐供佛呢，如只赐我这幅佛帐，我是不能离开佛堂的。"说罢，便将佛帐塞进佛龛的矮栏杆里。后来，女子又在睡梦中看见方才那人前来对她说："你为什么又把佛帐退还？赶快拿去吧！"说罢女子惊醒。她发现佛帐又和前次一样摆在面前。这时，她又照样送回原处。如此退了三次，但第四次仍然放在她的面前。这时，她觉得如再退还可能得罪神灵，但她又怕不知底细的寺僧疑她私自摘取佛帐，便将这幅佛帐揣在怀里，趁夜深人静时悄悄离开了佛堂。女子盘算了一下幔帐的用处，想起自己缺少衣服，何不将它缝成衣服穿用，就立即动手做成一套衣裙穿在身上。从此，不论谁看见她，都自然而然地产生怜悯心肠，因此，她从许多人手中获得了许多意想不到的财物。即使对人有所请求，只要穿着这件衣服，也必能得到应允。这样，她就渐渐积蓄了财物，后来，还得配佳婿，生活得非常幸福。于是她便将这件衣服叠好珍藏起来，遇有必要时，才取出穿用。她知道自己的幸福完全是依仗观音的神佑，因而去清水寺参拜观音比从前更加殷勤了。

闻知此事的人，深深感到清水寺观音灵验的可贵。

第三十一篇

信奉清水寺观音贫女得财

古时，京城中住着一个虔诚参拜清水寺观音的贫女，她虽然往清水寺参拜了多年，但始终没有任何的灵验。

后来这个贫女并未嫁人却怀了孕。她原无住所借宿在他人家中，随着产期的临近，她便开始忧虑起来，心想：自己将在何处分娩呢？贫女无奈又去清水寺啼哭着向观音哀求。不久，怀胎期满，但仍然没有找到分娩的地方，而且必备的物品一件也没有备妥，贫女除了怨恨地祷告观音之外，别无他策。

且说，邻家有一个女子，贫女对她诉说了自己的心事，邻女很同情她，便偕往清水寺参拜，当二人在观音像前俯卧叩拜时蒙眬睡去。贫女梦见从佛堂内走出一位气宇轩昂的得道高僧，告诉她说："你所忧虑之事，一定给你想办法，不必再发愁了。"说罢梦醒。于是她就欢天喜地地离开了庙堂。

次日，贫女又和邻女同往清水寺，当她们站在土地神像的前面时，邻女发现自己前面有一个纸包，邻女不知包中究系何物，便拾了起来，拆开纸包观看，只因四下昏黑看不出是何物品。后来邻女便到佛堂住宿，当夜梦见一位气度高雅的圣僧走来对她说道："你在土地神前拾得的物件，是赐给那个怀孕女子的，你应该赶快交给她。"说罢，邻女梦醒。天亮后，邻女打开纸包再看，不料里面却是三两黄金。这时她有心交给同伴女子，但又有所吝惜，她想：自己也是信奉观音之人为何不能受此赏赐，如果观音仍然怜悯她，必能另行赏赐，这些黄金就算是赏赐我的罢。邻女想到这里便不给贫女，却将黄金带回自己家去。

当夜，邻女睡在自己家里，梦见上次那位僧人又来对她说：“那些黄金你为什么至今不给贫女，这对你非常不利。”说罢邻女梦醒。邻女醒后万分恐惧，终于将黄金××××。当时一两黄金换米三石，贫女就拿来购置了房屋，在自己房中平安地生下一子。后来她还以其余的二两黄金作本，逐渐积蓄起家财。观音的灵验，由此可见一斑。

闻知此事的人，必须虔诚地信奉观音。据说此事距今并不很久。

第三十二篇

蒙六角堂的观音帮助隐身人终得现身

古时，不知何朝何代，京城中有一年轻的武士，此人虔诚信奉观音，经常到六角堂[①]参拜。

且说，武士在一年的腊月三十夜晚，独自外出访友深夜回家，当他正从一条的堀川桥上向西行走之间，迎面来了一群手持火把的人，武士心想这必定是一位高官从这里经过，急忙闪在桥下躲避起来。当手持火把的人群登桥向东行走时，这个武士悄悄抬起头来向上窥视，哪里是什么人，原是一群奇形怪状的恶鬼。恶鬼中，有的是只有一眼，有的是头生双角，有的是长着无数只手，还有用独腿跳着行走的。武士一见吓得魂不附体，呆在那里。当时这群恶鬼都走过桥去，只听最后的一个恶鬼说："你们看这里有人影！"又有一鬼说："我没看见，赶快把他抓过来！"武士一听心想吾命休矣，正在这时，有一恶鬼跑过来将他捉上桥去。众鬼道："这人没犯大错，放了他吧。"说罢，有四五个恶鬼一齐向他脸上啐了几口唾沫，然后走去。

恶鬼走后，武士窃喜自己未被杀害，虽觉精神有些恍惚头脑疼痛，但仍强自挣扎，打算赶回家去将所遇之事告诉妻子。武士跑进家中，见自己的妻儿全都在家，但他们看见自己回来，却不

① 即京部的顶法寺。

加理睬。武士向前搭话，也不见妻子回答，他惊疑地靠近她的身边，而她仍然像不觉察身边有人一般。这时，武士恍然大悟，原来被恶鬼们啐了唾沫后，自己已经成了隐身之人。想到这里，不禁万分悲痛。这时，武士不仅能像从前一样看见别人，而且听人言谈也非常真切。但别人既看不见武士的身形，也听不到他的言语。即使他把别人放在那里的食物吃下，也无人发觉。这样过了一夜，天亮后，只听妻子不住地叨念，说他彻夜未归一定是被人谋害了，说罢连连叹息，家人也都发愁起来。这样过了多日，武士仍然无法使家人看到自己。

一天，武士跑到六角堂，向观音祈求说："观音快救救我吧，这几年我一直信奉菩萨，求您显些灵验叫我仍和从前一样地现出自己的身形吧！"祷告后，虽然他吃着其他宿庙人的食物，或拿他们的金钱和粮食，身旁的人都毫无觉察。武士每天这样祷告，一直祷告了二七一十四天。这天夜里，武士仍然睡在佛堂，天将破晓时他梦见一位高贵的圣僧从幔帐里走了出来，站在自己身边说："明晨你赶紧离开这里，出门后遇见第一人时，一定要听他的吩咐。"武士梦醒后天已大亮。当他走出佛堂时，恰好在门首遇见了一个牧童，牵着一头非常可怕的大牛。牧童看见武士便道："这位施主快随我来。"武士一听心想，他既然向自己搭话，必是看到了自己的身形，于是高兴地按照梦中的话随着牧童向前走去。他们向西方走了二三里路，来到一个高大的宅门前面，宅门紧闭，牧童将牛拴在门首，说了声"你也和我一块进去"就要拉着武士从门缝里进去。武士一看门缝狭窄，无法通过，便说："从这个窄缝里如何能进得去呢？"牧童道："你只管进吧。"说罢，拽着武士的手便向里走，二人果然都走进门内。进门一看，这家的房屋宽大，人口众多。牧童将武士带进房中，一直向里走去，当时仿佛竟无一人出来阻拦。二人穿过许多房屋，来在内室，只见一位小姐在那里卧病不起，枕后跪着许多仆妇，正在侍奉汤药。牧童将武士领到跟前，叫他拿起一把小槌，坐在这位患病的小姐身旁，捶打她的头和腰，当时，小姐翘着头现出病势严重、苦不堪言的神色。小姐的父母一看便哭着说道："现在恐怕没有救了！"这时，武士见他们好像是要差人去邀请一位有名的高僧来诵经祈祷。为时不久，果然请来了一位修道的僧人，这人坐在病人的身边，读起心经祷告。武士听到经声深受感动，不由得毛发竖立连连打了几个寒噤。

这个牧童，一见僧人，就拼命向外逃去。当僧人念起不动明王火界真言，为病人作加持祈祷时，武士身上的衣服突然燃烧起来，火势越烧越猛，武士不禁大叫一声，现出了原来的身形。这个人家上自小姐的父母，下至仆妇丫鬟，突然发现病者身边有一个极其贫贱的武士，都大吃一惊，立刻将他捉住拽出室外，盘问他是怎么进来的，武士便将自己来此的经过讲了出来。大家听了个个称奇。并且自武士显出身形后，病人也霍然痊愈了，于是全家人不胜欢悦。当时，这位作法的僧人说道："此人并无罪过，他是六角堂观音保佑的人，应该将他立即释放。"主人听了便将武士赶出门去。武士回到家中说出自己的遭遇，妻子听了又惊又喜，那位牧童可能就是神仙的侍者，由于受人之托才附在这位小姐身上作祟，使她生了这场疾病。后来，小姐和武士都一直健壮无恙，这完全是火界真言的灵验所致。

观音对人赐福，居然也有这样的奇事。

第三十三篇

信奉清水寺观音贫女遇盗得福

古时，京城有一年轻女子，家贫无法度日，多年来一直朝拜清水寺，但始终未见任何灵验。

一天，她照例来到清水寺，在观音像前“坐关”祷告说：“我信奉菩萨这么多年，一直诚心诚意前来参拜，但我仍穷得连一线生机都没有。纵然是前世的罪孽，难道就不能多少赐我一些福泽吗！”祷告完毕，便俯卧在那里蒙眬睡去。这时，女子梦见从佛帐中走出一位气度高雅的僧人，告诉她说：“你由此地回京，途中将遇一男子对你讲话，你可以听从他的吩咐。”女子梦醒后，向观音叩拜一番，便独自在深夜里匆忙离开佛堂，但这时并未碰见什么人。后来她走到××的大门前，果然遇见一个男子，黑暗中也辨认不清来人的模样。但见这人走近自己身边说：“我有话要和你说，你要听我的话。”女子相信梦兆也不逃避，便在黑暗中问道：“你是何人，家住哪里，我丝毫也不知晓！”男子见问并不回答，却不由分说拉过她来向东走去，一直把女子拽进八坂寺中。后来男子又将女子拖入塔中与她同睡。天亮后，男子说：“看来，我俩一定是前世有缘，今后你就住在这里吧！我是个无亲无故的人，从此我就以你为靠了。”男子说罢，从隔板后面取出极美的十匹绫，十匹绢和一些棉花送给女子。女子说：“我也是一个无依无靠的人，如果你所说的都是真话，我一定以终身相托。”男子道：

“我有事出去一趟，傍晚必定回来，你千万不可离开这里。”说罢走出门去。男子走后女子一看，塔里除了有一个老尼以外，别无他人。她心中非常纳闷，不知这人为何竟在塔下安家。她向隔板内稍一窥视，发现里面堆着许多财物，世上的珍宝应有尽有。这时女子恍然大悟，料定此人必是盗贼，因无处藏身才隐匿于塔下。女子想到这里不胜恐惧，心中祷告说：“观音快救我吧。”后来她见老尼将塔门开启一缝，向外窥探，想必当时外面无人，老尼便头顶木桶走出门去，看样子是打水去了。女子心想自己何不乘老尼回来之前逃跑呢？主意拿定后便将男子送给她的绫绢等物揣在怀里，走出塔外，便飞也似的逃走了。老尼回塔后，不见女子，虽知她已逃跑，但因无法追赶，也只好作罢。

女子怀揣绢匹想奔回京城，但她又怕被京城中人识破，便走到住在京城五条京极渡口附近的一个有一面之识的熟人家中暂避。这时忽然听见从西面走过一群人来，只听人声鼎沸，有人说：“捉淫贼了，捉淫贼了。”女子从门缝中悄悄往外一看，原来被捉的人正是昨夜和她同寝的男子。有许多捕快班头押解着他向前走去。女子看罢吓得魂不附体，心想：果然不出自己所料，此人是个盗贼。这一定是押解他到八坂寺的塔里去起赃物。如果自己仍然待在那里，前途可就不堪设想了！想到这里，不觉出了身冷汗。但又一转念知道自己有得如此，全是观音的救助，不禁感激得痛哭起来。女子等了几天，回到京城，将绫绢等物一点点地售出，得钱作为经营的资本，渐渐积下了家业。后来她不但嫁得佳婿，并且生活也有了指靠。

观音的灵验竟是这般不可思议。据说此事距今也不很久。

第三十四篇

信奉清水寺观音贫僧得良缘终身有靠

古时，有一常往清水寺朝拜的孤贫无依的年轻僧人。这个年轻僧人不仅能读诵法华经，读经的声音也极为动听。他常到清水寺去虔诚地祷告说：“给我点生活门路吧！”

一天，小僧又照例前往清水寺参拜，当他正在佛前诵经时，忽然发现身旁坐着一个面貌清秀的年轻女子，虽然不像大家闺秀，却带着几个随身的女童。女子对僧人说：“我见你常到此地参拜，很受感动，不知你家住在何处？”僧人道：“我没有固定住处，是个流浪僧人。”女子问：“你住在京城里吗？”僧人说：“京城里我连个相识的人都没有，就住在东边的渡口附近。”女子说：“天色已晚，恐你今晚无法回去，你如未曾用饭就到我家去吧，我家离这里很近。”僧人道：“如今已然天黑，我正找不到借宿之处，这真使我感激不尽了。”说罢，便随女子前去，他们来到清水附近的一所整洁小房前，僧人进门后被让到一间客房里，坐不多久，就见女子端来了非常洁净的饭食，这时僧人不胜高兴，深深庆幸自己竟会逢此佳境，当夜便留在那里读诵佛经。从此以后，僧人经常前去讨扰，他发现女子孤身一人，似乎还没有婚配。僧人虽然从未接触过女子，但见自己每次前来住宿，女子都殷勤照顾，一定是观音所赐的良缘，因而产生了娶女子为妻之念。于是他在夜间，悄悄来到女子身边。女子嘴里虽说：“我本以为你是个有道高僧，不料你竟会如此。”但也并不拒绝，终于成了夫妇。

后来过了几天，僧人看见有人用托盘送来了一些美味佳肴，便问道：“这是什么？”女子说：“旁人的礼物。”后来僧人再三追问，才知道这家原是一个丐头，女子乃是丐头的女儿。这些食物，都是手下乞丐敬奉这位头儿的。僧人娶丐头的女儿为妻后，也成了乞丐。别人虽然不愿与他交往，但僧人却自得其乐。或者有人要说，既然观音的灵验不可思议，为什么又使僧人成了乞丐呢？其实如果不是因此再三祈祷，就连这种生活之路也难以获得，这也许是前世的果报，该当如何，那就无人得知了。

第三十五篇

筑前人信奉观音得生净土

古时，筑前国有一个人信奉观音非常诚笃，经常读诵观音品。他还心地慈悲，不造恶业。

且说，筑前国供奉着一尊香椎明神①，每年都要在神社中举行祭祀。一年，这人被派为筹备祭祀的值年。虽然他生来就厌恶杀生，但祭神需要鱼鸟，也只好到荒山去射鸟，下江海里去捕鱼。一天，这人来到一个巨大的水池边，他见池中落有无数的水鸟，便挽弓射去。当他下水去捉那水鸟时，却沉下池去不见了，众人虽曾立即下池打捞，但终无所见。这人的父母同妻子闻讯赶来，悲痛欲绝，想尽方法打捞也仍未见，只好都转回家去。

当晚，这人的父母梦见他面带喜色来对他们说："我多年就有向道之心，不愿作孽，此番为了祭神偶然地杀一次生，幸而为三宝所救，没有造成罪孽，如今已然转生他界，得到高贵之身，请父母切莫伤心。不过你们也应该知道我的尸体所在，因为上面长着莲花，以莲花为记就能找到尸体。我在生前，信奉观音，整天读诵观音品，因而才得以永离生死轮回，往生净土。"说到这里他们就醒了。翌日，他们就到水池去寻找，果然发现了尸体。尸体上长着一簇莲花，父亲看罢，自有说不尽的悲哀。但是他们看到

---

① 香椎明神供奉于日本福冈省糟屋郡香椎村的神社中。

梦兆不爽，果然找到了尸体，知道儿子一定是往生极乐世界了。闻听此事的人，纷纷赶来观看，都称赞这是一桩罕见之事。

此外，国内有道心的圣僧们，听说此事也都前来结缘，他们在水池边读诵法华经，修忏悔之法，并唱念弥陀佛号，回向死者的亡灵。这座水池原无莲花，由于尸体上长出的莲花的种子，后来池中莲花丛生几无隙地。

这件奇事，因筑前国有人进京对外言讲，因而传闻于世。

第三十六篇

醍醐寺僧人莲秀信观音死而复生

古时，醍醐寺中有一僧人叫洁民莲秀，他虽携带妻子，但多年来一直虔诚信奉观音，每日都要读诵观音品百遍。此外，还常去贺茂神社参拜。

一天，莲秀身染重病，痛苦万分，缠绵数日后，竟自死去。莲秀死后过了一夜，又苏醒过来。这时，他对妻子说："我死后，越过高山峻岭，不知走了多少路程，一路上不但人烟绝迹，连鸟声也难听到，所见的都是极其可怕的鬼怪。走出深山，便是一道大河，河水既深又宽，波涛汹涌可怕之极。河岸这边有一老妪，状如恶鬼，非常可怕。她坐在一个大××××上，身披××××衣，××××××老妪说：'我就是看管这条三迷环[①]的婆子，你赶快脱下衣服，把衣服交给我才许过河。'当我把衣服脱下，将要交给老妪时突然来了四个天童，他们将我正要交给老妪的衣服一把抢去，并对老妪说：'莲秀读诵法华经是观音护佑的人，你这个鬼婆子，怎么也要他的衣服！'这时，老妪双手合十向我致敬，也未再要衣服。后来天童对我说：'你知道吗？这是阴间，是作孽的人应来的地方。你赶紧回转家乡，读诵法华经，越发虔诚地信奉观音，祈求脱离生死，往生净土吧。'天童说罢，便带我一同回

① 日本佛教传说，人死后，到冥土时，路经此河。

来，走在中途，迎面又来了两个天童，他们说：‘我们是从贺茂明神那里来的，明神见莲秀前往阴间，特地打发我们来把他送回家去。’说到这里，我便苏醒过来。”

莲秀苏醒后，病体霍然痊愈，饮食也恢复正常，连起居行动和以往也无二。从此，莲秀越发致力读诵法华经，虔诚信奉观音，同时也常去参拜贺茂神社。贺茂明神虽然是神，但对阴间的事，也能有所护佑。

第三十七篇

朝拜清水寺的武士掷骰输出两个千度受灾

古时，京城某宅第中，有一地位卑微的年轻武士。他见别人拜谒清水寺，自己在闲暇无事时，也曾两次前往清水寺参拜，并做过两回“千度”① 朝拜。

事隔不久，他和主人的另一同样身份的武士在一处掷骰。结果这个朝拜过清水寺的武士连掷连输。因财物已经输光，无力偿付赌债。但赌赢的武士却追索甚累，这个武士便异想天开地说：“我再没有什么东西了，如今所积存的只剩参拜清水寺的那两回千度朝拜了。你若要就把它给你吧！”在场的人听了都嘲笑说：“真是无稽之谈，简直胡说八道。”但是，赢钱的武士心中却想：如能把这功德让与自己确也是一件好事，于是，××××便说：“不，我不能这样就接受，你如能斋戒，再到佛前讲明原委，立下确是由你自愿让给我的约据，然后我们再击刃②为誓，那时我才能接受。”赌输的武士说：“这太好办了。”二人约定后，从当日起，斋戒了三天，第三日头上，赌赢的武士对赌输的武士说：“那么我们就去吧。”赌输的武士心想：自己竟遇见这样一个傻瓜，就同他来

① 日本拜佛礼法，即在庙内一定距离往返百次或千次，每走一次礼拜一回。两回千度即做过两次这种礼法。

② 日本武士为了表示圣守誓约，二人以刀刃相击。与我国古时击掌同义。

到寺中。他们首先按照赌赢的武士的意见立下约据，并在观音佛像前，请来一位师僧，二人“击刃”表示绝不后悔，然后向观音禀明情由，只见约据上写道：“某某人因无力偿还掷骰所欠赌债，情愿将前来参拜的功德出让，永归某人所有。”赌赢的武士接约据后，又在佛前跪拜了一番。后来，事隔不久，这个赌输了的武士，因意外的牵连，被捕入狱。赌赢了的武士却突然娶了一房富有的妻室带来许多财产，并且意想不到地受到他人的恩德，做了官，从此既富且贵，快乐逍遥。闻听此事的人称赞接受功德的武士，他们说：三宝虽然目无所视，但赌赢的武士这样诚心领受功德，因而便能得到观音的垂怜。对于出让的武士则嘲骂不已。

第三十八篇

纪伊人邪见不信遭现世报

古时，纪伊国伊都郡的桑原地，有座寺庙名叫狭屋寺。狭屋寺中住着许多尼僧。圣武天皇朝代，尼僧们发起誓愿，决定在狭屋寺中举办法会。她们邀请了奈良右京药师寺的题惠禅师前来主持法会，向十一面观音悔罪。

当时，该村有一恶人，姓文忌寸，别字上田三郎。他生性邪恶，不信三宝。他的妻子姓上毛野公，小字大桥女，生得俊秀美丽，并深知因果之道。一天，她乘丈夫外出一昼夜之机，去到举办悔罪道场的狭屋寺，坐在人群中听经。后来，三郎从外返家，见妻子不在，便问家人说："她往哪里去了?"家人回答道："到悔罪道场去了。"三郎听罢大怒，立即前往寻找。法会的法师看到此情，发起慈悲心肠，就上前解劝。不料三郎听了怒骂道："你这××××，一定是想要诱奸我的妻子，不久，我一定要打破你的秃头!"说罢，将妻子叫出领回家去。到家后，登时对妻子发怒说："你一定被这个和尚诱奸了。"随即将妻子拖入寝室，同榻而眠。正在行房时，三郎的阳物突然觉得像被蚂蚁螫了的样子，从此患病，不久便疼痛而死。

看见和听说此事的人，都说："三郎纵然未动手打人，而他发起恶念，竟辱骂法师，所以才遭到现世报。"由此可知对僧侣不应诽谤，对来听观音忏悔道法之人更不应该阻拦。三郎遭到现报正是因为这个缘故。

第三十九篇

招提寺千手观音显灵拒盗

古时，奈良有座寺庙名叫招提寺，寺中供着一尊千手观音，这尊佛像是由化身下凡的仙人铸造而成的。

且说，该地有一盗贼，见这尊佛像既是黄铜所铸，便想将它偷来，化成铜块出售以维持生活。于是，乘着黑夜，潜入佛堂，将这尊千手观音盗在手中，偷出殿堂。贼人离开招提寺奔去，正行走间，不觉天光已然天亮。于是这个盗贼××××（以下缺文）

歌川广重：大江山酒吞童子

江
廣重画

大江山酒香童子
廣重画

今昔物语

（中）

·浮世绘插图珍藏版·

北京编译社——译
周作人——校

新 星 出 版 社 NEW STAR PRESS

こんじゃく
ものがたり

目　录

中　册

卷十七　本朝及佛法

卷十八　本朝及佛法（全卷缺）

卷十九　本朝及佛法

卷二十一　本朝及佛法（全卷缺）

卷二十二　本朝及佛法

卷二十三 本朝及佛法（第一篇至第十二篇缺）

卷二十四 本朝及佛法

卷二十五　本朝及佛法

卷十七

本朝及佛法

第一篇

求地藏某僧人得遇真身

古时，西京附近住有一位僧人。此人素有向道之心，勤恳修行佛道，多年来尤其是对地藏菩萨抱有夙愿。他说："我切望以我这个肉体凡胎，遇到地藏菩萨的真身，求得菩萨的超度。"因为有此心愿，他就打算云游四方，去寻访地藏显灵的圣地。当他把自己的心愿讲给别人听时，闻听此话的人，都嘲笑说："你想得未免太愚蠢了，像你这样一个凡人，怎能遇到地藏菩萨的真身呢!"但是僧人并不改变他的初衷，终于往各国云游去了。

一天，僧人来到常陆国地面，当他正在信步前行时，天色已晚，便借宿在一个贫贱人家。这家除了一位年纪高迈的老妇人外，还有一年约十五六岁的牧牛童子。僧人进门后不久，只见有人前来将童子唤出，童子走后，紧接着传来一阵哭叫之声，不多时，只见童子哭着转回家来。僧人向老妇人问道："这个孩童为何啼哭?"老妇人说："因为他替主人放牛，经常挨打受骂，所以啼哭。这孩子的父亲早已去世，无依无靠。不过他降生在二十四日，因此取名地藏丸。"僧人听说童子的身世，不禁惊疑，心中暗想："莫非是地藏菩萨因我多年的心愿化身为这个童子么?菩萨的誓愿不可思议，凡夫谁能知其究竟呢!"由于僧人觉得很是难解，便彻夜不停地祷念起地藏菩萨的佛号来。

深夜丑时光景只听牧童起身说："我侍奉主人已经三年，总是挨打受骂，今天既然遇见这位借宿的僧人，我现在就该离去。”说完，并未听到出门，便一晃不见了。这时，僧人又惊又疑便去问老妇人童子的话究竟是什么意思，不料老妇人也同样未见出门便无影无踪了。僧人一见此情，知道童子确是地藏菩萨的化身，但是，不论他如何高声呼喊，老妇人和牧童始终再未显露真身。

天亮后，僧人哭着将老妇人和童子双双失踪之事告诉了同村的乡邻人们。他说：“我信奉地藏菩萨多年，经常祈求见到地藏的真身，不料今天有了感应，终于见到菩萨的化身，这是多么难能可贵！多么难能可贵！”乡邻们听罢，无不流泪称颂。

这虽然是一件难得之事，但只要诚心祈求，不论什么人都可以瞻仰菩萨的真身。如果缺乏诚心当然不可能遇到。

僧人进京后逢人就讲说此事，因而后来传闻于世。

第二篇

纪用方信奉地藏蒙受神恩

古时，尾张国有一位卸任的国守，名叫××××。此人在朝为官多年，后来出家为僧。这位官员家中，有一个凶猛的武士，名纪用方，号称武藏之介[①]。用方生性勇猛，邪见炽盛，从无丝毫善心。但是，后来不知何故，用方突然发起了坚固的道心，特别皈依了地藏菩萨。每月二十四日，用方断绝酒肉，不近女色，专心诚意地诵念地藏菩萨的佛号，并且还夜以继日地唱念阿弥佛号，经常持斋。但是，用方性情暴躁，谈话时也往往因事动怒，有如烈火一般。人们对此已然见惯，只是一笑置之，然而，用方不论在如何盛怒之时，也不忘祷念地藏菩萨。对于唱念佛号从不懈怠。

当时，有一圣僧叫作阿弥陀，不分昼夜云游各地，劝导世人念佛。一天，圣僧梦见了金身的地藏菩萨，亲自告诉阿弥陀圣僧说："你应该知道你早晨走过小路时所遇见的人就是我的化身。"圣僧梦醒后，喜不自胜，庆幸自己即将看到菩萨的化身。

次日清晨，圣僧照例出门劝导世人念佛，当他行至一条小路时，迎面走来一个俗人，寺僧一见连忙问道："请问贵姓高名?"俗人答道："我是纪用方。"圣僧闻听立刻连连朝他礼拜，感激涕零地说："这都是因我修积了善根，才能遇见菩萨，恳求菩萨一定

① 日本武士通用名。

超度我!”用方闻听此言，吃惊地说道：“我是一个极恶邪见的人，师父为何要如此悲泣向我礼拜呢?”这时，阿弥陀圣僧哭着说道：“我昨夜梦见金身的地藏菩萨，他告诉我说：‘你明晨在小路上所碰到的人就是我的化身。’我对此事深信不疑，如今果然遇到了你，所以知道你就是地藏菩萨的化身。”

用方听罢，心中暗道：“我信奉地藏菩萨已有多年，莫非是这个缘故，地藏菩萨才把梦指点于他?”他这样想着离开了圣僧。从此以后，用方更无限度虔诚地信奉地藏菩萨。后来用方年岁渐老，终于出家为僧。十余年后，虽然染病在身，但毫无苦痛，仍面向西方，专心唱念弥陀佛号，最后，口念地藏菩萨的佛号，溘然长逝。

看见和闻听此事的人，不论道俗男女都感动得落下泪来。

第三篇

地藏变小僧以身受箭

古时，近江国依智郡的贺野村里，有座古庙，古庙中供奉一尊地藏菩萨。这座庙本是平诸道先祖的庙宇，诸道身任检非违使[①]，别号左卫门之尉[②]。

诸道的父亲是一个极其勇猛的武士，经常出征作战。一次，他率领部下征讨敌人，在交战之间，诸道父亲发现自己箭彀中的箭已然射尽，无计可施，便在心中祷告说："家庙中的三宝地藏菩萨快来助我！"正在祷念之时，战场上突然出现一位小僧，把地上散落的箭拾起来递给诸道的父亲。诸道的父亲虽然感到事出离奇，仍是接过箭来射出，后来仔细看时，拾箭的小僧背上中了一箭，随后那小僧便忽然不见了。诸道父亲以为小僧必定是逃离战场，自己仍然继续作战，最后，他如愿以偿地惩罚了敌人，兴高采烈地得胜归来。

那个拾箭小僧究属谁家仆人，或是打从何地而来，诸道父亲一无所知，差人四处寻访仍然是无人知晓。这时，他不禁动了哀怜之心，惋惜地叹道："小僧替我拾箭，以致背遭箭穿，想必已然死去！"但始终寻找不见，也只好作罢。后来，诸道父亲到家庙拜

---

① 日本古时掌管保安、监察和审判等事的官职。

② 日本武士的通称。

谒时，发现地藏菩萨的后背，插着一箭。这时，他才觉悟，在战场给自己拾箭的小僧，原来就是这尊地藏菩萨的化身，想到此处无限感动，不住地流泪礼拜。

附近一带看见和闻听此事的人，不分贵贱尊卑都感激落泪，此事确实令人感动。地藏菩萨为了普济众生，竟肯置身于恶人群中，为素有信心之人如此代受毒箭，世人如能诚心信奉，祈求来世，当有求必应。

第四篇

信奉地藏的奴仆免遭杀害

古时，备中国某郡，有一人叫藤原文时，别号大藤太。文时原本名门之后，家中富有，子孙蕃昌，他家坐落于津郡的宫乡。文时家中的奴仆当中，有一生性倔强的男子，时常触犯主人，此人住在文时家大门以内。一天，男仆又冲撞了主人，文时大怒，唤来一名勇猛的家将，吩咐道："我命你立即将那个倔强的东西抓起来，带到津坂去一定杀掉，绝不许违背我的命令。"家将遵照主人的命令，捉住男仆，用绳捆缚，令其在马前奔跑，自己骑马在后押解，直向津坂而去。一路上，这个倔强的男仆哭着心中祷告说："今天是本月的二十四日，正是地藏菩萨的诞辰，而我却要在今天被人杀死，难道地藏菩萨就不可怜我么？我恳求菩萨大发慈悲救我一命吧。那时我必定重塑金身。"男仆每走一步，便这样祷念一声，心中更无他念。且说那时文时家中突然来了两三名僧人，文时接见后，谈话间提起命人将倔强男仆带往津坂杀害之事，僧人闻听大惊，说道："今日乃是地藏菩萨普度众生的吉日，因此，今天千万不能作恶。"文时听说大为惊恐，立即派另一仆人，乘骑骏马前去传令，着家将把男仆带回，不得杀害。仆人出门后快马加鞭飞奔追去，但因家将已然启程多时，加上路远，一时间很难赶到。

且说，家将带着奉命杀害的男仆，即将来到津坂地面时，忽听后面有人高声喊叫，侧耳细听，原来那人喊话说：“大老爷有令，不可杀害那个男仆。”家将闻听回头观看喊话人究竟是谁，原来是个十余岁的小僧，正在拼命地一边追一边喊叫。

这时，家将所乘骑的马匹渐渐慢下来，小僧却越跑越快，双方相距只有半里多远。家将惊疑地离开坐骑，逗留在路旁等候片刻。这时，乘骑骏马赶来的仆人追至跟前，立即传达了不可杀害男仆的命令，说罢再看追奔而来的小僧时，却已突然不见了。大家觉得奇异，便将那个倔强男仆带回府去，述说了小僧如何追来的情由，文时听罢，很觉惊疑，便将倔强的男仆召来询问，男仆流着眼泪答道：“这不是别的，是因我诚心祈求了地藏菩萨！”文时闻听此话，不禁深深感到地藏菩萨赐人恩泽的可贵。

看见和闻听此事的人，无不流涕称赞。从此，当地人不分贵贱尊卑，都绘制了地藏菩萨的佛像，虔诚地供奉起来。后来供奉地藏菩萨成为当地的风气，至今相沿未替。

那位倔强的男仆蒙地藏菩萨搭救，得保性命，心中不胜欢慰，越发虔诚地信奉起地藏菩萨来了。

第五篇

遵梦告土中挖出地藏佛像

古时，陆奥国有位卸任国守，名叫平朝臣孝义。孝义家中有一家将不知真名，号叫藤二，当孝义就任陆奥国守时，首先派遣藤二为检田使，下乡丈量土地。当藤二来到国中，站在田地里进行丈量时，突然发现泥土中有一尊长约尺许的地藏菩萨像，半身埋在土里，半身露在地面。藤二看了大惊，连忙下马命人将佛像从泥土中拖出，不料佛像竟重如巨石，使人拖拉不动。藤二召集了许多人一齐动手拖拉，但始终未能拖出，藤二其时十分惊讶，暗自祷告说："看这尊地藏菩萨像的重量，不可能拖拉不出，如今拖拉不出，想必其中必有缘故，如果有何因由务求菩萨在今夜给我托梦相告！"祷告后，返回家去。

当夜，藤二在睡梦中，看见一个容貌端正的小僧，走来告诉藤二说："我是住在泥土中的人，这块田地原本是我们寺庙的旧址，由于年久失修，寺庙已然坍塌，许多佛菩萨的像都被埋在泥土里面，假若你能将那些佛菩萨像都挖出来，我便可以随同出来。"藤二梦醒后心中不胜惊讶。翌日清晨，他征集了许多民夫，各带锹锄到田间挖掘，果然如梦中所言，从地下掘出佛菩萨像五十余尊，这时，地藏菩萨像也随之挖出。藤二和附近的人们看到这种情景，深深受到感动。大家立即在原地盖起一座简陋的草堂，将这些佛菩萨像安放在堂中，藤二特别信奉地藏，因而将这尊地藏菩萨像随身带回京中。六波罗密寺的寿久圣僧，与藤二交往甚密，藤二将地藏菩萨像送到寿久的庙中供奉，寿久闻听地藏菩萨像的来历，深感可贵。他在佛像上涂上彩色，安放在僧房之中，每日早晚虔诚地供养。这尊佛像至今仍然保存在六波罗密寺中。

第六篇

遇火灾地藏独自步出佛堂

古时，土佐国有一地方名叫室户津，该地有座草堂名叫津寺，草堂檐头，烧得焦黑。草堂建在海岸上，远离村镇，偏僻难行。有一次，住在室户津的一位老人谈起草堂檐头被烧焦之事。他说：有一年当地突然起了野火，漫山遍野俱被烧着。这时忽然来了一位小僧，在室户津挨户奔走，口中还喊叫说："野火就要将津寺烧光了，乡邻们赶快去救火吧！"附近的人们闻所此话，赶来看时草堂四周的草木都已烧光，佛堂的檐头虽已烧得焦黑，但未起火，堂前的庭院中，站着自行走出佛堂的一人高的地藏菩萨和毗沙门天王像。当时，地藏已不立在莲花座上，毗沙门天王也不踏着那鬼形，津地人们看到这种情景，不禁感动得落泪，都说："扑灭火灾必是天王所为，呼唤众人那是地藏的方便。"说着，四处寻找小僧，但是附近一带原无此人。

看见和闻听此事的人，都深受感动，称赞这是一件奇事。此事发生后，坐船路经津地的人以及有道心的僧俗男女，无不到寺中参拜，和这等地藏菩萨、毗沙门天王结下佛缘。虽说诸佛菩萨对众生所施的福泽不可思议，也多不胜计，但像这样在遭遇火灾时，竟自走出草堂站立院中，并且化身小僧去催人扑火的奇事，确实难得而罕见。由此看来，世人应当专诚信奉地藏菩萨。

第七篇

遵地藏教示创始播磨国清水寺

古时，近江国志贺郡，有一座崇福寺，寺中住一僧人名叫藏明。藏明心地慈悲，忍辱，而且喜好布施。但是，藏明家贫，身无半文积蓄，因此，虽有好施之心，始终是事与愿违。藏明唯一的修行即是念诵地藏菩萨的佛号，因此，世人称他为地藏圣僧。

一天，藏明梦见一人前来对他说："你赶紧去播磨国，那国的东北角有一座深山，山顶上有一块胜地，你可以在那里安身。"藏明遵照梦中指示，启程前往播磨，寻找那地方。当他找到胜地后，便在那里修盖了一间茅庵作为安身之处。后来，藏明在庵中勤修，时经多年而播磨国人却毫不知晓。后来，藏明梦见一个容貌端正的小僧，左手托着一颗宝珠向藏明走来，对他说："你因前世罪孽，今世注定受穷。而今见你一心一意地念诵我的佛号，特赠你一颗宝珠，你拿它就可以实现好施的心愿。"藏明在梦中知道这是我佛地藏前来，赶忙跪在地上，哭着接过宝珠。这时，他从梦中醒来，感动万分，落泪不已，从此对地藏菩萨的祷念更加诚笃了。国人自然而然地闻听此事，都来皈依藏明。于是，藏明收了许多弟子和侍者，日益富足起来，后来终于盖起一座佛堂，并塑造了一尊一人高的地藏菩萨像供在其中。这座寺庙取名清水寺，后来，清水寺灵验昭著，利益众生，不可思议，因此，当地男女不论贵贱尊卑，全都俯首前往朝拜，一时香火云集，布施的物品堆得满山满谷，几乎容纳不下。藏明原本就富有施舍心，如今只要有人向他乞求，便随时施赠。这完全是出于地藏菩萨普救众生的缘故，世人一定要虔诚信奉地藏。清水寺的灵验昭然若揭，直到今日，播磨国人仍都俯首前来拜谒。

第八篇

地藏菩萨转化藏念沙弥

古时，陆奥国的都城中有座小松寺。中古时候，有一个沙弥住在寺中，名叫藏念。藏念是平将门的孙子良门之子，曾经书写供养过一部金字大般若经。

藏念沙弥诞生在二十四日，父母就因为他与地藏菩萨有缘，取名藏念。藏念自幼虔诚默念地藏菩萨的佛号，就连日常举动中，也都念念不忘，从无懈怠。藏念的容貌非常俊秀，见到他的人无不称赞，藏念的语音还非常美妙，婉转动听，听到的人都称赞可贵，因此，人们都称他为地藏小院。

藏念的行动非常奇怪，他经常挨门挨户去摇动锡杖，唱念地藏菩萨的佛号给人听。他还不分日夜地行走，口里吹着宝螺赞美地藏的悲愿。世上有许多人听他念诵地藏菩萨佛号后，发起了菩提心。就连喜好杀生和放荡的人，遇见这位沙弥也会立止恶念，发起善心，因此，世人称道他就是地藏菩萨的大悲的化身。

如此经过多年，藏念年满七十时，他独自走入深山，从此不见踪迹。当地人们不论贵贱、男女，都对沙弥的失踪感到惋惜，虽然他们到各地寻访但自始至终也未能遇见。于是众人双手合十，向僧人失踪的深山，悲叹礼拜。大家叹息说："地藏小院确是生身的地藏菩萨，不过我们的罪孽太重，因此他才突然丢开我们，返回极乐净土去了。"此后，始终听不到藏念的信息，终于失踪了。这件奇异之事后来传闻于世。

第九篇

净源僧求地藏老母得绢

古时，比睿山的横川有一僧人，法号净源，俗姓纪氏。净源是庆祐阿阇梨的入室写瓶[①]弟子，多年来，住在山中学习显密二教的经文，而且道心非常坚固，修行佛法甚是诚笃。

当时，全国发生灾荒，饿死的人很多，死尸遍道。净源僧人的老母和胞妹住在京城，家贫无粮，眼看就要饿死。这时，净源深深凭信地藏菩萨的本誓，暗地修法祷告，祈求菩萨护助老母。当行法修满七天的夜晚，住在京中的老母偶得一梦，梦见一个容貌端正的小僧，手捧三匹美绢，走来对她说："这些绢是上上之品，它是横川供奉僧官派我送来的，你可以速拿去换来稻米，以应急需。"当小僧说罢，将美绢递过来时净源的老母即从梦中醒来，将梦中情景告诉身边睡觉之人。过不多时，天光拂晓，她发现梦中得来的美绢，果真放在身边，正是三匹。见绢之人都双手合十仰天致敬，感到无限惊异。

老妇人心想，莫非真有人送来此绢，而自己睡意蒙眬误将真事认作梦境，便四处询问，结果并无人前来。老妇人心中虽然有

① 佛教术语，又作"泻瓶"。指师父对弟子传法无遗漏，如同一瓶水泻于另一瓶，涅槃经四十说："如写瓶水置之一瓶。""入室写瓶弟子"指得到了师父真传的弟子。

些疑虑仍然差女仆拿去变卖，被一富户唤进门去，富家主人见绢非常喜爱，登时用三十石稻米的代价将绢买下。女仆运回稻米，从此一家人食用充足。

事后，老妇人仍然放心不下，便差人到横川述说得绢的缘由，净源闻听落泪，对地藏菩藏的有求必应无限感激，于是就到老母面前回禀说："我为了帮助老母免遭饥饿之若，依照地藏的本誓，修法祷告，老母梦中得绢的夜晚，正是我行法修满七日的那天，这完全是地藏菩萨赏赐的。"老母听罢，不仅感念地藏菩萨利益众生的功德，还一面庆幸自己的儿子能有如此深厚的孝心。闻听此事的人无不感动落泪，都信奉了地藏菩萨。

第十篇

仁康僧祷地藏免于疫疠

古时，京城中有座祇陀林寺，寺中住一僧人法号仁康，是横川慈惠大僧正的弟子。仁康相信因果，崇敬三宝，修身持戒，怜悯众生，其心宛如神佛。治安三年四月，京都及各地疫疠流行，一时死者众多，路上陈尸不计其数。为此，世人不分贵贱尊卑，都仰天长叹，悲痛不已。

这时，仁康梦见一个容貌庄严的小僧，走进房中对他说："你对人世间事，是否有无常之感?"仁康答道："昨天看到的人，今天就不见，清晨刚遇到，傍晚就死去，这还不仅仅是近日的状况。"小僧笑着说："从今以后就不必忧虑人世无常了，你如果遇事感到恐惧，可速塑一尊地藏菩萨像，在像前赞美菩萨的功德，如此，近者可以拯救执迷于五浊中的人，远者可以超度沉沦于三途的人。"说罢，仁康梦醒。

其后仁康发起道心，立即前往塑造佛像的名师康成家中，请他代为塑造地藏菩萨像，不多几日塑成一尊半金色的地藏菩萨像，随即开光供养。后来，仁康又开始举办地藏法会，僧侣男女全都俯首合掌前来结此缘。前时，祇陀林寺和仁康的房中，从未发现疫疠。仁康所得梦兆传出后，与仁康平素友好之人，横川的众僧，以及凡是与地藏法会结缘之人都不曾遭受疫疠之灾，俱说这事出奇。从此，地藏法会便日益繁盛起来。后来，仁康活到八十二岁，临终时一心不乱，面西端坐，口中一面念诵阿弥陀佛和地藏菩萨的佛号，一面入睡般地死去。

世人知道今生和来世的福泽都无过于地藏菩萨的本誓后，更应该虔诚信奉地藏菩萨了。

第十一篇

骏河富士神官皈依地藏

古时，骏河国富士神社有一神官名叫和气光时，光时夫妇虔诚信奉地藏菩萨虽已多年，但是，光时因为自己掌管神社，便按照神社自古流传的惯例，路遇僧人从不下马。

某次，光时在二十四日这天骑马出门，行至中途，望见一个年约十七八岁的僧人徒步而来，光时仍然按例不曾下马，自己骑在马上和僧人说话，不料一转眼间，僧人突然不见了。光时一见惊惧地返回家去。当夜，光时梦见一位容貌端正的小僧对他说："你今日在路上遇见的僧人，就是我，你平素虽然诚心信我，但见到其他僧人时却总不下马，你应知道，僧人都是十方诸佛穿着福田衣[①]的形象，供养他们的人可得无量功德，无量福德。何况我本身也是出家人的形象，你为何要蔑视僧人？从今以后，遇见出家人时切记要下马！"说罢梦醒。

其后光时流泪悔过，从此，不论高僧和小徒，只要遇见出家人走来，便远远下马施礼。

① 袈裟的异称。佛教以僧人为世上的福田，所以称僧人穿的袈裟为"福田衣"。

第十二篇

重涂地藏彩像某人得梦告

古时，有一人塑造阿弥佛像，顺便将一尊旧地藏菩萨像重新用彩色涂画，供奉在正法寺中。这尊地藏菩萨像原本放在三井寺的塔内，佛像的后臂和莲花座都已残缺不全。那时，庙里有一名叫实睿的供奉，发现这尊地藏菩萨像，便动手修补起来。后来，实睿梦见一个年约十四五岁的容貌端正的小僧走过来，坐在他膝盖上面，用手抱住他的脖颈说："你认识我是谁吗？我就是三井寺里上座僧人的尼僧妻子所塑造的地藏。"实睿听到这里，望见小僧身后跟来一人，便问道："你身后跟来的人是谁？"小僧回答说："他就是从前塑造我的工匠，所以让他住在我的身影下，随时赐予福泽。"实睿再朝东北角一望，看见那里有二十余尊地藏菩萨，个个面南而坐。实睿醒后，感动得落下泪来，他感到此事非常可贵。

世人由此知道，不仅诚心发愿找人塑造佛像的人理应得福，塑佛工匠虽然毫无心愿，只收取材料替别人塑造佛像，但也能得到福泽，因此俱都称赞不已。

第十三篇

伊势国人蒙地藏救助保全性命

古时，伊势国的饭高郡里，住着一个卑贱的人，每月二十四日必定斋戒，虔诚祈祷地藏菩萨，多少年来勤行不懈。有一次，饭高郡的郡衙要挖掘水银，献纳朝廷，此人被郡守征为人夫。于是这个人和三个同乡一同来到挖掘水银的地方。他们在那里掘了个洞，便到里边去寻觅水银。当他们进入洞内十余丈深的时候，洞口的土突然坍塌下来封塞了入口，洞口被塞而洞内却很宽阔，三人在洞中，相对悲泣，他们认为已无出洞希望，自是必死，因此悲伤不已。

这时，此人心想："多年来，每逢月之二十四日我总是斋戒，诚心祷念地藏菩萨发发慈悲来搭救我这条性命!"正在祷告之时，黑暗的洞中突然闪烁起火光，越来越亮，最后照得全洞通明。这时，只见一位年约十岁容貌端正的小僧手里拿着纸烛[①]走过来对此人说："你赶快随我出去!"听说此话他又惊又喜，便跟在小僧的身后走出洞来，当他渐渐走近本村时，小僧突然不见了。当他想到自己能保全性命，原是仰仗地藏菩萨的救助，心中无限感激，流泪礼拜。此人看时，自己已经到了家门。他本以为两名伙伴也

---

① 纸烛亦作脂烛，系古时一种简单的燃明用具，用松木所制，长约一尺五寸，上端烧焦浸油点火，略如"登粹"，后来简单化为纸燃浸油，近世尚有之。

跟随小僧回到村中，但却看不见二人的踪影。原来，纸烛的火光早已在洞内消失，同伙的二人看不见光亮，所以未能走出洞来，这也是由于他们不信地藏，因而得不到神灵的护佑。家中的妻子，见丈夫安然归来，悲喜交集，打听脱难的经过。此人见问，便将情由述说了一遍。从此，他信奉地藏菩萨更加笃诚。

这人得救之事传出后，郡内人多塑造地藏菩萨像，每逢挖掘水银时，人们特别要向它虔诚祷告。

第十四篇

遵地藏佛教示某僧离镇西移往爱宕

古时，镇西肥前国的背振山，原是书写山性空圣僧修道的地方，山谷幽深，是世上独一无二的圣地。因此，修行佛道的高贵圣僧经常来这座山中歇息。且说，中古时候，背振山上住着一位持诵法华经的僧人，此人日夜诵经，不论寤寐祷告地藏菩萨，如此修行终生不懈。后来，日渐衰老，当他年满六十时，越发顾虑后世，不想现生的事。一天，他在地藏菩萨像前祷告说："请菩萨指点我应该死在何处！"僧人虔诚祈祷后，梦见一位容貌端庄的小僧走来指示他说："你如果有意寻求临终的善地，可速往京城，到爱宕山的白云峰去，二十四日这天就是你命终之日。"说到此处，僧人从梦中醒来，感动得落泪，将梦中指示牢记在心。众弟子见师父哭泣，便问师父有何心事，僧人不作答复，只将梦中的言语抄录在一张纸上，秘密收藏在经箱之中，当晚半夜里，离山而去。僧人独自出山后直奔京城，行走数日在当月二十四日这天到达了爱宕山的白云峰。当晚他在一株树下过夜，翌日爱宕山上的僧人们走来，向他询问说："你是从哪里来的？"僧人答道："我从镇西前来。"说完此话，一语不发。山中常住僧们觉得此人可怜，每日早晚特备饮食送给他吃，这样过了多日，又到了下月的二十四日，这天大清早，山中有人来到树下，只见这位镇西僧人已然面西端坐合掌圆寂。这人发现此事非常惊异，连忙报知本山诸僧，众僧闻听此事多前来观看，僧人圆寂的姿态果然是高贵无比。后来众僧在他经袋之中，发现一张字条，打开字条一看，镇西僧人得梦的情由都记在上面。众僧看罢，越发感到高贵动人。大家哭着为他超度祈福，好像报答自己的恩师。僧人得此福泽，完全仰仗大悲地藏菩萨的护佑。这桩奇事传出后，世人竞相传颂，因而传闻于世。

第十五篇

遵地藏佛教示某僧离爱宕移往伯耆大山

古时，爱宕山住有一位僧人法号藏算，是仁和寺地上平救阿阇梨的弟子。藏算出身贫寒，生活无着，加之本身缺乏德行，很少有人对他施衣舍食，因此生活非常困苦。他想这必是前世孽因所致，于是信奉了地藏菩萨，每日以拜祷地藏为必修之课。后来，藏算年纪渐老，当他年满六十时，又染病在身，危在旦夕，为此日夜悲愁。一天，藏算梦见一个容貌端庄的小僧走来，指示他说："你因前世有宿孽，才贫穷到老。如今你可以去拜谒伯耆国的大山，祈求今生和来世的福泽，大山的山神就是地藏菩萨的化身，人称大智明菩萨，他的大悲的愿力普度一切众生。"说到此处，藏算从梦中醒来，立即前去伯耆大山朝拜，在山上虔诚修道达六年之久，然后又返回爱宕山来。从此，藏算的佛法威名京城，成为众所皈依的杰出圣僧，由于他善于保佑世人，因此道俗男女对他敬如尊祖，藏算的声望日隆，举世无双，生活也富裕起来，永不受穷了。藏算知道这完全是大悲地藏菩萨的护佑，不禁深深感到庆幸可贵。

第十六篇

伊豆大岛郡修建地藏寺

古时，伊豆国大岛郡，有座远离海岸的孤岛，这里远离海岸，连鸟兽都难以到达，是处极险恶的边地。岛上西南方有一块胜地，从前役优婆塞[①]被流放大岛时，经常飞到这里来修行道法。在嵯峨天皇朝代，岛上突然出现一名修道僧人，此人法号藏海，是这山的开山始祖。这座山形状奇幻，是神灵栖息之所，也有仙人居住之洞，另外还有神女常来戏游的庭院。藏海僧人在山上修建了一座寺院，取名地藏寺。殿堂中供奉着一尊一人高的地藏菩萨像，这尊地藏确实灵验昭著，国人全都俯首前来朝拜，只要虔诚祷告，无不有求必应，宛如生身的地藏菩萨。由此可见，地藏菩萨的本誓和大悲的心愿，不管地方多么偏僻，祈求的人多么贫贱，都能蒙受护佑。藏海在这里修行的时候，修道方法与众不同，他口中专门唱念地藏佛号，时刻不停，身上背负地藏佛像从不离身。后来，藏海寿满百岁，他在临终之时，一心不乱，面西端坐，合掌圆寂。当时，室内异香芬芳，庵上笼照着美妙的祥光，空中传来了乐声，紫色的云冉冉向西飘去。看到这番情景的人，个个感激流涕，闻听此事的人也都合掌礼拜。人们猜测地说："这位藏海圣僧，一定是地藏菩萨为了利益众生转化到此地来的。"看来，末世之人必当专诚信奉地藏菩萨。

---

① 见本书卷十一第三篇译注。

第十七篇

东大寺僧藏满蒙地藏救助死后复生

古时，东大寺中有一僧人法号藏满，是义藏律师的弟子。一日，藏满偶然离开东大寺赴京办事，途中，意外地遇见一位名叫登昭的相士。藏满见到登昭高兴地说："我能遇见你真值得庆幸，请你替我相相吉凶祸福!"登昭道："你研习佛法可以成为得道高僧，但是阳寿很短，活不过四十，如果你想长寿，必须虔诚地发起菩提心，至于其他，我就不必相了。"说罢，登昭走去，藏满听了这番话，心中非常忧伤，立即离开本寺到笠置山的石窟中发起菩提心，勤修苦炼，昼夜六时行道，专心诚意地唱念佛号，此外还经常持斋，每日清晨唱念地藏菩萨的佛号一百零八遍。这些都是每日必修的功课，一向坚持不懈。后来，藏满在三十岁那年的四月，偶然得了中风的病症，数日后力弱神衰，突然死去。其时只见来了两三名身穿青衣的官差，大为嗔怒，就把藏满捕去。藏满高声大叫道："我是一个真正净行的僧人，从未触犯过三业天情。就拿从前的雄俊来说，他虽然是极恶邪见的人，而在临终前凭借念佛之力，竟能将地狱的猛火立即变作清风，并且得到佛祖的接引往生极乐世界去了。我唱念佛号，祈求地藏菩萨的大悲誓愿，难道这一切都落空了吗？如果我的愿望不能达到，那么三世诸佛和地藏菩萨的大悲的誓愿岂不是等于一无所有吗?"众官差闻听此话责问藏满道："你这样说能找出真凭实据来吗?"藏满又说道："诸佛菩萨的誓愿原本真实不虚，如果我的愿望终于不能实现，那么诸佛菩萨所谓真实不虚的真言，就完全成虚妄之谈了。"说到此处，突然走来一名小僧，生得端庄秀丽，身上放射着白光。和他容貌相似的小僧还有五六名，他们身旁另有三十余名小僧排成两列，浩浩荡荡合掌前来。众官差们看见来人当时便说："这个僧人肯定是积下了大善根，所以南方的菩萨圣众才能驾临此地，现在我等丢开他赶快离开这里吧。"说罢，朝着这些菩萨合掌礼拜告别而去。这时，只见为首的菩萨指示藏满说："你可认识我？我就是你每日清晨祷念的地藏菩萨。我因有大悲的誓愿，爱护你如爱护眼珠，你之所以生死轮回，是孽缘所致，故而今日才有官差前来捉你。如今你可速返人世，务必要脱离生死之界，达到往生极乐的愿望，切切不可再到这里来了。"藏满听罢，刹那间苏醒过来，原来自己已然死去一天一夜。从此，藏满的道心日益坚固，始终不退。后来，他虽然年满九十，但体健无疾，步履矫健，在寿终前预知死期，唱着佛号，并念地藏菩萨，面朝西方端坐，合十而逝。藏满能得如此，完全是地藏菩萨的救助，闻听此事的人感动得落下眼泪。

第十八篇

备中僧阿清蒙地藏救助死后复生

古时，备中国窟屋郡大市乡，有位老僧，道号阿清，俗姓百济。阿清原本是纪寺基胜律师的弟子，自从离开纪寺后便回到故乡居住。阿清生来喜好修道，不惜翻山过海去勤修苦炼。当他年至二十四五岁时，世上疫疠流行，一时死者不计其数，阿清恐怕自己染上疫疠，便决意返回本寺，途中行走不过数日，便身染重病，突然死去。当时阿清携带的弟子们唯恐瘟疫传身，不顾师父的尸体，逃奔而去。一二日后，阿清苏醒过来，他将过路行人唤住，告以自己的姓氏，并且说："我从故乡前往本寺，途中突然得病死在此地。当时我只觉在宽敞的大道上独自向西北走去。不多时，来到一座大门前，院内有高大房屋，看光景很像检非违使厅的大堂。院子里并排坐着许多官人，正在提审多人，决定罪行的轻重。不少人当场被捆缚下狱，哭声震天。我瞧见这番情景，吓得毛发倒竖，魂飞魄散，几乎不辨东西。后来，我向左右稍一回顾，发现一个小僧，手里拿着一根锡杖和一卷经文，东奔西跑，仿佛正在替人争辩。小僧的身边还跟随着一个容貌俊秀的童子。这时我走上前去，向童子打听小僧究为何人，童子答道：'难道你不认识吗？这就是地藏菩萨。'我听此话惶恐万分，连忙恭敬礼拜。这时，小僧怜悯地对我说：'你现在正好离开此地，为什么又回来了！'说罢，将我带到官人面前陈述道：'这位僧人是个虔诚的修行者，他为了修行佛道，在生前曾亲自朝拜过白山、立山等圣地，精勤修炼不止一次，另外，他爬山过海去修行佛法的事迹也多不胜举，而今他因命中注定中年丧命被带到此地，按情理应从速释放。他的一切功德在他修道日记上都有记载。’官人等听罢此话，便道：‘此僧确有这些功德，可以按照尊意立即释放。’我听说将我释放，当时感激得落下眼泪，这时小僧将我领出大堂，亲自指示说：‘你赶快回家，修积善根，千万不要再到此地来了。’我把话刚刚听完便苏醒过来。”过路人听阿清讲说后，深受感动，便分手而去。后来阿清回到故乡，将此事告诉乡邻，闻听此事的人，无不感动落泪。阿清知道这完全是仰仗地藏菩萨的救助，因而更加信奉地藏菩萨。

第十九篇

三井寺僧净照蒙地藏救助死后复生

古时，三井寺有一僧人，法号净照。净照在十一二岁尚未出家时，和年岁相同的孩童一起玩耍，游戏当中净照亲手雕成一尊佛像，取名叫地藏菩萨。然后又将它放在古庙的佛坛旁边，每当和孩童们戏耍之时，便摘取鲜花供养僧像，供养完毕便将僧像丢在那里，再跑去玩耍。其后出家，净照跟随师父学法修道，因他兼学显密二教的法文，终于成为杰出的僧人。这年，净照年满三十，偶然得病，缠绵多日不愈，以致精神恍惚。数日后，病势加剧，竟然死去。净照死后，只见来了两名大汉，捉住自己便向一座黑山角下赶去。黑山中有一漆黑的大地穴，大汉将净照推进了地穴。当时净照吓得心胆俱裂，失去知觉。当他稍稍苏醒后，发觉自己已死，便祷告说："我在生前诵读法华经，虔诚信奉观音和地藏，这次请菩萨一定要搭救我！"净照坠入地穴后，穴中狂风猛烈，吹得他双目难睁，净照只得用双手遮着两眼，好久才坠落到万丈深渊的阎罗殿前，净照举目四望，只见无数罪犯在那里受刑，号哭之声有如雷响。正在这时，出现一名容貌端庄的小僧，告诉净照说："你认识我吗？我就是你在幼年游戏时塑造的地藏。尽管你当时未发道心而是儿戏，但已因此结下佛缘，所以我日夜护守在你的身边，这也是我的大悲的誓愿。不论一时一刻也不可趋于恶趣，在这决定善恶的须臾间，绝对不可忘却佛土净地中菩萨的功德和庄严。本来我是在你身边护守，因为一时有事他往，你就在这期间被人召唤到此的。”净照闻听此话，匍匐地上，流泪叩拜。小僧将净照领至殿上，为他求情，请赦免此人。净照看到这里，登时苏醒过来。从此净照越发发起坚固的菩提心，离开本寺，云游诸山，漂游在外，自此修行佛道，永不懈弛。这难道不是地藏菩萨普度众生的功德吗？净照用木块雕刻僧像取名地藏，纯属儿戏，并未按佛法供奉，尚能获得地藏为此施恩，虔诚塑造佛像加以供奉的功德，就可想而知了。净照对人讲述此事后，辗转相传，后来传闻于世。

第二十篇

播磨僧公真蒙地藏救助死后复生

古时，播磨国邱南郡歌见浦地方有座寺院，名曰极乐寺。该寺中有一入道僧，法号公真。公真塑造了一尊身高三尺的彩色地藏菩萨像，安放在寺内，敬谨供奉日夜不怠。公真所以如此，其中有个缘由，早年，公真曾一度身染重病，缠绵多日不愈，一天，竟像睡梦般地死去，当时公真觉得自己独自到了阴间，来在阎罗殿前。他环顾四周，只见身旁有千万人在受责罚，嚎哭之声有如雷响，公真见此情景吓得茫然不知所措。这时，有一相貌端庄的小僧混在犯人群中向门外跑去。公真暗自向身旁的人战战兢兢地问道："这位小僧是谁?"那人答道："他就是地藏菩萨。"公真听说来到小僧面前，跪地禀告说："我意想不到竟被带到此地来了，请地藏菩萨根据大悲的誓愿救救我吧，如果菩萨不能施恩方便，我怎么能逃出此地，再回故乡呢!"小僧听了拉住公真的双手，说道："赦免生死轮回之苦，又有何难！你父重正正是安艺国伊调岛的神官，早年曾塑造了我的形象，并且开光供奉，为此，我已经对你父重正给予引导。对你，我也是经常守护，如今你因前世孽缘而被召至此地，我一定救你。"说罢立即带领公真到冥官面前求情，随后小僧亲自将公真送出大殿门外，用手摸抚公真的头顶说："你赶快回转人世，今后要发起菩提心，皈依三宝，专心行善，切勿作恶，再不要到此地来了。”小僧说到这里，公真立即苏醒过来。公真复活后发起道心，委托佛师塑造了地藏菩萨像，不分昼夜虔诚敬奉。此事传出后，人人都信奉地藏菩藏。目前极乐寺中供奉的就是当年公真塑造的这尊地藏菩萨。

第二十一篇

但马前任国守国举蒙地藏救助死后复生

古时，但马国有一前任国守名叫××国举，多年以来，国举就是一面办理公事，一面照料家务。一天，他突然得病暴卒，立即被带到阎罗殿上，只见那里聚集着无数的罪犯，罪犯中有一位仪表端庄的小僧，手里拿着一卷经文，正在东奔西跑，仿佛替人争辩。这时，国举听见身边有人说："这位小僧就是地藏菩萨。"国举听了急忙朝着小僧跪倒在地，哭诉道："我没有想到会被带到这里来了，我请求菩萨根据大悲的誓愿，设法救助我吧！"国举虽然苦苦哀求，小僧却一语不答，对他厌恶地说道："人世间的荣华富贵，只不过是一场梦境，而罪恶的孽因却宛如经过万劫的岩石，何况你时常贪恋女色，种下许多罪根。如今既已因罪被召唤至此，我焉能救你，且你在生前对我并无一点敬意，凭何来叫我救你。"说罢转过身去，站在那里。这里，国举益发感到悲悔，再次对小僧哀诉说："如果您能大发慈悲，救我解脱此危难，等我回到故乡必定舍弃家财信奉三宝，一心一意皈依地藏菩萨。"小僧听说此话，又转过身来，面对国举道："你的话如果是实，我可以替你请求一下，也许能放你回家。"说罢，立即到冥官面前求情，国举刚刚觉得有人赦免释放了自己，便苏醒过来，这时他已死去半日。

国举苏醒后并未对人言讲此事，立即削发出家修行。他还委托塑造佛像的名人完朝造了一尊一人高的涂金地藏菩萨像，并用色纸书写了一部法华经，还在六波罗密寺中，举办盛大的开光供奉法会。法会讲师由大原①的净源供奉担任，法会开启之日，该寺的庭院中聚集着信教的僧俗男女，俱都感动得落下泪来，虔诚信仰地藏菩萨的灵验。那尊地藏菩萨像，至今仍然安放在六波罗密寺中。

① 日本京都市左京区地名，原名爱宕郡，该地景物幽邃，有后鸟羽天皇陵墓及寂光院、来迎院、三千院等古刹。

第二十二篇

贺茂盛孝蒙地藏救助死后复生

古时，有一人名叫贺茂盛孝，此人生性正直，通达事理，公私事务都处理得很好，因而家道非常富有。盛孝对人很有慈心，从不屠杀生物。由于他道心深厚，在每月二十四日这天必然斋戒，虔修佛事，对于地藏菩萨更是特别祷念。后来，盛孝年至四十三岁，这年的某月某日，他在沐浴起身的刹那间，突然身死。盛教当时只觉得自己头朝下，堕入一个大地穴中。霎时间，眼前出现一片烈火，耳边传来一阵嚎哭的声音，仿佛雷鸣一般，震动四方。盛孝一见此情，惊吓得魂飞魄散，肝胆俱碎，不禁放声痛哭，但是这又何济于事。过不多久，盛孝落到一座高楼的官衙庭院中，许多检非违使依次分班排列在东西两厢，看光景有些与当今升朝情形相似。盛孝在这里向四外环顾，不见一个熟人。正在此时，他望见一位小僧，容貌极其端正，向这边缓缓踱来。院内众人望见小僧，一齐跪倒在地，口称："地藏菩萨驾到。"盛孝闻此大喜，来到小僧面前合掌跪下，哭诉道："今日幸遇大师，可算有缘，现在正是大师超度我的时机，求地藏菩萨救我快回人世吧。"小僧答道："这里是阎罗宝殿，来时容易去时难，你因生前获罪被召至此，我怎能任意将你释放呢？不过，我可以替你向冥官求情。"小僧携带盛孝奔向宝殿前庭，替他求情说："此人是我多年施主，今日被召唤到此，我实在难以置之不顾，我希望能将他赦免。"众冥官说道：“众生的善恶因果本有定法，岂能更变，势必要自作自受，此人的罪孽现世已然决定了。”小僧闻听哭诉道：“既然确定要惩罚他，不能更动，我愿以身相代，哪怕是经过一劫，我也愿受其苦。”众冥官闻听大惊，立刻将盛孝移交小僧。这时小僧大悦，告诉盛孝道：“你从速返回本国，今后要皈依三宝，绝不可有所玩忽，凭借善根的力量，以免再到这里受难。”盛孝听到此处便苏醒过来，坐起身来哭着对亲族人等述说此事。接着邀请名僧为他削发，从此出家修道。盛孝出家后道心日益坚固，皈依三宝，祷念地藏从不懈怠。直到临终时仍然一心不乱，口中唱念着佛号便溘然长逝。

第二十三篇

蒙地藏救助复生后塑造六地藏佛像

古时，周防国有座神社，供着玉祖大明神，该社的神官名叫玉祖唯高。唯高虽是神官的后裔，而他从少年时起，便立志皈依了三宝，其中特别笃信地藏菩萨，不仅日夜祷念，起居行动也是恭谨不怠。长德四年四月，唯高身染疾病，缠绵数日不愈，六七日后突然身死。当时，唯高只觉自己向阴间奔去，行至旷野荒郊，迷失了道路，辨认不出方向。唯高正在伤感悲泣之时，突然来了六位小僧。这六人个个生得容貌端正，无限庄严，朝着唯高缓缓走来，唯高仔细观看，只见一人手捧香炉，一人双手合十，一人手托宝珠，一人手执锡杖，一人手提花篮，一人手持念珠。六人之中手捧香炉的小僧向唯高问道："你可认识我等么?"唯高答道："我都不认识。"小僧道："我等就是六地藏，为了拯救六道众生，化成六种形象。你虽然原是神官的后代，但多年来坚信我等的誓愿虔诚祷念，因此你可以从速返回本国，按照我等的模样塑造六尊佛像，虔诚供奉。我等的住处就在此南方。"唯高看见这番光景后便苏醒过来，不知不觉间已然过了三天三夜，苏醒后坐起，将死后经过告诉亲族人等，家属闻听此事，无不悲喜交集，感动泪流。随后，唯高立即修建了三间四方的草堂，塑造起六地藏等身高的彩色佛像供放在草堂之中，并举办了开光供奉的法会。这座草堂取名为六地藏堂。六尊地藏菩萨的形象就是按照唯高在冥途所见描绘成的。从此，远近各处的道俗男女都来聚会，供奉法会结缘之人，多不胜数。从此，唯高越发专心，不分日夜向地藏菩萨恭敬礼拜。当他年逾七十后，削发出家，永久抛弃尘世的产业，一心一意地祈求往生极乐。唯高在临终时，口中唱念着弥陀佛号，心中祷念着地藏本誓，面向西方端坐而逝。看见和闻听此事的人，都感动得落泪，称颂不已。当时三河有一位入道僧人法号寂照，此人道心坚固，厌弃尘世。他在梦境中曾看到唯高入道僧人往生极乐的情景，告诉了大家，大家都称赞说："唯高是往生极乐无疑了。"实际说来，唯高身为神官掌管社务，有许多滥用神物之处，但凭借地藏菩萨的大悲的誓愿终于得以往生极乐。世人闻听此事，应该虔诚信奉地藏菩萨。

第二十四篇

对地藏偶起敬心死后复生

古时，有一人名叫源满仲朝臣，生性勇猛，武艺高强，为公私效力，无人可比。

当时，满仲身边有一家将，他的性情也非常刚强，并且酷嗜杀生，从不修积半点善缘。一天，这名家将到郊外射猎，发现一只野鹿。当他正要挽弓射去时，这只野鹿，逃奔而去。家将见野鹿逃走便纵马随后追来，路过一座寺庙，庙内立着一尊地藏菩萨像。家将侧眼望见佛像偶然发起敬意，当时用左手脱下头上的斗笠从庙前驰过。事后过了不久，这名家将染病在身，缠绵数日不愈终于死去。家将死后，立即到了阴间，来在阎罗宝殿前面，向庭院中四下回顾，只见无数罪犯正在按照罪情轻重接受惩处。家将看见这般光景，吓得目眩神迷，悲伤不已，这时，他暗自思忖道："我这一生，只知作恶造孽，从来也未修积过善缘，如今只等受惩，哪里还有什么逃脱之路，我真是太惨啦!"当家将正在独自感叹时，突然来了一位容貌庄严的小僧，对他说："我愿意搭救你，你可速速返回本国，忏悔多年所造下的罪恶。"家将闻听此话欣喜非常，问小僧道："你是何人，肯来救我?"小僧答道："难道你不认识我吗？我就是你纵马追鹿打从庙前经过时，仓促间望见的庙内那尊地藏菩萨。你多年所造的罪孽虽然十分严重，但因你在须臾间略微对我起了一些敬意脱下斗笠，所以我愿救你。"说罢便叫家将回去。这时他便苏醒过来，哭着对身旁的妻子述说死后的遭遇，感到无限悲伤。从此以后，这位家将突然发起道心，永断杀生之念，专心日夜祷念地藏菩萨，从不懈怠。由此看来，地藏菩萨对偶然发起敬心之人，尚且如此垂怜不弃，至于多年诚心祷念以及塑画佛像之人，无疑更能得到救助了。地藏菩萨的誓愿胜过一切，使人感到可依可靠。闻听此事之人，应该专心信奉地藏菩萨。

第二十五篇

某僧供养雕刻地藏木像的工师死后复生

古时，因幡国高草郡野坂乡有座寺院，名叫国隆寺，这座寺院原是该国前任国守××千色修建而成。国隆寺内住着一位住持僧，为了偿还夙愿，请来塑造佛像的工师雕刻地藏菩萨像。在这期间，住持僧的妻子被人抢去。住持焦急万分，精神恍惚。他只顾东奔西跑寻找妻子，早将刻造地藏菩萨像一事忘诸脑后。众工师虽然被邀至寺内中，但因缺乏施主的供养，没有食物以致挨饿。这时，寺中有一专管庙务的僧人，发现众人食物断绝，发起善心，便准备饭食供养工师，数日后，木像雕刻成功。当这尊木像还未及涂画彩色时，专管庙务的僧人竟突然得病死去。僧人的妻子虽然悲痛万分，也无补于事，她将丈夫成殓之后，棺木放在身边终日守在灵旁不忍埋葬，到了第六天的未时光景，这口棺木突然摇动起来，僧妻一见又惊又异，恐慌地走近棺前启盖窥视，原来死人已然苏醒过来。僧妻一见大喜，取过清水替他灌入口中，过了许久，僧人坐起身来对妻子说："我死后，登时进来了两名可怕的大鬼，拿了我就走，当在旷野中行走之间，来了一位容貌端庄的小僧，向捉我的二鬼说：'尔等鬼卒可释放此僧，我就是地藏菩萨。'二鬼闻听此话伏地而跪，立即把我放了。当时小僧告诉我说：'你难道不认识我吗？在因幡国国隆寺刻造我的形象时，施主因有事将雕刻佛像之事忘却，幸亏你供养那些工师，才将我的形象雕刻成功，今后你务必将佛像涂上彩色供奉起来，那位施主绝不会再顾及造佛之事了，你切记要完成此事。’说罢，又指点道路叫我回家。正在这时，我便苏醒过来。”妻子闻听此事，落泪感动不已，后来，拿出自己的私蓄，将那尊地藏菩萨像涂成彩色，供奉起来。这尊地藏菩萨像至今仍然供放在国隆寺中。由此看来，地藏菩萨的誓愿灵验昭著，凡有道心之人不可不虔诚信奉。